何顿 著

湖南骡子

Hunan Luozi 上

团结出版社

图书在版编目（CIP）数据

湖南骡子 / 何顿著 . -- 北京 : 团结出版社，
2024.4
ISBN 978-7-5234-0422-5

Ⅰ . ①湖… Ⅱ . ①何… Ⅲ . ①长篇小说 – 中国 – 当代
Ⅳ . ① I247.5

中国国家版本馆 CIP 数据核字 (2023) 第 178990 号

出　版：团结出版社
　　　　（北京市东城区东皇城根南街 84 号　邮编：100006）
电　话：（010）65228880　65244790（出版社）
　　　　（010）65238766　85113874　65133603（发行部）
　　　　（010）65133603（邮购）
网　址：http://www.tjpress.com
E-mail：zb65244790@vip.163.com
　　　　tjcbsfxb@163.com（发行部邮购）
经　销：全国新华书店
印　装：三河市东方印刷有限公司

开　本：170mm×240mm　16 开
印　张：48
字　数：697 千字
版　次：2024 年 4 月　第 1 版
印　次：2024 年 4 月　第 1 次印刷

书　号：978-7-5234-0422-5
定　价：158.00 元（全二册）

目　录

下 卷

上　巻

一

一九四五年八月里的一天，我带着我弟何天亮在枫树下看蚂蚁打架。那一群群蚂蚁发了疯地往前涌，都要打头阵，全然不顾生死地拼咬，看得我们很过瘾。那一年的乡下，特别炎热，牛整天都在池塘里泡着不肯上岸，村民们不得不对着牛背掷石子或大声吆喝，那吆喝声很凶，但没用。狗趴在树荫下整天吐着湿糯糯的舌头，我弟用脚踢，狗儿也只是弓身挪开一步，不肯将整片树荫让给我弟。鸡们耷拉着脑袋，那一身无法摆脱的鸡毛让鸡们郁闷。奶奶甚至都焦虑起来，说"鸡都瘦了"。太阳一天一个，整天悬在山村上空，炽热的阳光一点也不吝啬地猛照大地，把赶集回来的我大姐何家桃晒得脸都成了锅粑色。那天上午，大姐赶集回来，身上那件橘红色长袖衬衫全汗湿了，人好像是从水里走来的，大姐说："热死了。"大姐把从集市上买来的土花布撂下，嗅见茉莉花香，尖叫一声"好香的"。坪前的几株野茉莉一听我大姐称赞，立即全开了，花的芬芳和着热风直往堂屋里灌。奶奶着一身浅蓝色妇母装，头发因怕热胡乱地扎在头顶，走出来，手搭棚，看一眼绿亮亮的山村说："真热。"就在这时，一匹枣红马狂奔而来，马上是一名年轻英俊的军人，奔驰的马带来一股呛人的尘土和热风，我大姐被这股热风冲得一个趔趄，跳下马来的是李文华连长，李文华连长对我大姐和奶奶十分激动地说："何奶奶、家桃，日本鬼子投降了，日本鬼子投降了。"奶奶高兴道："好啊，日本鬼子投降了，那我们可以回长沙了。"李文华连长说："何奶奶，师长就是让我来接您和家桃回去的。"师长是我爹。我大姐看着年轻英俊的李文华连长，李文华连长也看着他的心上人，激动道："家桃，你晒黑了。"

那年我大姐何家桃十七岁，长得非常漂亮，一张桃子脸，一双月牙眼秋波闪闪，嘴唇红嘟嘟的，形状像两瓣透着蜜汁的橘肉，让年轻人见了馋涎欲滴。那年李文华连长二十岁，正是个风华正茂的帅小伙子，身高一米八三，走路虎虎生风，还在老远，用不着看你就知道是他来了，因为他身上的虎气会先他一步赶到，让你闭着眼睛都能感到那坚定的步伐和那股特有的气味不会是别人。奶奶对李文华连长的评价很高，说要是在古代，李文华不是岳飞也是武松。奶奶并没读书，但她在做少女时，何家山乡街的戏台上，常常有戏班子演着这两个古人："岳飞抗金"或"武松打虎"。在奶奶的眼里，岳飞和武松当然是顶顶了不起的英雄！有天，我大姐把奶奶的评价转告给李文华说："奶奶说，要是在古代，你不是岳飞就是武松呢。"李文华就十分得意，英俊的脸上漾开了热气腾腾的笑，"那你还不嫁给我？"我大姐看了眼挂在堂屋正中央的二哥何正韬的遗像，遗像框在黑镜框里，是奶奶请画师对着二哥初中毕业证上的相片画的，这可是二哥活着时上南方照相馆照的唯——张相。相上的二哥眉清目秀，一双眼睛稚嫩地瞪着前方，鼻子有点歪——是那个只有一条腿的画师画歪的——相片上我二哥的鼻子很正；两撇八字胡粗而黑，两角上翘，像贴上去的。相片上没有八字胡，是奶奶要求瘸脚画师临时添的。二哥战死的那年，确实留了两撇给人印象很深的八字胡。奶奶多次要他刮掉，我二哥都置若罔闻。这张遗像于若干年后，被我侄女郭香桃的女儿从奶奶的房里找了出来，她指着遗像问奶奶说："老奶奶，这是我舅外公吧？"一家人都笑死了。那是个小精灵，是父母爱情的结晶，聪明透顶，生下来就会叫妈，现在美国读硕士。当时她才两岁多，一身牛奶香味，这就是全家人都笑的原因。大姐看着英气逼人的李文华连长说："奶奶说，那个老道士说要七七四十九天后才能拆灵台。"大姐又望一眼遗像，再次感到二哥的鼻子画歪了，"到时候，你要你妈向我妈提亲。"

　　我大姐说这话时，我们一家人已回到长沙了。回到长沙后，奶奶总是睡不好，半夜里总能听见哭声，不是成年人那种嘶哑的哭声，而是尖尖的嫩嫩的男孩子的哭泣声，奶奶说这是正韬的魂回来了。我二哥早在一九四三年于常德会战中倒在了日本兵的枪下，死时年仅十七岁，还是个单纯可爱的大男孩，一身的音乐细胞，笛子吹得呜呜叫，能把街上的行人吹得伫足倾听。其实，一家人已从失去何正韬的悲伤境地里艰难地走了出来，奶奶却又要把一家人拉到悲痛的岛屿上去，面对那半陶罐骨灰悼念我二哥的在天之灵。那是一只粗糙的陶罐，是常德会战结束后，二哥最要好的同学张东魁捧回来的。奶奶一直没将陶罐下葬，是因为二哥是在奶奶的怀里长大的。奶奶先是将陶罐搁在桌上，每天面对陶罐垂泪，后来日军快攻破长沙了，一家人往乡下躲时，奶奶临时将陶罐藏到了衣柜里。全家人从乡下回来时，陶罐被破门而入的流浪汉揎翻了，骨灰撒了一地。奶奶抹着泪将骨灰重新捧入陶罐，也就是那几天，奶奶于半夜里听见了哭声，于是决定设灵台超度亡魂。

　　我们家是从何家山乡迁来的。何家山乡挨着浏阳县，是山区，山一座连一座。当年那里到处是原始森林，不但有豹子，还有老虎从丛林里冲出，吓得牲畜们没命地奔逃。有的森林还养着土匪，土匪们很热爱森林，因为森林能让他们作奸犯科后销声匿迹。在上个世纪初民不聊生的贫瘠年代里，何家山乡盛产土匪，这让当时的清政府很头痛，却没什么办法，因为军队一来，他们就消失在大山里了。军队一走，他们又骑着快马于村落里狂飙，对天鸣枪，显示他们的狠劲。我爹说，那时候村里人没有谁敢招惹土匪，土匪很凶，来了，要什么都是给什么，因为不给，至少也要当众挨一顿暴打。爹十岁那年，生性胆魄过人的我爷爷与土匪干上了，惹祸的是我年轻貌美的奶奶。一个土匪头目看上了我奶奶。我奶奶年轻时很漂亮，在何家山乡一带是出了名的美人，有的男人看见我奶奶，目光就发痴，深感终于遇见心上人了，憧憬着说："要是能与杨桂花睡一觉，就是死了也值。"话是这么说，却没人愿意为杨桂花去死。我奶奶就是杨桂花，生于一八八三年秋一个金灿灿的日子，那样的日子就是生美人的。我老外婆把我奶奶生在桂花树下，自己却一点也不想负责任地一命呜呼了。当时正值秋收，整个山村充满稻谷的芬芳，打谷机在田头轰响。我老外婆挺着个大肚子去田头给我老外公送茶水，不小心摔倒了，把我奶奶"摔"到了这个凄凉却令人着迷的尘世。奶奶说，她长到五岁，人家告诉她，她妈只看了她一眼，就笑着去见阎王了。

我曾外祖父一直不喜欢我奶奶就是这个原因，他后来续弦，娶了个长着双"对子"眼的女人，那女人我从没见过。奶奶说那女人心眼不好，对她十分刻薄，经常罚她挨饿。但我奶奶这棵幼苗很顽强，在她的恶管下居然长成了何家山乡的大美人。我爷爷是以一百担谷的高价，从我曾外祖母手里娶到我奶奶的。我曾外祖母拒绝了很多男人娶我奶奶，因为那些穷男人都拿不出一百担谷，当拒绝到我爷爷身上时，爷爷胸膛一挺，应允了她提出的苛刻要求。爷爷在娶奶奶前，只见过奶奶一面，就是那一面把年轻时并不怎么浪漫的爷爷的魂勾走了。有天，爷爷去村街上的小店喝酒，听村里人说乡街上出了个大美人，比前一向来街上演王昭君的县城的女戏子还要漂亮。爷爷在那个太阳白亮亮的秋天，望着蔚蓝的天空想，何家山乡这烂地方未必能长出比演王昭君还漂亮的姑娘？八成是骗他的。为了证实自己的结论，他丢下锄头，特意去乡街上看。爷爷在乡街上转了十圈，也没看见什么大美人，正打算回家把那个骗他丢下农活出来闲逛的村里人揍一顿，却见一姑娘穿一身绿衣服，正在一农妇手上买橘子。爷爷愣住了，这姑娘多窈窕啊，脸多白净啊。姑娘买了橘子，转身瞟了爷爷一眼，就是这一眼把爷爷的魂"摄"走了，——这是爷爷从没见过的一双格外水灵的眼睛，比屋前那口塘还清澈迷人。爷爷傻傻地跟着她，直跟到那姑娘走进门旁有一棵桃树和一株大柚子树的白墙屋前。那一年爷爷十八岁，孔武有力，却很腼腆。回到家，爷爷失眠了，半夜里爬起床，在月光下练拳脚，把屋前的枫树打得嘭嘭响。那棵枫树是我曾祖父年轻时栽的，轮到我爷爷抡起拳头击打它时，它已经是一棵粗壮无比的枫树了。那时我老奶奶还没被后山上的老虎吃掉。她听见响声，不知发生了什么事，爬起床，拉开门说："你半夜里练什么鬼拳？"爷爷闷声说："我睡不着。"

第二天晚上，爷爷仍爬起床练拳脚，老奶奶又被嘭嘭嘭的踢树声惊醒了。山村的夜晚那么寂静，爷爷踢树的声音就显得尤其大。老奶奶感觉奇怪，她儿子平常是吃得香睡得好的，怎么突然变了？老奶奶再次爬起床，于月光下看着儿子，儿子光着上身，在星空下挥拳踢腿，嘴里发出只比老虎的声音小一点点的呼呼出气声。老奶奶迷惑了，"你怎么啦？"爷爷对着月亮打一拳说："我睡不着。"老奶奶见爷爷身上的力气太多了，怎么发泄也发泄不完，就明白了地问："你看中谁家的姑娘了？"爷爷不说话，对着枫树一顿猛打，枫树因招架不住都发出了叫痛声。老奶奶知道儿子是个闷罐子脾气，就说："你告诉妈。"

爷爷在凉爽的夜色中抽口气说："乡街上的杨桂花。"老奶奶也知道杨桂花，村里人早有议论，说杨家太离谱了，嫁个女儿要一百担谷，又不是嫁一只金凤凰，老奶奶摇头说："妈告诉你，女人只要会生崽就行了，花那么大一笔钱，不值。"爷爷只上了三年私塾就不肯读书了，边跟村里的武师学南拳，边替家里干农活。爷爷十八岁前眼睛是不看女人的，可是自从他看见杨桂花起，他就再也没法安下心干农活了。这样过了几个月，有天，村里下大雪，塘里的水都结了冰，爷爷却打着赤膊，提起井水往身上浇，把自己浇得冰凉，又站到晒谷坪上绷着脸挥拳。练完拳脚，爷爷又往身上浇井水，就好像往烙铁上浇水样，发出嘶嘶嘶的声音，还冒着热气。这可把老奶奶吓坏了，她知道儿子想杨桂花想出毛病了，但仍不肯松口，绷着脸问："湘汉，你到底要干什么？"爷爷拍了下结实的胸膛说："妈，乡上招兵，我要去打仗。"老奶奶一听这话，就晓得儿子是用这种方式表白他要娶杨桂花的决心，便下狠心咬咬牙道："你这是要逼死你妈。好吧，妈叫媒婆去杨家提亲。"

爷爷迎娶奶奶是次年秋天，那一年山村里的桂花开得特别香，一到夜晚，宁谧的山村里满是桂花的香味儿。那年村头和山上的菊花也开得茂盛，红的黄的白的，点缀着山村。蜜蜂兴奋得不得了，忙得要死地飞来飞去，以致大人们不得不低头避开迎面飞来的工蜂。山里的工蜂个头大，野蛮，逮着什么扎什么，随便刺一下，都让人肿痛半个月。奶奶就是在那样的日子里，被四人花轿抬进何家山村的。那是一个阳光白晃晃的上午，空气中飘扬着桂花和菊花香，花轿前面是一支十六人组成的唢呐队伍，花轿后面是一群嬉笑打闹的衣裳破烂的村童。那一年爷爷十九岁，是何家山村里拳头最硬的汉子，双手举起村里的大石磨，能绕着祠堂走两圈。奶奶十七岁，是个身段姣好且面若桃花的姑娘。那个晚上，奶奶把她的姑娘身交给了爷爷。当所有的客人离开后，当村子里只有蛙声此起彼伏的时候，当天上的星星也打着哈欠表示倦意的时候，爷爷才于桂花香中揭开盖在奶奶头上的绣着一枝腊梅花的红丝巾，奶奶对爷爷一笑，说："我以为我是嫁给一个老财主，不想，你这么年轻。"

就是在那个蛙声、虫声、夜莺声彼此起伏、桂花飘香的夜晚，爷爷在奶奶身上反复耕作，奶奶仿佛是一片水田，在爷爷的耕作下泥花翻飞，边兴奋地嚷道："啊，湘汉，我要跟你生一大串儿子。"突然一声狗吠，狗吠声让爷爷的身体哆嗦了下，奶奶于爷爷身体的抖动中，仿佛看见一颗种子滑进了她那片肥沃田地的夹缝中。那颗种子在奶奶的眼里是一颗金谷粒，一入她的子宫就发芽了。一个月后，奶奶告诉爷爷："我怕是怀孩子了。"又过了一个月，已是冬天了，奶奶看一眼凄冷的山村，对爷爷说："何湘汉，我肚子里有你的孩子了。"

这个孩子就是我爹。据奶奶说我爹生下来时，村里一片狗吠声，生于午时。那是个雨天，仿佛是一个炸雷把爹从奶奶的肚子里打出来的。那天山村里又是打雷又是下雨，奶奶当时正挺着个大肚子在堂屋里择蕹菜，一个炸雷就打在她脚下，致使地上腾起一溜白烟。奶奶惊得人坐到地上，那股白烟却在她眼前飘飞，穿过堂屋，散到了屋后的竹林里。奶奶突然感觉肚子疼痛,忙对扶她起来的爷爷叫道:"我要生了。"爷爷慌了,"我去叫接生婆。"奶奶呲着牙说:"你不能走。"那当儿村里突然一片狗吠,奶奶于狗吠声中生下了爹。爹是爷爷亲手接的生,那是一九〇一年的九月。据奶奶说,我爹在她肚子里呆了十一个月,生下来有九斤重,差点把她的肚皮撑破。爹三岁才晓得叫妈,又隔了三年,才开口叫爷爷"爹",而那时我爹已有了个三岁的弟弟,另一个弟弟也正在奶奶的肚子里孕育着。有天——那是春天里的一天,山上竹林里的笋子,一天能长半尺高,且到处都是蕨,爹兴致勃勃地上山摘蕨。我老奶奶爱吃蕨在村里早已著名。那天快吃午饭时,爹既不在房里又不在坪上玩,老奶奶就问我三岁的一脸脏兮兮的大叔,大叔指着通向后山的门说:"哥从这张门走了出去。"

推开这张门,几米远就是后山,山上有一大片竹林,穿过这片竹林是茂密的丛林。丛林连着更远的原始森林,有老虎,但在一九〇七年的那个春天,老奶奶却没管这些,她穿一件蓝花布罩衣,下身一条灰布裤子,脚上一双自己做的底很厚的黑布鞋,边叫"金山、金山",边向山上走去。老奶奶在竹林与丛林交界的草丛里,看见了我爹,爹站在三月里像温开水一样温暖的阳光下,手上抓着一大把蕨,一只壮硕的老虎正紧盯着我爹,爹也呆呆地瞪着老虎,但还算镇静。老奶奶吓得大叫一声"打老虎",本能驱使我四十七岁的老奶奶勇敢地奔上去保护孙儿。老奶奶只来得及把孙儿往身后一推,自己就被饥饿的老虎扑倒了。我爹顺着山坡滚了十几米,被几株竹子挡住了继续向山下滚。爹爬起身,见老虎叼着他奶奶向丛林里拖,吓得尿都流了出来,人就往山下飞跑,奔出竹林,看见他爹站在门口仰头张望,忙惊悚地大叫"爹、爹、爹,老虎吃奶奶……爹……"

爷爷大惊,抓起靠墙放着的二齿——这是那种专用来挖坚硬土壤的农具,朝山上奔去。一个小时后,爷爷满身是血地把只剩了半截残体的老奶奶抱回了家,放在地上,拿起老奶奶床上的蓝印花被子盖上,接着,他叫上两个堂兄和三个村民,拿了扁担和粗麻绳,几人费了很大的力气才把死老虎抬回来。爷爷说，他赶到时老虎正吃着他妈，看见他，便凶猛地朝他扑来，他想都来不及想地举起二齿挖去，挖在老虎的眉心上，二齿吃进老虎的前额足有两寸多深。老虎有四百多斤重，是这一带名声很大的公虎，不料死在我爷爷手上了。爷爷把虎肉割成几百块，分给村里人品尝，又把虎骨剁成几百块，分给村民泡酒，都说喝了虎骨酒，冬天就不怕冷。爷爷留下整张虎皮，在虎皮上涂抹生石灰，以防虎皮腐烂。

在爷爷眼里，我爹弱智，常看着人傻笑，快六岁了还尿床，害得奶奶每天要给他洗被子晒垫被，更没想到儿子遭遇了凶残的老虎，居然能活着回来！有天，那是个春光耀眼、山村里到处都是映山红开得火红的日子，有竹笛声在山村的上空单调地飘扬，是一村童坐在牛背上吹着竹笛，牛在村道上漫步。爷爷从田间回来，爹指着牛和坐在牛背上的村童对爷爷说："爹，哥哥吹吹笛笛子。"就是从那天开始，我爹不但能叫爹，也能结结巴巴地说话了。奶奶说，我爹那颗木鱼脑袋是被老虎吓醒的，而此前，爹的脑袋总是不理人地歪在一旁，高傲得没边，你叫他，他听见了，先是不情愿地把身体转过来，再是冷冷地把头转过来。打从遭遇老虎那天起，爹那颗溜圆的脑袋就可以自由转动了。

我爹名叫何金山，小时候很呆，不会说话，但目光坚定，看人时眼睛一眨不眨。爹喜欢找村里的孩子玩，一早出门，不玩到吃午饭就不回家。村里的孩子常欺负他，孩子们玩游戏，假如要一个孩子扮坏人，就要何金山扮。他们会对我爹说："你做贼，我们来抓你。"爹听说要他做贼，就高兴得要命，跑到孩子们看不见的地方，拐进人家的猪猡屋里藏起来，弄得一身的猪屎气。爹为了不使同龄的孩子抓到他，把自己跟猪们混在一起。当孩子们到处都找不到他便泄气地叫他"何金山，不玩了不玩了，你可以出来了"，爹从猪猡屋里走出来时，身上那股浓烈的猪屎臭能把围着他的孩子熏得像狗一样跑开，爹却站在街上傻笑。奶奶看见一身臭气的儿子回来，叹气说："这孩子，脑子里缺一根筋。"

爹八岁那年，奶奶请村里的秀才上门教爹识字。秀才是个老先生，曾多次参加科举考试多次落榜，后来科举考试废除了，老秀才便靠教村里的孩童识字混饭吃。那年春天，一个鲜花盛开的上午，太阳在天上笑，猪跳出猪栏，也出来晒太阳。奶奶见老秀才坐在邻家的坪上，边晒太阳边教邻居的孩子读书识字，便想她的大儿子也该读书识字了，就跟老秀才打招呼说："我家金山也到了读书识字的年龄，想请老先生教他识字。"老秀才戴着个黑瓜瓢帽来了，教我爹念《三字经》，每天教六个字，反复念反复教，第二天便要我爹默写，写不出就打手板，用一根竹尺打，边吼道："昨天才教的，你这没记性的东西。"爹讨厌读书写字，心思很少放在书上，但又不敢违抗母令，就硬着头皮跟老秀才习字。老秀才是个读了大半辈子书也没读开窍的古板人，见我奶奶那怜悯的目光时不时落在儿子身上，便歪着老脸、硬着脖子对我奶奶说："杨桂花，我打他是为他好。"奶奶虽没文化，却是个识理的人，点头说："我懂。"老秀才手中的竹尺就打得更凶了，常把我爹的手掌打得同红烧肉一个颜色，有时候还打我爹的脚。爹就不服地瞪大眼睛问："先生，您打我的脚干什么？我的脚又不写字。"老秀才虎着脸说："打你的脚是因为你的脚想跑出去玩。"

二

爹十岁那年还尿床，奶奶问爹："你怎么这么大了还尿床？"爹就迷茫地看着奶奶，鸡也歪着头望着奶奶。奶奶说："你两个弟弟都不尿床了，你怎么还尿床？"爹就羞愧得把一旁的大公鸡踢得尖声一叫，跑开道："我也不想把尿尿在床上。"老秀才家有一本线装的医药书，老秀才翻开那本书看，看到古人治孩童尿床的药方子，就抄了给我奶奶，"照这个方子拣药给金山喝，也许能治金山尿床的毛病。"奶奶就拿这个方子去乡街上的药店拣了几副药，熬了给儿子喝。爹喝了几副，果真没尿床了。偶尔还尿一次，那也是晚上喝多了水，假如那晚上他没喝多少水，第二天奶奶就不用晒被子了。奶奶很高兴，老秀才也高兴，觉得自己很有成就样，摸着下巴上的花白胡须说："金山，开始默生字吧。"爹就坐到桌前，默昨天老秀才教的生字，老秀才见我爹没写错字，又教了六个字，便去邻居家教邻居的孩子。

那天起伏，奶奶杀了只雄鸡，原打算留老秀才吃饭，老秀才去了邻居家吃饭。奶奶将鸡炖熟后，爹也写完了生字，奶奶就让爹拎着一竹篮饭，自己提着菜，去田头给我身强力壮的爷爷及雇工吃。多年后奶奶回忆，那一天的天空很蓝，蓝得同洗过的一样洁净，山村的一切于阳光下分外迷人，就是在田间散步的鸡鸭看上去也都迷人，何况我奶奶这么一个大美人！奶奶着白绸子衣，下身一条绿绸子裤，走路，身上的绸子轻飘飘的，于山风中颤颤栗栗，这就使奶奶的形体尤其好看。我奶奶是个天生的美人，尽管已生了爹，又生了我大叔、二叔，但仍窈窕迷人。这是老天爷喜欢她，在她身上多挽留了几年美丽。奶奶和我爹拎着饭菜，穿过水渠和整片的农田，直达对面的山下。

奶奶拎着篮子在田埂上穿行时，引起了土匪何世荣的注意。何世荣身材高大，长一张灰熊脸，走路日行百里，是何家山一带的大恶人，生下来就是个坏种。爷爷说，何世荣也是何家山村人，但从小就没干过一天正经事，仗着自己身强力壮在村里横行霸道。有天，何世荣跑到镇街上与浏阳来的大赌博佬玩赌博，把带在身上的钱和田契都输光了，没脸回家，就索性上山当了土匪。当时何家山乡一带土匪很多，全是些好逸恶劳之徒，没饭吃了就下山打劫，抢了粮食和酒肉又躲到山里吃喝玩乐。何世荣在土匪寨里干了几年，拉拢几个兄弟，于一次打家劫舍中，放冷枪打死土匪头，自己做了土匪头。爷爷新买的那十几亩田就在土匪寨的山下，那块田早开垦在那里了，但没人敢耕种，因为土匪们就在那山上安营扎寨，一到收获季节，土匪们就会黑着脸冲种田的人喝道："喂，山上没粮了，送几担上来。"久而久之，那几块田就荒废在那里没人耕种了。爷爷用很便宜的价格买下了那十几亩田，雇了几个田少的村民为他耕种。那天，正好是何世荣做土匪头子不久，他坐在一株千年大樟树下吹风，眼睛看着山下，那天的阳光很好，能见度很远，他的心情也不错，一眼就辨出着一身白绸子衣款款走来的女人就是他曾经喜欢的杨桂花。他兴奋了，一拍椅子，就把那颗贼心拍壮了，对身旁的土匪说："把那个穿白衣服的女人给老子弄到山上来。"

三个土匪就同三只野狗样狂奔着下山，一眨眼工夫就奔到了我奶奶和我爹身前，一土匪拦住我奶奶和我爹的去路说："我们司令有请。"我奶奶虽没见过大世面，但天生是个胆大的女人，关键时候，甚至敢跟鬼打架。她镇静地看着三个土匪，三个土匪个个蓬头垢面、目光凶狠，这让奶奶十分鄙视他们。奶奶说："走开，我没空见你们司令。"甲土匪干笑了声，"识相点就跟我们走。"爹见三个陌生男人凶神恶煞的模样，害怕得瑟瑟发抖，手上盛饭的篮子掉到了地上。奶奶训斥我爹："别怕，金山，兔子不吃窝边草的。"甲土匪不高兴了，瞪一眼我奶奶说："你不要敬酒不吃吃罚酒。"奶奶不屑地吐口痰，叫道："走开，好狗不挡道。"土匪们当然不是好狗。甲土匪年轻、好胜，可不想失去立功的机会。甲土匪逮住我爹，邪恶着面孔说："这孩子虎头虎脑，是干土匪的料子。"奶奶尖叫道："放开我儿子。"但甲土匪却把我爹往肩上一搭，扛着就往山上跑。奶奶弃下篮子追赶，甲土匪脚力大，扛着我爹仍健步如飞。另两个土匪却快乐地昂首大笑。

山寨在山顶上，只有一条曲折的山道，寨门是用石头垒的，有枪眼，有土炮，土炮对着山下，一旦遇有官兵来犯，他们就点燃引线，让土炮轰官兵。我奶奶气喘喘地跑到山寨前，何大司令已站在石头和树木垒建的寨门前恭候我年轻漂亮的奶奶了。何大司令虽是个阴险狡诈的土匪，却也是个读了几年私塾、讲话文绉绉的无赖。他坏是坏，但对何家山乡的大美人却抱着一丝幻想，就一脸钟情地说："杨桂花，别来无恙啊。"十多年前，他还不是土匪时，曾不顾体面地跑到我老外公家向我奶奶求婚，被我老外公用扁担打了出来。奶奶说："叫那个人把我儿子放下来。"何大司令可不是当年那只痴情的大苍蝇了，手上有几十杆枪，说话有人跑腿，就自大。他睃一眼我奶奶，"杨桂花，你想你儿子活着出去就听话点！"我奶奶冷笑一声道："你少跟我来这一套。"何世荣凶道："你信不信？我可以叫他们把你儿子丢到后山去喂老虎。"后山确实有老虎，夜里常常有虎啸声传入山寨，令土匪们毛骨悚然。

何大司令没对我奶奶怎么样，一是何大司令想用感化的方式赢得我奶奶的芳心。另外，何大司令忌讳我爷爷，我爷爷把四百多斤重的公虎打死一事，早传入了何大司令的耳朵，曾让他佩服得咂舌。还有一个原因，他的手下，大多是好吃懒做的本乡本土人，他们拿起枪是土匪，扛起锄头又是农民。他们可不敢把自己的名声搞得太臭，太臭了，官兵来剿，就没人帮他们隐瞒身份了。所以，尽管何大司令对我奶奶垂涎三尺，很想把我奶奶弄到他那张肮脏的铺着熊皮的床上去，但不敢贸然造次。何大司令十分喜悦地看着我奶奶，"杨桂花，"他咬文嚼字道，"本司令对你爱慕已久。"我奶奶晓得何世荣是个肮脏的人，早臭了尸，十岁就趴在邻居家的墙上偷看女人洗澡，十五岁时在赌桌上做手脚被浏阳来的大赌博佬一脚踢断了三根肋骨，就冷着脸说："何世荣，你只要敢走前一步，我就死给你看。"说着，奶奶拿起一把剪刀对着自己的胸口。我奶奶年轻的时候身上从没离开过剪刀。何大司令见我奶奶的手中突然多了把剪刀，讪笑了声，"我何世荣虽是土匪，但我不会伤害你。"奶奶听他这么说，冷笑道："那你放我们娘俩走。"何大司令当然不会放我奶奶走，"那可不行。"

爷爷从田里回家，不见奶奶，又不见我爹，问了几个人，就虎着脸来山寨要人了。爷爷走到山寨门前，一土匪横枪拦住爷爷，爷爷拍了那土匪一掌，那土匪就矮了下去，蜷缩在地上打滚。另一土匪见状，拔腿便跑，爷爷跟着他，那土匪跌跌撞撞地奔入一间树木搭建的房子。何大司令就坐在这房子里，两个跟着他在地方上横行霸道的土匪骨干也都在这里。何大司令拔出枪，爷爷盯着他说："何世荣，你把我儿子和女人怎么样了？"何大司令装迷糊道："什么你儿子和女人？"爷爷板着脸道："有句话我要告诉你，兔子不吃窝边草。"何世荣大笑，想用他那假装出来的狂笑声压住我爷爷，"那是兔子，人饿了连人都吃的。"何世荣觑一眼土匪甲，那是暗示土匪甲从背后袭击我爷爷。土匪甲使得一手好飞镖，飞镖出手，从没放空过。土匪甲的手插进口袋，手指就触到了一枚飞镖。爷爷头也不回道："千里眼，这是我和何世荣的事。"土匪甲的小名就叫千里眼。何世荣厉声道："动手。"千里眼奉命出镖，爷爷闪身一转，便站到了何世荣的背后，一只手接住千里眼掷来的飞镖，狠力掷回去，那飞镖正中千里眼的右眼。千里眼痛得惨叫一声，捂着被飞镖扎伤的眼睛仓皇而逃。何世荣脸白了，因为他自己都没弄明白他的枪竟到了我爷爷手中，爷爷用枪戳着他粗短的紧张得毛细孔都在冒汗的脖子，"把我儿子和老婆交出来，不然你今天就得死。"

　　土匪乙是何家山村出来的，知道我爷爷功夫了得，在他蠢钝的脑袋里，世上能赤手空拳打死老虎的几百年来只有武松一人，我爷爷是次一点的好汉，仅凭一把二齿就要了老虎的性命。他还喝过他表兄用虎骨泡的酒，酒香至今还残留在他嘴角。他可不敢对我爷爷动武，尽管他攥着大刀。何世荣对土匪乙说："把杨桂花和他儿子带来。"土匪乙低眉顺眼地跑出去，不一会儿，爹和奶奶便被土匪乙带进来。奶奶看见爷爷，脸上露出了漂亮的微笑。爷爷板着脸对何世荣说："你送我们下山。"何世荣觉得自己被我爷爷用枪抵着走出山寨会很没脸面，就求我爷爷说："湘汉哥，留点面子给我好啵？"爷爷说："不是我不给你面子，是你把我逼到了这个份上。"爷爷推着他往门外走，一旁的土匪都纷纷让道。爷爷逼着他走出山寨，走到山下，穿过田野，直走到离何家山村仅半里路了，才把何世荣放了。何世荣那粗短的脖子已被枪抵歪了，他歪着肿痛的脖子讲狠话道："何湘汉，我发誓我要杀你全家。"

这故事说起来跟虚构的一样，事实上是真的，就是这伙企图报复我爷爷的土匪，逼得我爷爷带着一家人背井离乡。有天晚上，家里忽然起了火，火烧着我家的厨房，爷爷提着枪奔出来，只见几个人朝一条路上狂奔，爷爷开了枪，击倒了一个，爷爷跑过去，那人在地上搐抽，歪着脸。另外几个却消失在树林里了。村里人听见清脆的枪声，又看见火光，都跑来救火。火被众人奋力扑灭了，但厨房却烧成了焦炭。村里人各自回家后，爷爷担忧地说："那土匪被我打死在路边了，桂花，这下我们跟土匪彻底结仇了。"奶奶恨恨地道："这些毒人，想把我们一家人都烧死。"爷爷望一眼屋外，屋外一片皎洁的月光，有青蛙的叫声吵闹着寂静的山村。爷爷担心土匪们来袭，不敢睡，坐在门旁，紧攥着枪。次日一早，爷爷的堂兄何湘雄来了，爷爷与堂兄对饮，何湘雄喝了口虎骨酒说："湘汉，我劝你们走人，何世荣是个什么人，你我都清楚，心眼比针尖都小。"爷爷喝了一大口酒，一拳击在桌上，用力大了些，桌子开裂了。爷爷悔不该留情面道："那天我应该一枪打死他。"

何湘雄走后，爷爷目送着堂兄宽大的背影，对奶奶说："看来这个村子待不下去了。"爷爷看一眼坪上的枫树，枫树叶有的开始转黄了，"湘雄说我们在明处，他们在暗处，防不胜防啊。"那年爷爷三十岁，是个天不怕地不怕的乡下壮汉。爷爷把目光放到奶奶俊俏的脸上，"昨天他们放火不成，还赔了一条命，不报复回来他们还混得下去？！"奶奶也感到了事情的严重性，望一眼在坪上玩的三个儿子，"既然这样，我们走吧，等孩子们大一点后，再回来。"爷爷点头，让奶奶收拾细软，让我十岁的爹把他的叔叔伯伯找来，爷爷把房子托给堂兄何湘雄保管，把田地廉价地卖给了堂兄何湘雄和堂弟何湘胜。那天晚上爷爷不敢睡觉，握着枪，坐在堂屋里，听着门外的动静。门外静悄悄的，只有树叶落到地上的声音，还有远处的狗吠声。爷爷直坐到天亮，接着，他把拴在牲畜屋的骡子拉出来，那是只力气很大因而十分骄傲的黑骡子，别人拉它它就用脚踢，很勇敢地跟人争斗，只有爷爷拉它它才低眉顺眼。爷爷拿毛刷子刷刷骡子，把车套到强劲有力的骡身上，把奶奶打好的大包小包放到车上，叫我爹，还有我大叔何金江（七岁）和二叔何金林（三岁）坐到骡车上。爷爷对他的同族兄弟打个拱手，一鞭抽在骡子滚圆的屁股上，骡子兴奋地嘶鸣一声，朝前奔去。骡车奔出何家山村，一路高傲地向前猛奔，把别的驴车、马车抛在后面。一家人开始了流浪生涯。那是混乱的一九一一年，那年十月，辛亥革命爆发，湖北宣布成立不接受清政府管辖的军政府。接着，内战在全国爆发，十二月，南北停战议和。孙中山在南京宣誓就任临时大总统，中华民国宣告成立。一个月后，宣统小皇帝向全国的老百姓宣告退位，统治了中国近三百年的清政府被以孙中山和黄兴为首的革命党人推翻了，新的纪元开始了，这个纪元叫中华民国。

从秦朝开始，两千多年来，中国的老百姓头上都有一个皇帝，现在皇帝突然退出历史舞台了，老百姓一时还不适应，仿佛头上的太阳被人摘了，天下就大乱了。军阀纷纷割据，袁世凯、段祺瑞、张作霖、孙传芳、吴佩孚等等先后都成了军阀，他们分别在自己的地盘上称王称霸，拿老百姓的钱财养替自己打仗的军队。湖南于那些年里一片混乱，地方官们无所适从，因为不知道听谁的好。老百姓也跟着失去了方向。就是在那段时间，我爷爷赶着骡车，带着我漂亮的奶奶和我爹、我大叔、二叔逃到了长沙。那时的长沙很破烂，也很小，人口不过二三十万，街上的房子，没一幢像样的，到处是用破砖和木板搭建的屋，还到处都是贼和下等妓女。我奶奶不是吉普赛人，不喜欢漫无边际的流浪，见城市里的女人穿戴得洋气、热烈，街上的小商小贩又工蜂样飞来飞去，就建议爷爷不要走了。奶奶跳下骡车，看着长沙热闹、破烂的街道，下决心道："我们就在长沙安家。"

爷爷领着一家人住到长沙南门口的一家小旅店，小旅店是个四合院，青砖黑瓦屋。爷爷让奶奶照看我爹和我大叔、二叔，自己便去找事做。房东是个四十岁的胖女人，胖女人告诉他："只要你有力气，船码头一带就有事做。"爷爷走到西湖桥的货码头，货码头的老大见我爷爷着黑布长衫和黑布鞋，剪了个难看的锅盖头，便清楚这是个乡下汉。码头老大问："你有力气吗？"爷爷盯一眼问他话的肥头大耳的男人说："力气我有。"码头老大便要我爷爷跟着那些下力的男人去船上搬一捆捆纱。爷爷干了一天活，领工钱时，码头老大拍着我爷爷的肩说："你力气蛮大的，明天早点来。"爷爷笑了下，一身臭汗地回到旅社时脸上透着高兴，奶奶瞟着爷爷问："找到事做了？"爷爷点头。吃饭时，他看着他年轻漂亮的女人，还看着他的三个儿子，我爹身高已一米三了，一颗头很大，目光却游移不定——这是他这颗迷茫的脑袋还不知自己该干什么。爷爷严肃着脸瞟眼儿子说："金山，你是长子，要学会帮妈做事。"爹对他爹的话理解起来是漫无目的的，答："我不晓得做事。"

三

爷爷在西湖桥码头没干多久，习武的人仗着一身武艺，爱打抱不平，这就跟会画画的人走到哪里都爱画几笔一样。爷爷是山村里长大的，从小受的是人要正直和光明磊落的教育，就只有一根肠子。爷爷身高一米七三，这在那个中国像病人样趴在地上喘息的孱弱年代的南方，已是高个头了。爷爷不爱说话，但目光却炯炯有神，还有许多天生的正义感，就看不得他人以强欺弱。码头老大很坏，什么人都要欺负一把。他养了三个粗蛮的打手，那三个打手不干活，三双眼睛都很恶地监视着干活的人，动不动就冲上去打人或用脚踢人。有三个年轻人，身子骨不算强壮，年龄也不大，干活相互帮衬，累了三个人就坐在一隅歇气，三张脸都被太阳晒得乌黑。有天，三个人领工钱时，其中一个有意见地问码头老大："您说试用一个月就加工钱，现在三个月了，您怎么还不给我们加工钱？"码头老大很凶地盯他们一眼，"不加又怎么样？"一个个头稍高点的年轻人尖声说："你这是欺负人。"码头老大粗声道："欺负人又怎么样？"那年轻人的脸胀红了，神色变紧张了，觑着码头老大和三名剽悍的打手，"欺负人就不对。"第一个提出质问的圆脸小伙子血往上涌，冲动道："我们也不是好欺负的。"码头老大盯一眼圆脸小伙子，"你屁眼还没生黄就学会讲狠了？滚！"

三个年轻人是商量好了的，他们的目的是要码头老大增加工钱。他们干的活跟大人一样，只因年龄小，码头老大就克扣他们的工钱，他们想通过自己的努力来改变局面。个子高的小伙子看着码头老大，壮着胆子说："人都要讲理。"码头老大踢了高个小伙子一脚，凶道："就是不跟你讲理。"高个小伙子愤怒了，"你打什么人？"码头老大说："不打什么人，就打你！"又一拳打在高个小伙子脸上，高个小伙子感觉鼻子很痛，一摸，出血了。圆脸小伙子弯腰捡起一块砖头要砸码头老大。码头老大的手下早看在眼里了，一脚把圆脸小伙子踢得屁股坐到地上，又一脚踢在小伙子的脑袋上，圆脸小伙子痛得叫了声，仰倒了。打手提脚踩在小伙子脸上，"你这点力气还要加工钱？地上有坨狗屎，你小子把狗屎给老子吃了。"

地上确实有坨狗屎，就在圆脸小伙子脸前，黑黑的。爷爷实在看不下去了，嚯地起身，对码头老大的打手喝道："住手。"打手把肥头转过来说："你最好不要管闲事。"爷爷说："你们欺人太甚。"打手变凶了，瞪圆眼睛道："欺人太甚又怎么啦？"另一高大的打手拔出刀，问我爷爷："认得它吗？"爷爷蔑视道："你最好收起它，免得伤了你自己。"那打手在一家武馆学过几年，见我爷爷口出狂言，便大怒地举刀朝我爷爷劈来。爷爷一折身，一个扫堂腿就让那打手一头栽在地上。打小伙子的肥头打手忙从腰间解下九节鞭，向爷爷舞来。爷爷一个擒拿动作就将肥头手中的九节鞭夺下，一拳把肥头打倒了。码头老大操起一根粗木棒奔来，爷爷一脚踢在码头老大的背心上，码头老大收不住脚，窜出好几米，栽在地上。爷爷道："打架，你们差得远呢。"说完，爷爷感到无趣地向码头外走去。

三个年轻人不肯放我爷爷走地跟着我爷爷，个子高、穿着件蓝布衣服的瘦脸小伙子急切地向我爷爷讨好说："大侠，请留步。"爷爷掉头看他们一眼，又疾步走。三个年轻人却紧跟着，爷爷回头说："你们跟着我干什么？"高个小伙子抢前一步，却羞怯道："我们想跟您学武。"那年月，年轻人都想学点武。爷爷说："学武去武馆学，不要跟着我。"三个年轻人却不愿舍弃地跟在我爷爷身后，爷爷走，他们走，爷爷停住脚，他们也停住脚。爷爷懒得理他们了，冷着一张脸走进了南门口旅社。奶奶蹲在井前洗衣，三个儿子金山、金江、金林都在树下玩，边喂骡子，骡子拴在树上，鼓着两只黑眼睛吃草。奶奶有点吃惊，"这么早就回来了？"爷爷平常不到天黑不会出现在奶奶眼里，此时离天黑还早，爷爷淡淡地说："不干了。"奶奶正要说话，却见三个鼻青脸肿的小伙子走来，其中高个小伙子走到我爷爷面前，很诚恳和庄重地跪下，圆脸和尖脸小伙子也跟着跪下，高个小伙子说："师父，我叫李雁军，您收我为徒吧。"圆脸小伙子昂着圆脸说："我叫唐正强，师父，您收我为徒吧。"尖脸小伙子长着双让人讨厌的斜眼睛，他斜视着我爷爷说："师父，我叫李雁城，您收我为徒吧。"爷爷觉得这很荒唐，吼道："你们这是干什么？"

奶奶颇觉奇怪地看着高个、圆脸和尖脸仨小伙子跪着，不动声色地问："你们是哪里人？"圆脸小伙子回答："我们是衡阳人，以前在一起读书，我们老师说现在不是清朝了，坐在家里读书不会有出息，我们就出来了。"奶奶说："原来你们是学生？你们起来吧。"高个小伙子说："我们想跟师父学艺。"奶奶打量高个小伙子，见他生一张晒得黑黑的长脸，一双眼睛炯炯有神，便说："你们起来说话。"高个小伙子问我奶奶："您是师母吧？"他指着尖脸小伙子和圆脸小伙子，"我和李雁城是堂兄弟，我们跟唐正强是表兄弟。"奶奶觉得这三个小伙子面相都嫩和善，不是那种邪恶人相，就说："那你们都起来。"

　　爷爷没法摆脱这三个小伙子，在那个清朝政府刚刚被推翻、一切都很混乱、国弱民穷的年代，读了点书的年轻人的脑袋里是装着国家和民族命运的，因此这种年轻人有股让人讨厌的韧劲。三个年轻人当晚住进了旅社，笑呵呵地看着我爷爷奶奶。爷爷不理他们。每天清晨五点钟，爷爷起床练武，要把村里的武师和我那个与洋鬼子打仗而战死在河北的曾祖父教给他的拳脚过滤一遍，练出一身汗，才感觉舒服。三个小伙子也一早起床，先是看着我爷爷挥拳踢腿，跟着自己也挥拳踢腿。旅社前的一户人家在粮食仓库工作，是粮食仓库里保卫粮食不被饥民或盗贼偷抢的队长。保卫队长三十多岁，也有天不亮就起床习武的习惯，当然就听见了我爷爷练武的拳脚声。保卫队长见我爷爷孔武有力，走路脚步生风，两人自然就有些交流。有天早晨，爷爷牵着骡子去外面寻青草吃，保卫队长问："何兄，去我们粮食仓库干吧？"爷爷把骡子交给奶奶，就跟着保卫队长去了粮食仓库，在保卫队长的眼皮底下当了名粮食仓库的搬运工。

　　保卫队长的老婆姓林，姓林的女人与我奶奶熟识后，问我奶奶："你们是准备在长沙久住还是临时住一阵子？"奶奶说："想寻一处房子租下来长住。"姓林的女人说："我在青山街有处房子，是我娘家的，旧是旧了点，但还能住人。"奶奶很感兴趣。林嫂子便带我奶奶来到青山街，走到一处院墙破损的门前，门上挂着把铜锈锁。林嫂子打开铜锈锁，领着我奶奶走进院落。奶奶一步入这院落，心里就喜欢。院落不小，有个葡萄架，此刻葡萄架上的葡萄叶都落了，只剩了枝蔓。一处窗下有几苑美人蕉，美人蕉在这空落的院子里开得正艳，一抹阳光照在美人蕉上，使这处寂寞的院落充满生气。奶奶跟着林嫂子看房间，房间前后左右十来间。林嫂子的父亲是前清朝贪官，弄了四处房子，娶了四房妻妾，一个住一处，林嫂子的生母三年前病死了，这处房子就空了三年。林嫂子就是在这处门柱和屋檐上雕花刻鸟的房子里生长的，三四十年下来，这房子也破旧了，油漆剥落了，壁灰也掉了，有白蚁在拼命地啃噬着门框。林嫂子叹口气道："租给你住，你随便把几个租金都行。"奶奶觉得把这房子收拾一番，住家过日子再好不过了，就暗暗喜欢道："林嫂，你这房子如果可以卖就卖给我。"林嫂子忙斜着眼睛看我奶奶，"我回家跟我家先生商量下。"奶奶看一眼院落上的天，天很蓝，一片阳光很吉祥地照下来，奶奶沐浴着阳光说："好。"

奶奶把她的细软拿到当铺变成钱，加上何湘雄和何湘胜买我爷爷的田时付的四根金条，买下了这处院子。爷爷赶着骡车买来木料、油漆和生石灰，开始对这院子大加修缮。三个小伙子也跟来了，帮着我爷爷修房子，爬到屋顶上检修瓦片，把白蚁啃坏的柱子连根拔除，换上新柱子，还站到脚手架上一遍遍地油漆屋檐，干活相当积极。奶奶很高兴，觉得唐正强、李雁军和后来成为我岳父的李雁城是三个很热情和坦率的小伙子。奶奶盯一眼爷爷，脸上挂着甜甜的笑说："湘汉，你就收他们为徒吧，看他们这模样是铁了心要拜你学武。"爷爷摸了摸自己的头顶，对唐正强和李雁军说："你们去河边挑几担沙子来。"三个小伙子就一肚子劲地挑来了沙子，笑嘻嘻地把沙子倒在我爷爷的脚前。爷爷说："你们给我买几担生石灰来。"三个小伙子又一人挑来了一担生石灰。忙了几天，爷爷这才对三个小伙子说："从明天起，早晨五点钟跟我起床，练站桩。"

就这样，三个小伙子高兴地跟着我爷爷习武了。那时候爹和我大叔、二叔也是一早起床，不过爹和他的两个弟弟不是主动起床，是被我勤劳的爷爷一个个地揪起床。有了房子，在奶奶的心里就等于在长沙生了根。家里五口人，加上三个一心跟着爷爷习武的小伙子，奶奶就开始思谋生计了。我老外公一生爱吃腊肉，什么肉熏香了，他才吃。我老外婆为了迎合老外公，常常把买来的新鲜猪肉、狗肉、牛肉或鸡肉、鸭肉、鹅肉放到烘罩上烟熏火烤。奶奶做姑娘时，常跟着继母熏肉，就学会了用老糠和花生壳熏肉的技巧。一天，奶奶把骡子牵到牲畜市场换成钱，领着李雁军和李雁城买来大半边猪肉，熏好后拿到菜市场上卖，很快就卖掉了。奶奶又买回来半边猪，熏好后又让李雁军挑着上菜市场卖，又轻易地卖掉了。奶奶就有信心了，让爷爷和唐正强把后院的几间杂屋改成作坊，打了很多口灶，找保安队长，去粮站拖来一车车老糠和花生壳，开始制作腊味。奶奶熏的腊肉黄黄的，一挑到菜市场，不到一个时辰就卖光了。一年后，奶奶在菜市场盘了个门面，让读了点书的李雁军用红油漆在门楣上写了五个美术字：吉祥腊味店。开张那天，奶奶亲手点燃一挂三千响的浏阳鞭炮。鞭炮一放，硝烟还充斥在门前，顾客就等不及地拥进来，争着买腊肉，不到中午，一大堆腊肉全卖光了。奶奶说："看来长沙人跟我们乡下人一样爱吃腊肉。"

　　奶奶是个会持家的女人，脑子灵活，胆子也大，哪里她都敢去，见一些男人色迷迷地望着她，她就瞪那些男人一眼，一点也不害怕地走开。那个刚刚从封建社会的框架里挣脱出来的中国，是个人们无所适从又混乱不堪的中国，街上很少有女人，女人都像小猫小狗样躲在家里不敢出门。街上的女人都是佣人，要不很胖，要不骨瘦如柴，要不很老，要不很丑。像我奶奶那样光鲜美丽的女人在街上行走，那等于是一朵黑玫瑰随风飘荡。我奶奶为使自己不那般鲜艳、漂亮，就穿黑衣服，裹黑头巾，或拿顶烂草帽遮住脸上街。但奶奶这样的女人天生一副好衣架，随什么衣服穿在身上都好看，黑衣服使奶奶于众目睽睽中既素雅又高贵，反而更招眼，犹如一朵盛开的黑牡丹。草帽更像装饰物，更衬托出奶奶的美丽。"吉祥腊味店有一个好漂亮的女人，跟西施样。"南门口的男人说。这话一传出去，很多男人都拥到吉祥腊味店来了，跟苍蝇一样，要我奶奶亲自为他们称腊肉找零钱。第二天一早又来了，那些男人买了腊肉后仍不走，站在店里或门前瞧着我奶奶，一脸的痴情。直到腊肉卖完，奶奶领着李雁军或李雁城关了店门、一脸冷漠地向青山街走去时，这些男人才痛苦地离开。

　　那年秋天，唐正强要走了。在唐正强眼里，这个世界太烂了，纯粹是以强欺弱，且处处都是强盗和流氓，以致妇女和儿童走在街上都有恐惧感。街上，军警走路横冲直撞，谁挡了他们的道就揍谁，老百姓在军警眼里大体上跟猫狗一个级别，恼了便用枪托打用皮带抽，这让年轻而又有一腔热血的唐正强痛心疾首。唐正强的脑袋比李雁军和李雁城的大，思想也多几升，无形中装着更多中华民族的命运。有天，他奉我奶奶的命令去灵官渡屠宰场拖猪肉，瞧见一军警当众殴打一妇女。他是个热血青年，又被理想这根细竹篙支撑着，就走上去制止道："军爷，请你不要殴打妇女。"那军警见一圆脸小伙子走上来指责他，便吼道："好，那老子打你。"举手一皮带抽在他脸上，把他的脸打出了血。唐正强没敢反抗，却愤怒地盯着用皮带抽他的军警。军警见他还敢愤怒，又狠抽了他一皮带，"给老子滚开。"唐正强抹掉圆脸上的血，径直走进了招兵站。那年月，国民革命军在长沙街头设了不少招兵站，整日彩旗招展，锣鼓喧天，唐正强毅然走进招兵站，报了名。

回来，他一脸愤慨和坚定地对李雁军和李雁城说："我准备当兵。这个社会太乱了，打死了人同打死条狗一样，没人管。"李雁军不想当兵，笑笑说："我要跟师父学艺。"唐正强望着坐在地上的李雁城，"表弟，你呢？"我岳父也不想当兵，他觉得当兵不自由，说："我不喜欢当兵，当兵不自由。"唐正强说："你们的抱负跑到哪里去了？中国这么乱，难道你们不管不顾？"李雁军和李雁城都不知道如何回答他，唐正强见自己说不动两个表兄弟，把坚定的目光抛到天上，天上正浮游着一朵红云。他狠下心来说："看来我们得分道扬镳了。"

四

我奶奶是个很朴实的女农民，当然就是个很正经的生意人，人家上吉祥腊味店买腊味，奶奶从不少秤，斤两绝对给足。在那个奸商和恶人充斥街头巷尾、因损人利己而沾沾自喜的混乱年代，我奶奶的坦率和公正，无疑赢得了信誉，于是顾客都奔走相告，说吉祥腊味店从不少秤，一斤就是一斤，八两就是八两。信誉通过市民口播，一传十十传百，无形中给我奶奶带来了财富。一些人为了不吃小商小贩的亏，甚至绕道来买腊味，见我奶奶姿色迷人，又笑容可掬，本来打算只买半斤试味的，结果就买了一斤。吉祥腊味店的生意红得跟包子铺的蒸锅样，热气腾腾。南门口、碧湘街、学院街及城南路一带的市民想吃腊肉，都上吉祥腊味店来买腊肉。小吴门、北正街，甚至北门那边的人，也徒步来买腊肉。就是这一年，剪辫子运动在全国风起云涌，国民革命军看不得男人背后拖一根马尾巴样的辫子，就强迫全国的男人把辫子剪掉。奶奶看到街上一些粗蛮的军人拿着剪子，追赶和强迫男人剪辫子，回家便对爷爷说："湘汉，把辫子剪了。"爷爷反对道："不剪。"奶奶笑道："街上有军人追着男人剪辫子，不剪就用枪托打呢。"

爷爷的辫子是奶奶亲手剪掉的。奶奶先剪了我爹的辫子。爹那时在一家私立学堂读书，那学堂除了教国文还请了留洋的老师教数学。爹在学校里听老师说了剪头发的事，老师一脸深情地说："同学们，我们要做新中国的新国民，不做前清的遗老遗少。"老师率先把辫子剪了，走到讲台上说这番话时样子怪怪的，一转身，拖在老师背后的那根又粗又黑的辫子没有了。爹回到家，问奶奶："妈，留辫子就不革命吗？"奶奶那当儿正切猪肉，洗净手，拿起爹的辫子，举起剪刀咔嚓一声，爹脑后的那根黑辫子就到了奶奶的手上。"现在你也革命了。"奶奶说。李雁军是第二个被奶奶剪掉辫子的。我岳父李雁城是第三个。李雁城从街上回来，见李雁军背后的辫子没了，头发散在颈脖上，就大笑。奶奶没让我岳父笑多久，举着剪刀走到他身后说："站好。"不等我岳父反应过来，辫子就到了奶奶的手中。爷爷是最后一个。爷爷不肯剪，奶奶于那天半夜里把爷爷的辫子剪了。清晨，蛐蛐还在墙缝中叫，星星还没从天上撤离，我爹正梦见老虎，爷爷起床时感觉辫子没跟着起床，一摸，后面空了。爷爷惊道："杨桂花，我的辫子呢?"奶奶睡眼朦胧地一笑，"剪了。"

　　这一年，第一次世界大战爆发了，中国远离欧洲，应该可以休养生息。但那年冬天，日本军队一家伙把山东省占了，还逼迫袁世凯签了不平等的"二十一条"条款，这让中国人对民国政府的软弱大失所望，原来认为被鸦片战争、甲午战争及八国联军打击得千疮百孔的清朝亡了，中国就有希望了，谁都没想到新的民国政府又一次向小日本示弱，这让许多知识分子纷纷在当时的报纸上写文章，批评和谴责袁世凯等人卖国求荣。上海于那一年爆发了抵制日货的运动，号召国民用国货。长沙的老百姓也纷纷组织起来，冲进一家家商店，见日货就砸，不准店铺再卖日货。"我警告你，"一些义愤填膺的市民指着卖日货的商人，"如果你还敢卖日货，小心你的脑袋搬家。"有些商人听说日本人占领了山东省，也很气愤，有的商贩索性把一匹匹日本人生产的被长沙市民称为"东洋布"的布匹搬到街上，不用别人动手，自己点火，烧东洋布，烧得街头浓烟滚滚。

　　爹和大叔所在的学校，创始人是南洋回来的一位先生，姓肖。肖先生在南洋时就被日本人打过，他是把南洋的家当全部卖掉，拎着一箱金条回长沙办学的，一心要用"教育"挽救中国于水火。肖先生听说日本人侵占了青岛，而且还攻到了济南，便愤怒地号召学生抵制日本铅笔和本子，还让学生回家动员父辈们消除日货。我十三岁的爹和十岁的大叔觉得日本人太可恶了，回到家，联手把日本锅子砸了。大叔知道家里有几只日本洋瓷杯是妈几个月前买的，他走上去把洋瓷杯摔到地上，用脚狠劲踩。爷爷傻了，以为我大叔疯了，一耳光把他掼倒在地，喝道："你干什么?!"我大叔坐在地上哇哇直哭，边尖声哭道："老师要我们抵制日货，日本人侵略了山东省，还让我们国家签赔款条约，这是欺负我们中国人。"爹一脚踏扁了他大弟踏了几脚也没踏扁的日本洋瓷杯。爹是那种干起事来不慌不忙却又透着狠劲的人，他见日本人生产的热水瓶竟屹立在桌上，就把热水瓶举起，砸了，嘭，水流了一地。爷爷扬起右手，但爷爷迟疑片刻又放下了。我大叔见他哥把热水瓶砸了都没挨打，就大胆地把奶奶喜欢的描绘着日本美女的日本扇子撕烂，恨恨地掷在地上。我大叔是个容易激动的男童，身上遗传了更多我曾祖父那种容易沸腾的血液，当年八国联军入侵中国时，我曾祖父拎起大刀，只对后来被老虎吃掉的我曾祖母说了句"你最好把我忘了"，就领着村里十几个愿意跟他一起去打"洋人"的青年走了。我大叔目光愤怒地四处搜索，发现奶奶放盐的罐头瓶也是日本货，忙跑上去抓着瓶子往地上砸。奶奶尖叫道："金江，你个败家子，要砸也要让妈把盐倒出来再砸啊。"

　　爹和我大叔的眼睛都砸红了，见奶奶穿着的衣服是日本布料，爹就命令奶奶把衣服脱下来。奶奶脸都白了，"金山你疯啦？这衣服哪点碍你的事？"大叔知道剪刀在哪里，跑进卧室，拿了剪刀就冲上来剪奶奶的衣服。奶奶叫道："反了你啦？你个小畜牲！"但没用，奶奶镇不住这两个愤怒的儿子，两个儿子把母亲逼到锅炉前，奶奶怕了，"好好好，我脱、我脱。"奶奶爱漂亮，那两年，奶奶做了很多东洋印花布衣裤。这会儿，奶奶看着她的两个儿子疯狂地用剪刀绞她的衣裤，她气晕了，说："我明天没衣服出门了，革命革到东洋布上来了！"

　　爹和我大叔在私立学堂接受了很多肖先生灌输的新思想。爹长高了，脸变圆了，鼻若悬胆，方嘴，要穿三十八码的胶鞋了。爹渐渐明白，中国之所以落后是清朝政府搞封闭政策，而慈禧太后又是个抵制维新变法的可恶女人。"同学们，中国现在满目疮痍，一身的病，你们要立志，让中国在你们手上变强大。"肖先生说，一双眼睛含满了苦楚。肖先生是个爱穿黑布长衫的中年男人，戴副眼镜，镜框是黑象牙镜框，镜片的度数很高，有三个圈，目光从镜片后面射出来就讳莫如深。"我老了，中国要靠你们呵。"他对我爹和我大叔和颜悦色地说，说完后又一脸无奈。他如果斩钉截铁地说，我爹和我大叔也许会不以为然，因为爹和我大叔从来觉得救国救难是大人们的事。但肖先生和颜悦色地说，一副已经不行了的老朽相，爹和我大叔便觉得破败不堪的山河真的要靠他们这代人来收拾了，就用心读书，想用知识来拯救中国。有天，兄弟俩走进学堂，见几个老师面色阴郁，摇头晃脑，爹就对我大叔说："肖先生今天脸色不好。"我大叔小心地瞟一眼肖先生，也感觉肖先生那张脸色泽灰暗、沉郁。天色并不阴，阳光涂抹在花坛上，花坛里开满了花，红的黄的，有蝴蝶绕着花坛飞舞。上课时，肖先生沉痛地说："同学们，中国彻底没救了，袁世凯倒行逆施，称帝了。"爹和我大叔都望着满脸悲伤的肖先生，肖先生伤心道："这是倒行逆施啊，同学们。"爹不懂这个词，举手问肖先生，肖先生无力地解释道："倒行逆施就是违背社会发展的常理。"

那是冬天里的事。那年冬天，长沙冰天雪地的，屋上的冰锥垂下来都有三尺长，人冷得不但要穿棉袄，还要戴帽子，因为从北方来的冷风毫不客气地抽打着南方人娇嫩、湿润的脸，让长沙人感到西北风实在太狠毒了。爹回家，把手伸到烘罩上取暖，对奶奶说："妈，现在又有皇帝了，新皇帝叫袁世凯。"奶奶高兴道："好啊，老百姓的头上又有太阳了。"爹把他学的新词告诉奶奶："这是倒行逆施，是倒退。"

就是那个月，以唐继尧、蔡锷将军为首的一大批爱国将士起兵讨伐袁军。肖先生很激动，手握着拳头在教室里挥来挥去，并鼓励我爹等几个年龄大的学生从军。他满脸悲愤地无视学生的年龄道："你们是男子汉了，现在国难当头，快去当兵，打袁世凯去。"那年我爹其实还是个懵懂的大男孩，但在课堂上被他尊敬的肖先生一称为"男子汉"，心立即大了，脸上顿时出现了几分少年的勇猛和刚毅，人就心潮澎湃。他在饭桌上装大人地看着他妈，把声音变粗道："妈，我要去打倒行逆施的袁世凯。"奶奶听了这话，手中的筷子掉到了地上，眼睛都瞪圆了。她摸摸爹的额头，爹的额头并不烫，奶奶说:"你没烧吧?"爹虎着面孔说:"我要去参加护国军。"奶奶说:"护你个头! 你哪里都不能去,你这年龄,你们老师就唆使你去打仗? 你们肖先生是个疯子!"爹不听奶奶的,他走到门前,对着门就是一拳,门发出嘭的一声,仿佛很害怕地闪开了。爹觉得自己很有劲地走进房,忙着收拾行装。奶奶见爹拎着行装要出门,对爷爷说着狠话道:"湘汉,你不拦着金山,我就去跳湘江。"

爷爷可不希望他的儿子还没长成人就死在异乡,他板着脸对儿子说:"金山,你不要上学了,从明天起,在家做腊肉。"爹急了,说:"我要当护国军。"爷爷来火地瞪一眼儿子,"闭嘴,你屁眼大,护什么国?"我爹小时候很怕他爹,因为他爹不苟言笑,还因他爹打死过吃了他奶奶的老虎,仅凭这两条就让爹怕他爹怕得要死。但爹不甘心,一想起可以与几个同学摆脱父母的管束,去打新皇帝袁世凯,晚上就无法入眠。当世界沉寂下来后,当只有野猫的叫声在他耳畔萦绕时,他拍醒弟弟说:"告诉肖先生,你哥打袁世凯去了。"说完,爹摸黑拎起布袋,轻轻拉开门又轻轻带关,他走到院子门口时,爷爷坐在一张板凳上冷冷地喝道:"站住。"爹吓呆了,布袋掉到了地上。爷爷把我爹重新拎进房,将房门反锁。第二天上午,爷爷让我岳父买来一条锁恶狗的粗链子,把粗链子套到我爹的脚脖子上,用铆钉铆好说:"你就在房里站桩,你的桩站不稳,好好练吧。"

几个月后,李雁军有天买了猪肉回来,告诉我奶奶说:"袁世凯取消了帝号。有一个名叫蔡锷的湖南人在云南举兵反袁,率部开到四川,首战就把袁军打得大败,袁世凯知道自己没办法把这个皇帝做下去,就诏告全国,取消帝号,现在又是中华民国了。"奶奶让爷爷解开爹脚脖子上的枷锁,边讥诮道:"现在你去护国啊? 看你到哪里去护?"爹黑着脸。那几天爹门也不出,整天躺在床上悲伤,还觉得自己没脸见肖先生,吃了饭就睡,吃过饭又睡,早晨也不肯起床练功。爹很计较他爹用锁狗的链子锁他脚脖子,心里恨透了父母。爹不跟爷爷说话，也不理奶奶。爷爷知道儿子恨他，怕他弃家而逃，在大门上加了把锁，钥匙拴在腰带上，每天只有他可以开大门，开了门，李雁军、李雁城才可以出去。

那年奶奶又有了身孕，怀着我三叔，仍然在家里忙上忙下。一天，奶奶从吉祥腊味店回来，突然感到肚子痛，忙叫爷爷用板车把她送到诊所。那天下午五点钟，我三叔何金石来到了这个混乱的世界。那是个十分平常的日子，湘东和湘南已经连续下了十几天雨，长沙却是个阴天，街上一切如旧，空气中飘荡着淡淡的霉味儿。但那天的中华民国换了主人，黎元洪继任了大总统，而湘江正在涨大水。大水于这年提前一个月来了，淹了半个长沙城，致使很多灾民逃到青山街、妙高峰一带，就睡在别人家的屋檐下。奶奶接待了很多灾民，把熏腊肉的作坊供给灾民睡，光堂屋里就拥挤着三四户人家。十几户灾民在我家白吃白住了整整十天，大水退去后，他们也退去了，临走还偷走了一些腊肉。李雁军和李雁城要去追那些偷腊肉的人，说他们知道是谁。奶奶阻止说："算了。"这一年，隔壁王家举家南迁广东，爷爷就把隔壁家的七间房子买下，拆了一边的院墙，领着李雁军和李雁城重砌了院墙。家变大了，多了一块坪和七间瓦房。奶奶把李雁军和李雁城迁进那几间房，还在那几间房子的墙周围栽了月季、菊花和一株腊梅。月季和菊花是一个花农挑着花苗经过青山街时，求奶奶买的，腊梅是奶奶叫李雁军从山上挖来栽的。奶奶喜欢梅花，因为冬天太凄冷了，梅花会让这处院落于寒冬腊月里多点儿生气。

李雁军和李雁城都是老实人，尽管都到娶媳妇的年龄了，但他们都表示暂时不娶媳妇。爷爷每天早晨教他们练拳，一招一式地纠正着他们的姿势，爷爷教得辛苦，李雁军和李雁城也学得辛苦。我爹、我大叔、二叔也清晨五点钟就起床，在黑麻麻的星空下站桩和挥拳踢腿，直练到天亮，然后一家人就分头忙碌。奶奶比较喜欢李雁城，李雁城嘴热闹，人机灵，眼睛看事，而李雁军则是个闷罐子青年，不爱说话，笑得也不多，常锁紧眉头。

两人虽共一个祖父,性格却大不相同。有天,奶奶见李雁城盯着一女孩傻看,想李雁城也不小了,就把这事放在心上,"雁城,师母要跟你收媳妇了。"

农贸市场上有一对母女,奶奶经常看见这一对母女挑着菜来卖,菜担就摆在吉祥腊味店旁,女儿的眼睛大大的,脸虽然黑,但脸庞子瓜子样儿。奶奶觉得这姑娘相好,不是那种倒霉相,就喜欢。奶奶用嘴朝那对母女一努,"雁城,你觉得那妹子怎么样?"李雁城胆小,红了脸。奶奶一笑,走出腊味店跟那对母女攀谈,她打量一眼姑娘说:"这妹子是你女儿?"那母亲答:"我女儿。"奶奶问:"有婆家吗?"那母亲嘻嘻一笑,"如今是中华民国了,年轻人都要自由恋爱呢。"奶奶打量几眼姑娘,然后把目光转到我岳父身上,问:"妹子,我们腊味店的那个小伙子你喜不喜欢?"姑娘瞟一眼我岳父,见我岳父斜着一双眼睛望她,觉得我岳父尖脸猴腮,并不英俊,就摇头。奶奶觉得姑娘摇头的样子很可爱,笑道:"姑娘,你叫什么名字?"姑娘细声细气地答道:"李春。"奶奶觉得这名字好,还觉得姑娘说话的声音好听。那母亲见我奶奶盯着她女儿,就眯着眼睛瞟眼我岳父,问我奶奶:"大姐,他是你儿子?"奶奶回答:"他是我的帮工。"那母亲"哦"了声,奶奶折回腊味店,笑着对李雁城称赞那姑娘说:"这姑娘屁股大,一看就会生崽。"

五

这个大屁股姑娘后来成了我爹的女人,她住在橘子洲头。橘子洲头在湘江河的中间,是一片长满了橘子树的绿洲,那是片肥沃的土地,每年都要被大水淹一次,大水退后,土地就变得更加肥沃了,什么菜种只要丢到地上,都会疯长,仿佛比谁长得更快似的,几天工夫就长成可以食用的蔬菜了。这姑娘和她妈隔三差五地挑着两担菜,下到渡船上,过河,挑到南门口的农贸市场我奶奶开的吉祥腊味店旁贩卖。一个月后,李春再次挑着一担阿笋跟随她妈来奶奶的腊味店前摆摊时，她看见了我爹。爹已长成个英俊少年了，长得像极了他年轻漂亮的妈，圆额头、翘下巴、大眼睛、鼻梁端正，唯一的瑕疵就是嘴巴略嫌大了点。那是袭承了爷爷的特点。但这点瑕疵又恰好是男人的优点，因为相书上说男人嘴大吃四方。爹读了几年古书，知道陈胜、吴广为什么造反，知道汉高祖刘邦是沛县人；还知道隋唐时期，天下第一条好汉名叫李元霸等等，人就骄傲，根本没拿正眼看菜市场上的芸芸众生。这就让李春很感兴趣。李春是那种你越不对她感冒她就越感冒你的姑娘。这是李春长得很漂亮，对她感兴趣的人太多了，把她培养成了你不感冒她她反倒感冒你的性格，一般男人就入不了她的眼帘。爹当年是那种心性很高的人，这就对李春有吸引力。李春情窦初开，忍不住多打量了我爹几眼。她觉得我爹像她家养的那只大黄狗，假如旁边有许多小狗的话，大黄狗甚至都懒得搭理围绕着它的小狗。爹当年心存抱负，很想像南宋名将岳飞那样金戈铁马地收拾旧河山，眼睛就望着天，这在李春眼里，真像她家那条大黄狗，高傲、威严和冷峻。

爹就是那天从我爷爷、奶奶的眼里消失的。爹想肖先生了，好久没聆听肖先生教诲了，就耳朵痒，见一块腊肉熏得很好，对奶奶说"我送块腊肉给肖先生"，便拎了那块香喷喷的腊肉朝肖先生家走去。那时候我爹的脑海里装的都是国家，中国何去何从在他少年的脑海里七弯八拐的，因为肖先生没说明白，爹也就想不明白。那一年的中国，乱到政治已到了无序的地步。北平政府，以段祺瑞为总理的国务院与支持大总统黎元洪的国会，矛盾日益表面化。黎元洪利用国会的支持，强调"以政统军"；北洋军阀出身的段祺瑞则联络几省督军，反对国会。黎元洪下令免除段祺瑞的国务院总理，任命李经羲为国务院总理。段祺瑞手里有军队，就公然与黎元洪唱对台戏。北平政局瘫痪了，大家都不知道应该听从谁的指令。这年七月，安徽督军张勋以"调停"为借口，带兵入京，迫令黎元洪解散国会，看上去好像是站在段祺瑞一边，却暗中与康有为联络，突然宣布他们拥戴清朝废帝溥仪复辟,恢复宣统国号。爹不知道这些,听肖先生说完这一切,好半天才从牙缝里挤出一句话:"这么说,那个小孩子又是皇帝了?"肖先生沉痛地点头,"中国彻底完蛋了。"

那天,爹是送腊肉给肖先生吃,不想肖先生在他这个学生面前痛哭流涕。爹既迷茫又感动,还不知所措,脑海里就出现了千军万马的厮杀声。爹第二次觉得男子汉应该有所创建,就低声对一双眼睛在眼镜片后面流着泪的悲痛的肖先生说:"我要去当兵打仗。"肖先生不哭了。肖先生年轻时也习武,在南洋那样的地方闯荡时,身上常备着一把大刀,肖先生把他钟爱的大刀从墙上取下,送给我爹,"拿着,我老了,你年轻,大丈夫应以国为重。"爹没想他尊敬的肖先生竟对他期望这么高,更觉得自己要有所作为,就激动得说不出话来。

肖先生的家在湘江边上,他送我爹出门时,一股强劲的河风吹来,将我爹的一头蓬发吹得凌乱不堪。肖先生勉励我爹说:"自古英雄出少年,隋唐时期,李元霸、裴元庆、罗成出名时就都是十五六岁,也就是你现在这个年龄。"爹哪里经得起这种勉励,心就膨胀得天大,可容纳整个中国了,手就紧握肖先生闯荡南洋时背的大刀,腿上的肌肉也兴奋得直跳。肖先生又想起两千多年前曾活在中国的一名叫荆轲的侠义之士,又吟诗道:"风萧萧兮易水寒,壮士一去兮不复还。"爹听肖先生吟这样悲壮的诗句,脑海里立即闪现了自己与敌人同归于尽的惨烈幻象,便发誓不活了地说:"肖先生您留步,我们就此永别了。"那天天并不冷,但天色阴沉,翻滚的云层压着这座肮脏、破烂和人心涣散的城市。爹背着肖先生赠送的大刀,径直朝前迈去,嘴里吟着这句给了他百倍勇气的诗:"壮士一去兮不复还"。

爹大步朝北走。爹看到街上都是饥荒,一些讨乞的人沿街躺着或行乞,城市显得极其肮脏和贫苦。爹想,这个世界是该废掉。爹背着大刀,脑袋瓜里出现了他少年时十分崇拜的好汉李元霸,那好汉其实是书中人物,距今已经一千多年了，爹还在何家山村的老家接受老秀才的启蒙教育时就听老秀才绘声绘色地说过。肖先生使用过的大刀有十多斤重，爹背在身上突然就有了使命感，如着了魔，觉得自己是条好汉！肖先生说得对，大丈夫应以国为重。爹悲愤地想，昂首阔步地走出长沙，感觉自己走出了父母的樊笼，心就爽朗。走了十里路，天黑了，爹继续朝北走，又走了三四十里就到了湘阴县地界。爹在经过一处山坳时，天麻麻亮了，可以瞅见树木和山岚在远处缓缓飘浮。爹走到一棵树下，胃因饥饿而痉挛，便蹲下身，吐着从胃里蹿上来的酸水，边想李元霸是不是也曾像他这样一个人走夜路？忽然，一个端着长枪的年轻军人跳到他身前，大吼一声"口令"。爹吓出了一身冷汗，见面前是名军人，忙镇静道："大哥，我是来投军的。"年轻军人很不信任我爹，冲我爹吼道："举起手来。"爹举起了两只肮脏的手。

连长正好起床查哨，看见哨兵押着个身材单瘦的小伙子走来，他打量小伙子一眼，觉得这小伙子有点面熟，就叫住哨兵："抓了个什么人？"哨兵报告："报告连长，抓了个在我们防地鬼鬼祟祟的人。"爹说："我没鬼鬼祟祟，我是肚子饿了。"连长又觉得声音耳熟，就感兴趣地问："你哪里人？"爹借着早晨那抹淡淡的晨光望过去，认出连长是圆圆脸的唐正强，忙惊喜地叫道："唐大哥是你。"唐正强前年投奔国民革命军，国民革命军开到湖北，与吴佩孚的军队打仗，打散了，唐正强成了众多俘虏中的一员。吴佩孚没有杀他们，他们便换上了直系军服。现在，唐正强是堂堂的连长了。唐连长冲哨兵挥下手，转头看我爹，"你怎么跑到湘阴来了？"爹回答："我也想跟你唐大哥样从军。"

唐连长的这个连是警卫营中的一个加强连，保卫着吴佩孚。吴佩孚那时是直系军里一名野心勃勃的师长，他这个师相当于一个军，师下面有好几个旅，旅下面有团，团下面是营、连、排、班。所以这个师有两万官兵。唐连长把我爹领进连部，拿当时十分奢侈的饼干给我爹吃。唐连长看着我爹贪婪地吃着饼干，目光那么嫩，一脸傻傻的学生娃相，就不想把我爹送到战场上去，他怕他将来风光后，没法向师父和师母交代。他决定把我爹送给吴佩孚当勤务兵，吴佩孚的司令部离战场远，危险就少。他对我爹说："打仗有的是时候打，你还小，先不要急着送命。"爹说："肖先生说，男人为正义而战，死而无憾。"唐正强的理想被残酷的现实击破了，从军后才晓得理想只是个骗取人信任的口号，各人都在为自己打算盘，营长想当团长，团长想当旅长，旅长想当师长，而师长更有野心，都想扩军，成为地方诸侯，称霸一方。唐正强刚从理想的沟壑里爬出来，还一身的泥，看我爹就觉得我爹很傻，是个被理想骗出来的书生。他拍拍我爹稚嫩的肩说："现在是乱世，没人能搞清谁是正义的谁是非正义的，你不要听你先生说的，世上的事从来就没那么简单。"

那年月，正义还真的不晓得在哪一方。黎元洪下台后，冯国璋成了代总统；段祺瑞仍是国务院总理，府、院之间又开始了新的一轮争权夺利。而湖南有很大一部分则是当时的新生力量国民党的地盘，以追随孙中山的湖南人程潜为首，主力是湘军第一师，师长叫赵恒惕，湖南衡山县人。他们与段祺瑞的北洋军阀不是一路人，段祺瑞就让曹锟指挥吴佩孚的第三师和五个混成旅直扑湖南。桂系部队也开来了，很乐意把与北洋军阀的战场摆在湖南。皖系军阀调来张敬尧师，于是南北两军的战场在湖南一摆开就拼杀得十分激烈。今天这里开仗，湘军溃败，明天那里交火，桂系部队占了上风，后天吴佩孚的第三师两万官兵又攻陷了岳州（岳阳）。过几个星期，张敬尧的皖系部队又举着屠刀勇猛地杀向长沙，湘军抵挡不住，只好撤离长沙。我爹就是那段时间从军的，脑袋里装着那句著名的"风萧萧兮易水寒，壮士一去兮不复还"的诗句，只身投奔到了吴佩孚的帐下。

奶奶在我爹失踪的头半年里人都急晕了。奶奶最疼我爹，爹是长子，这个儿子却在她什么都不知晓的情况下忽然消失于乱世中了，奶奶能不急？我大叔说："哥革命去了。"奶奶瞪一眼我大叔，我大叔长了双很丑的大脚，身高还只一米五，却要穿四十五码的黑布胶鞋。一双耳朵又大又肥，形状像猪耳朵，这让我奶奶自己都觉得我大叔十有八九是猪八戒变的。奶奶甚至都拿不准我大叔是不是她生的，因为我大叔长得既不像她，也不像爷爷，如果硬要说像谁的话，倒像我奶奶记忆中那个常用挑剔的目光盯着她的被老虎吃掉的我老奶奶。奶奶令李雁军和李雁城去找她儿子。李雁军和李雁城奉命而去，中午回来，奶奶说的第一句话就是："找到金山了么？"李雁军摇头，"没有。"奶奶看见李雁城垂头丧气的模样走来，不用问就清楚没找到，就失望道："你们吃过午饭再快去找。"

　　这样找了一个星期，李雁军对找到我爹的信心就不大了。有天，李雁城拖着疲惫不堪的身体继续找，天突然下雨了，他忙躲到一家妓院的屋檐下避雨。一妓女盯着他媚笑，他便问那妓女："有个瘦个子小伙子，年龄十六七岁，比我高一点，姑娘，你看见过没有？"妓女嘻笑道："来我们这里玩的都是十六七岁的小伙子呀。"李雁城满脸疑惑，"真的？"妓女又嘻嘻一笑，勾引他说："不信你自己进来看呀。"

　　那是碧湘街，那条街在上个世纪初叶是一条热热闹闹的妓院街，所有的下等妓女都云集在这条街上，涂脂抹粉地等待着男人们宠幸。我岳父李雁城犹豫着走进了这家妓院，他看见一个个醉生梦死的男人和一个个花枝招展的妓女搂在一起喝酒、亲嘴，瘦脸蓦地红了，不知如何是好。一妓女对他招手，我岳父打了个激灵，呆了，那妓女长得实在妖艳，像他少年时候看的连环画上的狐狸精。我岳父站得笔直地望着那妓女，那妓女对他撇下嘴，还给了他一个媚眼说："过来呀。"我岳父年轻时胆子小，是不看女人的，但那天他壮着胆子走了过去。那妓女嘻嘻一笑，见我岳父的脸和头发都被雨打湿了，忙拿着打了香的手帕揩我岳父脸上的雨水。我岳父第一次近距离地嗅到了女人身上的香气，就陶醉了。他左右望望，又吸一口香水气味浓烈的空气，不觉打了个喷嚏，鼻涕都打了出来。那妓女也不嫌弃，用她的花手帕揩他的鼻涕，"你别紧张呀。"我岳父更紧张了，"我来寻我师弟。"妓女嘻嘻一笑,看着他脸上的红潮,觉得他太可爱了,便在他脸上摸了把。"来呀,"妓女说,"到这边来。"妓女把我岳父引入她的房间,房间里充斥着劣质香粉味,香粉味很刺我岳父的鼻子,他又打了个喷嚏,鼻涕又打出来了。妓女又掏出手帕,给他揩鼻涕。

我岳父很小就死了母亲,从小缺乏母爱,从没被女人两次捧着脸揩过鼻涕,心里就波澜壮阔,便激动地抓住妓女的手说:"你真好。"妓女浅浅一笑,见他满脸绯红,又呆头呆脑,就晓得我岳父还是一只单纯的小牛犊。妓女说:"一看你就是个老实人,还没近过姑娘身吧?"我岳父感动得悲伤地点点头,妓女忙把我岳父的手拉到她的乳房上,"我让你摸摸它,不要钱。"我岳父当时是个蓄了一身精力的勇猛的青年,手一触到女人的乳房,就跟通了电一样,身上就起了火,便勇敢地把妓女抱得双脚离了地。妓女要我岳父把她抱到床上,妓女转过娇躯,把衣服全脱了,再转过身来,娇柔地替我岳父解衣扣,又解他的皮带,我年轻的岳父哪里受得了这个?!当妓女伸手抚弄他的下身时,我岳父的脑海里出现一道金光,那玩艺喷射了,把他的郁闷和烦恼喷了个精光,让他感到莫名的畅快……

第二天我岳父又去了,过了几天,我岳父再去时,被另一妓女拦在门外,这妓女伸出胳膊阻挡道:"梨花在接客。"我岳父一听梨花在接客,头皮就发炸,背上像着了火,"梨花,你骗我。"梨花没回答。他又说:"梨花,我要你解释。"拦着他的妓女觉得我岳父很蠢,道:"你激动什么?做我们这行有不接嫖客的吗?你真爱她就把她赎出去。"我岳父大声申辩:"梨花说她这辈子愿意为我去死呢。"拦他的妓女噗哧一笑,"你真是个傻瓜,妓女的话你也信?"我岳父痛苦得浑身发抖,拳头攥得紧紧的,水都拧出来了。妓女温和地把我岳父按在厅堂的一排木椅子上坐下,"你冷静点。"

又有客人进来,那妓女就抛下我岳父去撩拨别的客人。我岳父冷冷地看着进来的三个男人,他听见其中一个胖男人问拦他的妓女:"梨花呢?"

那妓女说:"梨花在接客。"不一会,从梨花的房间里走出来一个穿军装的士兵,梨花探出一张香喷喷的脸,对我岳父一笑。胖男人看见梨花,就扫一眼我岳父说:"你换一个吧。"我岳父正一肚子火,就不肯相让。胖男人凶道:"小子,你睁大眼睛看看老子是谁?"我岳父不看他,粗声道:"我管你是谁!"胖男人甩一个耳光过来,我岳父逮住胖男人的手一拉,胖男人收不住力,一个趔趄,额头砸在墙上。胖男人没想到这个年轻人有这一手,很是吃惊地瞪着我岳父,"你等着。"我岳父没等他,撩开厚厚的布门帘,走进了梨花的房间。梨花正坐在梳妆台前,往脸上打胭脂,从圆镜里瞅着我岳父。我岳父喘着粗气说:"你说你要嫁给我,怎么还跟别的男人睡?"梨花责备地瞟他一眼,回答他:"你不把我赎出去,我不接客老鸨不把我剁了?"梨花补好妆,走到桃花木床边,对我岳父嗲声嗲气道:"傻瓜,到床上来呀,我给你消消火。"

就在这时,进来一伙人,叫叫嚷嚷的,是胖男人叫来的几个哥们,手中持着铁棍和九节鞭。胖男人说:"那小杂种敢跟老子抢女人,老子要打死他!"他冲进梨花的房间,见我岳父正愣愣地坐在床头,胖男人大叫道:"他在这里。"就有三个蛮汉挤进来,在狭小的房间里对我岳父挥舞铁棍和九节鞭。梨花叫嚷着,躲到了墙角,我岳父捂着头,爬到了床下。几个凶汉就用脚踢,用铁棍捅。我岳父连声叫"哎哟",梨花怕打出人命来,忙跪到胖男人脚前说:"刘哥,不要打了,他不懂事。"胖男人解了气,吼叫:"马上给老子滚。"我岳父害怕地爬出来,抱着头,从几个瞪着他的凶汉面前走了出去。一出门才知道街上戒严了,到处是军警,那是张敬尧的皖系部队,都是说一口安徽话。我岳父不敢乱走,怕被抓进军队做苦力。那年月就是这样,军人抓了"夫"就扣在军营,短则几天,长则几个月,迫使他们做一些军人们不愿干的苦力活:挖坑、筑工事或搬运笨重物件。我岳父蹲在一黑暗处静待天亮,边自认今天倒霉透了,挨了打也就算了,还要在这里挨冻,真是世道不公。天很冷,西北风在破烂的长沙街巷里横行,寻找攻击的目标。我岳父缩在角落里，一脸愤恨又一脸无奈，时不时打量几眼乌云翻滚的天空，恨不得折回妓院，找那个胖男人再打一架。一个着厚厚的长衫的男人向我岳父走来，也是回不去了，在我岳父身旁蹲下，于黑暗中对我岳父点下头。

　　这男人比我岳父年长几岁，一张长长的马脸，戴副黑框眼镜，嘴唇很厚。男人找我岳父搭讪道："我姓蔡，名和平，你呢老弟？"我岳父回答："我叫李雁城。"蔡和平进一步介绍自己："我是教师，你老弟是干什么的？"我岳父一听教师就看这男人一眼，虽然看不清这男人的脸，但他感觉教师对他没有恶意，就答："我是学徒。"蔡和平笑笑问："来碧湘街逛妓院？"我岳父问："你呢？"蔡和平说："来联系一个人，他住在这条街上，谈事谈晚了，戒严了，只好跟你一样在这里待一晚。"我岳父"哦"了声，咽下口水。

　　蔡和平望一眼凄惨的街道和阴沉沉的夜空，哀声道："唉，中国现在，到处军阀割据、混战，谁拿我们老百姓当人？"我岳父感到这句话暖了他的心，他此刻正感到自己没被人当人，就看着蔡和平。蔡和平接着说："你看我们湖南，直系、奉系、皖系、桂系军阀都来争抢地盘，今天这个执政，明天那个掌权，谁赢了谁执政，这样长此下去，老百姓不遭大殃吗？"我岳父不懂政治，但对蔡和平说的这番话很感兴趣，便认可道："蔡先生说得对。"蔡和平目光锐利地看一眼我岳父，"我们中国人最大的毛病就是各人自扫门前雪，这句古训害得大家都不去管他人房上霜了。这也正是帝国主义和军阀们敢于胡作非为的原因。"我岳父第一次听到一个人谈政治就是在这条肮脏的碧湘街上，他在黑暗中看一眼蔡和平，蔡和平把手往下一劈道："我们要改变这个世界，要唤起老百姓身上麻木不仁的心。中国的老百姓都太麻木了，也难怪官兵把我们老百姓当猪狗啊。"我岳父听到这话，感觉有一股从来没有过的暖流在他体内沸腾，那隐藏在他体内的反抗精神如一只兔子从地洞里蹦了出来，睁着红红的眼睛，吐着晦气。他一时忘记了自己刚才在妓院里被人暴打的情形，问："像我这样的人也能改变世界？"

蔡和平坚决地说："能,只要我们齐心协力,就能。"

　　早晨,我岳父回到青山街的家时,爷爷和奶奶都吃惊地看着他,奶奶问他:"你怎么被别人打成这副模样?"我岳父不好意思对我奶奶说是在妓院里被人打的,就说:"被当兵的打的,宵禁了,我回来,路上他们拦住我就打,说我故意违抗宵禁令。"身材瘦高的李雁军一早在坪里练功,腿上绑两块砖,胳膊上也吊两块砖,稳稳地蹲在葡萄藤下,头顶冒着热气。他待堂弟跟我爷爷奶奶说完话,收了功,走进房间看着堂弟。他知道堂弟喜欢一妓女,堂弟私下跟他说过。他问:"谁把你打成这样?"我岳父垂着头说:"我去看相好的,被妓院里的几个流氓暴打了一顿。"到了下午,李雁军把手头上的事做完,看着鼻青脸肿的我岳父说:"我们去会会那几个人。"我岳父说:"他们不好惹。"李雁军生性好打抱不平,他不怕地盯我岳父一眼,感觉自己的手和脚都痒了,"走吧,正好试试师父教的拳脚。"

　　梨花还没起床。我岳父掀开门帘,见梨花蜷缩在印着荷花的被子里,他把盖在梨花身上的被子掀掉一半,问:"昨天打我的那几个人住在哪里?"梨花睁开迷糊的眼睛说:"他们是西湖桥的,老鸨都怕他们,小心肝,你吃点亏算了。"我岳父很想出这口恶气,没理梨花,走出妓院,对站在一棵树下的堂兄说:"哥,那几个人是西湖桥的。"

　　西湖桥是一座清朝时期建造的石桥,石桥坐落在一条向湘江排污的水沟上。西湖桥的前后左右都住着码头工人和驾船的。我岳父和李雁军、唐正强初来长沙时就是在码头上扛包,对这一带十分熟悉。李雁军是个内秀的、话不多、不爱笑、但十分好胜的人,在我爷爷手上学了几年武艺,就想打架。兄弟俩朝西湖桥走来了。我岳父老远便看见胖男人与一中年人坐在街头晒太阳,胖男人也看见了他,说:"你小子还没打怕?"我岳父因有堂兄撑腰,就粗声答:"我哥来找你算账。"胖男人蓦地起身,目光很凶地瞪着我岳父和李雁军,"你敢伤我一根毫毛,我就要你们的命。"李雁军不是个怕事的人，他走上来，一把揪住胖男人的衣领，胖男人企图甩掉李雁军的手，李雁军身高力大，用劲一提，胖男人就像一袋米一样离了地。中年男人见状，进屋拿了把菜刀冲出来，威胁李雁军说："放手，不然老子砍死你。"李雁军将胖男人朝前一推，胖男人的背就撞到了菜刀上。

中年男人举着菜刀朝李雁军砍来，李雁军一勾腿把中年男人踢翻在地。西湖桥的男人见这里打架了，都围上来，将李雁军和我岳父围在中间。我岳父很紧张，呆呆地站在原地不敢动。李雁军夺下中年男人的刀，丢给我岳父说："谁敢拦你你就砍他。"我岳父手中有刀，胆子就壮，握着刀乱砍。一些人见他挥舞菜刀，纷纷退开了。李雁军殿后，倒退着走。有人拿着木棒和铁棍追上来，李雁军手快，将一名挥舞着铁棍的男人打倒，夺下他手中的铁棍，戳了对方嘴巴一下，那家伙的一口牙齿被李雁军戳掉了几颗。那几个西湖桥的流氓闻讯赶来，见我岳父拿着菜刀乱舞，谅这个吓得爬到床下的人不敢真砍，就迎上来。我岳父虽生性胆小，这会也勇敢了，一刀将一个男人的头砍开了，血喷涌而出。其他男人见形势不对，吓得退到两旁。我岳父和李雁军便从容地从重围中冲了出来。

晚上，爷爷家被围成一只铁桶，七八十人围着、喊着、叫着，要我爷爷交出凶手，不然就放火烧屋。李雁军就很男子汉地说："师父，让我出去跟他们打。"爷爷不让，拉开院子门，一飞镖嗖地朝爷爷脸上飞来，爷爷一折身，接住了飞镖。那掷飞镖的人见我爷爷能捉住他的飞镖，自己都不敢相信，又一支飞镖掷向我爷爷。爷爷又用两指夹住劲道很足的飞镖，把飞镖反掷回去，飞镖扎在对方肩上，那人叫了声"哎哟"。爷爷把长袍一搂，站个马步，说："冤家易结不易解，大家都让一步，你们说呢？"

西湖桥的人都是走江湖的，一见我爷爷这架势就晓得我爷爷身手了得。一个中年壮汉走前一步说："你徒弟把我徒弟的头砍开了，你看怎么办？"爷爷厉声道："雁军、雁城，你们出来。"李雁军和我岳父就都走出来，爷爷冷冷地瞪着那人说："是哪个砍了你徒弟，你就在他头上砍一刀。"那脑壳被砍开的人指着我岳父,"是他。"我岳父一听这话便晓得坏事了,因为我爷爷是那种提倡冤有头债有主的人,平常就是这么告诫他们的。我岳父慌乱地看着我爷爷。爷爷不看他,对那壮汉说:"你动手吧。"那壮汉说:"好,这算公平。"就拎着一把刀走上来,我岳父还没来得及躲避,那刀便砍在他脸上,我岳父惨叫一声,人栽在地上,血就在他脸上横流。爷爷望一眼我岳父,这才对西湖桥的人说:"我们两清了。"中年壮汉对他的徒弟说:"我们走。"爷爷这才转身进房,找出伤药涂在我岳父那张血淋淋的脸上。

六

我岳父就这样破了相,额头上一条寸多长的刀疤,斜斜地一杠。我岳父看着镜子里自己这张脸,恨得牙痒痒的。他原来是个英俊的小伙子,现在变成个伤疤男人,他觉得自己太亏了。奶奶有些不安,怕我岳父怨恨我爷爷,就对他说:"当年我们何家山的人在外面闯了祸,都是用这种方式解决的,你不要记恨你师父。"我岳父自惭形秽道:"我是自作自受。"我岳父不是那种看得开的人,事实上他是计较的,他记恨师父没有保护他,这既让他伤心,又让他觉得活在这世上没有依靠,因而倍感愤怒和凄凉,这便是他后来不顾师父师母反对,一心要革命的原因。若干年后,在他死前的几年,他回忆起他投奔革命的原因时,就是这么说的。我岳父有三个月没去会那妓女,但当脸上的伤痊愈后,春天里,他的心又飞到了梨花身上,这颗心于这三个月里始终没法忘记梨花的体味和温情,相反,更浓更深了。一想到梨花睡在别的男人身下,他就惶恐,就捂着眼睛,仿佛他什么都看见了。

一天上午,他红着脸对我奶奶说:"师母,我想找您借一百银元。"奶奶很奇怪,"你要一百银元做什么?"我岳父咬咬牙说:"我想把梨花赎出宜红院。"奶奶道:"那是个婊子呢。"我岳父不喜欢我奶奶这么说他热爱的梨花,我奶奶越是这么说,越坚定了他要娶梨花的决心。他反驳说:"梨花很善良,他们打我时她保护我。"奶奶看着我岳父,见我岳父脸上的伤疤一动一动,像条蜈蚣在爬。奶奶明白我岳父的话里有话,说:"雁城,你将来会嫌她的。"我岳父年轻时眼睛只看现在,是不管将来的,他立即表态:"我永远不会嫌她。"那天晚上,奶奶跟爷爷商量,爷爷想了下说:"雁城表面上没说话,但他八成记恨着我这个师父,就随他吧。"奶奶犹豫道:"真的让雁城把那种女人娶进屋?"爷爷回答:"我们又不是他爹妈,只是他师父、师母,他喜欢那样的女人,那是他的事。"

奶奶给了我岳父一百银元,我岳父穿上过年时我奶奶为他做的新衣服,拎着一百银元,满脸快乐地走进宜红院,将一百块银元甩给老鸨。老鸨很仔细地打量着每一块银元,"都是真货,叫梨花来。"梨花一脸脂粉地来了,望着我岳父。老鸨起身,打开柜子,把梨花的卖身契给了我岳父。梨花的眼泪水突然涌出眼眶,将她尖脸上扑的粉脂流成了几条窄窄的沟渠。我岳父把梨花的卖身契放进口袋,看着一脸泪水的梨花,不无得意地说:"走吧。"梨花当着老鸨的面一把抱住我年轻气盛的岳父,哭道:"雁城哥,我从此给你做牛做马。"

奶奶把一间陈放腊肉的杂屋收拾出来,安排我岳父和梨花住进了那间墙壁上充斥着腊肉气味的屋子。奶奶对梨花并不热情,奶奶也不喜欢听一个妓女叫她师母,冷着脸说:"你不要叫我师母,我不是你师母。"梨花的脸红了,把脸扭到一边。那天傍晚,我岳父喜滋滋的模样从腊味店回来,吃过饭,我岳父拎着桶热水步入洗澡间,三下两下地把满身的腊肉味洗掉,快乐地走进房间,刚在床边坐下,手还没碰到他心爱的女人身上,却见梨花含着泪说:"我们住出去吧?"我岳父感到吃惊地睁圆眼睛问:"你怎么会有这种想法?"梨花低声抽泣道:"你师母嫌我。"我岳父把梨花抱到怀里,安慰她说:"你不要像在宜红院那样说话和打扮,你要改。我师母是刀子嘴豆腐心，你只要做得好，师母的态度就会变。"

四月里樟树的花香从院子外飘来，缓缓地飘入他俩的房间。我岳父一嗅到樟树花香，就如一只雄鸟一样骚动起来，身上就来劲。他吹灭马灯，手便放到梨花身上，见梨花不温柔，就说："那一百袁大头难道是天上掉下来的？不是师母，你现在还在宜红院里被一个个野男人操呢。"梨花拧下我岳父的腮帮子，撒娇道："不准你再提宜红院。"

这年夏天又有一对母女住进了青山街的这幢四合院，这对母女是李春和她那个背有些驼的母亲。大水来得很凶，一夜之间就把橘子洲头的屋顶淹了，李春和她母亲于情急中爬上一条船，逃出了那片突然暴涨的黄浊浊的水域。发大水是八月份，上游山洪暴发，半夜里洪水奔腾不息地冲来，湘江河长沙段一个小时内涨了三米。河岸边的很多市民还在睡梦里，汹涌而至的洪水便夺走了他们孱弱、迷茫的生命。奶奶是第二天上午听街上人说，昨夜发大水，河岸边的很多民房被洪水汹涌欢快地卷走了，就走到街上看大水。雨还在下，上游的雨下得更凶，大水还在涨，围着街口看大水的市民纷纷倒退，奶奶无意中看见李春和她的背有些驼的母亲。奶奶见李春和她母亲的蓝布衣裳都湿漉漉的，头发也湿湿的，拎着的花布包也湿淋淋的，就觉得自己该同情这对母女，便领着这母女回了家。

还在三月份，皖系张敬尧部在湖南平江大开杀戒，因为皖系第七师攻打坚守平江的湘军某团时打得很苦，攻克后就恣意报复，见男人就说是穿着便衣妄想化整为零的湘军，开枪射击。见女人就拖到墙角奸淫。张敬尧的皖系军占领长沙后不久，段祺瑞忙派人送来一纸委任状，任命张敬尧为湖南督军，以奖励他把湘军和桂军打得大败。张敬尧根本就没打算在湖南驻足，他只是借着这个机会掠夺湖南的财富。为使湖南人怕他的军队，他甚至默许部下在长沙市内恣意打砸抢。有人向他禀报，说他的部下冲进一家工厂杀人放火，他听了不但不下令制止，反而大笑，说："都说湘军会打仗，我看湘军没什么了不起。"而大水却在张敬尧的皖系军队在湖南境内作恶时兴风作浪，冲垮了湘江和沅江两岸的很多房屋，淹死了众多百姓，河中到处都飘着人和动物的尸体，尸体都泡得很肥大，好死了那些食腐的飞禽和野狗，以致生活在北方的秃鹫都闻讯飞来，欢快地俯冲到尸体上，大口啄食着腐尸。

湘江边上的一些老百姓同猫一样生活在屋顶上，并非是眷恋着家，而是洪水来得实在太快太猛，一时无法逃脱，情急中爬到屋顶上，饿了就吃从河中捞上来的生菜或死猫死狗，渴了就喝黄浊浊的河水。当然就有病死的，必须把尸体弄走，因为尸体腐烂的恶臭让人受不了。葬礼就在屋顶上举行，七八个大人小孩跪在尸体前，一支唢呐于风雨中和油布伞下吹着悲惨的曲子，吹得一家人呼天抢地地痛哭一阵后，来帮忙的人便戴着口罩和手套，把腐烂的尸体搬到船上，驾船而去。雨下得更大了，世界就茫茫一片雨雾。

张敬尧部不管大水不大水的，也不管老百姓生病、饿死和在屋顶上举行葬礼，继续搜刮老百姓的钱财。那些安徽兵比湖南的土匪更加肆无忌惮，端着枪毫不客气地闯入民宅，把一家人逼到墙角，见值钱的东西就拿，拿不动的就几个人抬，抬到当铺逼着当铺老板买。当铺老板拿不出钱收买，安徽兵就用枪托狠揍当铺老板，把当铺老板打得满头是血。仍然是到了晚上八点钟就宵禁，安徽兵全副武装地在街上值勤，不准老百姓走动。爷爷一到五点钟就关门，还用木头顶着大门。有天晚上，安徽兵来了，大门被枪托擂得山响，奶奶、李春和李春妈脸都吓白了，爷爷让大家都不要吭声。安徽兵见擂不开门就对着大门开枪，嘭、嘭、嘭，几声枪响划破青山街的夜空，好在大门厚，子弹没打穿。安徽兵闹腾一气，转背去抢别的人家。爷爷松口气，奶奶却说："何家山的土匪都没这么凶。"

次日一早，爷爷打开大门，就见大门上呈现五个弹孔，子弹嵌在木头里。过不了几天，又来了一茬安徽兵，比前一茬更凶，又在大力擂门，用枪托砸，砸得整个青山街跟打鼓样的响。李雁军和我岳父都拿起铁棍和扁担，准备跟安徽兵拼命。金江、金林很恐惧地站在奶奶身边，爷爷让奶奶、梨花和李春往脸上抹灶灰，爷爷让李雁军和我岳父丢下手里的家伙。安徽兵擂不开门，就用手榴弹炸，轰地一声巨响，门歪了，顶着门的圆木震掉了。几个安徽兵端着枪凶狠地冲进院子，其中一安徽兵一枪托砸在站在最前面的李雁军的腰上，李雁军被那一枪托打了个趔趄。另一安徽兵用枪托打我爷爷，爷爷用手接住安徽兵捅来的枪托。安徽兵很惊讶地叫了声"咦呀"，这才说："你厉害呀你。"又一枪托砸向我爷爷，爷爷有硬功，那一枪托砸下来，就跟砸在石头上一般，爷爷纹丝不动，安徽兵反叫了声"哎哟"，手震痛了，目光就变敬畏了。另一安徽兵不信邪地走前，猛地踢我爷爷一脚，想把我爷爷踢翻，爷爷没动，那安徽兵的脚趾骨折了，痛得坐到地上，摸着自己的脚，呲牙咧嘴的。另外几个安徽兵的目光就没那么凶了。奶奶打圆场说："几位军爷，多有得罪，请屋里坐。"安徽兵没坐，他们虽然都看出我爷爷有武功，但他们有枪，就不怕。他们冲进这间房那间屋搜寻物件，翻箱倒柜，奶奶把钱藏了起来，他们却把奶奶搁在箱子里的那张老虎皮找了出来，还把桌上的一只德国钟和梨花的紫檀木香粉盒抱走了。另外，他们还抬走了一箩筐香喷喷的腊肉。他们走时，李雁军想阻拦，一安徽兵转身打了李雁军胸脯一拳，李雁军运气把那一拳挡了回去。那安徽兵惊疑地看李雁军一眼，说："这一家人都有武功。"

奶奶让大家收拾被安徽兵翻乱的东西，一边诅咒这些安徽兵不得好死，随后叫大家各自回房睡觉。那天晚上爷爷和李雁军就守在门口，安徽兵还在挨家挨户地搜刮，把抢到的东西扔到一辆辆板车上，不慌不忙地捆好，拖着，收获颇丰地大步而去。下半夜整条街安静了，就听见这家那家传来哭声和对安徽兵的咒骂声。天一亮，爷爷叫来一个木匠，木匠又叫来白铁匠，商量着怎么做门。几天后，一张更厚更结实的新门安到了青山街三号的门洞上。爷爷买来一桶黑油漆，一遍遍地漆着门。对门韩家的男人看着我爷爷漆门，说："我这辈子才看见世界上有这么恶的兵。"曾家的女人叫道："什么兵？一群安徽强盗。"刘家的爷爷嘶哑着喉咙骂道："强盗都比这些安徽兵好呢。"

我岳父李雁城自从和那个蔡先生相识后，脑袋就出问题了。他对安徽兵炸门抢劫有他的看法，认为中国太无政府主义了，什么人拉了支军队就可以为患百姓，明打明抢，这样的国家是不是烂到骨头里了？次日，他于晨曦中对李雁军说："哥，我们中国难道要这么乱一世？"李雁军恰好相反，他是个不关心时局的人，他没有堂弟那么大的心，目光也没堂弟那么刁钻，他满足于习武、吃饭、做事和睡觉，这种简单明了的生活让他安宁。他淡淡地说："这我怎么晓得？"我岳父把蔡先生的话传给李雁军听："我们中国人都是各人自扫门前雪，这是最要不得的，这也是军阀们可以任意欺压老百姓的原因。"他看一眼一旁的开得红灿灿的美人蕉，又说："哥，有一位蔡先生对我说，只有把贫穷、落后的中国砸烂，重铸一个新中国，中国才有救。"李雁军揉揉站桩站酸了的腿说："你不要信这些话。"我岳父瞟一眼睡眼惺忪的我大叔，我大叔刚起床，一屁股坐到葡萄藤下，一双大脚伸到我岳父的眼皮下。我岳父说："蔡先生说如今的中国，谁手上有枪谁就是王，你看张敬尧，当了我们湖南的最高长官，不但不安抚老百姓，还纵容他的官兵公开抢老百姓的财物，这还要老百姓活不？"

我大叔很瘦，一张脸很白净，太阳可以把这个人晒黑，把那个人的脸晒成锅粑色，太阳却没法把我大叔的脸晒黑，尽管他每天上学都来来回回地在太阳下闲逛。我大叔的脑海里装着许多中国的未来，这都是肖先生在教室里宣讲的。他听我岳父这么说，就觉得太对了而嘿嘿嘿笑，边望着我岳父说："我们肖老师要我们把书读好，长大了好报效国家。"早晨的太阳有点耀眼，我岳父把目光投到我大叔的脚上，心里嘀咕"二少爷的脚真大"，却表扬我大叔说："你们老师说得好。"我大叔正要说什么，忽然有枪声传来，一片激烈的枪声，不知哪里又在打仗！奶奶慌忙从厨房跑来，警告大家："今天都不要出门。"

一家人就坐在堂屋里，眼睛盯着葡萄架上的葡萄，还盯着含有火药味的阳光，那阳光黄中带红，以致墙角的美人蕉开得都笑了，不断地摇晃。李雁军坐在一隅不说话，爷爷也锁着眉头不说话，我岳父却说个不停，把他从蔡先生那里获得的与时局相关的信息，用蔡先生那种忧国忧民的语气说出来："北平现在很乱，段祺瑞、冯国璋都是军阀，谁都不听谁的。东北有个张作霖，手中有十几万军队就我行我素。孙中山的国民党在广东搞自己的一套，中国现在四分五裂呢。"我大叔耳朵奇大，听力和分辨是非的能力也强，他一听这些话就心潮澎湃地攥着拳头问："雁城哥，你说现在中国该怎么办？"我岳父说："要变，不能再这样下去了。"我岳父说着，一拳击在自己腿上。街上还有枪声，一会儿激烈，一会儿又变成零零星星的，一会儿又大作起来。过了中午，街上安静了，只有苍白的阳光涂在破旧的墙上。奶奶叫上李雁军，想去菜市场打个转身。路上，只见街上到处是军人，一个个横端着枪，目光都跟恶狗样不信任地瞪着人。奶奶的腿软了，又和李雁军折回家。奶奶对爷爷说："到处都是端枪的军人，长沙怕要打大仗了。"傍晚，我岳父从外面回来，手里拿着当天的报纸，在饭桌上宣布说："中国又换总统了，新总统叫徐世昌。"奶奶放下碗筷说："不会为这个新总统又打仗吧？"我岳父说："蔡先生说这是国会选出来的新总统。"

七

有天傍晚，长沙下雪了，那是那年冬天的第一场大雪，雪花很大一坨地从天上飘下来。我二叔很兴奋，站在院子里仰头体验下雪的感觉，奶奶骂我二叔："你个小疯子，不怕冻死，就在雪地里站一晚。"早晨，院子里的雪都有半尺厚了，踩下去就是个鞋窝。奶奶看着雪却想着她的大儿子，悲伤道："不知我金山现在是死是活。"没人可以回答奶奶。爷爷拿把铲子铲通向大门的雪，可是还没把路铲出来，又下雪了，漫天飞舞着雪花。

就是那两个月，湘军集聚力量，与皖系张敬尧的安徽军在长沙街头展开激战，子弹飞来飞去，一些市民坐在家里都被飞来的流弹打死了。对门曾家的一少女，坐在桌前绣花，一颗流弹穿过屋顶，落在她脑门上，一声惨叫，待她妈走近时，人已死了。曾家女人的哭声召来众人，大家都看到了，觉得死得冤，怕得要死。再听到枪声，人就老鼠般四散，慌忙躲到桌子或床下，没躲到桌子或床下的就藏到大柜里，或头上顶只脸盆，以免飞来的流弹穿过屋顶落在脑门上。家里没小菜了，李雁军自告奋勇地出去一趟，回来仍两手空空。李雁军摸着自己苍白的脸对奶奶说："师母，街上到处是死人。我跑到南门口的菜市场，一个活人都没有，只有几具尸体。"奶奶听了这话，看着天，天色阴惨惨的，葡萄架上的葡萄枝却开始吐绿骨朵了。奶奶担心地摇头，"这怎么得了啊？"话还没说完，枪炮声又在不远的街头狂躁地响起，奶奶大叫道："快躲起来，别被流弹打死了。"大家忙躲到各自的房里，爷爷不放心，头上顶着脸盆穿越于各房之间，要一家人藏好自己。大家都大气不敢出地钻到床下或桌子下，梨花索性躲进大柜，让大柜门张开拇指粗一线，不至于闷死。

长沙街头，乒乒乓乓的枪炮声响了十天，张敬尧的那帮干尽了坏事的安徽兵，终于顶不住湘军的猛烈进攻，败走了。赵恒惕掌控的湘军第一师都是湖湘子弟，就敢拼敢打，经过十天激战，重新占据了长沙。湘军是地方部队，就不像外来的安徽兵那么凶恶。对门韩家的奶奶告诉我奶奶说："长沙又回到我们湘军手中了。"奶奶踏实了，叫上梨花，决定去南门口菜市场买几把小菜，我二叔何金林因十几天没吃一口小菜，屙屎不出，肚子气鼓气胀，人就不舒服。两个女人壮着胆子迈出门，就见大街上游走着很多军人，都全副武装，也有很多老百姓在街上走，边东张西望。一条街千疮百孔，街上的住户不是在整饬门窗，就是在补砌被枪炮打烂或打垮的墙壁。乞丐很多，看见人就伸出肮脏的手乞讨。奶奶和梨花绕过一群群乞丐，走到菜市场上，买了好几把青菜。

　　一天上午，爷爷正指导李雁军练武，忽然进来三名军人。年龄大几岁的军人看一眼李雁军，再打量一眼我爷爷问："请问这是何武师家吗？"年轻点的军人指着年龄大点的军官说："这是我们赵团长，是赵司令的侄儿。"爷爷和李雁军都不知道湖南换了新司令，爷爷说："哪个赵司令？"年轻军人骄横地一扬脸，说："现在的湖南省长兼湘军总司令赵恒惕，你没看街上贴的告示？"赵团长制止年轻军人轻狂，向我爷爷打个拱手说："我们来，是想请您教我的士兵一些武艺。"赵团长不等我爷爷拒绝又说："我们招的新兵，有十几个是西湖桥和青山街的，他们都说您武功盖世，前年西湖桥的一帮人跑到您家寻仇，被您的一身武艺镇住了。"爷爷哈哈大笑，"我这点拳脚搬不上台的。"赵团长见我爷爷如此谦虚，反倒更相信我爷爷武艺高强，他把他精明的目光放到李雁军身上，见李雁军一副精气神俱全的习武人相，就对他一旁的军人说："贺新武，你跟他过两招。"

　　贺新武是赵团长刚任命不久的警卫排长，是长沙西湖桥一带长大的，在新兵的比武测试中，他打了冠军。贺新武排长解下皮带和枪套，瞪着李雁军。李雁军看我爷爷，我爷爷虽不好斗，但习武的人脾性都不服输。爷爷说："你们点到为止吧。"两人一交手，贺新武便摔到了地上。赵团长懂武术，一看这架式就清楚他的冠军不是李雁军的对手，便指着另一名壮小伙子说："杨福全，你跟他试试。"杨福全是赵团长的贴身警卫，少年时在家乡跟一个道士习过武当拳，有两下子。杨福全中等身材，是个十九岁的青年，常德人，一张脸上布置着许多好胜。他把枪放下，活动几下手脚，就冲了上来。两人一交手，杨福全摔了个背着地。杨福全不服输，爬起身还要摔。李雁军让他几招，见他死缠烂打，又一扫堂腿把他"扫"倒在地。赵团长道："厉害。"他噗咚一声跪下，"师父，收我这名弟子吧？"爷爷没想到这些手里有枪的军人也想习武，大声道："起来说话。"

赵团长二十八岁，是个心性很高的男人，很想带出一支所向披靡的军队。赵团长是大户人家出身，曾在日本留过学，受了日本人的影响，觉得军人要有武士道精神，打仗才会勇往直前。他一脸浓密的黑胡子，笑起来声音嘿嘿嘿的。过了两天，赵团长又来了，骑一匹枣红马，还牵着一匹枣红马，他的贴身警卫杨福全跟着他，但一张脸比第一次来时谦虚多了。他把背来的一袋银元尽数倒在桌上，传出一片悦耳的响声。爷爷去灵官渡拖猪肉了，奶奶在家，正指挥穿着绿衣绿裤的梨花熏腊肉。奶奶吃惊不小，因为这超出了她的意料。赵团长对我奶奶很礼貌地打个拱手，"这是给我全团武师教武的酬金。"奶奶从没看见过付钱给老百姓的官兵，慌忙摇手，"钱我可不敢要。"赵团长嘿嘿笑道："您只管收下。"

从此，爷爷便成了赵团长全团官兵的武师。爷爷每天去赵团长的兵营教武，李雁军跟着他一起去，师徒俩在兵营教一上午，然后才汗淋淋地回家。有天，爷爷和李雁军回家时，家里多了个人。李雁军一听声音就笑开了嘴，说："师父，大少爷回来了。"爷爷推开院门，见我爹用一边屁股坐在椅子上，另一边屁股悬空。爹的一旁站着我大叔和二叔，我三叔年龄还小，在葡萄藤下玩泥巴。爷爷瞪着儿子，儿子起身，脚跐了下。爷爷一看就知道我爹负伤了，"你负伤了？"爹说："我们军队撤离时，一颗子弹打在我屁股上。"爹把他如何从军，如何遇见唐正强，唐正强收留他，安排他到吴佩孚的帐下当勤务兵，后又把他要到警卫营营部当传令兵等等告诉了爷爷。爹说这些时一脸深情，接着说："唐大哥出息了，现在是吴佩孚的警卫营营长，爹，我是唐大哥偷偷把我留下的。"

爷爷看我爹屁股上的伤，化脓了，红红肿肿的，爷爷用手一挤，一股脓水便从伤口涌出来，很臭，爹痛得直叫。就在这时，李春挑着一担新鲜蔬菜闯进来，于是她看见了我爹的烂屁股。她弃下蔬菜担子，慌忙退出去。

为躲避洪水而在我们家住了些日子，李春妈与奶奶攀上了，每隔一段时间，李春妈就让李春送一担蔬菜给我爷爷奶奶吃。

我爹在吴佩孚的部队里干了一年多，脸晒黑了，人又长高了几公分，虽然瘦，还呲牙咧嘴的，但像男子汉了。爹穿上裤子，走出来，见李春红着脸站在葡萄架旁，看着我三叔。我三叔何金石这年三岁，但尽管只有三岁，却早早体现了孤独和倔强的禀性，什么人来了他都不理。李春穿一条深绿色裤子，上身一件蓝底白花衣，头发盘在后脑上，看上去既青春又靓丽。爹不晓得这位冒失、羞涩又健康、漂亮的姑娘是谁，就装做不在意地瞟她一眼。梨花一手的油，是搬腊肉搬的，她笑着说："大少爷，她是你妈为你准备的媳妇。"爹望着梨花，再望一眼李春，发现他妈为他准备的媳妇不胖不瘦，脸虽宽点，但一双眼睛十分水灵，嘴唇也丰腴好看。李春虽没读过一天书，但她是个个性鲜明、活泼的大姑娘，她热情、爱笑、力气大，虽是个姑娘，她不喜欢的，没人可以强加到她头上。隔了一个月，爹屁股上的枪伤好了。一天中午，李姑娘挑着担阿笋走来，那已是春末，姑娘着白短袖衣，一对乳房挺饱满地凸在胸前，一条蓝绸子裤裹着她的大屁股，脸红喷喷的，额头和鬓角上的头发被汗水粘着，边冒芬芳的热气，那身体整个儿给爹的感觉像一株蓬勃生长的树苗。

李姑娘被奶奶留下来吃中饭。爹留心地打量了她几眼，觉得这姑娘与他前不久梦见的一俊美姑娘十分相像，那姑娘在他梦里也是穿着白短袖衣和蓝绸子裤，也是挑着一担蔬菜，仔细回忆那担蔬菜，好像也是阿笋，心里便喜悦。奶奶很高兴，往李姑娘的碗中不停地夹菜，菜都堆成山了。李姑娘道："这么多菜，我吃不完。"爹瞧一眼她，再次觉得李姑娘的一双眼睛哪里见过样，便心情很好地笑道："吃不完没关系。"

就是爹看着李姑娘心动的那天，北平爆发了反帝爱国的"五四"运动。那几天长沙的气温反常的热，曾家的狗咬了刘家的小孩；韩家的老爷爷因受不了热，索性去了阴曹地府。"五四"运动的狂潮通过各种渠道奔涌到长沙，于是长沙也有大批学生涌上街头，声援北平的"五四"爱国运动。我大叔就是其中一个。他的那双大脚又朝前长了一寸，商店里已没码子适合他的脚了，奶奶就去沙河街的一家鞋店给他订做了一双硕大的猪皮鞋，那双硕大的猪皮鞋于愤怒中踏得地面啪啪响，让路人的目光情不自禁地落到他那两只硕大的脚及他那一对肥大的招风耳上。我大叔可不管这些，手持"还我青岛"的标语，和他的另一些同学，在长沙街头不知疲倦地游行，喊口号把嗓门都喊破了，回来时喉咙直冒烟，一说话，飙出的全是火星，让奶奶不得不闪开，以免被火星烫伤脸。一天下午，对中国的前途和命运感到迷茫的我岳父，去找蔡和平先生询问中国的未来，蔡先生拿出厚厚一叠传单，说："你把这些传单分发给每一个市民，唤醒他们的爱国心，赶快去。"

传单是长沙新民学会的人出钱印刷的。我岳父抱着那叠传单，走到南门口菜市场，见人就发一张，只剩一张了，他拿回来，递给我爹，"大少爷，你看传单。"爹接过传单，传单上赫然印着这样的标题："请救山东人民的性命"。爹看得心里充满愤慨。爹的地理知识和历史知识比奶奶广阔，晓得日本是太平洋上的一个岛国，还晓得明朝的时候，戚继光抗击倭寇就是抗击日本人。爹冷笑一声，鄙视道："小日本真他妈的猖狂。"我岳父看着我爹，鼓动道："大少爷，现在长沙有一家新民学会，有一个人叫毛泽东，字润之。还有一个人叫蔡和平，他们都比我们有学问，你可以去听他们讲课。"爹望着我岳父问："他们是干什么的？"我岳父看一眼葡萄藤上的天空，"他们是马克思主义者。"我爹那听力很好的耳朵，第一次听人说"马克思主义"，不是别人，正是我岳父。爹看一眼葡萄藤，残阳落在葡萄枝上，感觉上光怪陆离的，爹不懂："马克思是干什么的？"我岳父觉得我爹很无知，连马克思那样的大名人都不知道，就阐述："马克思是德国人，一个给全世界的无产者带来了光明的人。"爹奇怪了，问："德国人也管中国人的事？你没搞错吧？"我岳父肯定道:"马克思管全世界。"爹觉得能管全世界的人只有一个,那就是民间传说的玉皇大帝,便问:"马克思比玉皇大帝还大?"我岳父说:"马克思是人,不是神。"在我爹心中,掌控着他人生杀大权、说话最硬的莫过于吴佩孚。爹问:"马克思能让吴佩孚听命吗?"我岳父不敢糊弄我爹,说:"好像不能。"爹就觉得我岳父的脑子出了问题,说:"雁城哥,那你别信这些。"

有天晚上我岳父没回家。第二天中午,一家人正坐在葡萄藤下吃饭,天不热,有凉风从门外吹来。只见一瘦瘦的年轻男人走来,他中等个子,一张马脸,戴副眼镜。他说:"我找杨桂花。"奶奶起身,看着这个陌生男人问:"请问你找我什么事?"陌生男人一笑说:"李雁城同志被军警抓了,关在军警处,要家人担保才能放。"奶奶满脸疑惑地盯着他,"你是谁?"男人坦然地一笑,"我姓蔡,名和平,与李雁城是同志。"爹一听"蔡和平"就抬头打量他,想这个着蓝布长衫的蔡和平恐怕就是马克思的徒弟,便自作聪明地问:"你是马克思的徒弟吧?"蔡和平微微一笑说:"不是徒弟,我是马克思主义的追随者。"奶奶见蔡和平盯着桌上的饭菜,觉得这个男人看起来不像个奸滑之徒,便说:"蔡先生,不嫌弃的话,在我家吃饭吧。"蔡和平不好意思地用右手的食指抵下镜框,"大婶子您太客气了。"

梨花起身为蔡和平装碗饭,蔡和平端起碗,瞟眼我大叔、二叔和三叔,最后把目光落到李雁军脸上,"你是李雁军吧?"他打量一桌人,没看见我岳父说的我爷爷,便微笑地瞟我爹一眼,那目光让我爹一惊,像被什么东西烫了下。蔡和平拿着筷子的手停在半空,说:"你是何金山吧?听雁城说你在吴佩孚的军队里干过?"他不等我爹开口,便在饭桌上宣讲:"我们中国必须改变,谁有军队谁就老子天下第一,就欺压老百姓,这还是封建社会那一套!"我爹答:"吴佩孚正是您说的那种人。"蔡和平扒口饭,待把饭咽进喉管,又说:"我们一定要推翻军人政治,建立更好的为民众服务的政府。"我大叔觉得这话落到了他心坎上,就特别受用地笑道:"对对对。"

蔡先生见我大叔响应得热烈，对我大叔格外友好地说："年轻人应该以国家为重，生在帝国主义的铁蹄下，生在军阀混战和割据的乱世，更应该有抱负，否则，那些军阀和权贵们只会肆无忌惮地欺负我们老百姓。"

蔡先生在我大叔的脑袋里点亮了一盏灯，我大叔已经能用自己的眼睛看事物了。在他那双与他的兄弟长得不一样的单眼皮小眼睛里，这个世界很不公平。在他去学校的路上，他曾多次看见安徽兵在街上殴打妇女和学生，还看见湘军军警用枪托揍可怜的乞丐，或看见几个军警围着一男人打，打得那男人满脸是血。他看见浮在河面上的尸体无人管，却看见军人拖着板车抢农民们挑到菜市场卖的菜。我大叔是那种命里同情弱者，很讨厌军人在街上横行霸道的正直和勇敢的人。这样的人生下来就是为了品尝多种苦难和多种不幸的，他的一对招风耳听到的是苦难，他的那双能明察秋毫的单眼皮小眼睛看到的也是苦难，他的一双大脚就是为他寻找排除苦难的真理将艰难跋涉所生。他说："蔡先生，我一定以国家为重。"

奶奶把我岳父从军警处领回来了。我岳父在军警处写了保证，保证再不参与抵制日货运动。我岳父之所以被军警处的人抓去，是先一天他和游行的学生一起冲进摆着日货的商店，对日货店大肆打砸抢，把抢到的日货搬到街上焚烧。军警处派了很多军警来维持秩序，见额上有条刀疤的我岳父最凶，力气最大，既不像老师也不像学生，就把我岳父等人抓了，说我岳父是长沙街头的"过激党"（那时中国共产党还没成立）。奶奶去领我岳父时，军警处的人不肯放，说我岳父等几个青年是"破坏分子"，砸了许多店铺，严重破坏了社会治安，该当枪毙。奶奶就打赵团长的牌子，还出了二十块银元的担保金，军警处的人才把我岳父放出臭气熏天的囚室。我岳父是那种奉行大丈夫能屈能伸才算真男子的人，在他听古书听来的知识里，韩信是他最景慕的大丈夫。

我岳父回到家，只是埋头吃了几口饭，人就不见了。那天晚上和接下来的一连几个晚上，谁也不知道他去了哪里。奶奶感到奇怪，问梨花，梨花愤恨地指着外面，"这砍头的，改变社会去了。"自然，做腊肉的事落到了爷爷、李雁军和我爹及梨花身上，挑腊肉到南门口菜市场的吉祥腊味店，从前是我岳父的专职，现在成了李雁军的事。一天，去改变社会的我岳父满脸笑容地拿回一份《湘江评论》，把《湘江评论》给我爹看，目光明亮且坚定，那是被革命的激情燃烧起来的目光，跟奶奶使用的熨斗样冒着热气。"大少爷，"我岳父昂起那张有一条刀疤的尖脸说，"这是我们新民学会创办的周刊。"《湘江评论》是油印本，充斥着浓烈的油墨气味。爹接过油印刊物，冷冷道："这就是改变社会？"我岳父想先改变我爹，不在乎我爹脸上的嘲弄，一脸认真道："这里面的学问很大呢，不信你自己看。"爹翻阅着刊物，我岳父又小声对我爹说："这个社会必须变，不变，老百姓就没好日子过。"

爹觉得这话从我岳父嘴里说出来怪怪的，一开口就把自己和老百姓捆在一起，似乎有些自大。爹盯着我岳父，我岳父又激动得手往下一劈——那是要把这个社会劈成两半的凶猛动作，道："大少爷，俄国的十月革命一声炮响，俄国的沙皇就倒台了。俄国革命是工人和农民的革命，是中国革命的范本。"爹听不懂，突然觉得这个世界变得陌生和复杂了。我岳父有发展会员的任务，一心想把我爹吸收进新民学会，他讨好的模样推下我爹的肩说："过几天我带你去我们新民学会，我们新民学会里有好多革命志士。"我爹不相信地问："都是些什么人？"我岳父答："都是些要改变中国命运的人。"

过了几天，我岳父带我爹去了新民学会。那是一处旧式的房子，青砖黑瓦屋，中间一个厅堂。门外是一条破破烂烂的麻石街，一棵大樟树霸占了几乎半边门，大樟树旁坐着几个学生。我岳父领着我爹走过去时，跟那几个人一一打招呼，随后领着我爹步入厅堂。厅堂里坐着四五十人，有的穿着长袍，像老师；有的明显是学生，年龄十五六岁，比我爹的脸还嫩；

有的像工人，还有几个农民模样的人，再就是几个脸上有很多皱纹的年纪较大的男人。他们正坐在一起讨论，声音激烈，还很义愤。我岳父安排我爹坐下，我爹见蔡和平也在这里，就想跟蔡和平打招呼，但蔡和平正跟一个人说话，没注意我爹。爹说："你抓起时，是蔡先生报的信。"我岳父说："蔡先生有一肚子学问。"爹肚子里的知识不多，听我岳父这么评价蔡先生，心里就尊敬蔡先生，问我岳父："另一个戴眼镜的中年男人是干什么的？"我岳父小声答："他姓何，叫何叔衡，是新民学会的发起人之一。"爹问："个子高的那个呢？"我岳父说："他姓毛，叫毛泽东，字润之。"隔了会，戴眼镜的何叔衡说："都进来。"站在外面的几个学生走进来，一个粗鲁的汉子把门关上，叽扭一声，两扇木门便合到一起了。

　　戴眼镜的何叔衡首先发言，他满脸庄重，表情严肃，说话掷地有声，"今天是要讨论湖南成立社会主义青年团的问题……同志们，天上不会掉一个社会主义给中国，我们必须向俄国学习，从腐败的封建军阀手中夺取政权。"何叔衡说到这里，声音提高了八度，"同志们，我们要团结一致，形成一股力量，推翻这个破烂、腐朽的旧中国，共同创造一个新中国。"何叔衡说完，看一眼坐在他一旁的毛泽东说："毛泽东先生，你说说吧。"毛泽东站起来，瘦高的个子，留着分头，清瘦的脸上展开笑容，用湘潭口音的长沙话说："同志们，我们不能走温和主义的改良道路，因为军阀们不会跟着我们老百姓走。有些人提出用教育的方法达到改变中国的目的，这也是行不通的。"毛泽东说到这里望一眼众人，见众人都盯着他，他的脸色变凝重了，手拧成拳头，果断地一挥，洪亮的声音震撼四壁道："我们只有用激烈的方法，成立自己的武装，武装夺取政权，推翻旧的统治阶级，像俄国的十月革命那样，才是我们中国老百姓可以采取的唯一方法。"

　　我爹听得一头雾水。我岳父却兴奋地鼓了掌，另一些人也激动地鼓掌。一个学生模样的小伙子说："不推翻旧的政府，我们这些平头百姓就没出头之日。"另一个年轻人也说："毛泽东同志说得好，封建军阀是不会主动交权的，只有采用激烈的方式，武装夺取政权。"有一个工人模样的人粗声问："请问，社会主义是什么主义？"蔡和平忙起身解释："社会主义就是全社会的资产都属于大家，没有剥削阶级，钱是大家的，按劳取酬，你劳动了多少你就能得到多少报酬。"那工人模样的青年一听，马上道："我坚决响应你们提出的社会主义。"

我爹听他们说话，耳朵却在拼命抗拒这种声音的灌入。爹是那种理想来得早破灭得也快的人。爹在吴佩孚的军队里混了一年多，他的还没长成熟的幼苗一般绿青青的理想，都被唐正强那双穿着四十二码军鞋的臭脚踩成了草屑。唐正强在军营里反复教育他：这个世界是个弱肉强食的世界，有权有势才有一切。所以，爹不再是那个背着大刀去寻找真理的小伙子，除了唐正强那"弱肉强食"的论调于每天夜里侵蚀着他，那凶险的一枪把肖先生鼓动起来的热情也打跑了。爹是在看到了死亡，于逃跑中屁股上挨的那一枪，没有像其他兵一样被追击的子弹打死是上天还要他活着，因此那颗瞄着他头颅打的子弹，于飞出枪膛时被老天爷做了手脚，只打在他尖瘦的屁股上，而且也没伤着骨头。跑在他旁边的几个士兵却没他运气好，一个个被飞来的子弹击毙。跟死亡打过照面的人自然就没那么热血沸腾，爹没发问。在爹眼里，在坐的人既无职又无权，能干什么大事？当我岳父挥着手说"我们老百姓一定要翻身，一定要成为新中国的主人"时，爹吃惊地想李雁城怎么会有这些奇怪的思想？爹想，吴佩孚有几万枪炮，也只能跟别人讨价还价。他们这几个穿长袍马褂的先生、学生及几个像我岳父这样的跟在他人后面屁颠屁颠的人，也能把中国翻个边？

回家的路上，爹想起了蚍蜉撼大树这句成语，就觉得有必要帮我岳父认清形势，"雁城，我劝你不要相信他们的话，"爹说，"他们都是说大话。"我岳父觉得他白带我爹上新民学会听课了，他原想我爹应该是个可以拉拢的热血青年，他睨一眼我爹，"大少爷，我们必须推翻压在我们头上的统治阶级，才会有出头之日。"爹觉得我岳父太异想天开了，脑袋瓜子有问题，就不再理我岳父。街上只有他和我岳父急促且沉闷的脚步声。两人走到青山街时，爹把自己与我岳父区分开说："你们一口一个要推翻封建军阀，你们的军队呢？没有军队那不是说笑话吗？"我岳父答："军队会有的，毛泽东说，要发动我们的人加入军队，夺取军权，军队不就是我们的了？"我爹觉得我岳父虽然年长他几岁，想事情却简单了，笑道："赵恒惕有军队，难道他会坐在家里让你们推翻他？雁城哥，你们一堆人聚在一起说这说那，要我看，不过是天方夜谭。"我岳父还要说什么，爹不愿听地摆下手。

八

那年的冬天，长沙冰冻了两个月，一张开眼，看到的就是屋檐上垂落下来的冰锥，那冰锥都垂下了三尺，晶莹透亮。街上已没人卖菜了。我家已有一个月没吃一口蔬菜，因为郊农的蔬菜都冻死了。这天一早，有人叩门，咚咚咚，梨花去开门，就见李春姑娘挑着一担箩筐站在门外。梨花闪到一边，李春姑娘把一担箩筐挑进屋，一边是一筐白萝卜，一边是一只冬瓜和一个扁南瓜。这无异于雪中送炭。奶奶非常开心，高兴地称赞李春姑娘，"这么冷的天，你挑着一担这么好的菜来，真费心了。"李春姑娘放下担子，正要坐下，见我爹走过来，心就慌，要走，奶奶拉住她说："吃了中饭再走。"

李春姑娘坐不住，不敢面对我爹那张冷峻的脸，起身走进厨房帮忙。她把萝卜切成丝，又切了干辣椒和豆豉，炒了个让我爹赞不绝口的爆炒萝卜丝。爹虽然成熟得缓慢，但已开始想女人了。那天，爹故装冷淡，是不想让李春姑娘感觉他是个轻浮男子，吃饭时，爹很郑重地把目光掷到李春姑娘脸上，李春姑娘的脸于这个寒冷的日子里红嘟嘟的，嘴也红嘟嘟的，一双眼睛却非常清澈，好像有清泉在她眼眸上流淌一般。爹的心又一次在这个姑娘面前咚地响了一声，好像树枝在夜色中脆地一响，爹情不自禁地说："你的萝卜丝炒得真好吃。"李春姑娘脸红了，被爹那火热的目光盯得脸红灿灿的。爹感觉自己的心田上有一只公狗在呼唤女伴，那叫声仿佛都要从他心腔里迸出来似的。爹骄傲地昂起脸，继续盯着年轻漂亮的李春姑娘，李春姑娘懂爹的心，脸更红了，红得像一朵绽放的牡丹。奶奶不是瞎子，第一次感觉我爹开春了，那片尚未开垦的冻土融化了，有青草不顾一切地滋长出来，绿茵茵一片。奶奶咯咯咯一笑，高兴道："好啊，那你把李春娶进屋，好要她天天炒萝卜丝给你吃。"爹这才把热辣辣的发痴的目光从李春姑娘脸上挪开。

接下来的几天，这个叫李春的姑娘每夜都光临爹的梦乡，不是坐在梦乡的草地上，就是在爹梦见的塘边洗衣服。有天，两人在爹的梦里粘在一起，粘得紧紧的。爹醒来前梦遗了，裤衩湿了，人却松快。从那天开始，爹就在等她，一早醒来就看着大门。奶奶问："你这么呆坐着干啥？不干点什么事吗？"爹烦躁地回答奶奶："我养精蓄锐呢。"

开春了，葡萄枝上吐出一朵朵绿芽。门外的几株槐树也开花了，一串串的白花散发出芬芳，引来了蜜蜂。蝴蝶也飞来了，这里歇一下，那里栖息几秒钟。这天上午，爹出门，见街头一老妇守着两株牡丹花，牡丹花枝上长着许多花苞。爹盯着老妇，"你这花是卖的吗？"老妇说："卖呢。"爹就买了这两株牡丹，在院子里挖两处洞，泼了些粪进去，亲手将两株牡丹栽下。几天后，牡丹花开了，很鲜艳一朵，红灿灿的，吐着香，招得蝴蝶不停地飞舞。奶奶见儿子没事就盯着牡丹花看，一脸痴相，便心领神会地一笑，"你该娶媳妇了。"奶奶于一个阳光很好的日子，着一身湛蓝衣服，叫上李雁军，挑着一担腊鱼腊肉，兴高采烈地来到了橘子洲头。李春妈接待了奶奶，奶奶说明来意，李春妈听毕说："亲家妈，日子你定吧。"

这年四月，一个阳光明媚的日子，李雁军和我岳父领着我爹向灵官渡走去，身后是一支聘请来的迎亲的唢呐队伍，抬着大红轿，吹着唢呐，热热闹闹地走到破烂的码头上。江水清澈地缓缓流淌，阳光使江面波涛粼粼。

一条机房船，哒哒哒哒，船上下来一些河对岸的菜农，挑着菜匆匆向码头上迈去。我爹他们一行人挤满一船，李雁军将一袋糖果塞给船老大，船便欢快地驶向对岸。这一天江面特别宽，水映着蓝天，蓝天上浮游着一朵朵白云。爹紧张地看着天，又看着对岸，感觉空气中有橘花的芬芳。我岳父站在他一旁说："大少爷，成了亲你就是男人了。"爹听我岳父这么说就有些不安地搓着手。

　　机房船减速了，向码头靠去。一些人站在码头上，其中一个是李春的母亲。她穿一身红旗袍，在岸上招手，船靠岸，一行人敲锣打鼓地上岸，尖利的唢呐声划破了橘子洲宁静的上空，惊飞了橘子洲上的鸟儿，就有一大群鸟儿在天上飞。李春的家就在岸边，是一栋破屋子，屋前屋后都是橘子树，橘子树正开着满树的白花，芳香扑鼻。李春坐在闺房里，头上盖着红布，床上摞着陪嫁的四铺四盖，还有木箱和木桶。爹被我岳父推进闺房，爹看着一身红衣红裤的新娘子，身体僵在那里。我岳父提醒我爹说："大少爷，快把新娘子背起来。"爹就弯下身，新娘子趴到爹的背上，爹搂着她的两腿，背着新娘子走出闺房。新娘子那边的亲戚把新娘子的陪嫁一一抱在身上，笑嘻嘻地跟着新郎公迈向码头。船容不下这么多人，又临时租条船，两条船就一前一后地向河东挺进，身为新郎公的爹一脸喜气。一船的人都笑。唢呐声和锣鼓声都没停过，直到上岸又直到青山街三号。那天家里很喜庆，院子里外都是人，韩家、曾家和刘家都借出了桌椅和碗筷，一条街上的邻居都派来代表喝喜酒，闹腾了一整天，当所有的人都离去时，月亮已升到中央，一抹如水的月光泻在院子里。

　　奶奶送走最后一个客人，这时爹的腿都软了，腰也发酸，人呆呆地坐在厅堂里，羞涩着脸不敢进洞房。奶奶道："你这木头，快进洞房呀。"爹犹豫着，奶奶说："这没什么好怕羞的，男女都要过这一关。"爹走进洞房，搓着手，看着坐在床边的新娘，想他今天是另一个何金山了。爹揭掉新娘脸上的头巾，看着新娘羞红的如苹果一般好看的脸蛋，爹的热血沸腾了，沸腾的热血驱逐了爹的疲劳。爹激动地抱住新娘，身上的力气膨胀起来，让爹抱起新娘在房里打转，左一圈右一圈，越旋越快，最后两人都筋疲力尽地倒在床上。

　　爹结婚后，老老实实地过了半年平淡却幸福的日子。那种平淡却幸福的日子让爹感觉其乐融融。一天，我大叔带回了很多报纸，搁在腿上一张张看着。爹没事，就取了一张看。其中一张报纸上的一篇文章让爹读后感想万千。那篇文章说，中国的政权目前是掌握在军阀和官僚手中，要改变这种现状，知识分子就要介入政权、积极参与政治，国家兴亡匹夫有责等等。爹心里的那朵幸福之花就没那么鲜艳了，一种怅然若失的感觉被那篇"匹夫有责"的文章牵引出来，心田上起了雾，志向又像春天的竹笋样冒出了尖儿。

　　爹从吴佩孚的部队里出来一年多了，这一年多的休养给本来就不老实本分的爹身上注入了新的力量。那天晚上爹又睡不着了，"匹夫有责"这句老话如横幅样挂在他脑海里，闭着眼睛也能觑见。一弯钩月挂在对面黑黑的屋顶上，勾住了爹那颗骚动的心。爹觉得自己这么年轻就守着老婆，不像个"匹夫"，倒像个小女人，就不满地对李春说："我也是七尺男儿，怎么能麻木不仁地守在家里过日子？"爹屁股受伤回来后，一直没脸去看他敬重的肖先生，肖先生赠给他的那把大刀，已在战场上遗落了，但肖先生几年前送他出门时吟的诗"风萧萧兮易水寒，壮士一去兮不复还"，却又在爹的耳畔徘徊，让他即使在最幸福的时刻也觉得自己是个背信弃义之人，因为他不但"复还"，还娶了个温柔、漂亮的老婆。那篇文章是把扇子，把爹身上那堆并未彻底泯灭的灰烬又扇燃了，心在燃烧，血液也在燃烧。有天晚上，爹盯着温存的李春，自我鄙夷道："男人天天守着老婆过日子，到头来只会成为一个没人瞧得起的窝囊废。"李春是那种把男人视为烈马的女人，想她一个弱女子能拴住一匹烈马吗？她清楚自己还不具备这种力量，也许要等她生了儿子又生了儿子后，母子拧成一根绳，才有可能抓住丈夫的胳膊，把丈夫从马背上揪下来。她说："你想干什么就干吧，我不拦你。"

一个星期天的上午，爹满脸羞惭地出现在肖先生家门前，肖先生早从我大叔嘴里得知我这个没出息的爹，丢了他赠送的大刀，不但偷偷回来了，还结了婚，但他还是很高兴我爹来找他。"金山，"肖先生看着我爹，"你又长高了，快告诉我你的近况？"爹十分惭愧地坐下，"学生辜负您了。"肖先生大笑，鼓励地看着我爹说："男人要成就一番事业，既需要时间，还需要磨砺，你可不要气馁。"爹觉得自己不配肖先生称谓的"壮士"，只配肖先生在课堂上曾多次诅咒的苟延残喘的那类人——那类人在肖先生嘴里比狗屎还不如，爹用一双不安的眼睛盯着肖先生说："您是说真话？"肖先生大笑，觉得我爹单纯得可爱，"当然啊，金山，谁能一出马就成功？世上没有这么好的事。"他拍拍我爹的肩，"你一定要记住老师今天对你说的话：男子汉没有抱负是可耻的。"爹垂着头，觉得自己真是个可耻的男人。肖先生在房里走了三个来回，给我爹指条路道："我在南洋时，跟孙中山先生有过几面之缘。我给你写封推荐信，金山，你可以拿着我的信去找孙中山先生。"

爹回到家已是下午，爹比三年前成熟些了，想他一个什么都不是的小青年，去找孙中山先生，孙中山那么大一个人物会接见他？爹把肖先生写的推荐信塞进抽屉，坐到葡萄藤下，葡萄枝上，葡萄叶差不多都掉光了。奶奶于几年前栽在窗下的月季花，有两朵开得很红。爹盯着那两朵花，想他是再一次出门还是守在家里？李春问他："你怎么垂头丧气？"爹叹一声说："男子汉没有抱负是可耻的。"爹把这话一说出口，就觉得自己还是个"匹夫"，因为他很看不起自己是这样活着。爹的目光像两团火，把两朵盛开的月季花烤蔫了。

爹吃不进饭，睡觉也失眠，整整一个月，他不知道自己在干什么。一天，他把腌制的猪肉撂在灶上，郁闷地走出来。街上什么都是破破烂烂的，房屋破破烂烂的，人也穿得破烂不堪，一张张脸都脏兮兮的，跟生了霉的脏抹布样。爹走到湘江边上，看着一只只船，看着一个个人来来往往，落入爹眼帘的一切都是破烂和凄凉的景象。爹在河边呆了很久，傍晚，爹一身乏力地回到家，厅堂里，赵团长正跟他爹说话。赵团长打量我爹，见我年轻的爹一脸冷峻、满身虎气，就有几分喜欢，"何爷，您不如让您大公子到我团里锻炼锻炼？"爷爷扫一眼我爹，爹听赵团长这么说就转头看赵团长。赵团长正在扩充自己的团，原来只有三个营，现在扩充到五个营了。赵团长笑道："你爹说你在吴佩孚的军队里干过？"爹点头，赵团长大声说："很好，明天你来我的新兵营报到，我给你一个新兵排长当。"

赵团长很想建立一支战斗力很强的军队，好保护湖南不受直系、奉系、皖系或桂系军阀侵害。那个年代，军人很少有知识文化，大多是粗蛮的行伍出身，赵团长是少有的一个有知识的军人，这样的军人在那个贫瘠、混乱和野蛮的年代当然想干一番事业。赵团长希望把他的团扩充为师，再进一步扩充为军，他就有力量对抗外来的军队了。赵团长把在日本学的那套武士道精神放到自己团里大加推广，因此他的团就有一种武士道精神，不打仗就习武，一吹集合号就站得笔挺，不像吴佩孚的军队，集合号吹了三分钟，官兵才陆续到齐。爹一进这个团就比较喜欢这种纪律严明的气氛。爹被编进一个新兵排，连长曾是赵团长的警卫排长贺新武，贺新武连长看着我爹说："你要把一排的新兵带好。"爹站得笔挺地回答贺新武连长："遵命。"一排都是些长沙街头的小伙子，十之七八都是家里揭不开锅，跑到军队里混碗饭吃的。爹要求他的士兵穿戴整洁，帽子戴正，皮带要扎好，操练时声音要吼出来。爹说："不论你们以前是干什么的，当兵就要有当兵的样子。"

爹开始训练他的三十个兵，一早起床练队列，吃过早饭便开始练拳脚，两人一组，真拳真脚地打。爹四岁时就跟爷爷学艺，身手自然在他们之上。他们就很佩服我爹，爹手把手地教，一直要练到吃午饭，吃过午饭接着又练，不到天黑，一排的士兵都别想休息。爹自己都奇怪，原来他骨子里最愿意干的不是当兵而是带兵。在吴佩孚的军营里，他年少，没人在乎他，他只是被动地接受一切。在赵团长的团里他是排长，有一个排的士兵听他指挥，他就来了劲。"排长，"他的兵累得趴在地上，目光里充满乞求，"歇歇吧？"爹板着脸说："不行，敌人可不会让你歇，继续练。"他的兵只好爬起身重新摔打，爹自己也冲上去打，不把自己打得筋疲力尽，不把他的士兵打得叫苦不迭，他就不休息。晚上，他的士兵个个趴在床上动弹不了。人家二排、三排的士兵，出了早操和上午操就解散了，我爹的士兵羡慕那些下午可以在营房里睡午觉，或上街闲逛的官兵，觉得摊在我爹手上真是倒了八辈子霉！爹不管这些，一心要把他的士兵训练成猛兽，免得像吴佩孚的兵样在战场上哭爹叫娘。他板着脸对他的士兵吼道："集合。"

人家都倒下了，贺新武连长都累得坐到一株桂花树下懒懒地望着天，爹还板着脸，在大太阳下操练一排的士兵。吃饭的时候，贺连长的方方脸上挂着笑说："何排长，他们都说你是二郎神，不晓得累的。"爹笑，觉得这评语不差。贺连长讥笑道："今年全团比武，我们连拿冠军就靠你们排了。"爹不觉得这是嘲弄，反而觉得这是表扬和信任，爹就跟汽车加了油似的，更加勤奋地操练士兵，原来是凌晨五点钟起床，现在他要求一排的士兵凌晨四点钟起床，天还没亮，月亮还悬在半空，昆虫还在枝头或地缝里打瞌睡，爹却领着他的士兵绕着山头跑开了，跑完三圈，天才渐渐发白。跑完步，爹不让他的士兵休息，又带着士兵练拳脚。等到其它排的官兵起床时，他那个排的官兵个个都满身大汗了。有天，赵团长来视察，看见一排的官兵打斗时声音格外洪亮，出拳也重，高兴道："何排长，真有你的。"

我爹长着个木脑壳，只信奉当年老秀才灌输到他脑海里的那句俗语："只要肯用功，铁杵磨成针。"他把这句话写在一张白纸上，贴在床头，每天回到床边躺下，看着这句话心里就踏实。有天，贺新武连长笑我爹，说我爹的兵背着我爹议论他是阎罗王。爹警惕了，想不给点颜色给士兵看，那些兵只怕会造他的反。于是爹变得更狠了，说话时口吐火焰，张口就是罚令，谁稍有一丝躲懒，他就罚那士兵围绕山头多跑十圈，或勒令那士兵在大太阳下做一百遍俯卧撑。半年下来，爹那个排的士兵个个都变得孔武有力了，瞅人的目光也凶起来。秋天里，全团以排为单位比武，比射击、比格斗，爹的排当之无愧地拿了全团第一。赵团长很满意，"何金山，你来独立团当警卫连连长。"

爹听了这话，仿佛打了针兴奋剂，走路就气宇轩昂，一张长脸上满是要干一番事业的骄傲。早晨四点钟，他就叫号兵吹起床号，让警卫连的一百多名官兵起床，命令他们绕着山包跑八圈。这让很多没经过这种强训练的老兵很有意见。杨福全副连长对晚他两年进独立团的，却因像阎罗王一样训练和惩治士兵而受到团长嘉奖的我爹竟爬到他头上去了，很有看法。他在连里散布言论，说："全中国哪里有凌晨四点钟就吹起床号跑步的？他未免太想干出名堂了。"有士兵偷偷把杨副连长的话传到爹耳朵里，爹就拉长脸找杨副连长理论，"你好像对我有意见？"杨副连长斜瞅着我爹。爹警告说："你以后不要在士兵中说怪话，招呼我关你的禁闭。"杨副连长的脸挂不住了，狠劲道："你不怜惜士兵的身体。"爹不能允许杨副连长当面顶撞他，对他的排长下令："一排长，把杨副连长关进禁闭室。"

那是间乡下人用来喂猪的猪猡屋，又黑又脏，蚊子满天飞。三天后，杨福全副连长放出来时，脸肿得已没人认得出他是副连长杨福全了。爹自诩自己是老虎道："老虎不发威，你当老虎是病猫！"爹收拾了赵团长最信任的杨副连长，也就镇住了全连官兵。

中秋节，爹回家过节，爷爷和奶奶看见儿子是连长了，都高兴。李春看着她心爱的男人晒黑了，却更显结实了，十分激动道："啊，金山，你真英俊。"爹反而腼腆地一笑，"我天天练兵，脸都晒成煤炭了。"李春第一次当着公公婆婆的面称赞丈夫说："你更英俊了。"梨花端着茶走来，"大少爷，喝茶。"爹喝着茶。吃晚饭时，爹和李春眼对眼地看着，一吃完，两人就性急地进了房间，亲热一番后，才又走出来。一家人坐在院子里赏月，我岳父不在，李雁军在。月亮很大一颗，悬在天空，一家人嗑着瓜子，剥着花生，喝着茶。奶奶说："现在是乱世，大家出门都要留神。"奶奶这话是冲我大叔和二叔说，我大叔和二叔都长大了，身高都超过了爷爷，公然与奶奶叫板，不到吃饭都不落屋。奶奶指着他俩说："我是说你们。"

我大叔心比天高，一双大脚行走于新民学会和湖南第一师范——他于先一年考进了湖南第一师范学校，一对招风耳里塞满了新的辞藻，说出来的不是吓你一跳的社会主义、共产主义，就是让你十分陌生的马克思、恩格斯和列宁，听上去，好像他跟他们都很熟一样。我二叔何金林受其兄和我岳父的影响，嘴里也社会主义、共产主义的。爹瞟着他的两个脑袋里装满了激进思想的弟弟，说："你们现在还小，重点是把书读好。"两个弟弟都回答道："知道。"月亮被一绺乌云遮住后，一家人分别回了房间，李春又钻进丈夫的怀中，脸上又娇媚起来，"金山，你让我给你生个儿子吧。"

梨花的肚子一天天大了，奶奶见状，要梨花不要起早床，以免不小心跌跤而把肚子里的孩子跌出来。梨花一听，立即不起早床了，中饭也不沾边了，说自己闻不得油烟味，身体变胖了，人也就懒了，洗脚水还要我岳父打。爷爷和李雁军照例一早在院子里练武，地上结了层冰，踩着沙沙响，呼出的是一口口白气，但爷爷和李雁军一天也不歇息。我岳父自从进入新民学会后就不练功了，他一早出门，傍晚才回来，那张自顾自的刀疤脸令我爷爷讨厌，有天爷爷当着大家甩句重话给他："我家可不是旅店。"我岳父就又做起事来，边在家里传播马列主义，听众是我那满脑袋热情的大叔和同样对社会主义充满憧憬的我二叔。

我大叔何金江这年十七岁，已经有献身于革命的思想了，一回家就关着门与我岳父讨论如何推翻这个军阀们为非作歹的野蛮社会。两人仿佛是这个家的局外人,很认真地分析着这个家的每一个成员,两人觉得何金林是一定会跟着他们走的。李雁军爱习武,对社会上的事不闻不问,不过人是个有毅力又执着的人,可以争取。至于何金山,那就不好说,因为他不愿意去新民学会接受共产主义思想的熏陶。一天,两人又在房里讨论时局时,我二叔走进去凑热闹,我岳父对我大叔说:"金江,你可以先加入我们共产主义青年团。"我大叔答:"我是想加入。"我二叔嘿嘿一笑,"我也要加入共产主义青年团。"我岳父觉得我二叔这种聪明、学习好的小青年将来会有出息,说:"等你到了十五岁,我就推荐你加入共产主义青年团。"我二叔有意见道:"还要等到十五岁?"我岳父说:"这是规定。"

我二叔可不是个愿意坐下来等的小伙子,他是个性格急躁、意志坚强的人,他的面相像我奶奶多一些,一双眼睛简直就是我奶奶那双眼睛的翻版。我爹、我大叔和我从未谋过面的三叔都是单眼皮小眼睛,只有我二叔是奶奶那种双眼皮眼睛,额头也是奶奶那种圆额头——这颗额头里储蓄着很多革命的烂漫主义,只是下巴却是爷爷下巴的移植,长,且有点上翘,于是表面上就傲气。我二叔那年读初中,有的男人要长到四十岁思想才逐渐成熟,我二叔那样爱思考的青年,还只十三岁思想就成熟了。"中国一定要变,"他把他老师的话搬到饭桌上说,为此眼睛里飙着火星,脸上白皙的肉都激动地抽搐起来,"如果不变革,中国就会灭亡。"那是秋天里一个炎热的傍晚,七点钟了,太阳还在西边天际徘徊,眷恋着长沙这座水深火热的城市。我二叔何金林的老师,在学生中不遗余力地传播共产主义,我二叔的耳朵长得虽然不像他二哥的那么奇特,但听力却出奇的好,把这些话都听进去了,而且想象力极为丰富,就急躁,恨不得一觉醒来就是共产主义。那个中国很破烂的像垃圾场样充斥着恶臭的年代,几乎所有受过教育的年轻人都愿意革命,都想砸烂这个世界,重铸一个崭新的中国,因为映入他们眼帘的事物只能体现那四个字:满目疮痍。

奶奶最喜欢我二叔，不光这个儿子长得像她，也不完全是这个儿子长得特别英俊，而是教过他的老师都夸他聪明。我二叔的数学考试，从来都是一百分，九十九分的卷子都没有拿回家过。奶奶语重心长地说："金林，这些事情不是你想的。"我二叔愤然道："妈，我住在外国吗？每个中国人都应该想这些事，我们老师说只有外国列强和军阀们不愿意我们想这些事……"奶奶打断我二叔的话说："别跟我说这些不着边际的话。"

十一月的一个寒冷的星期五，湖南的学生在共产党的鼓动下，都跑到赵恒惕的官邸前静坐请愿。我二叔也坐在赵恒惕的官邸前，要求赵恒惕裁军，呼喊"坚决反对赵省政府扩充军队，坚决要求赵省政府裁减军费"的口号。当时赵恒惕正在湖南大搞"湘湖自治"，赵恒惕觉得湘军的力量太弱，什么人都可以领着一支军队跑到湖南来烧杀抢掠，致使湘湖这片土壤不得安宁，扩军成了他稳定自己地位和湘湖局势的首要任务，于是为壮大自己的军事实力，强摊硬要，疯狂地提高税收和招兵买马。这天清晨，赵恒惕正梦见自己在新军前训话，大谈扩军的必要性，忽然被强烈的口号声唤醒。他睁开眼，听了听，那口号是"打倒军人政治、实行民治"和"裁减军费"等等。赵恒惕裹着毛毯起床，撩开墨绿色窗帘，见楼下黑压压一大片蘑菇头，举着手臂，冲着他的窗户高呼口号，玻璃都颤动了。他非常恼怒，居然一大早跑到他的官邸前闹，这是不把他放在眼里啊！他一个电话打给赵团长说："赵振武团长吗？你亲自带一个连的官兵来，把堵在老子门前的学生娃驱走。"

赵振武团长走出团部，对带着警卫连的官兵在操坪上练武的我爹说："何连长，集合。"杨福全副连长牵出赵振武团长的枣红马，赵团长穿好军装，跨上剽悍的枣红马，绷着脸朝前奔去。爹率领全连官兵紧跟赵团长的马跑步疾行。一小时后，他们跑到了赵恒惕的官邸前。这时，金灿灿的太阳从冬天的云层里钻了出来，照在破旧的街道上。赵团长的枣红马被学生团团围住了，爹和杨福全走上去驱赶那些学生，但揎开了这个学生，那个学生又勇敢地挤上来。有人突然冲他们高喊："坚决裁减军费！"于是众多学生就举起稚嫩的手臂高呼："坚决裁减军费！"爹拿眼睛寻找带头喊口号的人，却吃惊不小，竟是他二弟。爹突然有一种被什么东西卡住了喉咙的感觉，没想明白地盯着二弟。赵团长黑着脸粗声对我爹说："何连长，给我把学生娃赶开。"爹和警卫连的官兵就跟学生干起来，警卫连的官兵在我爹的督促下天天习武、跑步，这些学生不过是十三四岁或十五六岁，又哪里是警卫连官兵的对手，纷纷倒退不止或跟跄倒地。爹从倒退的学生中拽出二弟，吼道："你给我回去。"

杨福全举着枪托冲上来要揍他二弟，爹制止道："他是我二弟。"杨福全举起的枪托就砸到我二叔一旁的一个男生头上，嘭的一声，那男生倒在地上，头顿时血如泉涌。我二叔愤怒了，一扭身跑开了。爹没管他二弟，护着团长，边驱逐一个个学生。赵振武虎着脸，在我爹等官兵的护卫下，进了省长官邸。赵省长的官邸很豪华，是我爹见到的最气派最豪华的房子。爹想赵省长真福气，位高权重，不可一世。赵省长生得很威严，但他没睡好，就眼泡脸肿。他在窗帘前见到警卫连的官兵与学生冲撞和斗殴，那些学生根本就没驱散开，还在他的窗外聚集着尖声喊口号。赵省长怒道："赵团长，调一个营的官兵来，把那些煽动学生闹事的人都抓起来。"赵团长忙拿起赵省长家那只象牙手柄电话，打给独立团，命令团参谋长带一个营的官兵火速赶来。赵省长板着脸说："这些人懂个屁？裁减军费，没有军队，什么人都可以跑到湖南来为非作歹，那还了得？！"

一个小时后，独立团又来了几百官兵，这些官兵都是老兵，出手就重，打人很凶。有几个个子高大的学生不肯走，独立团的官兵就揍他们，把他们推倒在地，用枪托揍，用脚踩他们的肚子或踢他们的脑袋。学生也发毛了，扑上去抢枪，于是发生了流血事件。在一些学生抢官兵的枪时，一些士兵于情急之下动了刺刀，捅破了好几个男生的肚子，血和肠胃都流了出来。其中一个敢于跟独立团的官兵动手的学生就是我二叔。我二叔天生胆量过人，仗着自己有些武艺，就对那些动粗的士兵挥拳。那些士兵见这个瘦高的学生竟敢对他们的营长挥拳，就不客气地一刀刺来，这一刀捅在我二叔的肚子上，把他的肠子都捅了出来。那士兵拔出刀，对我二叔说："小子，是你自己找死，怪不得你爷爷。"我二叔捧着血如泉涌的肚子，身体就弯下去，像只大虾样歪在地上。

九

　　湘军独立团遭到了社会舆论的严厉谴责，省里的各家报纸都说，殴打学生是粗暴的军阀作风，要求赵省政府作出解释，并要求赵省政府严惩凶手。一天下午，身材高大的李雁军正在土堆上示范武术动作，只见几千学生抬着一具学生尸体，举着标语和横幅浩浩荡荡地来了，高呼着"打倒反动军阀"和"坚决严惩凶手"的口号，把独立团的军营围堵个水泄不通。众官兵都看见很多学生和教师戴着黑纱，堵在军营前高喊口号。赵团长那张方脸上刚才还有阳光，此刻阴了下来，比十二月的冬天还要冰冷。这几天，报纸上把湘军独立团说成了赵恒惕的刽子手团，说独立团里都是旧军阀留下来的兵痞，还瞎编说赵振武团长是屠夫出身，从军前是衡山县街上杀狗的。说得有鼻子有眼睛，把赵团长的脸气得像一块锅粑。赵团长说："这些狗屁文人造谣生非、颠倒黑白，又唆使学生来捣蛋！何连长，叫弟兄们把他们赶走。"爹立即集合全连官兵说："团长有令，令我们把学生赶走。"警卫连的官兵忙掉头向军营外跑去，跑到学生面前，瞪着学生，等待连长发布命令。

　　我爹担心官兵会对学生大打出手，就挤到前面，大声说："同学们，这里是军事禁区，请你们马上离开。"一个为头的学生突然提高声音喊："打倒军阀，严惩凶手！"顿时，爹的耳畔就响起海浪一般的口号声。口号声把白云也召来了，于是学生的头上堆积着一团一团的白云。爹感觉这事很难办，他可不敢对学生动枪。他寻着带头喊口号的声音望去，看见了我岳父李雁城，接着又看见了戴着牛骨头眼镜框的蔡和平，最要命的是何金江也站在示威的学生堆中。爹傻了眼，二弟还躺在医院里，何金江又理直气壮的样子钻来了。爹不知道何金江于那段时间，用一双超大的脚访遍当时在长沙的革命者，一对招风耳把所有的革命理想都听了进去，一心要推翻军人政治和改变中国的现状。爹军务缠身，又想把自己的连训练成湘军中最有战斗力的尖刀连，就很少回家，不知道他的大弟在第一师范并没好好地读教科书，早已不是从前那个为自己的一双大脚而自卑，冬天里为一对长满冻疮的招风耳而痛苦的何金江了。爹看着他大弟，大弟长得比他还高，一对招风耳很醒目地支在他那张热情、愤怒和坚定的面孔两边。爹没法走近大弟身边，因为他和大弟之间站满了学生。

学生抬着尸体在军营前示威，组成了无法逾越的人墙，死者当然是前天在赵省政府前被独立团的士兵一刺刀捅穿肚子后死的，死者的灵魂似乎附在那些抬着尸体的学生身上了，那些学生个个脸色阴郁和愤慨，手拧成拳头，要求揪出凶手并严惩凶手。口号声不但把白云喝来，还把老百姓都喊来了。军营前自然就一派剑拔弩张的气氛，但双方都保持了高度克制。学生们面对荷枪实弹的官兵，也有顾忌，就站在军营外大声呼口号，从下午直到黄昏，天渐渐暗下来，一颗混浊的红日昏昏欲睡地沉入西山后，学生们疲惫了，散了。

次日，学生们又浩浩荡荡如洪水般涌来，比先一天来得更多，不但有学生，还有声援学生的工人，工人也跟着学生喊口号，声音就雄浑，个个激昂，就跟地上一地的黑蚂蚁似的，又把军营围堵得水泄不通。赵团长在指挥所里焦虑地大步走着，眼睛里夹着两团火，但赵团长属于军人里的秀才，不是一个只知道动粗的武夫。他对我爹和团参谋长说："他妈的，我们不做冤大头，只能忍。"第三天，学生又举着旗帜和标语赶来，再次堵着军营呼口号，要求赵团长交出凶手。赵团长把这些情况反映给赵恒惕，赵恒惕已得到消息，吴佩孚正集结着三个师的兵力准备入湘。赵恒惕知道吴佩孚这人野心勃勃，觊觎着湖南这块香饽饽，因此他在岳州布了两个师的兵力，重点防范吴佩孚。但赵恒惕担心岳州兵力守不住，他得知吴佩孚在俄国人手中购买了火力威猛的大炮，便决定把独立团调去增援。赵省长在电话里说："你的独立团一年多没打仗了，正好拉到实战中磨磨刀。"

军队要开拔的先一天晚上，爹先去医院看了看二弟。二弟因流血过多，还没脱离危险，一张脸苍白得同纸一样，两片从前鲜红的嘴唇也褪了色，变得灰白且干得像两片蜷曲的枯叶。奶奶守着二弟，爹把目光放到昏迷中的二弟身上。有护士走来，给二弟输液，护士转身走出病房时，爹叫住护士问："我二弟不会死吧?"护士说："我是护士，这要问医生。"爹就去问医生，医生说："情况很危险，现在还说不清。"爹瞪着医生说："医生，请你无论如何要救活我二弟。"医生是个中年男人，平静地回答道："俗语说生死有命，我尽力吧。"爹还要说什么，医生转身去忙别的了。爹折回病房，颓废地坐下。奶奶见我爹满脸疲惫和忧伤，便说："你是老大，要做出大哥的样子。"爹有一种内疚，觉得自己太没关心二弟了。爹在二弟的床边坐了很久，走时爹对奶奶说："妈，明天我们独立团要开拔了。"奶奶望着儿子，爹犹豫下说:"吴佩孚的军队要进攻湖南。"奶奶担心道:"你们去打仗?"爹没答，看着一脸苍白的二弟，墙上有一盏白炽灯，照着二弟苍白的脸。爹觉得自己这个哥哥做得很糟糕。

回到家，爹阴着脸敲我岳父的门，梨花正给孩子喂奶，抱着孩子走来开门，见是我爹，忙问："大少爷什么事?"爹的目光从梨花的肩上越过去，没看见我岳父，"雁城呢?"梨花一听我爹问我岳父，骂道:"这砍脑壳的，三天没回家，不晓得他野到哪里去了。"爹没说话地回到自己房间，李春睡了，见丈夫回来就爬起床，拧亮马灯。爹脱下军帽，李春接过军帽挂到衣架上，望着我年轻英俊的爹说："你晓得回家呀？"爹表情淡漠地说："我们独立团要去打仗了。"李春呆了，爹见李春看他的目光既担忧又紧张，就一笑，"我没那么容易死。"爹解下皮带，将皮带扔到椅子上，扭头瞥着她。李春的脸在马灯下又漂亮又温柔，把一张温情的脸偎到我爹怀里，爹摸着她光润的额头和红嘟嘟的嘴，心里起了波澜，"春，我不会有事。"李春什么也没说、抓着他的手放入嘴中，轻轻地咬了下，爹把她的脸捧起，热情地亲着，边说："我想跟你那个呢。"

　　次日一早，爹起床，见李雁军一身军装，身旁还撂个背包，就一愣。李雁军说："师父要我跟你一起去。"这么冷的天，爷爷只穿着土布长褂，蹲在葡萄藤下练功，练得头上冒着热气。爷爷见我爹已穿好衣服，这才收功，说："赵团长让雁军跟警卫连一起行动。你们两个一起去，也有个照应。"爹望一眼李雁军，李雁军的长长脸上飘浮着谦逊和友好。爹喜欢他，李雁军正好跟李雁城相反，话不多，脑海里没那么多歪点子，做事却脚踏实地，遇事也冷静。李春走来，一脸爱恋地看着她的男人。爹想起她昨晚上在他身下表现得那么热烈，便觉得这个看似平静如水的女人是一炉火，说："春，你不要担心我。"天上浮着一朵红云，有小贩挑着担子，一路叫卖甜酒的声音从门前飘过。奶奶和李春跟着我爹和李雁军出门，街上，有乞丐蜷缩在某家的屋檐下，还有乞丐可怜巴巴地觑着他们，就一街的凄凉。爹和李雁军让奶奶和李春不要再送了，两人快步向军营走去。

　　独立团开拔了，向湘北而去。从北方来的冷空气袭击着他们。赵团长骑着健壮的枣红马，李雁军和我爹就走在赵团长的马前，警卫连的官兵都围着赵团长。独立团辎重多，走得慢，走了两天，两千多官兵还只在湘阴境内。那天傍晚，下大雨，地上泥泞不堪，军队就在一个荒凉的小镇上安顿下来。那些年，湖南境内战火频繁，镇上的老百姓听说要打仗，早跑光了，官兵们撬开一间间空虚的农舍，打地铺睡觉。次日，就见有逃荒的老百姓扶老携幼地从雨雪中匆匆走来，身上背着沉重的包裹。爹瞧着一个走来的老男人问："你们从哪里来？"老男人说："还能从哪里来？湖北来的军队占了岳州，我们从岳州来。"爹向赵团长汇报："报告团长，逃难的人说，岳州失陷了。"赵团长想了下，若有所思道："我们独立团得打一场硬仗了。"赵团长马上让我爹叫来副团长和团参谋长，商讨作战方案。爹在一旁听着，感到赵团长可不是等闲之辈。这个在日本的陆军学校学习过军事的男人，骨子里有着从那所陆军学校里带来的武士道精神。他不怕地说："不能让吴佩孚的军队进入我们湖南如入无人之境，独立团的两千多官兵也不是吃干饭的。前面就是汨罗，我们在汨罗跟他们干一仗。"

下午，独立团便进入了汨罗境内，傍晚时，只见几十名军人朝他们走来，一看就是从战场上败下来的，身上、脸上都挂了彩，枪也是歪挎着。赵团长让爹叫来几个官兵，其中一个是营长，营长说："我们守了两天，鄂军攻势太猛，武器又比我们好，我们守不住。"赵振武团长盯着这个败兵营长问："什么时候失陷的？"营长说："昨天。"爹想，昨天晚上他可睡得很香，梦见自己上了二郎山。营长见赵团长默不作声，便提醒赵团长："鄂军有俄国大炮，俄国大炮威力很大，开炮像打雷。"站在营长旁的一个排长道："我们连长就是被俄国大炮炸死的。"赵团长古怪地笑了声，掏出美国骆驼香烟，抽出一支点上，对杨福全说："杨副连长，传我的命令，马上通知一、二、三、四、五营营长来开会。"

仗打起来了，是布防后的第三天下午四点钟打响的。那三天里，所见的都是逃难的老百姓和打散的官兵，他们三五成群，或七八人一组，都行色匆匆、狼狈不堪。鄂军攻取岳州，又分兵三路南进。那两年，吴佩孚壮大了，利用手中的军队，疯狂地掠夺老百姓的钱财和疯狂地招兵买马，把他的师扩充成了五个整编师和三个混成旅，为使自己的军队处于战无不胜的地位，积极向外国列强购买枪炮，还买了军舰，好用外国列强的先进武器打不服从他的邻省的军队。他自称"大帅",手中有众多听他调遣的官兵,成了名谁的话都不听的名副其实的新军阀。湘军独立团遭遇的是吴佩孚的一个混成旅,这个旅有骑兵营和炮兵连,还有三门威猛的俄国大炮,三门俄国大炮分别用马拉着,路不好,于是走得慢。

独立团最先遭遇的是鄂军混成旅的骑兵营,一阵猛烈的枪炮声后,骑兵营立即倒下了一片。第二天天才亮,混成旅对湘军独立团展开全面进攻,枪声炮声响个不停,直打到中午,湘军独立团的一营损失惨重,一营的阵地丢失了。中午休战,赵团长重新调整布署,双方勉强过了一个不眠夜。清晨,独立团还在昏昏欲睡中,鄂军又朝独立团二营的山头阵地猛攻。先是一顿炮火猛射,接着骑兵和步兵就吆喝着朝上冲。二营的官兵忙举枪射击鄂军骑兵,但当时的枪大多是射一颗子弹就要扳一下枪栓,须把弹壳退出来,再压一颗子弹进弹仓,才能重新射击。一颗子弹射出去,手脚再快也需几秒钟,而就是这几秒钟,战马能迅速冲上来,马蹄踢掉了官兵手中的枪,骑兵的刀于同一刻会毫不容情地砍断湘军官兵的脖子。

爹所在的团部就在二营全体官兵坚守的山头。团指挥部设在山腰,赵团长举着望远镜站在雪地上观察,边让传令兵把他的命令带给在前方浴血奋战的官兵。但那天赵团长没法下更多的命令,俄国大炮的一块弹片削开了赵团长的肚子,赵团长丢下望远镜,艰难的样子捂着肚子,血,还有肠子都从赵团长的肚子里流了出来。吴佩孚的骑兵冲上来,举着马刀东砍西砍,二营的四百多官兵奋力抵抗,用刺刀对抗马刀。一群骑兵朝我爹他们所在的团指挥部猛冲,叫喊着,舞着马刀。爹很紧张。爹是连长,手里握的是驳壳枪,驳壳枪能连射二十粒子弹,但爹手中的枪还没杀过一个人。此刻,十几名鄂军骑兵凶猛地冲来,爹对着马就是一枪,那一枪打在马脸上,马朝地上一栽,鄂军骑兵也栽下了马。爹厉声喝令士兵:"给我打。"几个惊慌失措的士兵忙对着鄂军骑兵射击。李雁军赶来,趴在我爹身旁射击,一个差不多奔到我爹面前的鄂军被李雁军一枪撂倒。爹说:"雁军哥,你真厉害。"另一名鄂军骑兵趁我爹回头的当儿舞着马刀朝我爹砍来，李雁军又抬手一枪，那骑兵惨叫一声，从马背上摔下来，就摔在爹蹲着的战壕里。爹很生气，见那骑兵脸上流着热乎乎的血，眼睛还在动，咬着牙，一枪结果了他。爹突然就敢杀人了！爹自己都没料到他于那一刻竟果断地开了枪，而且看见那颗子弹迅速将哭叫着的骑兵的额头打了个窟窿，枪声一响，一股淡淡的蓝烟从枪口飘散开，鄂军骑兵再没叫喊了。爹的心通透了，好像一处堵塞的渠道被人疏通了样，就不怕杀戮地左一枪右一枪，冲上来的敌军便纷纷倒在爹的枪下。爹想，原来杀人只是需要往前跨一步。爹大声对士兵说："给我狠狠地打。"

打扫战场时，警卫连的一名士兵发现有个鄂军军官在一匹死马下装死，士兵猛地一脚踩在他肚子上，那军官忍不住叫了声。士兵说："班长，这里有个敌人装死！"班长走过去，见倒下去的死马压住了那军官的一条腿，让那军官无法脱身。班长举起枪，准备一刺刀结果这军官的命。爹说："等等。"爹把目光落到这名鄂军军官的脸上时，蓦地一惊，这人不正是几年前在吴佩孚的军营里教育他、关心他的唐正强吗？"是你？"

唐正强看见我爹，脸上就有了表情，像看见一线曙光样，"金山，帮我把死马拉开。"爹和两名士兵掀开死马，唐正强挣扎着抽出腿，他的腿已负伤，他咧嘴说："我的腿骨断了。"唐正强如今是混成旅的一名团长，骑兵营就属于他的团，是他去年在河南驻防时组建的，一大群河南叫化子因饥饿纷纷报名加入了他的骑兵营。唐正强的骑兵营在河南的战场上所向披靡，把进攻河南的山西兵打得大败，不料全营覆没在湘军独立团的手中。唐正强困惑地望着我爹，在唐正强记忆里我爹只是个懵懂的少爷，如今却是个一枪就撂倒一个敌人的屠夫了。在衡阳与湘军冲突时，我爹是他的传令兵，连一枪都没放就吓得魂飞魄散地趴在地上装死，这一幕让唐正强可看得清清楚楚。这也是他后来找个借口放我爹回家的原因。现在，他却成了我爹的俘虏。唐正强感到这是命运捉弄，命运很会捉弄人，让他成了他曾经小觑和怜悯的小兵的战俘。他笑开嘴，露出一口颗粒粗大的白牙，"何大少爷，你出息了。"

　　山下一处乡村祠堂成了独立团的战地医院，独立团的许多伤兵都被抬到这里，等待医生救治。赵团长负了重伤，一个军医在给赵团长的肚子缝伤口，没有麻药，赵团长醒着，头上滚动着一颗颗黄豆大的汗珠，但他没像隔壁和外间的士兵样叫痛。他是一团之帅，他要嚷痛，他的官兵就会垮。赵团长明白这个道理，因此他紧攥拳头，咬着毛巾，任军医拿根缝麻袋的针在他腹部上穿梭。军医是个中年男人，行医多年，他安慰赵团长说："您是贵人，不会有事。"李雁军默默看着，很佩服赵团长的意志。爹等军医给赵团长缝好伤口搽完药，又等赵团长的意识被睡眠这支大军吞灭后，欣喜地附在李雁军的耳朵上说："我带你去见个人。"李雁军迷茫地望眼我爹，爹拉下他的衣角，李雁军便跟着我爹走出来，走到一棵树下时，爹说："我抓到了唐大哥。"李雁军很惊讶，"唐正强？"爹答："唐正强。"

　　唐正强被警卫连的士兵绑在樟树下，手脚捆得很紧，坐在冰天雪地里，缩着脖子。这时已是中午，两边的军队都支起锅子做饭，中间相隔一公里雪地，彼此能看见炊烟。炊烟上升到米多高，随风散开。唐正强看见我爹，还看见了李雁军。唐正强对李雁军一笑，"表弟，想不到我们在战场上相见了。"李雁军走上去替唐正强松了绑。唐正强活动着两手，使劲搓着手掌手背，把手搓得恢复知觉了便从口袋里掏出一包烟，递支烟给李雁军。李雁军不抽烟，唐正强就把烟递给我爹。雪又下起来，在山头上飘舞。唐正强吐口烟到空中，北风把雪吹到他们脖颈上，三个人都冷得缩着脖子。李雁军问："表哥，你在鄂军里是什么军职？"唐正强歪着头说："混了个团长。"李雁军的眉毛动了动，"不错啊。"爹笑，一股强劲的北风把爹的笑容凝结在脸上，爹转开头，看到一些官兵忙着往树下或山洞里躲。炊事班长送来饭，爹让炊事班长盛一碗大米饭给唐正强。炊事班长就去装了碗饭来，唐正强不客气地大口吃着。贺新武营长从临时医院走来，他挂了彩，但不要紧，贺新武营长说："团长叫李教头。"李雁军起身走了，贺新武营长瞅着唐正强，又望着我爹，爹对贺新武说："他是我爹的徒弟，我们曾经是兄弟。"贺新武营长锁着眉道："现在他是俘虏，把他看好。"爹答："是。"

雪越下越猛烈，几米外都看不清人，只看见飘飞的雪花。这让独立团的官兵十分警惕，只要听见响声就问口令。鄂军也相当紧张，混成旅的官兵丝毫也不敢骄傲，这可不是打孙传芳的江西佬，也不是跟阎锡山的那些山西兵打仗，那些山西兵一看见骑兵冲来就逃命。湘军真能打硬仗，打岳州打了三天，好不容易拿下岳州，一个骑兵营又在这几处山头全报销了，到处都是死马。死马跟战死的士兵冻结成一块，放眼望去，就无比凄凉。旅长可不想把兵拼光，没有兵，吴佩孚可不会对他友善。于是趁着大雪纷飞，他下令官兵撤离战场。湘军见鄂军撤退，也撤离战场，退到附近的一个村子，布了明哨和暗哨。赵团长被警卫连的士兵抬进一户殷实的人家，放在铺着厚棉絮的床上。赵团长由于失血过多，畏寒，盖两床被子仍冷得牙齿打颤，只好在他房里升火，一个卫兵就负责往火塘里加炭。我爹和杨福全、李雁军把稻草铺在隔壁，和衣睡在稻草上。爹把唐正强留在身边，爹觉得唐正强是个值得他学习的大丈夫。爹劝慰唐正强说："唐大哥，不要跟吴佩孚干了，留在我们团，这样我、你和雁军哥就可以天天在一起。"唐正强脸色犹豫地答："我考虑一下。"

到了下半夜，爹听见杨福全和李雁军的鼾声，浓浓的鼾声扫荡着这间冰冷的农舍，有北风从屋梁和门窗缝里透进来。爹熬不住了，眼睛皮渐渐地粘到一起，思想就飘荡开，漂游到梦乡里，碰见了被他一枪击毙的鄂军骑兵。爹不想碰见死人，想把那死人逐出梦乡，但用各种方式驱赶都没成功。爹很绝望，索性横下一条心道："既然你硬要怪我杀死你，那我们只好比比谁更勇敢。"那张被爹一枪打烂的脸，竟在爹的注视下忽然变成一朵盛开的牡丹，红艳艳的，有只蜜蜂飞落在花蕊上，正振动着透明的小翅膀。

爹很惊讶，不敢相信地揉揉眼睛再看，就见那骑兵的身体化成树根，往地里钻。爹喃喃道："原来人死了会变成植物。"

爹是被李雁军叫醒的，"大少爷你醒醒。"爹醒了。李雁军拧着眉头说："我表哥跑了。"爹吓得把被子一掀，"跑了？"李雁军说："我出去找了圈，哪里都不见我表哥的人影。"爹忙穿上衣服，走出门，只见地上白皑皑的，雪已覆盖了唐正强的足迹，可见唐正强已逃跑几个时辰了。爹问："唐大哥不是腿骨折了吗？"李雁军琢磨着说："真要是骨折，脚一触地就会痛，我表哥这人很鬼，从小就有心计，肯定是装骨折，让我们放松警惕。"

赵团长十分生气，吼我爹说："一个敌人的团长在你眼皮子底下跑了？我要军法处治你。"李雁军想分担一部分责任，"团长，我也有责任。"赵团长虎着脸道："你们胆子也太大了！"爹昂起他茫然的长脸说："团长，他说他骨头断了，我们没想到他会跑。"赵团长沉默片刻，对杨福全说："杨副连长，从今天起你就是警卫连连长。"他很凶地瞪着我爹，"你抓了个团长，不把他交给团部看押，私自留在身边，还放他跑，我不惩办你，何以服众？！"赵团长与别的军人不同，在他方正的额头里，只有军纪，不讲亲情。爹从没见过赵团长生这么大的气，变得紧张了，低着头不敢言语，心里却恨唐正强不讲义气。赵团长看一眼李雁军说："李教头，你没军职，我赵振武不惩治你。"他对李雁军说完这话，马上一脸铁青地吼道："杨福全，卸了何金山的枪，把他看押起来。"

爹被关进一间牛棚，因怕他逃避惩戒，还临时加了个兵看守。独立团的五个营于这一仗中战死将近一半，赵团长把剩下的官兵及还能打仗的伤员暂编成三个营，团部与兵力最强大的新编一营驻扎在一起。这天上午，赵团长让警卫连杨福全连长把我爹押到他面前，让全团官兵集合。赵团长躺在担架上望一眼我爹，对杨福全说："杨连长，把何金山拖到前面，当众打三十军棍，执行军令吧。"爹被两个士兵拖到全团官兵前面，裤子被剥到膝盖处，露出两瓣粉红色的没长什么肉的屁股，其中一瓣屁股上还有一处狰狞的伤疤，那是他在吴佩孚的军队里干时留下的永久记号。四个力大的士兵按住我爹的手脚，杨福全连长和张小江班长，一人执一根军棍走到我爹两旁，爹感到屁股很冷，下身冰凉，就十分紧张。

杨福全板着脸，想起自己曾被我爹关过禁闭，双手就蓄满力量，还没等我爹把气运到屁股上阻挡军棍的打击，手中的军棍就飞落下来，发出叭的一声，爹痛得立即叫了声"哎哟"。张小江班长是长沙南门口一带长大的，是个壮汉，曾经是铁匠，他是爹让他当班长的，他抱歉地叫我爹此前的军衔说："何连长，我是执行军令，你别怪我。"说着，也一棍落下来，又是噗的一声，打得我爹咧开了嘴。杨福全又一棍打下来，叭，发出爽快的肉响声。张小江跟着一棍打在我爹屁股上，噗，声音没那么脆。那是冬天，军棍落在冰冷的屁股上很痛很痛，爹开始还能忍，还想做一个好汉，但后来实在痛得受不住，就放开喉咙又哭又叫，因为屁股已被军棍打得血肉模糊了。接下来，爹没了声音，只有棒棍落在皮开肉绽的屁股上发出的叭叭声，还有官兵的唏嘘声，爹于冰天雪地中痛得晕了过去。

十

爹醒来时趴在关他的牛棚里。牛早已被碎尸万段，进了独立团众官兵的肚子，牛棚里只有牛屎，还有老鼠爬来爬去的声音。爹又恼又恨，想爬起来，一动，全身都痛。中午时，李雁军端着饭来了，蹲下说："大少爷，趁热吃。"爹看着李雁军，没法挪动。李雁军就喂我爹吃饭，边说："你这只是皮肉伤，过几天就没事了。"爹感到羞愧，隔几分钟才恨恨地说："还不如把我枪毙好。"李雁军说："真把你枪毙了，现在你还能说话吗？"爹恨道："我不干了。"过了几天，爹的屁股没那么痛了，就想他的女人。一天下午，爹梦见家，还梦见那张结实的梨木床和两床红被子。醒来时，李雁军对他说："长沙来了人，骑快马来的，湘军与鄂军达成停战协议，赵恒惕命令独立团撤回长沙休整。"

　　爹是和众伤员一起，躺在驴车上被拉回长沙的。驴车把我爹拖到青山街，李雁军把我爹背进家——那是傍晚，墙角的腊梅花在暮色中吐着芬芳，一家人却缩在各自的房间里躲避寒冷。爷爷在自己房里烤着炭火，奶奶也在。我爹的女人肚子已显形了，嗅不得一点油烟味。全家的家务落在奶奶和梨花手上，奶奶正思谋给我大叔找媳妇。学校放了寒假，我大叔整天不落屋，戴着个把耳朵都遮没了的黑冬帽，穿着厚厚的棉长袍，一清早出门，天黑透了才回家。奶奶怪我岳父把我大叔带坏了，在奶奶眼里，我大叔嘴里的革命思想，似乎都是我那个"砍脑壳的"岳父灌输的！奶奶不客气地对我岳父说："雁城，你不要把我金江带坏了。"我岳父申辩："师母，金江又不是小孩子，学问比我还多，带坏他的是一师范的先生。"奶奶想怕是要跟金江找个女人才能拴住金江的心，就和爷爷商量："金江精力过剩，我看得跟他找个女人了。"爷爷也觉得是这道理，奶奶说："对门韩家的女儿十六岁了。"

　　对门韩家的女儿确实十六岁了，是个文静的矮墩墩的姑娘，很少出门，在家里绣花。奶奶觉得这姑娘好，花绣得好，笑容也谦虚，像只绵羊，不是那种一张口就说脏话的街上的女孩子。这天下午，我大叔一双大脚踏得雪花四溅地奔回家，奶奶就跟金江说这事，金江抛下奶奶说："我现在可没心想这些事。"奶奶再要说什么，大叔拿了东西又往门外走。奶奶说："你这砍脑壳的，下这么大的雪，还出去？"金江头也不回地答："去有事。"梨花的儿子在房里哇哇哭，奶奶走过去看，梨花要给儿子洗澡，儿子怕冷，死活也不肯洗，就尖声哭。这时，李雁军背着我爹进来，李春见我爹趴在李雁军的背上，惊叫一声，人就滑倒在雪地里。奶奶望着李雁军和我爹问："怎么回事？"李雁军答："没大碍。"爹说了挨军棍的事。爷爷生气道："这个赵振武。"爹感到自己也有不对的地方，说："是我要把唐大哥留在身边，唐大哥跑了，我也有责任。"奶奶说："这个唐正强，利用了你的信任。"爹说："妈，唐大哥救过我，我还给他了。"爹年轻，这样不动不挪地躺了半个多月，屁股上的伤就长好了。

一天下午，赵振武团长骑着枣红马来了，来看爷爷和我爹，赵振武团长不给我爹笑容，反而板着脸教训我爹："我可以枪毙你，但我只是下令打你三十军棍，知道为什么吗？因为我惜你是个可用之才。"爹心里那股怨气顿时消散了，在爹眼里非常高大的赵团长竟把他视为可用之才，这让我年轻英俊的爹很感快慰和兴奋，忙说："谢谢团长。"赵团长走时说："过完年，你回团部报到。"那天晚上，爹在房里烧盆很大的炭火，炭火把房里的温度烧得很高，爹把自己脱光，也叫女人把衣服脱光，爹盯着女人那一对白嫩饱满的乳房于火光中熠熠发光，就欣喜道："我今天最高兴，团长说我是个可用之才。"他一把将女人揽到了怀里。

翌年湖南没战事，上半年风平浪静的，长沙的街头也风和日丽。但一到六月，湖南下起了大雨，接连几十天，天天都是大雨，下得泥石流把公路冲垮，下得田里灌满了水，而即将成熟的稻子都成片成片地倒在田里。雨一个劲地狂下，把人都堵在家里。有天，奶奶打把油布伞去南门口的腊味店，淋得一身透湿，结果受了风寒，感冒了十多天，又是拉稀又是打摆子，人瘦了十斤。奶奶以为自己要死了，把儿媳妇拉到身边说："这个家就交给你了。"次日，爷爷把奶奶的脉，脉还在跳，只是很微弱。又过一天，奶奶的脉跳几乎都没了，一家人就沉默和哀伤了一天。爷爷让李雁军去一师范把我大叔叫回来，等着为奶奶送终。但到了晚上，奶奶又醒了，大家以为这是回光返照，都过来看奶奶，等奶奶发布遗言。奶奶却说她肚子有饿的感觉，要梨花替她熬碗稀饭。梨花就煮了锅稀饭，端来喂奶奶吃。奶奶吃过稀饭，再醒来时人就能下床了，一个懒腰一伸，生命又回到了她的体内。

就是那几天，湘江里的水如蛟龙率领千军万马杀向敌军，迅猛地冲出湘江两岸，没一天工夫就涨到南门口的边上，长沙的市民纷纷搬到高处，静候大水退去。大水在长沙街头恣意了一星期，天晴后，水像入侵长沙的大军样撤退了，水退不久，比水更可怕的瘟疫来了。这年夏天是个瘟疫流行的夏天，长沙死了很多人，都是洪水带来的瘟疫闹的，只见这里是送葬的，那里也是送葬的，一支送葬的队伍刚过去，又一支送葬的队伍吹吹打打地走来。道士们忙得要提前预约，因为死的人实在太多，一天要做十几个道场才能歇息。青山街的王大妈得瘟疫死了，韩家的大女儿有天嘴馋，只是去一家小面馆吃碗面，也染上瘟疫，没几天就见了阎王。韩家的女人呼天抢地地哭，奶奶也很伤心，还有几分庆幸，庆幸自己没逼金江婆这个短命姑娘。韩家的男人去棺材铺为女儿买棺材，棺材涨了数倍的价，韩家的男人买不起棺材就在我奶奶面前破口大骂棺材铺老板赚黑心钱。奶奶因喜欢那姑娘，便拿出钱，让韩家的男人为女儿置口木料较好的棺材。青山街还有个姓周的年轻人也染上瘟疫死了，他母亲买不起棺材，拿床旧床单裹着尸体，将尸体搁在板车上，抹着泪拉到郊外的荒野地埋了。回来的路上，她遇见我奶奶就伤心地抹着泪说："到处都是送葬的人。"奶奶也看见了，有的送葬的队伍就两三个人，尸体搁在板车上，拉车的人一路哭着，鞭炮都没一个，花圈也没一只，因为鞭炮和花圈都成了长沙街头的紧俏物质。

老百姓有意见了，大水涌来没人管，大水退后也没当官的派人治理，以致瘟疫猖獗，平白无故地死去这么多人，这让众人觉得赵省政府不比张敬尧政府好。乡村里稻田淹了，稻谷还没熟就糜烂了，没有饭吃，就滋生了土匪，农村里抢不到吃的，土匪就奔到城里来抢。大白天，突然就有一伙盗贼闯入某户人家，将那家人捆在一起，把米缸里的米倒进口袋，把钱财放入另只布袋，拎着走人。待被劫的人家向军警报案，那伙强盗早跑了。于是赵省政府又像皖系在长沙干的一样，实行宵禁，八点钟就不许人在街上走动,看见人走动就抓,见说话的人是乡下口音就吊起来审问,拿鞭子抽,抽不出真话就用扁担砍,硬逼着他们承认自己是土匪,好拿着这些画了押的状纸去领赏。说话是长沙口音的就加一个通匪罪名,让人通知其父母或妻儿第二天拿赎金赎人。

我大叔何金江一天晚上从毛泽东创办的自修大学回家,走到沙河街口子上,突然有军警喝令我大叔站住,我大叔望着端着枪的军警说:"我是回家。"军警是两个人,一军警说:"跟我们走。"我大叔不肯走,军警举起枪,对准我大叔的脸。我大叔脸白了,军警阴沉着脸道:"你再往前走一步,我就把你当土匪打死。"

大叔知道这些军警什么都敢干,就不反抗地跟着军警走进军警处,那里关着几百人,都是这两天于宵禁中抓来的,关着等家属拿赎金来赎。军警对我大叔进行登记后,把他赶进一间关着五十个人的房子,那些人挤坐在地上,连一张椅子都没有,只有潮湿的地面和从满了的尿桶里溢出来的屎尿,室内臭烘烘的,刺鼻的氨气熏得人眼睛都难以睁开。有的人已关了几天,人就跟瘦猴样,睁着惊惧、困倦和灰暗的眼睛,由于家里交不出赎金,军警处就扣着他们不放。我大叔感到这个世界太无耻、太荒诞、还太可恨了,随便抓人,抓了人就当猪狗样关着,且向被抓者的家属无耻地索要赎金,难怪军警处的军警都穿皮鞋,抽美国烟,馆子里进馆子里出的。我大叔感到确实应该砸烂这个荒诞可憎的社会,建一个有秩序的新社会。大叔被关了两天。第三天上午,一个一脸疲惫的男人走进我家,问我奶奶说:"这里是何金江的家吗?"奶奶瞧着走来的男人,警惕地问:"你什么事?"那男人恹恹的样子答:"何金江关在军警处,军警处让你们带二十块大洋去赎人。"

奶奶去了,一个军帽歪戴着的军警收了奶奶交的赎金,毫不避讳地把二十块大洋直接放入自己的口袋,头一歪,领着奶奶向关着她儿子的那间房子走去,把饿了整整两天的我大叔叫出来,又把门锁了,里面还关着三四十人。我大叔对他母亲饥饿地一笑，一出军警处，见到一个炸葱油饼的摊子，就如饿狗似地扑上去。他狼吞虎咽地一连吃了十七个葱油饼（奶奶付的钱），肚子一饱，心就狠起来，家也不要地朝宝南街走去，当时中国共产党湖南总部就设在宝南街。奶奶拉他不住，气得讲狠话道："金江，你个砍脑壳的，死了可没人给你收尸。"我大叔头也不回地答："那正好。"

　　七八月份是湖南最热的日子，只要一出太阳气温就飙升到摄氏四十度上下。一些怕热的人因无处躲避炎热，只好整天泡在湘江里。青山街上很多年轻人上午十点钟就打着赤膊去了湘江河里，不到晚上十点钟，家里就找不到人。到了九月份，下过几场秋雨，湖南的气温总算降了下来。先是安源工人闹起大罢工，闹得沸沸扬扬。跟着，粤汉铁路工人也闹罢工。粤汉铁路岳州段是吴佩孚的地盘，吴佩孚很恼火，下令他的部属萧耀南率两个连的兵力赶赴岳州，镇压罢工的铁路工人。于是，徐家棚惨案发生了，罢工工人的头被钢轮压扁、碾碎，有的工人被钢轮砸成两段，钢轨上就一派血肉。这自然引发了长沙新河站工人的愤慨，立即上街游行示威，哽咽着，号召全市的工人联合起来为徐家棚段的罢工工人伸冤，抗议军阀的血腥镇压。长沙的共产党觉得光铁路工人罢工不足以形成气候，就去鼓动泥木工人。泥木工人早就对赵省政府有意见了，大水和瘟疫让长沙街头的泥木工人对赵省政府十分失望，尤其是木工，很觉得自己愧对了死者，因为那一向他们做棺材实在做不赢，情急中只好拿几块木板钉成个盒子，将就着应付那些死者的家属。事后，他们又心生愧疚，感到既对不起自己的手艺，又对不起死者，就丢下斧头和锯子，跟着铁路工人闹起来。泥木工人一闹，纺织女工觉得待遇太低了，也闹着罢工。纺织女工一闹，缝纫女工和长沙街头那些修锁配钥匙的也跟着闹。于是长沙街头到处都是举着旗帜和标语的游行队伍，汇集在一起足有几万人，把个赵省政府天天围堵得水泄不通。以致那年秋天，爷爷的头发长长了，出门理发，三天里，居然找不到一家营业的理发店。

有天，爷爷从青山街出发，寻找理发店走了七八里路，走到小吴门时见小吴门理发店的门开着，又见店里有几名理发师，就感到幸运地走进去，坐到椅子上说："剃头。"一理发师瞟我爷爷一眼说："今天不剃头。"这时有个长着对大耳朵的青年走进理发店，面对要求剃头的人一愣，"爹，您怎么在这里？"这人是我大叔，他负责联络各理发店的理发师，让他们罢工。爷爷看着儿子问："你怎么跑到这里来了？"儿子反问爹说："您怎么跑到这里来了？"爷爷怒道："我走遍长沙市找不到一个剃头的。"儿子觉得自己的工作做得很不错，嘿嘿一笑说："都罢工了，爹，您回去吧。"一理发师见我爷爷的头发确实太长，他望一眼何金江说："要不，我帮你爹剪个头？"何金江断然说："不能剪，你不能破坏罢工。"爷爷很恼火地瞅着儿子，"你在外面就是搞这些屁事？"我大叔扬起一张因革命而快乐的脸，"爹，您回家吧。"爷爷起身，"你跟我回家。"说着，他一把揪住儿子。两个理发师见我爷爷揪他们的同志，就过来解救，爷爷只是随便一下，一个理发师就栽在地上了，另一名理发师看着我爷爷。爷爷气得脸都红了，大声说："我没权管你们，总有权管儿子吧？"

爷爷把我大叔关在一间陈放腊味的房里，为此，爷爷把那间房子的窗户钉死，还在门上加把锁，钥匙他一个人掌管。爷爷对奶奶和我二叔说："他书不读书，不干一点正事，一天到晚在外面闹，这行的？！"奶奶只好找出剪刀为爷爷剪发，结果把爷爷那颗头剪得同狗啃过的一样。全家人都笑，爷爷却气得脸乌青，脾气就暴涨，说话声音跟打雷一样轰隆隆的。我二叔见他爹说话声音如雷，就绕开爹走，以免爹把脾气发到他身上。我二叔的伤好后，仍在明德中学读书，他很看不惯当下社会，贪婪、自私、腐败，不管老百姓的死活。他的老师是共产党，一有时间就在教室里宣讲谁也没看见过的共产主义，把我二叔那张瘦长、英俊的脸蛋宣讲得红扑扑的，那是被共产主义的美好憧憬染红的，犹如枫叶把池中的水映红了样。有天，爷爷硬着他那颗被剪成鸡窝样的头出门后，何金林趴在窗户上说："二哥，我会把你救出去的。"何金江说："你想办法把钥匙偷到手。"

何金林偷不到钥匙，因为爷爷把钥匙系在裤腰带上，晚上睡觉又把钥匙放在枕头下。一天晚上，何金林攥着几只红辣椒，一打瞌睡就咬一口，辣得眼泪水横流，但恼人的瞌睡也辣跑了。半夜里，他悄悄走到他爹房前，听见他爹打呼噜，窃喜，用事先准备好的削薄了的竹片拨开门闩，蹑手蹑脚地走进房间。月光投在地上，他借着月光看见爹睡在床上一动不动，就企图偷钥匙。爷爷是习武的，何等警觉？听到竹片挑门闩的声音，就清楚是他三儿子来偷钥匙，等三儿子伸手摸他脱在椅子上的衣裤时，他冷声道："你干什么？"何金林吓得碰翻了椅子，惊慌道："我梦游呢，爹。"爷爷骂他道："你个死猪！"第二天早晨，何金林于晨曦中走到锁着他二哥的那张门前，"二哥，钥匙没偷到，我再给你想别的办法。"

爷爷是个守旧的人，革命革得他想理个发都没地方理，最后被老婆杨桂花剪成个鸡窝，他当然觉得革命是瞎胡闹。爷爷觉得他这两个儿子都是我岳父带坏的，觉得我岳父是个会使坏的人。有天，我岳父回来，一脸的笑容，仿佛共产主义就快实现了。爷爷正在修椅子，他叫住我岳父说："雁城，你站住。"我岳父看着我爷爷，爷爷从不对我岳父耍态度的，那天他跌下脸说："你们共产党闹得我连一个头都剪不了，闹得我想改造炉灶却找不到一个泥工，这行的？"我岳父尽量让脸上笑着说："师傅，粤汉铁路罢工，遭到军阀吴佩孚的军队镇压，让很多罢工工人家破人亡，我们长沙各行各业的工人罢工游行，就是声援他们。"爷爷厌恶地摇下手，示意我岳父闭嘴，很恼火地说："雁城，师父不想听这些屁话，你明天搬走吧。"我岳父惊讶了下，但爽快地答："好的。"

我岳父当天就去沙河街找了间破房子，回来时就一脸绝情，板着瘦尖脸，不理曾经收留他和教他武艺的我爷爷，甚至都懒得与关心他的我奶奶搭话。"我们搬出去，"我岳父对梨花说，"师父嫌我革命，可我李雁城是射出去的箭，不可能回头了。搬。"我岳父和梨花收拾东西弄出的响声，使我奶奶心烦意乱。在一起住了几年，住出了感情，奶奶就有点舍不得我岳父和梨花搬出去。奶奶走拢去问："雁城，你们真要搬？"我岳父答："对，我在沙河街租了房子。"梨花哭了，哭得肩膀一耸一耸，眼泪婆婆地对我奶奶说："师母，感谢您这几年的关心，我梨花有今天，是您师母拯救的。"奶奶听了这话很感动，鼻子就酸，奶奶擤把鼻涕，强颜欢笑地伸手整理下梨花的头发，"梨花，你们出去住，有困难，就回来找我。"我岳父没时间像梨花这么啰唆，还有很多事情等着他做呢。他提着几麻袋衣物，甩到板车上，大声对梨花说："走啊。"奶奶把他们送到门口，我岳父把他儿子放到板车上，很坚决地拖着板车向前迈去。梨花跟在后面抹泪，走了很远了，又回头看我奶奶。奶奶对梨花挥下手，折回来道："这个李雁城，好像我们欠了他的，简直是个黄眼畜生。"

十一

湘军独立团驻防在长沙县洞井铺一带，那里是丘陵地带，距长沙市区有二十几里远。那天爹搭一辆来市区贩运蔬菜的马车，从军营回来时，我大叔已跑了。我大叔被我爷爷关了一个星期，屎尿都拉在马桶里。有天，我大叔叫我爷爷说："爹，马桶满了。"爷爷就掏出钥匙开门，大叔看着我爷爷说："我要上茅屋拉屎。"茅屋在院子尽头，贴着围墙搭建的，家里人多，就有两个坑。大叔装出屎急相，夹着屁股朝茅屋奔去。爷爷紧随其后。大叔步入茅屋，关了木板门，见他爹站在门外等候，一笑，跨过茅坑，掀开挂在窗户上的旧黑布，轻轻摘下窗户，身体就钻了出去。窗户于先一天已被我二叔撬开。爷爷站了会，觉得不对劲，走上去敲门说："快点，屙屎要屙一个上午吗？"茅屋里静悄悄的，没人应。爷爷走过去拉开门，茅屋里没人，窗洞大开，十月里明媚的天空挂在茅屋那臭烘烘的窗口上。我大叔已跑出他父亲的手掌，去呼吸共产党人散发到空中的令人振奋的新鲜空气去了。

十月里的一天，李春生下我大哥，取名何胜武。爹看着他儿子在李春怀里扭动，困惑地想他做爹了。李春却笑道："你傻看着儿子干吗？"爹回家时，爷爷去了灵官渡屠宰场，这会儿拉着满满一车猪肉回来。爹和李雁军忙跑来帮爷爷搬运猪肉，爷爷看着李雁军和我爹说："金江跑出去半个月了，你妈很担心他，你去把他找回来，要他不要革命。"

爹去第一师范，第一师范的老师说："何金江有一阵子没来上学了。"爹谢了老师，去沙河街找我岳父打探。我岳父穿着长袍，脚上一双黑布鞋，脖子上系一条蓝布围巾，腋窝里夹着把雨伞和一个包，正准备出门。这是那个时代里很时髦的知识分子打扮。爹见我岳父打扮成个才高八斗的教书匠，觉得很滑稽，"雁城，你这是干什么去？"我岳父就来了精神，脸上就为自己准备去干的事笑开了，"我去给思想还没跟上时代的工人讲共产主义，大少爷有兴趣听我讲课么？"爹没兴趣，说明来意道："我爹要我去找金江，我不知道金江会在哪里，特来问你。"我岳父很果断地摆下手，"你找到金江也没用。"爹觉得我岳父未免太武断，问："在哪里能找到金江？"我岳父狡猾的样子一笑，"你去宝南街看看。"

爹一身军装地走进宝南街，宝南街上有许多做小生意的，有炸糖油粑粑的、炸油条的、卖烤红薯的，还有修锁配钥匙和摆着挑子理发修脸的。这些做小生意的手艺人都穿得破破烂烂，眼睛瞪着来来往往的行人。爹穿过小市场，冷着脸走进省工团联合会。这是一栋青砖黑瓦屋，两层楼，有很多人在这栋楼里出出进进。爹着一身军装地走进去，就打眼，一些人就望着我爹。爹问："请问何金江在这里办公吗？"一男人警惕地望着我爹，"你找他干什么？"爹答："我是他哥，找他有事。"那男人听我爹说是何金江的哥，就柔和道："他在二楼的秘书室。"爹迈向二楼，二楼一间房子的门旁挂块牌子，写着：秘书室。有几个工人模样的男人从里面走出来，爹看见他大弟正伏在桌上抄写什么，忙走进去，"金江，爹妈要你回家。"金江放下毛笔，望着他哥说："我不回家。"

爹扫一眼隔壁房间，隔壁房间里有人说话，还有人探出头来张望。我爹年轻时是没心没肺的，眼睛里只有军队和军人，根本看不起这些衣着破旧、蓬头垢面的人，觉得大弟跟着这些人干事真是荒唐。爹来的路上就想好了怎样教训大弟，这会儿看见大弟，便以哥哥的气势压大弟说："金江，就凭你们这些人也能奋斗出人人平等的什么共产主义社会？哥告诉你，从古至今，人人平等的社会从来就没有过。"金江不恼，很疲惫地伸个懒腰，冲他哥说的这番话一笑，"会有的，哥，只要我们共同努力，人人平等的社会是能创造出来的。"爹有点恼地盯着金江。金江却摆出一张冷脸觑着他说："哥，你愿意做军阀的走狗，我不拦你，但你也不要拦我。"爹一听金江称他是军阀的走狗，火了，拍下桌子道："你太不像话了！"金江比他哥更敢于反抗，也拍下桌子，"哥，你别在这里凶，这不是你的军营。"

蔡和平从隔壁走过来，脸上挂着笑说："谁在这里拍桌子？"爹知道他是蔡和平，还知道蔡和平是新民学会的骨干。蔡和平见我爹一身军装，且英姿勃勃，就走拢来拍下我爹的肩，"年轻人，思想不要封建么。中国现在被外国列强欺负，国内又军阀割据，老百姓的死活都没人管，像你我这样的年轻人不肩负改变中国的使命，谁来挑改变中国这种糟糕现状的大梁啊？"爹的脸白了。爹不再是在肖先生的私立学堂里接受教育的小青年了，这几年的痛苦经历没把爹的抱负变大，反而缩小了几步，就不愿听蔡先生高谈阔论道："蔡先生，我可没有这种能耐。"蔡和平摆摆手，"你错了，历史从来都是人民创造的！并非帝王将相才能创造。中国现在是军阀割据，各自为政，为扩充势力，想方设法地奴役老百姓。孙中山先生在广东建立了民国政府，我们湖南的工人运动还只是刚起步，毛泽东先生说，以后我们要建立属于人民自己的政权。"爹看着他，蔡先生又笑道："你是军人，将来，我们一定会有自己的武装，到时还要请你来带兵打反动军阀。"

爹没把金江叫回家，爹对爷爷说："金江不肯回家，他要革命。"爷爷阴着脸说："革命？都是被雁城说的那些鬼话害的。"爹说："他们要改变中国。"爷爷冷笑一声，从牙缝中挤出一句话道："他们连自己都改变不了，还改变中国？吹什么牛！"

爹瞧着天上的星星，有一颗星星十分亮，爹就盯着那颗星星。街上有人喊抓贼，爹走出院子看，见一群人正追赶一个人。爹忙加入追赶的队伍，爹步子大，耐力强，逮住了那贼。贼是个中年男人，被我爹逮住后，慌忙跪下磕头，求我爹让他走。爹正犹豫，后面的人追上来，一把揪住贼，劈头盖脑地猛打，那贼就抱着头，蜷缩着身体。爹问："他偷了什么东西？"被偷的人说："他从窗户爬进屋，幸亏被我及时发现。"爹感到无趣地折回家，在一只昆虫孤零零的叫声中，入了梦乡。次日一早，爹出门，向军营赶去，走到街口上，见地上躺着一具尸体，一看，竟是他昨晚一把逮住的那个衣衫褴褛的贼，心里就很不是滋味，感到这个世界是要改变才好，因为满街不是流浪汉、乞丐、贼和强盗，就是凶悍无比的蛮汉。

独立团招了很多兵，人员比与吴佩孚的军队打仗时还多出一个营。那年月，社会动荡不安，军队倒还真是个能吃饱饭的藏身之处，在不打仗时，着一身军装在街上行走还十分威武。爹和李雁军分别成了独立团第五营的营长和副营长，五营四个连，加起来有五百多官兵。新兵大多是刚刚放下锄头或扔掉乞丐碗，跑来握枪杆子混饭吃的，一个个瘦猴儿样没精打采的。赵振武把这些士兵交给我爹，就是让我爹训练他们！一个月前，爹走马上任营长时，板着脸宣布："从明天起，早晨五点起床，跑三个圈，再练一个小时劈刺。"他的士兵回答："遵命。"爹是个很认真的人，脑袋里虽然没装革命理想，却充斥着做一名好军人的志向。第二天四点半钟，爹和李雁军双双起床，四点五十分他和李雁军站到营部操场上，让号兵吹起床号。五点整，士兵们陆陆续续来了，他让迟到的士兵站一边，让准时到的士兵报数，有三百八十三名。接着他让迟到的士兵报数，有一百五十五名。爹站到土堆上，威严地说："迟到的官兵竖起你们的耳朵，给本营长好好听着，从明天起，还有官兵敢于藐视军规，无论是谁，士兵十大军棍，军官二十军棍，绝不姑息。"

我爹天生力大无穷，又热衷于训练士兵，武艺又好，一拳打去，槐树的树叶都会掉下一大片，眼睛一瞪，没有士兵不怕他。爹每天一早，天还没亮，总是第一个到操场，站在土堆上瞧着天空，天在他严厉的目光注视下，渐渐亮了。爹这样做，就没有官兵敢迟到。爹亲自带着五营的官兵绕着山林跑三圈，跑完后又令五营的官兵以排为单位练劈刺。他不休息，他的官兵就没人敢说累。"在战场上，只有强壮和灵活的士兵才能活命，"爹对他的官兵说，"不想死的就跟我好好练！"这样练了一个月，五营的官兵个个都精神抖擞、眼露凶光，喊杀声就雄浑如雷。一天，赵团长来五营视察，见五营的官兵个个昂首挺胸，站得同树桩一样直，不再是刚入伍时那种没精打采又吊儿郎当的模样，就赞赏地瞧着我爹说："何营长，本团长没看错，你天生就是个军人，我要把你送到陆军讲武堂培训。"

这年春节，青山街何家于除夕吃年饭时，少了三个人：我岳父、梨花和何金江，但添了一人——李雁军带回一个女人，女人姓张，与我奶奶同名，也叫桂花。张桂花是河南人，随母亲流浪到长沙，母亲病死在长沙街头，十八岁的张桂花就卖身葬母。李雁军那天一早走出军营买油条吃，他走到油条铺前，见路旁围了堆人就扭头看。李雁军平常不是个爱看热闹的人，那天他鬼使神差地走上去，就见一女子身上挂块牌子，写着"卖身葬母"几个毛笔字，一旁躺着具穿戴破烂不堪的女尸，女孩也穿得破破烂烂，一头乌发似结了壳，成块状盖在脑门上。李雁军很同情这女子，觉得她孝顺得难得，又见一旁有几个男人嘀嘀咕咕，他听见有个男人说"随便把她妈埋了，把她卖到窑子里"时，转头看那几个男人一眼，见那几个男人面相都邪恶，就决定帮这个可怜的女孩一把。他说："姑娘，我买你。"

围观的人都惊讶地瞧着李雁军，那几个男人中的一个突然大声道："慢着，我要买。"李雁军瞟他一眼说："是我先开口要买。"那男人不相让地凶道："我比你先来。"另外几个男人也恶道："他早就想买了。"李雁军指着姑娘说："由她定。"李雁军一身军服，脸色严峻，那几个淫邪的男人就不敢逞狠。张桂花听懂了李雁军的话，忙冲他磕头说："请您帮俺安葬俺娘，俺愿意跟您做牛做马。"李雁军对姑娘说："起来吧你。"

街对面有一家寿服店，李雁军给死者买身女寿服，又去棺材铺买了棺材。几个抬棺材的人用棺材盖把尸体抬到屋后的几株树下，姑娘就打桶水，给母亲抹尸和换寿服。李雁军守着，冷冷地看着棺材铺的几个人。姑娘给尸体换上深蓝色寿服，棺材铺的几人便把尸体放入棺材，盖上，钉上马钉。起棺时，李雁军亲自点燃一挂鞭炮，炸了一气，几个人便抬着棺材向前走去。这支队伍很凄凉，一口棺材，一个人，姑娘是唯一边流泪边跟着棺材走的人。棺材抬到一处荒山上，几个抬棺材的歇了会，就举起锄头慢腾腾地挖墓穴。李雁军觑一眼姑娘，见姑娘悲伤地抽泣着，他放眼看去，一片荒凉，一只山雀尖叫着从他头顶飞过。他心里堵得慌，脱下军装，接过锄头，挥锄挖着墓穴。他把自己挖得满头大汗，棺材铺的几个人都瞪大眼睛看着他挖土，泥土在他周围释放着刺鼻的腥气。

安葬完张桂花的母亲，已到中午，李雁军觉得自己积了阴德，便说："姑娘，你回老家投奔你亲戚吧。"姑娘摇头。李雁军不想麻烦，说："我只是看你可怜，替你埋了你娘，没别的意思。"姑娘听李雁军这么说，眼泪又涌出来，她任泪水在她那张肮脏的脸蛋上流淌，低声却坚决地说："大哥，俺是你的人了，你去哪里俺去哪里。"李雁军想我爷爷奶奶正缺人手，就把她带到我爷爷奶奶家，李雁军向我奶奶讲述她的遭遇，奶奶听得眼泪都出来了，握着姑娘的手，说："姑娘，这里就是你家，你是个孝顺姑娘，会有好报的。"

于是那年过年，家里就多了个说河南话的河南女子张桂花。张桂花长一张扁平的脸，一副朴实无华的面容。河南女子除了奶奶喜欢的朴实，还有勤快，她三岁就跟着母亲进灶屋洗碗、扫地了，只要她看见了什么事情，那事情就会在她手上终结。我大哥何胜武拉了屎，还没等他母亲走来，张桂花就给我大哥揩干屁股，跟着就将我大哥拉的屎扫干净了。一家人见张桂花这么勤快就都喜欢她，觉得张桂花就像窗前的腊梅花，不艳丽，但实实在在。过年前，奶奶对李雁军说："你也该娶媳妇了，师母给你做主，你就娶桂花吧。"李雁军望一眼站在堂屋另一边的张桂花，见张桂花羞红着脸，激动地瞅着他，便觉得这河南姑娘既可怜又勤恳、可爱，就不好意思道："师母，这事您决定。"奶奶像得了将令，快乐得不知疲倦，忙和李春为李雁军和张桂花布置洞房，洞房是我岳父和梨花睡过的那间，室内仍弥漫着腊肉气味。奶奶叫来街上的泥水匠，买来石灰，重新粉刷墙，又把坑坑洼洼的地整平，买来床和桌子，还买来草绿色布做成窗帘挂上，阳光透过绿窗帘射进房，室内的一切就罩了层温馨的淡绿。奶奶满意地对张桂花说："桂花，我结婚时还没这好呢。"

奶奶于大年初一的团圆饭上宣布："今天是张桂花和李雁军成亲的日子，来，全家人为李雁军和张桂花喝一杯。雁军，希望你和张桂花早生贵子。"全家人都笑，笑声把屋檐上的冰锥都震落了几根。这一天，长沙下雪，雪从除夕晚上下起，断断续续地下着，下到初一的中午，又下大了。雪花在青山街的上空飘舞，落满一院子，葡萄棚上仿佛盖了层厚厚的棉絮。我三叔何金石只是吃了两口饭，就跳下椅子，跑到院子里垒雪人，一家人看着这个顽童垒雪人。对门韩家吃团圆饭时放鞭炮，哔哔叭叭，鞭炮的硝烟从大门外飘了进来。

大年初五，赵振武团长踏着雪花，拎着一对酒来看我爷爷。赵团长把身上的雪花拍打干净，坐到火炉边喝酒，跟爷爷和我爹寒暄古代男人项羽、韩信、诸葛亮、曹操、司马懿、岳飞等等，谈这些不同时代的将军带兵打仗，接着又谈天气和局势。赵团长说："目前中国时局很乱，相对全国来说，湖南还算好的，只是工人闹得凶。"赵团长说到这里特别强调："赵省长对共产党非常恼火，都是共产党在鼓动工人闹事。"赵团长走时，对我爹说："过了年，你和李雁军都去陆军军官讲武堂学习军事吧。"爹回答："遵命。"爷爷咧嘴笑着，赵团长看着我爷爷，"年前，我去赵省长家，赵省长授意我把独立团扩编成师，我需要大量的军官，李雁军和何金山都是上等的军官材料。"

湖南陆军军官讲武堂是湖南最早的军事学校，学生都是从各军队抽调上来的连级以上军官。军官讲武堂原是一家大祠堂，上下两层楼，有几十间房子，一楼是青砖房，二楼是木板房，屋檐啊、门窗啊都雕花刻鸟的。讲武堂的前面是一片梨树林，那年春天，梨树开满白花，一串串的白花引来大片蜜蜂，蜜蜂成群结队地飞来，采集着花粉。讲武堂的军官们没事就去梨林赏花，边大谈军事和国事，谈吴佩孚、张作霖和孙传芳及北洋军阀，当然谈得更多的是孙中山的国民党和目前很时兴的共产党。有天，一个教师大谈战国时期的吴起和孙武，谈得一些没有古代军事知识的军官直打哈欠。下了课，大家离开教室，只有一个长着方脸块的年轻军官埋头写着什么，没动。爹提醒地叫他："彭德怀，下课了。"彭德怀与我爹和李雁军睡一间寝室，彭德怀合上笔记本，跟着我爹和李雁军走出教室，走进梨园。先一天落了场大雨，地上落满梨花花瓣。三个大男人走到一处石凳前，坐下，看着天空。众多蜜蜂在梨树上飞来飞去，忙个不停。一些军官坐在草地上打纸牌，叫叫嚷嚷的。我爹、李雁军和彭德怀不为那边的热闹所动。

彭德怀昂头望眼梨花，突然问我爹："何金山营长，你从军，抱着什么目的？"爹当时很年轻，为表示自己是个大男人，故意留着胡子，脸上的表情由于有黑胡子衬托，就刚毅。爹摸下胡子说："德怀兄，我愚笨，从没想过目的。"彭德怀一笑，转头问李雁军："你呢？你想过你放弃过老百姓的生活，从军来讲武堂学习的目的么？"李雁军淡漠地望着彭德怀，"德怀兄，国家大事不是我等下级军官思考的，我们只是服从，服从是军人的天职。"彭德怀摆摆他的大手，两片厚厚的嘴唇在他那张因思索未来而严肃的方方黑脸上启动了："不对，"声音落地有声——致使在梨花上工作的蜜蜂受惊地嗡一声飞走许多——"为什么我们中国总是这么糟糕，我想都是因为我们一味地服从，那些当官的有权的人就利用我们的服从，坏就坏在他们只是在为一己私利而斗，而我们都成了他们争斗的杀人工具。"我爹和李雁军都把目光投到彭德怀的厚嘴唇上，没想到他这两片厚嘴唇能发出这么强大的声音和说出这么可怕的话，这是我爹和李雁军从未曾想过、也是过去闻所未闻的话！彭德怀接着说："那些人没有拯救中国于水火的思想，而他们的上司的上司眼里也只有钱和私利。我们这些下级军官凭什么要替他们卖命和为他们打仗？！"爹觉得彭德怀想问题想得太深远，就嘿嘿嘿干笑。

彭德怀那时候很痛苦，中国啊前途啊命运啊大丈夫应该顶天立地啊等等，堆满了他那颗头发茂盛的脑袋，以致他的脑海天天涨潮，让他不得安宁。我爹和李雁军还有另外三名军官一倒下就打呼噜，睡得同死猪样安逸和踏实。彭德怀却还在思考，盯着窗外黑沉沉的天空，时不时发出一声沉重的叹息。有天晚上，一寝室的人正在缓步进入睡乡，彭德怀忽然发出一声很响的叹息，那声叹息把我爹他们的睡眠活活赶跑了。"想女人啦德怀兄？"一军官问。彭德怀说："不是。"另一名军官把头探出床问："不想女人那你叹什么气？"彭德怀说："我想我们这是在为谁卖命！"彭德怀是湘潭人，说一口湘潭话，方脸上充斥着湘潭人的倔强和迷茫。彭德怀又说："现今中国的老百姓，生活在黑暗中，我的老家，遭了灾连饭都没得吃，只好一家一家出去讨饭。谁也不管老百姓的死活，这社会不改变，老百姓又怎么活？"

爹和李雁军及同房的几名军官都看到了这些，都觉得老百姓可怜，但都不愿意想这些让人费解和头痛的事。爹望着彭德怀，彭德怀当时二十五岁，比我爹和李雁军都有抱负，那抱负跟皮筋样把他那张迷茫的方脸绷得紧紧的，就更显坚定。爹说："德怀兄，你比我们要忧国忧民。"彭德怀严肃着脸说："岳飞十几岁就想精忠报国，当时他算什么角色？一介草民。后来岳飞不也成就了一番事业？"彭德怀说到这里，很坚决地望一眼我爹，"人活着没理想，没志向，那人跟畜牲有什么区别？"爹和李雁军都被他这句话呛住了，感到彭德怀说话很直爽很猛烈，同炮火似的。彭德怀望着天空，说话就更壮怀激烈，"李清照有一首诗：'生当作人杰，死亦为鬼雄'。大丈夫活于天地之间，理应有所作为！秦朝末年，韩信曾经是项羽的下级军官，后来韩信被萧何请到刘邦的军队带兵，不成了打败项羽的英雄？"一军官大声说："德怀兄，韩信后来的下场很惨，被吕后杀了。"彭德怀不屑于韩信的悲惨下场说："那有什么关系？总比毫无价值地活一辈子，要强。"声音如打雷一样雄浑有力，"我们生长在这个贫穷落后的社会，都不去改变这个贫穷落后的国家，不枉为一世人？"这话好凝重，像拳头一样打在其他人身上，一时人人语塞。有一阵南风吹来，把彭德怀的话和室内凝重的气氛吹跑了，一军官大叫："睡觉、睡觉。"

十二

　　爹在陆军讲武堂学习军事的那年，湖南境内很不太平，先是京汉铁路大罢工遭到吴佩孚军阀的镇压，那是著名的"二七惨案"。这引发了湖南工团联合会的极大愤慨，于是组织民众纷纷上街游行示威，举着"打倒军阀吴佩孚"的标语，弄得全市沸腾，像一锅开水似的啵啵啵地响。赵省政府十分头痛，让军警上街维持秩序，晚上八点钟就实行戒严，一过八点，发现有人胆敢在街上走，便抓起来，关到军警处饿几天，然后让人通知家属拿赎金来赎人。这又引发共产党领导的工团联合会与赵省政府的激烈矛盾，于是粤汉铁路段的工人和长沙泥木工人及纺织女工都跑到赵省政府前静坐，要赵省政府表明态度，是支持工运还是反对工运。这事还没完，日本水兵又在长沙枪杀市民，制造了"六一惨案"，这一惨案致使长沙市民对日本人产生了强烈的仇恨。六月二日，长沙市的中、小学生和各阶层的老百姓义愤填膺地涌上街，举着"否认二十一条，收回旅大"的大幅标语，围绕破烂的长沙市区游行，要求赵省政府严惩开枪的日本水兵，把日本人驱逐出湘。

六月三日，爹从讲武堂回来，还在路上，就看见游行的队伍在长沙街头高呼口号。我爹是个爱热闹的人，他在陆军讲武堂学习，不知道长沙又发生了什么事，就跟着游行的队伍看热闹，不觉走到了赵省政府的面前。这是上午九点钟，游行的队伍走到赵省政府前，高呼着口号。赵省政府调来军队，军人都绷着脸，用力维持秩序。我爹一身军装，一脸兴趣，绕过人群，走到维持秩序的军队前，看着。爹看见何叔衡，还看见蔡和平，他们在呼喊"打倒日本帝国主义""还我河山"的口号中挥着手臂。雄浑激昂的口号声把赵省政府的窗玻璃震碎了，把天上的浮云也冲散了。赵省政府前有几百学生，他们在省政府前静坐，由于一天没吃饭，个个都没精打采的，有的不知是由于太热，还是身体太虚，这会儿倒在别人的腿上了。爹扫一眼，大多是十五六岁的中学生，爹想何金林没在这里静坐吧？目光便在静坐的队伍中仔细搜索，就真的看见了何金林。爹盯着二弟，二弟看见他便把目光移开了。爹走上去说："金林，跟我回家。"金林用一双炯炯有神的眼睛望着他大哥说："大哥，赵恒惕省长如果不把日本人驱逐出湖南，不严惩杀害我木工王绍元和学生黄汉卿的日本水兵，我们绝不回去。"何金林一旁的同学附和何金林说："对，不答应我们的条件，我们绝不收兵。"

爹觉得有人盯着他，就把目光从二弟的脸上提升起来，朝感觉中的目光寻去，结果他看见了我岳父。我岳父穿着长衫，戴着眼镜，装扮成老师坐在学生队伍里，与一旁的几个学生耳语。爹没法跟我岳父搭话，爹的脚跟前都是气愤和疲惫不堪的中学生。

不一会，又一支游行队伍走来，高呼着"血债要用血来偿"。前面的人忙让开，让给刚来的队伍，这支游行的队伍抬着两具业已发臭的尸体：一具尸体是木工王绍元；另一具是小学生黄汉卿。他们于六月一日那天，与众多市民走到湘江边上，抗议日本人到期仍拒不归还旅顺和大连，要求日本政府守约。他们站在湘江岸边，围绕着日本军舰高呼口号，要日本人滚蛋。日本水兵鸣枪警告，勒令长沙老百姓滚开，这激怒了游行示威的长沙人，就有人向日本军舰掷石头，日本水兵就朝岸上的人群野蛮地开枪，不但打死了王绍元和黄汉卿，还打伤十几名游行示威的群众。

爹在新来的游行队伍里看见了何金江。何金江走在这支队伍的前面，一双大脚每一步都有力地落在地上，腾起的灰尘最多，手里抓着硬壳纸卷成的喇叭，带头呼口号，他喊一句，身后的队伍就跟着唤一句。爹第一次觉得何金江很陌生，不像他的兄弟而像一个他根本就不认识的人。何金江带领的这支游行队伍都是工人，喊口号的声音如雄狮怒吼，吼得赵省政府如一只死乌龟样趴在游行的人群前。爹很担心局面失控，赵恒惕行伍出身，又是衡山蛮子，发起飙来那不就像吴佩孚一样动刀动枪？爹不敢离开半步。但那天，赵恒惕的忍耐力很强，这是赵恒惕当时很想在湖南推行自治。爹在赵省政府前待了一天，人被太阳晒黑了。傍晚，最后一抹余晖离开忧伤的天空后，游行的队伍渐渐散去。爹的腿都站木了，他迈到二弟面前说："金林，赵省长不会听你们学生的，跟我回家吧。"何金林已两天没吃饭，也没喝水，喉咙冒着烟，他沙哑着喉咙说："大哥，我不会离开我的同学。"

爹回到家已是晚上九点钟。长沙的街头已经戒严，街巷都空了，只有军警端着枪走动，整个长沙城处于阴森恐怖的宵禁中，犹如一座荒无人烟的死城。爹在路上遇到一些军警，那些军警见我爹一身军官服，就没阻拦我爹。爹步入青山街，叫门，李春开的门，又是吃惊又是高兴。爹看见他的女人，心情就没那么沉郁和糟糕了。"现在这社会乱得很，人都不知道怎么活了。"爹说，走进卧室。他的女人把门一关，身体就投到他怀中，爹把她抱住，"这些天我们陆军讲武堂的军官们，天天坐在一起讨论，身处乱世，应该怎么办，但讨论不出结果。"女人用嘴堵住他的嘴，"别说这些，"女人说。爹觉得孤单，还觉得这些事让他烦恼，就欣慰地想这个世界上至少还有个女人爱他，便来了精神，把女人抱到床上。女人迫不及待地解着他的衣裤，把他脱光，欣赏着他强劲的身体，也把自己脱光，让一对饱满的乳房尽情舒展、激荡。两具年轻火热的身体一相拥，都把乱七八糟的战争和贫困、凄惨的中国社会抛在脑后了，一起进入另一个世界，那是个水乳交融和梦境升华的世界。

奶奶是第二天一早才晓得我爹回来了。爹把二弟在赵省政府前静坐的事告诉奶奶，奶奶说："我去把金林叫回家。"说着，奶奶走出青山街，往人力车上一坐，半个小时后奶奶就到了赵省政府前。赵省政府前围满了人，大多是工人和市民，中间却围着很多静坐的学生和老师。奶奶费了很多力气才挤到静坐的学生前，当然就看见了儿子，金林也看见了母亲，奶奶说："你还不吸取教训？跟我回家。"金林回答母亲："妈，赵恒惕不惩治日本水兵，我们就静坐到死。"奶奶说："你糊涂啊，金林，我们回家。"金林不再理母亲。奶奶见军警们个个虎着脸，就担忧地守在金林身旁。中午时，奶奶去小摊贩手中买来五枚茶盐鸡蛋。奶奶再挤进来，跟儿子耳语几句，接着把怀里的五只鸡蛋偷偷塞给儿子，"你偷偷把它吃了。"我二叔是个很有正义感的青年，既然是绝食，那他宁可饿死也不会偷吃东西。他满脸羞愧地把鸡蛋退还给母亲，"我们是绝食呢，妈。"他周围的同学此刻都把目光集中到他们母子身上，金林道："妈，你走吧，不要破坏我们绝食。"说着，他把奶奶再次塞到他手中的五枚熟鸡蛋朝地上一摔，鸡蛋就在地上乱滚，有个人还一脚把一只滚到他脚边的鸡蛋踩成了粑粑。奶奶大怒，骂儿子："你个不知好歹的东西！"奶奶捡起鸡蛋，生气地挤出人群，走了。

六月四日晚，金林回来了，脸上有伤——那是成群的军警驱赶学生而学生不肯离去时，被恼羞成怒的军警殴打所致。爹看着金林，金林昂着一张英俊且傲气的脸，穿着学生服，口袋里插支钢笔，留了个那个年代里极流行的分头。奶奶看着她三儿子说："你以为你们一静坐，赵省长就会听你们学生的？那他还是堂堂的省长？我告诉你，金林，没用的。"金林坐到椅子上，脸一歪就睡着了，口水从他干裂的嘴角往下淌。奶奶觉得金林瘦多了，脸色灰暗、迷惘，就对我爹说："他太疲倦了，坐下就能睡着。"爹走过去拍金林的肩，金林以为是他同学拍他，赶紧问道："发生什么事了？"爹觉得二弟脑袋里的弦绷得太紧了，"妈要你到床上睡觉。"金林摇摇晃晃地走进房间，一倒到铺上就入了梦乡。爹走进自己房间，李春正对着镜子梳头，爹看着她说："这么晚了还梳头？"女人在镜子里一笑，"还不是梳给你看！"爹就从背后搂着她，"春，你生了胜武后，更美了。"女人扭过脸来，看着他笑，边摸下他的嘴唇，"你长大了呀，晓得哄老婆了。"爹激动道："当然啊。"

第二天一早，我二叔何金林一个人吃了三个人的饭，站在墙前欣赏着月季，月季花开得很鲜艳，金林将鼻子凑拢去闻了闻，身上似乎恢复了力气，自语道："这月季花开得好。"爹觑着二弟，二弟却用漂亮的眼睛盯着他说："大哥，赵恒惕身为一省之长，怎么可以出尔反尔？昨天上午，他接待我们师生代表，答应一定给我们一个说法，晚上突然就派军队来驱赶我们……"爹感到好笑道："赵恒惕会把你们放在眼里？别做梦了。"金林就愤怒地盯着哥，"赵恒惕不但是个军阀，还是个政治流氓。"爹见金林一脸上当受骗的愤怒，说："金林，这个社会你们是改变不了的。"金林痛心疾首地拍下墙道："中国现在是军阀当道。"

爹望着他这个弟弟，简直不知道他是怎么长大的，怎么就长成这样一个装满激进思想的英俊和满肚子愤怒的青年了。爹说："我们这些老百姓就想老百姓的事，别的事让别人去想。"金林又朝着墙壁打一拳说："不对，要是大家都不去想这些事，中国怎么改变？！"爹想这些思想激进的人，怎么都一个腔调？中国就那么好改变？我大哥把屎拉在床上，爹忙去解决这个问题，等爹把这事处理完，金林不见了。

何金林再次回来是被几个学生用门板抬回来的。这个壮怀激烈的，迫不可待地要去改变中国的小青年，跟守在明德中学门前禁止学生外出游行的粗蛮的军警打了起来。他们一百多学生要出去游行，要逼赵省长驱逐停泊在湘江里的日本军舰，十几个军警守着校门，不同意学生上街游行，冲突就发生了。何金林是学生中的领袖，大家都看着他，何金林不是那种能克制自己的小伙子，他不但倔强，而且勇敢，在众同学的目光注视下，他忘记了一切，一挺胸，朝前冲去。军警就举起枪托粗暴地搡他，何金林就抢枪。两名军警见他敢动手抢枪，就你一枪托我一枪托地搡他，把他打倒在地，还用枪托捅他的头，捅他的胸。何金林的同学想冲上来解救，被另一些军警拦着，两个年轻健壮的军警围着何金林打，当场把何金林打得昏死过去。何金林被同学抬回家时，已气若游丝。奶奶见状，赶紧叫我爹去药店买了株人参，奶奶熬了碗人参汤。爹把何金林抱到腿上，扳开他的嘴，奶奶将一勺参汤灌进何金林的嘴，让参汤慢慢流入儿子的咽喉，接着又灌进去一勺。何金林咳了声，一口乌血和着参汤从他喉咙里吐出来。奶奶欣喜道："金林活过来了。"

爹回到讲武堂是下午，见彭德怀一人在寝室里读书，因天热，打着个赤膊，敦厚的背朝着门，汗在他脖子和背上欢快地流淌。彭德怀的胸前摆个笔记本，正在读《孙子兵法》。那一刻，爹想这个彭德怀真刻苦。"德怀兄，学习啊。"爹与彭德怀打招呼。彭德怀扭过头来，憨厚的方脸上呈现着笑。爹表扬他说："这么热的天你还舍不得休息？"彭德怀说："看书就是休息。"爹觉得彭德怀比他有志向，就暗暗钦佩这个于大热天还坐在寝室里苦读的人。爹带了奶奶做的腊鱼，一大钵，爹解开布包，对彭德怀说："尝点吧。"彭德怀就不客气地伸手拈出一块腊鱼，放到嘴里嚼着，"味道不错啊何老弟。"爹笑笑。彭德怀问我爹："怎么样外面的局势？"爹说："赵恒惕压着不让群众游行，施行了戒严令，不准工人上街，不准学生出校门。"爹把二弟想出校门抗议日本水兵，被阻挡的军警打成重伤一事告诉彭德怀，彭德怀一拳击在桌子上，"赵省政府只会欺压老百姓，这样的政府要他有什么用！"爹压根儿没想到这个打着赤膊、满脸义愤、说一口湘潭话的彭德怀，日后会是中华人民共和国的开国元勋！爹文化不高，眼睛就只能看眼前的事，看不清未来，感叹道："德怀兄，我这人没什么抱负。"爹这么说，突然想起肖先生说的"男子汉没有抱负是可耻的"，就觉得自己还真是个可耻的人。彭德怀拍拍我爹的肩，"何老弟，你是个典型的得过且过的人，哈哈哈哈。"爹觉得他说得不很对，但爹不是那种爱反驳的人，只是跟着一笑。

李雁军穿着白背心走来，他去剪头了，身上落了很多碎头发。彭德怀很欣赏李雁军说："你真结实，你这双肩，是可以扛大梁的。"李雁军的身上，肌肉一股一股的，那是他跟着我爷爷练武练出来的，李雁军说："扛大梁谈不上，做一根屋檩子还勉强。"彭德怀亲热地打李雁军的胳膊一拳，"我们这批军官学员里，我最欣赏的就是你。"彭德怀说。

八月的湖南充满火药味，讲武堂旁的池塘里挖出的藕，吃起来都带火药味儿。前湖南督军谭延闿被孙中山任命为湖南省长兼湘军总司令，率领部分国民党军队从广东开过来，讨伐在日本人面前软弱的他从前的部下赵恒惕。赵恒惕慌了，赶紧调动军队，我爹和李雁军都被从陆军军官讲武堂抽了回来。独立团已于这一年扩建成湘军第五师。爹在师部得知，他任五师三团副团长。爹步入三团报到时，贺新武团长握着我爹的手说："你回来得正好，要打仗了。"爹看着英姿勃勃的贺新武说："贺团长，让我带一个营吧。"贺团长说："那你指挥三营吧。"爹就下到三营，三营长是杨福全，杨福全为使自己显得老成和威严，蓄着一脸浓密的胡子。爹不太喜欢杨福全，爹关过他的禁闭，杨福全为报那一仇，在执行赵团长的命令时，把我爹的屁股打得皮开肉绽，爹虽不是个记仇的人，却并没淡忘那三十军棍。爹看着杨营长说："贺团长让我指挥三营。"杨福全营长知道我爹不是盏省油的灯，啪地一个立正给我爹，昂着他那张黑胡子乱长的脸。爹松开眉头说："让弟兄们作好准备。"

湘军第五师奉命朝衡阳开拔，迎战谭延闿带来的国民党军。先一天晚上，爹回家，对爷爷奶奶说："湖南又要打仗了。"李雁军也回来了，两人虽都在赵振武师长的麾下，但不在一个团，李雁军成了二团副团长。李雁军说："这次奉命开拔，赵师长有交代，不要与国民党军队硬拼，能不打就不打。"爹望着李雁军，李雁军说："师长对我们团长说，独立团刚扩建成师，赵师长不愿意刚扩建的师一下子就打光了。"一只蝙蝠飞进堂屋，在他们之间上下飞着，捕食蚊子。爹知道李雁军是那种不顾家的人，难得回家一次。爹不走开，李雁军是不会先起身的。爹了解他，他是那种不想自己、极顾及他人和讲义气的人，在任何情况下他都不会率先撤退，宁可自己吃亏、受累。爹说："雁军哥，打仗时我们都要睁大眼睛。"李雁军道："我懂的。"爹起身道："我要睡了。"这天是八月里一个难得的凉爽日子。爹走进房间，李春躺在床上逗着我一岁的大哥玩，我大哥裸着身体，正对他妈笑。院子的墙缝或角落里传出蛐蛐的叫声，使这个夜晚显得格外宁静。

湘军第五师开拔到衡山，在衡山以东驻扎下来。爹所在的三团驻守在大路两旁的山上，三营摆在最前沿。贺新武团长把他的一营设为预备营，让三营在公路上设路障，正面迎击国民党军。爹不喜欢坐在团部，下到三营，直接指挥战斗。爹带着杨福全营长查看地形，且率领三营的全体官兵搬运石头和砍伐树木，筑成三道路障和防线。傍晚的残阳就照在公路上，橘红一片。爹盯着残阳，看着远处紫色的山脉，有一群燕子从天上飞过。爹想将会有一场恶战，就把连长以上的军官召集到一处，布置任务说："要做好打硬仗的准备，团长让我们三营在最前面打，告诉弟兄们，我在后面压阵，谁敢当逃兵，我会开枪。"

次日拂晓，国军来了，但遭到三营官兵的迎头痛击。国军有迫击炮，一顿迫击炮轰炸之后，国军又开始第二轮进攻。三营二连连长被国军射来的迫击炮弹削掉了头盖骨，歪在工事上死了。二连的士兵就缩在掩体里不敢还击。爹很急，弓身跑过去，命令二连的官兵开枪还击。那些士兵见副团长身先士卒地举枪射击敌人，胆子就大了几分，也打起精神趴在掩体后射击。爹见有些士兵乱放枪，子弹向天上飞，就喝道："弟兄们瞄准打，不要浪费子弹。"自然就打退了国军的第二次进攻。爹的手臂被射来的子弹擦破，衣袖上有一个枪眼。爹脱下衣服察看，左胳膊被子弹削去一块肉，伤口仍在隐隐出血。传令兵的包里备着纱布和碘酒，传令兵把碘酒瓶打开，倒了点碘酒到伤口上，爹陡然感觉到钻心的痛，那是碘酒在伤口上制造的痛。爹在传令兵包扎伤口时，看着倒在他一旁的战死的官兵，想自己只是挂了点彩，他们却战死了。爹在二连临时任命了连长，这才撤到后面压阵。

国军的第三轮进攻是下午发起的，很猛烈，二连垮了。二连的很多士兵都是丢下乞丐碗，跑进军队混饭吃的，哪里见过如此炮火连天的场面，一些官兵丢下枪逃跑。爹忙举枪镇压逃跑的士兵，一枪撂倒一个，又一枪撂倒一个。爹吼道："给我顶住。"那些士兵见我爹怒目圆睁，又掉头迎击国军。爹让传令兵通知贺团长增援。三营没有机枪，贺团长的一营有两挺机枪，贺团长忙命令一营的两名机枪手增援，两名机枪手扛着机枪跑来，将机枪架在工事上，朝着冲上来的国军扫射。三营的官兵立即士气大振，个个都猫腰射击国军。一名机枪手阵亡了，另一挺机枪也突然哑了。这当儿，被机枪压在地上的国军官兵突然发起冲锋，二连的官兵便与国军官兵展开肉搏，零星的枪声和惨叫声便不绝于耳。

爹担心阵地会在他手中丢失，冲上去，举枪撂倒几个国军，子弹打光了，爹情急中拾起一支上了刺刀的步枪，与国军肉搏，爹的传令兵紧跟在爹左右。国军一名壮汉一刀抢下来，砍掉了传令兵的一条胳膊，传令兵惨叫一声，倒下了。爹回头看，另一国军就举起刺刀捅我爹，那一刺刀在我爹的背上捅了个窟窿，爹痛得朝地上一倒。国军士兵见我爹还没死，就想补一刀。杨福全手中的驳壳枪响了，叭地一声，那士兵栽倒在我爹身前。爹感激地看杨福全营长一眼，呲着牙。杨福全营长说："何副团长，你受伤了？"爹用手摸背，摸到热乎乎的液体，全是黏稠稠的血。这时贺新武团长带领一营官兵猛冲上来，三营和一营的官兵就联手与国军厮杀。二营的一部分官兵也从另一处杀来。国军抵挡不住，撤了。

战斗再打响时，爹在师指挥所旁的临时医院里躺着。那是个寺庙，里面有几个僧人，僧人们帮着军医救死扶伤。寺院的树枝上，蝉鸣声不断，把秋天唱得比夏天还要炎热和惆怅。一些伤兵在爹的耳畔哭爹叫娘，因没有麻药，军医们只好蛮干，蛮干的结果当然是一片哭喊声，就凄凄惨惨。一军医看着我爹的伤口，对我爹说："伤口感染了。"说着，他先用兑了碘酒的盐水冲洗我爹的背和胳膊上的伤，那碘酒和盐水一遭遇细菌，就心花怒放地与细菌展开搏杀，战场就在爹的伤口上，痛得我爹大汗直淌。军医将伤口冲流干净，涂下治伤药，然后用针线缝着那两处伤口。

身材高大魁梧的赵振武师长礼贤下士地来看伤员，看见我爹，说："何副团长，你们三团打得很顽强。"爹惭愧道："不是贺团长带领一营的兄弟及时增援，我恐怕已躺在阵亡的人里了。"赵师长批评我爹："你一个指挥官，副团长，怎么可以冲到最前面与敌人死拼？你的责任是指挥官兵打仗！我让你去陆军讲武堂学习，不是要你端着刺刀冲锋陷阵。"赵师长说完这话，丢下我爹自己思考，大步走了。爹看着赵师长魁梧的身影消失在门外，心里对赵师长十分感激。他侧耳听着蝉鸣声，听得瞌睡虫一齐涌进脑海。傍晚，爹醒来，一老僧人端来斋饭给我爹吃，边打量我爹，与我爹说话。老僧人说：

"你命相好。"爹望着老僧人说:"我差点死了,还命相好?"老僧人笑笑,"你能活到九十岁。"爹的一颗心安稳了。

十三

爹所在的第五师和第四师、第三师联手把国民党军打回了广东,第五师因伤亡过大,撤回长沙休整。爹在家养伤期间,湖南教育界的人士跟赵省政府力争,成立了湖南大学。我二叔何金林天生聪颖,读书过目不忘,一高兴便成了湖南大学招收的第一届大学生。奶奶非常欣喜,家里放了挂一万响的鞭子,把个青山街炸得硝烟弥漫,很多人都探出头张望,以为哪里又打仗了。那年月,考上大学就等于中了举人,是极光荣的。奶奶请来国乐队,让他们像办喜事样在家里吹吹打打,那些男人就心明眼亮地坐在院子里吹着唢呐和打着锣鼓,脸上喜洋洋笑嘻嘻的。唢呐声和锣鼓声从院子里飞出去,招惹得韩家、刘家和曾家等一些人都跑来看。家里开着流水席,青山街的街坊都被奶奶招来吃饭,有的人甚至不是青山街的,只是路过时觉得奇怪而来看热闹的,也被奶奶留下来吃饭。一些不知情的街坊以为何家的三少爷今天娶媳妇,左右张望,边打听新娘是谁,怎么没见新娘子。奶奶咧开嘴巴大笑说:"我家老三考上大学了。这比娶媳妇还光彩呢。"奶奶让何金林装烟给大伯大叔抽。

一拨人吃完,嘴一抹走了,李春和张桂花就赶紧收拾桌椅,让另一拨人坐下,又抓紧上菜,因为门口还站着两拨人。这拨人吃完,下一拨人又坐到桌前猛吃。张桂花炒了一锅又一锅菜,洗了一堆又一堆碗,这个从不叫累的河南女人于傍晚时分,一坐下来就睡着了,头歪在椅背上,用河南口音梦呓。奶奶可怜张桂花说:"桂花是真累了,我也累得半死。"

湖南大学在河西的岳麓山下,我二叔要去学校报到的那天,奶奶一早起床，为我二叔准备行李。二叔不想要奶奶送他，奶奶说："妈想去大学看看。"奶奶特意穿上蓝色的新衣，鞋子也是早两天去鞋店买来的新绣花布鞋，头发梳得一丝不乱，人就很精神还很年轻样。奶奶把她三儿子送进湖南大学，替儿子铺好被子，挂好蚊帐，就满脸喜悦地站在门旁，看见戴眼镜的男人，她就尊敬地笑，这是奶奶打心眼里尊敬老师和文化人。奶奶的口袋里装着好几包美国骆驼牌香烟，是她让张桂花去街上买的，见人就递烟，不管来者是抽烟的还是不抽烟的，她一律将烟呈上。直到下午，奶奶把学校里大大小小的角落都看够了，才放心地坐船回来。奶奶进门便对给葡萄藤施肥的爷爷说："金林进了大学，我总算放心了。"

　　爹伤好后，回了军营。有天，爹无事，上街走了圈，买了份《大公报》。回到营房，他喝口茶，坐下来读报，爹在报上读到了孙中山先生提出的三民主义。多年里，爹一直很盲从，在吴佩孚的军营里受唐正强那我行我素的颓废的无政府主义思想影响，对什么都持着怀疑态度，想不明白中国社会应该何去何从。这会儿，爹的脑袋仿佛开了窍，很激动，把文章读了三遍，对每个字都进行斟酌，觉得这太对他的思路了。在我爹心里，共产主义是马克思的，而马克思是德国人，与中国不搭界，不现实。三民主义是孙中山先生提出的，孙中山是中国人，了解中国国情。爹拿着这份《大公报》跑去给李雁军看，李雁军刚练完功，正拿毛巾擦汗。爹大声说："雁军，现在我脑子里有主义了，孙中山先生告诉了我。"李雁军拿过报纸阅读，爹在一旁像麻雀样叽叽喳喳，以至于唾沫四溅。李雁军把脸偏开，因为他脸上已经落了不少我爹嘴里飞出的唾沫星子。李雁军淡淡地说："这不是我该想的事。"爹看着身材高大的李雁军——李雁军这两年在军营里也许是没操心，反而长壮实了，"雁军，你白长了一个高大的身坯！"爹很感失望，把报纸珍爱地折叠好，放进军服口袋。

　　我大叔那时候住在宝南街工会旁的一间破房子里，那间屋子一到下雨天就涨水，那里还住着几个一心要干共产主义的人。爹口袋里揣着那份报纸，就觉得自己已找到光明地步入何金江住的那间破屋子。那天我岳父也在，他们正开会。爹走进去时，有人用手拦着我爹不让我爹进，爹瞪一眼那人说："我找何金江。"那壮汉的手才放下来。何金江看见他哥绷着脸走来，笑了下，"哥，什么事？"何金江瘦了，穿得也破旧，袖子烂了也没补，脸色还十分疲倦，一对招风耳色泽灰暗地支在瘦脸的两旁；一双大脚的两个脚趾分别伸出两只宽长的黑布鞋。爹闻到一阵臭气，那应该是门外阴沟里飘来的。爹对何金江说："金江，你该回家看看爹妈了。"一年轻人说："今天的会就开到这里，金江同志，你回家打个转身吧。"爹看这人一眼，这人长一张长脸，瘦削，但目光炯炯有神，笑容也十分和善。这个人是郭亮，几年后他的头被砍下来，挂在长沙一个名叫司门口的城墙上示众。

兄弟俩便面对面坐着，何金江起身为哥倒杯茶，爹说："我今天带了张报纸来，你看一下。"爹从口袋里掏出《大公报》，又特别强调："你看一下孙中山先生提出的三民主义。"何金江不看，"我看过了。"爹问他："你觉得三民主义怎么样？"何金江自信的模样一笑，"三民主义是为少部分人服务的主义，没有我们的共产主义好，我们共产主义是为全中国的老百姓造福。"爹不愿听何金江说共产主义，爹固执地认为马克思是德国人，不懂中国。爹扫一眼何金江住的这间破房子，感觉住在这样的破地方，人瘦得像只猴子，居然想搞共产主义，就觉得弟弟对自己要求太低，也太幼稚了，便冷冷道："你连自己的生活都没法改变，还搞共产主义？！再说，你们一些穷鬼，有钱人谁愿意跟你们共产？"何金江瞧眼门外的阳光——那阳光里飘来秋天里一些枯枝败叶的气味，有些刺鼻。他回答哥说："哥，只能说我们这代人没有享福的命。孟子说得好：'天将降大任于斯人也，必先苦其心志，劳其筋骨，饿其体肤，空乏其身。'这点苦比孟子给予我们的警示算什么呢？"

爹也知道孟子，肖先生在课堂上讲过，说孟子是亚圣人。爹怒道："别跟哥说孟子，孟子是讲仁义的，你连爹妈都不管，这就是不讲仁义。"何金江苦笑了下，"哥，润之先生说得好，我们这代人是为改造中国而生，不可能面面俱到啊。"爹以为润之是上天派来的使者，好奇地问："润之是何方神圣？"何金江说："润之就是毛泽东先生。"爹就不屑，气恼道："你们什么都改造不了。"何金江觉得哥太武断，说："事情总要人做，不去做就改变不了，做，就有改变的可能。"有人走进来叫何金江，爹起身，兄弟俩不欢而散。

爹想在身边找一个人讨论三民主义，但没有人跟他讨论。李雁军不与他讨论，爹就去找贺团长。贺团长正跟杨福全下棋，敞开衣服，桌上摆瓶白酒和一碟花生米。在西湖桥一带长大的贺新武，不是一个爱思考的人。他看完报纸后有点云里雾里，就把报纸丢给杨福全看，"这是搞政治的人的事，与我们军人无关。"他喝口酒，又说："跟你说实话，敌人对政治没兴趣，我只对女人感兴趣。"爹觉得贺新武太赤裸裸了，笑容里含满色情，简直就是个二流子。杨福全也不是个爱想问题的人，他那颗芋头形状的脑袋里只装着吃喝玩乐，除去吃喝玩乐，剩下的怕都是碧湘街的那些妓女了。他见我爹目瞪口呆地望着他和贺新武，就笑着说："我杨福全只听赵师长的。"他说这话时一脸漠视一切的自信，真让我爹恨不得走上去踢他一脚。爹扫一眼平常吃饭和喝酒都用大碗的盲目自信的杨福全说："我真想把你这颗脑袋打烂重铸。"杨福全哈哈大笑，"谢了。"贺团长却说："我们不要为这些破主义伤脑筋，我们去碧湘街喝花花酒去？"杨福全兴奋道："好啊，喝花花酒去。"

爹没跟这两个军官去喝花花酒，回到家，从李春手中抱过我大哥，只好跟我大哥说："胜武，你长大了一定要是个三民主义者。"大哥笑，看着爹。李春也笑，笑得一张脸很甜蜜，一双眼睛闪闪发亮地盯着他说："金山，胜武还是婴儿呢，你跟他说三民主义不是浪费口舌？"爹在儿子脸上亲一口，说："今天太阳真好。"这一天的阳光确实不错，照得墙壁黄灿灿的，地上也跟撒了一地的黄金样。爹心情好，接过李春递给他的一杯茶，喝着。

夜幕降临，这个夜晚很静，能听见风在屋顶上跑过的声音。爹站在窗前，李春走拢来，偎在他身上，爹在她额头上亲了下，李春就箍住他，把温柔的脸蛋贴到他脸上说："你没感觉到吗？"又亲昵地一笑，"我自己都感觉到我的脸好烫的。"爹明白她的意思，她是传统女性，不会把话说透。爹抛下困扰着他的主义，把女人抱到床上，"我要你再跟我生一个三民主义者。"爹冲动地觑着他心爱的女人，抚摸着女人漂亮、白净、妩媚的脸蛋，女人用一口洁白的牙齿咬住他的手指，爹很用心地亲着女人那光洁、火热的面颊。

有天晚上，爹梦见天上有三颗太阳，其中一颗太阳被一支利箭射下来了。一早，爹摸着头，半天也没想明白他怎么会梦见天上有三个太阳，居然清晰地梦见一位武士把其中一个太阳射了下来，那名武士叫后羿。那天上午，《大公报》上刊登一则讣告，三民主义的倡导者孙中山先生，在北平与世长辞。中央还登了幅大照片，照片呈现的是孙中山先生的灵堂，有孙中山先生的遗像。爹傻傻地瞧着这幅照片，觉得心中有一座山坍塌了，想哭，"一个能拯救中国命运的人就这么死了？"他悲伤地说。整整一个星期，爹阴着脸，谁也不理。赵师长来三团视察，爹躺在床上装病。赵师长摸我爹的额头，摸不到热度，"何副团长，你怎么不出操？"爹坐起身，哭丧着脸说："孙孙孙中山先生死了。"

爹沉闷了很长一段时间，就是在那些苦闷的日子里，爹喜欢上喝酒了。一天，他一个人喝了一斤白酒，醉倒在操场上，被不知什么毒虫咬了口，醒来时他看见天上的太阳是黑的，而他的脖子上肿了个鸡蛋大的包，一身软绵绵的。他大病一场，高烧把他的脑袋烧成了锅粑，再醒来时他就认同醉生梦死的观念了。团部龙参谋长是醉生梦死的祖师爷，他既不信三民主义，更不信共产主义，他只相信醉生梦死的主义，并把这个颓废、却诱人的思想移栽到贺新武的心坎上了。"团长，我们军人，活着，谁也说不清哪天就战死了，

111

你说是不是?"龙参谋长鼓着两只金鱼眼睛,一本正经地宣讲他的理论,讨好地瞧着贺团长,"枪子儿又没长眼睛,不会因为我们这些军人上有老下有小就转弯。所以,及时行乐才是正理。"

龙参谋长是个四十岁的男人,从前是南门口街上摆摊替人算八字骗钱的骗子。他是彻头彻尾的及时行乐者,一脑袋的玩乐。早几个月,龙参谋长就领着贺新武和杨福全去街上逛妓院,回营后边喝酒边在我爹面前大谈他玩的那妓女如何风骚,某某妓女又如何温柔等等。当时我爹心里装着三民主义,就看不起他们,觉得他们不过是穿着军装的不要脸的公狗!爹从病魔和悲哀中走出来,回到军营时,已是万紫千红的春天,放眼望去,这个季节,山坡上开满迎春花,红红艳艳地点缀着军营前的山林。贺新武团长高兴地看着我爹,龙参谋长大嘴一咧,一个淫秽的歪点子掷到我爹眼前,"何副团长,你病好了,那要给你接风,晚上一起去喝花花酒。"爹觉得龙参谋长是个天生的坏种,不理他地走开了。

晚上,爹被贺团长、杨福全营长和龙参谋长拉到碧湘街喝花酒。爹本来不想去,但贺团长说:"怡红楼里一姑娘,艺名小红,琵琶弹得真好,你一定要去听听。"爹就不好再拒绝地跟着他们来到怡红楼。小红姑娘就坐在台子上弹琵琶,一张瓜子脸,打得粉白粉白,眉毛画成两皮弯弯的柳叶,把个琵琶妖娆地抱在身前,弹出一串我爹听不明白的声音。菜上桌了,酒也上桌了。贺团长问我爹:"弹得怎么样?"爹笑笑说:"好听。"贺团长嘻嘻一笑,"她像不像林黛玉?"爹不知道林黛玉,傻笑了下,这时他的眼睛瞪大了,他看见我岳父撩开一间房的门帘,从里面走出来。龙参谋长一脸色情地问:"何副团长,你看上谁了?"爹瞟一龙参谋长,"我看见一个熟人。"爹起身,向我岳父走去。我岳父也看见我爹,爹真没想到我岳父会出现在这种地方,就尴尬地一笑,"我来听小红弹琵琶。"我岳父看一眼弹琵琶的小红,小红一副窈窕淑女相。我岳父脸一歪,放低声音贴着我爹的耳朵说:"我听别的姑娘说,小红有花柳病。"爹申辩:"我不是来玩的。"我岳父可不这样看，他一脸理解地拍拍我爹的肩，"我理解，猫有不吃腥的？"爹十分吃惊地看着我岳父，我岳父这年二十八岁，是个面容消瘦的一脑袋革命思想的年轻人，一双眼睛却于这种环境里放着兴奋的绿光。杨福全在那边叫道："过来啊，金山。"我岳父说："我走。"爹目送他走出怡红楼。贺团长说："龙参谋长，给何副团长叫个姑娘。"爹摇手，"我不要。"龙参谋长很抵触我爹这么回答，道："你不搞女人的吗？别在弟兄们面前装正经。"爹就不好说不要，都在一个团干，你不同流合污弟兄们会在背后笑你"假圣人"，贺团长的一只大手搭到我爹肩上说："这才是兄弟。"

十四

　　爹回到家，夜已经很深沉，铅一样压着这座破烂和淫乱不堪的城市。南方三月的夜晚其实很冷，但爹喝了酒，身上就热，感觉自己的一腔热血无处奔涌。爹用力打门，李春一直没睡，听到他打门，忙跑来开门，嗅到爹满身酒气，便扶爹走入房间。爹倒在床上，于马灯下看着女人，想起长一张阔嘴的龙参谋长说的唐玄宗为讨杨贵妃欢心，重用杨贵妃的堂兄杨国忠那个不学无术、只知干坏事的奸臣，结果丢了江山，就捧着女人的脸说："你是我的杨贵妃。"李春见丈夫醉成这样，忙顺着丈夫说："好好好，我是你的杨贵妃。"爹命令他的杨贵妃把自己脱光，爹把杨贵妃搂到怀里，杨贵妃替他脱了衣裤，两人就渡入另一个春雨迷蒙的世界，那个世界里只有爱的河流，两人被爱的浪潮推向更为壮丽的彼岸，在那彼岸，爹看见自己是个英俊少年，骑在牛背上，吹着笛子。次日，爹舒坦地去军营操练官兵，晚上龙参谋长又鼓着一双金鱼眼睛，要拖我爹去喝花酒。爹没去，一个人留守团部。这以后，爹就经常一个人守着团部，因为贺团长和龙参谋长都更钟情于妓院里那些卖笑的姑娘，爹让传令兵买来一堆报纸，边看报纸边打发一个个寂寥的夜晚。

　　这年五月三十日，上海市发生"五卅"惨案。"五卅"惨案是由日本人引发的，日本人开枪射杀抗议的上海工人。英国人也参与进来，命令印度巡捕向抗议的学生和工人开枪，又打死打伤多人。长沙的老百姓一看《大公报》，觉得日本人、英国人太不把中国人当人了，就有脾气。于是长沙的工人、学生和市民在一些人的鼓动下，上街游行了，要求中国政府与英、日绝交。游行的队伍与维持秩序的军警干上了，不但打了军警，还一路打砸卖日货的店铺，把店铺老板揪出来拳打脚踢。贺新武团长接到命令，率全团一千多官兵跑步赶到赵省政府前，布了两道警界线，以免游行的队伍冲撞赵省政府。爹清楚贺新武是个没思想的、一闲下来就逛妓院的鲁莽人，便对贺新武说："团长，你千万不要下令开枪，到时候追究起来，你就成了替罪羊。"贺新武还真没脑袋，昂起他的方脸问："我怎么会成为替罪羊？"爹说："日本人、英国人开枪打死人尚且都这样，你一个团长敢下令开枪，那不是自掘坟墓吗？"贺新武团长虽然大字不识几个，道理却一点就通，"他妈的，你还真提醒了老子。"

　　他们还只是刚刚设好警界线，游行的队伍就洪流一般奔来，喊声震天。走在游行队伍最前面的是湖南大学的学生，大学生们扯着"湖南大学"的横幅，高呼口号。爹看见了何金林，爹对看见何金林没感什么奇怪，因为他明白日本人和英国人在上海干的恶事，令任何一个中国人都很郁闷。爹奇怪的是他看见了他三弟居然走在小学生的游行队伍里，还是小学生队伍的第一个，手举竹篙，竹篙上扯着一幅标语："坚决打倒英、日帝国主义！！！"另一头由另一个男孩执着。爹尽管是何金石的大哥，可是他从来也没注意过这个比他小足足十五岁的弟弟，这个弟弟仿佛是突然从婴儿的床上爬起来的，一夜之间就长成少年了。我三叔还不到九岁身高就一米四几，一张脸长得像爷爷，长脸，下巴长，有点朝前翘起；但眼睛却不一样，是那种虎吊眼，两边的眼角往上挑。这既不是爷爷的眼睛，也不是奶奶的眼睛。爹觉得学校也太不像话了，太荒唐了，鼓动八九岁的孩子跑来凑这份凶险的热闹，这不是不把孩子的生命当回事吗？爹走过去，严厉地盯着何金石说："你过来。"何金石看见大哥，把竹篙递给身后的男孩举着，走出队列。爹说："你跟我回家去。"何金石不肯回家道："老师会说我软弱呢。"爹觉得好笑地绷着脸道："回去。"何金石掉头看眼老师，那是个女老师，女老师正把目光投到我爹和她的学生身上。何金石抹下人中上的鼻涕，解释说："老师说，日本资本家和英国帝国主义欺负我们中国人，我们中国人绝不能当亡国奴。"

老师见她的学生被一个军官从游行的队伍里揪出来，就一脸勇敢地走上来，"何金石同学，回队列里去。"我三叔犹豫地看着老师，不知道是听大哥的还是该听老师的。老师生气地质问："何金石，你想当亡国奴吗？"何金石丢下大哥，转身朝他的队伍走去。老师用她那双大大的眼睛看着我爹说："你是何金石的什么人？"爹回答："我是他大哥。"老师上下打量我爹一眼，"那你就更应该支持他抗议英、日帝国主义。"爹望着那老师说："何金石还小呢。"那老师厉声道："爱国主义教育就是要从小开始，你身为中国军人，不但不支持你弟弟的爱国行动，为什么反而还要拖他的后腿？"我爹看着三弟的老师，觉得老师说话真厉害。老师又说："就因为你们这些军人太软弱，日本人、英国人才敢肆无忌惮地杀害我们中国老百姓！"爹一脸煞白，觉得自己讨了骂。那老师不再理我爹，爹的耳边响着小学生在老师的带动下呼出的口号声："坚决打倒英、日帝国主义"！声音嫩嫩的尖尖的，像雏鸟齐鸣。

游行的队伍在走到距赵省政府还有半里路的第一道防线就被杨福全的三营官兵阻挡了，三营官兵横端着枪，不准游行的队伍再往前走。游行的队伍越来越多，有人就往前冲，三营的官兵面对洪流一般的游行队伍涌来，开始还只是劝说，后来就动起粗了，用枪托搡那些想突破防线的人。冲突就发生了，官兵用枪托搡，游行的人就拿砖头砸，或用棍子捅当兵的。二营和一营的官兵见三营的官兵阻挡不住了，就赶过来增援。一场群殴就在距赵省政府半里远的街上展开，结果打伤好些人，一些人愤怒地骂三团的官兵只晓得欺负老百姓，三团的官兵就用枪托揍那些人的嘴，一枪托砸过去，就一嘴血，一些人的门牙被坚硬的枪托砸掉了。另些人冲上来相救，当兵的又用枪托猛砸另些人。冲突结束后，街上恢复了平静，阳光冷漠地涂在这片充斥着几万人留下的汗味、血腥味和怨气的街上。贺新武团长很得意，因为他的官兵经过一番艰苦奋斗，成功地将游行队伍阻挡在第一道防线外。贺团长望一眼他的官兵，脸上有几分得意道："老子没吃亏，看这地上，到处都是门牙。"地上确实有不少沾着泥和血的门牙，贺团长的脚旁就有两颗。

到了傍晚，一颗火红的夕阳悬在西边，炊事班开饭，士兵们便坐在街头吃饭。一支箫声从不远处和着晚霞飘来，这勾起贺团长对小红姑娘的思念，他叼着烟问我爹："去碧湘街喝酒去？"爹说："我不去。"贺团长就对杨福全和龙参谋长说："那我们去。"

张桂花为李雁军生下一子，孩子生下来才五斤三两，脸皱巴巴的，不晓得哭，闭着眼睛谁也不打量，仿佛不愿来到这个龌龊、混乱和吵闹的世界。接生婆在婴儿的屁股上打了一巴掌，婴儿居然没反应，接生婆觉得奇怪，便在婴儿的屁股上拧了把，婴儿感觉到疼，哭了，声音很稚嫩。接生婆说："晓得哭就好。"奶奶听到婴儿的哭声，忙问："男孩还是女孩？"接生婆回答奶奶："男孩。"随后，婴儿从房里抱出来，李雁军把婴儿抱到怀里，婴儿只望父亲一眼便闭上了眼睛。李雁军对奶奶说："师母，你看。"奶奶把婴儿接到手中，"像你，雁军，也像张桂花。"李雁军早为儿子想好了名字，说："师母，我给儿子取了李文华的名字，我不希望我儿子将来从武。"奶奶说："李文华这名字好。"

我爹就是这个时候推开院子门进来的，奶奶对我爹说："雁军有儿子了。"爹看见一张皱巴巴的小脸，小脸上一双小眼睛闭成了一条缝。爹说："雁军，恭喜你做父亲了。"何金石也在看婴儿，爹对何金石说："你以后不要再去游行，那不是你们小孩子干的事。"爷爷在一旁笑，听见了，笑容当即凝固，换成很恼火的恶相说："你敢再去游什么屁行，我要捶死你！"何金石一悸，聪明地溜进房间。奶奶看一眼爷爷说："湘汉，怎么你的四个儿子个个都不安分？"爷爷回答奶奶："都是你惯的。"奶奶笑道："我没惯，你们何家的人都是这种种呢。"奶奶把目光投到我爹身上，"当年你爷爷在乡里闹义和团闹得很凶，领着何家山的一伙人去河北打洋人，死了尸骨都没找到呢。何家山村的坟里，只葬着你爷爷的几件旧衣服。"

那几天，何家院子里的花都开得特别美，美人蕉、月季和牡丹花，开了一茬又一茬，花香四溢，蜜蜂啊蝴蝶啊都飞来了。我大哥何胜武捉了只又大又漂亮的蝴蝶，很高兴地拿给他妈看，他妈没见过这么大的蝴蝶，见那蝴蝶在我大哥手中挣扎，扇动着翅膀，十分可怜，就对我大哥说："放了它。"大哥不肯放，盯着花蝴蝶，一双单眼皮小眼睛闪闪亮亮的，对小生命充满好奇。晚上，爹与李雁军闲坐在院子里说话。月亮升上来时，爹走进卧室，儿子何胜武已经单独睡了，李春躺在床上等他。这是个身上有着很多热情的很结实、健康的女人，爹坐到床边，李春就把爹搂到怀里，让爹的头睡在她饱满的乳房上。这不是长沙那种很热的天气，爹睡在女人的胸上，嗅到女人肌体的芬芳，人就兴奋。爹说："还是女人好，不要操心外面的局势。"李春浅浅一笑，把他的头捧在怀里，摸着他的脸庞。

半边月亮就悬在窗外，一抹月光直接投到地上，银色，水一般。蛐蛐的叫声从墙缝或阴沟里传出，在院落里飘着。爹被女人的手摸得心花怒放，便把女人的衣服全脱了，"在外面忙一天，回来就喜欢睡在你身上。"李春就甜甜地笑，"知道女人的好处吧？"爹认可道："男人没有女人，还真不行呢。"

爹醒来时，感到口干，端起茶杯喝口茶，走出房间，李雁军抱着儿子在葡萄藤下走来走去，一脸快乐。街上吵哄哄的，好像有一支为数不多的游行队伍从青山街走过。爹对李雁军说："现在政局这么乱，老百姓还闹什么啊？闹又不解决问题。赵省政府前，天天人山人海，害得我们天天得去维持秩序。"李雁军叹口气，怅然道："生在这样的乱世，中国人也太被外国人欺负了，什么时候才能到头啊？"他说完这话，抬头看眼天，天上飘着散乱的白云。这时他儿子在他怀里哭了，张桂花在房里说："雁军，儿子要吃奶。"李雁军忙抱着儿子进了房间。李春端着一碗甜酒荷包蛋，温柔地走来，"给你加点营养。"爹望着李春，李春娇媚地一笑，爹觉得她会心疼男人，"你真好。"

有天下雨，爹以为今天不会有人上街游行，就发懒筋地赖在家里没出门，结果团部传令兵打把伞匆匆赶来，说贺团长叫他快去。长沙街上，仍到处是游行队伍，他们打着油布伞或油纸伞，或戴着宽大的草帽，还有的人把农民穿的蓑衣披在身上，走在游行队伍里，抗议日本人和英国人的暴行，且要求中央政府驱逐日本人和英国人。奶奶的吉祥腊味店没几人光顾，因为大家都冒雨上街游行和看游行了。星期二的上午，奶奶看见一支庞大的游行队伍经过南门口，游行队伍里带头呼口号的竟是她的二儿子何金江。奶奶叫了声："金江。"但没用，呼口号的声音把奶奶的声音盖住了。第二天清晨，奶奶根据爹提供的门牌号码，一身青布衣衫地去了宝南街，敲开了那张破门。一个女人开的门，奶奶望着这个一身女工模样的女人，女人长着双大大的眼睛，那双眼睛在一张颧骨较高的脸上很诧异地瞅着奶奶。奶奶以为自己走错了门，但又不甘心，"请问何金江是不是住这里？"女人眼睛一亮，"你是金江他妈吧？"奶奶就再望这女人一眼，见这女人脸上添了几分热情，便说："我是他妈。"

奶奶走进门，她二儿子正起床，边咳嗽，脸色蜡黄，一双大脚边在地上探索鞋子。奶奶一看儿子这模样，心就酸，"金江，你就没有想过回家看看？硬要妈来看你？"我大叔一脸惭愧地说："妈，我实在太忙了，我连睡觉的时间都没有。"金江确实很瘦，瘦得颧骨张狂地杵在脸上，还瘦得上下颌骨都呈现轮廓了。奶奶非常心疼这个儿子，他小时候奶奶没管过他，心放在长子身上，后来又放在他的两个弟弟身上。奶奶脸有愧色，"妈是关心你少了。"何金江天天跟毛泽东、郭亮、夏明翰和何叔衡、蔡和平等马列主义者学习和工作，自己也变成一个可以把家庭抛在脑后的马列主义者了。他笑笑说："妈，儿子不孝。"女人泡杯茶递给奶奶，奶奶看着这个长着双大眼睛的女人。何金江介绍道："妈，她是我的革命同志，名叫王嫦娥。"奶奶扫眼室内，室内只有一张床和一床被子，又望眼王嫦娥，见她穿的是睡衣睡裤，就没把握地问："你们结婚了？"何金江朗声道："结婚了，以后再补办婚礼，现在时间不够用，妈，您别操心我们。"奶奶回来，满脸迷惑，对爷爷说："金江与一个叫王嫦娥的女人睡在一起，说是革命同志。革命同志可以不结婚就睡在一起？这就是革命？"

十五

翌年夏天，北伐军进入湖南。赵恒惕慌了，忙命令湘军第五师赶赴衡山，接应驻守衡阳的湘军第四师，企图把北伐军阻挡在距长沙一百多公里的衡阳或衡山以南。第五师赵振武师长奉命开拔，身为第五师三团副团长的我爹当然也在这支队伍中。临出发前，爹回趟家，奶奶正在用艾草熏蚊子，那年夏天蚊子特别多，一到晚上，一抬手就能打死好几只蚊子。爹对奶奶说："妈，又要打仗了。"奶奶说："这次是哪里跟哪里打？"爹苦着脸道："赵省长要我们打北伐军。"李春挺着大肚子走拢来，她吃着酸梅子。奶奶对李春说："你不要乱走动，你快生了。"爹知道他不久又要当爹了，便瞧着一脸娇柔的李春，李春娇柔的脸上呈现着许多孕妇斑，腿也肿了。吃过晚饭，爹不笑地对李春说："我不知道我这次能否活着回来，昨天晚上我已给孩子想好了名字，是男孩就叫正韬，女孩就叫家桃。"爹说着，把自己写好的名字掏出来，放在李春手上。李春把纸条丢掉，"你不要说不吉利的话。"爹并不知道他与李春这是最后一次说话，假如人都知道以后会发生什么事，就可以绕开将发生的不幸，就如同绕开一处暗礁样。但人都不是先知，爹只是坐了一支烟的功夫，就归队了。

这是一支五千多官兵的队伍，这支队伍里有一个娇艳的女人，穿得花枝招展，是碧湘街怡红楼里那个弹得一手好琵琶的小红姑娘，十八九岁，跟着贺新武团长，因此三团里就有一朵花。赵振武师长皱起眉头，对贺新武说："你搞什么名堂？"贺新武团长就一脸不安道："师长，是她硬要跟着我。"赵师长不悦地喝令道："把她送走。"一鞭子打在枣红马的屁股上，朝前奔去。贺新武就对小红说："你刚才听见了，师长要我送你走。"小红姑娘是头犟牛，不愿离开贺新武道："我跟定你了，你去哪里，我跟到哪里。"小红姓杨，是贺新武团长从怡红楼里抢的，贺新武团长不计前嫌地爱上她了，让龙参谋长带一个班的警卫闯进妓院，把小红抢走了。这是去年秋天的事，小红在贺新武的营房里睡了大半年，不用再接一个个莫名其妙的嫖客，饭也不用自己做，只需起床时往脸上打打粉，然后坐在贺团长对面弹琵琶给贺团长听。贺团长也怪，别的音乐他都不感兴趣，惟独爱听小红弹琵琶，边饮酒。贺新武让警卫把她送走，可是军队走到衡山附近，驻扎下来时，小红又抱着琵琶追来，一双黑底红花的绣花鞋都走穿了底，她把两只长满水泡的脚抬起来给贺新武看。

贺新武看了她的脚，很感动，"好吧，我让人去跟师长求情。"贺新武对我爹说："你也看见了，我把小红送走，她一个人又追来了。这兵荒马乱的，要我怎么办？"爹看一眼小红，小红脸晒黑了，对我爹一笑。爹觉得她的一张瓜子脸很可爱，说："我去向师长报告。"师指挥所是一幢大宅，大宅的主人听说要打仗，早领着家人躲避战火去了。爹走进师部指挥所，给赵师长敬个军礼，"报告师长，贺团长送走的那个小红，自己追来了。"爹把他所晓得的事告诉赵师长，赵师长没有给进一步处理的指示，转而对他的传令兵说:"去把副团以上的军官都叫来。"赵师长点上支烟,将一口烟雾吐到空中,一股带着催人午睡的过堂风迅速将烟雾吹得四散。赵师长打个哈欠,烟还没抽完人就进了梦乡。不多时,贺新武赶来,爹做个禁声的动作,对贺新武说:"师长太累,坐在椅子上睡着了。"门外,苦楝树枝上知了叫个不休,尖尖细细的叫声更加催人入眠,忽然房内多了赵师长的鼾声。爹把目光移到树枝上,打个很大的哈欠,被中午午睡的空气猛地拖入睡乡。

军官们陆续拥到师指挥所的说话声把我爹和赵师长吵醒了,事实上爹只睡了几分钟,但精神好些了。赵师长揉揉眼皮,点上支烟猛抽,让烟驱赶瞌睡。勤务兵提来一篮水果,是桃子,是他到树上摘下的。大家吃着桃子,说着荤话。赵师长坐到太师椅上说:"今天我召集弟兄们开会,是国民党的北伐军已攻入郴州,打垮了驻防在郴州的第一师,现已逼近衡阳。"军官们望着赵师长,赵师长扫一眼在坐的军官,又缓声道:"这几年赵恒惕在湖南很不得民心,很多人都反对他,说他对外软弱,只晓得与老百姓对着干。"他扫一眼诸位军官,"敌人现在很矛盾,我们是跟北伐军干,还是投奔北伐军,大家各抒己见,即使说错了,赵某也不追究。"

那天的赵师长不是那个惟赵恒惕的命令是听的赵团长了。他当团长时只有一千多官兵,一千多官兵翻不了天。此刻的赵师长拥有五千多官兵,当然就要考虑是跟气势如虹的北伐军硬拚,还是保存实力,图谋发展。会议相当沉闷,大家都不知道说什么好,都把眼睛望着赵师长,揣摸赵师长的心思,或听着树枝上的知了鸣唱。有雏鸟飞来,在树枝上尖叫着,然后吱地一声飞走了。赵师长见大家不说话,忽然甩出底牌道:"昨天第四师唐生智师长派他的副官来,说他准备带领第四师的官兵投北伐军,想要敝人带诸位跟他一道加入国民革命军。你们有什么意见?"爹情不自禁地答:"好啊。"大家立即把目光抛到我爹脸上,爹也望着各位军官。赵师长一笑,"何副团长,说说看,你为什么觉得好?"

爹答道:"孙中山先生的三民主义符合国情。古人云,得民心者得天下。赵恒惕在湖南不得民心,三民主义在湖南有很多拥戴者。如果继续跟着赵恒惕,前途势必黑暗。"大家听我爹说,爹见赵师长微笑地望着他,目光含着鼓励,就又说:"唐生智的四师投了北伐军,我五师就孤立了,这仗怎么打?"赵师长表扬我爹说:"说得好,弟兄们,你们怎么看?"贺新武说:"师长,您说投奔北伐军,我们就跟着您投奔,您说打,我们就打。"赵师长振作精神道:"第五师全体军官听令,我命令你们不放一枪地给北伐军让道。"

这天晚上,月亮很大一颗悬在高空。天色蓝得深沉。爹和龙参谋长睡一间房,龙参谋长望着天上的月亮,对我爹说:"老子想老子那个相好的了。"爹觑着他,龙参谋长有老婆,老婆在家里照顾他老母。爹问:"想老婆了?"龙参谋长不屑于想老婆道:"我是想我那个相好的,一个比我老婆既年轻又漂亮的女人。"龙参谋长又说:"我那个相好的比我小十八岁,长得又白又嫩,不晓得她此刻在干什么。"衡山距长沙一百多公里,爹望着月亮,问:"你相好的也是碧湘街的姑娘?"龙参谋长说:"她是碧湘街酒店的老板娘。前年,一伙军人在碧湘街为一妓女干架,她老公站在店子前看热闹,被飞来的子弹打死了。她现在是寡妇,想嫁给我做二房。"两人说了一大堆荤话,这才睡觉。那天晚上,李春在爹的梦乡里忧伤地说:"我走了,胜武和正韬就交给你,你要管好。"爹在梦里抓着李春的手,感觉李春的手冰凉的,且迅速从他手中脱落了,只留下一丝让他惆怅的冷气。爹醒来,天还没亮,星星还挂在天上,有青蛙的叫声咕咕咕地传来。爹想李春怎么会在他梦里说这种话?他再也睡不着了。

早晨响起了枪声,爹和龙参谋长慌忙起床,天色微明,一股南风吹来火药味儿。枪声就在不远处三营驻守的阵地前,先是很密集,但只是一会儿,枪声就变零星了。爹猫腰跑过去时,三营长杨福全已下令他的官兵停止射击，让他的传令兵举白旗，传令兵就把事先准备好的白旗举到阵地上摇晃。北伐军的一名指挥官见一面白旗在阵地上摇，就令士兵停止前进。贺新武团长也赶到三营的指挥所，爹向贺团长报告："团长，对面是北伐军。"贺新武团长眼泡脸肿，估计是昨晚没休息好。这时是凌晨五点多钟，太阳还没出来，远远的山林黑沉沉一片。风吹走硝烟，吹来了山林清新的空气。天上的云彩开始显红，一层层的，大家好像邀齐了站在阵地上看日出，都昂着头。贺团长说："这些北伐军起得真早。"就见阵地对面有几个人走来，爹和贺团长、龙参谋长起身恭迎，北伐军的一名军官介绍他们团长说："我们叶挺团长。"贺新武昂起脸笑道："本人也是团长，我们师长说，放你们过去。"北伐军的叶挺团长对贺新武团长打个拱手，声若洪钟地道："谢了。"

　　北伐军的这个先锋团就雄赳赳地经过三营阵地，又经过二营和一营阵地，跟着又有两个团的兵力做着战斗准备地走来，扛着迫击炮和重机枪，或端着枪，一脸警惕地走过第五师第三团的阵地。接下来阵地一片宁静，太阳出来了，一大片炽热的阳光照耀着这片丘陵，天有些热，好在有南风，南风越过山头刮来，吹抚着第五师的官兵，仿佛是安抚他们别烦躁。这天上午九点多钟，几匹高头大马奔到三营的阵地上，其中一匹马上跳下一名军官，军官大步走到三营的指挥所前，"弟兄们，我们师长要见你们司令长官。"

　　爹掉头对传令兵说："骑我的马，快去报告师长。"传令兵便骑上马，狂飙而去。爹向团指挥部迈去。贺新武团长和龙参谋长正坐在桌前喝酒，小红穿着贺团长的军装在一旁服侍，爹对贺团长说毕上述的事，贺团长和龙参谋长忙放下酒杯，跟着我爹向三营的阵地走去，正走得犹犹豫豫，忽然身后一阵马蹄声，就见赵师长和副师长及几名警卫骑着马疾驰而来，只见北伐军的战马一阵骚动，几名军官翻身下马，其中一军官大步走向赵师长，边大声打招呼道："赵师长，你好啊。"赵师长见这个着一身北伐军军服的军官，原来是湘军第四师师长唐生智，就跳下马，与唐师长握手……

赵恒惕做梦也没想到他的两个师会临阵反水。赵恒惕把第五师派往衡山，实际上是让五师督战。赵恒惕最放心不下的是唐生智，一直让他心中提防。最放得心的是他远房侄儿赵振武，没想侄儿赵振武也跟着唐生智于战前变节。赵恒惕气得脸铁青，恨不得自己长出一对翅膀，飞到侄儿床前，亲手掐死这个竟敢背叛他的侄儿。现在，长沙只有叶开鑫的第三师，布防在郴州的贺耀祖的第一师已被北伐军打得七零八落，第二师的四个团分别在湘西和岳州，这个时候他想寻条活路，就只能投靠吴佩孚这棵大树了。他连夜逃亡岳州，让他的幕僚与吴佩孚联系。吴佩孚见湖南的赵省长愿意与他化敌为友，便高兴得大笑，因为这正好是一个不花一枪一弹而入湘的机会，忙调集大批军队火速入湘，迅速抢占湘北的有利地形，在岳州和湘阴一带筑工事，摆战场。爹所在的第五师被北伐军收编为国民革命军第四军第五师，随北伐军一道打败了驻防长沙的湘军第三师，又马不停蹄地向吴佩孚的军队扑去。

　　驻守在湘阴的是吴佩孚的第二混成旅，这个旅是吴佩孚的亲兵，除了三个整团，还配备着一个炮兵营、一个骑兵营、一个工程兵连、一个侦察连和一个警卫连，旅长是曾当过吴佩孚的警卫营长的唐正强。唐正强腰上别着吴佩孚赠给他的德国造手枪，脸上的表情十分得意和严肃。他的参谋长面色却十分忧虑，说："旅长，湘阴是通向岳州的必经之地，万一我们抵挡不住北伐军的进攻，又怎么向大帅交代？"唐正强不是那种很有脑子的军人，他是那种光知道知恩图报的勇夫，他不听参谋长出的主意，坚决道："大帅如此信任我，把最艰巨的任务交给我们，我们怎么可以临阵逃脱？"唐旅长晓得参谋长想要他撤退，好保存混成旅的实力。唐旅长又道："北伐军到处宣扬我们大帅讨好外国列强，是要整垮大帅。我清楚会有一场恶战，但如果我们这个时候搞金蝉脱壳，那对得起栽培我多年的大帅？"

　　战斗打响了，这是一场很激烈的战斗。北伐军对吴军混成旅形成强大的包围，发起了猛攻。但吴军不肯投降，战斗打了一天，双方都毫无进展。第二天又打了一天，双方都战死很多官兵。打到第七天，被我爹所在的五师围困的吴军的一个团企图突围，但被第五师的官兵坚决打退。这时吴军有一支骑兵增援部队狂奔着赶来，企图救出那团官兵。爹所在的三团官兵早恭候在山头，就是负责打"援"。贺新武团长于这次战斗中负了重伤，一块弹片削开了他的头，流血很多，人就晕了过去。赵振武师长急令身为副团长的我爹代为团长。爹当团长还没半个小时，吴军又开始疯狂的冲锋，爹命令机枪手向吴军骑兵扫射，吴军马快，又奔了上来。爹命令三团官兵跳出工事，用刺刀捅马肚子。爹拾起一把马刀，冲出工事，见马就刺，见吴军骑兵便砍，大声喊杀，三团的官兵受到感染，都变勇敢了，当然就挡住了吴军骑兵的又一次冲锋。吴军再次被打退。

那天晚上，五师的全体官兵变被动为主动，决定趁着夜色袭击吴军的炮兵阵地和旅部。俘虏的吴军军官透露了旅司令部所在地，爹的三团就负责袭击吴军旅司令部。吴军旅司令部的警卫营官兵拼死抵抗，三团就集中机枪火力打，打得吴军抬不起头。吴军唐正强旅长明白大势已去，跨上一匹白马，想跑，爹不知道他是唐正强，一枪打在马屁股上，马痛得直立起来，把唐正强摔下马背，爹猛扑上去，唐正强拔出枪正想对我爹射击，爹一脚踢飞他手中的枪，喝道："再敢顽抗，就打死你。"这时爹的传令兵和一个连长冲上来，将唐正强的手反扭了。爹呆了，这个企图对他开枪和逃跑的吴军旅长竟是唐正强。唐正强也呆了，望着我爹说："想不到我们又见面了。"爹没说话，这一仗打得很苦，三团的官兵战死很多。

这次夜袭把吴军混成旅司令部端了，剩下的吴军见司令部都没了，都撒腿跑得没了人影。清晨打扫战场，满地尸体。五师官兵的尸体和敌军的尸体。赵师长指示将敌军尸体堆在一起焚毁，将自己弟兄的尸体掩埋掉。五师的官兵又是挖坑又是搬尸体，干了整整一天，于是战场上堆起十几座坟，每一座都埋着百来具尸身。干完这一切，夕阳已涂抹在山头上，真是残阳如血，染红了整座宁谧、哀伤的山头。赵师长站在夕阳里，十分痛苦，因为这一场与吴军混成旅的战役使第五师伤亡惨重，有一千多官兵于这次战役中丧生，除了贺新武团长身负重伤，另有一名副团长、三名营长、五名副营长，七名连长阵亡。赵师长要用吴军唐旅长的血祭祀死去的一千多官兵。爹对赵师长说："师长，蒋总司令有令，不许滥杀俘虏。"赵师长愤怒地抽我爹一鞭，那一鞭抽在我爹脸上，抽得我爹眼冒金星。

赵师长的警卫把唐旅长押来，赵师长命令道："把这狗娘养地捆在树上。"在几座坟墓的中间有一株大枫树，那棵大枫树于这一场战火中幸免于难，这会儿也被夕阳染红。赵师长的警卫把唐正强拖到枫树下，将唐正强绑在树上。赵师长受日本武士道文化影响深远，知道刀能团结部属的士气。他身先士卒地拔出马刀，一刀砍在唐正强的肩上，唐正强惨叫一声，肩膀上便鲜血直流。赵师长完全可以一刀把唐正强砍死，但他留下余地，要他的部属一人一刀地砍这个与他硬拼而让他的五师损失惨重的敌军旅长。他对师参谋长和跟在他身后的一团、二团、四团团长和我爹说："我命令你们一人砍他一刀，以祭祀在战斗中阵亡的弟兄。"一团长毫不迟疑地拔出刀，一刀砍在唐正强脸上，唐正强又惨叫一声，血顿时使他的脸相模糊起来；二团长没有刀，就夺过一警卫的步枪，一刺刀捅进唐正强的肚子，唐正强又惨叫一声，血立即又从他肚子里涌出。爹是三团长，没动手。赵师长就恼怒地瞪着我爹，厉声问："怎么？你怕了？"爹说："师长，我不能，他是我爹的弟子。"赵师长狂怒道："我命令你动手。"爹同情地看着一身鲜血的唐正强，不肯动手。四团长抽出刀，一刀砍在唐正强的脸上，把后者的一边耳朵都削掉了。四团长让开，爹还是不愿动手。赵师长恼怒地对站在我爹身后劝说我爹赶快砍的龙参谋长说："龙参谋长，我任命你为三团团长！龙团长，拔出你的刀。"龙团长立即拔出刀，一刀砍在唐正强的另一边肩上。唐正强又惨叫一声，还没死，很痛苦地垂着头。他此刻已成血人，血流了一身、一地。

爹心里又愤怒又同情，站在唐正强面前哆嗦着。唐正强昂起头，"金山，好兄弟，让我痛快地死吧。"爹悲痛和厌恶地跑开，跑到一处埋着许多官兵的坟前跪下。赵师长很瞧不起我爹地瞪我爹一眼，领着几个团长大怒而去。绑在树上的唐正强还在流血，但因失血过多，人已经昏迷。爹知道唐正强很快会死，悲愤道："我怎么下得这手啊。"爹的传令兵走拢来说："团长，开饭了。"爹说："不要叫我团长。"龙参谋长现在是三团团长，他不喜欢我爹，觉得我爹迂腐、古板、不好玩，是个让人讨厌的伪君子，便冷着脸说："何金山，从现在起杨福全是副团长，你去三营当营长吧。"爹看不起龙团长，这个人五毒俱全，一脑袋的坏点子，只要是值钱的东西就往自己的箱子里放，好利用休息日送往家中。三团驻扎在长沙时，这个龙参谋长还奸淫过良家妇女，那妇人的丈夫跑来评理，他还把那男人揍了顿，现在他却站到我爹头上了。爹冷笑，头也不抬地向三营残余的官兵走去。这天晚上，爹借着月光走到那株枫树下，把业已冰凉的尸体解开，尸体就木头样垂直倒在地上。李雁军也来了，爹让两个士兵找来两把锄头，与李雁军一起挖坑，一锄挖下去，月光都飙了起来，好像给锄头淬了火。

十六

爹所在的第五师一直打到岳州，把吴佩孚的军队打出了湖南。爹所在的三团官兵只剩下三分之一，一团也只有过半的兵力，于是一团和三团都退回长沙休整。四团一直是第五师的预备团，官兵相对较完整，继续紧随北伐军北上，二团的官兵驻守岳州。在攻打岳州时，敌军的一颗炮弹落在二团团部，炸死了团长，副团长李雁军就接替了团长。临行前，李雁军团长走进我爹的营部，与我爹对酌，走时说："我二团奉命驻守岳州，你代我向师父师母和张桂花问好。"爹看着身为团长的李雁军说："我一定把你的问候带给桂花嫂子。"

爹所在的三团于一个星期后开拔到距长沙一百多华里的何家山乡便被命令原地休整，发布这个命令的是唐生智。赵恒惕被北伐军赶下台后，北伐军总司令蒋介石便任命原湘军第四师师长唐生智为湖南省主席兼湘军总司令，任命赵振武为湘军副总司令。赵振武拒绝接受副总司令的军职，他的五师在北伐的路上浴血奋战，已被打得七零八落，这是他不愿意接受任命的原因之一；其次，他不愿意别人背后说他赵振武是个卖身求荣的小人，为了这个军职而背叛他叔叔赵恒惕。赵振武师长和他堂叔赵恒惕都是衡山人，受大山丛林挺拔植物的熏陶，性格就耿直，又是大户人家子弟，从小骑马、射箭，人就更好强，不愿被他人视为战场上滋生的投机分子。唐生智见赵振武拒绝授命，就恼他，清楚赵振武不是只听话的鸟，便下令五师官兵分别在距长沙一百至几十华里的乡村或郊区休整。

爹回了趟家，迎接他的竟是他大儿子和他女人的遗像。爹离开时，这个叫李春的女人好好的，爹打仗回来，这个女人却与他阴阳相隔了。奶奶流着泪告诉爹，李春生下他的二儿子，不几天就死了，死于产后血崩。爹一直就有一种不祥的预感，经历过大小若干战斗的爹，很悲伤地接受了这个现实，但当奶奶把他的第二个儿子抱到眼前时，他眼睛一黑，厌恶地摆下手说："把他抱开，免得我摔死这个畜牲。"奶奶一听这话，脸都白了，骂道："砍脑壳的，亏你说得出这种混账话。"当时我二哥才一个多月大，不过十市斤。爹在家里待了一天，长时间地面对着李春的遗像，直到这个时候，爹才深深感到原来他是多么爱这个名叫李春的女人。因为没有她，这间曾经见证过他多少次热情似火的房间，竟变得是如此阴冷、空虚和让他哀痛！这都是因为她走了啊，他想。那天晚上，爹禁不住一个人流泪，一早，晨曦还被东边的云层捂着，家里还没一个人起床，爹没跟任何人说一句话，拉开门，走了。

三团的团部设在何家山乡公所，这是栋黑瓦白墙的房子。一营和二营的残部也随团部驻扎在乡上，爹带着三营官兵住在何家山村，爹住进他童年时住过的房子。爹的堂伯何湘雄把我家的祖屋让给我爹，何湘雄见我爹不再是当年那个小木脑壳，而是个英气逼人的青年，便称赞我爹："金山，你可是村子里最有出息的，当军官了。"爹笑笑。何湘雄又说："你爹的仇人何世荣被他的土匪手下打死了。"爹都不知道家里还有一个什么仇人，爹躺在他童年时睡过的床上，看着童年时经常打量的天空，窗外，我奶奶栽的那株桂花树于风中摇晃，摇出一阵淡淡的桂花香。

族长何世昌来了，穿着缎子衣裤，戴着瓜瓢帽，肥脸红灿灿的。爹冷冷地接待他，何世昌问我爹："你们打算在何家山村住多久？"爹冷淡地回答何世昌："上面要我们住多久就住多久。"乡村里有鸟叫，一早爹被鸟叫声吵醒了。爹就望着树梢上的鸟儿，看着鸟儿为争夺情侣叽叽喳喳地吵架。晚上，乡村十分寂静，狗吠声会时不时打破这种令爹迷茫和痛苦的寂静。在这寂静里，爹满脑袋的李春，李春死前跟他说过的话，李春脸上的甜笑，李春在他身上抚摸时留下的温情，无不在寂静的时刻从逝去的时光里飘出来，钻进爹的脑海，让爹心痛和悲伤。一天，龙团长和杨福全副团长骑着马来看他，上午十点钟了爹还睡在床上，那是张梨木架子床，床上挂着何湘雄家的蚊帐。龙团长见我爹还躺在蚊帐里呼呼大睡，便批评我爹："何营长，你蛮会睡觉啊。"爹说："我请你们喝酒。"

何家山村有一处酒店，在村街上，吊着个幡，幡上只写着一个字：酒。幡时常在风中摇摆，似乎在招揽酒客。何家山村的男人大多喝酒，自家酿酒，自己喝。酒店的生意平常十分清淡。酒店老板姓马，是个驼背，身高不会超过一米五，生一张见人就谄媚的鼠脸，殷勤得让人肉麻。马驼背很小就随嫁到何家山村的姐姐来到何家山村，长大后，姐姐姐夫在村里买下几间旧房屋，整饬一番，他便娶妻生子，在这村里扎了根。马驼背在村里没田，他一个驼背，打临工、干重体力活又吃不消，便弄个小酒店，惨淡经营了二十年。自从爹的三营官兵驻扎在何家山村后，酒店的生意就热闹起来，一些官兵没事就步入酒店喝闷酒，把对亲人的思念和晚上的荒凉时光打发掉。

爹把龙团长和杨副团长带进酒店，酒店里坐着几名下级军官，下级军官一见团长、副团长和营长拥来，慌忙起身敬礼，跟着一个个开溜了。酒店里有条黑狗，看见爹就摇尾巴。酒店老板的女儿走来，为他们盛酒。这是个十分乡村气的姑娘，十六七岁，生一张黑黝黝的圆脸，一双眼睛又黑又亮，嘴却红嘟嘟的，着一身蓝花布衣裳。龙团长一见姑娘就淫心荡漾，对杨副团长说："这姑娘可以日呢。"爹听龙团长这么说就打量姑娘，感觉这姑娘除了黝黑，长得还真有几分可爱。姑娘对我爹抿嘴一笑，低头走开了。龙团长却色迷迷地浪笑着说："何营长，你跟她说，让她今天跟本团长走。"爹冷冷道："她可不是碧湘街的姑娘。"姑娘端着一碟花生米走来，龙团长伸手摸了下姑娘的屁股，姑娘脸红了，慌忙跑开。

爹晓得龙团长好色，一双贼眼总是盯着女人的屁股和胸部，爹皱着眉头说："团长，何家山村是我的老家，你要给我点面子。"龙团长没说话，杨副团长举起酒碗，"来，"杨副团长说，"我们一口干。"爹一口把碗里的谷酒喝干，把碗给杨福全和龙团长看，姑娘走来，重新为三名军官倒酒，酒从尖嘴瓦壶里洒出来，又把三只碗添满了。龙团长的那双色眼紧盯着姑娘。爹知道龙团长想打姑娘的馊主意，就起了保护这姑娘的心，说："团长，她跟我们家是亲戚。"龙团长看眼我爹，见我爹一脸正色，丝毫也不逢迎，便退让地笑笑，把马驼背叫来。马驼背已四十多岁，一张脸笑眯眯地望着龙团长，龙团长绷着脸问："这村里有没有妓女？"马驼背咧开大嘴笑道："这又不是城里，没您说的那种女人。"酒喝到下午，龙团长醉了，爹把龙团长扶上马，马便驮着龙团长一路小跑而去。

何家山村是个有着两百多户人家的大村子，村子在一个山窝里，四周都是山，中央是一大片农田，有几百亩。一条村街，村街上建了个何家祠堂，那是清朝初年建的，有近三百年历史，祠堂里供着祖宗的牌位，一大片。祠堂上下两层，楼板地。爹的官兵大部分就宿在祠堂，住不下的就宿在村民家的堂屋里。爹把村里的情况摸熟后，让炊事班的兵在村人手上买头肥猪，杀了，宴请乡邻。那天中午来了很多村人，把祠堂里的几张八仙桌坐满了。爹举起酒碗，在村人面前行个大礼，"各位长辈，我代表我爹妈向各位长辈敬杯酒。"说着，爹把那碗谷酒一饮而尽。众乡邻都高兴，说："金山真懂事。"爹又说："我们三团这次在打吴佩孚的军队时，损失很大，团长让我在乡里招兵，还望众长辈支持。"何湘雄大声道："说得好，这才是有出息的人说的话。"爹看一眼堂伯何湘雄，又说："如有乡亲有志从军，只管进敝人的三营，敝人一定尽绵薄之力，照顾好乡里乡亲。"爹说了很多，声音朗朗的，最后说："当今是乱世，是出英雄的年代，与其在家过朝不保夕的日子，还不如投身革命军。"

爹在祠堂里设个招兵站，但招兵站设了半个月也没人报名。这天，龙团长的传令兵来了，让爹去乡里领新兵。爹领回来一百名新兵。这一百名新兵一到，便以班为单位，整天在村民晒谷的坪上操练。班长都是老兵，喊口令，新兵就在口令声中卧倒、翻滚或开枪射击。新兵一来，何家山村更热闹了，一早就有哨子声，跟着就是跑步声，把鸡啊鸭啊鹅啊吓得四处逃窜。不久，何家山村有十一名小伙子跨入招兵站，要求入伍，那十一名小伙子见三营的官兵在村子里走路耀武扬威的，村长啊族长啊都不放在眼里，这让村里的年轻人羡慕起军人的无拘无束来，就不顾父母反对，跑来报名。爹将他们编进三营一连，让刚入伍的何湘雄的小儿子何刚当班长。爹把何刚叫到面前说："你爹和我爹是堂兄弟，我们也是堂兄弟，你爹当然想看到你出息，你要争气。"十八岁的同我爹一样高的何刚高兴道："我会争气。"爹捏捏何刚的手臂，感觉他的手臂结实有力，"去吧，多向排长请教。"

没有练兵场，何刚就在自家的晒谷坪上练，练向左转向右转、练卧倒练匍匐前进练劈刺。中午的太阳晒到头顶了，何刚仍不解散他的士兵。爹就把从前赵团长表扬他的话表扬给何刚听："何班长，你是当兵的料子。"何刚受到我爹表扬，就更来劲了，板着脸对士兵说："没有我的命令，谁也不准休息。"爹在他身上，看到了几年前自己的身影。

村前有一个竹子编的凉亭，供挑担子的村人歇脚，一旁有几棵大樟树，一条小溪就从这几株大樟树前流过。一座石桥横跨小溪，村民们常打着土车，赶着牛从这座石桥经过。坐在这处竹亭里，前后左右都是不同的山水景色，又清静，爹就喜欢独自来此处坐坐。一天，爹坐在这里，回想着李春的娇媚，一女人挑着担子走来，是马驼背的闺女。她从集市上回来，挑着肉和一些腌菜，汗流浃背地走进竹亭，放下了担子。她家的大黑狗紧跟着她蹿进亭子，歪头看着我爹。爹瞧一眼黑狗，马姑娘对我爹一笑，边拿毛巾揩汗水。爹想起马驼背叫她"秋燕"，便说："秋燕，累了吧？"秋燕说："不累。"爹见她背都汗湿不少，前襟也湿了，贴着她隆起的乳房，笑道："还不累？"秋燕瞅着我爹，"不累。"爹当年二十五岁，很英俊，又是营长，脸上飘着那个年代里军人特有的傲气，就英姿勃勃。秋燕问我爹："营长是好大的官？"爹回答："不大。"黑狗在亭子里徘徊，一边嗅着什么，爹望着黑狗。秋燕说："我爹说营长就是大官了。"爹噗哧一笑，摸摸蹭着他腿的黑狗，"是吗？"秋燕用一脸认真的神气说："我爹说的。"爹觉得她长得结实可爱，脸上的五官细看起来其实很好看，只因一张脸经常在太阳下晒，皮肤就黑，而黑色掠走了她应有的美丽。爹问："秋燕，你有婆家没有？"秋燕摇头，"爹要把我嫁给一个瘸子，我不愿意。"

一阵清爽的山风吹来，带来橘子的芳香。爹深深吸口气，见眼前的秋燕像一只熟透的橘子，又问："你怎么不愿意呢？"秋燕嘟起嘴说："我才不愿嫁瘸子呢。"爹很久没碰女人，而女人的体味和无法用言语形容的美妙之处却在他记忆里飘香，犹如饭香味儿让饥饿之人阵阵缅怀一般。爹在秋燕那健康的身体以及一双又大又明亮的眼眸面前，颤栗了，心里升起了甜甜的雾。有那么一个瞬间，爹有这种感觉，就是只要他伸手便可以把她揽到怀里。秋燕说："咦，你背后的字写的是什么？"爹回头，背后有二行毛笔字，写在竹壁上，写着两句这样的话："共产主义万岁！！！一切权利归农会！！！"爹把这两句话念给秋燕听，秋燕想起来了，说："有人要我爹参加农会呢。"爹看眼远处的山脉，把心里的色鬼赶走道："秋燕，你快回家吧。"秋燕身上的汗已干，好像也没理由再在亭子里停留，挑起担子，走了。

秋燕的身影消失在村头一处土砖农舍前，那土黄色的墙上，用石灰写着："共产主义万岁！！！农民协会万岁！！！"爹瞪着这句口号，想这句口号是什么时候写在这墙上的？仿佛是刚写的，白石灰似乎还在流淌。一条通向村里的路穿过前面的桃树林，爹向桃树林迈去。

十七

这一年湖南的农民运动在毛泽东等湖南共产党的领导下，搞得风起云涌。农村不是城市，那时候的农村基本上是一盘散沙。政府的手没那么长，似乎伸不到农村，农村里主要是族长之类的人管理着，乡政府和乡警只是少许几人。共产党来了，向农民宣传共产主义。农民对共产主义很感兴趣，因为共产主义可以没收地主的土地重新分配，于是各地纷纷成立"农民协会"。农民要把地主的土地一一瓜分掉，地主们当然不同意，矛盾就发生了，打倒土豪劣绅就成了农民协会的重头戏。农村不像城市，没有军队，几个乡警，那是摆摆样子的。农民就疯起来，手持梭镖和大刀，个个精神，当然不怕地主和那几个形单影只的乡警。

何家山乡地处山区，闹农民运动已算是晚的。这年夏天，就在北伐军进入湖南时，湖南有很多县在共产党的鼓动下闹起减租、减息的运动。这运动很受农民喜爱。这年秋收，农民就不向地主交租，也不肯向乡政府纳税。何家山村的何姓农民，千百年来都很规矩、老实，在传统思想的统治下，十分认命并且逆来顺受。以前，村里人看见威望高的老族长，慌忙脱帽致礼，甚至恭敬得打噤，但自从成立了农协会，农民有了自己的组织，梭镖、大刀握在手上，喉咙就粗，步子就重，看见何世昌族长也不理了。这天上午，何湘雄跑来找我爹诉苦，说他的佃农不肯交租，并说："世昌族长的佃农也不交租，世昌族长带着几个人去向他的佃农要租，还挨了打。"我爹说："世道变了。"何湘雄说："现在一切权利都归农会，农会是个什么东西？"爹觉得有些荒唐，递支烟给何湘雄，说："我也不知道，大概是共产党领导的共产主义会吧。"何湘雄说："哪里有租了我的田种又不交租的人？""你消消火。"爹说。爹是从战场上下来的，在死亡边缘挣扎过的人，觉得这不过是些鸡毛蒜皮的事，爹对何湘雄说："伯伯，上面总会有办法的，急什么啊？"何刚坐在一边没说话。爹交代何刚："你是我的兵，没我的命令，你不能擅自行动，别掺和这些事。"

爹根本就不想理村里的事。他的思想跌落在丧妻的泥淖里不能自拔。另外，唐正强也在折磨他。唐正强几乎每晚都到他梦里来，一身血淋淋的，血不断地流，永远也流不完似的。在吴佩孚的军队里，唐正强对他很照顾，可是爹却只能眼睁睁地看着他被一刀一刀地砍死。爹很痛苦，还感到自己很懦弱。爹每天起床，什么都不干，连新兵训练也懒得管，叫上副营长和两个连长去马驼背那破败的酒店里喝酒和打纸牌，借以打发空虚、发怵的时间。

乡村里，最多的是空闲时间，赶也赶不走。爹对副营长和两个连长说："共产党在村里闹减租减息，这些事情你们都不要介入。"一个连长说："营长，这不对吧，我觉得共产党是煽动农民瞎胡闹呢。"爹说："他们是搞共产主义。"另一个连长道："谁愿意与穷人和懒汉共产？你愿意么？"副营长答："我愿意个屁！"爹把自己喝醉，然后回到他童年的房间睡觉。冬天的何家山村很冷，北风把门窗吹得呼呼响。一天傍晚，下雪了，鹅毛大雪在山村里飘舞。爹站在门前看下雪，看见一个人走来，着红棉袄，举着把破烂的油布伞。爹盯着这个人。这个人走到塘边，塘边有株腊梅，此刻腊梅枝上开着许多淡红色花，这人走到腊枝前，摘下一枝腊梅，放到鼻前嗅，转头对我爹笑，是秋燕。爹忽然觉得这女人很可爱，心里就有蜜汁一样的东西流淌。秋燕缓缓走近，在这漫天大雪的孤寂的黄昏边上，无聊像一张蛛丝网样裹着爹，使爹仿佛得用沾着酒气的手去拨开无聊的蛛网似的。爹喝了酒，胆就大，声音也荤，"秋燕，你真漂亮。"秋燕说："你哄我呢。"爹说："整个何家山村，就你最好看。"

天黑下来后，爹有些想女人，便在房里来回走动。墙上挂盏马灯，马灯闪着黄亮亮的光，空寂的室内就一片暖色。这时门被轻轻推开，一女人呈现在爹眼里，秋燕拎只竹篮，竹篮里有一壶谷酒，还有一盘炒得香喷喷的腊鸭肉。秋燕脸上泛着红潮说："我爹让我送酒给你喝。"她把酒壶和酒碗拿出，又把腊鸭肉端给我爹看，边说："下雪了，我爹怕你冷，让我送酒给你暖暖身子。"爹接过秋燕递上来的碗，喝口谷酒，说"好酒"，便抓起一只腊鸭腿放入嘴里咀嚼，"味道真好，秋燕。"秋燕说："这是我炒的。"爹表扬她："难怪比你爹的炒得好吃。"爹大口喝着酒，大口吃着肉，时不时打量几眼秋燕，秋燕也时不时瞟几眼我爹。爹吃得高兴，心就狂野，一伸手把秋燕揽到怀中。秋燕没有忸怩，爹兴奋道："我很喜欢你。"秋燕红着脸说："我爹说你比村里的男人都好。"爹觉得这话很受用，就举着油腻腻的手解开秋燕的棉袄钮扣，于是一具火热的女人身体便羞涩地钻进了爹的被子。爹很久没碰女人了，这一接触，烦恼就如一双烂袜子样被爹抛到雪地里了。爹欢快道："秋燕，做我的老婆吧，我会对你好的。"秋燕说："我爹说你是军官，做你的女人不会受村里人欺负。"

那个风雪交加的晚上，何家山村的马秋燕成了我爹的第二个女人。

赵振武师长来了，骑着他那匹枣红马，龙团长和杨福全副团长也骑着马来了。爹把他们请到酒店坐下，让秋燕把地窖里最好的谷酒端来。秋燕抱上来一坛酒刚打开，赵师长和龙团长就嗅到了酒香。赵师长说："真香啊，这酒。"爹笑，"这是十五年的陈酒。"龙团长高兴道："怪不得这么香。"喝酒时，赵师长说："我听说邵阳县的农民闹得比这里的农民还凶，组织了农民自卫队，都有枪了。"爹说："师长，是不是真要干共产主义了？"龙团长插话道："师长，我们驻扎在乡下，搞不清省里的意思，省里真允许共产党这么闹？"赵师长摇头，"人都是自私的，共产，那就没有私有财产了，城里有钱的人得把钱交出来，乡下有田的人都得把田交给农会，这做得到么？！"几个人都望着赵师长，赵师长接着道："在这乱世里，共产主义只是一个不切实际的梦想，一个大玩笑，但问题是穷人们很喜欢。唐生智特别交代，军队不要跟着掺和。"我爹说："真的是一个大玩笑。"赵师长吩咐道："你们把兵带好就是了。"杨福全副团长喝口酒，望着赵师长问："师长，贺团长的身体恢复得好吗？"赵师长说："还可以，现在在我的师部，想他了？"杨福全说："还真有点想他。"

送走赵师长他们，爹醉了，爬到秋燕的床上睡觉，醒来已是早晨。秋燕对他笑，端着一碗热饺子给他吃，边说："外面下好大的雪。"这天，何家山乡又迎来一场鹅毛大雪，一早雪就下个不停，北风把树木刮得呼呼响。爹把头扭向窗户，窗户上只有朦朦胧胧的光，爹说："难怪天色这么暗。"吃过饺子，爹拉开酒店的门，被一股北风呛了下，只见村街上铺着厚厚的一层雪，横飞的鹅毛大雪把爹的视线锁定在十多米的距离内。

爹事先没向任何人说明情况地把着一身红棉袄的秋燕带进了青山街，爷爷、奶奶都吃惊地瞪大眼睛，爹对爷爷奶奶说："她叫马秋燕，是何家山村马驼背的女儿。"爹把秋燕带进他与李春住过的房子，指着李春的遗像说："她就是李春。"马秋燕羞红着圆圆的脸，冲遗像叫声"姐"。奶奶走来，用怀疑的目光打量马秋燕，奶奶一直没说话，因为奶奶没弄懂还没过门的姑娘怎么可以跟着男人到男人家来。奶奶认识马驼背，"你是马驼背的闺女？"秋燕羞怯地点下头，奶奶认真地看一眼秋燕，见秋燕长得结实，又一副农村闺女的老实相，便说："好好好，我正缺帮手。"我大哥从街上回来，手里拿着弹弓，人中上挂着鼻涕，见爹带来个女人便愣愣地看着爹。爹看儿子一眼，"胜武，过来，叫妈。"何胜武看着这个陌生女人，不肯叫地扭头走开了。爹火道："站住。爹跟你说话，你耳朵聋了？"何胜武耳朵没聋，他跌下一张英俊的小脸蛋说："她不是我妈。"爹举起粗大的右手，准备捆儿子一耳光。奶奶说："他还小，不懂事。"秋燕也说："金山，不要逼他。"这时，我二哥在奶奶的床上哭叫，奶奶喜欢道："我韬韬孙儿醒了。"奶奶走进房，把我二哥抱出来，二哥那时半岁了，被奶奶喂养得一张小脸圆乎乎红润润的。爹这是第一次打量他的第二个儿子，皱起了眉头。

秋燕很快就融入这个家了，她把李春的衣物全清出去，但她不该当着我大哥的面烧大哥母亲生前的衣物，这让我大哥记了仇，后来大哥一直不肯叫她妈。几天后，爹再也感觉不到李春的影子了，因为房里最后一点影子——那张遗像——也于一天晚上被秋燕取下来，塞进了大柜的抽屉里。爹在家里住了十天，十天里，他仍然不愿意多看他二儿子一眼，十天后，爹又带着秋燕回到村里。爹每天一早起床，看着他的连长练兵，没事就钻到马驼背的酒店喝酒，把一个上午消磨在酒店里。爹不像以前那么热衷于军事，在山村里住久了，那湿度很大的氤氲的山林空气确实让人有点懒。爹对龙参谋长成了他的团长一事心存芥蒂，就借酒消愁。爹因有一个营的兵，在村里自然受到村民敬重，连农协会的那些骨干也对我爹十分客气，马驼背把自己藏的最好的酒都搬出来给我爹享用，对我爹说："喝，喝。"因为有我爹，马驼背感觉脸上有光，在村里也有了地位，站在门口说话的声音也比过去大几个分贝。马驼背家门前有棵大桃树，树身很粗，枝很多，于这年三月里开得十分红艳，好像是它最先开，村里的桃花才敢跟着开似的。

有天下午，龙团长骑着马、鼓着一双金鱼眼睛、阔嘴大笑地跑来，马上除了挎枪的他，还驮着个穿一身红花衣服的女人，女人是龙团长的相好，碧湘街的小酒店老板。龙团长先跳下马，再一脸色情地把女人抱下马，看着我爹哈哈大笑，"何营长，赏花啊。"爹那当儿坐在酒店前的桃树下，他的头上开满桃花，有些桃花瓣还落在爹的头上和衣襟上。爹看那女人一眼，女人脸上化了很浓的妆，走路故意扭屁股。爹笑。龙团长装浪漫地"啊"一声，然后鼓起两只金鱼眼睛，好像要背诗的模样说："三月桃花红似火啊。"

一颗太阳悬在天上，天就湛蓝。乡街上太闷了，整日死气沉沉，龙团长就带着相好的出来散心。女人也姓龙，龙团长自称自己大龙，称女人二龙，二龙在两个人男人说话时，摘了许多桃花，举在手上又蹦又跳，那高兴劲把秋燕和马驼背都逗乐了。玩到太阳阴下去时，要落雨了，春天的乡村就是这样，一日多变。二龙手里捧着一大把桃花，娇滴滴地看着龙团长说："快下雨了。"龙团长走出酒店，望一眼堆积着乌云的上苍，一脸酒气地扭头对我爹说："何营长，三团这两天要开拔了。"龙团长跨上马，把二龙拉上马，掉头，色情满怀地在二龙的小脸蛋上亲了口。爹很看不起龙团长如此明目张胆地轻狂，轻狂是可以的，但太轻狂却有失体统。爹望着打马而去的龙团长，对秋燕说："他是只骚公鸡，一身膻肉。"

四月份整整下了一个月的绵绵细雨，天上连一天太阳都没出过，以致家家户户的桌子柜子和椅子上都是湿气，一摸，全是水印。大家都盼着出太阳，因为放在大柜里的被子和棉衣都长霉了。奶奶非常烦恼，我二哥何正韬一天要屙湿好几轮，屙湿的尿布或床单，一天一大堆，只好在堂屋里架起烘罩烘烤。就是在青山街上的老百姓怨声载道的日子里，蒋介石在上海突然发动政变，大肆屠杀上海的共产党。第一次国共合作宣告破裂。报纸上用大篇幅报道：国民党在清党。

爹那时带着官兵，奉命驻在离长沙十几里远的东屯渡。爹没事干，就让他的传令兵每天买一叠报纸，当然就读到了上海的军队屠杀共产党人的报道，看得爹心惊肉跳，目光迷茫，脑海里出现了他的两个弟弟何金江和何金林。秋燕跟着我爹住兵营，像只绵羊样跟着他，脸上常常是那种温驯的笑。她端着茶走来，见我爹拿着报纸却脸色蜡白，就问："怎么了？"爹说："国民党杀共产党。"爹想蒋介石在上海开了杀戒，唐生智难道不会执行蒋介石的旨意？不几天，爹又在报纸上读到，奉军军阀张作霖命令奉军官兵冲进苏联驻华大使馆，逮捕了李大钊等在苏联大使馆避难的八十余名共产党人，并下令将二十余名共产党人处以绞刑。爹再也坐不住了，对秋燕说："我得去通知金江，让他不要干共产党。"

　　爹那时候买了匹白马，在东屯渡的牲畜市场上买的。这是匹健壮的白马，爹骑上它，连夜向宝南街奔去。爹想共产党现在大难临头了。爹的马奔到宝南街口，被工人纠察队的用梭镖拦住去路，工人纠察队的拿梭镖指着我爹说："干什么的？"爹说："我要找何金江，我是他哥。"那人把我爹引到一栋两层的民房里，何金江当时和我岳父、蔡和平等一些共产党人在商量对策，万一国民党在湖南对共产党大开杀戒，他们该采取什么措施。爹走进去时，十几个人正围着一盏马灯开会。爹瞟一眼我岳父，望着我大叔说："金江，蒋介石和张作霖开始屠杀共产党了。"何金江冷冷地盯着他哥问："你紧张什么？你又不是共产党？"爹急道："我是替你急。"何金江望一眼在座的诸位，这才说："革命是肯定要流血的。"我大叔的这句话不光是说给我爹听，还是说给在座的诸位听。爹望着他这个弟弟，感觉他这个弟弟一脸坚决，是一头犟骡子。爹说："金江，你出来，哥跟你说几句话。"

　　何金江不给他哥单独说话的机会，他扫一眼大家说："在座的都是革命同志，有话，你当着他们的面说。"爹见大家都望着他，就把想说的话咽回了肚子。我岳父脸上突然增添了很多友好道："金山兄弟，跟我们一起干吧？有你堂堂的营长跟着我们干，我们就更不怕了。"爹最讨厌的就是我岳父，恨不得一枪把我岳父崩了，就是这个经常把自己打扮成知识分子的到处宣讲共产主义的李雁城，把他弟弟拉上了这条充满凶险的路！爹冷冷道："我这个营起不了什么作用。"蔡和平也对我爹友好道："不对呵，多一个人就多一分力量。"爹暗笑，明摆着的，此刻他们都是泥菩萨过江，还想拉他下水，爹坦然道："我们师长研究过共产主义，得出结论说：共产主义只是一个梦。"蔡和平不恼，说："你们师长说得对，我们就是为实现这个梦而活着，这也是中国劳苦大众共同追寻的梦。"爹扫一眼这几个不打算要命的人，感到自己已经仁至义尽，还感到自己来得很失败。

"马日事变"是国民党第三十五军第三十三团在长沙制造的，当时第三十五军军长是何键。何键曾是唐生智的部下，湘军第四师扩编成国民革命军第八军后，何键升至师长，他是唐生智的爱将，在唐生智的援助下，迅速将师扩编成军。成了军长，何键的野心也大了，蒋介石在南昌时，何键曾跑去向蒋介石表忠心，蒋介石想起何键，便密令何键在长沙清剿共产党。何键奉命，令驻扎在长沙的三十三团团长许克祥、教导团团长王东原等，率一千多名官兵，于那天晚上分途奔袭共产党的湖南省工会、省农会和省农民运动讲习所等处。很快，这些共产党设在省城的机关就被许克祥和王东原等官兵攻破，于是杀戮开始了，冲上去就开枪，没死的就用刺刀捅，也不管伤者是男人还是女人。

那一天长沙的天空阴霾霾的，空气中有猪粪臭，那一年我家院子里的牡丹花破天荒没开花，连一个花蕾都没长，这让奶奶十分疑惑，因而不准我三叔何金石带我大哥何胜武出门。我大哥何胜武越长越倔强，简直是一头骄傲的小骡子，看人时歪着头，目光警惕和冷漠，不是那种容易相信人的目光。这与他妈过早去世有关。奶奶非常看重她的第一个孙儿，在家里，一双眼睛基本上是落在孙儿这副十分健康的身子骨上。还在三月份，奶奶就瞪着爹种下的那两株牡丹想，它该长苞了。但到了五月份，牡丹虽枝繁叶茂，却没长一个花蕾。爷爷也觉得奇怪，奶奶忧心忡忡地说："金江、金林干什么共产党啊，家里又不是没饭吃。"

那天爹在东屯渡的兵营里，与他的几名连长陪龙团长和杨副团长喝酒，吃着秋燕炒的菜，龙团长还把二龙带来了，二龙穿着很漂亮的花布衣服，手里拿把纸扇子，头发上插了两朵茉莉花，就妖媚。那天也确实有点闷热。二龙称赞秋燕能干，秋燕嗅到二龙头发上飘来的茉莉花香，听着军官们用粗喉咙说话。龙团长是个头脑清醒的家伙，他今天是来提醒我爹，要我大叔别干共产党了。爹看着龙团长，龙团长用他那爱开玩笑的喉咙说："既然蒋总司令在上海对共产党大开杀戒，长沙，对共产党动手是迟早的事。"爹的眉头锁紧了，龙团长喝口酒，鼓起金鱼眼睛瞪着我爹说："金山，你要你弟躲一阵，躲过风头，就没事了。"爹感到他与龙团长共事几年，龙团长第一次在他面前说了句人话，就端起酒杯，与龙团长碰了下，喝了一大口。龙团长又大嘴一咧说："人生在世几十年，今天不晓得明天的事，所以要及时行乐。"龙团长其实是个蓄吃喝玩乐于一身的莫大的悲观主义者，他大我爹和杨福全副团长十几岁，自然是一脸看破红尘的大大咧咧的狡猾相。爹终于看懂了龙团长，这个人虽然色情，见到女人就如公鸡见到母鸡样扇动着发骚的翅膀，但心眼并没坏透，便悲叹一声，觉得自己也被龙团长影响成十足的悲观主义者了。

次日，爹醒来时头还是晕晕的，对秋燕说："给我泡杯浓茶解酒。"秋燕泡了杯浓茶，爹喝了几口浓茶，握下拳，感觉疲软的双手恢复了力气。传令兵把《大公报》送到我爹手上，爹一看，呆了，马上对传令兵说："快，牵我的马来。"

传令兵牵来马，爹跳上马，直奔市区。爹骑着马奔进城时，守卫路口的三十五军的士兵拦住我爹问："哪部分的？"爹说了部队番号，守城的官兵就让开道，爹焦急地奔到宝南街，宝南街上没有了往日的喧嚣，相反，一片死寂，那是死亡造成的寂静。死亡造成的寂静有着巨大的压力，压得我年轻好胜的爹第一次面对死亡喘不过气来。一具具共产党人的尸体横七竖八地躺在地上，有的头朝上，有的头朝下，有的歪着脸，十分阴森可怖。

爹缓过一口气，这才走上去，就见一只只乌鸦腾空而起，噗噗噗地飞到屋檐上。爹没理睬乌鸦，大步走到何金江在宝南街租住的那间房前，门敞开着，里面有两具尸体，都是男的，不过不是何金江。爹又快步走出来，目光在一具具尸体上搜索他大弟，见到脸朝下的尸体，他就从衣服和身材上判断，判断不出的就走上去翻看死者的脸。他没找到何金江，心里好受了点。

爹退出来，就见埋伏在此处的十几名官兵突然拥到他面前，用枪指着他。一个长着方脸的军官严厉地喝道："站住。"爹穿着军装，腰间挂着驳壳枪，就不怕他们地说："老子也是国民革命军。"方脸军官打量我爹一眼，"你是共产党？"爹说："老子弟干他妈的共产党，老子妈让老子来看他是不是死了？"方脸军官回答我爹："我们奉团长的命令，守在这里，捉拿残余的共党分子。"爹跨上马，一鞭打在马臀上，白马奔驰而去。

爷爷奶奶一晚都没睡好，枪声没有惊扰我爹，但把我爷爷奶奶吓得半死。枪声划破了那个夜晚，使那个夜晚成了腥风血雨的枪声尖利的夜晚。一声清脆的枪声把奶奶率先惊醒，又一声枪声，尖尖地钻入奶奶的耳朵，扎得奶奶的耳膜隐隐作痛。奶奶把爷爷推醒，"湘汉，你听。"爷爷就睁大眼睛听，那些尖利的枪声把静谧的夜晚划得支离破碎。跟着，爷爷又听见脚步奔跑声和更尖亮的枪声。爷爷坐起来说："打仗了，不晓得又是哪里跟哪里打。"

枪声断断续续，直到凌晨三点钟。之后，枪声没了，只有宁谧和分外凄惨的夜空。窗户在我爷爷睁得大大的眼睛里突然转成灰色，渐渐泛白，天亮了。爷爷披上衣衫，走到葡萄架下，葡萄藤上结满葡萄。我三叔于先一年栽的那株桃树上居然结了几个桃子，几个绿桃子躲藏在茂密的桃叶后面，羞羞答答的，不用心查看还真看不见；墙角的美人蕉已开，红艳艳的，月季花也开了几朵。爷爷不是个感情丰富的人，很少注意植物，这天早上，爷爷的目光居然落在美人蕉上，对奶奶说："昨晚打了一晚的枪，怎么这会儿这么静啊？"奶奶走出院子，探头张望，一条街冷清清的，平常这个时候,已有挑担子的人和卖豆腐脑的人以及炸油条的摊子摆在街上了。奶奶说:"街上一个人影都没有。"

我三叔和我大哥也相继起床。我三叔和我大哥睡得很死,不知道长沙这座陈旧、腐朽的城市,于昨夜发生了一件日后进入湖南中学生政治教材的事。三叔见他爹妈站在他亲手栽的桃树前,忙问:"没人摘我的桃子吧?"奶奶没理他,而是看着我大哥,我大哥打个赤膊,一双眼睛却炯炯有神地东看西瞧。奶奶生怕孙儿感冒,赶紧说:"胜武,听奶奶的话,快去穿衣服,会感冒。"我大哥打个喷嚏,鼻涕都打了出来,一转身说:"不穿,我热。"

张桂花把我大哥的白汗衫拿来给我大哥穿,我二哥的哭声传来,嫩嫩的尖尖的,他把尿尿在床上了。我二哥那时睡在爷爷奶奶的房里,天天被奶奶照料,养得一身的肉,像个小猪崽。奶奶步入房间,抱起我二哥说:"我孙儿又尿床了。"二哥一张小脸红喷喷的,一双眼睛很像他死去的妈,双眼皮,但那方厚的嘴唇和长长的翘下巴却是我爹遗传的。奶奶很欣赏孙儿说:"正韬,乖孙儿,不要哭。"何正韬果然不哭了,在奶奶的手上,睁着两只稚嫩的小眼睛看着周围。我三叔很高兴地看着一颗桃子,发现那颗桃子的尖儿有点冒红,忙说:"这个桃子快熟了。"那一年我三叔十一岁,在长沙国民小学读五年级,很希望自己快点长大,好像他大哥样骑着高头大马,腰间别把驳壳枪,让街上的人景仰。我三叔已长成了小暴徒,经常在学校里打架,不但有老师来告状,还有同学的家长牵着孩子来告状。奶奶很生气,要打他。我三叔跑开了,申辩说:"是他先动手。"奶奶拿着竹条威胁道:"你下次再敢闯祸,看妈不打你!"我三叔不怕道:"又不是我要打架。"我三叔头上有角,眉毛很黑,好像是用毛笔画的两撇,随便往哪里一站,一些男孩子都围绕着他。他已经有自己的价值观了,他的价值观是老师灌输的,要他拿起枪,把外国列强赶出中国。早两天,他背着手,阴着脸说:"妈,我长大了,要去打外国列强。"奶奶瞪他一眼,"你不要去打,你的三个哥哥都不管家,妈要靠你养老。"他叫道:"不,我要去打外国列强。"

爷爷走到街上,就见一些人惊慌失措的模样。对门韩家的男人对我爷爷说:"街上死了好多人。"爷爷就惊讶地问:"怎么回事?"韩家的男人说:"杀共产党呢。"爷爷一听,打了个激灵,何金江和何金林不就是共产党吗?前两天何金林还回来过,说是坐船过来开共产党的什么会。爷爷疑惑地瞪着韩家的男人问:"为什么杀共产党?"刘家的男人走出来说:"这事要问国民党。"爷爷疾步往前走,就见街头上躺着一具具尸体,那是国民党军队于昨夜枪杀的共产党人的尸体,因为还在追捕和枪杀,尸体就没人敢管,很惨地横陈在街头,吓着老百姓了,使老百姓躲在家,拿木头顶着门,祈求灾祸别光顾他们家。街上只有军人,军人瞧见我爷爷,就歪着脑袋盯着,盯得爷爷心里发毛,生怕军人朝他开枪。爷爷不敢再往前走地折回家,枪声又在街上响起来,零零星星又尖尖亮亮地刺破阴郁和沉闷的天空。爷爷担心他的两个儿子说:"国民党在杀共产党,我真担心金江和金林的安全。"

奶奶把我二哥交给张桂花,穿上蓝褂子,拿着钱和手帕就出了门。我奶奶说什么也不像个女共产党,军人们看见她就不怎么留意。奶奶走到轮渡码头,码头上没几个人,一条机房船寂静地停泊在码头上。奶奶迈到船上,船上坐着几人,彼此不吭声地觑一眼,埋着头等开船。五月的湘江还没涨水,河面就不显得那么宽广。奶奶盯着清冽的江水,一颗心打鼓般嘭嘭跳。等了一刻钟,又上来几人,个个神色黯淡和紧张,东看西看,一脸戒备。船启动了,缓缓朝对岸驶去。船一靠岸,奶奶不等船停稳就跳下船,匆匆向湖南大学赶去。那一天的天空在奶奶眼里真是要多阴惨就有多阴惨,路上没几人,似乎所有的人都消失在什么地方了。学校里也没什么人,有的是肃穆和令人窒息的紧张,空气好像凝固了,真的要用手拨开似的。奶奶恐慌得喘不过气来,只好边走边舞动着手。学生宿舍楼静悄悄的,一个糟老头守着门,奶奶问老头,老头说:"学生都到礼堂开会去了。"老头指着远处的一排树林，"在那边。"树林后面有个礼堂，有几个大学生站在礼堂前说话，还有几个大学生坐在树下，脸上的表情都很严峻。奶奶恭敬地问一大学生，被问的大学生看一眼奶奶说："您是何金林的母亲吧？"奶奶一听就明白他认识何金林，忙点头，"我是他妈。"大学生说："我去帮您叫他。"

何金林面色凝重地出来，穿件鱼白色衬衫，一条黑裤子，脚上一双我奶奶缝制的布鞋，"妈，您来干什么？"奶奶看着她最疼爱的三儿子，一颗悬着的心终于落下，"金林，城里杀共产党，妈担心你啊。"儿子的脸色更阴沉了，儿子阴沉的脸色让奶奶觉得三儿不是一个能说通的青年！这种表情奶奶在我爹脸上见过，在我大叔脸上也见过，犟得像她当年卖掉的那头骡子。奶奶面对这种表情，从来都是束手无策的。奶奶担忧道："金林，你可不能再干共产党了，那是要死人的。"儿子望一眼岳麓山，岳麓山上飘荡着淡淡的白雾。儿子说："妈，我会处理好的。"奶奶看着她这个英俊的儿子，四个儿子里如果谁最像她，那就是我二叔。奶奶说："金林，我要你跟妈回家。"儿子摇头，把英俊的脸昂起来。我二叔这年十九岁，鼻梁挺挺的，很瘦，一双眼睛却坚定有神地望着母亲。奶奶瞧她三儿的手，手上有墨汁，显然此前他在写什么东西。我三叔可没时间跟母亲聊，见有人望着他们母子，他把手从母亲手中抽出，烦躁地皱起眉头说："妈，您回去吧，我不会有事。"有几只鸟儿在树上叽叽喳喳地叫，又有几只鸟飞落到树梢上叫着。

奶奶徒劳无功地回到家已是中午，那天的长沙街上整个就没人，人都躲在家里避祸，连猫和狗也恐惧地挤在门角弯里不肯出去，连续几条街都是破破烂烂的，还空荡荡的，鸡也没一只。奶奶走到一个拐角处，看见几具尸体，尸体是被军人拖到这里的。一张张脸都肮脏不堪，还很恐怖。奶奶打个哆嗦，一抬头，见楼上有一支枪正对着她，有一张年轻军人的面孔在枪托上瞪着她。奶奶脖子上都冒出了冷气，不敢停留地朝前走着，腿软得打颤。奶奶又看见一旁的窗口上还有一张冷漠的军人的脸，也有一支枪。

奶奶吓得脚一软，绊倒了，窗口上传来爽朗的笑声。奶奶不敢张望，爬起身，脖子上冒着丝丝冷气地朝前走着，走进青山街这条陋巷，奶奶才松一口气。奶奶推开门说的第一句话就是："吓死我了。"

我大哥看见奶奶，忙告诉奶奶："我爹回来又走了。"奶奶看着她的孙子，"你长大了，千万不要干共产党，那会把奶奶急死去。"这时，张桂花一手牵着李文华，一手抱着我二哥从房里出来。奶奶问："桂花，你没留金山吃饭？"张桂花说："我问他，他不吃。"奶奶接过我二哥，坐到椅子上。爷爷从作坊里走来，一身的油烟气味，奶奶对爷爷说："金林还好，没事。"爷爷一手的油，那是他翻动腊肉时熏烤的肉油。爷爷边用草纸揩手上的腊肉油，边问奶奶："你没把金林拉回来？"奶奶叹口气，"你的儿子有几个听话？都吃了豹子胆，不怕死。"两岁的李文华神色紧张地从后院跑来，叫爷爷说："爷爷，作坊起火了。"爷爷掉头一看，见作坊里火光冲天，忙去灭火。

那天晚上九点钟，突然传来一阵敲门声，敲门声很凶，爷爷警惕地走到门前问，敲门的人吼叫："快开门，再不开门，老子开枪了。"家里就爷爷一个大男人，剩下的都是女人和孩子，爷爷听见拉枪栓的声音，开了门，冲进来一个班的军人，都端着枪，七八支枪指着我爷爷的脸。一军官说："何金江是不是住这里？"爷爷想找上门来了，这证明何金江还活着，说："何金江早不住这里了。"军官对他的士兵说："搜。"他的士兵就端着枪冲进堂屋，开始一间房一间房地查看。奶奶灵机一动，对端着枪闯进来的士兵说："我大儿子何金山也跟你们一样是国民革命军，还是营长呢。"那两个冲进房间的士兵脸色就迟缓了，见除了奶奶和惧怕地站在房里的张桂花，又见床上睡着两个孩子。两个士兵就退出了房。搜查的军官们走后，奶奶看着爷爷，爷爷阴着脸，奶奶说："什么世道，还要人活不？"爷爷叹一声，走进作坊清理被官兵们翻动的东西，我大叔忽然从屋梁上跳下来，爷爷非常吃惊，"你躲在这里？"我大叔说："差点被他们发现了。"

十八

爹那两天骑着那匹高大剽悍的白马，心里很不安地在街上游荡，希望能在哪条街上碰见何金江，好把何金江从危险中解救出来。爹决定无论在哪里，只要看见他大弟，就把大弟拉到他的军队里去，先让大弟躲过这场可怖的血光之灾，至于以后的事以后再说。街上冷清清的，走动的几乎都是荷枪实弹的军人。军人见男人就盘查，见女人就调戏，无法无天。爹这天在街上游走了一下午，把长沙城里的大街小巷都走遍了，走到坡子街时，想起少年时李雁军和我岳父李雁城曾带他上坡子街的火宫殿吃臭豆腐，就决定吃几块臭豆腐充饥。

二十年代的坡子街是条麻石路，马蹄踏在麻石路上，发出很好听的"呱呱"声。爹在马上看见几个军人围着个女孩，爹骑着马走过去了，却听见一军人命令那女孩"把衣服脱了"。爹一惊，掉转头，跳下马。爹闻见一股很浓的酒气，自然也看见了女孩，女孩十三四岁，穿件肮脏的布衣，一张尖脸，脸上十分惊惧。爹问那几名军人："怎么回事？"那几名军人见我爹是军官，其中一军人说："报告长官，她是个贼，我们把衣服挂在窗钩上，她掏我们的口袋。"女孩害怕地说："我没掏口袋。"那军人说："还敢说没掏？我明明看见你的手伸进了我衣服的口袋里。"女孩就惊恐地望那军人一眼，说："我真的没掏口袋。"爹见这女孩一脸菜色，目光惊疑，心里起了怜悯，说："放了她。"

火宫殿就在前面，爹牵着马迈去，听见身后的军人对女孩凶道："小妹子，今天算你走运，不然老子要剐了你的皮。"爹以为几名喝醉的军人还在纠缠小姑娘，就回头，见衣着不整的小姑娘跟在他的马后走着，爹就没再理那几名军人。爹把马拴在马桩上，店小二便恭敬地走上来迎接我爹。

爹大步走进店堂，在一张方桌前坐下，"拿十片臭豆腐来。"店小二答："好咧。"女孩却不声不响地走到我爹面前,用一双饥馑和渴望的眼睛盯着我爹,吞着口水。爹不是一个歹人,见小女孩可怜巴巴相,说："小姑娘,你吃臭豆腐吗？"女孩儿狠劲地点头,爹便对店小二说："来二十片臭豆腐。"爹闻见门口炸葱油粑粑的香气,胃口又蹿到香喷喷的葱油粑粑上,"再来十个葱油粑粑。"女孩一双眼睛大大地瞪着我爹,爹说："小姑娘,坐吧。"姑娘坐下,爹批评她说："你个小女孩,怎么可以掏人家的口袋？"女孩不回答我爹而是说："今天不是你,我可惨了。他们要剐我的皮呢。"爹见小姑娘脸蛋饥黄、尖削,头发蓬松、肮脏,眼睛里充满饥荒,便想谁家的姑娘,怎么就没人管？说："他们是吓唬你。"

　　葱油粑粑率先端上桌,当然还有两双筷子一并送来,爹对小姑娘说："吃。"小姑娘夹着个葱油粑粑,大嚼着,一边望着我爹,那副不顾一切的吃相让爹感到她真的饿坏了。爹缓缓吃着,待她一口气吃掉五个葱油粑粑后,这才问她："你几天没吃饭了？"姑娘伸出三枚指头,"三天。"爹问："小姑娘,你爹妈呢？"姑娘的眼睛一下子红了,说："我爹妈是共产党,都死了。"爹听姑娘这么回答,惊讶得臭豆腐从筷子上掉到地上。姑娘的眼泪水涌出眼眶,一粒粒,玉珠样,顺着她的尖脸往下滚动,掉在她脏兮兮的手背上,摔成泪沫。爹半天没说一句话,心里对这姑娘十分同情,"小姑娘,你怎么知道你爹妈死了？"姑娘答："我家在宝南街隔壁的一条巷子,枪声响起时我害怕得躲到床下,后来枪声不响了,我才爬到床上等我爹妈回家,后来我睡着了。醒来后,我去宝南街找我爹妈,结果到处都是死人,好恐怖的。我爸死在台阶上,地上的血都变黑了,我扑在爸身上哭……我看见军人叫来人搬尸体,他们把我爸的尸体抬起来,扔到板车上,板车上已扔了很多具尸体。我正要到楼里寻我妈,就看见我妈被两个人抬出来也扔到板车上。"爹同情小姑娘道："姑娘,你愿意去我家吗？"小姑娘摇头,"我要去找我姨。我姨在基督教的红十字会工作。"

吃过葱油粑粑和臭豆腐，爹起身，见小姑娘望着他，爹想这小姑娘一夜之间失去了父母，实在可怜，便对小姑娘说："你一个小姑娘不安全，我送你去找你姨？"小姑娘脸上呈现着高兴。爹走到白马前，把小姑娘抱上白马时爹觉得姑娘很轻，轻得只比一床被子重点儿。爹自己再跨上白马，小姑娘坐在马上，马踏着轻快的步子。小姑娘是第一次骑马，很高兴，脸蛋儿上绽开了笑，说："它可以跑吗？我想要它跑。"爹给马屁股一鞭，白马就一路小跑起来，马蹄踏得麻石地呱呱直响。小姑娘道："真好玩。"爹知道红十字会，它设在北正街的基督教教堂里，爹带着小姑娘朝北正街奔去。

　　爹送完小姑娘，回到军营，天已黑了。爹把马交给传令兵，步入营房，一抬头，看见他大弟坐在营房里。秋燕坐在另一张椅子上，秋燕说："你弟上午就来了。"爹看着大弟，大弟一脸悲惨和愤慨，爹看见了那些令人心悸和胆寒的场面，就庆幸他大弟还活着。爹说："我今天送一个小姑娘去红十字找她姨，她爹妈都是共产党，都死在宝南街了。"

　　何金江听他哥这么说，瞥眼他哥腰间的驳壳枪，向他哥索要驳壳枪说："哥，把你的枪给我。万一我在路上遇见敌人，我也可以杀几个。"爹生气地看着大弟道："你还要干共产党？不想活了？"何金江脸上是愤怒和悲伤，还有像刻在他脸上的仇恨，"死只能吓退那些怕死的人，我不怕死。"爹简直是绝望地看着大弟说："人只有一次生命，死了就没有了。"我大叔那年二十三岁，是个被革命理想鼓舞得没半点惧怕的青年，眼睛里不是恐惧，而是憎恨和抑制不住的怒火。我大叔向他哥要枪，爹拒绝说："枪不能给你，我不想你死。"爹让传令兵看着他，不让他走。爹把秋燕拉上马，打马向青山街飙去。爹把秋燕送回青山街家，告诉爷爷奶奶金江躲在他军营里，不会有事，爹没跟他爹妈多说话，又打马向东屯渡的军营奔去。初夏的夜风徐徐刮在爹那张刚毅的脸上，爹对传令兵说："你去睡吧。"爹见大弟躺在他床上想问题的模样，爹说："金江，别干共产党了。"大弟没答，爹走拢去看，大弟睡着了。

我大叔在爹的军营里住了整整一个星期，等城里不戒严了，路上的哨卡也撤了，大叔就决定去找自己的同志。那天，大叔吃过晚饭，一轮明月升上天空，夜空下，青蛙仿佛对着明月咕咕咕地歌唱。爹在喂马。大叔走到我爹面前看喂马，爹以为大叔的心安宁了，这一个星期，爹跟大叔睡一张床，每晚要跟大叔说一大堆话，不说到凌晨两三点钟，兄弟俩是毫无睡意的。今天下午，爹告诉大叔说，城里城外的哨卡都撤了，昨晚市内的戒严也取消了，生活又回到正常轨道上来了。此刻，大叔站在爹的身后说："哥，我走了。"爹转过身，我大叔的脸在月光下很模糊，但声音很坚决，"哥，万一我死了，请你替我多孝敬父母。"爹真的无话可说，因为所有的话他都说过了，爹冷冷道："又没人逼你干共产党！"大叔扫眼四周，"哥，你说的话都没错，但我的理想是推翻这个军阀割据的旧中国，像俄国一样，建立一个不被外国列强欺负的新中国。"说完，我大叔转身，坚决地朝前走。爹没他大弟读的书多，脑袋里没他这个弟弟装着那么多理想和信念，爹知道他拦不住性格倔强的大弟，忙把驳壳枪拔出来说："枪给你。"爹告诉他大弟用枪，接着，爹把大弟送出军营。

那个时代的人与现在的人还真不一样，那个时候的中国很糟，帝国主义等列强在中国的土壤上胡作非为，想怎么干就怎么干，使所有的中国人都愤慨，尤其是有点知识的年轻人，他们渴望中国变强大，渴望中国不受帝国主义欺负，渴望共产主义在中国这片贫困、落后的大地上诞生，就不怕掉脑袋。

一天，我二叔何金林看见工人领袖郭亮的头挂在司门口的城楼上时，不是吓破了胆，而是攥紧着拳头。我二叔再也没耐心坐在教室里读书了，他愤然弃学，与几个同他一样打算献身革命事业的同学一起离开学校，去了井冈山革命根据地。先一年，毛泽东在湘东和赣西领导了秋收起义，曾想夺取长沙，失败后，便带着起义官兵避开国民党官兵追堵，去了江西井冈山。紧接着，朱德和陈毅率南昌起义失败后的六百余官兵在湘南发动"年关暴动"，致使湘南的国民党政府手慌脚乱。跟着，袁任远等人在湘西北的常德、石门举行暴动，这支暴动队伍从石门打到了南县。再接下来，彭德怀和黄公略等人领导了平江起义，攻下平江县城，打垮驻守在县城内的团防武装，在平江县建立苏维埃政权，实行土地革命。湖南的湘东、湘西、湘南、湘北到处都是共产党领导的农民起义和暴动，这使蒋介石十分恼火，于是调动大批的军队入湘，对"共匪"（当时国民党这样贬称共产党）实行清乡运动。

　　一直跟着我爹住在军营里的何家山村的稻米和山涧养大的秋燕，于三月里的一天，生下了我大姐，爹给我大姐取名何家桃。爹特别高兴，早就想要一个女儿了，当爹听医院的护士说"是个女孩"时，爹忙回答那年轻护士道："我就是想要个女孩。"奶奶和爷爷也赶到医院看孙女，奶奶把孙女抱到怀里说："当年我就想要个女儿，可是生下的都是不听话的男孩子。"秋燕浅浅一笑，"妈，我没想到您会这么高兴。"奶奶欢喜道："我高兴呢。"三月的长沙阴雨绵绵，产房外，桃枝上开着粉红的花朵，窗户是敞开的，似乎有股淡淡的芳香飘进来。奶奶抱着孙女走到窗前，看着在阴雨中绽放的桃花说："我这孙女多俊，将来一定会长得比桃花还好看。"爹在一旁答："妈，她就是我们家的桃花。"

　　过了两天，奶奶叫上人力车，把秋燕和婴儿接进青山街住。张桂花跑过来扶秋燕，奶奶抱着我大姐说："多漂亮的姑娘呵。"我大哥和二哥，还有张桂花的儿子李文华都争着看奶奶手中的我大姐。奶奶说："文华，她长大了给你做媳妇，你要不要？"李文华说："我不要。"张桂花看儿子一眼说："文华，这么好的妹妹你不要？"李文华摇头说："不要。"奶奶跟小男孩计较说："我还不会把我的孙女嫁给你。"我大哥下半年就要上小学了，他因为失去了母亲，这两年人就沉默寡言的，显得冷僻而古怪。奶奶见她的大孙儿冷冷地看着她手里的婴儿，便说："胜武，你是老大，要保护好你妹妹。"我大哥觉得这女孩不是他妹妹，就嘟着嘴说："她又不是我妈生的。"奶奶对我大哥解释："她不是你妈生的，但她和你是一个父亲生，懂吗？"大哥似懂非懂地看着奶奶，奶奶生气道："蠢尸，你们共一个爹。"秋燕在张桂花的搀扶下，步入房间，女婴在奶奶怀里哭了，奶奶把女婴抱到秋燕手上，秋燕解开衣服，将乳头塞进小女婴的嘴，女婴就拼命地吸着乳汁。秋燕对奶奶说："妈，她吸得我的奶子好疼的。"奶奶听到这话高兴得脸上红灿灿的，"那就好，这才是我们何家的种。"

奶奶和张桂花整天围着秋燕转，秋燕觉得很幸福，坐了一个月月子，秋燕便积极地回报这种幸福了。她可不是大户人家的小姐，什么事情看见了就忙着去消灭，甚至是一手搂着女儿，一手拿着扫帚扫地。洗碗的事情曾经是张桂花一个人的专利，自从秋燕能下床后，洗碗的事情就被秋燕抢走了。还有洗菜，以前也是张桂花的事，秋燕也主动承担了过去。奶奶就特别喜欢秋燕，奶奶对我爹说："到底是我们何家山村里长大的，不吝啬劳力。"

爹两头跑，军营和家，家里除了爷爷和他两个大男人，还有半个大男人，那就是爹的三弟何金石。何金石身高一米五多了，要进初中了，前一阵子他的老师于傍晚时头顶残阳来家访，正碰上我爹，何金石的老师告诉我爹，何金石的学习成绩是全班最好的，人聪明，身体也好，在校运动会上，何金石跑百米径赛拿了全年级第一。爹就很关心他三弟，希望三弟比他的三个哥哥都有出息，但爹担心三弟哪天也会干共产党，因为几年前，在反赵省政府的游行示威中，三弟曾举着横幅走在小学生队伍的最前列。爹严肃地告诫三弟说："金石，我警告你，在学校读书就好好读书，不要像你二哥、三哥，书都没读完就去干共产党，明白吗？"何金石嘟着嘴说："我才不干共产党呢。"

爹有时候也会把目光放到他的两个儿子身上。爹觉得次子长相真像他死去的妻子，脸蛋像，一双眼睛也像极了李春那双时常于夜色中看着他闪动的眼睛。爹一望着次子，脑袋里自然就出现了亡妻娇柔、多情的美好形象，就内疚，觉得李春活着时，他关心李春太少了，所以他不愿意看他的二儿子。他的二儿子也不粘他这个脸上冷冰冰的父亲，更愿意粘奶奶和张桂花婶婶。有天，二儿子曾想亲近爹，试着把身体靠到爹腿上，爹没好脸色地说："走开。"秋燕看见了，谴责地瞟一眼爹。奶奶见何正韬吓哭了，大声说："他是你儿子，你怎么能这样对他？"爹把目光抛到我大哥身上，见走进院子的何胜武正手握弹弓，瞄着一颗葡萄射击，小石子从他的弹弓上飞出去，葡萄就掉下来几粒。爹把不快发泄到大儿子身上，吼道："去洗把脸，脸上邋遢得跟街上的小叫化样。"

我大哥不像他弟那么怕爹，大哥从小就是个意志坚强的男孩，不像爹小时候那么懦弱，性格有点像爷爷——可能是隔代遗传，话不多，但身怀豹子胆，天生不怕事。他不怕地横一眼爹，爹想发怒，被奶奶挡住了，奶奶说："胜武和正韬都是可怜的孩子。"爹就把目光放到秋燕脸上，秋燕也要爹不要发脾气。有天，阳光明媚，秋燕抱着我大姐坐在院子里晒太阳，中午时，爹骑着白马回家吃饭，坐下来，高兴地把我大姐抱过来竖在脸前看。我大哥冷冷地瞟眼爹，拿着弹弓瞄准隔壁屋顶上的一只麻雀，嘭，屋顶上的那只麻雀就滚了下来，我大哥跑出去，一会儿他抓着麻雀跑进来，"奶奶，它还是活的。"

大哥找张桂花婶婶要根线，把麻雀的一只脚捆住，另一头绑在椅子脚上，麻雀就在线所能及的区域里乱蹦乱飞，很急躁的模样。奶奶表扬我大哥："胜武能把这么小的麻雀从屋顶上打下来，了不起呀。"大哥嘻开嘴笑。李文华一直在后院盯着我爹骑的那匹高大的白马，看着马埋头吃草料，马的两只黑乌乌的眼睛也觑着李文华。张桂花择完菜，走来对儿子说："文华，胜武打了只活麻雀。"李文华就走进前院，看见麻雀在地上蹦，伸手去摸麻雀，麻雀啄了李文华的手一下。李文华吓得缩回手，见手上没事就又摸麻雀。麻雀又啄他。我二哥跟跟跄跄地走近，李文华将那根捆着麻雀的线扯过来，麻雀在我二哥的脚旁跳跃，扇着翅膀，二哥有点怕地退开。爹说他二儿子："你个没用的东西，一只麻雀都吓了你。"奶奶替孙儿说话："他还小，懂什么？"大哥把麻雀捉到手上对二哥说："别怕，你摸摸。"二哥不敢摸，把手缩到背后，大哥把麻雀放到自己脸上，对弟弟说："你看，它不咬人。"

八月里一个燠热的日子——那样的日子，上帝来到人间也会嫌热而脱掉上衣，一个穿着蓝花衬衣的女人抱着个一岁多的男孩走进院子，男孩被大人胡乱地剪了个锅铲头，穿着个白兜兜，赤着下半身。女人一进院子，奶奶就认出了她，她是与何金江同居过的王嫦娥。奶奶望着王嫦娥，王嫦娥放下孩子说："妈，他是何金江的儿子。"奶奶十分吃惊，迷惑地看着王嫦娥又打量着这个小男孩，小男孩也歪着头看奶奶，小男孩长着一对很大的耳朵，脸色却有些冷峻。奶奶说："他像金江。你坐。"王嫦娥摇头，"我马上要走，有人在街口等我，孩子就交给您，妈。"奶奶问她："你这么急着去哪里？"王嫦娥把落到眼睛上的一绺头发拨开，"我去找金江。"奶奶问："金江在哪里？"王嫦娥说："金江上了井冈山。"王嫦娥这是第一次步入青山街三号，也是唯一一次。她走了，都没跟站在一旁的秋燕和张桂花说话。孩子留下了，孩子盯着与他年龄相仿的李文华和何正韬，李文华和何正韬也看着他。

奶奶问孩子："你叫什么名字？"孩子看着何正韬咯咯咯笑，回答奶奶说："我叫毛坨。"奶奶很嫌弃这个小名，想下说："奶奶给你取个名，你叫大金吧。"孩子不同意道："我要叫毛坨。"奶奶拧下眉头，"进了这个院子你就得听奶奶的。"何大金瞅着奶奶，奶奶把胜武、文华和正韬分别介绍给大金说："胜武是你大哥，文华是你二哥，正韬是你三哥。"大金与正韬年龄最接近，大金走过去看正韬，正韬说："你叫我哥我就跟你玩。"大金就叫了正韬"哥"，正韬一笑，伸手去桌上拿葡萄给大金吃。爷爷从街上回来，把猪肉卸下，奶奶把大金拉到爷爷身前，问道："湘汉，你看这孩子像谁？"爷爷随便打量眼问："谁家的孩子？"奶奶这才笑盈盈地告诉爷爷："你的孙子，何金江的儿子。"

那天中午，身为团长的李雁军回来了。李雁军回来时我爹在东屯渡的营房里，那段时间，传说"共匪"准备合力进攻长沙，爹所在的三团接到第三十五军军长何键的命令，任何官兵都不能擅离职守，随时准备迎击来犯的"共匪"。我爹就守着军营。

李雁军骑着高头大马，带着两名警卫员回来时，爷爷还以为是金山回来了，再一看，是他两年不见的面色黝黑、严峻的李雁军，"雁军是你？"李雁军尽管是团长，可骨子里却是个知恩图报的人，习武人的禀性让他噗嗵一声跪下，叫了声"师父"。爷爷很高兴，"雁军你快起来。"爷爷觉得李雁军英姿勃勃，很出息的相。奶奶和张桂花当时在厨房里忙，奶奶耳朵尖，一听声音便对张桂花说："怕是雁军回来了。"河南女人张桂花忙丢下锅铲，跑出来，当然就看见了她英俊、潇洒的丈夫。张桂花的脸红了，眼睛却湿了。奶奶打量李雁军一眼，李雁军叫了"师母"，然后问："金山呢？"奶奶说："他在军营里，听说共产党要打长沙，都不准离营。"张桂花把一个蹲在地上玩的，歪着小脑袋看着大人说话的小男孩拉到李雁军身前，"文华，叫爹。"李文华扭着身体，不肯叫。李雁军将李文华抱起来，"这孩子长得真像我。"李文华在父亲怀里扭动，李雁军把儿子放下，说："这孩子，亲爹都不要。"

十九

李雁军在家里只睡了一晚，翌日一早，他骑着马，带着两名警卫奔到东屯渡我爹的军营里。爹正在读报，这是一张旧报纸，报纸上说"湖南独立第五师第一团团长彭德怀和第三团三营营长黄公略率部在平江叛乱"。爹的目光就盯在"彭德怀"这三个字上，这个彭德怀是不是五年前在陆军讲武堂时，与他同睡一间寝室的那个黑方脸的彭德怀呢？就在爹想这些事时，传令兵进来说："报告营长，有客人来访。"爹愣在椅上，就见李雁军对他笑，爹打量李雁军，感觉李雁军更魁梧更军人了，就铁铮铮逼人。李雁军说："敝人奉何军长的命令，今天赴平江剿匪。"爹听李雁军这么说，忙把报纸给李雁军看，"这个彭德怀可能是我们在讲武堂学习军事时的同窗。"李雁军拿起报纸看了眼说："没想我们和他会在战场上兵戎相见。"爹望眼窗外，"这个彭德怀，原来脑袋里装着共产主义。"传令兵送来茶，李雁军端起茶杯说："我听你妈说，金江和金林都铁了心干共产党？"爹无可奈何地摇下头，"我这两个弟弟中共产主义的毒太深了。赵师长说了，共产主义只是一个梦，他们是在这个世界上寻梦的人。"

两人说了会儿这样的话，李雁军喝完那杯君山毛尖，跨上军马走了。李雁军在马上冲我爹打个拱手，抛下一串狂躁的马蹄声，消失在愁云惨雾的天色下。爹所在的第五师受到第三十五军军长何键限制，何键生怕蒋介石一高兴就让赵振武接替他的职位，因为赵振武是日本留学回国的，而他只是保定军官学校毕业的，他见蒋介石问到赵振武，便向蒋介石诬告说原湘军第五师师长赵振武思想上同情共产分子，马日事变时，赵振武按兵不动，这充分说明赵振武师长有共产主义倾向。蒋介石最怕的就是军队跟着共产党跑，便密令何键派特务暗中监视赵振武的官邸。赵振武虽不是个搞阴谋诡计的人，但也有眼线，得知此事后，气得摔杯子，难怪他向军部申请的给养迟迟不来，难怪他军队的军饷总是被何键以各种借口拖了又拖，原来如此。赵振武师长就不作为，同时密令第五师的官兵保持高度警惕。

但这段时间，情况有所改变，湖南的"共匪"在县镇和乡村闹得相当厉害，报纸上都使用了"风起云涌"一词，已发展到难以收拾的局面了。湖南地盘这么大，何键掌握的军队显然不够用，开始，他以为打"共匪"

有两个师的兵力追剿就够了，没想"共匪"不是那么容易剿灭，他的两个师于"剿匪"中付出了令他痛心的惨重代价。何键怕了，有现成的军队不用，拿自己的亲兵去打，打光了，他不成光杆司令了?！他打起了第五师的主意，军饷来了，机关枪也送来，同时送达了蒋总司令的命令，命令第五师即日开拔，不惜一切代价，配合三十五军的官兵剿灭湖南的"共匪"。几天后，龙团长歪着颗脸色浮肿的头，叼着烟，嚷着腰痛地来了，把师长的命令给我爹看，"我们没有逍遥日子过了，三团的官兵得赶赴平江剿'彭匪'。"爹的三营迎来四挺让人喜爱的机枪，爹将机枪一个连发一挺，这机枪是德国造，子弹压在一个铁盘里，连射时子弹自动运转、供应。这种机枪在那个年代简称盘子机枪，杀伤力很大。

三营的官兵领足军饷和机关枪，于第二天一早拔营，向平江奔去，只走了两天就到了平江县城，还在离平江县城五里远的地方就听见枪炮声，枪炮声随风传入我爹等官兵的耳朵，杨福全副团长急令全团官兵加速前进，进到离县城三里远的山坳处，忽然遭到"彭匪"迎头伏击，大约是一个营的"彭匪"在两处山头打阻击，一排机枪子弹打下来，走在前面的官兵倒下一片，大家纷纷散开，躲到机枪和步枪射不到的地方。杨福全副团长还没开一枪就中了弹，血在他肚子上流淌，让他痛苦不堪。爹走在他一旁，子弹却打在杨福全的肚子上，子弹的冲力很强，杨福全往后一仰，马上捂着肚子，痛得嘴都咧开了。爹和杨福全的警卫把杨福全拖到隐蔽处，传令兵把军医叫来。爹摘下他的德国造望远镜，举着望远镜张望，对杨副团长说："有三挺机枪，形成了交叉火力。"官兵们都卧倒在地。龙团长奔来，爹说："杨副团长受伤了。"龙团长掉头看眼杨福全，"我跟你说了，要打仗了不要近女色，你他妈的不听!"龙团长对我爹说："何副团长，我现在升你副团长，命令你带三营的官兵正面佯攻，我率一营绕道从背后包抄，参谋长，你带二营攻打另一个山头。"

战斗打响了，一营、二营、三营分别从不同的地方向山上的"彭匪"发起攻击。"彭匪"坚守着，不让国军冲上去。一批批官兵倒下，退回来，又组织第二轮进攻，第二轮进攻又被打退。战斗从下午三点直打到傍晚七点，伤亡已达两百多人，一营营长于率部冲锋中倒在了山坡上，三营的一名连长战死了，另外两名连长也挂了彩。龙团长很恼火，恨得牙痒痒的，两只金鱼眼珠鼓得几乎要掉出眼眶了。他暴跳如雷地吼道："我就不信拿不下这山头。"爹很冷静，说："团长，他们不是一般的'共匪'，他们原是独立五师的一个团，团长名叫彭德怀，和我在讲武堂一起学习过军事，不是街头杀狗的，懂得打仗。"

　　龙团长完全可以不作为，带兵来了就行了，可是他骨子里是个两面三刀的人，背着赵师长接受何键的单独召见，还偷偷向何键表忠心，所以他板着脸说："彭德怀，老子非打败你不可。"龙团长望一眼天，天于夕阳下仿佛呈现着祥云，他以为这是老天爷要助他，来劲了，站在一棵树下，粗着喉咙下令第五次冲锋。他亲自督战，手握驳壳枪，吼道："跟老子冲，哪个狗日的敢后退一步，老子毙了他。"

　　但是没有用，密集的机枪子弹打得冲在前面的官兵纷纷倒地，后面的官兵见状，都趴在地上。龙团长是个脾气暴躁的人，他太想立功、太想让何键对他龙凯团长刮目相看，从而赏识他、重用他了。他狂怒地冲到前面，用脚踢那些趴在地上不肯冲锋的士兵，骂道："胆小鬼，老子一枪毙了你。"龙凯团长——这个十几年前在南门口摆摊算命的骗子，在诓骗别人的钱财为别人打卦算命的同时，自己也相信了生死有命、富贵在天那套把戏。征战前，他偷偷去了趟开福寺，求了支签。他下意识地摸摸装在表口袋里的签，签是上上签，说他大吉大利且旗开得胜。他暗暗以为，有菩萨保佑，子弹就是飞向他也会拐弯。但不是这样，一颗机枪子弹打穿了他的胸部，打得他往后一仰，人就滚下了山坡。

　　这一仗以杨副团长和龙凯团长身负重伤而偃旗息鼓。爹把被富贵梦想包裹着因而蛮勇的龙凯背下山坡、放在一株树下时，龙凯团长吃力地把放在口袋里的上上签拿出来——那上上签上沾着他胸口里流出的鲜血——扔在地上，脸色苍白地嘀咕道："他妈的，什么世道，菩萨也骗人。"爹想难怪龙凯团长如此勇猛，原来他是抽了支上上签。

这个晚上就很平静。一颗月亮略含嘲弄地挂在山头，星星也眨巴着冷漠的眼睛，觑着露宿在野地的三团官兵。一早，我爹、团参谋长和几个营长聚集在龙团长一旁，等待龙团长发布命令，龙团长因失血过多而昏睡不醒，一张苍白的脸上爬满疲惫和凄迷，金鱼眼睛也没那么鼓胀和刁恶了，阔嘴也成了灰白色。次日上午十点钟，二营长打个响屁，把龙团长无情地打醒了。龙团长睁开眼睛看一眼大家，"我这是在哪里？"爹告诉他："我们在平江，团长。"龙凯团长简直不愿意面对现实，立即又昏迷过去。大家不知道怎么办，都等着团长醒来。爹也不敢自作主张，叫团部传令兵骑快马回长沙请示赵师长。一天后的傍晚，传令兵带来师长手谕，那是写在委任状上的，令我爹为三团团长。爹把他的传令兵小张任命为连长，把他的堂弟何刚升为连长，这才召开军事会议说："弟兄们，我命令你们明天一早，全力进攻。"

次日一早，三团集中炮火猛轰"彭匪"阵地，但白轰一通炮，因为坚守在山头的"彭匪"已于昨夜悄悄撤走。平江县城里再没一个"彭匪"，只有李雁军的二团官兵，二团损失很大，只剩一半官兵。李雁军苦着脸，他的好些官兵于这次攻打平江的战役中阵亡了，他把一具具尸体摆在一堆，浇上油，点了火，尸体便在火中燃烧。打扫完战场，爹的三团和李雁军的二团在平江县城休整两天，又接到命令，"彭匪"在修水和铜鼓一带出现了，电令爹和李雁军迅速率部于修水和铜鼓一带结集，好一举歼灭"彭匪"。爹率三团官兵向修水出发，爹从标语上得知"彭匪"自称红军，也知道了红军的厉害，他可不想在这穷乡僻壤里丧命，沿途就十分小心，生怕遭遇红军伏击。爹的三团赶到修水时，修水已被红军打下。爹没去开福寺算命，不知道此役是凶是吉，就更加谨慎，不敢冒险硬打。爹让三营佯攻，他向三营长交代："不要硬打。"三营长姓肖，此前是名连长，爹一升团长就把肖提为营长，肖营长自然对我爹惟命是听，率部进攻时，一听到枪声，忙下令官兵趴下。爹举着德国望远镜看，知道修水城的另一头在激战，那边的枪声密集得多。爹派两名警卫去侦察，警卫回来说："报告团长，是三十五军的，团长叫王东原。"爹释然地"哦"了声。

彭德怀的中国工农红军第五军（实际上就是彭德怀的一个团和黄公略的一个营，再加上平江的农民，共两千多人），边迎战国军边往铜鼓方向撤退。李雁军的二团接到命令，赶赴铜鼓拦截，爹和王东原团奉命追击。王东原想让我爹打头阵，奉命后滞留在县城不动。爹见王东原团没出城，就不急着追击红军，命令全团官兵一天走三十里，这就给了红五军全歼李雁军团的时间。爹的三团是在李雁军的二团被红军消灭的第二天赶到的，当他的三团官兵走到离战场还有十里远时，就嗅到随风飘来的阵阵恶臭。爹鼻子尖，一闻就知道是尸臭，别的臭不是这种味儿。爹对肖营长和堂弟何刚连长说："前面肯定死了人，有尸臭。"爹想起自己在讲武堂学的那些军事，忙命令全团官兵散开，子弹上膛，以排为单位前行。

八月是南方最炎热的季节，尸臭和着热风徐徐吹来，让三团官兵全体紧张地竖起眉头，端着枪。何刚连长硬着脖子，跨上我爹的白马，打马朝前飙去，半个小时后何刚连长一脸苍白地奔回来，向我爹报告："团长，到处都是我军官兵的尸体，都腐烂了。"三团的官兵再往前走了两华里，就看见一具具国军官兵的尸体，尸体横陈在路上、沟壑旁或荒草地或树丛下，这里几十具，那里几十具，最多的地方是路旁的一处山包，山包上下有一百多具着国军军服的尸体。没有红军官兵尸体，红军都把自己人的尸体埋了。

乌鸦飞来飞去的，吃得很猛，叫得也很欢。还有湘赣边界的野狗，那些野狗都吃得打饱嗝了，肚皮圆鼓鼓的，看见三团的官兵走拢来，都挪不动身地举着黄瞳仁戒备地瞧着。天上一个烈日，这会儿是下午五点钟，骄阳正烤着湘赣这片跌宕起伏的山林，空气中没有一丝儿花草和森林的芬芳，只有奇臭无比的尸臭。三团官兵很惊愕，有的士兵看不得这种惨状，恐惧地蹲在地上呕着。爹许久才把自己的心情调整回来，捂着嘴、黑着脸，在尸体里搜寻李雁军，但没找到，因为有些尸体的脸被乌鸦啄得认不出是谁了，还有些尸体的脸被手榴弹或炮弹炸得血肉模糊，爹就没有勇气一具具地查看。爹的三团开进铜鼓县城，县城破破烂烂的，一栋像样的房屋都没有，老百姓看见官兵都很惊慌。爹心情沉重地步入县城电报局打电报，电告赵振武师长，说二团全团官兵阵亡。又电告何键，请求增援。

爹的这份电文没招来何键的官兵，却招来了赵振武师长。赵振武师长带着他的一团（五个整编营）来了。一团团长是贺新武。贺新武的一团官兵先一步赶到，贺新武团长为显示自己是个威猛的男人，脸上蓄一大把威武的胡子，脸还没到，胡子抢先到了。贺新武团长很男子汉气概地拍着我爹的肩说："何团长，别来无恙啊。"爹没有贺新武那么豪迈和气盛，相反，因感到力不从心而有些心灰意冷，低声道："还活着。"赵振武师长这两年赋闲在家，人胖了。赵振武师长对我爹说："这何键，难啃的骨头就丢给我们五师啃。"铜鼓县城的墙上到处都是红军留下的标语："红军万岁！！！""打倒军阀何键！！！"等等。赵振武师长默不作声地打量墙上的标语，随我爹走进一户被红军镇压了的当地富豪的家，爹特意跟赵师长选了这处住宅。赵师长走进这处豪宅时，爹说："师长，这是全县城最好的房子。"

赵师长打量着房子，红军曾占领过它，门窗虽然都雕花刻凤，然而墙和大门上却用石灰书写着"共产党万岁！！！"和"中国工农红军万岁！！！"字体歪歪斜斜的。爹第一次读到"共产党万岁"的标语就是在江西铜鼓县这家的墙上。赵师长脸上有一丝冷笑，他不相信共产主义。赵师长是个生活挑剔的人，带了厨师，厨师挑着蔬菜走进来，厨师后面的伙夫也挑着锅灶汗渗渗地走来。赵师长还把老婆带来了，跟他老婆做伴的是贺新武的女人杨红——那个一把琵琶抱到怀里，还不用弹就令贺新武如醉如痴的靓丽的青楼女子，如今从良了，穿着国军女兵服，成了第五师的电报员。赵师长有心思，想何键是一心要借"共匪"除掉他，他五师的三个团都来剿"共匪"，何键的三十五军只来了一个团，赵师长觉得这里面有问题，"何键是想借'共匪'之手铲除我们，"赵师长对我爹和贺新武说，脸色忧闷，"用心险恶啊。"

一早，地上一片白雾。爹下令全团官兵开拔，朝万载县赶去。路大多是崎岖山道，又担心遭"共匪"袭击，走得就慢腾腾的。一天可以赶到的，爹率部走了两天，一交火爹就命令一营、二营的官兵不要朝前冲，守好阵地，减少伤亡，三营为预备营，随时增援。红军已与朱耀华旅激战了三天三夜。朱耀华旅是赣军，湖南人跑到江西打土豪分田地已让江西的国民党十分恼火和头痛，故打得很顽强，"彭匪"想突破赣军防线，去井冈山与朱毛红军会师，就拼命攻打赣军，双方伤亡都很大。爹的三团官兵赶来时，彭德怀便指挥他的红五军撤离战场，于撤退时与爹的三团交上火了。红军用一个营的兵力断后，赣军两个团的兵力气势汹汹地追到，与爹的三团一起全歼了红军的这个营。赵师长率师部和一团官兵赶到时，战场已清理干净。爹的三团又损失了一些官兵，加起来有半个多连。

赵振武师长见自己的官兵一天比一天减少，眉头就拧成了两个疙瘩。他把我爹和贺新武团长叫到师部，一张脸黑黑的，半天不吭一声，之后手一劈，拳头击在桌子上，桌上铺着湘赣边界的军用地图。赵师长在湘南境内一个叫"醴陵"的名字上画个圈，抬起头，粗声粗气道："老子不跟着何键打'共匪'，打了功劳都记在他的账簿上，老子把部队拉回湘。"

赵师长不想把自己的这点本钱全部消耗在与"共匪"的厮杀上，何键之所以还对他客气，在电话里称他"赵兄"，是他手上还有两个团，假如他的兵都打光了，何键还会理他？赵振武不愿出力的另一个原因是，他看不起两面三刀的何键，在他心里，军人就应该是堂堂正正的军人，不应该是搞阴谋诡计的家伙。赵振武师长为人清高、耿直，从不搞请客送礼这一套。他并非不知道自己的缺点在哪里，他并不是个粗人，但他就是没法改掉他清高的一面。蒋介石路经长沙，许多官员都穿戴整齐地去拜见蒋总司令，惟独他犯清高，不去，当然就没法升官。赵振武师长有心结，于是想扩充五师，他把五师拉到醴陵，在醴陵找国民党县党部索要军饷，县党部不给，他便把县党部的要员统统关起来，迫令那些怕得要死的小官员急急忙忙地为他筹军饷，边在醴陵招兵买马。他清楚只有把自己壮大，才有资本与何键讲条件。接着，他把我爹叫到跟前，令我爹迅速占据攸县，在攸县扩充军队。他说："去吧，你机灵点。"爹率三团赶到攸县，在攸县与"共匪"有一场不期而遇的遭遇战，爹对"机灵点"的理解是能不打就不打，就没急着进兵。红军也想保存实力，退走了。

爹领着三团七百多官兵开进攸县城，在攸县招了一百多富家子弟及富家子弟的亲戚为兵，大张旗鼓地建了个攸县子弟兵连。爹在攸县的富人口袋里搜刮了番，又把三团开到茶陵县境，茶陵离井冈山较近，早被"共匪"吃了几道，在茶陵就没捞多少油水，接着爹继续率部南下，威风地开进桂东县城。桂东也来过红军，县城街上到处是红军留下的标语，不是用石灰写在墙上就是用墨汁写在门上，洗都洗不掉。爹看着那些标语，看着一个个从他眼皮子下走过、穿得破烂不堪、肌黄寡瘦的人，想难怪中国人受外国列强欺负！桂东县地处罗霄山脉中，冬天就很冷，冰从屋檐上垂下来足有三尺，一些穷人没衣穿就背着破棉被，穿行于街上，脚和手都冻烂了。爹的官兵来了，桂东县党部的几个人就举着青天白日旗站在县党部前列队欢迎，拖来一头大肉猪，当众杀了，招待三团排长以上的军官。

爹也像赵师长样，迫令桂东县党部为他筹措军饷，把县里的头头脑脑扣押起来，用枪毙的话威吓小官吏，让小官吏去忙碌。一天，师部传令兵骑着快马赶来，冲爹一个军礼，说："师长有令，令何团长迅速赶到师部。"

爹的警卫牵来马，爹跨上他那匹剽悍的白马，随传令兵打马赶到师部，赵师长见我爹进来，把电文递给我爹看，边说："电令赵振武的第五师官兵火速赶往井冈山，参加'湘赣会剿'，否则军法从事，总司令蒋中正。"爹看眼电文，赵师长背得一字不差，"师长，怎么办？"赵师长虽然心结未解，怨气冲天，但整体上还是个顾全大局的军人，说："何键搬出蒋总司令，我们还能怎么办？！"

这一年的冬天在爹的记忆里特别寒冷，湘赣边界一派银装素裹，风里仿佛藏着刀子，刮得官兵的脸如刀割般痛。炊事班的兵要很费一番力气才能点燃那些硬得像铁棍样的干柴。地面又硬又滑，稍不留神就会摔跤，很多士兵都摔得鼻青脸肿。爹的兵走了三天，走到江西遂川县，师部机要员打马赶来时人都成了雪人，对着已冻僵的手哈气，等手指活泛点儿，才打开挎包，将电报掏出来递给我爹说："何键'剿共'总司令电令你三团暂归李文彬师长指挥，配合这次'湘赣会剿'。"爹看着鼻子都冻歪冻肿的师部机要员，"唔"了声。

师长李文彬是只狡猾的狐狸，他跟红军打过几场仗，晓得红军为求生存，打起仗来不要命，便令我爹的三团于公路两边的雪地上扎营，以免井冈山的"共匪"兵败时向南逃窜。爹接令，让三团官兵离遂川县城五十里的公路旁扎营和修筑工事。李文彬师有三个团，却让我爹的三团打头阵，爹最反感这种只考虑自己、自私自利的上司，对他的营长说："李文彬让我们团驻扎在山道口，要我们团与'共匪'死拼，你们听着，别把命都拚丢了，这里可没人给你收尸。"三个营长都明白我爹所指地答道："我们懂。"

这天晚上西北风凛冽，寺庙外的树木冰枝被冷飕飕的西北风刮得脆脆地响，仿佛是生铁敲打着窗户似的。爹的团部就设在庙里，这处破庙的门窗拦不住强劲的西北风。爹觉得冷，早早地缩在被子里取暖，正当爹迷迷糊糊进入梦乡时，忽然有几个人的脚步声向寺院逼近。爹在山野里行军打仗，人就有一种动物本能的敏感和警觉，便预感这几人是冲他来的，这么一想，瞌睡全无。爹叫声警卫，警卫是攸县招的新兵，十八岁，叫陈万山，块头很大，懂武术。爹对陈警卫说："把马灯点亮。"陈警卫点亮马灯，刚退出去，杂乱的脚步声就到了寺庙前，爹等着这些人来找他。爹的堂弟何刚连长率先进来，举手报告说："报告团长，有两个人自称是您的朋友，急着要见您。"爹有些迷惑，在这陌生的冰天雪地的湘赣边界，谁会是他的朋友？爹冷声道："让他们进来。"何刚连长忙对门外的陈警卫喊："放他们进来。"进来的是我大叔和我岳父。我大叔摘下厚厚的遮着耳朵的冬帽，露出瘦削的面孔和一对冻坏了的招风耳。爹不动声色地说："是你们。"

我大叔和我岳父都冻坏了，忙围着火盆坐下。陈警卫用拨火棍将炭火灰拨开，把新炭加上，交叉架着。爹看着我大叔，我大叔的脸在火光的映照下，透着红光。爹问："你怎么跑到这里来了？"我大叔拿眼睛瞟眼何刚连长和陈警卫。爹懂他的意思，对何刚连长和陈警卫说："你们都出去。"何刚连长和陈警卫离开后，我大叔才一脸讨好地露齿一笑，"哥，参加我们工农红军吧，我们红军需要你。"爹淡淡道："你们想活命就不要干红军了。"我岳父掏出一包烟，递支烟给我爹，爹看我岳父一眼，我岳父一张脸十分消瘦，但脸上却盛满友好，好像杯子里盛满了酒。我大叔看着我爹说："哥，我们红军里，像朱德、贺龙、彭德怀曾都是你们白军军官，现在不都是红军了？"我岳父插嘴道："我们红四军军长朱德，曾经是滇军的旅长，还有彭德怀，他也是团长，现在彭德怀是我们红五军军长。"

爹清楚我岳父的那些小伎俩，清楚我岳父是用军衔诱惑他！爹不是那种贪官的人，不喜欢我岳父，觉得我岳父说话不着边际，就粗暴地说："雁城，现在蒋总司令调集很多军队来剿你们，到处都是我们的军队，你们逃都没地方逃，如果你们不想死，就留在我这里，别干你们那不着边际的共产主义。"我岳父说："我们共产党人坚信革命一定会成功。"

很多年后，我岳父告诉我，他当时是红军里的一名营长，我大叔是营党代表。营长李雁城用一双极热情的眼睛盯着我爹，像他当年在长沙的街头巷尾假扮成教师、教育长沙街头的穷苦大众样教育我爹说："金山同志，国民党反动派不得人心，只有消灭了剥削的共产主义才是老百姓拥护的，你过来吧，我们工农红军欢迎你。"爹懒得听我岳父布道地望着他大弟，"蒋总司令这次下死决心要剿灭你们。金江，你留在我团里。"我大叔表情镇静地笑了下，把一双长满冻疮的手伸到炭火上烤，又对我岳父一笑，这才说："哥，你要是不愿革命，我们工农红军也不勉强你。我告诉你，还有半个时辰，我们工农红军第四军三个师一万多人将从你的营地过，我希望我们能相安无事。"爹很惊讶，红军不是在井冈山吗？怎么跑到这里来了？而且还要从他的营前过，这可是十分棘手的事。爹问："你们红军能不能不从我的防线过？"我岳父说："这里是必经之路。"我大叔把他那两只大脚抬到火盆上烤，他穿的是一双大布鞋，布鞋破烂了，大叔呲牙咧嘴地脱下两只脏兮兮的布袜子，两只大脚便裸露在我爹的眼皮下，两只脚的脚背和脚趾上生满冻疮，流着脓血。

我大叔把脚烤暖后，重新把脏兮兮的袜子和鞋子穿上，人又精神了，"哥，你不愿起义，那我们走了。"爹望着他大弟，他大弟脸上一脸的革命，还一脸的讥讽和冷漠，爹悲伤的感觉他们兄弟俩是走不到一起的。爹让何刚连长送他们走，边说："把一营长叫来。"

一营杨营长来了，杨营长是个身材高大的男人，也是长沙人，他的兵扎在路口两旁，爹把杨营长叫来，就是让一营的官兵失去指挥后什么都别干。爹见杨营长来了，又担心二营张营长会打，因为张营长和三营肖营长都有点逞能，爹又对陈警卫说："去，把二营长和三营长叫来。"爹觑着杨营长，点上支烟，想他刚才放他大弟和李雁城走是做对了还是做错了。脚步声在爹的耳畔响起，张营长和肖营长踏雪而来，一进门便拍打着衣上的雪花。爹让陈警卫拿酒来，"张营长、肖营长，天太冷，我们喝酒，散散寒。"张营长嘻嘻一笑，"我还以为是布置战斗任务呢。"爹看张营长一眼说："我叫你们来喝酒。"

　　酒喝到半夜，忽然就有尖锐的枪声刺破阴惨惨的寒夜，爹和肖营长、杨营长、张营长都惊讶地彼此相望。只有爹明白是怎么回事，爹装惊讶地对陈警卫说："你去看看是怎么回事。"陈警卫忙应声而去。又有枪声传来，一大片枪声。三个营长坐立不安地盯着我爹，爹不发命令，而是等陈警卫来报。陈警卫奔来，神色紧张地说："团长，有一支'共匪'经过。"爹装傻地鼓起眼睛说："'共匪'？去看看。"爹率三名营长走出团部，站在山岗上顶着西北风观看。这时是凌晨一点钟，确实有一支队伍从他们身下经过，脚步声很嘈杂，夹杂着枪声，以致寂静的山林热闹起来。杨营长问："团长，怎么办？"爹打个喷嚏，"你们回营布置，打，但不要出工事一步。"三个营长匆匆而去，爹回到庙里，让传令兵骑马去李文彬的师部报告，一阵马蹄声消失在枪声大作的雪夜里。

　　大半个小时后，传令兵带来李文彬师长的命令，命令三团官兵务必阻击"共匪"突破三团的防线。爹知道"共匪"这时走得差不多了，便说："传我的命令，令杨营长、张营长追击，三营殿后。"杨营长和张营长因得到命令，就追着红军的屁股打，不敢贴上去。红军还击，他们就趴下，等枪声静了，又起身继续追赶。天亮了，雪下大了，鹅毛大雪于山林里飘飘扬扬的，十米外这个世界就白茫茫一片。爹让杨营长停止追击，以免遭红军伏击。爹受赵师长的影响就不想卖命打，他的三团就这样不急不慢地追着，一直追到赣江边上，才与红军殿后的部队正式交火，但并没发生激战，一交火，爹命令官兵停止前进，等待援军。红军之所以在赣江边滞留这么久，是找船和等船渡江，在那个只有木船和小划子的年代，几千人不是一下子就能过江的。爹的三团趴在雪地上，冲殿后的红军开枪。待李文彬率部赶来时，红军都过江了，爹对李文彬师长轻描淡写地说："没有船，我们过不了江。"

　　李文彬查看了下战场，见只有五十多具红军尸体，就很生气，甩师长架子道："老子毙了你。"他拔出枪，爹可不想倒在赣军李文彬师长的枪下

167

当冤鬼，本能让爹迅速拔出枪指着李文彬师长。李文彬师长见我爹敢端着枪怒视他，忙喝令他的卫兵道："把他的枪卸了。"陈警卫拔出枪，一旁的何刚连长和肖营长也拔出枪，李文彬见状，为消除这种剑拔弩张的紧张局面，他把枪插进枪套，阴着脸说："何团长，你没尽职。"爹冷笑道："我三团官兵至少还赶到赣江边上，击毙了五十几个'共匪'，你的兵呢？你他妈尽职了？"李文彬师长被我爹这句话呛得咳起嗽来。

二十

在爹奉命打仗的那段时日里，爷爷和奶奶奋力操持着家，家里除了爷爷奶奶，就是三个女人和六个孩子，三个女人里，除了秋燕和张桂花，还有梨花。梨花又带着我岳父的儿子回了青山街。我岳父革命革得没了人影，梨花一个女人难以生存下去，二三十年代的沙河街，住着的都是些下等人，其中有的男人在梨花身为妓女时还睡过她，就欺负她，半夜里敲她的门，要睡她。梨花怕得要死，跑到青山街找我奶奶哭诉："雁城这个砍脑壳的，抛下我们母子不要了。"奶奶很同情她，见在她眼皮子底下出生的李文军衣裳破烂、肌黄寡瘦，一副可怜巴巴相，就同意梨花带着孩子搬回来，于是青山街的家成了孩子和女人们的天堂。

我三叔何金石还只十四岁就显出了威严。那年我大哥八岁，二哥四岁，我大叔的儿子何大金也三岁多了，正韬和大金与李文华的关系最好，三人整天在一起玩，形影不离。李文军只比我大哥大一岁，他俩很快就成了朋友。李文军也用桃树杈做副弹弓，俩孩子的书包里就备着弹弓，一放学就一路打鸟回家。除了爷爷，何金石便成了青山街三号的男子汉。何金石不屑于跟他的这几个侄儿玩，他来来去去都是一个人，进屋就把门一关，出门也不跟人打招呼。他的房间里经常飞出这样的声音："别闹！"那是制止侄儿们在他窗下吵吵嚷嚷地玩游戏。家里没有别的男人为孩子们撑腰，他的声音就很有威慑力，加上他那张目空一切又冷冰冰的面孔，胜武、李文军、李文华、正韬和大金便都怕他们这个叔叔。那双虎吊眼让我三叔不怒而威，盯一眼他们，他们心里就没底，不知道自己又错在哪里。只有家桃不怕这个叔叔，这是家桃才一岁半，是家里唯一的姑娘，就备受爷爷、奶奶和她妈宠爱，一双漂亮的眼睛睁得很大，不晓得她应该怕谁。奶奶私下对胜武、李文军、李文华、正韬和大金说："你们别招惹他，他是只老虎。"李文军和胜武就笑，胜武问奶奶："三叔怎么是老虎？"奶奶就吓爱闹的李文军和胜武说："奶奶生他时，看见一只老虎从窗户跳进来，他是老虎变的。"从此，李文军、胜武、李文华、正韬和大金就都不敢在三叔的窗前玩了。

我三叔那时在长郡中学上初中，喜欢数学，经常在草稿纸上演算习题，做不出就弄得一手和一脸的墨水，因为他爱咬着笔头思考，每当一道数学难题被他绞尽脑汁地解出来，他会情不自禁地一叫，"啊，我真是个天才。"天才何金石于学校的期末考试中又拿了数学一百分回来，还拿回家一张初中组跳高第一名的奖状。这个身高一米七十的瘦男孩，居然把跳高第一名的奖状拿回了家，且丝毫也没有炫耀意识地随手丢在桌上。秋燕替他抹桌子时小心地打开奖状，高兴地拿给奶奶看，"妈，你看。"奶奶捧着奖状对他孙子何胜武说："看见吗？你三叔了不起呢。"我大哥当时在湖南第一师范附属小学读二年级，不爱读书，只爱玩，他瞟一眼奖状，见三叔何金石去上厕所，就大声说："三叔，教我跳高吧？"何金石是外星人，根本就不理他侄儿的话，上完厕所，他又一头埋到桌上，大热天里关着门读数学课本，一个人面对一百道例题思考和计算，汗把他的背心和裤衩湿透了他也不觉得热。只要他在家，就没人敢高声说话，甚至爷爷和奶奶都是压低声音说话。他的目光那么严厉，那么不容辩驳，到后来就连爷爷奶奶走他门前过时步子都变得小心谨慎了，以免吵了这个活阎王。

这一年对于整个中国来说是个腥风血雨之年，空气中满是争斗的紧张气氛。这年五月，蒋、冯、阎中原大战爆发。西北军领袖冯玉祥和北方国民革命军总司令阎锡山，不满蒋介石执掌的南京政府，联合桂系首领李宗仁，通电全国讨伐蒋介石。于是战线东起山东，西至襄樊，南迄长沙，连绵数千里。身为湘赣"剿共"总司令的何键没有精力对付红军了，忙调兵遣将回长沙保卫省城，我爹接命率三团官兵从赣南回来了。

第三十五军军长何键，已成了湖南省主席，是民国政府在湖南的最高行政长官，他在官邸亲自接见赵振武师长和贺新武团长及我爹，并拍着我爹的肩，严肃着脸说："何团长，黄土岭、金盆岭就交给你了，要死守，不能让桂系打进长沙。"

爹回到长沙，家也不敢回就抓紧时间布防，让官兵们在黄土岭、金盆岭上筑工事、挖战壕。一切就绪后，爹才带着陈警卫打马回家。爹回家时，爷爷正将一条条腌制的腊肉放到老糠灶上熏烤，院子里一院子的烟。奶奶叫秋燕去开院子门，好让街上的风吹进来把烟刮跑。秋燕一开门，就见我爹跳下马，对她笑，秋燕以为这是幻觉，呆了。爹说："我回来了。"秋燕比以前白些了，也胖点了。爹走进院子，看见他爹妈，忙说："长沙要打大仗了，桂系要进攻长沙。"爷爷拿草纸揩手上的油说："又要打仗了？"爹答："要打仗了。"奶奶见我爹瘦了，说："你瘦了。"秋燕把刚满两岁不久的家桃拉到我爹身前，"快叫爹。"家桃腼腆地叫道："爹。"爹把家桃抱起，在家桃脸上亲了口，让女儿坐在他腿上。爹见一个人中上吊着鼻涕的孩子走过来仰望着他，便问："谁家的孩子？"秋燕说："你弟何金江的。"爹打量这孩子，感觉这孩子是像他大弟，鼻子像，眼睛也像，在爹的记忆里，他大弟童年时候不正是这样子吗？爹就对侄儿招手。何大金走拢去，爹把手放到大金的头上摸着。我二哥看见爹抱着妹妹，又摸大金的头，心里就有企盼，想索取一点父爱，因为他从出生到今天，还没被父亲抱过一次。他大着胆子走近爹，举着双他妈那样的眼睛望着爹，爹正犹豫是不是在这个儿子的脸上摸一下，秋燕却武断地把正韬拉开说："你爹不喜欢你，你走开。"

正韬哭了。爹心里顿时腾起一丝不快，喝道："没出息，不准哭。"张桂花赶过来，把哭得很伤心的正韬拉开了。爹的气其实不是对儿子发，爹可以嫌正韬，秋燕一嫌，爹就觉得走了味，好像坛子里的剁辣椒，进了空气，变酸了。爹不是那种把话挂在嘴里说的人，爹没说什么。张桂花把正韬安慰好后，折回来问我爹："大少爷，我雁军呢？"爹脸色一沉，但他决定不告诉张桂花，免得一家人为此哀伤。爹说："雁军的二团不跟我们一起。"张桂花那张河南女人的脸上就飘浮着失望。梨花从作坊里走来，手上油渍渍的，脸上却充满笑。爹对梨花说："我在遂川看见了雁城。"梨花骂道："这个砍脑壳的。"爹想就是这个"砍脑壳的"，把他大弟拉进了与国民革命军为敌的红军队伍。

中午时，何胜武背着书包回家，手上拎着几只死麻雀。爹盯着他，"你这是从哪里回来？"何胜武看眼爹说："从学校回来。"爹瞥着他手中的麻雀问："从学校回来，你手里怎么拿着麻雀？"何胜武把麻雀一丢，"路上打的。"李文军滞后一步进来，也背着书包，爹愣愣地看着他问："你们是同学？"奶奶在一旁答："他是你梨花嫂子和雁城的孩子。"

爹赶回团部时，团指挥所里坐着三个军官：贺团长、龙团长和杨副团长，团参谋长和杨营长在一旁陪着。爹看见龙团长和杨福全副团长，高兴地哈哈大笑。龙团长和杨副团长受伤后就一直在医院养伤，何键扩军，把龙团长和杨副团长扩到他的新编师里，让龙团长仍当团长，让杨福全仍当副团长。第五师回来保卫长沙，龙团长和杨副团长就赶来看老朋友，俩人先拜访赵师长和贺团长，这才转来找我爹玩。龙团长胖了圈，阔嘴更大了，他笑嘻嘻地拍下我爹的肩，一脸色情地宣布说："走走走，喝花酒去，我给你们接风。"爹回答："我刚在家里吃了饭。"从死亡线上活转来的杨福全，变活跃和开朗了，从前他脸上似乎还有点假正经，现在一张脸全是下流相了，故意歪戴着军帽，一边耳根上夹支烟，手里还点着支烟。他大笑着说："走吧走吧何团长，现在不在一个师，难得聚在一起了。"

爹就跟着贺团长、龙团长和杨副团长，打马向市区奔去。龙团长把我爹和贺团长领到充斥着妓女的碧湘街，下马，立即就有七八个妓女拥上来，个个脸上充满热情泛滥的媚笑。龙团长真是个超级色狼，体内的雄性荷尔蒙一定多得用不完，他一手搂一个，边往青楼里走，边浪笑道："你们想我了吧？"两名妓女夸张道："哟，想死我了。"龙团长哈哈直笑，一个屁股上抓一把，抓得两名妓女故作娇羞地扭腰摆臀，却跟他一样，满脸快活。杨副团长的相好也跑过来，一过来就把杨福全的脖子搂住，在杨福全的左脸上按了个唇印，快乐道："今天你是我的，可不许玩别的姑娘。"杨福全一百个快乐道："好好好，今天看我日死你。"他说着，在妓女的乳房上捏了把，妓女嘻笑着打他的手，他却把妓女抱起，妓女不愿意他当众掐她的屁股，就咬他的耳朵，痛得杨福全大叫，烟从他耳背上掉了下来。妓女却狂热地在他额头上猛亲一口，还用火热的舌头舔了下他的鼻子。杨福全又大笑，对贺团长说："贺团长，这里的姑娘个个好，热情得同开水一样烫人。"

一妓女跑来箍着贺新武的胳膊，贺新武就顺手摸下姑娘的脸蛋，姑娘将香喷喷的脸蛋一扬，脸上洋溢着天真和快乐。贺新武对我爹道："多嫩的姑娘，豆腐做的样。"爹的胳膊也迅速被一妓女箍住，这妓女十六七岁，一双小眼睛，脸打得粉白，嘴涂得鲜红。一行人步入酒楼，围着一张圆桌入座。妓女握着我爹粗糙的手，把我爹想象成她的儿子说："乖乖，你是我的宝贝。"爹笑笑，把目光放到龙团长、贺团长和杨副团长身上，妓女们都坐到了他们腿上，他们搂着妓女，妓女们咯咯笑着。龙团长见我爹拘谨，就鼓着两只金鱼眼睛批评我爹："何团长，及时行乐吧，要知道我们这些人是随时可能丢命的。"爹没动。龙团长就瞧不起我爹，批评我爹说："何金山，你别的都好，就是放不开，这是我不喜欢你的地方。"他继续道："在平江'剿匪'老子身负重伤的时候，老子不骗你，老子看见自己的魂魄从老子身上离开，跟着死神走到了草地上。"贺新武说："我也看见过死神，就是那次在汨罗与吴军打仗的先一天晚上，我从师指挥所出来，走上山坡，月光下，一个全身白的人突然站在我面前，我呆了，再一看，又没人。第二天我就负了重伤，差点死了。"贺团长又一脸对事不对人的样子说："我们活着，能玩就玩，免得到了阎王爷那里，阎王爷问你在阳世快活么？你答不上话，阎王爷觉得你太窝囊，一不高兴，不把你打入十八层地狱了？"

一桌人哈哈大笑。酒摆好了，菜上来了，陪爹喝花酒的妓女就要跟我爹喝交杯酒，她娇艳地对我爹说："军爷，我俩喝一杯交杯酒呀。"爹不是一个放得开的人，是那种古板、严肃、冷静和很有克制能力的军人，在公开场合爹更是把自己的情感绷得紧紧的，也不是为了谁，天生是这种脾性，上天给的。爹说："你自己喝。"妓女有意见了，"哟，军爷是不喜欢我呀？"爹含糊道："我不喝交杯酒的。"龙团长又批评我爹道："你太拘谨了，人家姑娘发出喝交杯酒的邀请，你还拒绝？你这是拒绝给谁看啊何团长？"爹出入这样的场合很少，虽然也知道及时行乐的人生道理，但他那拘泥的性格却不许他放开手脚。爹说："你们玩，我陪你们坐坐。"龙团长来火了，瞪一眼我爹，"你又不是孔夫子的弟子，装什么圣人？你不喝这杯酒，我就对你有意见。"爹不在乎龙团长生气道："你喜欢怎么干是你的事，不要强迫我。"龙团长一个哈哈打给我爹，更加看不起我爹了。他大嘴一咧，对那个妓女说："那我们不管他了。来，小爱人，他不跟你交杯，我跟你交杯。"

姑娘起身，走过去与龙团长交杯。贺新武拍下我爹的肩说："兄弟们来玩，就要放开胆子玩，桂系一打来，我们谁能活着还不知道呢。"爹不说话，很想起身走人。另一年龄大点的妓女见我爹成单，马上坐到我爹身旁，一张粉白的脸上浮着媚笑，"军爷，我陪你喝酒。"爹摇手，龙团长就对那妓女讥笑我爹说："他还是朵红花呢，看你能不能把他逗发。"那妓女一听龙团长这话，脸上大放异彩，"哟，看来军爷是第一次来玩呀？难怪像个雄姑娘。"

酒吃到一半，龙团长率先抱着水蛇腰的妓女进了房间，门在他们的眼里"嘭"的一声关了。陪贺新武喝酒的妓女嘻嘻笑，贺团长问："进去吧，我们？"妓女说："可以呀。"贺新武就把那妓女搂起，往肩上一搭，妓女的头就到了贺团长的腰上，妓女尖叫，贺团长却哈哈大笑。妓女挺直腰，指着门楣上写着"翠柳"的房间说："我是这间。"贺团长就推开门，抱着妓女进了房。杨副团长望着我爹，陪我爹坐着的妓女伸手在我爹脸上摸了把，爹对杨副团长说："你去玩，不要管我。"杨副团长的妓女热烈起来，索性趴开腿坐到杨副团长的腿上，在杨副团长的脸上猛亲一口，杨副团长就一脸淫邪地在妓女的奶子上抓了把，妓女被他生硬的手指捏疼了，一叫，打了他的手一下。杨福全笑着对陪我爹的妓女说："我们这位军爷第一次来，你要热情才行，带军爷进房吧，你。"这妓女年龄大、脸皮厚，对付我爹这种放不开手脚的男人颇有经验，就起身拉我爹的手，把我爹的手放到她饱满的乳房上，爹突然感觉到一阵溜滑的软和及温暖，妓女嗲声说："军爷，走呀，我帮你消消火。"

妓女使出浑身力气拖我爹，爹就勉强起身，随那妓女进了房。房间里一张床，一个梳妆台，妓女把我爹拉到床边坐下，在我爹脸上亲了口。爹有些手足无措，妓女一屁股坐到我爹腿上，搂住我爹的脖子，用湿糯糯的舌头舔我爹的嘴。爹赶紧抹下嘴，把妓女留在他嘴边的口水抹掉，说："我怕脏。"妓女最忌讳男人说她脏，恼了，啪地一耳光掴在我爹脸上，一边从我爹身上移开，指着门说："你滚。"爹的脸被妓女抽那一耳光时划破了，一道血印子留在爹的脸皮上，那是妓女的指甲刮的。爹火道："你干吗打人？"那妓女用恶毒的话骂道："你个没睾丸的男人，滚吧。"爹懒得同妓女计较，起身，拉开门刚要走出去，却听见妓女说："你这假男人，八成连鸡巴都没有！"爹被妓女激怒了，先是被她打，接着又被她咒骂，爹重新把门关上，把妓女抱到铺着草席的床上。妓女冷冷地看着我爹，爹又犹豫了。妓女霍地坐起身，把衣服脱光，又把花裙子脱下，轻视地冲我爹拍下她的阴部说：

"你有鸡巴就操我呀。"妓女的乳房又大又白，但有些松弛，睡下时乳房就向两边塌下许多；细腰、宽臀，两条白白的腿。爹那迷茫的目光忽然亮了，被眼前这具裸体刺激得浑身发颤。

爹把妓女按在床上，很疯狂地干着，床和妓女一并发出尖叫声，这把隔壁的淫邪的龙团长逗得兴奋极了。他丢下妓女，穿上短裤，来不及穿衣服地跑来，用肩撞开门，于是他看见我爹正干着女人。龙团长大笑道："你行吧，我还以为你他妈阳痿呢。"爹愤怒道："出去，你。"爹跳下床，一拳打在龙团长脸上。龙团长恼怒道："老子请你来玩，你还打老子？！"爹把龙团长朝门外推，龙团长不愿出门，爹就猛推。龙团长疯起来没边，把赤身裸体的我爹拖到门外，门外已聚集了很多嫖客和妓女，一个个觉得有趣地伸长脖子看。贺新武和杨福全听见龙团长吼叫，不知发生了什么事地穿上衣裤奔出来，见是龙团长吵我爹，两人笑得两张脸山花烂漫的。爹一脚把龙团长踹开，奋力把门关了，龙团长忙用脚踢门，爹用肩顶着，边让妓女把裤子丢给他，妓女嘻嘻笑，不急不慢地穿着衣裤。爹说："快把裤子给老子。"妓女穿上衣服，又把裙子穿上，这才把爹的裤子丢给我爹。

爹一边用背努力抵着门，一边穿裤子。龙团长仍在奋力踢门，叫骂道："你这杂种开门，你这杂种给老子开门。"爹把裤子搂起，扣皮带时人就移开了，龙团长再抬脚用力踹门，门开了，龙团长的身体失去平衡，跌倒在地。恼羞成怒的龙团长爬起身，一拳打在我爹脸上，还伸手掐我爹的脖子。爹猛踢龙团长肚子一脚，把他踢倒，抱着衣服奔出了妓院。

二十一

六月初的一天，长沙枪声大作，桂系军队在李宗仁和白崇禧的率领下猛攻长沙，炮声隆隆，市内的街道和房屋颤抖不已，砖瓦和炮弹横飞。学校停课了，街上闭市了，一片惊慌和哗然，人们纷纷往家里跑。奶奶关了南门口腊味店的门，和张桂花一起跑回家，一进门就嚷道："吓死我了。"第二个回来的是爷爷，爷爷拖着一板车猪肉，飞奔而回，把板车拖进院子大门说："街上乱糟糟的，桂军正猛攻长沙，大炮从天上落下来，炸死了很多人。"第三个回家的是何金石，他把书包丢下，对奶奶说："妈，又打仗了，学校让我们回家。"

胜武和李文军没回家，两孩子躲在街角看打仗，子弹从他们头顶飞来飞去，发出尖利的声音。但他们不知道怕，李文军反而说："几好玩啊。"看见桂军冲到街上，跪着向国军开枪，国军拼命还击，子弹打在双方的工事上，溅起不少尘土。两个孩子都瞪大眼睛，子弹、炮弹在他们眼前横飞，声音尖尖的，又隆隆的，十分震耳。炮弹把他们眼前的一栋两层楼房都震垮了，腾起的灰尘好半天才散去。直到国军败退，战斗结束，枪声变得零星了，两个孩子才昂起肮脏的面孔，爬起身，去捡还很烫手的子弹壳。街上没一个老百姓，走动的全是桂军官兵，桂军官兵瞪着他们，有个士兵甚至都举起枪冲他们射击，但没打中他俩，却着实吓得两个孩子一跳，慌忙奔回家。何胜武对奶奶说："奶奶，我们差点被打死了。"奶奶从来舍不得戳孙儿一个指头，那天却甩了孙儿一耳光，"不要命了你们！"梨花也十分凶地踹了李文军一脚，骂："你个狗屎的！"何胜武挨了奶奶的耳光反而笑。李文军却瞪着他妈问："你打我干什么？"梨花又捆李文军一耳光，骂道："打你是要你长记性！"爷爷笑着，觉得这两个孩子十分勇敢，说："梨花，孩子也跟大人样有自尊心，打多了就没自尊心了。"奶奶批评孙子说："胜武，你要是有个三长两短，奶奶怎么对得起你死去的妈！"一只花鸟飞到葡萄藤上，在葡萄枝上叫，何胜武忙从书包里掏出弹弓和石子，一拉弹弓，石子击在花鸟上，噗，花鸟一头栽在地上，死了。奶奶说："这孩子，天生的好眼法！"

爹所在的五师坚守长沙城南，桂军从西北两处地方打进了长沙，何键的三十五军主力并没在长沙，守城北和城西的是他的三个新团，那些新兵在枪炮声中乱作一团，龙团长整天都在醉生梦死的花柳巷里鬼混，在妓女们身上研究人生，很少训练新兵，他的兵当然就没战斗力。桂军从城北涌来，一阵炮轰，他的同他一样懒散的官兵就乱了方寸，如马蜂样飞散了。龙团长狂怒地一连枪毙三个弃枪逃跑的新兵，但是没用，那些新兵仍四处乱窜，成了桂军的靶子。西边，桂军的炮舰开来了，对着岸边一阵炮轰，把守江边的官兵打得弃地而逃。桂军从湘江上岸，打龙团长的屁股，龙团长腹背受敌，就败下阵来。我爹所在的五师就拥着省府的官员撤到洞井铺一带，在距长沙十几公里的洞井铺一带驻防。

桂军打下长沙后，在长沙作威作福了十多天，到处抢劫，一枪托打在行人的头上，将人打晕，掠走他人的钱财。那十多天，桂军不准长沙人随便走动，天天戒严。或者三五成群地冲进看上去有钱的市民家，一枪托把走上来说理的主人打昏，恶鬼样地翻箱倒柜，把女人的耳环扯下来，把手镯拉掉，拉不下就勒令女人往自己的手腕揩肥皂，再使劲拔。桂军官兵大肆搜刮钱财，弄得老百姓谈桂军色变，说桂军比当年张敬尧的安徽兵还凶恶，于是家家户户都用桌子柜子堵着门。学校停了课，商铺也紧闭门窗，街上除了荷枪实弹的说一口广西话的桂军和奔驰的战马，就没人走动。爷爷每天坐在院子里，用一根粗壮的木头顶着门，不准任何人出去。何金石想到街上看眼究竟，被爷爷喝斥了。张桂花想到街上买几把小菜，往脸上搽了点锅煤烟子，提着菜篮就要出门。奶奶大声道："桂花，菜没吃大家吃光饭都行，不要出去！"张桂花就没敢出门。全家人都坐在院子里，彼此看着，或把郁闷的目光投到葡萄藤上，葡萄藤上已结满绿葡萄，有的葡萄开始泛红了。李文军、胜武、正韬、李文华和大金及家桃，天天望着葡萄，盼着葡萄快点熟。

十多天后枪声又一次大作，由远而近，十分激烈。炮弹再次在街巷里隆隆响着，有一发炮弹呼啸着飞来，落在青山街的民宅上，炸死了那一家人，把整条青山街炸得晃悠了半个时辰。后来听说，那是军舰上开来的炮。蒋介石派钱大钧的教导三师和五十三师来增援，军舰一开炮，不但把驻守码头的桂军打得抱头鼠窜，还炸毁很多民房和炸死了很多老百姓。爹所在的五师打头阵，端着枪朝前冲。两军从长沙城外打起，直打到城内，爹指挥三团官兵打到南门口，与桂军在学院街展开激烈的巷战。一颗手榴弹从一处屋顶上扔来，陈警卫忙扑倒我爹，手榴弹在距他们几米远处爆炸，轰隆一声响。爹爬起身，见陈警卫一脸的血，忙问："你不要紧吧？"陈警卫才发觉自己负了伤，一摸，发现自己的左耳朵只剩了一小片。有五处楼房的窗口架着机枪，机枪子弹打得地上尘土飞溅，爹的官兵无法前进。爹对肖营长说："肖胡子，让你的兵包抄到后面去。"

肖营长带着三营官兵向一旁的几幢房屋移动。爹又命令杨营长集中火力打敌人的机枪手，支援三营官兵从后面包抄桂军。三营官兵包抄到这几幢楼房前，就朝楼房里扔手榴弹。三连长张小江天生就是个掷砖头手法很准的人，他自诩少年时玩跪碑游戏从没输过，那种土游戏就是拿砖头掷立在前面几米远的砖头，砸倒了，你就赢了。手榴弹也就是砖头的重量，只见他扔出的手榴弹飞进架着机枪的窗口，爆炸声和火光即刻冲天而起，跟着几挺机枪相继哑了。杨营长的一营官兵朝前猛冲，边射击阻挡他们冲锋的桂军。城内激战了七个小时，桂军终于抵挡不住国军的疯狂进攻，弃下长沙，朝衡阳方向撤了。

军政长官何应钦犒劳三军，在火宫殿宴请团长以上的军官，爹和贺新武随赵师长一并赴宴。贺新武团长用手肘捅下我爹，说："他可是个大官。"爹知道贺新武是指何应钦，就点头，想他从军十年，如今还只是个团长，便觉得自己很没出息。吃过饭，师以上的军官还得留下来，爹和贺新武团长就辞别赵师长，骑马并行。贺新武说："这些当大官的，你说转背还会记得我们吗？"爹说："应该不记得。"贺新武瞧一眼碧蓝的天空，又看一眼破烂的街道，设想道："除非我们能留给他特别的印象。"爹说："除非你救过他的命。"街上的行人都仰望着他们，贺新武说："何键主席不会赏识我们，因为我们是赵师长的部下。"爹见一个穿浅蓝布衣的女子望着他笑，爹没想起这张女子的脸是谁，就回头看贺团长，以为那女子是对贺团长笑，贺新武的目光却落在远处，又感叹道："我们赵师长不像何键会阿谀奉承。"爹打量着这条刚经过战火洗礼的街，千疮百孔的，一些人正在整饬门窗，或用墙灰补墙上的弹痕。两人骑着马走到南门口，爹与贺新武分手，打马向青山街奔去。

爹告诉爷爷、奶奶和秋燕说："桂军被我们打跑了。"爹把马牵到后院，回到堂屋坐下，家桃就把她娇小的身体靠了过来。爹把女儿抱到膝头上，摸着女儿的脸蛋。六月的太阳照在葡萄藤上，有很多葡萄都熟了。爹起身，摘下几串熟葡萄，秋燕忙拿去洗净，爹吃着葡萄，也叫女儿吃葡萄。正韬和大金从街上回来，爹把葡萄给两个孩子，边望一眼秋燕，秋燕的目光却落在正韬脸上。待两个孩子走开，爹的目光追随着二儿子，脸上有几分内疚，低声说："正韬这孩子一生下来，他妈就死了。"秋燕不懂意思地望着我爹，爹是觉得自己不应该把恨嫁接到正韬身上，又说："直到今天，我这心才算平静下来，你不知道他妈死的时候我有多恨他。"秋燕绷着脸说："谁都恨。"爹没听明白秋燕说这话的意思，摇下头。

七月底，红军来了，进攻长沙。接连热了十几天，没下雨，天天一个太阳，长沙的气温就升到了摄氏四十二度。爷爷和奶奶都不想动，秋燕因过于劳累，闭了痧，奶奶和张桂花把秋燕放到床上，掀开秋燕的衬衣，喷一口水到背上，奶奶就在秋燕的脖子上扯痧，扯痧扯得秋燕的背上呈现两道深深的紫红。秋燕缓过一口气来，睡了一个小时，又爬起床做事。奶奶就感动，说秋燕是好女人。晚上，一家人坐在葡萄架下乘凉，地上洒了水，天上满天星星，可以看见银河在深蓝的天上浮游。胜武、正韬、大金和李文军、李文华都坐在竹铺上，一边仰望天空一边说笑，笑声嫩嫩的，从院墙上甩出去，逗得街上的狗叫。梨花、张桂花和秋燕也分别坐在竹铺上，竹铺下湿湿的，那是为降温洒的井水。家里只有一个人不怕热，就是长着双虎吊眼的何金石，这家伙把马灯拧得很亮，打着赤膊，趴在桌前痴迷地解数学题，身上流下的汗把裤头都打湿了。奶奶对胜武和李文军说："你们啊，都要像你们金石叔叔学习，整天就知道拿弹弓打麻雀，要你们做作业就跟要你们的命一样。"胜武懒得听奶奶叨唠说："奶奶，我们学习了的。"梨花突然尖声说："李文军，做作业去。"李文军回答他母亲："我做了作业。"何金石在他房间里大声颁布道："不要说话。"

大家刚刚闭嘴，看着幽蓝的天空，忽然枪炮声大作，密集的枪炮声似乎离青山街不远。奶奶忙跑去关院门，以免战火烧到家里来。何金石没法做数学题了，他走出房间，谁也不搭理地走到院子门前，把耳朵贴到门缝上，表情严肃地听枪声。我大哥说："三叔，我今天回家的路上，听街上的人说红军要进攻长沙。"何金石拉开门闩，奶奶阻挡他出去说："金石，你不要命了？"何金石回到房里，又趴在桌上解数学题。正韬、李文华和大金三个孩子却在院子里捉蛐蛐。他们手上拿着马钉或起子，侧着耳朵听蛐蛐叫。院子里确实有蛐蛐，在砖缝里或葡萄藤下。战争似乎离他们很远，李文华提着马钉，于枪声停息的空隙里，趴在砖缝前细听，要大金和正韬别出声。张桂花骂儿子，要李文华上床睡觉。奶奶说："还是孩子们好，枪炮声即使在门外响，他们还是玩他们的。"

有人敲门，咚咚咚，把一家人敲得心惊肉跳。爷爷望一眼奶奶，奶奶也看爷爷，又看一眼秋燕和张桂花、梨花及孩子们，孩子们被这种紧张气氛感染了，也都望着门。门继续咚咚咚响，门外开口道："爹，我是金林。"一家人都听到久违了的何金林的声音，奶奶忙对她最爱使唤的张桂花说："快去开门。"张桂花大步奔去，脚把地上的一只蛐蛐罐踢飞了，她儿子心痛地叫道："妈，你把我的蛐蛐踢飞了。"张桂花没理儿子，将门闩拉开，

180

何金林一身灰衣服地进来，身后跟着个剪短发的身材娇小的女人。何金林叫声"妈"，又叫声"爹"，他身旁的女人笑眯眯地望着我奶奶，用常德话叫了声："妈。"又用常德话叫了声："爹。"爷爷和奶奶都被叫懵了，搞不懂这是怎么回事。

这女人二十岁模样，个头不高，长一张黑黑的俊俏的瓜子脸，一双月牙眼弯弯的，两片嘴唇上挂着两撇迷人的笑。我二叔说："她叫邓姣月，常德人，是我未婚妻。"奶奶笑道："你坐，秋燕，快去泡杯茶。"秋燕便起身泡茶。何金石的房门开了，走出来看他哥。何金林瞧着何金石说："嚯，金石长这么高了？"何金石腼腆的样子一笑，何金林掉头对他未婚妻说："这是我弟何金石。"常德女人邓姣月忙对何金石抿嘴一笑，"金石你好。"

奶奶想仔细地打量她钟爱的儿子，就让张桂花提来马灯，张桂花把自己房里的马灯和挂在厨房里的马灯都拎来了，秋燕也把她房里的马灯拎来，堂屋顿时很亮堂，奶奶就在三盏马灯的光线下打量她三儿子。何金林这几年在外面干红军把身板干得很结实，不像个大学生，而像街上的体力劳动者了。他的脸也黑黑的，脸上棱角分明，他的厚嘴唇闭拢时显得刚毅，家族式的长下巴昂起时却呈现几分冷峻和傲慢。他穿着灰布军装，头上戴顶灰布军帽，军帽上钉颗红布五星；腰间扎根很宽的皮带，皮带上别着牛皮枪套，枪套里插着手枪。他一脸笑着说："妈、爹，我只是回来看一下，马上要走。"奶奶拉着儿子的手说："今天你们就不要走了，今晚你们就在家睡。"何金林说："我只能坐一个小时，我们红军有严明的纪律，我是红军里的知识分子，还是营党代表，不能带头破坏纪律。"

常德女人邓姣月也用羞涩的声音说："妈，我们只是回来看您和爹，等下真的要走。"何金林让张桂花和秋燕把马灯提开，"照得我好热的。"一家人就笑，何金林在笑声中问何金石："金石，读书成绩怎么样？"何金石回答他哥："还好。"何金林说："把书读好，将来好为我们建设共产主义。"

身为中学生的何金石当然也听说了共产主义，他问："三哥，你觉得共产主义真的会来吗？"何金林说："等我们消灭了国民党反动派，不就可以建共产主义了？"何金石挠挠头皮，盯着他哥问："我二哥呢？"奶奶也说："金林，金江呢？"何金林说："我跟二哥不在一起，二哥和雁城哥在另一支红军部队。"奶奶指着李文军和李文华说："这是李雁城的儿子，这是李雁军的儿子。"又指着何大金说："他是你二哥的儿子，大金叫二叔。"大金就叫了二叔。何金林在何大金的脑袋上摸了把，喝了杯开水，问："大哥还好吧？"爷爷答："他还好。"何金林迟缓片刻，这才说："爹，你要大哥不要干国民党，那是不会有好下场的。"爷爷摸摸自己的头，"他现在是团长。"何金林一脸郑重道："我们师长要我来奉劝大哥起义。"奶奶不同意道："都跑去干红军，谁来管这个家？你就别劝你大哥起义了。"

有枪声传来，在远处，何金林支起耳朵听了听，起身要走。爷爷奶奶都知道儿子的翅膀硬了，留这个红军儿子不住，就起身相送。何金林脸上很自信地对他爹妈说："妈，等我们红军胜利了，我再回来看你们。"爷爷和奶奶把儿子和这个未过门的儿媳妇送到街的拐角处，看着他们的背影消失在黑乎乎的街上。天上有颗椭圆的月亮，照着这座炽热的城市。爷爷说："孩子们都大了，都各有主意。我们老了。"奶奶说："老什么啊？离老还早呢，家里一般孩子，都丢给我们管，还不能老啊。"

那天半夜，起了风，一家人就陆续回房间睡觉。次日一早，太阳还只露出一缕曙光，又有枪声响起，枪声穿过宁谧的晨曦，将整座城市的市民都唤醒了。有脚步声在街上奔跑，枪声一时紧密，一时稀薄，风把火药味吹得四散。我三叔走到葡萄架下，仰头看着惨淡的天空，东边有一抹淡红，还不足以让整个天空明亮。又有枪声从远处传来，很激烈。奶奶拉开门查看，见何金石站在晨光下。何金石偏着头，满脸思考地问奶奶："妈，你说国民党和共产党，到底谁能赢得中国？"奶奶一听儿子这么说，便明白这个儿子也长大了，再看儿子的脸，人中上长胡子了。奶奶担心起来，马上制止儿子想这些事说:"金石,妈指望你养老呢,你可别干这些事。"我三叔不屑地淡淡一笑,"您别指望我。"奶奶瞪大眼睛看着儿子,我三叔丢下奶奶,折回房。奶奶愣在葡萄架下,愣在晨光中。秋燕起床,穿着薄薄的绿碎花布衣裳,忙着去厨房烧火煮饭。枪声又在远处大作,奶奶对从厕所里走出来的爷爷说:"这年月,战争就没断过。"张桂花和梨花也相继起床,跟着,孩子们都起床了,个个眼屎巴巴地走到院子里,只听见胜武对李文军说:"一打仗,我们今天就不要上课了。"

稀饭上桌了,还有咸菜和奶奶做的腐乳,一家人围着桌子吃过早餐。何金石背起书包,拉开门闩,人就走了出去。奶奶追出去问:"你去哪里?"何金石头也不回地答:"去学校上课。"街上静悄悄的,只有何金石一个孤单的身影匆匆而行。对门韩家的男人探头张望,胜武、正韬、大金、李文军和李文华都拥到门外,东看西看,伸腰踢腿,好像几只放出窝的小狗。奶奶喝斥他们道:"都给我进去。"五个男孩子见奶奶满脸怒气,就不敢造次地退回院子,在院子里玩蛐蛐打架。中午时,爹和陈警卫来了,爹说:"红军退走了。"奶奶关心的是金林,问:"你看见金林吗?"爹答:"没看见。"胜武和李文军走拢去摸爹骑的马,感觉马身上汗淋淋的。陈警卫对我大哥和李文军笑,我大哥要骑马,爹对他儿子说:"看你的书去。"爹把他两岁的女儿抱起,"家桃,你可是爹的宝贝。"

桂系被国军打退,红军又被国军赶出长沙,长沙就又恢复了平静。人们缓过一口气,又开始整饬被战争毁坏的房屋。家里的腊味生意也逐渐兴旺了。爷爷每天一早去屠宰场拖来猪肉,奶奶、梨花、张桂花和秋燕就忙着将猪肉洗干净,切成条状,先用盐腌,接着就熏制。这年冬天,来了批新兵,爹把很忠于他的何刚升为营长,让何刚训练新兵营。爹两头住,军营和家,有天下雪,何金石的同学打把伞走来,送成绩单给家长,爹看到何金石的数学考试成绩一百分,就对何金石说:"要得,家里可以出一个数学家了。"

二十二

我三叔何金石原本想当一名数学家，因为他的数学头脑发达，数学成绩一直在班上名列前茅，但那只是他少年时的梦想，他注定要把自己的一生奉献给战争。我三叔是那种性格刚烈、想到什么就一定要做的青年，还在少年时候，在他身上就体现出对什么事情都很执着和很有顽强意志的一面，他什么都要赢，跳远、跳高都可以拿全校第一，这一切很自然地让他赢得了老师和一些同学的尊重。在学校里，他在同学中威望最高，说一句话就会有人听和响应，不单是他的数学成绩好，还因为他那双虎吊眼里射出的目光是不容置疑的。他说"走"，一大群男同学就会跟着他而去；他说"那有什么好玩的"，就没有几个男生跟着某男生提议的事情而动。我三叔身上的凝聚力和领导才能，在学校里甚至都超过了当年在明德中学敢于与赵恒惕的军警抗衡、因而赢得众多同学拥戴的我二叔。"九一八"事件爆发前，我聪明、高傲的三叔，心整个在学习上，"九一八"之后，我三叔就再也不愿坐在教室里读书了，"国都要亡了，还读什么书？"这就是我三叔对奶奶说的话。

那年七月，整个湖南境内大雨滂沱，连续二十天大雨下个不停，湖南的四条大河湘、资、沅、澧都发了疯，水猛涨，遍及五十多个县市。又跟当年皖系军队占据长沙时相仿，河上到处漂着尸体，人的尸体和动物的尸体在水上飘浮，都漂到街上了。那年月国家穷，政府又都拿着钱去购买外国人的军火和养军队，就没人疏理河道或修防洪大堤，几乎年年都要发一次大水，只是这一年的大水发得特别厉害，于是长沙城也变成了浑浊的水域。青山街都淹了，爷爷奶奶们只好收拾细软，搬到妙高峰上暂住。妙高峰上搭着很多棚，大家将就着挤在一起，竹铺啊门板啊塑料布啊摊在地上，拿衣服做枕头，就那么窝囊地睡着。

孩子们兴奋得要死，又可以不上学了，就天天跑到街上看大水，看大人坐在小划子里，于水中打捞一具具人或动物的腐尸或其它物件，一边惊呼。不到天黑，胜武、李文军和正韬、李文华及大金人影都没一个，急得他们的母亲嗓子都喊破，等找到他们，就有拳头或耳光的亲密接触。张桂花说："玩玩玩，整天就知道玩。"李文华挣扎着从她母亲的手中跑开，问他母亲："你打什么人？"梨花打李文军道："这么大的水还去玩，怎么不淹死你！"李文军就用力推搡他妈，气愤地跑开。奶奶找到我大哥、二哥，手中的竹尺就劈下来，打在我大哥脸上，我大哥叫道："哎哟——"奶奶说："你个狗东西！"

好不容易大水退了，爷爷奶奶才带着一家人回青山街打扫着大水带来的脏物，待把一个家、一条街、一座城市匆匆清理干净，人们刚刚喘口气，"九一八"事件爆发了。日本军队突然攻占沈阳，不到一个星期，辽宁、吉林两省几乎都被日本军队占领。我三叔愤怒不已，脸上起了锅粑，拳头捏得绷紧的。他没想到日本军队竟敢如此明目张胆地侵略中国！他气得再也读不进书了，读书是为建设国家而读，国亡了，读书还有什么意义？！他号召同学们跟他一起，举着标语，高呼"打倒日本帝国主义"的口号，在街上愤怒地游行。

过了几天，这个从来不懂音乐和艺术、简直是五音不全的何金石，居然在学校组织的讲演队里扮演日本人，端着杉木做的木头枪——为使木头枪逼真，还涂了黑漆，对中国同胞开枪，扮演中国同胞的同学在他嘴里发出的枪声中纷纷倒下，惹得一些愤慨的妇女脱下鞋子朝他脸上掷来，不到一分钟，舞台上就落下十几只新旧不一的绣花鞋。又过几天，他嫌演老百姓的同学演得不够好，又扮演老百姓。他临时找到一个叫化子，强行买下叫化子那身破烂不堪的衣服，还摘下叫化子戴的脏帽子，又走进教务处，偷了瓶红墨水，跟着演讲队来到黄兴路上，演戏给路过的市民看。他演得很逼真,倒地时红墨水被他偷偷泼在身上和地上,弄得演出场上血湖血海的。这给了市民强大的刺激,一些市民就跟着学生高呼"打倒日本帝国主义"。何金石自己却惹了一身虱子,奶奶把他引进理发店剪了个光头,回到家,叫他拿爷爷的剃须刀,自己刮了阴毛和腋毛。奶奶又和秋燕一齐动手,把他的衣裤、被子、垫毯放到锅里沸煮,待奶奶忙完这一切,何金石已不见了。

就是那天,我三叔何金石被警察抓了。他领着他那班同学,跟着众多愤怒的市民,一起冲进商店寻找日货,见日货就砸,还把阻止他们砸日货的店老板打得跪在地上求饶。警察闻讯赶来制止,我三叔却挺身而出,用他那颗光头抵着枪口说:"你们不去打日本侵略军,那就朝我开枪吧——你们。"警察见这光头少年如此不把他们放在眼里,就毫不客气地把这个疯子抓进警察局。奶奶刚和秋燕把煮得滚烫的被子挂到太阳下晒,就见几个学生跑来说:"何伯妈,何金石被警察抓了。"奶奶衣服也没来得及换,紧随那几个学生匆匆赶到警察局说:"我来领我儿子何金石。"警察问:"何金石是你儿子?他蛮凶的。"奶奶说:"我何金石本来好好的,一听说日本军队侵占了东三省,他就疯了。"警察说:"日本军队侵占东三省,民国政府会想办法,他一个学生跑到街上闹什么闹?!"

警察把何金石带来,何金石阴着脸,谁也不理,警察要他写保证,保证从此不再上街闹事。何金石硬着脖子说:"不写。"警察冷笑道:"那你就别想走出警察局这张门。"何金石愤怒地盯着那警察,"日本侵略军侵略我们中国,我们学生声援东北三省的老百姓,错在哪里了?"那警察道:"你们不在学校好好读书,跑到街上寻衅闹事,这就是错。"奶奶焦急地看着儿子说:"金石你写啊。"何金石不屑地瞥一眼奶奶说:"我不写。"那警察见我三叔嘴这么硬,火了,一拍桌子道:"我看你能硬多久!不关你几天不晓得厉害!"

何金石因不肯写那份保证书，被警察局关了一个月，后来是学校老师出面交涉，交涉不成就联名写信给省主席何键，何键才命令放人。何金石出来时人瘦了一圈，十几斤肉丢在警察局的黑屋子里了。但他也有收获，他在警察局里结识了一些反日情绪相当强烈的年轻人，他们放出来后就跑来找何金石。他们脸上有胡子，穿着肮脏的工作服，握着的拳头都比何金石的大。他们走进青山街三号，大大咧咧地问秋燕或奶奶："请问何金石是不是住这里？"用不着秋燕和奶奶回答，何金石会迅速从他的房间走出来，笑着将他们迎进他的房间。有时候，他会留他们吃饭，有时候他却跟他们出去。他们成立了"湖南反日救国会"，何金石成了"反日救国会"里不多的几名中学生。他们要求民国政府奋起反击，为此组织了更大规模的游行示威，示威的队伍走到何键的省政府前，站在省政府前怒吼。警察局的人赶来，驱赶他们，何金石又像当年他的三哥何金林样，挺身而出，厉声道："为什么不准我们示威？"警察说："你们扰乱了社会秩序。"何金石觉得社会秩序没有他们的抗日热情重要，"日本帝国主义都打到家里来了，为什么不予还击？中国人就那么好欺负？"

警察见何金石睁圆眼睛瞪着他，好像他就是日本侵略军，便给了何金石的脑门一警棒，"这就是还击！"何金石愤怒极了，朝着那警察的脸上吐了口痰，那警察没想到他竟敢当众唾他口水，跳起来，又在何金石的头上狠敲一棒，怒骂道："你怕是想死了？！"这一棒下手很重，何金石一歪，栽在地上，血从他的头顶流出来，像一条鲜红的小溪。他的同学，还有救国会的工人都愤怒了，冲向警察，一场无法控制的械斗便在省政府前展开了。

何金石醒来时躺在医院里，不光是他躺着，还有救国会的其他一些人和他的五个同学。他们说："太可恶了，这是什么政府？只晓得欺负手无寸铁的老百姓！"何金石刚想说话，只觉得浑身剧痛。在斗殴中，他被好几只大脚踩了，肋骨被踩断两根，肱骨也踩裂了，还有腓骨踩碎了。他在医院躺了四个月，四个月里除了奶奶和秋燕时常送饭给他吃，救国会的人也天天来看他，勉励他与病体斗争。一天，一个喜欢他的救国会的女青年拿来一份《大公报》，报纸上刊登了"一·二八"淞沪抗战爆发，中国第十九路军第七十八师第一五六旅顽强抗击日军进攻，阻挡了日军企图侵占上海的阴谋。这让何金石深深觉得出了口恶气，他一掌拍在报纸上，报纸被他拍了个洞，"太好了，我要去打侵略军。"奶奶那天在病房里，腊梅花就在窗外开放，天空阴沉沉的，有一种药味儿在病房里飘来荡去。奶奶预感这个儿子又会像她的另外三个儿子样去打仗，忙不安地叫道："你不要去，你还小，把身体养好，回校读书，打日本侵略军是你大哥们的事。"

何金石觉得他妈太小看他了，便很凶地横他妈一眼，说："妈，打日本侵略军是每个中国人的事。"奶奶深感绝望地看着这个儿子，对送饭来的秋燕说："男孩子有什么好养的？长大了没一个心里有妈。"秋燕的肚子里又有了孩子，她把篮子放下，"金石，你又惹你妈生气了？"何金石问她："有红烧肉没有？我想吃红烧肉。"

何金石吃过秋燕送来的饭菜，再下床时就直接走出医院，去了救国会。救国会里有很多年轻人，都是长沙这片热土上长大的青年，大家坐在一起兴奋地讨论着，想象日本侵略军在十九路军的还击中抱头鼠窜的情形。我三叔突然提议道："救国会的同志们，我们去上海参加十九路军去？"一时人都哑了，没有人响应他，只有一个年龄比他大两岁的女青年回答说："我跟你去。"这个女青年就是拿《大公报》给他看的女青年，十八岁，是周兰女子中学的大龄女生，她用一双火辣辣的眼睛瞟着何金石，大家都注意到她的眼神了，那目光里充满爱，就笑。她脸红了，问其他人："打日本侵略军，你们不去？"有几个青年说去，另一些青年却说："恐怕我爹妈不会让我去。"何金石很感失望，想原来救国会里这些年轻哥哥的热情都是假的，并没有几个青年像他一样是满腔热情的真爱国，他立即蔑视那些只会喊口号的青年说："你们不去我去，我要参加十九路军，打日本人。"

奶奶不准他去上海，奶奶把手背放到他额头上，试探他的体温，"你疯了？我没钱给你去上海。"院子里的腊梅花开得很奔放，一朵朵于寒风中黄灿灿的。北风把冻雨带来了，冻雨打在腊梅上，但一朵朵梅花仍然挺立在冻雨中。何金石摘下一枝梅花，放到鼻前嗅了下，将那枝梅花顺手给我大姐，他吹声口哨，伞也不打就走了。奶奶追上他说："你去哪里？"他回答："我去上海。"他去找我爹，爹的三团驻扎在黄土岭，他说："大哥，带领你的团去打日本侵略军吧？"爹看着他三弟，三弟瘦了，脸苍白的，但一张苍白的脸上却有很多憧憬，目光火一样烫人；头发上落了很多雪籽，一些雪籽正在融化，鬓角和刘海就湿漉漉的。

爹把三弟头发上的雪籽打掉，粗声说："我是军人，上面不下命令，我们不能动的。"何金石对他哥很不满意，批评哥说："日本侵略军占领了东三省，现在又进攻上海，你还有闲心坐在这里喝茶？"爹瞥一眼比他小整整十五岁的三弟，"军人要接到命令才能动。"何金石是个热血沸腾的青年，睁着两只虎吊眼说："军人更不应该熟视无睹啊。"爹不愿意听三弟说一些不谙世故的话，问他："你还有事吗？"何金石知道自己说不动大哥，想了下说："大哥，借十块光洋给我。"

何金石拿了十块光洋，就去动员他的同学奔赴上海抗击日军，有五个男生愿意前往。何金石就像他爷爷当年率领何家山的乡勇们奔赴河北抗击八国联军一般，率领五个男同学和那个追随他的大龄女生去了上海，他们紧握着手，用他们的拳头打着从北方奔来的冷空气，说他们要拯救中国于水火。他们赶到上海时，淞沪大战早已平息，第十九路军的全体官兵撤得连影子都没有了。何金石很感失望，对他的同学说："总不能白跑一趟，这太对不住路费了。"他毫不犹豫地带领他们加入上海工人和学生组织的坚决抵制日货的反日大游行，并激愤地冲进日本人在上海开的店铺，砸玻璃、砸柜台，把日货一件件地从店铺里丢出去，活活就是几个湖南暴徒。上海人很是惊愕，不知道这几个湖南人怎么如此野蛮，还以为他们是混在游行队伍里想趁火打劫的小瘪三。警察赶来了，那是洋警察，印度人，头上扎着头巾，肩上扛着长枪。他们逮住了举着一把椅子砸橱窗玻璃，还把一捆日本绸缎扔在地上猛踩的何金石。他们用枪指着何金石的头，用半通不通的中国话说："动一下就—打—死—你。"何金石想抢枪，可是另一支步枪的保险拴拉响了，枪管抵着他的太阳穴。

何金石被上海巡捕房的洋警察抓走了，与一些刑事犯罪分子关在一起，这一关就关了整整一年。我爹曾只身去上海赎他，把军官证给巡捕房的洋警察看，巡捕房的洋警察根本看不起中国军官，他们把我爹的军官证退给我爹，说"NO"，就粗暴地把我爹揎出巡捕房。爹在上海运作了几天，到处托人，但没用，洋警察不在乎爹托的那些人。爹在小旅社住了半个月，带去的一千块光洋花得精光，却一无所获。爹懊恼地回到长沙，对奶奶说："妈，我发现上海人都是骗子，拿钱不办事。"

爹回来，去向赵师长报到，师长赵振武脸上没有笑容，有的是一大堆乌云。何键将派他的第五师去湘赣剿"共匪"，蒋介石在中国受日本人侵略的危难时刻，一再强调"攘外必先安内"。报纸上已做了大量这方面的宣传。赵振武师长苦着脸说："讲句老实话，我宁可在打日本人时战死，也不想跑到山沟沟里打共产党。"赵师长因为长期被何键压制，也不是当年那个充满志向的赵振武了，人胖了，体积大了，志向却随着年龄的增长逐渐消亡了。赵师长喝着闷酒，一张脸忧国忧民的，对我爹和贺团长说："你们回家与家人告个别吧。"

爹回到家，看着秋燕说："我这次去打仗，不晓得什么时候能回来，你生的是儿子，就叫'文兵'，生的是女儿，就叫'秀梅'吧。"秋燕脸上的孕妇斑很多，手肿了，腿也肿了，笑得很灿烂地说："我希望是个儿子，我想要个儿子。"爹把目光放到秋燕的手上，见秋燕的手十分粗糙，就有些心痛她。吃晚饭时，一家人都很沉闷。胜武、李文军、正韬、李文华和何大金这五个男孩倒是很活跃，我大姐说话声音嫩嫩的尖尖的还亮亮的，爹就特别钟爱地看着她，把菜夹到她碗里，说："你要多吃点，吃得多才能长到你哥哥那么高。"家桃就大口吃。胜武说："爹，你是去打日本人吗？"爹皱下眉头，说："大人干的事你不要问。"

胜武这年读小学四年级，剪了个锅铲头，受他三叔的影响，更爱好体育运动，有两条修长的会跑的腿，也像他三叔当年一样，跑百米径赛拿了年级第一名。奖状被奶奶果断地贴在堂屋的正墙上，每天吃饭时全家人都能看见何胜武的荣耀。爹又看眼何正韬，我二哥这年六岁，一张脸圆圆的，却羞涩、腼腆，一遇见爹的目光就紧张，这让爹想起他的第一个女人。爹觉得自己关心这个儿子最少，便对正韬说："爹要出远门，你要听爷爷奶奶的话。"正韬看一眼爹答："我会听。"爹觉得正韬看上去还像一只没学会飞的吱吱叫的雏鸟，没有他哥童年时候那么强健、顽皮和霸道。爹把内疚和担忧的目光放到秋燕脸上，提醒说："秋燕，吃饭时，你要正韬多吃点，现在正是孩子长身体的时候。"

吃过晚饭，爹坐在葡萄藤下。大姐爬到爹的腿上，独霸着爹。爹给她梳理头发。四月的葡萄枝上已结满小葡萄，天上还有一抹余光，爹在这片余光中打量着葡萄说："今年的葡萄一定会多。"爹又折过头看着桃树，桃树上结了许多绿色的小桃子，爹说："桃子也结了很多。"爷爷也仰头看着桃枝说："这桃树上结的桃子不好吃，何家山村的桃树结的桃子才好吃。"秋燕也仰望着桃树上的桃子说："爸，到时我让侄儿送一筐何家山的桃子来。"爷爷说："好啊，我出钱买。"天渐渐暗了，星星呈现在上苍，梨花点亮马灯，探出头对儿子说："文军，快进屋做作业。"爹也对胜武说："把作业做了早点睡觉。"胜武嘟着嘴进了房，正韬、李文华和何大金也分别起身走进一间房玩，我大姐觉得再霸占着爹没意思，就跑去看几个哥哥玩。院子里只剩了爹和爷爷奶奶。九点钟，奶奶吆喝孙子们睡觉，爹也走进房间躺下，秋燕说："你整天在外面忙，不是打仗就是练兵，什么时候才能脱下这身衣服啊?"爹淡淡道:"你问我我问谁? 我也想脱下这身军服,可现在要脱也脱不了,临阵脱逃,那是要上军事法庭的。"秋燕担心地望着他说:"你去打仗,我这心就噗咚噗咚的,睡觉净做噩梦。"爹就把她搂到怀里,"等我打完这一仗,我就不干了。"

二十三

　　爹一走,家里除了爷爷,最大的男人就是我大哥何胜武,何胜武在学校里是个讲点小霸道的顽皮男孩,经常把别的孩子打哭。于是就有大人牵着孩子来我家找奶奶告状。奶奶很生气,因为这超出了她的意料,便说:"胜武,你又打别人,奶奶今天要用针扎你的手。"何胜武就跑开,"又不是我要跟他打架。"奶奶拿起尺就追着何胜武打,何胜武的一双腿在学校里跑百米竞赛拿过第一名,奶奶又怎能追上? 他跑出院子,跑到门外狡辩说:"我又没把他的脸打肿,是他自己绊肿的。"奶奶喝道:"你回来。"何胜武却跑得更远了。

　　有天,何胜武在学校里打了同学,那同学的母亲牵着儿子来告状,那同学的眼睛被何胜武一拳打出血了,来时眼睛还是肿的。何胜武晓得这个祸闯大了,不等奶奶发威,转身跑了。奶奶想这个孙儿可比他三叔顽皮多了,不整治他那还得了,就发力追赶,可是追了几十米,就自甘落后地停住步,尖叫道:"看我不打死你!"何胜武不敢回家,快十点钟了,整个长沙都安静了,只有蛐蛐在阴沟或墙壁缝里叫了,何胜武仍没回家。奶奶心慌起来,就和爷爷分头去找,找到十一点钟仍没找到。十二点钟,一家人都睡了,何胜武却自己回来了,敲门声把本来就没睡着的奶奶唤起床。奶奶拉开门,说:"这次奶奶不打你,你自己好好认识打人的错误。"何胜武警惕和戒备地从奶奶身边溜开,走进自己的房间栓了门。一早他起床,奶奶发现他一脸脏脏，便生气道："你这孩子，脏得跟山上的野猫样。"何胜武洗把脸，坐到桌前吃着馒头和稀饭，奶奶望着他，觉得自己有责任地说："是奶奶把你惯坏了。"

六月里一个阴霾霾的日子，我二姐何秀梅出生了，生下来七市斤六两，哭声嫩嫩的尖尖的，把玻璃都划破了，就听见哐当一声，一块窗玻璃掉了下来，碎在地上。奶奶抱着孙女对走近来看的张桂花说："桂花，你看，像金山呢。"张桂花觑了眼说："是像。"奶奶把小孙女抱给走过来的何正韬和李文华看，说："你们添了个小妹妹。"何正韬和李文华都看这个小妹妹一眼，转身就去玩蛐蛐。地上有几只罐子，罐子里装着他们捉的蛐蛐。何正韬和李文华蹲在地上，看着蛐蛐打架。张桂花觉得儿子太爱玩了，说："文华，你读书了，作业就没看见你写过一个字，一天到晚只晓得玩蛐蛐，我要把你的蛐蛐罐子丢了。"

对门韩家，有个八岁的男孩常坐在门槛上吹竹笛，这让何正韬很羡慕。何正韬说："奶奶，你跟我买支笛子吧，我要学吹竹笛。"张桂花听见了，就表扬何正韬进步了，说："吹笛子比玩蛐蛐好。"第二天她去街上买菜，顺便买支竹笛回来，我二哥何正韬便拿着那支竹笛，走进韩家，找那个男孩学吹竹笛。何正韬于这年秋天，与大金一起背着书包，跟着李文军、何胜武和李文华走进了一师附小，一双稚嫩的眼睛瞪着老师，开始接受人生的启蒙教育。一天，何正韬和何大金放学，等着比他们高一年级的李文华，李文华一走出教室，便对大金和正韬说："我们捉蛐蛐去。"

三个人就往一师里面的后山坡走去。后山上有许多草和灌木，灌木中藏着蛇。李文华耳朵尖，听见蛐蛐叫，马上对正韬和大金说："你们别动。"他蹲下身细听，接着他抬起脚往前探，想不发出声音地朝前移动。一条蝮蛇见李文华竟敢闯入它的领地，就咬了李文华的脚脖子一口。李文华叫声"哎哟"，那条蝮蛇嗖地游走了。何正韬看见了，尖叫道："是蛇。"李文华看自己的脚脖子，脚脖子上呈现两个蛇牙咬的小洞，有血涌出来。李文华说：

"有点痛。"没走几步路,李文华的脚脖子开始肿了,颜色也变了。李文华说:"我脚好痛的。"正韬说:"那我背你走。"李文华比正韬个子大,往正韬背上一压,正韬立即感到自己不行,就对大金说:"大金,快回家告诉张婶婶,说李文华被蛇咬了。"大金背着书包朝前奔去,正韬背着李文华艰难地走着,走得汗流浃背的。大金在回家的路上碰见李文军和何胜武,两人忙跟着大金奔来,何胜武把李文华背到背上,一路小跑,累了就把李文华移到李文军背上,李文军又背着李文华朝前跑。几个孩子跑回青山街,正碰上奶奶和张桂花,奶奶让李文军把李文华放下,见李文华的脚脖子有两个牙咬的眼,李文华的嘴唇开始变干变白,且目光涣散。奶奶知道这很严重,忙对赶来的梨花说:"梨花,快去诊所叫医生来。"

街口上有个诊所,医生是个胖胖的老男人,梨花把医生叫来。医生一来就举起一双大手挤李文华的脚脖子,李文华叫"痛痛痛",医生说:"蛇咬最痛了,你忍着点。"医生挤出一些乌血,又让张桂花打来一盆清水,医生边为李文华清洗伤口,边说:"危险呵,这弄不好会死人的。"医生清洗完李文华的脚脖子,这才给伤口上药。又让李文华张开嘴,医生把一颗黑丸子塞进李文华的嘴,李文华吞下了黑丸子。奶奶严厉地瞪着几个孩子说:"再也不要去草丛和灌木林里钻了,你们听见吗?"正韬和大金忙点头。奶奶问医生,医生说:"这药是专治蛇毒的,蛇毒很厉害,晚一两个时辰,蛇毒破坏了神经系统,人就没救了。"医生走后,奶奶把李文华、何正韬和何大金养的一只只蛐蛐罐全丢了,"谁再捉蛐蛐,奶奶要打人。"

冬天提前一个月来了,好像是何胜武求来的。一天晚上,几个孩子站在院子里看流星,何胜武说"老天爷,我想下雪了"。几天后就真的下雪了,白天短了,夜晚拉长了。长沙的冬天,不到下午六点钟,天就黑了。立冬的那天晚上,奶奶梦见何金石一脸的血,梦见何金石叫她说"妈,上海好冷的"。奶奶于梦里醒来,看着夜空,北风把窗玻璃吹得叮咛咛响,葡萄枝于寒风中抽打着窗玻璃,单调而猛烈。今年的冬天是冷得比往年早,这使得奶奶更加睡不着。那天深夜又下雪了,无声无息地下到早晨,奶奶正准备出门,雪又下起来,这好死了李文华、何正韬和何大金。三个孩子从学校回来,放下书包就搓雪球打雪仗,李文华掷出的雪球把奶奶房间的窗玻璃打碎了,喧脆一声,奶奶冲出来,见三个小家伙都不敢面对她,奶奶把冲到脑门上的火气压了下去,"都给我进屋写作业去。"

雪下了一天,第二天雪仍飘飘扬扬,院子里的积雪有半尺厚,一踩上去就是一个深深的雪窝。李文军和何胜武,两个大点的孩子一人手中一把铲子,把雪一铲一铲地堆起来,堆得都有大人那么高了。李文华、何正韬和何大金,三个小点的孩子兴奋地在雪地上打半边月,边帮助李文军和何胜武做雪人。雪人立在门前,雪人手上还横了根竹篙,犹如卫士。接着,五个孩子一努力,又立了个雪人,这雪人小一点,眼睛瞪着门。那一年的冬天,一个太阳都没出,不是下雪,就是阴天,好像要出太阳了,天色亮些了,可是不一会却下起了冻雨,地上就结冰,路上滑倒的人此起彼伏。梨花端着碗蛋汤,从后院走来,一不小心,人和钵子一起摔在地上,钵子摔碎了倒也罢了,梨花把脸摔肿了,门牙也摔断一颗,一张脸就左边比右边圆,这让一家人都忍不住要笑。有天,李文军实在忍不住,吃饭时当众笑出声,梨花就骂儿子:"你个毒良心,妈摔成这样,你还笑。"奶奶看着孙子们玩雪,心却飞到了何金石身上。奶奶坚决地说:"不行,我得去上海,把何金石的棉袄送去。"

我奶奶是个身体力行的女人,她穿上套鞋,打把油布伞,踏着厚厚的雪,一脚高一脚低地出了门。她想找辆人力车,但人力车夫都躲雪躲到了家里,街上就空空的,凄凉得除了横飞的大雪,连一个行人都没有。奶奶步行到火车站,打掉雪花,车站里除了她,一个人都没有。奶奶买了张两天后的火车票。两天后,她大包小包地上路了,一个人坐火车到武汉,再坐船到南京,再从南京坐汽车到上海,路上竟花了半个多月。我奶奶杨桂花穿着厚厚的蓝印花布棉袄，走在上海的大街上，看着灯红酒绿的大上海，看着一个个衣着时髦的漂亮女士从她身边走过，竟觉得自己有点土。但奶奶是那种目标明确的女人，一有目标就直朝目标奔去，她当然找到了巡捕房。巡捕房的洋警察根本不让我奶奶进门，用枪把她拦在门外。奶奶十分生气，想自己千里迢迢而来，竟不让她看一眼儿子，这世界怎么这么不讲理？天黑下来后，奶奶横了心地把被子铺在巡捕房的台阶上睡觉。巡捕房的洋警察要赶奶奶走，奶奶尖叫道："你们把我儿子给我，我就走。"

巡捕房里也有中国人，是翻译，翻译问了我奶奶一系列问题，又把奶奶的要求翻译给洋警察听，洋警察比我奶奶还愤怒，认为中国妇女不但不懂法，还蛮不讲理，威胁要把我奶奶抓进去蹲监狱。奶奶听翻译这么说，高兴得要死，"那正好，我可以见到我儿子了。"洋警察哇哇叫着，奶奶忙收拾着东西准备跟洋警察进监狱，翻译拉奶奶的衣襟一把，"大婶子，您别傻啊，您去找上海的反日救国会吧，让他们想想办法。"

翻译把我奶奶带到反日救国会，把我奶奶的情况反映给上海反日救国会的人，救国会的人很感动，都同情我奶奶，于是安排我奶奶在救国会的烧水房住下，说："您放心，我们会帮您救回您儿子。"那年上海的冬天比长沙还冷，奶奶的手和脚还有脸在来上海的那些天里全冻烂了。烧水房里有一张床，是工人睡的，奶奶来了，工人就回家睡了。奶奶在上海反日救国会住了半个月，天天帮上海救国会的人做事，一早就起床，不到天完全黑下来，她就不回烧水房。奶奶不是个爱吃白食的人，每过一天，她就用指甲在墙上划一道，便于以后计算房费，划到第十四杠，那天半夜，教堂的钟声响了，那雄浑的当当当的声音把奶奶于梦中唤醒，奶奶还以为自己是在长沙，稍一想，才想起自己仍在上海。

早晨，烧开水的工人来了，奶奶盯着烧开水的工人问："师傅，昨夜那个尖顶屋当当当地是怎么回事？"烧开水的看窗外一眼，"那是教堂，昨天是阳历年十二月三十一日，今天是阳历年一月一日，是洋人过年。"奶奶明白了，"这么说，今天是新年了？"

就是这天，日军攻打山海关的榆关，榆关守军拼力还击，但无法抵挡日军的猛烈炮火，激战三天，中国守军伤亡过半，被迫撤退，山海关被日军野蛮的占领了。这再次引起中国老百姓的强烈愤慨，上海反日救国会的人组织了规模宏大的游行。奶奶从不参与政治的，也气愤地跟着上海救国会的人走在游行的队伍里高呼救国救民的口号。救国会的人跟巡捕房交涉，要求巡捕房释放去年抓进去的那些于反日救国运动中有过激行为的中国人。巡捕房的洋警察不同意，但救国会的人天天声势浩大地在巡捕房前吵闹，身着蓝印花布棉袄的我奶奶总是站在最前列，用没有几个人能听懂的湖南话大骂日本人，还指着洋警察骂他们欺负中国人。奶奶用湖南话骂道："你们缺德呢，太缺德了，总有一天会遭雷打的，你们这些砍脑壳的！"巡捕房的洋警察瞪着这个湖南来的中年妇女，问她："你说什么？"奶奶道："你们这些砍脑壳的，看到我们中国好欺负就跑来欺负我们中国，总有一天会遭雷打的！"洋警察看着我奶奶，奶奶就用手势告诉洋警察道："轰隆一声，一个雷把你打死了。"那个能听懂湖南话的上海救国会的人马上说："大婶您说得好。"

巡捕房的洋警察见我奶奶指手画脚地叫骂，就把我奶奶抓进巡捕房。奶奶一点也不畏惧，脸上一脸湖南女人的骄傲和勇敢。洋警察叫上翻译来审问我奶奶，奶奶倔强地瞧着洋警察，脸上很不客气地冷笑。洋警察问了句话，翻译说："你是哪里人？怎么在巡捕房前带头闹事？"奶奶说："我是中国人，我只知道这是中国上海！"翻译把奶奶的话译成英文，洋警察又说了句，翻译又译道："你为什么在巡捕房前叫骂？"奶奶说："我儿子被你们巡捕房关了快一年了，我来要回我儿子。"翻译把我奶奶的话译给洋警察听，洋警察让翻译问："你儿子叫什么名字？"奶奶说："我儿子叫何金石。"洋警察就翻卷宗，当然就翻到在押人员何金石的名字，洋警察让翻译告诉我奶奶，何金石是刑事犯罪，不能轻易放人。奶奶大怒道："何金石不是刑事犯罪，他是在销毁日货时被你们洋警察抓的！日本军队犯的罪更大，在上海杀中国人，在山海关杀中国人，你们怎么不去抓日本人？"翻译没把我奶奶的话译完，洋警察就用一句半通不通的中国话说："岂有此理。"洋警察觉得审问我奶奶这样的中国妇女，等于是对牛弹琴，就起身对翻译说："把这个中国妇女赶走。"

奶奶一走出巡捕房便受到上海救国会的人士热烈欢迎。奶奶仍走在游行队伍的最前列，跟着救国会的群众大呼口号。巡捕房的洋警察于这天傍晚放了一批人出来，我三叔何金石也在其中。奶奶看见儿子瘦成皮包骨，眼睛都红了，"儿子，你受苦了啊。"何金石拒绝母亲抱他，闪开道："妈，我一身虱子呢。"奶奶说："那你去洗个澡。"我三叔洗了澡、理了发，人又精神了，昂起一张尖瘦、苍白、略长了些黑胡子的脸，英俊极了，目光却深邃了，"妈，日本侵略军都占领热河了，热河曾经是我们皇帝避暑的地方，中国人真的要当亡国奴了。"奶奶见儿子的心仍寄放在国家存亡上，便说："你还小，这是大人考虑的事。"何金石睁着一双愤慨的虎吊眼望着他母亲，"妈，日本人怎么可以在中国如此强横无理？"奶奶说："还不是中国好欺负。"何金石道："妈，儿子要让中国不好欺负。"

我三叔何金石变成熟了，那个羞涩、武断和自诩自己是数学天才的少年何金石，成了个沉默无语的用自己的思想考虑问题的男人，一年的牢狱生活，彻底改变了他未来的方向！他不再相信民国政府有能力改变一切，也不信奉读书救国这条路了。回到家，他整天把自己关在房里，不是看书而是抱头思考。有同学知道他回来了来找他，他很冷淡地接待同学，说话东一句西一句，有一句没一句，同学们起身走，他也不送，显得一点也不懂礼貌。湖南反日救国会的人得知他回来了也来找他，让他参加救国会的活动，他一概拒绝，说他已经厌倦了上街游行。他每天晚上九点钟睡觉，上午九点钟起床，睡完十二个小时，吃过早饭，一个人去湘江边看别人钓鱼，瞧着湘江发呆。这样郁郁寡合地过了三个月，谁也不敢说他，就连爷爷奶奶也只是睁着眼睛看着这个儿子独来独往。

五月里的一天上午，邮差背着个绿油油的挎包，站在院子门口拍着门说："青山街三号有挂号信。"这是青山街三号从古至今收到的第一封信！信是上海寄来的，寄给何金石。"何金石，请你签个名。"邮差大声叫嚷。何金石正坐在堂屋里吃稀饭，就放下碗，在邮差的记录本上签下大名。信是何金石在上海蹲洋监狱时的一个牢友写给他的，牢友是复旦大学的大学生，是上海的一名中共地下党，地下党用毛笔小楷在信中说："民国政府太黑暗了，江西瑞金有一个红色的苏维埃革命政权，也只有这个政权才是中国人民唯一的希望。去吧，何金石同志！当你接到这封挂号信时，我已和几个革命志士从上海出发了，我们决定去瑞金，希望数日后能在瑞金见到你。"何金石把这封信读了三遍，他拿着这封信去联系同学，让他们也读这封信。这些读信的同学里，有三个同学是跟他一并在上海砸日本人的商店时被巡捕房的洋警察抓进监狱的，三个人都比他先半年放出来。三个同学里只有一个同学愿意跟他前往瑞金，这个同学说："何金石，我跟你一起去。"

另外两个同学读完信，不动声色地将信退还给何金石，其中一个同学脸色灰暗地说："金石，我不相信共产主义。"何金石愤恨地说："我不相信国民党，国民党政府太无能了。"另一个同学蹲监狱蹲怕了，抱歉地说："我准备在家里跟我父亲做五金生意。"何金石不甘心道："难道你愿意当亡国奴？"那同学苦笑一声说："我们这些人连小萝卜头都不是，大人物都愿意当亡国奴，我们不当也得当啊。"我三叔听了这话后断然说："我真后悔把你当朋友，从此我们断交。"那同学回他一句："我祝你好运。"何金石昂着头走了。第二天一早，奶奶和张桂花去了吉祥腊味店，爷爷拖着板车去屠宰场买肉，秋燕和梨花在作坊里熏制腊肉。何金石留张便条于桌上，拎个布包，一出门就快步而去，从此再也没有回来。

二十四

　　三月是湘赣大地上春暖花开的日子，这样的日子，农民们即将春耕，大地上鸟儿的叫声十分欢快，因为冬眠的昆虫，在某个阳光灿烂的日子里醒了，整理下翅膀，试着起飞了。一天，爹懒懒地起床，走出住所，站在一株槐树前，看着一串串槐花于山风中摇曳，泛出迷人的白光。爹想，春天多好啊。这天，爹所在的五师的全体官兵奉命拦截"共匪"，有一股"共匪"将从江西安远县五师的营地突围。五师师长赵振武接到"剿匪"总司令蒋介石的命令，命令他绝不能放走一名"共匪"，否则军法从事。赵振武师长对他的两个团长贺新武和我爹喃喃道："看来我们得战死沙场了。"赵师长说这话时，天光下，脸上有一抹黑晕，爹感觉这是一种不祥的色泽，心就一紧。贺新武团长却道："不怕，生死有命。"

　　爹可不想像他大弟和蔡和平样战死在这山沟沟里，让腐烂的遗体被蚂蚁和蛆虫一点点地啃食掉。五个月前，爹亲手掩埋了他大弟和蔡和平的尸体。那是一场围攻歼灭战，他们五师包围了一支打阻击的红军队伍，这支红军队伍完成任务后曾于第二天拂晓想突围，但没有突出五师的包围圈，反而被国军官兵分割成几块，一一吃了。最后，有一支红军队伍打得很顽强，被我爹的三团官兵逼到一处山坡上，包围圈越缩越小，那支红军队伍利用那栋坚固的石头房子拼死抵抗，打了一天也不愿投降。三团的官兵把这处石头房子围堵住，多次冲锋，又多次被打退。红军有两挺机枪，还有十几支步枪，构成很强的火力，三团的官兵一冲锋，红军的机枪就朝三团的官兵扫射。打到第二天中午，三团的官兵仍毫无办法，因炮弹早已打光，而这处石头建筑又特别坚固。正在爹束手无策之际，一支赣军从此处过，有两门山炮，爹亲自上前与赣军交涉，赣军就架好山炮，对着红军坚守的石头房子一顿猛轰,将石头房子炸毁了。爹率领三团官兵猛冲上去,想抓个活口,结果发现他大弟何金江躺在轰毁的房子里,一身的血,脑袋被弹片削开,淌着血,胸部被坍塌的屋梁压着,一双奇特的大脚冲着天,穿着黑布鞋,两只鞋子的鞋面被脚趾顶破,分别露出两枚肮脏的趾甲已开裂的脚趾。

石头房子里还有十三具尸体,其中有具尸体是戴眼镜的蔡和平,蔡和平的胸部被弹片削开一个大洞,那颗心脏挣脱束缚,跳了出来。还有的尸体,手脚都分了家。爹面对自己大弟的尸体十分难过,对走上来的何刚营长说:"我们把他抬出来。"何刚营长不敢问,忙和我爹搬开压在尸体上的屋梁,把尸体抬出炸毁的石头屋。爹四处搜索,见不远处的山腰上有个坑,便和何刚营长抬起尸体,放进那个坑。爹觉得把他大弟一个人埋在这荒凉的山坡上太孤单了,就要何刚营长和陈警卫把蔡和平的遗体也抬来,扔进坑里,好让他们死后做个伴。爹拿来铲子,亲手掩埋着大弟和蔡和平,干完这一切,爹才悲伤地对何刚营长和陈警卫说:"我告诉你们,长着两只大脚的,是我亲弟弟。"

那天晚上赣西下着暴雨,暴雨把爹淋病了,爹就打精神不起,行军时头重脚轻、情绪低落,甚至都不想指挥战斗,因为他还有一个弟弟也在干红军,他害怕他的二弟也死在他手上,又不敢对任何人说他还有一个二弟也在红军里干。他一个人咀嚼着痛苦,像只老鼠咀嚼着一颗烂红薯,一天嚼一点,不敢与人分享地足足嚼了三个月,才从悲伤中爬出来。这期间,爹的三团又与红军打过两仗,爹不放过任何一具尸体地查看,都没发现他二弟,那坨堵塞着爹咽喉的令他悲伤、抑郁的东西才渐渐消散。这个月,湘军第三师、第五师和第七师与赣军的四个整编师对一支红军队伍逐渐形成了一个很大的包围圈,蒋总司令下了死决心,一定要把红军消灭在赣南,都下了"放走一名'共匪',便军法从事"的死命令,一场恶战自然在所难免。"但愿打完仗后我们都还能活着回长沙,"爹对赵师长和贺新武团长说。

爹、赵师长和贺新武团长都清楚今天的红军已不是几年前的"共匪"了，那个时候"共匪"的武器大多是梭镖和大刀，一阵枪炮打过去，就会有一群人作鸟散。如今的红军，手中握着的武器跟他们的一样都是枪炮，大多是从溃败的国军手中缴获的枪炮，又经过大大小小多次战役，打仗已相当勇猛。这两年，五师两个团四千多官兵在湘赣边界与红军打了九仗，没有一次拣到过一丝便宜。如今五师只剩下一千多官兵，红军却打算从他们阵地突围，如果他们死守，就有被红军全歼的危险。赵振武师长对我爹和耷拉着一颗破脑袋的贺新武团长（他负伤了，脑袋上缠着纱布）说："都好自为之吧你们。"赵振武师长感冒了，声音就沙哑和伤感，目光也阴沉。从赵振武师长的脸上，爹看不到胜利，再看贺新武和其他官兵，一个个焦头烂额的倒霉相，爹再次预感凶多吉少，心就茫然、慌乱。

那一战打得很残酷，被国军围困一个多月的几千红军必须要找一个薄弱环境突围，他们经过秘密侦察，选中了我爹的三团防线。三团当时守在山道旁的两处山坡上，只等红军奔来时打红军。但红军好像是从四面八方同时进攻。三团的实际兵力只剩一个半营，另外两个半营的官兵都于前九次战役中阵亡和负伤了，张营长和肖营长一个阵亡，一个负伤进了医院。何键却用种种借口拖着，说兵员不久就到，却就是不见兵员补充。爹的几百官兵实际上已没战斗力了，由于长期在湘赣边界打仗，已把官兵打得很懒散和疲惫，锐气也打掉了，就士气低落。爹对马营长和何刚营长说："这是一场生死之战，没有退路的，红军坚决要突围，我们坚决要死守。"马营长和何刚营长同时呈现出满脸愁容，爹说："不能让红军从我们阵地过，这是蒋总司令下的死命令，不拼也是死，军法从事，与其那样死还不如拼死。"

一轮明月很早就悬在那个夜晚的山头上，那是湘赣边界的三月里很难得的月圆夜。我爹和赵振武师长在师指挥所前站着，看着黄灿灿的月亮，那天的月光很亮，都能看清几步外人的五官。那样的夜晚是不应该有杀戮的。若干年后爹沉思地对我说，他记得当时赵振武师长还吟了曹操的诗："对酒当歌／人生几何／譬如朝露／去日苦多"等等。陈警卫站在爹的一旁，傻笑地望着赵师长。突然，枪声响起来，机枪声和步枪声把宁谧的夜空撕得粉碎，火药味充斥在夜空中。三团的官兵迅速被红军分割围困成几块。我爹身边有一个连，爹和这个连的官兵一起保卫着赵师长。战斗打响后，爹把赵师长拉进师指挥所，师指挥所是用树木临时搭建的，都是就近砍伐的树木，还淌着树汁，就充斥着树木的芬芳。

指挥所外枪声四起，十分激烈，枪声中还夹杂着士兵的惨叫声和红军战士的喊杀声，喊杀声越来越近、越来越令人恐惧。张小江连长奔来，"团长，弟兄们守不住了。"爹看着赵师长，赵师长搓着手，表情呆板地看着前面，脸上淌着一粒粒汗珠。爹知道赵师长比他还焦虑，爹请示道："师长，我们是不是撤退？"赵师长转头瞪着外面，师指挥所外是密集的枪声和红军的喊杀声。"我们不能退，要打到最后一个人。"赵师长命令说。爹转身瞪着张小江连长，对他吼道："师长说了，一定要死守。"张小江绝望地跑了出去。

密集的子弹打得爹的官兵抬不起头，红军又发起冲锋。保卫我爹和师部的这个营，由于长期在湘赣边界征战，吃不饱（三个月没吃过一餐肉），觉又睡不好，早已厌倦打仗，一些老兵趁夜色丢下枪，不是逃跑就是趴在地上装死。红军一冲上来，他们就乖乖地举手投降。陈警卫见势不妙，忙冲进师部对我爹和师长说："师长、团长，红军冲上来了。"爹和赵师长等几名警卫一齐拔出枪，奔出师指挥所，可是一心想力挽狂澜的何刚营长战死了，红军从他死守的那边杀过来，张小江的警卫连也跟着垮了。我爹他们已来不及撤退，赵师长喝道："打。"我爹他们就打冲上来的红军，几名冲在最前面的红军战士都被撂在地上了。另一些红军冲上来，我爹和赵师长的几名警卫就对着新冲来的红军开枪。一红军机枪手端着轻机枪从背后冲来，对着我爹和赵振武师长等人就是一阵扫射。保护着我爹和赵师长的几名警卫一个个相继中弹倒下，赵师长蓦地一晃，也栽倒了，一颗机枪子弹击中赵师长的腰椎。爹蹲下，把赵师长翻过来，赵师长无力地说："我要死了。"爹悲痛地叫道："您不能死啊。"

红军从四面八方涌来，陈警卫也被机枪子弹打中脖子，血在他脖子上狂涌，边随着他肺部的呼吸冒着血泡。爹痛苦地感到自己没法走出战场了，又不愿被押上军事法庭，就绝望地举起枪，对着太阳穴勾动扳机，叭，顶针击在子弹屁股上，却没响，是颗臭火。一红军指挥官对我爹连开两枪，那两枪都打在我爹身上，一颗子弹打在爹左胸上，还一颗子弹打穿了爹的肚子。爹倒在陈警卫身上，看见一个全身白衣的人从山上姗姗下来，嘴唇和眼睛都是绿的，爹想这是来收尸的死神，爹看见那白衣人手上拎着只白麻袋。

爹醒来时却是躺在担架上。死神打量他一眼，没把他收走，而是把他身旁的那些死去的官兵一并装进那只白白的敛尸袋，扛着钻入地府向阎王爷汇报去了。一副用杉树枝和麻绳扎成的担架，由两个士兵抬着，直接抬上一辆从湘南运军粮过来的军车，于是爹被运到设在湘南的战地医院。医院里躺着很多伤员，许多都是缺胳膊少腿的，他们鬼哭狼嚎的，为自己的残废前途悲伤绝望。爹再次从昏迷中醒来就看着他们，那些伤员见我爹没少胳膊没少腿就冲我爹说："你算幸运的，像我们，已经他妈的残废了。"

爹的团长身份让爹转到一间较为安静的病房，在那病房里爹遇见了赵振武师长。赵师长处在昏迷中，时醒时坏。那颗来自红军的机枪子弹打断了赵师长的脊椎，因此赵师长一动也不能动。有天上午，赵师长被潮湿的带着树汁芬芳的南风吹醒了，他认出我爹，就哀伤地说："金山，我们第五师完了。"爹见赵师长醒了，也难过地说："是完了。"天花板上有两只蜘蛛爬上爬下地分别布置着它们的陷阱。窗外树叶被风吹得沙沙响。赵师长伤感地说："我突然感到，我们并不是为理想而战，我们是因怕死而战，是吗？"赵师长想的问题总是比我爹要深一个层次。爹没法回答，赵师长也无须我爹回答，又颓废的自言自语："我们的敌人，有共产主义理想支撑，就不怕死。而我们呢？仅仅是为执行蒋总司令和何键的命令而打仗，所以我们的士兵比红军怕死，我们是因怕死而战。我说得对不对？"爹的脑袋比赵师长简单，从没想过这些问题。爹脸色苍白地看着师长，师长的脸色更加苍白。师长有很长时间不语，仿佛在拼命想着什么，突然，师长在病床上哆嗦了下，随后师长悲伤地却又平静地瞪着天花板说："我们即便死了，脑袋里也没一点可以慰藉我们去死的理想，这是我们的悲哀啊。"这是赵振武师长清醒时说的最后一句话。

几天后，赵振武师长死了。军医说："赵师长死了。"爹挣扎着，想坐起来，军医说："你不要激动，躺下。"爹又颓然地躺下。赵振武的尸体于一刻钟后被两名军医搬到担架上，拉走了。病床空了半天，午后，又有一个负伤的军官被抬到赵师长生前躺过的病床上。窗外是树林，午前下了场暴雨，这会儿湿润的空气飘进来，抚慰着爹惆怅、迷惑的面孔。爹在想一个问题，这个问题是赵师长生前抛给他的，那就是他们是为什么打仗？真的是为怕死而打仗吗？爹想不明白。那天晚上和接下来的几天，爹的大弟总是来到爹的梦里，不是同爹坐在青山街三号的院子里，就是少年时候的何金江背着书包尾随着他的情形，最终却是躺在地上的冰冷的模样。这害得爹一醒来就直冒虚汗，就想假如他能活着回到长沙，他怎么面对侄儿？怎么面对爹妈？他又万分后悔地想这个问题，当时他干吗要借赣军的山炮轰红军坚守的石头房子？这些问题每天纠缠着他，让他想逃离战场。"去他妈的蒋总司令，"爹骂道，"老子不干了。"爹一旦做出这种决定，就马上留意出出进进的人和车，心里就荡漾着逃跑的欢乐。

有天，爹瞅准机会，爬上一辆从省城运药品来的，车上印着红十字架的卡车车厢，卡车车厢里有两个女子，都穿着长长的白衣服，胸前挂着红木做的十字架，其中一个圆脸女子问他："你干什么？"爹正想回答，另一名长脸儿女子瞅一眼我爹说："让他上车吧。"爹就将一条腿跨进车厢，长脸女子伸手拉爹一把，爹就进了空空的车厢，爹对长脸女子充满谢意地笑了下，车缓缓驶离出战地医院。圆脸女子问："你去哪里？"爹反问："你们去哪里？"长脸女子说："我们回长沙。"爹答："那我去长沙。"圆脸女子皱下眉道："你这是逃跑。"爹折过脸来看一眼圆脸女人，这女人二十多岁，表情刻薄和冷漠。爹说："姑娘，话不要说得这么难听。"长脸女子用手肘捅一下同伴，爹看长脸女人一眼，这女人二十来岁，一张脸像葵瓜子，一双眼睛弯得很明媚，鼻梁很挺，嘴唇丰腴。长脸女子问我爹："你在军队里是什么职务？"爹没穿军服，穿的是医院里给他穿的白底蓝斜条纹布衣裤，这时已是五月，南方的五月已开始热了。爹答："一个老兵。"长脸女子一笑，"你是哪里负伤？"爹把衣扣解开，身上就有好几处伤疤，左胸和肚子上的两处新枪伤，肉还是刚长拢的红肉。长脸女子惊讶极了，指着爹左胸上的疤痕说："这里面是心脏呀。"爹无所谓地一笑说："军医说，子弹正好从心脏旁边穿过。我命硬，子弹从我背上钻了出去，哈哈哈哈……"

卡车在破烂不堪的公路上行驶，摇摇晃晃的，一会儿就把爹的瞌睡摇上了头。爹沉入梦乡，身体不觉就歪在长脸女子身上。长脸女子没有挪开身体，把自己的腰给爹靠着，爹的头慢慢滑到长脸女子的腿上，爹隐隐约约听见圆脸女子对长脸女子说："他真脏。"爹正想醒来，说声"对不起"，却听见长脸女子说："没关系。"爹就没挣扎着醒来，因为那当儿爹实在很困。爹醒来时，车已停了，爹的涎水流到了长脸女子的腿上，长脸女子自始至终没把腿挪开。爹抹下嘴，嘴和下巴处都湿湿的，爹坐起，惭愧地瞧眼长脸女子。长脸女子说："你醒了？"爹觉得长脸女子真善良，竟把自己的大腿提供给他睡这么长时间，爹十分抱歉地说："请问现在我们到了哪里？"长脸女子嘻嘻笑答："车烂在路上，开不动了。"爹望眼车外的山丘，圆脸女子已下车，站在一棵树下对长脸女子说："下来伸伸腰吧，小付。"爹知道了长脸女子叫小付，就道歉："小付，我把口水流在你腿上，真对不起。"小付一笑，"我没计较。"爹看小付一眼，心就一跳，说："你是个好女人。"

小付冲我爹有意见地噘起嘴,"你别叫我女人,我还没结婚。"爹心里高兴道:"小付你多大了?"小付说:"二十岁的老姑娘了。"在上个世纪的三十年代,二十岁还没嫁人,在世人眼里的确是老姑娘了,那时,姑娘往往十五六岁就嫁了人。圆脸女人在树下继续叫:"小付,下来走走吧。"

司机是个年轻人,瘦高个,长一张马脸,皱着眉头站在车前抽烟。一旁有个老人,身材高大,着一身黑衣,黄头发、蓝眼睛,一脸乱草样的络腮胡子,胸前挂着个很大的象牙十字架,十字架上绑着个人,歪着头,是耶稣。小付对我爹说:"他是基督教堂的牧师,英国人。"爹点下头。小付又对我爹说:"司机是我们红十字会的,是邱姐的丈夫。"爹从小付嘴里得知圆脸女人姓邱,邱姐的丈夫不爱搭理人,看我爹一眼,继续瞧着车头,引擎盖打开了,此刻还有余烟冒出来。爹不懂汽车也就不知道怎么回事。有农民在田里干活,这会儿看见有台汽车停在路上,就直起腰看着汽车和他们。农田过去是几幢农舍和一片树林,再前面是座山。五月里,有一股泥土和花木的芳香于山风中和着狗吠声飘来,让爹呼吸着感觉舒畅。不远处有几栋农舍,有炊烟袅袅升起。已近黄昏,天色已于不知不觉中转红了。爹快慰地自语说:"逃出来了,再也不用替人打仗了。"

身材高挑的小付走过来告诉我爹,他们已跟一农家说好了,在他家吃晚饭,还得找房子住下,要等三天后另一辆送医药的车来了,才能把她和邱姐及牧师带走。小付用清澈的明眸看着我爹说:"过来先喝茶吧你——"声音甜甜的,在田野上如雾一般飘升。爹第一次觉得这女子真大方、直率和热情,爹就跟着她向那农家走去。

农妇为他们倒了一碗碗茶。爹走到门前,一排茂密的竹林挡住了夕阳温情的光辉,致使这栋农舍处于荫凉之下。两条大黄狗蹲在坪上,见他走来,也弓起身,晃了晃尾巴。爹注意到路旁有一大簇玫瑰,开得火红火红的,一股熏风把玫瑰的馥郁尽数吹入爹的鼻息。爹蹲下,用鼻子嗅着玫瑰花蕊的芬芳。小付走拢来说:"这花好漂亮。"爹觉得这女子应该受过教育,因为她说话和举止都落落大方。小付又仰起长长的脖子一笑,"我喜欢田园风光,好浪漫的。"爹觉得她的眼睛很迷人,长长的睫毛使她眼眸的上部处在阴翳中,这使她的眼眸呈现两种颜色,望着你时,仿佛是一种梦幻的目光;下巴尖尖的,是一颗瓜子的下巴;脖颈又圆又细又长,皮肤光洁、润泽。爹想这是个美人,心里那桶水就漾起来,嘴就甜,"小付姑娘,你比玫瑰花还漂亮。"小付的脸红了,而夕阳使她的瓜子脸蛋更加红灿灿的。邱姐在房里叫"付琳付琳",小付应声而去。爹知道了她的名字:付琳。

吃过饭,月亮升上来,挂在浓重的树梢上,黄黄亮亮的,使天空的颜色变得更蓝。住宿是个问题,这家农民只能腾出一间房,隔壁家的农民也只腾得出一张床,牧师就准备睡隔壁家。邱姐望着东家说:"我们付琳小姐还是个未婚姑娘,这村里有没有好人家让她住两晚。"东家是个壮硕的农民,他说:"我伯伯家有两间客房,我带你们去问问?"付琳说:"只要有床睡就行,我累得要死了。"爹和付琳随农民出门,两条大黄狗欢快地跑到他们前面,好像知道他们要去哪里,在前面引路。月光如水,地上的坑坑洼洼隐约可见。夜色真美。

爹于这片夜色中,和付琳跟着农民走过一条田埂,进了村,又往前走几十米,走到一个院落前,一张大门紧闭着。农民走上去敲门,大门开了,窜出来一条大狼狗,狂吠着,农民对那大狼狗说:"赛虎,别叫。"农民领着我爹和付琳步入院落,走进一间堂屋,堂屋里坐着个蓄脸白胡子的老人,一旁是个着一身绿衣服的女人,正给老男人捶肩。农民叫这白胡子老人"伯伯",指着我爹和付琳说:"他们都是省城红十会的,车坏在路上了,要等省城的人来修车,想在您家借住两晚。"老男人迟缓地打量着我爹和付琳。农民又解释道:"他们一共五人,另外三个住在我家和我弟家,其中一个还是洋人,是牧师,黄头发、大胡子。"老男人对领他们步入堂屋的女佣说:"你去收拾下客房。"

女佣很快把客房收拾完了，爹和付琳被女佣带进客房。客房有两张床，并排放着，都挂着蚊帐，靠窗摆张黑漆桌子，桌上搁着盏煤油灯，灯芯一跳一跳的。女佣拿来一壶热茶和两只碗，退了出去。室内就剩了爹和付琳，还有五月夜晚的田园空气和院子里十分踊跃的蛐蛐叫及窗外清脆、欢快的蛙声。爹第一次与一个不属于他的女人同宿一室，就觉得有意思地觑着这女人。女人说："我应该认识你。"爹吃一惊，木木地看着她。女人一笑，"你不记得我是谁了？"爹迷茫了，"请姑娘明示。"女人笑笑，"你回忆一下。"爹想不起自己在哪里见过她，女人带点撒娇的形容说："我要你好好回忆。"爹觉得这女人真怪，就沉下心来仔细回忆，但爹怎么也想不起他在哪里见过她。女人要求我爹转过身，她要脱衣上床了。爹不好意思地扭转身，女人迅速脱下衣服上床，放下了蚊帐。爹站在窗前，还在努力回忆在哪里见过她，想难道她是碧湘街的青楼女子？爹马上又否定。爹想起赵师长，又想起何刚营长、张小江连长和陈警卫等等，他们一个个都战死了，心里就很难过和茫然。

乡村里，五月夜晚的空气催人入眠，爹感觉自己的头很重，仿佛有座山压着脑袋。爹上床，放下蚊帐，一枕到草席上，思想就涣散开，像水漫开一样，一大片思想朝着梦乡那条沟壑流淌而去。爹似乎听见女人在另张床上问他"你想起我是谁吗"，爹想张嘴说话，可是浓浓的睡眠不让他的意识跟着她跑，就没答。爹梦见他大弟在地上爬，变成一条蛇，爬到了一株树上。那是一棵爹从没见过的树，一个声音在爹的脑海里说："这是棵菩提树。"

二十五

早晨的鸟叫声把爹吵醒，天大亮了，有男人说话的声音从外面传来。爹掀开蚊帐，付琳的蚊帐还垂落在床上，并压在草席下。爹拉开门，一棵很高大的樟树呈现在他眼里，那些鸟儿就在这株樟树上吵架。另外还有几株柚子树，也是很大一棵，此刻正开着白花，有些花瓣掉落在地上。院子里还有个花坛，花坛里各种花草争妍斗艳。爹的目光突然一亮，那边有个马厩，马厩里拴着匹高大的白马，爹的白马在与红军作战中，被射来的一颗子弹击中眉心，毙命了。爹看见白马，感到亲切地走过去，白马也看着爹。爹举手抚摸马脸，又摸马嘴，马嘶了声。一个粗声音对我爹说："这是匹性子很烈的公马，小心它踢伤你。"爹回头，只见对他说话的男人是个右腿完全锯掉的人，穿着摘去领章和肩章的军服，一张方脸，眉毛很浓。爹一看便知道对方曾是军人，自然也是这匹马的主人。爹说："我也有一匹你这样的白马，半年前死在战场上。"残废军人说："兄弟是哪支部队？"爹答："第五师。"残废军人说："我是四师的，我们原师长是唐生智。"爹说："我们师长是赵振武，战死了。"爹又把目光放到白马上，残废军人说："这匹白公马有一年多没人骑过，我弟骑过一次，还没走出门就被它摔下马背。"爹惊异地"咦"了声，见马的臀部又圆又大，马腿修长，立即赞扬说："是匹好马。"残废军人说："你如果不怕摔下来，就骑着它溜达一圈吧。"

爹摸摸马脸，拍拍马头，与马沟通了几分钟，这才把马鞍放到马背上。爹问："它叫什么名字？"残废军人骄傲地说："它叫白玉。"爹就轻声唤着"白玉"，又摸摸马脖子，很有耐心地与白玉呢喃，接着，爹弯下腰，将马鞍扣上。爹解开马缰，白玉嘶鸣着走出马厩。爹望着残废军人，残废军人道："小心它把你摔下来。"爹看见付琳走出来。爹再次摸摸马脖子，跨上马，这匹剽悍的白公马有一年多没被人骑过，就激动得身体竖起来，要把我爹摔下马背，边嘶叫着尥蹄。爹用两腿夹住马肚，攥着缰绳，给马指令地一甩，白玉见没摔下我爹，更激动了，咆哮着箭一般奔出院门，疯狂地朝前奔去，跑过农田、穿过竹林，上了公路，在公路上奋力狂奔，把路人吓得纷纷倒向两边。

爹很快乐地双腿夹紧马肚，任马在路上飞奔。这匹白公马身上积蓄着很多力量，一下子奔出十几里，随后爹让马掉头，马又往回狂奔，但这个时候的马，火气没开始那么大了。爹很开心，因为这匹白公马唤起了他对生活的热情，这个从死亡谷里爬出来的男人，早已万念俱灭，那灰暗的思想又被这匹剽悍的白公马激活了。爹把马骑回大院，付琳和大院的主人都站在门前迎接他。爹摸着汗淋淋的马头对残废军人说："真是匹好马。"付琳说："你的头发都竖起来了。"残废军人笑道："兄弟，你真喜欢，我就把白玉送给你。"爹说："谢谢，我不能夺人所爱呀。"残废军人说："英雄识英雄，它是匹上等好马，窝在家里可惜了。"

中午，残废军人邀我爹和付琳吃中饭，吃饭时，爹知道他曾经也是团长，参加过北伐，在北伐时他是连长，现在伤残退役了。爹也把自己从军的经历说给他听，爹悲伤道："我的官兵都打光了，弟兄们一个个战死了。"爹喝了酒，话就多，把压在心底的苦楚朝外倾倒，"兄弟，我也是从死亡的深渊里爬出来的，本打算自杀，枪抵着太阳穴，可是很奇怪，那是一粒臭弹，没响。这时，敌人朝我连开两枪，我本来死了，医生又把我救活了。"残废军人举起酒杯说："你是个有大福的人。"爹与残废军人碰杯，把杯中物喝完，悲伤道："死了那么多兄弟，上天却偏偏不让我死，这是要我活受罪啊。"残废军人将一口酒倒入嘴中，满脸怨愤道："我们都是别人利用的工具，当那些人觉得你残废了，没用了，就打发你回家。这就是当军人的下场。"他又猛喝口酒，"兄弟，喝酒。"

吃过饭，爹感到头很重地回到客房，正打算睡觉，付琳进来，一只蝉在树梢尖尖地叫，声音单调而凄厉。门外有很多阳光，田野里刮来的风把柚树花香吹进了客房。付琳用一种爹看不懂的目光盯着爹，"何团长，你认出我了吗？"说完，她对我爹做了个娇媚的动作。爹觉得她很青春健康，还很美，爹摇头，"我真的想不起来。"付琳抿嘴一笑，"昨天你要上我们的车时，我第一眼就认出你了。"爹更加困惑，"我们认识？"付琳娇声说："你不记得了？你请我吃过臭豆腐，还请我吃过葱油粑粑，在火宫殿？"爹迷糊了，"我没印象了。"付琳进一步说："后来你还把我抱上马，带着我去红十字会找我小姨。"爹一拍脑门，看着付琳高兴道："你就是那个爹妈都死在宝南街的小姑娘？长这么大了？"付琳抿嘴一笑，"想起来了？"爹道："你当时又瘦又小又黑，我怎么可以把那个小姑娘与今天的大美人挂上钩啊？"付琳看一眼我爹，"我可一直记得你，几年前，有次我和我小姨上街买东西，在街上我看见你骑着一匹白马，我还对你扬手对你笑。"付琳不等我爹回答又说："吃饭时你说，你对着自己的太阳穴开枪，子弹是颗臭火，真有这事？"爹点头。付琳说："你知道我是怎么想的？"爹摇头。付琳兴奋道："我每天都对着十字架祷告，希望上帝保佑你，让我能见到活着的你，所以你对着太阳穴开枪时，上帝把你手枪里的那颗子弹掐灭了。"爹望着这位美丽的女人，女人坦言："上帝不让你死，是因为我心很诚。你想知道我每天说的祷词吗？"爹说："你说。"女人说："你不许笑我。"爹答："不笑你。"女人笑出一口洁白的牙齿道："我每天早晚都对上帝说：'上帝啊，您是无所不能的主，您一定要让小女子爱着的他活着，他是小女子唯一爱着的男人，除了他，小女子谁也不嫁。'"

爹感动得眼泪水夺眶而出。爹这两年在湘赣边界征战，与丛林、猛兽和枪炮为伍，有两年没碰过女人，喝了酒的爹就十分亢奋，他起身，抱住这个热情、美丽的女人，说："我们从此永不分离。"爹把她放到床上，放下蚊帐，世界就变得很小，小得只有他俩了。爹温柔地把她的衣服脱光，嗅着她柔软、光滑的胴体，她的胴体散发着一股与窗外柚子树花同样迷人的清香，是从她千亿个毛细孔里释放出的。爹醉倒在她身上……

爹和付琳回到长沙时，已是半个多月后的事。爹和她是骑着残废军人赠送的白玉一路玩回来的。爹骑着白玉走进青山街三号时是六月里的一天下午四点钟，当时家里只有两个人，秋燕和奶奶，爷爷出去了，张桂花和梨花去了吉祥腊味店，家里的一群孩子都上学了，只剩下我大姐和二姐在睡觉。奶奶和秋燕同时听到马蹄声，接着，两个女人看见爹跳下马，扶着另一个时髦漂亮的女人下马，奶奶和秋燕都傻了眼。奶奶还是现样子，秋燕却胖了，红着胖脸看着我爹和站在爹一旁的极为妩媚、漂亮的女人。爹把漂亮女人牵到奶奶身前，"妈，她是小付。"奶奶没有伸出手。奶奶见秋燕于那一瞬脸变黑了，就下意识地站到秋燕一边。爹向付琳介绍秋燕："她是我老婆，叫马秋燕。"付琳对秋燕一笑，"大姐好。"

秋燕真的无法接受这个现实，她在这个家忙忙碌碌七年，帮着婆婆腌腊肉、熏腊肉和做家务，从来没发过一声怨言，临了，害她整日寝食不安、担惊受怕的男人却带个陌生而漂亮的女人来与她分享她的男人，她感觉自己这几年为何家白当儿媳了，便霍地起身，进房，把门关得哐地一响。付琳一时很难堪，脸色很不好看，奶奶却尖刻地对我爹说："你太过分了。"爹愣着，他原以为娶个二房，他妈应该会接受，这会儿他见母亲满脸怒容，就说："妈，我以后再跟您解释。"奶奶不需要他解释，奶奶的一颗心坚定不移地站在秋燕和她无比疼爱的孙女家桃、秀梅那边，她毫不客气地尖叫道："你把这个狐狸精带走。"爹没想到奶奶会这么恶心付琳，狐狸精的话都说出嘴了，就申辩道："妈，小付是个有知识的女性。"

付琳的尖脸儿已白得像张纸，目光不知该投向何处地哑在我爹身后。奶奶对"知识女性"几个字十分反感！奶奶没知识，骨子里就抵触有知识的女性插足她把持的家。奶奶又恶语相加道："家里有个这么好的老婆，你还弄个狐狸精来，你对得起秋燕吗？！"奶奶指着付琳，"出去，你！"付琳从生下来起，一张脸就讨人喜欢，从没被上辈人这么嫌过，身体一软，人就栽在地上。奶奶视而不见地硬着脖子道："你把她带走，不然妈对她不客气了。"爹不再理他妈，扶起付琳，付琳凄婉地一笑。爹说："没关系，我们走。"爹跨上白玉，把付琳拉上白玉，白玉一路小跑而去。

付琳在天心阁古城墙下有房子，那是她外公外婆的，她外公外婆曾在城墙下开了家杂货店,外公于桂系军队攻打长沙时,坐在杂货摊前,被飞来的子弹打死了。外婆接受不了女儿女婿被国民党杀死在宝南街、丈夫又被桂军打死的现实,早两年也一命呜呼了。房子就空在那里。杂货店前后两间房,外带一间灶屋,有阁楼。过去,付琳回外公外婆家就睡阁楼。外婆去世后,她就睡外婆的床。爹把马拴在灶屋,到城墙下扯了些青草,喂马儿吃,边对付琳说:"你别灰心,我会让我妈和秋燕转弯的。"

过了几天,爹再次走进青山街的家时,奶奶坐在葡萄藤下,抱着我二姐,我二姐那时两岁,能晃着身体走路了。我二哥、大姐和我二姐几乎都是在奶奶的怀中长大,所以奶奶觉得她有权指责我爹和管好这个家,看见我爹,奶奶脸上的阳光颜色变灰了,声音就生硬,"你眼里还有我这个妈?"爹就惭愧,因为他心里实在没装这个妈。奶奶责备我爹道:"你连你二闺女都没看一眼,你真做得出!"爹也觉得自己哪里不对,忙偏过头来盯着二女儿。我二姐长得确实漂亮,她吸收了她妈和爹身上的所有优点,脸型像爹,下巴翘翘的,一双眼睛闪亮亮地看着爹。奶奶在孙女的脸上亲了口,这才说:"他是你亲爹,快叫爹,秀梅。"我二姐从奶奶的腿上跳下,跑到一旁。爹是来跟奶奶理论付琳的,说:"妈,人家是好女人,在周兰女子中学读了高中,文化比我还高。"奶奶是那种认定了什么就相信到底的头脑简单的女人,"这样的女人更是狐狸精,我看她把你的魂都勾走了!"奶奶厉声道,"你不能把她带进何家。"爷爷从作坊里走出来,一身烟味,手上还沾着腊肉油,爷爷说:"你瘦了。"

张桂花带着我大姐走进院子,大姐穿一件紫色荷花边衬衣,头上斜插着一朵红玫瑰,嘴里含颗棒棒糖,手里还拿着一颗。张桂花看见我爹,说:"大少爷回来了。"大姐看见爹,高兴地扑上来叫道:"爹爹。"头就钻到爹怀里,屁股就挪到爹的腿上。二姐见大姐对奶奶要她叫爹的人这么亲热,就走上来,看着爹。大姐把手中的棒棒糖递给二姐,"你的。"二姐接过棒棒糖吮着,边望着爹和大姐。爹摸着大姐的头发,"家桃又长高了,人更漂亮了。"

家桃就攀下爹的脸，在爹的耳前小声告状道："爹，奶奶和妈都说你不要脸。"爹一愣，摸摸女儿的头说："你奶奶和妈都是乱说，爹要脸。"二姐见大姐与爹如此亲热，醋劲上来了，走近爹，一只手放到爹的膝盖上，两只又黑又亮的眼睛多疑地看着爹。爹把二女儿抱到另条腿上，奶奶说："你儿女都四个了，还嫌不够？还要找女人？"

这时，五个男孩疯跑着进屋，先是正韬和大金，跟着李文华冲进来，再是李文军和何胜武。何胜武手上拎着根绳，绳子上系着几只麻雀，还有一只鹦鹉。大家对胜武和李文军打鸟已习以为常。胜武把拴着一串麻雀的绳子扔在地上，家桃看见一只麻雀还活着，只是翅膀上有血迹，就走拢去看。胜武和正韬都叫了爹，大金叫他"伯伯"。爹看见大金，脑海里蓦地闪现大弟死时的身影，还想起大弟变成蛇爬上一棵树的梦，心便歉疚，目光就格外柔和，说："大金，你长成小男子汉了。"大金咧嘴笑笑。爹把秀梅放下，扫眼胜武和正韬，又把目光落在大金身上，大金穿件胸前有两个口袋的灰色学生装，一条黑布裤——那是胜武穿过的，显得肥大，脚上一双塑料凉鞋，粘补过。爹转头对张桂花说："桂花，你跟大金做两身新衣服吧，还给他买一双新凉鞋，他父母不在身边，我们更要关心他。"大金一时不知所措地仰头左右望着。张桂花说："好的，我等下就去跟大金买凉鞋。"爹对大金招下手，大金走前几步，爹在他头上摸摸，"大金，需要什么只管对伯伯说，伯伯不在，就向伯妈、奶奶和桂花婶婶要，不要怕开口。"大金不习惯地点下头，看着正韬和李文华笑。

吃饭时，秋燕不理我爹。这个何家山村长大的女人，看上去很温柔、贤惠、善良，其实是个死板得要命的女人，想问题只有一条道，要想在她脑海里再开辟一条路，让她换种思维想问题，那简直比登天还难。爹说："你胖了，秋燕。"秋燕穿着薄薄的布衣布裤，衣服又短，裤子又肥，人就显得更胖。秋燕不看爹，只盯着家桃和秀梅。爹皱着眉，大口吃饭。奶奶又提起那个话题道："我跟你说金山，那个女人，妈一看就是白骨精变的。"爹有些恼，声音变大了，"妈，她是人，不是白骨精。"奶奶看眼全家人，冷着脸道："怎么不是白骨精？那张脸那张嘴，那是要吸人血的。你不能把那个白骨精带进这个家。"爹狠下心道："既然这样，那我就不回来了。"奶奶发火了，啪的一声，把筷子拍在桌上，"你儿子、女儿四个，不回这个家，你做得到？！"

六月的长沙天很热，有一股热风吹到桌上，一家人都起身，避开各自散发的热量，顺便也想避开奶奶的怒气。爹郁闷地坐到葡萄藤下，目光在胜武、正韬、家桃和秀梅脸上来来回回地扫了两趟，最后又把目光放到大金脸上。爹没有把他大弟被炮弹炸死的事告诉奶奶，本来他回家是要告诉妈的，见妈如此盛怒，爹就把这个跑到嘴边的坏消息咽了下去。爹不甘心地再次说："妈，我保证付琳是个好女人，她读了书，懂道理。"秋燕晓得婆婆站在她这边，在争夺男人一事上，她就露出了山村女人那种不讲道理的脾性，大声说："你去找她好了，还回来干什么！"爹知道秋燕是因为有妈支持才敢这么狂妄，爹很凶地瞪眼秋燕，秋燕见他的目光那么凶，刀子一样尖利，就不说话了。奶奶见我爹瞪秋燕的目光十分锋利，便毫不示弱地帮秋燕道："你凶什么？凶给谁看？何家山的土匪我都不怕，还怕你？当初就应该让何家山的土匪把你丢到后山去喂老虎！秋燕，不要怕他。"

张桂花和梨花在收拾碗筷。五个男孩和家桃在院子里玩，边打量着葡萄藤上的葡萄，打算摘葡萄洗葡萄吃。正韬指着一串紫红色的葡萄对胜武说："哥，这串葡萄都熟了。"胜武瞟一眼那串葡萄，把椅子搬来放好，人站到椅子上，踮起脚尖，结果还差那么一点，他就让李文军再搬一张凳子来。秋燕的表现让爹肚子里有火，因为爹没想到在他心里一直老实、敦厚和温顺的秋燕，竟敢跟他叫板。爹没理睬家里的热闹，起身往院子外走，奶奶尖声问："你去哪里？"爹回答奶奶："去找白骨精。"奶奶说："不准去。"爹大步走了。

二十六

　　白玉听见主人回来就对主人嘶鸣。爹知道白玉饿了，爱昵地摸摸马鬃说："我带你去外面遛遛。"付琳从井边回来，提桶水。井在距家五十来米的地方，这条街上的人都吃那口井的水。爹见这个纤弱的女子提着水，满头香汗，忙走上去提了水问："提到哪里？"付琳笑道："我要冲洗一下厨房，马把厨房弄得气味好难闻的。"爹哦了声，说："我准备带它去城边上吃些青草。一起去？"付琳是城市里长大的，又读了书，出门很注意形象，说："等我换件衣服。"她在家里大搞卫生，已搞出了一身汗。她从衣柜里拿出一件水红色的绸子短袖衫，脱下那件汗湿了的白布衫。爹觉得她的身段真美，说："为了你，我什么都可以不要。"她转身，"我小姨说你年龄这么大，不相配。"爹愣住了。她说："我说我们很相配，是吗？"爹觉得她真像奶奶说的狐狸精，总让他爱不够，忙答："是呢。"

　　马在他俩后面嘶了声，爹给马系上马鞍，解下缰绳，牵着白玉走到街上，白玉摆下头，把头昂得高高的。爹跨上白玉，再把付琳拉上马，她在背后搂着爹。爹甩下缰绳，白玉便放开蹄子朝前走。那个年代，一匹马上坐着一男一女是很惹人眼目也很叫女孩子羡慕的。爹和付琳便在女孩子们羡慕的目光下，在街上缓缓走着。付琳为使一些女孩子更羡慕她，把一张俊俏的瓜子脸贴到我爹脖子上，脸上就流光溢彩的。爹让白玉跑起来，速度产生风，风把涂在他们身上的阳光的热度扫除了。白玉一路奔跑，撒下清脆的马蹄声，打得路人纷纷四散。白玉载着爹和付琳奔出市区，跑进旷野就狂飙，风在两人的耳畔呼呼叫，把他们的头发吹得飘起来。付琳紧搂我爹，脸贴在我爹的背脊上，乳房在我爹的背上使劲狂颠，她说："好美啊。"风把她的声音吹跑了。爹让白玉飞奔，这匹公马太健壮了，不让它倾泻力量，它就躁动。他们穿过一片片丛林，跑上山丘，又俯冲下去，越过溪流、荒地，奔进另一片丛林，这里的土地和草更肥沃。爹跳下白玉，把付琳也抱下马，白玉便贪婪地嚼着它爱吃的草。

这里是一个非常静谧的世界，遍地青草和野花，阳光也十分温和，空气中充满树木和花草的馥郁。爹在一片草地上坐下，草地上绽放着一朵朵花，紫的黄的红的白的。付琳在他一旁坐下，两人看着马埋头吃草。付琳把脸凑到他脸前，用一双兴奋、妩媚的眼睛望着他，"这里没人。"四周确实是一个非常安静和美丽的世界，爹看着这个美丽的女人，想天下真有这么美的狐狸精？如果有，他也愿意被她勾到天涯海角去。她站起身，娇柔地脱掉衣服，在他眼前大胆地展示自己美丽的乳房和圆润的臀部，还做了几个优美的舞蹈动作。爹相信奶奶的话了，她就是只狐狸精，但不是吃人喝血的白骨精。爹痴迷地看着她，她是那种自己需要便主动展示自己的女人，不是他的亡妻李春和秋燕那种躺着不动，有时还捂着眼睛，仿佛男女之间干的是一件好丑好丑的事情似的女人。爹赞美她说："你真美。"她在草地上旋转，奔放地跳着她小时候学的维吾尔族舞，动脖子、送胯，一会儿像柳枝摇曳，一会儿又像骏马炀蹄嘶鸣。爹脑海里的烦恼，在这丛林里被这个舞蹈的女人扫荡干净了。爹说："你是观音菩萨派下来的仙女。"爹再也控制不住情感地脱光衣裤，把她放在草地上，狂热地亲着这个体态优美、热情奔放又柔弱如水的女人……

一个月后，这个女人感觉自己怀了孩子，因为月月该来的"大姨妈"七月份没来，到了八月，"大姨妈"仍然没来，来的是一种一闻见油烟气味就想呕的感觉。她对我爹说："我怕是怀了宝宝。"爹高兴不起来，因为他越来越感到生活有些捉襟见肘。当了逃兵，军饷没了，家里有四个儿女要吃饭，奶奶虽没指望他送钱回家，他总不能回过头来找父母要钱吧？红十字会是干义工，付琳的小姨对他们有过支援，但不可能一次又一次地支援。多年来，爹从没为养家发愁，养家的事从一开始就是爹的父母操持，现如今他得养家了。家里，有盐没油，有米没肉，他深知自己这么一个大男人，不可能不低下头面对无情的现实。一天，付琳毅然去红十字会，步行十来华里，为的是去红十会喝几口稀饭，因为家里连一粒米都没有了。爹穿上摘去了领徽和肩章的旧军装，盯着拴在厨房里的白玉。爹坐在门坎上犹豫很久，最后爹痛下决心地走过去，亲热地摸摸白玉，牵着强壮的白玉迈出门。

那时候，长沙城北门外有个牲畜市场，主要是做牛、马、驴、骡和猪的交易。爹骑着白玉在街上遛一圈，把白玉喂饱，然后骑着它来到牲畜交易市场。爹之所以决定卖马，也是为他心爱的女人考虑。付琳是个洁癖，怀孕后，对马身上散发的那股臊气特别敏感，甚至到了无法忍受的程度。两人于七天前就讨论过白玉的去留问题，那是家里连买盐的钱都没有的时候。她说："干脆我们把白玉卖掉吧？卖掉我们就有钱吃饭，就可以痛快地吃顿肉了。"爹责备地剜她一眼，"它真是匹很难得的好马，还是把我卖了吧。"她笑笑，在他脸上亲了响亮的一口，"那就都不卖。"爹抚摸着白玉，想着他和付琳的对话，伤感地对白玉小声私语道："但愿没人买你。"爹不停地抚慰白玉，白玉就用一双大大的马眼睛觑着爹。马市场热热闹闹的，爹谁也不看，只是疼爱地抚摸着白玉。

一个中年军官走拢来，打量白玉，接着他拍拍白玉的脖子和脸，扭头问我爹："这马卖吧？"爹点头。军官又摸摸马腿，又捏马屁股，绕着白玉走了三圈，仔细查看后，问："你要多少钱兄弟？"爹说："五百大洋。"军官冷声道："你打劫也不是这样打的啊？一百大洋可以吗？"爹看也懒得看他地摇头说："没有五百大洋，我不卖。"军官又睨一眼毛色白亮亮的白玉，"三百大洋怎么样？"爹望也懒得望这个跟他讨价还价的军官，牵着白玉要走，边说："它是一匹战马，快如闪电，我舍不得卖它。"中年军官听我爹这么说，又见我爹着一身旧军装，问："你当过兵？"爹点头。中年军官问：

"那你为什么不当兵了？"爹睃眼中年军官，解开军服，把伤疤给军官看，指着腹部和左胸上的伤疤，"我是从死人堆里爬出来的。"

中年军官知道这是枪伤，便相信我爹说的是真话，痛下决心道："三百五十光洋吧，我身上只有三百五十块光洋，多一块我都是你的崽。"说着，军官把背着的帆布军包打开，掏出所有的钱，用一种乞求的口气说："卖给我吧，我看中了你这匹马，它确实是匹好马。"爹确实需要钱，面对中年军官掏出的白花花的一堆大洋，爹没理由拒绝。爹接过钱，松掉马缰，中年军官牵着白玉朝前走时白玉掉头看我爹一眼，那一刻，爹心如刀绞，眼泪水突然涌出来，把整个世界都打湿了。

爹拖着疲惫的身体回到家，付琳在家里打扫厨房兼马厩。她很奇怪我爹怎么空着一双手回来，而且没听到她十分熟悉的马蹄声，便问："马呢？"爹的眼泪水涌出眼眶，付琳见我爹一脸泪水，明白了，"你真的把白玉卖了？"爹点点头。女人丢下扫把，走过来揩他的眼泪，"你个大男人还哭脸？"爹觉得自己在她面前像个小孩，索性放声大哭，女人抱住他的头，对他说："没有白玉，你还有我呀，别哭、别哭，我的小宝贝？"爹感到自己一下子变成只比婴儿大一点的小宝贝了，就恋在她怀里睡了。爹睡了整整一下午，在梦乡里遇见了老虎，醒来后，爹看厨房，厨房已被女人打扫得连一点马的气味都没有了。爹伤心地说："我一个大男人，怎么可以整天游荡无事？我得用自己的手养活你和即将出生的孩子。"

付琳就感动地抱着他。爹摸着她的瓜子脸，感觉她的皮肤十分光洁，目光则十分妩媚，爹把她紧紧搂在怀里。爹这段时间因她一嗅见油烟味就呕，便主动承担做饭的家务，爹昨夜想了一宵，他没有别的手艺，但他可以开家小饭店。他说："我要开个饭店，名字就叫'老兵饭店'。"女人抚摸着他的脸说："这名字好，我的小宝贝。"爹爱听"小宝贝"这称呼，我奶奶从不这样称呼他，李春、秋燕也没这么叫过他，这个比他小十三岁的女人却站在母亲的高度这么唤他，他爱听。爹说："我从来没想过生计，现在我得考虑了。"女人笑，在他的鼻子上吻了下。爹感觉到女人的嘴唇很香很温热……

　　爹年轻的时候是个雷厉风行的人，想到什么就去做。街上有一家木匠铺，父子仨都是木匠。一天，爹走进木匠店，订了六张桌子和二十四张长板凳。在木匠做桌子椅子时，他去旧书店买了本湘菜菜谱，每天翻看、研究，还带着女人去附近的饭店吃饭，很谦虚地询问菜是怎么炒的，回到家他便实验。爹不但是个雷厉风行的人，还是个认真细心的人，而且具有钻研精神，一个月下来，爹掌握了几个家常菜的炒法，胆子就大了，又让木匠做块匾，亲自在光洁的木板上写下：老兵饭店。借来梯子，把匾钉到门楣上。木匠父子仨人热情地走来，成了老兵饭店的第一批顾客。爹自己做厨师，对着菜谱炒了几个菜，让付琳端给他们吃。木匠父子仨吃着爹炒的菜，木匠老二是个浓眉大眼的方脸青年，天生一张热闹的嘴，他称赞我爹说："不错，大厨师，你的菜炒得很不错。"爹不敢骄傲，问："咸淡如何？"木匠老二说："咸淡正好。"爹也不客气，拿双筷子夹块肉放入嘴中，确实咸淡适中，爹就对瞅着他的付琳一笑，"我发现我原来是当厨师的料子。"

　　木匠父子仨吃过后，人家问起父子仨，父子仨都说"可以"，于是井边的彭家五口人成了老兵饭店的第二批顾客。爹很认真地做着一道道菜。彭家老大是名年轻老师，却长着一张古怪的黑不溜秋的老鼠脸——这张脸相让人隐约联想到老鼠，他品着我爹炒的一个个菜道："味道正好，何哥，你学过厨师吧？"爹一脸高兴，彭家老大指着街上的另一家饭店说："你炒的菜，比蔡家饭铺的菜好吃些。"蔡家饭铺在这条街上已存在十几年了，爹和付琳在蔡家饭铺吃过多次，有几个菜炒得非常好，爹十分喜欢吃蔡家饭铺的青椒炒猪肉和芋头蒸肉等等。爹说："你太过奖了。"彭家老大昂起黑不溜秋的鼠脸说："你做的红烧猪脚真的好吃，又烂，肉又没掉，真不错。"爹说："我是按菜谱上的方法做的。"

这以后，来老兵饭店吃饭的人渐渐多了。爹都没闲时间了，一早上菜市场买菜，回家就与腆着大肚子的付琳一起择菜洗菜，还没忙完，吃中饭的时间便到了，人就潮水般涌来。爹和大肚子付琳实在忙不过来，不得不请一个姑娘打下手，姑娘就把菜拎到井边洗，把一只只碗碟放到大木盆里洗。转眼几个月就在这种忙忙碌碌中逝去了，除夕那天，爹回了趟青山街，遭到奶奶的严厉喝斥。爹没还嘴，因为他累得实在没力气驳斥母亲，他坐在椅子上打个哈欠，便呼呼睡了，鼾声把满屋子的人打得面面相觑。吃团圆饭时，我大姐把爹摇醒，爹就坐到桌前，看眼秋燕，秋燕因我爹在外面养小，就不理我爹。奶奶板着脸，胜武、正韬和家桃、秀梅受奶奶影响，见奶奶骂爹时脸色那么凶，就都不敢高兴地默坐着。只有爷爷脸上笑呵呵的。张桂花和梨花当然都笑，她们的儿子李文军和李文华怕我奶奶生气就忍着不笑。

大年初一一早，爹和大肚子付琳提着好几袋礼物，走进青山街三号，当时孩子们都还赖在铺上没起床。秋燕开的门，奶奶和张桂花都在堂屋里坐着。堂屋里有盆炭火，烧得很旺，爹扶着大肚子付琳从秋燕身边迈过去，地上有冰，爹担心付琳摔跤，便说："小心。"大肚子付琳看见奶奶，往地上一跪，"妈，给您拜年。"奶奶哼了声，昂起脸，不望大肚子付琳，而是看一眼呆呆地站在雪地里的秋燕，冷下脸来说："我可受不起。"大肚子付琳说："您是妈，受得起。"奶奶的火气突然冲天而起，大声说："我不是你妈，你也不是我儿媳，真不要脸——你！"大肚子付琳的脸立即煞白，眼泪水就跟一群难民样直往外涌，拦也拦不住。爹不高兴了，"妈，大年初一，小付来给您拜年，您怎么可以这样对人家？！"奶奶横起来是一点也不通融的，尖声尖气道："我儿子有家不回，有儿子、女儿不管，跟着这个不要脸的狐狸精在外面鬼混，她还好意思来拜年？！你是黄鼠狼给鸡拜年吧？告诉你，我今生今世也不会认你这个狐狸精。"奶奶说着，起身，一脸怒气地走开了。

爹被奶奶气得脸都白了，冲奶奶的背影说："妈，您太过分了！"大肚子付琳被爹拉起，满眼泪水，两人走出青山街三号时，大肚子付琳说："金山，你妈怎么这么讨厌我？"爹毫不含糊地说："你长得太漂亮了，你的漂亮让我妈觉得你讨厌！"

　　四月里，一个春风吹拂着长沙大地的晚上，付琳发作了，叫痛，头上滚着豆大一粒的汗珠。爹忙跑出去叫接生婆，接生婆就住在离饭店不远的街上，是个四十多岁的很有接生经验的女人。接生婆跑来，让我爹烧壶开水，边拿布带把孕妇的双腿分别捆在床的两头，叫孕妇使劲生。孕妇就努力按接生婆的话做，于那天晚上十点钟生下一名男婴，这名男婴就是我！爹把原来为我二姐准备的另一个名字赐给我：何文兵。大肚子付琳成了我妈，这一年，我年轻漂亮的妈二十一岁，还很年轻！

　　爹的小日子过得其乐融融，这是妈给他的小日子。爹抱着嫩得就跟豆腐一样的我，握过枪的粗糙的充斥着油烟气味的手，就在我豆腐般鲜嫩的脸上摸着。一个月后，爹深情地对妈感慨道："我以前真不知道胜武、正韬、家桃和秀梅是怎么长大的。"妈看着爹，爹说："以前在军队里，晚上要宿军营，白天又要操练士兵，根本就没管过孩子。"妈眯着两只迷人的眼睛看着爹，爹又说："尤其是正韬，他长到两岁我才第一次望他。我的第一个老婆就是生正韬时死的，死时只有二十五岁。还有我的二女儿秀梅，她出生时我在湘赣边界打'共匪'，待我看见她时，她也两岁了。"妈把爹的脸扳下来，在爹的脸上亲了口，"现在知道孩子是一把屎一把尿地拉扯大的吧？"爹说："以前还真不知道。"

　　有顾客进来吃饭，爹便把我放到妈的身边，忙着招呼。顾客是木匠老二，他带着几个朋友来，对我爹说："何大哥，炒两份红烧猪脚、炒份下酒的腊猪肠，再来两个小菜。"爹对木匠老二说："好咧，要辣的还是不要太辣的？"木匠老二的方方脸一昂，"辣的。"彭家老大也带着几个朋友走进老兵饭店，

"何哥，来两份红烧猪脚、一份青辣椒炒肉。要快。"爹在厨房里答："好咧，惠惠，招呼客人。"惠惠是我爹请的两个帮工中的一个，她一边帮厨，一边帮我妈照料我。惠惠拿着茶壶过来倒茶时，彭家老大走进厨房，睃着我爹说："何哥,他们都赞美你的红烧猪脚搞得好吃。"爹答："客气了,彭老师。"彭老师说："我们都是特意过来吃你的红烧猪脚。"

又有人走进老兵饭店，一个大汉带着另外几个蛮汉，他们是街上的人力车夫，都来老兵饭店吃红烧猪脚，他们坐下时板凳都发出不堪重负的叫声。他们对我爹说："何大哥，来三份红烧猪脚。"爹认识其中一个车夫,姓雷，就住在这条街上，是个十八岁的壮汉，爱剃光头，一颗圆溜溜的脑袋被太阳晒得黑油油的，长着一双极有力的大手。爹喜欢地望着雷车夫说："还要点别的吗？"雷车夫声若洪钟道："不要，我们来吃红烧猪脚。"

老兵饭店的红烧猪脚做出了特色，一些人吃了就广为传播，于是就有人从老远的城市那边寻来，专门来吃红烧猪脚。一些人吃了一份，还要带一份走，自己拎来陶钵，让我爹把炒好的红烧猪脚倒入他的陶钵。爹为了满足所有的顾客，每天五点钟不到就起床，叫上力大无比的雷车夫，去南门口、道门口、司门口、八角亭和浏城桥等大小肉店收购猪蹄，那些肉店老板早就认识我爹了，都把猪蹄留给我爹，爹一到，他们便把猪蹄往秤上一挂，称给我爹看。爹付了钱，就让雷车夫拉着他去另一家肉店。有天，雷车夫见我爹买的猪蹄不下一百斤，那已经是长沙最热的八月酷暑日子，雷车夫关心地大声说："何叔，你买这么多猪脚，要是吃不完，不会臭？"爹一惊，自己这年龄开始被人称"叔"了，心里就有些凉，说："我担心还不够，现在来我饭店吃红烧猪脚的人，多得门都挤烂了。"

猪脚运回饭店，往往天才大亮，妈和惠惠、米米已起床，米米是斜对门人家的大闺女，也成了爹雇用的帮工。四个人便忙着处理猪脚，把猪脚丢到火里烧毛，烧不净的毛再用火钳燎，然后一脚盆一脚盆地洗，洗净放到火上炖，火上有一只大铁锅，锅里的水已开得啵啵响了，爹将桂皮、八角茴和干红辣椒掷入锅中，盖上锅盖，这才松一口气。这个时候，往往是九点钟，气温已上升了，太阳照耀着这条破旧的街巷和门前的槐树。

　　街对面有一家包子铺，包子铺的老板说一口常德话，爹对包子铺的老板招下手，包子铺的店小二便端来一盆稀饭和一笼包子，待爹妈和惠惠、米米吃完，店小二再过来收拾。有天，爹从早忙到黑，一个月亮升到空中，爹拎把椅子到店外，见槐树下有风，就感到总算可以休息了地坐到槐树下。爹只是刚坐下片刻，又有几个人走来，要吃红烧猪脚。爹实在直不起腰了，那伙人却粗声说："我们是特意留着肚子来吃猪脚的。"爹只好起身，步入火炉一样的灶屋，做着红烧猪脚。爹面对火炉整整一天，感到头晕，还感觉头很重，身体一软，人就倒在灶屋里。妈在红十字会干了几年，一看就明白这是中暑，忙叫米米打盆清水，妈蹲下，亲自为爹扯痧。爹醒了，乏力地爬到床上睡觉。次日一早，雷车夫敲门，爹又去肉店收购猪蹄。妈心疼爹，说："你该休息两天。"爹活动下四肢道："没事，我身体好得很。"

二十七

　　那一年湖南没战事，红军都北上了，留在湘赣边区的红军游击队却被国军剿灭得差不多了，一些对前途悲观失望的前红军官兵，偷偷掩埋了枪支，脱掉缝着红领章和红帽徽的衣服，回家过老百姓的日子。我岳父李雁城就是这么一个对革命丧失了信心的早期"革命者"，他没把革命的道路走完，因为一九三四年红军长征时，他负了伤，被留下了，留在赣南的一户农民家养伤。我岳父的伤在屁股上，一颗从国军士兵的步枪里射出的子弹，打中了撤退中我岳父的左边屁股，穿过他的裤子和肉，打裂了他的髋骨。别说走路，站一下都呲牙咧嘴地痛，当然就没法跟随红军长征。养伤时，我岳父与那家农民的女儿产生了感情，那村姑十七岁，比我岳父小一半还有多，按说我岳父不应该与这样的女孩子发生感情。但我这个年轻时多次出没于妓院、体内雄性荷尔蒙多得乱流的岳父，在湘赣边界与枪林弹雨打了多年交道却看不见前途、于心灰意冷地把革命思想退还给他人后，对身体饱满的十七岁村姑就产生了不可抑制的兴趣。每当村姑来给他挤化脓的伤口并为他的屁股上药时，他的睾丸就会变硬。有天，村姑给他换完药，他让村姑扶他起床，小便，裤子掉到了地上，阳物在村姑眼前毫无羞耻地一愣一愣，犹如一个捣蛋的顽童，羞得村姑满脸通红。我岳父在村姑羞得不知所措时，把村姑的衣裤脱掉，破了村姑的身，这样一来二去，村姑就怀了孕。

世界上的事情就是这样，假如我岳父没负伤，就可能跟着红军突围长征，也就不会成为我岳父。红军于湘江之战中，八万人被前堵后追的国民党军队打死四万，有可能我岳父就死于湘江之战中，即便没死在湘江之战中，死在后来的爬雪山过草地的长征路上，也是有可能的，因为从赣南出发的八万红军到达陕北时，据说只剩几千官兵。但在赣南时，国军士兵的那一枪，叭，一颗子弹恶狠狠地打在率部撤离战场的李雁城的屁股上，把他打成了我岳父。当时我岳父是红军里的团政委，打算将革命革到底的。假如果真那样，也有另一种可能，就像宋任穷、苏振华、邓华、杨勇和杨得志等革命功臣，他们都是湖南人，在赣南时都当过红军团长、团政委等职，一九五五年都被授予中国人民解放军上将军衔，被委以重任。当然，那也成不了我岳父，因为他们后来都没回湖南，一个个在北京或外省挑大梁。有时候一件事情就能改变一个人的命运，大概就是指这样的事情。

我岳父害怕了，害怕我岳母的爹开枪打死他，我岳母的爹不但是山民，还是猎户，有一支能装很多火药和散弹的猎枪，在打野猪上很有经验。我岳父怕我岳母的猎户爹发起怒来把他当野猪打——据我岳母说她爹是个不跟你讲理的山里人，一句话不对就打人，如果他手上有枪，那你就别想活着离开。我岳父说，在我岳母怀孕五个月时他带着我岳母逃离山村，来到湘东他过去居住过的一户农家，那农民住在大山上，那大山上就住着几户山民，我岳父让我岳母生下了一名女婴。我岳父本来想在那大山里终其一生，但女婴到一岁时，他实在耐不住大山的深度寂寞——那种寂寞太压人了，让他心慌，让他于春天里的一个早晨，带着我岳母和一岁的女婴离开大山，一瘸一拐地回到了当时拥有着三十多万人口的长沙。

报纸上说这年四月九日，少帅张学良自驾飞机，带着王以哲、刘鼎飞来到延安，与周恩来等彻夜长谈。报纸是我岳父随手于地上拣的旧报纸，他读这份报纸时已是五月中旬，这天他领了工资，三块大洋，便决定打个牙祭。他回到工人们睡的工棚——那是用废木料和旧塑料及烂砖瓦搭建的工棚，叫上赣南村姑，一手抱起女儿——他特别喜欢这女孩，向老兵饭店一瘸一拐地果断走来。他早就听木工厂的人说老兵饭店的猪脚做得好吃，今天领了工资，他就决心破费地慕名来了。爹一眼就认出了这个走路瘸着腿的李雁城，差不多惊得眼球都掉了出来，"是你?"我岳父也惊讶地打量我爹，也叫道："是你——"我岳父把一岁多的女儿递到我岳母手上，两人就紧紧握着手，前嫌啊当年生的意见啊因突然重逢而消失了。妈走出来，抱着一岁零一个月的我，爹忙向我岳父介绍我妈："我内人，我儿子。"

在战火中出生入死多年的我岳父已不是一个好奇的男人了，我岳父向我爹介绍我岳母说："她是山里人，姓周，叫她小周吧。"爹笑了下，"你的腿怎么了?"我岳父道："在赣南与你们国军打仗时屁股上挨了一枪,伤好后，走路就成了这样。"爹说："我们还活着。"我岳父点头道："活着，很多人都战死了。"

两人坐下来叙述各自的遭遇，说了一大堆话后，我岳父说他现在在木工厂打临工，受资本家的剥削。他说他混得这么差，又带着个女人和女儿，就没脸见梨花，更没脸见师父和师母。他望着我爹说："金山，在赣南的第二年，我被组织上调到另一个团任团政委，去训练新兵，与金江分开了。我有坏消息要告诉你，据我所知，金江在一次阻击战中被你们国军打死了。"

爹满脸痛苦，正犹豫是否把真相告诉我岳父，我岳父却转移话题说："忘了告诉你，我在赣南苏区碰见了李雁军。"爹瞪大了眼睛，"李雁军还活着？"我岳父道："李雁军告诉我，他是被红军俘虏后当的红军。他是红军中的团长。"爹想起他的两个弟弟，问："我二弟何金林和三弟何金石呢？你知道他们的情况吗？"我岳父说："我碰见过你二弟，他是知识分子，在瑞金时有点受王明他们排挤，但具体情况我不太清楚。何金石我没碰见过。"爹沉郁片刻，说："我在湘赣边界与你们红军打仗时，我三弟也跑去瑞金干红军了。"我岳父悲观地摇下头，"都过去了。"爹说："你倒好，洗手不干了。"我岳父阴着脸，"此一时彼一时，革命革了十几年，什么都没捞到，还革什么！"他喝了口闷酒。

从此我岳父就经常到老兵饭店打牙祭，吃了，嘴巴一抹，见我爹妈忙于应付顾客，也不多说话，一瘸一瘸地走人。有时候店堂里没那么多人，岳父就与我爹聊天，自然会聊到梨花和他儿子李文军身上。岳父斜着双眼睛睃着我爹道："你要我怎么办？梨花那样的女人容得下小周？小周是我的救命恩人，不是她，我早已变成泥土了。"爹望一眼我妈，说："梨花和文军你就不管了？"我岳父机械地摸下额头上的那条老伤疤，这是他为梨花打架而被西湖桥的人砍的，岳父一摸到这条浅浅的伤疤，心就一痛。爹想这个李雁城，老婆不要了似乎还能理解，儿子也不管，真是不可理喻。一天，两人坐在街口乘凉，又谈到李文军时，我岳父斜着两眼瞅着我爹说："金山，你不要管我的事，你看得起我李雁城，我就来，你看我不顺眼，我立马从你眼里消失。"爹觉得我岳父言重了，"雁城哥，我何金山的门永远朝你敞开。"我岳父一把抓住我爹的手，半天没说话地看着我爹，嘴唇颤抖道："金山，承蒙你不弃，我李雁城永远认你这个兄弟。"爹喝口酒，眯着眼睛看着我岳父，不太相信地问："你真不革命了？"我岳父贪生道："不革了，留着这条命多活几年。"

中秋节的前一夜，爹默默地瞅着天上的月亮，妈走到他一旁，小声说："想儿子了吧？"爹说："是有一点。"妈说："那我们明天回去吧？"爹把脸对着妈，"你不怕我妈？"妈娇柔地说："怕是怕，但那家里有你的四个亲儿女，我得跟你妈沟通好。"爹就感动地把妈搂到怀里。妈说："金山，我们明天带儿子回去，也许你妈的态度会改变。"

第二天上午，爹妈带着我，在街上买了几斤桂仁月饼，还买了一些孩子们爱吃的糖果，就去了青山街。这是我出生后第一次步入青山街，这个家在我童年的眼里有一个很大的院子，院子里有葡萄架、桃树、梅树、美人蕉和牡丹花等等，堂屋很大，有一张很大的圆桌，能坐很多人。我和爹妈进去时，堂屋里坐着奶奶和秋燕，还有我大姐、二姐，大姐正坐在圆桌前做作业，二姐趴在圆桌上画画。爹走在我和妈的前面，手里拎着月饼和糖果，我听见大姐和二姐同时用尖亮的嗓音叫道："爹爹。"然后，大姐跑过来，接过爹手中的礼品，把礼品放到桌上。二姐跳下椅子，走过来攀着爹的胳膊，要爹坐下，爹刚坐下，她就爬到爹的腿上坐着。奶奶的脸却跌下来，生气地对两个孙女说："家桃、秀梅，进你们自己的房去。"家桃和秀梅就惊惶失措地看着奶奶。奶奶说："听话，不要理这个不要你们的爹。"

家桃拉秀梅，秀梅从爹的腿上下来。爹摸了下秀梅的脑袋，说："妈，今天过节，我和付琳来拜节。"奶奶的一张老脸，就如刚从地下挖出来的生姜一个颜色，说："你眼里除了这个狐狸精，还有这个家？"爹不知说什么好，奶奶很厌恶地看我妈一眼——那种厌恶出自心底，透着寒气。奶奶说："你以前在军队，再紧张再忙，都抽空回家，自从有了这个狐狸精，还看得见你人？"奶奶说话时板着脸，好像年画上的穆桂英，十分严厉，"胜武、正韬、家桃和秀梅就不是你的儿女？你把他们丢在家里，整天跟这个狐狸精鬼混，你不要脸我还要脸呢。"爹把我拉到身前，"文兵，叫奶奶。"我有点怕这个说话很凶的老女人，不敢叫。奶奶很偏地说："我没这个孙子。"

张桂花、梨花和秋燕都看着我们，还有胜武、李文军、李文华和正韬、何大金，加上家桃和秀梅也都冷冷地望着我们。奶奶再次说："你不把这个狐狸精休了，我就没你这个儿子。"妈一脸苍白地站在我身后，她没想到她的提议会是这样一个使她难堪的局面。她紧张得浑身颤抖。爹见她心爱的女人那么害怕，站起身牵起我，对妈说："走吧，我们。"

秋燕突然尖叫一声："你不能走，你要走就写份休书休了我。"她坚决地走过来，抓住爹的胳膊，另只手扇了我妈一耳光，骂道："你这个不要脸的婊子，勾引我男人！"妈呆了，这一掌——爹后来让我叫二妈的女人铆足了劲，致使我妈脸上火辣辣的，立即呈现五个手指印。爹没想秋燕会变成一头母豹，竟对我妈动手，爹恼怒地对秋燕咆哮："你疯了？敢打人了？"秋燕那天是一定要与我妈争夺我爹的。她气愤地叫道："我没打人，我打的是狐狸精。"爹用力甩开秋燕的手，抱起我就往门口走。秋燕冲到院子门前，果敢地把两扇木大门关上，用身体堵着门，不准我爹出门，"你不能走，你把我丢在家里，自己在外面养婊子！你太狠心了！"爹听秋燕这么说，火了，"滚开！"爹吼道。我二妈的脑袋里只有一根筋，这根筋告诉她，这个男人是她的，她必须从我妈手中夺回去，她做好了鱼死网破的准备，不让道："老子不滚开！"爹把我交给妈，一把揪着秋燕的胳膊，把她拖开，拉开了门。

秋燕急得哭了，冲过去又要关门。爹拖住她，要我妈抱着我先走，秋燕情急中用极难听的脏话骂我妈，爹一耳光掴在她脸上，吼道："再骂，老子休了你！"秋燕感觉无脸就索性什么都不顾地反过来打我爹，爹更火了，一脚把秋燕踢倒在地，指着门道："你给老子滚回何家山去！"秋燕悲愤地呜呜呜哭道："老子不活了，老子去死。"奶奶是坚决站在秋燕一边的，但奶奶从没见过我爹如此怒不可遏，她也怕了，忙走拢来护住秋燕，发话道："秋燕，让他去，我们就当他死了。"

爹气呼呼地走出来，死了再带妈回青山街的心。从此，爹和妈一门心思地经营着老兵饭店。我那时小，爹妈没心管我，就自己玩，走到木匠父子家看木匠父子做家具；或走到井旁看彭家一家人敲打白铁桶和脸盆，可以一上午或一下午地看；或看雷家父子把轮子卸下来，拿钳子、扳手紧钢丝、给弹子上黄油和补胎。要不就走进包子铺看常德人做包子，再不然就蹲在地上看大我几岁的男孩玩玻璃弹子。我以为我会在这条街上就这么一天天长大，就跟我爹以为他会永无止境地于这条街上当他的饭店老板一样。但都没有，世事难料，那年"七七"事变爆发，日本侵略军对中国发动了全面战争，企图占领整个中国，让中国人当他们的亡国奴。这使长沙的民众满怀愤慨，也激发了长沙民众的斗志，大街小巷上都张贴着公告，鼓励十八岁以上四十五岁以下的男人从军，好把狗日的日本人赶出中国。

保长挨家挨户地走访和动员，彭家老大是街上第一个报名参军的，他书也不教了，一张黑不溜秋的鼠脸上充满义愤，在街上说，国家到了生死存亡的时刻，他不得不弃笔从戎。木匠老二受彭家老大影响，也报了名，他对我爹说："中国都要亡了，还做什么木匠？我打小日本去。"这年我爹三十六岁，胡子在他腮帮上乱长，人也胖了。爹温和地笑笑说："现在是轮到你们年轻小伙子为国出力了。"雷车夫见我爹这么说，边抠着晒得黝黑的光头，边转身去找保长登记参军。过了几天，他一身新军装地走进老兵饭店冲我爹笑，一只粗壮的大手撑着门框，一颗光头在天光下闪闪发亮，"何叔，我也要去打小日本了。"爹把头一个劲地点，觉得他是个好青年，"好好好，小雷，替我多杀几个日本鬼子。"

爹开的老兵饭店名气太大了，太大了就会有人慕名来吃我爹烧的红烧猪脚。他的老伙计龙团长和杨团长终于有一天来了，他们早就听人说老兵饭店的红烧猪脚好吃，那天中午就来老兵饭店吃红烧猪脚。龙团长一眼认出了我爹，很是吃惊地瞪大两只金鱼眼睛，问我爹："你没死？我们都以为你阵亡了，原来你躲在这条街上开饭店。杨团长，我日他妈的，何金山没死。"杨福全冲进来，一张与我爹一样胡子乱长的脸庞上满脸惊奇，大叫："何金山，我们都以为你死了！"爹被杨福全一双有劲的手搂了起来。爹笑，说："我又不是妹子，放下我。"爹把龙团长和杨团长介绍给我妈认识说："这是龙团长、这是杨团长，我们曾经都是赵振武师长的手下。"龙团长看着我妈，大加赞赏说："原来你还狗屋藏娇，行吧你！"爹惭愧道："她是我内人。"杨团长也昂着他那颗固执的芋头脑壳打量我妈，目光里满是惊异和忌妒。我妈笑，"金山经常在我面前提起你们。"龙团长大嘴一咧，满脸不信任地问："不是说我们的坏话吧？"妈说："他说你们好呢。"龙团长就哈哈哈笑，问我爹："金山，你晓得赵振武师长么？"爹望着龙团长，龙团长以为我爹不知道赵振武师长的下落，脸上就呈现几分伤感道："有天，碰巧我在我们师长家见到一本油印的阵亡将士名册，我在将士名册上看到了赵振武的名字，还看见你的名字，我们都以为你死了。"爹这才开口说："赵师长就倒在我身边，一颗子弹打断了他的腰椎，当时我和赵师长都负了重伤，后来赵师长死在战地医院。"

　　爹做了两份猪脚，亲自端到桌上，龙团长和杨团长吃得满嘴流油，自然也赞不绝口。龙团长回到他的团部，十九师师长打他的电话（那时长沙已有了电信局，一些重要人物家里都装着电话），叫他去搓麻将。龙团长在麻将桌上对他的师长说："师长，今天碰见鬼了，居然碰见第五师赵师长的麾下，我们都当他死在赣南了，阵亡将士册上明明写着他的名字，谁知他悄悄溜回长沙，开起了狗日的饭店。"师长觑着龙团长问："谁啊？"龙团长说："何金山。"师长叫道："何金山？十几年前，我们在陆军讲武堂一起学习过。"龙团长望眼他的师长，"那你们还同过学啊？"师长哈哈大笑，"我知道这个何金山，在讲武堂时他不太合群。"他问龙团长："这个何金山打仗怎么样？"龙团长拧着眉头想了下说："要我看，他当个团长没什么问题。"师长说："何键主席有把我十九师扩编成湖南第一军的意图？真要扩编的话，让他到你手下当个团长吧。"

　　众多的新兵招募，让第十九师迅速扩编成湖南第一军，当然还有第二军、第三军。一天，两匹战马飞奔到老兵饭店，两名军官跳下战马，进门便嘻笑不止，进来的是贺新武和杨福全。爹看见贺新武，十分激动，抱住他说："我不是做梦吧？"贺新武嗓门很大地哈哈大笑，"我也以为你战死了，这几年都没听到你半点消息。"说着，贺新武擂我爹一拳。杨福全团长说："你又得重新穿上军装，何团长。"爹摆下手说："要我穿我也不穿了。"贺新武团长接过我妈递来的茶，喝口茶。杨福全从皮挎包里拿出一纸任命书，"何团长，军长令我把任命书亲手交给你。"爹不敢相信地接过任命书，上面赫然写着：湖南第一军第二师第四团团长何金山，接到任命书，即日到军部报到，否则以逃兵罪军法处置。下面盖着湖南第一军的公章，还有刻着军长大名的隶书私章。爹呆了。

爹想不到阔别整整三年半的军旅生涯又向他招手了，贺新武和杨福全离开后，妈问："还真的军法处置呀？"爹怅然地坐下，"现在是非常时期，我如果置之不理，那还不拿我何金山开刀？"妈"啊"了声，把脸贴到爹的肩上说："我和文兵怎么办？"爹明白他这一走，让她留下来管理饭店那真是太勉为其难了。爹说："你还是去红十字会吧，那里有你小姨照应。我把文兵送回青山街。"妈很难过，"我跟你和儿子分不开呢。"爹把妈搂到怀里，"我也不想分开，日本人要我们当亡国奴，不打不行啊。"

有人走进饭店，嚷道："来份红烧猪脚，老板。"爹从里面房子走出来，对顾客说："今天停业，我要去打仗了，明天就走。"来吃猪脚的几人就看着我爹，爹抱歉道："对不起。"几个顾客走后，爹关了店门，妈很舍不得爹去打仗地把脸偎在爹的胸膛上，爹摸着妈一头乌黑的秀发说："战争就是死亡，万一我死了，你不要为我守寡。"妈把爹的脸扳到自己嘴上，亲一口说："你不是告诉我，有个老和尚说你能活到九十岁吗？"爹想起他曾跟妈说过这样的话，哈哈一笑，"那个老和尚是这么说过。"妈眼泪汪汪地摸着爹的脖子，这几年开饭店把爹的脖子开粗了。爹被妈的手抚摸得激情来了，就一脸激情地把妈抱到床上，可是这当儿又有人敲门，嘭嘭嘭，爹大声说："今天停业。"门外的人说:"我是李雁城。"爹一听是我岳父的声音,只好从妈身上下来。

我贫穷、落难的岳父天天吃我那个在赣南山村里长大的岳母做的酸菜泡饭,吃得都想呕了,就想吃一顿不要钱的红烧猪脚,便一瘸一瘸地来了。我岳父瘦了,瘦得眼眶都凹进去不少,颧骨却顽强地杵在他那张船型脸上,脸晒黑了,脸和胳膊都晒得跟腊肉皮样。我岳父一副饥饿和疲劳相,进门便讨好的模样问我爹,"大白天,关门干什么?"爹睨着我岳父一笑,"你来得正好,我又被召回军队了。"我岳父斜着两只看了几十年人生看得心灰意冷的眼睛望着我爹,不明白我爹说"你来得正好"是什么意思。爹龇牙一笑,"明天我就得去湖南新编第一军报到,付琳将去红十字会,你如果不嫌弃,这饭店就交给你经营。你别让它垮了。"经历了那么多大风大浪且无数次死里逃生的我岳父,尽管处变不惊了,还是笑得合不拢嘴,"好好好,我一定替你经营好老兵饭店。"爹把饭店的门钥匙和钱柜钥匙一并交给我岳父,"付琳会住在红十字会,你和小周可以睡在店里。"我岳父道:"好好好。"

次日上午,爹叫辆人力车,先把妈送到红十会,接着叫车夫向青山街跑来了。爷爷奶奶一家人正在吃午饭,围着一张大圆桌,爹让人力车夫帮他把大包小包提进家,爷爷、奶奶、我二妈、张桂花、梨花、胜武、正韬等都瞪大眼睛望着。爹付了车费,把我拉到爷爷面前说:"叫爷爷。"我叫了爷爷,爷爷很高兴,脸上的笑容都洒到了我脸上。爹又把我拉到奶奶面前,"叫奶奶。"我叫了奶奶,奶奶却冷声道:"我没这个孙子。"爹不恼,把我拉到秋燕前面,"叫二妈。"我叫了声二妈,二妈憎恶地瞟我一眼,不语。爹把大人介绍完,就指着胜武、正韬说:"他是你大哥,这个是你二哥。你还有个大妈,也就是你胜武和正韬哥哥的妈,她死了。"爹又指着家桃和秀梅说:"这是你大姐,她是你二姐。"临了,爹对他爹妈说:"爹、妈,我被重新召入军队，要去打日本鬼子了。"

爷爷"哦"了声，奶奶把目光放到我爹身上问："那个不要脸的狐狸精呢？"爹瞪奶奶一眼，那目光很凶，犹如一道闪电落在奶奶身上，吓得奶奶一惊。大家都望着爹，爹把目光放到张桂花脸上，张桂花忙一脸温和地笑着，爹觉得在座的大人里，似乎只有张桂花最值得他信赖，"桂花，我把我小儿子文兵交给你了。"张桂花答："大少爷，您放心。"爹就对我说："文兵，肚子饿了就找桂花婶婶要吃的。"我点点头。

爹抛下我，赶到军部报到，军参谋长拿起我爹递上去的任命书，把团长那一杠划了，黑着脸说："你来晚了，团长一职已授予彭刚。"军参谋长在划掉的团长后面添一行字：四团三营营长。他把任命书递给我爹，昂起脸，"四团三营营长何金山，我命令你马上赶到四团向彭刚团长报到，不得耽搁。"爹拿着任命书，想他又成营长了，这可是久违的军衔。

四团在浏阳河边上，正在河堤下大练兵，四团团部设在一处傍着杉树林的矮房里。先是一排挺拔的杉树呈现在爹眼里，接着是那排土砖茅草的矮房子，再接着爹被一匹强壮的白马深深吸引了。那匹白马在土砖颜色的衬托下很白很亮很高大，那匹白马对走向它的我爹嘶鸣着，爹一眼就认出了它，它是白玉！白玉的嘶鸣声让爹激动，仿佛故友重逢。爹忙走拢去抱住白玉的头抚摸。白玉的嘶鸣声招来它的主人，它的主人看见我爹，也是一愣，他就是花三百五十块大洋从我爹手中买下马的中年军官。中年军官比三年前胖多了，脸圆了，脖子也粗了，衬衣的扣子紧绷着他肥大的肚子。爹一见他的军衔是团长，马上问："你是彭团长？"彭胖子傲慢地咧咧嘴，"正是。"爹冲彭胖子一个军礼道："四团三营营长何金山前来报到。"白玉在他们一旁欢呼，拿头蹭我爹的腰和背。彭团长不冷不热地说："没想到啊。"

团参谋长把爹带到三营，让全体三营官兵集合，然后宣布说："这是你们三营营长，一个有着丰富作战经验的老兵，大家鼓掌欢迎。"来之前，团参谋长说："这是一个新兵营，建营没几天，只有排长以上的军官是老兵。

大多是长沙市的，你要把这批新兵带好。"爹站到土堆上训话，说："敝营长当了很多年兵，打了很多仗，负过几次伤，是从死人堆里爬出来的。当兵打日本鬼子，是每个中国人应尽的职责。我何金山退役三年多了，如今又重归军队，只有一个目的，就是把日本侵略军赶出中国。"三营的官兵就跟着叫嚷，爹让官兵安静下来，接着说："打仗不是喊口号，人要机灵，战前要抓紧训练，只有把真本事学到手，在战场上才能打败敌人。"爹训完话，让三营的官兵以排为单位操练，自己亲自下到排里查看。傍晚，一轮残阳涂抹在草地上，还涂抹在一个个满头大汗的士兵脸上，爹在一株柳树下坐下，就见两个面孔熟悉的人笑嘻嘻地向他走来，一个是雷车夫，一个是浓眉大眼的木匠老二。爹说："是你们？"雷车夫说："报告营长，我是三营二连一排一班班长。"木匠老二说："报告营长，我是三营二连一排二班士兵。"爹高兴道："好啊。"

二十八

那年秋天，上海正进行规模空前的淞沪大战。蒋介石想保上海，而日本侵略军坚决要把上海打下来，中国政府为此投入八十万军队，日军投入三十万军人，日军被中国军队歼灭五万，中国军队却战死三十万。蒋介石害怕了，八十万军队里有五十万是他的中央军，那是他这些年经营的血本，他害怕他的"血本"全军覆没，便命令余下的五十万军队撤离上海。从八月份开始，历时三个月的淞沪大战于十一月宣告结束。北平、天津和上海的相继失陷，令湖南民众又愤慨又着急。爹在浏阳河畔训练他的三营官兵，凌晨五点钟就吹起床号，对他的官兵说："弟兄们，打仗不能光凭勇敢，打仗时不要盲目冲锋。子弹不是大刀和梭镖，很远就能把人打死。你们要机灵点，给我好好训练。"爹把雷车夫提为排长，这是雷车夫身大力大，在摔跤比武时，二连没一个官兵能赢他。雷排长问："营长，战场上消灭敌人最有效的方法是什么？"爹看着满头大汗的雷排长，不假思索地回答："最有效的办法就是不被敌人打死，你才能打死敌人。"

半个月后，湖南第一军奉命赶赴江苏，因为日军包围了南京，南京卫戍司令长官唐生智求援，湖南省主席忙将第一军派去增援。第一军一万五千多官兵便在欢送的民众眼中，迈着豪迈的步子出发了，向千里之外的南京迈去。湖南第一军还没到达南京就传来南京失陷的消息。日军打南京伤亡不小，就在南京制造了惨绝人寰的大屠杀，杀害南京老百姓和战俘多达三十万人，报纸上天天刊登日军在南京的暴行，这极度刺激了湖南第一军一万五千多官兵，他们又害怕又愤怒，因为他们没想到日本人竟这么残暴。雷排长问我爹："营长，日军想杀光我们中国人吗？"爹很气愤，看一眼满脸愤慨因而五官都变了形的雷排长说："中国人是杀不光的。"木匠老二如今是爹的传令兵，这段时间他苦练杀敌本领把自己练出一身肌肉了，木匠老二握着拳头道："我要把日本人全杀光。"爹鼓励地瞟一眼木匠老二说："你们是要有这种决心。"雷排长惶惑地望着我爹，"日军怎么可以在南京杀那么多人？他们就没有父母和姐妹？"爹道："他们是黄眼畜生，黄眼畜生是不认父母和姐妹的。报纸上说，日军在南京大肆糟蹋妇女，强奸、轮奸，甚至连八岁的女孩都不放过。所以，我们要狠狠地打这群畜生。"一个年轻士兵攥紧拳头说："营长，我们不把日本鬼子消灭，他们就会更加杀害我们中国人。"爹问："你叫什么名字？"那士兵回答："我叫杜国民。我们都做好了战死疆场的准备。"爹觉得他的兵都是好样的，都有与日军死拼的决心，爹感到有这些热血青年，中国就亡不了，便对杜国民说："我会记住你的名字。"

年前，湖南第一军开到河南，大年初一是在河南开封过的，大家在一起喝酒聊天，热热闹闹的，自然也很紧张。有天，忽然就接到第一战区司令长官李宗仁的命令，命令湖南第一军迅速向鲁南战略要地台儿庄集结。

第一军的官兵忙日夜不停地赶往鲁南。

　　一到鲁南就奉命攻打日军的增援部队，第一军就在日军的炮火中前行，抢占山头，对进攻的日军给予坚决的还击。彭团长命令爹的三营冲锋，爹不听，反而要求他的官兵注意保护自己。彭团长气得骂人，提着枪奔来，要枪毙我爹。爹对彭团长说："彭团长，我可不是第一次打仗，日军这么强的炮火，你让他们去送死你对得起他们的父母吗？"彭团长恼怒地举起枪指着我爹的额头道："我要枪毙你。"爹瞪他一眼，扬手把他的手枪拨开，"我不喜欢你用枪指着我，"爹绷着脸说，"留着子弹打鬼子吧。"爹不理他了，对站在一旁一脸紧张的木匠老二道："传我的命令，一连、二连、三连的官兵坚守阵地，绝不许后退半步。"

　　仗打了五天。四团官兵同仇敌忾，自始至终没让日军前进一步。随后，军长接到反攻命令，整个军一万多官兵便步入反攻，冲锋号一吹，爹就率领三营的四百多官兵朝敌人猛扑过去，将不可一世的日军打得弃下阵地逃之夭夭。台儿庄战役是继八路军林彪指挥的平型关大捷之后，中国军队又一次取得重大胜利的歼灭战，击毙日军一万二千人，这极度鼓舞了中国军队的士气。紧跟着，湖南第一军又参加了徐州会战，日军投入十三个师团三十余万军队，中国调动四十五万军队，以徐州为中心，协同作战。徐州会战打了一个月，日军企图在徐州消灭中国军队的主力，中国军队放弃徐州，向西南突围，退到了河南和山西。爹所在的湖南第一军一万五千多官兵，于徐州会战后只剩下三千多人，有的团，包括团长一起整团战死了。有的团只剩团长等少数官兵。爹所在的四团一千三百多官兵，退到河南境内时，只剩三百多人，爹的三营从湖南走出去时是四百多人，台儿庄战役和接下来的徐州会战后，退到河南时只剩一百八十人。一百八十名官兵三五成群地抱在一起痛哭流涕，呜呜呜呜，因为他们没想到他们还能活着走出战场。

　　爹带兵打日本侵略军的那段时间，我是青山街三号里最孤独的孩子，这主要是奶奶不喜欢我。我们家，爷爷负责外面的事，去灵官渡的屠宰场买肉及运肉回家，把熏制好的腊肉挑到南门口的吉祥腊味店，外表上，爷爷似乎是青山街三号的主心骨，保长、甲长来访，爷爷就出面接待，脸上飘着些被烟子熏黄的笑，坐下来时手里拿着只紫砂壶，友好地告诉保长、甲长，"我买的茶叶好喝，是今年的清明前茶。"有时候，爷爷也留保长、甲长吃饭，逢这个时候，孩子们就都不上桌，拥到厨房就着灶台吃饭。张桂花婶婶或梨花伯妈为我们装饭、夹菜，我们几分钟就吃完了，可是堂屋里，爷爷吃的那桌饭，没有一两个小时是不会完的，因为保长和甲长都爱喝酒聊天，一喝，话就长，像橡皮筋样从堂屋扯到了大门外。我童年的记忆里，爷爷一天到晚基本上是在作坊里守着，作坊里搁着很多只熏腊肉的铁盆、铁桶和烘罩，还有老糠、花生壳、橘子皮、桂皮等易燃物质，没人守着，一起火，那还了得？所以，爷爷的世界就是把新鲜猪肉变成腊肉的作坊。

家里的一切都是奶奶说了算，奶奶说吃鱼，家里就吃鱼；奶奶说早上吃面，早上就吃面；奶奶说："今天包顿饺子吃。"张桂花、梨花、奶奶和我二妈就会全身心地投入到包饺子吃的运动中，有时候家桃和秀梅姊妹俩也会投入其中。男孩子却没一个沾边，胜武、李文军、李文华和正韬、大金只认吃，在上辈人在堂屋里包饺子时，他们就回到房里假装写作业，其实是坐在一起说话，说一些他们从连环画上或别人嘴里听来的古代英雄，东汉末年的关云长、赵子龙，或隋唐时期的李元霸、裴元庆、秦叔宝，要不就是南宋抗金名将岳飞、杨再兴等，说得几个孩子一脸的向往和钦羡。如果堂屋里还剩谁是男孩，那就是我。我不懂事地歪着头看上辈人和家桃、秀梅包饺子。吃饺子时，奶奶会没好脸色的样子睒我一眼说："光知道吃。"在奶奶眼里，我似乎只是狐狸精的儿子，不是她杨桂花的孙子。

我二妈更不喜欢我，在她眼里，是我妈把她的男人夺走了，所以她从不给我好脸色。她没读书，心灵上的那块地就十分坚硬，只栽着几棵树，那是她的亲人。有天，我的一只皮球滚进她的房里，我进去捡皮球，二妈讨厌地盯我一眼说："出去。"那时我五岁了，却很怕我二妈。我二妈看我的目光，是极其厌恶的，好像要把我撕碎样。别人都说我二妈人好，尤其奶奶，她最喜欢我二妈。但在我童年时，我总觉得二妈的那双眼睛常常阴险地盯着我，有时我感到脖子被针扎一样，一回头，原来是二妈正用阴毒的眼光盯着我的脖子。她是不是想趁家里没人时，拧断我的脖子？她是有这个力气的，但她终究没这么做。由于奶奶和二妈都不喜欢我，吃饭时，除了张桂花婶婶招手叫我，基本上没第二个人叫我吃饭。张桂花婶婶还真是个心地善良的人，受我爹之托，对我分外留心。

　　我童年时，家里对我最好的女人，就是张桂花婶婶，我穿脏的衣裤都是张桂花婶婶替我洗，我洗澡也是张桂花婶婶替我洗。梨花伯妈嘴里好，但不会像张桂花婶婶样放到行动上。有时候我嘴馋，张桂花婶婶会买糖果或梅子啊姜啊给我吃，对我说"拿着"。她的儿子看见了，她会对儿子说："你不要跟文兵抢，妈再给你买。"李文华比我大十岁，当然不会跟我抢吃的。我大哥何胜武和李文军，成了另一拨人，两人已是准男子汉，他们只跟他们的同学玩，他们的同学在童年的我眼里，个个身材魁梧，他们来了就直奔何胜武或李文军的房间，于是就爆发出洪亮的笑声和同样洪亮的说话声。如果是吃饭的时间，他们会留下来吃饭，吃饭时他们仍说他们的事，视奶奶、我二妈、梨花伯妈和张桂花婶婶和比他们小的弟妹们于不见，他们的目光始终在他们同学的脸上，声音完全是男人的声音了。我大哥因是长孙，赢得了充满传统意识的奶奶的格外善待，他说什么，他出去或进门，奶奶都用溺爱的笑容相送或相迎，这使得我大哥年轻的时候基本上目中无人，对两个同父异母的妹妹和我这个同父异母的弟弟，更是望一眼都嫌多余。

　　二哥正韬、堂哥大金和李文华则是另一个圈子，这个圈子是个三人世界，这个世界是排斥家桃、秀梅和我的。二哥正韬爱吹竹笛，没事就举着竹笛站在葡萄藤下吹，李文华却在一旁拉着二胡合乐，大金没有音乐细胞，他吹过一阵笛子，最终放弃了，二胡他摸一下都嫌麻烦，而且他觉得这不是什么了不起的乐器。他在一旁看，脸上一片深思，对只比他小一岁的堂妹家桃找他说话爱理不理，至于比他小五岁的另一堂妹秀梅和比他小八岁的我，他更是懒得理睬。他待正韬和李文华合乐累了，才跟他们说话。他长到十岁后，谁也弄不清是什么原因，也许是他母亲那方遗传给他的一面渐渐抬头了，也许是奶奶于不经意中说了句什么话，伤了他，他性格突然变孤僻了，时常一个人坐在窗前仰望星空。有时候他会对正韬说："不晓得我爹妈是否还活在世上？"正韬就安慰他，"肯定还活着。"

　　正韬没有这种思想包袱，他的亲妈还在他没睁开眼睛时就死了，他是在奶奶怀里长大的，幼年时候，他把奶奶当成妈，他开口学话时，叫奶奶就是叫妈。直到三岁了，爷爷才告诉他，搂着他睡觉的是奶奶，他才朦朦胧胧地意识到他叫错了。家里的男孩子里，奶奶特别宠他，就因为他是奶奶一把屎一把尿带大的，他要买什么，奶奶几乎从不拒绝。二哥和大金睡一张床，我和大哥睡另一张床，大哥常把我挤到只有半尺宽的边上睡，之所以没掉下床是因为我睡里面，半晚上，我常感到泰山压顶，出气不赢，醒来才知道大哥的一条修长的腿压在我胸上，一双汗脚极臭地支在我脸前。我费力把大哥的脚搬开，可是没过多久，他的脚又压在我身上了，又让我感到泰山压顶。他这样睡舒服些，所以睡着后，他的脚就搭了上来，害得幼年的我不得不跟他的一双大脚没完没了地抗争。正韬也经常来些同学，他们都爱好文艺，一个叫张东魁，手里捏支竹箫，一个叫胡麓山，肩上常背着脏兮兮的黑布袋，用绳子系着，解开绳子，拿出的是一把板胡，一拉，声音又尖又亮。他一边拉，一边嘻嘻笑，他在我童年的记忆里十分幽默，笑起来像猫脸。他们来了，一定会把青山街三号的沉闷气氛驱逐掉。只是苦了我二妈、梨花伯妈和张桂花婶婶，因为他们一来就被正韬留下来吃饭，年轻孩子正吃长饭，吃得很多，得多做饭菜才能喂饱他们。

二妈的两个女儿又是一拨，她们自然受到奶奶的格外宠爱，上辈人是重男轻女的，但奶奶的传统思想一落到她两个孙女身上就出了问题，偏不轻这两个孙女，常搂着我二姐发号施令，对我大姐只称呼一个"桃"字，称呼我二姐就更加细腻，叫"乖孙女"，令我二姐特别骄傲。二姐会毫不客气地使唤奶奶，"奶奶，我口干。"奶奶忙去为乖孙女倒水。二姐慢声细气地说："奶奶，我的鞋子湿了。"奶奶忙去找双干鞋子给乖孙女换上。在年龄上，我和二姐最接近，她只大我三岁，按说是该照顾我和带我玩的，但由于奶奶对我很冷漠，看我的目光好像我是街上的小乞丐，二姐当然就对我不客气。二姐总有一些好玩的东西，比如布娃娃，或者张桂花从街上买回来给她玩的有着漂亮羽毛的小毽子。有时候，我拣起她丢在地上的毽子，她会喝斥道："别拿我的东西！"

　　有一年，不记得是我五岁还是六岁那年，二妈的爹，那个从来没来过青山街的马驼子中风了，二妈得知这消息，突然就回了何家山村，从此，她两边跑。逢年过节，二妈会来，一是想女儿了来看她的两个女儿，二是（我猜测）来会我爹。但自从我爹当着全家的人殴打她喝令她"滚"后，二妈再蠢，心里也明白在争夺我爹一事上，她已经不是我妈的对手了。所以，这也是二妈把心和感情往她爹妈身上移植的原因。就跟所有的人都有自尊心样，二妈也有自尊心，那自尊心让她的心渐渐结了冰，开始的时候她来，还打扮自己，后来她来得少，来了也是一副乡下女人的装束，因为她把她那颗爱心打上封条，藏在地窖里了。

　　不记得是哪一年的端午节，二妈来了，脸晒得黑黑的，因是过节，她穿一条黑缎子裤，那黑缎子在阳光下很亮，裤腿上还绣着茶花，很醒目。上身一件红绸子短袖衫，胳膊露在外面，也晒得很黑。手里拎着她亲手做的一篮粽子，另只手上拎着一篮咸鸭蛋。奶奶高兴道："秋燕，啊呀，你真是——的！"二妈答："都是我自己做的粽子和咸蛋。"过年的时候二妈也来过，那次她带来的是一大包干酸菜、干豆角和一坛她自己剁的剁辣椒，这让奶奶也十分高兴。奶奶就爱吃这些东西。奶奶总是夸二妈说秋燕像她。其实，家里除了奶奶自己，没一个人觉得二妈像她。二妈来了，自然是二姐撒娇的日子，二姐会扑到她妈身上，坐在她妈腿上，不断地跟她妈亲热。大姐不像二姐那么爱撒娇，她似乎一生下来就比她妹妹成熟，妈来了，她只是叫一声"妈"，就站在一边，任其妹妹与妈嗲声嗲气地说话，不跟妹妹争宠。端午节那天，吃中饭时，二妈装不经意的样子问她大女儿："桃子，你爹呢？"大姐答："不知道。"二妈脸上就茫然，那茫然的目光会投向墙角，想她又白来一趟。

奶奶问及她爹妈的身体，她怔了下才告诉奶奶，她妈还好，爹很糟，中风后一直瘫痪在床上，吃饭喝水都要人喂，屎尿如果没人管，就只能拉在床上。吃饭时，全家人都在剥二妈带来的包着红枣、黄豆和花生的粽子吃，我剥粽子时，二姐从我手上抢过粽子说："这是我妈的，不给你吃。"我哭了，二妈瞟全桌人一眼，见没人说话，她也不吭声。

我成年后，审视我八岁前的童年，基本上是青山街三号里孤立无助的游魂，是这个以上辈女人为主的错综复杂的家庭里的多余人。我八岁那年，被日本侵略军的残暴行径激愤得无比英勇的我二哥何正韬，背着爹愤然从军，他所在的军开到常德，与日军在德山一带发生遭遇战时，不幸战死了。而先一年，我大哥那双修长的、经常于黑夜里把幼年的我压得喘不过气来的腿，在日军第三次攻打长沙的战场上，被迫击炮弹炸飞，成了残疾人，我这个孙子才从奶奶的眼窝深处凸显出来。

二十九

回到日本侵略军在南京大肆屠杀中国老百姓的那年，那年我大哥和李文军，都报名参了军。日军的暴行，令每一个中国人都愤怒。我十六岁的大哥就跟当年他爹和他的叔叔们一样，觉得再坐在教室里读书是浪费生命。他跟李文军一商量，李文军就怒视着天空，攥着拳头说："我们俩畜生不当兵！"这是长沙年轻人的咒语，意思是不当兵的是畜生。学校门前就设了招兵站，我大哥和李文军一走出学校，就绷着脸迈进简陋的门前扯着一块红布的招兵站。大哥一步入招兵站，把书包一丢，对招兵站的军官说："长官，我叫何胜武，就要十八岁了，我要当兵杀日本鬼子。"李文军也黑着面孔说："长官，我也要参军杀日本鬼子。"招兵站的年轻军官望着这两名学生说："好的，现在日本侵略军都打到家里来了，读书是该放在一边，我批准你们入伍。"说着，他给他们开了入伍通知。

大哥和李文军这对身高都超过一米七十的准男子汉，就一人执份入伍通知回家了。大哥把通知书给奶奶看，"我参军了。"奶奶盯着他说："你还小呢。"大哥生气了，"我还小？日本兵在中国杀死那么多人，我们很多男同学都当兵走了。"梨花伯妈在另间房子叫喊："文军，你不能去，万一你被日本鬼子打死了我怎么对得起你那个砍脑壳的爹？"奶奶听梨花这么说，脸都青了，厌恶地剜梨花一眼，骂道："你真是一张乌鸦嘴！"李文军已经是男子汉了，身高一米七三，人中上长了两撇他妈多次要他刮他也舍不得刮的黑胡子，一双眼睛炯炯有神，愤怒时拳头都拧得出水了。他对他妈说："我还没去打日本鬼子，你就咒我死啊？"梨花也觉得自己一开口就说错话了，她啐了口，又说："你不能去。"李文军没理她，果断地走出来，脸上气呼呼的，一家人就看着李文军和即将奔赴战场的何胜武。

吃饭的时候，由于何胜武和李文军将要去打侵略军，气氛就相当凝重。奶奶咒骂日本侵略军，何正韬支持他哥去当兵说："奶奶，我们老师说，中国到了生死存亡的时刻，我支持大哥和文军哥去打日本鬼子。"李文华也昂起秀气的脸蛋，郑重地说："我也支持大哥和文军哥去打日本鬼子。"张桂花婶婶放下碗，冲儿子瞪一眼说："文华，吃你的饭。"

那时候日军的暴行充斥在每个中国人的耳朵里，街头巷尾、菜市场上、学校里、报纸上和广播里，无不在谴责和描述日军在中国犯下的滔天罪恶。湖南是内陆省份，日军的铁蹄虽然暂时还没踏上湖南这片炽热的土地，但硝烟已经飘来了，人们都闻到了令人窒息的火药味。某某战死了，某某成了烈士，某某正率领一支顽强的中国军队与日军浴血奋战，北平、天津失陷了，守上海的中央军溃败不堪，南京被日本侵略军攻破了，日军在南京大屠杀，日军要打武汉了，日军要进攻长沙了等等等等，是湖南人一坐下来就议论不休的话题。所以全家人都明白，李文军和何胜武要去打侵略军当然不是好玩的，因为很有可能是自己被日军杀死，家里的气氛就严峻，空气也变得晦涩、酸辣了。

那天，爷爷破例没有步入房间午睡，他目光和蔼地看着他的身高一米七五、脸上飘着骄傲的长孙和李文军，一只手机械地玩着紫砂壶盖，弄出的响声让奶奶心烦意乱。奶奶说："你拿壶盖子玩什么？你几十岁了还当自己是几十斤？"爷爷就不玩壶盖了，奶奶让张桂花到她房里拿来阴阳卦，那是两块梨木，一边平整，一边半圆。奶奶望眼大家说："我来给胜武和文军打一卦。"奶奶把希望寄托在两片与打日军毫不相干的梨木上，她站在堂屋中央，虔诚地捧着两片梨木，在手上摇着，嘴里默祷什么，突然一抛，两片梨木飞越奶奶的头顶又迅速掉在地上，一阴一阳，奶奶松口气说："你们看，是吉卦。"

大哥和李文军一起走了。他们被安排进新兵营集训，新兵营设在洞进铺，离市区较远。他们和另一些新参军的年轻人于下午五点钟太阳没那么灼热时朝着洞井铺出发，天黑了才赶到。第二天一早，天还没亮，军号响了，他们兴奋地爬起床，就聚到日头下跑步、投弹和射击。前面一个稻草人，稻草人的头上戴顶日本军帽，让大哥他们对着稻草人射击。主要是练姿势和射击时该注意的动作，教官手里拿根鞭子，很严格。那年的长沙特别热，一个太阳下来，树木就一色耷拉着脑袋，有的索性枯死了。大哥和李文军这些新兵，很多于操练中纷纷中暑倒下，靠土办法扯痧才转过气来。那年六月，日军攻占了河南开封，逼近郑州。为阻止日军西进，蒋介石下令炸开郑州以北郑县花园口黄河大堤，使日军放弃了进攻郑州，对阻敌西进起到了作用，但却让河南、安徽和江苏三省的四十四个县受灾，造成五百万民众流离失所。长沙来了很多河南和安徽叫化子，沿街乞讨，手里拿只碗，张着惊恐的眼睛。有的乞丐就病或饿死在街头，野狗们都懒得去吃，因为有的尸体简直只剩着皮包骨头，肚子里的肠胃都瘦瘦的，没点油水。长沙街头有一批人专门收尸，把尸体运到郊外埋掉。

　　大哥他们的新兵营就在郊外，自然能看见拖尸的板车源源不断地拉来，将尸体倒在坑里焚烧，烧得尸臭和青烟满天飘飞。大哥他们为此更加痛恨日军，因为不是日军进犯，蒋介石也不会下令炸黄河大堤，所以新兵们就更加苦练杀敌本领。集训了一个月零八天，长官突然宣布："日本军队进攻我们武汉，武汉码头上有很多军用物资，委员长要誓师保卫武汉。弟兄们，原打算集训三个月的，提前结束了，我们上战场上杀日本鬼子去！"日军分兵三路进攻武汉，武汉会战开始了，大哥和李文军等新兵被立即输送到战场上。

　　爹所在的湖南第一军被划归第九战区司令长官薛岳指挥，湖南第一军于日军进攻开封前已从河南退到湖北，又从湖北退到江西，在江西驻扎休整。这天上午，爹接到军部任命书，被升为第一军第三师第十团团长，爹就带着他的警卫杜国民和传令兵木匠老二，奉命前往十团。第十团是新组成的团，除营长、连长等几个老兵外，一色的新兵蛋子，爹到任，见一个结实的军人向他敬礼，一看，竟是他当年的警卫陈万山。爹极高兴，"你还活着？"陈警卫被任命为十团一营营长，陈营长说："团长，我还活着，老天爷不要我死，要留着我这条命打日本鬼子！"爹在他的前警卫肩上拍一巴掌，"说得好。"爹瞟眼一营官兵，一营官兵立正站在他面前，有一名军官昂着黑不溜秋的鼠脸望着我爹笑，是彭家老大，那个教书匠。爹笑笑，

"没想到是你。"彭家老大说:"报告团长,我是一营一连连长。"爹说:"当连长了?你进步快啊。"爹看十团官兵,都是些年轻小伙子,全是娃娃脸蛋,穿的军服和戴的军帽也全是新的。爹扫一眼新兵,越发感到中国人是杀不完的,看看这些新兵蛋子,一张张脸上充满了正义和杀气!爹欣慰地走到台上,开口道:"弟兄们,日军之所以猖狂,是占着武器比我们中国军队的好,打仗时有飞机、大炮支援。但他们没有我们勇敢,他们是豺狼,怕死!"爹大声对他的官兵说:"我们中国军人不怕死!"

爹望着他的兵,又说:"你们是勇敢的战士,是为了保卫自己的国家而愿意赴死的顶天立地的湖南汉子。"爹扫眼他的官兵,接着说:"弟兄们,日本人以为中国人好欺负,现在我们要让他们知道中国人不好欺负!弟兄们,你们都是好青年,杀敌的最有效方法就是不被敌人杀死,你们在战场上都要保护好自己,不要成为日军的枪靶子。"爹说到这里,忽然鼓起了眼睛,因为他看见了李文军,李文军正鼓着两只黑亮亮的眼睛盯着他,且与一旁的士兵交谈了下。爹大吃一惊,立即走下训话台,走进以连为单位的队列中,当然就看见了他大儿子。何胜武没想到新到任的团长是他爹,情急中把帽子压得低低的,妄想蒙混过关,但还是被爹揪了出来。爹对他说:"你出列。"大哥走前一步,啪的一个立正。爹觉得大哥敬军礼敬得有模有样,说:"等下你来团部报到。"爹又走到台上,继续说:"弟兄们,本团长希望十团成为杀敌最凶最狠的团。你们有信心吗?"众官兵齐声答:"有信心!"

大哥勾着头走进团部,爹坐在桌前,黑着脸默默地盯着儿子,父子俩一时无话。爹看着儿子想,连他十六岁的儿子都敢上战场,上天难道还会站在日军那边?爹开口说:"这是怎么回事你给我解释?"大哥说:"爹,没想到会有这么巧。"爹绷着脸纠正儿子的话说:"在军队里没有爹,只有长官。"儿子改口道:"是,长官。"爹知道事已至此,解释也是多余,便严肃着脸说:"日军为使中国军队投降,很凶残,杀人都杀疯了。我带去江苏的一个营有四百多官兵,回到湖南只剩下一百多人,其他弟兄都战死了。"

爹说到这里，脑海里跳出一个个与日军厮杀的场面，"你留在团部，做我的警卫。"大哥有点怕爹，在爹身边他不自在，咧咧嘴说："我要去连队打日军。"爹皱着眉头说："知道为什么急着派你们新兵上阵吗？马上要跟日军打仗了。我让你在我身边学学打仗。"爹对他带来的警卫杜国民说："我命令你管好和带好新兵何胜武。"

湖南第一军接到命令，迅速向万家岭一带集结。爹的第十团奉命在万家岭的一处山头驻防，阻击西进的日本军队。爹命令十团官兵修筑工事，工事筑牢了，等了三天，等来了日军先遣部队。爹让官兵隐蔽好，等日本军队走进步枪的射程后，才下令开火。一阵枪声下来，日军倒下一片，剩下的日军慌忙卧倒。爹对我大哥说："看见吗？日军也是肉身，子弹打在他们身上同样流血，同样要死。打仗的目的是打死敌人。"

十团的官兵躲在掩体里一枪一枪地瞄着日本兵打，打得日军退到山坳处。跟着，日军的大部队来了，他们在山坳里架好炮，忽然炮声大作，炮弹朝着山头飞来，炸得树木和土壤及驻守的一些官兵飞上了天。一些没经过实战的士兵十分惊慌，抖掉身上的灰尘就想逃命。爹大声命令官兵说："隐蔽好自己，弟兄们，不要怕，你们个个都是勇敢的中国军人。"大哥也十分紧张，一颗炮弹就在团部一旁爆炸，炸倒了一棵杉树，杉树倒下来压在团部的壕沟上。爹不满地觑一眼儿子说："别慌，炮火一停，日军就会进攻。"日军的山炮打了一个小时，随后大批日军朝山坡涌来，像潮水样。爹重新指挥十团的官兵还击，对着山腰上的日军扔手榴弹，就见日军在手榴弹的爆炸声中一个个倒下。日本侵略军撤退了。那些第一次上战场的慌乱的士兵渐渐镇定下来，不再害怕传说中跟猛兽一样的日本兵了。

战斗打打停停停打打，十团官兵的阵地仍在十团官兵手中。日军一度攻占了一处山头，但爹指挥两个预备连夺回了山头。激战中，一些官兵阵亡，另一些官兵忙补上去，继续与日军拼杀。日军挡不住湖南官兵的凶猛攻击，撤回了原地。天黑后，贺新武副师长率九团的官兵赶来增援，见十团伤亡不大，极高兴，"你们团打得好，我要跟你们团请功。"爹看见贺新武，把我大哥拉到贺新武面前道："我儿子，叫贺伯伯。"贺新武副师长打量我大哥一眼，快乐地摸下我大哥的头，"嚯，父子都来打日本鬼子，好啊。"

　　次日，日军又发动进攻。日军是一个师团，一个师团相当于中国军队的一个军，日军师团下有旅团，旅团下不设团，设联队，联队就相当于中国军队团的编制，联队下是大队、中队、小队。日军的一个小队有三十多名士兵，足足是中国军队的一个排。日军于昨日的攻打中，已战死几百人。日军没想到他们在向武汉进军的途中会遭遇中国军队的顽强抵抗，他们很是吃惊，这是一支什么军队，怎么这么难打？他们在安徽时几乎没遭到中国军队抵抗，打江西九江时也没费力气，正在他们得意地觉得中国军队太不经打时，这会儿遇到了劲敌。次日，他们在炮火和飞机掩护下，一次又一次地向山头猛攻，但一次又一次地被国军官兵顽强地打退。日军师团长知道再打下去，他的兵都会耗费在万家岭一带，于是留下两个联队佯攻，率主力绕道跑了。薛岳司令长官闻讯，当天就下令湖南第一军配合中央军围歼日军的这两个联队。大哥发现，日军被中国军队围歼时也像老鼠样鼠窜和猖狂逃命。我大哥生平第一次开枪打死了一名日本士兵，那士兵在我大哥面前已举手投降，但大哥想起报纸上说，这些畜生在南京连七十岁的老妪也要强奸，于气愤中开了枪，日本士兵于枪声中惨叫一声，枪管冒出点蓝烟，日本兵却一头栽在我大哥面前。

　　接下来的战斗中大哥打死了五个日本兵。他就在爹旁边打，趴在掩体里，头压在从日军手中缴获的三八大械枪托上，瞄准一个就勾动板机，被击中的日军必定一头栽在地上。警卫班杜国民班长十分钦佩我大哥的枪法，在一旁记数，见我爹走来，激动道："团长，何胜武打死了五个日本鬼子。"爹瞟眼儿子，儿子趴在山冈上，手里握着三八大械，瞄着日军的头射击，日军的头比一只麻雀当然大多了，他几乎是一枪一个。爹瞅见日军联队长舞着东洋刀，正吆喝着日军冲锋。爹对胜武说："能射中那狗娘养的日军军官吗？"何胜武就瞄准那日军联队长的大头勾扳机，子弹飞出去，正中联队长的额头，日军联队长朝后一仰，去向日本的阎王老子报到了。爹在望远镜里看到了，情不自禁地对儿子竖起大拇指道："好样的。"

何胜武被视为杀敌英雄。表扬稿是彭连长写的，彭连长原就是国文教师，写表扬稿自然是他的拿手戏，他把表扬稿寄给《大公报》和《湖南民报》，同时还把表扬稿寄给重庆的国民党《中央日报》，没想都发了。作者彭喜功没人记得，杀敌英雄何胜武却在读者心里留下了很深的烙印。要知道他还只十六岁，而且是刚从军的新兵蛋子，赣北一战他先后击毙十三个日本鬼子，这不成了爆炸性新闻？这新闻难道不让长沙街头巷尾的人喜滋滋地交头接耳？何正韬那天要搞卫生就滞后一脚回家，走出校门时，听他同学议论到他哥何胜武，还不相信地跑到报童手上买了份报纸，一看，立即狂喜地跑回家，将报纸递给奶奶看说："奶奶，我哥打死了十三个日本鬼子，成了抗日英雄呢奶奶。"

李文华和何大金忙抢过报纸看，李文华对他妈说："妈，我也要去打日本鬼子。"张桂花婶婶说："读好你的书。"梨花伯妈很希望听到李文军杀敌的消息，问："我文军杀了几个日本鬼子？"李文华说："报纸上没说。"梨花伯妈就有些失望。这时，保长带着几个人来了，手里举一块匾，匾是黑漆色，上面用金粉写了四个字"抗日英雄"。

保长一口金牙笑得露在嘴前闪光，进来便对我爷爷奶奶打拱手，"何家大哥大嫂，你们家出了个抗日英雄，祝贺祝贺。"李文华和正韬、大金很羡慕何胜武成了英雄，都盯着那块黑底金字的匾看。保长为表示对我爷爷奶奶的尊敬，亲自动手，将黑漆金匾挂到堂屋中央，就挂在何胜武在一师附小读四年级时，跑百米竞赛荣获第一名的奖状上。那是大哥何胜武于学生时代获的唯一一张奖状。保长跳下椅子，看了眼匾，觉得正了，便拍拍何正韬的肩，又摸摸李文华的头，这才大声说："你们要像何胜武学习，学好本领打日本鬼子。"

武汉会战于十月份以武汉失陷而结束。同年十月，日军又发动华南战争，日军动用三个师团的陆军，调动第五舰队的航空兵支援陆军，还启用轰炸机，对广东的中国守军狂轰滥炸，广州很快落入日军手中。湖南地处广东和湖北之间，既然武汉和广州都落入日军手中，长沙在蒋介石眼里就很难坚守。武汉三镇动用上百万军队也没保住，十几万中国军队守广州，广州又失陷，蒋介石就密令湖南省主席张治中焚毁长沙，实行"焦土抗战"。

十一月十一日，湘北岳州被日军攻破，岳州落入日军手中，驻守岳州的湖南第二军退到新墙河以南，消息传到省主席张治中耳中，张治中忙召集长沙警备区司令酆悌、警备二团团长徐昆和长沙警察局局长文重孚组织人马实施纵火，执行"坚壁清野"的策略。张治中在会上说："这是蒋总司令的密令，不能把长沙留给日本侵略军。"火是十二日午夜开始放的，三百多人分成几十个纵火队，手提煤油桶或其它油料，将一幢幢房屋的门捶开，大声道"快走快走，日本鬼子快来了"。市民们惊慌道："我们还没收拾东西呢。"纵火的军人暴躁道："还收拾个卵！命要紧，快跑啊！"军人们边说，边将一桶桶煤油泼到一张张门或木窗上，点上火，马上又去烧另一家的房子，"长官命令，坚壁清野，不留给日军任何东西。"纵火的军人说，火把就丢到这家人的床上，浇上油，烧得这一家人慌忙逃命。

青山街上也放了火，几十个军警提着油壶和火把跑到青山街放火，边大叫："快跑快跑，要放火了，日军快到新河了，想活命的就快跑！"边喊边点火烧屋。一些人家于先一天已听说岳州失陷，长沙成了日本侵略军想占领的目标，早带着家人躲到乡下去了。那些空房子，门上挂把锁，军人们直接把煤油浇在门窗上，一点就燃，且烧得很旺。浓烈的烟雾在长沙城的上空飘荡，到处都是火海，还到处都是哭爹叫娘的声音。

我爷爷见一军人往院子大门上浇油，一掌把那军人打倒。军人气愤地盯着我爷爷说："你想把房子留给日本鬼子住？"爷爷怒道："滚！"那军人懒得跟我爷爷理论，转身去烧别人的家。爷爷又制止他烧贴着我家的另一家，那军人就拎着油壶去烧更远的人家。爷爷、奶奶、梨花伯妈、张桂花婶婶和正韬、大金、家桃及李文华忙投入到对门韩家、曾家的救火中，韩家大小六口人都吓坏了，站在街上哭，身体瑟瑟颤抖。韩家的门和堂屋都着了火。爷爷把一床被子打湿，用湿被子扑打门上的火焰。费了很多力气，门上的火焰总算被爷爷扑灭，爷爷又冲进去扑打桌上的火焰。梨花和张桂花却不停地打井水，两个女人生平第一次"马不停蹄"地扯起一桶桶井水，把双手都扯出了血泡。爷爷、奶奶和正韬、大金、家桃及李文华忙提着一桶桶井水冲到燃烧的韩家和曾家门前，将一桶桶水浇到烧得正欢的火焰上。

　　这场大火烧了三天三夜，全城被焚十之八九，烧毁的房屋五万余栋，烧死居民两万余人——很多惊慌的老百姓被浓烟熏倒或被坍塌的屋顶砸伤，于昏迷中葬身火海。有二十余万人无家可归。这场惨案弄得人心惶惶，同时让长沙民众十分气愤和绝望，纷纷要求当局惩办纵火首犯。省主席张治中由此被赶下台（第九战区司令长官薛岳成了湖南省主席），长沙警备区司令酆悌、警备二团团长徐昆和长沙警察局局长文重孚被送上军事法庭，法庭判处三人死刑，当日押到长沙一处叫马坡岭的地方实行了枪决。

　　这场大火熄灭之后，长沙真的成了一片焦土，到处都是凄惨景象。青山街因在长沙的南门外，虽也被官兵纵火，但由于大家及时抢救，烧得不很严重，我家院子由于爷爷拚力自救——爷爷后来对保长说："我一大家人住在这里，烧了，我这一大家人住到哪里去？"保长连连点头。保长的房子被烧了，他当天带着老婆和孩子去了乡下，后来听说日军没打到长沙城边的新河，而是在距长沙还有一百多公里的新墙河，他又带着老婆和孩子回来，一回来，头都大了，他的家烧成了焦炭。众多学校都停课了，因为众多学校都葬身火海了。二哥正韬和李文华就读的中学被烧成瓦砾，二哥就去同学家帮忙建房。

　　奶奶接纳了青山街的三户房子被烧的人家暂住，把所有能住人的房子都腾给他们。这些人很感动，其中有个男人见梨花忙进忙出，禁不住把我岳父的事告诉了她。那男人面色庄重地说："嫂子，我告诉你，李雁城回来了，和一个女人接了金山的老兵饭店。"梨花一听，脸白得如地上的石灰，哆嗦着说："你是说真的？"那男人说："不信，你自己去看。"只是隔了几秒钟，梨花就愤怒地拍下桌子，脸上的五官全变凶了，叫道："老娘为他守活寡，他回来连照面都不打，老子就去找他！"她冲了出去，像只雌豹一样奔向老兵饭店。

　　老兵饭店没有烧毁，就因为老兵饭店这块牌子，加上我岳父出面阻挡，纵火的军警就放过了老兵饭店。梨花冲进老兵饭店时，老兵饭店里有三四桌人正吃饭，其中一桌是军人，七八个当兵的围着一张桌子吃着红烧猪脚，边划拳喝酒。梨花一进门就看见弓着腰，肩上搭着条白毛巾的我岳父。梨花尖叫道："李雁城，你这天杀的。"我岳父看见梨花，一愣，马上装不认识地往厨房里走。我岳母正在灶上烧猪蹄，用火钳燎猪蹄趾间的毛。我岳父对我岳母说："你不要慌。"话音未落，梨花追进厨房，"李雁城，你装什么聋？"我岳父回头望着她，"你认错人了。"梨花冲前几步，一耳光打在我岳父脸上，"你烧成灰我也认得你。"我岳父摸了把被梨花抽得火辣辣的脸。梨花骂道："老娘给你生崽养崽，守身如玉，你带个骚货回来连面都不肯跟老娘见，你这天杀的。"我岳父知道这是他无法逃避的现实了，便虎着脸怒道："住嘴，你这臭女人。"梨花是从青楼里出来的，在这事上可不是一个能控制自己的女性，她走到赣南村妇前，揪住我岳母的衣领一扯，衣领就扯开了一条口子。我岳母忙丢下火钳，护住衣领。梨花又揪住我岳母的头发，要把我岳母扯到街上去，边用脏话骂我岳母。店堂里的人觉得女人打架有趣，就嘻嘻笑地看着热闹。我岳父气得脸都歪了，猛地揪住梨花的胳膊把梨花的手扭到背后，大吼道："滚，你再瞎闹，老子要你的命！"

奶奶和张桂花就在这时候走进了老兵饭店，我岳父一看见我奶奶就跪下道："师母。"梨花看见奶奶，就像看见主心骨，立即又冲上去扇我岳母一耳光，我岳母是赣南山村里长大的老实女人，就捂住脸，不敢还手。梨花又要撕我岳母的衣服。我岳母这年二十一岁，手劲比梨花的大，岳母用力捉着梨花的手，梨花就没法再撕扯我岳母的衣服。奶奶绷着脸命令梨花说："梨花，放开她。"这个时候，别人的话，梨花是不会听半句的，但梨花再强悍，也不敢不听我奶奶的。梨花松了手。奶奶见我岳母模样朴实，不像我妈长得那般妖艳，心就踏实几分，掉头对我岳父说："你起身说话，跪着像个什么样子？"我岳父站起身，一个三岁的小姑娘走进来，脸红喷喷的，头上扎着两只羊角辫。岳父忙说："佳佳，叫何奶奶。"

小姑娘迟疑了下，小声叫了"何奶奶"。奶奶问我岳父："你女儿？"我岳父点下头，奶奶又望一眼我岳母，再次觉得我岳母朴素，一张脸没做任何粉饰，眼睛里的两汪水也十分清澈，就对在一旁捶胸顿足的梨花说："梨花，这么些年我说过你一句没有？"梨花哭着摇头，奶奶知道梨花的脾性，如果她不来调解，梨花是不会收场的，便说："那我现在说你一句，不要闹了。"梨花呜呜呜哭着，奶奶看一眼羞涩且不知所措的我岳母，又说："梨花，想过安宁日子就不要吵。"奶奶说了很多，见梨花平静下来，才和张桂花一起离开。

梨花不是秋燕，在青楼里呆过的女人，知道自己的份量，晓得要把我岳父完全占为己有已有些困难，她发完飙，气顺些后，看着比她年轻一大截的我岳母，就把愤怒的心摁进坛子里，盖上了盖子。第二天，梨花过来清理她的衣物，清满三大包，中午边上，我岳父一瘸一拐地拉着板车过来搬运她的东西。我岳父一脸伤感，还一脸惭愧，就勾着头搬梨花的衣物。走时，梨花突然哭了，蹲在地上，一把鼻涕一把眼泪，她一旁的美人蕉在风中摇曳，月季花于寒风中吐着芬芳。张桂花也跟着哭起来。奶奶不喜欢家里哭哭闹闹的，说："桂花，又没死人，你跟着哭什么？梨花，你去吧。"

三十

新的一年在长沙市民于"文夕大火"的废墟上卖力地重建家园的忙碌中——人们差不多忘记这个世界上还有过年一说——于边建房边诅咒政府竟下令官兵纵火的恶声中悄悄袭来了，奶奶一拍脑门说"啊呀，要过年了，家里还什么都没准备"，就听见二哥对奶奶嚷道："过了年我就十三岁了。"过年边上，一个满地阳光的日子里，腊梅花迫不及待地凋谢了，但窗前那簇月季却开得很旺，好大好红一朵，桃树似乎提前长了花骨朵儿。这天上午，一个着一身女军装，戴着船型军帽、身材苗条的女军人走到院子前，一张很俊俏的脸朝着院子里张望，我突然认出来者，叫了声"妈"，人就朝门外奔去。我有一年多没看见妈了。妈穿着军装很漂亮，一张美丽的瓜子脸红灿灿的，好像我早晨看到的旭日。我感到快乐，我这个似乎没爹没妈的孩子，现在终于有妈来看我了。我要把妈拉进院子里去，妈没动，"兵兵，你奶奶不喜欢妈。"我问："妈，奶奶怎么不喜欢你？"妈说："你长大后，妈再告诉你。"我掉头看，大姐和二姐都把目光投到我和我妈身上，大姐脸上笑着，二姐的脸却昂向天边。奶奶不屑地起身走开了，张桂花婶婶和正韬坐着没动，大金和李文华走过来，笑看着我和我妈。我对妈说："这是大金哥，这是文华哥。"妈对两个少年轻轻一笑。

妈带着我在街上走着，妈太漂亮了，很多人都掉头来看我妈，妈只是笑，不去迎接那些混乱的目光。妈告诉我，她现在到了军医院，军医院里有很多伤员需要医生和护士照料，妈成了军医院的护士。街上有卖鸡蛋饼的，妈就买鸡蛋饼给我吃，街上有卖牛皮糖的，妈就买牛皮糖给我吃，看见卖烤红薯的，妈又买烤红薯给我吃。后来妈带着我走进双燕楼馄饨店吃馄饨，吃完馄饨，妈又带着我闲逛，直到我两腿都走累了，妈才叫人力车。人力车拉着我和妈往回走时，我靠在妈身上睡着了，等我醒来，却是睡在张桂花婶婶的身上，一抬头，看见了奶奶那张极度冷漠的脸。

大年初二，下起雪来。漫天雪花飘舞，冬天没下雪，春节却下起雪来了。我们都坐在堂屋里看下雪，街上有人说"下雪了下雪了"，雪把我们挡在家里了。张桂花煎好年糕，一家人坐在堂屋里边吃年糕，边昂起头看下雪时，一个一脸胡子的邮递员走到门口，将一封信掷在雪地上，吼声"信"，人就转身走了。二哥忙走过去，捡起那封信，信是从延安寄来的，寄信人是我二叔。这是青山街三号收到的第二封信，信封是牛皮纸，门牌号码和收信人都是毛笔小楷。正韬说："奶奶，二叔来信了。"奶奶一听，忙让正韬读给她听，正韬就撕开信封，信封里掉出一张相片，相片上是何金林与那个常德女人的合影。照片上的何金林微笑着，一脸幸福，一双与奶奶的眼睛极相似的眼睛不动地盯着前方；一旁的常德女人也笑得露出一口整齐的牙齿，她剪着个包菜头，知识女性模样，一脸向往的表情。奶奶打量了一阵子照片，又把照片给张桂花和我二妈看，二妈看完后，奶奶又把照片给爷爷看，说："这照片上的女人怕是我们何家的儿媳妇呢。"

正韬大声读信："爸爸妈妈大哥大嫂你们好"等等，信很长，信上说照片上的女人邓皎月现在是他妻子，他们于一九三八年十月有了一个孩子，取名何陕北。他们是志同道合的革命同志，生活得很好。信上说在延安他碰见了何金石，金石在八路军一一五师，参加了平型关战役，金石于战斗中打死了三个日本兵，提了八路军连长。信上还说他有李雁军的消息，李雁军不在延安，在八路军开辟的另一块革命根据地晋察冀边区带兵。信中说，他一直没有二哥的消息，长征前夕二嫂肚子大了，没法跟着部队走，二哥二嫂就留在瑞金打游击，所以他不知道二哥是活着还是死了。信中还问"文夕大火"把家烧了没有，烧了后是不是重建了等等。信中最后说，他和金石都好，不用担心。这封信正韬断断续续地读了十几分钟，读完后，奶奶又接过信，摸着信纸说："就是不知道我金江的下落了。"奶奶口述了一封信，让正韬记录，奶奶最后说："妈很想你们，希望你们能早点回家。"张桂花婶婶也在信上捎了句话："看见雁军的话告诉雁军，我很好，儿子文华长大了，长得很结实。"

奶奶让正韬和李文华去邮局寄信，顺便送几块腊鱼腊肉给我岳父，奶奶要正韬告诉我岳父，金林和金石，还有他堂哥李雁军都还活着。正韬和李文华接受奶奶派的任务，撒开腿跑了。奶奶把目光投到我二妈脸上，"我真高兴，我三儿金林也有儿子了，叫什么北？"二妈想了下说："叫何陕北。"奶奶把目光放到大金身上，突然想起什么地说："对了，金林在信上说你妈又有了，不知你是添了个弟弟还是妹妹。"

大金没说话，大金在正韬念信时，一直坐在一旁很留意地听着，这会儿听奶奶议论他爹妈，他垂着头走开了。我这个堂兄性格越来越内向，不像胜武和正韬那样爱叫叫嚷嚷，这恐怕是他爹妈不在身边，导致他形成了这样的性格。大金小时候，奶奶曾拿他开玩笑，说"你是爹妈不要的孩子"，这话，大人说来无心，小孩子却听来有意，大人们说过就忘了，小孩子却记住了，让少年的他心里忧伤、茫然，甚至一想到爹妈心就荒芜。大金在学校里跌倒或摔破皮肉，回家从不声张，不像正韬和李文华，像开展览会样给爷爷奶奶和他们的妈看，还"哎哟哎哟"个不停。大金没有爹妈呵护，又不是在奶奶的怀里长大的，就没那么娇贵，久而久之，便形成了他不爱张扬的性格。

这年三月，日军疯狂进攻南昌，整日轰炸南昌。国军坚守十天，战死十万官兵，日军以伤亡一万三千人的代价拿下了南昌。日军休整了半年，九月中旬，日军从赣北奉新、靖安一带向西进攻，夺取修水、铜鼓，直扑平江、浏阳。同时，鄂南日军的一个师团，自崇阳南下进攻，企图合力拿下长沙。十九日，湘北日军的主力在冈村宁次的指挥和日本空军的配合下，也向长沙推进。坚守在新墙河岸边的湖南第一军遭到有史以来最为凶悍的攻击，冈村宁次率领两个师团六万多日军，向湖南守军发起疯狂的进攻。爹的十团官兵躲过飞机攻击，还没喘一口气，大炮又迎面飞来，将修筑的工事摧毁不少。一些官兵还未放一枪就炸得手脚分家，头也不知去向；另一些官兵吓得缩成一团，不敢动弹。日军的炮火还没停，日本兵就冲到阵地上来了。爹忙指挥何胜武瞄准一个日军指挥官射击，我大哥瞄准那个挥舞着东洋刀的军官，扳动枪机，就见那军官朝后一仰，日军一下子乱了方寸。大哥又沉着冷静地瞄准一个个日军射击，跟他少年时候打麻雀样，就见一个个日军在枪声中倒下。

李文军在一旁数着，"你已经打死五个了。"李文军也成了厉害的狙击手。李文军的心理素质在爹看来有点超常，他冷静、勇敢，甚至喜欢战争，他在战斗中始终处于亢奋状态，身旁的弟兄倒下，他不是恐惧，而是亢奋，眼睛睁得大而亮，甚至能迸出蓝色的火焰。

木匠老二也成了我爹的狙击手，木匠老二聪明，体格强壮，曾经拿斧头和锯子的手，握力大，也握着三八大械瞄准射击，也击毙了三个日本兵。三人都成了爹的狙击手，爹让三人分别埋伏在山头，瞄准日军指挥官打，打死指挥官，日军就失去指挥了。日军集中火力朝大哥和李文军这边猛烈扫射，两人便换到另一处土堆后，大哥瞄准机枪手射击，一颗子弹从大哥手中的三八大械步枪里飞出去，机枪哑了。爹高兴道："好样的。"机枪又响了，大哥又瞄准机枪手射击，机枪又哑了。机枪再次响起时，李文军也一枪结果了那日本兵。大哥和李文军始终不让机枪响，日军狂怒地往上冲，大哥、李文军和埋伏在另一边的木匠老二就一枪一个，弹无虚发，日军害怕了，没想到中国军队里竟有如此令人恐惧的神枪手。

日军停止冲锋后，爹清理人数，有一百多官兵战死，其中三分之二是被炮弹炸死的。爹跪在战死的官兵们面前说："我发誓会为你们报仇！用日本人的血祭祀你们！"爹的话音刚落，日军的炮火又飞来，轰隆轰隆之声不绝于耳，硝烟弥漫，日军又组织进攻。十团官兵就都像我大哥和李文军、木匠老二一样，瞄准敌人射击，打得日军趴在地上不敢抬头。日军攻打了一天也没前进一步，在十团官兵的阵地前丢下了一百多具尸体。第二天，日军的飞机飞来，十几架，战斗机和轰炸机，冲着十团阵地疯狂地扫射和轰炸，很多官兵被当场炸死，李文军也负了伤，一块弹片削开了他的脑袋，血往下涌，李文军一摸到头上流的血，眼睛就冒绿焰，说："还好，我还活着。"大哥扳过他的头，拿纱布给李文军包扎。飞机又飞过来，对着阵地疯狂扫射。十团官兵趴在掩体里，埋着头，等飞机飞过，狠狠地阻击日军进攻。日军又被他们打退。傍晚，空中满是呛人的硝烟气味，夕阳毫无光泽地悬在西边天上。雷排长牵着那匹剽悍的白玉来了。木匠刘二郎看见雷排长，很高兴。雷排长扬扬手中的缰绳，"受我们团长之托，送马来了。"爹听见刘二郎说话，转头，就看见白玉，白玉也看见我爹，忙嘶鸣，好像跟我爹打招呼样，朝爹奔过来。爹很惊讶，同时也狂喜无比，白玉低下头拱我爹的胸膛，把我爹拱得后退好几步。爹激动地摸着马头，抱着白玉粗壮的脖子，"白玉白玉白玉。"

雷排长向我爹报告："彭团长临终前让我把马交给您。"爹一惊，"彭团长死了？"雷排长的圆脸阴了，声音就悲伤："日军轰炸机投下的炸弹炸伤了我们团长，同时炸倒一棵树，大树枝把我们团长的肚子杵烂了，肠胃都流了出来。团长临死时交代，要我把这匹马送给何团长。"雷排长说到这里，眼眶里滚出泪珠，他揩了下眼睛。

这是一匹神马，体格十分健壮，白毛于夕阳下泛亮。爹跨上白玉，白玉极其欢快地嘶鸣一声，就掉头狂奔，马蹄声呱呱呱响，溅起一串尘埃，如一道闪电划过众官兵的眼睛。爹太喜欢了，奔回来，摸着马鬃，白玉就亲热地摆头。爹对白玉说："你终于回到我身边了。"白玉用头蹭爹的脸，一口热气喷到爹脸上，爹对与刘二郎说话的雷排长说："你留在我十团吧，二营一连长战死了，你去带那个连的兵。"雷排长成连长了，忙道："遵命。"

长沙第一次会战，中日两军在湘北新墙河两岸激战十余天，日军遭到中央军和湖南第一军、第二军的顽强抗击，后第一军和第二军伤亡过大，退到长沙郊区洞井铺和跳马一带。第九战区司令长官薛岳命令中央军第十九集团军和第二十七集团军以长沙为中心，对日军反攻和围歼，日军司令冈村宁次下令退却。第一次长沙会战结束，日军伤亡万余官兵，中国军队伤亡三万余人。史料上称此役为"长沙大捷"。长沙人民都没想到，自发动侵华战争以来，不可一世的日军竟在长沙之役中遭到重挫。武汉失陷、广州失陷、南昌沦入敌手，夹在三座城市中间的长沙仍然在国军手中，长沙民众于那年十月大摆庆功宴，庆幸长沙会战胜利。我大哥何胜武又一次当了英雄！爱舞文弄墨的彭连长用夸张的手法，把我大哥何胜武、李文华和木匠刘二郎写成了神枪手，说此役中何胜武击毙日军十八名，其中一名是指挥日军战斗的中佐，还击毙一名日军中佐、两名少尉；李文军击毙日军十一名，其中一名是日军大尉；刘二郎击毙日军十名，其中一名是日军中尉。这篇表扬稿在《大公报》上一发表，全国大小报纸纷纷转载，这一次就不是保长送匾，是长沙市政府的国民党官员送来一匾，仍是黑底金字的大木匾，但多了几个字，写着：抗日英雄何胜武。爷爷奶奶都很欢喜，没想他们的孙子何胜武能如此争气，就笑得合不拢嘴。奶奶说："谢谢谢谢，我代我孙子何胜武谢谢你们。"国民党市府官员说："哪里话呀老人家，我们要谢谢您培养了个英雄孙子呢。"

　　还有一块匾，是送给李文军的，李文军击毙十一名日军，这也是非常了不起的。奶奶瞥着黑底金字的匾，匾上写着：抗日英雄李文军。奶奶说："这块匾该送到老兵饭店，李文军的爹妈都在老兵饭店。"送匾的官员说："那我们送到老兵饭店去。"

　　一行人就笑容可掬地抬着匾，匾上扎着红绸子，吹吹打打地走到老兵饭店。老兵饭店里当时正有很多当兵的吃饭，热热闹闹的，忽然来一支送英雄匾的，大家就折过头看。我岳父不知道发生了什么事，从灶屋里一瘸一拐地走出来，见匾上写着"抗日英雄李文军"一行楷书金字，他瞪大两只斜眼睛，泪水就失控地朝外淌。多年来他想成为英雄最终因怯懦失败了，而他的儿子在短短一年内就成了大英雄。他歪着一张脸哭了。梨花正蹲在井边洗菜，回头见饭店热闹得不行，鞭炮声炸得老兵饭店像开了锅，就跑来看，我岳父指着梨花说："我内人。"市府官员脸上就布置着很多亲切的笑，"您养了个会打日本鬼子的英雄，您辛苦了，大妈。"梨花一听官员叫她大妈，心就一阵抽搐，痛哭起来。她只想年轻，因为比起我岳母来说，她确实老了。她哭道："哪里哪里……"市府官员拍拍梨花的肩，"我们为您的儿子骄傲，大妈。"市府官员指挥抬匾的人挂匾，梨花泪汪汪地道："想不到我儿子成了抗日英雄。"

何胜武和李文军、刘二郎于此役后都升连长了，三人都没经历排长、副连长这两个阶梯，直接就当了连长。三人分别为第十团第四营第一连、第二连和第三连连长，领导着刚入伍的新兵训练射击。那些新兵都是听了广播或看了报纸后，慕名来十团参军打日军的，因为日本侵略军不可战胜的神话已经在长沙会战中被湖南人打破了，大家都见到了日军仓皇逃命的狼狈相，就不再害怕这群在南京制造大屠杀的恶魔。

我大哥是湘军里最年轻的连长，十七岁，生一张稚嫩的脸蛋，一双单眼皮小眼睛却炯炯有神，笑时露出一口雪白坚硬的牙齿——那口牙齿可以把子弹壳咬扁。他穿着连长军服——那身军服在他身上略嫌肥大（大哥那时很瘦），系上皮带，走到他的士兵前，见有些兵年龄比他大一截，脸上都长着胡子，额头上抬头纹都好几条，大哥的脸就红了。他对他的士兵说："弟兄们，打日本鬼子是我们男人的责任。"他亲自示范，把一支步枪端起说："弟兄们，枪托要靠牢在肩上，手要把稳枪支，手不要抖，一抖就打不中。"他手托着枪，瞄着前方的靶子，那靶子是一个稻草人，稻草人上有靶心，稻草人头上戴顶日本军官的破军帽。"瞄准时三点要成为直线，眼睛、瞄准器和靶子要在同一点上，"大哥说，"在勾动扳机时要闭气，不要呼吸，不然子弹就打不中目标。"他射了一枪，一颗子弹打穿靶心，他的士兵欢呼着。大哥说："记住要诀，勾动扳机时，气一定要憋住。"

他的士兵就在靶场上练射击。大哥亲手教他的士兵端枪、瞄准、射击，见有的士兵端枪姿势不对，他就示范。他的一旁是二连官兵，连长是李文军。李文军正手把手地教一个个新兵射击，从早教到晚，喉咙都教嘶了，口冒白烟。爹很关心这三个新兵连，希望胜武和李文军、刘二郎将这三个连训练成三个神枪手连。爹骑着那匹健壮的白玉，脸上就挂着许许多多的笑，他骑的白玉也昂着骄傲的头，似乎也笑呵呵的，马眼睛亮闪闪的。长沙会战结束后，爹升为上校，为湖南第一军第三师副师长，仍兼十团团长。爹翻身下马，觑着他大儿子、李文军和刘二郎训练新兵。爹对他们说："你们要把他们个个训练成神枪手。"大哥、李文军和刘二郎都朗声回答："好的，何副师长。"爹跨上马，去视察另外三个营的官兵。

翌年的长沙没发生战事，日军于长沙会战中吃了苦头，就转而去进攻桂南，但也没捡到便宜，丢下几千具尸体，撤了。桂南与湖南搭界，长沙紧张了一阵，事后得知日军撤了，长沙的紧张气氛又缓和下来。于是这一年的长沙就平静，风和日丽的，街上的物价也稳定，战争仿佛是隔壁家的事。奶奶忙着大做腊肉，因为腊肉有点供不应求，腊肉刚刚拉到吉祥腊味店，一开店门就卖光了，那些爱吃腊肉的市民早早就在店子前排队等候，一见店门打开，那还不一拥而上。奶奶只好对后面的人说："没有了，你们不要排队了。"

李文华、正韬和大金都成奶奶的帮手了，这三个少年只要不上课，立即就投入到熏制腊肉的工作中，个个弄得一身烟味。家里还请了两个帮工，帮工就指导这三个孩子加糠，让他们不要弄出火来。晚上，三个孩子就在院子里拉二胡、吹竹笛，那自然是张东魁和胡麓山来的时候，合着乐，仿佛青山街三号是个小剧团，音乐之声从院子里扬出去，让路人张望。奶奶看着孙子辈们玩乐器，对张桂花说："桂花啊，我小时候住在乡街上，曾梦想哪天到台上扮演穆桂英呢。"张桂花答："我也有呢，想演杨贵妃。"

过了一阵，李文华不拉二胡了，从他老师家借来一把吉他，手里拧着一小块象牙弹片，把模样古怪的吉他弹出一连串声音清悦的乐曲，对门韩家、曾家和刘家的大人小孩都走进院子看，对李文华的音乐才能倍加赞赏。李文华人聪明，是个身上充满音乐细胞、感情细腻的小青年，对弹拨乐器很有天赋，只是一个星期，就把一支支歌曲弹得满院子飞了。我大姐也成了吉他迷，只要李文华弹吉他，大姐就会放下手中的活，走过来，笑着，等李文华不弹了，她会接过吉他，轻轻弹着。李文华就教她弹简单的乐曲，奶奶看见了就对张桂花说："文华和家桃，多好的一对啊。"家桃听奶奶这么说，就不弹了。奶奶还是笑，说："这有什么害羞的？姑娘家迟早要嫁人的。"李文华看着我大姐走进房间的背影，弹出一串轻快的声音。十点钟，奶奶把孩子赶到床上睡觉，青山街三号立马安静下来，这时大家才能听到从阴沟或葡萄藤下发出的蛐蛐叫声。月亮悬在天上，椭圆一个，黄亮亮的，月光泻进窗户，涂在地上，蛐蛐的叫声和孩子们的梦呓声都融在月光里了。

我大哥和李文军很少回青山街，他们都是连长，都在努力训练他们的士兵。爹回来得也不多。我妈跟爹在爹的团部住下了。妈来过两次，来看我，仍站在院子门外对我招手，我仍然是飞奔着而去。妈就带我在街上玩，买东西给我吃，领着我去双燕楼馄饨店吃酸辣馄饨，或带我去杨裕兴面馆吃碗肉丝面。妈穿着军服，戴着船形帽，一张瓜子脸十分漂亮，走路腰杆儿笔直，双乳傲气地挺在胸前，当然就招来众多惊讶、仰慕的目光。何正韬那时十四岁，身高一米六八，要穿四十一码的胶鞋，男性生殖器的包皮也悄悄翻卷开了，心里对女人也有点朦朦胧胧的感觉了。一天傍晚，妈把我送回青山街三号，站在门口与我话别，何正韬生平第一次对我妈咧嘴一笑，妈走后，他说："难怪爹喜欢你妈，你妈是长得好看。"

奶奶听见了，一心要矫正她这个孙儿的审美观说："你点点大懂什么？好看又不能当饭吃！"正韬不像我怕奶奶，大哥和李文军从这个院子"飞"出去后，他就是家里的小男子汉！李文华虽然比我二哥大一岁，但不姓何，就没正韬有资格霸道，事实上李文华少年时候是个相当腼腆的男孩，常常在我大姐面前脸红耳赤，怕我大姐怕得要死。要是大姐说："文华，你好讨厌的。"李文华就不知道自己犯了什么错误地左右张望，然后傻笑，再然后就躲到房里去自我检讨。何大金虽是何家的种，但他爹妈都不知下落，这让少年的何大金就有些荒凉和落寞，比起我二哥来，他可老实多了。大哥一走，何正韬的地位就凸显出来，他可以发脾气，可以晃着肩膀走进院子，可以一边吃饭一边大笑，还可以脱下袜子随便扔在哪里。他反抗地一笑，对在青山街三号的院子里十分专横的奶奶说："奶奶，文兵妈是好看。"奶奶绷着脸道："外表好看是狐狸精。"何正韬正喝水，一口水喷了一地，他瞟眼奶奶说："笑死我了。"奶奶没想到她的权威遭到这个她一手拉扯大的孙儿挑战，更严厉地瞪着孙儿说："你怎么用这种口气跟奶奶说话？"何正韬一点也不惧奶奶，他很乐意挑战奶奶的地位，他身上流着爹的那种热情、坦率、好斗和敢于反抗的血液，在他长到十四岁的那年，无须人点拨便下意识地炽热和昂扬起来。他可不管奶奶不奶奶，爹和大哥不在家，他自觉自己是家里的老大。他说："奶奶，我真不懂您为什么那么讨厌文兵他妈。"

三十一

那年的长沙虽然风平浪静，但国内却发生了一件令人瞠目结舌的事。三月，汪精卫在南京成立与国民党脱离关系的南京政府。这事在国内引起轩然大波，报纸纷纷指责汪精卫叛国投敌。有天，杨福全师参谋长从我爹手里接过《大公报》看了会，昂着芋头脑袋说："汪兆铭那么大一个官，当年孙中山先生最信任的人，怎么可以叛国？"我爹愤慨道："那是孙中山先生瞎了眼！"杨福全道："这太不能接受了。"贺新武师长一脸恨意地一拳击在桌上，说："在国家危难之际变节，太丢中国人的脸了，真是个狗娘养的！"

贺新武师长四十出头，脸上长了不少胡子，那些胡子让他这张脸看上去有几分威严和恃才傲物。这是没办法的，因为他是堂堂的师座，第九战区司令长官薛岳亲手授予了他少将军衔，是可以恃才傲物了。杨福全已不是那个爱嫉妒的人了，一次次地走进死亡地界，又一次次地从死亡谷底爬出来，心当然比过去壮阔了。杨福全师参谋长哀叹道："他死后，怎么有脸见他祖宗？"贺新武鄙视道："他有祖宗吗？祖宗还会认他？汪精卫一直想当老大，但老大被蒋委员长占了，他只能当老二，就找他妈的日本人来做干爹！"他目光变凶了，"日军在中国杀害那么多同胞，他为了一己私欲，竟出卖自己的灵魂和国家，把自己的私欲建立在国家利益和同胞之上，不能满足就投靠日本人！"他望眼我爹和杨福全，"那么多死在日军刀枪下的同胞的在天之灵，会放过他？说什么也不会放过他！"警卫班杜班长端来一盆红烧猪肉，一股肉香便飘浮在空气中，爹指着肉说："开吃。"

七月，八路军发动了著名的"百团大战"，歼敌无数。爹又一次看到了彭德怀的名字，《大公报》上写着，八路军副总司令彭德怀亲自指挥了百团大战。爹木木地看着"彭德怀"三个字，脑海里闪现十多年前在陆军讲武堂里打着赤膊坐在桌前读《孙子兵法》的彭德怀，这个人如今是八路军的副总司令了，手下有一百个团。那天，龙凯军长很得意地带着个年轻女子走来，这可不是碧湘街的小妓女，而是军部机要员。龙军长面色浮肿，两只鼓胀的金鱼眼周围呈现一圈黑晕，完全是纵欲过度的模样。爹起身，给龙军长敬个军礼。龙军长一笑，爹把报纸给龙军长看，"军长，八路军有一百个团，这可不是小数目。"龙军长把这篇短文读完，"一个正规团一千五六百人，一百个团，十五六万官兵。"龙军长嘀咕道，"这些共产党，发展得真他妈快。"爹瞅一眼龙军长的女人，这女人看上去二十岁，龙军长怕有五十岁了？爹指着报纸上"彭德怀"的名字说："我在陆军讲武堂学习军事时，彭德怀跟我都只是营级军官。"龙军长用不屑的目光睃眼我爹，"八路军都是些土包子，没什么了不起。老贺呢？"爹说："贺师长让我在师部守着，他和杨参谋长下团视察去了。"

龙军长是来找贺新武和杨福全玩牌的，龙军长知道我爹不打牌，他没坐多久便走了，他的女机要员屁颠屁颠地跟着他。爹想，贺新武当团长和他继任团长时，龙凯只是团参谋长，如今龙凯却是堂堂的一军之长，中将军衔，不怒也威。爹知道龙军长是个相当会经营自己的角色，本事并不大，却擅长讨上司欢心，让上司觉得他是个不可多得的将才。据贺新武透露，薛岳司令长官很器重他，为此把第一军原军长调离，升龙凯为军座。龙凯本性难改，一当军长，就把军部最漂亮的女机要员弄到手了，成了自己的妻妾。

那年的夏天延长了，九月份了，还很热，正韬、李文华、大金和我，晚上仍然把竹床搁在院子里，睡在露天下。还有我大姐和二姐，晚上也不肯进房，点支蚊香放在竹床下，两姐妹就着窄窄的竹床睡觉，穿着短衣短裤。奶奶说："家桃，你是大姑娘了，晚上要进房睡。"家桃对奶奶说："房里太热了。"奶奶说："那也不要睡在外面。"大姐被奶奶赶进房里去睡了。大姐发育得较早，两只小乳房已鼓胀起来，把她的衬衣顶在胸前，这让李文华瞧着脸红。李文华身高一米七了，要穿四十二码的鞋，是个瘦条条的帅小伙子，一双眼睛夹着两团火苗，盯一眼烤炉，烤炉就会起火。奶奶不许他进作坊，因为有两次他一进作坊，火盆里冒着烟的湿糠忽然就燃烧起来，弄得奶奶手忙脚乱地灭火，差点酿成大祸。之后，奶奶把这一切都归结到李文华身上，说李文华是火体，火焰高，不准他进作坊。奶奶也不许秀梅睡外面，秀梅不听，奶奶就揪秀梅的耳朵。奶奶对男孩子睡在露天下倒不在意，在奶奶心里，男孩子都是猫狗变的，这是过去戏词里唱的，烙在奶奶心上了。

就是那几天里的某天，张桂花婶婶于早上把几只鸡蛋放在井边的麻石上，与奶奶一起去吉祥腊味店卖腊肉，回来，一拿鸡蛋，烫得一叫，鸡蛋掉在地上，壳烂了，却没流出蛋青和蛋黄，再一打量，鸡蛋已被炽热的太阳灼熟，且香喷喷的。张桂花婶婶说："咦呀，鸡蛋都熟了。"奶奶捡起鸡蛋看，掰开碎壳，吃了口，说："真好吃。"她抬头望一眼天，天上一颗火热的太阳，太阳将她灼热的光芒铺洒在大地上，院子里所有的植物都耷拉着脑袋，葡萄藤上只剩几片枯萎的残叶，桃树剩了光枝，美人蕉也投降地歪在阳光下，就连生命力最旺盛的月季花也充分认输地垂着头。奶奶对张桂花说："这下好了，明天把鸡蛋都放到地上，用不着用煤火煮了。"第二天奶奶真这么做了，把几枚鸡蛋摆在井边的麻石上，任太阳晒，中午，奶奶把鸡蛋拿到桌上，大声宣布说："这可是太阳晒熟的鸡蛋，营养着呢，吃吧。"秀梅率先拿起一只鸡蛋，一磕，叭，蛋青流了一手，流到桌上，还顺着桌子流到她裤子上。奶奶叫起来道："怪了，昨天的太阳能把鸡蛋晒熟，今天想要它晒熟，它偏不。"

一直到中秋节，气温才降下来，但仍有蛮热。那天爹来了，骑着他那匹人人见了都喜欢的白玉。爹空手来的，他可不管节日不节日，脸上十分傲慢，连奶奶也感觉到儿子脸上的骄傲，特意指出道："你太骄傲了。"堂屋的墙上有面镜子，那是家桃挂在那里的，她懂得爱漂亮了，每天出门时都要检查下自己，免得同学指着她的脸说："何家桃，你的脸是黑的。"大姐帮着奶奶熏制腊肉，常常烟熏得她泪水横流，就抬手揩，于是把手上的老糠灰或腊肉油抹到了脸上。这面镜子就是大姐挂在墙上检查脸蛋的。爹走到镜子前，看着镜子里的面孔，觉得镜子里他这张疲倦的脸上没什么了不得的东西。爹看着他的儿子和女儿，他一碗水端得很平，既不亲这个也不亲那个，都淡淡的，觑一眼正韬、瞟一眼长得像一朵桃花样的家桃，还瞟眼我和秀梅。那年中秋节二妈没来，爹只是在饭桌上淡淡地问家桃"你妈呢"，甚至都没听家桃回答就把目光移开了。天还没黑，爹起身牵马，奶奶问"你去哪里"，爹对奶奶仍有意见，懒得回答地跨上白玉，扔下一串马蹄声，消失在院子门外。

爹有一段时间没看见妈了，心里想她，就觉得今天是中秋节，非见我妈一面不可。爹骑着他心爱的白玉，于残阳中飙到医院。医院里到处都是从前线下来的伤病员，手脚断了的，脑袋打坏的，他们看着一名傲气的军人骑匹白马冲进医院，脸上就一派羡慕。妈不在护士室，爹一间间病房找，妈正为一名伤口感染的病人打针。爹等妈打完针，对妈吹声口哨，妈看见爹，欣喜道："是你呀。"爹的下巴朝门一指，妈就欢喜地走出来，爹说："我在外面等你。"病房外有个花坛，于这个季节里，只有月季花和一种叫节节高的植物在开花，蝴蝶就围绕着这两种花飞。爹挺着胸膛，白玉在他一旁高傲地昂着头。夕阳西沉，天暗了，一颗流星划破深蓝的夜空。一轮皓月笑盈盈地挂在上苍，月光如水般洒在地上。爹心情很好，很有耐心地等着妈。妈脱下白大褂，换上军装，手里拿着一支玫瑰走来。

爹注意到妈手上拿着的玫瑰，问："有人送花给你？"妈说："一个伤好后的军官送的。"爹吃醋了，"你怎么能接别人送的花？"妈说："别把事情看得那么严重。"爹说："男人送花是有用心的。"妈淡淡道："我懂。所以你不来看我，别怪我跟别人跑了。"爹问："一个什么人送花给你？"妈说："一个营长。"爹想营长比他军衔低。妈好像看见了爹的思想，说："人家比你年轻十岁。"爹火了，"你连他的年龄都搞清了？"妈一笑，"是他自己说的。"爹问："他还说了什么？"妈说："他说何金山是条小狗。"爹听妈这么说，心里的玫瑰就绽放了，立即把妈抱到马上，朝前奔去。

爹原不是个浪漫的男人，但他的浪漫情怀被我年轻漂亮的妈撬开了。我妈是那个年代里的知识女性，读了很多那个年代里翻译的外国爱情诗，普希金、雪莱、拜伦等等，让我妈懂得这个世界不但需要肉体的爱，还应有心灵的爱。妈对爱情的渴望就高于一般女性，手里经常攥着一片令我爹神往的金钥匙，那片金钥匙是开启爱情那张碧绿色大门的，走进这张大门才是诗情画意的爱情王国。妈搂着爹，白玉在街上狂奔，奔出城市，奔到湘江边上，沿着江堤奔跑。一轮皓月悬在幽蓝的上空，宽广的湘江就在他们身下。妈说："多美啊夜色。"爹也觉得美，月光下一切朦朦胧胧的，爹说："是你让我觉得这个世界很美，以前我并没这种认识。"妈觉得这一带十分安静，水在月光下波光粼粼的。爹和妈都跳下白玉，在这静静的世界里漫步。一只小船就在离他们不远处，河风有些凉，小船拴在岸边，在水中摇晃。妈高兴地跳到船上，"我们把船划到河中去吧？"爹解开绳索，拿起桨划起来，水波颤动开，船离开青墟墟的堤岸，缓缓驶向河中。妈坐在船上，仰头看星空，觉得今天的月亮特别圆。一颗流星一闪，在妈的眼里留下一道漂亮的弧线。妈高兴道："游泳吧？"

妈脱光衣服，一具散发着热气的成熟、美丽的女人身体就展现在爹眼里，爹很久没碰女人了，在战场上，爹满脑袋的阵地和枪林弹雨，即使闲下来，心里装的也是阵亡的一个个官兵，于皎洁的月光下，爹觑着妈那朦胧、柔美和狂放的裸体就激动，说："你在我眼里，是这世界上最美的女人。"

河风有点凉，爹弃下桨，抱着赤裸的妈，妈掰开爹的手，噗嗵一声跳入江中，溅起的水花飙了爹一脸。妈说："下来游泳啊。"爹脱下衣裤，弄点水拍拍胸脯，到底是中秋，水有些冷。但爹一身火热，猛地跳入江中，追随妈游去。妈已游到几十米外，一颗黑头在波光闪闪的江中晃动。爹追着那颗黑黑的头游去，月亮在高空对他们笑。爹的手碰到妈的背，妈说："好舒服啊。"爹从来没有这种体验，很开心。月光下，这个夜晚，秋风瑟瑟，湘江里，也只有妈和爹这对疯子在游泳。爹率先游到船旁，攀着船，妈游过来，手也搭在船上，身体就被水波推到爹的怀里，爹的身体感觉妈的身体很柔软、光溜地贴在他胸上。爹兴奋道："上船吧。"妈上船，爹也上船。河风把两人吹得打个冷噤，爹把妈抱住，妈便捧着爹的脸吻。月光下，两具身体的狂热接触使小船摇晃得很厉害。妈快乐极了，睁开眼睛，忽然觉得有颗流星飞入她眼帘，害她眨了下眼睛。圆月正在她的头顶，将冰凉的月光尽数洒在他俩身上。妈说："我会永远记得这个夜晚，这是我一生里过的最浪漫的中秋夜。"在爹眼里，这个中秋夜的月亮有脸盆那么大，圆月仿佛从天上掉下来，落在爹狂热的心田上。爹的疯劲让爹忽然想到一个名字，"你要是再生一个儿子，就叫他何天亮，月亮的亮。"

两人回到岸边，发现这个岸边与拴船的岸边不是一回事，那个岸边还有几幢破房子，这个岸边全是树木。天色微明，可见他们在船上呆了很长时间，而船在两人做爱时已顺水漂流出好几里。爹下船，把船拴在一处石头上，两人走出树林，晨曦露出来，东边天上有光，一抹微红的光。爹走到空旷的河岸边，试着用他的哨声召唤白玉，爹把右手食指弯着，塞入嘴中，狠劲一吹，尖锐的口哨声便从爹的嘴里飙出，于晨曦中顺风飘得很远，几秒钟后，就见一个白点飞驰而来，越来越大，马蹄声也越来越响，是白玉。爹和妈都抱住白玉，白玉很神气地昂起头，踏着四蹄，两只又黑又大的眼睛分别骄傲地看着我爹和妈。爹摸摸马额，跨上白玉，把妈拉上白玉，嗅着妈发梢上散发的茉莉花香。白玉驮着我爹妈朝来路奔去。朝阳出来，火红一颗，一束温馨的朝晖就涂抹在白玉和我爹妈身上。

三十二

有天，四点钟还不到，天就黑麻麻的。接下来的一些天，天都黑得早，空中飘着阴寒的湿气，做的腊肉，摸起来滑手，没放几天就长芽了。奶奶预感这不是一个好年头说："今年可不是一个兆头好的年，大家都留神点。"奶奶每天检查门窗，查看地面，和张桂花一起把厕所边上滑溜溜的青苔铲掉，把作坊里多余的东西清理干净，晚上睡觉前还提着马灯检查一遍，看正韬和大金是不是还在聊天，李文华是不是还坐在桌前写作业；家桃、秀梅是不是打了被子，别感冒了。最后，奶奶在我床前停下，见我的脚伸在被子外，就骂着什么地把被子扯过来盖住我的脚。这才回房间，爷爷早睡了，被她吵醒，爷爷说："你吵醒我了。"奶奶笑道："孩子们都安全，我可以放心睡觉了。"第二天，奶奶又这么重复一遍，边抱怨说："都不管孩子，我这当奶奶的操心死了。"爷爷说："是你自己要操心。"奶奶道："我不操心行吗？金山带兵打日本鬼子，我不能后院起火啊。"

春节在孩子们的盼望中缓缓来了，奶奶每人发一块银元当压岁钱，那是我第一次从奶奶手上拿到钱，一枚银元。爹和大哥是在家里过的春节。家里不光他们两名军人，还有爹的几名年轻军官也是在我家过年。他们是外地人，因为要防备日军进攻，过年不能回家，就都到了我家。奶奶和张桂花忙着招待这些军官，厨房进进出出的，先是吃中饭，接下来是晚饭，晚饭过后，奶奶和张桂花又爬起床为他们做宵夜。我二妈没来，在何家山村招呼她那瘫痪在铺上的爹。有天，奶奶累得坐在椅子上直不起腰来，爹就让一个军官把炊事班长叫来干活。炊事班长带来两名小兵，三人一步入厨房，张桂花就自动让位。三名军人手脚相当麻利，不久，一个个菜端上桌，堂屋里就热气腾腾，一派盎然。圆桌给了军官们，方桌子却被我们占着，奶奶和张桂花只好端着碗，站在一旁吃饭。炊事班长笑呵呵地问："味道怎样？"大家都说好吃。那天是大年初三，过了初五，爹跨上那匹剽悍的白玉，带着军官们回军营了。闹腾了几天的青山街三号又清静了，奶奶对孩子们宣布："都给奶奶听好，从今天起，你们得回到秩序中来，奶奶说什么就是什么。"

二哥何正韬是准男子汉了，目光突然就变得锐利和冷漠起来，嘴上也出现胡子了，胡子虽稀稀散散的，但毕竟是比汗毛粗黑一点的胡子。他把奶奶的话当耳边风道："奶奶，您别管我，我已经长大了。"奶奶一脸诧异地叫道："啊呀，我正韬长胡子了。"正韬就嘿嘿嘿笑，情不自禁地在奶奶面前摸摸上唇的胡子，强调："我是大人了，奶奶。"何正韬的一张脸其实很文秀，然而那两撇比汗毛深一层的胡子挂在他脸上，让他的一张脸不由得十分骄傲。何正韬又长高了，脚也长大了，去年买的鞋穿不进了，要穿四十三码的鞋，走路脚步声重了，腾起的灰尘也多些了。正韬见家桃和秀梅都看着他脸上的胡子，就得意地笑。奶奶说："你拿你爹的剃须刀把胡子剃了。"正韬不听道："不，我好不容易才把胡子蓄起来。"

　　过年的几天天气不坏，爹、大哥和军人们一走，西伯利亚的寒流却带着北方的硝烟味跑来了，似乎在提醒长沙市民，更为残酷的战争即将来临，别因过年过得忘了国难。一天早晨，一家人醒来，地上是厚厚的一层雪，腊梅花在雪中吐着红，雪从昨晚下到今天还在下，雪花飘啊飘的，屋檐上已结冰，冰锥吊下来有半尺长，看着都冷。何家桃那天盯着冰锥看了很久，脸上就升起渴望，站到椅子上，伸手去抓冰锥，手够不着，踮着脚还差几公分。李文华便自告奋勇地走上去帮忙，他站上去，脚踮起，伸长手，但离冰锥还差那么一点。李文华就往上一跳，冰锥倒是碰到了，掉到了地上，自己也跟着摔到地上。李文华的脚落在椅子上时，没落在椅子中央，椅子一跷，倒了，他也摔了下来。他为讨我大姐的芳心，摔断了一条腿，痛得他嘴都歪了。李文华已长成个标准的小伙子，在我大姐面前他当然要装男子汉，大姐问他要不要紧，他大气地说："我没事。"但他直起身时，走路却一跛一跛，歪着嘴，表情相当痛苦。奶奶让李文华坐下，捏他的左腿，他痛得直叫。张桂花从厨房里跑来，大骂李文华是个猪。何正韬让李文华箍着他的肩，他背起李文华，一行人向诊所去了。

　　家桃很过意不去，蹙着眉头，站在腊梅花前。腊梅花在这冰天雪地的院子里，开得格外冰洁、娇艳和孤傲。奶奶说她："家桃，你大姑娘了，还小姑娘样去摘冰，害得文华绊伤了腿。"被李文华碰断的冰锥就掉在屋檐下，已碎裂，奶奶说这话时就望着这堆碎裂的冰渣。家桃解释说："我又没要文华摘，是他自己要摘。"奶奶当然看到了这些，"你不摘，他就不会帮你摘。"

家桃瞟眼奶奶，进了房间。秀梅从外面回来，穿着红棉袄，手里捏着个雪球，脸上笑盈盈的。秀梅快九岁了，小姑娘长得很生动，一张脸又白又红润，长着她妈那样凝视一切的眼睛，不过这双眼睛长在她脸上比长在她妈脸上漂亮多了。下巴却是我们家的翘下巴，左脸上有颗小美人痣。奶奶看见她，什么气都消了，说："乖孙女，你跑到哪里疯去了？"秀梅说："没去哪里，奶奶。"她手上还捏着那坨雪，雪在她手上挤出了水。奶奶说："手会生冻疮呢，乖孙女。"秀梅把雪坨儿放在桃枝上，说"好冷的"，便去烤火。

　　李文华再回来时，腋窝下就夹着根拐杖，拐杖是诊所卖给他的。他走路只能用右脚，左脚不好用力地勾着，左脚的小腿上绑了木板和纱布。家桃听见他的声音，走出来看，李文华看见家桃，本来呲牙咧嘴的，脸上就男子汉了，说："我没事。"家桃知道李文华是跟她说话，便说："还没事？"李文华把自己的伤拼命往小处说道："医生说过几天就好了。"张桂花婶婶生气地指出道："医生说伤筋断骨一百天，吹什么牛你——""你"字拖得很长，那是责备。家桃就羞红着脸看李文华，李文华已有一米七五的身高了，他跷起的那只受伤的脚穿着四十三码的黑布胶鞋，他再次轻描淡写地笑道："最多一个月就好，别信我妈的。"

　　这年的春天很冷，仿佛冬天和春天对换了，或是冬天拉长了，像一根橡皮筋样扯到了阳历三月，泼的水，不到一个时辰就会凝固成冰，走路一不小心就会滑倒。奶奶如此小心，天天目不转睛地叮嘱这个孙儿注意、那个孙女小心，自己却滑了一跤。还好，没伤着哪里。三月底，出了几个太阳，气温回升了，大家以为不要穿棉袄了，都把棉袄收到柜子里放好。但过不了几天，一股寒流又从遥远的北方赶来，北方中国军队正与日军打得不可开交，感觉上湿冷的空气里就飘着股浓浓的火药味儿。爷爷、奶奶又不得不穿上晒了几个太阳后收到柜子里的棉袄，张桂花婶婶因没穿，当天就感冒了，说话带着浓厚的河南鼻音。家桃和秀梅也感冒了，不知是家桃先感冒传给秀梅，还是秀梅先感冒传给家桃，两姊妹鼻涕横流、喷嚏连连。奶奶担心起来,在餐桌上第一次实行公筷,要求每个人吃饭用一双筷子,夹菜用另一双筷子。直到四月份,我三叔栽在院子里的桃树才不情愿地开花,足足推迟了一个月。桃花一开,院子里就生机勃勃了,几个太阳一出,桃花开得更旺了,蝴蝶飞来,绕着火红火红的桃花和李文华飞。李文华坐在桃树下,一脸浪漫地弹吉他,歪着张苍白、英俊的脸,边笑看着家桃和秀梅守着桃花捉蝴蝶。两姊妹看见漂亮的蝴蝶就大叫着捉,捉了就放到书里做标本。奶奶说:"别捉了,它们也是生命。"

　　一个星期天,太阳明晃晃的,妈突然出现在院子门前,挺着个大肚子,奶奶看见了,家桃也看见了,家桃冲背对着妈的我说:"你妈来了。"我就看见了大肚子妈。妈对我招手,说:"妈今天没事,带你去看电影。"

　　电影是《火的洗礼》,名字我记得,但我看不懂。妈在我身边抹着泪,看得很投入。这是我生平第一次看电影。在电影院里,一个男青年突然站起身喊"打倒日本帝国主义",我和妈都一惊地看着那个人,就有人跟着那青年喊"打倒日本帝国主义"。电影就看不下去了,电影院里吵哄哄的,个个义愤填膺。我和妈都想把电影看完,但众多的观众都站起身呼口号,把我和妈的视线遮挡了。电影映完,大家一窝蜂地走出来,许多观众都攥着拳头,板着苦大仇深的脸。妈的眼睛也红红的,抽口气说:"兵儿,日本人坏透了。"我看到一些看电影的人都哭了。妈带我上火宫殿吃臭豆腐。妈坐下,要了葱油粑粑和臭豆腐。妈说:"妈第一次吃臭豆腐和葱油粑粑,是你爹请妈吃。"妈脸上有红斑,一块块的。我把臭豆腐放进嘴里时,几名军人大声说着话走进店堂,其中一名是我大哥,还有一名是李文军,李文军看见我和我妈,走过来摸摸我的头。大哥没跟我妈打招呼,他脸上有很多高傲——那些高傲是打日本兵打出来的,把我大哥的脸布置得很冷峻、伟岸,感觉上犹如一朵白云悬在高空。大哥踢下靠窗的一张椅子,在那张椅子上坐下,眼睛甚至都不朝我们这边看。妈的脸有些挂不住了,让我快些吃。

大哥和文军哥那一桌叫叫嚷嚷的，店堂里就热闹起来。我和妈走出火宫殿，妈叫辆人力车，车一到院子门前，雨就下起来了。五月的长沙就是这样，上午太阳还好好的，跟我大姐的脸色样透着桃红，下午天一阴，就变成奶奶生气的样子了，瓢泼大雨可以把人淋成落汤鸡。妈说："文兵，快进去吧，别淋了雨。"

　　就在这个月，我弟何天亮出生了，是七月子。妈事先没一点准备，不知道我弟会急着到尘世上来赶热闹。医院里有很多伤员需要照料，那些伤员都是从前线上下来的，脾气都很大，稍不留意，他们就会大骂医生或护士。妈和军医都理解这些伤残官兵，也就没日没夜地侍候着这些伤残官兵。五月下旬的一天，妈忙了整整一天，刚想坐下来休息，突然感觉肚子剧痛，羊水破了。好在是医院，妈直接躺到手术台上，就听医生说："脑袋出来了。"接下来，我弟的身体也出来了。医生把我弟放到秤上一称，才五市斤三两，小手小脚小脸都皱巴巴的。我弟吃的第一口奶不是人奶，是医院一旁牛奶场的牛奶。妈的心理和生理都没准备好，因而没奶。婴儿饿得哇哇直哭，这是军医院，没有产妇，两个陪着我妈的护士又都是年轻女孩，就跑到牛奶场弄了一瓶鲜牛奶，把牛奶煮开，又用嘴吹凉，这才把橡皮奶嘴塞进我弟嘴里，我弟一吮，一股温热的牛奶就吸进了他稚嫩的喉管。后来我才知道，我们都是吃母奶长大，惟独我弟是吃牛奶长大的。

　　九月份，日军的飞机飞到长沙的上空，炸弹就落雨样落下来，在长沙街头爆炸，轰隆轰隆的爆炸声使长沙的老百姓惊慌失措，一幢幢房屋被炸毁，就见火光冲天、灰尘弥漫、硝烟刺鼻，天地之间皆是日军的轰炸机。飞机不断飞来，轮番轰炸，于是长沙的街头巷尾，整天都是炸弹从天而降的巨大的爆炸声、炸塌房屋和炸死了人的哭喊声。日本侵略军又在攻打长沙，平静了两年的长沙第二次陷入令老百姓恐慌的战火中。

　　青山街上落了三颗炸弹，有颗炸弹从天而降，砸穿屋顶，落在堂屋里爆炸了，那家九口人正在吃中饭，全被炸死。另一颗炸弹落在街上，把街上炸了个很深很大的洞，还一颗炸弹炸垮了两幢房屋，炸死十几人。就是那几天，爹骑着高大的白玉，径直走进院子，翻身下马后，爹的手上抱着名让全家人傻了眼的婴儿。爷爷、奶奶和张桂花婶婶都立马睁大眼睛，不敢相信地看着。爹手中的婴儿睡着了，小眼睛紧闭，两只小手攥成拳头。爹说："这孩子贱，只要吃牛奶就可以了。"爹从军裤口袋里掏出只盛满牛奶的牛奶瓶，把一只飞到婴儿脸上的苍蝇赶开，"家桃，把弟弟带好。"家桃伸手抱过弟弟，弟弟睁开两只小眼睛。家桃笑了，"好可爱呀。"奶奶冷冷道："那个狐狸精怎么不带？"爹绷着脸说："要打鬼子了，她是护士长，要照顾伤员，哪有时间管孩子？"爹把正韬、秀梅和我叫到家桃面前，指着婴儿说："他是你们的弟弟，爹要去打日军，你们要带好弟弟。"

日军志在拿下长沙，在飞机大炮的掩护下，日军分四路向长沙杀来。驻守在新墙河一带的国民党中央军和湖南第二军挡不住强大的日军进攻，撤了。日军直抵汨罗江，随即由黄裳、浯口、长乐街、新市及汨罗五处强行渡江，分兵四路东进和南下。九月二十三日抵达长沙县金井乡和春华山，在金井乡和春华山遭到驻守在此的湖南第一军的顽强抗击。日军在此攻打了四天，四天里日军用大炮和飞机对金井和春华山上的守军狂轰滥炸，一颗颗炸弹从天上掉下来，一声声巨响后弹片就飞向四面八方。第一军伤亡很大。二十七日，金井乡失守，第二师的一个团全部阵亡，日军就从那处突破口直奔长沙，占了市区外的捞刀河。日军又在东屯渡、洪山庙和杨家山等处空投三个联队的伞兵，防守在这一带的中央军第五十八师抵挡不住日军伞兵猛攻，师长率部撤离。日军攻入市区，市内陷入殊死的巷战中。爹和贺新武师长接到龙军长的命令，一定要将日本侵略军赶出长沙。第三师还有两个团，爹把十团连以上的军官叫到团部开个简单扼要的会，爹板着脸说："弟兄们，长沙不能失陷，日军在南京犯下的罪恶你们是知道的，现在，我命令你们不惜丢掉性命也要夺回长沙。我们的父母和姐妹等待我们去救他们！弟兄们，我命令你们带领官兵火速前进。"

雷连长就是在与日军的巷战中牺牲的。他的那个连充当了尖刀连，像一把尖刀样快速地向日军刺去。雷连长身先士卒，带头冲锋，边朝日军射击，边喊："弟兄们打啊，打死日本鬼子啊。"他的官兵就跟着他潮水般涌进街巷，边冲日军射击。他们冲到另一处街巷口时，日军的机枪对着他们疯狂扫射。雷连长感到肚子一痛，叫声"哎呀"，倒下了，驳壳枪掉到了地上。雷连长那当儿还十分清晰，知道自己负了伤。他对士兵说："弟兄们，不能让小日本在长沙重演南京大屠杀，给老子玩命地打。"他捡起驳壳枪，又忍痛咬紧牙关指挥士兵冲锋。他的士兵爬起来，朝日军冲去，机枪又响了，他的士兵又倒下一片。雷连长一看自己的肚子，有两处伤口，血直涌。他朝一旁吐口痰，解下一个脑袋被子弹打烂的士兵的两枚手榴弹，骂了句脏话，勇敢地朝前爬去。他爬到距日军的机枪还有三十多米时，拧开手榴弹，拔掉引线，突然站起身，拼尽全身力气朝日军掷去。手榴弹一落到日军机枪手身上便爆炸了，他再次倒下，一颗从一旁飞来的步枪子弹射中了他那颗黑油油的光头。他的意志于消散前，听见一个声音叫他"雷连长"，他听出是刘二郎（木匠老二）的声音。刘二郎连和李文军连相继冲上来，他们都是长沙人，熟悉街巷，就指挥官兵大胆包抄和射击日军。他们都是神枪手，一枪一个，日本兵纷纷倒下，这让日军长官深感不撤离长沙有被消灭之势，率残部逃走了。

战斗结束后，爹在雷连长的遗体前站了很长时间，雷连长的遗体上有五颗子弹，致他于死命的是脑袋上那颗子弹，那颗子弹是从右太阳穴打进脑袋的。血已经结痂，有只苍蝇在那乌红色的枪眼上贪婪地爬着。爹想起雷连长是车夫时，常常于大清晨拉着他在南门口、道门口和司门口各肉店之间奔跑着采买猪蹄的情景，心里就升腾起无限的哀伤。爹对站在他一旁的刘二郎说："刘连长，好好安葬他。"

此役后，爹受到第九战区司令长官薛岳的特别嘉奖，并因功升为湖南第一军第三师师长，薛岳司令长官亲自授衔，将少将军衔服交到我爹手上说："何师长，祝贺你。"这年我爹四十岁整，我四十岁的爹接过呢子军服，脸上有几分激动。我大哥何胜武于此役击毙日军十九名，也受到第九战区司令长官薛岳的特别接见，并荣升为十团三营营长。爹用亲热的口吻对大儿子说："你比爹有出息，爹十九岁的时候还什么都不是，你十九岁却是少校营长了。"

　　大哥快乐地一笑，"文军和刘二郎打得也很勇敢。"身为少将师长的爹回答儿子道："我也要升他们营长。"这天下午，军部补给处的杨主任带着两个兵搬来一箱美国肉罐头，他们把肉罐头搁到桌上，又搬来一箱威士忌。军部杨主任告诉我爹："何师长，这种待遇只有少将军衔以上的将军才有。"爹送走杨主任，对儿子说："看来，官还是当大点好。"

　　星期三的下午，爹在军部开会，听此役后擢升为副军长的贺新武说，杨福全醒了，爹就上医院看杨福全师参谋长。医院里一片哭爹叫娘的声音，到处都是此役中负伤的官兵，病房里走道上全是伤员，有的腿炸断了，有的手炸没了，有的是胸口负了伤，有的是肚子中了弹。彭家老大是爹的营长，彭营长的屁股中了弹，他只能趴着睡，但待在他一旁的刘二郎连长看见我爹就起身敬礼。爹问木匠老二："刘连长，你怎么在这里？"刘二郎连长报告说："我来看彭营长。"彭营长就扭过黑不溜秋的鼠脸对我爹笑，爹拍拍他的肩说："好好养伤，争取早点归队。"爹看见妈，她在走道上给一个腿负伤的军官换药。爹走上去，嗅到一股奇怪的药味和很臭的肉味。妈瘦了，脸变尖了，脸色有些灰，这是妈没日没夜地照料伤员所致。妈说："我这里忙死了。"爹很关心地瞟一眼妈。

　　杨福全师参谋长躺在一处靠窗的病床上，脸色苍白得如一张纸，嘴唇也白得没一丝血色，肚子上盖着薄被，一只手在输血，另只手在输消炎液。爹默默地站在病床前，想起十多年前在衡山时，杨福全曾在战场上救过他一命，就心存感激地在床边坐下了。直到傍晚，病房里一个伤员死去，一名来送汤的士兵大叫"团长团长"时，杨福全才挣扎着醒来，就看见我爹坐在床边。他要坐起来，爹按着他的肩说："别动。"医生走来，护士也赶来，把那名死去的团长搬到担架上，抬走了，嚎哭声追寻着担架而去。杨福全说："他是第一师的郑团长，哭的是他侄儿。"爹说："难怪。"门外又传来悲惨的哭声，估计又有一个伤员撒手人寰，那是女人的哭声，十分凄厉，致使病房里外的伤员和官兵都沉默下来。哭声离去后，杨福全说："我又一次看见死神，死神穿着绿裤子。"爹握住他的一只手说："你梦见的肯定不是死神，死神是穿白裤子。"杨福全说："医生用消毒水清洗流到我肚子外面的肠和胃，又把肠和胃重新放进肚子，在我肚子上缝了三十针。"爹听杨福全这么说，全身起了鸡皮疙瘩，杨福全又沙哑着喉咙说："这一切我都不知道，我清醒后，你夫人告诉我的。"爹看眼窗外，天正下雨，空气变潮湿了，有点凉。爹说："我们都是九死一生。"杨福全点头。

我妈端着个盘子，盘子里盛着药、药棉和纱布，进来给杨福全换药。妈很疲惫地对爹笑了下，马上绷着脸说："要换药了，你让开。"爹走时，妈对爹说："金山，你可要当心。"爹安慰妈说："我没事，老天爷要留着我这条命打日本鬼子。都死了，谁打日本鬼子？"妈问："亮亮你去看过没有？"爹答："我今天就去看。"

爹是第二天上午骑着白玉奔回家的，我大哥和李文军都在家里，张桂花和奶奶在厨房里准备饭菜，爷爷在堂屋里坐着，正韬、李文华和何大金不在家，家桃和秀梅在，我也在，小弟在李文军怀里，李文军正拿奶瓶给天亮喂奶。家桃和秀梅都站在李文军两旁，看着她们称做"小弟"的天亮睁着两只黑亮亮的小眼珠吃着牛奶。爹看天亮，天亮的皮肤舒展些了，脸上红润润的。秀梅说："爹，他好好玩的。"爹见秀梅脸上尽是汗，就猜测她刚上哪里玩去了，说："女孩子别太贪玩。"

大哥走到白玉旁边，摸着白玉的脖子，白玉低着头，用马嘴抵大哥的胸和脸。大哥说:"它真是一匹好马,爹,我要骑它一下。"爹的马从来不让别人骑,但儿子要骑,爹就说:"担心它把你摔下马背。"我大哥是名标准的男子汉,这两年他又长高几公分,身高一米七八,两条修长的腿,一张英俊的脸,两撇眉毛又黑又长,一双眼睛炯炯有神。他一笑,握住缰绳,跨上白玉,白玉居然没发脾气,这倒让爹有点惊讶。李文军羡慕道:"胜武,你真威风。"大哥学爹的模样双腿一夹,缰绳在马脖子上打了下,白玉便朝着院子门外走去。家桃见李文军坐不住了,便说:"文军哥,把亮亮给我。"李文军就把天亮递给家桃,跑到门口看胜武骑马。家桃抱着小弟,喂小弟吮牛奶。爹看着家桃,想到她妈,心里多少有点歉疚,问:"你妈好吗?"家桃知道爹是问她话,她望着吮牛奶的小弟说:"妈好久没来了。"

三十三

　　三个月后,我大哥那两条修长的腿和那双四十四码的脚被无情地炸没了。日军进攻到长沙南郊的金盆岭时,再也无法朝前推进了,因为驻守在黄土岭、金盆岭的第三师官兵发誓绝不后退一步。我大哥率领的三营就在阵地最前沿,日军被大哥的三营打得很恼火,一抬头,一颗子弹必中脑门,进攻三营阵地的日军害怕抬头,趴在地上左右为难。日军大队长在远处舞着东洋刀催促官兵冲锋,他的官兵却趴在地上不敢动。他就呲牙咧嘴地跑上前踢士兵,就在这时大哥一枪击中他的脑门,东洋刀从手中掉下来,身体一歪,栽在地上。日军联队长命令机枪手朝我大哥的阵地射击,日军的五个机枪手先后都死于我大哥的枪下。日军联队长组织一支日军敢死队,几百名日军霍地起身,朝着三营阵地猛冲,嘴里狂叫着给自己壮胆。大哥训练的三营官兵里有几个枪法很好,就趴在掩体里一枪一个地打着,打得日军敢死队的敢死队员全趴在地上装死。

日军久攻不下三营阵地，就冲三营阵地不停地开炮，火炮炮弹打完，又运来迫击炮，迫击炮炮弹在我大哥身边炸来炸去，有一颗炮弹落在大哥的两腿之间，轰隆一声，大哥的双腿就成血肉飞上天，落下来时撒了一地。大哥当时还不知道，他趴在地上，头埋在掩体里，手捂着耳朵，待炸弹声响完，他想换一个地方，一翻身才发现双腿没了。大哥惊惧地叫道："我的腿我的腿呢？"接着，大哥恐惧地大哭起来，因为他看见穿在他脚上的四十四码的军皮鞋就落在他一旁，鞋里有他的一只脚，那脚已血肉模糊，令他惊骇不已。先一年的十二月七日，日本海军发动了著名的珍珠港战役，偷袭美国海军获得成功，因而洋洋得意。日本陆军在日本海军偷袭胜利的鼓舞下，又对长沙发动第三次进攻，志在拿下长沙这座令他们十分恼怒的城市。那一年的长沙特别冷，我家院子里的腊梅花在冰天雪地里怒放着，但葡萄枝和桃树枝都被冰裹着，一折就断，且发出脆脆的响声。

　　长沙在打仗，炮声隆隆，日军飞机飞到长沙上空投弹，一颗颗炸弹飞落到民房上，炸毁很多民房，也炸死很多军人和老百姓。日军企图用强大的火力迫使湖南军民畏惧，结果更加激发了湖南军民的顽强抗击。战斗就打得极为残酷，阵地上的官兵打完了，日军刚刚占领，又被中国军人争夺回来，接着又失去，又发动冲锋夺回阵地。日军于此役中投入的兵力很多，动用了中岛第三师团、神田第四师团、青木第四十师团和第六师团及第七师团的一部分，从鄂南、鄂西出发，会同岳阳原有的大部分兵力，共十多万日军杀向长沙，但奔到长沙郊外就等于到了终点站。此役，史称"长沙第三次会战"，日军仍以惨败告终。

　　我大哥醒来时已躺在病床上。他的左腿从膝盖处没有了，右腿更惨，整只修长的右腿被炸成碎片飞上了天。医生给我大哥止了血，捆扎了大哥的断腿处，在病床旁护理我大哥的是我妈安排的一名年轻漂亮的女护士。鲜花摆满大哥的病房，病房里就有药物和鲜花的混合气味，两股气味飘飞在爹的鼻翼旁，时而药物的气味浓烈一些，时而鲜花的气味又浓烈些。爹阴郁地坐在一隅，抽着烟，目光始终没离开儿子的面孔。大哥很痛苦，目光呆呆地瞪着天花板。大哥不想活地低声说："爹，让我死吧。"爹看着想死的大哥说："你是抗日英雄，英雄怎么可以言死？"大哥听爹这么说，两行酸涩的泪水缓缓地从他眼角流下来。

爹把报纸给他看，报纸上有大哥的传令兵向《大公报》记者说的话，说他亲眼所见何营长击毙一名日军联队长、一名日军大队长、五名日军机枪手和七名日军士兵，共计十四名日军。报纸上把他从第一次消灭的日本兵到此役消灭的日军累计起来后惊叹，说"何胜武营长一共消灭七十名日军侵略者。"

重庆《中央日报》的记者也不惧艰辛地坐船赶来，拍了大哥躺在病床上的照片，照片上的大哥走了样，很瘦，脸尖尖的，不像大哥，但下巴还是打了何家烙印的翘下巴。《中央日报》的记者采访我大哥时，大哥哭了，说："我的腿没了，以后怎么打日本鬼子啊。"《中央日报》的记者在大哥说的这句话后加了编者按："从何胜武这样的中国军人身上，我们可以预见，未来是中国军队必胜。长沙三次会战，中国军队之所以能取得一次又一次的伟大胜利，就是湖南军人里，像何胜武这样的年轻军官大有人在，他们是勇士，是日本帝国主义的终结者。我们相信，上帝一定会站在中国军队一边，一定会鼓舞中国军队更狠地痛击日本侵略军。"爹把这份《中央日报》给他儿子看，说："看看这编者按，你怎么能言死？"大哥不看，爹说："你枪法好，等你伤好后，我让警卫排长杜国民背你上战场，你照样可以打日本鬼子，你的命还有用。"就是这句话让大哥有了活下去的勇气，因为爹说他还可以打日本鬼子。十多天里，大哥的脸总是绷得紧紧的，脸上阴云翻滚、黑风呼啸，那天大哥的脸舒展些了，对一心护理他的女护士就有了一丝笑，说："辛苦你了，王玉珍。"

王玉珍是周兰女子中学毕业的，是战争中自愿来当女兵的。女兵比大哥小三岁，有一颗金子般的心，那颗心对英雄十分崇拜，她主动承担照料我大哥的一切，不让身为护士长的我妈插手。大哥没有腿，要解手又下不了床，她把塞在病床下的尿壶抽出来，端到大哥的身下。大哥要大便，她把便盆塞到大哥的屁股下，随后又替大哥系裤子。奶奶看见了都不好意思，她却很大方。奶奶看着她说："你叫什么名字？"女兵说："我叫王玉珍。"奶奶说："你的名字真好听。"又问："你多大？"王玉珍说："十七岁。"爹走进来，奶奶对爹表扬王玉珍说："这护士真懂事。"天色已晚，爹要奶奶回家，奶奶摇头，"我要照顾孙子，他是抗日英雄。"爹说："妈，你在这里影响了伤员休息。"

医院里到处都是负伤的军人，到处都是恸哭的官兵，一个个都红着眼睛。这次坚守战，爹的三师有一千多官兵阵亡，有两百多官兵负伤，都住在医院里治疗。爹盯着一个个伤员，那些伤员也看着爹，有一个躺在走道上的伤员头包得跟粽子样，左一层右一层，只有嘴唇露出来，一个小兵正端碗汤喂那张嘴。爹问小兵："他是谁？"小兵拿汤匙的手放下来，站起身向爹报告："报告师长，他是我们营长刘二郎。"

刘二郎的营打得很英勇，坚守在黄土岭上一步没退，阻挡住日军多次冲锋，一颗炮弹的弹片削掉了刘二郎的一边耳朵，紧接着的一颗炮弹的弹片又削开他的头皮，致使他的头包得同粽子样。爹接过士兵手中的汤碗，亲自喂刘二郎喝汤。刘二郎十分激动，说"师师长"，爹制止他说话，"不要说话。"爹把汤喂完，走进护士室，妈说："王护士可真是个好姑娘。我看她盯胜武的眼神，好像当年我看你的眼神。"爹吃一惊，"你看错了吧？只是同情吧？"妈说："同情的目光与爱的目光是有差别的，我是女人比你懂。"爹悲伤地晃下头，"要是胜武没残疾，还真可以收她做儿媳妇，现在胜武两条腿都没了，以后真是个问题。"妈对爹说："我看小王护士一点也不嫌弃胜武腿残，很用心地照料着胜武。"

一天下午，爹坐着辆美式吉普车回来，这在青山街上引起一片轰动。四个轮子的汽车，自从盘古开天地，这还是第一次驶进狭窄、破烂的青山街，当然就有孩子们围上来，又摸又看。正韬看见一辆汽车停在院子前，下来的是爹，就打李文华的肩一下。李文华羡慕道："你爹真威风。"家桃和秀梅忙迎上来叫爹，却欣喜地打量着汽车。秀梅当然不像四岁时那样，看见爹就扑上去攀着爹的衣襟或胳膊放嗲了，她隐约懂得了爹心里只装着我妈，因此她瞅爹的模样就有些迷茫。爹看我一眼说："你随爹去一下医院。"我很高兴，因为这是坐爹的汽车去。秀梅马上道："爹，我也要坐汽车。"爹把目光放到秀梅脸上，"你又长高了。"在爹眼里，秀梅不但又长高了，还长漂亮了。爹看一眼家桃，家桃比秀梅显得文静几分。家桃的后面是桃树，桃树上的桃花已凋谢，长出许多绿叶。

李文华和大金都跟着正韬走到吉普车前，爹的司机和警卫都跳下车，对我们笑。爷爷带着帮工去拖老糠了，奶奶在作坊里忙，听见堂屋里有这么大的响动，就走了来，奶奶看见吉普车，也高兴。奶奶只在马路上看见汽车驶过，常常被汽车轮子溅一身泥，没想汽车居然驶到家门前来了。奶奶好奇地摸着绿油油的汽车问："它能跑多快？"司机回答："比马跑得快。"奶奶对汽车很感兴趣，很想弄明白地问："我晓得马是吃了草才能跑，这家伙吃什么东西才肯跑呢？"司机笑着答："它吃汽油。"奶奶说："汽油也能吃？"司机答："人不能吃，它能吃。"爹是来接我的，家桃和秀梅都想坐车，爹就让警卫下车，我和家桃、秀梅都坐到后椅上，汽车启动，围观在汽车旁的小孩就散开，司机开着车朝医院驶去。

我大哥属于那种自强不息的人，在他生命的字典里，没有绝望和气馁的文字，甚至连懒散那样的字眼都不曾有。在这一点上，我大哥继承他爷爷那任劳任怨的血液明显比我们几兄弟多几升。这没办法，大哥是爹二十一岁时所生的孩子，那时候爹也不知道"懒散"两字怎么写，一身的力气，训练起士兵来，凌晨四点钟就喝令士兵起床，带着他的兵围绕山头跑三个圈。大哥在医院里躺了三个月,三个月后他回家了。大哥可不想被人服侍,就整天用双手"走"路,头离地面尺把远。李文华在一旁招呼。李文华的身体又朝上蹿了几公分,已有一米七九高了,长得真威猛和结实,一双眼睛却跟他母亲张桂花的眼睛样,清澈、透明、多情。李文华很同情我大哥,时刻提醒我大哥:"大哥,小心。"边在一旁护着,满脸的责任。爷爷、奶奶和张桂花婶婶一时无法接受我大哥头朝地地"走路",都背过脸去流泪。

　　大哥每天都顽强地用手"走"路,左残腿朝天立着,结实而修长的右腿已经没了,裤口在右腿根部就缝上了,大哥如果要坐下来,就得放下左残腿,先膝盖着地,再扭身用右手撑地,把那截残肢弯到前面,才歪着身体坐到矮凳上。大哥已经能面对失去双腿的现实了,经常练得满头是汗,喝上几口水,他又头一栽,重新"走"路,先是走到葡萄架旁,接着走到腊梅树和桃树之间,在那里绕桃树打个转,再走到美人蕉处,脸贴着美人蕉绕一围,折回葡萄架下,又走到腊梅树前,绕腊梅树一圈,再绕牡丹花"走"一圈。就这么顽强地走着,累了,趴在地上,休息片刻又走,从早走到黑。一天,奶奶对孙辈们表扬道:"胜武是个不服输的人,你们都要向他学习。"李文华就称赞大哥:"大哥,你真有毅力。"大哥淡淡道:"你要是双腿没了,还想活下去,你也会这样。"正韬打心里崇拜他哥,"哥,怎么才能成为神枪手?"李文华也说:"大哥,我也要当神枪手。"大哥说:"好啊,到时候我教你们打枪。"大哥的手臂变粗了,手臂上的肌肉练得一股股的,手掌却起了一个个茧。奶奶每天给胜武炖骨头汤,装一大碗端到桌上,对胜武说:"骨头汤,你把它喝了。"

　　有天,一家人正在吃葡萄藤上剩余的一串串葡萄,王玉珍姑娘不请自来,穿着非常漂亮的蓝旗袍,脸红扑扑的,手上拿着一条手绢。那天,长沙很闷热,爷爷和奶奶都只穿着汗褂子,我、正韬、李文华和大金都赤着上身,家桃和秀梅也只是穿着贴胸小褂兜。蛐蛐在砖缝里哼叫,蝴蝶热得栖息在美人蕉上都懒得飞动了。王玉珍来之前先飞来一只鹦鹉，鹦鹉停在葡萄藤上唱了会儿歌，一家人都凝望着俊俏的鹦鹉，弄不明白它怎么会飞落到我家院子里。鹦鹉刚刚飞走，王玉珍就来了，那身蓝旗袍让她真像刚才那只漂亮鹦鹉的妈妈。

最高兴的当然是奶奶，奶奶说："玉珍，你来了。"王玉珍笑着坐下，大哥正坐在椅子上吃葡萄。王玉珍问大哥："身体好些了吧？"大哥说："就这样子。你怎么来了？"她说："今天我休息。"奶奶十分热情地泡杯茶，"玉珍姑娘，你喝茶。"王玉珍笑盈盈地接过茶，奶奶又端来西瓜，西瓜已被张桂花切成一块块的，奶奶说："吃西瓜。"王玉珍就文静地拿起一块，却不吃地拿在手中。奶奶笑着说："吃呀。"她便文静地吃着，目光时而落在大哥身上，时而落在奶奶脸上，时而又落在李文华、正韬、大金、家桃、秀梅和我身上。大哥没怎么说话，大哥的目光偶尔会飞到黑底金字的"抗日英雄何胜武"匾上，随后又将目光迅速离开。王玉珍在我们家坐了很久，跟家桃说话，跟奶奶说话，直到二哥的同学胡麓山和张东魁来了，她才走。奶奶要送她，她说："不用。"奶奶说："没关系，我随便走走。"太阳明晃晃的让人感到热，王玉珍止住脚步说："奶奶，您回去吧。"

奶奶回来时大哥正跟胡麓山和张东魁说话，奶奶拿西瓜招待二哥的这两个同学，二哥的两个同学走后，奶奶就看着大哥说："胜武，你觉得玉珍姑娘怎么样？"大哥瞥奶奶一眼，"我不想毁了她。"奶奶就没再说什么。大哥回家不久，有学校请他去作报告，他们来，用钦佩和同情的目光盯着我大哥说："何营长，开学了，新生入校，我们特意请你去我们学校给新生作打日本鬼子的报告。"大哥答应道："好啊，只要我还有一口气，我就要做抗日宣传。"大哥去时，大个子杜国民背他去。爹把他的警卫排长给了大哥，爹配了车，把白玉也给了大哥。大哥没退役，仍着军装，只是军裤里只有左边那半截腿。杜国民很佩服我大哥，杜国民对我们说："兄弟们都佩服何胜武，一个人打死了几个排的日军，没人不佩服。"他把大哥抱上

286

白玉，自己再跨上白玉，我大哥坐前面，他在后面扶着，腿一夹，马便朝前奔去。

十月里的第一个星期天，王玉珍来了，奶奶对她说："胜武去湖南大学作报告了。"王玉珍就惊讶地瞪着奶奶，奶奶为孙子感到光荣地一笑。王玉珍似乎有话要说，嘴张了张又止住了。奶奶是个精明人，见她脸上的表情有些羞涩和犹豫，便问："玉珍，你有话要说？"王玉珍的脸红了，她待这抹红褪去后，很勇敢地昂起脸看着奶奶说："奶奶，我愿意侍候何营长一辈子。"奶奶惊喜地看着满脸圣洁的王玉珍问："你不后悔？"王玉珍一脸单纯和真诚地说："我想了很久，何营长残疾了，但他是在抗击日本侵略军的战斗中被炸弹炸残的，他杀死那么多日本侵略军，不能因为腿残了就没人照顾。"奶奶听她这么说，感动得眼睛都湿了，"你能这样想奶奶很高兴，奶奶一定把你的原话告诉胜武。"王玉珍说完这些话，红着脸走了，奶奶想留她吃饭，她推托了。

傍晚，杜国民送大哥回家，奶奶欣喜地说："胜武，今天玉珍来了，她说她愿意照顾你一辈子。"大哥木木地看着奶奶。奶奶又说："现在人家姑娘就看你的态度。"大哥阴着脸说："我不想害她。"奶奶说："在医院里，奶奶观察了好久，玉珍真是个好姑娘，她照料你非常尽心尽力。"大哥没说话。奶奶隔了会又道："她是自己提出的，你是抗日英雄，她对你产生了感情。"大哥觉得自己不配结婚，便垂下他那颗英雄的头颅说："我不结婚。"

翌年农历正月初十，大哥和王玉珍还是结婚了。婚礼很热闹，来了很多军人，还有市政府官员及街坊邻居。青山街三号人山人海，酒席从堂屋一直摆到街上，很多人都赶来祝贺，一时间大家都忘记了战争，个个笑眯眯的，仿佛映山红开了。

大哥着军装，军装上系一朵红绸子扎的大红花，腰杆笔挺地坐在椅子上，英俊的脸上生平第一次挂着腼腆和难能可贵的笑容，对来祝贺的人说

"谢谢你们"。客人从上午直闹到晚上，大哥自始至终那么笔挺地坐着，直到所有的客人都走了，他才在爹的眼里弯下身体，"走"进新房。他的新房是三叔何金石睡过的房间，临时布置成新房，门和窗玻璃上都贴了喜字，一张红木架子床上也贴着喜字。新娘就坐在床上，等他。他撑着床檐，屁股挪到床上，新娘要跟大哥脱衣服，大哥说："你先睡。"新娘脱掉大红大绿的衣服，钻进被子。大哥把身体靠到床架上，看着新娘美丽的脸蛋，没动。新娘问："怎么啦你？"大哥说："你嫁给我不苦了你吗？"新娘一脸献身的样子道："侍候你，是我王玉珍的福气。"大哥感动得好半天才想出一句话："玉珍，你真好。"大哥幸福得哭了，王玉珍捧起大哥的脸，揩掉他的泪水说："不要这样，我嫁给你是我觉得你是全中国最了不起的男人。"

次日一早，李文军牵着同父异母的妹妹李佳来了，李佳穿件红棉袄，扎一对羊角辫，一双眼睛又黑又亮。李文军坐下，李佳在她哥哥身旁坐下，李佳那时候还没长个头，看上去不像个七岁的姑娘而像个五岁的姑娘，很矮，脚落不到地，一双脚就吊在椅子上晃荡。奶奶看见她，很喜欢，"佳佳这女孩真漂亮。"说着，抓把糖果和瓜子放到她手上。李佳把糖果放进口袋，架起小腿嗑瓜子，昂着小脸，一点也不拘束，好像她也是这个家里长大的。昨天全家人都为大哥大嫂的婚礼忙上忙下，此刻都躺在床上，就连爱起早床的张桂花婶婶都没起床。王玉珍率先起床，仍穿着结婚时穿的大红棉袄，她俏丽的脸上还残留着一抹睡容，她跟李文军打声招呼，就去厨房洗漱。腊梅在枝头上绽放，张桂花婶婶听见响动，忙起床，走到腊梅花前拍打着衣服上的灰。一只画眉飞落到葡萄枝上，尖声叫着。大哥用一双手"走"出来，坐到矮凳上，人就矮了一大截。李文军对我大哥说："我们营补充了一批新兵，好多年龄都不大，一问，都是你的崇拜者，都想像你一样成为神枪手。"

家桃起床了，一头乌发蓬在脸上，她看见李文军，赶紧去漱口洗脸。秀梅也起床了，也到后院去漱口洗脸。李文华、二哥和大金也相继起床，家里热闹起来。二哥拿着竹笛，站到葡萄架下，很有模样地吹着笛子。李文华穿着过年时他妈给他做的一件湛蓝色棉罩衣，一条黑长裤，把吉他拎出来，坐在堂屋里与二哥合乐。李佳觉得有趣地看着，两只眼睛瞪得大大的。家桃洗漱完毕，拿把梳子梳头发，一头乌发黑瀑布样垂落在胸前。家桃又长高了，站在门旁就高高挑挑、窈窕迷人。李文军看着她说："家桃，你越来越漂亮了。"家桃给李文军扮个鬼脸。李文华偏过头来看眼家桃，吉他弹得更响了。家桃的脸红了，这脸色被李文军和大哥捕捉到了，李文军和大哥见家桃突然脸色绯红，就寻找家桃脸红的根源，于是发现了李文华那痴迷的目光。李文军问："家桃，有心上人吗？"家桃说："文军哥，你神经呢。"大哥批评道："家桃，对李营长说话，要有礼貌。"

　　吃饭的时候，吉普车刹车的声音传来，爹回来了。李文华看着我爹说："我想参军。"张桂花就坐在一旁，爹看一眼他妈，问："你妈同意？"爹来以前，李文华已向李文军说了，他要去李文军的营里当兵。李文华说："我妈同意，打日本鬼子是每个中国人的事。"张桂花一脸无奈地说："文华跟我说当兵的事，又不是今天。与其让他跑到兵站报名进别的部队，还不如让文华进您的师，和文军、胜武一起打日本鬼子。"爹想下说："好啊，那你先当我的警卫吧。"李文华放下碗筷，起身对我爹敬个不规范的军礼，"谢谢师长。"

　　二哥一直畏惧爹，只要看见爹，本来很狂妄的，立刻就老实了。爹从来不跟二哥啰唆，爹这辈人讲究严父形象，从不跟儿子们亲近。二哥见爹同意李文华入伍，就说："爹，我也要参军。"爹看一眼次子，在爹眼里，我二哥充其量只是个文艺人才，不是当兵打仗的料。爹说："你把高中读完再说。"二哥是从不敢还爹嘴的，从他还没懂事起，只要看见爹回来他都是自卑地退到一边，爹说什么他都是无条件照办，但那天二哥却红着脸还嘴了，"我不喜欢读书，我要参军打日本鬼子。"爹望一眼大儿子，大儿子只剩半截身体，爹再看二儿子时就板着脸道："这事不要说了。"二哥就不吭声了，闷头吃饭。

三十四

　　春天在桃枝上体现了，先是花骨朵凸在桃枝上，接着春天紧随桃花一起绽放了。但那年的春天一点也没诗意，相反，湖南境内的映山红被日军的铁蹄踏成了泥。三月份，也就是我家院子里的桃花盛开的日子里，防守华容县长江南岸的国军没有抵挡住日军的疯狂进攻，败退了。不久，日军又攻打南县和安乡，从武汉和当阳出动几百架次飞机，对南县和安乡的中国守军猛烈轰炸。驻守在南县的只有一个团，安乡也只有半个师，当然抵挡不住日军两个师团及飞机、大炮的攻击，临了向汉寿撤退。日军又猛攻汉寿。汉寿守军是湖南第三军的一个师，那个师从师长到士兵大多是汉寿人，就死守。日军多次进攻，多次被守军打退，日军在进攻汉寿时损失很大。日军拿下汉寿，立即对当地的老百姓疯狂报复。当时，华容、南县、安乡的公务员、学生和未及时撤退的部分守军与三县的难民，逃避在萧公庙、西港、草尾之间一段狭长的地带里，日军从四面八方包围他们，对逃亡中的军队和学生及难民展开了血腥大屠杀。日军把难民从屋里赶出来，用绳子捆着手足联成一线，然后用机枪扫射，同时将一切房屋和船只尽数焚毁。河里火光熊熊，是烧的船只；岸上火光熊熊，是烧的房屋；远远一片"啊啊"之声，是日军对难民大开杀戒。据史料记载，船只被焚者一万四千余只，人被杀者三万以上。

　　我爹接到命令，率第三师官兵开赴益阳，拦截企图侵犯长沙的日军。先一天晚上，李文华着一身军装回来，那军装在他瘦高的躯体上稍嫌小，袖口离手腕还有点距离。李文华名义上是来与他妈话别，实际上是来与他暗恋的何家桃告别。他坐在堂屋跟他妈和奶奶说话，眼睛却瞅着我漂亮的大姐。我大姐坐在另一隅，穿着印花布旗袍，旗袍裹着她娇美的身体，使她的形体更显旖旎、娇美。大姐也时不时把羞怯的目光落到李文华脸上。奶奶是明眼人，心里高兴，就推下张桂花，"桂花，让年轻人说说话吧。"张桂花当然知道自己的儿子喜欢谁，李文华那火热的目光，带着一股很明显的暖流，即使是瞎子也能感觉到。张桂花也喜欢家桃，家桃在她眼里是个勤快的好姑娘，给小弟喂牛奶和洗尿布的事都被家桃承担了。张桂花很想把家桃收为儿媳妇。堂屋里亮着一盏马灯，马灯柔和的灯光照在这对年轻人身上，家桃低着娇媚的脸，掰着手指。李文华身上一腔热血，他忽然起身，表情相当激动，"我要去打小日本了。"他攥着拳头，用羞怯和热切的目光盯着家桃，"我要像大哥样，成为抗日英雄。"他大声说，谁都听见了他表白，不要说在房里找针线的奶奶和在另间房里写作业的正韬和大金，就连站在作坊里看爷爷熏腊肉的秀梅也听到李文华说"你要相信我"，听得秀梅一惊，忙丢下爷爷跑来看，就看见家桃一脸恳切地答了句："我相信你。"李文华就更加激动，右手握成拳往左手心上击了下，突然站住，大声说："我发誓我一定能做到。"

秀梅看见大姐温柔地一笑——大姐那口洁白的牙齿，在那笑容里闪着迷人的光泽——说："我相信你能做到。"李文华激动得浑身哆嗦，感觉这个世界因为有何家桃而太美好了。他转身，一脸乞求地说："你能让我抱一下吗？"家桃表示同意地羞红着脸蛋站起身，李文华一把搂住家桃，嘴唇就碰到了家桃的额头上。家桃十分惊慌，"咦，大人看见了不好。"家桃说着推开了他。李文华却激动地说："我今天晚上肯定会睡不着。"他说完这话，觉得再呆下去就多余了，便对家桃敬个标准的军礼，一脸幸福地跑了。这一切都被站在灯光照不到的一隅的何秀梅看见了，身为家里最小的女孩子，生活得无忧无虑、苗条得像根豆芽菜、一直被奶奶宠爱的何秀梅，第一次对姐姐生出了嫉妒。

一早，家桃率先吃完早饭，背起书包先走了。正韬和大金丢下碗筷也去了学校。秀梅和我都在青山街小学读书，很近，估摸着是学校快打铃的时间了，我和秀梅才一前一后地出发。家里只剩了刚两岁的小弟，小弟已经能单独走路了，所以他就走到院子门前站着，看着来来去去的路人。这天上午十一点钟，正韬和大金都提前回了家，正韬丢下书包，对奶奶说："奶奶，我和大金都报了名，填了表。"奶奶没听明白，"报什么名？"正韬说："我和大金、张东魁、胡麓山都报名参军了。"

就在今天上午上第二节课时，二哥的老师不讲课，而在教室里痛哭流涕，趴在讲台上，哭得肩膀一耸一耸的。二哥的老师是汉寿县厂窖人，他昨晚得到消息，他的妻儿和父母都被日本兵杀害了。刚才他在校长室哭过了，现在又跑到教室里哭，他说："同学们呜呜呜呜，原谅我今天无法上课，我太太太悲伤了。我老婆在家照照顾我父母，被日本兵杀害了呜呜呜呜……我的儿子还只八岁，也被日本兵用刺刀捅死了。我父亲六十三岁，也死在日本鬼子的刺刀下，呜呜呜呜……"他说不下去了，涕泪滂沱。张东魁霍地站起，愤怒地呼口号："打倒日本帝国主义！"同学们当然就跟着愤怒地喊口号，一堂课闹哄哄地结束了，男同学都攥着拳头，咬紧牙根，觉得日本人太坏了，连八岁的孩子都不放过。胡麓山走到何正韬面前，手攥着拳头道："我决定报名参军。"张东魁一拳打在墙上，自己的手都打痛了，"日本鬼子太残忍了，我们还有何脸面活着？我宁可死在战场上！"

奶奶看着她一手带大的孙儿说："你要参军也要等你爹回来再说。"二哥晓得爹不会批准他当兵，就尖声道："不，我和大金、张东魁、胡麓山等十几名男同学今天都报名参军了。"在奶奶眼里，何正韬不是个军人，如果像什么，像她做少女时认识的几个何家山乡的年轻秀才，正韬不但笛子吹得比韩家的老三好，毛笔字也写得很不错。我二哥长得极标致，身高一米七五，长着他妈那样的眼睛，还长着他妈那样的红唇。奶奶不但养育了我爹、我大叔、二叔、三叔那辈人，还替我爹养大了六个孙儿孙女，尤其是正韬，生下来就是睡在她床上。奶奶再次强调："你当兵的事，等你爹回来再说。"但是没用，正韬只怕爹，爹不在家，他就是王了。他冷冷一笑，脸上一脸的不屑，就跟地上一地的水似的，"奶奶，到时候你就听我立功的好消息吧。"奶奶把目光转到大金脸上，大金一脸沉思默想的样子。奶奶说："大金，你无论如何不能去，你才十六岁！你妈抱着你来，把你丢下连一杯水都没喝就走了，将来你妈来要儿子，万一你有个三长两短，奶奶怎么向你妈交代？"

二哥收拾着东西，犹豫是不是带支笛子上战场，他有四支竹笛，有声音尖亮的，有声音低沉的，最后他决定带那支声音尖亮的，他拿起那支竹笛吹了支当时全中国的青年听了都为之一振的《义勇军进行曲》，安慰大金说："你就别去了，家里总要有个男子汉。"

二哥和他的同学张东魁、胡麓山被分到第四军第一师第一团第三营第四连第一排。第四军军长是张德能，张德能与我爹一样原是师长，第四军是在张德能的第四师上扩编的。二哥入伍的四连除了连长，全是新兵，一排排长也是新兵，只比我二哥他们多当一个月的兵。连长姓刘，长沙人，曾在明德中学读过一年书，跟我大哥样二十出头，曾参加过第二次和第三次长沙会战。刘连长训话道："弟兄们，我要告诉你们，日本鬼子没什么了不起。我刘某就打死过三个日本鬼子。"新兵们咂舌，就有人说抗日英雄何胜武杀死了七十个日军。

刘连长耳朵尖，听见了，脸上就有些嫉妒，说话就带脾气，"弟兄们，关于何胜武是不是真的杀死了七十个日本鬼子，还有待考证。"刘连长咳嗽声，"其实日本鬼子也没那么容易被打死，那么容易被打死也就不叫日本鬼子。"新兵们都望着刘连长，刘连长又说："在敌人看来，那是宣传需要，社会需要树一个英雄，明白吗你们？"我二哥不高兴了，立即说："报告连长，何胜武确实打死了七十个日本鬼子。"刘连长目光不悦地落在我二哥脸上，"你出列。"二哥走出队列，挺着胸膛。刘连长觉得我二哥不懂事地问："你真的相信报纸上吹嘘的？"二哥说："报纸上说的是实情。"刘连长觉得我二哥这样的学生娃太幼稚了，居然相信报纸的宣传，他再次瞟眼我二哥，"你叫什么名字？"二哥大声答："我叫何正韬。"刘连长试探地问："何胜武与你是什么关系？"何正韬就骄傲地答："报告连长，何胜武是我亲哥。"四连的官兵一片惊异，都把羡慕的目光投到我二哥脸上，二哥于那一刻脸上光芒四溢。刘连长说："何正韬，你归队。"

　　二哥进入的第四军是国民党的中央军，二哥一心想在这支军队里成为大哥那样的英雄，他苦练杀敌本领。他们四连在岳麓山下训练，扎了十几个稻草人，在稻草人身上绑张白纸，白纸上画着日军的头颅，让新兵趴在地上用美式步枪射击。二哥的手是吹笛子捂眼和拿着一两还不到的毛笔龙飞凤舞的，现在要他用一只手托着后座力很大的美式步枪射击，他真有点力不从心。子弹从他托的枪管里射出来，不知飞向了哪里。刘连长冷笑道："何正韬，日本鬼子就是跑到你面前你都打不中。"何正韬十分汗颜，张东魁能打中靶子，胡麓山也能打中，他却怎么也打不中。张东魁建议我二哥苦练臂力道："你每天清晨把砖吊在手臂上，吊两个小时，这样能增加臂力。"二哥找来两口砖，用鞋带绑着，吊在两只手臂上，咬着牙，伸直双臂，双臂在空中颤抖。张东魁就笑，说："抖几天就好了。"张东魁是班长，带领二哥和胡麓山等士兵苦练劈刺和射击。二哥每天早晚都吊砖，直把两只手臂吊得酸疼不已才结束。

　　过了几天，团长来观看四连的士兵射击，每人发五颗子弹，二哥一枪也没击中日本兵的头像，张东魁打中三枪，胡麓山打中两枪。刘连长的麻脸上略含讥讽，对团长说："何正韬是何胜武的弟弟。"团长高兴了，把何正韬叫来问："你是神枪手何胜武的弟弟？"二哥惭愧地回答："报告团长，我给我哥丢脸了。"团长说："你哥何胜武可是个抗日英雄，杀死那么多日本鬼子，了不起啊。"团长说着，灵机一动，"哪天请你哥来我们团作个报告吧。"二哥答："报告团长，我一定把您的话转告我哥。"

二哥见到大哥是第三师完成了拦击日军进一步南犯的任务，奉命撤回长沙后的不几天。大哥这一次没打死日本兵，他和爱慕着我大姐的李文华都呆在师部，师部设在离阵地较远的地方，只能听到炮声，枪声传到师部都很弱，就没有机会面对日军射击。二哥冒雨回来的那天，大哥正平静地坐在堂屋里看下雨，雨下得很大，二哥打把油布伞，下半身仍淋得透湿。二哥把伞收拢，说："哥，我们团长要请你到我们团作报告。"二哥是奉团长的命令来请大哥去作报告的。那天李文华也在，他在我大姐房里，很激动地向我大姐报告他的所见，"打仗很残酷的，十分钟前还跟我说过话的一个营长，十分钟后，他被抬回来时，人就死了。"他对我大姐比划着说，"枪把他的脑袋打烂了，呼，脑袋上就是一个洞。"大姐听得惊惧地闭上了妩媚的眼睛，李文华就趁机抓住我大姐纤细的手说："别怕，我不会死。"

　　大姐睁开眼，看见李文华的眼眸里有自己，自己变得那么小，像只蚊子，"你听，是二哥说话的声音，二哥回来了。"李文华十分沮丧，他本来可以再进一步的，因为他与何家桃很少有两人相处的机会。奶奶、他妈、秀梅、正韬和大金都是他与家桃私会的阻碍，也许还要加上何天亮，因为只要大姐放学回家，天亮就高兴地缠着大姐，爬到大姐腿上坐着。这样的机会，对于李文华来说少之又少，他真想亲家桃的脸一下，或者捧起家桃的手放到自己嘴前亲一下。在枪林弹雨的战场上，在血腥味和火药味飘忽不定的空气里，在掩埋一具具战死的尸体前，他不止一次地下决心说："只要再见到家桃，我就要对家桃说：嫁给我吧，家桃，没有你的承诺，我心无定所呢。"事实上他也听到了正韬说话的声音，他准备等他表白完，再去跟正韬打招呼，不想大姐听见二哥说话的声音，便率先走出门打招呼："二哥，你回来了。"二哥对家桃淡淡一笑，对跟在她后面的李文华却笑得嘴大开。几个人说了几句话，二哥就向大哥讨教打枪的诀窍，大哥说："在勾枪机的那一下，你一定要憋住气，一出气，就打不准目标。"大哥又说："你的瞄准器哪怕只动一丝，前面就相差一米。"二哥说："难怪，我就是没把气憋住，所以打不中靶子。"

星期三上午，二哥把他们团长带来了，团长三十岁，是个高大的年轻人，他看见我大哥就打个拱手说："久闻大名，特来拜访。"大哥看着二哥的团长说："你客气了。"大哥没法动，王玉珍在医院照料从战场上运回来的伤员。张桂花为团长泡了茶，团长没喝茶，他握着我大哥的手说："你是值得全体军人尊敬的英雄，你一定要到鄙团作个报告，鼓舞弟兄们打日军的士气。"大哥道："愿尽微薄之力。"团长没坐多久，走前对我大哥敬个军礼。下午，李文军营长来了，脸上笑嘻嘻的。大哥看着一身锐气的李文军说："明天我们一起去第四军第一师第一团作报告吧。"李文军推托道："人家是请你，又没请我。"大哥说："你也打死了不少日本鬼子，当然可以说。"傍晚，我大嫂回来，一进门就忙着洗菜，奶奶心疼玉珍，说："你在医院累了一天，你休息。"大嫂答："我没事。"奶奶说："有事，哪有没事的？医院的工作奶奶见识过，人又不是铁。"家桃回来，两根很粗的辫子在背上甩来甩去。奶奶说："家桃，你来洗菜。"家桃放下书包就和大嫂一起洗菜。家桃在周兰女子中学读初三，那是当年长沙唯一的一所女子中学，在那个女孩子都被父母逼着裹脚的足不出户的年代，家桃是青山街上唯一一个在那所学校读书的女孩子。汽车刹车的声音传来，爹回来了，身后跟着身材高大的李文华。奶奶见一家人齐了，笑着起身，吩咐爷爷说："可以炒菜了，老何，你去烧火。"厨房里一口大铁锅，烧的是老糠灶，张桂花打下手，已把菜和大蒜、辣椒、姜等佐料切好了，爷爷烧火，奶奶炒菜。家桃和秀梅厨房里进厨房里出的，端菜和摆碗筷，家里就热闹。吃饭时，李文军看着一大家人说："奶奶炒的菜，最好吃。"奶奶笑道："文军这孩子，学会奉承奶奶了。"大哥看着爹说："明天我要去正韬所在的团作报告。"爹说："坐我的车去。"

次日，何胜武坐着爹的吉普车去了第四军第一师第一团，随行的还有李文军。何胜武的胸前挂着红绶带，红绶带上用黄丝线绣着"抗日英雄何胜武"。这是当时的市政府授予的。下车时李文军就抱着何胜武走向临时搭起的讲台，台下爆发出热烈的掌声，一千多官兵面对英雄不停地鼓掌，直到李文军把何胜武放到椅子上，团长的双手朝下压，台下的官兵才停止鼓掌。团长说了几句话，这才请何胜武讲话。何胜武讲了一个小时，讲他如何打日本鬼子，赢得了很多掌声。他讲完，李文军接着讲，也讲了一个小时。没过两天，二哥又带个团长来，向大哥介绍说："哥，这是我们二团的团长，想请你上二团作报告。"大哥就去二团作报告。又一个星期三，大哥又被第一师第三团的官兵请去作报告，接下来又去第四军的第二师作报告。那段时间，李文军经常背着我大哥去军队作报告，如果爹自己要用车，李文军就骑着白玉，带着我大哥去。我爹有车后，白玉就成了李文军营长的坐骑。李文军爱白玉爱得要命，他自己甚至都懒得洗澡，可他隔两天就要给白玉洗涮，把白玉洗得雪亮的，再牵来，把我大哥抱上马，自己再跨上马，让我大哥双手扶着他宽大结实的腰。

我大哥作报告作上瘾了，不但上军队作报告，还去工厂、学校和街道上作报告。有天他作报告作到我妈和玉珍工作的医院，就慷慨激昂，用他握枪的手捶着讲台说："日本鬼子没什么了不起，我一枪打死一个，他们害怕了就用炮轰我……虽然我双腿没有了，但我还有双手，还有眼睛，照样可以打日本鬼子！"王玉珍坐在台下，幸福得脸上泛起红光。她回到家，对奶奶和家桃、秀梅说："胜武作报告时，我们医院的医生和护士，还有那些受伤的官兵都为他的英雄事迹拼命鼓掌，有的医生和护士，手都拍肿了。"

一个秋阳高照的星期三，我二叔何金林又来信了，告诉爷爷奶奶，他们添了个孙女，取名何军花。他女儿去年就出生了，这封信之所以捱到今天才写是他女儿出生时，轻得同猫崽样，他没想到女儿会平安地活下来等等。他在信上说，组织上现调他到陕甘宁边区搞群众工作，这工作把他的全部时间都占了。他儿子何陕北长得很结实，调皮，邻居说陕北是只小老虎等等。信是八月份寄出的，但直到十月份才到家。奶奶听家桃念完信，又要家桃再读一遍。爹回家吃饭时，奶奶告诉爹："你二弟来信了。"爹接过信看，奶奶问爹："你大弟怎么就没一点消息？信也不来一封。"爹本想告诉奶奶金江早死了，但话到嘴边，又变了口，说："妈，金江眼里只有革命，没父母的。"爷爷喝口茶，回想他二儿子出生时的情景说："金江生下来一个月后才睁眼。金江出生时，有个和尚来讨乞，说家里有佛光。"爹想大弟死了快十年了，他都快把大弟的模样忘光了。奶奶望眼葡萄藤说："我生了四个儿子，三个干共产党，我怎么生的都是共产党？"爹答："我是国民党。"奶奶把目光放到我爹身上，说："你是老大，你们兄弟之间可不能打仗。"

十一月初，日军从鄂西、鄂南、华容、岳阳抽调四个师团的兵力南犯。日军兵分三路杀来，一路自华容经南县、安乡、汉寿进逼常德；一路由石首经公安、澧州、临澧直趋常德；一路由澧州而西，经石门、慈利、桃源迂回到常德后面，夹攻常德。当时驻守在常德城的只有一个师，五千多官兵，师长叫余程万。余程万电告薛岳司令长官，请求增援。薛岳派第十军和第四军增援常德。部队开拔前的晚上，刘连长要求全连官兵好好睡一觉，好有精力打日本鬼子。一班十名士兵挤在一间茅屋里和衣而睡，就躺在充满馥郁的稻草上，周围一片鼾声，只有何正韬没发出鼾声。我二哥得知将有幸参加战斗，异常兴奋，感到现在是该轮到他何正韬当英雄了。二哥很想成为大哥那样的杀敌英雄，因而睁着眼睛。凌晨四点钟，起床号响起，班长张东魁爬起床，说"弟兄们，起床了"。第一个应声起床的就是我二哥，他对张东魁说："我没睡着。"胡麓山却道："我睡了个好觉，还梦见今天连队里吃肉。"

果然是吃肉，一人一碗饭，一人一瓢红烧肉，吃完饭，一班的战士就扛着美式步枪上路了。从长沙到常德两百多公里，路经宁乡、益阳、汉寿三个县，第四军的官兵走了四天。那时候的路不好走，又下雨，地上泥泞不堪，稍不留意就会摔跤。二哥就摔了两跤，跌得一身泥水，待走到德山镇时遭遇了日军阻击。日军用炮轰，用机枪扫射。我二哥瞪大因感冒而充血的眼睛，拼命望着前方。胡麓山说："连长让我们停止前进。"张东魁示意大家隐蔽，隔了会，枪声停了，连长又命令士兵前进。大家又爬起来朝前涌，日军的机枪又疯狂扫射，就见前面有士兵倒下。那几个士兵被日军的机枪子弹打中，血流一地，人抽动几下就不动了。其中一个是刚才跟我二哥说话的胡麓山。二哥很悲痛，爬到胡麓山身前，胡麓山什么话也没说，因为一颗机枪子弹打中他喉管，还一颗子弹打中了他的心脏，血从他的喉管和心脏两处快速地朝外涌。二哥拿手去捂，但血却从二哥的手心下涌出。二哥说："胡麓山、胡麓山，你要挺住。"胡麓山的瞳孔在我二哥的呼唤下渐渐放大，最后，目光散开，像雾一样散了。二哥真的很伤心，他们是多年的同学，从小学同到初中，又从初中同到高中。他拼命叫喊"胡麓山、胡麓山"，胡麓山却弃下我二哥，去了另一个漆黑、虚无的世界。张东魁爬过来说："正韬，我们要为胡麓山报仇。"二哥哭着点头，手攥成拳头，捶着地，地上除了雨水，还有从胡麓山身上流出的鲜血，血和雨水迅速溶解在一起。

刘连长再下令冲锋时，报仇心切的二哥第一个跳起来，往前猛跑几步，趁日军的机枪未响时又卧倒在地。他匍匐前进，爬到一处土堆前，瞄准日军机枪手射击，没打中，又射击，又没打中。二哥想起大哥说的话，就重新把头压到枪托上，再次瞄准，标尺、准心和日军机枪手的头在他眼里成了一个点，他使劲憋住气，勾动扳机，子弹飞出枪膛，日军机枪手头一栽，机枪哑了。二哥兴奋极了，骄傲地对张东魁说："班长，我打中了。"

张东魁忙对我二哥竖起大拇指道："你好样的。"张东魁的这句话说完不久，日军的机枪又响了，哒哒哒哒，朝着他们疯狂扫射，一些往前冲的士兵再次倒在机枪下，众士兵再次趴下，朝着日军射击。何正韬又一次瞄准机枪手，又开枪，没打中，再开枪，又打中了，从他枪膛里射出的一颗子弹正中日军机枪手的脑门。机枪哑了。二哥觉得自己很英雄，又一次骄傲地对张东魁说："班长，我又打中了。"这是二哥说的最后一句话，因为好大喜功的刘连长再次高呼朝前冲时，二哥就得意忘形地弓起身朝前冲。一颗从日军工事里飞出的子弹击中我二哥的左胸，二哥胸口一痛，倒下了，好像是不小心跌一跤，但二哥再也没爬起来。

常德会战，日军四个师团八万余众围着常德打了十九天，动用了飞机、大炮和毒气弹。日军攻打常德死伤惨重，最后他们采用毒气弹，二十六至二十九日，日军共打了一百多枚毒气弹，但直到十二月二日晚上，日军才占领常德。九日拂晓，第十军和第四军又对常德的日军发起进攻，常德城于那时已成一座废墟，日军无心恋战，退了。常德城又回到中国军队手中，老百姓见中国军队夺回了常德，又陆续回到城里，重建家园。

有天下午，长沙刮冰冷的旋涡风，旋得猫和狗都不认识回家的路了，在街头乱窜。院子里，腊梅花于那一夜全掉落了，地上一地的花瓣，让家桃和秀梅觉得十分可惜，目光里就有遗憾。晚上睡觉，半夜里有哭声萦绕，那哭声很细很忧怨，不仔细听又听不出来，爷爷和奶奶起床寻找哭声，哭声似乎是来自院子外，打开院子门，奶奶把头伸出去，只有迎面刮来的旋涡风。奶奶很迷茫，第二天奶奶问大金和家桃，两人摇头，说没听见哭声。奶奶问张桂花，张桂花点头说："听见了，是有哭声。"当天夜里，孙子们都睡下后，哭声又惊醒了奶奶，奶奶推醒爷爷，爷爷就拿把刀，拎着马灯，在寒风里搜寻哭声的出处，但什么也没找到。再过一天，张东魁来了，捧着我二哥的骨灰罐，哭丧着脸步入我家。他负了伤，走路一拐一拐的，他一走进我家就噗嗵一声跪在地上。爷爷奶奶一看这情形就晓得何正韬再也不会回来了。张东魁对我爷爷磕个响头，哭着说："何爷爷，您孙子何正韬牺牲了。"奶奶一听这话，脸刷地白了，人从椅子上溜了下来。

三十五

在日军眼里，湖南是一块坚硬的土地，怎么啃也吃不下，河北、河南、山东、江苏、浙江和湖北，只一年就都吃下了，有的城市只一仗就吃下了，一吃下就占领了。湖南在日军眼里非常棘手，湖南人相当勇敢和顽强，一个小小的长沙怎么打也没打下，常德会战动用那么多武器和兵力，打下又丢了，这就让日军里有人提出"要灭中国，先灭湖南"的方针。日军恨湖南人恨得要命，决定下死力打，调动了大量的军队，一路由鄂南崇阳、通城直赴平江、浏阳一带；一路自临湘、岳州直奔长沙；一路由鄂西石首、藕池口，直逼滨湖各县。其中以临湘、岳州一路为主力，而以鄂南、鄂西两路为左右两翼，配合主力作战。

第九战区司令长官薛岳又采用前三次长沙会战的经验，以长沙为袋底，以岳州新墙河为带口，在一百多公里的距离内采用分割合围之战术。但这一次，袋底破了，坚守长沙的第四军张德能部犯了致命的错误。当时，第四军增添了十几门美式大炮，那大炮锃亮的，很威武，让张德能将军十分喜爱，为此他在第四军里专门成立一个炮兵团。开仗前，他下令将美式大炮均屯在岳麓山上，想大炮在山上，打得就更远，伫立在山头，也好眺望日军，只要日军一出现就可以用美式大炮轰。然而，日军避开了张德能部强大的火力范围，集中兵力绕到岳麓山右翼，对岳麓山上的守军发动猛烈进攻。大炮是搁在山顶或山腰上，面朝西北方向，日军却从东南方向朝山上的守军进攻，短兵相接，美式大炮的威力自然丧失殆尽。经过三天三夜的激战，六月十八日，军长张德能违背各部死守的军令，率部突围。岳麓山至长沙河西一带都是第四军的官兵驻守，张德能下令撤退，河西便全部落入敌手。日军趁势过河，集中优势兵力猛攻坚守在长沙南边的雨花亭、金盆岭、黄土岭和妙高峰的第一军。张德能的第四军一撤离战场，第一军就腹背受敌。第一军原只需揍绕道从南边来犯的日军，现在不得不腾出一部分兵力阻击企图吞噬第一军的从西北涌来的日军。

"张德能这个猪日的军长，"爹对他的师参谋长说，"他怎么可以撤退呢？"爹的师参谋长也很气愤，说："张德能这个孬种，竟率部逃跑，我要是薛司令长官，定要枪毙这个婊子养的！"爹心里突然一阵慌乱，心脏部位扯得很痛，这种奇怪的痛感在前三次长沙会战中从来没有过。爹预感长沙有可能沦陷，便把李文华叫到身前，"文华，你带两个警卫，赶快把爷爷奶奶和你妈、家桃、秀梅他们送走，要他们去何家山躲一躲。"李文华领命，带着爹的两个年轻警卫而去，爹便让传令兵通知李文军团长，让李文军的预备第四团官兵投入战斗。

爹是普通人，也有私心，他见打仗勇敢且脑子活跃的李文军当了营长还带兵往前冲，便担心他看着长大的李文军万一有个闪失什么的，因为战场上阵亡的除了众多士兵，死的都是排长、连长和营长。当然，团长也有战死的，但与营长比，危险性毕竟少些，爹把李文军升为团长，让他在后面指挥全团官兵打仗。我大哥和杜国民都在李文军的预备第四团，预备第四团都是这两个月招的新兵，全是十七八岁的学生，大家都叫这个团为"娃娃兵团"。爹原不打算把预备第四团投入战斗，但现在不投入也不行了，因为陈团长的第二团被爹抽去拦截西边杀来的日军。爹晓得拦截日军的进攻，一定会有一场恶战，爹让陈团长率部去打，让预备第四团接替陈团长的防地。爹对李文军说："要注意保护好自己，不要抢功，更不要逞勇。"李文军团长点头道："师座，知道了。"爹对李文军挥下手，"去吧，坚守阵地，不要让你的官兵冲锋，免得被日军当鸭子打。"李文军团长转身跑去，把全团官兵集合到一起。他很精神地站在全团官兵面前，激动地训着话说："弟兄们，为国捐躯的时候到了。我命令你们火速赶往黄土岭阵地。"预备第四团的官兵便跑步向黄土岭进发。第四团的官兵赶到黄土岭上，刚进入二团官兵留下的阵地，日军就猛烈进攻了。

第四团的官兵都是些娃娃，他们是在老师们的热情鼓舞下参的军，还没打过仗，一见炮弹在他们面前轰隆轰隆爆炸，都很紧张，又见飞来的炮弹把刚才还跟他们说笑的某同学炸伤或炸死，血和泥土溅了他们一脸，这些娃娃兵就慌了，恐惧得身体筛糠一样。

预备第四团三营一连是一个娃娃兵连，有些娃娃兵受不了这种血与死的强烈刺激，见自己的同学被日军打死，就哭了，弃下枪，往山坡下跑。李文军团长在望远镜里看到这个连的士兵崩溃了，非常愤怒。他清楚如果不把这个局面控制好，他的这个团就完了。他跨上白玉，疾驰上去，冲那些竟敢弃枪逃跑的士兵大吼道："胆小鬼，你们给老子站住。"三个跑在最前面的士兵仍然要走，李文军团长又吼一声，三个士兵还朝前走。李文军团长拔出枪，狂怒地抬手一枪，那个领头跑在前面的士兵身体一歪，栽在地上了。另些想逃跑的娃娃兵被他镇住了，惊惧地望着他们的团长。李文军团长用枪指着他们，暴跳如雷地吼道："给老子回到阵地上去打日本鬼子，要死也要杀几个日本人再死！"

身为预备第四团三营营长的我大哥此刻很镇静地趴在一处山坡上，身旁摆着五支三八大械。大哥喜欢这种步枪，这种步枪枪管长，射程远。大哥不愿意待在师部，师部虽然没远离战场，但却无法当面消灭敌人。爹也觉得把大儿子留在身边，不让神枪手发挥作用，也不是个事，便把身材高大的杜国民放到大哥的营里当连长，让杜国民在危难时刻把我残疾的大哥掳走。大哥趴在山头上，一旁趴着他的传令兵，日军一露脸，大哥就开枪。大哥接连打死好几名冲锋的日军，一枪一个。传令兵为我大哥备着的三八大械上子弹，大哥打完一枪就拿起另一支枪射击。有名日军军官舞着东洋刀大叫，被大哥一枪击毙。杜国民连长看见了，忙对他一旁的士兵说："看看何营长，他一点都不怕，给我瞄准鬼子打！"身残的大哥真的是一剂镇静药，安抚了三营里那些不知所措的新兵。那些新兵忙趴在战壕里，也学大哥样瞅准敌人射击。进攻的日军于是被预备第四团的官兵打退。

战场突然一派沉寂，只有硝烟味和人的血腥味，六月的熏风把这些气味吹进每个官兵的肺叶，让人难过。三营的官兵彼此相望，恐惧已从他们单薄、瘦削的躯体里消除了，只有悲伤，因为有些士兵连一枪都没放就倒下了，死在他们身旁。天空呈红色，一抹残阳将天空染红，把阵地也染成了红色。阵地上有很多具日军尸体，他们的死相很难看，像一只只死猪、死狗，趴在或仰躺在阵地前，残阳涂在日军尸体上，使日军尸体更加面目狰狞。

那个夜晚很寂静，天上一天的星星，四团三营的官兵就躺在战壕里看星星和弯月。直到星星变得稀薄，天色微明，一些官兵才疲惫地合上眼睛。他们似乎只是合了一刻钟眼，突然一声炮响打破宁谧的清晨，接着炮声隆隆，尘土飞溅、硝烟滚滚，日军又进攻了。预备第四团的官兵又一次投入残酷的战斗。炮声过后，日本兵端着枪，勾着腰，哇哇叫着朝阵地上猛冲。我大哥对一个举着东洋刀的日军军官开了第一枪，那枪声拨开凝聚成一团的瞬间里极度紧张的气氛，就见那嚣张的日军军官栽倒在地。杜国民连长也一枪结果了一个冲来的日军。李文军率领他的机动连官兵赶到大哥的三营，他趴在我大哥旁，举着望远镜，指挥着四团的官兵战斗。一日军趴在地上对李文军射击，李文军的头皮被飞来的子弹削掉一块。李文军大叫一声，手一摸，有血，说"好险"。大哥说："文军，你要小心。"大哥瞧见了那个狡猾的日军士兵，便瞄准那个日军射击，那日军躲在一具尸体下，以为自己掩蔽得很好，但我大哥只要他露出半个头就行了，勾动扳机，那日军命毙了。

太阳出来了，白亮亮的太阳照在山冈上，照在阵地上。太阳升到半空中时，日军又发动进攻，又是一阵炮弹和硝烟，这阵炮火很密集，日军因久攻不下这处山头就调来很多门大炮和迫击炮。预备第四团的官兵于这阵炮火中伤亡不少，有的手脚被炸飞，有的脑袋被炸开了。我大哥的传令兵，一个对我大哥十分崇拜的十七岁的小伙子，还没击毙过一个日本兵，就被炮弹片削开头盖骨，脑浆都流了出来。他很会吹口琴，昨夜当整个世界安静下来后，这个传令兵在我大哥前面吹起了口琴。大哥很喜欢听他吹口琴，看着他吹口琴，又看着天上的流星，仿佛回到了无忧无虑的童年。现在这个传令兵就倒在他身旁。大哥从他口袋里找出那口琴，把口琴放到嘴边吹了下，还响。

硝烟散去后，大哥看一眼前方，看见几个日军士兵迂回着冲来，就拿起步枪，瞄准一个勾着腰一蹦一跳的日军——那日军企图用这种方式躲过中国军队的枪口，叭，一声枪响，一溜青烟从枪口飘出，那个日本兵栽在地上。杜国民连长对阵亡的传令兵说："何营长替你杀了一个日本鬼子。"杜国民连长瞅准另一名勾着腰冲锋的日本兵勾动扳机，叭，那日本兵身体一歪，倒下了。杜国民连长又对死去的传令兵说："我也替你杀了一个。"

李文军跑过来问杜国民，"你还有多少兵？"杜国民答："还有一半。"李文军说："不战斗到最后一个，不准撤退。"杜国民说："知道了，团长。"李文军就赶到另一个连的阵地上，那个连的几个新兵有点乱打枪，李文军就趴在那几个新兵身旁，教他们射击。李文军说："不想死就瞄准了再打。"一个日军中队长指挥日军冲锋，李文军瞄准那中队长勾动扳机，枪声清脆地在他们耳畔一响，日军中队长倒下了。中队长一倒下，日军就像一群赶散的鸭子，任李文军、我大哥和杜国民等官兵像打野鸭子样地射杀。

日军一撤下，炮弹就飞来了。日军又调来众多炮弹，还把缴获的张德能部的美式大炮也运来了，那炮弹比日军大炮的炮弹大，响声也胜过日军大炮的响声，杀伤的面积也大。李文军一看炮弹炸出的弹坑，那么大，就十分担心道："杜连长，快把何营长背下阵地。"

杜连长也知情况险恶，就冒着炮火一蹦一跳一滚地赶到我大哥身旁，大哥正和他一旁的士兵抱头趴在战壕里，任大炮的弹片在天上横飞。杜连长说:"何营长,团长命令我马上背你撤出战场。"大哥抬起头说:"我没关系。"杜连长说:"你是神枪手,我得保护你。"大哥看一眼阵地,阵地上没一个后退的,"我们不能撤,敌人在炮火的掩护下,很快就会进攻。"杜连长弯下身要背我大哥,一颗炮弹从他们的头顶呼啸而过,只听见一声巨响,弹片横飞,杜连长惨叫了声。他负伤了,弹片削开他的衣服和肚皮,血在他的肚子上流淌。阵地上尘土飞扬,炮声隆隆,硝烟扑鼻。日军在炮火的掩护下几乎冲了上来。大哥举枪射击,大哥的士兵受到大哥的鼓舞,也瞄准日军射击。日军又丢下几十具尸体,撤了。大哥低下头来看杜连长,杜连长的脸苍白苍白的,血把他的身体染得通红。杜连长对我大哥说:"何营长,我不行了。"大哥对他一旁的士兵说:"快把杜连长背下去。"一旁的士兵是个壮小伙子,壮小伙子忙背起杜连长朝山下奔去。

又过一天,日军在一阵猛烈的炮火之后,再次向金盆岭、黄土岭阵地进攻,飞机来了十几架,对金盆岭和黄土岭的守军阵地狂轰滥炸,一阵轰炸后,日军又涌上来。第一团和第四团的官兵又猛烈地还击日军,日军冲锋,撤退,又冲锋,又撤退,再冲锋,再撤退。我大哥很兴奋,趴在掩蔽体里像打兔子样打日本兵,说:"日军怎么不敢进攻了?"大哥说这话时已是下午,一轮红日悬在西天边上,斜阳使阵地上着了火一般。李文军团长清点人数,四团一千五百多名官兵只剩下五百来人,其他人都战死了。李文军把人重新分配好,强调道:"弟兄们,我们要为牺牲的兄弟们报仇!"李文华走来,叫了李文军一声团长,说:"师长让我来照顾大哥。"李文军看我大哥一眼,对李文华点头说:"你把何营长背离战场。"大哥说:"我不撤离。"李文军跌下脸说:"文华,我命令你把何营长背下阵地。"忽然,日军又开炮了,想借着黄昏攻下四团阵地,轰隆轰隆的炮弹炸得阵地上的土壤飞溅。李文军蹲下身,不再跟我大哥啰唆地抓着我大哥的双手往李文华背上一搭,李文华就背着大哥往坡下奔去。

坡下有处山洞，有不少重伤员就搁在那山洞里。就在他们离开不过几分钟，一颗炮弹正落在我大哥趴过的工事里，将那里的土壤炸得飞上了天。李文军和李文华都回头看，同时叫声"好险"。大哥瞟一眼，回头说："文军，你和文华救了我一命。"李文军说："那一刻我心里堵得慌，有很强的预感。"李文军对李文华说："我命令你把何营长背到师部去。"李文华就背着大哥跑步向师指挥所狂奔。爹站在师指挥所的工事里，举着望远镜眺望，见李文华背着他儿子狂奔而来，便觉得李文华这孩子力气真大，像他爹李雁军。

第三师的全体官兵在黄土岭和金盆岭一带坚持战斗了五天五夜，第六天凌晨四点，师长何金山接到命令，率部撤离战场。于是第三师余下的两千多官兵从黄土岭向雨花亭方向突围，又战死三百多人，却成功地冲出日军的包围圈。这个时候第三师五千多官兵只剩一千九百多人，有一个团长两名副团长及三名营长牺牲了。爹非常看重的彭营长与全营官兵战死在妙高峰的阵地上，爹非常赏识的陈团长也身负重伤，刘二郎营长也伤得不轻。突围时，李文军把我大哥抱到白玉上，带着我大哥往前冲。一颗子弹打在李文军的肩上，打得李文军抱着我大哥一并滚下马。白玉箭一样朝前狂飙，李文军团长于情急中打声口哨，白玉的耳朵极精巧，于枪林弹雨中分辨出李文军的口哨声，又奔回来，焦躁地瞪着地上的李文军和我大哥。日军正朝他俩冲来，李文军用一只手吃力地把我大哥推上马，让我大哥攀牢马鞍，他在马屁股上打了一掌。白玉便撒开蹄子飞奔，我大哥紧攥着马鞍，吊在马肚子上。日军很惊异，只见一匹白马在战场上飞奔，蹄子踏得地上灰尘四溅，却不见人。白玉驮着我大哥一下子就奔出十几里，又折回来，听见他的老主人声嘶力竭地叫它"白玉白玉"，就把我大哥光荣地载到老主人面前，接着，身体一栽，倒下了。

白玉一身的血，身上有七处枪眼，它倒下时，身上的血都差不多流光。它平静地瞪着我爹，爹却悲伤地瞧着它，白玉的眼睛里有两颗泪珠滚落下来。爹伏下身，摸着白玉的头，白玉一动不动，身上的枪眼仍在流血，但不是那种欢快地流淌，而是缓缓地涌出血珠和血泡。爹知道他钟爱的白玉快死了，爹拍拍马脸说："谢谢你救了我儿子。"爹的参谋长检查着白玉身上的伤口，吃惊道："师座，它真是匹神马，身上有七处枪眼在流血，还提着一口气把何营长送到您身边。"爹难过地点下头，眼睛里噙着泪水，"它真是匹神马，通人性。"爹直起身，一轮红日正从东方升起，朝晖涂抹在这片丛林和他的官兵身上，爹感觉这个世界是一个血淋淋的恶魔横行的世界，那么多的好弟兄一个个地战死了，就悲痛得直流泪。

三十六

　　爷爷、奶奶、张婶婶和家桃、秀梅、我和我弟及大金，在李文华和另两个卫兵荷枪实弹地护卫下，来到了何家山村。我妈没来，妈和玉珍嫂都要护理伤员。那是战争年代，今天不知道明天的，土匪、强盗和打散的官兵都很疯狂，见女人好欺负就施暴，见包裹便抢。那一年我九岁，已能看事和记事了，一路上见到的都是逃荒和流浪的人，路旁还躺着病死或饿死的尸体。尸体都发臭了，乌鸦和秃鹫就啄食着一具具尸体，都吃得饱饱的，懒得飞动。奶奶说："都是日本鬼子闹的。"树木尽管翠绿，但景色却十分凄凉。李文华走前几步对奶奶说："奶奶，大金要跟我一起去打日军。"奶奶不同意道："大金不能去。我们家这么多男人都去打日军，也对得起国家了，大金，你不要去。"何大金说："奶奶，我要去。"奶奶火道："奶奶的话你都不听，反了你了！"大金对李文华吐下舌头。

　　一家人走了两天，才走进被大山环绕的何家山村。何家山村由于地处偏远，四围是山，于战争年代几乎没什么损毁。奶奶率领一家人走到老宅前，门锁着，坪上一坪的太阳。一家人就站在枫树和桃树下，桃树上结满桃子，李文华、大金和家桃、秀梅就选熟透的桃子摘。何湘雄从田里赶来，一脚的泥巴，一脸的笑容。爷爷看着堂兄说："雄哥，我们会在这里住一阵子。"何湘雄说："好啊，你们是该回来住住，这房子好久没住人了。"他开门，一家人就拥进去收拾房间，把蛛网打掉，把发了霉的垫被搬到太阳下晒。

我二妈得知我们一家人来了何家山村，放下手中的一切来帮忙。二妈比我爹小八岁，这一年三十五岁，但看上去像个五十岁的老女人，家里沉重的担子把她压垮了，把她的颜容损毁了。她爹只能在床上躺着，拉屎撒尿都要她管，她妈身体不好，如果她放手，这一对老人恐怕早辞世了，但二妈是个孝顺的女人，全力侍候着她爹妈的日常生活。她亲自帮她爹抹澡，给她爹的屁股和背涂中草药，如果她不这样做，她爹的背和屁股就会糜烂。村里人都说我二妈是个孝女，一个人侍候俩老。二妈一来就帮忙打扫，开门开窗，把室内的一股股霉味赶出去。收拾完这一切，她又抹桌子抹椅子，还搬来稻草铺在床上，边把晒着的垫被翻个边继续晒。二妈坐下来歇息时，才留心打量我和我弟。二妈看我和我弟的目光，含着忧怨，这与她的善良无关，与她对我爹妈的恨有着千丝万缕的联系。秀梅注意到了，对我和我弟"哼"了声，她妈在女儿"哼"的一声中醒过神来，把目光投向盯着她的奶奶。奶奶问她："你爹妈还好吧？"二妈说："他们还好。"

枫树上有个喜鹊窝，很大。傍晚，喜鹊归巢，在树梢上嘎嘎嘎叫。大金听见喜鹊叫，站在树下看喜鹊，我和小弟也出来看喜鹊。大金哥十七岁多了，身高长到了一米七三，一双脚穿四十二码的鞋也不嫌大了，站着就稳稳的，像个男子汉。这两年，大金哥脸上的汗毛也偷偷地变成了胡子，就细嫩中显示出男性的坚韧。这张坚韧的比我大叔那张脸略偏长的脸上，却攀爬着许多反抗和讨厌奶奶的情绪，因为奶奶不让他当兵。何大金问李文华："你什么时候走？"李文华说："明天一早。"他说这话时，眼睛斜睨着站在门前洗脸的何家桃。何家桃于打扫卫生时把一张脸打扫得脏兮兮的，这会儿一边洗脸一边快乐的样子对他笑。有农民的孩子牵着牛走拢来打量我们一家人，还有狗跑来嗅何家桃的脚。何家桃惊惧地叫道："文华，把狗赶走。"李文华就冲上去踢狗，狗被李文华踢了一脚，吠叫着跑开。

天渐渐黑了，一个很大的月亮悬在上空，四周黑黑的，安静得蚊子飞来的声音也听得清清楚楚。次日一早，李文华带着两个卫兵离开时，找何大金告别，却不见何大金的身影。何家桃情意绵绵地把李文华送到村头，何大金却从一棵歪脖子槐树下现身出来，家桃说："大金哥你在这里？奶奶到处找你。"何大金对奶奶到处找他不屑地一笑，"我才不住在这破乡村，我要去打日本鬼子。"何大金跟着李文华走了。何家桃站在树下目送他们时，奶奶和张桂花找来了，家桃说："奶奶，大金哥跟着文华哥走了。"金灿灿的朝霞使整个村庄渐渐苏醒，炊烟在一栋栋农舍上缭绕。奶奶望一眼四周说："大金这孩子长大了，奶奶管不住他了。"

何家山村山清水秀，战争好像与这里不搭界，何家山村与战争发生的唯一关系就是这几年总有一些到了年龄的年轻人被乡公所的人通知入伍，在乡公所集合，随来带新兵的军人一道走出山村，去打日军。大姐和二姐每天都到她们的外公外婆家打个转身，帮她们的妈做点事。大姐比二姐勤快，洗衣、做饭、晒被子的事她都干。二姐没那么勤快，早晨起床，要在门口坐一个小时，纯粹是等饭吃，她坐在门前看枫树上叽叽喳喳的喜鹊，实在无聊了就逗小弟玩。张桂花婶婶或她姐姐把早饭做好后，她才去厨房洗脸漱口。奶奶说二姐："你真是个懒精，将来嫁了人，会逗婆婆嫌的。"二姐就回答奶奶："我不嫁人。"奶奶拉长脸说："姑娘家有不嫁人的？"二姐吃过早饭，就用读书来对付奶奶要她干的家务。

二妈每天来，都是晚上来坐坐，踏着咕咕咕的蛙声、顶着星星和月亮来陪奶奶说几句话。有天晚上二妈来了，见堂屋里坐着几个村民，她没坐就走了，我们叫伯爷爷的何湘雄评价我二妈："秋燕是村里最好的女人，要不是她，她爹早见阎王了。"奶奶感叹："久病无孝子，她爹瘫了几年吧？不容易啊。"我的另一个叔爷爷何湘胜觑着门外凄冷的世界，也称赞我二妈说："有几个女人会有她这么大的孝心？这是孟姜女再世，好心会有好报的。"孟姜女尽管生活在两千多年前的秦始皇时代，但她在民间名气很大，孟姜女哭长城把长城哭倒了的戏，代代相传。奶奶赞同说："真是孟姜女再世。"

山村的秋天果实累累，空气里充满农作物的馥郁，很好闻。但山村的冬天却很冷，几场雪下来，寒冷的风打在脸上跟针刺样痛。雪积在树上，压断了很多树枝，河边的柳树倒了几棵，屋前有棵桃树，几十年了，树心空了，桃树被积雪压断，倒在屋上，砸碎了很多瓦，以致大姐和二姐睡的那张床，被雨水淋得透湿。那天晚上，两姊妹同时梦见自己在冰天雪地里冻着，醒来时才发现半夜里下的雨把被子打湿了。爷爷去乡里的瓦厂买来几十片瓦，亲自上屋捡瓦，秀梅也爬上去观看，下楼梯时一溜，人就摔在地上，摔得鼻青脸肿。秀梅去她妈家，她妈见她鼻青脸肿的，问及，秀梅就轻描淡写地说了，她妈跌下脸道："你一个女孩子爬什么屋？村里人最忌讳女孩子上屋了。"秀梅说："妈，你迷信呢。"她妈说："你啊，是有娘养没娘教的。妈想你在你爷爷奶奶家，不用妈操心，现在看来，妈错了。"秀梅不想听她妈唠叨，捂着生疼的脸回来了。小弟看着她笑，她瞪了小弟一眼。

山村里过年就是过年，日军被山村里的农民抛到脑后了，家家做了糍粑，备了瓜子、花生和酒，还做了很多糕点。来了客，主人就拿出糕点供客人吃，还煎糍粑款待客人。客人也都是抬头不见低头见的村里人，平常见面只打个招呼，但过年人家来坐，那就得盛情款待。等把年过完就开春了，村里的桃花和梨花全开了，红的白的，很好看，像是树枝起了火或是落满雪。接着别的树枝相继吐绿了，又接着村里的农民就往田里下种了，有牛或狗在田头交配，这让家桃和秀梅见了都脸红地转过背。再接着农民就开始犁田和弓着腰插秧了。而这个时候，爷爷和奶奶、张婶婶及大姐，便扛着锄头去屋后的山坡上开垦菜地。我也被奶奶叫来开菜地，奶奶只不管秀梅和小弟，奶奶对我说："你也要做事，你看村里，你这样大的男孩子都下

311

田插秧了。"我还是有点怕奶奶,这是幼年时候养成的怕,就扛着锄头上山,用锄头把爷爷挖开的土块捣碎。奶奶却在下菜种,张婶婶和家桃也在奋力挖土,手都挖起了水泡。几天后,种子钻出土壤,呈出绿芽,浇上几瓢粪就变绿叶了。

田也绿了,先是一片稀散的淡绿,跟着就是大片的油绿,睁开眼睛,走出门,满眼都是绿亮亮的稻田。那大半年,我就帮着爷爷奶奶种菜,地里种着丝瓜、扁豆、冬瓜和苋菜。家里吃不完,就拿给来我家坐的农民吃,相互交换种的蔬菜。八月里的一天,天热,那天乡街上赶集,我大姐二姐都去赶集,我大姐回来,一进门就说:"人都热得要死了。"她把从集市上买来的花布放下,嗅见茉莉花香,坪前的几株野茉莉花全开了,花的芬芳和着热风直往家里灌。奶奶走出来,手搭棚,看一眼绿亮亮的山村说:"今天真热。"就在这时,一匹枣红马狂奔而来,马上是一名年轻英俊的军人,奔驰的马带来一股热风,大姐被这股热风冲得一个趔趄,跳下马来的是李文华连长,李文华连长对我大姐和奶奶说:"日本鬼子投降了,日本鬼子投降了。"奶奶立马高兴道:"好啊,那我们可以回长沙了。"李文华连长说:"何奶奶,师长就是让我来接你们回去的。"大姐看着李文华连长,李文华连长看着他朝思暮想的心上人,关心道:"家桃,你晒黑了。"

很多农民都赶到我家,李文华连长和奶奶、家桃、秀梅及张桂花婶婶就接待着一个个来打听消息的农民。何湘雄、何湘胜等等农民都拥来,他们已经听村里人说了,但他们想亲耳听我奶奶说。他们脸上的笑容像一朵朵黄灿灿的南瓜花开了一堂屋,他们说:"何奶奶,我听村里人说日本鬼子投降了?"奶奶就朗声道:"是投降了。"何湘胜笑得嘴都歪了,几颗被烟熏得很难看的黑牙就呈现在众人眼里,他大声说:"这下老百姓可以过平安日子了。"何湘雄说:"打了这么些年的抗日战争,总算结束了,要好好庆祝一番。"李文华连长说:"是要好好庆祝,小日本终于被我们打败了。"大家听了这话很是兴奋,都看着这个把喜讯带来的李文华连长,觉得他简直是阳世上最好的天使！何家桃看着被人围绕的李文华，偷偷笑着，秀梅就附在大姐耳边小声说："姐，我文华哥好英俊的。"家桃脸红了，说："我不稀罕他。"秀梅嘻嘻一笑，"姐，你要是不稀罕他，那我想嫁给他。"家桃十分惊讶，秀梅还只是个十三岁的姑娘。家桃说："你臊不臊？十三岁就想嫁人了。"

何家山村炎热不堪，晚上了，村里的牛和猪们都不愿进屋，拿棍子赶也赶不进。鸡和鸭也不肯进笼，都立在坪上纳凉，相互间隔得很开。全村的狗都吠叫着，仿佛也在传播抗日战争的胜利。山村的人却抛弃炎热，潮水般涌来，聚集在我家坪上，一个个被抗战胜利的好消息振奋得不想睡觉，喝着谷酒，在月光下激动地交谈。说抗战胜利了，村里这些年被征去打日本侵略军的男人怕是要回来了。爷爷破天荒第一次把自己喝得醉倒在枫树下。奶奶让李文华把爷爷扶进房睡觉，爷爷却说："没事没事，胜利了、胜利了。"李文华把爷爷扶进房间躺下，走出来，秀梅对他笑，李文华说："你还不睡？"秀梅说："文华哥，我睡不着。"夜深了，月亮升到正当空，村里人还没一个要走的意思。酒喝完了，村里的男人又顶着星星和月亮跑回家，摇摇晃晃地抱或抬来一坛坛酒，继续在星空下畅饮，有的村民吼了几嗓子就放开喉咙唱大家耳熟能详的花鼓戏，狗也跟着唱，吠声此起彼伏。

何家山村几百年里，从来没一个夜晚像那晚那么兴奋和持久地狂欢过，那些雄厚的歌声、粗鲁的喊声、叫声及粗犷的笑声，把山村芬芳的夜晚撕扯得支离破碎，直闹到天色微明。一大片人醉倒在坪上，你趴在我身上我伏在你腿上，直到十点多钟，天阴沉下来，醉倒的人被一场大雨淋醒，才爬起身陆续回家。奶奶也喝醉了，下午才勉强醒来，她走出门，看见枫树下坐着我二妈，奶奶说："昨晚村里人都疯了，就你没来。"二妈说："我睡了。"奶奶看着这个与她越来越生分的秋燕说："我们过几天要回长沙了。"二妈的眼睛湿了。

长沙市与何家山村不同，不只是嚷嚷叫叫和谈天说地，而是一片莺歌燕舞，扭秧歌的整个就没歇气，锣鼓声整日在街头巷尾敲响。八年抗战终于画上句号，长沙经历四次大会战，许多官兵都倒在保卫长沙的会战中，不疯狂地庆祝一番似乎也对不起为保卫长沙而阵亡的官兵们的亡灵，当然就天天庆祝，锣鼓声和秧歌队整天在大街上闹腾个没完。见面打招呼都是说"日本投降了"，脸上都是感到轻松的舒畅的表情。街上，天天都有放鞭炮的，一问，那家人是祭告在抗战中被日军飞机炸死或于战斗中牺牲的儿子或父亲。

我们家也设了灵台，悼念何正韬的亡灵。回到长沙后，一天晚上，半夜里好像有哭声，奶奶听见了，爬起床，去前院里找哭声，哭声又穿过堂屋，去了后院。奶奶走进后院寻找哭声，哭声又隐隐移到前院。爷爷也听见了，走出来，爷爷守在前院，奶奶守在后院，哭声没有了，有的只是九月里几只蛐蛐单调的叫声。爷爷奶奶重新回到卧室，躺下，刚要入睡，哭声又响起来，这次听得更加详细，好像孩子醒来要吃的哭声。奶奶对爷爷说："你仔细听听，好像正韬几岁时的哭声。"奶奶又出来找哭声，就见一团蓝火在院子的一隅闪耀，奶奶走过去，蓝火飘到月季花的后面。奶奶就绕到月季花后面，蓝火又移到美人蕉旁，奶奶一脚踩去，蓝火跳开了，再次在墙角飘动。奶奶明白了，这是她孙儿的亡魂回来了，奶奶觉得应该设个灵台凭吊这个于抗战中阵亡的孙儿。

奶奶请来一名只有一条腿，撑着拐杖，背着画箱的画师。奶奶找出正韬的初中毕业证，毕业证上有一张正韬在南方照相馆照的唯一一张相，相片上的何正韬是一张十分秀气的脸和一双秀丽的眼睛，实在还是个孩子。奶奶要求画师把她孙儿的像画老点，"他在常德战死时比相片上的他大两岁。"画师用心画着，奶奶在一旁指出说："相片上的我孙儿没胡子，但他战死时，人中上有八字胡。"画师就在画像的嘴唇上加了两撇胡子。我大哥坐在一旁看，见人残疾了还可以画画，就觉得这门手艺他也可以学。大哥问画师："画画要天赋吗？"画师说："我不知道，我这腿也是在战场上丢下的，那是日本人第一次进攻长沙，一颗子弹打断了我的腿骨，没来得及取出弹头，伤口发炎腐烂了，只好把腿锯掉。后来我就跟一个画师学画画。"大哥说："人残了是要学样东西。"画师说："我当时就是这样想的。"

　　隔了一天，奶奶拿着画像去街上配了个黑镜框，再回来，就把正韬的画像挂在堂屋的正中央，设个灵台，请来几名着黑袍的道士，在家里吹吹打打了一天。奶奶给孙儿的遗像上香，对张桂花和玉珍说："道士说，追悼亡灵要七七四十九天，这四十九天里，家里要安静。"家里就没人喧哗，大家回来，吃饭时看着那遗像都不说话。有天爹回家，见堂屋里设着他儿子的灵台，忙走上去点了三支香。爹脸上有愧疚，说："我从没关心过他。"奶奶说："这不能怪你，你要打日本鬼子。"爹深感自己对不起这个儿子。

　　吃过饭，一家人坐在夜空下，有风从街上刮来，吹在身上有些凉。九月里，太阳一落山，气温就降了下去。对门韩家的老三坐在门槛上吹竹笛，竹笛声悠扬地飘进院落，于夜色中听起来就凄婉。奶奶折头望着正韬的遗像说："要是我正韬活着，家里就热闹了。"大家就坐在星空下回忆正韬，你一句我一句，直到一颗流星划破夜空，秀梅尖叫："流星。"无穷无尽的回忆才终止。第二天，一个话题没说好，大家又陷入往事中，直到这时，大家才发现一家人是多么爱何正韬。家桃说："二哥的笛子吹得好。"奶奶说："他的字也写得好。"张桂花婶婶说："他长得很俊呢。"有天晚上，一家人坐在月光下说了很久正韬，回忆得疲劳了，便陆续睡觉，忘了关大门，奶奶一早起床，发现桌上的钟和热水瓶不见了，晒在绳子上的家桃和秀梅的衣服也不翼而飞，厨房里一只用来蒸菜的铜锅和一只炒菜的生铁锅也不见踪影。"家里来贼了，"奶奶大声问，"昨晚是哪个最后睡觉，门都没关？"王玉珍说："是我，我睡觉时想着要关门的，但还是忘记了。"奶奶没说王玉珍。

　　抗战胜利了，岳麓山和雨花亭都在修英烈祠，以祭祀和纪念于抗战中牺牲的官兵。青山街连绵着妙高峰，前三次长沙会战中，有两次打到妙高峰，妙高峰成了最后的屏障，却守住了。第四次长沙会战，坚守在妙高峰上的一个营的官兵全战死了，营长是彭家老大——那个弃笔从戎的教师。青山街就在妙高峰下，爹想在青山街修个英烈祠，祭祀四次会战中为保卫长沙而阵亡的官兵。这个提议受到龙凯军长和市政府的重视，军方出笔资金，市政府拨笔款项，民间也凑了笔捐款，于是青山街英烈祠在青山街的山坡下破土动工了。爹派大哥和李文华连长作军方代表，代表军方监督修英烈祠，大哥就每天到工地上监工。大哥没有腿，李文华就背他，几步路，一分钟就到了。工地上有一把椅子，摆在一棵酸枣子树下，大哥就坐在那张椅子上，默默地瞧着工人们修建英烈祠。工人们都很尊敬我大哥，都知道何胜武是神枪手，先后打死了一百零六个日本兵。

李文军也来，但他是团长，事多，来了只是陪我大哥和李文华说几句话，随后走人。假如我大嫂也在这里，李文军会多待一会，跟我大嫂说几句话。他跟我大嫂说话时，大哥从不望他，因为大哥知道李文军喜欢王玉珍，就跟我们都知道李文华爱着何家桃一样。在抗战打得最激烈的日子里，也就是长沙第四次会战的某个晚上，当日军停止进攻、双方都处于暂时的休战中时，大哥目光凝重地说："我打算战死在这里，死了，心就安了。"李文军觑着我大哥问："玉珍怀了你的孩子没有？"大哥说："那我怎么晓得？"李文军就郑重地宣布："那你不能死，你至少得为消灭日本鬼子留下一个种。"大哥说："你为什么这样说？"李文军说："像你留下的种，长大了一定又是个神枪手，如果我们没能力把小日本赶走，下一代也要接过我们的枪，继续打日本鬼子。"大哥就瞅着李文军，"你枪法也不错，你怎么不结婚生子留一个后代杀日本鬼子？"李文军一笑，"我现在还真为自己没留下后代而悔恨。"他看着我大哥，"假如我有儿子，我死了，儿子长大了还可以打日军，可这几年我没遇到一个能让我动心的女人。"大哥笑着问李文军，"你喜欢的女人是什么类型的？"李文军以为自己活不出这个战场，因为很多官兵都倒下了，便脱口而出："我喜欢王玉珍这种读了书又会体贴的女人。"大哥从李文军的话里知道了李文军所想。

大哥残疾后，人变得很自卑，觉得自己不配拥有王玉珍这样温柔善良的女人为妻。在大哥眼里，王玉珍是世界上最完美的女人，是应该有一个健全的好丈夫的，可是跟着他这样的残疾人生活，我大哥便觉得自己占了样不该属于他的好品质的东西。大哥很真心地对王玉珍说："玉珍，我总觉得你嫁给我吃了亏。"那是一个全家人都坐在院子里回忆何正韬的晚上，就是大哥的话把王玉珍弄得心烦意乱而忘记关院子大门因而家里来了贼的那个晚上，两人坐在窗下，天上有一轮皎好的月亮。大哥等一家人都去睡后，瞧着月亮非常伤感地说了那句话。玉珍答："我跟你结婚是自愿的，又没谁逼我和你结婚。"大哥说："那时候我是抗日英雄，现在日本人投降了，我觉得你应该离开我去过更好的生活。"大哥接着把李文军于战场上说的话告诉玉珍，玉珍见我大哥这么说，惊讶得眼泪水都涌了出来，觉得我大哥太不理解她了，低声啜泣道："别说了，今生今世我王玉珍不会嫁第二个男人。"

中秋节到了，我妈从没露过一次面，爹也回来得不多，奶奶怀疑我爹把时间都丢在医院里了。妈在医院里有间房，很小，但布置得很温馨。绿绿的床单绿绿的窗帘，这让爹有走进春天的感觉。妈就在这个春天里与爹共眠，一觉醒来就为爹煮鸡蛋吃，两人差不多忘记了这个世界上还有其他人存在。战后的爹觉得他也应该好好享受家庭生活了，军营生活早已无法让经历了多年战争的爹兴奋了。爹基本上不回青山街的家，回来也只是匆匆吃口饭，放下碗筷就消失了。中秋节，爹拎着妈买的月饼和水果回来，奶奶看着走进门的爹，心里有了些想法，问："怎么没把她带来？"爹望着奶奶，奶奶说："今天是中秋节，叫她来吧。"爹说："妈，你不嫌她是狐狸精了？"奶奶说："全家等你们吃饭。"

我妈来了，穿着女军装，军装上有一朵花，妈是少校了，这一年妈三十一岁，英姿勃勃的，那瓜子一样白皙的脸蛋和窈窕的身姿，一点也不像个已婚且生了两个孩子的女人。妈冲奶奶叫声"妈"，冲爷爷叫了声"爸"。小弟与妈感情不深，他还只四个月大就被爹塞到了奶奶手上，所以小弟也跟我战死的二哥样，在幼年时一直把奶奶看成妈，小弟懂事后，才跟着我们叫奶奶。小弟在青山街的这几年，妈只来看过几次，也跟当年看我一样，站在门外等待我把小弟抱或牵出来。爹对小弟说："叫妈，天亮。"小弟平淡地叫声"妈"，眼睛就望着一旁的秀梅。家桃和秀梅面色冷淡，那天李文华也在，十三岁的秀梅看见我妈，扭脸对李文华做了个怪相。吃饭时，两姊妹都不看我妈，甚至也不看一眼爹。秀梅甚至站起身来给二十岁的李文华夹菜，脸上带几分撒娇地将一块红烧肉夹到李文华的碗里。"秀梅，"李文华果断地把秀梅夹给他的那块红烧肉退到菜碗里，"你自己吃。"秀梅笑出一口洁白的牙齿，又将那块红烧肉夹到李文华的碗里，并用筷子压住，不准李文华再退。

吃过晚饭，一家人坐在坪上聊天，大人跟大人聊，晚辈跟晚辈聊。弟弟一直盯着妈，妈招手要他到身边去，弟弟反而把身体靠到张姗姗身上。张姗姗把小弟往妈身边推，小弟又躲到奶奶身后。天上一轮圆月，圆月上蒙着层薄纱似的。玉珍嫂对我妈很好，这不光是同事和上下级的问题，还因为她是何家的儿媳妇。我妈的茶杯干了，玉珍就起身为我妈添茶。何家桃没坐多久就进了房间，跟着李文华也起身，走进何家桃的房间说话，秀梅觉得无聊，也进了房。爷爷、奶奶，我爹妈和张姗姗在堂屋里有一句没一句地说着话，玉珍在一旁添茶兑水，侍候着上一辈人。奶奶知道自己斗不过这个漂亮女人，她唯一的儿子我爹（在奶奶心里我大叔、二叔和三叔都靠不住）因为这个漂亮女人家都不要了，这让性格坚强、固执的奶奶不得不认输，就放下脸面对坐在美人蕉旁的我妈说："小付，你今晚就不要走了，住下吧。"我妈很惊诧，望眼我爹，爹说："妈要你住下呢。"从此，被奶奶多年来视为狐狸精、心里恨得要死的我妈，在青山街三号住下了。

三十七

　　大哥每天都在建英烈祠的工地上守着，秋凉了，树木都在掉叶。大哥的椅子就在树下，有几片树叶飘落到大哥身上，大哥拾起一片枯叶，拿到眼前看着，鸟儿在树梢上叫。大哥抬头看鸟，那是一只很美的画眉鸟。李文华心情特别好，浑身是劲的样子走来走去，昨天晚上他让他妈跟奶奶说了，说他要娶家桃为妻。奶奶居然对他妈说"好啊"。当他妈把这话告诉他时，他高兴得大叫一声："妈，我太高兴了。"此刻，他看见家桃受奶奶之托，拿件毛衣送来给大哥穿，就一脸幸福地笑迎上去说："我来。"然后他神秘的样子对家桃说："昨晚我妈跟奶奶说了我们的事，奶奶同意。"家桃是个很尊重大人意愿的姑娘，问："我爹同意吗？"李文华说："我妈说，只要奶奶同意，你爹就不会反对。"家桃说："那还要我妈点头才行。"

　　李文华去了趟何家山村，带了很多礼物，那些礼物都是他妈在街上精心挑选的，有绸子缎子，还有九如斋做的精致糕点。回来时，李文华在饭桌上当众宣布说："家桃，你妈同意。你妈走不开，她说过年的时候来参加我们的婚礼。"一家人都高兴，都在着手准备李文华和家桃的婚事。但就是那几天，家里的灶屋塌了，是半夜里塌的，轰隆一声巨响，把锅盆都砸烂了，都说幸亏是晚上，要是白天，那不打死人？青山街三号，在我们一家人去何家山村躲日本人的那一年，被很多人住过，难民、乞丐，房屋破坏得十分严重，花木也被践踏得一塌糊涂。爷爷、奶奶睡的那两间房还有屎尿臊味，那是乞丐们随地大小便遗下的，尽管费力打扫了，那股淡淡的尿臊气味却怎么也清除不出去，因为尿已渗透到墙壁里了。一到夜里，当月亮升上来时，仿佛是月球引力的原故，尿臊气就会增强，让奶奶皱着眉头对爷爷说："这房里有别的男人的尿臊气。"那天灶屋垮了，奶奶便下了重建青山街三号的决心。

事实上，奶奶早就有这个想法。抗战结束后，青山街上，有好几户人家都把破旧的千疮百孔的家掀翻，建了两层的楼房，这让生性好强的奶奶在邻居面前不甘落后。儿子乃堂堂的师长，家不气派，那怎么行！奶奶和爷爷这些年做腊肉生意，存了很多钱，都是吹得响的银元，一坛一坛的，被爷爷声不吭气不吐地埋在作坊的地下。难怪多年里，爷爷时常在作坊里关着门挖掘，原来是在埋钱。爹弄来图纸，还请来泥木工师傅，余下的事情就扔给爷爷奶奶定夺，爷爷奶奶便全身心地投入到建公馆的工作中了。

最积极的莫过于李文华连长，他天天守着，一张英俊帅气的脸变得极其认真，严肃得一下子好像大了几岁。为加快进度，他叫来官兵去砖瓦厂运来一车车砖瓦，又带领一个排的官兵去河边的木材厂扛着一根根木头跑步前进，美其名曰增强官兵的体能训练。旧房拆除的那几天，他嫌别人挖地基不够用力，就亲自挖，脱下军装，挥汗如雨，他妈看着都心疼，他却没一点累的感觉。张桂花婶婶和何家桃负责为一家人做饭吃。何家桃十八岁了，把她妈和爹身上的优点全继承了，一头乌发，一张脸红润润的，一双眼睛十分迷人。要不是抗日战争，她会把高中读完，然后读大学，再然后嫁人。但抗日战争改变了何家桃的命运。她每天要做很多事，跟她妈一个脾性，一样勤快，一早，大家还没起床，她就把稀饭煮好了，馒头也摆到了桌上。中午她要炒两轮菜，一轮炒给工人师傅们吃，一轮炒给家里人吃，好在那些军人都是李文华连长派来的义工，都不在家就餐，干完活便走。但即使这样，何家桃还是累得直不起腰，累得一张脸灰白。李文华非常疼爱她，生怕她累出病来。有天，一家人吃完饭，家桃把一大堆碗筷掇到井边正准备洗时跌了一跤，李文华见状，忙说："我来洗。"

从那天起，身强力壮的李文华恨不得把家桃的活全揽下来，不但帮家桃洗碗，还帮家桃洗菜，甚至还帮家桃洗一脚盆又一脚盆衣服。秀梅放学回来，看见了，也过来帮忙，这让奶奶十分欣慰，说："我秀梅懂事了。"

秀梅读初中了，在家桃就读过的周兰女子中学。她似乎对读书更有兴趣，期中考试时，拿回两张打百分的试卷，这让奶奶想起了何金石，"好啊，数学打一百分，你三叔当年在长郡中学读书时，数学就经常打一百分。"

秀梅不晓得三叔，三叔离开时，秀梅还在她妈妈的怀里吃奶。也许是房子拆了，一家人住在不保暖的作坊里，那个冬天就显得很冷很漫长。有天，地上结了厚厚的冰，屋檐上垂下来的冰锥也有尺把长。李文华连长于兵营里安排好练兵，匆匆赶来，见家桃的手冻红了，忙去帮家桃洗菜。秀梅本来坐在窗前做作业，见此情况，就过来帮李文华洗菜。家桃似乎看懂了妹妹的心思，直起身对李文华说："你以后要少回来。"李文华听不懂家桃这话的意思，家桃瞟眼秀梅。李文华感到滑稽地一笑。秀梅没听清他们说什么话，就想知道，问："你们说什么？"家桃懒得搭理秀梅地走开，李文华却大声答："你姐要你回房里做作业。"

六月份，房子竣工了，一栋红砖杉木板地的两层楼房，耸立在青山街三号的院子里。这一年的葡萄藤上结了很多葡萄，一串串的葡萄，从绿色变成紫红色了。桃树上也结满桃子，桃子也由绿转红了。这天上午，何家桃摘下两只熟透的桃子，拿到井边洗净，对奶奶说："我出去一下。"她一边吃桃子，一边走了出去。这天的太阳不热，天空瓦蓝，何家桃心情很好地吃着桃子，一边向布店走去。她要为爹分给她和李文华结婚的房间买窗帘布，绿色或紫色是她喜欢的颜色。她走进一家布店，看见一种淡绿色的布，她觉得这布做窗帘合适，就让店员给她扯一块布。付钱时，一个走进布店的年轻姑娘叫她"桃子"。叫她桃子的人，大多是她周兰女子中学的同学。她一回头，果然是她同学，"猴子，是你。"

何家桃读中学时，与猴子关系最好，那时她去学校读书，经常要走猴子家过，她就会叫猴子一起走。猴子问："你在哪呀？"何家桃说："在家。"猴子问："你结婚了？"何家桃说："还没呢。"两个人站在布店里说了几句闲话，走出布店，似乎还有一肚子话没说。猴子就邀请家桃，"去我家说话吧？"猴子家离布店不远，何家桃犹豫是回家做饭，还是去猴子家，猴子说："去吧去吧。"何家桃就拿着扯的窗帘布，和猴子一起向猴子家走去。我大姐如果不去猴子家，她命运的轨迹就不会改变，这一去，她命运的轨迹就发生了变化。

猴子家是一栋洋房，围绕着洋房是一个花园，有高高的围墙和一张铁栅栏门。用不着走进去，从铁栅栏门外就能看出这家人很有钱。猴子的父亲有好几家厂，被褥厂、砖厂、油漆厂和被褥店、油漆店，抗战中，被褥厂让猴子的父亲发了大财。抗战后，砖厂和油漆厂又拼命为他们家赚钱，因为很多市民都在重建家园，砖和油漆就成了紧俏物质，所以猴子家没有不发财的道理。那天，猴子的哥哥在家，这是个抗战中在重庆上大学学建筑、抗战后回到长沙的年轻人，身材虽没李文华那么高，却穿戴洋派，一件天蓝色衬衣，一条白长裤，脚上一双白皮鞋。我大姐并不是一个只待在家里待嫁的女孩，也经常出门，但在她十八年的生命里，从没见过一个男人穿天蓝色衬衣，也从没见过男孩子穿白长裤和白皮鞋，我大姐一走进猴子家的客厅，看见猴子哥，心就莫名其妙地一悸。

猴子说："哥，这是我同学，这是我哥。"猴子哥与何家桃常见到的那些来我们家的粗鲁的军人完全不是一回事，他正坐在沙发上看一本很厚的书，他抬起头，对何家桃一笑，脸上呈现两个很少在男人脸上呈现的笑靥，那笑靥让他的笑容更加文雅。他说："你好。"

我大姐就像她一小时前摘下的那两只桃子，已经熟透了，身上散发着甜甜的香味儿。大姐坐下后，猴子叫佣人为我大姐泡杯茶，又叫佣人切了西瓜。猴子叫她哥过来一起吃，猴子哥放下书，看了何家桃一眼，不觉又看何家桃一眼，他的目光有些惊异和欣喜，"贵姓？"大姐回答了他。猴子哥说："令尊干啥事？"何家桃抿嘴一笑说："军人。"猴子哥惊奇道："军人能养出这么漂亮又这么有涵养的姑娘？"何家桃不知这个说话如此放肆的年轻人是什么意思，就刺他道："你很奇怪吧？"猴子哥说："令尊在军队里什么职务？"何家桃瞟一眼猴子哥，为自己的父亲骄傲道："师长。"猴子哥说："师长，那可是了不起的人物。"大姐一笑，咬了口西瓜。猴子哥继续打量我大姐，觉得我大姐的眼睛里投出的目光很清澈，而最最迷住他的是我大姐的嘴唇。何家桃的嘴唇，在猴子哥眼里丰腴、性感，嘴角有点上翘、轮廓分明，比樱桃小嘴略大一点，比一般大嘴又小一些。猴子哥对何家桃很感兴趣地问："你爹参加了长沙会战吧？"何家桃说："四次长沙会战我爹都打了。"何家桃想起两个哥哥，说："我二哥死在抗日的战场上。我大哥，不知你听说过没有，他叫何胜武。"猴子哥叫道："早听说了，原来是你哥呀，那我要跟你握一下手。"猴子在一旁笑，猴子哥走进厨房，把沾着西瓜汁的手洗净，再走过来，伸出了手。两只手一握，何家桃立即有一层晕旋感，感到自己整个人都被他握在手上了。"我叫郭铁城，"猴子哥说。

中午时，何家桃要走，郭铁城却提议一起上街吃饭，何家桃本想拒绝，可她一抬头，被郭铁城那黏黏乎乎的目光粘住了，犹如铁勺被磁铁粘住一样，就机械地跟着郭铁城和猴子上街吃饭，吃完饭又去看电影，从电影院里出来又走进一家色调昏暗猥琐的咖啡馆喝咖啡。她听郭铁城谈重庆的事，谈大学生活，谈一些年轻的大学老师为了体现自己是个文明人，并非腿脚不灵便，走路却拿根棍子，称那棍子叫文明棍。他又谈重庆小姐的穿戴和重庆小吃，又谈他去过的青藏高原等等。这些生活对于何家桃都是另一种她从未体验过的生活。咖啡有点苦，加了糖，味道甜中带苦。她想起李文华喝茶，一大杯，两口就完了，再看说话风趣的郭铁城，喝咖啡一小口一小口地抿，活活就是个不拿文明棍的文明人。

窗外阳光明媚，街上人影幢幢，郭铁城侧脸看着窗外涌动的人流。何家桃看着郭铁城的侧面脸，发现他的侧面很漂亮，白净、鼻梁翘起，睫毛很长，一双眼睛流光溢彩的。她看他时，他转过头来看她，何家桃不自觉地迎接着他的目光，两双目光碰在一起，就像打火石与火药撞在一起样，迸出了火花。何家桃心跳得厉害，仿佛那颗心都要蹦出来了，她转开了羞红的脸。郭铁城却对妹妹说："你同学好漂亮的。问你一个问题，你结婚了吗？"

何家桃赶紧摇头，郭城城瞟他妹妹一眼，"那我有希望了。"何家桃不说话，猴子就欣喜地对何家桃说："桃子，我哥二十三岁，我爸妈都为他急，媒人把我们家的门坎都踏烂了，我哥一个也看不上。"何家桃心里就升起一丝甜，脸上也浮现一抹洋红。猴子又说："我哥一看见你就很热情，反常呢。"这话让何家桃的心更甜了，身上就释放出犹如香瓜那种甜甜的香气，那香气飘入郭铁城的鼻息，郭铁城深深地吸了口，盯着我大姐问："何小姐，你用的是什么香水？你身上的香味真好闻。"何家桃很是吃惊，她身上的香味儿都被他闻见了，这只能说明她的心扉向他打开了。李文华就从没闻到过她身体的香气。何家桃红着脸回答他："没有呀，我家进进出出的都是军人，我要是用香水，爹会骂我。"

家桃回到家里时，天完全黑了。张婶婶关心她道："家桃，你去哪里了？害我担心得要死。"家桃对张婶婶说："去同学家玩了一天。啊，我都忘记拿我买的窗帘布了。"她并非忘记了那块窗帘布，她是想留个借口于猴子家，好过两天去猴子家时名正言顺。奶奶看着一张脸红扑扑的她说："你这么大一个姑娘，在外面玩可要注意安全。"

饭菜是张婶婶弄的，吃过饭，张婶婶收拾碗筷时，何家桃就抢着洗碗。她心里隐隐约约感到，也许不久，她会作出让张婶婶很伤心的决定，这决定当然也会伤害到李文华。洗碗时，她情不自禁地哼着当时很流行的《四季歌》，哼得声音里透着甜味儿。何秀梅听出来了，那声音跟蜜汁样从姐姐嘴里流出来，使她有些惊讶，就走过来拍下姐的肩，"姐，你今天遇到什么高兴事了？歌哼起来都带甜味儿。"何家桃打个哈欠，那哈欠里也充斥着甜甜的气味，这更让何秀梅迷惑不解。晚上，何家桃满脑袋都是她今天经历的一切，满脑袋都是郭铁城说的事和郭铁城脸上那白净、优雅、迷人的笑，那笑声很爽朗很有力很磁性，把她彻底粘住了，就像灯光下的黏液，死死地黏住落到它上面的飞蛾。她看着深蓝的天空，天上有很多星星，她望着一颗颗闪亮的星星想：现在的问题是，我怎么逃避这场即将来临的婚姻……

三十八

上两周的报纸上说，六月三日，伪南京政府主席陈公博被处决了。汉奸政府结束了，中国的大地上只剩了民国政府和中国共产党打下的大片"解放区"。同月，也就是何家桃与郭铁城相识的那几天，美国众议员通过《美国军事援华法案》，将给蒋介石的军队提供培训并提供大量的美式武器，以装备蒋介石的军队。蒋介石如获至宝，认为有美国支援，就没有道理不打拥有着"解放区"的共军，于是他调集三十万大军围攻中原"解放区"。蒋介石制定了全面进攻、速战速决的战略方针，接连投入一百九十三个旅，一百五十八万正规军参战，旨在三个月内"全歼"共军。内战于蒋介石在南京政府的军事委员会上手一挥，用浙江奉化话骂一声"娘希B"，就娘希B地开始了。

我们一家人刚刚住进还弥漫着石灰和油漆气味的房子，"国共"两党的内战却不以人的意志为转移地开打了。抗战胜利后，薛岳被蒋介石调去打"共军"，这一年的湖南省主席是王东原。王东原曾是何键的麾下，我爹当团长时他也是团长，但他于湘赣"剿共"时立下不少汗马功劳，受到何键省主席的赏识，上得快，抗战期间，我爹还是团长时他就是军长，薛岳一走，蒋介石就调曾任过长沙警备司令的王东原接替湖南省主席一职。

王东原知道我爹，记恨我爹于三十年代"剿匪"时不跟他配合。现在他是省主席了，当蒋介石把湖南第一军编入中央军去打北方的共军时，王东原要求我爹的第三师留下。王东原想用我爹的部队肃清湖南境内的游击队。那年月，在湘南和湘中及湘东都有共产党领导的游击队，王东原是何键的手下时，曾努力剿过"共匪"，知道"共匪"难剿，他当然不愿意他的军队去与"共匪"没完没了地死缠烂打。他向蒋委员长致电，说湖南是共产党的发源地，毛泽东搞的秋收起义，朱德搞的湘南暴动和彭德怀指挥的平江起义都是在湖南开的头，光靠他一个军的兵力消灭共军游击队恐怕有困难，希望把第三师留下，他好进一步肃清湖南境内的共军势力。蒋介石也觉得湖南是一块很臭的骨头，就把第三师拨给王东原，王东原很高兴，于是他以湖南省主席的身份接见了我爹。

　　"啊呀，"他假惺惺地拍着我爹的肩，肥脸上堆满让人肉麻的虚伪的笑，"何将军，我们是老朋友啊，哈哈哈哈。"爹一看他说话的表情就觉得这个安徽人假透了，说："王主席您客气了。"王东原继续夸奖我爹："长沙会战中，你的三师打得不错，哈哈哈哈。"爹谦虚道："哪里哪里。"王主席又哈哈一笑，"何将军，湖南需要你，我特意电请蒋委员长把你留下，共产党在湖南的势力很大，尤其湘东和湘南一带，共产党的游击队十分猖獗，还需要你率部去肃清呵。"爹想他哼哼哈哈的，那么客气，原来是要他去啃一块硬骨头。爹也打哈哈说："王主席您过奖了，共产党么，蒋委员长都没肃清啊，我区区一师长又怎能办到？王主席您是湖南的最高长官，您得亲自挂帅啊。"王主席指着我爹笑道："谦虚、谦虚。"王东原又打哈哈，又拍我爹的肩道："湘南的共党游击队，还有劳你去清剿呵何将军。"

　　我爹没去。爹很清楚，湘南游击队不是他一个师能肃清的。爹总觉得王东原是给他设陷阱，没肃清，责怪下来，他难辞其咎，轻则撤职，重则杀头。爹清楚这些国民党老军人，个个心狠手毒，为排除异己，什么恶毒事都干得出。那时爹是师长，在湖南境内也算个人物，新落成的公馆就装了电话。王东原的秘书打电话来，问我爹什么时候动身，爹那段时间在家猛啃三国，就学三国时期司马懿的招式，装病。爹在电话里使劲咳嗽，然后用低沉的声音说："请你转告王主席，在下身体不适。"爹放下话筒，望着妈道："当年的共产党不过是一支泥腿子队伍，蒋介石亲自挂帅，调集那么多军队围堵都没辙，我一个师能起什么作用？我可不想步赵振武师长的后尘。"妈也关心道："那你怎么办？"爹说："把军队交给他，我在家装病，至少不会有杀身之祸。王东原，行武出身，下手很毒的。"王东原的秘书再打电话来，爹索性不接，让妈接。爹怀里抱着他的第一个孙子。

还在四月份，新落成的何公馆还在粉刷阶段，一天晚上，我大嫂为何家生下了一个日后可以扛枪打仗的男孩，大哥给儿子取名何白玉，大哥的意思很明显，就是对那匹神马的深情追忆。大哥说，没有白玉在血流尽前驮着他狂奔，将他送到爹身边，他几年前就死在抗日战场上了。爹和妈对那匹神马都很有感情，没有反对，于是白玉的名字就安在我侄儿身上了。爹就在家里抱孙子，看勤务兵买来的报纸和听收音机，院子门都懒得迈出半步。

一天，王东原亲自来请我爹，汽车在门口一停，立即走下来两名警卫，爹的警卫问他们说："哪部分的？"王东原的警卫十分傲慢地回答："王主席的。"爹在房里听见了，忙往床上一躺，叫妈出去迎接。王东原大步走进爹的卧室，满脸狐疑地看着我爹说："何将军，怎么在党国最需要人的关键时刻却病了？"这些天，爹的脑海里已装满许多不好的消息，上党战役、苏中战役、陇海战役和定陶战役都是以共军胜利国军惨败而告终，报纸上说"我军取得了胜利，但损失较大"，而"共军"的电台却将歼灭的国军数字公布了出来。

家里有台美国生产的收音机，搁在桌上占据着大半个桌子，爹没事就拧开收音机听中央广播电台，也听延安电台，脑袋里当然就一脑袋的"失败"。爹捂着胸对王东原说："男人一过四十五岁，身体就大不如从前，早几年打小日本把身体累垮了。"王东原哈哈笑着，他可不是来慰问我爹的，而是来催我爹上路的。他问："湘南剿共在即，什么时候动身啊何将军？"爹早已想好了回答的话，叹口气说："三师能打的官兵于抗日战争时都战死了，现在的三师大多是新兵，还没打过仗。守守长沙还马马虎虎，去野地打仗，怕会丢党国的脸而长共军的士气呵。"王东原不高兴了，爹见王东原满脸不痛快，就捧王东原说："您王主席剿共经验丰富，您一出马，湘南的共党那还不望风而逃？"王东原霍地起身，丢下很不高兴的脸色走了。爹待王主席出门，便对妈说："他就是这样的人，顺我者昌，逆我者亡。"妈担心起来，"他官比你大，你能顶住吗？"爹说："顶多我这个师长不当了。"

全家都在为何家桃和李文华的婚礼忙进忙出，家具搬进新房，喜字贴了一屋，门上、窗玻璃上、柜子上、床上、墙壁上，甚至蚊帐上都贴了红艳艳的喜字。很贵的水果糖、一条条烟、一瓶瓶酒和花生瓜子也被爹的美式吉普车运来了，只等结婚的这一天到来了。

张桂花婶婶一脸喜气，从早笑到晚，因为她要收儿媳妇了。奶奶也高兴，奶奶喜欢家桃，不光是家桃长得俊俏，还因为家桃勤快，所以妈和玉珍买来的东西，她每一样都要仔细过目。瓜子是不是瘪了，花生是不是蔫了，她都要剥几粒试试，假如蔫了，她非要玉珍拿去换不可。至于水果糖，奶奶每一种都要亲自尝一颗。爹自然高兴，女儿嫁给李文华，爹放心。全家人里，只有秀梅在那段时间消瘦了，吃饭不下，面色沉郁。何家桃的婚期越近，她越吃不进饭，甚至头发也不梳早饭也不吃就去上学，回来时好像在学校里挨了老师的批评，耷拉着脑袋。奶奶担心地问："乖孙女，你怎么了？"秀梅也懒得回答奶奶，乏力的模样走进房间，关了门谁也不理。爹好不容易叫开门，她泪汪汪地看着爹说："爹，我不舒服。"爹便束手无策，让我妈去问她，我妈问不出什么地对爹说："看她的脸色，又好像没病。"

一天上午九点钟，太阳出来了,葡萄藤上的一些枯叶在秋风中飘落一地。

何家桃决定把枯叶扫一下，正拿着扫把扫枯叶，一辆黑色的奔驰驶到院子前，那是有史以来驶入长沙市的第一辆奔驰，郭大少爷亲自去上海开回来的新车，车上坐着穿着白西装、蓝衬衣的郭铁城，他的一旁坐着猴子，猴子穿着水红色旗袍，猴子跳下车，对拿着扫把的何家桃笑。何家桃那当儿正在扫院落里的枯叶，一见猴子和郭铁城，立即叫起来，"是你们！"猴子说："我哥买的汽车，想带你去兜风。"何家桃看见郭铁城对她笑，便弃下扫把，进了那间门上贴着喜字的房。何家桃一走进房间就扑到镜子前，立马朝脸上打胭脂，往嘴上涂口红，跟着就打开柜子挑选衣服。衣柜里有四件旗袍，蓝色的、水红色的、绿色和紫色的。她先把蓝旗袍穿到身上，站到镜子前，觉得好看，但不足以让她满意。她脱下蓝旗袍，又换上水红色旗袍，发现水红色旗袍把她的脸色比下去了，忙脱下，再换上紫色旗袍，感觉紫色很衬肤色，一颗慌乱的噗噗跳的心这才静下来。她用牛骨头梳子把头发梳得一丝不乱，扎好，再往脸上打点粉，脸于是就又红又白。她对自己比较满意地走出来，嘴角挂着笑。猴子当然看见了门上的喜字，问她："桃子，你结婚了？"何家桃羞涩地一笑，"还没呢。"

郭铁城很绅士地为家桃和妹妹拉开车门，何家桃和猴子就坐进车里。张婵婵从厨房走出来，看见了，盯着。奶奶说："你去哪里？"何家桃回答奶奶，"出去玩一下。"汽车发动，却没法前移，因为青山街的大人和小孩都围在车前，谁也没见过世上有这么漂亮的汽车，都觉得新奇。郭铁城只好按喇叭，喇叭很响，吓得一旁的大人和小孩一跳，笑着让开了。

就是这天傍晚，何家桃突然宣布她不打算跟李文华结婚。大姐这话是在饭桌上宣布的，她的宣布使一桌子的人都停止了吃饭。大姐表情痛苦地说："我一直把文华当哥看，现在要我把文华哥看成丈夫，我思想调不过来。"为使何公馆快点落成而出了不少力的李文华就坐在她对面，他的一旁坐着他妈。李文华瞪大眼睛，一双一秒钟前还十分清澈透亮的眼睛，一下子迷惑了。何家桃不看李文华，只顾低下头说："我决定不跟文华哥结婚。"

张桂花婶婶手中的碗筷掉了，碗掉在桌上，筷子却掉到地上，身体从椅上滑了下去，玉珍嫂慌忙扶她，"张婶婶，你怎么了？"张婶婶的脸色都青了，玉珍嫂用身体堵着张婶婶的身体，对李文华说："快把你妈扶到床上躺下。"李文华脸色苍白、阴郁，一时没反应过来，玉珍嫂又说了遍，李文华却感到自己被耍了地固执地看着家桃。家桃说："对不起，文华哥。"大哥生气地拍下桌子，何家桃见大哥拍桌子，起身走开了。爹没说话，我妈起身去扶张婶婶。张婶婶被我妈和玉珍嫂扶进了房，剩下的人都打量着一脸尴尬和痛苦的李文华，只有小弟嘻开嘴笑，对于一个五岁的男孩来说，这一切让大人感到紧张的变故，在他眼里不是事情。奶奶面对这种突然变故，也呆了。奶奶安慰李文华道："别急，由不得她的，文华。"

　　爹走进何家桃的房间，看着家桃说："你说说，结婚都结到这个份上了，为什么又突然说不结婚了？"家桃不说话,低着头。爹等了几秒钟,再次开口："爹问你话，你要回答。"家桃绷着脸说："我一直把文华当哥哥看。"爹说："你以为婚姻大事是可以开玩笑的？你让人家怎么想这事？"何家桃不说话了，无论爹怎么指责、怒斥，她也不开口。爹气呼呼地走出来，背着手，大家都望着因生气而更加威严的爹，不敢多言。爹很困惑，也很烦躁，说："这孩子，太不像话了，怎么可以把婚姻大事当儿戏。"奶奶出马了，她可不允许孙女要性子，她步入孙女的房间，站在孙女面前说："家桃，你抬起脸来。"何家桃就抬起脸。奶奶问："怎么回事？"何家桃说："就是不想和文华哥结婚，心里怕。"奶奶说："你这是女孩子的婚前心理反应，奶奶也有过，结了婚就好了。"何家桃说："我不跟文华哥结婚。"

　　李文军着一身团长军服进来，见客厅里气氛相当凝重，大家都坐在客厅里不语，便知道这个家一定发生了什么事。李文军在我们家生活多年，知道我们家的脾性，没事的话，一家人都很活跃。他望着我大哥说："怎么啦？"大哥说："家桃突然又不跟文华结婚。请柬都发出去了，大后天就是结婚的日子。"李文军也感到吃惊，"怎么会是这样？"没有人能解释，只有玉珍嫂回答他："家桃说她没法把文华当丈夫看。"

李文军用目光搜索李文华，李文华当然没坐在客厅里，而是躺在床上，脸上盖着一块湿毛巾，给他那颗燥热得快爆炸的脑袋降温。李文军推开门，见苗条的何秀梅坐在李文华的床边，一只手抓着李文华的手，李文军进门时，何秀梅并没将手缩回来，而是继续抓着李文华的手说："文华哥，别这样，我会照顾好你。"李文军听秀梅这么说，笑出了声，"你个小丫头晓得照顾什么人？"秀梅起身，睨一眼李文军，李文军看着秀梅，秀梅却不理他，冷峻着一张少女的多愁善感的美丽脸蛋。天已经黑了，客厅里亮了电灯，电灯是这次建公馆时装的，电线是大街上迁过来的，使何家在青山街提前走出了煤油灯时代。灯光照在走进客厅的秀梅身上，秀梅的身影既单薄又素雅，却出奇的端庄。一家人都惊异地看着她，都没想到这个小姑娘竟如此体恤人地大胆走进李文华的房里安慰李文华。玉珍嫂关心道："秀梅，你文华哥说了什么？"秀梅答："没说什么。"秀梅穿过客厅，进了自己的房间。李文军从李文华的房里走出来，玉珍问："文华不要紧吧？"李文军说："文华说他想不通。"

第二天，我大姐把自己关在房子里，谁也不见。张桂花婶婶突然对奶奶提出，她要搬出去住。奶奶说："想都不要这样想。这里永远是你家，再不要说这话了，桂花。"张桂花感动得流泪，却说："我文华觉得他没脸再住在这里了。"奶奶烦透了，可不愿意家里发生太多的变乱，大声道："说什么话？就为这事，我去跟文华说。"奶奶走进李文华的房间，李文华不知从哪里弄来一包烟，坐在床沿上表情麻木地抽着，地上已扔了七八枚烟蒂。奶奶说："文华，屁大的事就把你打垮了？你这么不经事？"李文华看着奶奶，奶奶继续说："奶奶不准你搬出去住，家桃这孩子从小有妈生没妈教，是奶奶把她惯坏了。你不能因这屁大的事就生分！听奶奶的，好好住在这里。"李文华不说话。

中饭是张桂花和奶奶做的，炒了个猪腰花、一个苋菜、一个红辣椒炒牛肉、一个西红柿蛋汤和一个酸菜蒸肉。何家桃没出来吃饭。奶奶走过去敲门，何家桃回答"我不想吃"。晚上，一家人再次聚在一起吃饭时，我妈去敲门，何家桃照样回答："我不想吃。"次日，玉珍嫂再次敲门，何家桃仍不开门。大家把目光投到李文华脸上，李文华脸上的表情相当木讷，秀梅对李文华偷笑。李文华不理秀梅，也不理其他人，吃过早饭，一个人出去了。一家人坐在堂屋里不说话，突然有只喜鹊飞来，在葡萄枝上欢叫，大家都望着喜鹊，不知会有什么喜事降临。喜鹊叫了气，飞走了，自然又一片沉寂。中午，奶奶再去敲家桃的门，边恼怒地说着狠话："家桃，不是奶奶咒你，天底下，再没有人好过文华这孩子了。"何家桃突然拉开门，不理奶奶，板着一张俊俏、冷漠的桃子脸，走进厨房洗脸漱口。一刻钟后，她突然一脸漂亮地径直向院子的大门迈去，谁也没拦她，一家人就都目光掷在她背上。

下午两点来钟，喜鹊"含"来一纸委任状，委任状是国民党陆军总部开出的，任命何金山为第七十五军副军长，原湖南第一军第三师番号撤销，并入七十五军为新编四师，免去何金山原湖南第一军第三师师长一职。王东原的秘书亲自送来的，委任状上有国防部盖的红戳，还有参谋总长陈诚的私章。妈回来，爹淡淡地说："王东原夺去我的兵权了。"妈看着委任状说："你不是升了副军长吗？"爹说："我这副军长等于是个摆设。这正合我意，只要他不叫我去打仗就行。"爹确实厌恶战争，战争就是你争我夺，就是理直气壮的屠杀，就是死亡，而获利者却是那些远离战争的阴谋家和野心家！多么好的一个个人，为了与他们毫无关系的利益，一个个死在战场上了，他的堂弟何刚营长、杨营长、肖营长和赵振武师长，还有在抗日战争中死去的雷连长、张连长、杜连长、彭老大营长、彭刚团长和马团长等，一个个多好的人呵，还有他的次子等等，爹真的不愿再打仗。这些人时常钻进爹的眼里，爹总是抹不去他们，即使从眼前抹去了，隔不几天他们又会到爹的梦里来拜访。

　　几天后，爹从李文军嘴里得知，王东原将自己的亲信任命为新编四师师长，亲信师长一上任，就虎着脸率领新编四师向湘南开拔了。团长李文军和连长李文华一起来我家辞别，爹对李文军和李文华说："不要急着立功，不要催逼你的官兵与共党的游击队死拼。"爹望着李文华说："文华你是连长，连长是最危险的，直接面对敌人督促士兵打仗，不要意气用事，你妈还要靠你养老。"李文华说："我知道。"爹觉得应该让李文华真正知道地看着李文华，"你身材高大，目标也大，战场上不要带头冲锋，我打了这么多年仗，看得很清楚，死的都是带头冲锋的人。"李文华啪的一个军礼，说："我明白。"李文华的目光投到何家桃的房门上，爹瞥见李文华那忧郁的目光落在家桃的门上，便说："家桃一早出门了，有我，你不要担心，我会管好她的。"李文华就释然地点下头。

　　身为少将副军长的何金山如今在家闲住，栽栽花，听听广播和看看书，倒也自在。爹生性不爱攀高枝，面对权贵也说不出阿谀奉承的话，打了那么多年仗，觉得自己能活着已经是造化了，就不愿再生事。这一年，爹的心很平静，跟着爷爷学打太极拳，爷爷六十六岁，胡子大多白了，眉毛也灰白了，去年扭了腰，养了半年伤，伤好后不再参与腊味生意，打起了太极拳。爷爷还是早睡早起，着一身藏青色衣裳和布鞋，或穿一身黑绸子衣服，或着一身宽松的蓝缎子衣裤，站在后院里打太极拳，对于爷爷来说，习武不再是为了打倒对手，而是健身。奶奶管理着腊味这一摊子事，请了几名工人，腊味作坊也不在副军长公馆，另外买了街上从前一家做皮鞋生意的人的房子，那家人举家迁昆明了。

　　大哥退役了，荣誉随着抗日战争的胜利和内战的全面爆发而褪色了。现在没有人想到他了，英雄是很容易被人忘记的，因为人们会被更多的事和更多的人所牵引。街上的人聚在一起谈论的是发生在长江以北的大小战事。大哥无法出门，整天就坐在家，不是坐在自己的房里就是坐在堂屋里，有时候坐在太阳下晒晒太阳，身旁摆杯茶，穿着摘去了帽徽和领章的军装，看上去像一尊立在椅子上的半身雕像。奶奶每每在这个时常就会转过背，抹一下眼泪。在奶奶眼里，那层裹着我大哥的荣誉的光环一旦隐退，我大哥就显得十分可怜了。

秋天里的一天，大嫂流产了，流产的原因还是因为护士工作太繁重，整天照料那些从战场上转来的重伤员，一天里难得有时间坐，当然就把她肚子里五个月的婴儿"站"了出来。大哥挺起半截残肢，宽慰锁着眉头的玉珍说："流了就流了，有白玉就够了。"

年底，一个阴雨绵绵的日子，我大姐何家桃与郭铁城终于结婚了。还在三月份，郭家就派来媒人，那是个脸搽得粉白粉白的女人，嘴唇却涂得鲜红，穿一身绣着鸳鸯的缎子衣服，手里拿条花手帕，一看就是个媒婆。当时一家人都坐在客厅里，桌子上有瓜子和饼干，我弟何天亮吃着手上的饼干，眼睛仍盯着桌上的饼干。妈说天亮："你真是饿牢鬼投胎。"奶奶不高兴了，指责妈说："有谁是你这样说自己的儿子？"妈正想说什么，只见媒婆笑着走来，她自我介绍后，说她受郭家之托，特来说媒。她又腰身一扭一扭地走到门前，一招手，外面就有六个男人抬着三口大皮箱进来，媒婆让人一一打开，都是上等的绫罗绸缎，红黄蓝白黑俱全，亮闪闪的。爹发话道："抬走，我家家桃不嫁你说的那个人。"

爹知道郭家，郭家当时在长沙是最有钱的人家，长沙市唯一的一辆奔驰车帮着郭家四处招摇，爹岂有不知道之理?！花了几个月的时间才平静下来的张桂花婶婶，一见郭家抬来如此厚重的礼品，人立即躲了起来。奶奶瞅着张桂花那可怜的背影，提高嗓门说："抬走，何家小姐不嫁郭家公子。"奶奶是故意说给张桂花听，好让脸色苍白的张桂花心里舒服一点。坐在玉珍身旁嗑着瓜子，与玉珍和秀梅说话的何家桃，羞愧地奔入房间，把门栓

334

死了。

媒婆当然指挥那六个彪形大汉将绫罗绸缎抬走了。但何家桃却再也不肯出来见人了。奶奶去叫,不出门,玉珍苦口婆心地叫门,她也不出来。我妈站在她的窗外做工作,口都说干了她仍不出门。她要用自己一个人的力量与全家人抗争。她坚强起来,既胜过了爹,又胜过她妈,大有坚守堡垒一拼到死的决心。爹摇头,觉得这个平常在邻居眼里温柔、贤能和漂亮的女儿,突然变得不可理喻了。怎么人可以转背就变成这样?张婶婶觉得是自己的错,终于鼓足勇气去敲门,边敲门边解释,希望她能出门吃饭,但何家桃一句话也不说,任张婶婶流着泪说得唇干舌燥的。最后,大家只好把饭从窗户递进去,半个小时后又去窗户前要碗。何家桃只在半夜里出来一次,倒自己的粪便。那是全家人都进入睡乡后,她悄悄走出来,倒掉粪便,打上一桶井水,洗净马桶,然后又悄悄走进房间,栓门。这样过了半年,半年里没有人能见到她,也没有人听到她说话,她跟墙缝里的蝙蝠样,昼伏夜出。无论家里怎么闹腾,哪怕是郭铁城和猴子兄妹俩厚着脸皮来找她,站在门前敲门和说话,她也是悄无声息。端午节,一家人吃粽子和咸鸭蛋,突然想到她,就送三个粽子和两个咸鸭蛋进去,她只吃了一个粽子和一个咸鸭蛋,另外的两个粽子和一枚咸鸭蛋被她无情地抛出窗户,叭,摔在奶奶的脚前,气得奶奶忘记她是亲孙女了,急躁中把当年梨花骂我岳父和李文军的话恶狠狠地甩到窗户上,"你这砍脑壳的,糟蹋粮食,是要遭雷打的。"

爹一直忍着,想时间会让家桃改变想法,但爹那天忍无可忍了,勃然大怒,走进厨房,拎着那把张桂花婶婶常用来剁骨头的锈斧头走出来,要用斧头劈开门,却被奶奶拦住了。奶奶一骂完就冷静了,说:"你是想逼你女儿上吊吗?"爹也觉得不能蛮干,隐隐觉得蛮干只会把女儿推向悬崖峭壁,这个女儿疯起来像她的几个叔叔,可见何家的遗传基因在她身上还是多一层。这么又过了几个月,中秋节到了,大家坐在葡萄藤下赏月,吃着九如斋生产的香喷喷的桂仁月饼,秀梅送两个月饼到窗前,"姐,九如斋的月饼,你最喜欢吃的。"家桃没开窗户接。秀梅说了五遍，里面都毫无反应，全家人以为她病了，急得又是敲门又是敲窗，她也不说话，后来她从窗口掷出一片纸，秀梅拾起那片飘了几秒钟才飘到地上的纸，拿到马灯下看，纸上写着一句话：不要烦我。秀梅惊喜地说："姐没病呢。"那天晚上，爹瞧着一轮皎洁的月亮，想通了地对妈说："既然家桃铁了心要嫁那个人，就让她去吧。"

妈把爹的话学给张桂花婶婶，张婶婶听毕，满脸惭愧地连连点头道："你们不要考虑我，我文华没这个福气，我同意。"妈说："不是文华没这个福气，是家桃没这个福气。"正好那几天，郭铁城硬着头皮，西装革履地来看家桃，自从家桃自己狠心地把自己禁闭在房里后，他这是第三次来。前两次，爹没理他，看也懒得看一眼，这次爹接待了他。他一身黑西装，这在那个年代，只有思想意识勇敢地跳出传统框框的青年才敢穿，脚上一双黑皮鞋，手里拎篮水果。爹瞪着脸蛋比前两次来瘦了圈的郭铁城说："我家桃铁了心要嫁你，我只想说一句，你不要辜负了家桃的心。"郭铁城一听这话就清楚我爹松口了，激动道："何伯伯，如果我敢辜负家桃，天打雷劈我。"爹看着这个一开口就海誓山盟的年轻人。说实话，爹很不信任这种说大话的人，摆摆手，"你自己跟家桃说吧。"郭铁城就激动不已地走到家桃的房前，敲门道："家桃快开门，你爹同意我们的婚事了，快开门，家桃。"

门开了，何家桃瘦了，娇美、红润的桃子脸变成苍白、冷淡和讥诮的葵瓜子脸了，因为半年里没洗过一个澡，头发都结成了硬壳，胡乱地粘在头上，一股霉酸味儿从她房里汹涌地奔出来，扑向郭铁城的鼻子，让郭铁城不由得打了个喷嚏。爹看见半年不见的女儿成了这副模样，辛酸得几乎流泪了。

接下来，全家人都为家桃重新准备嫁妆，因为有些嫁妆不知怎么回事，显旧了，而且发了霉。再接下来，何家桃就出嫁了。那天，那辆奔驰车再次开进青山街，引擎盖上扎朵大红绸子花，同时还贴了个双喜字。全长沙市的人都明白，郭家媳妇了。我大姐着一身大红的棉衣棉裤，脚上是一双红绣花鞋，头上盖着块红丝巾，坐进长沙市唯一一辆奔驰车，奔驰车就徐徐朝前驶去。那天有一点小雨，地上有些湿。除了张桂花婶婶主动承担看家外，全家人都跟着奔驰车走了，爹和爷爷奶奶及大哥和小弟坐在爹的吉普车里，我和妈、玉珍、秀梅就徒步朝郭家走去，因为下雨，都打着伞。妈说："这个日子没选好。"玉珍说："这是郭家定的日子，说是风水先生看了他们的生辰八字后择的日子。"我们走进郭家时，郭家十分热闹，只见下人跑来跑去地接待客人，又见一个个有钱人昂首阔步地走进郭家祝贺，送来的礼物堆满三大桌子。郭家的人忙着上上下下打招呼，爹和爷爷奶奶反倒有被冷落之嫌。

我大哥那半截肢体很招人注意，有人面对着我大哥的半截肢体窃窃私语，大哥感觉到了，脸色就变狠了，愤怒地瞪着那些盯着他议论的人。王玉珍感到丈夫的眼眸里有火星往外飘，忙伸出手握着大哥的手，说："这些人跟我们不在一条船上，犯不着跟这些人计较。"

这些衣着阔绰的人个个都是趋炎附势和嫌贫爱富的商人，眼睛里只有钱。大哥禁不住说了句这样的话："什么东西？家桃嫁到这样的人家，不会有好日子过。"奶奶坐在大哥一旁，奶奶的另一旁坐着爷爷，爷爷的一旁坐着我妈，奶奶看胜武一眼，"别说这种话，"奶奶说，"快吐口口水。"大哥没有吐，望着坐在前面的头上盖着红丝巾的同父异母的大妹。他想不通，这个郭铁城，从身材到相貌都不及李文华，为何大妹偏偏要嫁给他？！

三十九

旧年与新年交替的那几天，长沙的天空起了霉，整日都是一种绿霉色，一丝太阳也没有，也没有下雪或下雨。奶奶瞅着天色对爹说："今年恐怕是个灾年。"那一年对于湖南来说真是灾年，从五月份开始，湖南境内霪雨绵绵，湘、资、沅、澧四条江河同时猛涨。资水一昼夜之间猛涨一丈三尺，资水两岸的农田和县镇都被淹没，沅水将沅水两岸的农田和房屋也尽数淹没，澧水和湘江更是猖獗，将房屋一栋栋冲垮，将农田一片片冲毁，湖南境内受灾的老百姓高达几百万。四条大河奔向洞庭湖，湖水猛涨，垸内的渍水无法排出，造成垸内渍灾，湖水一浸泡，围子又垮了，于是湘北一带灾民遍野。各市县百姓，一早起床就去排队买米，有钱买米的老百姓就老实买米，没钱买米的灾民就抢米，流血事件时有发生，某某县城因抢购粮食发生械斗，某某县城的灾民暴动，将县城的粮食抢劫一空；某某县城因粮价一日五涨，当地老百姓砸了县党部，县党部调兵镇压，造成多人伤亡等等。

长沙市当年已有五十万人口，外县抢购粮食而伤人的消息一传进长沙，长沙市民就担心起自己来了，就有一些市民为防患于未然，拎着麻袋去买米。粮店前迅速排起长龙，队伍排了几百米，都是用麻袋买米，把米放到借来的板车上拖回家。几十万人都担心会饿死，涌到街上买米，粮店很快就没米了。有人叫道："粮店没米了，粮店没米了。"这就造成了更大的恐慌。于是市民纷纷上街，天不亮就站在粮店前排队，粮店一开门前面就围了一堆人，力大的自然先买，一买就几百斤。买到十点钟，粮店突然挂牌，粮食涨价了。这自然激怒了排长队的市民，就有人骂娘，就有人抠着粮店经理的衣领，骂粮店经理发国难财。于是有人于气愤中带头打粮店的人，这一打警察便干预进来，警察手中有警棒，警棒飞舞自然会伤及无辜，无辜的人大叫，"警察打人了，警察打人了"。这一闹，市民与警察就发生了流血冲突，一些妇女被揎倒，一些孩子被踩踏。胆子大的人趁机抢粮店的米，一抢，局面就失控，几千人把粮店围堵着，拼命往里拥，就有人被挤伤，还有妇女被挤晕，肋骨都挤断了。还有的人被哄抢的人踩踏至死。这个粮店的米抢光了，众人又跑去抢另一家粮店，另一家粮店也围着一堆人购米，见来了众多疯狂的人，自己也疯狂了，冲进粮店，抢一袋袋米。妇女抢不到就跑去叫自己的男人来抢，粮店前就一片混乱，叫声骂声打架声此起彼伏。

爹回来，奶奶急躁不安地跟爹说这些事，爹说："不急，如果我这个七十五军副军长还挨饿，民国政府就完蛋了。"民国政府是快完蛋了，抢购之风从粮食开始，跟着就发展到食盐和煤油。人们在食盐和煤油店前也排起声势浩大的长龙，把"金银券"纷纷兑换成物质，因为传说金银券要作废了，就是不作废也可能一夜之间贬值，而物质至少可以慢慢食用。

盐油店的盐油很快被市民抢购一空。市民又把目光放到百货上，百货是要用的，于是鞋店里的鞋子也成了人们的抢手货，不但鞋子成了俏货，布匹和棉絮也成紧俏物质了。人们在布店前排长队，等着将一捆捆布买了扛回家。布店老板趁机抬价，就有人打布店老板，买布的人一哄而上，将一捆捆布抱在胸前于街上狂奔。布店抢完了人们就拥到煤店，瞅着黑亮亮的煤，想趁煤还没涨价，将煤弄回去。这黑东西，每天要烧啊。不少人拉来板车，板车上垫着纸盒子或旧塑料布，把一铲铲煤往板车上铲。没有板车的就把煤往麻袋里装，然后把麻袋往肩上一扛，突出重围，汗流浃背地奔回家，卸了煤，再来买。青山街的煤店那几天很热闹，只见一堆堆煤很快被"夷为平地"。煤店老板很不理解，瞅着众多来买煤的人，见个个脸色疯狂，便感叹："这样的政府怎么能让人心安呵。"

只是一个星期，所有的商店都被抢购空了，商店只好关门。这就给了一些对王东原很有意见的人推翻王东原的口实。王东原当省主席的这两年唯一干的事情就是使长沙市的物价飞涨，还让长沙市的大小商店都被抢购一空。有人把这些事写成厚厚一叠，反映到了国民党中央，说王东原只是一介武夫，不懂政治，正好那段时间解放军与国民党军队在东北打得不可开交，蒋介石便把王东原及他统领的七十五军急急调往前线打仗。

王东原一走，程潜成了湖南省主席。程潜是国民党元老，一上任就召见我爹，爹像他当年的师长赵振武样，已在家赋闲两年，但爹比当年的赵振武做得更彻底，军饷也没要，让王东原笑着吃了空缺。程潜笑眯眯地握着我爹的手，"何军长，今秋招兵，我决定让你当湖南新编第一军军长，这个军长非你莫属啊。"湖南的军队都被蒋总统调到北方打共军了，只剩了些维持社会秩序的警察。程潜为此很担忧，害怕湘南、湘东的游击队突然进攻长沙而长沙无军队防守，就决定征兵。爹笑笑，推辞说："程主席，您是国民党元老，军长当然由您程主席当任，我还是干个副职协助您。"程潜摇手说："我一向主张军政分离，我这人动动嘴还行，指挥军队打仗可不行，老了。"爹不想再带兵了，在家赋闲的这两年，爹无事便听国民党的中央电台和延安电台，听到的都是糟糕的消息，听得爹精神涣散，身子骨也懒了，但程潜主席说："我知道你的，国民党北伐时你就是营长，三十年代'剿共'时你是团长，抗日战争时你是师长，你怎么可以赋闲在家？湖南新编第一军就交给你了，何军长。"

爹又忙起来了，把被王东原派到湘南打共党游击队的原第三师的人马召回来了。李文军团长、李文华营长和何大金连长于一天早晨步入了青山街三号。爹只是刚起床，站在井边的阳沟前漱口，三个年轻小伙子便跑到爹面前敬军礼，李文军团长说："报告军长，我们奉命赶回，向您报到。"爹把水和嘴里的牙膏吐掉，见身材高大的李文华的肩上是少校军衔，说："文华，当营长了？"李文华笑笑。爹见何大金的肩上是上尉肩章，也高兴道："大金当连长了，进步了。"何大金说："伯伯，我这连长是文军哥给的。"

张桂花最激动，他们来时，她一大早去买菜了，她提着菜篮子进来，看见李文军、李文华和何大金，她丢下菜篮子，紧紧地抱着儿子。李文华觉得他妈太失控了，很不好意思地说："妈，别这样。"张桂花摸着李文华的手说："我儿，你晒黑了，手变粗糙了。"

大家都注意到了李文华的目光左顾右盼，张桂花问他，"你看谁？"李文华竟问:"秀梅呢?"大家听他说"秀梅",都松了口气。王玉珍说:"秀梅现在读高中,她还是周兰女子中学舞蹈队的,一早去学校练舞蹈了。"王玉珍觉得该把何家桃结婚的事告诉他,"文华,家桃于半年前结婚了。"李文华表现得出人意料的平淡,"秀梅写信告诉我了。"王玉珍十分惊讶,秀梅竟背着一家人给他写信,"秀梅给你写信了?"李文华点头说:"就在早几个星期,秀梅还写信告诉我,长沙市的物价飞涨,米一天五个价,以致大家都争着抢购米,有这事吧?"王玉珍来不及细想道:"岂只是米,所有的商店都卖空了。"

大哥起床了,李文军团长把大哥从床上背出来,大哥眼屎都粘在眼角,看着李文华和何大金说:"真羡慕你们。"王玉珍去为大哥打洗脸水和漱口水时,何大金说:"大哥,我们都羡慕你有玉珍嫂呢。"何大金脸上虽然有了胡子,笑容却谦和,让奶奶想起昔日里走进青山街三号时连水也没喝一口的王嫦娥。何大金这两年又长高了,脸相也有些变,尤其是鼻子以上的部分,变得像奶奶和张桂花婶婶记忆里的他母亲。但何大金还是不爱说话,一家人坐在客厅里大声说笑时,他沉郁着一张年轻人的脸,独坐一隅,想事时捻着下巴上的那撮胡子。三个年轻人里,爹比较注意他大弟的儿子,在何大金身上,爹总是觉得自己做少了,见何大金一脸老相地捻胡子,脸上的笑容似笑非笑的,朦胧的。爹不喜欢道:"大金,你这样子比爷爷还老。"爹要大金拿他的剃须刀把胡子剃了。

中午时,何秀梅回来了,背着书包,手里还拿一本书。她穿着白衬衣和蓝绸子裤,脚上一双白半高跟凉鞋,一张俏丽的脸蛋红喷喷的。她看见李文华,脸上就激动,激动得站在葡萄藤下浑身发抖,手里捏着的书也掉到了地上。李文华见秀梅这么一副激动模样,笑笑说:"秀梅,你长高了。"秀梅确实长高了长大了,那个胸部平平的小姑娘已从李文华的眼窝里隐匿了,换之而来的是一个胸部挺拔、饱满,面色红润、双眼含情脉脉的大姑娘!那个姑娘在李文华的记忆里身高一米五几,此刻的何秀梅个头有一米六七了，比她姐还高一公分，脸蛋也白净、青春、靓丽，乳房那么饱满和嚣张地呈在胸前，让李文华几乎要晕了。李文华说："秀梅，你真的长成大姑娘了。"何秀梅醒过神来，用她那双含情脉脉的眼睛看着李文华说："文华哥，你回来了。"声音很轻柔，你不用耳朵细听，几乎听不清秀梅说了句什么话。何秀梅平常在家里说话，声音用打雷来形容当然是夸张了点，但她的嗓门很大很张扬，音质很亮也是不容置疑的，你就是关着门睡觉，或是在厨师里炒菜也能听得清清楚楚，那天那声音可不像秀梅说话的声音，温柔得像蚊子叫。

全家人都望着穿白衬衣蓝裤子的身材婀娜的秀梅，爹咳了声，秀梅这才敛起那份过分娇憨的失态，跟李文军和何大金打招呼。李文军看着这个心扉洞开、一眼就能看出她喜欢谁的毫无城府的姑娘嘻嘻笑。何大金却开秀梅的玩笑说："秀梅，我以为你没看见我呢。"何秀梅弯腰捡起那本书，撒娇的模样冲大金道："大金哥，你讨厌。"

天很热，吃过饭，大家就坐在葡萄藤下看月亮，还在太阳落山时，奶奶就让我在干燥的地上洒了井水，为的是降温。我弟说："流星。"大家昂起头，就见一条白光于夜色中逝去。爹问李文军："这两年，三师的伤亡大不大？"李文军答："不大，正面交锋只有三次，营长以上的军官只死了一个。"爹想三师的军官都是他的原部下，便问："是谁？"李文军答："刘二郎营长。"爹低下头，一张浓眉大眼的年轻的脸闪现在爹的脑海里，抗战初年，刘二郎做过他的传令兵，后当连长、营长。爹说："尸体是怎么处理的？"李文军说："埋在湘南了。"我弟又看着苍穹叫了声："流星。"大哥和何大金都抬头看，这颗流星拖着一道白光于夜空中画了一条很大的弧线，消失了。何大金与我大哥说话："莽山很大，是原始森林，连接着好几个县，共党的游击队都躲在莽山，我们一开进去，游击队就对我们开火，等我们反应过来，他们又跑了。"大哥说："游击队最头痛，见势不妙就跑。"何大金说:"我们刘营长就是在追击游击队的途中,被游击队打死的。"大哥说:"刘营长当年打日本鬼子时,跟我学过打枪。他是个很勇敢的人。"何大金说:"后来我们就小心了,都不想死在莽山那样的原始森林里,不进森林追击游击队了。"

李文华营长没坐在院子里乘凉,他坐在何秀梅的房里。何秀梅的房门大敞,窗户也大开,其原因是天太热了。何秀梅坐在桌前,桌上一盏台灯,用罩子遮着灯,光线就昏暗、慵懒和暧昧。桌上还有她的课本,课本翻开在桌上。另一边有个小杯子,杯子里插着几枝茉莉花。还有一面圆镜,她时不时会看一眼镜子里自己皮肤光洁、漂亮的脸蛋。李文华营长坐在桌子的另一边,除了桌子隔着他俩,还有一根如蛇一样长的蚊烟横亘在他俩之间,蚊烟搁在一块长长的木板上,木板就横在他俩的脚前,蚊烟冒着淡淡的烟,南方的蚊子闻见这股烟味就纷纷离散。茉莉花香在桌面上飘。李文华营长用手赶开蚊烟,闻见茉莉花飘到他鼻前的淡淡的香气,"真香。"何秀梅瞟眼李文华营长,笑盈盈地提醒他说:"喂,是茉莉花香。"李文华营长说:"你身上也很香。"何秀梅忽然问:"你还会想我姐吗?"

李文华营长此刻最不愿意提及家桃,那是他爱情和婚姻双失败的疤痕,一揭就会流血。李文华营长低下头说:"秀梅,以后我们俩都不要再提你姐,好吗?"何秀梅瞥着他问:"为什么?"李文华营长手一挥说:"你姐已嫁人,再提就没意义了。"何秀梅却不以为然地说:"在这个家,我和我姐最亲,我们是一个妈生的,但我很奇怪,你这么好一个人,我姐怎么会突然不跟你结婚呢?"李文华营长痛苦地垂下头,说:"我至今都没想明白。"

何秀梅看眼星空,一股北风把她姐的体香从几里外的郭家花园吹来了,家桃身上的确有股体香,像茉莉花香,又像橘子花香,淡淡的,却沁人心肺。这是何秀梅于少女时代里最嫉妒家桃的。少女时候她跟家桃睡一张床,每天晚上她都是闻着家桃脖子上的体香入睡的。"我其实好想我姐的。"她说,"小时候,我跟姐睡一张床,我姐身上有一股天生的体香,很好闻,我每天晚上都是闻着姐的体香睡觉。"她忧伤地摇下头，"我没有。"

李文华营长很想站起身走开，但他又觉得这样做会伤何秀梅。何秀梅不看李文华，瞅着镜子里自己的脸，觉得自己脸上有一种自私和固执的色泽，就用忏悔的口气说："我小时候最自私了，什么都爱跟姐姐争，奶奶给我姐做件衣服，我也要一模一样的衣服，奶奶给姐买了双下雨天穿的套鞋，我记得那时候我才三岁，用不着出门，我却吵着要奶奶给我买套鞋，当时鞋店里没有三岁的女孩穿的套鞋，奶奶疼我，还是买了双最小的套鞋，结果那双套鞋直到我长到六岁才穿。"李文华营长说："你奶奶最疼你，你是小姑娘的时候，奶奶总是叫你乖孙女。"何秀梅摘下一朵茉莉花放到鼻前，淡淡的茉莉花香让她心旷神怡。她问："文华，你还爱我姐吗？"李文华营长扭开脸，他脸上堆积着很多痛苦，他用低沉的声音说："过去的事就让它过去，我不爱不属于我的东西。"何秀梅迷惑了，"男人的爱情真的这么快就会过去？"李文华营长真的生气了，"你为什么老是谈你姐？说说你的事不更好吗？"何秀梅看一眼翻开在桌上的课本说："我没什么说的呀，我还是一张白纸。"

这天晚上十点钟，当三个年轻军官离开后，世界变寂静了，于是蛐蛐的叫声增大了，在月光下单调地唱着。爹走进房间，妈感到有趣地说："你发现吗？文华喜欢上秀梅了。"爹也看出来了，李文华这么不顾体面地与秀梅坐在秀梅的房间里说话，再傻的人也能嗅出味道来。爹摸摸头发，问我妈："文华的感情是不是转移得太快了？"妈说："我也有这种感觉。"爹说："文华在我眼里是个有决心和毅力的年轻人，是不是我看错了？"妈也疑惑，因为李文华今天给她的感觉实在有些轻浮，不像几年前留在她心里的那个既痴情又能吃苦的、坚定得不得了的青年，好像学坏了样，妈说她的所想道："秀梅还在读书，还可以挨两年。再说，秀梅太任性，大小姐脾气严重，需要磨一磨，结了婚，假如还是这种脾气，两口子怎么过？"爹没法回答，脱下军装，妈挂爹的军装时说："你现在是军长，不要安排文军、文华和大金在第一线打仗，打伤打残了怎么办？家里已经有一个残疾人了，我可不想又冒出一个，他们都是在你眼皮子底下长大的，你一定要考虑我的话。"爹说："我会考虑。"

这年九月，中国的北方发生了让湖南人觉得不可思议、不停地摇头和咂舌的巨大变化，那变化是共产党的第四野战军在震惊中外的辽沈战役中，共歼灭国军四十七万，历时五十二天，四十七万国军就这么一笔勾销了，东北三省成了共产党的解放区。那段时间，爹一边组建新编第一军，一边收听广播。当延安电台宣布，此役共歼国军四十七万时，爹听了后都不敢相信，对他的随从说："五十二天，消灭我军四十七万，当年日军那么气势汹汹，也没做到呵。"爹还没想明白，还在困惑不解中徘徊、思索，紧接着，共产党又发动了惊天动地的淮海战役。淮海战役不但歼灭了武器装备精良的黄百韬兵团和黄维兵力（这两个兵团是蒋介石统领的中央军之王牌军，一色美式装备），还歼灭杜聿明率领的邱、李、孙三兵团二十七万官兵。延安电台广播：淮海战役历时六十五天，共计歼灭国民党军队五十五万五千官兵。爹那天在程潜的公馆开会，开完会，程潜特留下我爹用餐，用餐时，程潜打开了收音机。"可怕啊，太可怕了，"爹对程主席摆头说，"这仗打得也太窝囊了。"

程潜主席听后脸色苍白，他原本以为会有好消息从收音机里传来，没想竟是如此糟糕透顶的坏消息——这个于抗战时期当过第一战区司令长官兼河南省主席的国民党一级上将程潜，拍下桌子，满脸愤怒地骂道："都是些该枪毙的浑账指挥官！"

爹脸色灰暗地回到家，妈看着爹问："你怎么啦？病啦？"一家人吃晚饭时，爹阴着一张脸对妈说："给我打一副棺材吧，我现在不得不相信共军厉害了。"爹伸出五个手指，做个六和五的手势，"六十五天，我军就有五十五万五千最精锐的官兵被共军歼灭了。现在到了你为我准备棺材的时候了。"妈听爹这么说，脸都白了，一时说不出话来。奶奶插嘴道："别说这些不吉利的话。"爹昂起忧郁的脸说："妈，六十五天消灭我五十五万五千军队，等于是三十个整军，那都是蒋总统的一色美式装备的王牌军，我一个军能挡住共军的猛烈进攻？这样的军队可怕呢。妈，真要为我准备一副棺材了。"张桂花哭了，她想到自己的儿子如今就在我爹的军里，哭得就很伤心。奶奶黑着脸说张桂花："嚎什么啊桂花？共军还没打来呢你就先慌了神，这仗怎么打？"听上去，好像奶奶即将挂帅指挥这场战斗样。

张桂花哭泣着收拾碗筷，奶奶说："桂花，你能不能把眼泪收起来？"张桂花反倒更大声地哭了。爹安慰张桂花说："你儿子暂时不会有事，共军还在黄河以北，距湖南，中间还隔着好几个省。"妈盯着一脸疲惫的爹，爹坐到椅子上，闭着眼睛养神，爹的下巴上满是胡子，爹劳累得脸都懒得刮了，脸色就怅然和憔悴。

也就是隔了一天，共军的电台宣称：我第四野战军对天津和北平的傅作义部发起了全面进攻。那些天里，爹把疲劳丢在脑后，天天坐在军部，不干别的事而是收听国民党中央电台和延安电台，军部的电台比家里那台美国产的老式收音机清晰。每隔一个小时，爹就要拧开电台仔细收听，看有什么新的能令他振奋的消息从话匣子里传来。桌上摆着洋酒和洋烟，爹边喝酒边抽烟，边盼望傅作义为国军打一个漂亮的翻身仗。然而，平津战役中，华北"剿共"总司令傅作义居然率部在北平起义并接受共军改编。延安电台广播：平津战役，共歼灭和改编国民党军队五十二万余人。至此，短短四五个月，共产党发动的三大战役共歼灭和改编国民党正规军一百五十万。"我军大势去矣。"爹猛拍下桌子，"傅作义有那么多军队，怎么可以不战而降？"爹看着惨淡的天空，自语道："民国政府要完蛋了。"

四十

　　湖南新编第一军严格地说是个杂牌军，收罗了这半年里从北方战场上下来的许多原湖南第一军和第二军的残兵败将，虽然加起来有二万二千多人：三个整编师、一个炮兵团、两个预备团、一个特务营、一个工程兵营和一个警卫营，建制虽然比一般军庞大，但我爹感到这支军队是没有战斗力的。因为那些从战场上败下阵来的老兵，都不愿打仗了。贺新武和杨福全又回来了，贺新武成了爹的副军长。湖南第一军在山东被解放军打得丢盔弃甲，龙军长就死在山东，不过他不是战死的，而是被蒋总统下令枪毙的，因为他率先下令撤退。贺新武副军长说："说实话，不是我军不行，实在是共军太他娘的厉害了。"贺新武又说："龙军长为了保全我们这些湖南官兵，下令撤退，因为我们实在顶不住共军的进攻，一万多官兵死了五分之四，再打下去，那我们会被共军消灭得一个不剩。蒋总统要我们坚守到最后一个士兵！"贺新武的眼睛里有泪水，回忆道："龙军长说：'这个命令我无法执行，我的官兵都打光了，我死后，在九泉下我龙某怎么面对他们的父母？'龙军长是条汉子，他不听蒋总统死守到最后的命令，下令撤退！"爹呆呆地看着贺副军长，贺副军长说："就因为龙军长被枪毙了，我和杨军参谋长才横下心把剩下的三千多官兵带回湖南。"

　　爹看一眼杨福全，杨福全负了伤，额头被解放军的炮弹弹片削破，左胳膊吊着肮脏的绑带，一张脸瘦得同脏猴样。爹点上支烟，目光飘浮不定地说："我现在才真正明白赵师长死前悟出的道理。"贺新武和杨福全都看着我爹，爹说："十多年前，赵师长死前，问我为什么我们总是剿灭不了'共匪'，我没回答，赵师长自己回答我，说红军打仗不怕死，是红军从军官到士兵都有共产主义的理想，所以敢于面对我们的枪炮浴血奋战。而我们的官兵打仗是执行长官的命令，是被动地打仗，也是因为怕死而与共军打仗。"杨福全歪着头问我爹："这有什么区别吗，军座？"

爹回答杨福全道："区别很大啊，这也是我军溃败而共军节节胜利的原因。共军的士兵个个脑袋里都装着理想、装着杀富济贫，一心要消灭我军，好实现他们的共产主义。我们的官兵却凝聚不起来，因为我们不是为理想打仗。打日军，我们同仇敌忾，就有凝聚力，敢玩命，战斗力就强。为什么一与共军作战我军就溃不成军？这是我军官兵没有理想，不知道为谁打仗，就散失了当年打日军的那股锐气，这是关键。没理想没主义的官兵，打仗就怕死。"贺新武深有体会地点头道："是啊，军座，我军在山东与共军交战时，共军在阵前大喊缴枪不杀，这很动摇我军军心，我军官兵见共军冲来纷纷缴枪投降。"

爹在军部招待两位伤痕累累的败将喝酒、吃饭，贺新武喝一大口白酒，"军座，我和杨福全能活着，真要感谢龙军长，不是他下令撤退，我们都死在山东了。"杨福全点头道："当时我根本就没想到我还能活着回到湖南，没死，真是万幸。"爹听贺新武和杨福全都这么说，心里对龙军长就改变了看法，说："龙军长冒死救了你们三千多人。我以前把龙凯军长看成一个阿谀奉承的长沙流子，关键时候，他还是敢拿性命担待，这才是我们湖南人！"爹也觉得贺新武和杨福全都是铁铮铮的硬汉，打日军时他们可没有半点退怯，为此都受到过薛岳司令长官的嘉奖。不是他们冒死把三千多官兵带回湖南，恐怕这三千多官兵早身首异处、化成泥土了，就凭这一点，他们也是勇于担待的湖南骡子。爹把贺新武和杨福全都留在新编第一军，还让贺新武当副军长，让杨福全任军参谋长。爹喝了酒，脸色就壮烈，说："我们是多年的老兵、老朋友，要死就死在一起。"贺新武朗声道："好。生当作人杰，死亦为鬼雄。"杨福全立马一脸狠劲地表态："宁可站着死，绝不跪着生！喝酒，一口干！"

爹带兵打仗多年，心里清楚这支由新兵和战场上下来的残兵败将组成的新编第一军，不可能成为一支能征善战的军队。而且，目前国军已到了凋零的地步，短短四五个月，国军就被共军歼灭一百五十万，这不就跟风扫残云一样吗？爹升李文军为新编第一军第一师师长，授予李文军少将军衔，于是二十八岁的李文军成了新编第一军里最年轻的将军！爹是考虑到战斗打响时，师长是站在师指挥所里指挥。爹把炮兵团长一职给了李文华，炮兵在后面，不用像步兵那样冲锋陷阵。爹升了李文华上校，李文华自然也成了新编第一军里最年轻的上校。爹还自私地把何大金升为少校营长，把警卫营给何大金掌管，倒不是为了保自己的命，而是警卫营不到最后时刻是不用上战场与共军厮杀的。爹可不想看见他这个侄儿倒在战死的官兵中。爹清楚，他这个军无论如何都挡不住共军前进的步伐，他之所以这样安排李文军、李文华和何大金，是他觉得他死后在阴曹地府遇见他们的父母，也有个交代！爹对新升了军职就浑身上下一股子劲的李文军和李文华说："你们给我好好训练士兵，就要打仗了，要把自己的威信树起来。"李文军和李文华都站得笔挺地给我爹一个军礼，同时答"是"。爹坦率地说："我也只能做这些了，你们好自为之。"爹叹息一声，"共军已攻破我们的国都南京，正围攻上海，上海一旦被共军攻陷，湖南就会打大仗。"

那是个星期天，其实对于剑拔弩张的军人来说，已经没有星期天不星期天了，但李文军和李文华还是借星期天的名义来我家玩。李文军师长来跟我大哥下围棋，李文华团长当然是来看他妈和秀梅。李文军师长一来，我大哥就会从他房间里钻出来，与李文军师长坐在客厅里下围棋，直到深夜。李文华却坐在秀梅的房间里，说着天上的星星和水中的月亮等等一些与时局不沾边的话。那年的长沙阴雨绵绵，三个月都没一天天晴，院子里，桃花甚至都没来得及绽放就被瓢泼大雨打落了，直到四月份，出了几天太阳，可是忽然又刮起大风，倒春寒带来了冰雹，板栗大一颗的冰雹打得娇嫩的葡萄籽落满一地，打得街上的行人抱头鼠窜，街上的人都议论，说这是改朝换代的征兆。妈对奶奶说："怕真是要改朝换代了？"奶奶拍打着衣袖上的灰，说："是啊，四月份老天爷还下冰雹，蒋总统怕是要完蛋了。"

要是以前，爹听妈和奶奶说这话，会马上制止，但爹那天无心制止。爹知道湖南的军政要人都在暗地里算盘出路，因为人人都知道黄维兵团、黄百韬兵团都是蒋总统一手栽培的精锐之师，杜聿明将军更是蒋总统倚重的猛将，结果都被共军消灭了，湖南新编第一军不过是群乌合之众，与今天的解放军打仗那无疑是以卵击石！爹明白什么叫人心涣散了，此刻的湖南省党部，人人面色凝重，心怀鬼胎，都在为自己打算未来。

爹上床小睡了会，醒来时，李文军和何胜武坐在桌前下围棋，奶奶和王玉珍坐在另一隅说话，王玉珍盯着三岁的何白玉，这孩子正擎着一把伞在院子里踏渍水。天下着小雨，有西北风拥着韩家老三吹来的竹笛声。厨房里的油烟子吹过来。爹想到了何正韬，家里的笛子再也没人吹了。妈走来，见爹呆呆地看着雨天，妈说："想什么啊金山？"爹说："我想我们死了倒不要紧，但文军、文华和大金都还年轻，他们死了多可惜。"妈说："那就让他们脱掉军装吧？"爹绷着脸说："临阵脱逃，那是要枪毙的。"电话响了，声音很刺耳，大家都瞪着电话，王玉珍起身接了电话，"爹，您的电话。"爹接了，省主席程潜的秘书打电话来说："何军长，白崇禧司令长官来了，晚上在省府大院宴请在湘将军们吃饭。"

白崇禧来了，统辖着他的十几万桂系官兵从河南和湖北陆续退到湖南，当时白崇禧是华中军政长官，军政级别在程潜之上。白崇禧摆出一副礼贤下士的模样，站在省府的宴会厅前，与入会的将军们一一握手。爹和贺新武副军长赶到时，程潜忙躬身向白崇禧介绍我爹："湖南新编第一军中将军长何金山，这位是少将副军长贺新武。"白崇禧忙握着我爹的手，说"幸会幸会"，又握着贺新武副军长的手说："贺副军长，你和何军长都是能打硬仗的将领，长沙四次大会战，四次你们都打了，这我是听说了的。"贺副军长谦卑道："惭愧惭愧。"白崇禧哈哈大笑，说："两位军长，请坐。"

很多年后，爹回忆说白崇禧打哈哈的声音很响，掷地有声，以后他再也没听到谁打哈哈的笑声超过了白崇禧。白崇禧打完哈哈，拍拍我爹的肩，让他的侍卫官带我爹和贺新武进宴会厅入座。

宴会厅里坐满了军人，每个座位前都立块牌子，爹被带到写着何金山军长的牌子前坐下，一旁是贺新武副军长的座位。爹的另一旁坐着傅正模军长、李默庵军长及张际鹏军长。三位军长都是新近入湘的中央军第一兵团陈明仁将军的麾下，三位军长都气宇轩昂地坐着，腰杆挺得笔直，仿佛他们才是高大的警犬，我爹和贺新武只是乡下长大的土狗子似的。爹久经沙场，又怎么会服他们？就不理他们地抬着头，谁也不看地挺直腰杆坐着。

白崇禧讲话了，先发一番感慨，然后就党国什么地唱着高调，接下来就夸湖南这块土地是顽强和勇敢的，出了曾国藩、左宗棠、彭玉麟、谭嗣同、黄兴、蔡锷等等，都是些很了不起的人。白崇禧司令长官夸完这几个天下人都知道的湖南人，接着道："将军们，从洪秀全在广西金田闹太平天国起，湖南就是一块坚硬如铁的土地，当年太平天国军一路披荆斩棘，斩到长沙就只好绕道而行，因为湖南人不怕死，善打仗、能打仗，太平天国军被湖南人打得焦头烂额。"白崇禧咳了声，好引起在座的诸位将军注意，又说："日军打北平打天津、打济南打徐州、打南京打上海、打太原打郑州、打武汉打南昌等等，都是一仗就打下并占领，惟独打长沙先后打了四次。这说明什么？将军们，这说明湖南人是真厉害，是敢拚敢打的。过去说，无湘不成军。这话的意思是强调，没有湖南人，这支军队装备再好也没有战斗力。将军们，这是你们湖南人的骄傲！只要我们同湖南人民同心协力，我坚信共军休想打下湖南。将军们，你们说是不是？"将军们嘿嘿嘿齐声笑，白司令长官又道："党国的命运就系在各位将军们手中，蒋总统非常关心各位，也很倚重各位将军，是置死地而后生的非常时刻了，将军们，我代表国民党中央、代表蒋总统，代表党国为你们的骁勇善战，为将军们的名誉干——杯。"将军们都霍地起身，举起杯，饮下了杯中物。

宴会之后，爹回到家，妈问他怎么样，爹板着面孔说："完了，我今天一看宴会上的将军们，个个如丧家之犬，谁还会管党国的生死存亡？今天这个宴会像是告别会。"妈服侍爹睡觉，爹很快步入梦乡，又很快醒来，爹回忆梦境说："我梦见家里起火了。"

过了两天，家里果然起火了，一个雷打在桃树上，那株桃树燃起来了，烧得树枝哔哔叽叽响。奶奶和妈还有张桂花婶婶及爷爷和王玉珍忙打水救火，好在家里人手多，就没造成损失。就是家里起火的那天，何秀梅出事了。这个时髦漂亮的女高中生太敞了，因有一个有着众多官兵举手敬礼的军长爹，出出进进就风风火火的，谁也不放在她眼里。

还在过年边上，李文华用他的军饷在中山路百货商店买了辆自行车，送给上高中的何秀梅，"你上学的路途远了，我买辆自行车送你。"李文华把自行车推到街上，让何秀梅骑上去，他在后面把着车架，让她踩脚踏板。何秀梅就用力踩，自行车的两个轮胎便朝前滚。何秀梅把车骑到墙根时，李文华在她身后道："拐龙头啊，别把龙头抓那么紧。"自行车的前轮撞到墙上，车歪倒了。何秀梅也跌倒在地，额头上青了块。但何秀梅不是那种一遇到困难就退缩的女孩子，相反，她喜欢迎难而上，好体现她是一个勇敢的姑娘。她爬起身，拍打下裤子上的灰，又跨上自行车，继续骑。第二天，她不但一个人把车骑到街上，还把车骑到了学校，再骑回来时，她就驾驭得很自如了。何秀梅因是女孩子，骑车就不穿裙子，她每天上学都穿长裤，白的或者黑的，用不着担心风把裙子掀上天。

何秀梅出事的那天，偏偏是穿裙子。先一天，她姐来了，她和姐上街，俩人去中山路百货商店买衣服，她看中了一条粉红色连衣裙，她穿上，问家桃："姐，好看吗？"家桃瞅一眼说："秀梅，你真漂亮。"秀梅十七岁了，身材又婀娜又苗条，在学校里又是唱歌跳舞的积极分子，肚子里又有几瓶墨水，那还不漂亮得像朵盛开的白玫瑰？秀梅说："姐，你说文华会喜欢吗？"家桃说："他还有不喜欢的！"秀梅就买下这条连衣裙，当然是她姐掏钱。

翌日，她穿着它去学校，骑着自行车，路上她生怕风把连衣裙吹起来，还好，那天街上没多少风，她平安地骑到了学校。但她到学校后，天阴了，跟着就打雷闪电，一个雷把院子里的桃树打得着了火，害得一家人忙打水救火。大家以为就要下大雨了，但风把天上的乌云吹散了，一缕阳光透过吹散的乌云，涂抹在街道上。中午，秀梅骑着车送一个女同学回家，那女同学的妈病了，那女同学要回家照顾其弟。还在上第三节课时，秀梅就答应送她，可是到送她时，秀梅没想到她家住这么远，住在城边上。秀梅硬着头皮把同学送到家，然后骑着车往回赶。前面有一个上坡，很陡，秀梅吃力地骑着，坡上有五六个军人，扛着枪，走在坡中间。秀梅看见了，没放在心上，以为这些人都是她爹的兵。但这些兵不是她爹的，是窜入湖南的桂系部队，他们三五成群，到处抢掠和奸淫妇女，致使那段时间，长沙城郊的人如同躲日本兵样躲着他们。秀梅不知道这些，她是学生，只知道上学和回家。秀梅把车骑到这六个军人身后时，摁下车铃，六个军人便回头，都盯着她。

秀梅见他们不让路，又摁下车铃，这时一个粗蛮的军人一把攥住车龙头，"按什么啊姑娘？"秀梅只好用脚踮着地，说："走开。"另一军人觑眼秀梅的身段，淫笑道："姑娘还这么凶呀？"秀梅不屑地横他一眼，想把车龙头从粗蛮的军人手中夺过来，但那军人不松手。秀梅因为有一个军长爹，就怒道："滚开，你们。"那个对秀梅淫笑的军人的手却伸到秀梅的裙子下摸了把。秀梅气得浑身发抖，骂道："流氓，我叫我爹枪毙你们。"另一军人却伸手摸秀梅的脸，说："这姑娘的皮肤真鲜嫩。"秀梅见六个军人围着她，心里蓦地十分恐惧，大声说："我爹是军长，我要告诉我爹。"粗蛮的军人立即说："我们好怕啊？他妈的，我还真没日过军长的千金。"路边有一片树林，还有一处土砖茅屋，两个军人拖着秀梅，把秀梅推进了那处农舍。农舍里有一对老夫妇，秀梅绝望地对老夫妇说："救命、救命呀。"那对老夫妇刚站起身，一个军人就用枪托将老头打晕在地，又一枪托捅在老妇人

脸上，把老妇人捅得往后退了数步，一屁股坐在地上。那六名军人把年轻
漂亮的何秀梅野蛮地拖进房里……

　　当那六名禽兽一般的军人快活地扬长而去后，秀梅在那张肮脏的床上
想到了死，她觉得自己没脸活在这世上了，她把自己关在这间房子里，无
论那对老夫妇怎么敲门和劝说，也不开门。她把那家人的蚊帐撕扯成布条，
结成绳，甩到梁上，做个套，自己站到椅子上，把脖子伸进套，脚把椅子
踢翻了。她的喉咙突然封闭了，既没进气也没出气，她的眼睛里飙出了火星，
她的身体在拼命地挣扎。她看见自己的灵魂正从她的躯壳里往外钻，她看
见她的灵魂像一只白兔，跳到窗子上，从窗子上跳下去，飞奔着向杉树林
而去。

　　她是被那对老夫妇救活的。老女人听到秀梅踢翻椅子的声音，立即警
觉地问老头："什么声音？"老头已从昏迷中回过神来了，也听到椅子倒地
的声音。老头就绕到窗前看，于是看见秀梅的身体悬在梁下。老头急忙用
锄头撬开窗，爬进去搂住秀梅的双腿，站到椅子上，解开了绳套。秀梅醒
来时，天已经黑了，老头和老妈双双守着她，老妈说："姑娘，你的人生还
长，死了虽然一了百了，可你想想，你爹妈不白养你这么大么？"秀梅不
语，流着泪。她看见自己的灵魂是一只小白兔，就想原来她是食草动物投胎，
前世是一只兔子，现在她活过来了，感到自己已经没有勇气第二次面对死
亡了。

　　秀梅是第二天上午回家的，穿着那个老妈的衣裤，先天晚上，老妈烧
了好几锅水，让她洗澡。她洗了又洗，直到把身上的皮肤都搓红搓痛，还
直到一双手都被水泡白了，她才终止洗澡。自行车被那几个军流子抢走了，
她是徒步回来的，走了两个多小时。她走进青山街三号时，家里只有张桂
花婶婶和大哥，其他人都去街上找她了。大哥盯着她，要不是她那张脸让
大哥勉强认出她，这身衣服和脸上那凄惨的表情，让大哥觉得走进来的简

直是另一个人。大哥一看就明白秀梅身上一定发生了什么事，因为秀梅脸上遍布着让人一眼就能看出的凄惨！大哥说："你怎么啦秀梅？"秀梅不看大哥，脸上的呼吸变得相当急促。秀梅穿的那老妈的衣服十分肥大，领口就垮下来一大片。张桂花婶婶目光仔细，看见秀梅脖子上的紫红色印渍，一圈，那是秀梅自杀时留在脖子上的。张桂花婶婶大为惊异，"咦，怎么回事？"这事真是羞于启齿，秀梅捂着涌到眼眶周围的泪水，冲进房间，关了门。

　　爹晚上乘着他的吉普车回来时，妈对爹说："秀梅身上怕是发生了什么事，她脖子上有一圈很深的紫红印，好像是被人拿绳索勒的。"爹很吃惊，去敲秀梅的门，"秀梅，你开门，让爹看一下你脖子上的伤。"秀梅像她姐一样把自己关在房里不开门，爹心烦，想他这两个女儿怎么都是一个脾性？遇事就把自己孤立起来，不愿与人交流，便恼怒地踢了几脚门。秀梅仍不开门。妈怕爹把秀梅逼出事来，把爹拉开了。爹急，阴着脸，躺到太师椅上。妈小声对爹说："她骑的自行车没有了，她回来的时候，身上穿着老妈子穿的衣裤，她出门时穿的那件水红色连衣裙也不在她身上。"爹的脸变青了，又起身，想去问个究竟。妈拦住爹说："你不要问，女孩子遇到这种事，如果她不愿说，逼也没用。"

　　爹绷着脸，不说话了。妈问爹今天开会是什么结果，爹拿出白司令长官的手谕给妈看，手谕命令新编第一军三日内开拔到湘阴驻守。下面是白崇禧的签名。湘阴是长沙的北大门，距长沙五十多公里。陈明仁的第一兵团驻守长沙市郊，白崇禧的军队正在向衡山、衡阳一带移动。爹明白，一旦长沙失守，他白崇禧就可率部逃入广西，而爹的第一军那时当然是全军覆没了。爹似乎明白党国军队为什么会败了，这些狗屁长官都是只为自己打算盘，考虑自己的利益，只想保全自己，把与自己无关的人和军队往火坑上推。爹苦着脸说："身为最高司令长官，不身先士卒，命令自己的军队撤退，让我们新一军与共军打，我的官兵会不服啊。"妈脸色苍白，问爹："那你怎么办？"爹低声说："我在会上提出，把军队拉到平江和浏阳打游击，白崇禧手一挥就否定了，他坚持让我们新一军打头阵，与共军硬拼。"

电话响了，是程潜打来的，程潜问我爹："你对白司令长官的安排有什么意见？"爹不知道程潜主席的意思，不知如何回答，程潜主席在电话那头笑，"白长官想得很周到啊，要我们新一军打头阵。"爹听出程潜的话里带刺，马上表态："程主席，本军长只听命于您。"程潜主席在电话那头说："你先拖着别动，住到你的军部去，谨防军统特务搞暗杀。"

爹就没动，也不在家住，爹对妈和张桂花说："照顾好秀梅。"随后，他住到了新一军军部。军部在五家岭，占据着一栋厂房。这原是一家印刷厂，战事来了，爹把印刷厂征为新一军军部，搬来桌椅、电台，架了电话线，安排了床位，厂房里住满警卫，屋顶上和军部大门前都分别架着五挺机枪和三门迫击炮。何大金是个极负责的军官，他隔一个小时就巡查一遍，绷着他那张瘦长的脸对警卫营的士兵说："弟兄们，警惕性放高一点，眼睛放尖一点，发现情况要及时报告。"他自己全副武装，驳壳枪都挂了两把，子弹背了一军用包，裤兜里还一边插一枚手榴弹。爹看着他这么一副严阵以待的模样，感到气氛被大金弄得太紧张了，说："何营长，你别搞得这么紧张。"二十二岁的何大金营长觉得自己责任重大道："我是警卫营长，我得保护好您。"爹微微一笑，走进军部的作战室。

作战室里坐着贺新武副军长和杨福全军参谋长，他们都清楚共军快打来了，自己快完蛋了，他们都跟我爹一样为党国的命运悲观绝望。贺新武副军长看着我爹说："军座，我并不怕死，我们都是死过好多次的人，我是不想成为共军吃掉的'肉包子'，那样的死太窝囊了。白司令长官在会上说，他誓死也要把共军消灭在湖南，他的桂系怎么不与共军正面交锋？而是往后躲？"爹看着贺副军长，想贺副军长只怕代表着众多从前线败下来的官兵的思想，爹明白这些残兵败将早没了打仗的激情，很难驾驭。贺副军长又说:"明知道会死,还要我们去送死,这是把我们当猪狗啊,军座。"爹没说话,杨福全军参谋长沉郁着,他的头上还绑着肮脏的纱布,左胳膊上还吊着绑带,爹见他不语,便鼓励他道:"杨参谋长,说说你的意见?"杨参谋长说:"如果桂系和我们并肩作战,那我宁可战死,可是桂系十几万官兵躲在后面,这我就想不通了。"爹知道这仗没法打,也许共军一来,甚至连炮都无需架好,这支人员复杂的军队就会溃散、奔逃。爹叹口气,不再言语。

李文军师长来了,爹看着精神抖擞的李文军师长说:"李师长,白司令长官命令我军开拔到湘阴阻挡共军,程潜主席让我军观望,你要做好战斗准备。"李文军师长一挺胸,"我听军座的。"爹欣赏李文军,李文军长着个聪明的脑袋,不是那种一打仗就傻拼的军官。爹拉着李文军走出门,走到一株树下,爹拍拍这棵树,树在爹的拍打下颤动了几下。爹说:"现在局势很糟,搞不好就要掉脑袋,你一定要百倍警惕。"李文军师长就绷着脸,绝对效忠的模样表态说:"军座,我一切听你的。"爹再次看眼李文军,"我希望战争结束后,你和文华、大金都还能活着。我今天违抗白司令长官的命令,程潜主席要我们做好谨防白司令长官下令抓人的准备。"李文军师长明白道:"军座,我师的三个团都在军部周围,早做好准备了。"爹很满意李文军这么回答他,"原三师是一支顽强的师,打日军时没给湖南人丢脸,你要把你的师带好。"李文军师长敬了个军礼给我爹。

四十一

秀梅本来打算学她姐的,把自己关在房里,而且暗下决心,不到死不出门。她把那个老妈子穿的妇母装塞到床底下,她的心就到了床底下,晚上睡觉,心就在那身衣服上打滚,感到自己太悲惨了,一不小心竟遭到六个臭男人的奸污。那身衣服就是见证。她起床，把那身衣服拿出来，打成包，放到箱子里，重新睡下，但她的心也到了箱子里。眼睛一闭，那六个面目狰狞的男人又张牙舞爪地撕扯她的连衣裙，于是她不敢闭眼地睁着眼睛瞪着天花板，任奶奶、爷爷、王玉珍、张婶婶、我妈和爹敲门她都不开门。她流着泪，用牙齿咬着薄毯，轻声地呜呜呜呜哭着，对自己说："你们当我死了吧，我再也没脸见人了。"

然而何秀梅不是何家桃，尽管她们是同一父母所生，但秀梅并没家桃那么坚强和那么大的毅力。再说，家桃当年把自己关在房里，是因为她心里装着郭铁城，并不孤单。秀梅把自己关在房里，心里却一片空白，并没有一个什么人作为精神支柱让自己支撑下去。一个星期的孤独生活过去后，她的心又死灰复燃了，对面屋顶上的鸟叫声使她昂起头，目不转睛地凝望。天色那么蓝，白云于她眼里缓缓移动，一阵南风吹来，似乎吹走了她心田上郁积的那片阴霾的云层，使她感觉有一抹阳光在她脑海里移动似的。第二天是个星期天，上午，那个她骑着自行车送回家的同学见她有一个星期没来学校上课，就邀着另一个同学来看她。两个女同学笑着走进青山街三号，看着我妈和张婶婶，其中一个女同学尖声说："伯母，我们来找何秀梅。"另一个女同学说："何秀梅是不是病了？"我妈和张婶婶同时望着这两个女孩，不知如何回答，这时，何秀梅开了门，把两个女同学迎进她的房间，其中一女同学发现何秀梅瘦了，还惊讶地发现何秀梅的脖子上有一圈红印渍，那女同学说："咦，你这是怎么了？"何秀梅是个机灵的女孩子，她淡淡地看着那女同学说："就是送你回家的那天晚上，被一个男人勒的，那男人抢我的自行车，从背后用绳套套住我的脖子，把我勒晕了。"两个女同学都惊诧地望着何秀梅，何秀梅又轻描淡写地说："幸亏过路的人救了我。"

何秀梅跟两个女同学说了很多话，把她这几天闷在心里的话，用不同的形式说了出来。她把这些话吐完后，自己感觉也轻松了，就留两个女同学在家吃中饭。两个女同学走后，何秀梅打来一盆热水，用热毛巾敷脖子上的印痕，希望那些瘀血快点消散。王玉珍看见了，忙高兴地帮她拧热毛巾，张婶婶隔半个小时就给她换一盆热水。王玉珍问她到底发生了什么事，何秀梅当然不会说那件可怕的事，她把这几天在她脑海里反复想过的话说给王玉珍和张婶婶听，就是被一个坏男人抢了自行车的话。一家人听她说毕，总算放心了。

吃晚饭时，张婶婶突然想起一个细节，问何秀梅："你那天出门时，穿的是连衣裙，回来时怎么穿的老式的妇母装？"何秀梅的脸一下子白了，她没想到张婶婶会这么问，她编着话说："那天那个坏男人把我拉下单车，勒着我的脖子把我拖了三四十米，连衣裙在地上磨烂了，那里的一个老妈子看我可怜，就给了我她穿的衣服，我就换了那身衣服。"

何秀梅自己松了口气，因为欺骗有时候也是一剂安抚心灵的良药。她决定把这件羞于启齿的事永远隐瞒下去。她这么说过几次后，心灵上的创伤被自己的谎言抚平了，她甚至都愿意相信自己编的谎言了。那天晚上月亮椭圆一个，悬在阴森森的天空，她就坐在葡萄藤下，长时间地盯着月亮看，葡萄藤在夜色下更加漆黑，犹如一张坚硬的黑网布置在天空中。等全家人都进入睡乡后，她起身，把那身妇母装从箱子里拿出来，扔到后院的坪上，倒些煤油到衣服上，划根洋火点燃了，因为衣服上浇了煤油，烧得就很凶。火光使后院透亮。张婶婶那当儿没睡着，看到火光，忙起床说："秀梅，这深更半夜的你烧什么啊？"何秀梅一脸迷惘道："我想把自己烧死。"张婶婶听何秀梅这么说，吓一大跳，"你疯了？"何秀梅不回答，目光痛楚地盯着燃烧的衣裤。火光渐渐熄灭，有几处地方没烧净，何秀梅又把煤油浇到那几块烧煳的破布上，再次点燃，那几块破布也烧成灰了。奶奶鼻子尖，睡梦中闻到烂布的煳味儿，爬起床，见孙女拿着扫把扫地，见张桂花张大嘴站在一旁，奶奶问："你烧什么啊秀梅？"何秀梅阴着脸回答："烧衣服。"

吃过早饭，何秀梅就上学校去了，奶奶看着她的背影走出门，对张桂花说:"桂花,我们去作坊吧。"妈和王玉珍一早去了医院,奶奶和张桂花一走,家里就只剩爷爷、大哥和大哥的儿子。大哥坐在亮堂的客厅里绣荷花。抗战胜利后,大哥因身体残疾退役了,退役后大哥一度情绪低落,甚至有莫大的恐慌感,觉得自己这么活着还不如找一根绳子吊死!正当大哥情绪低落到极点时,那天,王玉珍和何家桃买回来一对绣着鸳鸯的枕头套,那鸳鸯是绣在白缎子上的,还绣了桃枝和几朵桃花,两只鸳鸯立在桃枝上,紧密相依。我大哥看着这对绣着鸳鸯的枕头套,脑海里忽然产生了学湘绣的思想,至少这样活着比天天坐在椅子上等死有意义些。湘绣无须用脚,有两只手就够了。于是大哥便让王玉珍买来锦缎、彩色丝线,还买来绷子骨架。奶奶看见了,赞成道:"胜武,是要给自己找点事,这人活着,每天干点事总比不干事好。"那是三年前家桃和李文华准备结婚的那段时间里的事,就是从那天开始,大哥拿枪的手拿起纤细的绣针,开始了他新的人生。街上,有一对母女是干湘绣的,大哥就去向她们请教。此刻,大哥正在绷子上一针一线地绣荷花,这是为对门刘家要出嫁的大女儿绣,那姑娘希望我大哥为她绣一对荷花枕头,好枕在抗日英雄绣的荷花上入梦。

爷爷把一张砍凳搬到后院里,找出几根木头,做起了木匠。当个好木匠,是爷爷少年时候的梦想。现在爷爷老了,不用管家里的事,就买来一套木匠工具,要用实际行动来圆他少年时候的梦。爷爷喜欢闻木头的气味,一杀开木头,便着迷地嗅着木质气味,硬要这么嗅几遍,才又开始锯或刨,边在木方上画线,边拿眼睛瞄。他要给他孙子何胜武做一张能滚动的椅子。韩家的老头对爷爷说,他前两天在街上看见一个像我大哥这样的人坐在轮椅上,一个女人在背后推着轮椅走。爷爷就让韩家老头描述了番,又请韩家老人画了个轮椅的草图,爷爷就琢磨草图,边大刀阔斧地干,结果浪费了很多木料。爷爷又买来一板车木料,杉木、枫木、梨木、楠木和松木,倒在后院里,边很有信心地对胜武说:"爷爷给你做一张能滚动的椅子,这样你就可以出去看世界了。"何胜武不抱指望地说:"爷爷,您又没做过木匠,做不出的。"爷爷说:"爷爷学啊,爷爷在家没事,正好找点事做。"

就在大哥在客厅里绣荷花、爷爷在后院做木匠的这天上午,一个着灰长衫的人走到第一军军部前,警卫营长何大金戒备地挡住他,他说:"我找何军长。"何大金手按着枪柄说:"证件?"那人一笑,"我是何军长的弟弟。"何大金瞟眼来人,觉得来人与何军长是有点像,他想到父亲,马上问:"你是何军长的第几个弟弟?"那人瞟一眼何大金,说:"我是何军长的二弟何金林。"何大金想,原来是他叔叔。当了警卫营长的何大金还是不放心,因为他听说军统特务什么事都干得出,为达到刺杀特殊人物的目的,常冒称特殊人物的亲戚或朋友,从而混进门厅或宴会,搞那种暗中行刺的勾当。他不客气地说:"我要搜一下你的身。"何金林就张开双臂,何大金也不含糊,仔细摸他的身,看他身上藏着枪没有。

何金林身上当然没有枪。何大金放心了,领着他穿过架着机枪和迫击炮的工事,走进军部,军部里坐着贺副军长和杨军参谋长。爹看着何大金领着个大胡子男人进来,就望着何大金和这个中等个头的大胡子男人。大胡子男人开口说:"大哥,我是何金林。"爹大叫一声:"真的是你啊金林。"两兄弟握手,拍着各自的肩膀。何金林一脸胡子,比二十年前当然老多了,脸上和眼角都有了皱纹;穿一条黑布裤子,着一件灰长衫,脚上一双长沙人爱穿的黑胶底布鞋,看起来既不像教师,又不像工人。二弟笑时,有一颗牙齿格外明显地暴出来。爹记得二弟年轻时牙齿是十分齐整的。爹看一眼大金,对何金林说:"这是你二哥金江的儿子。"何金林高兴地拉着大金的手,"啊,长这么大了。"何大金就不好意思地叫了声"叔叔",又赶紧退出去,因为他的职责是保卫军长的安全,可不敢疏忽大意。爹向二弟介绍说:"这位是贺副军长,这位是杨军参谋长,我二弟。"几人握手,爹叫贴身警卫泡杯绿茶,二弟捧着茶,见贺副军长疑惑地看着他,又低头看桌上的军用地图,笑道:"哥,你还研究这些干啥?你以为你们能挡住人民解放军百万雄师的进攻?"

爹叹口气，何金林望一眼贺副军长和杨军参谋长，"哥，这两位……"爹说："我们是三十年的老伙计，你有什么话只管说。"贺副军长见何金林还是犹豫，就起身说："我们还是先离开吧。"爹拉住贺新武说："前些年你问我，我说我的几个弟弟都死了，那是我有顾虑。现在，我没什么顾虑了，我二弟是共产党。"贺新武惊讶的样子望着何金林。何金林开口道："我哥既然把话挑明了，我也把话挑明，投诚吧，你们。起义，共产党会给你们一条出路。不起义，那就是被我人民解放军消灭。"贺新武看我爹一眼，爹也看他一眼。何金林又说："现在国民党人心涣散，各人都在给自己留后路，哥，以蒋介石为首的国民党政府也该寿终正寝了。"爹点上支美国骆驼烟，又扔支烟给二弟，说："金林，我军实在强大，很多装备都是美国提供的，怎么都纷纷被你们解放军吃了？"何金林说："你知道白崇禧的军队窜入湖南做了些什么？哥，你住在军部，接触的都是高层人士，不知道白军在湖南境内的所作所为。你去老百姓中打听打听，白军在湖南沿途见财物就抢，见妇女就强奸，这跟日本人有什么区别？你想想，这样的军队，如此欺压老百姓，老百姓会拥护吗？"爹骂道："太不像话了。"我二叔微微一笑，"古人云：失民心者失天下。这就是你们失败的原因。"爹望一眼贺新武和杨福全，"你们有什么想法？"

贺新武当然清楚打仗将是什么结果，说："军座，一切听你的。"杨福全也表态："军座，你说怎么办就怎么办。"爹说："老实说，这一仗我不想打，明知道打不赢还打，那是把弟兄们的生命置于死地，是不把弟兄们当弟兄，本军长最瞧不起这种只顾自己得失的人。本军长无能，打不赢气势如虹的共军，既然龙凯军长最后连蒋总统的命令都不听，我们干吗听白崇禧的？白崇禧自己率桂系退缩，却命令我们新一军的弟兄们当炮灰，这命令太不顾我们新一军的死活了，本军长宁可掉脑袋，也不执行。"何金林把目光投到一脸凄惨的贺新武和一脸茫然的杨福全脸上，说："我们对你们的情况了解得很清楚，只要你们投诚，我保证：我们绝对保证你们的人身安全，并给你们一个妥善安排。"

　　奶奶很高兴，亲自下厨为她的三儿子何金林做金林小时候喜欢吃的麻辣豆腐和油淋辣椒。何金林笑着，吃着奶奶做的麻辣豆腐，又尝着奶奶做的油淋辣椒，"妈，真好吃啊，我在延安和东北时做梦都在想吃湖南的家常菜。"直到这个时候我奶奶才问他："金林，你怎么不把我孙儿和孙女带回来？"二叔在饭桌上说："妈，湖南还没解放，等湖南解放了，我一定带他们回来。"奶奶说："你二哥一直没有消息，一晃二十多年了，你替妈打听一下你二哥的下落。"何金林的脸色阴沉下来，好像一朵乌云把阳光遮没了，爹在军部已跟他说了，他已知道二哥死了。他说："妈，很有可能二哥在赣南牺牲了。"爹用力咳了声，二叔看一眼我爹，又改口："我只是猜测，等湖南解放后，我再请求组织上去赣南找一找二哥。"奶奶就瞪着她这个满脸胡子的三儿子说："你一定要把你二哥找回来。"我二叔点下头。
　　吃过饭，我二叔要我爹回军部，非常时期，二叔担心我爹掌控的新编第一军会发生变故。爹也觉得不能马虎，带着警卫走了，二叔却留了下来。这个家对于我二叔来说，真是太亲切又太陌生了，除了他爹妈和张桂花婶婶，所有的人对于他来说都是陌生的。他去革命时，我大哥才几岁，而且两条腿都是好好的，没想他回来，他这个侄儿却失去了双腿。至于我、秀梅和我弟天亮，都是我二叔离开长沙后出生的，他当然就陌生。二叔说："天亮，你这个名字取得好，天就要亮了。"我弟笑。二叔又说："你爸有远见，中国将在中国共产党领导下，站立起来。"我八岁的兄弟笑笑说："我们老师说，中国要变了。"二叔高兴地摸着天亮的头说："是啊，中国要变成共产党的天下了。"
　　其实爹对国民党特务的阴险和残忍是有预见的，爹让何大金每天安排一个班的士兵去青山街三号，保卫他的家人，于是每天有一辆卡车送一个班的士兵过来，把先一天在青山街三号站岗的士兵带走。这天是星期天，我和弟都不上学，一早，卡车驶来，送来一个班的士兵，还带来馒头和稀饭，给先一天站岗的士兵吃。那些士兵因通宵站岗，很累，就坐在院子里吃着馒头和稀饭。我二叔那天晚上就歇在青山街三号，他听见说话声，醒了，对司机说："你等等，我要去军部。"我二叔洗脸漱口时，何天亮也起床了，坐在门坎上看着士兵们吃馒头和稀饭。他真的不应该起床。我弟平常的这个时候，即使是天上打雷，他也是不醒的，硬要妈走进房拉他，揪他的耳朵，对他大吼他才爬起床，迷迷糊糊地去上学，逢星期天，我弟不睡到上午十点钟，是没人叫他起床的。那天，是死神把他叫醒的，死神不但把他叫醒，还要他去坐车。他见二叔爬进驾驶室，忙起身说："二叔，我也要坐卡车。"

我二叔当然不会反对，司机更不会反对，司机说："上来吧。"我弟就爬进了驾驶室。卡车开走了，带着我二叔和我弟向爹的军部而去。那天是个阴天，与前两天并没什么两样，气温甚至还低几度。街上也没什么新奇的事和新奇的变化，卡车开到军部前，二叔和我弟都跳下车。何大金站在军部前迎接，军部前有很多岗哨，我二叔去了军部作战室，去与我爹讨论起义的事项。我弟却在军部前玩。军部前有一棵牛奶树，这树的树汁跟牛奶一样，有一种金壳虫很爱吮吸这种树汁，我弟很喜欢捉这种金壳虫，捉了，拿奶奶的线系着金壳虫的脖子，金壳虫飞的距离就限制在线控制的范畴内。青山街上的男孩，夏天里，不是捉蛐蛐玩，就是捉这种金壳虫玩。我弟捉了好几只金壳虫，放到口袋里，又再捉。

在我弟捉金壳虫的时候，我二叔正告诉我爹，据打进国民党特务组织内的地下党送出的情报，程潜和我爹等几个湖南省的军政要员，都成了白崇禧开出的黑名单上的人物，白崇禧已下令特务对黑名单上的人进行暗杀。二叔要我爹千万别大意，在起义前，千万不能走出军部，任何名义的军事会议都不要参加，以免身遭不测。爹对自己上了特务的黑名堂并不吃惊。爹对他二弟说："暗杀我也不是那么容易的事。"

二叔说完这事，又跟爹说另一些有关起义的事项，九点多钟，二叔要走了，因为他还约了别的同志上午十点钟在松桂园的邮局前见面。二叔走出来，我弟要跟着他一起回去。二叔没拒绝，想等走到有人力车的地方，叫一辆人力车把我弟送到青山街三号。但他们没走出多远，只是走到街口，距我爹的军部还不到一百米，从一家小粉店里走出来两个帽子压得低低的穿着黑衣黑裤的人。我二叔正奇怪天这么热，这两个男人还戴帽子，突然那两个男人同时拔出手枪，几声尖利的枪响后，我二叔和我弟都倒在血泊中。何大金听见枪声，忙带着几名士兵大步跑来，但晚了，那两个开枪射击的特务已逃走了。

我二叔的肩膀和胸部各中一枪，人还有气。我弟的额头上挨了一枪，那颗子弹打烂了我弟那光洁的额头。由于他没有任何心理准备，没想到罪恶的子弹会射向身为孩子的他，两只漂亮的眼睛还是睁着的，只是生前这对水灵灵的眸子，此刻却毫无光泽。

爹悲痛和愤慨地击了下桌子，桌上的物件吓得都跳起来，爹对何大金说："何营长，马上带一个排的卫兵去青山街，把你爷爷奶奶、大哥大嫂都接到军部，以免特务再下毒手。"爹拿起电话，打李文军师部的电话说："马上叫李师长来军部。"爹盯着他最小的儿子，满脸痛苦、愤恨和羞愧。自己身为军长，由于违抗白崇禧的指令，借口他的新一军不过是这半年收罗的从前线退回来的残兵败将，守守长沙还勉强，拉出去打仗就会涣散而拖着不动，没想儿子倒成了他的牺牲品。爹对自己说："现在可不是悲伤的时候。"他迈到窗前，从窗户望出去，一条街道青灰色，一幢幢破烂的房子耸立在街道两旁，有人在这一幢幢灰不溜秋的破房子前出入。空气中似乎有一股令人窒息的粘状物将空气抓住了，因而连一丝微风都没有，窗帘垂直在窗前，纹丝不动。

一辆美式吉普车驶来，先跳下来三名荷枪实弹的警卫，跟着李文军跳下车。李文军一脸精神，步伐稳健有力，踏得楼板咚咚响。李文军一步入军部，看见何天亮躺在地上，大吃一惊。爹绷着脸对李文军说："马上做好跟白崇禧打仗的准备。"

那段时间，身处长沙的国民党高官人心惶惶，国民党大势已去已成了再没人争辩的事实，很多高官开始把自己的亲人送往香港或台湾。青山街的大门已落了大锁，我们一家人都住在军部，都在悲伤、紧张和不安中，尤其我妈，一下子仿佛老了十岁。就是那几天，程潜主席在白崇禧的逼迫下，辞去湖南省主席一职，带着几个人去了邵阳。新主席是中央军第一兵团司令陈明仁将军。爹整天待在军部，所有的人都枪不离手，也不许我们走出军部半步。军部外有特务。爹每天站在窗前，举着望远镜，看到形迹鬼祟的人，就叫声何营长，何大金忙带一班警卫冲出去，把那人抓到军部盘查，搜出身上有枪，就用皮带抽，戴上脚镣手铐，关到地下室。这样扣留了七八个形迹可疑的人，军部前干净了，早晨就只有雾，晚上寂静得只有蛐蛐叫和天上的星星了。

有天，爹起床漱口，顺手拧开收音机，听到共军电台广播："我军已拿下岳州，现已对驻长沙的国民党残余部队形成了强大的包围之势，将对长沙的国民党军队发起总攻……"岳州距长沙不过百余公里，就是用两腿行军，最迟后天能到长沙。爹没漱口了，点上支烟。贺新武和杨福全也听了电台，慌忙走来，不安地望着我爹。贺新武说："军座，共军把岳州拿下了。"爹吐一口烟，"做好战斗准备，不过不是跟共军打，而是准备跟想阻挡我们起义的人打。"贺新武盯着我爹几秒钟，"军座，你说陈明仁将军会不会向我们开火？"爹瞥着手中的骆驼烟，也没把握，"现在还不知道，"爹说，"局势复杂，大家做好战斗准备吧。"

就是那几天，第四野战军又攻下平江县和浏阳县，跟着又解放了澧县和石门县，直逼长沙。白崇禧早已弃下湖南的军务，匆匆逃往衡阳。程潜回到了长沙，打电话到新编第一军军部，爹一听到程潜的声音就十分欣喜，忙问："程将军有什么指令？"程潜说："我命令你新一军的官兵坚守阵地，但不要与共军交火，等待结果。"爹只说了两个字："遵命。"爹对贺新武副军长和杨福全军参谋长说："程潜主席回来了，要我们等待洽谈结果。"爹等来的结果就是新一军的全体官兵放下武器，接受中国人民解放军整编。

我爹四十八岁了，打了半辈子仗，早已厌倦军旅生活了，人民解放军整编湖南新编第一军时，爹不想干了。妈因失去了儿子天亮，那段时间精神恍惚，食不知味，夜里总是能看见天亮在她房门外站着，妈起床去开门，迎接她的只是黑暗的风声，或是一只跳入我家院落的野猫，对着妈亲昵地叫一声。爹很担心妈，让我们把凡是我弟使用过的东西都清除出妈的视线，这样过了段时间，妈的情绪没那么低落了。爹的一颗心才从悲痛和紧张的气氛中松懈下来。这一松懈，爹发觉妈老多了，那个漂亮得让无数负伤的军官为表明自己是一名真正的男子汉而咬牙、忍痛、脸上还装笑、伤好后还回来送花或送新手帕给她并伫立在医院的过道里发痴或犯晕的付琳，不见了，换来的是一个皮肤开始起皱、脸色不再生动娇媚、有点呆板和沉郁、比一般中年妇女好不了多少的付琳。

爹想卸担子了，决定在家多陪陪妈和爷爷奶奶。爹去湘雅医院探视他二弟，他二弟的身体康复得很快。爹对他说："金林，妈身体不好，爹的身体也不像以前，我就在家照顾爹妈，你跟上面的人说说，我就不干了。"何金林也觉得他们的爹妈身边是需要留一个人照顾，他赞同说："哥，这事你打个报告，我叫人把你的报告送上去。"爹当即打了报告。两天后，爹接到电话，去当时的湖南军政委员会开会，会后，爹正要离开，黄克诚（一九五五年被授予中国人民解放军大将军衔）拿着我爹的报告，叫我爹留步。黄克诚很客气地招待我爹，为我爹泡杯茶，还拿在战场上缴获的国民党高级将领抽的英国烟招待我爹。爹抽着英国烟，看着这位解放军的高级将领，感觉这是个十分简朴的人，没一点架子。黄克诚边点烟，边问："何金山同志，怎么不想在军队里干了？"爹又把对他二弟说的话复述了遍，"我爹妈老了，黄司令员，家里总得留个人侍奉老人，况且鄙人已是快五十的人了。"黄克诚将一口烟吐到空中，想了片刻后点下头，说："你的要求属于特殊情况，我接受了。"

爹还没走进家门，就听见家里说话声很热闹，笑声也朗朗的。李文华的声音：爽朗而快乐。李文军的笑声：雄浑而自信。还有何大金的声音：清亮而高亢。李文华和何大金坐在堂屋里，胜武和李文军，还有奶奶、张桂花也坐在堂屋里，四个大男人大声说着话，奶奶和张桂花听他们说话。李文华看见我爹进来，忙起身，啪地一个军礼敬给我爹，李文军和何大金也站直敬礼。爹摆摆手，何大金、李文军和李文华如今都穿上了解放军军服，爹看着他们，想总算让这三个年轻人平安度过了最危难的时刻！这几个月里，爹第一次如释重负、欣慰地瞅一眼他们，说："现在你们是解放军了。"

李文军嘿嘿笑了下，"我现在是副师长，指挥权交给师长了，师长此前是四野战军里的团长。"爹点点头，"文军，在解放军的部队里要学会谨言慎行。"李文军说："知道了。"爹又看着英姿勃勃的李文华说："你现在是解放军，可以请上级查一下，看你爹在解放军的哪支部队，如果你爹还活着，我想至少也是军长了。"李文华咧嘴一笑，"我已经跟来整编我们炮兵团的解放军政委说了。"爹又点下头，把目光移到大金脸上，大金在当警卫营长的这一年里，充分展现出他是个极负责任、遇事冷静和勇敢的青年。爹笑笑，"大金，你也要上级打听一下你爹妈。"爹的意思是要侄儿打听一下他母亲，但爹不能光提他母亲，怕生性敏感的大金想到什么。爹突然感到牙龈一阵生痛，忙捂着。大金为人热情，却腼腆，有时候很少能把一个句子说完整，那天他却说了一大串话。"伯伯，"他声音清脆地说，"早几天我们团政委找我谈心，我告诉他，我爹妈分别在一九二七年和一九二八年相继去了江西革命根据地，至今下落不明，我们团政委很惊讶、还很高兴，拍着我的肩，说他一定向首长反映我爹妈的事，还要我好好表现，争取更大的进步。"爹听大金这么说，觉得大金真的长大了，不用他告诉他怎么做了。爹牙龈痛，捂着牙龈痛的那边脸步入房间，躺下了。

李文军、李文华和何大金在看我大哥绣花鸟，大哥正在给街上柳家的女儿绣枕套，绣睡莲和花蝴蝶，一边跟他们说话，一边绣。李文军看着大哥的手一针一针地绣着，说："没想到胜武绣的花越来越好看了。"大哥回答："你别夸奖我，我是自己找点事干。"李文军瞟一眼大家，朗声道："胜武是个自强不息的人，悲伤和颓废，在胜武身上只是个过程，一过，他就有了新的起点。"大哥昂起头笑，"文军，你也学会说恭维话了，成了解放军，到底不一样了。"李文华嘿嘿嘿嘿一笑，说："大哥，文军哥说得没错，我也觉得你的花是绣得越来越好看了。"何大金看着大哥正绣的蝴蝶说："大哥绣的这只蝴蝶跟活的一样。"大哥说："我是照着画本上的蝴蝶描下来绣的，我现在跟湘绣师傅学画画，每个月把自己画的花鸟拿去给他指点，我师傅说没一点绘画功底，绣出来的花和鸟是死的。"

　　大哥每天只要没事，就拿起画板画写生，画月季、画美人蕉、画牡丹花，或画杯子、碗和热水瓶，要不就临摹画册上的花鸟、狮子和老虎。这两年，已画了好几大堆纸，画得好的他就挂在墙上。大哥的房里满壁都是他的作品，白描的和画了明暗及画了色彩的都有。李文华称赞大哥说："我就喜欢大哥的性格，绣花，说起来是女人的事，但大哥敢于选择这事。这就令我佩服。"李文军和何大金都笑。大哥说："文华一当解放军，嘴都变甜了。"

　　中午的时候，何秀梅回来了，何秀梅已高中毕业，被学校推荐到一所小学当小学教师。李文华把目光抛到何秀梅身上，何秀梅着一身白衣服，头上扎着红结子，手里拎着包，看上去亭亭玉立的。李文华其实是来找何秀梅告别的，部队即将南下，去打残余的四处流窜的国军，他想跟何秀梅说几句体己话。何秀梅看见李文军、李文华和何大金都坐在客厅里，便一一打招呼，脸上飘着笑地在奶奶身边坐下了。李文华见何秀梅在奶奶身边大闺女样地坐下，忙焦急地对她眨眼睛，示意她跟着他进屋里去说话，何秀梅看见了却装做不懂，继续坐在奶奶身边，李文华站起身又坐下，又站起又坐下。身材高大的李文华目标很大——在抗日战争和后来的湘南"剿共"中，他都没被来自敌人的子弹打死，实在是那些人的枪法太差劲了，要是遇上我大哥或他堂兄李文军，十个李文华都没了——大家都看见了李文华的焦虑和迫不及待的暗示，当时的李文华就是这样，透明得像个玻璃体，心里存不得一点事，思想和爱憎都像商品搁在橱窗里样摆在脸上，大家都想笑又都忍着不笑地觑着。

奶奶那天感冒了，说话带着鼻音，还有点头昏眼花，但她只是睃一眼也看出了李文华的心思，何秀梅却装没看见，望着大家，脸上流淌着懵懂、天真的笑。奶奶推下她的胳膊说："你文华哥要跟你单独说话呢。"何秀梅仍嘻嘻笑，不起身，偏过俊俏的脸蛋，含几分矜持地问："文华哥，你有什么事？"李文华咽下口水，当然不好说地红着脸答："我没事。"他的眼睛里分明有事，他对何秀梅使劲眨下眼睛，何秀梅却不理李文华掷到她脸上的火热的目光，笑着说："奶奶，文华哥说没事。"

爹躺在床上，听着晚辈们说话，忽然想要是正韬和天亮都活着，那多开心啊。但爹痛苦地感到世上没有"要是"，只有是和不是。正韬和天亮，这两个他关心得很少的儿子，偏偏去了另一个他再也无法关心的世界。正韬，爹想不起自己什么时候抱过他，而天亮，爹隐约记得他在天亮四个月大时，抱过——就是他骑着白玉、军裤口袋里插着牛奶瓶、抱着天亮走进青山街三号、令全家人愕然得傻了眼的那次。之后，爹不记得自己什么时候还抱过这个如今在另一个世界里安息的儿子。原来悲伤和回忆是当一个人清闲下来后就悄悄找来了，人只有把心变硬，才不至于被悲伤和回忆奴役，爹这么想，一笑，笑得牙龈一痛。妈从医院回来了，爹听见妈高兴地说："哎呀，文军、文华、大金都是解放军了，太好了。"

一辆奔驰车开到门前，刹住，何家桃下车，拎着一篮水果走进来。家桃怀孕四个月了，腰圆了，脸上呈现了一些孕妇斑。家桃看见李文华，只是稍微愣了下，便笑了。李文华比家桃反倒镇静得多。这是他把对家桃的爱化成泪水抛洒在湘南宜章县的大森林里了。当时他接到何秀梅写给他的信，他一边读信一边哭，边率领他连里的官兵追击湘南游击队，一直追到莽山丛林里。当他看见他的营长刘二郎被游击队从丛林里射来的子弹击毙后，他就停止抹泪了，因为比起死亡这个重大问题来，他的这点为爱情淌下的眼泪实在太廉价了。刘二郎营长的死把他因爱情产生的痛苦包袱卸掉了，这似乎是不搭界的事，但事实就是这样。此刻，他说："秀梅，当老师辛不辛苦？"何秀梅扬起脸蛋说："还好。"

家桃把水果放到桌子上，苹果、梨子，还有黄澄澄的芒果。家桃指着芒果说："这是郭铁城一个生意上的朋友从广州带来的。"何大金拿起一个芒果，剥皮，尝了口，夸张地闭上眼睛说："好甜的。"何秀梅没吃，李文华也没动，家桃说："吃吧，秀梅。"何秀梅瞟一眼说："我不想吃。"王玉珍回来了，看见芒果很高兴，拿起一个就吃。爷爷在后院做着木匠，旁边摆壶茶，累了，口干了，爷爷就喝口茶。他给胜武做的轮椅失败了，便思考着将那些用过的木料废物利用，给自己勉强做了张靠椅，椅子做得很粗糙，有的地方榫咬不紧，不得不使用钉子加固。此刻，爷爷正呲牙咧嘴地加固那几个没斗牢的榫。家桃拿着芒果走拢去，说："爷爷，吃芒果，铁城特意让我送来的。"

这时还是小男孩的何白玉，满头热汗地从街上跑回来，见堂屋里坐着的几个解放军是他爹妈让他叫伯伯和叔叔的人，就叫起来："我也要当解放军。"奶奶见玉珍和重孙白玉回来了就步入厨房，教女佣炒菜，家里人多，众口难调，奶奶得亲自调教。张桂花走来，把炒好的一大碗菜端进客厅，又折回来端另一碗菜。玉珍也过来帮忙，抱着一大叠碗向客厅走去。奶奶跟着步入客厅，宣传说："小伙子们，准备吃饭了。"

何顿 著

湖南骡子

Hunan Luozi 下

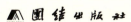
团结出版社
UNITY PRESS

下　巻

四十二

那年十一月，湖南省军政委员会，通知在湘副师以上的干部观看中华人民共和国于北京宣告成立的纪录片。爹去了。那时的干部身上都佩带手枪和带警卫，怕残留的国民党特务搞暗杀。爹已退出军界，帽徽摘了，警卫也撤了，但仍留着一把手枪。爹乘车赶到时，只见中山路上戒了严。戒严的解放军看了爹的通行证，放爹的车过去。爹步入银宫电影院，与几个起义的将军坐在一排。当一个又一个的人说完话，跟着就放中华人民共和国成立的纪录片，爹看见站在天安门城楼上的毛主席，这个毛主席让他感觉眼熟样。爹的记忆一下子跌入多年前，当时一心要革命的我岳父曾带他去新民学会听毛泽东讲共产主义，那时的毛泽东很瘦，留个分头。那时中国是军阀割据年代，混乱不堪，毛泽东在军阀混乱的年代大谈革命和共产主义，让当时的我爹觉得是蚍蜉撼树。此刻，我爹惊呆了！

"李雁城李雁城，"爹闯入老兵饭店时，大声叫我岳父。我岳父从伙房里跑出来，一脸煤灰地对我爹说："金山，我改名字了，叫李爱国。我爱新中国。"爹对我岳父改名为"李爱国"先是一愣，马上激动道："你还记得毛泽东吗？"我岳父李爱国说："他现在是中华人民共和国主席。"爹说："还真是一个人啊？"我岳父忧伤地摇头，"我已经痛苦了好一阵子，要是当年我晓得共产党会胜利得这么快，我也不会犯悲观主义。"我岳父说完这话，脑袋都低到裤裆里了。我岳父吐口痰，满脸的后悔和遗憾，回想着过去说："那时赣南充满白色恐怖，到处是你们国民党军队，走错路都能碰见，又哪里能想到共产党会有今天！"爹没说话，我岳父十分懊恼和怅然若失地扭开了脸。我岳父对革命者如今都在享受成功和喜悦，个个走路扬眉吐气的，心里颇为嫉妒，这是他只能站在街上眼巴巴地干瞪眼。"他妈的，"我岳父骂了声，很恨自己不争气道，"我他妈的是瞎了眼，看不到光明的人。"爹望着这个早期的革命者，心里也有点为我岳父惋惜。

我岳父下意识地摸下屁股，脸上就气愤，"当年我若不是屁股上挨一枪，现在少说也是湖南省省长，说不定也站在天安门的城楼上了。"我岳父看了报纸，报纸上有毛主席站在天安门城楼上宣布中华人民共和国成立了的照片，毛主席的旁边站了很多我岳父的熟人，十多年前，他们在赣南时，经常在一个锅子吃饭，一起憧憬革命成功后中国社会会是什么样子。我岳父痛骂自己说："我真是鼠目寸光啊，只配自杀。"爹拿我大叔安慰我岳父说："话不能这么说，像我大弟金江，他只能在九泉下看革命者享受革命成功的喜悦呢。也有这种可能，也许早在三十年代，红军长征时，你就死了。"

爹在老兵饭店坐了很久，老兵饭店的生意仍然不错，快吃晚饭的时候，人多起来，大多是一些留恋过去的伤残的原国民党老兵，他们高高兴兴地聚在老兵饭店，说话、喝酒、吃红烧猪脚，谈论已逝去的抗日战争和后来的解放战争。爹见我岳父换了副脸色，一副化悲痛为力量的样子招呼着客人和炒菜，就跟我岳母和梨花说了几句话，走了。

有天，长沙下大雪，雪花飘了一晚。奶奶一早起床，看着院子里雪花飘舞，对我妈和张桂花说："昨晚我梦见我二儿子，他可是很多年没到过我梦里来了。"妈看着奶奶，奶奶回忆着梦说："我梦见金江穿着干部服，一个人回来的。"妈多年前就从爹嘴里听说了金江的事，妈说："如果金江还活着，是该回来了。"白玉从奶奶的房里走出来，穿着蓝棉袄，人中上挂着结了壳的绿鼻涕，脸上一脸朦胧。何白玉自断奶起，就一直睡在他曾祖母房里，白玉不敢一个人睡，怕鬼，坚决要跟曾祖父和曾祖母睡一间卧室。奶奶见曾孙儿的棉袄没扣扣子，马上说："白玉，你不怕感冒打针吗?"边起身给白玉扣棉袄纽扣。白玉却高兴道："老奶奶，好大的雪啊。"另一个人起床了，是秀梅，她尖声说："咦呀，瑞雪兆丰年。"

这天上午十点钟，一家人坐在家里看书的看书，看下雪的看下雪，我二叔何金林一手牵着一个孩子走进院子，身后跟着我二婶。我二婶穿件枣红色棉袄和一条黑裤子，一张脸被西北的太阳晒得有点黑和粗糙，不像我爷爷奶奶记忆里那个脸蛋俏丽的女人了。两个孩子也穿着棉袄和棉皮鞋，女孩子的脖子上系条红绸子围巾。两个孩子一走进客厅，两双眼睛就东看西看，看见我大哥只剩半截身体，却坐在椅子上绣花，女孩就叫了声。大哥一笑，"吓着你了吧？"二叔忙对他的儿子和女儿说："他是你们伯伯的儿子，他的腿是抗战时期被日军的迫击炮炮弹炸没的。"何金林向拥到客厅里的一家人指着我二婶说："这是邓皎月。"又指着他儿子和女儿，"这是我儿子何陕北，这是我女儿何军花。"

何陕北和何军花都长着我们何家的脸型，鼻子嘴巴也是何家的式样，眼睛和眉毛却像他们的母亲。何陕北看大哥绣花，大哥正绣一朵牡丹花。何陕北用陕西口音的普通话说："绣花是女孩子的事。"大哥说："大哥要是有腿，也不会绣花。"

我二叔和二婶看着我们一家人，很放松地笑着、说着话。我二叔能一次又一次地从死亡的山谷里爬出来，湘军的刺刀不能把他刺死，军警的枪托和皮鞋没把他踩死，两粒从国民党特务的手枪里射出的子弹都不能让他丧命，是上天要他享受成功。何金林脸上的笑容是胜利者那种宽宏大量的笑容，爹坐在一隅，看着他这个弟弟。弟弟没看我爹，而是看着他们的爹妈。何金林对他爹妈说："我是特意回来看看您们两老。"爷爷咧嘴笑，看着金林心里却想起他的另外两个儿子，说："你们革命成功了，金江和金石怎么没回来？"何金林回答："爸，金石现在是解放军的副军长，部队在大西南。"奶奶抖着毛巾，道："我金石当副军长了？"何金林喝口茶，说："我也是才知道，何金石在部队里，部队还是战时状况。"爹问："还要打仗？"何金林说："国民党特务和各地的土匪还没肃清。"

奶奶把她昨晚做的梦说给金林听，奶奶说："金林，你二哥是不是也该回家看看了？"二叔听奶奶说完这话，脸沉下来，他迟疑地看一眼门外的大雪，又瞟眼我爹，觉得有必要告诉他妈道："妈，金江可能牺牲了，红军长征前，我在瑞金碰见金江后，他就再没消息了。当时，二哥之所以留下来是二嫂要生孩子了，二哥不可能抛下二嫂不管。"爹听完这话，看着二弟问："你最后一次看见金江是什么时候？"二叔想了下说："我最后一次看见金江是一九三四年四月，当时我是瑞金苏维埃学校里的一名教员，为红军军官扫盲。二哥那天来学校找我，当时坪上的橘子树正开花……"爹迷茫了，问："你没记错？"

二叔说："怎么会记错？当时正是赣南最紧张的时候，每一天每一件事都在我脑子里装着呢。"一九三四年四月份时，身体被红军指挥官连击两枪的我爹，已转到湘南的战地医院养枪伤了，而那时，距爹亲手埋葬何金江已整整半年。爹抠着头皮，把内心的困惑倒出来说："你如果没记错，那就怪了。我是一九三三年十月亲手埋的你二哥。"爹说了那次战斗，二叔听完后，嚷道："那就怪了，我明明在一九三四年四月见过二哥，当时二嫂在苏区做妇女工作。就是那年，蒋介石一心要剿灭我们，我们只好放弃瑞金，开始长征，长征途中，我听跟二嫂一起工作的同志说，二嫂因快生孩子了就留下了。"

那天和第二天接下来的时间，一家人都在说我大叔的事，爹和二叔说的死和见的时间出入很大，这不能不让一家人兴奋和迷惑。奶奶说她要去赣南找金江，二叔摇手，说如果他二哥还活着，一定会回家看父母，因为全国都解放了，蒋介石被赶到台湾了，没有谁可以阻挡他了。二叔想了下说："妈，如果二哥和二嫂不回来，只有一个可能，那就是二哥和二嫂在后来的与国民党反动派的斗争中，牺牲了。"奶奶听毕，伤心地哭了。

爹心里却释然了，多年来缠着爹的噩梦消失了，他并没有亲手杀死他大弟，这让爹由衷地高兴。一天，天晴了，太阳从久违的苍穹上露出来，平平和和的一颗，将白茫茫的世界照得一片金黄。这天，我二叔带着他的儿子、女儿和邓皎月一起出门，去体验市民生活。爹看着妈说："我总算可以放心了，这么些年，这件事像块巨石样压在我心头上。"

　　我二叔、二婶，还有陕北、军花在青山街住了一个星期。二叔一家人走的先一天，奶奶杀只鸡，炖了一大锅，吃饭时，奶奶把两只鸡腿分别夹给何陕北和何军花，奶奶说："你们明天要走了，今天多吃点。"何陕北毫不客气，用手抓着鸡腿骨，一口就撕下一边鸡腿，嚼着。鸡腿很大，何军花用筷子夹不起，也学她哥一样抓起鸡腿，看一眼大家，咬了口。秀梅说军花道："军花长得像北方人。"大哥盯一眼军花，"还是像何家人。"二婶笑，大哥用画师的眼光说："军花更像二婶。"那天下午，大哥就要给军花画像，让军花坐在椅子上，脸朝着窗外。大哥认真地画着堂妹，画了一下午，把军花的腰和屁股都坐疼了。玉珍那天值班，玉珍回来时，大哥问玉珍他画的军花像不像，玉珍说："不像，倒是有点像秀梅小时候。"秀梅看着画像说："不像我。"军花看着一身青布衣服、身材修长婀娜的秀梅说："姐，你真漂亮。"何秀梅一笑，"你这小姑娘——"

　　何秀梅很为自己的漂亮而烦恼，因为她真的不想这么漂亮，她随便走到哪里都被男性的目光团团包围，那些热情的目光如箭一样射向她，扎在她脸上、脖子上、腰上、臀部上、让她浑身不自在。为使自己不漂亮，她下狠心地给自己破天荒地剪了个男发，以为把那一头秀发剪掉，别人就不会注意她了。但恰恰相反，她变得更精神更漂亮更遭人注目了，她在街上走或去商店里买东西，无数双眼睛都为她的美艳而惊奇。立即就有女孩子学她的样剪了男发，奶奶从南门口的吉祥腊味店回来，走进青山街时，就见几个女孩都剪着秀梅那样的头发，奶奶说："秀梅，街上有姑娘学你的样剪男发呢。"秀梅不屑道："想不到我开先河了。"

　　院子里，桃树开花的那几天，何家桃的女儿出生了。郭铁城给女儿取了个这样的名字：郭香桃。这天上午，奶奶、我爹妈和张桂花一行人去医院看，家桃躺在产房里，胳膊弯里睡着个一脸红嘟嘟的女婴，一旁坐着家桃的婆婆。婆婆看着家桃说："你奶奶和你爹来看你了。"家桃就睁开因生孩子生得很用力而疲惫的眼睛。她生孩子生得很辛苦，孩子很大，生下来竟有八斤八两。家桃叫声奶奶，又叫了声爹。

张桂花把提来的水果和黄花菜交给家桃的婆婆，"黄花菜是发奶的。"家桃的婆婆是个当惯了太太的女人，穿得很整洁，头发一丝不乱。家桃的婆婆说："谢谢。"奶奶说："家桃，要多点吃，不然奶水就不充足。"家桃点头，我妈拉着家桃的手说："一定要把月子坐满。"家桃说："姨，您不要担心，我们郭家佣人好几个，我嫁到郭家后，从没做过家务事。"爹注意到女儿用了"我们郭家"，这说明女儿已把自己当作郭家的成员了。

那几天秀梅天天跑医院，她妈来了，守在医院里。秀梅一是关心姐，二是陪她妈。秀梅不去医院，她妈就不会回青山街三号。我二妈彻底退回到农村妇女的位置上了，衣着打扮都是何家山村的村妇模样，皱着眉头，表情僵硬，不爱说话。

奶奶在楼上为她安排间房，为此奶奶头上搭条毛巾，和张桂花一起打扫那间房打扫了一个下午，但二妈在那间房只睡了一晚，后面的两个晚上她都是睡在郭家。二妈不愿与我妈打照面，在她心里，是我妈夺走了她的男人。她虽然不再与我妈争风，却无法剔除心头的恨。妈和她那代人都从国内革命战争、抗日战争和解放战争中失去儿子、女儿或父亲、母亲的悲伤状态里走了出来，又精神了，一心要建设社会主义，就朝气蓬勃的。相比之下，二妈却陷入了孤立无助中。那种感觉有些凄凉，一家人都怜悯她。妈私下要爹留秋燕多住几日，她说："她是个可怜的女人。"爹好说这话就让张桂花去说，但秋燕不肯住，说她得回村里去，因为她父母离不开她。秀梅送她妈去汽车站，折回家，把自己关在房里哭了一场，第二天早晨眼睛还是红的，连不懂事的何白玉都看出他姑妈躲在房里哭过，"小姑妈，你哭脸了吧？"何白玉笑着问。秀梅一脸庄重地回答侄儿："姑妈没哭脸。"

桃树上的桃子一天一个样，绿中透红了，这天何白玉站在桃树下边打量桃子，边流着口水时，李文军穿着摘去帽徽领章的军装回来了。这年五月，全军参谋会议在北京召开，决定中国人民解放军从五百四十万里裁去一百四十万。李文军因与上司不和，被裁了。李文军扛着背包走进老兵饭店时，我岳父傻了眼，因为他昨天还在为儿子骄傲，说儿子是解放军的副师长，没想儿子今天却着一身没了帽徽领章的军装出现在他眼里。我岳父看着儿子，儿子说："我转业了。"岳父想儿子转业了，他拿什么骄傲啊？他不愿意相信地说："你就转业了？"李文军一脸脾气地瞟眼父亲，粗着喉咙道："首长要我转业。"李文军只在老兵饭店坐了五分钟，就假装高兴地来了我家，对我奶奶说："何奶奶，我转业了。"大哥听见李文军的声音，激动地从屋里"走"出来，手撑着椅子，把那半截残肢弯过来，屁股才落到椅子上。李文军对我大哥笑道："我终于脱下军装当老百姓了。"听他的口气，好像他终于可以按自己的意愿生活了似的。大哥是真高兴，喜欢道："好，我们可以经常见面了。"

　　李文军被安排进一家医院，不是我妈所在的医院，是家新医院。李文军不懂医，就成了负责后勤工作的副院长。医院里给了间潮湿的房子给李文军，还给了一张床，李文军就拎着口箱子和一个包，住进了那间房子。医院离青山街不远，在一处山坡上，李文军白天工作，晚上就来我家与我大哥下围棋。大哥曾被新政府安排到残疾人厂糊纸盒子，但大哥只干了三天就不干了，因为他实在不愿把时间浪费在糊纸盒上。大哥人残了，心还很高，他宁可坐在桌前画工笔花鸟或画水墨山水，也不愿与一大堆残疾人聚在一起糊纸盒。"从明天起，我还是在家里绣花和画画。"大哥既然这样说，一家人就不再提及他去上班的事。

　　青山街上的人都知道我大哥于抗战时期打死过很多日军，心里都尊敬他，当然都愿意让我大哥为他们绣花。他们相互说："这是抗日英雄何胜武绣的。"或说："这是神枪手何胜武绣的，这花绣得多俊。"那个年代的人很纯朴，都想帮我大哥，于是谁家嫁女儿或娶媳妇，青山街上的人都不上百货商店买绣品，都来找我大哥，大哥就埋头为他们绣。大哥干事很投入，他认为人家看得起他就更应该对得起别人，于是他从早绣到黑，绣到王玉珍把他身前的绷子抢走，他才罢手。只有李文军来了，大哥才放下活儿，与李文军下围棋。下围棋是大哥的另一爱好，自体残后，大哥的脑袋越长越大，脑细胞就十分多，完全可以边下围棋，边绣花。两人往往一言不发地下到整个世界都安静了，李文军才走。

四十三

爹在省参事室上班。没事，就是开开会、看看报，都是些前国民党的将字号军人，见面打声招呼，然后各看各的书报。有天，爹问李文军来不来参事室，湖南和平解放前李文军是国军少将师长，也是起义将领之一，是有资格进省参事室的。李文军问我爹参事室干一些什么事，爹回答："也没什么具体事，就是让我们这些人有个地方待，坐在一起学学文件、看看报，免得在外面生事。"李文军觉得这样的机构不适合他，便摇头，"我还是在医院里做点实事好些。"他解释："我这么年轻，不干事，难受。"爹就没再劝说他。

我上初中，被一大堆功课包围着，家里只有何白玉是个小闲人，他不是看他爹画画、绣花，就是看他老爷爷做木匠。有天，他壮着胆子走出院子找街上的孩子玩，那些孩子不但接纳他还很喜欢他，那些孩子都听大人们说何白玉的父亲是抗日英雄，就对何白玉说："我最佩服你爸爸。"从此，何白玉就经常上街玩，跟街上那些缺乏教养的男孩混在一起，难免不沾染一些恶习，又像当年他叔叔何正韬和堂叔何大金样，玩起了蛐蛐。他把养蛐蛐的烂罐子、烂杯子塞到自己床下和奶奶的床下，以至于一到晚上奶奶的房里便蛐蛐齐鸣，让奶奶半夜里醒来时还以为自己是睡在何家山村的露天坪上。白玉不光热情高涨地玩蛐蛐打架，还跟街上的男孩子玩跪碑和玻璃弹子。有天，一个个子比白玉还高的男孩哭着来我家告状，说白玉打他。奶奶瞪大了眼睛，以为这个世界轮回了，她的曾孙儿怎么同她孙儿何胜武少年时一个样，动手打起别的孩子来了？奶奶想真是有其父必有其子，生气道："我要打人。"何白玉用不着他爹教他应作出何种反应，转身就跑，跑到街上才对奶奶说："老奶奶，我没打他，是他自己绊倒的。"这回答也跟他爹当年回答奶奶时一模一样。奶奶对她的曾孙说："看老奶奶不打死你个没用的东西！"

何秀梅独来独往，大部分心扑在工作上，小部分心用来拒绝男人那厚颜无耻的求爱。青山街上和她所在的学校，有好几个男青年都跟雄蝴蝶样绕着她飞，只要看见她走来，人就像孔雀开屏样，让她既好笑又苦恼。青山街上有一男青年，不知天高地厚，一天傍晚，躲在一株槐树下，待剪着个女式男发的何秀梅缓缓走来时，他像鬼一样突然出现在她面前，吓得她一跳。他却激动道："我今天想请你吃晚饭，请你答应我。"何秀梅没有给他任何可乘之机，"你走开，"她冷着脸说，径直朝前走去。

还有一青年，是她们学校的体育老师，父亲是新政府的一个小官员，就觉得自己条件好。有天，趁下雨她没带伞而在教室前等雨停时，体育老师送伞给她，顺便将一封信递到她手上，她没有接，伞也不要了，大步走进凄凉的雨雾中。第二年，从别的学校新调来一个年轻校长，那校长姓顾，顾校长有天借谈工作的机会大胆向她挑明说，自从他看见她起，他每天晚上都想她。她答道："那你想错人了。"顾校长不死心，过了几个月，一天，他把她叫到办公室，递一张电影票给她。电影她去看了，但在回来的路上，当顾校长吸了口八月的桂花香，再次激动地对她表白时，她把顾校长的话堵在嘴里，说："顾校长，我有未婚夫，他在朝鲜战场上打美军，是志愿军的一名副师长。"顾校长呆呆地望着她，"副师长？官不小啊。"何秀梅让顾校长彻底死心道："而且他很帅。"

何秀梅自己都记不清自己那几年里拒绝了多少男人求爱，没有一个排，至少也有一个班吧？这几个是她记得的，青山街上那个从槐树后跳出来的青年是她的小学同学，另两个是她的同事，还有几个是她不屑于去记的，因为她连眼角的余光也不会放到那几个男人身上。她每天要晚上八点钟才回家，吃几口剩饭剩菜，就扑到桌上批改作业。改完学生的作业，她便给李文华回信。李文华每半个月来封信，都写着"何秀梅亲启"。何秀梅就把信拿到房间里看，就是一个字也不识的张桂花想看看她儿子写来的信，她也不给，她只把李文华在信中说的一句话念给张婶婶听，那句话总是："请代我向我妈问好"。张婶婶会竖起耳朵问："还有呢？"秀梅告诉张婶婶："没有了。"张婶婶的脸上就有些失望。

张桂花十七岁那年卖身葬母，被李雁军带进我家，她的大部分青春时光都丢在我家了！那张原来很明显的河南姑娘的脸，经这么多年的湖南风雨打磨，已不像河南女人了，更像青山街上的中年妇人。张桂花现在已不指望她丈夫的消息了，等了这么多年都没把丈夫等回来，她已经彻底想不起丈夫长什么模样了，即使在梦里，她的丈夫李雁军也成了个模糊人，看不清脸蛋。她心里只装着儿子，她时常问秀梅："我儿在信里说他什么时候回来？"何秀梅说："文华现在在朝鲜战场上打美国兵，要把美国兵打出朝鲜，他才能回家。"张桂花就叹气，脸上的表情因担心而有些怅然、灰暗，"我文华不会有危险吧？"何秀梅比张婶婶还担心，但说也奇怪，何秀梅已长成个能沉住气且很有耐心的女教师了。她一脸羞涩和端庄地告诉张婶婶说："张婶婶，文华哥不会有危险。"

张婶婶不放心，自己在房里偷偷供着观音菩萨，每天对着观音菩萨烧香。奶奶看见了，说："这没用的。"张桂花不是这样看，她说："有用呢，观音菩萨管全世界呢。"奶奶就不再阻止张桂花烧香拜佛。有天晚上，奶奶跟张桂花在观音菩萨前说了很多话，回到房里，躺下时感到头有些痛，就用手指揉着太阳穴，揉着揉着便睡着了。奶奶梦见了何金石。奶奶说，这个最小的儿子，几十年里从来没走进过她的梦，她就是想梦见他也不让她梦见，可是那天晚上这个儿子突然来到她梦里，还是他上高中时那副自诩自己是天才的模样，表情也是少年时独来独往、瞧人不来的严肃表情，对她说"妈，别出声"。奶奶说给我爹和我妈听，让我爹妈替她释梦，爹想也不想地答："这还用说吗？金石快回来了。"

我三叔何金石回来了，不过回来的不是人，是几件遗物，这在家里掀起了波澜。我三叔何金石自二十年前离开长沙后就与他爹妈断了联系，二十年里，他既没写过一封信，也没回来打过一个转身。那天下午，长沙市的民众正为抗美援朝的战争取得胜利而敲锣打鼓，游行庆祝时，院子里忽然多了个着一身草绿色军装的男人。他是怎么进来的都没人晓得，宽脸仁厚，脸庞上有些胡子。他有点拘泥的样子搓着手，问扫着院子的张桂花："请问这是何湘汉同志的家吗？"爷爷正在后院动着脑筋修改给他孙子做的轮椅——那张椅子虽然安了轮子却推不动，张桂花忙去叫爷爷。爷爷放下凿子，走出来，瞅着来者，来者说："我是湖南军区的，我代表组织上通知您，您儿子何金石同志在朝鲜战场上光荣牺牲了。"

对于爷爷来说，何金石同志只是生活在他记忆里的一个少年，而且是个已陌生的少年。来者一脸抱歉道："大叔，何金石同志的遗体埋在朝鲜了，遗物只有一口猪皮箱子和何副军长穿过的几件军服。"爷爷没法想清楚这事，怔怔地看着来者，来者愧疚道："老人家您要节哀顺变，何副军长是被美国人的飞机投下的炸弹炸死的。"

奶奶回来时，一家人坐在客厅里都不说话，奶奶见三个穿军装的陌生人望着她，就猜测家里一定出了什么事。奶奶皱着眉头坐下，三位军人里的一位把何金石穿过的军装和戴过的军帽拿给奶奶看，"这些都是何副军长的遗物。"奶奶说："我何金石死了？"奶奶尽管有心理准备，还是忍不住哭起来。军人说："何金石同志参加了二万五千里长征，又参加了旷日持久的抗日战争和接下来的解放战争，临了还带兵上朝鲜战场打美国人，是我党我军的好干部，他的牺牲，我们也很难过。何大妈，您是革命烈士的母亲，您有什么需要组织上安排和解决的，尽可以提出来。"奶奶哭着说："那有什么用啊……呜呜呜呜。"

全家人里，只有奶奶最伤心，对于其他人来说，何金石只是一个传说，这个早已让全家人记忆模糊的少年，现在变成几件旧军服回来了。对于我们这些小一辈的人来说，都不知道家里曾经有过这么一个人，几乎都忘记了院子里这棵被雷劈且燃烧过、居然没死的桃树就是"这个少年"栽的。大哥一脸平静地对王玉珍说："老实说，我都没一点记忆了。"

三个军人在我家院子的门上钉了块牌子，牌子是白底红漆字，写着：烈士军属。张桂花问钉牌子的军人说："你肯定我儿李文华还活着吗？"军人回答张桂花："应该活着，我帮你打听一下。"三位军人走后，奶奶哭着。爹脸上有些阴郁，爹的这个弟弟在爹的记忆里，也彻底模糊了。有天，爹路过奶奶的房间，见三弟的遗物都整整齐齐地码在桌上，爹把三弟穿过的军衣和戴过的军帽从奶奶房里拿出来，收在他大柜的底层，上面用棉絮压着。奶奶从吉祥腊味店回来，不见了她一回家就捧在怀里的遗物，丢了魂似的到处找，找到我爹妈房里，问我爹，爹回答："扔了。"

何金石毕竟只是个已模糊的影子，只是过了几天，笼罩在青山街三号的这种悲伤渐渐散开了，就跟晨雾经阳光一照，消逝了样。家里又恢复了平静，吃过饭，一家人再坐在一块就不谈这个烈士了，奶奶甚至想要我爹把那块"烈士军属"的牌子摘下来，因为这让她老人家每天进门时看着扎眼，仿佛她的儿子何金石被人钉在门上了。"这牌子扎我的眼，"奶奶说，"金山，你把它取下来吧。"爹为了跟上形势，经常看报，觉悟就比奶奶高，"金石是牺牲的，妈，这是政府给的荣誉，"爹说，"别人想要都要不到的。"奶奶就愕然地盯着我爹，不太有把握地问："真有这么重要吗？"爹答："有呢。"奶奶说:"那就让它钉在门上吧。"谁也没想到钉在门上的何金石,日后居然有那么大的魔力,把觊觎何家的人统统挡在门外!

十月的湖南,正是金秋季节,稻谷就是在这个月熟,橘子也是在这个月长熟,地下的红薯也是这个月出土。李文华师长一脸阳光地来了,他是请婚假回来跟何秀梅结婚的。去年,他因在朝鲜战场上屡次出色完成战斗任务,升了师长,这让很多姑娘都想嫁给他,跟他过一辈子,可是李文华师长一一谢绝了,他对爱慕他的女人说:"我有爱人,她在长沙,是小学教师。"现在他冲着他的"小学教师"回来了。他一进门就叫了声"妈",张桂花见自己的儿子长得十分高大魁梧,很像她记忆里的丈夫李雁军,只是比李雁军长得更加高大,就激动地扑到儿子的怀里说:"文华,你还记得妈啊。"李文华把妈扶到椅子上坐下说:"妈,我在北京碰见爹了。"张桂花睁大一双不再年轻和从来就不曾漂亮的眼睛,惊异得不得了,"你爹还活着?"李文华吃惊道:"秀梅没告诉你? 妈,我让秀梅转告您啊。"他妈满脸不悦道:"秀梅没跟妈说啊。"爹开口了,"文华,是我不让秀梅告诉你妈,怕你妈受不了。"

我们家都知道李雁军还活着,而且是军长,这消息来自于我二叔。还在一年前,二叔就打电话告诉我爹:李雁军还活着,是解放军军长,部队隶属北京军区。爹和妈及奶奶一商量,就决定还是瞒着张桂花为好。因为李雁军不但又结了婚,而且儿子都九岁,女儿也七岁了。还在一九五〇年四月三十日,新成立的中华人民共和国就颁布了第一部新婚姻法,新婚姻法规定一夫一妻,禁止重婚、纳妾和童养媳。李雁军是共产党员,军队里的高级干部,学了法的。但是他的婚礼是彭德怀为他主持的,那是一九四〇年,距新中国颁布的新婚姻法整整十年前。那时他是团长,常带领一团八路军官兵冲锋陷阵,打日军,但他总是一个人,组织上就关心他,为他撮合了一门婚姻,以便照顾他的生活。如今,新婚姻法规定一夫一妻,他就没法面对为他守寡多年的张桂花了。

张桂花听儿子说她丈夫还活着的话，立即晕倒了。李文华慌了，忙把他妈从椅子上抱到床上。奶奶端杯冷开水走来，含一口，喷到张桂花的脸上，张桂花"呜"的一声哭了。

何秀梅是哼着快乐的歌曲走进家的，她一进门就愣住了，因为李文华用一双火热的眼睛盯得她脸一痛，害她下意识地捂住脸，"文华，真的是你？"何秀梅尖声说。李文华道："是我。"何秀梅放下包，看着满脸阳光的李文华，李文华嘿嘿一笑说："我是特意给你一个惊喜。"何秀梅红着脸，王玉珍插话了："想不到文华还是这个家里出的最浪漫的人。"李文华谦虚地嘻嘻笑道："我们军长给了我婚假，让我回来完成婚姻大事。"

大家听李文华这么说，都把高兴的目光放到何秀梅脸上，何秀梅笑了下，但那笑容是淡淡的，像我爹手上的烟，一飘而过。张桂花还在房里忧伤，何秀梅听见张婶婶的抽泣声，问王玉珍，王玉珍道："张婶婶已知道文华他爸还活着。"张桂花一定听见了王玉珍说的话，哭声加大了。有李文华盯着，何秀梅的心跳得怦怦响，她晓得她再不逃开就会被李文华那炽热的目光溶解成一摊水，便尖声宣布道："不行，我还有好多作业本没批改。"王玉珍说："文华，你别看秀梅小时候是个什么事情都不管的女孩子，自从她当老师起，做事好认真的。你去她房里看看，连续三年都被评为优秀教师。"

李文华就跟着何秀梅步入何秀梅的房间，墙上果然有学校颁发的奖状。李文华盯着奖状，表扬说："想不到你还是优秀教师，你在信里怎么不告诉我？"何秀梅见李文华目光炯炯地盯着她，心就痛，但她没把痛放在脸上，一笑说："这有什么好炫耀的！"李文华当即赞美她说："这就是我看重你的地方。"李文华用火热的目光盯着她，那目光的热度简直可以把一座冰山融化，但却无法融化何秀梅那颗自卑与孤傲混为一体的顽石一般的心！她避开李文华那火热的目光，说："文华，我有一大堆作业要改。"说着，她坐到桌前，把那一包作业本倒在桌上，紧随那一大堆作业本滚出来一支上着红墨水的钢笔，她拧开钢笔帽，翻开一个作业本就专注地看起来。李文华在一旁盯着她，心里郁闷和困惑极了，想自己请假回来是想跟她讨论婚姻大事并把她带到部队里给首长过目的，她却如此冷若冰霜。他问："你教几年级？"秀梅答："五年级。"说着，她用红笔改了学生作业本上的一个错字。

李文华看着何秀梅的侧面脸，感觉她的侧面脸真美，睫毛长长的、鼻梁挺挺的、下巴翘翘的。"秀梅，我们结婚的事，你是什么态度？"秀梅的脑海里突然闪现了那毁灭她贞洁的一幕，那一幕竟如此清晰和强烈地跳到她眼前，让她不由得一脸苍白。她装没听见地问李文华："你说什么？"李文华把刚才说的话重复了遍，何秀梅的脸上掠过一抹淡淡的阴影。奶奶走来，对李文华说："文华，你去安慰一下妈，你妈说她要去北京找你爹。"

那几天，何秀梅最重要的事情就是躲避李文华，一早出门，天黑了才回家，总是拿一大堆作业本抵挡李文华那炽热的目光。何秀梅对自己发誓，她坚决不嫁人，她要把她失去贞洁的痛苦带入坟墓。为了不使李文华的目光过分灼热，她又一次走进理发店，坐到椅子上对理发师说："给我剃个光头吧，师傅。"理发师以为自己听错了，"你说什么？"她重说了遍。青山街的理发师都清楚何家的底，晓得这一家人疯起来锐不可当，就把她那一头秀发三下两下地剪了。接着，理发师握着理发剪，贴着她的头皮剃了个光头，还用剃须刀刮了遍，刮得头皮又白又亮，如一棵洗净的大蘑菇。她想，这一下谁都望着她不顺眼了。

但事实证明又一次恰恰相反，她变得更漂亮了，漂亮得近于风骚。这颗光头这么圆、这么美，那么新鲜、朝气、张扬，彻底颠覆了男人们的审美意识，具有挑战性，即使站在夜色下这颗光头也闪闪发亮，这让李文华恨不得倾倒在她的裙服下。李文华兴奋极了，发痴地盯着她这颗完美无比的光头，简直是赞不绝口地连连说："秀梅，好看、好看，真的好看。"何秀梅之所以剃光头，并不是为勾引李文华和别的男人，实实在在是想把自己放在中性的位置上，让李文华失望之极而消除结婚的念头。可是那天晚上，李文华见她的这颗光头闪烁着极为诱人的光泽时，他再也顾不得自己的脸面和自尊了，迫不及待地走到她面前，伸长脖子，表情坚决地说："秀梅，请问，我们什么时候结婚啊？"

何秀梅有苦说不出，她也不想说。何秀梅有一颗金子般的心，还有一颗诚实的脑袋。她尽管胆子大，人猛，有热情，工作很努力，敢于挑战世人的目光，甚至在众人面前她是个勇于冲破一切传统观念的天不怕地不怕的当代女性，骨子里她却是这个世界里最传统、最保守和最自卑的女人。她的内心极其脆弱，脆弱得像一棵生长在阴影里的小苗，没有阳光照耀，也不曾被雨露滋润，靠一点地下水分维持生命。在她金子般的心里，她觉得如果要她跟李文华结婚，她就有责任把发生在她身上的、令她悲伤的事原原本本告诉李文华。但她又觉得假如她和盘托出，她在李文华面前从此就失去了光泽就再也抬不起头了，而不告诉李文华，她又为自己隐瞒了这段"污迹"而深感对不起李文华。这就形成了一个怪圈。这个怪圈如一头猛兽样撕咬着她，让她想逃避现实。

一天，吃过晚饭，剃着颗光头的何秀梅见李文华用发亮的目光盯得她的头皮都发烫了，便匆匆离开，坐到她房里，假装备课。爹很不踏实地跟进去，"爹问你几句话。"何秀梅就一脸平静的模样坐着，爹咳声说："文华这次回来是请了婚假，专门来与你结婚的……"爹的话还没说完，秀梅便回绝说："爹，我还不想结婚。"爹把眉头拧得老高，爹实在不理解这个身为小学教师的女儿有什么好高傲的，说："秀梅，你不小了，文华是师长，人又高大，这样好的人，你哪里找呀？"何秀梅抽口气说："爹，您说完了吗？"爹见她说话的口气如此冷漠，就很恼火，"没完，爹问你，你是不是像你姐一样，心里有了别人？"何秀梅听出爹问的话里含着责备和怒气，就缓缓抬起头，看眼爹和爹身后的门说："绝对没有。"

李文华站在门外听见了，他绝对不相信她的回答。他有心思了，回来时的快乐荡然无存，他是师长，要管全师官兵，部队只给了他十天婚假，七天都过去了，何秀梅仍不松口，这让他十分难堪和忧伤。他暗想他一定要揪出何秀梅背后的男人。从前，那个把什么事情都放在脸上、说话直来直去的李文华，变了，变得寡言和爱猜忌了，一双眼睛躲躲闪闪的，看人都是怀疑的目光，笑容转瞬即逝，让人猜不透了。星期天，何秀梅穿戴整齐地走出门，对他说："今天学校有事，我要去学校。"

何秀梅前脚出门，李文华就果断地跟了出去，生平第一次对一个女性进行跟踪。他跟在何秀梅身后，保持着一百米的距离，好不让何秀梅的听觉听见他雄浑的脚步声。他一直跟到何秀梅所在的学校。由于是星期天，学校的大门关着，他看见何秀梅从一张侧门迈进去，隔几分钟，他也迈进了那张门。学校里安安静静，操场上有几个孩子在打篮球。他弓着身体，一间教室一间办公室地搜索，当然就觑见了那颗完美无比的光头——那颗光头使阴暗的办公室光芒四射。只有她一人，她坐在桌前改作业。李文华闪开了，走到一棵树下，盯着办公室的门，看是什么人走进办公室与她相会。他盯了两个小时，眼睛盯酸了，什么人都没出现，盯得天都阴沉下来，下雨了。他灵机一动，走出学校，去百货商店买了两把伞，再走进学校时他就变成送伞的了。何秀梅看见他，眼睛瞪得大大的。他一笑，"我给你送伞来了。"

李文华问她："改作业干吗不在家改？"何秀梅说："学校安静些，因为有你，我在家里注意力不集中。"李文华脸生惭愧，说："对不起。"何秀梅答："没什么。"李文华继续用火热的目光盯着她，"秀梅，你在信里说，等抗美援朝战争胜利了，我们就生活在一起，你不记得了？"何秀梅确实在信里这么说过，但她听他这么提及，脸上升起了冷雾，"我是说过这话，"她的心抽搐了下，却拼命让自己的脸色冷淡，"只是我还没打算近期结婚。"李文华生气了，"我请你老实告诉我，你是不是心里有了别人？"

何秀梅的心很痛，觉得自己很委屈，很想把一切说出来，把痛苦分一半给他，让他也分担，但她怕他会被她的痛苦吓倒，就强忍下了。她突然把手伸向李文华，抓起他一只握枪握得皮肤很粗糙的手，"文华，如果我这辈子打算嫁人，那一定是嫁给你。"李文华立即抓紧何秀梅那只沾着红墨水的手，激动道："秀梅，你今天说的话是真的？"何秀梅说："除了你，我任何人都不嫁。"李文华的心一下子宽了，像条大马路那样宽了，仿佛有载着大把大把幸福之事的大卡车在他这条宽广的马路上奔跑。他立即把悲伤转换成力量了，大声说："我保证等你想结婚时我们再结婚，只要你不背叛誓言，我李文华也绝不背叛。"

何秀梅感动得眼睛于那一刻湿了，李文华趁机把她紧紧地抱在怀里。但李文华只是抱了她三秒钟，三秒钟一过，她愣地醒了，挣脱开李文华的怀抱，拼尽全力把自己那颗幸福得快蹦出来的心压下去，重新坐直身体说："文华，你回去吧，我还要静下心来改作业。"

四十四

李文华是那个火红的年代里产生的有着浪漫情怀的年轻军人，那个年代生产了很多热情高涨、有着钢铁般意志、把爱情和工作分得很开的年轻人。李文华就正是那样的有着火热的革命激情和金子般耐心、又能克制私心杂念的青年，他虽然不知道柏拉图，但他很喜欢过这种坐在行军床上读书写信的生活。他觉得那样的生活才是革命军人的，而天天相守在一起实在是太儿女情长了，可以舍弃。他一走出学校的侧门就奔向火车站，觉得与其在家里干等，还不如一个人坐在营房里读她的信来得更真实更情趣更富有想象空间和更甜蜜。他激情满怀地买了张第二天去兰州的火车票，他告诉他妈："我刚才去电讯局打电话，首长要我紧急赶回部队。"他妈瞪大业已发黄的眼眸（这十多天里，这双眼睛哭肿过好几次），弄不懂她的儿子怎么会突然改变主意，"不是说好了，等你结婚后再走吗？"李文华把不快按在心里，像把一只小狗按在窝里不许它出来样，回答他妈道："来不赢了。"

李文华一走，张桂花的生活就空了一大块，脑海里就整天飘着李雁军。李雁军当年离开她时，比今天的李文华大不了几岁。张桂花决定去找李雁军，当面锣对面鼓地把苦水倒出来，因为她感到她不把苦水倒出来，那苦水会把她淹死，因为那苦水已经涨到她喉咙边上了。她对我奶奶说："师母，我还是决定找他问个究竟。"奶奶也不能阻挡她，尽管奶奶知道不会有好结果，但她为李雁军守了这么多年空房，为李雁军带大了孩子，还把自己的青春年华无私地奉献给了我们家！奶奶可怜她道："那你去吧。"张桂花听奶奶这么说，又犹豫了，问："不会有什么不好吧？"奶奶答："这个我说不好。"

那几天张桂花天天坐在镜子前不停地打扮，一时把头发梳成这样，一时把头发梳成那样，一时往头发上插花结子，一时又将花结子摘下。这一年的张桂花，自己都不知道是多少岁了。她的童年是在河南的农村里长大的，她的少女时期是与母亲沿途讨乞中度过的，所以她真的不知道自己是哪年出生的，她母亲从没跟她说过这些。张桂花看着镜子里的脸蛋，皮肤确实没以前光鲜了，色泽黯淡了，还充斥着让她伤心的皱纹。她阴着脸，恨自己这些年没把自己当女人，竟一次也没往脸上抹过香，眼下这张脸李雁军见了难道不犯晕？张桂花不是个记恨的女人，相反，她是个把什么错误都往自己身上揽的喜欢自责的女人。她的记忆里有很多李雁军的好，她最记得多年前，有个燠热的晚上，李雁军担心儿子热醒，不断地为儿子打扇，而她却为他打扇。李雁军说："你把儿子带好，我打完仗，再回来看你们母子。"

这句很多年前在她耳畔的叮嘱，让她一想起就激动，就觉得她应该去，去亲眼看看这多年过去了，他变成了什么样子，是不是头发白了，是不是脸上也有皱纹了！尽管当她冷静下来后，她也感到她和他也许走不到一起去了。她盯着镜子里的自己，坚决地抠着因多年劳作而积累在额头上的斑，却怎么也抠不掉，抠痛了，抠红了，抠出血了，那让她痛恨的斑仍然固执地存在在她额头两旁。她再看自己的手，这手显得十分粗糙，皮打褶了，还隐隐透着腊肉味。她悲伤得倚在桌上低声啜泣。奶奶听见她的哽咽声如蚊子样叫，就同情她说："桂花，你要想清楚，李雁军现在有另一个家，毛主席说一夫一妻，李雁军即便有天大的胆子，也不敢有两个老婆啊。"张桂花哭道："师母，你要我怎么办啊？"奶奶说出了自己的想法："你如果能忘记他，那最好不过了。"张桂花还是想去找李雁军，她开始收拾行装，临了，她对奶奶说："我没打算把他要回来，但我在他家做个佣人，总可以吧？"

她穿着在青山街裁缝店定做的绿旗袍，和一双后跟有点打脚的长沙皮鞋厂生产的女式黑皮鞋，去了北京。她虽然穿着绿旗袍和皮鞋，却仍是一副做贼心虚的相，被哨兵拦在军区大院门外。张桂花说："我找我丈夫。"哨兵说："一边去。"她因为心里没底，就十分胆怯，但又不甘心千里迢迢地跑来连面也不见就放弃，便壮着胆子对哨兵说："我丈夫是你们军长。"站岗的哨兵听到军长的名号，打量她一眼，跑去报告，不一会走来一个年轻军官，年轻军官打量着张桂花说："大妈，请您到接待室来。"

张桂花去了接待室，对年轻军官说了她的故事，年轻军官打了个电话，一辆灰色的伏尔加轿车马上驶到接待室前，李雁军军长严肃着脸下了车。张桂花一眼就认出了他，李雁军除了老些外，简直没变样。张桂花激动地叫声："雁雁雁军。"李雁军军长扫她一眼，"真是你。"张桂花再也控制不住积压在心田上的奔放的感情了，这么多年里她盼望的就是这一天！她温情、软弱又不顾一切地投到了李雁军的怀里。年轻军官见此情景，退开了，接待室里就剩下他俩。李雁军说："师父和师母都还好吧？"张桂花使劲点头，"他们都好。"

两个人说了很多话，渐渐地张桂花觉得两人之间生分了。接着，李雁军先是到隔壁打个电话，在电话里说了很久的话，随后带张桂花回家。李雁军军长住着栋两层楼的房子，家里什么都有。张桂花走进去时，现李夫人瞟她一眼说："来啦。"家里有保姆，现李夫人正在厨房里指导保姆做菜。客厅里有两个孩子，男孩子正看书，女孩子趴在茶几上做作业，咬着嘴唇。李夫人对两个孩子说："大大、小小，叫阿姨。"两个孩子都叫了声"阿姨"。张桂花看眼两个孩子，觉得这两个孩子生活得真幸福，穿得也好。李夫人指着另一边的沙发说："你坐。"张桂花坐下，两只膝盖不觉就拘泥地拼拢了。李夫人说："军长很忙，有什么事你跟我说。"张桂花是来找丈夫的，但现李夫人的架子很不简单。当了一辈子下人的张桂花，一看见这个比她年轻又比她漂亮的女主人，心里就腾起一股莫名的自卑，好像山林里起了雾，赶也赶不散。张桂花不说话，就那么紧张的一声不吭地坐着，她有千言万语，但她不可能当着两个孩子和这个陌生女人的面说。吃饭时，张桂花觉得味同嚼蜡，虽然有鱼有肉。

李雁军见张桂花不怎么动筷子，便说："桂花，多吃点。"李雁军这么叫张桂花遭到李夫人的白眼，李夫人那一会儿敏感地停下吃，斜视着李雁军。张桂花瞅见了，低头吃着那个保姆做的让她吃了想呕的饭菜。吃过饭，她又那么干坐着，墙上的钟，一分一秒地朝前走，先是两个孩子被李夫人勒令去睡觉，跟着，保姆也睡觉了，室内静悄悄的，只有几个人的心跳声。十点钟，李夫人伸个懒腰，把张桂花做她的乡下亲戚招待说："我带你去招待所休息吧。"张桂花就跟着这个不把她放在眼里的李夫人去了招待所。

张桂花完全被现李夫人的气势压垮了，一晚也没睡着，第二天李雁军来招待所看她，她趴在他身上哭。李雁军很紧张，生怕招待所的服务员突然推门进来看见，忙说："别别别这样，桂花。"他解释："这是国民党反动派造成的，那时你在国统区我在解放区……这个罪要算在蒋介石的头上。"张桂花呜呜呜哭得很难看，一把鼻涕一把眼泪。李雁军吓坏了，手足无措，也很难过，说："桂花，毛主席制定的新婚姻法是一夫一妻，我不能不听毛主席的话啊。"张桂花索性哭出声，哭得李雁军恨不得把自己变成两个男人，一半给李夫人，一半给张桂花。张桂花悲痛地啜泣时，突然一口气没喘过来，晕了。李雁军军长忙打电话叫来医生，医生把张桂花救醒了，李雁军军长阴着脸对女服务员说："看好她。"

张桂花再次醒来时就孤零零地躺在床上了，在她眼里，天色惨淡，阳光也凄凉。女服务员见她醒了，忙去办公室打电话向军长报告。张桂花看在眼里，感到自己与丈夫的世界完全格格不入。她在北京待了一个星期，那个星期她都在招待所的服务员眼皮子底下生活，她们送饭给她吃，送开水给她喝，还买来水果和点心。动惯了的张桂花根本受不了别人侍候，感觉她好像不是自己样，就别扭。她清楚自己没法融入到李雁军的生活中，因为李雁军根本不让她走进他的生活。第六天上午，她对来看她的李雁军说："帮我买张回长沙的火车票吧。"李雁军松了口气，想这个可怜的女人总算可以面对现实了，忙让人买了张开往长沙的火车票。他亲自驱车把她送到火车站，让她给我爷爷奶奶一人带一双棉皮鞋，还带了很多北京食品。张桂花坐到车厢里，扭头看站得笔挺的李雁军，哭了，一路哭回来的。一走进我们家，她的一双眼睛已红肿得同核桃一样大了，她看着我奶奶，突然又热泪盈眶地哭了，激动地叫了声"妈"。奶奶以为自己听错了，奶奶很感动，"你在何家生活了三十年吧？真算得上我女儿了。"张桂花就更加坚定地叫了声"妈"，张开双臂抱住奶奶。

张桂花是个可以向命运之神低头的女人，不需要别人调解，自己跟自己较量一番，就面对现实地拎着菜篮上街买菜了，这是张桂花把身上储蓄着的很多爱，不需要别人点拨地转移到白玉身上，天天关心着这个与她毫无关系的男孩。白玉这年读小学二年级，每天把自己玩得跟野猫子一样脏，脸上总是有灰，人中上总是挂着绿鼻涕，张桂花便打水给白玉洗脸洗手，对白玉唠叨一大堆话，比白玉的生母还要操心。

这年四月——一个暖风把市民身上的卫生衣吹得都脱下身的傍晚，我大姐很争气地为郭家生了个儿子，这让郭家十分欣喜。在郭家的公公和婆婆眼里，郭家的财产总算有了血脉相传的继承人。郭家大少爷来了，坐着他那辆奔驰，来接我爹妈和奶奶，一脸的高兴道："爸，家桃生了个儿子。八斤二两，我爸给他取了名，叫郭承嗣。"家桃的公公和婆婆一直在盼着家桃生儿子，郭家很有钱、有几家工厂、有大房子，将来总得有个姓郭的人来继承家业。家桃知道这些，也很急，在郭家公公婆婆的念叨和焦虑中，她终于不辱郭家媳妇的使命。郭铁城得意地扬起脸说："我爸妈准备为孙子办一场热闹的满月酒。"爹说："就一家人吃吃饭行了，别那么铺张。"郭铁城脸一扬，说："我爸决定的事，很难变的。"

奶奶和爹妈都去医院看家桃，她婆婆守在一旁，亲自喂家桃喝汤，喝得家桃脸上红润润的。家桃昂起头叫了奶奶和爹，爹见此情景，很放心。奶奶也是这种感受，回来后奶奶说："家桃嫁给郭家真是嫁对了，生了个胖小子。"张桂花听了这话，望眼秀梅，秀梅说："好啊，这证明姐是个有福气的人，母凭子贵，郭家自然会对我姐更好。"

侄儿郭承嗣做满月的日子，我二妈也来了。她有好多年没出现在我家了。我二妈的事情真的很多，解放初期，她和她爹妈分了七亩田，她爹瘫在床上，她妈身体虚胖得一低头就晕眩，她又要照顾爹妈又要种田，还要养鸡喂猪，真的没有一分钟闲暇。她乞求上天把每一分钟都延长三十秒，她好完成等着她做的一件又一件事，因此她忙得连过年过节都抽不出时间来我家看她的亲生女儿。这一次她能来是村里搞初级合作社，几家几户一组，一起种田一起劳动，她于是腾出一天时间来看她的外孙。我二妈虽只是个四十几岁的女人，可盘在脑门上的头发都花白了，穿的衣服也是农村妇女常穿的深灰色妇母装——这可能还是二妈最好的衣服。然而，亲家婆婆竟不让她抱外孙说："这孩子嫩，你就不要抱了。"那一刻，二妈的脸很难堪地红了，待那层红色褪去，二妈才尴尬地坐到椅子上，一张脸就变得很疲倦和麻木。这一次二妈来，爹让我改口叫她"马姨"，于是一家人才想起她姓马，但马姨不经老，看上去好像已跻身于奶奶那辈人了。爷爷对她比较热情，问她："村里还好吗？"马姨坐在她亲家母那豪华的客厅里，十分认真地答："都还好，搭帮共产党。"

晚上，马姨就睡在秀梅的床上，多少年了，母女俩怕还是第一次睡一张床。张桂花给马姨套了床干净被子。马姨看着女儿那熟得像一只快烂了的桃子样的身体说："秀梅，旧社会，你这个年龄，孩子都跟在大人的屁股后面捡谷子了。"秀梅烦她妈跟她提婚姻大事，"妈，现在是新社会。"她妈从我妈和张桂花嘴里知道了女儿与李文华的事，她妈想起自己与我爹的事，便说："妈还没到你这个年龄就生了你姐。"秀梅生气了，"我讨厌男人。"

秀梅说的是真话，但在她妈眼里，女儿说的是气话。她妈说："你是说气话。"秀梅把背对着她妈，不再跟她妈说话。次日一早，天下起了雨，她妈爬起床，拉开门，见张桂花坐在客厅里择苋菜，雨打在葡萄叶上沙沙响。她说："我今天得赶回去。"张桂花说："下雨呢。"马姨拘泥地一笑，看一眼落在院子里的雨滴，雨不是很大，打得桃树叶一颤一颤的，以致桃子藏不住地露了出来。马姨的目光一瞬有些恍惚，十多年一眨眼就过来了，自己再也不属于这个家了，这个家的人似乎也没把她视为这个家的成员了，就连她曾经十分仰仗的婆婆，也没把她看成儿媳妇了。这一次来，让她感触最深的是，大家都把她看成了乡下亲戚，就连她女儿仿佛也是这样看的。她心里很寒，犹如心底有一股冷风在抽打她，让她不想在这个家再多待一分钟。她坚持要走，奶奶情急中递一把旧油布伞给她，这让马姨更清楚她不属于这个家了，便举着旧油布伞，头也不回地迈进漫漫雨雾中。

八月里的一天，我收到一份入学通知书，成了湖南师范学院数学系的一名大学生，也是我们家族有史以来第二名大学生。奶奶说："我们家总算又出了个大学生，那要办酒席。"当然就办了几桌，我的一些高中同学来了，街上的邻居也跑来祝贺，李佳也来了。女大十八变这话，具体体现在李佳身上，李佳出落得很漂亮了，小时候那个人中上挂着鼻涕的李佳已不翼而飞了，换来的是一个身材娉婷且打扮洋气的说话声音悦耳的姑娘，她一出现在门口，众人都惊呆了，就连一向不把别人的漂亮放在眼里的何秀梅也吃惊不小。这个穿着时尚、烫了卷发、像银幕上走下来的小姐，竟是李佳。李佳有几年没来我家了，她初中毕业后进了厂，成了新中国的第一代工人。那是一家毛巾厂，离南门口不远，南门口可是很繁华的地方，李佳耳濡目染，就时尚起来。李佳看见我说："祝贺你何文兵。"我第一次在一个女孩子面前脸红就是在她面前。李佳笑，笑声很好听。奶奶很高兴，"佳佳，坐到奶奶身边来。"李佳就坐到奶奶身边，奶奶摸着李佳的手说："哎呀，你这孩子手真嫩。"李佳咯咯笑，我妈在一旁抿嘴笑，说："李佳真长大了，谈对象了吗佳佳？"李佳说："还没呢。"

那天晚上我有点失眠，脑海里总是有李佳说话和笑的形容，心里承认她比我见到的任何女孩都要漂亮。开学了，走进大学的门槛，发现没一个女同学有李佳漂亮，心里就更装着李佳。有天，何白玉与比他高一年级的男生打了一架，一砖头把那男生的脑袋"拍"开了，血流了一身。学校老师板着脸登门拜访，那男生的父亲也冲来，手里拿着那件血衣，要求我家赔偿医药费。那家长很气愤地说："又不是阶级敌人，不至于那么下狠劲打吧？！"

大家感到吃惊的是小小年纪的何白玉，居然敢用砖头砸人，这还了得！医药费当然要赔，还得写检讨认错。打发走何白玉的老师和那个学生家长，一家人才第一次把好奇的目光投到何白玉身上，似乎这才发现何白玉长得既不像他妈，也不像他爹。奶奶盯着曾孙儿看了好一气，他可是在她眼皮子底下一天天长大的！奶奶见白玉倔犟的样子站在院子里，一脸不服气的模样，奶奶问他："你是吃了豹子胆吗？"白玉不回答，大哥瞪着儿子，拳头拧得直叫，可是他又无法揍他这个一扭身就可以跑得没影的儿子。大哥骂他说："我怎么就生了你这样的儿子？"白玉不望他爹，也不看脸怄青了的他妈。吃饭的时候，大哥的手够得着白玉，就拿筷子打白玉的脑袋。张桂花忙护着白玉，白玉端着碗逃开，躲到他父亲的手遥不可及的地方吃着饭，目光冷冷的，一点也不在乎他爹打他。玉珍从不骂儿子的，那天她气得虎着脸骂道："没用的东西，净在外面丢你爸妈的脸！"奶奶本来想骂的，见玉珍骂了就转口道："你过来，跟老奶奶说清楚，你怎么拿砖头砸人家的脑袋。"白玉不理老奶奶。

秀梅到底是当老师的，她起身，把白玉拉到美人蕉边，用温和的声音说："白玉，我相信你是好孩子，你告诉姑妈，你为什么跟那个男同学打架？"白玉的眼泪水突然涌出眼眶，鼻子也抽动了下，这才很气的样子大声说："他骂我们家是国民党。"

秀梅好像被什么东西噎住喉咙样，一家人都感到头皮发炸地睁大了眼睛。秀梅说："你没告诉他，你叔爷爷是烈士？门上钉着烈士军属牌？"白玉又尖声回答："他说钉在门上的牌子是假的，是我爷爷想隐瞒国民党的身份，自己钉的。我就捡起砖头砸了他的脑袋。"大哥、玉珍和奶奶、爹，还有秀梅都不由得朝院子大门望去，有几秒钟，一家人都没说话，表情都呆板。临了，秀梅说："白玉，以后哪个孩子再说这样的话，你不要理睬。"

那天晚上秀梅洗了澡，把身体洗干净后，就坐在桌前给李文华写信，告诉李文华今天家里发生的事，说青山街上的人不像以前尊敬何家了，那个男孩就住在青山街东南角，那男孩的父亲和母亲她都认识，那男孩对白玉说出这样的话，她相信是大人教的。这证明时代不同了，从前敬重何家的邻居，今天敢于蔑视何家了。接着，她又在信里说她自己的工作。信马由缰地写着她的感受，说她之所以不敢怠慢地努力工作，就是不想让别人抓她的把柄，这封信她写得很长，写到蛐蛐的叫声变得单调和没精打采了，月亮被云雾遮住了，她才收笔。

次日，她起床，拿一个张桂花买来的包子就去了学校。中午时，她走到邮局，寄了那封信。这之后她又埋头工作，认真备课，一边抵制一个又一个男人的诱惑，那些男人把新做的衣服穿在身上，站在学校门口，或站在离青山街三号不远的地方，为的就是看她一眼，或者勇敢地冲上前，往她手上塞张当晚的电影票，然后掉头便跑。学校里，有一个年轻的男老师是教数学的，十分暗恋她。有天，他壮着胆子走进青山街三号，问张桂花："请问，何秀梅老师是不是住在这里？"那已经是深秋了，葡萄藤上的葡萄叶都掉光了，降霜了，寒气在院子里飘荡，美人蕉和月季花冷得直打哆嗦。那是个星期天，张桂花穿着深灰色的夹衣都觉得冷，正打算折回房加件毛衣，见一个单瘦的年轻男人竟敢问她何秀梅，不由得警惕地问对方："你找秀梅什么事？"年轻老师误以为张桂花是何秀梅的妈，便自作聪明地笑开嘴道："您是何秀梅的妈吧？"张桂花平常说话细声细气，生怕自己说话声音大了扰了他人，这会儿却用不容置疑的声音大声回答道："现在还不是，但马上就会是了。"

　　何秀梅走出自己的房间，见是她的同事，立即说："张婶婶，他姓肖，是我们学校的数学老师。"何秀梅没有把肖老师引进闺房，就在客厅里，在众目睽睽下接待肖老师，肖老师对何秀梅很殷勤，对我爷爷奶奶和我爹妈更是讨好。何秀梅对肖老师却不冷不热，目光甚至都懒得放在肖老师身上，吃中饭的时候，肖老师赖着不走，爹就留肖老师吃饭。吃过饭，何秀梅见肖老师还没要走的意思，就下催客令："我要睡午觉了。"再蠢的人再热情的追求者也明白这是逐客令，肖老师忙起身告辞，情急中塞张电影票给她，何秀梅毫不犹豫地把电影票退给他，"你跟别人去看吧。"肖老师红着脸走了。玉珍笑道："一看就清楚他在追你。"秀梅转身往自己房间走，边淡淡地答："我不稀罕。"张桂花总算放下心来了，之前她一直警惕地观察着秀梅和那肖老师，不想错过任何一个细节和眼神，以致碗都忘记洗了，此刻她对我妈和玉珍笑了声，说："我洗碗去。"

四十五

马姨来了，拧着很深的眉头来告诉秀梅，她外公去世了。这个在床上坚持活了十多年的马驼子，终于在他女儿手上走完了他生命的历程。马姨说，她爹死时，她看见一只壁虎从她爹稀薄的头发里爬出来，旁若无人地爬到枕头上，又从枕头上爬到床单上。她愤怒地一掌拍在壁虎上，壁虎被她拍死了，血沾在她的手上，几天了，还腥臭腥臭的。她归咎其原因说："那只壁虎叼走了你外公的魂，不然你外公还不会死。"秀梅尖叫一声说："妈，你这是传播迷信思想。"马姨真的老糊涂了，思想阻塞了，脸呈泥土色，笑容就龌龊、僵硬。

爹、家桃和秀梅都去了，去追悼这个瘫痪多年的死人。没有一个人掉泪，就连马姨的妈，那个与死者朝夕相处很多年的老女人也没掉一滴泪。有一会，秀梅死死地盯着她外公，想凭借自己炽热的眼力让外公死而复生，但她终于相信这种眼力只有民间故事里的神仙才有，她没有。她回来后说："我觉得外公死得很安祥。"

农历大雪那天，长沙就真的下大雪。就是那天中午，王玉珍端着钵肉丸汤，不小心溜一跤，又流产了，这是她生下白玉后第三次流产。王玉珍在医院里躺了几天，回来后告诉何胜武，医生把她的卵巢取了，从此她再也不能怀孕了。身为残疾人的大哥听了这话一点也不遗憾，一边对画稿上的老虎进行修改，一边说："你早就应该把卵巢取掉。"大哥是坐在客厅里说的这话，一家人都听见了。大雪下了一个星期，天晴了。屋檐滴滴答答了好一段时间。一天上午喜鹊落在葡萄枝上叫，叫来了二叔的信，二叔来信说他调往江苏工作，过年时他将带一家人回长沙过年。于是一家人都在为过年做准备，买来新被子、新垫单，又买张宽大的新床放在楼上朝南的卧室里，挂了新窗帘，还添置了几套新碗筷，可是过年时，二叔一家人又没来，倒是来了封信，简简单单的几句话，说今年过年就不回来了。

这天下午，何家桃来了，抱着儿子，儿子郭承嗣长得胖嘟嘟的，何家桃却消瘦了。她女儿郭香桃扎着对小辫子，走在她爸郭铁城的身后。郭铁城一脸唉声叹气的样子，脸上一点也没有过年的喜庆颜色。他坐下，头低到胸前，抽着闷烟。他女儿站在他身旁，手搭在他膝盖上，仿佛在安抚她这个情绪低落的爹。葡萄藤上结着长长的冰锥，腊梅花却在窗前无声地绽放。家桃告诉我爹妈："负责公私合营的干部昨天来了，跟铁城和他爸谈话，说社会主义不能允许有资本家，更不允许剥削，如果你们父子还固执己见，那将会有很严重的后果。"爹在参事室学了文件的，说："社会主义是新政府积极奉行的主义，铁城，听我的，不要固执了。"郭铁城不悦地弹下烟灰，说："爸，关键是我父亲，我父亲认为砖瓦厂、被褥厂和油漆厂都是他几十年的心血，现在要他统统交给政府，他想不通。"我妈插话道："想不通也要想通。你奶奶的作坊和吉祥腊味店还不是被政府收到肉食水产公司了？"郭铁城诚恳地看着我爹说："爸，你去跟我爸说吧，我爸死脑筋，听不进我和家桃的话。"

爹去了。郭铁城的父亲名叫郭兴南，是个湘南汉子，个子不高，五十刚出头，比我爹小两岁，着一身蓝底白花的缎子棉衣，剪着大背头，头发被凡士林固定得很有形，因而在感觉上有点头重脚轻。爹不喜欢这个亲家公，因为他嘴里镶了两颗金牙，一笑，两颗金牙就有意无意地暴露出来，有时还会闪闪发光，这让有点新思想的爹觉得他太俗气了。解放后，爹当然没有过去威风，过去爹出门，前后都是荷枪实弹的警卫，犹如蛟龙出洞，他一到，卫兵抢先跳下车清场、站岗，好像来的不是一个人，而是一条龙。如今爹出门已没什么可炫耀，社会主义都好几年了，再没有特务要暗杀他了。亲家公当然没像以前那样敬重我爹，爹感觉亲家公的手软绵绵的，没从前那么多热情。爹坐下后开门见山道："老郭，都合营了。你看了报没有？

上海、天津和广州的很多大资本家都与政府合营了。"郭亲家忧伤地说:"找我谈话的干部说,一合营,财产就是公家的,厂房也归公家了……"

爹不耐烦地打断郭亲家道:"人都是国家的,要那厂房干什么?"郭亲家皱着眉说:"我九岁跟着我父亲到长沙打拼,这份家业,是我一步一个脚印攒出来的。"爹跟郭亲家说了很多话,领教了什么是死脑筋,爹离开时强调:"你如果不把思想改造过来,会吃亏的。"爹回到家对妈说:"人啊,都是不见棺材不掉泪。"

有天,何秀梅坐在客厅里看报纸,忽然叫道:"你们看,李文华被授予中国人民解放军少将,他爹被授予中将。李家一下子出了两个将军。"何秀梅用红钢笔在"李雁军"和"李文华"的名字下分别画了一杠。大家就争相传阅这张报纸,大哥放下画笔,脸上无限钦羡地说:"文华是解放军少将,好啊,要是我这腿当年没被日军的炮弹炸掉,我至少也是少将了。"何秀梅看着她这个同父异母的大哥说:"这世上什么都有,就是没有'要是'。"大哥觉得是这样,脸上就哀伤,目光变得空洞了。爹扫眼秀梅,"你跟文华该结婚了,你也不小了。"秀梅听爹这么说,心颤抖了下,却装出平淡的样子说:"我的事我自己知道。"

秀梅走开后,大哥又把目光放到宣纸上,大哥正为沙河街的一户人家画老虎,那家人新建了栋房,想在客厅里挂幅老虎镇宅,找到我大哥,大哥应答了下来。爹说秀梅道:"跟她妈一个脾性。"我们都望着爹,不知道爹这话的意思。马姨在我们的记忆里很淡,像一杯温开水样没什么味道,但尽管淡,我们还是觉得秀梅与她生母根本就是两回事!爹这么说,我们都不理解。爹又说:"她妈表面随和,心很硬,硬得同石头样,硌脚。"秀梅从她房里甩出一句话:"不要说我妈,我妈又没得罪你们。"爹本来想说秀梅两句,话都冲到嘴边了,目光里也有火,但爹终于没把话说出口地摇摇头,眼睛里的火光也隐匿了,转身进了卧室。

星期天，我上街买钢笔，路过老兵饭店，就走进去。这是下午，梨花伯妈和周姨，还有李伯伯都在，他们看见我，梨花伯妈笑道："大学生来啦。"我是来找李佳，目光四处搜索，却不见，我问："佳佳呢？"周姨说："佳佳是厂里的文艺积极分子，正在排练庆祝国庆的文艺节目。"我说："佳佳那样子，一看就有艺术细胞。"周姨说："上级部门要调她去，佳佳的厂里不放她。"正说着佳佳，佳佳回来了，洋气得一塌糊涂，头发烫成卷，很好看地蓬在头上，着橄榄色女式西服，内里一件雪白的尖领衬衫，下身一条黑色的在旧上海的女士身上很流行的裙裤。我呆呆地看着她，让我想起银幕上的王晓棠。佳佳对我一笑，用亲密的口吻叫道："大学生怎么啦你？"我说："我以为是电影明星从银幕上下来了。"佳佳喜欢听奉承话，说："我们厂长说我应该去演电影。"

　　我在老兵饭店吃了饭，老兵饭店已公私合营了，成了长沙市饮食公司的一家饭店，饭店里多了三个年轻人，两女一男，是公私合营合来的职工，男的是厨师，女的是收银员。我岳父、梨花伯妈和周姨只认做事，不再与钱打交道。到了吃饭的时候饭店就热闹了，一些人来吃饭主要是冲着李佳来的，这些客人大多是男的，不是住在附近的男人就是慕名来的。那段时间，我岳父一家人还住在饭店里，那些顾客看见李佳就嚷嚷叫叫，表示自己有钱。有的顾客甚至色眯眯地赞美李佳说"你真漂亮"。李佳不搭腔，不给男人找她调情的机会。

　　那年月，新中国才成立几年，有些旧时代里过来的男人就色胆包天，占着家产殷实，喉咙就粗。有天，一个公子啪的一声，一块金砖拍在桌上，那金砖比一个火柴盒还大，在灯光下黄灿灿的。公子说："李小姐，我要娶你，这是订金。"这样的订金确实很重，能把很多未来的岳丈大人压得头晕目眩，但搞过革命的我岳父知道轻重，他把金子退给那公子，"现在是社会主义了，"我岳父说，"谢谢你的好意。我李佳已经许配人了。"那公子一拍桌子，"许配给谁了？我用钱把你女儿赎回来。"我岳父歪着身体觑那公子一眼，"你惹不起的。"公子自认为自己家在长沙还有点势力，不相信道："谁？"我岳父说他当时灵机一动，拿我回绝了那公子："何金山的儿子。何金山你知道吧？湖南新编第一军军长。"那公子迟疑片刻道："你说的是国民党的军长吧？"我岳父板着脸道："那我再告诉你，何金山的二弟是共产党的高级干部，他三弟是志愿军副军长，牺牲在朝鲜战场上，是'烈士军属'，门上的牌子还是军区首长亲手钉上去的。"那公子蔫了，将金砖放入口袋。

我岳父把这个金砖插曲说给我听时，我笑得饭都喷了一桌。从我岳父说的话里，我觉得李爱国把我当做他女婿的人选了。我心情很好地回到家时，客厅里坐着个英俊的将军，是李文华，穿着肩章上嵌着一颗红五星的将军服。天其实很热，实在不应该穿将军服，但李文华就是要穿着将军服给何秀梅看，他步入青山街时，街上的人瞅见了都十分羡慕，有人在他背后说："这是中国人民解放军的将军服，他是将军呢。"李文华听见了，舒坦极了，走进青山街三号时，尽管热得汗流浃背的，他也不肯把将军服脱掉，因为他热恋的何秀梅还没回来，他要穿着这身将军服给秀梅看。他妈张桂花说："文华，你看你，背都汗湿了，快把军服脱了。"李文华不但不脱，还把将军服的风纪扣也扣上，硬着脖子坐在客厅里。何秀梅那天参加她同事的婚礼，跟着同事一起闹新房，晚上十一点钟了，她才哼着歌曲回家，见着一身将军服的李文华腰杆笔挺地坐在靠椅上，高兴道："李将军，真的是你啊。"

李文华这次来，没带结婚任务，这位浪漫的军人来之前，事先征得了秀梅同意。他跟秀梅一直有通信，不过将地址变到了秀梅所在的学校，照样是一个月两封信，每月的第一天一封，十五日一封。何秀梅于每月的第四天或第十八天总能收到盖着兰州市邮戳的信，传达室的老头会拿着信对她笑道："何老师，你有信。"何秀梅不用看就知道是李文华来的信，每次写一页，写他在部队的生活和近况。就在上个月的十八日，何秀梅拿到传达室的老头递给她的信时，感觉信封硬了些，一拆，李文华把他穿着少将军服照的相寄了张给何秀梅，并在信里说："如果你同意，我想回来一趟，既看看老军长，顺便也看看我妈。"何秀梅把那张照片展示给同事们看，她的同事看了都说"李将军真帅"。何秀梅也觉得李将军很帅，就把照片放在桌上供同事们欣赏，当同事们看够了她才将照片放进抽屉。

她走进南方照相馆，照了张带点艺术味儿的艺术照，让照相馆的画师给她的相片上了油彩，寄给了李文华，并在信上说，如果他想回来看他妈，那是他的权利，她无权干涉。李文华将军因得到她的恩准，就兴高采烈地来了。他这次回来有点小变化，这变化当然与他的将军身份有关，他虽然没有一脸高傲，但他这将军身份让他脸上洋溢着光彩，说话声音就高，笑声比过去更爽朗，可以把栖息在葡萄藤上的鸟儿吓飞。他一早起床，会穿着这身将军服到街上走一圈，街上的小学生看见他会对他敬少先队礼。家里也有个小学生崇拜他，就是懵懵懂懂的何白玉。在白玉眼里，这个世界上最了不起的人都是军人。白玉十分向往从军地对李文华说："李叔叔，我长大了，也要当将军。"

李文华这次回来，居然把他多年里没拉过的二胡拿到乐器店修了下，买了松香，将弓揩了又揩，坐在葡萄藤下拉《二泉映月》。他妈坐在一旁看他拉二胡，脸上飘着幸福的笑。我爹和妈也看李文华拉二胡，大哥和王玉珍也静候在一旁听，甚至连白玉也不敢毛手毛脚地走来走去，就连街上的麻雀也飞来一大群，于黄昏中栖息在葡萄藤上，挤在一起，安静地听着李文华将军拉忧伤的《二泉映月》。唯独何秀梅不听，当李文华拉二胡时她会走进房里看书，当李文华不拉二胡了，她会端坐在桌前批改作业本。"你没听我拉二胡？"有天深夜，李文华拉二胡拉累了，假装上厕所路过她的房间，探头问她。她说："没听。"李文华就失望道："我要把这把二胡带到部队里去。"何秀梅说："这是你的事。"李文华提醒她："我过几天就要回兰州了。"何秀梅把清澈、靓丽的目光放到李文华脸上说："我祝你一路顺风。"

李文华终于泄气了，恨不得把二胡摔断，躲到哪里去哭一场。李文华这次回来，看老军长和看他母亲都不过是借口，他完全是为何秀梅回来的，因为在大西北那寂寥的星空下，在军营喧闹的练兵的空隙里，在军部庄重、严肃的将军们的会议上，唯一让他走神使他魂牵梦绕的人就是何秀梅。秀梅那天却说出这样的话——说话时眼睛望着墙："文华，你要是找到比我好的，就结婚吧，我不会怪你。"李文华很不理解地盯着她，再次觉得她的侧面脸又冷峻又高傲又美丽又无情，"你怎么说这种话？"秀梅说："因为我觉得我们的距离越来越远了，你是将军，我是小学老师，我不敢沾你的光。"

何秀梅确实是这样想的，假如李文华转业回来，像他堂兄李文军样做个一般干部，没着让人羡慕的将军服，她会觉得两人在地位上平等些。现在李文华是将军，那身将军服让她目眩，让她觉得自己太没出息而吃起醋来了。何秀梅虽然是个女人身，却生性好强，心里暗暗崇拜挂帅西征的穆桂英和代父从军的花木兰，就自惭形秽，却不愿意服输。她觉得她至少要当个教育局长才配跟李将军结婚。因为，假如她把那事吐出来后，那她的身价和地位就一落千丈了。何秀梅是个热衷于考虑自身价值和爱独立思忖的女人，她那颗诚实的脑袋让她坚持认为，她如果要嫁给李文华，就要对他诚实，诚实地告诉他在她身上发生的那件可怕的事。而她一旦告诉他，她便觉得自己一无是处了，这太可怕了。所以，尽管李文华就坐在她门前拉二胡，用二胡那忧伤、委婉的曲调向她倾诉爱情，向她诉说大西北的荒凉、郁闷和他心灵上的愁云惨雾，她却告诫自己不能软弱，不能在二胡那愤恨的怨天尤人的曲调中乖乖就范。这是个怪圈，犹如孙悟空头上的紧箍咒，紧箍着她的头。李文华见她说出那样的话，生气地问她："你为什么不想跟我结婚？"何秀梅不看他地回答："等你回部队后，我再告诉你。"李文华简直是嚷起来："不行，你现在就要告诉我。"何秀梅犯犟脾气道："你命令我吗？"李文华说："没有，我是请求你告诉我。"何秀梅说："我会写信告诉你。"

　　李文华这次着一身威严、漂亮的将军服回来，满以为自己会把生性孤傲的何秀梅攥于掌中，临了，感觉自己很失败地又一无所获地走了。那天我送他，因为他带的东西太多了。他妈给他做了很多坛子菜，还晒了白辣椒，还给了他很多腊肉，有几十斤，让他送给那些这些年里关心他爱护他的军队首长吃。李文华于路上低着头，一脸沮丧，好像率兵打了败仗样。我晓得他又遭到了秀梅的拒绝，我说："文华哥，你这么好的条件，我二姐偏偏拒绝你，我都没法理解她。"李文华深深地吐口气，问我："我妈说有个姓肖的老师来找过你二姐两次，那肖老师是不是你二姐的新男朋友？"我说："肯定不是。肖老师怎么能跟你比？差你差得太远了。"李文华的心又安了点，"你二姐是个谜，真让我琢磨不透。看她写给我的信，觉得她很亲近、很热情，可是看见她人，她冷得像一块生铁。"我把李文华送上火车时，他似乎还不晓得自己已坐在火车上，提议说："文兵，我们去吃碗面吧？"我说："还有一刻钟火车就开了。"李文华才醒过神来。

　　我转身去了老兵饭店，梨花伯妈看见我，会心地一笑，"佳佳在厂里排节目。"我岳父看见我，对我也客气，问我爹和爷爷奶奶的身体还好不好。正说话时，一年轻人来了，一开口说的是北方话。"佳佳在厂里排练国庆节的节目，"我岳父对年轻人热情地说。

　　我望着这年轻人，年轻人也望着我，我岳父介绍我们认识说："小潘，市民政局的干部。小何，大学生。"那年轻人觑我一眼，没坐多久又走了。我岳父斜睨着我说："他是市里一个头头的儿子，他追我佳佳追得很紧。"我心里一紧，想可不能让这个小潘捷足先登了。我在老兵饭店坐了很久，过了吃晚饭的时间李佳也没回来。我回家时，妈问我去了哪里，我把我的遇见说给妈听，妈说："你爹现在没权了，有些事情你要看开点。"妈沉默下又说："哪天文军来了，我跟文军说说，让文军去问问李佳的态度。"

就跟秀梅知道自己很漂亮样，李佳也知道自己很漂亮，也跟秀梅一样，随便站在哪里都会遭遇男性火热的目光。秀梅的俊俏是冷艳的，像巍峨的冰山，给人一种无法接近的威慑力和距离感，让想追她的男人觉得自己离她太远了，仿佛是站在冰山下，中间还隔着一条波涛汹涌的大河。李佳的漂亮里却洋溢着热情，她那高挑的身材、俊俏的脸蛋和时髦的衣着，真可以用光彩照人一词来形容，这就让一些男青年敢于像雄飞蛾样朝着她这束亮光扑来。光她所在的工厂，追求她的男人就有一打，假如李佳对他们一笑，他们就会郑重其事地说："李佳，你真的可以去演电影。"那是真心实意的，他们希望她好得更上一层楼，好让他们踮起脚尖看她。李佳有一颗宽大、温柔的心，不像秀梅那般冷艳，见他们来玩她会用好饭好菜款待，还买来酒招待，陪着他们喝酒和说笑，直到他们再坐下去都不好意思了为止。

李文军对他同父异母的妹妹却一点也不恭维，这个在抗日战争中死过一次又活过来的哥哥，视妹妹的漂亮而不见道："妹妹，其实你也不是什么特别漂亮。王玉珍年轻的时候才是真正漂亮，她是哥年轻时候见到的最美的姑娘，现在怎么样？还不是也老了！"他望着李佳又道："人都会老，何家桃年轻时也漂亮，生了两个孩子后，就是个再普通不过的女人了。"李佳望着她哥，"你什么意思？"李文军用他的感恩思想压妹妹说："何家对我们李家恩重如山，爸爸年轻时在外面革命，我妈一直寄住在何家，何家从没嫌过我妈。后来爸爸退出革命，带着你妈和你回到长沙，过着上顿不知下顿的寄人篱下的生活，这家老兵饭店最先是谁开的你晓得吗？"李佳答："我晓得。"李文军说："如果不是何家给这个饭店给爹和你妈安身，你能不能活到今天都是个未知数。"李文军直到这个时候才兜售正题："文兵很喜欢你，你考虑下哥的话。"李佳迷惑不解地问："哥，你怎么还不结婚？"

四十六

　　李文军一直过着独来独往的生活。李文军从小就是个同男孩打交道胜过与女孩子交往的人，他是那种天生重朋友、讲义气的人，可以把自己的事抛在脑后而为朋友两肋插刀。少年时，青山街上有一家茶馆，他和胜武常钻进那家茶馆听人讲古，三国时期的桃园三结义啊，隋唐期间重情重义的秦叔宝和罗成啊，北宋末年的武松、鲁智深啊等等。那些讲江湖义气的故事，我大哥听了感动了下就忘了，而李文军却听到了骨髓里，让他成了个讲义气和有恩必报的人。抗战期间，爹培养我大哥，也栽培他，让他当连长、营长、团长，直至师长，这在受了传统英雄好汉文化深刻影响的李文军眼里我爹待他恩重如山。李文军的高傲不是与生俱来的，虽然他爹年轻的时候也桀骜不驯，而是后天培植的。他心里的楷模是我爹，我爹生性孤僻、高傲，不与街上人来往。李文军觉得这一点很值得他学习，就把这一点拿过去，还进一步发挥——成了个孤傲、坦率和说话带刺的人。尽管李文军的内心是一团烈火，而且对朋友好得要命，但由于他外表太强悍太冷峻，又少年得志，二十出头就是团长，且一脸让人敬而远之的盛气，就没人敢给他做媒，所以李文军的婚姻大事就一直拖着，拖到今天，大家才发现，李文军的年龄被大家忽略了，他其实真不小了。

　　李文军生日那天，大哥送他一条灰色的围巾。这围巾是二叔从江苏寄来的，大哥把围巾转送给李文军，说："你生日，我没别的东西送你，就送你这条浅灰色的围巾吧。文军，你实在不小了，怎么还不找个老婆结婚？"玉珍也热情道："文军，我帮你介绍个护士吧？"李文军说："不用，我们医院里，护士有的是。"玉珍问："那你喜欢哪类型姑娘？"李文军很敏感，他极不愿意大家坐在一起讨论让他自己都奇怪和郁闷的、有关姻缘一类的话题，他欣赏围巾的模样说："好漂亮的围巾。"我妈说："玉珍要帮你介绍对象呢。"李文军装着没听见，起身说："医院里还有点事，我走了。胜武，谢谢你送的围巾。"

李文军从不白得别人的东西，因为我爹曾告诫他"无功不受禄"。这话有的人会当耳边风，他却当了座右铭。星期天，他与我大哥下围棋，突然说："胜武，你生日那天，我保证送你一样你喜欢的东西。"大哥笑道："那我等着。"李文军有颗聪明的脑袋，很想事，他见我爷爷为大哥做的轮椅笨重得难以推动，就想到了他要送的礼物。他走前，打量我大哥屁股下笨重的动一下就咯吱咯吱响的轮椅，神秘地说："我会送你一件你想不到的礼物。"

大哥生日那天，李文军推来一辆用脚踏车轮子改造的三轮车，这三轮车在我爷爷做的轮椅上有着许多改进，爷爷做的轮椅是两轮，需要人用力推才勉强移动。李文军送来的轮椅是三轮，把脚踏改成了手摇。这是李文军与一个修人力车的师傅精心研制的，还装了刹车，下坡的时候可以扳动手刹减速。他用红绒布盖着三轮车，把三轮车推进何家院子时大家都瞪大眼睛望着他，不知道他带来的是什么玩艺。李文军浅浅一笑，揭开红绒布，一辆令全家人都没想到的三轮车便赫然摆在众人眼里。大哥说："文军，真要谢谢你。"大哥高兴地爬到三轮车上，李文军说："我陪你去街上试试车。"

这么些年里，大哥一直没出过青山街三号一步，今天他终于不用人背就可以出门，便摇着手柄上路了。这几年，街上的大小变化也就很愉悦地映入我大哥的眼帘。大哥说："真好，文军，谢谢你。"李文军告诉我大哥下坡时可以用手刹，大哥就拉手刹，刹车性能很好，一拉就刹住了。一个多小时后，大哥和李文军回来，王玉珍看着她丈夫不用人推车，车子在她丈夫身下滚动，就感谢地看着李文军说："文军，你为我和胜武做了件大好事。"

那段时间，大哥每天都摇着三轮车出门，背后插着个画夹，画夹里有纸和铅笔，遇到大哥觉得风景优美的地方，大哥会把三轮车靠边停好，摊开画夹，对着景物写生。不到天黑，大哥不会回来。有天，他画了很多猫和狗，一家人看着大哥画的猫和狗，都赞美大哥的画进步了。大哥笑，一张脸因在太阳下猛晒，变黑变健康了。大哥把画稿收好说："以后，没有湘绣活，我就出去画画。"大哥以前是照着画册上的画临摹，对画上的景物只能展开想象，现在大哥可以坐着李文军送给他的手摇三轮车，到他想到的任何地方画写生。有天上午，他把三轮车摇到湘江岸边，坐在三轮车上画柳树和船，还画了不少人挑着沙子在跳板上走的速写。大哥这双曾经握枪的手，如今成了画家的手，画出的柳树，感觉上柳树好像在随风摇摆；画的船，也好像在水中行驶，所画的人也是形态各异，有的打着赤膊、有的穿着背心，还有的敞着衣襟。大哥回来说："玉珍，明天替我买盒水彩和一些水彩纸，我要画水彩写生，以后我好把水彩写生修改一下，绣到绷子上。"

这一年长沙的夏天很长，热得早，四月份气温就攀升到摄氏三十几度了，五月份，桃子就匆匆忙忙地上市了。长沙街上的老百姓与炽热的高温抗争了三个月，气温才勉强降下来。白露那天，何大金着一件鱼白色衬衣，摇着一把黑折叠扇，提着一袋子苹果，一脸亲切地走进青山街三号。这年的一月一日，《人民日报》《工人日报》等一些全国性报纸的文字由原来的竖排改为横排了。人们着实花了一段时间才适应横向读报。某天傍晚，李文军洗完澡，坐在桌前读当天的《湖南日报》，他读到一篇有关中国政府根据全国人大《关于处理在押日本侵略中国战争中的战争犯罪分子的决定》的报道，报道说"最高人民检查院对在押日本战犯上中正高、川田敏夫等三百三十五人，宣布免于起诉并立即释放"等等。

李文军读完报道后，浑身颤抖，怎么可以释放在中国犯下了滔天罪恶的日本战犯？他愤怒地想，日本侵略军在中国大地上屠杀的老百姓和打死的中国军人及强奸的中国妇女还少吗？怎么可以做出"免于起诉并立即释放"的决定？李文军拿着报纸，满头大汗地来找我爹和胜武理论，脸色十分难看。他让我爹看报纸,我爹说:"看了。"

李文军满脸怒气地说:"怎么可以释放日本战犯?应该一个个凌迟处死。"爹于去年从参事室调到省统战部任了副主任,跟一些官员讨论过这事,但大部分官员读完报后只是一笑。爹说:"我也有些想不通。"李文军拍下膝盖,气愤道:"我们那些在抗日战争中战死的弟兄不等于白死了?"爹说:"统战部的一老革命说,这是一个政治姿态,是向全世界人民和日本人民表明中国政府宽大为怀的姿态。"李文军那颗于抗战中被弹片削破头皮的脑袋里,塞满了长沙四次会战的惨状,装着一个个战死的兄弟,就恨恨地说:"我觉得释放日本战犯,是否定我们国军抗日。"爹拧着眉头,不语。

李文军一拳砸在墙壁上,痛苦地长叹一声。大哥抬头望了眼悬在墙上的"抗日英雄何胜武"的匾,这块匾已让街道办事处的新主任感到别扭了,因为新主任听说这块匾是国民党旧政府赐予的,之所以没强迫我家摘下来是大门上那块"烈士军属"的牌子让他不敢造次,因为新主任听街上的人说,钉在门上的那个"烈士"跟随毛主席长征过,所以新主任只是在外面说赐给何胜武的那块匾实在不好看,字也写得不好,像小学生写的毛笔字。我大哥早有耳闻,早就有摘下这块匾的意思,只是没下决心。这会儿,他把脸跌下来,扭头叫道:"玉珍,把这块烂匾取下来劈了当柴烧掉。"玉珍不肯,"这是你的荣誉呀。"大哥阴下脸来说:"我的腿白残废了。"爹在统战部工作的这一年,很留意周边的人和事,知道乱说话会遭来不必要的麻烦,立即道:"文军、胜武,你们想不通也不要在外面乱说话。"

何大金是出差路经长沙,特意在长沙下车的。何大金的出现让奶奶和我爹异常高兴,尤其是奶奶,大金几乎是奶奶一手拉扯大的,等于是奶奶的半个儿子。大金长相一半像他爹,一半像奶奶记忆里的王嫦娥。奶奶拉着大金的手足有半个小时,奶奶拍着大金的手背说:"你啊,真让奶奶挂念。"大金就咧开宽厚的大嘴笑。他不再是那个阴郁、孤单、生气时一个人躲在厕所里闻臭气的男孩子了，他已与一姑娘结了婚，那姑娘跟李佳样是厂里的文艺积极分子，不但舞跳得好，歌唱得好，普通话也说得好听，是厂里搞国庆或元旦联欢晚会的报幕员。奶奶问大金："怎么没把你爱人带来让奶奶见见？"大金羞涩地一笑，"奶奶，她怀了孩子，等孩子出生后能走路了，我一定带她和孩子来看奶奶。"

何大金从朝鲜战场上一下来就以团长的军衔转业到了贵州，因为在那个激情燃烧的年代里，国内有很多女孩子给身处朝鲜的志愿军官兵写信，鼓励他们狠狠地打击美军。何大金团里的一个连长牺牲了，他就代那个连长回信，告诉那个写信的贵州姑娘，她心爱的人英勇牺牲了。没想一个月后，贵州姑娘给他写了封回信，要他替她多杀几个美国兵。何大金接到姑娘的回信时，竟有些激动，因为这是他今生今世第一次接到一个姑娘的信，信的字体娟秀、修长，语言亲切，让何大金读了十遍。他在战火硝烟的间隔中，趴在战壕里又给姑娘写了封信，说他一定为她多杀几个美国兵。这信一来二去，就在何大金那孤独的心田上开创了一条幸福之渠，并激发了他的好奇，让他对写出一笔娟秀文字的姑娘产生了热情的想象，想她应该是一张苹果脸，想她应该有一双明媚的大眼睛。有次，何大金回信时，假装顺便提一句，如果她有相片又方便的话，不妨寄一张给他，让他知道与他通信的姑娘长什么模样。在朝鲜战争停战前的两个月，何大金收到了姑娘寄来的相片，相片上的姑娘与他想象的竟一模一样，正是一张苹果脸，一双明亮的大眼睛，好像不是刚见相片而是早就认识似的。心无着落的何大金，第一次有了一种归宿感。他转业时果断地去了贵州，到了贵州，他又特别提出要去姑娘所在的那家国营大厂，因为他之所以转业来贵州是那姑娘把他吸引来的，负责安排转业的干部很理解他的心情，安排他去那家国营大厂任副厂长。

大金在我们家住了两天，那两天他哪里也没去，就在家待着，对任何人都笑呵呵的。他来的那天正好白露，白天有点热，晚上却不热，早晨起床，月季花和美人蕉上都沾着露水。他对奶奶说："我梦见得最多的还是青山街上的人和事。"奶奶看着大金说："这么多年了，一直没你爹妈的下落。"大金说："我想我爸妈都死了，要是不死，早该回来了。"

李文军来看大金，说了一大堆话。临了，李文军抬起他那张阴郁的变胖了的脸说："你对释放日本战犯一事怎么看？"大金在厂里天天看文件，虽然比李文军小几岁，但政治上却比李文军略显成熟。他说："这是上面的事，我们无权议论。"李文军不同意道："不对，日本侵略军在中国犯下那么多罪恶，怎么可以说放就放？"大金看着李文军说："中央有中央的考虑，我们这些基层干部，怎么可以考虑那么大的事？"李文军一脸嘲讽，一副谁也不怕的模样说："我今天去了雨花亭的抗战纪念碑前烧纸钱，还把那张报纸也烧了，祭祀抗战时战死在那里的弟兄们。"大哥和大金都吃惊地看着李文军，李文军又大声道："我还去黄土岭烧了纸钱，就在我们当年坚守过的阵地上，以示我李文军悼念在黄土岭上阵亡的第三师的官兵，在我默祷时，天突然下起了雨。"

下午四点多钟时，天空突然阴了，确实下了雨。大金坐在客厅里看着下雨，听着淅淅沥沥的雨声边想他远在贵州的妻子，"是下了雨，"大金说。李文军把他的感觉放大道："那是我为抗日战争中死去的英烈们烧纸钱时，天老爷显灵，跟着我落泪。"大哥很激动，眼睛里盈满泪水，肯定李文军说："你做得对，明天我也去青山街英烈祠烧一堆纸钱。"

青山街英烈祠这两年没人管了，早两年英烈祠还有人打扫，都是抗日战争中伤残的原国民党老兵。这两年，中、小学的教材改了，教材上说"国民党拒不抗日"，街道办事处的干部就把那几个伤残老兵安排到残疾人厂糊纸盒子，免得他们在这里晃来晃去地碍眼，当然就没人再为抗日战争中阵亡的英烈们打扫牌位了。这天下午，李文军手里拎着一大包给亡人烧的纸钱，和我大哥缓缓向英烈祠去了。大哥坐在三轮车上，摇着手柄，李文军严肃着脸走在我大哥一旁。这时是下午四点多钟，离下班还有一个小时，街上空空的，除了老人和小孩，大人们都忙着建设社会主义去了。两人来到英烈祠，英烈祠里空无一人，秋风把落叶都刮到地上，地上就一地的枯叶和垃圾。只有那株桂花树于这个季节里开着细碎的白花，散发出淡淡的清香。英烈祠里立着一块花岗石碑，石碑上凿着"抗日英魂"四个行书体字，描着红油漆。此刻，英烈碑上有很多黄泥印渍，那应该是孩子们掷泥坨留下的。英烈碑的后面是一间存放英烈牌位的房子，做灵堂布置的，建得很肃穆，门窗都是黑色，那个对着门摆设着众多牌位的阶梯似的祭坛和后面的墙也漆着黑漆。从前这处庞大的祭坛上摆着四百多个牌位，每个牌位上都刻着一个人名，他们是一九四四年时坚守在妙高峰上的一个整编营，从营长到士兵全牺牲了，为了纪念他们为国捐躯，门楣上特意挂着一块黑底金字的匾，写着三个楷书体字：英烈祠。这块匾被什么人取下来扔在祭坛下，匾上尽是灰尘和脚印。放眼望去，四百多个牌位只剩几十个，且东倒西歪，有的扔到了地上，有的摔烂或被人踩烂了。灵堂不再肃穆，给人一种凄惨衰败的景象，还有一股屎臭，是人和狗的粪便。

大哥和李文军凄凉地来到石碑前，李文军怒视一眼天空，大叫一声："弟兄们，我为你们难过啊。"声音很有力地散开，冲进破旧的灵堂，被灵堂里那面黑墙挡了回来，就有暗暗的回声，回声落到桂花树上，致使桂花树都颤栗不止，落下不少桂花。我大哥苦着脸，没吱声。李文军又说："我心里痛啊。"大哥低着头，李文军蹲下，把那包纸钱解开，分一把给我大哥，两人就在"抗日英魂"的碑下烧纸钱，一股淡淡的蓝烟便于习习的秋风中抚慰着石碑，然后飘散开去，风把它们吹得无影无踪。

有放了学跑进来玩的小学生，他们生生地觑着这两个大男人，很快他们就玩自己的，在坪里掷纸飞机，或绕着那几株树追赶和打闹。我大哥和李文军一声不吭地烧完纸钱，李文军说："我还记得彭营长，他从前是中学老师。"大哥昂起头，只见一抹残阳涂在麻灰色的英烈碑上，正好涂在"抗日英魂"四个行书体上，使那四个字顿时熠熠生辉。大哥闻见了秋风吹来的桂花香，这才把闭臭的口张开道："历史和我们都会记住他们。"

四十七

　　李文军心里很不痛快，这种不痛快在李文军心里由来以久。这是没办法的，命里注定他会有漫长的一段时间不痛快，他逃不过这一劫，因为他太耿直、太勇于提意见和太爱愤愤不平了。这样的人活在那个政治性很强的年代，想不倒霉都不可能。李文军三十六岁了仍然独身，并非他是个独身主义者，而是他很年轻就当团长、师长，把他当骄傲了。医院里女人很多，按说找一个老婆对于他来说并非难事，但李文军的眼界太高了，他暗暗拿医院里的女性与我大嫂比，一比，就觉得她们都不行。李文军表面上大大咧咧，有时候马虎得让人不悦，例如衣服、鞋子全脏兮兮的，白衬衣的领子都穿成土色了仍懒得换洗，十足就是街上的邋遢鬼相。其实，骨子里李文军却是个完美主义者，他之所以马虎、懒惰，是他觉得没人值得他勤快。什么东西，他都要追求完美，对女人他更是这样，身材要好，长相要漂亮，说话声音要动听，品德还要高尚。王玉珍身高一米六四，没达到一米六四的，他连面都不愿见。有的姑娘，身高达到了，可是长相又没王玉珍漂亮，他也不谈。医院里有个护士，长相和身高都达到了他的要求，接触几次后护士坦率地告诉他，她以前谈过男友，那男友不顾她拒绝，夺去了她的童贞。他听她这么说，就再也不愿谈下去了。这一拖再拖，拖到现在仍然单身，这就让他身上的火气没地方撒，这只是一方面。

　　另一方面，李文军还有三个不痛快如同血块样淤积在他心里。他转业时是副师长，那个负责安排转业军人的领导曾对他许诺说："你暂时委屈一下，先到H医院干半年，以后再给你动。"H医院只是个科级架子，任副院长也就是个副科级，从副师长变成副科级，这降级使用也降得太多了。有的军人转业是平级使用，有的军人转业最多降一级或两级，而在他李文

417

军身上竟毫不客气地降了四级。他这国民党起义将领，还不如解放军的一个少校营长转业的级别来得高，这让他心存芥蒂。其次，医院的院长是个地下党，同他一样不懂医，但在那个特殊年代，大多是外行领导内行，这他没有意见。他的意见是觉得这个院长太自以为是了。有次，李文军在食堂吃饭，和总务股的几个同事聊天，院长坐过来，闲聊中，地下党院长谈到当年湖南新编第一军跟随程潜、陈明仁将军和平起义时说："你们当年起义也是被逼无奈，因为当时我人民解放军已大兵压境，随时可以消灭你们。"李文军心里承认，这话说得并没错，但从院长嘴里说出来，又当着其他同事，这让李文军极不舒服，仿佛他是个临阵脱逃的怕死鬼，这与李文军心里的价值观大相径庭。

还有一件事让李文军恼火，去年医院建了栋两层楼的宿舍，红砖黑瓦木板地，从挖地基到一口口砖往上砌，都是在李文军的眼皮下进行的，建这栋楼的目的就是为了解决院长和三个副院长及十几个主任医生的住房问题。李文军理应有一套，可院里开会时，院长却把该分给他的那套住房给了医院办公室杨主任。杨主任是从兄弟医院调来的，三代人住一间房，这李文军是知道的。李文军还知道杨主任是院长的亲戚。他并不讨厌杨主任，他的不舒服来自于院长不跟他商量就把该分给他的房子给了杨主任。那天傍晚他在医院里散步，无意中看见那房子居然挂了绿色窗帘，房里还亮着灯。他走过去，见杨主任正和爱人在房里搬东搬西，而杨主任的母亲却在厨房里炒菜。他没说话，事后他对院长说："再怎么说我也是副院长，你也要跟我商量，经我同意。"院长哈哈一笑，"这是党支部讨论时作出的决定，你不是党员，没参加会议，我忘了让人通知你。"李文军想起当年转业时，负责安排他工作的领导说"你暂时委屈一下"，可是委屈了好几年，他居然还在这个医院当副院长，这让他心里窝火。又想院长惟我独尊，动不动就拿党支部压他，欺负他不是党员，这就让他在一九五七年的"大鸣大放"中写了那篇"关于我对释放侵略中华战争中的日本战犯的一点个人意见"

的大字报，这大字报被他贴在医院的宣传栏里。

这个标题很长的大字报写满三页，简直是直接跟共产党叫板，说他认为全国人大作出的决定是荒谬的，不应该宽释罪大恶极的日本战犯等等。李文军还在大字报里对事不对人地说："我发现有的共产党员老是抓着一些人的'历史'问题不放，不信任人，好像医院是他个人开的"等等。大字报在医院里引起哗然，医生和护士们都争先恐后地站在宣传栏前看和咂舌及掩着嘴小声议论。院长的脸气肿了，把市卫生局的领导叫来看大字报。院长说："这个李副院长竟把矛头指向全国人大，他算什么东西？一个前国民党少将师长，太猖狂了！"市卫生局的领导觉得这事马虎不得，找李文军谈话，李文军仍振振有词："我不同意宽释日本战犯！日军在中国犯下的滔天罪行是几十代人都抹不去的，怎么能宽释？"市卫生局的领导跌下脸来，"你这是不跟共产党走，是把自己凌驾于全国人大之上啊。"李文军一脸不识时务地一挺胸，一副好汉做事好汉担地说："不敢，但我坚持个人意见。"

这年十月，中央制定了"右派"分子的划分标准，标准有十条，在报纸上一经登出，李文军就清楚自己是"右派"了。院长找他谈话时，李文军知道自己在劫难逃，就不想"死"得很难看，他一脸高大地说："抗日战争中，我曾多次从死人堆里爬出来，我的很多弟兄都在抗战中死了，我能活到今天，已经够幸运了。"院长说："你有这个认识，那就好。"李文军脸上的表情变得更硬了，"日本侵略军的大炮和飞机在我身边轰炸时，我都没怕过，还怕打成'右派'？笑话。"他说完这话，走了，觉得自己是南宋时期的岳飞。

我们家的亲戚里也有两人被打成"右派"，他们是郭家父子。父子俩被同时打成"右派"，即使在那个很左的年代，也是一件稀罕事。公私合营后，兴南被褥厂被更名为"长沙被褥厂"，郭兴南虽仍是厂长，但公私一合营，上面派来几名党员，几名党员在被褥厂敲锣打鼓地成立了党支部，权力于是都集中到厂党支部的书记手上了。书记姓李，浏阳人，干过游击队，祖宗八代都是雇农，他早就看着穿着绫锣绸缎的郭兴南不顺眼了。农村里，地主不是被镇压了就是被打得不知道东南西北了，而城市里像郭兴南这样的资本家还整天穿绫锣绸缎，这里走那里看，四处指手划脚，这让李书记觉得应该打压一下郭厂长的气焰。李书记把厂里大小事情的决定权都揽到自己手上，他总是在会上强调：党领导一切。这样左一次右一次的强调，被褥厂的男工人也好，女工人也好都不听郭厂长的了。被褥厂有很多职工没住房，或住在十分破旧的窝棚里，而郭兴南一家六口人仍住着那么大的房子，这让李书记忌恨，于是他在会上说："郭厂长，现在公私合营了，你们家的房子过去是你的私人财产，现在它是公家的了。厂里很多人住的条件相当差，党支部决定，你们家只能住三间房子，其它房子都要腾给职工住。"郭兴南说："公私合营时，我并没把房子登记进去。"李书记不耐烦地一摆手，"当时是当时，现在是现在，资本家早成狗屎了，你还想过资本家的瘾？"

　　房子当然腾了出来，有五户职工先后搬了进去，其中就有李书记和厂保卫股刘股长。郭兴南一家住着一楼的三间房子，李书记一家正好住在郭兴南的头上。李书记一打开窗户，就是芙蓉树，这个季节里芙蓉树上开满了花，花香直接从窗户传入房间。李书记深深地吸一口花香，觉得旧社会里资本家的日子真他妈的好过，一家人住这么大的房子，佣人甩了三四个。郭兴南的心情却糟透了，这就让郭兴南在"大鸣大放"的后期放了一炮。郭兴南，这个多年里以投机取巧和大胆冒险而著称的湘南汉子，虽然五十多岁了，但敢于一拼的赌性却没法泯灭，他写了张大字报攻击厂党支部李书记是个农民。他没有多少文化，字写得差，就让儿子郭铁城代写。他口述，说："有的人农民意识强烈，不是任人唯贤而是任人唯亲，在厂里搞帮派，不是浏阳人他就不提拔，而且不懂生产，只在厂里强调要突出政治，致使厂里的生产下降，质量大不如从前"等等。

这张大字报就贴在被褥厂的墙上，一进大门便能看见。大字报虽然没点名，但厂里人人都晓得李书记是浏阳人，生产股长也是浏阳人，厂销售股长是浏阳人，新提拔的厂保卫股刘股长还是浏阳人。李书记在厂党员会上拍着桌子道："浏阳人怎么啦？王震司令员就是我们浏阳人，王首道政委也是我们浏阳人，毛主席领导的秋收起义就是从我们浏阳开始的，浏阳人敢为天下先，敢革命！坏人总算露出了狐狸尾巴。这哪里是攻击我？"李书记把郭兴南往死里拉道，"他是把矛头指向上面，因为公私合营后，他再也无权榨取工人阶级的血汗了，他是恨社会主义、恨共产党。他这是攻击我们共产党！"

郭兴南就是这样成的"右派"，一张大字报把他的一生写到与地狱交界的底层社会里去了。我大姐夫郭铁城本来可以不打成"右派"的，我大姐夫读了书，没有父亲霸道，相反，他是个懦弱、识时务的人，为人谦和，他也没写大字报，可是那年月打"右派"是有指标的，厂里熟悉他们一家的人都晓得郭兴南不通文墨，写不出那么一手漂亮的毛笔字，于是大家都说郭兴南贴出的大字报是他儿子郭铁城写的。我大姐夫以前确实拿毛笔为其父写过一些东西，比如通知全厂职工端午节到了，下了班去厂部领盐蛋和粽子。又比如中秋节到了，厂里准备了月饼，每人一斤等等。这样的通知，年年都要出，每次都是我大姐夫大笔一挥，就贴到厂门口了。既然厂里人认出来了，问题就跟来了。

有人把这事添油加醋地传到了红旗牌油漆厂。红旗牌油漆厂的前身是郭兴南创办的兴旺油漆厂，厂里一百几十人，公私合营后，我大姐夫在红旗牌油漆厂任副厂长，但不管事，也没人要他管事。那辆奔驰车就成了公家的车，早两年被上面收走了，说是红旗牌油漆厂的厂长和副厂长，只能算科级干部，还不够坐奔驰车的级别。我大姐夫像他母亲，是个逆来顺受的人，知道社会主义了，大少爷脾气是让人讨厌的，就假装高兴地接受这个现实，骑着自行车上下班，还常常穿身工作服，这里走那里瞧，见人就迎上去打招呼，"你好你好"，笑眯眯的，客气得让人觉得他犯贱。

　　我大姐夫看报、听收音机，政治性强，也敏感，知道社会主义了，自己这资本家公子的身份不逗人喜欢，一定要学会忍。他对我大姐说："只要我不惹别人，别人也不会惹我。"道理虽如此，但也有个案，个案就是他不惹别人别人也要惹他。坐在他隔壁办公室的厂工会赵主席恨透了他，把自己身上的痨病归咎到我大姐夫身上。赵主席是老职工，三十年代就在油漆厂当学徒，闹下了肺病，而之所以得了肺痨，医生说"主要是劳累过度"。赵主席想他还不是年轻时为多挣几个钱养家，在郭家开的油漆厂拼命劳累所致？他如今是工会主席，厂领导之一，偏偏弄了个痨病缠身，于是他想寻机报复。他对郭铁城副厂长上班迟到、早退很有意见，他曾跟厂长反映，厂长说："不好办啊，郭铁城曾是这个厂的东家。"赵主席觉得厂长有点偏袒郭铁城，指出道："还什么东家？早公私合营了。"

　　赵主席没有厂长那么仁慈，局领导来检查工作时，他以工人阶级的身份很不客气地放了一炮。局领导要求各厂矿把厂里于"大鸣大放"中跳出来的人报到局里去，在整理报上来的材料中，红旗牌油漆厂居然没报，局领导就来了。局领导是个女的，说一口北方话，着一身列宁装，脖子上系一条灰围巾，很神气。女局长把油漆厂的党员们召集到办公室开会，问厂里的情况时笑笑说："怎么，你们红旗油漆厂就没一个'右派'？"大家都望着女局长，女局长又说："十个指头都不一样齐啊，你们厂一百几十人，个个都好？"

　　工会赵主席感觉机会来了，就装作气呼呼地说："局长，有一个人，不知他的情况够不够'右派'。"女局长就鼓励地看着赵主席，"说说看。"赵主席便添油加醋地把郭铁城的情况汇报给女局长听，"他和他老子一起写大字报，"赵主席气愤地说，"攻击共产党，说共产党是农民，在厂里拉帮结派。这不是诬蔑共产党吗？！"女局长一听这话，脸都黑了，女局长就是农民出身，她丈夫也是河北的农民，"农民怎么了？"女局长火了，"就得老实待在地里被封建地主剥削和压迫？我看他就是个'右派'！"赵主席更来劲了，说："新中国都建立八年了，人人都在劳动，他仍然在吸我们工人阶级的血汗，在厂里东游西荡，不干活，很虚伪，我们都不知道他在干什么！"女局长觉得这种把自己凌驾于工人群众之上的人，应该打压，就批评厂长说："你啊，也是劳动人民出身，怎么可以由着他一个资产阶级胡来？还瞒着不报，你的政治立场到哪里去了？我看这个人就很'右派'。"

就这样，没写一张大字报，没在人群中发表过一次不同政见的郭铁城也成了"右派"。当厂保卫股长拿着局里下达的"开除公职、遣送回原籍劳动改造"的处理决定，通知我大姐夫并限令他们父子三天之内搬离长沙，回老家郴州资兴县接受人民群众的监督劳动改造时，我大姐夫哑了，他可没有打过日军的李文军那种兵来将挡的气概，脸白得如一张纸，好半天才从牙缝里挤出一句话："我向你保证，我没反党反社会主义呀。"保卫股长是个铁石心肠的人，他冷冷地说："要我看，当'右派'比打成现行反革命还是强一些。"

我大姐夫满脸悲愤，因为他不但没反社会主义，相反，他觉得社会主义确实比过去强。他父亲也不是反社会主义，而是讨厌厂里那个自以为是的李书记，如今他们父子被双双打成"右派"，他觉得冤，人就蔫得同酸黄瓜样。他对我大姐说："我实在小心，这期间厂里开会我都没发过一次言，怎么还是把我打成'右派'？"我大姐也觉得我大姐夫冤，大姐见被打成"右派"后满脸凄然和迷茫的丈夫，就硬着脖子表示她不在乎道："有什么要紧？又没把你枪毙，比起早几年那些被镇压的反革命分子，你和你爹都算幸运的。"我大姐夫却缩成一团，冷得直哆嗦。我大姐抱来被子盖在他身上，大姐夫仍瑟瑟发抖。大姐又抱来儿子盖的被子盖到丈夫身上，大姐夫仍冷得牙齿打颤，"家桃，我害了你。"大姐觉得丈夫的抗变能力太低了，说："到了这个份上，还说这个干什么？我跟你去资兴县。"

423

大姐那天上午回来与爷爷奶奶和爹告别时，穿着黑呢子大衣和一条黑长裙，一条玫红色的丝围巾缠在她修长的颈脖上，一头短发很有型地披在肩上，人就很漂亮。我大姐是那种宁可站着死也不跪着生的女性，也只有在战火中、在军人家庭里长大的姑娘才能成为这种宁死不屈的女性。这样的女人是不会把痛苦搁在脸上展览的。她妈能吃苦，但她妈吃了苦却像老牛样将吃进肚子的苦反刍到脸上。何家桃在城里受的教育，教育让她学会了坚强和掩饰，就要脸，于是她把所有的酸楚都咽进了肚子。大姐望全家人一眼说："我们要搬家了，特来辞行。"奶奶问她："搬到哪里去？"大姐说："郭铁城父子都打成了'右派'，被遣送回原籍，厂里限定我们三天内搬家。"大姐说完这话，笑了下，但那种笑实在是强颜欢笑，就十分凄迷。大姐那年还不老，玫红色的丝围巾把她的脸衬托得很白皙，正因为太白了就能透出内里的忧伤。毕竟她遇到的是一件倒霉事，虽然她那坚强的性格让她选择了接受。奶奶问："还可以挽救吗家桃？"何家桃道："已经宣布了。"奶奶看眼门上的牌子，忽然说："家桃，你没说你是革命烈士的亲侄女吗？你应该告诉郭铁城厂里的领导，让他们重新考虑。"但家桃是个要面子的女人，不想低三下四地找人，她绷着脸答："没事的，奶奶。"

　　家桃在家里吃的中饭。吃中饭时侄儿何白玉放学回来，看见姑妈就叫声大姑妈。白玉见桌上一桌菜，高兴道："啊呀，今天是谁生日还是过什么节？这么多菜？"平常一家人吃饭，遵循爹规定的三菜一汤的标准，那天大姐将走，我妈和张桂花就特意多做了三个菜，腊肉腊鱼都上了桌，还有一只鸡，是特意杀的，为大姐饯行。何白玉闻到鸡肉的香气，特别来劲，脸上喜滋滋的，夹个鸡腿就吃。玉珍说："白玉，你大姑妈一家人要走了，你敬一下你大姑妈。"白玉边吃鸡腿边问："去哪里，大姑妈？"大姐回答侄儿说："去很远的一个县城，你大姑父被打成'右派'了。"白玉已从别人嘴里得知"右派"不是好人，很不理解地叫起来："大姑父蛮好一个人，怎么也成'右派'了？"大哥说："吃你的饭！"

何白玉身高一米七了，要穿四十三码的球鞋，穿四十二码都打脚了，这让爹和奶奶都隐约想起我那个至今下落不明的大叔，因为我大叔就长着一双又长又臭的大脚。何白玉一副大人模样地端起酒杯，酒杯里盛着半杯葡萄酒，他对他大姑妈道："大姑妈，打成'右派'也不要怕，死不了。"我们都望着白玉，这个少年竟说出这样坦然自若的话，真让人吃惊。白玉又说："大姑妈，侄儿祝你一路顺风。爸，我这句话没说错吧？"大家都不明白白玉哪里学的这一套，说话的语气和表情简直带着社会习气。大哥绷着脸说："少啰唆。"大姐却端起酒杯与侄儿的酒杯碰了下，大姐把杯中的葡萄酒全倒入嘴中，这才昂起一张尽管还十分漂亮、却让一家人感觉凄凉的脸。大哥开口了，"家桃，大哥说一句，要是那里住不下去，你就回来，家里有你的房子。要是那里的人欺负你，你绝不能老实，一老实，别人就会骑到你头上。"大姐感动地点下头，秀梅突然叫声"姐"，眼泪不听使唤地从她眼角涌了出来。

大姐走了。大姐那天从我们家折回她公公家时，一家人已收拾好行李等她了。大姐隐瞒了当天走的实情，她不想奶奶、爹和她妹妹送她，那天很冷，大姐不愿意娘家的人看见她于凄风苦雨中拽着儿子前行，她的自尊心让她觉得什么都可以舍弃，但脸面不能不要。当年,她执意要嫁给郭铁城，为此她被父亲喝斥，被奶奶责备，现在她得把这枚苦果无声无息地消化掉。她不愿意娘家这边的人看着她跟随丈夫一家人走进可想而知的苦难中。他们是乘五点钟的火车南行，一家人都跟几根酸黄瓜样蔫在家里，似乎身上都抹了盐，人也萎缩了。当然，对于刚读小学一年级的郭香桃和三岁的郭承嗣,姐弟俩并不晓得,这种命运的改变等于是致命一击。姐姐拿着算盘子，丢到地上跳着，弟弟手捏纸飞机，嘴里发出起飞的叫声，看见母亲回来就把头偎到母亲身上。我大姐夫看了眼表，已经三点一刻了，他轻声说："我们该动身了，家桃。"家桃点下头，大姐夫去叫了三辆人力车，人力车一到，郭兴南父子就一人手中拎着一口大皮箱，吃力的模样向人力车迈去。人力车夫下车接，说了声"这么重"，就在这时，住在楼上的李书记探出头来喝道："等等。"

郭兴南和郭铁城同时转过头，听见一连串急促的脚步声跑来，是保卫股刘股长——一个矮个子男人，刘股长的后面还跟着两个人，都是褥厂保卫股的，事先就来了，都虎着脸。李书记不急不慢地走来，表情严厉地说："把箱子打开，要检查。"郭兴南黑着脸道："这都是我私人的东西。"李书记不饶道："不检查，谁能保证你没拿公家的财物？"郭兴南不肯打开箱子，与李书记僵持着，李书记冷冷地对刘股长道："去，把派出所的同志找来。"

大姐夫听李书记这么说，脸都白了，他是在优越的环境中长大的，从小见到的是讨好他爹妈或他的嘴脸，从没见过这么严厉的面孔，心就慌，同煮饺子样。他看一眼表，又看一眼父亲说："爸，让他们检查吧？"郭兴南左右望望，低下头，打开坚实的黑牛皮箱，黑牛皮箱里还有一口小箱子，小箱子上锁把黄铜锁，刘股长搬了下，感觉很重，便说："李书记，这口箱子很重。"李书记又要郭兴南打开这口小箱子，郭兴南说："这是我多年的积蓄。"李书记的一张马脸拉得很长，厉声道："打开。"郭兴南感觉自己很无助地掏出钥匙，打开箱盖，箱子里蒙了层黄布，揭开黄布，三十块金砖就在天光下闪闪发亮。李书记说："这么多黄金，你拿到哪里去？"郭兴南说："李书记，这是我的私人财产。"

年轻时在农村里当过流氓无产者的李书记却不这样看，他觉得这些金子都是劳动人民创造的财富，就正言道："这是你当资本家时剥削的工人阶级的血汗，必须充公。"李书记继续严厉地谴责郭兴南道："我就知道你会来这一手，这箱金子全部充公，交给国家搞建设。"郭兴南气得脸都青了。我大姐夫说："爸，算了，不要了。"李书记又疑惑地看着搁在我大姐夫脚前的箱子，"把你的箱子打开检查。"我大姐夫只想逃走，逃出他既害怕又厌恶的李书记那阴险、严厉的目光所监视的范围，那一刻，哪怕有一个地洞他也愿意钻进去！他知道面对这种一脸雄赳赳的很霸道的人，不打开箱子肯定是做不到的。他打开箱子，箱子里用黑布裹着一大包印着袁世凯头像的银元，这也是他的箱子提起来很沉重很吃力的原因。李书记对眼睛发亮的刘股长说："看见了吧刘股长？我跟你说你还不信，资本家就是资本家，死到临头还要把钱带到棺材里去！都没收。"

郭兴南发怒了，一把揪住李书记的衣领，把李书记拉到自己的脸前，"我要操你祖宗十八代！"李书记大声说："'右派'分子郭兴南，你老实点，这是中华人民共和国，是社会主义的长沙市！"郭兴南握着的拳头举到半空，李书记厉声喝道："你敢打国家干部，就是反革命！"郭兴南的拳头悬在半空没敢落下来。李书记冷笑道："你一个臭资本家还敢逞凶，你想找死，我马上给你搭一个跳板让你去见阎王！"我大姐夫逮住他父亲的拳头，他父亲气得浑身发抖，蹲到地上，用力捂着胸口，脸都扭曲了。郭香桃和郭承嗣一个抓着妈的黑呢子长裙，一个揪着妈的黑呢子大衣。我大姐对李书记说："李书记，请你打个收条给我丈夫。"李书记横一眼我大姐，"什么收条？这是没收……"我大姐说："李书记，你不要欺人太甚。"大姐用坚定的目光盯着李书记，"我们家的金子和银元，你说要充公，说没收交给国家、支援国家建设，我没意见，也算我们郭家做了贡献。但我要你打个收条你都不打，你什么意思？"

李书记当然知道我大姐，既知道我大姐有国民党的将军父亲，又知道我大姐有为革命牺牲的烈士叔叔，他对我大姐就没那么凶。李书记的表口袋里插着支钢笔，他拿出钢笔，又掏出烟盒，那烟盒里还有几支烟，李书记把那几支烟拿出来，把烟盒拆开，蹲下，将烟盒纸搁在膝盖上写道："收条：今没收郭兴南父子的金专三十快，银元一千元，蒋全部交给国家。李向东。"李书记在浏阳农村只读了几年私塾，文墨只是半通不通，因此把"砖"写成"专"，把"块"写成"快"，把"将"写成"蒋"，因为他只会写报纸上指责为"人民公敌蒋介石"的"蒋"。那是张印着牡丹花的"牡丹"

牌香烟盒，李书记写完收条，没有交给被他视为臭狗屎的郭兴南父子，而是把它交给我大姐。

四十八

李文军没像我大姐一家人一样被遣送到遥远的县城，因为在他初次填写履历表时，他觉得这一栏纯属多余，随手把籍贯写成"长沙市"，于是他被遣送回青山街。街道办事处安排他到青山街自来水站守水站，此前，青山街自来水站由一个手残疾的女人守，李文军打成"右派"后，办事处的基层干部就安排李文军守，于是李文军接替了那个白天守水站晚上锁了龙头回家的中年妇女。自来水站设在青山街中间，用竹篱围着，有一间破烂的小房子。李文军住进这间破房子，开始了青山街自来水站的守水工作。

我们家有一口井，多年来我们家一直吃这口井的水。自从自来水管接来后，我们家就改吃自来水，只用井水洗衣洗澡。我们家挑自来水的担子最先是王玉珍，后来是我，再后来是白玉。李文军看见白玉来挑水，看见白玉高高瘦瘦一身有劲的样子，会赞美道："白玉，你长大了应该去学拳击。"白玉说："李伯伯，我们体育老师要我打篮球。"李文军说："你比你爸小时候长得还结实，到底是何家的种。"晚上，孤独、郁闷的李文军会来我家，冲我大哥一笑说："天真冷，我来烤一下火。"

有天很冷，西伯利亚的寒流来了，屋檐和地上都结了冰。李文军睡的那间房子，门窗都漏风。这倒不是他来我家的真实原因，真实原因是他太寂寞了，来找我大哥下围棋。他倒不怕影响我大哥，大哥没单位，没人要揪他的辫子。他说："老军长，我来，不会影响您什么吧？"爹觉得自己在统战部当个副主任算不上什么，而李文军不但是他的老部下，还是这个家里长大的，他没有理由拒绝，便安李文军的心说："还能影响我什么啊？不要说这种话。"李文军就心安的样子道:"我来找胜武下围棋。"王玉珍把方桌清空,又把围棋拿来,还为李文军泡杯茉莉花茶。李文军喝口茶,称赞说:"这茶真香。"王玉珍叹气道:"你啊,要是结了婚,也许就不会打成'右派'。"李文军望着王玉珍,"此话怎讲?"王玉珍说:"至少你老婆会劝你不要写那张该死的大字报。"李文军就大笑道:"有可能。"王玉珍发盆炭火,把炭火搁在桌下,李文军忙烤着一双业已冰凉的手,边说:"还是有老婆好。"王玉珍笑,"知道女人的好处了吧?"李文军说:"知道了,只是晚了,现在打成'右派'了,谁还会嫁我这个'右派'啊?"大哥嘿嘿嘿笑,王玉珍安排完这一切,睡觉去了。

　　爷爷、奶奶、我妈,还有张桂花都睡了,只有爹和秀梅、白玉没睡,爹在房里看全国政协下发的文件,何秀梅在她房里握着毛笔抄写歌曲。学校的唱歌老师调走了,一、二年级的唱歌课没人上,校长找到何秀梅说:"何老师,你代上一、二年级的唱歌课吧?"何秀梅别的都没有,就是身体好,她的精力旺盛到这种程度,再累,只要坐一分钟,累的感觉就荡然无存,精力又恢复了,用不完。校长要她代上唱歌课,她简直是二话不说地承接下来,热情地投入到备课和教学中。何秀梅是一个班的语文老师兼班主任,再上两个年级的唱歌课,就有点忙不过来,但这样更好,她就可以少想点李文华、少受点爱情的煎熬。一二年级分别有三个平行班,一个班一周两节唱歌课就是十二节,再加上她还有八节语文课、两节劳动课(带着自己班的学生劳动),和一节班会课,她一周有二十三节课,星期天她还要家访,人就风风火火的,手中永远提着个装满学生手册和作业本的袋子。奶奶为她的婚姻大事把头发全急白了。早几天,一家人吃饭时,当奶奶说起她和李文华结婚的事时,她平淡地回答:"我忙得都没想过要结婚了。"张桂花听何秀梅这么说,扭开了脸。奶奶再要说什么,张桂花用脚踢下奶奶,奶奶还想说,张桂花忙制止奶奶说:"年轻人的事,我们都不要管。"我妈在张桂花收拾碗筷时,小声问秀梅:"文华还给你写信吗?"秀梅瞟一眼我妈说:"写。"

何秀梅说的是实话,李文华仍坚持着给她写信,只是不像以前那么勤快,以前一个月两、三封信,现在一个月一封,落款的日子有时是一号,有时是五号或十号,信上大多是谈他的工作,不像过去那么缠绵了。大西北强劲、冷冽的风把李文华的心吹硬了,也吹广阔了。何秀梅有时回信会回得热烈一些,有时也很冷淡,一切都根据李文华的来信定。上个月,李文华在信里说:"我和你的婚姻大事,恐怕是一场没有硝烟的战争,但我相信我能赢,因为我是中国军人,中国军人最有耐心和耐力,能等。"何秀梅看完这封信,把脸埋在被子里哭了场,然后回信说:"只要我打算结婚,我要嫁的人就一定是你。"半个小时前,她又拿出李文华写的信重读了遍,还习惯性地用红笔在"没有硝烟的战争"下画一杠,箭头朝外一指,注明:"用词不当"。在"中国军人最有耐心和耐力"这句话上,分别在"耐心"和"耐力"上加了圈,然后将两个圈连在一起,一个箭头打到旁边,写道"那我们就比比耐心和耐力"。她不能再沉迷在李文华写的信中遐想了,她明天有三节唱歌课,她还没抄歌曲,于是她铺开一张从学校总务室领来的白纸,拧开墨汁瓶,用毛笔抄写《没有共产党就没有新中国》那首歌。抄完后,何秀梅试着用喉咙哼唱了遍,觉得这首歌对于小学一、二年级的孩子来说,难度大了点,但校长要她教,她只能试试了。

何白玉坐在另间房子的窗前,桌上铺着课本和作业本,却在偷偷写情书。白玉喜欢班上的一个女孩子,那女孩子的父亲是名老红军,据说是师长转业的,在一家厅级机构任职,属于高级干部。白玉写道:"孙燕,我喜欢你那双眼睛,你的眼睛是这个世界上最好看的眼睛,在这个世界上,我只爱你一个人,我爸爸妈妈我都可以不爱,但我爱你⋯⋯"北风刮在树枝上,树枝摇头时发出私语般的摩擦声。白玉继续在信里说:"孙燕,如果你长大了嫁给另一个男人,那我就去死。何白玉没有你,活不下去。"身体过早发育的何白玉写这封信时,下身都不由得硬了。写完信,他看了两遍,想明天课间时，再将信悄悄塞进孙燕的书包。他要解溲了，就急急地走出房间，看见他父亲与李伯伯仍在下围棋，他感兴趣地凑过去，他父亲不耐烦地对他挥手说："睡觉去。"

　　我大学毕业的那年，是新中国历史上令人振奋的一年，大家先是为《人民日报》发表的《乘风破浪》的"赶英超美"的社论所鼓舞，那社论说"在十五年左右一定要赶上或超过英国"。这样的社论，读后，难道不让贫穷了几十辈子的中国老百姓振奋？！我所在的学校一片哗然，老师们摩拳擦掌，恨不得为"赶英超美"立即出一分力发一分光，都把反右时的烦恼和惴惴不安抛到了脑后。长沙街上到处敲锣打鼓，小学生们把家里的破铜烂铁拿到学校，学校老师把废铜烂铁集中起来，送到回收站让回收站的同志将废铜烂铁运到钢厂去炼钢。长沙一下子建了十几家钢厂，锅炉烧起来了，通红的，炼钢工人整天在炉前忙，戴着帆布手套和墨镜，手握钢钎，脸上笑呵呵的。《长沙晚报》上就有喜报，报道长沙的革命群众，积极投入到炼钢的劳动中，已炼了好多好多吨钢。每天打开报纸，全是喜讯，到了五月份，觉得社会主义真是中央提出的"一天等于二十年"的伟大时期来了，同学们都恨不得快点毕业，好为社会主义建设添砖加瓦。

　　这年六月，正当全校师生和全市的老百姓都为大炼钢铁而兴奋时，粮食产量放"卫星"了，亩产五千五百斤的小麦、亩产七千六百零七斤的小麦、亩产一万二千斤的稻谷、亩产一万六千斤的稻谷等等，一个接一个地"爆"出来。湖南人不懂小麦种植，但非常熟悉稻谷产量，亩产一万六千斤稻谷，这让那些家里是农民或曾经当过农民的老师和同学瞠目结舌，但是紧接着报纸上又报道湖南某县某乡通过深入学习和贯彻"大跃进"精神，真正做到了"人有多大胆，地有多大产"，今年亩产竟达到一万八千零七十一斤。我读这张报纸时，已毕业分配到一所师范学校，办公室里，有的老师摸着脑袋，一脸疑惑地私下议论："是不是太多了点——你们说？""右派"的帽子还在天上飞呢,就没有人敢站出来质疑和反对,有老师用滑稽的口气说:"人有多大胆,地有多大产么,不多。"

爷爷听我说了报纸上亩产的粮食产量后,说:"吹牛吹大了,我小时候跟你曾祖父种田,碰上收成好,一年也就收七百多斤谷。某一年如果雨水多,阳光少,也就五六百斤。这亩产一万八千零七十一斤,那是哄鬼。"爹的童年虽然是在何家山村长大的,但并没种过田,说:"也许那块田特别肥呢?"爷爷摇头,"肥多了会把秧苗'烧'死。"爹说:"现在是科学种田。"爷爷摇头说:"你们没种过田,不懂。"爹看着我和大哥、秀梅,"你们不要在外面说这种话,搞不好就又是'右派'。"大哥、秀梅和我都表态说,我们不会乱说一个字。

有天晚上,李文军拿来一张报纸,把报纸掷在地上,说:"吹牛皮不犯法的,你们看。"没有人愿意捡起报纸看,因为卫星越放越大,亩产九万斤、十万斤的卫星都在报纸上有名有姓又振振有词地飞,好像是比你无耻,我比你更无耻似的。"有点常识的人都晓得这是骗人的鬼话,"李文军说,"把人当傻宝。"大哥冷冷一笑,"一派胡说。"

我和李佳就是在一天一颗"卫星"中结婚的。放卫星一开始让我和她都很兴奋,一天等于二十年,这是多么好的时代啊。李佳对我说:"文兵,今天我活了二十年。"我吃一惊,李佳就娇声说:"一天等于二十年啊。"我大笑,"是的,我们处在一个伟大的时代,一亩地生产这么多粮食,子子孙孙都吃不完。李佳,我们结婚吧?生一百个孩子出来,现在的粮食产量这么高,反正怎么吃也吃不完。"李佳同意了,"那我跟你生一百个孩子。"

我们的婚礼是我们家族里最简单的婚礼,就是我们一家人加上她一家人,围拢来一大圆桌,再也没有别人了。那年七月,程潜提议我爹当省政协副主席,爹调省政协任副主席,来了精神,天天学文件,思想比共产党员还上进,把艰苦奋斗的思想都搬到家里来了。爹说:"文兵,婚礼简单点,不要铺张,现在中央提倡厉行节约,我虽然不是共产党员,但是省政协副主席，要起带头作用。"我把爹的话传给李佳，李佳说："我随便。"我们就随随便便地结了婚。饭菜是张桂花婶婶和大嫂做的，实际上是玉珍掌勺，张婶婶当下手，做了十个菜：鸡、鸭、鱼、扣肉、牛肉等等，先一天开始准备，自然是满满一桌。

我岳父、岳母坐上席，梨花伯妈也坐上席。我岳父李爱国头发大多白了，脸上也有了些老年斑。岳父笑着，露出一口藏满烟垢的牙齿。梨花伯妈更显老了，完全可以跻身于老年妇人的行列，不但头发花白了，脸上皱纹也十分张狂，看上去不比我奶奶年轻多少。我岳母倒不显老，与我妈是一个年龄层的，两人就谈得来。李文军要守水站，直到开饭的那一刻爹才让白玉去叫他。李文军着一身深蓝色中山装，脸上的胡子刮得很利索，看上去就比平常年轻几岁。他坐到我大哥一旁，他一落座，爹就宣布："吃吧，都是一家人，别讲客气。"于是十几双筷子伸向各自爱吃的荤菜，李文军吃着扣肉时看一眼秀梅，见秀梅脸上红嘟嘟的，都长红斑了，便问："秀梅，什么时候喝你的喜酒啊？"秀梅冷着那张长了些红斑的脸，瞟一眼李文军说："等吧，不过你要有耐心。"李文军笑笑，"再有耐心也要说一个时间啊。"秀梅说："快了。"张桂花忙盯着秀梅，有点激动地问："快了是什么时候？"秀梅朗声回答："明年，也许后年。"张桂花脸上就没了那种期待，脸色就淡了，低头吃着饭菜。大哥见秀梅一脸嘲弄结婚的样子，就责怪妹妹说："秀梅，你不能害别人老等啊。"秀梅放下筷子，"大哥，人都有自由的，我害谁了？"大哥瞪着秀梅，要发火却控制了。王玉珍忙说："都别说了，今天是文兵和佳佳结婚的大喜日子，大家都要高兴。"

吃过饭，几个老人坐在客厅里聊天，我岳父和我爹面对面说着话，两人在我们眼里都有点老态，声音不及过去一半洪亮，脸色也慈祥了许多。岳父说："我近来经常想起自己年轻的时候。"爹说："我也是。"岳父说："想想那时候身体多好，困了，往地上一倒，不要一分钟就进了睡乡，没有床，地就是床。现在呢，半天睡不着，老鼠过路都能把我惊醒。"爹道："就是啊。"

那天是国庆节，喜庆的锣鼓声从大街上传来，岳父听见了，笑道："社会主义就是好，人人都有饭吃，国民党时代，街上到处都是乞丐和饿死鬼。"爹答："就是啊。"岳父说："当年我搞革命，就是看不得国民党军阀政府不管老百姓的死活。"爹点头，"是啊，那个时代的人很自私很坏。"

桌上有花生和瓜子，还有糖果。岳母和我妈聊着，梨花伯妈和张婶婶聊天。爷爷、奶奶因高兴，喝多了酒，都躺到床上睡午觉了。何白玉跑进跑出，与街上的孩子玩玻璃弹子。这一天风和日丽，葡萄藤上的叶子已掉落了大半，藤枝张牙舞爪的。阳光洒在地上，致使地上斑斑驳驳。一家人在我和李佳的新婚之日很祥和地坐在一起，直到吃完晚饭，天黑下来，秀梅在她房里边唱歌边抄歌曲了，我岳父、岳母和梨花伯妈才离开。玉珍把白玉叫回家，大门一关，这一天就结束了。新房在大哥的楼上，事先将墙壁粉刷了番，买来了新家具，换了翠绿色窗帘，在门上贴了个红艳艳的大喜字；墙上挂着我大哥画的一幅工笔画，画着牡丹花和一对鸳鸯。那天晚上，当所有的人都睡了时，我和李佳都很激动又很羞涩，两人都是第一次如此近距离长时间面对异性。李佳脱衣服时要我转过背，说："不准看。"

四十九

十二月份，连续下了半个月的雨，把长沙下得很冷。雨里夹着雪籽，雪籽落到地上就结成冰，奶奶摔了一跤，把骨头摔断了，只好坐或躺在床上看天，看了四个多月的天，奶奶可以下床走动了，一看桃树，桃花都谢了，桃枝上已长满绿叶，气温也升到二十来度了。就是那天，我二叔突然出现在院子门口。他叫声"妈"，奶奶迈前一步，抱住他，眼眶里盈满高兴的泪水。二叔调回湖南了，一家人都来了，住在省委大院，任副省长，管省内的农业。二叔只是在调回来的当天来过一趟，之后就忙他的工作，天天这个县那个县，一双四十二码的脚踏遍了湖南省的每一块土地，鞋子都走烂了五双，脚都走肿了。二叔是个正直的领导，看到一些县的基础干部还弄虚作假，还沉浸在"浮夸风"的梦境里骗人，就写了报告。当时中组部的人正在湖南考查我二叔的工作，原是要升他省长的。中组部的人看了我二叔的报告，找我二叔谈话，说去年的大跃进，成绩是主要的，人民群众的积极性也是值得肯定的，要他不要打击基础干部和人民群众的积极性。

我二叔一老革命，固执起来丝毫不比奶奶差。他坚持说："有积极性就更应该实事求是，'浮夸风'是自欺欺人，这骗不了谁的，再这样下去，谁还相信共产党？"中组部的人觉得我二叔太自以为是了，就没提拔我二叔。二叔有点受打击，怀念起引导他走向革命的我大叔来了。湖南与江西交界，二叔叫人去查我大叔的下落，一个月后，组织上通知他，我大叔下落不明，但我大婶有下落，牺牲在赣南山区，二叔把这事告诉我爹，说："二哥可能死在后来的交战中，因为留在瑞金继续战斗的红军，一个个都被国民党军队杀害了。"

一个星期天，二叔带着他一家人来到青山街，一辆灰色的伏尔加轿车在门前一刹，第一个下车的是何陕北，跟着是何军花和二婶，最后下车的是二叔。何陕北穿着没有帽徽和领章的军装，脚上一双黑皮鞋。何陕北长成了个帅小伙子，一张脸上留着八字胡，身材虽不高，但人精神，就还是显得伟岸。他走进来，用普通话叫声爷爷奶奶，又叫我爹"伯伯"，白净的脸上挂着笑，八字胡在他的笑容里傲慢地抖动着。二叔批评儿子："小小年龄就留胡子，叫他剃，他不剃。"奶奶笑，爹也笑。何陕北却不愿意听他父亲教诲地走开，去看我大哥在绷子上绣老虎。何军花也长成大姑娘了，穿着蓝运动衫和蓝运动裤，脚上一双白球鞋，仿佛是从省体委走出来的女运动员。脸蛋儿很漂亮，像她母亲邓皎月年轻时候的脸蛋儿。她有大家闺秀的味儿，叫人时声音甜甜的，说话声音也好听，笑容也大方、热情。奶奶很喜欢她，拉着她的手说："我军花孙女真俊，杨贵妃的相。"在奶奶的记忆里，天下只有一个女人漂亮，那就是她做少女时在戏台子上见到的那个扮演杨贵妃的女子。二婶却说："妈，军花跟男孩子样，喜欢运动，什么排球啊篮球啊，她都爱打。"奶奶拧下军花的胳膊，称赞说："我孙女多结实啊。"奶奶说着，拉着军花的手甩了甩。军花把目光放到葡萄藤上，葡萄藤已长得很粗了，架子上的葡萄枝也有男人的胳膊那么粗了。军花盯着遮天蔽日的葡萄藤，对她妈说："妈，我喜欢葡萄，我们家院子里也要栽葡萄。"

二叔跟我爹和爷爷说话，说到了我大叔何金江。爷爷有点老年痴呆了，想不起他三儿子说的何金江是谁，就问："你是说哪个？"二叔看着爷爷，爷爷和蔼地笑着，二叔说："我是说二哥何金江。"爷爷望一眼我爹，问："何金江是哪个？我见过没有？"爹说："何金江是您二儿子。"爷爷笑，笑得十分朦胧和慈祥，说："我记不太清了。"爷爷的老年痴呆症让他完全想不起他有这么一个儿子了。爷爷也不像过去那样早起练功，饶有兴致的木匠活在他手上也终止了。他照样早睡，早起，但起来后，一家人不知道他在干什么。

奶奶的记性仍很好，奶奶听到爷爷说他不记得何金江了，便帮爷爷回忆说："何金江，当年他要革命，你不准他革命，把他关在杂屋里的那个儿子。"爷爷迷茫地"哦"了声，惭愧的模样回答一家人说："我是有点印象。"我岳父来了，一踮一踮地走来，斜着一双老男人的眼睛看着我二叔说："大领导来了。"二叔笑道："你还好吧？"我岳父答："托毛主席他老人家的福，我还好。"岳父在我二叔面前拘泥地坐下了。

这两年，饮食公司的领导出面交涉，把老兵饭店隔壁的一家人迁走，将墙打通，扩大了老兵饭店的营业面积，又安排几个年轻人进来，这家饭店就成了年轻人的天下。年轻人朝气蓬勃，根本不把我岳父、梨花伯妈和我岳母放在眼里，事实上他们还看我岳父不起，认为我岳父道德品质败坏，因为我岳父竟敢在新社会里还占有两个女人，于是他们对我岳父很不友好，叫我岳父李老头，要李老头每天凌晨四点钟就爬起床去菜市场买菜，还要李老头和我岳母择菜、洗菜，他们只负责炒菜。我岳父已六十三岁，却成了饭店的年轻人奴役的对象。我岳父有一肚子火，觉得新社会的年轻人太不把他们这些从旧社会里走来的老人放在眼里了，今天他走出来就是他打算退休不干了。岳父看见我二叔就激动，仿佛看见了他的得意弟子，——我二叔少年时候的革命思想，有一半是我岳父灌输的，但"师徒"俩却没什么感情，我二叔从来没想过要去拜见我岳父。在我二叔眼里，我岳父是革命途中的逃兵，二叔看着我这个逃兵岳父，突然问："当年你怎么就放弃了革命啊？"

我岳父一脸羞愧，羞愧中，岳父突然不顾我和他女儿的脸面，抽了自己一耳光，那个自轻的举动着实把大家吓了一跳。岳父面对居高临下的我二叔骂自己道："我怕死啊。"爹一惊，觉得亲家公自贱地打自己的耳光，实在不好看，"爱国，都是一家人，干吗啊？"

因为是星期天，李佳也在，本来与大嫂在厨房里忙碌，知道她爸来了，就走来陪父亲。李佳羞得满脸绯红，一时眼泪水都涌出了眼眶。我岳父也眼泪汪汪，检讨自己的模样，抹着颇有些辛酸和浑浊的老泪，"何副省长，看见您，我就觉得自己对不起革命，对不起党，对不起死去的同志啊。"李佳尖叫道："爸，又没人开你的斗争会，怎么这么一副德性？"岳父惊悸和惭愧地看一眼女儿说："爸后悔啊。"李佳很看不得她爸一副可怜巴巴相，生气道："后悔有什么用？又没后悔药吃。"我岳父晃着他那张痛苦的脸，在他女儿愤怒的目光下，终于停止了忏悔。奶奶安慰我岳父："雁城，你现在也挺好的。"二叔转移话题说："我今天很高兴，刘少奇同志昨天当选为中华人民共和国国家主席了。"

昨天的广播已广播了，今天的报纸也报道了，这可是众所周知的与我们相距很遥远的事情，二叔居然带着他一家人来庆祝，还带了瓶茅台酒，看来二叔一定有什么话要说。果然，二叔高兴道："我在东北时与刘少奇主席一起工作，刘主席是个很有工作魄力的人。我早两年在江苏工作时，少奇同志来江苏视察，少奇同志说我是干实事的干部。"我们一家人听二叔这么说，都笑了，觉得有国家主席赏识，二叔的前途会更加无量。

　　爹不像以前活得那么开心，整日眉头紧锁，一大堆心思的样子，坐在省政协副主席的位置上，天天学中央文件，与省里的头头脑脑打交道，不是更有底气，而是更心虚了，仿佛自己是窃取了这个地位的贼似的，就把自己弄得很谨慎，不与外人结交。下了班，爹就骑着自行车回家，回到家仍然是看书、看报。来了什么人找他，爹也很少说话。爹总是告诫我们："祸从口出啊。"妈在医院上班，早出晚归。家里，仍是奶奶管事。奶奶仍心明眼亮，耳朵好使，双手还能把一桶桶井水拎起来，还是她和张桂花上街买一家人吃的菜，她还喂了十几只母鸡，喂在后院，每天切烂菜叶子给母鸡们吃。李佳有时候走过去帮奶奶的忙，奶奶不让，奶奶要证明她还没老，仍是这个家的主心骨。李佳就佩服奶奶说："奶奶，你真了不起。"奶奶也是听不得表扬的人，尽管她这么大一把年纪了，一听表扬干劲就更足，又买来几只鸭子，在家里养起了鸭子。每天捡的鸡蛋和鸭蛋吃不完，"李佳，你怀孩子了，"奶奶说，"要补身体，好让孩子生下来更健康、更聪明。吃。"李佳说："奶奶，我吃不进了。"奶奶可不管这些道："又不是毒药。"奶奶把鸡蛋壳剥掉，塞到李佳嘴里，非要看着她吃下去。

　　曾孙儿何白玉也是奶奶最关心的。何白玉读初中了，爱打篮球，把自己打得很瘦，吃饭时，奶奶总是要煎两个荷包蛋给白玉吃，希望她的曾孙儿长得更结实更健壮。奶奶问她曾孙："白玉，你长大了打算干什么？"白玉回答老奶奶："当运动员。"奶奶更希望她这个曾孙儿能像李文华样当上将军，在奶奶那被传统文化完全吞没的思想里，武官才是实心实意的铮铮男子汉，像赵云、岳飞，而文臣都是曹操、秦桧那样的奸臣。奶奶问："不想当将军了？"白玉答："想当。"奶奶就笑着表扬白玉："我曾孙儿有志气。"

爷爷却不像奶奶那么操心，他不但记忆丢失了，还时常产生幻觉。有天白玉坐在葡萄藤下吃饭，爷爷却突然记起他的第四个儿子，那个牺牲在朝鲜战场上、少年时候数学成绩非常出色、既不怕冷又不惧热的何金石。他说："他是金石吧？"大哥回答爷爷："他是您曾孙儿何白玉。"爷爷哦一声，把目光投到葡萄藤上，风是暖风，吹在脸上好像开水冒的热气。爷爷隔了会说："金石呢？"大家都不知道爷爷怎么会记得何金石，按说他最不应该记得何金石，因为他连他二儿子何金江都不记得了。奶奶说："钉在门上了。"爷爷就望着门问："钉在哪里了？"奶奶答："门上那块牌子就是金石。"爷爷觉得奶奶是哄他，生气地绷着脸道："岂有此理！"又有一天，一家人坐到桌前吃晚饭，白天还偌大一个太阳烤着长沙这片热土，傍晚太阳一落山，气温就降了，爷爷突然说："给金石准备一副碗筷，金石回来了。"大家都望着爷爷，爷爷也望着大家。奶奶说："你发什么神经啊？"爷爷就没把握了。那天晚上，爷爷第一次表情严肃又漠然地坐在客厅里。秀梅在她房里抄歌曲，白玉在房里写爱情信，爹妈在卧室里休息，只有大哥坐在客厅里绣老虎。爷爷说："你绣的这只老虎，是不是爷爷年轻时打死的那只老虎？"大哥就开玩笑道："爷爷，它活过来了。"爷爷就变得更没把握了，半天不说话。爹对妈说："我爹怕是糊涂了。"

家桃来信了。这是她来的第二封信。第一封信是她随丈夫一家人去资兴县的三个月后写的。告诉我们，她很好，资兴人对他们一家人都好，因为公公帮过一些家乡的亲戚，现在他们得知她公公和她丈夫打成"右派"后，都伸出了援助之手。她还在第一封信里说，资兴县城关镇办事处安排她进了城关镇针织厂，安排铁城在办事处做事，生活有着落，让我们不要担心。秀梅读了那封信后，立即回封信，但半年过去了，也不见家桃回信。去年中秋节，一家人坐在客厅里吃月饼时，奶奶念叨家桃，让秀梅再写封信。秀梅就又写了信，但信寄出去后，也不见家桃回信。秀梅奉奶奶的命令，再次写了封，说一家人都惦记他们，家桃这才回信。家桃在信里说她很忙，厂里事多，她是技术骨干，加上婆婆病倒了，需要她照顾，又加上她还要管香桃的学习和管承嗣，实在没时间回信。家桃在信里要我们无论如何不要担心她，她什么都好，现在已经习惯那里的生活了。她住得好，房前屋后都有菜土，她种了扁豆、辣椒、苋菜、蕹菜和胡萝卜等等，吃蔬菜不要买。资兴是大山区，县城不大，在山腰上，一条由山泉和雨水汇集的清冽的河流从县城穿过，县城人也是吃自来水，有露天电影院，她和铁城常带着香桃和承嗣去看电影，还有什么人都可以进去看书的文化馆，资兴人很纯朴等等。奶奶听秀梅念完信，心里踏实多了，说："这下好了，我还想去资兴走走呢。"

奶奶不服老，基本上忘记了自己已是老年人，笑声还是那么自信，说话还是那么武断，甚至更武断了，听不进别人的意见，整天忙进忙出，一双小脚迈着碎步，指挥着两个泥工在后院里打灶和扩大鸡窝。她打算熏腊鱼腊肉了，因为街上买来的腊鱼腊肉实在不好吃。灶打好后，奶奶拉着张桂花买来肉和鱼，分别抹上盐，腌了几天，熏成了香喷喷的腊鱼腊肉。一个星期天，爹把二叔一家人叫来吃奶奶熏的腊鱼腊肉。二叔一家人于上午十点钟的阳光下，走进院子时，奶奶叉腰站在院子里，罩衣都没穿，只穿件宽松的绒布衣。先两天下了雨，那天就有点冷。二叔穿着四个口袋的蓝色中山装，内里穿着毛衣还觉得有点冷，便叫嚷："妈，您只穿这么点，会感冒。"奶奶爽朗地答："我热。"

何陕北笑嘻嘻地走进来，着一身草绿色军装——这是那个年代里男青年追求的时髦，脚上一双黑皮鞋，他架着二郎腿，一脸傲气地看着我大哥。何陕北有一个副省长爹，这种高干子弟的优越感就处处流露在外面，每一个表情和每一个眼神，都与他的高干子弟身份相匹配，犹如山泉流淌，想堵也堵不住，加上他又一口北方话，不知内情的人还以为他是北方人呢。我妈说："陕北气宇轩昂。"何陕北看眼我妈道："我很平常呢，伯妈。"我妈说：

"你气质特别。"何陕北就笑道:"那是爸妈生的。"何军花说:"伯妈,我大哥特骄傲的。"何军花正上高三,着列宁装和蓝裤子,扎着对又粗又黑的羊角辫,一双眼睛又明又亮,目光清澈、沉静、幽蓝。下巴稍长了点,一张脸就很鹅蛋。在女孩子里,何军花应该算漂亮的,身体发育得也很完美。她喜欢打乒乓球,羽毛球也打得不错,但她爸不同意她搞体育,希望她当医生。我妈见何军花一脸温柔的模样看着她,便问:"军花,你打算考什么大学?"军花一笑,"我想考体院,我爸不同意。"何军花说完,一脸有意见的样子对她爸做个鬼脸。二叔没理女儿的鬼脸,这个革命了很多年的人,不会把儿女情长这些腐蚀人心的情感放在脸上,他更愿意把目光放到我大哥绣的老虎上。二叔称赞我大哥说:"胜武,你这只老虎绣得好。"老虎并没完工,还有一只虎爪没绣。大哥谦虚地一笑,喝口茶,又继续绣。

桌上有份报纸,那报纸的头版头条赫然写着"坚决扫清右倾机会主义分子"的标题。这张报纸是八月中旬的,爹一直没把它扔掉,因为爹真的很困惑,脑袋转不过弯来。爹拿着这张报纸看过十几遍,几乎能把报纸上的内容背下来了。彭德怀那么一个对革命有功的人,居然成了毛主席说的"是资产阶级在党内的代言人"。报纸上说,彭德怀、黄克诚、张闻天和周小舟是反党集团。爹与彭德怀于二十年代在湖南陆军讲武堂同过学,彭德怀曾多次吃过爹带回讲武堂的奶奶做的腊鱼腊肉和咸菜蒸肉。黄克诚,爹在解放初期与他有过交道,印象深刻,感觉这名解放军大将为人厚道。省委书记、兼省政协主席周小舟,是爹的顶头上级,爹与他接触很多,觉得他是个正直的人。爹把我二叔叫来,吃奶奶熏的腊鱼腊肉只是借口,重点是想咨询他二弟:"你对这事怎么看?"

二叔望眼我爹,"这事省委传达时,都很震惊。你不知道,彭德怀副总理七月份还在湘潭他的老家实地调查,我是管农业的副省长,是接待人员之一,直接向彭副总理汇报。"爹看着他二弟,见二弟脸上有几分疲惫,爹迟疑下说:"怎么这几位对革命有这么多功劳的人都成了反党分子?"二叔脸色就凝重，目光抛到美人蕉上，美人蕉正开得火红。二叔说："我也想不通。"二叔望一眼陕北和我大哥，陕北跷着二郎腿，昂着下巴翘起的脸，一边用两枚硬币拔着下巴上的胡子。二叔又用低沉的声音说："这事有些复杂，他们反对毛主席提倡的大跃进，唉。"他叹口气，"哥，这些事情我只是听说，你不要在外面讲，据上庐山开会的同志说，中央本来是批左的，彭德怀一上庐山，他那炮弹性格一开口，把毛主席惹得很不高兴，方向就变了，变成批右了。"爹吃惊地"哦"了声。爹知道他二弟的性格，二弟勇于任事，少年时候就敢在同龄人中挑担子，多次被军警打得半死，不但不害怕反而变得更加勇敢。爹关心道："金林，你要少发表意见。"二叔点头。

五十

有一个人不注意自己的言行，这个人是平常沉默寡言的李雁军。李雁军当时已是某大军区副司令员，李副司令员住着一栋将军楼，有司机、警卫、勤务兵，战争年代他是一头狂奔的雄狮，一天可以同时出现在三个不同的战场上，打得日军及后来的国军魂飞魄散，说话当然就没遮拦。李副司令员在军区传达中央对彭德怀等人的处理意见时，说了他想说的话。李副司令员说："关于中央的这个决定，我觉得有点欠妥。我比较了解彭德怀同志，还在一九二三年我和他在湖南陆军讲武堂学习军事时，他就是个马列主义者，一九二八年的湖南平江起义，就是彭德怀元帅领导的，后来彭德怀率部上井冈山与毛主席会师，在井冈山坚持革命斗争，这样的有功之臣怎么会反党呢？说彭德怀元帅是野心家，说彭德怀元帅反党，我有点想不通。"李雁军这么说时，与会的人都审视着他，书记人员记录着他说的话。李雁军再次说："我认为彭德怀是个好同志，"他扫一眼与会的将军们，见将军们个个表情严肃，他也就很严肃道："同志们，我李雁军不相信彭德怀同志反党。"

李雁军在会上说的每一句话都被记录了。过了几天，军区再开会时就来了一纸免职书，免去李雁军同志的副司令员职务。散了会，李雁军坐在会议室半天也没说一句话，直到所有人都走了，直到天完全黑下来，李雁军才勾着一颗千斤重的头回家。他并不后悔自己说过的话，而是困惑革命革到今天，是非曲直怎么会是这样一个结果？李夫人说："我正准备叫警卫员去找你。"李雁军对夫人说了句："我被免职了。"

李夫人惊讶地看着丈夫。李雁军说："早几天我在会上发言时为彭德怀元帅说了几句公道话。"李夫人脸都白了，心痛道："你糊涂啊，彭德怀已被中央定性为反党集团的头子，你怎么还为他说话？"李雁军垂下一颗头发花白的脑袋，"彭老总是我的恩人，军区政委希望我揭发彭老总的言行，可彭老总从没对我说过一句对党不忠的话，我怎么能乱说？"李夫人看着一头雾水的丈夫，"不会把你打成反党集团的成员吧？"李雁军答："不知道。"

李雁军没被打成反党集团的成员，但从此再没用他。李雁军每天在将军楼前栽栽花，在将军楼后的树林里打打拳，等着军委对他的去留决定。他很有耐心地等了一年，从夏天等到秋天，从秋天等到冬天，从冬天等到春天，又从春天等到夏天，他终于泄气了，不想等了，对夫人说："我想回湖南一趟。"李夫人望着丈夫，丈夫这一年老多了，头发白了不少，皱纹也深刻和忧郁起来，抬头纹上又分出几条支流，看上去像一幅交通地图，就觉得丈夫实在可怜，问："你去湖南干吗？"李雁军仰头长叹道："去看看我师父、师母。"他将目光抛到夜空，遥望着南方，"师父今年进八十岁，如果我没记错，师父就是这个月生日。"李夫人也觉得丈夫需要出门散散心，就同意道："那你去吧，路上注意安全。"

李雁军中将军衔，离职前是大军区副司令员，当然就有秘书和警卫随行。李雁军一到长沙就住进省军区招待所，与省军区司令、政委和副司令员共进晚餐，因多喝了几杯，很早就入睡了。第二天他醒得很早，一早起来，他于晨曦中走出军区大院，缓缓走在街上，辨识着街道。省军区招待所在八一路，他沿八一路走到小吴门，又微笑着从小吴门走到中山路，接着他拐上了黄兴路。穿越五一广场时，天大亮了，他看见一个小孩子背着书包，手里捏着包子，正朝学校走去，突然，一个大男人跑前几步，将小孩抓住，抢走小孩手中的包子，小孩顿时哇哇大哭。李雁军大喝一声："站住！"那大男人见李雁军一身将军服，忙将包子迅速塞进嘴中，边拔腿朝前跑。李雁军愤怒道："混账东西。"他牵着小男孩朝小孩买包子的包点铺走去，那里站着好几个大人，都目光如炬地盯着卖包子的人。李雁军买了两个包子给小男孩，小男孩拿着包子就咬，李雁军说："慢点吃，别烫了舌头。"

街上饿得饥肠辘辘的大人都盯着小男孩吃包子，眼睛鼓得牛眼睛大，吞着口水。革命革到今天却出现了这种情况，李雁军心里很不是滋味，"你们都过来。"那几个大男人不晓得李雁军是什么意思。李雁军掏出钱包，那几个大男人懂了，赶紧走上来。李雁军为他们一人买两个包子，就见这几个男人都狼吞虎咽地吃着。李雁军心里难过，当年不是靠着老百姓支持，打老蒋能那么顺畅？就觉得愧对了老百姓。

这是一九六〇年，报纸上说，这一年全国农田有九亿亩受灾，占全国耕地面积一半以上。六亿多张嘴要吃饭，库粮几乎被挖空，只好降低口粮和食油供应标准。有人去粮店买米，粮店居然没米卖，这就造成更大的恐慌，就有饥肠辘辘的男人不顾一切地抢小孩和妇女手中的包子吃。李雁军是大军区副司令员，又一直待在军区，吃喝都是军区后勤部供应，虽听说城市粮油供应紧张，却并没有深切体会。这天早上他撞见了，心里就愧疚！他带着这些愧疚默默地走进青山街三号，当时客厅里只有爷爷奶奶相对坐着，张桂花在后院的厨房里，正为李佳煮面条。李佳于先一年十月生了个胖儿子，爹给我儿子取名何国庆。一家人都把好吃的留给李佳，让李佳吃了能及时转换成奶水，滋补何家的第四代孙儿。我上班去了，爹、妈、大嫂和秀梅也上班走了。大哥因没绣品活接，又不想闲坐在家，一早坐着那辆手摇三轮车，带着水彩和画板，去哪里写生了。

李雁军走进客厅，见我爷爷奶奶坐在客厅里望着走进来的他，他忙上前几步，噗嗵一声跪下，对我爷爷说："师父。"眼泪水就激动地淌了出来。爷爷有点老年痴呆，不知道这个跪在他面前的人是谁，就满脸狐疑。奶奶眼尖，哆嗦着说："你是雁军？"李雁军答："师母，我是李雁军。"张桂花在厨房里听见了，跑来看，见我奶奶扶起李雁军，她眼前一黑，人就晕了过去。奶奶听见异响，回头看见张桂花倒在地上，忙说："雁军，桂花晕倒了。"张桂花只是一时晕旋，她立即睁开眼睛，见满头白发的李雁军目光庄重地凝望着她，就激动道："你终于回来了。"李雁军十分同情和羞愧地觑着这个因他而耽搁了一生的可怜的河南女人，好半天才从牙缝里挤出一句话："桂花，我李雁军对你不起。"

张桂花坐起，眼角蓦地涌出两行悲伤、酸涩的老泪，脸上一脸的愁云，"你回来干什么啊？"李雁军在来的路上，心里多次设想与张桂花见面时的情景，但他再怎么想也没想到她会在他面前晕倒！李雁军扶她也不是，不扶也不是，身体僵直在张桂花面前，脸上是深深的内疚，像一个做了错事的小学生站在老师面前。"桂花，"他说，"这次我回来，一是来看师父师母，二是来向你道歉。"张桂花打量着她一直深深爱着的李雁军，"雁军，你比我几年前去北京看你时老些了。"李雁军见她晓得观察了，一颗绷紧的悬在空中的心才放下来。爷爷笑看着李雁军，想不起这个人是谁，问："同志，你叫什么名字？"李雁军就吃惊地说："师父，我是李雁军。"爷爷对李雁军的回答表示愕然，"师父？"奶奶说："他是李雁军。"爷爷茫然地说："这个名字我有点印象。"

爹中午回来，一进门，见一个一身将军服的老男人与他爹妈说话，就猜测这个人一定是李雁军。李雁军望着我爹，"何金山？"爹把自行车停好，两人握着手，李雁军笑道："当年我们分开时都还是年轻人，今天见面，都是老人了。"爹动情道："就是就是啊。"这是困难时期，家里没什么好招待李雁军的，把留着给李佳慢慢吃的鸡蛋拿出三个，炒了个辣椒炒鸡蛋，又把晾在厨房里的腊鱼洗净，蒸了几块腊鱼，再炒了个小菜，就这么招待李将军。李将军真是老了，在饭桌上谈兴很浓，因而饭桌上就一桌子回忆，回忆带着陈腐的霉味，被分切成一段一段的，和着饭菜一起吞咽。我、秀梅和玉珍，还有侄儿白玉都看着老将军，就好像是看着传说中的人，因为我们只是在父辈们嘴里听说过他，却从未见过。李将军基本上不是湖南人了，北方的饮食把他改变了，一吃辣椒额头上就浸出汗珠，且不断地缩鼻子，因为不缩鼻子，辣出来的清鼻涕可不管他是不是李将军，会从他的鼻孔处淌下来。

张桂花没上桌，她没吃饭就步入房间躺下了，她太激动了因而晕眩，就同晕车样，目光痴呆，四肢乏力，心田上的那棵古老的桂花树摇摇晃晃的，因为有一头大象正用结实有力的鼻子拔扯着她这棵老树，让她心生恐慌。这头大象就是坐在客厅里吃饭的李将军，那声音就跟象鼻子样拱着她，让她立不住而心烦意乱。吃过饭，聊天聊到两点，李雁军起身去敲张桂花的门，李雁军推开门，站在门口小声说："桂花，我走了。"张桂花没吭声，李雁军就有点尴尬地站在门口，进退不是。我爹说："桂花，我们去看雁城。"

爹把张桂花的房门带关，两人走到街上，下午的阳光照着这条街，街在李雁军眼里还是有些变化，延长了，多了几栋两层的红砖楼板房。街上的人，也比李雁军记忆里的人精神且陌生一些。李雁军一脸感伤道："我是'少小离家老大回／乡音无改鬓毛衰'啊。"

李雁军走进老兵饭店时，我岳父正在跟年轻的经理吵架。年轻经理称我岳父买回来的菜，觉得缺斤少两，十九斤肉只有十八斤，十五斤鱼只有十三斤五两。我岳父解释说："这错要出也出在肉店和水产店，鱼是从水里捞上来买的，水干了，当然会少一斤。肉店里那个人砍肉长期少秤，你不是不知道！"我岳父看我爹一眼，继续说："从明天起我不买菜了，你们去买，省得我李爱国背黑锅！"他说这话时脸上显出一种老年人的犟劲，因而一张脸就跟雕塑一样硬。爹对我岳父说："你看谁来了？"我岳父这才把愤怒的目光落到身着将军服的李雁军身上，我岳父不认识李雁军了，李雁军也不敢认我岳父。我岳父显得很老，头发掉得露出了顶，两边的头发还稀稀拉拉的，脸上还爬了许多这么多年来留下的岁月凿刻的皱纹，这些皱纹跟他早年遗下的伤疤混在一起，以致伤疤也像一条皱褶了。李雁军说："你是雁城？"我岳父的眼睛瞪大了，脸上就有几分惊愕，"你是李雁军？"李雁军点下头，我岳父忙一歪一拐地冲前几步，紧握着李雁军的手说："雁军哥，真是你啊！"

李雁军哈哈一笑，我岳父就一脸兴奋和炫耀地对年轻经理说："李将军，我堂兄，看见吗，两颗星，中国人民解放军中将。"年轻经理当然看见了，就尊敬地看着李将军。我岳父在这些年轻人面前很少这么扬眉吐气过，又一脸骄傲道："我堂兄在延安保卫过毛主席。"几个年轻人就更敬重李将军了。我岳父已不住在老兵饭店的楼上了，老兵饭店的后面有一栋红砖楼，以前住着个资本家，公私合营后，他的楼房就像我大姐夫家的房子样成了公房，岳父、岳母及梨花伯妈就搬了进去，住着二楼的前后两间房。

梨花完全是老太婆了，不再与我岳母在我岳父面前争风吃醋，一个人睡。梨花病了，躺在床上，头上敷着热毛巾，床前一盆热水，身上盖着薄被，一头白发和她那双长着许多老年斑的手露在外面。我岳父高兴地对梨花说："你看谁来了？"梨花就张开迷惑的眼睛望着李将军，见我岳父头昂得老高，那么欢欣雀跃，就判断道："是雁军吧？"李将军说："是咧。"梨花就要坐起身，李雁军忙说："你休息。"我岳父说："她这是营养不良引起的。"李雁军难过道："我今天早上看见有大人抢小孩的包子吃。"我岳父一脸见惯不怪的口气说："抢包子吃算什么？前天，有群饿坏的人直接跑进伙房，抓起一团团饭就往口里塞。我们吼他们都没用，只好把派出所的民警叫来制止。"李雁军皱起眉头道:"我得向中央写信。"

　　李雁军在长沙住了半个月,在军区招待所请我一家人吃饭,为我爷爷做八十岁生日。那是中国的困难时期,街上生活物质紧缺,但部队还好,所以备了六个菜,两大桌,还备了庐州老窖。爷爷奶奶、我爹我妈、大哥大嫂,秀梅、白玉,还有二叔一家及我岳父、岳母和梨花伯妈都来了。我岳父穿一件新做的长袖白衬衣,因是来赴宴,胡子刮得干干净净的,面颊上就泛着生铁一般的青光。我岳父很高兴,说话声音很高,还打手势。岳母穿着淡紫色绸子衣,头发梳得一丝不乱地贴着头皮,脸色和善。梨花伯妈戴着金耳环,一只筋暴暴的生着老年斑的手上还戴只金镯子,这只手的衣袖就卷得很高,露出了老年人应有的灰白、松弛的皮肤,梨花伯妈全然不管这些,她主要是要让人注意她手腕上的金镯子。大家当然注意了,那金镯子确实宽大,怕有一两多重,就笑梨花伯妈老了还爱俏。秀梅对我说:"你看梨花伯妈,打那么大个金镯子戴在手上,我要笑死了。"我想好在我岳母没戴那东西,不然秀梅又会笑我岳母。爷爷是寿星,穿着新衣和一条蓝绸子裤,脚上一双新买的黑布鞋。爷爷笑呵呵的,一张老脸上,所有的皱纹里都拥挤着从内心里溢出的喜悦,因而一张老脸很灿烂,仿佛是一件发光的旧瓷器。奶奶坐在爷爷一旁,脸上虽没抹胭脂,也红光满面的。奶奶很高兴地搂过李佳怀里的孩子,摸着她重孙儿娇嫩的脸蛋。李雁军将军把酒杯举起来说:"今天没什么好招待,正值国家困难时期,我备了两桌薄酒,为我师父做八十岁生日,请同志们都举起酒杯。"两桌的"同志们"就哗啦哗啦地站直身体,只有一个同志没法站,那就是我大哥,他早没腿了,就坐直身体,举着酒杯,望着一桌人。还有我儿子何国庆,两条腿还是软的,还不能被人称为同志,就只能在他妈怀里兴奋地"哦哦哦"。

　　饭桌上,还有一个人,是何大金。何大金把老婆和他女儿也带来了。大金的老婆很高,但有点胖,一张苹果脸,剪了个包菜头,一双眼睛大得有点过分。她第一次来长沙，来认宗，就有点拘谨，笑容也有点僵。饭吃到一半时，二叔走过来，按着大金的肩说："大金，你像你妈。"大金可不记得他母亲的模样了，"是吗？"大金剪了个平头，身体看上去很好，说话也比刚从部队转业时要稳重。他对二婶、何陕北和军花都笑了下，这才说："我虽是父母所生，但我是在爷爷奶奶家长大的，我对我爱人说，我是石缝里钻出来的，没有父母。"大家笑，笑少年时因父母不在身边而不苟言笑的何大金学会幽默了。秀梅望着大哥说："大金哥变幽默了。"秀梅抿口红酒，把目光放到坐在她对面的何军花脸上。

何军花又长高了些，人就高高挑挑，气色很好。军花没考上大学，进了省文化厅工作。秀梅觉得军花长得与她有点挂相，眼睛的轮廓似乎也有点像，都是月牙形，军花的鼻梁略高一点，两人的上嘴唇都有点翘，只是军花的嘴唇略厚些。军花见秀梅盯着她看，就嘻笑道："姐，你的工作忙不忙？"秀梅说："当老师的，工作十分具体。"

李雁军见桌上的菜吃光了，忙叫秘书去食堂加两个菜，见饭盆里的饭也没了，又让警卫打来饭。李雁军没想到我大哥、大嫂、白玉和我、李佳，还有陕北和军花那么能吃。李雁军高兴道："吃、吃，多吃点。"秀梅淡淡地问军花："军花，谈对象没有？"军花反问秀梅说："姐，你怎么还不结婚？"秀梅就一脸不屑地反问军花："女人干吗非要结婚？"军花认同地一笑，"我也跟我妈说了，别跟我介绍对象。"大哥说话了，"军花，你不要学你堂姐的。"大哥看一眼秀梅，"你堂姐害得文华等了她七八年，至今两个人还没结果。"秀梅反感的样子回答大哥道："大哥，你别乱说，我从没要文华等我。"她又强调："我说过，他李文华可以找任何一个女人结婚，我不干涉他的自由。"秀梅说这话时脸上带怒气，一桌人就静了，都把目光放到邻桌上。邻桌上，二叔对李雁军说："前段时间我在郴州检查工作，听郴县的县委书记说，他们县饿死了不少人，他们希望能减少上交的公粮。"李雁军就皱起眉头，关心道："你同意减没有？"二叔说："不但减了，还拨了返销粮给几个粮食严重减产的县。"李雁军把他的一些思考变成语言从嘴角流出来，"你做得对，不能让老百姓饿死啊，我们的江山是老百姓替我们打下的，当年不是老百姓站在我们这边，我们能那么轻易地打败国民党反动派？"李雁军说，表情更严峻了，"金江，你这两天带我去农村实地看看，我回去也好给中央写信。"二叔赞同说："李将军写信，中央一定会重视。"

新添的两个菜相继上桌，一个看上去就诱人的辣椒炒肉，一个并没煮烂的苋菜，分别摆到两张圆桌上，我们这桌，所有的筷子约好了似的，都朝着香喷喷的辣椒炒肉叉去。

五十一

一家人回来时，何军花也跟来了，向大哥索要一幅百鸟图。这一年大哥没什么湘绣活，人家饭都吃不饱，哪里还有人来找大哥绣这绣那。大哥就自己绣着玩，绣了幅百鸟图，还绣了幅雄狮图。雄狮图已被李将军要了。早几天，李将军看着我大哥绣雄狮的脖子时，对我大哥大加赞赏，说我大哥把狮子绣得比活狮子还活灵活现，临了说："我买下，多少钱？"大哥说："李伯伯，您这是批评我啊。"李将军哈哈哈哈笑着。

大哥开了三个夜班，把雄狮绣好后，送给了李将军。百鸟图是大哥先绣好的，号称一百只鸟，其实只绣了五十几只，喜鹊、鹦鹉、斑鸠、八哥、燕子、白头翁和麻雀等等都绣在上面了。何军花看着这幅百鸟图，十分喜欢。大金说："我最佩服大哥，干一件事成一件事，这就是我们的大哥。"大哥听了这话说："大金，这是女人干的事，你是取笑我啊。"大金笑道："女人干的事你也能干好，这就是我佩服你的地方。"大金的妻子——那个厂里的报幕员抿嘴一笑——这是个文静的贵州女人，一张脸上皮肤略有点儿粗，鼻梁挺好看，额头也生得圆圆的，她笑着说："大哥，大金在家里经常说起你。"

何大金在青山街三号住了两天，带着妻子和女儿去了岳麓山、橘子洲头和天心阁。他女儿丽丽三岁了，模样挺聪明，一张嘴跟早起的麻雀样，叽叽喳喳个不休，可不像她爹小时候。星期天，他走了，奶奶站在院门前看着他一家人离去，折回客厅说："时间一晃就过去了，大金的母亲送大金来时，他才一岁半。"爹的目光抛在葡萄藤上，天空就显得斑驳，这一天的天色有点阴沉，空气中飘着阴沟里传上来的沤臭气。爹喝口茶，把目光放到走进来的白玉身上，白玉打篮球回来，一身的汗。爹看着他这个孙儿，白玉长得十分高大，有一头浓密的黑发。爹说："白玉，爷爷从没看见你搞过学习，不要把时间都浪费在玩上。"白玉把背心脱下来拧着，汗从背心上往下淌，"爷爷，打篮球是锻炼身体，身体是革命的本钱。"爹不高兴地批评孙儿说："爷爷告诉你，不读好书，不行的。"奶奶看着她健壮的曾孙说："我白玉是个壮小伙子，可以当兵了。"

大嫂和李佳在做饭，张婶婶可能是老了，炒的菜越煮越烂，小菜都煮成黄色了，我们就不让她再炒菜。今天没有荤菜，大嫂炒了个青辣椒，炒了个南瓜，炒了个丝瓜，还炒了个酸菜炒香干。一家人吃饭时，大哥停止了画画，此前，他那半截残肢趴在桌子上画工笔花鸟。大哥气色不错，说："哎呀，今天的菜还可以啊。"奶奶说："秀梅还没回来。"奶奶的话音刚落，秀梅的一只脚便迈进了院子门。秀梅今天去一个同事家帮忙，那同事的母亲死了，秀梅在同事家吃的中饭，此刻她回来，洗了手，坐到桌前说："我那个同事的母亲还只四十多岁就死了，人啊，匆匆几十年。"爷爷举着的筷子停在空中问："你是说哪个？"秀梅说："爷爷，我是说我的一个同事。"下雨了，雨下得很凶，打在地上溅起了雨雾。

过了几天，李雁军将军来辞行，脸上的表情十分沉重，他与我二叔去考查了几个县，见到的都是衣衫褴褛的农民，且个个都一脸菜色，这就把他荣归故里的好心情弄得七零八落了。他告诉爷爷奶奶和我爹，"农民真的揭不开锅了，一些农民因营养不良，患水肿病死了。"他说这话时脸色很沉重，"有的乡下女孩子，瘦得皮包骨头，眼睛周围全是黑晕，因没东西吃，山上的野菜都挖光了。"他说完这话，眼睛湿了，泪水在他两只眼睛里打着转儿。张桂花从街上买菜回来，一见李雁军，脸上的表情就僵了，因为她始终不能接受李雁军如今是别人丈夫的现实。李雁军为我爷爷做八十岁生日那天，张桂花借口肚子痛，硬是不肯赴宴。此刻，张桂花一见李雁军，脸上的肌肤就造起反来，紧张、凌乱、不听指挥，心里的那棵桂花树又被大风吹得像要连根拔起似的。李雁军并没打算在我们家吃饭，奶奶和我爹都留他，他看下表说："不吃了，我还有一些事要办。"一辆挂着军区牌照的黑色轿车在街口等他，警卫员跳下车打开车门，爹就止步，对李雁军挥下手。张桂花问："就走了？"她刚刚在房里打扮了下，换了身新衣服，还没来得及跟李雁军说话呢。我爹答："嗯。"

李雁军确实给中央领导写了信，还给中央军委写了信，要求紧缩军队开支，军民共渡难关等等。李雁军还在信上要求说："他现在还年轻，还可以为党和军队工作"。李雁军写完信后就在家等消息，他等了三年，三年里没有任何处理意见落到他头上。三年里，国家已平稳度过困难期，人民不再为吃饭而犯愁。这一年十月十六日，中国研制的原子弹在中国西部地区爆炸成功了。李雁军在军区礼堂观看了纪录片后大为吃惊，后悔自己没参与或领导核工业。这可是一次历史性事件！李雁军十分后悔地对李夫人说："几年前在北京开会，我碰见张爱萍上将，张爱萍问我想不想和他一起搞原子弹，当时我不知道原子弹是什么东西，就回答张爱萍我喜欢做军队的基层工作。不想原子弹就爆炸了。"李夫人看着丈夫，见丈夫两鬓都白了，顶上的头发于这几年中也稀薄了，呈露出头顶，便说："雁军，你照照镜子，你老了，打个报告退休吧，总挂着也不是个事。"

李雁军很不愿意听到别人说他老了，这几年里，他很少照镜子，即使是走进军部理发室理发，他也不看镜子，而是闭着眼睛，因为他害怕看见自己这张日渐衰老的脸。那天晚上，他仔细盯着镜子里的自己，认输了，"我真的老了。"他考虑了三天，第四天一早，他乞求地对夫人说："我想回湖南。"李夫人看着她这个年纪大了就常念叨家乡的丈夫说："你去哪里，我都跟着。"李雁军就打了报告，报告中说他想退休后回湖南居住。军委很快就同意了他退休的请求，并让湖南军区妥善安排好前军区副司令员李雁军中将退休后的生活。

李雁军带着李夫人和女儿回了湖南。他被安排住进军区疗养院的将军楼，这是一栋上下两层的红砖楼，家里与普通老百姓最明显的区别就是装了电话。客厅里还有宽大的沙发，那是军区后勤部送来的，还有几件简单的家具。将军楼的前面是花园，种着几苑月季。李将军对后勤部的军官说："给我弄两株腊梅来。"后勤部的军官说："明年一开春，我就挖两棵腊梅树来。"后面有一块菜地，供将军们栽花或种菜。有的将军是农民出身，不爱种花而喜欢种菜，所以这块菜地就比较宽广，足够将军们劳作。李将军安顿下来后，第一件事就是走出疗养院，像老百姓样挤上公共汽车，来了青山街。

爹很高兴地接待李雁军，又要我把岳父也叫来吃饭。我岳父也退休了，每天拿着几根钓竿去湘江边钓河鱼，有时候还真能钓几条河鱼回家。河鱼很鲜美，岳父每次钓到大一点的河鱼就拿来给我爷爷和我爹吃，说河鱼是野生鱼，好吃。岳父由于经常在河边垂钓，一张脸晒得就很黑，一个冬天下来，脸还是黑的。冬天里，河边上冷，岳父就不钓鱼，因舍不得烤炭火就窝在被窝里，手里拿张报纸或捧杯茶，埋头过着单调的退休生活。我那天去叫岳父，感觉岳父并不想见一个个革命成功的人士，也许他坐在他们面前，有些自惭形秽。岳父说："见面也没什么话说。"路上，岳父阴着脸，不说话，似乎有点怪我叫他。岳父和他堂兄握了手，三个老人面面相觑，他堂兄说："雁城，我现在跟你一样是老百姓了。"岳父说："你退休住军区疗养院,我怎么能跟你比?"李雁军哈哈一笑。爹从柜顶上取下象棋,三个老男人就围着桌子下象棋。岳父不是他堂兄的对手,因为他堂兄这几年在军区赋闲时,基本上是在研究下棋,而我岳父这几年把心思都花在钓鱼上了。爹就帮着亲家公走棋,三个老人下得十分投入,一局完了新一局又开始了,都皱着眉头思忖,脸上的皱纹里都夹杂着狡猾的思路。只听见一个浑厚的声音大喝一声"将",接着就是李将军笑。

三个老人玩得很开心,不知不觉就到了吃晚饭的时间。饭自然是大嫂和李佳做,张桂花于两年前被她儿子接走了。那年李文华调成都军区的某军任副军长,回了趟长沙,把他母亲接走了。张桂花在长沙活了大半辈子,不适应甘肃清冽的西北风,但比较喜欢成都温湿的气候,留了下来。妈对三位老人说:"先生们,吃饭了。"

吃饭时一大家人,爷爷奶奶坐上席,李雁军傍着爷爷坐,我爹傍着奶奶坐,岳父傍着我爹坐。然后是大哥、大嫂和李佳,还有两个小孩。我又添了个孩子,取名何五一。何五一生于五月一日,那一天是国际劳动节。何五一是早产,七月子,一岁多了,能走路和说话了。我大儿子何国庆长得像只小牛犊,结实得很,有点歪着脑袋看人了。爷爷从没抱过我,甚至也没抱过他的另两个曾孙白玉和国庆,但爷爷却喜欢搂着五一,让五一坐在他腿上,还时常把他的手掌心放在五一的脑门顶上,说是要将他那身力气灌输给他这个最小的曾孙儿。我们笑爷爷没科学常识,爷爷居然毫不计较,反而满脸慈祥地对我们说,五一像他小时候。我们谁也没见过爷爷的小时候,奶奶也没见过。五一小时候不知是严重缺钙还是在他妈肚子里生长的时间少了,就罗圈腿,一推就倒。白玉不怕老爷爷,取笑说:"老爷爷,那您小时候不怎么样啊。"

国庆却喜欢围着他大伯伯转,看他大伯绣花和画画,自己拿张纸拿支笔,站或趴在他大伯一旁画。他大伯一高兴,就给他的画修改几笔,国庆就照着他大伯修改的图样,重新画。妈看着孙子画画,也喜欢。妈一身的事,没时间把孙儿揽在怀里享受天伦之乐。党组织通过很多复杂关系，终于证实我妈的父母——也就是我外公外婆都是一九二七年"马日变事"中牺牲的烈士，组织上觉得既然我妈是烈士的后代，就应该让我妈入党。市里的一个领导，曾与我外公共过事，都是当年工人纠察队的，他亲自找我妈谈话，要我妈积极靠拢党组织。妈于一个春风习习的晚上，坐在窗前恭恭敬敬地写了份入党申请书。一年后，曾经是国民党少校的妈，洗心革面地成了中共党员，并于当年提为副院长。有人不理解，到处打听我妈有什么来头，医院党委书记解释说："付琳同志的双亲是革命烈士，市领导打了招呼，要我们多多关心烈士的后代。"妈当了副院长，人就变了，觉得自己既然是烈士的后代，就不能丢烈士的脸，干起工作来就没日没夜。

　　秀梅回来，拎着个皮包，穿一身铁灰色列宁装，脖子上围一条枣红色围巾。秀梅仍然是一个人，仍然高傲、自信和假装乐观，但她每天出门，花在脸上的时间就比过去长些了，虽然经过一番修饰后，还很漂亮，但这是三十几岁或四十几岁的男人这么看她——而这些男人不但结婚而且都有孩子了，与她同年或比她小几岁的青年看她，就不觉得她有多水灵和有多漂亮了，因为从她身上溜走的时间或多或少还是留了些痕迹。这两年，追求秀梅的小伙子明显少了，秀梅自己也惶恐地感到她的魅力大不如从前了。两年前的某天，她忽然发现站在她学校门前的那些个青年都不见了，街上空空的，只有五月的阳光。她走进青山街，从前那里总是聚集着十几个盼望她下班而找她搭讪、让她既紧张又烦躁的青年，如今那街口上也只有五月里寂静、温暖的阳光了。她再剪女式男发，也没有年轻人像过去那样从学校门口一直尾随她到青山街，或从青山街追赶到学校门前，并拿火热的目光盯着她不放了。

　　但尽管如此，何秀梅却是那种能化悲伤为力量的女人。几年前，就在她觉察她的魅力于青山街方圆二十里内正一点点消散的时候，她凭自己任劳任怨的能力和认真刻苦的工作态度，终于赢得上级部门的青睐，走上了小学校长的岗位。现在，她不上语文课，也不教唱歌了，改上六年级的政治课，这门课就她一个老师，考试题目都在她的掌控之中，没什么压力。当了十多年人民教师的何秀梅，无师自通地学会了压别人。她听毕年轻老师讲课，绷着一张漂亮的脸蛋，冷冷地批评年轻老师说："你的课要讲浅点学生才能听懂。"她扬起俊俏的面孔听完某老师向她诉苦后，不冷不热地说："能者多劳，你多挑点担子也是可以的。"她对一些出了差错的老师却毫不客气地说："你要多学习，我看你——上课还讲错别字。"她对积极靠拢党组织的老师充满怀疑道："你要把私心去掉，入党，是更好地为人民服务。"她把六年级里那些调皮得连班主任老师都拿着头痛的学生叫进校长室，一脸语重心长地说："台湾没解放，你们身上有着千斤重担，长大了是要去解放台湾的。"那些调皮学生听她这么说，把鼻涕一抹，道："知道了，何校长。"她抚慰着调皮男生道："下次我要听到你的班主任说你进步了，能做到吗？"调皮男生忙站直身体答："能做到。"

何校长实在太负责和太忙了，忙得每天回家都过了吃饭时间，过了吃饭的时间她就吃几口剩饭剩菜，反正奶奶、我妈会为她留饭留菜。李将军看着吃饭的何秀梅，见她一身干部模样，笑笑说："秀梅，工作要干，婚姻大事也不能耽搁啊。"秀梅说："李伯伯，我人都老了，还结什么婚啊。"李将军说："你要说老了，我们不更老了？你怎么不结婚啊秀梅？"秀梅把一坨红烧肉咽进喉咙，"也没怎么，就是不想结婚。"

何秀梅其实很想结婚，只是她走不出那个"怪圈"，那个怪圈好像一个无形的铁环，将她框在铁环中。她也跟我妈一样入了党，如今是学校校长，她更不愿意把她过去所受的侮辱讲出来，而不讲出来，她又觉得自己对不起李文华，但讲出来她又觉得自己没脸活在这世上。所以她就拖着，仿佛要与李文华比，看谁不结婚的毅力更大一些似的。李文华仍然是一个月给她写封信，说一些鸡毛蒜皮的事，她也每个月回封信，说另一些鸡毛蒜皮的事。过去，她收到李文华的来信，总是猜测信中说了些什么话，然后再打开看。现在，她不再猜测，因为信里再也没有让她激动的内容。她生就的小姐脾气和高傲的天性绝不会让她在信中说上一句乞求的话，尽管她想结婚有时候想得要命。当她看到一对年轻夫妻手拉手地走在街上时，她会陡生嫉妒，就会想到自己和李文华，就想要是她回家能见到李文华该有多好。可是当李文华回来接母亲时，她却害怕地躲藏起来，躲在学校里不敢回家，直到晚上十点钟，她才心虚地溜回家。李文华见她回来就关门，便困惑地敲开她的房门，想与她说话，她却用自己听见都十分陌生的冷静得不能再冷静的声音说："文华，有事，明天再说好吗？"然而第二天，天还没亮，李文华还在梦中，她就拉开门，果断地溜了出去。直到李文华不再奢望地带着母亲离开，她才如释重负地走回家，却躲在房里为自己的懦弱大哭一场。

爹对何秀梅的婚姻已经不抱任何幻想了，年龄这么大，还嫁谁啊？爹一度也很急，还批评过秀梅，想让她嫁给李文华，但秀梅迟迟不肯嫁，爹就死了心，现在爹反而不急，对李将军说："随她吧，路都是自己走的。"我岳父看着何秀梅，还看着李将军和我爹，岳父也说："每个人都有自己的路，没有人可以预见未来。"岳父胆子变小了，我真不知他老人家当年是怎么革命的！岳父一看见当官的就敬畏，看见着中山装的干部模样的人就谦让。我有时候觉得我岳父活得很自卑，不像一个男人而像一条遭人嫌弃的老狗，当然这样想，对我岳父是大不敬，但这种思想一旦形成，就挥之不去了。

有天，在岳父家里，我问岳父当年为什么革命，那么多人没去革命，他为什么要革命？岳父就下意识地摸着自己脸上那条老得与皱纹混合在一起的刀疤，陷入深度的回忆，说："当年你爷爷喜欢雁军，不喜欢我，嫌我练功不用功。"岳父把他之所以去革命的原因归咎在我爷爷身上，说了他脸上那条伤疤的起因，"要是当时你爷爷护着我，我也不会去革命。"我又问岳父为什么半途退出革命，岳父又跌入痛苦之中，"蒋介石、何键当时下那么大的死力要剿灭共产党，"岳父说，"谁知道会有今天啊？当时很多人都动摇了，跑了，不只是我一个人。"岳父睁着两只迷茫的眼睛望我一眼。其实，我岳父骨子里是个机会主义者，他后悔不是因为自己没坚持革命的理想，而是因为自己没把握住机会，所以那天我岳父说："要是我当时没负伤，我可能跟着毛主席长征了，这是命，命里我没有这个福气。"

五十二

何白玉长成个青年了，已学了一年半厨师。何白玉是何家后代里长得格外高大的一个男人，竟长到家族里无人企及的一米八六的高度，一双大脚、一双大手、一张大脸，两只鼓眼睛，真不像何家子孙，倒像个彻头彻尾的外星人，只是在他两片厚厚的嘴唇上，飘着几丝隐约还能体现何家特征的居高临下的嘲弄。爹虽然没加入共产党，却成了共产党体系里的一个符号。有天傍晚，他对身材高大的孙儿说："你要好好表现，好好洗刷错误，争取早日入党。"白玉笑着摸下自己的飞机头，"放心吧，爷爷，我会好好表现。"坐在一旁的何秀梅瞟一眼在她眼里思想下流的侄儿，用她时常采用的激将学生努力进步的激将法大声说："白玉要是能入党，我把何秀梅的名字倒写给他看。"白玉睃眼姑妈，对他爸妈和我们说："你们都听见小姑妈的话了吧？我会要小姑妈把名字倒写的。"他自信道："我不但要入党——"他充满自信地补一句："说不定我将来还有可能变成英雄。"秀梅鄙夷道："别做梦了，你这样的人也配成为英雄？除非青山街的房屋都垮了。"白玉盯着姑妈说："小姑妈，你说的，没有做不成的事，只有不愿做的人。嘿嘿嘿嘿。"

还在五年前的秋天里，一个灰暗的星期五中午，一个脸上长着颗肉痣的中年男人着蓝色秋裳，表情冷淡地走进青山街三号，望着我爹说："您是何白玉的爷爷吧？"爹点头答："我是，您是——"中年男人说："我是何白玉的班主任，姓高。"何白玉这年进高中了，一张尖脸，高高瘦瘦。高老师一副看我爹不起的样子，绷着脸说："何白玉犯了很严重的错误，他让班上一个名叫孙燕的女同学怀了孕，孙燕的母亲找到学校，要求学校严肃处理。"

当时一家人刚吃完中饭，碗筷还没收拾地坐在客厅歇饭气，我爹妈和大哥、玉珍都瞪大了惊讶和羞愧的眼睛！白玉还是个学生呀，谁也没把他当男人看，这简直太荒唐了。爹当即满脸通红，仿佛是自己做了错事似的。他看眼大儿子，大哥也满脸绯红，因为大哥做梦也没想到他的儿子会做出这等事。爹问："白玉呢？"高老师回答："孙燕的母亲告到派出所，上午派出所的人把何白玉带走了。"高老师说完这些，古怪地一笑，走了。这事太突然了，真让全家人匪夷所思！大哥的手握成拳头，砸向桌子，嘭，桌上的碗筷吓得都跳弹起来，有几根筷子因从没受过这样大的惊吓，索性掉到地上，好离我大哥远点。我妈拣起筷子，边说："胜武，你也不要生这么大的气，白玉还是个孩子，重在教育。"爹觉得这事很龌龊，说："把人家姑娘的肚子搞大了，这怎么对得起人家父母啊？"玉珍紧张极了，望一眼大家问："那现在怎么办？"秀梅尖声说："派出所会处理的。"爹、我妈、大哥和玉珍就同时望着秀梅，秀梅忿忿地说："你们没发现？他小小年纪，把头发烫成个飞机头，还只十五岁就这么爱漂亮，这不会出问题么？"

那个秋天的下午，玉珍去了学校，学校里的人见玉珍是何白玉的母亲就都走过来看，仿佛我大嫂是从外星来的异物。学校教育处主任是个女人，与玉珍年龄相仿，她很鄙夷衣着朴素的玉珍道："孙燕的父亲是红军，参加过长征，现在是W厅厅长，她妈是处长，官都很大。你儿子竟把红军女儿的肚子搞大了？人家家长十分恼火，要枪毙你儿子。"玉珍马上讲狠话道："枪毙最好，这样的人留着是个祸根。"教育处女主任见过当妈的讲狠话，但没见过当妈的如此愤怒和无情，反倒没那么刻薄了，说："枪毙何白玉不是学校的事，这要由法院和公安机关定，你去派出所打听吧。"玉珍本来想代儿子作一番检讨，见这些老师都把她当坏女人，就觉得说什么都多余，于是朝派出所奔去。

派出所的所长接待了玉珍，他已经审问过何白玉，说他知道我们家的事，因为他爹曾是我爹的部下，抗日战争时期战死在黄土岭，但他说他对何白玉一事爱莫能助。他打个嗝，摸着自己牙神经痛的那半边脸，"据你儿子交代，两人一起读的小学又一起读的初中，两人于八月里前后有过三次性行为，都是在孙厅长家……这样说吧，孙厅长的女儿也有责任。"玉珍不知道派出所所长说这番话的意思，盯着所长。所长并没有完全站在孙厅长那边，替她分析说："如果只是发生一次性行为，是可以视为强迫，在不同的时间发生了三次性行为，加上他们又同学多年，那就是女孩子自愿的。何太太，那女孩子发育也较早，女孩子自己也承认与何白玉前后有三次性行为。"玉珍听所长这么说，感觉所长是站在不偏不倚的位置上，不像学校的那些老师，仿佛她的儿子是个大流氓。她感激地看着所长，请求说："我能见我儿子一面吗？"所长对手下说："带她去吧。"

何白玉被关在一间潮湿阴暗的房子里，就关着他一个人。他妈走进去时，何白玉看见妈就欣喜地叫道"妈"。玉珍似乎直到今天才发现，儿子长得比她高出足足半个头。玉珍抬手扇儿子一耳光，恨骂道："你个下流坏，你把我和你爸的脸面都丢尽了，还有脸叫妈？！"何白玉颓然地坐下，不说话了。玉珍看着儿子，儿子的身高已一米七好远了，发育得是有些超常。"你怎么能跟女孩子干那种事？你怎么不一头撞死？！"玉珍说完这话，将一张冷冰冰的脸一扭，走了。玉珍很自责，对大哥和我妈说："我也有责任，我太只顾工作，哪里管过儿子啊。"大哥也觉得自己有责任道："我事事都由着他，哪里想到他会变得这么坏。"奶奶倒没有爹和大哥他们急，反倒天真地说："把那孩子生下来就是了。"

孩子当然从那个叫孙燕的女学生的肚子里打掉了，女学生转了学，何白玉却被学校开除学籍、送劳动教养所接受劳动教养两年。在上个世纪的六十年代，大人们都热情高涨地忙着建设社会主义，年轻人也效仿大人，一心向上，何白玉居然做下那种事，真是冒天下之大不韪。老实说，如果何白玉不是一个十五岁的少年，那就有可能判重刑。一家人都觉得这是何白玉自找的，回忆起何白玉，都觉得这孩子从小就四肢发达，体格健壮，却没长多少脑髓。玉珍去了趟劳教所，因为奶奶说"不能因为孩子犯了错误家里人就不管"，又说如果是农村，这也不算错误，以前，她做姑娘的时候，农村里，十五六岁就结婚生子的，有的是。奶奶见全家人都无动于衷，她亲自下厨，炒碗香喷喷的辣椒豆豉鱼和一大碗红烧肉，准备自己去看曾孙儿。玉珍当然不会让奶奶去，就拎着奶奶准备的食物，去了劳教所。

劳教所在郊区，那天下着冷雨，玉珍赶到劳教所时已是九点多钟，由于雨很大，路又不好走，裤脚都打湿了且一脚的泥。劳教所的干部接待了她，其中一个三十出头的干部看见她就起身对她笑。玉珍见他的笑容很友善，却想不起他是谁，也对他笑了下。劳教所的干部说："何夫人，不认识我了？"玉珍听他叫"何夫人"，吃了一惊。那劳教干部说："十多年前我是何军长的警卫，姓宋。"玉珍答："哦。"宋干部问："何军长还好吗？"玉珍答："我公公还好。"宋干部说："您是来看何白玉吧？"玉珍点头，宋干部就带玉珍去一间宽大的教室，那教室已不是教室，而是劳教人员劳动的室内工间。一拉开门，一教室的人，都剃着光头，着一色的蓝棉袄，全埋头在自己的课桌上粘贴火柴盒。宋干部指着一隅对玉珍说："他坐在那里。"玉珍朝宋干部指的方向看去，就见儿子正低头贴火柴盒，把印着工农兵的小图片贴到火柴盒上。宋干部叫道："何白玉。"

何白玉一转头，看见妈，忙走拢来。玉珍看着儿子剃着光头，脸色灰暗，脸上还有些青春疙瘩，便跌下脸道："白玉，你要好好改造。"宋干部责备的形容盯着何白玉，"看见妈也不叫声妈？"白玉就叫了声"妈"。宋干部说：

"下这么大的雨,天又冷,你妈还特意赶来看你,你要努力改造思想。"白玉忙点头。玉珍把拎来的食物递给儿子,儿子一打开装着红烧肉的铝盒子,眼睛一亮,也不管妈和宋干部,把贴火柴盒的右手在裤子上擦了擦,抓起一坨红烧肉就往嘴里送,那肉上凝着猪油,他又抓起一坨红烧肉放进嘴里,一边舔着粘到手指上的猪油。宋干部说:"何白玉,把东西都收好,回去做事。"何白玉在宋干部面前很听话,抱着东西向号子走去。玉珍回到家已是吃中饭的时间,她对爹说:"劳教所里有一个姓宋的干部,说他十多年前是您的警卫。"爹回忆不起来,因为十多年前他有一个营的警卫,四五百官兵,除了营长、连长,连以下的士兵,爹基本上没有记忆。

何白玉在劳教所里只呆了一年零三个月就放出来了,这是他有一个当副省长的叔爷爷,副省长的叔爷爷与公安厅厅长一说,何白玉就出来了。何白玉出来后就整天在家里玩,要不就趴在床上睡觉。爹本来想找李文华,让这个体格健壮的孙儿去当兵,但一打听,判过劳教的青年部队不要,爹又不希望他这个孙儿整日游荡,就跟他二弟商量。我二叔给这个侄孙儿谋了份工作,在农业厅的招待所跟厨师学艺。这已经够给何白玉前途了。那个年代,很多从劳教所里出来的人,一般都在街道上做临时工,有关系的或好一点的,也只是进某区办工厂下苦力。奶奶一直器重她这个曾孙,自然也关心她曾孙儿的前途,奶奶说:"白玉,你劳教过,更要表现好。"奶奶也有政治觉悟了,判断事物也是站在爹和秀梅的立场上,但奶奶比爹和秀梅对白玉更有信心,在奶奶那双业已浑浊的目光里,怎么看何白玉都是一块金子。奶奶用充满热情的语气,很肯定地大声说:"我白玉的前途,一定会很大很大。"大家都笑,于笑声中秀梅想起她姐,说:"昨天晚上我梦见了家桃。"

家桃有两年没来信了,家里人都牵挂她。一是家桃小时候很懂事,留在一家人的印象里是个漂亮、温柔、贤惠和又能吃苦的姑娘;二是大家心里都清楚,郭铁城打成了"右派",她的日子再好也只有那么好。因现在已没那么多人缠着秀梅，李文华的来信也写得草率或简短，不需要她用大量的时间写回信，因此她能腾出时间想别人了，她说："我想去看家桃。"第一个响应的是何白玉，"小姑妈，我也想去。我还真想大姑妈。"

　　姑侄俩真正把这话付诸行动，是七月份的事。七月里，学校放暑假，秀梅没事了，就去火车站买了两张去郴州的火车票。晚上，白玉回家，秀梅把票递给白玉，说"你去请假吧"。白玉因讨厌整日围绕锅灶，打着二叔爷爷的牌子，把自己调到农业厅下属的农业机器厂，成了名钳工。白玉拿着火车票，当晚就去找他的车间主任请了假。姑侄俩于第二天一早坐火车到郴州，再从郴州坐汽车行驶一个多小时才到达资兴县城，资兴县城确实如家桃信中所说，在半山腰上，有一条清冽的河水从县城里缓缓流过。

　　姑侄俩按家桃来信的地址沿途问一个个资兴人，终于在傍晚时分走进了家桃的家。尽管姑侄俩知道，何家桃是跟着"右派"丈夫一家来改造思想的，何家桃写信肯定是拣好的方面说，这种心理准备虽然充足，然而与他们见到的家桃的生活还是出入很大。一间破房子，房子的一边墙还打着撑，不然那堵墙不定哪一天就会垮。房里摆三张床，床上的蚊帐全是补了又补的；一张桌子，脚脱了，用砖头垫着。桌子上摆着热水瓶和几只杯子。一个大柜，很旧很破，柜门因坏了斜放在地上。再就是几张破椅子。锅灶都挤在门旮旯里，因而室内被油烟熏得乌黑的，蚊帐上都悬浮着油烟尘。"大姐，"秀梅一眼就认出正躬身择菜的家桃，家桃听见秀梅叫大姐就直起身，"秀梅，"大姐说，接着她看见白玉站在门口对她笑，大姐疑惑这个高大的青年是谁，白玉叫了声："大姑妈。"大姐说："你是白玉？长这么高了？"

　　家里有两个孩子，郭香桃正趴在桌上做作业，在县城中学读书。郭承嗣坐在他那张破床上看一本连环画，那是一本说岳飞故事的连环画。秀梅和白玉走进这间破烂房屋时，郭铁城还在打扫公厕。郭铁城的妈睡在床上，她病了，患着恼人的风湿病，膝盖肿得比馒头还大。她坐在床上有气无力地说："你们来了。"家桃让女儿和儿子分别叫秀梅"姨"，叫白玉"哥"。两个孩子脸上都没有喜色。郭香桃穿着她父亲的白汗衫，一条灰裤子，尽管这身破旧衣裤实在无法衬托她的美丽，但也掩饰不住她的漂亮。她长着一双眼皮双得很好看的眼睛，鼻梁挺直，一张略微瘦削的瓜子脸蛋似有些苍白，但脸的轮廓却俏丽迷人。郭香桃很懂事的模样起身，为姨和表哥洗杯子，倒了两杯放了解暑药的凉开水，端一杯给秀梅又递一杯给白玉。郭承嗣打个赤膊，一看就有些发育不良，一脸土色，很瘦，两边的排肋骨一根根很现形地杵在腹部上，穿一条母亲亲手缝的白粗布短裤，两条腿如两根柴火棍样安在他的髋骨上。他有些像女孩子样羞涩，目无定所，你看他时他忙怯懦地把目光移开。家桃说："叫姨呀，傻孩子。"郭承嗣才勉强叫声"姨"，家桃说："还有表哥你没叫。"郭承嗣半天才从牙缝里挤出"表哥"两字。白玉觉得表弟不但胆怯，还有点发育不全。门口有卖冰棍的经过，秀梅叫住卖冰棍的，买了五支冰棍，她见郭承嗣撕开冰棍纸，吮冰棍时那副异常兴奋的馋相，就明白这个侄儿怕是很少吃冰棍，又走出门买来四支冰棍给这姐弟俩吃。

　　天完全黑下来时，郭铁城才回来，身上有大粪臭，可能是在拖粪时有粪水溅到身上了。他很高兴，"今天我的左眼皮直跳，原来是你们来了。"他从口袋里掏出一包劣质烟，放到桌上，笑呵呵地对白玉说："抽烟。我去洗个澡。"家桃早为他准备了一壶热水，他提起那壶热水和半桶冷水，去了公厕，在公厕里臭烘烘的走道上洗澡。他洗澡回来，身上仍有一股淡淡的臭气，估计是公厕的臭气在他身上萦绕不散。郭铁城说："来了就多住几天，只是没什么好招待。"秀梅答："不用，我们是代表全家人来看你们。"

　　吃饭就三个菜，一个酸菜、一个白菜和一条咸得苦的腊鱼。秀梅没看见家桃的公公，便问郭铁城，郭铁城很平静地告诉秀梅："一九六○年过苦日子时，家里没吃的，爸为了不让孙女和孙儿饿肚子，自己喝水充饥，得水肿病死了。"白玉在火车上听秀梅说过一大堆大姑妈家的事，就没大没

464

小地笑道:"姑爹,你爸在解放前是个大资本家,想不到到头来却是饿死的,真是天大的笑话啊。"郭铁城悲伤地摇下头。秀梅没说话,想这个当年很有钱、家里人客不断且餐餐大鱼大肉的郭兴南,临了却饿死在床上,这不是个讽刺吗?

　　大姐与大姐夫睡一张床,郭香桃与郭承嗣姐弟俩睡张床,一人睡一头,郭母睡张小床。大姐家是没法睡的,好在秀梅早想到这些,带足了钱粮。吃过饭,大姐带她和白玉去一家旅社开间双人间,一人睡张床。旅社的负责人问他们是什么关系,大姐说:"这是我亲妹妹,这是我亲侄儿。他们是姑侄,特意从长沙来看我。"三个人走进房间,在两张床上坐下,离开破烂不堪的郭家,秀梅才开口道:"姐,我们原来以为你过得好,没想到你的日子过得这么苦。"大姐一脸凄凉,隔了片刻才说:"我如果在信中诉苦,不是打自己的嘴巴?当年我嫁给郭家,哪里会想到这个结果?"秀梅看着姐,姐老多了,皮肤已没了当年的光泽,有点像她们的妈了。秀梅动了恻隐之心,声音里就含着怜悯,"跟我们回长沙吧,姐?"家桃一脸忧伤地摇下头,"现在一家人全靠我,我要是走,这个家就垮了。"家桃说,"香桃读初中,承嗣读小学,我在针织厂织衣,下班回家就要浇菜,我种了好些蔬菜,只要有空地我就种菜,菜都种到隔壁家和公厕边了,白菜蕹菜丝瓜南瓜茄子辣椒,蔬菜不要掏钱买。晚上就在家剥花生。"她把一双手展示给秀梅和白玉看,"你们看我的手,这都是握锄头和剥花生剥的。"她的两只像老农民样的手,既粗糙又长着一个个硬茧,"我如果跟你们回长沙,这一家人都会饿死。"秀梅很佩服家桃一个人挑着一家人的担子,"姐,你真了不起。"

　　白玉见大姑妈一家人的生活落魄成这样,比他想象的还要糟糕,既寒心又悲愤,拳头都捏紧了,好像要打人似地盯着大姑妈说:"我们能帮上什么忙吗,大姑妈?"家桃看着侄儿,表示感谢说:"谢谢。县里不像大城市,'右派'就是坏人,管得很死,你们帮不了我的忙。"白玉打了床铺一拳,那一拳力量有点大，床板发出一声惨叫，震裂了。秀梅和家桃同时盯着白玉，白玉扯开草席看，床板被他一拳砸烂了，他把草席放下说："我回去后跟叔爷爷说，叔爷爷肯定能想办法。"家桃变得同她妈一样固执和坚强地摇手道："千万别让我二叔沾上我们郭家的边犯错误。郭家倒了大霉，别再连累我二叔。"家桃把自己镶在"郭家"上了，她把疲劳的目光投到窗外，窗外是七月里灰暗的天色，一股山风吹进来，抚动着她额头上散乱发干的头发，接着，她脸色忧伤和诚恳地看着白玉，"我二叔是革命派，郭家是'右派'，下面的人会拿这事做文章，我还没倒霉到活不下去的地步。"

那天晚上，白玉怎么也睡不着，心里有一股无名的怒火，手就捶着床。天热得很，尽管山城的夏天不是很热，但白玉心里为大姑妈的境遇窝着火，就燥热。秀梅说："怎么啦？"白玉说："我想为大姑妈家出口气。"秀梅看着她这个身材高大的侄儿，想她这个侄儿脑袋里可没有道德之弦，是一头猛兽，走路时一双四十五码的大脚噔噔噔噔，落地铿锵有声，看人时目光很凶。秀梅想起家桃的生活如此困苦，还死要面子，在信里说"我一切都好，请你们不要挂念"，心里也极不好受，她索性坐起身问白玉："你有什么办法为你大姑妈出气？"白玉破罐子破摔道："我反正劳教过，档案里已记了一笔，我要报复害大姑妈一家的人。"白玉说完这话，下定决心的样子盯着秀梅，"小姑妈，我明天一定要问大姑妈，是谁把她一家打成'右派'的。"秀梅怕侄儿搞出无法无天的事来，制止说："你不要搞歪门邪道。"

次日一早，秀梅和白玉又到了家桃家，家桃一家人吃着稀饭，没任何下稀饭的菜。郭铁城吃完稀饭，拿着扫把和肮脏的塑料袋出门了，他有六个公厕要打扫。郭香桃和郭承嗣因放假了，姐弟俩都乖乖地坐在房里剥花生。婆婆的风湿病发了，下不了床。秀梅和白玉默默地看着香桃和承嗣剥花生，香桃剥得快一些，承嗣剥得不急不慢和没精打采，那瘦骨嶙峋的样子，实在让人可怜。秀梅就帮他姐弟俩剥花生，边问姐弟俩话。

家桃去请了假，一会儿折回来，也忙着剥花生。白玉瞪着大姑妈问："大姑妈，当年把大姑父打成'右派'的那个人叫什么名字？"家桃不解地望着白玉，白玉说："我想了解一下。"家桃就把目光投到门外，门外有一株歪脖子柳树，柳枝在山风中飘摇，有一条狗跑过。家桃说："那人姓赵，是油漆厂的工会主席。"白玉说："他恨大姑父？"家桃鄙视地说："这个姓赵的工会主席很坏，曾经调戏过我们家的女佣，那个照管我们家承嗣的小吴。承嗣两岁后，小吴就去油漆厂上班，但还住我们家。有天，我见她在房里哭，问她，她告诉我工会赵主席想跟她做那事，把她按在工会的桌子上。过了几天，赵主席又调戏她，我就拉着小吴去找赵主席，警告他再敢调戏小吴，我就去派出所告他。"秀梅鄙夷地冷笑一声，"这样的人怎么能当工会主席？"家桃拢下鬓角，因为缺乏营养滋润，头发就干燥。白玉望着家桃姑妈，家桃姑妈那张曾经很漂亮的脸变成了饱经沧桑的苦脸。白玉说："大姑妈，我会帮你出这口气的。"家桃叹口气，"铁城打成'右派'后，也有人同情铁城，就背地里告诉铁城，局长召集的那个会上，赵主席往你姑父的头上扣屎盆子。"

郭铁城很瘦，一脸土色，境遇把他年轻时令我大姐作迷的风流倜傥的相貌改变了，变得猥琐起来，年轻时常挂着两撇笑的嘴角，如今只有几条邋遢的皱纹。他把扫把和塑料桶放在门外，对秀梅和白玉说："真对不起，家里连招待你们的东西都没一点。"秀梅已拿了他家的肉票称来几斤猪肉，家桃正站在案板前起劲地切肉，把肥肉和瘦肉分割开。家桃说："今天有肉吃。"郭铁城笑了下，笑得很古怪，笑完后脸上的表情又迅速凝固了。郭承嗣走过去看母亲切肉，脸上是那种急切的形容。家桃说："今天有肉吃，你要谢谢姨。"郭承嗣羞怯地看眼秀梅，姐姐抢在弟弟前面说："谢谢姨。"秀梅听侄女这么说，辛酸得眼睛都湿了。

吃饭时秀梅和白玉都没吃肉，就吃点白菜和家桃学本地女人做的酸黄瓜，因为两个孩子嘴里吃着肉，眼睛还盯着碗里的肉，这让秀梅和白玉都不想朝那只碗伸筷子。家桃说："你们吃肉啊。"秀梅答："让两个孩子多吃点，我们在长沙吃肉是经常性的。"

吃过饭，有一段空闲时间，白玉简直不相信地瞪着郭铁城问："大姑父，你们家曾经那样有钱，就没留一点家底？"郭铁城不说话地起身，打开那破大柜的抽屉，找出那张牡丹牌烟盒纸递给白玉看，"家底变成了这张烟盒纸。"家桃要把烟盒纸放回去，白玉向家桃要这张牡丹牌烟盒纸说："给我，大姑妈。"郭铁城看着白玉，白玉却把烟盒纸放进衣服口袋说："我来帮你查，如果李书记和那个保卫股长敢贪污你家的金银，我要他们好看。"郭铁城就点头说："那你拿去，反正这对我们也没用。"白玉很气愤的样子说："大姑父，你们好欺负，我不好欺负。"郭铁城和家桃都望着白玉，白玉年轻，目光里就夹着火，一张宽大的脸庞上，脸色格外冷静和坚定。他说："我会帮你们出这口恶气的。"

何白玉不是那种只说不做的人，他天生就是干特务的料子，这个只读了初中的青年，在劳教所的一年多里别的东西没学，唯一学到手的东西就是报复。同囚室里，就有几个因报复他人而被送来劳教的，在囚室里并不因自己报复他人而后悔，而是为自己报复别人时手段不隐蔽且被抓了而痛心疾首。白玉体内的雄性荷尔蒙很多，那些东西在他身上横流，使他可以废寝忘食地干他想干的任何事情。他很快就侦察到工会赵主席每天晚上八点多钟会上一趟公厕，公厕离工会赵主席家五十米远，公厕里有一排茅坑，十来个，工会赵主席每天这个时候会上公厕拉泡屎，然后回家睡觉。摸清这个规律，何白玉做的第一件事就是拿了厂里的一根螺纹钢，接着他拿小时候玩的弹弓，趁没人时一弹弓把电灯泡打碎，于是男厕这边就黑乎乎一片。何白玉之所以这样做，是他要让工会赵主席挨了一铁棍后，想不明白谁在暗中给了他一铁棍，从而再去害别人再去结仇。

那天晚上下着雨，一下雨，人都进了屋，世界就变得冷漠。八点钟还不到，何白玉先一步迈进公厕，公厕里有个男人在拉屎，何白玉也假装拉屎。男厕所里黑乎乎的，很臭，何白玉捂着鼻子呼吸。又有两个小孩子跑来撒尿，小便一完，两个小孩迅速离开了。跟着，那个拉屎的男人解完大便，吹着口哨走了。男厕所里就只剩了何白玉。不一会，又有两个男人打着伞跑来小便，跟着又安静了。何白玉继续等着，又等了几分钟，等来了矮矮胖胖的工会赵主席。工会赵主席划根火柴，见一处茅坑还干净，就站上去，解皮带，拉下裤子，接着又嚓地一声，一根火柴燃起一团黄火，工会赵主席点燃一支烟，让烟雾驱赶厕所的臭气。何白玉起身，走到工会赵主席前，见工会赵主席没在意他地低头抽烟，抬手一铁棍砸在工会赵主席的脑门上，只听见厚实的"嘭"的一声，工会赵主席连哼一声也没来得及就一头栽在肮脏的茅坑板上。何白玉却迅速溜出公厕，撑开黑布伞，大步而去。

次日是星期天，何白玉一脸神秘和紧张地把我拉到他房里，"叔叔，"他说，"我下手太重了，不晓得是不是把赵主席打死了。"我望着他，"你真干了？"何白玉点点头，"昨晚他蹲在茅坑上屙屎，我在他脑门上打了一铁棍，那一铁棍打下去时，感觉到他的头骨好像被我打碎了。"他说这话时模样很紧张，这就弄得我也很紧张。何白玉说："叔叔，我记得你以前说，你有个初中同学在油漆厂，你帮我去打听一下，看赵主席是不是被我打死了。"我望着一脸苍白的白玉，想了想说："现在不能打听，一打听，人家会怀疑到我身上。"何白玉掏出一包黄金叶牌香烟，递支给我，他先给我点上烟，自己也点了支。我等自己把心情调整过来后，交待说："这事先不要打听，一打听就变成此地无银三百两了。"

工会赵主席并没在那一铁棍下丧命，但那一铁棍把他的脑子打乱了，把他大脑里的记忆仓库打塌了，使他永远也想不起过去的事和过去的人了，并且把他的智力打到了小学一年级的水平。两个月后，他从省人民医院里出院，厂里人到他家看他，他只能咧开大嘴傻笑，然后问："你是——"那"是"字拖得很长，因为他实在想不起来者是谁。这自然是我装无事地跑到油漆厂，找我初中同学聊天，闲聊中，初中同学把他们工会赵主席被人打成傻子的事当笑话告诉我的。我把这些话传给白玉说："你算走运的，再不要干这些事了。"白玉觉得自己为大姑妈家出了口气，开心道："叔叔，不会的，我不会害无缘无故的人。"他的眼睛看着北边，"我还要找机会报复被褥厂的李书记和刘股长。"

五十三

星期天，这个一心想为他大姑妈泄恨的何白玉，把他的女朋友带回家，让女朋友来认识他爹妈。那天的太阳是淡绿色，把连续十多天下雨下得阴霾霾的长沙的气温，从零上几度提升到十几度了。何白玉的女友就没穿棉袄，穿着毛衣和浅紫色罩衣，人就显得娇小、苗条，一张脸上挂着几丝羞涩。爷爷老了，怕冷，坐在客厅里烤炭火，奶奶也坐在客厅里，没烤火，只是坐在沙发上，就看见她曾孙儿领着个身材婀娜的姑娘走来。她比何白玉大两岁，是一位崇拜革命但没赶上革命年代的建筑公司的女工，姓刘，住在何白玉师父家隔壁，一听说何白玉的叔爷爷是革命烈士，立马就对何白玉有好感，因为她是个浪漫的理想主义者。有天，何白玉去师父家帮师傅做煤球，小刘和他谈五六十年代出的革命斗争小说，何白玉大笑说："我家一家的革命者，我几个叔爷爷，每个人都是一本活生生的革命斗争史，我还看那样的小说？"小刘姑娘听了这话睁大被革命的火焰燃烧得很炽热的眼睛，"那你给我讲讲你三个叔爷爷参加革命的故事？"

何白玉当然讲了，他可不会放过卖弄的机会，还添油加醋地编了些战斗故事，听得小刘姑娘神魂颠倒，看何白玉的目光不再只是敬重，渐渐地产生了爱慕。"我三叔爷爷在朝鲜战场上，一枪打死了五个美国兵，当时他们正在排队，我三叔爷爷的枪里装的是穿甲弹，那还不一枪击毙五个？"他瞎吹道，脸上快活地笑着，"我三叔爷爷是烈士中的烈士，我家的大门

470

上还钉了块'烈士军属'牌，不信，你可以来我家看。"

那天，小刘姑娘就是来瞻仰"烈士军属"的，当然看见了，小刘姑娘一吐舌头说："你们家真出了个革命烈士呀。"何白玉指着老奶奶郑重其事地介绍道："她是革命烈士的亲妈，我的老奶奶。"小刘姑娘忙亲热地叫一声："老奶奶您好。"何白玉又指着烤火的老爷爷说："他是革命烈士的亲爸爸，我老爷爷。"小刘姑娘又热情地叫了声："老爷爷您好。"何白玉指着从房里走出来的玉珍说："这是我妈。她是革命烈士的亲侄媳妇。"玉珍说："何白玉，你搞什么名堂？"何白玉道："没搞名堂。"小刘姑娘对白玉妈道："姨，您好。"说毕，脸上一边呈一抹姑娘的羞赧。王玉珍就不好对儿子发态度，冲小刘姑娘说："你坐吧。"有着革命情结的小刘姑娘就更喜欢身材高大的何白玉，觉得自己可以向何白玉托付终身，因为嫁给革命烈士的后代是她的首选目标。在她情感荒芜、空虚和压抑的心里，只有跟革命烈士的后代同桌吃饭同床睡觉，才会有安全感和神圣感。

小刘的生父解放前是旧政府的官吏，小刘是她父亲的姨太太所生，解放初期镇压反革命时她父亲被当时的长沙市军政府镇压了，这让小刘有很多年在那条街上和学校都抬不起头来，因为街上的人都把她当现行反革命的女儿看，不跟她玩，嫌她，动不动就对她横眼睛和踢她，要她扮女特务或扮资本家的姨太太，直到她十三岁，小学毕业后进了初中，同学不知道她家的底细，她才缓过一口气来，才开始长身体，长到一米五八就打住了。初中毕业后，她在家里呆了两年，正好市建筑公司招工，街上没有几个女孩子愿意当建筑工人，她就去当了。小刘骨子里是个梦幻型的女孩，她的梦恰好与她生父的梦相反，她希望自己是江姐或是刘胡兰，但既然战争结束了，她就只好不得以求其次，找一个革命家庭，好改变她那悲凉的处境，让她家那条街上的邻居有一天对她刮目相看，尊重她、羡慕她，最好是能嫉妒她。何白玉是她唯一接触到的家里有革命烈士的年轻人——他那高大魁梧的身材和他那端正、傲气的五官，及他那革命烈士背景的家庭，让她一眼就喜欢上他了。她比白玉大两岁，当然就比白玉成熟、热情和娇媚，也比白玉勤快。她跟白玉妈说话，亲热地看着白玉妈，又热情地跟老奶奶说话，老奶奶起身时她忙走拢去扶。随后，她随白玉妈走进厨房，帮着未来的婆婆为一大家人做饭菜。吃饭时，她坦言："我喜欢你们一家人。"

爷爷问小刘："你在哪里工作？"小刘回答："我在建筑公司上班。"爷爷说："那主要是干什么工作？"小刘就端庄地回答："砌墙。"爷爷"哦"了声。小刘身高一米五八，鼻子、眼睛和耳朵都小小的，为弥补这些"小"，她尽量把自己做得很大方。她跟大家说话，声音不单热情，还十分奔放，笑声还真的清脆、尖亮。吃过饭，她积极主动地为每个人倒茶，茶杯递到白玉父亲的手中时，她吐下舌头说："何伯伯，您是我最佩服的人，我妈妈都知道您，您打死过很多日本鬼子。"这事，很多年里都没人提及了，大哥听着这话都觉得陌生，好像她说的是别人的事。"她是个懂事的姑娘，"小刘和白玉走后，大哥评价她，"我看可以。"秀梅发表自己的看法，说她觉得小刘文化低了，人也矮了点，将来会管不住白玉。我妈发表意见说："现在谁还管谁？我看小刘手脚很麻利，人也懂事。"玉珍站在我妈这边道："我也是这样看。白玉是要有个人管，也可以谈对象了。"

何军花来了，送营养品给爷爷奶奶吃，网袋里装着麦乳精、奶粉和一盒燕窝，军花在奶奶一旁坐下，奶奶就拉着军花的手边摸边说话。这个说一口普通话的姑娘，找对象成了件令人头痛的事，家里有一个大权在握的父亲，让她无形中对男人的要求就很高。她所在的省文化厅，有一个年轻的科长很喜欢她，可是只要她横那科长一眼，那科长心里就没底，就结巴。何军花不悦道："我又不是母老虎，你怕我干啥？"何军花尽管不是母老虎，但她是高干子女，年轻科长要想在仕途上有所进展，就得仰仗她父亲，所以他怕她。

还有一个高中男同学追她，男同学身高一米七七，长相也帅气，但何军花觉得那同学没大脑，只晓得玩，就对那男同学不感兴趣。"他没志向，"她对她妈说。那男同学再打她家的电话，她就不接了，那同学来她家找她，她让她妈对那男同学说，她不在家。半年前，我妈跟她介绍一个这两年毕业的医院麻醉科的年轻医生，那医生长得也不错，是邵阳人，军花只见一面就不愿再见了。军花说："人还可以，就是说话难听死了。"我妈觉得军花眼界太高了，这样挑下去，八成会把自己"挑"成个老姑娘。

这天，何军花穿一件黑呢子夹克衫，里面一件白高领毛衣，脚上是一双黑高跟皮鞋，这在六十年代已经很时髦了。何军花尽管工作了，但她不要交一分钱给她妈，她的钱都用在穿戴上，打扮得在当年就鹤立鸡群。那个年代，一般家庭的子女都不敢这么张狂，穿着朴素得远看起来分不清男女，仿佛花枝招展就不健康，就是应遭批判的资产阶级情调。何军花除了有一个人人都知道的革命父亲，还有喜欢跟人对着干的脾性，所以只要是商店里有买的衣服，无论什么款式，她都敢买又都敢穿。大嫂看着何军花说："军花，你越来越漂亮了。"何军花不谦虚道："是衣服漂亮。"秀梅那天也在家，她看着比她小整整十岁的何军花，见何军花的头发烫成卷了，也夸奖说："你是漂亮。"

秀梅不再那么光鲜了，也许是工作多，还也许是她不用化妆品，皮肤显粗糙了。过去，她那张脸总是白里透红，现在这张脸白还是白，却缺少那种鲜嫩的光泽，就雅白，不光亮了。前一向她回家，走到青山街街口，忽然遇到大雨，她站在一户人家的屋檐下避雨，居然没一个从她身边经过的打着伞的青年理睬她，而她记得其中有两个青年曾经用那么火热的目光追随过她，可以从学校门前不顾脸面地尾随到青山街三号她步入大门时才离开，如今见她孤零零地站在屋檐下躲雨，竟只是瞟一眼就漠然地走了。那天雨停后，她回到家里，看着镜子里自己这张不再年轻、活泼和迷人的脸，黯然地伤心了一晚。军花来，一是送营养品给爷爷奶奶吃，二是向大哥索要一幅百鸟图。她那幅百鸟图挂在闺房里，让很多人喜欢，就有一个女同事想要，军花便跟大哥说，大哥同意再绣一幅，这是三个月前的事。大哥已把百鸟图绣好，放在桌上，军花看着百鸟图说："大哥，这幅绣得更好，我好喜欢的。"

何军花来我们家还有一个目的，就是来看张桂花婶婶。像何军花这种眼睛长在脑门上、性格猛烈的漂亮女孩，是不应该对与她毫无关系的张婶婶好的，但当张婶婶从街上回来，何军花的脸上马上充满热情。张婶婶拎着个篮子，篮子里有几兜大白菜和几个萝卜，军花笑着接过张婶婶的篮子，提着就往后院走去。大家都望着军花，连大哥都惊讶这个眼睛长在脑门上的姑娘竟关心起老人来了。军花把菜篮提进厨房，又一脸热情地走来，问张婶婶："您喝茶吗？"张婶婶说："我口不干。"秀梅冷淡着脸走开了。军花用甜蜜的笑容问："张婶婶，李军长来信吗？"张婶婶回答军花，"没来。"我们都昂起脸，把目光投向南边，天上，一行大雁正向南方飞去，如果李文华军长来信，应该是从南边来。

还在十月份，中国应越南共产党的要求向越南派兵，增援越南人民抗击美帝国主义。报纸上大谈美帝国主义之所以侵略越南，其矛头是指向中国，把越南当做入侵中国的桥梁，因此中国责无旁贷地要帮助越南人民打击美帝国主义。十月里寒露的那天傍晚，有一辆军车驶到青山街，军车上先下来一个四十岁的军人，又下来两个腰间别着手枪的非常年轻英俊的警卫员，跟着才是张婶婶下车。张婶婶那天穿一身淡蓝色妇母装，脚上一双黑布鞋。奶奶大为高兴，"桂花，你回来了。"李文华滞后一步进来，爹一看有两名年轻警卫员跟在精神饱满的李文华身后，就估计李文华的军职不小，"文华，你现在在军队是什么军职？"李文华不好意思回答，他的警卫员却道："首长是我们军长。"

那天，还有一个人在青山街三号，她坐在葡萄藤下，眯着眼睛看李文华。她穿着天蓝色毛衣，毛衣在那个年代很贵，一般女孩子都舍不得花钱买来穿。天蓝色毛衣裹着她年轻、优美的身躯，使她的模样很休闲；头发扎成一把，从她左边的脖子后绕到前面，垂落在她饱满的胸部上；一张脸被天蓝色毛衣映衬得红润润的，目光似有些迷惑、空洞又妩媚。她就是何军花，一个温柔、美丽和大方、自信又娇贵的女青年。她奉父亲之命，送营养品给爷爷吃。有天，二叔来，爷爷居然想不起他了，问他"你在哪里工作"？二叔就去医院为爷爷开了些补脑的营养品，让军花送来。李文华吃惊地看着何军花，有一瞬，他还以为坐在靠椅上瞟着他的何军花是何秀梅呢。李文华军长的眼睛并没花，男人四十岁还没到眼"花"的年龄，他当然认出何军花不是何秀梅，因为何秀梅没这么年轻，眼睛也没这么大，目光也没这么温柔、妩媚和炽热！自从一九四九年后，李文华回来，每次看见何秀梅，那目光都是冷的，仿佛有一股冷风从何秀梅的眼眸深处吹到他脸上，让他不寒而栗。

李文华军长对何军花说的第一句话就是："我觉得你像秀梅。"何军花对李文华军长说她像秀梅的话不置可否，说："李军长你好。"李文华军长这还是第一次见到何军花。爹介绍道："何军花，何金林的女儿。"李文华军长"啊"了声，伸出他的大手，两人的手一握就粘住了，彼此看着。李文华军长说："军花同志在哪里工作？"何军花说："我在省文化厅工作。"李文华军长说："搞文化工作好，你具体干什么工作？"何军花说："接待下面文化局来的同志。"李文华军长道："接待下面来的同志要热情啊。"

直到这个时候，两人才注意到手还粘在一起，李文华军长松开他那只大手，何军花恭维道："李军长好帅的。"李文华军长不是第一次听女人说他帅，在部队里，有女军人也殷勤地对他这么说过，但那时候李文华心里装着何秀梅，就不愿意将感情乱扔，所以女军人说他帅，他只是一笑作罢。此刻，他盯着何军花问："结婚了吗军花？"李文华军长自己都吃惊，他嘴里怎么会突然冒出这个话题，这实在不该他问的。何军花却挺直穿着天蓝色毛衣的娇躯说："对象还不知在哪里呢。"李文华军长见的姑娘多了，心里从没起过波涛，这会儿他心里却嘀咕了声"她真漂亮"，他一悸，好像玷辱了谁一样，问："秀梅呢？"

何秀梅是八点多钟回来的，身为校长，她又喜欢管事，要处理的事情就总是很多。待何秀梅回到家时，李文华军长与何军花已经像老熟人样有说有笑地打得火热了。老实说，何秀梅愣了下，但她很快就调整了表情，"文华来了，咦呀，张婶婶也回来了？"她说。张婶婶看着她笑，说："秀梅啊，在成都的时候，我和文华天天说你呢。"何秀梅也一笑，"说我？我有什么好说的。"这句话也许是言不由衷，也许是出于醋意，因为她在说这话时又瞟了眼何军花和李文华，她看见何军花和李文华的目光对在一起，心里就陡生醋意。但她不是个把醋意放在脸上的女人，身为校长，她已经学会了克制。她在放下提袋的那一瞬，醋意也被她顺手塞进提袋了，脸上就是高兴。她走到桌前看给她留的饭菜，用夸张的声音说："嗬哟，给我留这么多肉，我吃得完！"玉珍说："奶奶给你留的。"何秀梅故意提高声音道："还有鸡腿，那我吃不完。"玉珍就去拿只干净碗来，何秀梅把她认为吃不完的肉赶到那只碗里。何秀梅吃饭时，军花说："秀梅姐，你好忙的啊。"何秀梅瞟一眼军花和坐在沙发上的李文华说："当了这校长，忙得要死。"

李文华瞟着何秀梅，何秀梅比三年前他来接母亲去成都时胖些了，背上的肉似乎厚了一层。脸也没有何军花显得年轻。这些还是次要的，重要的是，这两年他心里那股朝着她汹涌流动的热血，减少了，仿佛一口泉眼，由于树木被过多砍伐，正在一天天干涸。证明是他没收到她的来信，不再像几年前那么焦虑。这两个月，两人一封信也没通过。来之前，他想写封信，铺开信纸却不知道写什么，提起的笔又弃下了。"写什么呢？"他生气地想，"都是些现话，剩饭炒三遍狗都不闻，何况我已经炒几十遍了。"

来长沙之前的晚上，他望着成都夜空的月亮，忽然感到自己对何秀梅的那股热情渐渐消退了，犹如一张贴在墙上的红彤彤的喜报，贴久了，红色就褪去了似的。那种曾经发誓无论何秀梅到天涯海角他都要追寻到底的决心，也像一片枯叶样掉地上了，也许正被他那双四十四码的大脚踩着。这使李文华军长既深感惶惑又深感悲哀，自己发了那么多毒誓，写了那么多海枯石烂不变心的信，到头来，激情却一点一滴地从他的笔尖处流淌尽了，好像血流干了似的。李文华军长在何秀梅吃饭时，问何军花："你在文化厅工作，按说找对象不难啊，怎么没谈呢？"何军花昂起脸答："你不是也没谈吗？有缘千里来相会，无缘对面不相识。"李文华军长深有体会地点点头，望着何秀梅的身影，感觉她的身影像一只帆，正渐渐远去，不禁感叹道："缘分没有，你再怎么下功夫，还是对面不相识。"何军花目光炯炯地盯着李文华说："正是这样，我们厅有个科长，其实长得也不差，他对我有那个意思，我呢，对他却没一点感觉。"李文华听何军花这么说，联想到自己，暗想何秀梅恐怕也是对他没一点感觉，不然，怎么会一次又一次地拒绝他？便深有感触地道："是这样啊。"

何秀梅扭头看李文华说："你今天来，事先没给我写信。"李文华解释："本来想写，又想反正过几天就见面了，就没写。"秀梅看一眼李文华，也瞟一眼军花，见军花的目光如两只鸟一样飞落在李文华脸上，心里就冷笑，"你们谈，我去写总结，教育局的领导明天要看我的总结。"她拎着那只提袋，转身向自己房间走去。这么多年里，李文华的目光第一次没有追随何秀梅的身影，而是盯着军花。军花看出秀梅不高兴，但她没心思考虑这些，反倒热情地邀请李文华说："你要是还有时间，明天上我家去玩？我会做红烧肉，我哥嘴最刁了，都说我的红烧肉炒得好吃。"李文华大笑，笑得很爽朗，"我明天一定来。"

那天晚上，当爷爷奶奶、我爹妈和李文华的母亲相继睡觉后，李文华走进了何秀梅的房间，何秀梅还在埋头写学校的工作总结，门虚掩着，李文华轻轻地对她"喂"了声，何秀梅就放下笔。李文华瞟眼何秀梅的房间，一切布置都是他记忆里的那种老样子，三年半前，当李文华来接他母亲时，曾在这间房子里与何秀梅有过一次深入的谈话。那天是个星期五,那天晚上的风带点凉意,还夹杂着月季花的芬芳——窗台上,那钵月季花开得很鲜艳。谈话是这样开始的,李文华凝视着她说:"秀梅,我妈愿意跟我去成都,你也跟我去成都吧?"何秀梅浅浅一笑,"我走不开,学校刚开学,我又刚当校长,学校里有一大堆事要我处理。"李文华继续凝望着她,"我真的需要你,你对我很重要。"何秀梅感到幸福地点下头,"我知道,可是我真的一时无法脱身。"李文华犹豫着,不知道怎么开口,一张脸上既有很多赶也赶不掉的烦恼,又呈现着很多恳切,临了说:"我妈盼着抱孙子。"

何秀梅幸福得闭上了眼睛,但那只是一刹那,接着,她做出惊讶的模样看着李文华,"啊呀,你想要我做你们家的生育工具呀?你不觉得你这样说,有点伤害我吗?"李文华事先是打了草稿的,把他想说的话和秀梅将回答的话反复思量过,还设计了下一句话怎么说,却怎么也没想到秀梅会这么回答他,这把他苦心想好的引入和对答的语句都击溃了!他一时语塞地脸红了,像小学生意识到自己做错了事一样。

李文华在军队里处理事情,从来都是很果敢,一是一二是二,但在何秀梅面前,脑袋里从来都是混乱的,像一团浆糊。每次见面他都有一肚子话要说,可是一见面,那些话又好像在肚子里打了结,与肠胃纠集在一起了,扯也扯不出来。回到部队,他一个人枯坐在寂寞的夜空下回想着他们的所谈时,他总是觉得自己这句话没说好,那句话也用词不当,因此他很惆怅,甚至感到自己很失败,因为她比他历次战斗中攻克的堡垒都要坚固。隔了会,他回答秀梅:"我妈心眼实,想的就是这些。"何秀梅也停顿了下,"文华,我现在真不想结婚,你要是碰见合适的姑娘,你只管谈。"李文华垂下头,把他走进这张门前准备的那句话很诚恳地吐出来道:"我最敬重的人是你父亲,我最爱的人是你。"何秀梅感动地抓住他的手,"谢谢你最爱我,有你这句话,我很欣慰。文华,我还是那句话,如果我要嫁人,一定是嫁给你。"李文华听她这么说,激动得捂着脸哭了。何秀梅从没见过男子汉哭脸,心里也很不好受,觉得是自己害了他，耽搁了他的婚姻大事，便感到自己很对不起他地拿起手帕揩他的眼泪。李文华猛地攥住何秀梅那只温柔的手，把她的手放在自己的脸上摩擦。那一刻，何秀梅恨不得倒在他怀里，对他倾吐衷肠，因为她的心狂跳不已地催促她表白，但她硬是把那颗狂跳的心摁下去，用冷静得事后自己都很感奇怪的声音劝告李文华说："别这样，文华同志。"一句"文华同志"，把李文华满脸的热情击落了，就像一炮击落了一架敌机似的。

在李文华的记忆里，那天晚上他很可怜，还很软弱，竟然在比他小七岁的何秀梅的面前哽咽，这让他在以后的日子里，一想起来就觉得羞耻，就恨自己不配享有爱情。此刻是十月的夜晚。李文华假装高兴道："还在写报告？"何秀梅活动着握笔握累的手腕，"我们区教育局的领导明天要。"李文华盯着她，扔一句表扬给她："你是我见到的最认真工作的女人。"他用了"女人"一词。她一愣，跟着一笑，"我也想轻松，但小学都不设副校长，只有一个教务主任协助我，学校里所有的事情都落在了校长身上。"

李文华不是来跟她说这些废话的，他望着她说："我明天准备去军花家拜访下她父亲，我们一起去？"何秀梅心里想他终于对别的姑娘动心了，这可是最后一个在她身边徘徊的男人，她内心隐隐作痛，但她决定不再握着感情的缰绳不放，因为她知道自己无论如何也不会与他结婚。"我就不去了，你去吧。"她说，看眼窗外黑沉沉的天。这是十月里农历寒露夜晚的天，有北风徐徐刮来，吹得她一头秀发飘舞，还有一股淡淡的桂花香不知从何处飘来。她说："你闻见桂花香吗？"李文华缩下鼻子，"是有桂花香，"他说，以为她要抒情了，就紧张和期待地盯着她，希望她能说点他想听的话。他今天故意跟何军花热情地聊，故意不用爱的目光看她，实际上是想用这种并不高明的笨办法刺激她，让她把埋藏在心里的话抖出来，但何秀梅只是抖了下肩，仅此而已，然后说："你去睡吧，我也要休息了。"

李文华军长于第二天下午去了何军花家，高干子女何军花是从不屑为男人打扮的，多年来，在家里她都是穿松松垮垮的运动服，趿着一双旧拖鞋，懒懒的样子。那天，她却打扮得十分漂亮，穿着土红色的大披领西服，内里一件白高领毛衣，下身一条黑直筒裤，最关键的是，脚上是一双半高跟皮鞋，因而就高挑、袅娜。一早，她还去理发店卷了头发，从不抹口红的她居然涂了口红，还在脸颊上搽了胭脂。她从闺房里走出来时，她父亲竟一时没认出她来，认出她来后立即皱起眉头说："怎么穿成这样？"军花说："怎么啦？"李文华军长哈哈大笑，"何叔叔，女孩子爱漂亮是天性。"军花高兴了，马上还击父亲说："人家军长就没你封建。"何金林批评她说："你是副省长的女儿，出门要注意自己的形象。"军花对形象的理解，不像她父亲那么朴素、简单，叫道："爸，我哪里不注意自己的形象了？"何金林对李文华军长说："我军花被她妈娇惯坏了。"军花对她父亲做个鬼脸，坐到李文华军长面前，"我爸封建，我买双皮鞋，他也说是资产阶级，未必无产阶级就只能穿胶鞋？"

李文华军长在何秀梅面前是拘谨的，老担心自己会说错什么话因而话到嘴边时常迟疑不语，边观察何秀梅的脸色，判断准备在嘴边的话说还是不说，但在何军花面前，李文华军长没这么多顾忌。他大笑，朗声道："说得好，革命也不能只穿胶鞋革命。毛主席、周总理也穿皮鞋呢。"何副省长见这一男一女团结一致地对抗他，就笑笑问李文华军长："李军长，是不是要去越南打仗？"李文华军长说："我不去越南，我在朝鲜战场上打过美军，广州军区调我去研究作战方案。"何副省长深以为然地点下头说："保家卫国需要你们。"李文华军长谦虚道："都是革命工作。"何军花把保姆赶开，真的炒了碗红烧肉。吃饭时，她娇气地夹一筷子红烧肉敬给李文华，"李军长，尝尝我的手艺。"李文华军长把她夹的那坨红烧肉放进嘴里嚼着，称赞说："好吃。"何陕北——这个靠着自己有一个副省长爹，如今在一家国营大厂当了副厂长的青年，是个头脑清晰的明白人，他见妹妹脸色红润、娇羞，目光痴情地盯着李文华军长，就故意大惊小怪道："军花，我从没看见你给谁敬过菜，你这是第一次敬菜给客人吃呀。"何军花脸红了，陕北望一眼妈——他妈很欣喜地看着这一切，胖脸上挂着母亲脸上才有的和颜悦色的笑——继续说："妈，军花是不是第一次给客人敬菜？"他妈道："军花还真是第一次给人敬菜。"

李文华军长吃过晚饭，还在何军花家坐了很长时间，先是跟我二叔聊，我二叔被人叫走后，他又跟陕北和军花聊，陕北接到一个电话走后，李文华军长便跟何军花聊。我二婶是过来人，见状，起身进了房间。偌大的客厅里，只剩了李文华和何军花。李文华不是个在女人面前会聊天的男人，这十多年里他为了表示自己对何秀梅绝对忠诚，除跟他母亲面对面坐着外，再没与别的女人单独相处过。当我二婶也走开后，李文华面对比他小十七岁的何军花，反倒局促了。这个在全军官兵面前很威严、说话滔滔不绝的李军长，在女人和爱情面前几乎是个白痴。何军花见他神色紧张、目无定所，自己也被感染得很紧张，不知说什么好。这种忐忑不安的气氛持续几分钟后，李文华军长一抬头，见何军花正用那种能射穿他心脏的目光盯着他，不由得一惊，就有一种中了弹的感觉。他想到了逃避，因为无论怎么说这都是对他坚贞爱情的颠覆，忙起身说："我走了。"何军花——这个大大咧咧、不把男人放在眼里的姑娘，第一次对一个男人嫣然一笑，并起身，用温柔的声音说："我送你。"

两人走出来，十月的长沙，秋高气爽，气候宜人，省委大院是个安静的地方，因而凉风习习。两人走在静谧的林荫道上，何军花望一眼李文华军长说："你会给我写信吗？"李文华军长想这么多年里他只给何秀梅写过信，这会儿他凄凉地感到他情感的船舶，正悄悄驶离何秀梅那处旖旎的港口，他既高兴，又感伤，突然回答说："写。"何军花就高兴道："我等你的信。"李文华军长没想到自己四十岁了还能吸引这个比他小十七岁的姑娘，他早已赌气地下了不结婚的决心，这会儿他看见那决心已如一栋旧楼房样坍塌了，透过坍塌的房子，他似乎看见一片绿茵茵的草地、丛林和远处迷人的雪山。他说：

"好的，有些话我会在信里跟你说。"何军花那一刻心跳加快了，甜蜜的血液冲上心头，狂风卷走了她脑海里的乌云，将她的天空打扫得干干净净，她幸福满怀地说："我等你的信。"李文华军长一惊，隐约觉得自己说的话和她的回答，简直是多年前他和秀梅的翻版，只不过颠倒过来了。他长吁一声，加快步子，满脸怅然地走进宁静的夜色里。

一个星期后，何军花每天路经传达室时，总要问传达室的老头："有我的信吗？"传达室的老头说："没有你的信。"过了半个月，何军花不再问传达室的老头，亲自走进传达室翻看一封封信件，确定没有寄给她的信，于是她失望地离开。每天如此，传达室的老头不知道这个漂亮、傲气的姑娘到底要干什么。她终于忍不住找个向大哥索取百鸟图的借口，来青山街，一脸渴望地向张桂花婶婶打探李文华的消息了。

五十四

也就是何军花来我们家拿走大哥绣的百鸟图的第三个星期的一天，青山街三号来了封寄自广西的信，收信人竟不是何秀梅而是我爹。爹看信封上的落款人是李文华，就明白这封信有内容。果然，李文华在这封信里请求我爹与我二叔和二婶谈谈，谈他跟何军花的婚事。李文华在信里说：他给军花写了两封信，军花回了两封信，愿意嫁给他，并愿意跟他去部队生活。李文华军长在信里说："我反复想过了，我决定娶何军花为妻，热切盼望我最敬重的老军长能促成侄儿这门婚事。"傍晚，何秀梅打把伞从学校回来，爹把李文华写的信给何秀梅看，何秀梅坐在客厅里看完信，对爹说："爸，您跟二叔说吧，文华哥早该结婚了。"爹看着秀梅摇下头，秀梅却装出很平静的样子说："爸，这是好事。"爹没想到秀梅会如此回答！吃饭的时候，一个炸雷把葡萄架打塌了一边，雨哗啦哗啦地下，害得我和大嫂、李佳次日一早就爬起床整饬葡萄棚，中午又买来几根木头、铁丝和钉子，重新加固葡萄棚。一入冬，爹身上的老伤口就有点痒，那天晚上，爹闷头喝杯驱寒气的药酒，早早睡了。

第二天，爹把我二叔叫来了。一辆黑色小车停在门外，二叔一身灰色中山装地下车，背着手走进院子。二叔其实也不年轻了，脸上也有皱纹，但愉悦和自信使他不显老。爹让李佳为二叔泡茶，边把李文华的信给他二弟看。二叔戴上老花眼镜，看完信哈哈大笑。爹瞥着他这个位高权重的二弟说："这门婚事我看可以，文华在我们家长大，我了解他，四十岁就当军长，还有升呢。"二叔望着我爹问："年龄是不是太大了？"爹默想片刻后说："这事你自己定，军花这女孩天马行空惯了，你职位这么高，军花就更难看上别人。"二叔同意道："是啊，既然你觉得这门婚事可以，就随他们吧。"

李文华军长于三月里的一天，和着南方的暖流来了。那天上午十点钟，几只蝴蝶围绕着桃花飞舞，忽然门前传来一声刹车响，坐在客厅里择白菜的奶奶昂起头，就见李文华军长从一辆军用吉普车上下来，笑容满面地叫声"奶奶"，弓身进吉普车里拎下左一包右一包广西的土特产。奶奶笑着，觉得李文华很懂事，"文华，你还买东西来。"李文华军长将大包小包拎进客厅，就跟我大哥说话。他没吃饭就走了，去了何军花家。李文华军长不像他父亲李雁军那么冷冰冰，他是个豪迈的军人，认准目标就要率部队冲锋陷阵的。他一进何军花家的门就叫我二叔"爸"，叫我二婶"妈"，只是面对何陕北他不知怎么叫，叫哥，显然叫不出口，因为何陕北不是小他两三岁，而是小他十几岁。何军花把这个难题冰释了，"文华，就叫我哥陕北吧。"李文华军长这次来是带了任务的，这个任务就是与何军花结婚，好把何军花带到成都去给他的老首长看，因为老首长等这一天早已等得心灰意冷了。

李文华军长没住青山街，而是住军区招待所，他要避免与何秀梅碰面，就如从前何秀梅要逃避他而躲在学校里一样。张婶婶自然也被儿子接到了招待所，张婶婶不喜欢住招待所，但她不愿看到何秀梅伤心和尴尬，还是收拾些东西上了吉普车。何秀梅表面上无所谓，吃饭时大声说话，洗澡时哼着抒情歌曲，走路仍挺直腰杆，但谁都看得出她心里不好受。她那张脸尽管在拼命掩饰，但内心的波澜还是从她理智的闸门下渗出来，反映到脸上，使她那张脸略显迟钝、阴郁，甚至哀伤。一家人吃饭时，一张忧伤的脸悬在餐桌上，像一个褪了色的旧灯笼吊在餐桌上，一抬头就能看见，自然使一家人沉默不语，几乎都是低着头吃饭，桌面上就只有筷子碰碗边和嘴巴咀嚼的声音。何秀梅明白这一切都是因为她，尽管她心如刀绞，却佯装高兴道："怎么？你们以为我难过？不，我为文华哥高兴。"

李文华结婚的那天，她却溜了。她一早起床，坐在窗前梳妆打扮，头发扎成一把，又把它披散，最后还是将头发扎成一把。接着她又为自己挑选衣服，试了三四件，最后穿了件大披领的绿呢子服。九点多钟，她打扮好了，坐在客厅里，似乎在等全家人一起出发。可她只坐了几分钟，忽然对王玉珍和李佳说："我得去学校打个转身，万一我十一点钟还没来，别等我，我自己从学校那边搭车去。"她丢下这话走了，样子有点可怜。十一点钟，她当然没出现。爹扫一眼全家人说："不等她了，走吧。"

李文华军长和何军花的婚礼是在军区招待所的食堂里举行的，来了很多人，除了军区首长和我们家的成员，还有何军花的一群男女同事，还有李文华军长的几个初、高中同学，就是没有何秀梅，哪里都找不到她。直到婚礼结束，何秀梅仍没出现。那天晚上十一点多钟，全家人都睡了，何秀梅才回家。玉珍为她开的大门，她一句话也没说，甚至都没看玉珍嫂一眼，径直走进房间，门被她随手带关了。她把自己关了两天，破天荒地没去上班。她并没把自己锁着，吃饭时她出来吃饭，吃过饭她又阴着一张失落的脸走进房间。玉珍推门进去看她，她在睡觉。李佳推门进去跟她说话，她仍在睡觉。我妈走进去，她还是睡觉。过了两天，学校老师来看她，她才假模假样地说她病了，但今天好些了。又过一天，那是个星期天的早晨，下着小雨，空气湿湿的。李文华军长带着军花来我家与我爹和爷爷奶奶辞行，当时一家人都坐在客厅里吃稀饭和馒头，何秀梅也在吃稀饭和馒头，她听见汽车驶来的声音，脸色突然苍白，慌乱地弃下碗筷说"你们千万不要说我在家"，就兔子样溜进房，关了门。

我们都愣住了。何秀梅的预感很对，果然是李文华军长，汽车驶到门前，李文华和何军花一齐下车，新郎新娘双双走来。李文华握着奶奶的手说："奶奶，我和您孙女军花今天走，我妈也跟我们一起走。妈在招待所里扭了腰，就不来了。"李文华又握着我爹的手，这一次他随妻子称呼我爹"伯伯"了。爹说："你工作忙，就叫军花多给她爹妈写信。"李文华说："我会叫她写信的。"他如军区首长样与我大哥握手，"大哥，谢谢你送给我的老虎，画得真神气。"大哥用力握下他的手说："军人就该是老虎。"何军花却一脸温情地与王玉珍和李佳说话，说她准备随李文华调到部队工作。李文华跟所有的人告了别后，这才问："秀梅不在家？"大哥生怕爹和奶奶说"在家"，赶紧撒谎道："秀梅一早去学校了。"李文华的脸上略有一点失望，一笑，把失望化作笑容留给大家，转身朝院子大门外走，再回头挥挥手，上了停在门前的吉普车。

何秀梅强忍着悲伤，谁也不理，一早出门，傍晚回家，吃过饭她就把自己关在房里。这样过了两个月，脸上那层刀枪难入的铁甲似乎才被她自己卸掉。一天傍晚她洗澡，有歌声从洗澡间里高昂地传出来，那是《红梅赞》："……红梅花儿开／朵朵放光彩／昂道怒放花万朵／香飘云天外／唤醒百花齐开放／高歌欢庆新春来、新春来——"唱得十分投入和抒情，这证明她已经能放下那事了。

六月里一个起风的夜晚，奶奶下半夜听见一个男人哭泣，走出来，客厅里没人，奶奶便走进院子看，就看见一个男人蹲在葡萄藤下，捂着脸哭泣。奶奶很惊异，"你怎么跑到我院子里来哭？"那人抬起头，奶奶更加惊异了，

"你是金石？"何金石点头，身体在悲伤地抖动，"妈，爹快死了。"奶奶一惊，醒了，马上看躺在身边的爷爷，还推了下爷爷。爷爷睁开两眼问："几点了？"奶奶答："三点钟。"奶奶放心了，爬起床，走到院子里。星空下，院子里一切如旧，只有蛐蛐的叫声和夜风把葡萄枝叶吹得沙沙响。次日一早，奶奶对我爹说："昨夜我做了奇怪的梦，金石跑到我梦里哭脸。"

我们都没把奶奶的话当回事。相反，我们觉得奶奶很老了，开始说胡话了。爷爷也很老了，头发、胡子白了还是其次，重点是他老年痴呆了，你刚跟他说的事他马上就不记得了。奶奶背着爷爷把何金石在她梦里说的话，传达给一家人听后，我们便注视爷爷，都发现爷爷的精神状态从没有现在这么好过，能吃能睡，一早起床，一手太极拳打得虎虎生风，爹打的拳反倒软绵绵的没有爷爷有力。爷爷打完拳，收功时呼吸匀称，神清气爽，镇定自若，一副活一百岁也不会有问题的健康相。全家人都放了心，就笑奶奶，觉得奶奶那一本正经的神气，八成是说梦话。我儿子何国庆读书的那天，爷爷摸着何国庆的头说："你要做个好学生。"何国庆答："好，老爷爷。"爷爷就满意地放他曾孙儿去读书，转身去睡觉了。

爷爷步入他的睡房，见葡萄枝都伸进他的窗户了，就把葡萄枝推出窗户，这才回到床边，脱下黑布鞋，躺到床上睡觉。奶奶在客厅里对绣着老虎的我大哥说："我今天去菜场多买些辣椒来晒，该做剁辣椒了。"爷爷听完这话，又听见奶奶起身出门的声音，就见一团黑雾飘来，他清楚这是睡眠来临了。近来这段时间，爷爷每次进入睡眠的那片刻都会有一团黑雾飘来，裹着他步入梦乡。但那天，那团裹着他的黑雾久久不散，不是把他带入他每天都能清晰梦见的家乡，而是骗他说有一个地方很好玩，问他去不去，爷爷犹豫了下，好奇地答："也可以去。"那团黑雾就裹着爷爷腾云驾雾而去。中午时，奶奶走进卧室叫爷爷吃饭，爷爷没动，奶奶伸手推他，感觉他没有知觉，吓得叫道："金山，你爹怎么了你快来看看。"爷爷脸色灰白，鼻子和嘴唇都凉了，苍蝇也飞来，绕着爷爷的脸嗡嗡嗡地飞。爹叫了很多声，见爷爷没反应，便说："妈，爹怕是死了。"

　　这一年爷爷八十五岁，无疾而终。二叔、二婶赶来，何陕北和他爱人也来了。他爱人手中抱着个孩子，一岁了，名叫何昌盛。何昌盛一从他母亲手中下来，就很热情地看着我二儿子何五一，何五一比他堂弟何昌盛大两岁，就领着何昌盛到一边玩。奶奶满脸忧伤道："金林，你爹死前，金石赶来告诉我，可我还是没做好思想准备。"二叔望眼大门，大门敞着，门上那块"烈士军属"牌上蒙了层灰，不像从前那么白和红了。但别看这块牌子，作用大得很，早几年，街上有人打何家的主意，觉得何家是块风水宝地，出了好几个将军和大干部，就到处说何家一户人住着栋两层楼，未免太资产阶级了。有人假装气愤地把这事反映到区房产科，说群众很有意见。区房产科就来了两个干部，说群众意见很大，说楼上空了几间，可以安排两户人住，后面的杂屋也可以住两户人什么的。爹不吭声，秀梅也不说话。奶奶指着门上的"烈士军属"牌，无视两个干部道："小伙子，你们没看见那块牌吗？我是军属，革命烈士的妈妈，你们去军区问问，看军区首长同不同意你们这么做！"两个区房产科的干部假装猛然醒过神来的模样说："老人家，打扰了打扰了。"爹对奶奶竖起大拇指，称赞说："妈，您觉悟很高啊，我还没想到该怎么说，您就把他们打发走了。"从那天起，家里来了什么不好应付的人，就都交给奶奶去对付了。

　　第二天傍晚，文华、军花和张桂花都来了。军花和张桂花都穿着奔丧的黑衣黑裤，张桂花一进门便趴在棺材上哭晕过去，这吓坏了李文华。我妈含一口水喷在张桂花脸上，张桂花打一个噤，醒了，又哭起来。张桂花哭得最有感情，比我们家任何一人都哭得感情真实而充沛，仿佛死的不是我们的亲生父亲和爷爷，而是她的亲生父亲。李文华没哭，这是个长期在战场上出生入死因而变得十分坚强的男人，已经炼就了一副铁石心肠。何军花也没哭，她跟爷爷不亲，没像我们跟爷爷奶奶一直生活在一起。军花怀孕了，脸上长着一些红红的孕妇斑。军花看见何秀梅忙叫了声"秀梅姐"，军花从她丈夫嘴里知道了丈夫和秀梅那比一万个马拉松赛跑连起来还漫长的爱情故事，并读了何秀梅写给李文华的每一封信，最后得出结论道："秀梅姐有病。"此刻，何秀梅根本没理她，也没理李文华，只顾悲伤。

出殡那天，一早李雁军老将军也来了，一辆军用牌照的车把李老将军送来的。张桂花和李雁军又一次见面了，张桂花一看见李雁军，脸上就暴露出内心的脆弱，心田上那颗孤寂的桂花树又被连根拔起，又大哭起来，呜呜呜呜。李老将军看着儿子，儿子也看着他，李老将军对儿子说："等下你和军花去我那里吃顿饭。"李文华见何秀梅总是把后脑勺对着他，就觉得还是拉开点距离好，便答："好的。"二叔、二婶、陕北和陕北的老婆一早也赶来送葬。我岳父岳母、梨花伯妈和李文军也走在送葬的队列中。岳父老得这两年背弯了，梨花伯妈也驼了，人就矮了几公分。岳母精神还好，着一身黑衣服。

无情的岁月把李文军那张朝气蓬勃的脸，打磨得老气横秋了。他跟大家点下头，脸上没多少表情地走进出殡的队伍里。李文军已离开自来水站，也没住青山街了，他跟一个理发师学理发，他当师长时那理发师是他提拔的营长。理发师的父亲是个理发师，前营长退役后，承了父亲的衣钵。前营长住在离青山街不远的沙河街，早几年他听人说李师长被打成"右派"，在青山街自来水站守水，便于一天晚上不请自来了。前营长见李文军住在自来水站那破破烂烂、十分寒冷的房子里，就请求李文军搬到他的理发店去住。他的理发店是私房，上下两层楼，腾一间房子给李文军住一点问题都没有。李文军不想麻烦他道："我一住就是一辈子的事。"李文军要前营长回家跟老婆商量，以免夫妻之间因他而闹矛盾。前营长于第二天一早和老婆一起来接他，借了辆脚踏三轮车。他老婆一进门就帮李文军收拾零碎东西，李文军把被子一捆，把自来水站的钥匙交给办事处的干部，便随前营长夫妇大步走进沙河街理发店。老话说三十不学艺，李文军过了四十才学理发。李文军笨手笨脚地理着，前营长在一旁指导，常叫李文军"师长"，于是步入理发店的男人都知道李文军是国军师长，打过日本人。李文军进了沙河街理发店后，来找我大哥下围棋的事就少了。大哥看见李文军便说："文军，送完葬，我们下两局围棋。"

家里有几个星期都十分沉寂，爷爷的遗像挂在客厅里，就没人敢大声喧哗，连三岁的何五一也不敢大声嚷叫。第一个打破家里沉默的还是何秀梅，她又是在洗澡间唱《红梅赞》，没人指责她，也没人附和她。直到热热闹闹的国庆节来了，一家人似乎才从悲伤中走出来一小步。国庆节刚过，十月初的一天，小刘的母亲，脸上打着很厚的粉脂，手里拿块花手帕，很自卑的模样来了。当时一家人刚吃完饭，坐在客厅里歇饭气，她对我们一家人谦卑地一笑，红着脸问："请问谁是何白玉的母亲？"她说得很客气，声音听上去甚至很拘谨，但玉珍十分敏感，一听这话就觉得不对劲，忙起身道："你什么事？"小刘的母亲哭了，抽抽搭搭地说："我女儿怀了何白玉的孩子，肚子有四个月大了，你看这事怎么解决啊？"何白玉这天在厂里没回来。玉珍听完这话，脸又白了，几年前她也为儿子犯忌白过脸，隔了会才说："请你不要哭，等我白玉回来，我再答复你好吗？"小刘的妈抽泣着说："这怎么得了啊？我女儿有什么脸面见人啊？"秀梅很不屑地率先骂白玉说："他是头公猪。"大哥的脸青了，骂声"这个混账东西"，手攥成了拳头。小刘的妈见我们一家人都绷着脸，就收敛起哭声，拿着手帕擦拭眼泪和鼻涕，喝了口李佳端给她的茶。

白玉两头住，他生下来就不是一只好鸟，青山街上那帮小市民的习气把他培养成了懒散、好玩的年轻人。因为不想听上辈人唠叨，他大部分时间住厂集体宿舍。这天傍晚，他倒是回来了，骑着他那辆崭新的凤凰自行车，穿着那个年代比较流行的工作服，胳膊上箍的红袖章上印着红色政权四个字。他一进门，一家人都用审视的目光瞅着这个忤逆的不孝之子。他一脸奇怪，"怎么啦，你们？"他爹怒斥他："你个混账东西，太不像话了。"

何白玉不认为他有什么不像话，"我又哪里不像话了？"他妈说："小刘妈来了，说小刘怀了四个月的孩子，是你的。"何白玉把头一甩，"原来是这事，我还以为天塌下来了呢。"大哥拍下桌子，桌上的茶杯吓得一歪，水泼了一桌，"你这畜生，尽在外面丢何家的脸！"何白玉工人阶级一个，身高一米八六，随便往哪里一站都跟铁塔一般，就雄赳赳的。他谁也不怕地瞅着他爹道："凶什么凶？！你以为还是万恶的旧社会？还想用封建家长作风压人？"大哥暴躁地操起一把椅子要砸儿子。何白玉不费吹灰之力地把他爹举起的椅子抢过去，一屁股坐到椅子上，说："爸，发什么火啊？"大哥气得暴跳如雷地吼道："滚出去！你这不要脸的狗东西！"何白玉一点也不在乎他爹的怒气，说："什么年代了？还在家里搞封建主义？爸，现在正'文化大革命'，到处都'东风吹战鼓擂'呢！"

李雁军正巧这个时候进来，这个老将军乘公共汽车来找我爹下棋，可是沿途公共汽车多次被游行的队伍阻碍，以致李雁军午睡起床时出发，将近傍晚才到。李老将军视力差了，看不见我们一家人正处在生气中，他大声对我们说："街上很多造反派组织在聚会游行，五一广场上聚集着很多人，高呼着口号，高唱革命歌曲，好热闹呵。"

爹没管何白玉，在儿子骂白玉时，他坐在自己房间里没出来，爹说过，隔代的事情他不管。爹见李老将军来了，忙说："秀梅，给李伯伯泡杯茶。"秀梅起身泡茶，李老将军继续说："很多人都在街上向毛主席表忠心，可毛主席在北京，他老人家又怎么能看到这些呵。"白玉大声说："看不到没关系，只要我们的心是向着毛主席，他老人家就会有感应。"李老将军哈哈一笑，"白玉，你没上街游行？"白玉说："刚游完回来。"

浑身是劲的何白玉步入房间，他妈跟进去，白玉看着他妈说："妈，没什么大不了的，我跟小刘说了，等过了老爷爷的百天祭日，就结婚。"玉珍望着她这个一脸无所谓的勇猛的儿子，"白玉啊，你怎么可以这样？"白玉懒得理睬他妈道："我还一脑壳的事。"这个只有初中文化却敢拼敢做、

490

在劳教所获得的唯一收获则是牢友们告诉他的"人不为己，天诛地灭"的何白玉，现在是"红色政权"的宣传部长，他可没时间跟他妈说这些鸡毛蒜皮的事情。他把他妈赶出来，房门一关就绞尽脑汁地写着他将成立的"工人革命军"的纲领。吃晚饭时，他只是随便吃两口，又急急走进房间写。不一会，他的几个年轻同事来了，都戴着"红色政权"的袖章，一来就步入何白玉的房间开会。十一点钟，这伙人才走。次日一早，何白玉出门时，自行车上捆着个行李袋，车龙头上还挂着网袋，网袋里是牙膏牙刷和茶杯等物件。大哥瞟一眼儿子，没开口。玉珍却关心地瞧着她这个目无纲常和法纪的儿子道："你不回来了？"何白玉一脸红光地回答："现在要革命，没时间回来了。"

在大哥眼里，他这个儿子的行为等同于"流氓"，大哥哼一声说："当年你妈生下你时，我怎么没把你掐死？"何白玉听他爸这么说，笑着瞟一眼他爸道："爸，那是你的错啊。"何秀梅看不得侄儿用这种嘲讽的语气同上辈人说话，"白玉，你连大小都没有，你是怎么读书的？老师没教你？"何白玉说："小姑妈，老师教的都是封资修的东西，我都还给老师了。小姑妈，我说你一句，会把你呛死。"何秀梅就恼侄儿这个态度说："你反了？"何白玉冷声道："有个人把到手的面包拱手送给别人，然后又躲在被子里哭。"何秀梅知道侄儿说这话的意思，瞪他一眼，"谁在被子里哭，你说清楚。"何白玉也有气，气他这个姑妈在家里横行霸道，就说："文华叔结婚的那些天，你的眼睛肿得跟红萝卜样，那还不是哭的？"

何秀梅在家里总有点高高在上，从来没人这么说过她，火了，"你不要脸，婚还没结又把小刘的肚子搞大了，你是个流氓！"何白玉瞪圆眼睛，刺他姑妈道："小姑妈，你要做老处女，那是你的事，我的事你没权利管。"何秀梅气得拍下桌子，"翻天了你？""是翻天了，"何白玉举起粗大的拳头，毫不含糊地说，"封建传统、资产阶级和修正主义都是大粪，都是我们工人阶级要用铁拳砸碎的！"

五十五

在如此大的背景和大形势下，我爹那特殊的身份让我们一家人变得十分小心。何秀梅这个单身女人，原先在学校里批评起人来很有何家闺秀风范，是不讲情面的，仿佛是女包公，这会儿却不敢批评人了，因为她时时刻刻都想起她的生父是前国民党中将军长，她如果把自己往运动对象中归纳，那就属于"黑五类"，是要被"七斗八斗"的。当时划定的"黑五类"，是"地、富、反、坏、右"。李佳于"文化大革命"前通过我妈的关系，调进了市卫生局，回来忙把局里发生的事情说给家人听，谁谁谁被揪了出来，原来他是暗藏的国民党特务。谁谁谁，原来是"历史反革命"。大哥属于那个年代里少有的"个体户"，不出门的，出门也只是坐在手摇三轮车上去画写生，没与什么人交谈，便不知道"文化大革命"的旋风已在中国的大地刮得波涛汹涌。但大哥还是很敏感地问李佳："历史反革命是什么意思？"李佳望眼我爹，见爹也等着她回答，她迟疑着说："我们那个科长曾经是国民党，长沙和平解放前夕才投诚的。"爹听了这话，那张苍老、紧张的面孔刷地灰白，连一丝血色都看不到了。爹联想到自己，他不也属于"历史反革命"吗？历史上，他不光参加过国民党，还在三十年代初打过"共匪"呢，活活就是个历史反革命啊。李佳见爹一副可怜相，便说："不晓得像您这种起义的国民党将领是不是也在历史反革命的范围中。"爹的目光变得恍惚和空洞了，犹如两口枯井，迟疑片刻后说："这样看来，我也是历史反革命。"

过了几天，有天天黑时，妈回来，告诉我们她们医院里揪出了好几个反动学术权威，院长便是其中一个，还被定性为在医院里走资本主义道路的走资派。爹更加惶遽，两只耳朵里灌满了让他心悸的坏信息。一天晚上，停电了，一家人坐在葡萄藤下，妈说她们医院里，现在是造反派当权，医院里到处都贴着大字报，铺天盖地，都没人看病了。爹眉弓上拧着不安的疙瘩，说："你们医院没找你麻烦吧？"妈见爹满脸惶悚便安爹的心说："我爸爸妈妈都是革命烈士，医院的造反派都晓得。"

家里，只有何白玉一点也不害怕，反而兴奋异常。他可不管他是"历史反革命"的儿子和孙子这一套，在劳教所里时，牢友们告诉他，"先下手为强，后下手遭殃"，这句话这些天里像条标语样贴在他脑壁上，在他脑海里怂恿他勇往直前。何白玉最开始只是站在岸边看，心里兴奋，边暗中分析局势。"文化大革命"一开始还只是文斗，底层的老百姓还不知道怎么革命，但到了八月份，中央召开八届十一中全会期间，毛泽东写了张大字报，这张大字报的标题是《炮打司令部——我的一张大字报》，这张大字报在全国各地报刊上以头版头条的位置刊登后，不亚于一枚原子弹在全国各地爆炸，大家纷纷议论，既激动又茫然。那几天，何白玉天天读报纸，与厂里的几个和他一样有着革命斗志的年轻同事，一吃过饭就坐在一起研究报纸上的文章，猜测中央的意图。有天，何白玉读到报纸上中央向全国人民发出的《十六条》文件，《十六条》指出"文化大革命"是一场触及人类灵魂的大革命，其任务是斗、批、改等等。何白玉读到要"敢"字当先，要夺"走资派"和"当权派"的权这样的字眼时，眼睛一亮，身上的热血就沸腾起来。"我懂了，"他对他的几个工友说。他的几个工友谨慎地看着在他们眼里胆识过人的他，他大声说："让我考虑两天。"

先一个星期，当他看到他很尊敬的平常很威严的刘厂长，被红色政权的人从床上拎起来时那么老实，头低到腰上去了，要他跪就跪，要他说自己是走资派他就说"我是走资派"，就是那天，何白玉心里那棵威严的大树倒了，发出轰然的悲鸣声，并腾起一片让他蔑视一切的白雾。当他看到厂政工科尹科长，一个知道他有一个副省长叔爷爷，曾经讨好他并经常拉他上家里吃饭，让他一眼就看出这人心术不正因而根本看不上眼的人，如今俨然成了厂领导，在厂职工大会上谩骂这个批评那个，他脑海里的最后一根道德神经也绷断了。"我操他妈的，"他骂道，"原来革命没点巧，就是你革命，老子比你更革命就能当头！"

何白玉有伟岸的身坯和端正的五官，还有粗壮的喉咙和宽大的前额及聪慧的脑袋，这颗脑袋想问题属于进攻型，"先下手为强"这句话在他脑海里同关在铁笼里的豹子样上蹿下跳。他向他的几个铁杆说"让我考虑两天"后的第三天傍晚，打完球，他把头靠在篮球架上，笑着说："我们自己成立个造反组织，你们敢跟着我干不？"那几个铁杆望着他，何白玉天生就知道这个时候他该说什么话，他大器地说："以后，万一有责任追究下来，一切都由我何白玉承担。"他的几个铁杆工友听他这么表白，就觉得没有不跟着干的道理，立即兴奋地响应道："那我们跟着你干。"

何白玉不是那种只说不干的人，他认为是机会就要抓牢，错过就没有了。他带领几个都想出头因而跟着他跑的年轻工人，毅然从"红色政权"里脱离出来，成立了一个他自己命名的"工人革命军"，他自己当司令，在厂里张贴了成立宣言，宣言称：他们是新中国的新工人，是坚定不移地站在毛主席这边的，是要把一切"封资修"的东西和当权派、走资派通通批倒批臭的最最革命的左派。在宣言一旁，他还张贴一张大字报，攻击尹科长是"假革命，是借革命的幌子达到他个人目的的坏人，不属于工人阶级，不配革命"。为使厂里众多不明真相的群众站到他这边来，他在大字报上写道："据我们的可靠调查，姓尹的母亲在旧社会是妓院老鸨，父亲在旧社会是黑帮成员，这样的人应该从革命的队伍里清除出去"等等。这张大字报是何白玉和他的铁杆们于那个晚上坐在青山街三号何白玉的房间里精心策划和共同创作的，其目的就是把尹科长手中的"权"夺过来。

这张攻击尹科长的大字报，在农业机械厂引发轩然大波，仿佛一阵黑旋风，把全厂职工的脑袋都吹晕了。一些年轻工人认为这张大字报写得对，就站在工人革命军这边，他们也跟何白玉一样不喜欢尹科长。尹科长身材瘦矮，一张鼠脸，说话时目光乱射，根本不配站在厂礼堂的主席台上讲话。尹科长十分震怒，马上在全厂大会上说："何白玉有什么资格揭我的老底？何况我妈不是妓院老鸨，我父亲在旧社会也不是黑帮成员，完完全全是个出卖劳动力的人力车夫，大家可以去调查！何白玉呢？"他提高声音，眼光凶狠地看着台下的职工，"他爷爷的双手沾满了人民的鲜血，你们想想，一个前国民党中将军长，都当军长了，可以想象他爷爷手上有多少革命烈士的血债！"何白玉一点也不怕这种反攻，他带着几个"工人革命军"的铁杆冲上台，夺下尹科长手中的话筒，把一块写着"打倒当权派尹安国"的马粪纸板强行挂到尹科长的脖子上，大喝一声道："站好！"那声音跟打雷样轰隆隆地在厂礼堂上空奔跑，"当权派尹安国，在我们工人阶级面前老实点！"他厉声道。

会场下一片哗然，一时不知道谁对谁错，刚才还在主持大会，在大会上振振有词的尹安国，突然就成了当权派，被何白玉大声喝斥，这让到会的人既兴奋又茫然。何白玉对着话筒道："工人兄弟们，他尹安国算个什么东西？也配在大会上张开臭嘴说话？他说的是人话吗？我爷爷是国民党起义将领，我的两个亲叔爷爷何金林、何金石，都参加过伟大领袖毛主席领导的红军长征，打过日本鬼子，打过国民党蒋匪帮，打过美国鬼子，我亲叔爷爷何金石就牺牲在朝鲜战场上，牺牲时是中国人民志愿军军长（他把'副'字省略了），我们家的门上钉了块白漆红字的牌子：烈士军属。不信，你们都可以去我们家看！另外，我的大叔爷爷何金江和大叔奶奶王嫦娥，都牺牲在赣南革命根据地！我大叔爷爷牺牲时是红军团长。还有我老外公、老外婆，也就是我奶奶的父母，还在一九二七年就为革命牺牲了，我老外公当时是工人纠察队队长，被国民党反动派杀害在宝南街。我一家革命烈士就出了五人！他尹安国算什么玩艺？一个妓院老鸨的儿子，也配领导我们厂的'文化大革命'？！把尹安国押下去！"他的几个铁杆就很不客气地把尹安国推推搡搡地押下台。

当年很多前国民党官员的子女在"文化大革命"中，都夹着尾巴做人，生怕革命造反派把他们捆绑起来抽打，因而在"运动"面前满脸惊惧。何白玉反其道而行之，因为他有死去了整整五十年的与他毫无关系的我外公、外婆和牺牲了整整十五年的他的叔爷爷何金石及不知死在何处的大叔爷爷何金江、大叔奶奶王嫦娥的保佑，于是他把农业机械厂的领导权篡到手了。何白玉那伟岸的身躯迈上舞台时，那双四十五码的大脚踏得地板噔噔噔响，站在厂礼堂的舞台上说话时，又声若洪钟，这让全厂的职工宁可要他领导，也不想被贼眉鼠眼的尹科长领导。不几天，红色政权的人纷纷倒戈，向何白玉表示要参加他的工人革命军，何白玉就伸出他结实有力的大手，握着对方的手，用同志加兄弟的语气说："欢迎你加入。"不到一个月，工人革命军从几十人变成几百人，是厂里四个主要造反组织里最雄厚的造反派组织。又不久，从前依附着"红色政权"的厂里另一个造反派组织彻底瓦解了，纷纷拥进"工人革命军"总部，戴上了"工人革命军"的袖章。

何白玉非常高兴，因为他的"队伍"从五百人变成了七百人，便带着这些被他吸引过来、愿意跟着他上街游行的队伍，打着红旗、举着横幅，上街游行。那天是五一国际劳动节，街上有很多支游行队伍，敲锣打鼓的，何白玉带领这支声势浩大的队伍参加完庆祝五一劳动节的游行，随后把这支热闹的队伍带进了青山街。

青山街是一条小街，实在不配有游行队伍进入，突然口号声不绝于耳，人声鼎沸，大家都走出来看，就看见了精神抖擞的何白玉。他的队伍打着很大的横幅，横幅上印着"工人革命军"，下面右边一行小字，写着：农业机械厂。何白玉走在最前面，胸前挂着硕大的毛主席像章，脸上的笑容是自信、热情和大权在握的，一看就是当头的。队伍走到青山街三号，停住，何白玉让他厂里的每一个人瞻仰门上的"烈士军属"牌。这块牌子的白漆有点剥落，剥落出了一双"眼睛"，黑黑的，那是锈。"烈士军属"四个字的下面也锈出了一个嘴形，只是这锈嘴有点歪。何白玉指着"烈士军属"牌说："我没说假话吧？"

　　玉珍不知外面发生了什么事，见门外这么多人吵吵闹闹，以为是来揪公公的，就畏首畏尾地探出头看，当然就看见了咧嘴笑着的何白玉。何白玉看见母亲，说："妈，我带着我们工人革命军来参观烈士军属。你就是烈士军属呢。"他对围着他的人说："弟兄们，她是革命烈士的侄媳妇，我妈。"何秀梅和李佳紧张得要死，都在想躲到哪里去，见是何白玉，都吃惊地走出来看这个侄儿捣什么蛋。何白玉指着何秀梅，对他的工友大声说："这个人是我小姑妈，她是烈士的直系亲属，革命烈士是她亲叔叔。"李佳没有把握地问："白玉，原来你是带他们来参观呀。"何白玉笑道："婶婶，我是带他们来参观烈士军属。"他身边的弟兄都景仰地昂着脸，神色端庄，有个弟兄伸出手摸"烈士军属"牌。何白玉喝止道："别摸，你这双脏手也配摸革命烈士的脸？我们走。"他带着他的工人革命军朝前走去，一路浩浩荡荡地走出了狭窄的青山街。

　　奇怪的是，我们何家第一个倒霉的还不是我爹，而是省委常委、副省长何金林——一个被我们家视为靠山的老革命。他是跟着国家主席刘少奇一起倒的。刘少奇当时是中华人民共和国主席，第二号人物。"文化大革命"开始时，大家还摸不清方向，以为中央只是要"破四旧"和打击传统文化在城市下层和农村的旧势力，谁都不知道"文化大革命"的矛头是直指向刘少奇。这年三月，《红旗》杂志第五期发表戚本禹的《爱国主义还是卖国主义？》等一系列文章，集中火力抨击国家主席刘少奇，诬蔑刘少奇是"假革命""反革命"。

　　我二叔于这片狂澜中倒下了。我二叔犯了李雁军为彭德怀说话的类似错误，二叔革命几十年，已经革得觉悟相当高了，也相当成熟了，开会或向上级部门汇报工作，说话前都要掂量一番，该说的就说，不该说的就咽下喉咙。但他还是不能接受刘少奇是"假革命"的结论。省里批判刘少奇的错误时，我二叔在会上闷声不语，轮到要他表态时，他觉得身为共产党员应该说真话。他严肃着脸说："四十多年前，湖南还在旧军阀赵恒惕的控制中，那时我在湖南大学读书，是学生会的共产党员，那时我就认识刘少奇，刘少奇同志那时与后来被国民党反动派杀害的郭亮同志和夏明翰同志，领导着湖南工人罢工，对革命有很多贡献。"他觉得这还不够，又继续为刘少奇说话："后来在东北，我们在一起工作，平心而论，我很佩服刘少奇同志的工作魄力和领导才能！报纸上那篇文章我仔细读了，说刘少奇同志是修正主义分子，是假革命、反革命。我看那是胡说八道。"

就跟李雁军在军区会上的发言被记录了样，我二叔的一腔肺腑之言也被记录了，这份记录一送到中央，我二叔就被中央文革领导小组的人下令，撤销何金林湖南省委常委、副省长的职务，隔离突击审查。我二叔十几岁就立志要推翻旧中国，建立一个新中国，革命四十多年，到头来只因几句想不通的话就被关进了"黑屋子"，把他定为刘少奇在湖南走资本主义道路的"走狗"。造反派的人做了块很大的牌子，写着"打倒走资本主义道路的走资派，刘少奇的忠实走狗何金林！！！"把我二叔揪到省委大礼堂批斗。

爹唉声叹气地回到家，对我们说："我们家的靠山倒了。""文化大革命"伊始，我们一家人都在想家里有个副省长罩着，即使倒霉也不会倒霉到哪里去，没想"靠山"先坍塌，这让全家人十分惶恐。那段时间，长沙经常停电，电厂的工人都上街游行去了，没时间发电，于是一到晚上，一家人就坐在黑暗中说话。有天晚上，爹透过葡萄藤，看着幽深莫测的上苍，对我说："你明天去看一下陕北。安慰下他，告诉他不要急，现在表面上看上去很乱，其实权力都在中央。"我觉得爹尽管目光浑浊，但眼力很好，并没出现思维混乱的局面。

第二天是星期天，我一早爬起床，赶到二叔家时，造反派正在我二叔家搜查，一些人正凶神恶煞地翻箱倒柜，陕北和他老婆及儿子都脸色苍白地站在房中央。二婶坐在沙发上。何陕北没跟我打招呼——这个在我们家族里一直很骄傲的何陕北，很不乐意这一幕被我瞧见。我也不是有意要来看险，我一走进来就意识到今天实在不该来。二婶也没跟我打招呼。造反派的人都穿着假军装，脸上的表情都相当严肃，其中一个问我："你是什么人？"我说："我是他家亲戚。"另一个造反派板着脸问："你是干什么的？"我说："我是大学老师。"那些造反派已经翻查了很一阵，拿了些文件，走时很凶地对我二婶说："限你们这个星期搬到那边的平房里去。"造反派走后，二婶的身体就歪到了地上，脸色很灰暗。陕北忙拿治心脏病的药给他妈服下，把他妈抱进卧室躺下，阴着脸走出来，还是不跟我说话。

我帮陕北夫妇收拾东西，东西丢得到处都是，收拾了个多小时才罢手。我坐下，看着这个在北方长大的、长相更像母亲的堂弟，把我爹分析当今局势的话带给他道："陕北，这个时候，你最要冷静。"陕北攥着拳头，红着一双充血的眼睛注视前方，前面的正墙上是一张毛主席像。因为父亲被打倒，他副厂长的帽子也被厂里的造反派摘了。早两个星期，厂里的造反派在批斗厂里的老干部时，把他也揪到台上批斗，并对他说："何陕北，你要跟你那个走资本主义道路的父亲划清界限，站到毛主席这边来，否则，你只有死路一条。"何陕北心里很寒，脸上一片冰冷的恨，像山顶上的积雪，渗着寒意。"他妈的，我们厂的那些人以为我好欺负，我会要他们好看的。"他说，把脸转向我，眼睛里射出逼人的冷光，"老子也晓得闹！现在的革命又不是打仗，又不要提着脑袋，老子怕卵！"

何陕北说了句很地道的长沙痞话，可见他骨子里蓄着一股湖南人的狠劲，就像树林里藏着一只老虎。他的儿子何昌盛在客厅里跟跄着走来走去，稚嫩的小脸上一片天真，不知道他家已发生翻天覆地的变化。儿子走到父亲面前对父亲"哦"了声，何陕北没理儿子，他的目光里甚至都没有儿子，尽管他盯着儿子，但他的目光是空的，越过儿子，还越过他不愿意看见的此时此刻。他的眼睛盯着未来，未来在他眼眸里是一幅人声鼎沸的画面，他看到自己坐在主席台上，台下黑压压的群众都望着他。他突然拍下扶手道："老子英雄儿好汉，这话说得很对。"他脸色坚定，目光突然变得很凶很窄很尖，犹如两把刀子刺向前面。我不由得低下头，以免被他射来的锋利的目光刺伤。我和陕北不是在一种环境中长大，我们看问题和想问题的方式就不一样，我深感爹让我带给他的话他一句也没听进去。何陕北又说："我们厂里，一些人见我爸倒了，就在背后笑我，我会要他们笑的！"

五十六

次日中午，我二婶炒碗二叔爱吃的红烧肉，特意赶了一半到饭盒里，用塑料袋拎着，对陕北说："你把这碗红烧肉送给你爸吃，增加点营养。"何陕北奉母命去了，还在老远，他就看见关着他父亲的那栋大楼前、有几个胳膊上戴着袖章的造反派站在门前说话，其中一个为头的他认识。他犹豫了下，还是硬着头皮向那栋楼走去。楼里关着他父亲和另几名干部。何陕北阴着脸要往楼里走。有人叫住他，那人是省委搞保卫的，是个转业军人，认识何陕北，"你不能见你父亲。"何陕北压抑着一腔怒火说："我爸爸绝对是热爱毛主席的。"那人冷嘲热讽道："他是热爱大叛徒大工贼刘少奇吧？"何陕北遭到那人的揶揄后，恨不得冲上去掐住那人的脖子将他活活掐死，但他克制了，晃晃手中的饭盒，表示是送饭给父亲吃。那人说："我们要检查。"这个身上流着反叛血液的何陕北，这个生活在优越环境中的何陕北，平时是何等高傲？！他抬手揎开阻挡他的那人，"你算什么东西？！我爸提着脑袋革命时你还没出生呢。"转业军人在造反派里是个小领导，小领导尖吼道："哎呀，你这狗崽子还敢打革命造反派啊？反了你了？"转业军人一吼，几个造反派就把何陕北围住，夺去饭盒，将饭盒打开，扔在地上，于是地上就一地的饭粒、白菜和红烧肉。何陕北的脑袋嗡地一响，仿佛有枚手榴弹在他脑海里爆炸，把脑袋里能控制感情的那几根神经炸断了，他猛地给那个将他的饭盒掷到地上的人当胸一拳。"老子打死你！"他咆哮道。这可不是陕北话，而是恶狠狠的长沙话，他已经是彻头彻尾的长沙人了。

造反派们对这个狗崽子当然就群起而攻之，你一拳我一脚，其中一个造反派一棒敲在他的脑袋上，将何陕北打得眼睛里飙出一串火花，一头栽在地上。他们把何陕北拖进一间潮湿的房子，锁了门。何陕北捂着被那一棒打得又痛又肿的头，爬起身，打量房子，房子有铁护窗，是很粗的螺纹钢，他试着扳了下，纹丝不动。他心里很慌，捶门，一造反派把门打开，猛踢他肚子一脚，凶道："你这狗崽子老实点。"他感到孤单、无助和羞愧，直到这个时候他内心才很痛地承认，原来他优越的生活和高高在上的地位都是父亲给的，父亲一倒，他什么都不是了，他再撒何公子脾气，人家就可以打他，关他，甚至将他勒死了。

何陕北被关了一个星期，那个星期他们故意饿他，还不给他水喝，逗他用乞求的目光东张西望，耍他、玩他，要他叫叔叔才肯给他一碗老鼠吃过的馊饭或半口水喝。他们说："不饿饿你，你这狗崽子不晓得厉害！"他们说："你个狗崽子，叫叔叔，叔叔就给你水喝。"他们说："你以为你父亲还是副省长？是个老混蛋。"

何陕北的自尊心被戳到了底谷，忽然有一天，他感觉就这么被这些人玩死太不值了，便放下尊严讨水喝。他深感一个人的力量太单薄，无法改变这种被人钳制和玩耍的命运。他想起白玉，他曾看见白玉带着一群造反派在街上游行，颇为威风，就想他一定要找何白玉，问问他是怎么把人聚拢在身边的。二婶那年刚好退休，无需上班，就每天找造反派要儿子，一个星期后，造反派把何陕北放了。二婶见儿子灰头灰脑的，瘦了一身肉，眼泪都流了出来。陕北却对母亲说："妈，别在这里显丑。"母子俩回到家，二婶下厨做饭，陕北洗了个澡，吃完饭，对母亲说："我去理个发。"他走进理发室剪了个平头，随后他决定去侄儿那里取经，便大步向农业机械厂迈去。天黑下来时，他在农业机械厂找到了何白玉。

多少年里，何陕北那骚动、火热和沸腾的血液总是想让他干点出格的事，以示自身价值的存在，但他的父亲总是压着他，喝令他"你跟我老实点"。何陕北这一生里如果怕谁，就是怕他那个十几岁就开始革命的不苟言笑的父亲。这会儿，父亲被造反派关起来了，家里没人训斥他了，他体内那个想闹事的他就跟冻僵且冬眠的蝮蛇一样，惊蛰那天被一声春雷炸醒了，于是他如一只出笼的老虎样冲了出去。何陕北打听到何白玉正同几个人在厂外一家饮食店喝酒，就绷着面孔找来了。何白玉有点惊讶，因为在他眼里这个高干子弟的堂叔是不把他放在眼里的。何白玉丢下朋友，领着陕北步入家，小刘正坐在床上奶女孩，女孩才几个月大。白玉让陕北坐，陕北觉得这间狭小的房子实在不配他坐下来向堂侄儿取经，就提议："我们出去说话吧。"何白玉也觉得这间房子小了点，便说"也好"，拿了烟，领着陕北走到厂生活区的篮球场上，就着空旷的看台坐下。天上一天的星星，还有一条银河横在他们头上。何白玉抽口烟说："叔叔，什么事？"陕北放下叔叔的架子，一脸请教地问："白玉，我想要你谈谈你是怎么当上你们厂'工人革命军'的司令的。"

何白玉大笑，忙绘声绘色地说了他在厂里干的一切，陕北听得很兴奋。白玉开导陕北道："叔叔，你爸是老革命，比起我那个历史反革命的爸和爷爷来说，那是天上的星星。我都敢闹，你怕卵？"白玉把手一挥，"我告诉你，我们有个钉在门上的'烈士军属'，他们有吗？这就是我们的资本。"何陕北连连点头，白玉看着他这个堂叔，把烟蒂揿灭，继续启发陕北说："叔叔，要当头就要敢担担子，自古如此。很多人其实胆子很小，并没有表面上那么勇敢，他们既想闹个天翻地覆又怕以后被追究责任，这就是群众。群众是柴火，一点就着。你只要表现出敢于挑担子的样子，我保准你们厂会有很多人听你的。"

叔侄俩在农业机械厂的篮球场上坐了很久，直到午夜，厂里的灯光一盏盏黑了，两包烟都抽完了，才分手。可以说，这个很平常的夜晚改变了何陕北的人生轨迹！第二天，何陕北去厂里，厂高音喇叭整天广播着全国各地的革命形势，这让他握紧了兴奋的拳头。何陕北在厂里是最年轻的副厂长，厂里的一大帮年轻人一直敬重他，他父亲倒台，厂里的这帮年轻人又同情他。大家都晓得他父亲是七级干部，是高干中的高干，当然就觉得他倒大霉了。何陕北不像何白玉那么爱打篮球，但他喜欢看厂里的篮球比赛。厂里那些喜欢运动的年轻人便觉得厂领导里，何厂长最没架子，跟他们年龄也接近，看见他就对他笑。

　　这天，厂里一大群年轻人正在篮球场上打比赛，何陕北就走到篮球场旁看比赛。一些打球的年轻人看见他就问："听说你被打了？"何陕北想他被打的事都传到厂里来了，可见他们是关心他的，就吐口痰，淡淡道："被龟孙子打了。"厂里的年轻人见他们副厂长的额头上还有瘀血没散，眼睛周围还有青色，就讲义气道："要我们替你打回来吗，何副厂长？"那个年代的青工，头脑都比较简单，又充满革命激情，动不动都是喊打，似乎拳头比真理更有力、更能说明问题。何陕北昨晚在何白玉身上取了经，这会儿这几个爱打篮球、身上有力气却无处发泄的年轻人又如此轻狂、好斗，这正中他的下怀！他转转眼睛，用狠话激励他们道："我觉得我们要成立一个属于自己的造反派组织，不能只听命于别人。"打球的年轻人都望着他，他继续道："毛主席说，年轻人是最具造反精神和最具革命性的！"毛主席并没这么说，这是他临时编的，用来煽动打球的年轻人。那些打球的年轻人见他一脸好强、面无惧色，就彼此看着。何陕北冷着脸说："我们要把权力从那些造反派手上夺过来！毛主席教导我们：枪杆子里面出政权。"

　　何陕北跟他父亲一样，有号召力，会笼络人。何陕北晓得这些年轻人有些犹豫，因为他父亲被打成刘少奇黑线上的人物，他们只是同情他而待他好。他大气的样子一笑，学侄儿的，搬出他的烈士叔叔道："我有一个亲伯伯和一个亲叔叔是革命烈士！知道吗？革命烈士！你们有吗？"他的话吸引了那些爱打篮球的年轻人的眼球，那些没经历过战争的年轻人都对革命烈士相当崇敬，觉得今天无忧无虑的快乐生活就是他们用生命换来的。陕北扫一眼他们，接着说："我爸爸的亲哥哥何金江，还在三十年代就牺牲在江西的革命根据地。这是组织上调查后告诉我爸的。我爸的亲弟弟何金石，跟着伟大领袖毛主席长征，打过日本鬼子、打过蒋介石反动派、打过美帝国主义，牺牲时是中国人民志愿军军长。"他也把"副"字省了，因为副字的分量轻了点，"我爸虽然是刘少奇黑线上的，但那是我爸。我是烈士将军的亲侄儿，我什么人都不怕，什么担子都敢担！我要造他们的反！"

何陕北是个骄傲的人，门第那么高，在延安长大的他，大人物实在见得多，就不是个爱把家史挂在嘴里说的人。他的同事们真不知道他还有两个为中国革命牺牲的伯伯和叔叔，此刻，他们知道了，很振奋，觉得何陕北可以成为他们的领袖，就有人一拍胸脯，表态道："你说我们成立一个什么组织，你拿主意给我们。"何陕北来之前就想好了名字，"我们的组织叫'红旗军'怎么样？"他的同事都举双手赞成说："这个名字很响亮。"

后来在长沙市名声很大的红旗军就是这样成立的。何陕北自任司令，下设武装部、宣传部和组织部。他们把红旗军的宣言一贴，在操场上搞了个声势浩大的红旗军成立大会，何陕北着一身草绿色军装，胸前戴着毛主席像章，站在讲台上一讲完话，就带着他的一大帮弟兄冲进厂部，勒令掌管着全厂大印的人交出权力。第二件事，就是把厂里那些不听话的干部和说怪话的人统统当牛鬼蛇神关起来，让他们写交代材料，不写就毫不客气地把他们摁在食堂前批斗，或揪到街上游斗。这样弄了两个回合，那些不服的人就低眉顺眼地成了附和者。第三件事就是联合何白玉掌握的工人革命军，和另外几家工厂的造反组织，冲撞省军区，抢夺了军区的很多枪支弹药，打伤好几个守卫弹药库的解放军战士，接着他们就充满激情地攻打省委，省委当时驻扎着一个连的解放军，维护着省委的正常秩序。

大人物见得多的何陕北是个青出于蓝胜于蓝的野心家，这野心是他父亲给的，血液里带给他的。B厂那块地盘不足以满足他的野心，他把侄儿约到德园吃包子，撺掇侄儿同他干一件惊天动地的大事，以显示他们叔侄俩是真正敢说敢干的革命派。何白玉就去联系其他厂的造反派，约好星期三一起向省委出发，揪斗省委领导，夺他们手中的权。这天，何陕北和何白玉各率领几千造反派包围了省委大院，解放军荷枪实弹地对着他们，他们也荷枪实弹地对着解放军。何陕北既兴奋，又紧张，他亲临指挥，对着广播喊："解放军同志们，我们是中央文革支持的造反派组织！伟大领袖毛主席的夫人，江青同志昨天亲自打电话来，说'支持你们的革命行动'。"何陕北其实没跟江青同志通电话，但他撒谎的本领是天生的，无须打草稿，又编道："我们是奉江青同志的命令，来揪斗湖南省的走资派，希望解放军同志分清黑白。"解放军战士犯难了，他们一听何陕北在广播里提到毛主席，又提到江青同志，就觉得这事儿十分棘手。他们不知道这是何陕北临时编的，为的就是诓骗解放军。何陕北在广播里叫嚷："解放军同志们，请你们让开。"解放军连长忙打电话请示省军区，省军区首长也弄不明情况，连长就下令撤岗，于是红旗军和工人革命军便浩浩荡荡地冲进省委大院。何陕北熟悉省委大院的布局，率领红旗军直奔办公楼，把正在会议室里开会的省委的造反派统统抓了。他神气地说："都给我老实点！"

省委的造反派都哑了，一时不清楚何陕北是何方神圣，竟敢冲进省委揪人！何陕北脸上挂着冷笑，对他的弟兄说："把牌子都拿来。"牌子早做好了，都有名有姓，写着"坚决打倒走资派某某"，或"坚决打倒阴谋家、野心家某某"。何陕北亲手给他们挂牌，跟授勋样，有个人不同意挂"资产阶级的孝子贤孙"，反对说："造反派同志，这不是我，我不是资产阶级的孝子贤孙，你们搞错了。"何陕北使个眼色，B厂的两名工人冲上去，给那人当胸一拳，喝道："老实点！"何白玉大步走来，蔑视道："我们工人阶级都是大老粗，不跟你们这些走资派来文的，都跟我出去，排好队，游街去。"

何陕北、何白玉叔侄俩带着众多人把省里的头头脑脑押到坪上，何陕北附在何白玉的耳朵上说："我去救我爸，你先让他们站在这里挨批斗。"何白玉笑起来，"去吧，这些事我最拿手了。"何陕北在何白玉的肩膀上捏了下，带着他的红旗军弟兄来到关着他父亲的房前，门前有一个人守着，是个二十多岁的年轻人，也是曾经殴打过何陕北的人。他一见何陕北那种威风凛凛的架势，就吓得腿打颤，何陕北盯他一眼，他手中的半截烟就掉到了地上。何陕北一拳打在那人脸上，那人惊恐地叫声"哎哟"，何陕北又踢他肚子一脚，喝令道："开门。"那人生怕何陕北再打他，哆嗦着打开门，转身想跑，何陕北头也不回地冷着脸对部下说："把他拖到外面狠狠地揍一顿。"

我二叔何金林听到说话声，挣扎着坐起，脸色灰暗地看着儿子领着一伙人进来。他不解地说："陕北，你来做什么？"何陕北脸上呈现一丝在他父亲面前从来不曾有过的冷傲，"爸，我来救您出去。"革命了一辈子的何金林，没想到到头来居然要被儿子解救！他没动，绷着脸说："你这是胡闹啊。"何陕北见他爸瘦了，面色如墙，目光灰暗，就同情地望着父亲说："爸，你自由了。走吧。"何金林瞪眼儿子，"陕北，我的问题组织上会搞清楚，你听爸的，不要胡来。"何陕北觉得父亲的胆子比麻雀的胆子还小，不像个革命者，说："爸，我现在是红旗军司令，我们红旗军可以保护您。"何金林断然道："我不要你们保护，你走吧，我不会跟你们走。"何陕北没想到他父亲这么不识好歹，他非常失望，为了这一天，他简直动用了一生的力量。他没有时间跟父亲磨嘴皮，外面还有一大堆事和一大堆人等着他处理，他怜悯父亲道："爸，门是敞开的，出不出去都由你。"何陕北觉得自己对父亲已经仁至义尽，就走出楼，他的部下已把那个看守他父亲的人打得不省人事，他随口说的一句话立即被部下执行得如此坚决、彻底，他暗暗高兴，手一挥，领着众人向前走去。

那几天中的一天，中国第一颗氢弹在西部上空爆炸成功。长沙市各单位组织群众游行，热烈庆祝氢弹爆炸成功。那段时间，何陕北偷偷读了希特勒的《我的奋斗》，就觉得什么事情都事在人为。在他眼里"文革"是乱世，别人揪斗他父亲，他就揪斗别人的父亲。红旗军是他的亲兵，何白玉的工人革命军也听他调遣，他手一指，工人弟兄们就跟着他冲锋。他都没想到自己会有这么大的能量和号召力！上个星期一，他路过原中苏友好馆，见这处楼房不错，便对红旗军的弟兄说："我们可以把司令部设在这里。"他的弟兄用不着他说第二遍，马上组织了几百人，在长沙街头发动了一场真枪实弹的战争，子弹飞来飞去，硬把中苏友好馆打了下来。那天才叫过瘾，原来世界上的人都怕死，机枪一扫射，个个抱头鼠窜，不到一分钟，街上就空了。那些驻守中苏友好馆的人，在他们威猛地进攻下，举起了白旗。他和何白玉大摇大摆地走进中苏友好馆，把里面的人统统赶了出去。他把中苏友好馆变成"司令部"，他睡最宽敞的房子，在那间房子里挂了幅毛主席戴八角帽的巨幅像，他就坐在毛主席像前接见部下，部署新的战斗任务。一天，他午睡醒来，对来找他的何白玉说："'文化大革命'应该早点来。早点来，我们就可以早点干。"何白玉咧嘴笑，"叔叔，现在也不晚啊。"何陕北一屁股坐到沙发上，何白玉把腿架到另张椅子上。何陕北穿着草绿色军装，腰间系一根宽宽的牛皮带，牛皮带上挂着枪套，枪套里插一把五四式手枪。他递支大前门香烟给何白玉说："我想把红旗军发展成全省最大的造反派组织。"何白玉说："叔叔，你野心不小啊。"何陕北更正侄儿的话说："这叫雄心，人要有雄心壮志。"何白玉笑笑。

何陕北位置高，志向自然比何白玉大。叔侄俩下象棋，何白玉最多能看出对手走出某步棋之后的下两步棋，而何陕北却能看出三步或四步棋之后的结果。区别就是何陕北比何白玉看得远。何陕北不甘心只在厂里当老大，他想把他的威力散播到社会上去。他天生就是将才，煽动力大、欺骗性强，威力和凝聚力很快都凸显出来。红旗军在他不断的努力下成了一支锐不可当的造反派组织，要人有人，要枪有枪。他每次出门都被荷枪实弹的警卫们前呼后拥，他还没下车，警卫们就纷纷跳下车，把他围在中间。他想去哪里吃饭，警卫们会先走进饭店清场，驱赶开一些吃饭的人，护卫他吃饭。

有天，他乘着北京吉普经过五一路，看见另一帮造反派正揪着我爹等人游斗，我爹走在前面，胸前挂块马粪纸板，板子上白纸黑字地写着"打倒历史反革命、反动军阀何金山！！！"何金山的名字上还打把红叉，像要押赴刑场枪决似的。何陕北对他的警卫说："何金山的两个亲弟弟都是革命烈士，怎么可以批斗革命烈士的亲哥哥？笑话。"不用他多说话，他的两个警卫跳下车，对后面车上的人说："弟兄们，我们把何金山保护起来。"后面是一车荷枪实弹的红旗军弟兄，都是那个年代里的猛男。他们纷纷跳下车，虎着脸，把游行的队伍冲撞得稀里哗啦，把我爹抢了出来。那些抓我爹等人批斗的造反派们十分气愤，他们还从没遭遇过抢劫"历史反革命"的事件！就有人冲上来质问："你们是哪单位的？怎么可以抢我们批斗的历史反革命分子？"红旗军的弟兄可不买账，说："抢你们的人又怎么啦？"那些造反派大多是省政府和省政协的一般干部，等同于秀才，秀才们说："抢我们批斗的人就不对。"红旗军的弟兄说："我们不对又怎么啦？这个何金山我们要了。"红旗军的弟兄把挂在我爹脖子上的牌子摘下、扔掉，带我爹到吉普车前，何陕北打开车门大笑，"伯伯，是我。"

爹一看见是何陕北，就又要回到游斗的队伍里去。爹说："陕北，不可以这样。我是历史反革命，批斗我是应该的。"何陕北想不明白我爹这样的窝囊废是怎么打日军的，就瞧不起我爹道："伯伯，你们这辈人怎么这么怕事？我爸是这样，您也是这样，真不知道您当年是怎么打日本人的？！上车吧，没事。"爹迟疑着，回头看省政协的造反派，还想退回去，却被何陕北的警卫推上了车。

此刻是上午十点钟,何陕北才起床,要去德园吃包子。何陕北还没下车,红旗军的弟兄就在德园前跳下车,走进去,把正吃包子的人统统赶开,围个圈,还门前门后站了两排,端着枪,虎视眈眈地注视着行人。待这几项清除工作完毕,何陕北才一身草绿色军装地下车,神气地拉着我爹步入德园。德园是长沙有名的包点店。何陕北坐下,对我爹一笑说:"'文化大革命'就是好,好就好在大家都可以革走资派的命。伯伯,要侄儿看,您幸亏没掌实权。"我爹点头道:"就是。"包子上来了,一个很漂亮的女营业员端着一只白盘子,搁着满满一堆包子,笑道:"何司令,请吃包子。"何陕北拿一个给我爹,这才自己拿着包子吃。一旁护卫着何陕北的年轻警卫就看着何陕北和我爹吃包子。爹说:"陕北,你比我当年当军长时还威风。"何陕北哈哈一笑,"那你那军长当得窝囊啊。"

五十七

爹被红旗军"扣留"了一个月,回来后,唉声叹气的。那一年,长沙武斗很厉害,到处都有"打、砸、抢"的流血事件发生。游行的造反派队伍站在卡车上公然鸣枪,机枪对着天空扫射,哒哒哒哒哒,枪口喷着火焰,吓得市民惊惶失措。社会太乱了,老师们也被革命的热情点燃,唯恐落后,都去造反了。学校停课了。何国庆和何五一就整天在家或街上玩,因为何五一有一个爷爷是国民党反动军阀,街上的孩子都晓得,就在自创的游戏中欺负他,常把他打得鼻青脸肿。有天,何五一哇哇哇哭着回家,鼻子淌着血,嘴唇肿得像猪嘴巴。李佳就十分心疼,问:"谁把你打成这样?"何五一还实在太小,哇哇哇说了半天,也没说清楚是谁把他打成这样。奶奶把五一拉到身前,拿湿毛巾擦拭五一脸上的伤痛,说:"你以后不要出去玩,那些孩子在想着法子欺负你，懂吗？"但没过两天，五一又跑出去玩，又被别的孩子打得青一块紫一块地哇哇哭着回家，照样说不清是谁把他打成这样子。不但五一被一些孩子打，比五一大几岁的国庆，也被比他大一点的孩子打得鼻子流血。那些孩子出手一点也不含糊，打架时目光很凶，铆足了劲，把何国庆当国民党打。李佳心疼道："国庆，外面的孩子都很恶，你不要出去玩，在家跟你大伯学画画。"

国庆哪里在家呆得住，过了一星期，他又跑出去玩，跟街上的孩子玩玻璃弹子。那种蹲在地上用大拇指甲抵弹玻璃弹子的游戏，在那个生活物质极度匮乏的年代，男孩子们玩起来总是乐此不疲。那天，国庆跟两个孩子玩玻璃弹子，末了，两个孩子见国庆的玻璃弹子里夹着兰花，就不给国庆了。国庆便抓着那个不还他弹子的男孩，男孩企图甩脱国庆，国庆却牢牢地抓着男孩的衣服，男孩就用手抵着国庆的喉咙说："你这反动军阀的孙子，松手不？"国庆最怕别人说这些话，就红着脸反驳道："我爷爷是起义将领，我亲叔爷爷是革命烈士，怎么啦？"那霸道孩子嘿嘿一笑，对另一个帮他的孩子说："嘿，那牌子是假的，你叔爷爷也是国民党。"这与当年何白玉跟街上他那个年龄层的孩子玩时所受的遭遇相似，不同的是何国庆没拿砖头砸对方，而是被怄哭了，说："还我弹子。"两人打起来，另一孩子使坏地抱着国庆，抢玻璃弹子的孩子却对国庆挥拳，一拳打在国庆的眼睛上。对门韩家的老人正好经过，忙加以制止，把国庆带回家。国庆洗了脸，左眼睛肿得如熊猫的眼睛样，一圈紫黑。妈很心疼，李佳更是心疼，对国庆讲狠话："你再出去玩，看妈不打断你的脚！"

打那以后，国庆就不跟街上的孩子玩了，转而跟他大伯学画画。大哥是"文化大革命"中的局外人，他没有单位，又是残疾人，就不遭人嫉恨，因此他仍然在家埋头画画和绣花。王玉珍在医院里只是名护士长，待人好，心地善良，又不在领导岗位，就没人整她。医院也在闹革命，闹得比一般单位都凶，因为反动学术权威实在太多了，必须一个个地打倒。病人只好相互勉励和自我安慰，就有"轻伤不下火线，重病不进医院"的说法在街头巷尾流传，因为进医院也没医生给人看病。医院清闲了，玉珍便热情高涨地在家里带孙女。孙女取名何娟，一张脸白白嫩嫩的，像一块刚从水里捞上来的豆腐，大家都说她一点也不像小刘，也不像何白玉，倒像她奶奶王玉珍。

老奶奶升了高祖母，何娟是她的第一个玄孙女，老奶奶就兴奋，好像升了官似的，去裁缝店做了两套妇母装，一套深蓝色、一套浅蓝色，穿着新衣服，走路腰板都直了，头发又梳得一丝不乱，人就比早几年还精神。她时常跟玉珍和她的曾孙儿媳妇小刘抢抱玄孙女，"给我抱，"老奶奶起劲地说，"老奶奶抱得起。"自从我二儿子何五一稚声稚气地叫奶奶和老奶奶后，为了区分我妈与奶奶的辈分，一家人就都跟着五一改口叫奶奶为老奶奶了。老奶奶抱着何娟，跟才半岁的玄孙女唠叨她小时候听来的神话故事。老奶奶已经八十多岁，实在是老朽了，可是精神好得不需要睡觉，一早起床，笑眯眯的，声音比玉珍的还尖亮一些。妈对我们说："老奶奶可以活一百岁。她精神多好，看上去才六十岁样。"

十二月里的一天，老奶奶爬起床，穿着那身浅蓝色的妇母装走出来，边扣绊扣，边对我爹说："金山，昨晚金林到我梦里来了，说他碰见了金石，还说金石满脸胡子，看上去比他还老。金林怎么会在我梦里说他碰见了金石？你说说看。"爹说："妈，您那是做梦，我又不会释梦。"就是那天晚上，我二叔病死在关他的房子里。二叔早病了，咳嗽、发烧、说胡话，但造反派却认为我二叔是装病，不予理睬，甚至还对我二叔说："你少来这一套，《红岩》里那个华子良装疯，骗过了愚蠢的国民党。你骗不了我们，我们都长着火眼金睛。"我二叔不但有冠心病，还有高血压，由于长期得不到营养，又经常被那些人折磨，身体渐渐垮了，对病魔的抵御力就下降了。我二叔这人意志坚强，抗变能力超常，根本瞧不起这些投机取巧的造反派，有病就不说，真的做到了"重病不进医院"。那天晚上他冠心病发作，一个人一声不响地去了。第二天上午八点多钟，造反派们自己在食堂吃过早饭，拿着一个馒头和一碗稀饭来给我二叔吃，才发现我二叔孤零零地死在床上。

省里没为我二叔开追悼会，当时湖南省政府的权力都掌握在造反派们手中，而造反派们面对我二叔的死，作出这样的结论：何金林是畏罪自杀。我二婶一见丈夫的尸体，人就往地上一栽，中风了，在地上可怜地抽搐。这个于二十年代末就认识我二叔并革命了很多年的女人，不能接受丈夫驾鹤仙去的残酷现实，自己也不想活了。造反派们觉得我二婶真麻烦，忙把她抬到医务室救治。何陕北全副武装地赶来时，他妈就躺在医务室，一边脸是肿的，嘴也歪了，说话不出。何陕北叫声妈，一回头，那几个引他来看他母亲的人全跑了。何陕北追出去，拔出手枪，对着天上开了两枪，很凶地瞪着医生说："我要杀人。"医生害怕得直哆嗦，"请你不要这样看着我们。"

何陕北带着几个荷枪实弹的警卫，竖起眼睛，朝关他父亲的那栋大楼走去，那栋大楼里早没人影了，那些人知道他要来，早一个个逃命了。尸体仍在床上，何陕北步入房间，感觉有一股阴风袭来，让他不由得一噤。他悲伤地跪下，对父亲的遗体说："爸，我说了我可以保护您，您偏不要我保护，您这辈人怎么这么固执啊。"

何陕北也没法为其父大张旗鼓地张罗丧事，他父亲的头上戴着刘少奇黑线上的人物的"帽子"，这顶帽子在当时很重，足以把何陕北要为其父开追悼会的想法击溃。何陕北只是在平静下来后，给他妹妹妹夫打了个电话。李文华军长和何军花，还有张桂花婶婶乘火车来了，三人一下火车就受到省军区首长接待，直接拉到军区招待所。三人洗了脸，吃过早餐，两人把因旅途奔波而很疲惫的母亲留在招待所休息，赶到了省委大院。何陕北守在家里，整天发呆，时常愤怒地盯着门前的玉兰树，那棵玉兰树被他盯得树叶全掉光了。

这天上午，何陕北一早被喜鹊的叫声吵醒，知道他妹妹妹夫该到了。七点多钟，一辆军用吉普车驶到门前，军花和李文华双双下车，何陕北瞧着妹妹妹夫说："爸爸死了。"他说话时表情很冷酷，但两颗眼珠的眼白却红红的，仿佛是熬夜所致。李文华没掉泪，何军花却大声哭起来。何陕北不愿意妹妹的哭声传到别人的耳朵里去，就冷着脸说："军花，别人看笑话呢。"何陕北望眼军长妹夫，李文华说："你爸死得冤屈。"十点钟，火葬厂的车来了，两个戴白塑料手套的人把一口绿油油的棺材抬下车，将尸体搬进棺材，又把棺材抬上车。我这个革命了一辈子，生性高傲、聪明，在真理面前绝不拐弯的二叔何金林，就这样凄惨地走完了一生。

处理完丧事，李文华两口子带着母亲来了我家。老奶奶一见张桂花，眼泪都流了出来。那天晚上，张桂花就跟老奶奶睡一张床，两个老女人静静地躺在床上，张桂花睁着眼睛看窗外，老奶奶也看着窗外，窗外有黑影晃荡，还有野猫的叫声飘入睡房。老奶奶隔了会说："桂花，你去了成都后，妈最想的是你。"张桂花说："妈，我在成都，住在军营里，做梦都是做青山街的梦。"老奶奶就伤感地说："桂花，那你留下吧。"张桂花说："那我留下。"老奶奶就伸出皮皱皱的手，抓住张桂花那只温暖的手，欣慰地睡着了。

李文华打算把我爹接到部队里看护起来，"文化大革命"中，军队没像地方上这么乱。那天长沙下着小雨，很冷，一辆军用吉普车刹得一叫，那是傍晚时分，全家人正打算吃饭。何秀梅看见走进来的是李文华和何军花，脸都变了色，目光就迷茫。李文华没有何秀梅那么迷茫，相反，他很自然地对何秀梅一笑，说了声"你好"，就转而对我爹说："老军长，我和军花准备接你到部队里去住。"爹摆手说："我怎么好麻烦你们？"李文华说："不麻烦，现在地方上很乱，军队没闹。"李文华说了很多，最后说："等过了这阵揪斗风，我和军花再送您回来。"妈觉得这是个好主意，造反派总不可能坐火车到成都军区去揪我爹回来批斗，便支持李文华的建议说："金山，你就去文华那里避避风头吧。"爹犹豫不决，军花道："伯伯，文华一直跟我说，他要报何家的恩呢。"老奶奶发话了，"去吧，家里有我看着呢。"爹最不放心的是老奶奶，可老奶奶挺直腰身说："妈好好的，死不了。"爹就着手准备行装，把他常用的东西一一捡进一口破旧的猪皮箱，妈帮爹清点，生怕爹忘了什么东西。这一晚家里就有一种离别的伤感，大哥坐在客厅里抽烟，始终没说一句话，秀梅总是站起身又坐下，直到十一钟，老奶奶披着衣服走出来说："都去睡觉。"一家人便陆陆续续去睡觉，玉珍催大哥，"睡觉吧，你还准备坐到天亮？"

爹随李文华和何军花一走，何秀梅就病了，发高烧，晚上睡觉要盖两床被子，还要把棉衣棉裤盖在被子上。一天下午，她学校的一群小学生持着梭镖、木棒和大刀来了，他们来揪何校长去学校批斗。他们从别的老师嘴里了解到，何校长的父亲是国民党反动军阀，就来抓反动军阀的女儿。他们是一群十二三岁的娃娃，吵吵嚷嚷的，为表示自己是大人了，脸上就一股少男少女的狠劲，尖吼着要把何校长从床上揪下来。当时家里只有老奶奶和张婶婶，大哥坐着手摇三轮车去外面画水彩街景了。那是个阴郁的星期二，是各单位规定的政治学习时间，家里上班的成员都去单位上政治学习了。奶奶盯着这一群吵吵嚷嚷的小学生说："你们要干什么？"一个胳膊上戴着"红小兵"袖标的大脸块小学生，拼命让自己的小脸蛋变得严厉，尖声说："我们要抓何秀梅去学校批斗。"何秀梅拖着病体说："我自己起来。"何秀梅挣扎着爬起床，穿上毛衣和棉袄，实在是病得不轻，就发黑眼晕，走路不稳。

老奶奶这几年也长进了，晓得攻其不备的道理。她突然问小学生道："你们谁是头？"那些小学生都瞪着老奶奶，老奶奶指着门说："你们睁大眼睛看看门上是块什么牌子？"老奶奶眼睛尖，已注意到有小学生看见门上的牌子并惊讶地咂舌，老奶奶正色道："你们何校长是革命烈士的亲侄女，我是革命烈士的妈妈，你们怎么可以抓革命烈士的亲侄女去批斗？你们是造坏人的反，还是造革命烈士的反？"老奶奶虽然目不识丁，在那个事事都夸大其词的年代，也学会了上纲上线。那些小学生尽管有着高涨的革命热情，却被老奶奶的几句话问晕了。老奶奶又说："我儿子跟着伟大领袖毛主席长征，你们连跟着毛主席长征的、革命烈士的反都造，那你们不成小反革命了？！"

老奶奶的这几句话把那群来抓何秀梅的小学生赶跑了。何秀梅又回到床上睡觉。一家人下班回家，见老奶奶坐在门口，形同门卫，她那一头稀薄的白发上，便是那块"烈士军属"牌。玉珍觉得奇怪，问："老奶奶，您坐在门口干什么？"老奶奶生平第一次对他的四儿子何金石有了中肯的评价："我何金石生前没给家里做一点贡献，没想死后反倒给家里出了大力。"老奶奶抬眼望着"烈士军属"牌，又说："今天不是这牌子发挥威力，我秀梅怕是尸都没有了。"一家人都乐了，大哥说："老奶奶，您这个儿子对家里的贡献大呢。"一家人又把目光落到那块"烈士军属"牌上，都想，搭帮家里出了个让人崇敬的烈士。

何秀梅的身体渐渐好了，人瘦了一圈，脸有些苍白，仍像个病人。学校造反派把何秀梅的校长职位"造"了，何秀梅就没什么事干。爹去了成都，家里就剩了老奶奶、张桂花和我妈三个女人，再就是我的两个儿子何国庆和何五一。国庆和五一都在家里跟着他们的伯伯学画画，一个手里拿一支画笔和一个画夹，画月季花、牡丹花和美人蕉，画完便给他们的伯伯看，他们的伯伯便给他们修改。还有一个婴儿，何白玉的女儿，何白玉忙于厂里的事，没工夫管女儿，小刘也全身心地投入到她们单位的造反运动中，也没时间管女儿，何白玉就把何娟送回青山街三号，让爷爷奶奶和老奶奶替他照管女儿。老奶奶又担起了照料玄孙女的责任，只要她是坐着，怀里就抱着玄孙女，玄孙女把尿撒在她衣裤上，她也不嫌脏，反而笑。何秀梅拿来老奶奶的衣服，要她换，老奶奶才把玄孙女递到何秀梅手上。何娟一

515

到她姑奶奶手上就笑。何秀梅抱着何娟，很悲哀地感到，自己一不小心就变成姑奶奶了，这姑奶奶的辈分让她确实有点喘不过气来。一向孤傲和自私的何秀梅，其实也有母爱，虽然她没做过母亲，但她身上的母爱被何娟诱发了。何娟活活就是一枚上乘的糖衣炮弹，把她姑奶奶那颗坚硬如铁的心融化了。也不知怎么回事，她在老奶奶身上就只知道睡觉，可以睡几个小时，一没看见姑奶奶她就吵，要姑奶奶抱。更加奇怪的是，何秀梅居然一点也不烦，比何娟的亲奶奶更细心更喜欢她，绕着这个侄孙女团团转，给侄孙女换尿布，亲手喂侄孙女牛奶，抱着侄孙女上邻居家走动，仿佛何娟是她的亲生女儿似的。她那颗孤傲的只装着她自己的脑袋，终于腾出了一小片空间，让她第一次联想自己是怎么长大的，于是她羞愧地觉得自己这么些年里，心里太只有自己太没有妈了，就决定去何家山村看她母亲。

多少年里，何秀梅都用忙来惩罚和麻痹自己，把自己置于没完没了的工作中而麻木自己对李文华的思念。现在没人要她再干事，大家都讨厌这个曾经狂热工作的事必躬亲的女人，都不理她。寒假里的某天，一个天上有一抹淡淡的阳光的早晨，她拎着常常拎在手上的袋子——袋子里装着饼干、桃酥和麦乳精——这是她早几天就准备好了的，出门了。她去了汽车站，买张路经何家山村的车票。九点多钟，她在何家山村下车，一抬头，几个村里的孩子穿得破烂不堪地站在村头，冷冷地看着她这个陌生女人。何秀梅不用问路，她踏进这片十二三岁时曾经生活过的村落，眼前所见的一切，既陌生又那么熟悉，眼泪水便哗啦哗啦地涌了出来。她哭了，"那时候我是多么天真活泼呀……"她没有多哭，事实上她的眼泪水刚刚涌出眼眶，还没来得及汇成小溪，她突然意识到"我哭脸了"，她的泪腺就关闭了。她是个既脆弱又坚强的女人，她可不愿意别人看见她一路走一路哭。

这是一张很破损的门，斜歪着，木头发黑，门楣上钉着块牌子，白漆红字：五保户。在农村，五保户就是无子无女的代言词。何秀梅的心一痛，仿佛心被一只大蚂蚁咬了口，眼泪水几乎奔涌而出。我妈怎么成"五保户"了？

她悲伤而自责地想，我是她女儿啊。堂屋里空空的，一只烂箩筐弃在地上，一把锄头歪在墙边，两张靠椅、一张长板凳，一张陈旧的大方桌，桌子上有茶杯和一个竹篾壳热水瓶，篾壳上用红漆写着一行字：毛主席万岁。还有一行蚕豆大的小字，歪歪扭扭地写着：村革委会赠。墙上一张毛主席像，毛主席正慈祥地看着房里的一切，也看着走进来的何秀梅。何秀梅穿过堂屋，一旁有间房，房里很暗，一张老式木架子床，蚊帐是补了又补的，一眼望去便破旧不堪；一个大柜，那是能装一担箩筐的大柜，油漆都掉了，露出木的原色。何秀梅看见她妈，她妈从床一旁的一块脏脏的蓝印花布后面走出来，边系裤子，室内飘着一股很浓的尿臊气。她妈刚小便完，问："谁来了？"

何秀梅站在门口，一脸内疚地望着她可怜的母亲，她可怜的母亲穿得很笨重，黑色的棉衣棉裤，因怕冷，脖子上围着条旧毛巾，像只笨重的企鹅。何秀梅觉得自己太没关心妈了，说话的声音都颤抖起来，"妈，我我是秀秀梅。"她妈的眼睛因白内障作祟，看不清东西，但耳朵还好使，一听"我我是秀秀梅"，就激动得腿一软，人就到了地上，哆嗦着说："你是我秀秀梅？"说着，双手就朝前探测，要站起身。秀梅迈前几步，抓住妈的手，难过地把妈拉起来。她母亲激动地哭了，呜呜呜呜，"秀梅，妈好想你呀。"

何秀梅很想抽自己几个耳光，这些年她一直只想自己的生活和自己的事，衣着时髦地四处走动，一有时间就照镜子，企图用什么方法把失去的青春拽几把回来，哪里想过半点母亲？"妈，女儿对您不起。"她哭道，"您也是，就是不来长沙看女儿，您的性格太犟了，有苦就是不说。妈，女儿也像您啊。"此刻，面对她坚毅的母亲，她悲愤地看清了自己，原来她身上有很多像母亲的东西。她抱住母亲，在母亲的头上哭，她妈在她怀里哭，两人的身体都随着恸哭而颤抖。秀梅哭了会说："妈，您眼睛怎么了？"她妈说："眼前一片雾，看不清。"秀梅把妈拉到床边坐下，倒杯开水，把开水递到妈手中，她妈颤颤栗栗地接过杯子，又颤颤栗栗地将杯子端到嘴前，喝口水。秀梅见妈满脸泪痕，就伸手揩妈脸上的泪水，她的手心触到她妈脸上粗糙的皮肤时，她妈捉住她的手又低声哭道："秀梅啊，妈真的好想你和家桃，妈总是想只要你们过得好，妈再苦再难也值得。"秀梅感到母爱是这个世界上最无私最伟大的爱，为了不打扰她和家桃的生活，她们的母亲居然把一切苦难都咽进了肚子。"妈，您是世界上最好的妈。我一定要在这里多陪陪您。"

何秀梅亲手为母亲做了午饭，虽然她做的饭菜一点也不好吃，白菜盐放多了，炒的鸡蛋太咸了，饭也煮成了夹生饭，但看她妈吃得津津有味的样子，就想她一定要提高自己的烹饪水平，好让妈能吃上几顿可口的饭菜。她问妈："妈，村里人怎么给您评了'五保户'？"她妈说："这'五保户'是我眼睛看不见后，自己找大队干部要的。大队支书问过我，我告诉大队支书我大女儿嫁了个'右派'，跟着那个'右派'丈夫走了。"何秀梅震惊地盯着母亲。她妈又说："我跟大队干部说，我二女儿去了新疆，早断了联系，所以我申请'五保户'，大队干部见你妈可怜就批了。"她妈说了很多，何秀梅边盯着她这个看上去好像七十多岁的母亲——母亲头发花白、满脸土色的皱纹、一双粗糙的手骨节突出且青筋暴起，边心酸地听着母亲哭诉，听得她自己也泪水涟涟。晚上，何秀梅就睡在母亲床上，与母亲同睡一个被筒，母亲身上有股馊味，被子里也有一股难闻的馊味。她坐起身对母亲说："妈，您洗个澡吧，您身上的这股馊味熏得我睡不着。"她下床，去灶屋为母亲烧水。她母亲却找出一床干净被套，秀梅把有馊味的被套拆下，换成干净被套，又换了床单。

母亲洗澡时，她打量着房里的一切，深感母亲过的日子真不是人过的。母亲洗完澡，再次钻入被子时，嗅到的就是女儿身上散发的热乎乎的体香。她自从四十年代离开青山街，回到何家山村侍候她瘫痪在床的爹起，将近三十年里再也没和女儿如此亲近地同睡过一床被子，此刻，当妈的就有些激动，伸出皱纹交错的手，手指触到女儿那光滑的肩膀和圆润的脖子，想女儿把青春都白白浪费了，就关心道："秀梅，妈没弄明白，你怎么还不结婚？"母女俩吃饭时，秀梅曾告诉母亲，她没结婚。秀梅回答母亲说："妈，我讨厌男人。"母亲睁着两只被白内障统治着的眼睛，迷惑不解地问："你婚都没结过，怎么会讨厌男人？"秀梅不想跟母亲讨论这些事，"妈，您想要我在这里多住几天就别问我这些事。"

过了两天，何秀梅将母亲带回长沙，老奶奶和张桂花看见她妈都很激动，老奶奶握着她妈的手说："秋燕啊，你怎么变得这么老啊？"秋燕说："我是老了啊。"何秀梅没参与几个老女人的谈话，她去银行，取了三百块钱，回到家对我妈说："姨，明天我带我妈去你们医院，您找个好点的眼科医生给我妈看看眼睛。"我妈说："我们医院的眼科，有个'反动学术权威'很厉害，全国都有名。"秀梅说："那就找'反动学术权威'给我妈看。"

手术后，秀梅妈又可以看清这个世界了。她首先看见的是我妈，她非常吃惊，我妈怎么就不老的？看上去还是老样子，一眼就能认出！第二眼看到的才是秀梅，她也吃一惊，秀梅不是多年前秀梅外公死时她见到的那个秀梅了，那个秀梅活泼、尖刻、傲气、霸道，让她这个当妈的想伸手摸她一下都不敢，眼前这个秀梅，苍白、憔悴、冷漠，虽然脸上仍有傲气，但像架子上吊着的一条皮开始起皱的丝瓜，不再是那个活泼、尖刻和说话不饶人的、让当妈的也怕几分的厉害闺女了。她隐约忆起三十多岁的自己，那时候她如果照镜子，看见的正是此刻秀梅这模样，不一样的是当时她穿得土气点，头发也没像秀梅这般剪成短发，而是盘在头上。秀梅对她一笑，"妈，能看见我吗？"秀梅妈哆嗦着说："你是我二闺女。"秀梅听她妈这么唤她，鼻子一酸，又差点掉泪了，"妈，女儿总算为您做了件事。"秀梅妈跟着秀梅回来，一眼就认出了老奶奶，老奶奶的头发全白了，脸上虽然也皱纹复杂，颜色却白里透红。老奶奶很高兴，握着秀梅妈的手说："秋燕，你就住在这里，不要回何家山了。"

秀梅妈没在我们家住几天，她看见镜子里的自己老得那么厉害，头发像老奶奶的一样全白了，一张皱纹交错的脸被农村的太阳晒得那么黑，随便站或坐在哪里，她都觉得自己碍了他人，便深感自己不属于这个家。第五天，她说什么都要走，她一提出来就没人可以挽留她，连秀梅也挽留不住。秀梅就收拾东西，要跟她妈去乡下过年。她把这些年对自己的爱和对李文华的爱全移植到她衰老的母亲身上，给母亲买胶鞋，又给母亲买围巾，还给母亲买了只黑毛线帽。她还一个人上街，买了床单和一床印着茶花的新被套，还买了花色素雅的的确良窗帘布、年糕、腊肉和她自己爱吃的桃酥、话梅、姜、瓜子及鱼皮花生和兰花豆，大包小包加起来十来个，与她妈一并拎着，于一个风雪交加的上午，母女俩踏着雪花出门，消失在漫漫风雪中。这个我童年时叫"二妈"、后来改口叫"马姨"的农村妇女，是最后一次出现在青山街，从此，直到她死，再没来过了。

五十八

大年初二一早，岳父岳母和梨花伯妈来我家给老奶奶拜年。外面下很大的雪，院子里白皑皑的，老奶奶养的几只母鸡一脚高一脚低地在雪地里小心迈步，生怕掉入陷阱似的。昨天还出了太阳，说下雪就下雪了——那年月，地球还没升温，湖南的冬天还经常下雪，而且一下雪就很冷。有人敲院子门，李佳抱着头跑去开门，进来的是她爹妈和梨花伯妈。岳父岳母共一把黑布伞，梨花伯妈打一把绿伞，三位老人笨重地走来。老奶奶还没起床，醒在床上，张桂花听见梨花伯妈说话的沙哑声，忙拉开门。梨花看见张桂花便说："新年好。"张桂花回道："新年好。"梨花跺了跺鞋子上的雪，走进屋，噗咚一声跪在床前说："给何奶奶拜年。"就双手合一，头往地上磕去。老奶奶闹脚痛，踝关节肿得下不了床，坐在床上说："梨花，行这么大的礼，咒我啊。"又对张桂花说："把梨花拉起来，磕什么头，还搞封建迷信，那怎么行！"张桂花拉梨花时，岳父岳母也走进老奶奶的房间，岳父跪下说："亲家奶奶，给您拜年。"梨花和我岳父每年的大年初二这天一早准来，这样持续了很多年，但都是给我爷爷奶奶作个揖了事，从不曾跪过，这一跪，跪得老奶奶一愣，感觉到不祥样，说："雁城，你也搞封建迷信？起来，你们都坐，桂花，搬几张椅子来。"

张桂花就搬来两张靠椅，我岳父岳母和梨花伯妈今天都穿着新衣服。岳父穿着深蓝色中山装，岳母和梨花伯妈都穿着酱色灯芯绒罩衣棉袄，不同的是岳母脖子上系着红黑格子围巾，梨花伯妈系着一条绿羊毛围巾。老奶奶说："雁城，平常过年，你作个揖就完了，怎么今年行这么大的礼啊？"岳父说："亲家奶奶，给您行个大礼也应该，您当年为我们一家人操了不少心。"梨花笑着说："这段时间我和雁城常念您的好，我们一起回忆您的好呢。"

老奶奶不好意思了，"我没做什么，当年梨花在这里，倒是帮了我不少忙。"我岳父见我走进来，就笑，笑得牙齿暴露无遗，我注意到岳父的牙齿有两颗龅了，以前岳父的牙齿好像没这么难看。岳父歪着尖脸说："现在看来还是没权好，权这东西害人。"岳父这话有点莫名其妙，这个老人的脸色灰暗，目光似有些阴森，让我想起后院的那口井。一股北风吹进屋，我忙去关门。梨花伯妈被那股北风吹得打个冷噤，"何奶奶，近来我脑壳里总有一股阴风，吹得我脑壳里冷冰冰的，晚上睡觉，早晨起床脚还是冷的。"我望着梨花伯妈，梨花伯妈脸色灰白，确实没什么血色。老奶奶淡淡道："人老了，晚上睡觉是半天睡不热，你弄个热水袋放在脚头，脚就暖了。"梨花伯妈回答："我是要去买个热水袋。"

岳父岳母和梨花伯妈在我家吃的中饭，岳父把五一搂在怀里，用他下巴上的花白胡子扎五一娇嫩的脸蛋，五一自然要拼命抵制。岳父嘻笑，说五一长大了一定会有出息，说五一眉宇间凝聚着一股氤氲之气。中饭是玉珍和李佳做的，做了八个菜，腊鱼腊肉，还炖了个墨鱼汤。吃过中饭，岳父岳母和梨花伯妈便起身回家，岳父咧着嘴笑，对奶奶说："别了，亲家奶奶，您脚不好，不要起身。"我当时听岳父说"别了"一词，不觉一惊。梨花伯妈也笑得老脸上皱纹荡漾地跟着我岳父道："别了，亲家奶奶。"雪倒是停了，但地上雪很多，岳父腿不好，我怕三位老人滑倒，就护送他们回家，在三位老人前面踏雪探路，北风抽打着我和几位老人的脸，有几个孩子在街上打雪仗。我说："走这边，您们。"

　　过完年没几天，太阳出来了，雪正在融化，地上湿湿的，天气变得更冷。等这阵冷过去后，院子里桃树长苞了，三月份桃花于一个阳光明媚的日子里开了，火红火红的。老奶奶晒着久违的太阳，坐在桃枝下，腿上坐着她的玄孙女何娟，看着她的两个曾孙国庆和五一。何国庆拿支笔画桃花，大哥时不时偏过头瞟一眼，指导两声。何五一长得虎头虎脑的，嘴巴很大，上嘴唇很厚，瞧人时歪着脑袋。老奶奶眯着眼睛笑，说："五一多结实啊，将来肯定会读书。"何娟从老奶奶腿上下来，也向她爷爷要纸要笔，趴在椅子上画画。

　　次日一早，出了个很好的太阳，一抹黄灿灿的阳光射进窗户，在墙上晃荡。桃花开得很红艳，蝴蝶飞来。何娟就瞪着蝴蝶飞舞，一张小脸蛋上充满欣喜。那是星期天，白玉和小刘来看女儿，白玉坐在沙发上抽烟，小刘坐在桃树前笑。家里没外人。那年月，家里很少来客，街上从前爱来我家串门的几个邻居，由于我爹的原因，都不来了。老奶奶晒着三月的太阳，问白玉外面的一些事。白玉就告诉老奶奶。白玉没心思在家久坐，有一些好玩的事和好玩的人堆在他脑海里，吃过中饭，他先走了。玉珍追出门说："白玉，回家吃晚饭不？"白玉只是对他母亲挥下手，人就消失在街角的拐弯处了。四月份，院子外的两株槐树开花了，槐花一串串的，在阳光下晃着白光。一天上午，先是一阵暴雨把槐花打落不少，把人落得躲到屋檐下，紧接着太阳又露出来，一抹彩虹就在雨后的晴空上，大家都站在路上看彩虹。一只乌鸦飞来，落在葡萄枝上，啄了几粒葡萄籽，飞走了。下午四点钟，岳母一路哭来，进门就对李佳说："佳佳，你爸爸这没良心的跳楼自杀了呜呜呜呜。"

我岳父李爱国是继我父亲被揪出来后，我们家族里第三个被揪出来的。我岳父其实活得很谨慎，青年时期那种敢于反抗社会的精神早在他身上荡然无存了，他做事唯唯诺诺，甚至都害怕高声说话，就是准备说话也先看一下人家的脸色，专拣好的说。他退休几年了，应该是可以平安地度过"文化大革命"的狂潮的，然而，狂潮还是把这个老人卷了进去。

早几年，我岳父退休后，曾陪我岳母回了趟赣南。我岳父——这个早期革命者是个好脸面的人，有荣归故里的老思想，去前与岳母一人做了一套很贵的黑呢子衣裤，晓得那时赣南的生活特别穷，就带了些钱，回到老家，见到我岳母的穷亲戚就掏钱，五块十块地给。那年月，五元已经是很大的钱了，让人接了都烫手，因而我岳父岳母就显得特别有钱。加之，两人又都穿着硬挺的村里人很少见过的黑呢子衣裤，脚上又都是黑亮亮的皮鞋，如果走路时不小心沾了点牛屎狗粪，我岳父就不顾场合地用纸去揩，或用刷子刷，这在革命老区的乡下人看来，等于就是过去的地主或县城里的资本家。就有人假装羡慕道："我们村过去的大地主也没你们穿得讲究。"说这话的人，我岳母应该叫他舅舅。舅舅曾是国民党的一名区长，有一点文化，会见风使舵。我岳父在我岳母家养伤时，被他发现过，是他带人俘虏我岳父，随后又对我岳父"循循善诱"，说："只要你写一份自悔书，我就给你自由。"我岳父为了"自由"，就写了自悔书。不想这份署名李雁城的自悔书登在了当年赣南地区的国民党报纸上，我岳父看了"舅舅"拿来的报纸，觉得自己再也没脸在这里待下去，就带着我岳母离开了赣南山村。我岳父对任何人都隐瞒了这段不光彩的历史，因为这"历史"与"叛变"有着千丝万缕的联系，这也是我岳父后来改名李爱国的原因。

"舅舅"在全国解放后一直没离开他的出生地，因此他是前国民党某区区长的身份就人所皆知。"文化大革命"一开始整的就是这些人，就有造反派把他抓到这里那里斗，还把他吊着抽打，逼他写交代材料，交代他在万恶的旧社会是如何残害共产党的。他写了无数材料，最后实在没东西写，一咬牙就写了我岳父，说我岳父是叛徒等等。那个年代，人人都对叛徒恨之入骨！赣南的造反派立马派人把这些材料送到长沙市饮食公司，饮食公司的造反派一看饮食公司里居然隐藏着一个叛徒，就如获至宝地来了，将已退休几年的我岳父从床上揪下来。"叛徒，"饮食公司的造反派说，"你还改名叫李爱国？你是爱国民党的国吧，李雁城？"我岳父一听这话，便知道自己的平静日子到头了。

造反派不光来抓人，还来搜查，搜查我岳父家是否有蒋介石留下的密令，还想看我岳父掌握了多少特务人员的名单。他们让我岳父、岳母和梨花伯妈靠墙站着，就开始翻箱倒柜。他们首先搜出我岳母藏在箱底的三百三十块银元，他们觉得这很能说明问题，"李雁城，蒋介石给了你这么多活动经费，到今天都没用完，难怪你要叛变！"我岳父和岳母站在房中央瑟瑟发抖。他们继续翻找，结果在梨花伯妈的枕头下又找到三块金砖和一只粗大的金手镯，三块金砖并排放在垫棉絮上。梨花伯妈天天都枕着三块金砖和那只金手镯睡觉。以前，三块金砖是被她收藏在柜子抽屉的夹层里，但自从有一天她把三块金砖拿出来把玩，睡觉时随手放在枕头下时，奇迹出现了，那个晚上她一点都不头痛，脑壳里也没那么些杂乱的响声，睡得就很香。从此，她就把三块金砖和金手镯放在枕头下，枕着金砖和金手镯睡觉。饮食公司的人随手把枕头一掀，就看见三块只比火柴盒小一点的金砖和那只粗大的金手镯，金砖和金手镯在深蓝色的床单上黄灿灿的。"哎呀，"那人欣喜地拿起一块金砖，掂量几下说，"蒋介石对你们这些叛徒真慷慨啊。"

梨花伯妈尖叫一声，"这是我多年的积蓄，不是蒋介石的钱。"饮食公司的造反派又怎么会相信叛徒老婆的话，讥诮地问她："积蓄？我没看见积蓄金砖和金手镯？这明明是蒋介石送给叛徒的活动经费。你还敢不承认？嗯？"梨花伯妈急了，大声赌咒说："革命同志，如果这是蒋介石的钱，我是你的孙，好啵？"一个为头的男人厌恶地看一眼梨花，板着脸说："谁要你这叛徒的老婆做孙？闭住你的臭嘴。"

饮食公司的造反派带走我岳父，当然也把银元和金砖、金手镯带走了。造反派把我岳父带到饮食公司办公楼的四楼，让他交代蒋介石给了他什么密令，并要他交代一九三四年他被捕后出卖了多少共产党员，全国解放后的近二十年，他干了多少反革命活动等等。我岳父没法交代，一九三四年他被俘时中国工农红军已于十月份离开瑞金，当时他跟红军组织脱离了联系，所以他想出卖谁也出卖不了。饮食公司的造反派一拍桌子，吼道："李雁城，只有老实交代才是你唯一的出路，否则死路一条。"我岳父说："我说的都是实话。"审讯我岳父的几个人觉得我岳父不老实，把我岳父揪到会场上批斗，批斗时挂着"老叛徒、国民党特务李雁城！！！"的牌子，批斗完就游街，游完街又囚禁在那间房子里。有天开批斗会，有人将一盆潲水泼在我岳父身上，让我岳父大惊且冷得发抖。一个中年女人蓦地冲上来，脱下鞋子，用鞋帮子抽我岳父的脸，说我岳父于一九五四年公私合营时曾调戏她。岳父说："没有这事，你不要乱说。"那女人又用鞋底抽我岳父的脸，边气势汹汹地质问我岳父道："你这不要脸的老畜生，你强奸我还敢不认账？！"我岳父吓得腿都软了，脸却被那女人的鞋帮子打肿了。那女人其实是一个众所周知的精神病患者，在台下看我岳父时臆想她年轻时受到我岳父强暴，于是冲上台用鞋帮子使劲抽打我岳父。

饮食公司的人不但没制止女精神病人蹿到台上打人，反而大笑，边怂恿女精神病人继续打我岳父。"打得好，有气就发出来，不要怕。"饮食公司的人叫道。那女精神病人也不负众望，边打边觉得过瘾地嬉笑，还冲着我岳父的脸吐口水，噗，一口痰吐到我岳父的鼻头上，就在我岳父的鼻头上晃荡。"你这老色鬼、老流氓，怎么没把你枪毙?！"她骂完，嘻嘻笑着跳下台，唱着"革命军人个个要牢记，三大纪律八项注意"，扬长而去。

就是那天晚上，我岳父留下一封遗书，说他没有出卖同志，只是个对革命丧失信心、脱离革命队伍的逃兵。这份遗书写完后，他打开窗户，跳了下去。他的头先着地，脑浆迸流一地，当场死了。饮食公司的人十分震怒，认为我岳父太可耻了，居然不通知他们一声就跳楼自杀。第二天上午，有人来通知我岳母，说叛徒李爱国为逃避革命群众对他的惩罚，畏罪自杀了。我岳母哇的一声哭了，饮食公司的人却板着脸说："你要与叛徒划清界限，他死有余辜，你应该高兴才对。"饮食公司的造反派们走后，岳母看着一脸苍老却坚强的梨花，软弱地叫声"姐"，人就扑到梨花身上，梨花张开两条瘦瘦的胳膊搂住我岳母，岳母和梨花生平第一次不计前嫌地搂在一起哭了，都哭得老泪横流。屋外是四月的蓝天，还有几只雏鸟儿在树枝上尖叫和噗噗地飞。一旁，邻居家的一只母鸡生了蛋，在讨米吃，因而激动地咯咯咯哒地叫。两个老女人却在房里恸哭，偎在一起，相互怜惜。也不知哭了多久，邻居家的女人敲门说："你们家有什么东西烧焦了，很难闻。"

灶屋里烧着开水，是饮食公司的人来之前，梨花搁到灶上的。此刻，确实有一股烧焦的金属怪味，岳母就奔进厨房，果然炊壶底已烧穿，融化的铝散发出一股臭味。岳母用火钳挑开烫手的炊壶，又回到房里伏在梨花身上哭，觉得李爱国太狠心了，扔下她和梨花受活罪，自己到另一个世界清静去了。下午，又有人来，吼着叫她带人去收尸，她这才拨开悲伤而混乱的迷雾，一路哭来了。

我去河沙街找李文军。李文军那时候属于街道上看管的"地富反坏右"分子，被安排打扫沙河街的公共厕所和清理垃圾。我找到李文军时，李文军正在打扫公共厕所。我说："文军哥，你父亲跳楼自杀了，饮食公司的人通知我们收尸。"李文军一愣，把扫屎的扫把靠厕所墙放好，将手在他的旧军裤上揩了把，领着我去居委会找干部请假，请好假，又领着我走到一户拖板车的人家前，向那人借了板车。那天的天空奇怪的白，既没太阳又没云，只是一片白光，仿佛蓝天被掏空了似的。我岳父的尸体被人搬离了自杀现场，尸体上盖床我岳父睡过的印着荷花的床单。有一个被打成走资派的饮食公司的前经理垂着头、守着尸体，边等我们来收尸。一旁，还有几只饥饿的乌鸦在树枝上叫唤，它们嗅到尸体的气味，焦急地等着人走开。前经理五十多岁，北方人，南下干部，他看见我和李文军拉着板车过来就估计我们是来拖尸体，说："李爱国一时糊涂，其实问题是可以慢慢说清的。"

我和李文军都没说话，李文军掀开床单，床单下是他生父的遗体。前经理抬头指着四楼的一处窗口，那张窗户已关严了。地上似乎有一摊暗红色的东西，干了。有三只乌鸦一齐勇猛地飞下来，落在尸体的头前，迈着激动不已的鸟步，企图抢食尸体。李文军愤怒地挥手赶开乌鸦，弯下腰将尸体抱起，放到板车上。

我们拖着尸体朝前走。乌鸦怕是饿猛了，或是我岳父这具尸体对于它们来说格外香，竟勇敢地追着板车飞，走到街上，乌鸦仍不肯离去，有只乌鸦还不顾死活地落到板车上，被我挥手赶开。街景——也许是我们拉着尸体的缘故，就凄惨，风也十分凄凉，街上的人都冷冰冰地瞅着我和李文军，有的人脸上露出惊讶，但仅仅只是惊讶一下，旋即又平静了。我们把尸体拖到青山街，让李佳看她父亲最后一眼。岳母和李佳都在老奶奶房里，老奶奶、王玉珍和张婶婶陪她们母女俩一起走到门口，这时已是傍晚时分，一抹暗红的残阳涂在屋顶上，虽然仍有天光，但明显不如半个小时前亮了。李文军脸上没表情地揭开床单，岳母一见尸体，哇地一声哭了。李佳没哭，表情呆板。这时一直紧随我们飞的两只落在屋顶上的乌鸦，一齐飞到板车上，其中一只通体黑亮的乌鸦就去啄尸体碎裂的头。李文军手快，一挥，打着那只乌鸦，那只乌鸦惨叫一声飞走了。街上有几个人走近来看，李文军不愿让邻居看他生父跳楼自杀的惨相，把床单重新盖上，用一种冰冷的目光盯着我说："走。"

我和李文军拖着尸体往火葬厂走去。路上，李文军买包岳麓山烟，他已戒烟，这会儿他开戒了。他递支烟给我，划根火柴点燃，叼着烟，拖着板车快步向前走。我走在一旁，李文军深深地叹口气，他脸上一团黑，连眼睛鼻子都看不清了。李文军说："我对你爹的感情胜过了我生父。"又说："其实我从没爱过他。"李文军童年的记忆里根本就没他父亲，直到长沙文夕大火后，李文军似乎才第一次见到他生父，而这个时候他已是个快十八岁的年轻人，对自己竟突然冒出来一个父亲，很不习惯。后来他跟着我爹打日军，从士兵升到少将师长，直到湖南和平解放都没与他父亲有过多少往来。李文军是那种十分独立的男人，受的是我们家的教养，就孤傲。他在医院工作的那几年，逢周末他宁可上我们家与大哥下围棋，吃玉珍炒的菜，和我爹说话，也不愿去老兵饭店与他父亲同桌吃饭。

尸体拖到火葬场时已是七点多钟，天黑透了。火葬厂里只剩了几个人，他们看见我们拖着尸体走来，说："都下班了，明天再来吧你们。"李文军阴下脸说："尸体还有拖来了又拖回去的道理？"火葬场的人与死人和死人的家属交道打得多，已没什么同情心，冷冷地说："下班了没人烧尸。"火葬厂的人催我们走，李文军恼了，目光变凶了，那人见李文军目光很凶，拳头都攥紧了，就不理我们地走了。四周静寂寂深幽幽的，仿佛飘荡着无数鬼魂，让人有些心悸。好在是个晴天，天上满天星星，又好在有一轮椭圆的月亮悬在深蓝的上空，泻下一片惨淡、忧伤的月光，人就没那么恐惧。有野狗的吠声从远处传来，还有轮船呜呜呜的声音从湘江上飘来。李文军的脸仍然是一团黑，只有一颗火星在他脸前时而闪亮一下，那颗火星闪亮时我就能见到他阴郁的目光。他抽口烟说："你回去吧。"我没动。他说："这里曾经是战场，二十五年前，我和你爹、你大哥，在这里打过日军，这里有很多'抗战'中死去的兄弟。"我听了这话毛骨悚然，鸡皮疙瘩长了一身。我问他："你当年干吗要转业？你看李文华，现在是解放军军长，多威风。"他叹息一声道："文华和我不一样，文华的父亲当时在解放军里已是名军长，老革命，人家就不给他小鞋穿。大金的父亲在红军时期就当过团长，牺牲在赣南苏区，这些事解放军的政委都要找你谈话和了解的。要是文华的父亲只是个普通老百姓，他八成也会像我一样转业的。"

夜空暗蓝色，有几颗星星格外闪亮，风吹在脸上略有点凉。我还是为他惋惜说："如果你不转业，就不会打成'右派'，生活就会是另一种样子。"李文军望一眼阴森森的山坡，坦率地说："一九五〇年裁军时，裁的就是我们这些前国民党军人。"他扭头看眼远方，"文华能当军长，最要感谢的人是你父亲。"我问："这和我爹有什么关系？"李文军看我一眼，"如果文华当年不是炮兵团团长，只是个连长，起点就没这么高。这是你爹帮了他。当然，关键是文华会做人，不像我长一副刁民相，文华相貌堂堂又听话，逗首长喜欢。"

李文军一打开话匣子就说了很多话，夜在我们说话中变得很深了，气温也降了许多，使我们感觉到了冷。我们抱胸坐着，以免着凉。李文军不断地抽烟，那烟头就一闪一闪。他偶尔会咳嗽一声，"假如躺在板车上的这个人没有临阵脱逃，而是继续革命，我肯定会跟文华一样留在部队里，那当然是你说的另外一种样子。"他瞟一眼身后的板车，我岳父当然听不见我们议论了，"他成了个可耻的人，难怪他解放后做人唯唯诺诺，当我听说他是叛徒，我的头都低到裤裆里去了，想他为什么要苟且偷生？最后被人从阴暗的角落里揪出来暴晒？真的丢我的脸丢全家人的脸呵，我都没脸说他。"

李文军很冷酷地说着他死去的父亲。我没敢附和，毕竟睡在板车上的人已经死了，再追究、声讨都没意义了。李文军仰头望着星星，突然提及我大嫂道："你大嫂是个很了不起的女人，用自己的一生侍候你大哥。她图什么？"他不等我开口就自己答："她图你大哥在抗日战争中打死了很多日本鬼子，是个英雄。"我没想清楚他怎么会谈及已在我们家生活了很多年的我大嫂，他于这个凄惨的夜晚谈兴很浓，我想可能他是想用谈话来排泄他内心的荒芜。这里确实荒凉，一座座坟连绵过去，似有很重的阴气缠绕我们，如果不说话，实在让人心里发毛。李文军的内心一定荒漠得连一根草都没生，自从他转业后，在那个火红的年代，前国民党少将身份并没让他过几天顺心日子，人人都可以排挤他、打压他，把他善良、美好的建议弃在一旁不采纳。李文军的心田上如果有一棵草，那就是我大嫂，因为我大嫂从来没有看不起他，每次他来，大嫂都很客气地说"文军来了"，并留他吃饭。李文军是个记好的人，当然就记得我大嫂的好。

他接着道："你大嫂嫁给你大哥完全是她自己要嫁，她心甘情愿地侍候你大哥一辈子，这是献身，懂吗？"我觉得李文军把我大嫂看得太伟大了，说："我大嫂没这么伟大吧？"李文军说："你将心比心地想一下，你会去侍候一个残疾人一辈子吗？要知道你大嫂当年很年轻、漂亮，并不是因为嫁不出去才嫁给你大哥，这是献身！可惜这个世界上没有第二个。"我大嫂在我眼里实在很平常，没想在李文军眼里却如此伟大，我调侃他道："这么说，我大嫂是稀世珍宝一个？"李文军蓦地睃我一眼，那目光同星星的光一样一亮，说："你应该尊重你大嫂。"他说这话时声音有点凶，因而生硬，像铁器碰撞的声音，带点瘆人的寒气。天渐渐亮了，四月的樟树开着满树细小的白花，晨风把花香吹入我们的鼻孔，让我们的心情好了点。八点钟，火葬场的人来上班了。李文军把派出所开的死亡证明和饮食公司出示的身份证明，一并交给火葬场的人，火葬场的人表情麻木地将尸体搬到一具推车上，把推车推到焚尸炉前，一跷，尸体滑进炉门，就见通红的炉门内蓦地黄亮起来，那是裹着尸体的床单烧着了。焚尸工嘭地一声关了炉门，我岳父的一生就这样终结了。

五十九

　　梨花伯妈只多活了三个月，这个女人已经很老了。岳父一死，梨花伯妈就快步朝坟墓走去，根本不想听我们劝阻，她不想活了。有天，我和李佳带着国庆和五一回岳母家，饭桌上梨花伯妈根本没吃东西，而是举着一双浑浊的眼睛看着我们吃饭，眼角还粘着肮脏的黄眼屎。她更瘦了，皮打褶，看人的眼神不是讨好而是孤单。我问："梨花伯妈，您不吃呢？"她说："我吃不得东西，牙齿掉了好几颗。"说话时一股腐朽味儿飘来，我扭开脸，避开这股腐朽味。李佳去给她煮稀饭。国庆和五一吃完了，兄弟俩拿着画夹子站在窗前画房子。岳母看着两个外孙画画，一边削苹果给国庆和五一吃。李佳煮好稀饭，端到桌上，梨花伯妈只吃了几口稀饭，就回到床上躺下了，说空气好酽的，跟浆糊样。窗外是恼人的夏天，雏鸟在树梢上吱吱地叫，从窗外进来的空气一点也不酽，只是有点湿，下起雨来了。梨花伯妈身上盖着薄薄的被子，这样的天，估计整个长沙市也只有她老人家盖被子。梨花伯妈用两只浊黄的眼睛看着我，嘀咕道："今年的夏天有点冷。"她说这话时人缩成了一团，怕冷样。

　　我真的觉得梨花伯妈可怜，她其实从来就没被人关心过，更没被人爱过！当年我岳父找妓院老鸨赎她出来，并不是因为有多爱她，而是我岳父与我爷爷奶奶赌气所为，故意要这么干。这从我岳父后来不革命了，带着我岳母回到长沙却不理她这一点就能找出端倪。梨花伯妈说："我早些天梦见了我爹，我爹去世几十年了，这是爹要召我去。"她说得很平淡，就像说一件简易的事。我有些诧异，尽量把她酽稠稠的话化开道："没这样的事，您想多了。"梨花伯妈一脸痴呆地望着蚊帐顶说："我是应该死了。"国庆走拢来看梨花奶奶，梨花奶奶睃着国庆，她脑海里突然展现了波纹，那是幻觉的波纹，说："是文军吧？"她思想的翅膀一下子飞到四十年前，四十年前的李文军与今天的何国庆年龄相仿。我阻止梨花伯妈乱想说："他是国庆，叫奶奶。"国庆叫了奶奶。梨花伯妈一脸黯淡，眼眸仿佛被雾气遮住，那是几十年复杂、无聊的生活重叠在她眼里，让她老人家迷惑。梨花伯妈有眼疾，早在几年前就患了老年人的混状玻璃体眼疾，看人有时候是一团雾，有时候是几个影子重叠在她眼珠上。梨花伯妈说："文兵，你怎么同时是三个人啊？"我大惊，以为她不但看见此时此刻的我，还用超常的眼光，越过现在，看见了中年和老年的我，忙紧张道："三个什么人，伯妈？"梨花伯妈不回答我，问："你爸妈都还好吧？"我说："都好。"

梨花伯妈是第三天死的，平静地死在床上，身上盖着薄被，一只手弯在胸前。我岳母煮好稀饭，买来酱萝卜，叫她起床吃稀饭才发现她死了。那天上午，好像要下雨，天阴惨惨的，一大块乌云笼罩在长沙的上空。我拿件雨衣夹在自行车上，去了学校。九点多钟，雨下起来了。系办公室的人告诉我："你爱人打电话来，说你伯妈死了。"我赶到岳母家，李佳在，李文军也在，兄妹俩和岳母都望着我，目光都有点怆凉。梨花伯妈的遗体仍在床上，那张老脸白得同纸似的，有只苍蝇在那张"纸"上爬动。我梨花伯妈的一生浑浑噩噩，前半生她在我们家叫叫嚷嚷地活着，像树木下或农田旁的蒺藜，顽强地生长，即使没有阳光照耀，也能长出绿青青的荆棘来。后半生她把自己交给永远是一心二用的我岳父，人就变成一棵带刺的槐树，与我岳母事事必争。据李佳回忆，她小时候她妈恨透了这个叫梨花的女人。这个当年被我岳母恨得牙痒痒的老女人，永远不会遭人厌恨了，因为她永远也不再介入尘世的是是非非了，连苍蝇都可以肆无忌惮地叮她、在她脸上排泄，还可以在她身上疯狂地产卵了。这就是死亡，死亡让人变成昆虫喜爱的乐园，成为虚无。

奶奶让李佳把她妈接过来住，省得两头跑。岳母来了，一双眼睛变绿了，整天盯着葡萄藤上的葡萄看，眼珠也像两颗紫葡萄了。岳母在我们家住了四个月，住到十一月，一个秋高气爽的日子，我爹回来了。家里又热闹了。何娟能说话了，围着老奶奶转，跟老奶奶逗乐，笑声清清亮亮的，看人时偏着脑袋想事的模样，这让没做过母亲却想当母亲的何秀梅喜欢得不得了。"来，到姑奶奶这边来。"秀梅用糖果引诱何娟，"姑奶奶给你讲武则天的故事。"何娟就疑难，不知是跟姑奶奶玩好，还是与老奶奶逗乐开心些，两颗眼珠既看着姑奶奶又瞄着老奶奶，难以决断。秀梅说："你再不来，姑奶奶睡觉去了。"何娟就扑到姑奶奶怀里，撒娇地坐到她姑奶奶的腿上。大哥问爹："文华和军花两口子还好不好？"爹答："文华和军花都好。"秀梅一听到文华和军花的名字，脸就阴了，抱起何娟往自己房间走去。白玉逗她说："姑妈，干吗啊？"何白玉在外面很受人尊重，不光是他那伟岸的身材和粗壮的喉咙，还因他是工人革命军司令，但在家里，这侄儿的辈分却没人瞧得起他。秀梅掉过头来，"你是想讨骂吧？"白玉知道秀梅一身的火无处发泄，忙说："好好好，姑妈，我怕你。"秀梅一副要吵架的样子尖声说："谁要你怕我？"何娟是人精，见姑奶奶变凶了就从姑奶奶怀里挣脱下来，回到老奶奶身边。白玉鼓下眼睛，忽然一笑，对小刘说："我姑妈脾气不好。"

　　秀梅的脾气确实没以前好，这两年，她看人的目光都夹着火，什么人都入不了她那双曾经十分美丽的眼睛。过去，她那双眼睛看什么都含着诗意、带着憧憬，批评人的时候尽管目光严厉，却也透着让你能感觉到的善意。现在，她的目光挑剔、带刺，还透着煳味，说话也尖刻。也许这是一切未婚女人的一种病态心理，还也许是她身上的雌性荷尔蒙因没地方去，都集中到肝上，肝火就旺，烧煳了她的视觉神经。爹回家的头几天，一家人都高兴，秀梅却跟吃了火药似的，一身的火药味，这是她被李文华和何军花的婚姻生活刺激的。有天，大哥见她走路跟冲锋样，差点撞在何娟身上，就说她。她跟大哥较劲，刺大哥说："我要你同情？我活得没什么不好，四肢健全。"这伤了大哥，大哥激动地拍下桌子，把桌子上的画笔和颜料拍得分崩离析地散落一地。大哥道："又没人欠你的，你太不像话了！"大哥不发火的，一生里只发过两三回火，那都是针对自己的儿子。大哥真发火，秀梅还是有所顾忌，那些天她就不跟大哥说话。回来，跌着一张对谁都不友好的脸，走路仍然横冲直撞，有天与我岳母于客厅里相遇，竟把我岳母撞得差点倒地。秀梅虽赔了小心，岳母却坚持要走，她对李佳说，秀梅是故意这么做。几天后，岳母收拾好衣物，搬了回去，一个人把那个家弄得干干净净的，窗台上的花也修剪得很好看。我和李佳见她给花剪枝了，这证明她思想的山道已经打通，悲伤或比悲伤更沉重的东西都可以从此处山道通过了。

我堂弟何陕北——这个在自己命运的交叉路口上、靠许诺、欺骗和超常的胆识而力挽狂澜的人，终于成了个无人敢小觑的大人物，被结合进省革命委员会的"老、中、青"领导班子，是省革委会里最年轻的副主任。省革委会副主任就是副省级干部，我二叔奋斗了几十年才奋斗到这个级别，他儿子只花一年多一点的时间就完成了这个光辉的过程。他很高兴，提拔了几个绝对拥护他的亲信，并指示农业厅把农业机械厂的"革委会"主任何白玉结合到农业厅的革委会里当了副主任。这样，何白玉也毫不费力地成了副厅级干部。何白玉早在一年前率工人革命军、配合红旗军的弟兄攻打湘绣大楼时就入了党，他一度要何秀梅把名字倒写给他看，他从口袋里掏出崭新的党员证，甩在桌上，当着全家人的面说："小姑妈，请你把名字倒写给侄儿看。"何秀梅冷笑着走开了。

当了农业厅革委会副主任的何白玉，天天陪着何陕北海吃海喝，几个月下来两个人都吃成了大胖子，更像大干部了。以前的衣服他们都穿不得了，两人又重新做了很多衣服，都是灰色和蓝色中山装，什么人都不放在眼里。一天，叔侄俩在玉楼东餐厅喝酒，陕北喝得八成醉时说："我被组进省革委会领导班子前，省革委会的领导找我谈话，我表态说：'老子是老子，儿子是儿子，我何陕北心里只有毛主席。'"白玉大笑，"这话说得好。"陕北却拍着侄儿的肩膀说："我成立造反派组织，还是受你的启发。"白玉道："这话我只跟你说，我当时成立工人革命军，是我看到厂里一些前国民党人遭到造反派的批斗和殴打，我联想到我爸和爷爷，又想我还有革命烈士的叔爷爷，就灵机一动。"陕北表扬白玉说："这个灵机一动动得好，不然我们就被别人踩在脚下了。"白玉盯着陕北说："叔，真要搭帮我们家出了几个烈士，没有烈士作为我们的后盾，那我们还不任人宰割？我爸是国民党、爷爷是反动军阀，你爸是刘少奇黑线上的，谁敢跟着我们闹？叔，我们为烈士叔爷爷干一杯。"

叔侄俩共同享受"文化大革命"给他们带来的胜利果实，今天到这个造反派组织检查工作，明天去那个单位听取革委会汇报，事后当然就在那个单位海吃一顿。那年月，物质供应比较紧张，猪肉要凭票购买，每人每月才半斤。但何陕北和何白玉，餐餐都有肉吃，就都吃得嘴角流油，吃了又不运动，身体就往横长。有天，心宽体胖的白玉回到家，爹看着他这个身材魁梧的孙儿说："白玉，你多重啊？"白玉回答："爷爷，我有两百多斤。"爹担心他这个孙儿的脑袋里没有道德之弦，说："白玉，你现在是副厅级干部，更要严格要求自己。"白玉伸一个骄傲的懒腰说："我时常用党章要求自己。"吃饭的时候，白玉问玉珍："妈，家里有酒吗？"玉珍回答："没酒。"小刘忙起身，拿起伞，一头扎进雨雾中，不一会，拿了瓶竹叶青回来。白玉问他爸："您喝点吗？"他爸皱下眉头。白玉笑道："我喝，我要感谢党给了我新生。"他就自己一个人喝起酒来。何白玉的心很蔚蓝，因为"文化大革命"改变了他卑微的社会地位，让他可以绷着脸在老厅长面前颐指气使，对老厅长说"好好认识你的错误"。他一想起他曾经敬畏的一个个老领导在他面前低三下四，就快意地大笑。"爷爷，那些原领导，现在都在拖垃圾和扫厕所。"他说，"他们看见我，头都低到腰上去了。"爷爷说："老干部都是对革命有功的，你要尊重他们。"何白玉道："爷爷，我对他们还算手下留情的。"

又一个星期天，一辆北京吉普在门前一刹，何白玉下了车，一脸红光地走进来。那个年代，从小车上下来的都是名副其实的大干部。白玉没事，名义上是来看女儿，实际上是显示他有车坐。秀梅正在给何娟讲武则天的故事，何娟听得入了迷，一双明亮的小眼睛眨也不眨地盯着姑奶奶。他在女儿头上摸了把，打开自己睡的房间，一股霉味扑鼻而来。他有很长一段时间没回来住了，就打开门窗，让风把室内的霉味清除掉。他掏出大前门香烟，寻找火柴或打火机，拉开抽屉翻寻时，看见了扔在抽屉里的那张牡丹牌烟盒，"金专三十块，银元一千元"，这个写错别字的李向东真的"蒋"金"专"和银元都交国家了？何白玉的脑海里起了一大团疑云。他想起大姑妈一家人，就决定查个水落石出。

何白玉是那种人，什么事情想到了就要一搞到底。他一个电话，把他在农业机械厂的几个"铁杆"叫进厅革委会副主任室，很热情地接待他们，弄得他的几个仍在机械厂的铁杆十分感动，愿意为这位了不起的领导掏肝掏肺。何白玉文化不高，但时常跟他堂叔混，也成了个工于心计的角色，等把感情戏做得很浓后，他把这张牡丹牌烟盒给他的几名铁杆看。几名铁杆看后都大瞪眼睛，姓杨的铁杆庄重着脸色说："何副主任，你要我们怎么做？"何白玉吐口烟，"给我查，先把这个李向东抓起来，把那个姓刘的保卫股长也抓起来，把他们隔开审讯。"杨铁杆说："我敢保证，只要他们做了亏心事，就会呕出来。"李铁杆也说："这年头，谁做了坏事都经不起无产阶级的铁拳轻轻一击。"何白玉把拳头击在桌上，布置任务："今天晚上就行动，带上弟兄们，搞突然袭击。"

晚上十点来钟，一百多工人革命军的弟兄围住了从前是我大姐家，如今是被褥厂的职工宿舍。机械厂的工人们个个胳膊上戴着"工人革命军"袖章，人人都板着脸，把房子团团围住。何白玉傲慢地走进李向东家，李

536

向东一家人正准备睡觉，见来了这么多人，李向东忙站直身体说："你们搞错了吧？工人革命军的同志们，我也是造反派。"何白玉盯一眼李向东，这人穿着蓝中山装，已谢了顶，额头上有一个赘肉坨，目光有几分紧张，给何白玉的感觉就有些猥琐。何白玉说："老实点！"一句话就把李向东镇住了。何白玉对杨铁杆和李铁杆说："仔细搜。"杨铁杆和李铁杆就指挥众人翻箱倒柜。何白玉盯着李向东，他突然看见李向东的目光往桌子那边扫了眼。何白玉虽然没做过贼，却懂得贼的心理，心就动了下。李向东结巴着说："革命军的同同志们，我跟你你你们一样，都是热热爱毛主席的。"何白玉下楼，杨铁杆正组织人搜查被褥厂保卫股刘股长的家。刘股长一家五口都站在客厅里，杨铁杆正和几个人把刘股长睡的床抬开，用铁杵撬地板。刘股长一脸无辜相地看着他们。他四十多岁，个子矮、很瘦，脸黑黑的，嘴里说："革命的同志们，我家三代贫农，我是转业军人，参加了红旗军组织，与你们是一边的。"何白玉只说了两个字："闭嘴。"

何白玉再次上到二楼，见李铁杆几人仍在翻箱倒柜，又见李向东已站在了桌子旁。何白玉起了疑，对李铁杆说："把这张桌子搬开。"几个人把桌子搬开，楼板上没什么痕迹。何白玉猛地抬头，见李向东的脸色苍白。何白玉的好奇心被引诱出来，他把一人手中的撬棍拿过来，插进墙与楼板之间的缝隙，一撬，一块楼板"炸"开，李铁杆弯下腰把那块木板扳开，一股陈腐气味从楼板下浮上来。何白玉又撬开一块，这时他看见一个纸包，纸包上落满灰。他拣起纸包，感觉沉甸甸的。他见李向东的身体跟筛糠一样抖，便厉声问："这是什么东西？"李向东的意志已经崩溃，害怕得说不出话来。何白玉打开牛皮纸包，一块金砖掉到地上，于灯光下闪着金亮亮的光。纸包里还有四块，一共五块金砖。何白玉心里骂声"找死"，反倒掩饰不住快意地笑了，"现在晓得我们来搜索的目的了？嗯？"李向东在他面前噗咚一声跪下，一张猥琐的脸上充满恐惧，"我该死我该死。"说着，他就抽自己的嘴巴，一边哭，样子十分可怜。何白玉冷笑道："把他带走。"

刘股长是第二天，李书记交代后，由杨和李带人从厂里抓走的。当他看见杨和李又一次出现在他面前时，便知道自己完蛋了。他也藏了五块金砖，藏在厨房的灶台下。十年前，他在厨房的灶台下挖个洞，把五块金砖用塑料布捆好，放入洞中，再抹上水泥。当年，面对着三十块金砖，两人动了贪心，一人留下五块，其它二十块金砖和银元一起上交公家了。刘股长懂政策，知道自己和李书记犯下的是贪赃枉法的大罪！在农业机械厂的革委会将他移交公安机关的前一天晚上——那是个月明星稀的晚上，正常情况下，那个年代的人，应该是坐在一起畅谈革命理想的，他却用那个年代里剃胡子的刀片在自己脖子上、手腕上割了三刀。他对自己下手够狠的，表现出大无畏的精神，死得就很惨。

　　李书记比刘股长怕死，追索上去，他祖宗八代都是贫农，便希望专政机关网开一面。但祖宗八代都是贫农也没用，那年十月，国庆节那天，他被长沙市的专政机关枪毙了。那年月，一到五一劳动节和十月国庆节，都要镇压一批人，以显示无产阶级的铁拳对坏人坏事是毫不容情的。李向东这样的贪污案，放在今天，说什么也不会枪毙。但在"文化大革命"那样的红海洋中，贪污几十元公款都可能判十年徒刑，贪污五块金砖，那就真是当年布告上经常使用的那句话："不杀不足以平民愤。"

　　那年国庆节非常热闹，因为那是中华人民共和国成立二十周年的国庆节，放在那样的重大节日里枪毙，也算是他的"造化"。那天的长沙街上，要多热闹有多热闹，不但各单位、厂矿上街游行，各中、小学生也穿着白衬衣蓝裤子上街游行庆祝，一边走一边高呼热情高涨的革命口号。游行的队伍，最终汇集到今天的贺龙体育广场，等着召开庆祝中华人民共和国诞生二十周年的大会。小学生、中学生按划定的区域坐好，厂矿的工人代表们却游到宽广的运动场上站着。先是庆祝，呼口号，市革委会的领导讲话，那声音带股明显的煞气——这是那个年代里革委会干部特有的声音：坚硬、粗暴、蛮横。那个年代很奇怪，往往把庆祝大会与宣判大会蓄于一体，庆祝大会一宣告结束，就听见一领导对着话筒用极严厉的声音吼道："下面，把犯罪分子押上台来！"犯罪分子早已在主席台后面排好队了，要枪毙的都由两名解放军战士押着，脖子上系着条白毛巾——据说是为防止死刑犯在台上喊反革命口号，按秩序先后登上宣判台。第一个被两名解放军战士押着走上宣判台的就是李向东，他脖子上系着条白毛巾，胸前挂着块白纸牌，牌子上用毛笔写着：重大贪污盗窃国家财产犯李向东。李向东的名字上打了把大红叉。李向东的两只胳膊被两名解放军战士架着，他已经没有丝毫力气走了，瘫软的身体是被两名解放军战士架着拖上台的。

那天是何国庆十周岁生日，大嫂和李佳做了几个菜，鱼、肉，大部分是素菜。吃饭时，白玉详细地讲述了他带人抓李向东的全部过程，一家人就围绕着白玉是否该参与这事展开了讨论。秀梅生下来就是跟她侄儿抬杠的，这个未婚"老处女"的女性荷尔蒙很多，都跑到脸上来了，脸上就呈现着不满意的红斑红块，所以就爱抬杠。她说："你这是公报私仇。"我妈也觉得白玉做错了，站在秀梅一边说："白玉，你不该参与这事。"白玉感到委屈地把筷子一放，叫道："死刑又不是我判的，我只是抓了他，把他送进公安局。"

大哥和王玉珍生平第一次双双站在儿子这边，大哥愤慨道："这是社会主义的蛀虫，他连没收的金砖都敢贪污，这样的人是该枪毙，"大哥说这话时望着秀梅，"无论是谁把他挖出来的，挖出来了，就是对的。"大嫂也说："白玉做得对，这是为民除害，他还是厂党支部书记，就更应该枪毙。"秀梅热衷于争辩说："如果不是白玉挖出来的，我能接受，但白玉这是公报私仇，性质变了。"白玉瞟一眼她，"姑妈，亏你和大姑妈还是一母所生！"秀梅就一脸对事不对人道："因为你替家桃出了这口气，姑妈就要无原则地站在你这边？要想我不讲原则，下辈子吧。"争论从一家人拿起筷子吃饭，到全家人把饭吃完还在继续，秀梅已呈现出偏执狂的秉性，一句话不对味就激动，仿佛她认准的事都是正确的，别人说的对的也是错的。爹烦了，肯定道："我看白玉没错，揪出的是一个贪污国家财产的人。"

六十

　　爹像个糟老头了，"糟老头"因是前国民党中将军长，就没人敢与糟老头来往，糟老头也知道自己这身份不适宜与别人交往就不跟别人交往。全国的"批斗风"过去后，爹从成都军区回来，只去了省政协一次，政协也成立了革委会，革委会里没有爹的名字，造反派把持着政协的一切，没人需要这个糟老头。"你回去吧，没你什么事。"革委会的人说。爹也落了个心安，就基本上不出门，甚至连院子的大门也没迈出过。

　　只有一个人例外，那就是什么人都不怕的从井冈山上下来的李老将军。我爹回来后，李老将军又常来找我爹下棋。李老将军不是个讲排场的人，老了，喜欢自己一个人出门东游西荡。李老将军一来，两位老人就在客厅里摆下"战场"，一门心事地厮杀，不管外面的世界多么疯狂。张桂花会在大家不注意时盯几眼李老将军的背影。有天我在房间里瞟见张桂花的眼神，那涂抹在李老将军后脑勺上的目光很复杂，李老将军竟然没感觉到脖子发烫，那是李老将军的第六感觉过于衰老、麻木。我似乎明白张桂花婶婶之所以留下来的原因，一定是因为这座城市里住着她曾朝思暮想、也许现在她仍深爱着的男人。在成都，她离她深爱的男人很远，心里就有"飘渺"的空荡荡的感觉，犹如天各一方。在这里，她或多或少能知道这个男人的动静，例如她今天就能看见他，心就安，人就踏实，心里的那棵桂花树就会泛香。上辈人的爱情故事，我说不清，但有一点可以看出来，只要李老将军来了，张桂花会把自己收拾得很整洁、端庄，而且老妇人那皮皱皱的脸上甚至都会因李老将军的到来而泛起红潮。全家人都知道她仍爱着李老

540

将军，就连老奶奶也知道，因为只要李老将军一来，张桂花心里的那棵桂花树尽管被连根拔除了，却仍然一副枯木逢春相，她会下意识地解下脏兮兮的布围兜，溜进房间，换上干净衣服，对着镜子把头发梳好，再走出来。

就是那天，李老将军刚走不到五分钟，一个穿得十分破烂的老和尚缓步来到门前。天很冷，他穿着厚厚的破袈裟，一个光头，两只很大的耳朵支在瘦瘦的脸两旁，挎一个脏脏的黑布行囊，腋窝下夹一把油布伞，一双硕大的脚穿着的黑布鞋也烂了，大脚趾很不体面地钻出鞋面。老和尚走进来，注视着家里的人，当时老奶奶和爹坐在客厅里烤炭火，大哥坐在烘罩前绣老虎，嘴里含着一根穿了丝线的针，手里还拿着几根穿着不同颜色的丝线针，我坐在一旁看报，大嫂和李佳在厨房里做晚饭。我们都望着老僧人，老僧人说："借问施主，这里是何湘汉和何金山的家吗？"他的声音很浑厚，面色肮脏却和善，爹只需看一眼就知道老僧人是他兄弟，"你是金江？"老僧人答："我僧名净空，曾用名何金江。"爹没有表现出应有的激动，对于经历过无数次大风大浪的爹来说，已经没什么事情能让他一惊一乍了。

老奶奶很高兴，她一看净空僧人那两只大耳朵和那双大脚，就知道这个心里没装着爹妈的僧人确实是她儿子，想冒充也冒充不了。"没想到真的是你，"老奶奶说。老奶奶也不是很激动，这个儿子变成个僧人出现在她眼里，只是让她惊讶，她甚至都没站起来。净空僧人的目光在老奶奶脸上停留片刻，又把目光放到我大哥身上，大哥也望着他。爹说："他是我大儿子，他的腿是抗日战争时被日本人的迫击炮弹炸没的。"爹又指着我："这是我三儿子。"净空僧人听毕，作个揖。不知他本来就长得不像何家人，还是他出家后变了相，从他脸上，我实在看不出他哪一点像我们家的人。净空老僧人解下行囊，坐到一张椅子上。

我大叔何金江于十九岁那年骗过他爹，掀开青山街三号厕所的窗户，爬出去革命，直到这年元月十七日背着脏兮兮的行囊重新出现，相隔几乎四十七年。这期间只有长沙"马日事变"后的一天，他在家里熏制腊肉的作坊的梁上如只大猫样静静地趴了一晚，再回来时已是个快六十六岁的老僧人，就连生养过他的老奶奶也对他重现尊容倍感陌生。对于老奶奶来说，这个儿子，活着和死去早没什么两样了。老奶奶一辈子说话都讲究彩头，但那天她也忘记忌口了，说："金江啊，妈早就当你是死人了。"我们听老奶奶这么说，都一惊，就连爹也不觉一怔，但老僧人没有惊诧，连眉头都没动一下。老僧人住下了，他告诉我们，他所在的那个庙宇被当地造反派封了，二十几个僧人都被赶出寺庙。净空僧人说："既然不让僧人修行，僧人们就只好各自散去，各奔东西。"净空僧人停顿下，看一眼大家说："当地干部说，我们出家，接受农民施舍，不干活，宣传迷信思想，是吃人民血汗的懒汉。"净空僧人又道："当地人把庙里的佛像全砸碎了，社会怎么变成这样？僧人都不让做了？"我们都没法回答地看着他，爹宽慰老僧人的心说："你弟何金林，一个副省长，在省里也算是大干部，都被人整死了。你们僧人只是被赶出寺院，相比之下还算好的。"

何陕北来了，特意来看他这个僧人伯伯。僧人看着何陕北一愣，似乎忆起了兄弟，但旋即又平静了，一笑，挠挠头皮。僧人的头皮上有香烧的疤痕，两排，比较整齐，已经很老了，但仍然感觉那是疤痕。陕北瞟僧人好几眼，用干部的语气道："还俗了好，当前是史无前例的'文化大革命'，赶上了这个时代，就要积极参与。"僧人说了声："阿弥陀佛。"晚上，白玉也来了，来看他这个话不多的陌生的僧人叔爷爷。闲聊中，僧人告诉白玉，他住持的那个庙在湘中的大山林里，叫弥勒殿，方圆几十里都是山林。僧人说到他居住的寺院就有点兴奋，描述道："寺院在半山腰，周围都是森林，寺院里的几株榕树都是上千年的，晚上有野兽吼叫，早晨天还没亮，鸟就叫了起来，在寺院里外飞来飞去。"僧人住下的几天后，何大金特意请假，赶来看他的僧人父亲。父子俩见面，僧人一脸平静，何大金却十分激动，因为他有父亲了，尽管这个父亲是那么陌生、模样是那么令他吃惊，但何大金还是觉得这是上天给他的意外礼物。何大金向僧人父亲打听他母亲，僧人陷入沉痛的回忆中，好半天才告诉儿子，他母亲王嫦娥早在一九三四年便在赣南被国民党军队杀害，被杀死的还有他的一个三岁的弟弟及一个即将出生的弟弟或妹妹。僧人脸上的表情略有些怅然，因为他不得不把摒弃在记忆仓库里的往事找出来，那些往事虽落满灰尘，甚至霉烂了，却长满刺，扎痛了他。他苦着脸说："当时你妈肚子很大，行动不便，就借住在一山民家，想把孩子生下来再去找游击队。那时红军已离开瑞金，国民党的军队开进大山，挨家挨户地清剿，你妈就是在那种情况下被搜出来杀害的。"僧人说到这里，吁口很长的气，"那一家人因隐藏你妈，都被杀了。"

僧人起身离开，进了老奶奶在后院给他安排的房间，一个人去掩埋那些惨痛的往事，也让我们慢慢消化他说的话。我们当然可以想象大叔当时是多么痛苦，因为妻子和一个未出生的孩子及一个三岁的儿子于一夜之间都惨死在枪下，这要有多大的承受能力才能抵挡这种灭顶之灾？只有铁骨铮铮的男人才有——那就是我大叔，不然他早步他妻子和儿子的后尘了。这让我们对他表示出更多的尊敬！一个人经历那么多艰辛、吃了那么多苦，经受了那么大的打击，换一个人，怕是早趴下了。爹叹气。何大金一副魂不守舍的伤感相，他的耳膜上筑了道樊篱，以致我们跟他说话他都没听见，看我们的目光也是空的，因为他被他僧人父亲的话，带入了一个枪林弹雨的悲惨的陌生世界。

隔一天，老僧人对何大金说："我和一些游击队员当时就在那山里活动，你妈一死，老僧就带领队伍突围，但没突出包围圈，一个个都战死了。老僧命贱，又一次从死人堆里爬了出来。"爹问老僧人："一九三三年十月，我亲手埋的你，怎么你又活了过来？"老僧人平静地答："我当时只是休克，你们草率地埋了我，那天晚上下大雨，大雨把埋在老僧身上的泥土冲走了，老僧醒来时天上电闪雷鸣，大雨滂沱，老僧爬了出来。"

老僧人告诉我们，他第一次从墓穴里爬出来时，红军还在瑞金，所以他找到了部队。"我被怀疑了,组织上都知道我有一个哥哥在第五师任团长,是国民党。"老僧人淡淡地说,脸上毫无表情,"一个团的官兵都在阻击战中死了,惟独老僧捡了条命回来?难免不让人联想,就有人怀疑老僧是国民党奸细,要枪毙老僧。"我们都看着他,可以想象他当年受了多么大的委屈!爹满脸羞愧地问:"后来呢?"老僧人喝口茶,说:"在那样的非常时期,只要有一个人这样怀疑,别人就都会朝这方面想,就不让我参加军事会议,行动也不告诉我。"他说得很平淡,但我们都猜想他当时一定很难受。他曾经是红军指挥员,指挥一个团的红军奋力抗击敌军,突然被排斥在外,怀疑他是奸细,他能找谁澄清是非?老僧人真的不想跟我们说他过去的痛苦经历,那些事情都被他尘封了,都是我们的好奇心迫使他去撬开记忆的铁枷,把那些带着酸涩腥味的贴了封条的血淋淋的往事翻寻出来。有天,那是何大金买了火车票准备回贵州的先一天,一家人坐在客厅里烤火,何大金因要走,就留连不舍地盯着僧人父亲,目光里夹着很多妇人们才有的缱绻。

老僧人坐在椅子上,没有他儿子那么多依依不舍的感情,只是憨憨的模样微笑。我们问他出家的原因,老僧人回答:"我们留在赣南继续战斗的红军没多少人,只能打游击,常常三四天吃不到一粒米,又不能用枪打猎,怕暴露目标。有些人就动摇了,放下枪,于夜里偷偷溜了。还有的人叛变了,带着敌人来搜剿。有次与国军的遭遇战,五十几名游击队员都战死了。我也中弹,倒在血泊中。他们冲上来检查一个个人,没死的就补一枪,我没死,我装死了。"老僧人说到此处,停顿了,眉弓抖动着,眼皮直跳,惨痛的往事蹿到他脸上,仿佛要从他眼帘里跳出来似的。"我再次从死亡堆里爬出来,靠吃野草和山沟里的水充饥,还要躲避敌人和野兽,走野兽们走的路,有天实在支持不住,晕倒在半山腰的一家寺庙前,那是赣南的一家寺庙,住着十几个僧人,僧人救了我。我在那寺庙躲了三个月,打算等国军撤走后,再出来找队伍。一天早晨醒来,老僧看见一束佛光映红四壁,我的心于那一瞬变了。这是佛缘。"老僧人接着说："我担心地方官兵清查寺庙，连累寺庙里的僧人，就执着住持写的信去了广东佛山的一家寺院。"爹说："你怎么不来封信告知家人一声？"老僧人想了会儿说："我出家两年后，曾写过一封信，让一个来寺庙敬香的商人带出寺庙邮寄，我以为你们早知道老僧出家了。"爹问他那是哪一年的事，老僧人又退到时间隧道里查找，想起来了，"应该是一九三七年秋天的事。"爹说："家里从没收到过你写的信。"老僧人摇头。爹说："当时抗日战争全面爆发，社会很乱，人心惶惶，丢失信件也正常。"

老僧人说这些事不是很连贯，有时候没说完就突然起身离开，让我们明显感觉他很不愿意回想他惨痛的过去，他自己说"那个革命的何金江"死了。他的故事，是被我们的好奇心一点点地撬出来的，飘荡着铁锈味和翻动的泥土腥气，好像我们小时候拿起子撬蛐蛐洞，一撬，一只蛐蛐就蹦出来，又一撬，又一只蛐蛐蹦出来。老僧人说，他之所以出家是他当时感到共产主义只能在寺庙里追寻，离开寺庙那四堵红砖墙，共产主义是无法实现的，因为共产主义的先决条件是人人都要去其私欲，只有私欲去掉了才可以坐下来谈共产主义，而私欲是人的本性，要粉碎人的本性，不借助神的力量是根本做不到的。寺庙是另一个社会，相对外面复杂多变和阴险狡诈的社会而言，人已净化到另一个阶层，倒真没有私有财产，一切都遵循着寺庙的清规戒律，人就没有贪欲，财、色、酒、肉、权力、官职等等，都是僧人们鄙薄的。这些存在于凡人身上的刀子都割不掉的东西一旦被祛除，人就升华了。

原来我这个年轻时敢于反抗强权和牺牲自己的大叔，是到寺庙里过他在生活中没有追寻到的梦，这便是我大叔离开革命，选择寺庙里简朴生活的原因。他与我岳父当年脱离革命的性质不一样。我岳父脱离革命是思想上悲观绝望，在敌人残酷的血腥镇压下，我岳父胆怯了，对革命的前途产生恐惧，转而过起了远离革命的平民生活。我大叔是觉得他在寺庙里找到了"共产主义"，在现实生活中，他遭遇的是你死我活的斗争、是怀疑、排斥，是血淋淋的屠杀。而寺庙里，一切东西都属"公有"，剥削与被剥削只有到寺庙外去找，还真有点人人平等。我大叔这人生下来就是为理想而生和为理想而活，一度为共产主义理想提着脑袋奋斗，最后把自己奋斗进了寺院，于是这匹奔驰的烈马在佛光普照下休息了。这好像有些荒唐，甚至是讥讽，但世上的事情是没法说清的，要都能说清也就不是千奇百怪的世界了。如今老僧人苦心经营多年的——被我们暗中取笑的"寺庙共产主义"——那叶小舟被"文化大革命"的浪潮打翻了，他又一无所有了。不过这个时候的他已经没有当年的激情了，因为过了三十多年平静的寺庙生活，他已是个老人，已像秋天的一片葡萄叶，被狂风从提供养分的葡萄枝上吹落，正慢慢枯萎、蜷缩和腐烂。

　　老僧人不与我们一桌吃饭，他对猪油十分敏感，只要大嫂或李佳为他用菜油炒菜时没洗锅，他也能嗅出荤腥的气味，于是那碗小菜或豆腐他说什么也不吃，只吃几口光饭。何大金满脸凄然，因为他感到父亲是那么陌生、那么不可思议，饭桌上他感叹地摇头道："原来我妈早死在瑞金了，我还有个弟弟死在瑞金，要是不死，也是四十几岁的人了。"大金胖了，脸圆了，还是那种喜欢独处的性格，不大爱说话。大金是个细心人，他走的那天，跑到街上，为他的僧人父亲重新置来一套锅灶和碗筷，这便是他替僧人父亲所做的一切。老奶奶表扬他，"大金，你懂事了。"在老奶奶眼里，尽管大金女儿都有两个了，可还是个乖僻的孙儿。大金说："老奶奶，我小女儿都可以打酱油了。"他走后，僧人就自己弄饭吃，只吃小菜、瓜果菜，他的荤菜是豆腐和香干。过了两个月，一家人渐渐习惯了就不再关注他。他的存在跟不存在没什么两样，因为他可以很出色地把自己"化"得不存在。开始，老奶奶和爹还到他的"禅房"里说说话，后来也不去了，因为他要打坐，还要面壁念经。他在念经时，老奶奶或爹走进去，他连眼皮也不抬一下。老奶奶便对我爹说:"别打扰他。"

　　家里唯一的不同是,后院被僧人打扫得干干净净,从前张桂花每天扫一次,要是张桂花忙别的事去了就大嫂打扫,因为老奶奶喂养的十几只母鸡总是四处拉屎,一天不打扫,后院就满地鸡屎。僧人主动承担了这事,每天打扫两次,早晨起床,念完经后扫一次,沙沙沙的扫帚声要持续半个小时,下午还要扫一次,并提两桶井水把印渍冲洗干净。老奶奶看着僧人打扫院子道:"这下好了,家里多了个扫地的。"

六十一

　　有天,李老将军来了,当时僧人正打扫后院,扫把在地上扫得沙沙响。爹问僧人:"净空,你认识他吗?"僧人就举头看着李老将军,半天没张嘴。爹鼓励僧人道:"你仔细想想?"僧人还是摇头。爹说:"李雁军,还记得吗?"僧人"啊"了声,放下扫把,洗净手,将湿淋淋的手在袈裟上揩干,这才与李老将军相握。李老将军握着僧人的手,十分感慨道:"金江,没想到你还活着。"僧人嘿嘿嘿憨笑。李老将军握着僧人的手不放,"当年你可是最革命的啊。"僧人淡薄地答:"罪孽之身,阿弥陀佛。"李老将军哈哈大笑,拍拍僧人的肩。几个人说了几句闲话,李老将军和我爹便下起象棋来。僧人在一旁观战,告诉我爹走了两步棋,李老将军一看,大叫:"我死了,再来一局。"第二局没下一刻钟,李老将军又哈哈哈叫道:"我又死了,这一招厉害。"李老将军说:"再来。"又开始摆棋,边望一眼拢袖站在一旁观战的僧人说:"今天遇到高手了。"李老将军连输五局。从前,他可是经常赢我爹的,下五局,他一般情况下要赢三局。李老将军不得不服气地看着僧人,僧人很谦和的模样站在他面前,目光对着李老将军那慈祥和愉悦的目光,李老将军跷起大拇指,"你的棋路厉害。"

吃饭时，李老将军把话题转到他的一个老上级身上说："我的老领导也被打倒了，他可是响当当的革命者，当年子弹打进他肚子，医生摸到了，没有麻药，就那么开膛破肚，把子弹头取出来，他连叫一声痛也没有。"李老将军望着我爹，一头短短的白发都生气地竖起来，熠熠生辉，"你说，这样的人，会反对毛主席吗？"爹不敢表态，从成都回来后，爹看到许多原国民党将军挨批挨斗，关牛棚，爹变得更加小心，变成了一个无胆的老人。李老将军拍下桌子，一张经历了许多枪林弹雨因而什么都不怕的脸上，表情更严峻起来，那些皱纹就变得更坚强，像版画大师刻在他脸上的。他粗声说："把一个个老革命都赶下台，这就是'文化大革命'？这就叫无产阶级专政？专老革命的政？！这样的'文化大革命'，我看可以取消。"

　　爹很紧张，这话要是被撞进来的某人听见了那还了得？爹说："不要在我家说这种话，我可受不了你这一骇呵。"李老将军满脸愤慨，"我就是掉脑袋也要给毛主席写信，用我的脑袋担保，我的老上级绝不是反党和反他老人家的人。"李老将军说这些话时，那张老脸上，堆积着许多愤慨、固执和困惑的愁云，这让我们一家人都把目光放到天上，因为天上正浮游着一大堆类似的乌云。爹犹如惊弓之鸟，只差飞走了，但这是爹的家爹就没法飞走。爹说："你不要说了，雁军。"李老将军没受冲击，退休了，住在军区疗养院，在家栽栽花、看看报，与另一些退休的老将军下下棋，把学到的招数又拿来杀我爹。但李老将军的消息并不闭塞，他的客厅里有电话，军队里就有老战友给他打电话，告诉他谁谁谁被打倒，谁谁谁那么好的一个人被整死了。李老将军觉得革命革出来的中国，被人涂黑了，不再是一个温馨的大家庭，而是一团乌烟瘴气的大社会。李老将军来我家，就是找我爹说这些事，因为疗养院里的一些将军们，老了，怕这怕那，不像战争年代里那么勇敢，一听他说这些话，立即就跑开了。李老将军郁闷极了，想说，一定要找人说，不然他那颗心脏快爆炸了。

　　李老将军老了，血压很高，容易激动，一激动就拍桌子，那天桌子上的碗筷都被他"吓"得移了好几次位，仿佛都想离这个火药味很浓的老头远点儿似的。我儿子何五一吃饭的碗，因放在饭桌边上，被他拍得绝望地掉到地下，饭菜撒一地，害得李佳不得不放下碗筷，拿来扫把打扫。李老将军脸上有些抱歉，手就搭在何五一肩上，"好好读书，长大了好建设社会主义。"何五一点头。李老将军就感叹："现在的孩子多幸福呵。"他看一眼后院，对我爹摇头说："现在和尚都不准做了，逼僧人还俗，这不是瞎搞吗？"大哥笑道："破除迷信把寺庙都破了。"李老将军是个耿直的有责任感的老人，身上的忧患意识就跟一座大山样简直可以触摸，他忧伤地说："爱毛主席也不是这种爱法啊。"

爹一听李老将军这么说，慌忙道："下棋、下棋，我们下棋。"李老将军没心思下棋了，因为他一说到这些事就有满肚子话要说。"今天斗这个明天反过来斗那个，都不搞生产，连豆腐和香干都要凭票买，我要给毛主席写信。"李老将军也许是今天输了棋，脾气大得不行，他猛地一拍桌子，张桂花刚摆上桌的象棋有一半震落到地上，以致张桂花惊悸地看着她爱了一生都没爱够的男人，心里没底道："你生桌子的气干吗？"李老将军说："我生自己的气，我不能再犹豫了。"我们不知道这个倔老头"犹豫"什么，都昂起脸望着他。李老将军剑眉一挑，人就无比胆气，大声说："我想毛主席并不知道这些事，我得写信告诉他。"

李老将军真的给毛主席写信了，在信里他说如今他真搞不明白，和尚被赶出寺院，道士被揪着游街，一个个好人都变成了走资派或反革命，这是哪门子革命？！很多工厂为突出政治，上班就是开批斗会或坐在一起读报、学中央文件，或背靠背写检举材料，就是不抓生产，以致商店里能买的东西越来越少，这样长期下去，我们国家何时才能繁荣富强？！李老将军在信中特别强调他尊敬的老上级，说老上级跟随"您"于二十年代就上井冈山投身革命，后来打日军、打国民党反动派都屡建奇功，怎么也变成反党反"您"的人了？李老将军在信尾又附带地提到彭德怀元帅，他坚持认为彭德怀元帅是一名真正的共产党员，他希望党中央重新调查研究，给予彭德怀同志正确的评价等等。李老将军这几年在家里除了栽花、种菜、下棋，就是读古书，被古书上"知者必言，言者无罪"的大道理所激励，被唐朝初期魏征那样的忠言直谏的大臣所鼓舞，就写了信。这是没办法的，李老将军尽管老了，但还是个有着革命激情的政治上略欠成熟的老人。这样的老人注定是要给自己惹麻烦的，因为他们对革命有功，就有不成功便成仁的勇气，而勇气是最最惹祸的东西。

李雁军将军并不知道，他一直是被内控的将军。他这封信一投进邮筒就被送到某军事机关，半个月后，来了一辆军车，跳下来几名解放军，一名解放军走进李老将军家，把李老将军写的信给李老将军看，问："这信是您写的吗？"李老将军瞟眼信，大丈夫一言九鼎的模样说："是我写给毛主席的，怎么，有问题吗？"解放军军官说："那请您跟我们走吧。"李老将军问："去哪里？"军官说："到了自然会告诉你。"李老将军知道自己这一走，肯定会有一段时日，便说："容我收拾一下东西。"军官说："那里什么东西都有。走吧。"这是三月里的一天，桃花就在屋外怒放，天空蔚蓝一片。李老将军被带上一辆挂着军牌的黑色上海牌轿车，这一上车就再也没有回来。

当李老将军再回来时，不是人回来，而是一盒骨灰从飞机上运回来，送骨灰回来的是李文华军长。省军区为李老将军开了个很隆重的追悼会，广州军区的副司令员飞来致悼词，足见其规格相当高。李文华军长没通知我们家，他是办完丧事，临走前，来看他妈、我爹和老奶奶，于悲愤中告诉我们的。李文华受到父亲的牵连，于父亲被软禁后，他也被撤去军长一职，发配到新疆的军垦农场，一去就是两年。一九七一年九月十三日，林彪等人外逃的飞机在蒙古境内坠毁后，某大军区的人找李文华军长谈话，把李老将军的遗物（军衣军裤、一串钥匙和一个用烂了的黑皮钱包及一根掉了漆的牛皮带）交给李文华，说："你父亲死了两年了，是自己绝食而死。你父亲要求军委对他进行审查，不然就给他一个结论。他不吃饭，也不喝水，整天躺在床上不说话，他要见中央领导。我们劝李老将军不要这样，但你父亲相当固执，连军医给他打的营养吊针也被他拔掉了。"李文华伤痛地挥下手道："别说了。"军区负责看管他父亲的人就把李老将军的骨灰盒抱给他，"这是您父亲的骨灰盒。"李文华军长呆呆地看着骨灰盒，军区的负责人跟着他一起难过道："我们也很难过。"

　　国庆读初一了，身高快一米六十了；五一读小学二年级，长脸上突然冒出一对小酒靥，一笑，两个小酒靥就呈露出来。小时候，五一脸上并没有酒靥，怎么就冒出一对小酒靥呢？大家都奇怪，又高兴。老奶奶捉住五一的双手，仔细端详着曾孙道："五一长成个姑娘了。"五一说："老奶奶，我是男孩子呢。"老奶奶就迷惑了，"那你怎么看上去像个小姑娘呢？"五一讨厌老奶奶捉着他的手道："老奶奶，您糊涂了。"爹说五一，"你这孩子，跟老奶奶说话没点礼貌。"五一见爷爷凶他，哭了。李佳把五一拉过来，"别哭，自己玩去。"

　　国庆跟着他大伯学画画，画写生静物，过年前他还跟着他大伯上街画街景。五一那颗脑袋里装的是音乐，他缠着李佳买把长沙民族乐器厂生产的小提琴，跟对门曾家的一个哥哥学拉琴，那孩子大他几岁，琴拉得好，五一就跟他学，去新华书店买来五线谱，每天在家里练琴。他不用别人督促，自己一早爬起床，脸也不洗口也不漱，第一件事就是拉小提琴练习曲，一心要赶上对门曾家的哥哥。家里辈分最小的何娟，小脸蛋像一颗漂亮的南瓜籽，长着一双睫毛很长目光清澈的眼睛，嘴唇红嘟嘟的。她十分不理解，她怎么要叫只比她大四岁的何五一"二叔"？叫国庆"大叔"她似乎能接受，在她眼里，国庆已是大人了。她总是问她姑奶奶："姑奶奶，为什么我要叫五一二叔呢？"

　　谁也没办法跟这个小女孩解释清楚，因为她不愿意接受的事情，你怎么解释她都拒绝相信——那种女孩子特有的固执，有点横蛮、愚昧，又十分可爱。她总是瞪着一双清澈的大眼睛望着老奶奶，要老奶奶给她讲杨贵妃、讲狐狸精的故事。或缠着姑奶奶，因为她特别爱听姑奶奶给她讲武则天的故事，秀梅已经讲了十几遍，她仍然爱听。她最喜欢听的还是姑奶奶讲的穆桂英率十二寡妇挂帅西征的故事，秀梅每讲一次就演绎一番，添油加醋，听得何娟如醉如痴。有时候何娟会说："姑奶奶，不对，您上次不是这样讲的。"秀梅自己都不记得了，因为她是即兴发挥的，便问："姑奶奶上次是怎么讲的？"何娟就把秀梅上次讲的说给秀梅听，秀梅说："不讲了，你自己都晓得讲了。"可是为使侄孙女长大后有革命志向，秀梅又给她讲现代革命斗争中向警予和刘胡兰的故事，不过这两位女英雄的故事，侄孙女总是听得无精打采的，有时姑奶奶还没讲完，她就躺在姑奶奶的床上睡着了。"你睡着了？"秀梅问侄孙女。侄孙女否认道："我没睡着。姑奶奶，您再讲一遍穆桂英的故事好吗？"秀梅说："不讲了。"玉珍见孙女像燕子样叽叽喳喳地缠着秀梅讲故事，生怕秀梅烦她，就说："别缠着姑奶奶，奶奶给你讲董存瑞的故事。"在听故事上，小女孩的脑袋是有选择的，她用她特有的尖亮的嗓音说："我不听董存瑞，我要听穆桂英和花木兰的故事。"

大哥喜欢找僧人大叔下围棋，与僧人对弈。僧人的围棋比象棋下得更好，盘盘都是僧人赢。这天中午，李文军来了，着一身旧青布衫，脚上一双烂猪皮鞋，猪皮鞋的边都磨得开裂了，一副落魄相，可是他不管这些。"我来赶中饭吃，"他进门就说，笑了笑。桌上，一局围棋还没完，李文军就参与进来，站在我大哥这边，替大哥想棋。僧人静坐着，默神，脸上十分和善。大哥和文军研究了会，下颗子，僧人也下颗子，两人又应对着下颗子，僧人又再走颗子。李文军思路广阔，看出来了，说："这两步棋相当厉害，佩服。"李佳跑过来宣布："吃饭了，捡桌子。"僧人起身去他的"禅房"，饭菜上桌，大人坐着吃，孩子们夹了菜，到一边去吃。大家说着话，正好大哥房里有瓶竹叶青，是向他索画的人送的。大嫂笑着拿来，倒几杯，爹

552

跟他们碰下杯，对李文军说："文军，什么事情只要想通了就打不倒你，这就是禅。"李文军嘿嘿嘿笑，"我也想当和尚。"爹笑，秀梅插话道："和尚都做到家里来了，还当什么和尚？"秀梅四十岁了，再也漂亮不起来了，岁月的风雨把她俊俏的脸蛋腐蚀得没什么光泽了。她如今在家只关心何娟，一心要把侄孙女培养成穆桂英或花木兰那样的女中豪杰。"娟娟，到姑奶奶身边来。"秀梅总是这么说，一副做母亲的模样。家里都觉得秀梅是个怪人，既然那么喜欢孩子，经常带着侄孙女睡觉，寒假期间还把侄孙女带到何家山村她妈家去住，自己为什么不结婚生子？但谁也不敢跟她提这个话题，大家都知道她对侄孙女的关爱是她格外开恩，对家里其他成员可没什么好脾气。

有天晚上，爹跟妈商量，想把秀梅和李文军撮合到一起，秀梅毫不含糊地答："我连李文华军长都没嫁，未必会嫁给一个'右派'？"爹就再没说一个字，当秀梅带着何娟进房间睡觉后，爹隔了很久才对我和大哥说："我就是看她不懂。"这是五月份的事，又过了一个月，桃子熟了，国庆摘下桃子，洗净后吃。老奶奶盯着国庆吃桃子，满脸惆怅道："这棵桃树是钉在门上的烈士栽的。"大家就随着老奶奶的视线看着桃树，爹的目光有些茫然，说："我都想不起你们三叔的模样了。"这年的桃子结得多，尽管国庆和五一不怕酸，一回家就摘桃子洗桃子吃，还是吃不完，玉珍就摘下两篮桃子，送给对门韩家和曾家的孩子吃。

七月中旬一个闷热得令人昏昏欲睡的中午，家里来了两个人，一个姑娘和一个愣头青。两人都一头汗地站在葡萄藤下，打量着客厅里的人。家里的人都在午睡，只有老奶奶坐在客厅里歪着脸打盹，涎水从她垂暮的皱纹紧密交叉的嘴角淌下来。姑娘咳了声，老奶奶惊醒，看着这个姑娘，一下子迷惑了，仿佛回到了从前，"你是家桃？"姑娘开口道："您是我老外婆吧？"老奶奶还没糊涂到想不起她是谁，问："你是郭香桃？"郭香桃叫道："老外婆好。"郭香桃一旁的愣头青也叫声："老外婆好。"郭香桃指着愣头青说："我弟郭承嗣。"老奶奶忙叫声"啊呀"，冲屋里的我爹叫道："金山，你外孙和外孙女来了。"秀梅也在家，先一天她刚从何家山村她妈家回来。秀梅听见老奶奶这么说，第一个跑出来，一看见他们，笑着大声说："真的是你们来了。"爹走出来，郭香桃姐弟俩分别叫了声"外公"。

一家人就接待着这两个晚辈。这两个晚辈于那年冬天随父母离开长沙去资兴后，十五年了，还是第一次踏进两人出生的这片热土。郭香桃长成大姑娘了，模样确实像她妈，唯一的差别是比她当年的妈略矮些，脸庞子也宽一点，但眉毛生得极好看，犹如柳叶弯在她眉弓上，目光清澈、水灵，没有她妈当年脸上的傲气，而是一脸温柔的聪明相。郭承嗣也长成小伙子了，又瘦又黑，额头很高，五官的轮廓十分清晰，不再是那个羞涩的男孩儿。他坐下没两分钟，就从口袋里掏出一盒烟，起身敬烟给外公，他外公摆下手。小伙子又敬烟给他大舅说："大舅，抽烟。"然后敬烟给我，烟是郴州牌香烟，在那个年代这种牌子的烟是过年时才有配的。在爹眼里，外孙当然还很小，爹说："不要抽烟。"

郭承嗣还是点了烟，边说："我只是偶尔抽一支。"郭承嗣将一口烟吸进肺部，烟雾从他肺部里转一圈后吐出来，成了淡淡的蓝色，不像是偶尔抽一支烟的样子。我问他："你不是偶尔才抽吧？"他怪怪的样子答："抽得不多。"郭承嗣坐没坐相，站没站相，给人一副调皮的机灵相，还给人一副缺乏教养的样子。爹目光严肃地问他："你现在做什么事？"郭承嗣看着他满脸苍老但仍威严的外公说："在家里玩。"爹听外孙这么说，就有些担忧，"玩？"郭承嗣一脸无奈地答："我爸是'右派'，县里没事给我做，又不让我读高中，我只能玩。"爹听毕，说："那也不能一天到晚玩，会毁了你自己。"老奶奶走拢来，摸着郭承嗣的手，凑近她曾孙儿的脸打量，"让老奶奶多看看，多嫩的皮肤啊，年轻就是好。"郭承嗣嘴甜，马上道："老外婆，您身体看上去还是这么好。"好像他经常看见老奶奶似的。老奶奶说："我好咧，好得很。我曾外孙机灵，真会说话。"

先两天，何大金也带着他一家人来了，让他的两个女儿暑假来认她们的僧人爷爷。吃过中饭，何大金带着他的两个女儿上烈士公园玩，快吃晚饭时一家人回来了。秀梅对走来的丽丽和珊珊说："这是你们的表姐和表哥。"丽丽是大金的大女儿，长得亭亭玉立；珊珊是大金的小女儿，与五一差不多大。她们分别叫了表姐表哥。何大金看着郭香桃，"她真像家桃年轻时候，你妈还好吗？"郭香桃答："还好，大金舅舅。"大金又说："真像，说话的声音都像。"秀梅说："声音还是不像，家桃年轻时不会说资兴话。"大金问："你父亲还好吗？"郭香桃脸上飘过一抹阴影，仿佛一朵云从空中游过，答："我爸还是老样子。"大哥说："香桃说话的神气真像家桃。"大嫂说："当然啊，她本来就是家桃的女儿。"大哥说："家桃是她这样子大时也和她差不多。"大哥是有权利说这话的，他是看着家桃长大的。大哥观察了下郭香桃，肯定道："香桃的鼻子跟她妈的鼻子长得一模一样。"大嫂说："额头也像家桃的额头。"秀梅也盯着郭香桃看，待大嫂说完后补了句："看上人的眼神也很像家桃。"郭香桃被长辈们品评得很不好意思了，红了脸。大金叫道："发现吗你们？她红脸的样子更像家桃。"何娟一觉睡到吃晚饭时才醒来，她梦见自己是穆桂英，挂帅出征。她爬起床，眼屎巴巴地坐到客厅里，秀梅让她叫郭香桃姑妈，叫坐在一隅昂起脸对全家人都展开笑的郭承嗣叔叔。她不懂了，说："姑奶奶，我的叔叔和姑妈怎么那么多？"大家都笑。

　　晚饭就一大桌人，何白玉也带着老婆来了，这自然忙坏了大嫂和李佳，老奶奶、我爹妈、大哥大嫂、我和李佳，还有张婶婶及国庆、五一和何娟三个吃长饭的孩子，平常吃饭就是十一个人，加上大金一家四口，又加上何白玉两口子，再加上郭香桃姐弟，变成十九个人了。这还有不把大嫂和李佳累弯腰的？酸菜蒸肉弄了一大钵，红萝卜炒了半脸盆，白菜炒了三大碗，还猪大肠、糖醋排骨什么的，当然就把李佳和大嫂累得相互捶腰互相体谅了。吃饭时，两个女人站都站不稳了，也没胃口，被油烟熏晕了头。

大哥心疼地看着大嫂说:"玉珍,你辛苦了,多吃点。"玉珍说:"吃不进,跟中了暑样。"李佳也说:"我也吃不进。"两个辛苦的女人索性坐开,拿着扇子扇风,看着大家吃饭。

桌上自然一桌的回忆,主要是回忆何家桃,何家桃当年的点点滴滴都被一桌人你一句我一句地回忆起来了。率先回忆的是何白玉,他说他对大姑妈感情最深,"我最记得我小时候,大姑妈带着我上街买葱油饼吃的情景。"何秀梅第一次没与侄儿抬杠,说:"真是的,我也记得大姐是最喜欢吃葱油饼。我还记得大姐爱吃姜,书院路上有家铺子,做的姜很好吃,大姐爱吃那个铺子的姜。"张桂花婶婶指着酸菜蒸肉说:"家桃最爱吃酸干菜。"老奶奶不无遗憾地嘀咕道:"桂花,本来我家桃孙女是要嫁给你儿子李文华的……"老奶奶说到这里,看一眼站在她一旁听她说话的脸色温存、矜持的郭香桃。听老奶奶说话的语气,香桃的母亲是自己找了个悖时的男人。香桃不说话,脸却一红,瞟一眼她弟,郭承嗣也不说话,但瘦脸上忽然生出一层遗憾,因为他也听懂了这层意思。大嫂在一旁笑道:"老奶奶,世上的事情谁说得清啊?"何大金望眼后院,支开这个让人沉闷的话题,打趣道:"要是我父亲不出家,继续革命,说不定已'革'到中央去了。"大家都朝后院瞟一眼,后院里,僧人父亲正埋头做斋饭,好像往炉子里添了坨新藕煤,正蹲在炉子前拿扇子扇着炉门。

郭香桃和郭承嗣对饭桌上关于他们母亲的话题十分感兴趣,尤其对大家议论的何家桃与李文华的婚事有兴趣,因为这些往事姐弟俩还是第一次听说。隔了一天,姐弟俩坐在客厅里吃着葡萄,郭承嗣还是忍不住问秀梅:"姨,为什么我妈与李文华军长结婚结到节骨眼上,又突然改变了态度?"秀梅像呛了口喉咙样,咳着,自己捶自己的胸部。大哥却笑得牙齿都露在外面说:"还不是你们的爸爸有手段,你们的妈认识了你们的爸,结果就发生了变化。"郭承嗣便遗憾地说:"要是我妈当年是嫁给李伯伯,我和我姐就都是将军的儿女。"秀梅觑一眼侄儿说:"可能生的就不是你们,有什么好'要是'的？"话是这么说，但早能用自己的脑袋想事或分析得失的郭承嗣，难免不想假如他们的爸爸是李文华军长的话，他们现在是何等轻松又何等愉快，甚至是何等威风！他们一家人便无须见人就低三下四地给笑脸，见人瞪眼睛就老实得跟一只病猫样弓着腰，或如一条犯了错误的小狗样害怕地夹着尾巴不敢乱动。那几天，在客厅燠热难耐的空气里、在上午至下午的热风下、在傍晚时分和何五一拉的小提琴练习曲的旋律中，两姐弟说了很多他们在资兴县城街上被人欺负的境遇，说他们家的窗玻璃经常被大人指使孩子打碎，放在门外的煤火时常被恶人浇灭。他们家的衣服都不敢晒在户外，因为会有人把他们家的衣裤扯下来丢在地上，害得香桃或她妈不得不捡起来洗第二次。她妈种的蔬菜，例如南瓜、茄子和黄瓜在瓜果还未长熟时或即将成熟时，便被不知什么人连根拔起，枯死在菜地里等等。

爹和我妈、大哥、大嫂、秀梅及大金都仰起头听他姐弟俩叙述，顿时感觉这个夏天不是太闷热了，而是太压抑了，压抑得大家喘不过气来，似乎空气中氧气太稀薄，就愤恨世道十分欺人。大金很同情地瞧着他们姐弟俩说："你们家是不幸，但越是这样你们越要坚强。"郭香桃很认真地点下头，一双目光清澈的眼睛静静地望着大家——那是家桃那种可以融化苦难的目光。郭承嗣却一脸愤恨地说："我小时候看见别人欺负我妈，我真恨不得杀死那人。"秀梅盯着口出狂言的侄儿说："你不要犯法，那些喜欢看你们家险的人，就等着你犯法，懂吗？"郭承嗣的脸上有愤怒，但那只是一瞬间，好像吸烟的人啪地打燃火一样，旋即又熄灭了。他低声说："我知道。"张桂花婶婶不说话，坐在一旁听着，听得流了泪。老奶奶眼睛好，观察也细致，看到张桂花拿手帕揩眼泪，问："你流什么泪？"张桂花说："没想家桃吃了这么多苦，我难过啊。"老奶奶却说："家桃是将军的女儿，是不会输给别人的。"这等于是一句总结，让一家人都认同地看着老奶奶。秀梅说："老奶奶越来越会说话了。"全家人都笑，边吃葡萄。郭香桃和郭承嗣吃葡萄的样子都有些腼腆，想吃，目光时不时苍蝇样落在葡萄上，又怕我们笑他姐弟俩太馋。爹指着葡萄说："多吃点，你们。"

　　一天下午一家人午睡起床，国庆让郭承嗣坐在沙发上，给他画速写，郭承嗣剪了个土气的发型，见国庆要给他画相就端坐着，一双长得略有些像他妈的双眼皮眼睛正视前方，对他姐笑，也对丽丽和珊珊两表妹笑。没想坐了一刻钟后，他那颗脑袋就东歪西扭了，因为他觉得脖子酸疼。国庆说："别动。"郭承嗣问："还要画多久？"国庆说："别说话。"郭承嗣就闭了嘴。国庆画完郭承嗣，重新拿出张纸，又开始给他表姐香桃画像。五一却在他房里拉小提琴练习曲，拉出了单调的琴声。丽丽和珊珊就坐在国庆旁看国庆画画。国庆画完后，画夹子就立在沙发上。老奶奶看见了，说："这是家桃啊。"老奶奶问起床的爹："这像不像家桃？"爹点头。老奶奶叫张桂花把画取下来，找了几颗图钉将画钉在她墙上。老奶奶笑道："现在我能看见我孙女了。"老奶奶心里是很挂念这个孙女的，尤其听到郭香桃姐弟俩说的那些事后，老奶奶就更念叨家桃了。次日，何大金一家人吃过早饭要走，事先已买好火车票，大金的僧人父亲破例没念经，望着大金一家四口吃饭。饭是稀饭，有酱菜和包子。僧人目光和善，大金的目光也很和善，父子俩的目光常常相碰，又赶紧分开。一家人都看着这对父子，天下着雨，淅淅沥沥的雨声使离别多少有些忧伤。

　　街上，曾家的那个大男孩站在门口拉小提琴，琴声悠悠扬扬地在街上飘，有些凄婉。大金一家人的背影消失在拐角处时，我们才转身。郭香桃看着大门上的"烈士军属"牌，感到奇怪道："这牌子还挂在门上？"大嫂看眼侄女，还不等大嫂开口，秀梅就说："香桃，如果不是这块'烈士军属'牌，你和你弟，还有大金一家人，要想住在这里，那是做梦。"郭香桃就歪着一张俊俏的脸问秀梅："姨，怎么呢？"秀梅解释给她侄女听说："街上有些人对我们家很有意见，说我们家房子太多了，应该匀几间给别人住。前年，街道办事处的吴主任找来，借口他家的屋顶漏水，一边墙快塌了，想借我家的房子住。老奶奶一句话就把他的嘴堵死了。"郭香桃很感兴趣地问:"姨,一句什么话?"秀梅骄傲地看着锈迹斑斑的"烈士军属"牌,答:"老奶奶说:'住进来就是烈士军属,你是烈士军属吗?不是就不要打这个主意。'一句话就把吴主任吓跑了。"郭香桃佩服道:"老奶奶真了不起。"

六十二

郭香桃和郭承嗣在我们家住了十多天,郭香桃要走,她在资兴谈了个男朋友,男朋友是县公安局的公安干警,其父在县里是个副局长,也是搭帮郭香桃长得俏丽,又凭借端庄和贤慧赢得了这个男人的心,一家人在县城的处境才有所改变,姐弟俩才可以出来走动。郭承嗣却想留在长沙找事做。爹把郭承嗣叫到他房间坐下,望着他这个行为不端的外孙,"承嗣,有一件事你要说实话,你是不是拿了你外婆抽屉里的十块钱?"爹没用"偷",而是用"拿",是给外孙脸面。郭承嗣满脸绯红,红潮都涨到耳朵上了,头却低到胸前。爹威严地盯着他,爹的余光见玉珍站在门外,便说:"玉珍,你进来。"

玉珍走进来,见承嗣不说话地垂着头,就猜到爹在说她口袋里的五块钱也突然不翼而飞的事。七十年代初,五块钱、十块钱都算得上不小的数目了,因为那时候人均生活费才八元钱一月,一般老百姓的工资只有三十多元一月,却要养一家人。爹说:"你大舅妈前天也说她口袋里的五块钱不见了,是不是你拿了?"玉珍见郭承嗣的脸低得看不见了,就对爹说:"算了,是小事。"爹从来不对玉珍发态度的,那一刻却严厉地盯玉珍一眼道:"小事?这是做人的品质问题,是大事。"爹又把目光放到外孙身上,说:"本来外公是打算你回资兴时再跟你说这事。我们家多年里从没丢过钱,你那天进我房间,你外婆说抽屉里少了十元钱,是不是你拿了?"郭承嗣还不是一个坏得无可救药的青年，他把怯懦的目光放到地上，低声说："外公，是我拿了。"爹又问："你为什么要拿你外婆和你大舅妈的钱？"郭承嗣好半天才羞愧地说："外公，我没工作没钱用……我不对，我以后保证不偷钱了。"爹绷着脸说："你们家境不好，被人欺负，但你更要争气，不要给你父母丢脸。身为男人立于苍天之下，宁可冻死饿死也不能偷！偷是不劳而获，是最被人看不起的。"郭承嗣恨不得逃跑，可是他姐和大舅妈堵在门口，他红着脸看他外公，这几天在他眼里十分好脾气的外公此刻一脸威严，让他胆寒、心惧，说："外公，我一定改正。"

何白玉那段时间随何陕北作为湖南的造反派代表，去北京开会，见到了很多中央的大人物。回来后，他和陕北到处作报告，传达开会精神，好坚定造反派们的信心。叔侄俩十分快活，到处走动，迎接他们的是各厂矿的革委会头头，他们只需坐在台上大讲革命形势，之后就一通大鱼大肉。郭承嗣既然想留在长沙，爹把这个快活得连父母和女儿都不要了的白玉叫来，指着郭承嗣说："你大姑妈的儿子想在长沙找个工作，你有办法吗？"

何白玉这段时间跟中央首长样受到各厂矿造反派的热情接待，人就相当傲慢，见爷爷用恳求的目光望着他，便扫一眼表弟问："你有什么特长？"郭承嗣说："我没特长。"何白玉又打量眼表弟，"那你想干什么工作？"郭承嗣哪里敢挑，说："哥，我随你安排。"何白玉当然有权安排这个表弟，想下说："你去农业机械厂的食堂学厨师吧，你只能算临时工。"郭承嗣想到自己能在长沙工作了，便咧嘴道："临时工也行。"何白玉把肥胖的身体往沙发上一靠，看着对他一脸感激的郭香桃说："回去告诉你妈，那个把你爷爷打成'右派'的李向东书记，因贪污你爷爷上交的五块金砖，被枪毙了。"郭香桃眼睛一亮，"真的？"何白玉接着说："那个被褫厂保卫股的刘股长，也因贪污没收的金砖，畏罪自杀了。"何白玉觉得自己总算给大姑妈一家报了仇，就惬意，"还有，那个把你父亲打成'右派'的工会赵主席，听说也死了。"郭香桃又一脸惊喜的样子说:"那我太高兴了,我一定告诉我爸妈。"我们却有些迷茫,因为郭香桃姐弟俩早从玉珍和秀梅嘴里得知了此事,并非第一次听说,就觉得郭香桃不像家桃年轻时那么率真和坦诚。那天晚上,郭承嗣送姐姐去火车站,我们都感到这姐弟俩被压迫在社会最底层,在老鼠样人人唾弃的生活环境里被扭曲了,有些假。爹叹气,妈也叹气,妈对坐在星光下乘凉的一家人说:"能帮他们我们都要尽量帮。"

郭承嗣拿着何白玉写的纸条,穿着白衬衣和蓝裤子,去农业机械厂找革委会杨主任。农业机械厂当然按何白玉的纸条,安排郭承嗣进厂食堂学厨师,说一口资兴话的郭承嗣就于学厨的第三个星期,他回来收拾行李,老奶奶以为他要回资兴,问他:"是回资兴吗你?"郭承嗣答:"老外婆,厂里见我是何副主任的表弟,给我安排了一间宿舍。"老奶奶说:"还是我曾孙儿的面子大。"郭承嗣拎着包裹走了。夏天最热的日子过去了,秋老虎来了,在老奶奶眼里,秋老虎一点也不威武,像只病猫,躲躲闪闪的,还没感觉到秋老虎有多厉害就白露了,寒露又快步赶来,毛衣就上了老奶奶的身。一天,吃得好、活得很开心的何白玉,仍穿着白短袖衬衣来了。他身上的雄性荷尔蒙太多了,多得把寒露抵挡在体外,就不知道要加衣。老奶奶羡慕地摸着他那粗壮的胳膊说:"我曾孙儿的身体真好。"

何白玉身体是真好,好得他都见异思迁了。那个年代,领导干部见异思迁,是作风很严重的问题,可是何白玉不管这些。吃过晚饭,他不是向自己的家走去,而是往学院街快步而去。何白玉又开始新的一轮恋爱了,对象姓向,二十岁,是农业厅里最出名的演员,演革命样板戏《沙家浜》里的阿庆嫂,演得人人都喜欢她。何白玉是厅领导,接见过她好几次,对她的演技十分赞赏和迷恋。"不错不错不错,就你演得最好。"何白玉用他那双温存有劲的大手握着小向的手不松,眼睛直勾勾地盯着小向,那目光比墙上的灯泡还亮,盯得小向脸都发起烫来。"有人说你应该去剧团当演员,我是不会放你的。"何白玉表态说。

小向在领导面前很激动，知道领导喜欢她，不好意思地抽回手，但手的余温却留在何白玉的心窝里了。在何白玉那心潮澎湃的眼里，小向是那么美丽，身段婀娜，脸皮细嫩，声音好听，只要一闭上眼睛，小向就以阿庆嫂的模样在他眼里风姿秀逸地唱着样板戏，让他夜不能寐。这样的美女简直不是人间的，是天上掉下来的尤物，不能让她从他身边溜走，他想。他走进小向家时，天已经黑了。小向是独生女，父亲多年前去世了，母亲警惕性很高地看着走进门的何白玉。小向对母亲说："妈，他是我们农业厅革委会的何副主任。"小向的母亲在街道办事处上班，一听女儿说何白玉是厅领导，脸上就十分热情，"啊呀，什么风把您这大领导吹来了，女儿，快为你们大领导煮碗红枣桂圆蛋。"

　　何白玉觉得自己这辈子还从来没吃过这么可口的红枣桂圆蛋，"真好吃，"他说，"你真是个又浪漫又懂事的姑娘。"小向被领导夸奖得不好意思道："何副主任，您太夸奖我了。"何白玉拍拍自己的脖子说："太好吃了，我吃胀了，小向，陪我走几步吧？"小向就扭头对母亲说："妈，我送送何副主任。"她妈挥手说："去吧。"学院街离湘江不远，两人走到街口，何白玉浑身是胆地说："我们去河边散散步吧。"小向看眼何白玉，月光下何白玉的脸是模糊的，但传出来的信息却是浪漫和勇敢的。小向昂起娇气的脸说："您是领导，我听您的。"何白玉说："今天我不是领导，我是你的同志。"他带着小向走到湘江边上。湘江于这个季节里冷清清的，月亮黄黄地悬在深蓝的空中。何白玉心情很好，此时此景此人都是他想要的。他不是个老实人，"文化大革命"的东风把他的心吹大了，心一大，再看老婆的模样就觉得小刘不配当他夫人。他的心早就离小刘而去了。他要找一个更好的与他相配的夫人，将来他成了更大的人物时带出去也不丢脸。此刻，他漫步在湘江岸边，边看天色边看着小向说："在北京开会时，很多大人物都跟我握了手。"小向看着她的领导，他憧憬未来地一笑，"张春桥同志要我们争取更大的进步。"小向只在看电影前放的纪录片上看见过何白玉说的这些大人物，就羡慕。他见小向心生向往地盯着他，就表扬她说："你的声音好听，唱戏很有天赋，都说你阿庆嫂演得好。"小向一笑。

两人在河堤上漫步，河风吹在他们身上，河面上闪耀着白银一般的月光，就有一种诗情画意的东西在他脑海里乱撞。何白玉不知道，他已走到他爷爷在很多年前的秋天与他叫奶奶的我妈骑着一匹骏马奔驰到的地方，那时候这里有一条船，此刻这里也有一条船，比当年他爷爷奶奶乘坐的那条船还好一点，有船舱，一条缆绳把船系在木桩上。"这里有一条船，"何白玉一看见这条船就色心荡漾，高兴地走拢去，说："我们坐坐船。"

小向迟疑了下，她望眼船，又望眼何白玉，还望眼上苍的月亮。何白玉一笑，把小向牵到船上，解下缆绳，船便随着河水飘流开了。何白玉心情很好，坐在船舱里，看着秋天里冷清清的河面，想着在北京开会的盛况，心就膨胀得没边了。他又打量小向，小向的一张脸在月光下模模糊糊却白白净净，还十分温柔。何白玉觉得这个世界就只有他们两人了，脑海里就波涛汹涌，人就痴情地看着她。小向有了不安感，这种不安感突然而至，让她惶遽，她突然意识到不该跟着他上船。她说："何副主任，我们上岸吧？"这样的机会何白玉不会轻易丢掉，"这里很好。"他笑着说。小向却有些怕，这个早年死了父亲的姑娘，一直与母亲相依为命，现在突然如此近距离地与一个大男人面对面坐着，她十分不安，说："我怕我妈担心我。"在何白玉那贪婪的目光里，小向的母亲不过是名生活在底层的妇女罢了，看见他好像看见中央首长样，就觉得她妈那样的妇女不会成为他俩的障碍，"你妈不会担心你，"他感到自己在她们母女面前本钱很足道，"我是农业厅革委会副主任。"小向沉默了，站起身看舱外，船已离岸几十米远，她回身回急了，船晃了下，她的身体就往一旁偏，他趁机抱住了她。小向十分吃惊，她想从他的怀抱中挣脱出来，但他反倒搂得更紧，说："小向，我太爱你了。"小向说："何副主任，您是有家室的。"

何白玉大手一扬，像驱赶苍蝇样，"那个家不存在了。"他说完，就大胆地亲她的脸。他的脸触到一张紧张、干净又冰凉、美丽的脸蛋。这张温热的脸蛋在冰凉的夜色中犹如一支动听的小夜曲,彻底俘虏了他,让他决定为她付出一切。他说:"我要娶你,小向。"小向一惊。他的手大胆地向她的乳房进军,插进她的外衣,又钻进她贴身穿的白棉毛短袖衣,直奔她柔软、温暖的乳房。这一切只用了一秒钟。小向叫了声,企图从他身上挣脱开,但他的大腿夹着她的腿,她无法起身。他在她的乳房上捏了把,她被他捏得又叫一声,接着出气声就紧随他的揉捏变急促了,这让何白玉想起初恋孙燕——当时孙燕就是在这种情况下向他投降的。小向在他怀中哆嗦着,他却快乐地亲她,把她压在身下,船在晃动,河水在他耳畔哗哗响,像哼着古老的爱情歌曲。他陶醉了,心头上盛开着一朵芬芳的玫瑰。

小刘不愿意离婚,何白玉就瞪着小刘说:"我要做的事,没人可以拦着,离了,大家都痛快。"小刘恨他道:"我不离。"何白玉想要离婚就只能动粗,便厌恶地踹小刘一脚,把小刘踢得坐在地上呜呜呜哭,他却烦躁地起身走了。离婚就拖着,何白玉对小向保证说,他一个月内离婚。一个月过去了,又一个月过去了,再一个月于两人的热恋中不知不觉地逝去了。小向看着领导,领导向她保证说:"再给我一个月。"又一个月过去了,三月带着南方特有的绵绵细雨来了,毛衣都不用穿了,婚仍没离成。小向又举着一双疑惑的眼睛望着领导,领导再次说:"可能还要一个月。"四月份在与小刘离婚的斗争中一天天溜掉了,五月里南方的湿气拥着一团迷雾扑到小向脸上,这团围绕着她的迷雾还没驱散掉,六月又于蝉和知了的齐鸣声中热热闹闹地来到小向的床边。一天早晨,一只蛐蛐蹦到小向的草席上,在她腿上爬着,小向愤怒地一巴掌把那只蛐蛐打死,立即觉得自己就像这只蛐蛐,被领导玩弄了,就阴着脸问领导:"你怎么还没离婚?"领导盯着她,觉得这女人实在太漂亮了,如果不离婚就会失去这个婀娜迷人的女人。领导说:"婚一定会离,只是还需要时间。"小向不肯就范了,不管他是不是领导,很坚决地推开他，"都六月份了，何副主任，你还想骗我。"何白玉说："我没骗你，只是我没想到她那么固执。"

星期天，何白玉步伐矫健地来了，他忙着恋爱和离婚，有很长一段时间没回青山街，玉珍昨天打电话到他办公室，他今天来了，穿着白底灰隐条衬衫，下身一条黑的确良短裤，脚上一双皮凉鞋，脸色红灿灿的。他妈和他爹却没他那么精神，也没他心情好，都板着面孔看他。他爹穿着那个年代里男人们夏天里常穿的白背心，一条肥大的西式短裤裹着他的屁股。他爹的脸上，呈现出中年男人的沉稳、冷漠和坚定，说："小刘昨天来了，说她不肯离婚你就打她，你一个厅革委会副主任还动手打人，这要得的？！"白玉觑着他爹，隔壁有五一练琴的琴声，另间房子传来国庆与李佳的说话声。他爹又道："当领导的，更要严格要求自己，你居然在家打老婆，你像个领导吗？"玉珍也板着脸表态："我和你爹都不同意你离婚。"白玉反感他爹妈干涉他的事，说："婚我一定要离。"他爹吼道："你糊涂，作风问题，组织上向来是看重的，作风不检点的人几个有好下场？！"

白玉觉得下场什么的那是以后考虑的事，有个堂叔在省革委会罩着，他没什么可担心的。他必须离婚，以免小向说他是骗子，他可不愿意背着骗子的恶名在社会上走动。他很烦躁，觉得必须冲破这些世俗观念筑建的牢笼，不然他的爱情就会跑掉。作风问题只会吓倒那些生性胆怯的人，吓不到他何白玉。他说："我什么都可以不要。"他妈说："你真糊涂，你要不是厅革委会副主任，谁会喜欢你？"何白玉说："你们不懂，我看着她就烦躁。"他是指小刘，玉珍听懂了，说："她是娟娟的妈，你要搞清楚。"何白玉抽口烟，望着窗下的月季花，嘀咕道："妈，你们别管我的事。"玉珍告诫儿子："妈告诉你，你别在女人身上栽跟头。"他不愿再与父母讨论这事，看着女儿，女儿竟长这么高了，下半年便要上小学了。他说："娟娟，到爸爸身边来。"何娟的脸色却冷淡得像块冰，不愿靠近他。何白玉有点惊讶，他爹说："你太不像话了，你女儿都不愿理你！"何白玉心里牵挂着小向，别人都无法进入他烦躁、骚乱和渴求的心。他那庞大的身躯一离开，客厅里顿时空旷许多。

一身脾气的何白玉走到湘江边上，他很烦，小刘死也不肯离婚，还跑到家里告状，他倒不怕父母阻挠，但他愤懑地感到她这是下定决心不让他幸福，因而他恨不得揍扁她。由于他走得太急，就一身汗。长沙的夏天，有火炉之称，很热。那天傍晚，江边上有很多人游泳，大人小孩、男人女人，水域里一片脑袋浮动。他看眼天，一颗火红的太阳悬在西天上，天空一片火烧云。江边传来嬉闹声。这时，一个着粉红色游泳服的女人从河里走来，鹅蛋一样的脸蛋，红润润的，一脸的笑，一双明眸向他射来一抹温柔和甜蜜的目光。这目光让何白玉内心里充斥着一股洪流，这股洪流从足底涌到头顶，又从头顶落入丹田，使他兴奋。他笑嘻嘻地看着犹如出水芙蓉的小向说："你真美。"小向偏着俏丽的鹅蛋脸，看着他说："你再不离婚，哼，你就看我不见了。"何白玉注意到不少人都在盯着他与小向，倒不是他招人目光，而是身段玉一般白净、窈窕和美丽的小向像一束光吸引了众多男人的眼球。他说："你放心，我一定会离婚。"小向说："又骗人，你。"

何白玉也是来游泳的，事先俩人就约好的。他走到趸船上，脱下白汗衫和西式短裤，里面是一条黑游泳短裤。他把衣裤放进一只塑料袋，高大壮硕的身体便下到水里，小向击一掌水，水溅到他脸上，他高兴道："好啊，你敢调戏领导。"小向不饶他道："就要调戏你。"两人向河中游去，又折回，游到趸船边，攀住铁链休息，彼此就脸挨脸。何白玉在残阳中看着水淋淋的她，更加觉得她要多美丽就有多美丽，"我们好久没那个了。"小向听懂了，把脸蛋骄傲地一扬，看着满天空的火烧云说："你休想，你离了婚，再碰我。"何白玉却厚颜无耻地笑道："那你要我怎么解决下面的问题？"小向看着周边游泳的人，忽然一笑，"你不是有老婆吗？找她解决。"他有些急，说："你还给我点时间，十月份我老奶奶满九十岁，我保证离了婚，带你吃我老奶奶九十岁的生日宴。我向毛主席保证。"小向想到十月份还有三个月，"我要你明天就离婚。"说着，她游开，迅速向河中游去。何白玉就尾随着游去，激情满身地游到她身边，在水中摸她的大腿和屁股。小向说："何副主任，你好痞的。"

退回去一年，六月里的一天傍晚，天上浮游着几朵红云，其中一朵正浮游在我家院子的上空，一辆灰色的上海牌轿车驶到门前，着一身中山装的何陕北迈下轿车，进门便叫我爹的头衔："何副主席。"爹当时穿件汗衫，坐在堂屋里与老奶奶说话，听何陕北这么叫他，大惊，何陕北哈哈大笑说："今天省革委会研究了，您属于对革命有功的党外人士，摘去了你'历史反革命'的帽子，恢复你省政协副主席的职务。"还在这年四月初，陈正人和曾山因患疾病得不到及时治疗逝世了，周恩来总理得知陈正人和曾山病逝后，指示全国各地，对所有老干部不论是否"解放"，一律接回城市检查身体，凡有病患者，一律保证住院认真治疗。《人民日报》发表了《惩前毖后，治病救人》的社论："……不论老干部、新干部，党内的同志、党外的同志，都要按照'团结——批评——团结'的公式。"爹做梦都没想到他一个"反动军阀"，突然就进了"党外的同志"的名单，可套入"团结——批评——团结"的公式。爹没想到会有这样好的事降临到他头上，因为近段时间并没有吉祥征兆，桃树并没多结桃子，葡萄枝也没多结葡萄，鸡也没下出格外不同的蛋。爹满脸疑惑地问侄儿："真有这事？"何陕北说："千真万确，您属于'党外的同志'。"一只金丝雀落到葡萄枝上，唱着歌儿，爹看着鸟儿，满脸感慨道："家里有喜事，鸟都飞来祝贺。"国庆在房里画静物，五一在拉琴，有些生涩的琴声在我们耳畔飘扬。妈和大嫂、李佳在做饭，做了一桌很丰盛的菜，因为肉票都吃完了，老奶奶批准杀只母鸡庆祝，炖了一大锅。喝酒时，爹高兴地问陕北："你爹的问题会解决吗？"陕北尽管位高权重，但在他父亲的事情上，他却没有回天之力，他摇下头道："我父亲的问题跟刘少奇沾了边，这事不好说。"

一辆灰色的上海牌轿车来接陕北，爹起身送这个把好消息带给他的侄儿。爹的尊严感让他从来不跟比自己辈分小的人握手，那天爹很热情地握着陕北的手说："谢谢你。"爹激动了一晚，在客厅和卧室里走来走去，与一家人共享欢乐。要知道"反动军阀"这顶帽子，压得青山街三号的每一个人这几年都抬不起头，让一家人见人矮三分，要不是"烈士军属"牌在青山街三号的大门上熠熠生辉，保佑着这一家人，也许这个家早被一些很想革命又逮不到革命机会的人踩在脚下了。九点钟时，爹禁不住喜悦地步入后院，敲开僧人弟弟的门，僧人着一身自己缝纫的白粗布袈裟，正准备睡觉。爹对僧人说："我的问题解决了。"

爹的帽子一摘，妈啊、大哥大嫂啊、秀梅啊、李佳啊、我啊，心里的疙瘩就消失了，仿佛太阳一出来，地上的潮气就收走了样。那天晚上，爹从不唱歌的，竟哼了几句京剧："朝霞映在阳澄湖上／芦花放稻谷香／岸柳成行……"歌声从爹妈的房间里传出来，坐在客厅里的秀梅对玉珍小声说："爹唱京剧。"玉珍答："爸高兴呢。"大哥挺直腰杆坐着，说："我还是第一次听爹唱歌。"秀梅肯定道："我也是第一次听见。"一颗椭圆的月亮缓缓地爬上了对门的屋顶，玉珍说："今天的月亮真亮。"秀梅答："是很亮。"

有天傍晚，一家人坐在葡萄藤下歇凉，爹目光远大地看着我和大哥说："你们我都不担心，我就担心白玉。"我和大哥都望着爹。爹这几年戴着顶"反动军阀"的帽子，深知自己这身份影响了一家人，就觉得自己没资格管家里的事，现在他"解放"了，又开始想问题了。爹说："白玉是干部，干部离婚不是好事。"大哥望眼大嫂，大嫂看着我们，大哥说："白玉从小就顽劣。"爹同意地点下头说："白玉最大的缺点是没怕惧，没怕惧不是好事。"大哥由于行动不便而缺乏运动，脸上的肉多了，皮也松了。他经常一个人坐在窗前画画或绣花，眼睛也绣坏了，不戴眼镜就绣不成花了。这么些年，大哥都是顽强地活着，无师自通地钻进湘绣的世界里，把湘绣和画画都弄出了名气，但他对儿子却毫无办法，老实说白玉的发展道路和方向都不是他所希望的。大哥说:"白玉不是个有约束力的人,不适合搞政治。"突然,从秀梅的房间里传来尖利的口令声:"立正、向左转,向右看——齐!"这是秀梅在她房里学喊口令。爹的问题一解决,被缴了"械"、晾在学校里好几年、每天拿着扫把打扫楼道卫生和倾倒垃圾的小学校长何秀梅,被学校领导临时启用为体育老师。体育老师重病住院,他的课要人上,校长听何秀梅说她父亲恢复了省政协副主席的官职,就让她代上体育课。何秀梅是个极认真的人,接受了新的教学任务,就想努力做得最好,回到家便一本正经地学喊口令。她特意买回来一面长镜,靠墙立着,看自己喊口令和打手势的动作像不像体育老师。她喉咙很大很亮地喊道:"向后转,齐——步走!一、一、一二一……"我们都把目光投到她的卧室方向,天很热,她的房门敞着,何娟站在门口笑,"一二一"的口令声便直接灌入我们的耳朵。长沙的夏天,白天拉长了,直到八点钟,天才黑沉下来。

不几天,一个早晨,一缕带点油烟子气味的阳光涂抹在葡萄藤和院墙上。吃过早餐,一辆灰色的伏尔加驶到青山街三号,爹正推着自行车要出门,被伏尔加轿车堵在门里。司机是省政协的,他下车,笑着对我爹说:"何副主席,我来接您上班。"爹在社会的底层像条老泥鳅样生活了几年,已不习惯被人尊敬和笑脸服务了,吓得慌忙摆手说:"谢谢,我自己骑车去。"司机是个矮个头小伙子,小伙子说:"刘主任说我这车以后就专接您上下班。"爹十分惭愧,推着自行车边走边说:"谢谢,我自己骑车去。"爹跨上自行车,一拐,骑得车朝前飙去。司机没法,开着车回了单位。爹刚走进办公室,办公室的刘主任就找他了。刘主任对我爹笑道:"何副主席,您今天怎么不肯坐车?那辆车是刚买的新车,专门配给您的。"爹慌得脸都红了,摇手道:"不,我不要车接送。"刘主任说:"这是上面规定的,两个副主席配一辆小车,您何副主席不坐,不好吧?"爹说:"我对革命又没功,怎么有脸坐公家的车?"办公室的另一同志走进来大声说:"您是湖南和平起义的将领,怎么能说对革命没功?起义就是对革命有功。您得坐车。"

爹也不想成为众矢之的，爹把自行车放在伏尔加轿车的尾箱里，坐着伏尔加轿车回了青山街。司机替爹把自行车拎下来，爹走进院子，老脸上还浮着些不好意思的红潮。爹说："不习惯啊，昨天还是历史反革命分子，今天就来车接了，好像我是个功臣。"大哥正对着天光一针一线地绣老虎的眼睛，他拿着针线的手举在空中，为爹高兴道："爹，有车接，您就坐么。"着一身红运动衫、把自己看成体育老师的何秀梅，挺着对饱满的乳房，在葡萄藤下做广播体操，想把动作做标准些而教小学一、二年级的学生。她一脸理直气壮地说："爹，您一声令下，两万多官兵都跟着您起义了，没跟共产党打仗，这就是功劳！"

六十三

还在前年十月，一个下了阵太阳雨，接着阳光明净的上午，何秀梅曾带回来一个男人，当时青山街广播站正播放着《毛主席来到咱们农庄》那首歌，一家人都坐在客厅里听歌。那男人瘦瘦高高，在那个十月金秋的上午，穿一件灰色夹克，一条黑裤子落在一双锃亮的酱色皮鞋上，那条裤子熨过，刀口印笔直的。一看就是个生活讲究的男人。那个特殊年代，一般男人在衣着上是不讲究的。男人四十多岁，脸色红润、谦和，笑起来有点难看。何秀梅指着他对老奶奶和爹，还有我和大哥说："我们区教育局革委会肖主任。"肖主任摸下下巴，下巴已刮得很干净，谦虚道："我早就想来拜访您们一家人了。"爹那时候还没"解放"，听肖主任如此说，羞得目光都不知该投向何方。肖主任在我们家没坐多久，因为一家人与他不熟，尽管他说他于十多年前，曾以肖老师的身份到过我家两次，但大家都想不起这事了，就连何秀梅也说她没印象了。我们之所以记得这个人，不是他长得有多帅，也不是他有多特别，而是他是何秀梅一生里头一次带回来的一个男人。当两年后的十月，同样是一个阳光明媚的上午，何秀梅再次带肖主任走进青山街三号时，我们一眼就认出这个瘦瘦高高的男人是区教育局革委会的肖主任。那是个星期天，十点来钟，一家人坐在客厅里，老奶奶坐在太师椅上打盹，爹坐在左边的沙发上，大哥和我坐在长沙发上。"我们区教育局革委会的肖主任。"何秀梅介绍他，好像肖主任是第一次来。

肖主任很友好地看着我大哥绣的老虎说："你的老虎绣得真好，有神威。"大哥不是那种一被表扬就得意的人，说："哪里哪里。"肖主任夸奖大哥说："我们街上有几个湘绣界的所谓大师，都没你绣得好，不骗你。"他又瞧着我爹，讨好道："您是老将军，打日本人时您是堂堂的师长。"爹茫然地看肖主任一眼，不晓得净拿好话诓我们一家人的肖主任有何目的。肖主任接着讨好我爹道："别人怎么评价您是别人的事，我肖楚公永远尊敬您。"肖主任说这话时，秀梅在一旁看他，目光竟有些发痴，这让我有点惊诧。这似乎是爱！爱这东西可以从女人的目光和脸色上感觉到。秀梅的这张脸，本来就是张晴雨表，高兴时脸上就洋溢着高兴，不高兴时就呈愠色。秀梅在恋爱上，并没经验，以前跟李文华恋爱，那是纸上谈兵，一见到李文华，她就自愧弗如地想逃避，但面对这个几年前死了老婆、放手追她的肖主任，她不知道怎么掩饰这种突如其来的爱。她笑着，吃饭的时候她时不时往肖主任的碗里夹荤菜，仿佛故意要让全家人看她何秀梅也晓得疼爱男人。老奶奶望眼张桂花，张桂花如今不在乎秀梅与谁相爱了，很平淡。老奶奶便对肖主任说："你不要讲客气，多吃点。"

肖主任长一张方脸，这张方脸很宽，眉毛相距较远，中间好像隔了条河。嘴很大，一笑，嘴角都不知去了哪里。就形象而言，实在没法及格。肖主任吃饭时，称赞李佳的青椒炒肉好吃，又赞美何国庆、何五一和懵懵懂懂的何娟是好孩子，还称赞老奶奶胃口好。他把好话说尽后，丢下一家人没反应过来地走了。半个小时后，秀梅回来，一脸春风地宣布："我打算跟他结婚。"我们都看着她，仿佛听错了。大嫂开玩笑道："太阳从西边出来了。"

秀梅一脸认真道："我决定嫁给他。"爹走出来问："他多大？"秀梅说："四十三岁。"爹再问："他没结婚吗？"秀梅说："他有一儿一女，老婆在六七年武斗时，被一辆飞驰的汽车撞死了。"爹说："那你要当他两个孩子的继母啊。"秀梅沉下脸道："这不更好吗？免了生孩子的痛苦。"五一的琴声从房里飘出来，李佳说："五一的琴拉得顺畅些了。"大嫂赞成秀梅结婚道："你早该结婚了，结了婚，好有个男人依靠。"

何秀梅开始着手备嫁妆了。她不要我妈为她准备，也不要大嫂插手她的事，一切都亲自动手。她说她的窝要自己"织"。她买来红被面和红床单，还买来一大段红绸子，准备为自己做一身穿在身上呈现吉利的红衣服。她还上东塘百货商店搬来一台蝴蝶牌缝纫机，又买本裁剪书，准备给自己做新娘子穿的衣裤。她显得很勤奋、很好学，边翻看裁剪书，边将红绸布铺在床上、小心翼翼地裁剪。肖楚公天天来看进度，脸上炽热地笑着。他一来，总要跟大哥下几局棋。假如僧人不念经，他就走进禅房，跟僧人学下象棋。僧人也不拒绝，陪他下。肖楚公每走一脚棋都要想一想，一局棋常常要下一两个小时，有时候，僧人要睡觉了，哈欠都打到天上了，他还不知趣地要再下一局。僧人有他自己的生活习惯，就不客气地打发他走说："明天再下吧。"肖主任走出禅房，秀梅房里的缝纫机还在哒哒哒地响，而这个时候月亮都升到正空了。肖楚公会轻轻叩一下门，缝纫机的声音会中断一瞬，就听见肖楚公说："我走了。"秀梅会起身送他到大门口，接着传来关大门的声音。

何秀梅其实不爱这个肖楚公，她心里爱的人还是李文华，她的一口精美的皮箱里，装的都是李文华于十多年里给她写的一封封信，当她孤独的时候，她会一个人打开箱子，随便取出一封信读，读得热泪盈眶，因为信里面记录了她真挚的爱情和逝去的青春。她会低声啜泣，把眼泪流干。她之所以打算把自己嫁给肖楚公，一是她有一种恐慌感，这种恐慌感来自于她那不容忽视的年龄，她四十岁了，想问题的角度就改变了。她看见老奶奶老了，爹也老了，爹头上的黑发转白了。她担心自己老了会没人管，死了甚至都没人收尸。再者，她被肖楚公那份炽热的爱情打动了。何秀梅没被李文华的爱情俘虏是她不敢向李文华承认那件让她不愿意回忆的事。何秀梅也想拒绝肖楚公，但她与肖楚公有工作联系，这就使她无法彻底回避。爹的问题一解决，何秀梅只当了一个多月的体育老师，这个学期一开学，她就被调进区教育局，在区教育局的办公室写材料和整理各学校报上来的材料，与肖楚公主任每天都要见好几次面。早一个星期，有天下班了，她手中的材料还没弄完，就留在办公室写着。肖楚公走进办公室，对她笑。这个时候，整栋办公楼就剩他俩，还有潮湿的空气包裹着这对男女。已经有了两个孩子的肖楚公，不是一个拘泥的男人，他一进办公室就从背后搂住她，并充满激情地说："何老师，我其实在二十年前就爱上你了，我爱你爱了整整二十年。"何秀梅的乳房只在一九四九年时被那几个军痞胡乱地摸捏过，后来的二十多年里，没有遭遇过任何一双男人的手抚摸，被肖楚公的手一触摸，人就被电打了样，哆嗦着，慌忙起身道："别别这样，肖主任……"肖楚公的宽脸上一片庄重，还一脸爱情，"你还记得那张相片吗？就是当年你放在桌上的那张军人的相片，就是那张照片让我放弃了对你的追求。"

肖楚公说的那张相片就是李文华当年寄给何秀梅的穿着少将军服的相片。肖楚公那时是她同事，办公桌与她的办公桌拼在一起，那张相片让他足足盯了半个小时，然后他悲伤地走开，死了追何秀梅的心。不久，他调走了，又不久他与他街上的一个姑娘结了婚，再不久他老婆为他生了儿子，随后又生了个女儿。但他老婆死后，他又重新追求起何秀梅来了。那段时间何秀梅正处在悲愤中，李文华斩钉截铁地斩断了对她的爱情，把她堂妹何军花娶走了，这真让她措手不及和深感懊悔！肖楚公不是李文华那种坐在军营里一边写爱情信，一边浮想联翩的军人。他是个热心的农夫，在她愤怒和痛苦的心田上挖了口塘，又挖了一条渠沟，让她的痛苦和懊悔变成溪流，顺着渠沟流到这口塘里，他再把这口塘封堵好，不让她的痛苦继续泛滥。"什么都会过去，"他安慰她说，"我会帮你。"

他把她借调到局里，为的是进一步接近她，帮助她排忧解难。她既希望如此，又害怕这样。她想逃避，又觉得这可能是她人生中最后一个追求者，逃避了，也许就真的失去她还在少女的时候就十分憧憬的浪漫爱情了。她内心不止一次地承认，她是需要爱情的，因为没有爱情，她的心一到夜晚就倍感凄凉。她在这种矛盾的心理中等着他向她屈膝投降。她没等多久就等来了这一刻。当她从他的怀抱里挣脱开时，她决定把真相告诉他，因为要做他的老婆就得坦诚相见，诚实是她活在这个尘世里极力奉行的宗旨，尽管她自己把发生在她身上的那件事隐瞒了很多年。"我要告诉你一件事，以免我以后跟你说时，你晓得了而后悔。"她坦率地看着因抚摸她而满脸激情的他，"我不是一个冷冰冰的女人，我也有火热的感情，但我只是在压抑我自己！"肖楚公感兴趣地迷茫地盯着她，她只考虑了一秒钟，就鼓足勇气对他说："我不是老姑娘，其实我早不是姑娘了。我十七岁时就不是什么处女了。"

身为一儿一女的生父的肖楚公，觉得处女不处女实在没什么，他很激动地看着何秀梅，"没关系，我不计较，因为我也不是处男。"何秀梅痛苦地摇下头，"肖主任，我不配做你老婆。"他没想到在他眼里心性高傲的何秀梅竟说出这种出乎他意料的话，就激动地抱住她的腰，大声说："你很配，我倒觉得我不配做你的丈夫。"

何秀梅心慌意乱地推开他，低着头沉默片刻，生平第一次说出那年发生在她身上的那件可怕的事！这事儿在她心里仿佛储藏了一个世纪，在她身上发了酵，把一个十七岁的姑娘"沤"成了一个不起眼的中年女人，人都沤馊了，呼出的气息不再是年轻女人那新鲜、温馨的气息，而是带着中年女人的馊味儿了。她抹下眼泪说："我这是第一次对一个人说这事，现在你可以看我不起了。"肖楚公是有些惊讶，倒不是惊讶发生在她身上的那件事——虽然那件事也让他吃惊，让他终于明白了她这么多年一直不结婚的症结所在，他更惊讶的是，为了那并非她的错而且完全可以抛弃的事情，竟贻误了她这么多美丽和青春！他同情她道："你一点错都没有。你能告诉我，我真的很感谢你，这证明你信任我。"何秀梅没想到他会这么说，瞪大眼睛看着他。他继续说："要我看，你真是太单纯、太傻了！"

这话说进了她的心里，她哭了。他把她再次搂进怀中时，她就依顺地偎在他怀里了。肖楚公很高兴，感到他搂着的这个女人太善良、太单纯又太好摆布了，就快乐地说："我真要感谢上天，是上天把你留给我。"何秀梅哭得痛不欲生，边说："我今天违背了誓言，我发誓永远不告诉任何人的，今天却告诉了你，我再没脸活在这世上了。"他用火热的嘴唇封住她那张颤栗的嘴，边紧紧地拥着这个被那件事压迫了半辈子的女人，"不要说了，忘记它，嫁给我吧，秀梅。"

有天，爹拿着报纸对我和大哥说："陕北和白玉都是靠造反造上去的，有点危险了。"我和大哥都望着爹，爹说："邓小平出来主持中央工作了，一些文革中闹得凶的'打砸抢'分子抓的抓、判的判了，白玉和陕北暂时是没事，不知以后会怎样。"大哥也看了报，说："我也觉得政治空气有点不一样了。"爹对他大儿子说："省里，被打倒的一些老干部，又陆续恢复工作了，他们的眼里能容陕北？"大哥点上支烟，说："这么说，白玉恐怕也会有麻烦了？"爹看眼七月的天空，那是个炎热的傍晚的天空，爹说："中央的政策一变，我担心白玉的日子也没那么顺畅了。"

那段时间老奶奶身体欠佳，爹却不想被小车天天接来送去地上下班，每次坐进车里，爹都有不安感，觉得这个待遇落在他身上总有点别扭。爹前半生虽只是名国民党军人，文化也不高，却有着知识分子的清高，不愿意接受别人的好，就受不住。这年八月，爹打了个报告，说他老了，体力不支，开会常打瞌睡，政治学习时注意力很难集中，不能及时理解党的新政策，权衡再三，他请求退休。爹的退休报告很快得到批复——这是爹哪边都不站，就没人需要他留任。爹办了退休，从此不用上班和开会学习了。爹说："我轻松了。"妈说："你啊，早该歇歇了。"爹高兴，在房里走动着，边哼起了《沙家浜》里郭建光的唱段："朝霞映在阳澄湖上／芦花放稻谷香／岸柳成行……"老奶奶问他："什么事情让你高兴啊？"爹答："退休了，可以在家多陪陪您了。"老奶奶道："好啊，那你去剁些青菜叶喂鸡吧。"

这年我儿子何国庆身高一米七十了，走路迈着开阔的大步子，说话喉咙也变粗了，去年还只穿三十九码的鞋，今年要穿四十一码的鞋了。李佳又去给国庆买来新球鞋和布鞋。五一也长高了，更虎头虎脑了，那眼神和那说话的表情以及走路一阵风的猛劲，爹说他长得活像钉在门上的烈士。五一比国庆小，但比国庆猛，经常在学校里打架，一打架不是打伤了别人要赔医药费，就是被别人打得鼻青脸肿，弄得李佳时常愤怒地责令五一跪在毛主席像下反省错误。爹柔和地摇头说："何家的人都是这么长大的，当年胜武也是经常在学校打架，白玉打不赢就用砖头砸。"李佳担心五一这样发展下去会变成长沙街上的二流子，就于半年前的一个星期天，把五一带到省歌舞团首席小提琴手的家。那小提琴手是李佳一同事的表弟，姓吕，是个热心的年轻人，他让五一拉支小提琴曲，纠正了五一拉琴和握弓的姿势，并示范给五一看，这可不是对门曾家哥哥的半调子，那琴一拉起来，琴声就饱满地从琴体上倾泻下来，把室内的杂音一扫而光，令五一着迷。第二个星期天李佳又带着五一去学琴，再一个星期天五一就自己搭车去，手里拿着馒头，背上背着琴盒。从此每个星期天，五一就不找同学玩了，而是自己去省歌舞团找首席小提琴手学琴。

何娟也背起书包上小学了，但她是个女疯子，每天早出晚归，不玩得满头大汗、鼻涕横流、一脸肮脏，她就不落屋。老奶奶见何娟一头大汗地回家，一张小脸蛋脏兮兮的，笑了，"我玄孙女都读小学了。"老奶奶把玩累了的玄孙女揽到怀里，玄孙女就装睡地偎在高祖母怀里。老奶奶说："娟娟，长大了准备干什么？"何娟想也不想地答："我要当穆桂英。"老奶奶就对我们说："娟娟要当穆桂英，那可是个了不得的人。"

何白玉坐在沙发上，一脸不高兴。老奶奶看着白玉问："你有这么好的女儿，干吗要离婚？"何白玉回答："老奶奶，你不懂。"那天，何陕北也被爹叫来做白玉的工作，何陕北自然是站在我爹的立场上问他道："就江山与美人而言，你更看重哪边？"何白玉毫不含糊地答："我更看重美人。"何陕北生气了，没想他一开口竟被白玉顶个正着，这是不给他面子啊，他丢下一句"我以你为耻"的话，板着脸走了，泡的茶也没喝一口。大家都呆了，白玉却一脸无所谓道："他是嫉妒我。"他那颗自命不凡的只钟情于女人的脑袋，确实认为女人是最重要的。"大丈夫活在天地之间，应该敢恨敢爱。"他大丈夫气十足地手一挥，"你们不要再劝我了。"他应该去当国王，因为没有人可以阻挠他追求爱情的决心，即使是在那样火红的年代，为了那个女人他也可以把伦理道德、家庭和上辈人的意见弃之不顾。

某个星期天，在何秀梅最不应该回来的日子里，她疲惫的样子回来了，穿着自己缝制的那身红衣服，脖子上系条水红色丝巾，感觉上她把自己裹得像一只红粽子，而且这只"粽子"似乎哪里有点不对劲。她于三个月前一大群麻雀在葡萄藤上争吵不休的日子里，与肖楚公结为了伉俪。何秀梅没办婚礼，没请人喝喜酒，她和肖楚公打了结婚证，第二天肖楚公骑着一辆崭新的凤凰28型自行车驶来，秀梅就穿着这身红衣服，扭身坐到肖楚公的自行车上，对爹、我妈和老奶奶说："我们结婚了，今晚我不回来，你们不要给我留门。"一家人望着她，老奶奶不相信地问："这就是结婚？"秀梅说："这是革命化的结婚，婚礼是'四旧'，我和肖楚公都不提倡举行那样的婚礼。"她说完，屁股坐到肖楚公骑来的自行车衣架上，消失在门外。过了两天，秀梅回来拿她平时穿的衣服，我妈和大嫂都劝她补个婚礼，她断然拒绝："不补，我一个老姑娘，他又有儿有女，别人背后会笑我呢。"

何秀梅心里有块疙瘩，不办婚礼的真实原因，并非是她对老奶奶说的那些话，而是她觉得比起李文华来，她嫁的这个男人太不值得一提了，而且她老了，敲锣打鼓地迎娶，弄得人人都知道她嫁了个死了老婆的男人，她的脸往哪里放？何秀梅别的东西可以不要，脸却是要的，她明显感到自己是个失败的女人，可不愿意把"失败"拿到别人面前展览。

结婚后，她还是经常回来，有时候晚上还在她的闺房里睡觉，大嫂问她，她就说："他家在大马路边，正处在上坡的位置，好吵的。"她嫁出去与没嫁出去区别不大，三天两头总能看见她回家吃饭，有时候中午还在家午睡，给侄孙女讲个故事，再睡觉。那天，一家人注意到她不但疲惫，左边脸比右边好像圆一些，像是肿了。大家面面相觑，她那火药的性格，大家都不想自讨没趣。吃饭时，国庆问她："姑妈，你脸怎么啦？"她这样回答国庆："姑妈洗澡时溜了一跤。"我们却看见那脸上有手指印，不像跌伤。她一回来，就住下了。一个星期后，肖楚公出现在门口，凤凰自行车推进院子，他对坐在沙发上的我爹笑了下，"爸爸，秀梅在家没有？"秀梅一听见他说话，赶紧栓了门，我们都听见了栓门声。他走拢去敲门，秀梅不开门。大嫂知道他们吵架了，说："秀梅很任性，你要学会哄她。"肖楚公的宽脸上一片羞愧地敲门说："秀梅，你开门。"秀梅却从门里甩出一个句子道："你滚！"

六十四

就在天性孤傲、自恋，却又极度自卑的何秀梅的婚姻像一艘没开出港口的大船，正在修修补补、磕磕钉钉的日子里，何白玉终于实现了自己于那天傍晚在湘江河里对小向许下的诺言"我保证带你吃我老奶奶九十岁的生日宴"，带着小向回家吃老奶奶九十岁的生日酒了。他于一个月前终于与小刘离了婚。尽管小刘在离婚协议书上签字时咒他"我祝你不得好死"，他也欣然接受，第一次没对小刘恶语相加。小向很高兴，因为她终于逼迫这个男人为她离婚了，脸上就透着红光，一进门就恬不知耻地叫我大哥爸，叫玉珍妈，叫我爹妈爷爷奶奶，还叫了老奶奶，并把一条她准备的丝巾系到老奶奶的脖子上，像老师给小学生系红领巾样。除李文华军长被军委抽去学习，没来，其他人都到了。

何家桃先一天一个人乘火车从郴州赶来了。何家桃显老了，苦难的岁月把她俊俏的脸蛋侵害得像一片捣毁的丛林，看上去像五十大几的人了，实际年龄是四十五岁。昨天上午，她拎着只灰色的布袋子走进来时，老奶奶和爹竟没认出这个头发花白、脸皮粗糙、面相古怪的女人。张桂花婶婶见到她都掩面啜泣起来，一脸的难过就同一地的烂葡萄样。张婶婶说："家桃——呜呜呜呜……"这让生性好强、一个人挑着家庭重担的何家桃觉得自己这一生很对不起亲人，就站在客厅里手足无措。何家桃是穿着她最好的衣服——一身深蓝色毛料衣服和一双皮鞋来的，只是皮鞋旧了，尽管皮鞋上没沾灰，擦拭得很干净，但鞋面磨损的形状已告诉大家它已经有些年限了。另外，她拎的布袋子也旧了，式样很土。衬衣的领子皱巴巴的，颜色也陈旧。细节很能说明一切。张婶婶的眼睛还好使，什么都看见了，心一酸，就哭了。何家桃开始还坚强，可是那些坚强只是表面功夫，经不住张婶婶的热泪冲击，也哭了。爹将恻隐之心摁住，劝家桃说："不要哭，家桃，你去洗把脸。"

何家桃于那年冬天随夫离开长沙，十多年了，这是她第一次回到她出生和长大的故土。童年和少女时代的美好记忆，都被她扔在这里了。她一回来，她那略有些浑浊和坚强的目光就充满柔情，寻找和抚摸着每一件她曾熟悉的东西。"这棵葡萄藤可是我少女时候最美好的记忆，"她摸着葡萄藤说。她又摸着那棵桃树，桃树变老了，老得树心都空了，这个季节，树上的叶子已掉得差不多了。她打量着桃树问："大哥，这桃树还结桃子吗？"大哥看见家桃也有很多感慨，目光一直默默地追寻着她，"结桃子。"她又看着窗前的那株腊梅，那株腊梅长得很粗了，繁茂的树枝十分遒劲，枝叶都把窗户完全遮挡了，她感到很亲切地走拢去，把脸贴到腊梅树干上，那会儿，她那种情不自禁的模样像个女孩子。"那时候的冬天，"她一脸回忆，脸色就空泛，犹如大沙漠，"我一看见这株腊梅开着一朵朵花就高兴，就什么烦恼都没有了。"大哥浅浅一笑，"妹妹，它现在还开花。"何家桃因为在回忆中就一脸甜蜜，"这里的一切跟以前没什么变化。"大家望着这个看起来十分陌生的女人，都为她难过。何家桃也看出一家人都用沉默待她并不是嫌弃她到访，而是同情她的境遇。她脸红了，不知道如何办，慌乱地看着大家说："一晃十多年，像是做了个梦。"

正在何家桃尴尬得烦躁时，郭承嗣来了，着一身蓝运动服，脚上一双白球鞋，看上去不像个厨师而像从体校出来的学生，脸上自然是年轻人那种灿烂的笑。母子俩见面，家桃很欣喜地打量着儿子说："我儿长高了。"郭承嗣确实又长了两公分，在农业机械厂的食堂里学厨师，也长胖了，不再是一张尖瘦的猴脸，也不再是那个懵懂的贼眉鼠眼的小伙子了，肤色也没从前那么黑而猥琐，目光也没有先前的怯懦和自卑，穿着运动服人就一身结实相。何家桃钟爱地摸着儿子的头，儿子把母亲的手拂开说："妈，别搞乱我的头发。"他学长沙青年，理了个飞机头，把脑门上的头发烫卷伸在前方，像飞机头。这个在被人歧视的环境里长大的郭承嗣，也可能是他在我们家因偷钱而愧疚，还可能是他想靠自己的力量适应社会，这一年多里他很少来，为了让大厨师赏识他，自己买了好几本湘菜菜谱，一脸热情地钻研起湘菜来了。他一到就自信地对玉珍和李佳毛遂自荐道："大舅妈、二舅妈，今天我来炒菜。"

家里唯一让人陌生的人就是小向，但小向是个经常在舞台上出出进进的演员，见的人多，就不扭捏。小向着红羊毛衫，羊毛衫裹着她婀娜的身姿，下面一条白色印红花的大摆裙，这在那个年代已是相当时髦的打扮了。小向虽然是在长沙土生土长的，却能说一口很好听的普通话。她向我们解释她说普通话的原因是她经常要上台唱戏，如果不讲普通话，唱戏就咬不准音。小向把何娟往怀里拉，但何娟很坚决地挣脱开她的搂抱。玉珍瞧着孙女笑，何娟嘟着嘴，站在一旁，谁也不理地掰着小手指。家里坐满了人。老奶奶最为高兴，郭承嗣的菜也确实炒得好吃，大家都对他的烹饪手艺赞不绝口。郭承嗣脸上有他父亲的谦虚，说："一般、一般。"我妈的鬓角有白发了，与黑发掺杂在一起，脸色也黄了，正向谁也不愿意去的老年人的门槛迈进。妈看着衣着时髦的小向，忽然把小向拉进房间，从抽屉里拿出一个精美的盒子，打开，呈现着一块漂亮的上海牌女式手表。妈说："这块表是我特意去东塘百货大楼买来送你的。"小向不好意思道："奶奶，我怎么可以收您的东西？"白玉走进来对小向说："快谢谢奶奶。"小向就红着脸一笑，说："谢谢奶奶。"

吃完奶奶的九十岁生日宴，一家人就坐在客厅或葡萄藤下说话。何陕北话不多，脸上已没了前几年那种强盛的不可一世的傲气，老干部们纷纷重新登台亮相，一恢复工作就换了个人似的，不再低眉顺眼了。他问妹妹："李文华怎么没来？"何军花浅浅一笑，"文华可能要升了，在北京学习。"何家桃听见了，就看着何军花，浑浊的目光里夹杂着些迷茫。何军花虽是一儿一女的母亲了，也许是部队的日子好过，或是丈夫在军队里职位高，穿着草绿色军装，人就精神，且透出了女人的娇柔和甜美。陕北说："文华早就是军长，再升那不是兵团司令了？"何军花笑道："那不晓得。"陕北为他们高兴，说："真要这样，我们家总算出了个军中高级干部。"老奶奶说："那好啊。"

老奶奶今天过九十岁生日，穿着我妈找裁缝店为她做的蓝色妇母装，一张脸在蓝衣服的映衬下，红润润的，看上去不像九十岁，而像个七十岁的妇人。在老奶奶的另一旁坐着爹，爹的一旁坐着陕北和军花的母亲——二婶于当年中风，嘴就一直歪着，脸也有些病态的浮肿。在我们眼里，二婶甚至都不比老奶奶显年轻。二婶的一旁坐着玉珍大嫂，大嫂的一旁是大金的老婆。这个贵州女人于这一年长胖了，有双下巴了。再一旁是大金，大金也胖了一圈，去年他来时还很瘦，也很黑，那是"五七"干校的太阳晒的。他早几年被视为有历史问题的当权派，被赶到"五七"干校劳动，却因祸得福，他在"五七"干校劳动时，与一个老红军干部成了莫逆之交，那老红军是省里的大干部，要提他副厅长，他回去就有可能走马上任。大家都为大金高兴，说大金遇到了贵人。丽丽站在她父亲旁边笑道："我爸苦尽甘来了。"珊珊爱撒娇，身体靠在父亲身上，说："我爸最近这段时间老说青山街的事，说他小时候，老奶奶、伯爷爷都疼他。爸爸您说是不是的？"大金嘻开嘴笑答："是呢，珊珊。"老奶奶与我妈和二婶聊天，但老奶奶耳朵好，听见珊珊这么说，忙插一句："你爸爸小时候喜欢单干呢，以为自己是从石头缝里钻出来的。"丽丽乖巧道："爸爸说老奶奶对他最好。"

一家人在院子里聊天。国庆拿着速写本，画着大人们聊天的姿态，大家对国庆画画都习以为常，只有何家桃感兴趣，看国庆画画。何五一从小就体现出性格孤僻的一面，相貌上，在老奶奶眼里简直就是何金石的翻版，那种藐视一切的眼神和那种对别人的友好置若罔闻的面部表情，还有那种我行我素的骄傲、冷漠味儿，在老奶奶眼里，活脱脱就是她当年梦见老虎时生的钉在门上的那个人！就连爹也承认道："五一像他三叔爷爷。"五一对大人们聊的话题反应十分冷淡，吃过饭他便进房拉小提琴练习曲，首席小提琴师是个苛刻的人，对他要求很严，布置的练习曲又难拉，他的孤傲秉性可不想被老师骂。

陕北要他的儿子何昌盛向国庆或五一学习，学门特长。昌盛读小学二年级，单眼皮、塌鼻梁、长下巴，穿着红运动衫和白运动鞋，像个小运动员。他站在国庆的身旁看国庆画画，边回答父亲说："我要打乒乓球。"爹看着陕北和白玉，问陕北与重新出来工作的老干部相处得怎么样。陕北的脸色就沉郁下来，"有些老干部很傲慢，我一片好心地跟他们打招呼，他们装没看见。"陕北说完这话，脸上掠过一抹讥笑。白玉插嘴说："我也有这种感受。"白玉说他们农业厅的原厅长，出来主持厅里的工作后，他每次发言，那个厅长都黑着脸看他，仿佛不认识他，让他别扭。白玉恨道："早两年我揪斗他时，他头都低到腰上去了，给他一把扫把他就去扫厕所，一恢复工作，人就变了，把我视为眼中钉。"爹脸上有担忧，"你该主动找他谈谈。"白玉脸一歪，火气冲上来道："有什么了不起？一个'土八路'，不是革命，他现在还是个农民土包子。"大金插话说："白玉、陕北，你们要注意与老干部处理好关系，他们挨了整，受了些委屈……"陕北不悦地打断道："有什么好注意的？都是端社会主义的饭碗，各行其是。"大金见何陕北一脸蔑视，把还想说的话咽下了。他的僧人父亲坐在一隅，很安静地看着大家说人和事，面色柔和、淡雅，仿佛不是个人，而是搁在一隅的仿真雕塑。丽丽和珊珊与她俩的母亲说话，也与国庆和昌盛说话。何娟偎在她奶奶怀里，时不时横一眼小向，小向正跟我妈和玉珍说话，又睖一眼她爸。白玉没理他这个调皮的女儿，继续谈着工作上的事。军花却跟李佳说她的儿子和女儿，也说李文华军长，张桂花坐在一旁竖起耳朵听。只是一贯爱说话和发表不同意见的秀梅，那天却出奇的沉静。

　　一小时后，接省革委会何副主任的轿车驶来，何陕北扶着母亲先上车，接着他老婆、儿子和军花也上了车。不久，何白玉的北京吉普车来了，这车比接陕北的轿车旧些。白玉和小向也上车走了。家里就剩了大金一家和家桃母子。珊珊摆了个姿势，让国庆画速写。丽丽在一旁看。僧人起身，一会儿，扫帚声从后院轻轻传来。爹问了大金很多事，大金一一回答我爹。在大金眼里，我爹倒更像他父亲，僧人父亲在他眼里永远只是个陌生人。他试着想跟僧人父亲亲近，但总感觉自己与僧人父亲之间仿佛隔着一条河加一座爬不过去的山，彼此模糊，亲情的信息似乎无法相互传递。大金就走回客厅，坐到椅子上，边与老奶奶聊自己，边对丽丽和珊珊说这说那。家桃与玉珍聊，跟玉珍说她明天打算去何家山村看母亲，爹听见了，把爱怜的目光投到家桃身上，说："家桃，你难得来，要陪你妈多住几天。"家桃说："我是打算陪我妈住几天。"爹叹口气，也不知是为谁叹气。

次日一早，家桃拎着她从资兴带来的布包出门了。白玉的北京吉普车在门外等她，何家桃一坐上吉普车，人就向过去旅行了。她昨天看堂妹何军花，一脸富贵相，晚上在秀梅的房间里照镜子，见自己一脸苦相，心里就无比凄凉，感觉生活欺骗了她。她没把握好命运，走了一条充满荆棘的苦楚之路，面对曾经把她当儿媳妇看的善良、热情的张婶婶，她心里多少有些波澜。北京吉普把她载到何家山村，家桃下车，谢了司机，就昂起脸朝村里走去。家桃一跨过村头的小溪，就仿佛看见骑着枣红马的李文华连长朝她奔来，眼泪水就奔涌而出。要知道，那年她随爷爷奶奶来何家山村躲日本兵时，还只是个十六七岁的少女啊，如今她看上去像个老太婆了。她忍住眼泪，感慨万千地走进她母亲的家时，门敞着，四壁空空，她心酸地叫了声"妈"，屋里没人应对。

这是十月金秋，村里飘扬着桂花香，还有收割的稻谷香味，稻田里，有脚踏打谷机的声音轰轰轰地传来。家桃感觉房子里有一股阴风，吹得她打个哆嗦，她左右望望，见一只白蝴蝶摇摇晃晃地飞进来，她走到门外，看见前面的菜地里，一个老妇人勾着腰摘菜，旁边有几只母鸡觅食。尽管有很多年她没看见过母亲了，但她一眼就认出这是她母亲。家桃用激动的声音叫道"妈"，家桃妈听见有人叫妈就直起腰，当然看见了家桃。她吃惊得手中的篮子掉到地上，颤颤栗栗地问："你是我家桃？"何家桃点头道："妈，我是家桃。"我曾经叫二妈的老妇人从菜地里跟跄着走出来，一把攥住家桃的手说："真的是你，早两天我还梦见你，没想，今天你就来了。"家桃说："妈，女儿不孝。"老妇人摇头，"秀梅说不能怪你，你丈夫被打成'右派'，你随他迁到了资兴县……"这么些年里，何家桃总是把伤心和委屈的泪水拼命往肚子里吞，从不曾在大庭广众下哭过，因为她觉得哭是向可悲的命运低头，是向凌辱她的人示弱。她曾经发誓，宁可郁闷死、委屈死或拿根麻绳躲到树林里吊死，也绝不在别人面前哭泣。此刻，她抛弃了誓言，她确实有满肚子苦水和屈辱——多少欺凌事被人胡乱地刻在她脑壁上，横一条竖一杠，如杂草一般数不清，其中一根刺破了她的泪腺，使她抱着母亲大哭起来。"妈、呜呜呜呜，女儿对您不起啊……"她妈把她扶进屋，她坐到椅子上时，眼泪还是一个劲地掉，一张被岁月损毁的脸湿乎乎的。她妈很难过，说："家桃，别哭了，妈不怪你，妈在有生之年能见你一面，死也死得了。"

家桃痛痛快快地哭过后，便开始收拾母亲房里的东西，她下厨，亲手为母亲做饭。吃饭时，母女俩都眼睛湿湿的，苦涩的泪水都在各自的眼眶里打转，都强忍着不再让泪水流出来。晚上，村子里很安静，十月的夜色很迷人，一天的星星，有昆虫的叫声从外面传来。家桃想，人啊，一步走错，输的就是一生啊。她没把这话说出口，她永远也不会说，她是个能用自己的肠胃消化苦果的人，哪怕那只苦果再坚硬再苦涩她也能消化，因为她有一副能战胜铁屑钢渣的肠胃。她见母亲伤心地望着她，她说："妈，我挺过来了。"母亲抓起她的手抚摸，"挺过来了就好。"母女俩说了很多话，随后，她在青蛙的叫声中，步入梦乡。

何家桃自己都没想到，她这次回来，竟是给她母亲送终。之前，她就有不安，总觉得如果自己再不来看母亲，就再也没机会见母亲了。这种不安的心理还在去年秋天就有了，就是这种担心驱使她来的。也不知是她妈太高兴，还是高血压的缘故，那天晚上，她妈脑溢血，去了。由于秀梅经常来，秀梅自己在这里收拾了一间房，垫被盖被和蚊帐都是干净的。家桃就睡在这间房，第二天她醒得比较晚，醒来时还犯迷糊，以为是在资兴县城的家里。她起床，走进妈的房间，"妈，早上吃什么？"母亲没回答，她再次问，母亲仍没吭声。家桃就撩开蚊帐，看眼母亲，见母亲面色灰白，连一丝生气都没有，这让她回忆起公公死时的脸色。一阵惊惧和凄楚顿时遍布全身，她扭身出门时脚绊了下门槛，摔了一跤。她想这是神灵要她这不孝之女向母亲磕头。她转向母亲连磕三个响头，这才走出门大声叫人。来了几个农民，他们不像她那么害怕，他们走进来看过后，出门时冷漠地告诉低头坐在椅子上哀伤的何家桃："马老婆子死了。"

六十五

我和秀梅陪爹去参加马老婆子的追悼会，事实上也没什么人追悼她。马老婆子在村里生活的这些年，几乎没跟什么人来往，不是自尊心什么的让她不跟人来往，也不是她曾是国民党将军抛弃的女人而被村里人唾弃，而是她天生就是个性情孤僻的人。村里来了几个专门办丧事的人，抬来棺材，将尸体搬进棺材，跟着就是出葬。那天下着小雨，路上滑腻腻的，我生怕爹滑倒，在一旁留意着。家桃哭着，自责她不该来，说不是她突然而至，她母亲就可能不会死。爹安慰她，说不能怪她，只能怪她妈有病撑着不治。秀梅自始至终没哭，表现出意志超常坚强、颇能扛住悲伤的神情。她冷冷地觑着山村的天空，这片天空对于她来说是那么熟悉，她在这片天空下行走过，在这片天空下思念过李文华、思想过过去和未来，然而，却又那么陌生，感觉上好像是第一次来一样。有鸟的叫声划破寂静的山村。棺材一入洞穴，即将埋土时，家桃又大哭，一双粗糙的手拍打着没做油漆的棺材，发出嘭嘭嘭的响声。秀梅烦她姐，尖刻地说："妈活着时你不来敬孝，死了你哭得像鬼叫。"

安葬完这个可怜的女人，回到长沙，爹那天晚上有些失眠，很晚了我还听见爹咳嗽的声音，可见爹还没睡。过了两天，家桃走了，爹感触很深，说他没想到家桃的变化这么大。一家人沉默好几天，都不想面对这些变故。星期天，秀梅回来，大家都注意到秀梅的胳膊上没戴黑纱，脸色也没有回来时那么苍白和冷酷。一个星期后，爹也把黑纱从衣袖上取下来，塞进了抽屉。冬天来了，和着革命样板戏《白毛女》里那首《北风吹》一起吹到了青山街。那几年，为便于宣传毛泽东思想，青山街家家户户都安有很廉价的有线广播，那广播每天早晚都要播一次，播放的都是革命样板戏和充满革命激情的歌曲，冬天就不显得冷，因为热闹的革命歌曲驱散了人们身上的寒气，尽管下着雪，地上和水缸里都结了冰，可是革命激情却让人情绪高涨，不敢怕冷。春天掀掉了屋顶上的积雪，一天，桃树枝上呈现花骨朵了。一个春雷在上空炸响，雨下起来了，一下就是一个月。再天晴就是一天一个太阳，气温直线攀升，葡萄藤上的新枝一天能长半尺长。月季花枝上的苞子，昨天还只蚕豆大，今天就开了，于阳光下吐着芬芳。又过了几天，桃树结桃子了。何五一就像当年的何金石样，站在桃树下盯着桃子，对坐在美人蕉前晒太阳的老奶奶说："老奶奶，今年桃树上结的桃子真多。"老奶奶在太阳下梳着稀薄的白发，边道："这是你叔爷爷的功劳。"国庆回来，打了个半边月，脚差点落在老奶奶的身上了。大哥说："你注意点，别碰到老奶奶了。"大哥坐在葡萄藤下绣老虎，戴着眼镜，很用心地绣着。何娟站在一旁看，大哥问孙女，"你想跟爷爷学绣花吗？"何娟答："我不学，我要学跳舞。"小学里有个舞蹈队，她成了舞蹈队里的一员。

爹退了休，因生活无聊就寻事做，修剪枝叶，给花木施肥，找出爷爷做木匠时的那堆工具，修缮用坏的桌椅，家里又有了消失多年的磕磕钉钉的声音，只不过从前爷爷是在后院做木工活，而爹却在葡萄藤下用功。僧人有时会走过来，爹就放下手中的活，兄弟俩就站着说话。僧人胖些了，面呈红光，笑起来十分和善。老奶奶瞧着他们兄弟俩，很欣慰，那笑容慈祥得同刚煮熟的米饭一样香。有时候，老奶奶不吃李佳或玉珍做的饭，要吃斋饭，打心里接受僧人说的人老了，吃多了无益的理论。僧人已在我家住了几年，生活十分简朴，一日只吃两餐斋饭。僧人做完早课再做斋饭，吃过斋饭，有时候，大哥和李文军会找他下围棋，僧人就与李文军和我大哥对弈，基本上是把我大哥和李文军杀得片甲不留。爹观战，帮着儿子和李文军出主意，但是没用，三个当年打日军时相当厉害的勇士再怎么努力，照样被我那个有着一颗聪明脑袋的僧人大叔杀得丢盔弃甲。

有天，李文军带了个其貌不扬的人来，来者姓宋，是省体委的围棋八段棋手，那几年被当作"反动学术权威"靠边站了，就无事。李文军向我爹和我大哥推荐宋八段说："我今天带围棋八段来了，他可是个厉害角色。"僧人与宋八段在葡萄棚下下起了棋，爹和大哥、文军在一旁睁大眼睛观战，很想宋八段为他们出口鸟气，把这个经常杀得他们叫苦不迭的僧人杀得举手投降。僧人很坦然地坐在一张大靠椅上，面色和善地与宋八段下了三局，皆赢。宋八段输得很服气，说："大师，我在本省还没遇到第二个围棋下得您这么好的。您真让我佩服。"僧人淡然道："在寺院里，没事时大家在一起研究棋局，玩多了自然熟悉了。"宋八段却说："我们也玩得多，却悟不出多少，您是真人不露相。"

隔了几天，爹在前院刨木方，左瞄右看的，一边研究榫怎么才能斗稳。爹忙得满头大汗，罩衣脱了，衬衫汗得透湿，贴在背上，妈担心爹会感冒，叫爹换件干汗衫。那是个星期天，太阳白亮亮的，天空十分明净，午后的天色更有梦乡里渺茫、变幻的色彩，就让人爱回想往事。僧人在一旁和颜悦色地看我爹干木匠活，我瞧着僧人问："大叔，当年您是在战火中一路拼杀过来的，也能适应寺庙里寂寞、单调的生活？"僧人平静、和善的面孔突然阴了，有很多封存多年的回忆的蝗虫又被我激活了，纷纷飞扬起来，他看眼头上，真的有几只小虫子在他头顶飞舞。僧人说了他在赣南革命时见到的一些让他痛苦的事，"人成堆总会分出上中下，牛马成群会分出领头的公牛公马，分不出就争斗……"僧人提到了我们当年根本不知道的发生在赣西南的那场党内斗争，"有一年赣西南清剿ＡＢ团，根本不经调查就抓起来枪毙，甚至都不让人申辩。"僧人拧着眉头吐出一句道："错杀了好多人啊，很多人是来投奔革命的，却被自己人杀害，冤呵。"僧人说完这话望一眼天，他头上飞舞的虫子更多了，也不知是从哪里飞来的，仿佛在他头上厮杀，演绎着当年厮杀的场景。他很寒心地抽口气，"我当时为一个被视为ＡＢ团的团长说话——他是个江西人，作战很勇敢，我很了解他。抓他时正好被我碰见，那些人要枪毙他，我替他说话，也差点都被当成ＡＢ团的成员枪毙了，幸亏你岳父当时在，为我开脱、我才免过一死。那哪里是革命啊？是内斗，是相互残杀。李立三，湖南醴陵人，很有学问，分析问题很深刻，我很服他。"僧人提到李立三，仍脸色崇敬，"他耿直、坦言，有号召力，学问高深，却受到排斥，后来撤了他的领导职务，把他赶走了。"僧人脸上的皮肉很明显地颤动了几下。

　　我隐约感到僧人大叔在那场复杂的政治斗争中可能站错队了，站到了李立三那边，因而在后来的革命中不被信任。综观我们家的一个个男人，在那个贫穷落后的年代都是一匹匹烈马，我武断地想，大叔这人年轻时眼里既然没有父母，自然也不会完全听命于上级。他读了书，有自己的眼光和是非准则，又年轻气盛，说话肯定就不忌口，遭到排挤或被人讨厌也就可想而知。当然，这只是推测，我并没把事情问透，僧人不是那种你问什么就答什么的，他不想回答时会一句话不说地走开。僧人说到这里，挥下手，像是奋力驱赶涌到他脑海里的一大堆可怕的往事，"我剃度的第一座寺庙有三十几亩田，十四个僧人，从住持到小僧个个种田，打的谷子每一粒都入仓，吃和穿人人平等，当时老僧就想：何必到尘世中寻找理想？"爹笑，我和大哥也笑，僧人绕了一个大圈这才回答我："我喜欢过清规戒律的寺庙生活，读的是远离世俗的经书，在佛的世界里，人不会孤单、寂寞。"时间已接近傍晚，僧人的脸上浮过一抹游云，仿佛浓浓的夜色里有一抹月光掠过。我突然很尊敬僧人，他经历过那么多苦难，我等俗不可耐的凡人又怎能进入他的世界！

　　爹订了份《湖南日报》，每天要看报纸。一天，爹在《湖南日报》上读到邓小平副总理关于"全面整顿"的讲话，又把白玉叫来了，劝白玉急流勇退。爹对坐在沙发上发愣的白玉说："你是造反上去的，现在老干部都陆续解放了，他们能容忍你这个靠造反起家的？你自己退下来比被你整过的人'拉'下来，面子上会好过一点。"白玉的思想有些恍惚，不说话，垂着头。看得出他内心极为复杂。爹说："陕北我管不了，你是我孙子，爷爷告诉你，自己找个台阶赶紧下来。"爹指着报纸，"我研究贵党的政策几十年，风向都在报纸上，你要是被别人当做'打砸抢'分子抓起来，那是要判刑的。"白玉把灰暗的目光投到院子门上，那块于"文革"期间保护了我们一大家人的"烈士军属"牌还在门上闪着威严的光泽。爹从孙子的眼神钻进了孙子的心，说："你三叔爷爷也保护不了你。"

真要何白玉把官扔掉，他又舍不得，如今美人已抱在怀里，江山他也不愿丢。这是没办法的事。男人活在天地之间，不就是为功名利禄而忙碌吗？他没听爷爷的，还霸着农业厅革委会副主任的职位不放。先一年，白玉已与小向结了婚，婚礼可不是与小刘结婚时那种草率的婚礼，那时小刘的肚子里怀了何娟，结婚就没大张旗鼓。这一次，何白玉在又一村饭店订了十二桌，将厅里的年轻人和农业机械厂的一大帮弟兄请来了，结果炸了篓，又加了三桌。婚后的第二天，两人又旅行去了北京，回来时带了一张放大到十二寸的相片，那相片是在天安门广场前照的，背景是天安门城楼和毛主席像。这张相片框在镜框里，挂在两人睡觉的床头，一做完那事就能看见。何白玉这天做完那事，裸身躺在床上，瞧着相片，想自己这个农业厅革委会副主任确实是靠造反得来的，厅里确实有人对他横眉竖眼的。向萍见丈夫一脸心思，就关心地问他："你怎么了？"白玉瞥着老婆，手伸到她光滑的脖子上，"我这个副主任怕是保不住了。"向萍在单位上也听到风声，"真的会把你拉下来？"白玉摸着女人光润的脖子，想她的脖子真美，天生就是个美人，举手投足都与别人不一样，说："现在厅里，老干部又一个个官复原职，他们看着我就跟我看着他们样，都不顺眼。"他说的是实话，那些天里，他一看报纸头就大了，报纸上，北京、上海、武汉、广州，那些曾经在造反上十分有名的人物，今天这个栽了，过两天那个也栽了，成了"打砸抢"分子。何白玉觉得他这辆火车怕是要驶到终点站了，就预感道："看来我也不远了。"向萍问："那你怎么办？"他大气地答："看情况办，天塌下来也只这么大的事。"

就是那几天，何白玉在自己的办公室看报时，被当成文"打砸抢"分子带走了，当时是上午十点十五分。墙上有一面石英钟，三个人（其中两名是公安）进来时，他顺便看眼钟，就记住了那个倒霉的时刻。他想得再深入再糟糕，还是没想到他竟是在众目睽睽下被公安机关的人逮走的。他被带进省公安厅，"工人革命军"在"文革"初期，有案可查地干了几件"打砸抢"之事，如冲撞中苏友好馆，又如冲进省军区抢枪械等。有人忌恨他们，向省里写揭发材料，把他们描写成十恶不赦的坏蛋，于是农业机械厂的革委会杨主任、王副主任和李副主任于同一天里都被抓了。这三个人都是跟着何白玉干上来的。他们一写材料，都把何白玉扯了进来。何白玉就被当作问题十分严重的造反派头子隔离审查，要他交代幕后指挥者，其实就是要他指证如今还在省革委会当副主任的何陕北。有人向他暗示，只要他松口，说一切都是听命于何陕北，他就没事了。何白玉意识到问题比他估计的还要严重后，反倒相当冷静，意识到这可能是一场没有硝烟的持久战，于是放下一切包袱呼呼大睡。

何白玉虽然自私自利、只想自己，但无论是政治上、思想上和生活上，他都不是一个单纯的男人了。他没有指证何陕北，如果何陕北不是他堂叔，他会把一切过失都往何陕北身上栽，让何陕北去扛那些罪名，但何陕北是他堂叔，他就不能指证，一指证，他出来后怎么有脸见爹妈和爷爷奶奶及老奶奶？！何白玉天天看报，脑袋十分清醒，他没血债，没亲手打死过什么人，就不怕。公安机关和省革委会清查领导小组的人一起审他，一件一件地说，何白玉一件一件地抵赖，实在无法否认，他就把这事或那事的责任分摊给工人革命军的几个核心成员和当时的中央文革。他清楚自己的脑袋小了，如果不把中央文革领导小组拉进来，他即使有三个脑袋也顶不住。他说："我那时天天看报，报纸上说，革命要一不怕苦，二不怕死，要砸烂'封资修'，要把权力从走资派手上夺过来，所以，我们是紧跟中央文革领导小组的步伐，与中央保持一致这也有错吗？"审查他的干部觉得他太自不量力了，竟把自己与党中央混为一谈，就吼道："何白玉，不要以为我们没掌握证据，你是个打着革命的旗子，以权谋私的败类。"何白玉看着吼他的干部，心里觉得他嫩了点，想现在该轮到他用革命烈士来回击他们了。他平静地说："我亲叔爷爷跟着毛主席一起长征，在长征路上保卫过毛主席，毛主席后来派我叔爷爷去打日本人，又派我叔爷爷打国民党军队，再后来毛主席又派我叔爷爷去打美帝，牺牲在朝鲜战场上，是志愿军军长。毛主席听说我叔爷爷牺牲后都掉了泪，你说我是败类？你们家出了我叔爷爷那样的革命烈士吗？"

审查他的干部气得脖子都粗了，大声吼道："住嘴，你是往革命烈士的脸上抹黑！你指挥你的那些人攻打中苏友好馆，抢军区的枪支，打死打伤那么多人，你这样的人还配称革命烈士的后代？"何白玉道："不是配称，而是我是革命烈士的后代，不信，你们可以派人去调查。"他看着他们，接着道："那时候我是响应中央文革的号召。我当时刚二十出头，中央文革号召我们打倒走资派，号召我们砸烂'封资修'，又没人指导我们什么是'封资修'。中苏友好馆当时在我们年轻人眼里，是苏修社会帝国主义的堡垒，砸烂它有什么不对？"审查他的干部觉得他太会狡辩了，气道："你不要狡辩。"何白玉又说："当时的报纸、广播，天天都说，毛主席说的，'你不打，他就不倒'。毛主席都这么说，我们当然就要响应毛主席的号召。"审查他的干部说："这么说你干的事都是对的？"何白玉当然不会说自己错了，说："当时中央文革领导小组鼓励我们夺权，还要我们坚定信心地打倒走资派，我们是听党中央的话。你们要怪就怪党中央发'打倒走资派'的号召，不要怪我们。"

在"文化大革命"的烈火中成长起来的何白玉，心里清楚他如果不把错误往党中央推，他伙同红旗军冲撞省军区抢枪支和带领部下与红旗军一起冲撞省委救何陕北的偏老爸，及真枪实弹地攻打中苏友好馆和湘绣大楼，这三条罪状里随便一条都够他坐十年大牢。所以他一口一个党中央，一口一个革命烈士，审查当然就没法进行下去。何白玉心里清楚，这些审查他的干部只服"革命烈士"这副药，别的药对他们都没效。他在检查中特意突出革命烈士对他的影响说："文化大革命"开始时，他想自己是革命烈士的后代，如果不积极参加"文化大革命"就对不起死去的先烈，所以他要革命！那段时间他积极响应党中央的号召，成立了工人革命军造反组织，这个造反组织的宗旨是誓死保卫伟大领袖毛主席。攻打中苏友好馆是响应党中央的号召坚决砸烂"封资修"；与红旗军一起冲抢军区的枪支，那是大家一起讨论的。至于攻打湘绣大楼，他并没直接参与，那天他感冒了，是他的手下杨敬国和王刚强带领工人革命军与红旗军一起干的，与他无关。何白玉最后在检查中说："我也是个受害者，太想革命了，所以害我犯了一些错误！我今天还活着，是革命烈士的英灵保佑我，我们今天的幸福生活，是革命烈士用鲜血和生命换来的！我要珍惜！"

在那个讲革命、以革命先烈来要求自己的年代，这份检查不可谓不冠冕堂皇，谁读了这份检查都有点头皮发麻，不好对何白玉下结论。审查干部把何白玉的检查送上去，上面的审查干部看完后，又把这份检查送给更高一层的审查干部。更高一层的审查干部看完后就相互送阅，都不表态。他们都惊诧，怎么这个家庭竟出了四个革命先烈（他把他老外公老外婆，还有他的叔奶奶王嫦娥牺牲在赣南一事，也写进他的检查）！把他判了，那不是对革命烈士大不敬吗？那个年代是很看重家庭出身和社会背景的，于是谁也不愿给何白玉下结论，以免惹火烧身。这事就拖着，下面的审查干部追问上面的人，上面的人就支支吾吾道"再等等"。等到实在不能再拖而拿到会上讨论时，一个对革命很有感情的老干部望着大家道："这个何白玉，家里出了四个革命烈士，证明这个家庭很健康很革命么。他又没血债，年轻人嘛，也要允许他犯错误，哪里有一步也不错的人？革命烈士的后代啊，同志们，我们得深入考虑呵。既然他认识了错误，还是给他保留党籍，免去他农业厅革委会副主任一职，换个单位，当个一般干部吧。"没有人提出异议，这事就这么定了。

何白玉关了一年后，出来了。天气有点闷热，太阳是灰色的，放着令人沮丧的带霉味儿的光，之前下了三个星期雨，把人下得同长了霉样。何白玉从关了他一年的房子里走出来，身上滑腻腻的，像长了绿苔，还感觉一身瘙痒。没人接他，事先他也不知道会出狱。上午九点钟，当阴了好多日子的天空露出一颗生了霉的太阳时，工作组的人打开门对他说"你可以回家了"。他回到他和向萍的家，敲门，走出来另一名干部，他告诉何白玉，他的房子被厅里收了，分给了他。他指着另一栋宿舍楼说："你爱人住那栋楼三楼西头。"何白玉冷傲地盯那干部一眼，转身下楼，走进那栋楼，上了三楼，一看门上挂把锁，又下到一楼，决定去街上的澡堂洗个澡。洗澡时，他看自己的肚子，肚子瘪了，腿也瘦了，他骂了句脏话。忽然有人叫他，是农业机械厂的一名中层干部，他很高兴，与那干部聊。那干部把原工人革命军的发起者杨敬国、王刚强和李大志分别判了十五年、十年和八年刑的事告诉他。那干部佩服他的模样说："你真的有狠，我们以为你至少会判无期，没想你在这里洗澡。"何白玉庆幸自己逃脱了，不无伤感道："我也等于判了无期，我的政治前途没有了。"

何白玉回到家里时已是傍晚，他的脚步逼近终点时很是激动，他洗了澡、理了发、修了脸，把晦气都扔在澡堂和理发店了。他有一年多没见老婆了，他的身体此刻就像一炉火，以致他还在走廊里便感到自己正向幸福的港口奔去，边臆想着向萍拥抱他的情形。他敲门，向萍问声"谁呀"，他只回答了一个字："我。"他以为向萍会立马奔过来开门,不料向萍小声回答他:"等一下。"一分钟后,门开了,向萍脸色通红地说:"怎么是你——"何白玉正想抱她,房里走出来另一个男人,是曾经在舞台上演革命样板戏《沙家浜》里的刁德一。何白玉瞪大了眼睛,刁德一于慌乱中叫了声"何副主任"。向萍解释说:"他到我家拿《外国民歌100首》,我留他吃饭。"他见向萍和刁德一都神色慌乱,脑海里立即闪现出男欢女爱的淫乱场景,大喝一声道:"你给老子滚。"

六十六

　　老奶奶和爹妈都老了,我们这辈人也不小了。国庆、五一,两个在"文化大革命"中长大的小青年,整日脸上笑呵呵的,说话好大一声,也不怕吵醒午睡中的老奶奶。两人都爱交友,家里来的人就都是国庆和五一的同学。国庆那时读高中,睡在楼上,房里挂着石膏像,摆着静物,他的几个画画的同学每天晚上都跑来画石膏像,一边画一边唱歌和说话,不到深夜十二点钟不走人。一到星期天,他们从上午画到傍晚,还要管晚饭,害得玉珍或李佳傍晚边上临时去肉店称肉。五一读初一,也好交友,还好打扮——爱好音乐的男孩都讲究形象,硬要把自己穿得干干净净才去学校。五一跟省歌舞团的首席小提琴手学了三年琴,已拉得对门曾家的哥哥都惊讶地跑来听了。他有几个喜欢音乐的同学时常来,提着小提琴或中提琴,甚至不惜把大提琴都扛来,一摆开架式就合乐,闹得青山街三号像某家剧团的后院。星期天不闹一天就不收场。这让老奶奶和张桂花毫不费力地联想到何正韬、胡麓山和张东魁,三十年代末至四十年代初,那几个死于抗战中的年轻人也是在院子里合乐,只不过玩的是笛子、二胡、板胡一类的民乐。他们当时也是五一他们这般年纪。历史好像是轮回,生命好像也是轮回，一切都惊人的相似，以致老奶奶对张桂花说："他们不就像正韬的同学胡麓山和张东魁吗，只是玩的乐器比笛子、二胡要高级。"秀梅听见了，高兴道："老奶奶，您还记得胡麓山、张东魁?"老奶奶正色答："三十多年了，我可没忘记那几个孩子。"

这年对于中国来说是个灾年，先是周总理病逝，后是朱德委员长病逝，跟着河北唐山、丰南一带发生七点八级的强烈地震，震死了二十几万处于睡眠中的人。人们还没有从地震的悲痛中醒过神来，九月九日，毛主席又病逝了。这让中国的老百姓一时无所适从。那些日子，长沙街上，到处都在为领袖的逝世开追悼会，哀乐声充斥在街头巷尾和各单位的上空。青山街广播站，每天早晨六点钟就放哀乐，一遍遍地放，哀乐犹如棒锤样不断地敲着晨睡的人们，把大家唤醒，好让一条街上的人哀悼领袖的去世。下午五点钟，哀乐又准时在广播里响起，重复播放，在每家每户的门窗上滚动，以致一条街上的人彼此见面都苦着脸，没人敢笑，因为毛主席死了。秀梅那段时间住回家了，她生气地告诉李佳说："毛主席死了，他还要做那事，他对毛主席的爱是假爱。"秀梅说这话时表情十分生气，觉得肖楚公很虚伪，还很流氓。何秀梅在性生活上不是个热情的人，有点阴冷，常抵触丈夫不顾脸面地爬到她身上啃食她。这事儿肖楚公曾在我们面前隐晦地说过，想要我们做秀梅的工作，让她尽妻子的义务。我们当然都没说，怕秀梅发脾气，因为秀梅这样的人是最不愿意别人晓得她的隐秘的。何秀梅身上的皮肉松弛了，尽管爱俏的天性让她还像年轻女孩子样打扮，但皮肤的衰老可不根据人的意志转移。声音也变老了，她的声音，过去唱《红梅赞》时又尖又清亮，歌声能冲破洗澡间的屋顶、穿透三毫米厚的窗玻璃，连坐在街口上乘凉的老人都能听见。如今她说话，一听就是个中年女人的声音，有点嘶，音域的扩散面也不大。

有天，秀梅洗完澡走出来时脸上很沮丧，对玉珍和李佳说："我发现我们都老了。"玉珍笑道："你才发现?"秀梅说："以前我不服老，现在不得不服老,洗澡时感觉乳房下垂了,肚子上的肉也赘了。"玉珍发出感慨问:"你停经没有? 女人停了经就是老人了。"秀梅不想具体回答这事,只是说:"我们这辈人老了。"

肖楚公来了,脸拉得很长,跟冬瓜样。肖楚公说:"秀梅,回去吧。"秀梅本来在客厅里坐得好好的,一见肖楚公,脸色就淡下来,好像有阴云移动。"我要在自己家住几天。"肖楚公咧嘴说:"那是你家,这里是你娘家。"秀梅把目光放到葡萄藤上,葡萄藤在九月里开始掉叶子了。一群小青年拥来,小提琴、中提琴、铜号、黑管摆满一桌,没几分钟,葡萄藤下就响起合乐声。五一歪着头,下巴下夹着小提琴,一脸骄傲的模样拉起了琴。爹慌忙走出来制止孙子们合乐,五一不愿意遵守大人们所顾忌的事说:"爷爷,毛主席死去十几天了,追悼会都开完了。"话是这么说,五一他们还是不敢拉琴了,坐在一起说话,等爷爷一离开,他们就拉低沉、忧伤的乐曲。秀梅不理肖楚公,一脸姑奶奶相坐在院子一隅看小青年拉琴,腿上坐着在她身上撒娇撒惯了的侄孙女,直到肖楚公不悦地悄然离去,她才松一口气的模样。玉珍瞧着秀梅问:"你又跟他闹别扭?"秀梅答:"不结婚多好? 男人都自以为是,以为女人离不开他们,我就是要让他认识到,女人不是男人的附属品。"

玉珍一听秀梅这么说,就清楚她与肖楚公又不和了。何娟问:"姑奶奶,什么叫附属品?"何娟读小学三年级,长得像极了她的奶奶王玉珍,瓜子脸儿,一双眼睛大而明亮,总是有问题从她红嘟嘟的嘴里飘出来。秀梅这么解释道:"附属品就是没用的东西。你长大了要成为一个有用的人,懂吗?"何娟满脸憧憬地答:"姑奶奶,我要成为武则天。"秀梅开心地笑了,觉得自己讲的一个个巾帼英雄的故事在侄孙女的心田上发芽了,迟早有一天会长成大树的,就欢喜道:"好的,姑奶奶等着这一天。"

有天,很久没来了的李文军,突然出现在门口,穿一身被太阳晒白了的旧工作服。李文军在土方队挑土,脸晒得黑黑的,胡子拉碴且有白胡子了。院子里,五一和他的几个同学正在合奏《我爱五指山我爱万泉河》。僧人在后院打扫院落,爹站在后院跟僧人说话,妈和张婶婶在奶奶的房间里。李文军望着我说:"毛主席死了,你是大学老师,你说中国会变吗?"我说:"变什么?"李文军神秘的样子说:"我们土方队里有个教授,搞哲学的,他说政策肯定会变。"大哥感兴趣地瞧着他,"会怎么变?"李文军的脸上有很多向往,这是一张被长期压迫在社会底层、因而变得阴郁、反抗和讥诮一切的脸——这张脸上有很多不平,也就有很多刚毅,岁月这只巨大的苍蝇拍居然没把他拍死,也算他命硬。不知他是受谁的影响,此刻,这只超级大苍蝇一脸忧国忧民地说:"天天搞阶级斗争、路线斗争,这社会怎么发展?"李文军的脸上确实有很多困惑,还有很多不甘,我想肯定是那个搞哲学的教授让他深入地想过这些乱七八糟的问题。我说:"文军,你是'右派',可别再犯错误。"大哥看着自己新绣的一幅百鸟图,边玩着手中的老花眼镜,觑一眼拉琴的中学生,"世界是他们的了,文军。"李文军淡淡一笑,笑声倒平静,但表情却有些愤慨,说:"我有时候想,我真他妈的一世窝囊,好像生下来就是遭人看不起的。"李文军是大哥唯一的朋友,大哥隔了几分钟才冷冷地对李文军说:"关键是我们要看得起自己,别人怎么看都无所谓。"

就是李文军在我们家吃饭和说怪话的那天,在党中央盘踞着高位的王洪文、张春桥、江青和姚文元,被打成"四人帮",锒铛入狱了。这无异于平地一声雷,原来毛主席的身边隐藏着这么多坏人,让人看了报后不禁瞠目结舌!没几天,李文军又跑来,拿着报纸,兴奋地说:"胜武,我没说错吧?那个哲学教授说,中国要变了。"一家人都坐下来讨论李文军抛出的话题,表情都很严肃,也都很期待,说话却很谨慎。爹说:"文军,你最要注意,在外面不要乱猜测、乱说话。"爹望一眼我和大哥,扫一眼后院,后院里,僧人大叔正在打扫院落,"你们要学他,少出门,出门是惹祸,在家是避祸。"僧人住在青山街三号的这几年里,几乎没出过门。那天白玉也在，白玉开玩笑道："爷爷，您不是要我们都去当和尚吧？"爹板着脸说："爷爷要你注意自己的言行。"秀梅发表自己的看法道："爹，'四人帮'都粉碎了，还有什么让人怕的？"老奶奶听到我们谈话，从房间里走出来问："谁是'四人帮'？"爹就向老奶奶解释，老奶奶听毕，挥着拳头说："打倒得好。"大家就笑。

有天，爹看着五一坐在他做的椅子上拉琴，就像死去的爷爷样，脸上透着高兴。"我的椅子做得结实，"爹说，"一辈子都坐不烂。"妈退休了，张婶婶老了，手上的力气也小了，提不动东西，妈就接过篮子，上街买菜买油了。老奶奶的牙齿不行了，妈买来陶钵，给老奶奶熬稀饭，菜也要李佳往烂里煮，这让国庆和五一很有意见，妈就解释："老奶奶吃不得硬东西。"妈从张桂花手里一点一点地接过这个家，开始持家了，吃什么菜都由妈安排。妈成了家里的"总理"，爹、老奶奶和张桂花都不管事了。来了客，爹和老奶奶、张桂花都不出来打招呼，因为来者基本上与他们无关。老奶奶和张桂花基本上是在自己房里，如果有太阳，两个老女人便坐到院子里晒太阳。爹把他的木匠工具从前院挪到了后院，因为五一的同学一来，就把前院占了。爹也不是天天做木匠活，因为没人需要他做，爹是闲得慌，又精力过剩，自己要做。爹的手性比爷爷好，干活又细心，像学中央文件样，做出来的椅子自然比爷爷当年做的椅子扎实。爹陆续给韩家、曾家和刘家做了几张靠背椅，那几家人很感激，逢人便说这是何将军亲手做的靠背椅。

何娟是这个家庭的喜鹊，大家都喜欢她，觉得她聪明、可爱，就连国庆和五一这两个小霸王也对长大了要当穆桂英的小侄女格外友善。李佳要五一干什么事，五一赖着不动，何娟一开口，五一便会动起来。国庆也一样，何娟说："大叔，帮我把那衣服取下来。"国庆就站起身替她取衣服。何娟很乖，能讨得任何人的欢心，班主任老师让她当班长，音乐老师鼓励她跳舞，美术老师想要她学画画，体育老师很用心地教她打乒乓球，每个学期都有各种各样的奖状拿回来——不像她父亲，当年跑来告她父亲状的人门框都挤烂，也比小时候的家桃和秀梅讨人喜欢。为了与老奶奶的称呼加以区别，她叫我妈曾祖母，虽然我妈与她事实上没血缘关系，但妈喜欢她，对玉珍说："你这孙女将来一定会有大出息，要好生培养。"

春节来了，像个臃肿的女人捧着一大包伤感来了。老奶奶病了，发着高烧，说着胡话。家里很紧张，都静待着老奶奶身体康复。何秀梅今年春节竟是在家里过，大年三十那天，妈见何秀梅一点也没要走的意思，问她："你不回他家过年？"何秀梅懒懒地答："不去。"从大年初一到初三，没一个人来我们家拜年。岳母回赣南了，她哥哥的孙子年前来过长沙，岳母就想回老家看看。李佳带着国庆陪她母亲去了赣南。国庆很高兴陪妈和外婆去赣南，他背着画夹子，目的是画赣南的农民。何娟去她母亲家过年了。白玉与小向的矛盾越来越深，过年这几天他都是一个人来，板着张胡子都懒得刮的脸。白玉如今在农业厅下属的一家单位，成了个一般办事员，脸上就没有从前那种不可一世的狂妄和轻佻。初三这天，大嫂见他又是一个人，便问："你跟小向只怕走不到头吧？"白玉看眼他妈道："有可能。"他妈说："她过年都不来了。"白玉淡淡道："她偷人。"这事白玉早跟我们说过，他妈正色道："小向承认了？"白玉说："她不承认。"秀梅讥讽道："你这是得了报应。"白玉觑眼姑妈，嘲讽说："姑妈，你也好不到哪里去。"秀梅眼睛一瞪，身上就散发出强烈的火药味，"姑妈哪里不好？姑妈活得堂堂正正，你说姑妈哪里不好？"白玉见他姑妈像一只发怒的母狮，忙起身说"我怕了你"，饭也不吃，夺门而逃。

初七那天，郭承嗣眼睛红红地走进院子，一来就告诉大家，他父亲郭铁城于大年初一死在床上，死前连叫三声"我对不起你们、我对不起你们、我对不起你们！"脚一蹬，就看见一股白气从他父亲的脑门顶上缓缓冒出来，他妈拿枕巾去捂那冒气的脑门，但没用，那天下午他父亲还是咽气了。我们嘴里虽然没说，心里却都怪郭铁城把家桃害苦了，家桃若不是嫁给他，会受这么多苦？所以听完郭承嗣的描述，就连身为郭承嗣外公的爹，脸上都表现得出奇的冷淡。郭承嗣也因其父的缘故，吃了不少苦头。他谈过几次女友，都因他父亲是"右派"而吹了，都是女方的父母坚决反对。郭承嗣在长沙生活了五年，身上、脸上那种土气和见人矮三分的"右派"子女的可怜相都被长沙的时髦之风刮走了，如今他很像个长沙青年，说的也是一口长沙话，结果我们发现他其实长得很帅。一双少年时代因遭人嫌、因而目光有些怯弱和躲闪的眼睛，其实长得很漂亮，不但轮廓分明、俊逸，且炯炯有神。假如他父亲不是"右派"，他十次婚都结了。郭承嗣热衷于替他人办酒掌勺，好把菜谱上的菜实践到餐桌上，也许是童年时代的影响，他有当下人的癖好，乐意站在一旁瞧着一桌人吃他亲手炒的菜，一边听吃客表扬。郭承嗣人其实相当聪慧，又肯钻，厨艺水平很高了，什么菜经他一炒，保证味道就不一样。下午，五一的同学拥进院子，谱架支起来，几个孩子就在光秃秃的葡萄架下拉琴，琴声如水一样朝四处漫开，漫到青山街上，让一些路人不肯离去地站在门前看。大哥坐在客厅里，朝着窗户，一边绣老虎一边听孩子们拉琴。

这年八月中旬一个燠热的上午，爹穿着白汗衫坐在客厅里吹电风扇，一封大学录取通知单被一个满脸脏胡子的邮递员送来了，爹签的收，拆开一看，是孙儿何国庆成了湖南师范学院美术系的大学生。爹很高兴，他的孙辈里，竟出了两个大学生。第一个是他的外孙女郭香桃，考得很好，却进不了大学的门槛，爹亲自找人，这问题才得以解决。还在一九七七年，终止了十年的高考恢复了。郭香桃是六六届的初中毕业生，但这并不能阻挡少女时代郭香桃的求知欲望，她通过初中老师，弄来全套高中课本，在家自学。去年，装着一肚子高中知识，又在县卫生局做了几年临时工的郭香桃，在资兴县考了头名。然而政审时，她的档案没大学敢要。"文化大革命"刚结束，曾被大肆渲染的家庭出身的余毒还让人心悸，两个"右派"的履历表使她的前途显得尤为黯淡。一个星期三的半夜里，忽然有人敲门，敲门声把全家人都吵醒了。李佳去开的门，来者是家桃，这一次她来得匆忙，也来得憔悴，满脸的怨恨和焦虑，恨不得为自己的女儿去死，只要能让女儿上大学。家桃一跨进青山街三号就哭，眼泪鼻涕甩了一客厅，让看着她哭的人不得不躲开。她哭得肩膀一抖一抖地说："爹，这是唯一一次可以改变香桃命运的机会，不抓住，香桃这辈子真完了。"

郭香桃于三年前与资兴县的那个公安干部结了婚，生了个儿子，取名何霆，正一岁多，离不开母亲，就没来。爹一生从没求过人，但为了他外孙女的前途，爹放下清高的老脸，出面找了省里管文教的领导，碰巧省里管文教的领导是当年在长沙策划起义的一名地下党，与我爹熟，交谈中他告诉我爹，他叔叔曾是我爹的一名连长。爹很宽厚地问："你叔叔叫什么名字？"管文教的省领导说："我叔叔叫杜国民。"爹不用想就记得这个杜国民，杜国民身材高大，做过爹的警卫，后来爹把杜国民放到大哥的营里当连长。爹说："你叔叔杜国民于一九四四年战死在长沙第四次会战中。"省领导当然知道，见我爹回答得不假思索，这足以证明我爹心里装着他战死多年的叔叔，就很热情地把我爹带到教育厅，指着我爹说："这位是当年长沙抗战时的一员虎将，后跟随程潜将军起义，是省政协前副主席，他的外孙女郭香桃于恢复高考中考得很不错，想学医，你们考虑一下。"这只能证明郭香桃命好，假如她没有一个我爹这样的外公，那两顶重如泰山的"右派"帽子，会把她压在大学门外，让她的下半辈子也要愤恨命运的不公。她被补录进湖南医学院，成了女大学生。

我大姐又重新住回青山街三号了，因为她女儿在长沙读大学，儿子在农业机械厂的食堂做临时工，而她婆婆和丈夫却于这两年相继离开了人世。她必须逃离那片凄苦的伤心之地，那里的一切，对她都是地狱！我大姐尽管才五十岁，但命运这只大手把她按在社会的最底层像煎饼子翻来覆去，让她吃足了苦头，还是把她放了，因为她太顽强了，不但没死，还把女儿和儿子带出了苦难，就连老天爷都不愿进一步打压她了。有天，她梦见一个白胡子老人对她竖起大拇指说："你算厉害的，佩服。"

大姐把这个梦说给一家人听，一家人都觉得大姐肯定要苦尽甘来了。过了两天，爹看报纸，报上说中央决定给"右派"分子摘帽，爹把报纸给大姐看。大姐举着那张报纸看了五遍，手哆嗦着，生怕这报道是假的，疑惑满腔地问："这未必是真的？"自从一九五七年冬，大姐随公公和丈夫走进资兴县城那间狭窄、阴暗、潮湿和破败的房子起，她就在等这一天！她曾对丈夫说"会搞清的，这只是暂时的"，但她等这一天却等了整整二十年！这二十年里她吃了多少苦，受了多少罪，被多少人唾弃又被多少人欺辱啊?！要知道，当年她为弄几个油米钱，织毛衣织到黄夜，而剥花生壳剥得八个手指头都起了茧——仅仅只是为了能挣点钱给香桃或承嗣买支铅笔或买个作业本。正当这些不堪回首的往事被她全部埋葬时，这一天却在她意料之外突然而至。她那颗早已习惯于吃苦、不相信这个世界上还会有喜事光顾她、因而坚如磐石的心反倒被彻底击碎了。那天晚上，半夜里青山街三号飘荡着她的哭声，她在哭自己和哭丈夫——那个在厄运的打击下惭愧地死去的男人。爹、妈和我、秀梅、玉珍都走出房间，一听是大姐房里传出的啜泣声，都感慨万千。爹说："让她哭吧。"

伤痛的哭声直到凌晨四点钟才终止。早晨，大姐的两只眼睛肿得像两颗核桃。她没吃早饭，只是随便梳了下花白的头发，就拿着那张报纸出了门。她去被褥厂和油漆厂找领导，她公公是在被褥厂打成"右派"的，她丈夫是在油漆厂划成"右派"的，她去讨还公道。傍晚时，她回来，一双脚二十年里从来没有这么轻快过，身体也轻松了，因为背在她身上压了她整整二十年的包袱总算卸掉了。她告诉我们，被褥厂和油漆厂的干部都认真地接待她，对她的遭遇深表同情，被褥厂的领导决定就这几天将郭宅腾出来还给她。一家人都为大姐高兴，大姐说她明天要去资兴迁户口，油漆厂答应郭承嗣顶父亲郭铁城的职。李佳买来葡萄酒，打电话把郭承嗣叫来，郭承嗣第一次以扬眉吐气的模样显身了，脸上的笑容是爽快的，说话的声音也很响亮。老奶奶拉着他的手道："这下好了。"

从不喝酒的家桃，那天喝起酒来，母子俩喝醉了。喝醉酒后，郭承嗣竟唱起了歌，大家才发现这个每次来青山街三号都蔫着脸、坐在一隅看着大家开心的郭承嗣，原来有一副极好的歌喉，音域宽广极了，把韩家和曾家的人都震撼了，站在门前听他唱歌。一家人都为他们母子高兴。第二天母子俩去了资兴，再回来就不住青山街，搬回了阔别多年的郭宅，边忙着请人粉刷被被褥厂的职工损坏的墙壁，边整饬门窗、翻新地板，这样忙了几个月。一天，母子仨来了，脸上都飘浮着喜气。郭香桃简直就是家桃年轻时候的翻版，那笑容、那表情、那眼神、那做派，就连秀梅也说香桃像当年的家桃，唯一不同的是口音，假如把口音也变过来的话，世界就轮回了。爹的脸上也透着喜气，说："你们一家总算度过苦难了。"

八月份，知了在院落外的槐树上拼命地叫，仿佛在哀叹夏天即将逝去，葡萄藤上结满了葡萄。那年的葡萄结得特别多，吃过饭一家人就坐在客厅吃葡萄，就连最爱吃葡萄的何娟也吃得不想吃了。家桃就笑，那笑容让我们的记忆从时间隧道里钻出去，隐约捕捉到她当年的一点影子。家桃说何娟："她真像玉珍。"玉珍说："就是调皮，成绩还是好。"秀梅插话道："成绩要最好，不然姑奶奶不给你讲故事。"就是那几天，爹从那个满脸脏胡子的邮递员手上接了何国庆的录取通知书，这可把爹乐坏了，家里好事连连，一桩接一桩，爹脸上就透着喜悦。这么些年里，爹总是谨慎做人，怒不上脸、话不高声，爹那天竟在妈面前哼唱京戏《甘洒热血写春秋》："今日同饮庆功酒，壮志未酬誓不休。"

李文军在我爹哼京戏时走进客厅，感到诧异，因为他从没见我爹唱过戏。李文军身上的"右派"帽子也摘了，又成了医院副院长，剪着平头，着一件短袖白衬衣，胡子也刮了，人就精神。爹说："社会变了。"李文军比我爹敏感，消息也比我爹灵通，说："再不变也不行了，报纸上说，'文化大革命'使国民经济已到了濒临崩溃的边缘。中国要搞经济改革了。"傍晚，秀梅和家桃出现在门口，秀梅见她姐模样太老太土，就带着家桃去南门口的理发店把一头白发染成黑发，还修剪了下。两姊妹回来时，我们感觉家桃变年轻了。爹把国庆的录取通知书给她们两姊妹看，家桃说："我们家又出了个大学生。"

多少年里，家桃是把自己看成郭家媳妇的，现在她完成了郭家媳妇的使命，又把自己回归何家了。过了几天，国庆的几个同学来了，他们有的跟国庆一样考取了大学，有的名落孙山，但还是在我们家热闹了一番。白玉、香桃、承嗣也被我叫来，都为国庆考上大学举杯庆祝。那年月考上大学，有点像古代人中了举，一家人的脸上都透着喜气。何娟说："我也要读大学。"何娟十分聪明，一点也不像白玉，读书根本不费劲，拿回的成绩单不是一百分也是九十九分。爹非常喜欢这个重孙女，说："我何娟就是有志气。"一家人都笑，只有白玉淡然道："小小年龄就学会吹牛了。"何娟对她爹吐下舌头，一扭脸，走开了。白玉看着郭承嗣问："你找对象没有？"郭承嗣声音爽朗地回答："还没有，也不急。"家桃看着儿子说："你不急妈急，趁妈还能动，你早点结婚，妈也好早点抱孙子。"郭承嗣无所谓地一笑，香桃特别提醒弟弟说："要找自己喜欢的，你现在不再是'右派'的崽子了。"

六十七

这年冬天，中国开始了改革开放。报纸上、广播里，都在对中央提出的改革开放进行大讨论。我们也感觉街上和报纸上的政治氛围不像过去那样压得人透不过气来，说话就不像"文革"中那样左瞧右看思前顾后了。过了年，下了场春雪，那场春雪化净后，改革开放的窗户竟开到了家门口。曾家是青山街上搞"改革开放"的带头人。曾家有个儿子，因打群架劳改过，早两年释放出来后，一直没安排工作。有天，他突然把自己家的窗户撬下来，往横扩充半米，买来水泥和石灰，重新弄了下，用黑油漆在石灰墙上写下："青山街食品店"六个不太工整的字。他借辆板车，拖来烟酒酱油味精盐和一些食品。从此，五一上街买盐和酱油的工作，就近解决了。以前，五一得跑到书院路的向东食品店买盐，再跑到沙河街的酱园买酱油，现在无须跑了，菜还在锅里，李佳可以快走几步，把酱油买回家，继续炒菜。何娟爱吃姜和话梅，也用不着上书院路的向东食品店，就到曾家人的手上买。跟着，韩家开起了炒货店。韩家的男人一直在一家食品店工作，其工作就是炒瓜子、花生和蚕豆。先一年，他正好退休，他老伴当年一直是家庭妇女，身体又不好，吃药把家里的钱吃光了。韩家见曾家的食品店生意挺好，连街道办事处的几个干部和干部家属都上曾家买酒喝买烟抽，韩家男人便和老伴开起了炒货店。你想吃瓜子、花生、蚕豆一类的食品，径直走进韩家称几斤就是，吃完，还想吃，即使是半夜，也可以去敲韩家的门。离青山街不远的南门口、黄兴路一带也有人打街了，于盛夏里推着三轮车，三轮车上挂着衣服或鞋袜，沿街叫卖，有的青年还手握电喇叭吆喝，把行人叫到摊子前，"便宜啊便宜啊，走过路过莫错过啊。"一年前，一过晚上八点钟，南门口一带就冷清了，如今，晚上十点都过了，那一带仍热火朝天，仿佛是才断黑。有天，我和李佳看完一场电影回家，对爹说："街上还很热闹，小商小贩占据着街头巷尾叫卖。爹，看来中央真的在提倡改革开放。"爹问："没人管？"我把目光投向院子外的曾家和韩家，"谁管他们了？"爹挠挠头皮，有头皮屑飘下来，说："真的不是'文化大革命'了。"

秋天的一天傍晚，一辆黑色轿车在门前停下，何陕北下车，缓步走进来。他仍着灰色中山装——这一年，很多干部为显示自己紧跟社会形势，开始穿西装、打领带了。他还是那么胖，因胖，脸很圆，眼睑上也多了层肉，就感觉眼皮很厚。他告诉我们他父亲平反昭雪了，省委准备下星期为他父亲开一个隆重的追悼会。陕北说："我父亲的灵魂能得到安息了。"但感觉上，陕北好像不那么欣慰，他脸上胡子没刮，目光也有些散漫、疲惫。那个精气神蓄于一身、说话颐指气使的陕北，好像只能到记忆里去找了。爹陪他坐着，他有些心不在焉，对大哥的画赞赏几句，大哥正应刘家男人的请求，给人家画牡丹花。陕北走后，爹看着陕北的背影说："陕北人不痛快。"大哥说："他是造反派干部，没把他拉下来，那是他父亲积的阴德。"爹见僧人在打扫后院，就知道僧人已念完经，便去告诉僧人。

这一年，在日本已是淘汰的产品，单喇叭或双喇叭收录机涌到了长沙街上，一些年轻人就穿着喇叭裤，拎着这种收录机在街上游神一般晃荡，声音拎得很大，可不是放"文革"歌曲，而是放优美的舞曲或邓丽君那甜言蜜语似的歌曲：《月亮代表我的心》和《美酒加咖啡》等等。大家听惯了"文革"中杀气腾腾的歌，诸如《东风吹、战鼓擂》或《要奋斗就会有牺牲》一类，邓丽君的歌声听起来就十分轻柔、缠绵和令人动情。公共汽车上的人听着邓丽君唱："来来来，喝完了这杯，再添点小菜，人生难得几回醉"，就颇有同感地彼此相望，有年轻点的人便跟着收录机哼唱。这年的长沙，已没人再唱样板戏和"文革"歌曲了，磁带突然不知从哪个渠道涌来，充斥在街头巷尾的摊子上，要长沙市民"喝完了这杯，再添点小菜"，当然让人感觉新鲜、亲切和兴奋。街还是六七十年代的街，房子也大多是六七十年代建的房子，但六七十年代里那种令人紧张的政治空气、那种彼此防范的格局，到了邓丽君的歌声走进长沙街头时，就真的没有了。女人们不再穿单调、朴素得没有女性气息的衣服，什么颜色的衣服都上身了。男人们早脱下已穿厌的假军装或蓝工作服，穿西装，很张扬的喇叭裤也出现在年轻人的腿上。一些不怕出丑的青年男女，兴致来了，将收录机往街头一放，当众搂在一起跳交谊舞，就有花花绿绿的生命的感觉，仿佛春天在大地上涌动一样。

星期天，郭承嗣出现在我们眼前时，穿着灰色喇叭裤和一件白夹克，头发烫成卷发，时髦得像长沙街头的小青年。他带了个女朋友来给他外公和舅舅、舅妈们过目，说："小范，糖果饼干厂的。"小范长一张苹果形状的脸，小小的眼、嘴唇也小而薄，皮肤很白，长得很甜，身上似乎有饼干香味儿。家桃那天也在这里，她一见小范就喜欢，表扬说："你们俩有夫妻相。"小范脸红了，瞟着未来的婆婆。郭承嗣欣喜的样子掏出飞马烟，点上，叼着。秀梅回来，看见郭承嗣穿着裤口很大的喇叭裤，皱起眉头说："你不要穿喇叭裤。"郭承嗣说："姨，我们厂里的年轻人都穿喇叭裤。"何秀梅的思想还没改过来，她还是觉得中山装和工作服好看，说："你这身打扮不像工人，像社会上的人。"郭承嗣感到姨的思想落后了，他懒得跟姨争辩地一笑，把目光放到小范脸上，小范却看着门外。门外是金灿灿的太阳。有邓丽君的歌曲从曾家的店子里很柔情地飘来：你问我爱你有多深，我爱你有几分……老奶奶这些日子嗜睡，吃过早饭总要睡两个小时，老奶奶听张桂花说郭承嗣带着对象来了，就起床。老奶奶抓着小范的手，仔细打量着小范说："多年轻啊。"老奶奶老得背都弯了，穿着黑毛衣，那模样像是给小范行大礼，小范就很不好意思。

不几天，国庆也穿着喇叭裤回来了。他拿着我给的钱自己上街买的，一个背头、一个画夹子，脸上还戴副墨镜。这让秀梅想起老电影里上海滩的二流子，就又皱起眉头说："好样子就不学。"国庆懒得理他姑妈，直接进了房间。有天，何秀梅从街上回来，见何五一腿上一条浅蓝色喇叭裤，穿一件黑毛衣，修长的身材伫立在夕阳下拉着小提琴练习曲，偏着头，弓在他手腕下迅速地跳跃，那么年轻，姿势那么优美，她心里不由得赞叹一声"他真帅"。那一刻，秀梅承认她老得落伍了，思想没赶上时代前进的步伐。

那年元旦，一场鹅毛大雪把人们带进了心情舒畅的八十年代。早晨大嫂打开门，院子里白皑皑的，大嫂高兴地叫道："好大的雪呀。"一家人都听见大嫂这么说，就陆续起床。国庆一见如此大的雪，背起油画箱就出去画雪景。五一背了气英语单词，便站在客厅里拉琴。五一这两年长个子长得快，身高竟长到一米七九，比他哥还高出两公分，脚也比国庆的大，要穿四十五码的鞋。谁也没想到五一会长得这么英俊，既不像我，也不像他妈，却把我和李佳身上的优点都掠走了，还把他奶奶年轻时候有过的美丽皆占为己有。何家的男人都是长脸，他却长一张皮肤白皙的国字脸，鼻梁挺拔，嘴唇轮廓分明——少年时他这张嘴略偏大，现在这张嘴大小正好，嘴角略有点上翘，挂点微笑，且极为红润，一看就是个激情澎湃的帅小伙子。一双极漂亮的双眼皮眼睛，眼眸黑亮、目光清洌，带点凉意，又含几分柔情，还有些俏皮。这样的眼睛，看一眼女孩，对那女孩都是万劫不复的灾难，因为那女孩心里除了他，从此再不会装第二个男人了。不但他姑妈——一度拥有足足一个排的追求者的前超级美女何秀梅承认"他真帅"，就连天真、聪慧的何娟，也对所有的人宣称：她小叔叔是全世界最英俊的青年。何五一对这些赞美充耳不闻，就跟当年他姑妈何秀梅面对一个个追求者心烦样，他烦那么多女性在不同场合从不同角度打量他，对他笑、讨好他，不收他的钱。初春的一天，他从他妈手上拿了钱去服装店买西服，服装店的女老板硬是不要他的钱，衣服白送给他，只希望他下次买衣服时再光临她的服装店。回到家，他把钱退给他妈。他的运动鞋烂了，他去东塘百货商店买鞋，那个女营业员自己掏钱去交款，还弯下身为他脱鞋、穿鞋。他嫌他妈煮的面不好吃，有时候早晨他拿了钱去一家粉店吃面，那个漂亮的女服务员也从没收过他一次钱，都是自己把钱垫上，为的是下一个早晨又能看见他来吃粉。何五一真的不明白，世界怎么了？怎么人人都对他好而不要他的钱，让他有钱没地方用，就连乘公共汽车去省歌舞团学琴，只要碰到的是女售票员，他就别想把零钱用出去，不但如此，他下车时那些女售票员还含情脉脉地对他笑。何五一摸着脑袋想，是不是传说中的共产主义来了？

何五一不久就明白不是共产主义来了，是他太迷人了。告诉他的是他的小提琴老师。五月里一个阳光明媚的星期天，他拎着琴兴味盎然地去省歌舞团，首席小提琴老师脸色不怎么好看地对他说："五一，你以后不要来了。"何五一吃惊地望着老师，不知道老师怎么会说出这种话，老师却醋意大发地道："我老婆说你太危险了。"五一不懂地看着老师，老师憋了很一气，终于忍不住道出他苦恼的缘由："我老婆说你越长越迷人，太迷人了。"何五一觉得这不是他的责任，错在他老婆心术不正，他拉琴时他老婆确实站在一隅一动不动，饭也忘了做，母老虎似地盯着他。他没打算为自己辩解。好在他的琴拉得与老师不相上下了，他决定考音乐学院，去进一步深造。

　　那段时间，有个女孩子经常来找他。是他同学，叫徐丽，身材苗条，人长得要好漂亮就有好漂亮，一家人都觉得两人是天生的一对，可是五一就是不理她。她来了，五一不是低着头拉琴，就是坐在桌前看书，好像她不是来找他的。李佳说："你同学来了，五一。"五一头也不抬，仍然干自己的事。这对徐丽的自尊心无疑是个挑战，连最不爱多事的玉珍也批评五一不该不理人，五一却说："我又没要她来。"这话当然是徐丽走后说的。大家都觉得五一把那个女同学得罪了，可是过不了几天，徐丽又出现在家门前，笑眯眯的，仿佛没发生那样的事一样。五一还是不理她，看见她，转身进了房间。徐丽愣在桃树下，脸上的笑容也在一点点凝固。就连冷若冰霜的何秀梅都看不过去，指责五一太傲慢了。又过几天，徐丽又燕子一样飞落到葡萄棚下，穿着她母亲出差到上海买来的连衣裙，刘海烫成波浪，满以为五一会看她一眼，可是五一连他的房门都没迈出来。几年后听说，那女孩出家为尼了，就在长沙北区的开福寺，是开福寺里最漂亮的尼姑，很多她家的友人去看她，哀求她还俗，她断然拒绝，说尘世中的徐丽已经死了。还有个女孩，长得也算漂亮，是我们街上的，只要五一站在葡萄架下拉琴，她必定站在门外看，李佳上去请，她也不敢进来。翌日，同一个时刻，五一拉琴，她又默默地站在门外盯着，只希望五一回过头望她一眼。五一从没看过她一眼。有天，李佳见这姑娘如此胆怯又如此痴情，就走上去拉她，想请她进客厅坐坐。五一听到他妈说话，停止拉琴，冷冷地叫声"妈"，那姑娘一听声音不对，冷得像冰水，自卑地逃走了。后来，街上的这个姑娘为何五一精神失常了。五一读大学后，她进了精神病院，花光了她父母的全部积蓄，九十年代，她在大马路上倒退着走路，葬身于一辆东风牌卡车下。

那年四月，爹在《湖南日报》上看到一篇文章报道，各地于"文革"中遭到破坏的寺庙，正一一开始修缮。爹把这篇报道给僧人看，僧人看了，默然良久，吁一口长气说："我该回寺院了。"僧人大叔在我们家后院自我修行的这十年里，家里人都在变老，惟独他一点也没变老，似乎比十年前着一身破袈裟步入青山街三号时，还年轻几岁。他面色和善，满脸红光，皱纹不但没加深，反倒浅些了。这十年的时光把国庆和五一变成了精壮的青年，把何娟变成了聪明伶俐的少女，把我妈和大哥、大嫂变成了老年人，惟独在我僧人大叔身上，时间似乎不但没往前走，还向后倒退了两步。爹劝僧人弟弟留下说："寺庙你就别去了。"僧人凝神默想了下，指着报纸上所写的某某寺院说："我就是这座寺院的住持。"爹懊恼道："我真不该把这份报纸拿给你看。"僧人没说话，继续打扫后院。

那天晚上，僧人大叔似乎睡得很早。第二天，他该做斋饭的时候，居然没有动静，爹走上去敲门，门是虚掩的，一推开，桌上只留了张便条，用毛笔写道："老僧走了，勿念"。没有第二句话。爹看房里，僧人经常捧读的几本经书不见了。谁也不知道僧人是什么时候走的，是半夜还是凌晨。其实爹是留了心的，但僧人走得太悄无声息了，以致爹连一丝动静也没听见。那段时间，爹开始呈现耳背的征兆了，你说话得加大音量，不然爹听不清楚。爹把这张便条给老奶奶看，老奶奶攥着僧人留的便条，漠然地点头说："随他去吧。"

当天上午，爹打电话告诉了侄儿大金，大金在电话那头答："知道了。"我大叔净空僧人在我们家住的这十年，不是一个引人注目的人，尽管他的围棋下得好，象棋也下得十分出色，但那都是茶余饭后的消遣，而且后来也没人找他下棋了。自从他早几年先后五次把那个满心欢喜地跑来学棋的八段高手下得汗流浃背后，就连好学和好胜之心兼而有之的李文军，也不找僧人下棋了，因为结果是预先知晓的，下棋只是朝着那个不可更改的结果再一次旅行而已。僧人的存在和消失，对我们家没什么影响，因为没人找他下棋后，他便把自己摆在不惹人注目的位置，一旦你注意他，他会起身，从你眼里消失。爹妈把他的"禅房"留到第二年夏天，断定他不会再回来后，就又把这间房变成杂屋，爹把新做的椅子放进去，又把家里不用又舍不得扔弃的东西堆放到这间房里。

八月里一个与去年和前年同样燠热的日子，知了一早在葡萄枝上叫，把一家人叫醒了。老奶奶爬起床，穿身蓝妇母装，坐到客厅里有过堂风的地方。太阳十分明亮地照在院子里，墙壁也被太阳照得耀眼。上午九点钟，那个曾经给何国庆送录取通知书的一脸脏胡子的邮递员又笑呵呵地来了，叫道："何五一签收。"五一当时还躺在床上，听到邮递员叫他的名字，一蹦就起床了，还穿着背心和短裤。五一签了名，邮递员退出去后，五一撕开信封，是武汉音乐学院寄来的录取通知书。老奶奶笑了，笑得嘴呈现着一个黑洞，老奶奶嘴里的牙齿掉得差不多了，嘴瘪了。"我们家又出了个大学生。"老奶奶说着，手握成高兴的拳头，使劲一挥，"桂花，给五一泡杯茶。"五一不好意思道："老奶奶，您搞反了。"老奶奶说："没搞反，你是大学生了啊。"妈走出来看五一的录取通知书，说："武汉音乐学院是个好大学。"听妈的口气，好像妈在武汉音乐学院上过学，其实妈连武汉音乐学院在武汉的哪一方都不知道。张桂花还真的给五一这个晚辈倒了杯茶，端给五一喝。这是她在我们家做的最后一件事。

那天，张桂花婶婶很高兴，仿佛是她的孙儿考取了大学，对于这个在我们家生活了一辈子的河南女人来说，五一不但是她的孙子，还是个世人公认的美男子。所以她为这个美男子考上武汉音乐学院而兴高采烈，就决定上街去买五一爱吃的菜。张桂花在我们家做了多年厨师兼采买，当然晓得五一从小就爱吃红辣椒炒火焙鱼。她很欢喜地换上一件蓝绸子短袖衫，穿上一双鞋底的齿纹磨得很光的黑胶底布鞋，去菜市场买火焙鱼，好让我大嫂或李佳炒一盘香喷喷的火焙鱼给五一吃。她出门时，大家正为五一考取大学而高兴，等到老奶奶嘶哑着喉咙叫她，才发现张桂花早不在家了。中午到了，还不见她回来。一家人等了半个小时，仍不见她的身影，吃饭时就给她留了些菜。下午天热得不行，没有人出门，爹也只在后院锯了半个小时木头就热得坐在客厅里喘气。老奶奶赞许地看着爹道："三四十年代，你都是在外面打仗，拿枪的手拿起锯子来了。"爹答："还什么拿枪的手，早没拿枪了。"

傍晚，等太阳一离开地面，李佳就往前后院子的地上泼井水，井水比自来水凉些。夏天天黑得晚，七点钟了，天上还有一抹余晖。张桂花仍没回来，一家人都有点急，饭菜做好了，都等着张桂花回家吃饭。"她能去哪里呢？"老奶奶问。这时，一个年轻男人骑着自行车飞奔而来，大声问："这里是何家吗？"爹答："是何家。"年轻男人说："一个叫张桂花的女人摔了一跤，现在在三医院。她醒了，医院要我通知你们一声。"

张桂花婶婶是一个星期后死的，她死亡的具体时间，大家都不清楚。我和妈、李佳赶到时，张婶婶从昏迷中醒了过来。妈握着她的手，她的手在如此炎热的天气里却十分冰凉，这让妈一惊。张桂花说："我溜了一跤，害你们担心了。"张桂花婶婶虽然有一个兵团司令的儿子，但这并不妨碍她是个十分自谦的女人，一生里总是替别人着想，生怕自己的不是给别人带来麻烦。妈说："你没回来，真让我们担心。"张桂花看着我和李佳说："五一考取大学，我想起五一喜欢吃火焙鱼，就去买火焙鱼……"我和李佳都很感动，五一考上大学关她什么事呵？可是她却比我们做父母的更放在心上。李佳说："谢谢你关心五一。"张桂花摔下去时身体朝后一仰，地上有块麻石，颈椎落下时砸在麻石边上，断了。她从昏迷中醒来时，叫痛，医生给她打了局部麻药。张桂花只是清醒了那一次，说了那些她想说的话，之后就一直处在昏迷中。颈椎断了，胸腔的血就无法输送到大脑，头部就严重缺氧，致使她深度昏迷。医生尽管做了全力抢救，一个星期后她还是死了。那天上午，大嫂吃过早饭去替换军花，军花告诉大嫂，她婆婆死了，具体死亡时间医生也不能确定，也许是凌晨两三点钟，也许是四五点钟，早晨医生来给她婆婆打点滴时，人已经僵硬了。

　　李文华带着两个孩子来了，一个读高中，一个今年进初中。儿子越长越像何军花，一个翘下巴，我们家的种，让老奶奶想起这孩子的外公何金林；女儿却像李文华小时候，很高，很瘦。李文华是兵团司令，有两名腰挎手枪的警卫跟着。李司令员的脸上有很多悲伤，因此很严肃。尸体安放在医院的停尸间，医院见来了个这么大的官，院长都来了，陪着李司令员去停尸间。停尸间的气温比外面低许多，就有一种阴森感。李司令员默默地看着尸体，由于是储存在冰柜里，尸体的脸上打了层薄霜。他的儿子和女儿只是走拢来看一眼遗体，就表示惊异地退开了。这两个孩子与他们的奶奶没在一起生活，就没多少感情。接着，李司令员和何军花带着两个孩子来到我家，何军花泪流满面，李司令员没哭，李司令员看着老奶奶说："老奶奶，给您添麻烦了。"老奶奶见是李文华，拉着他在自己身边坐下，眼窝里都是浑浊的泪水。李文华很顾全大局地说："老奶奶，您身体要紧。"老奶奶说："文华啊，我没想到你妈会比老奶奶先走。"爹陪他们坐，一句话也没说。李文华司令也老了，鬓角上添了些白发，一张脸变宽了，脸上的皱纹也较明显，眼睑增厚了，目光既严厉又平和。安葬完他母亲，李文华与何军花就来清理他母亲的遗物，把他母亲穿过的衣服、鞋袜统统从老奶奶房里清出来，拿到后院焚烧。忙完这些事，李文华就看着大哥画老虎，说："大哥，你的画越画越好了。"这可是李文华说的第一句与他母亲无关的话，证明他的心已从悲伤的泥塘里钻了出来。李文华的儿子和女儿也一直盯着我大哥画画。

　　老奶奶坐在一隅，张桂花的死仿佛把老奶奶压矮了，她好像比玄孙女何娟都矮一个头了。老奶奶真的很老了，即使在炎热的八月，她也穿着长袖黑布衫，脚上也是一双黑布鞋，足见她身上的阳气越来越少了。李文华一家人在我们家吃的中饭，为此我把郭承嗣叫来炒菜，郭承嗣忍不住多看了几眼这个曾经爱过他母亲、差点成了他父亲的李司令员，结果蛋烧煳了，猪脚也炖得太烂——肉因经受不住久炖、惭愧地从骨头上掉了下来。郭承嗣就一脸抱歉，仿佛对不起揣在口袋里的那本特级厨师证，红着脸道："我今天走神了，不好意思。"门外停着两辆挂着军牌的小车，李司令员的两名警卫就站在车旁，李司令员一家人分别上了两辆车，李文华司令员撤下车窗玻璃，对我爹妈挥下手，车便朝前驶去。一条街上的人，因为驶来一辆那个年代里很打眼的红旗牌轿车，又都把尊敬的目光投到青山街三号。

张桂花的死让一家人沉默了好几个星期，就连眼里从没老人、被很多女孩私下评为长沙市最帅的靓哥何五一，也停止了拉琴，因为他没想到张奶奶是为他去买他爱吃的火焙鱼而不小心摔倒的，从此何五一再没吃过火焙鱼，也不让他妈和伯妈再做这道菜。九月份，他背着小提琴走了。那些天，来我们家为他饯行的姑娘不下十个，个个打扮得花枝招展，身上都飘着让人心醉的香气，说是来送行，实际是盼着跟他约会，其中就有那个后来毅然做了尼姑的徐丽。有天下午，她穿得比公主还考究地来了，那身雪白的衣裙是她的香港亲戚送的，耳垂上吊着菲律宾的姨妈寄来的一对醒目的银耳环，脖子上挂着她外婆从马来西亚买来送给她的镶有蓝宝石的金项链，但这一切并不能让她自信。当五一吃惊地看她一眼时，她居然绊倒在葡萄棚下。葡萄棚下并没有可以绊倒她的物件，她是因激动而脚一崴，自己跌倒的。她站起来时，五一就不望她了，以免她又跌倒。黄昏时，又有个姑娘羞涩着脸蛋，勇敢地走来，她姓董，剪个包菜头，穿得也讲究，两个姑娘如同仇人相见，竟在葡萄棚下恶语相加。她们都泪汪汪地看着五一。五一不望她们，也不帮其中一个。但在他妈的催促下，他还是分别送她们出门，不过五分钟就回来了。李佳说："就回来了？"五一答："我把她们送到街口，已经够可以了。"他只是刚坐下，又有一个女孩骑着自行车来了，撩开裙子，一条玉腿敏捷地从三脚架上弯过来，落到地上，红着脸看着玉珍说："您是五一的妈吧？"这个把玉珍错当成五一妈的女孩子长得不算漂亮，但脸皮相当厚，自我感觉超一流的好。晚上十一点钟了，一家人哈欠滚滚，都要睡了，老奶奶睡过一觉醒来了，她居然还没走，还缠着李佳和玉珍说话。五一觉得这太荒唐了。第二天，他比预定的时间提前一个星期去了学校。

傍晚和星期天就没有优美的琴声了，也没有女孩子像蝴蝶一样飞来叮五一这朵盛开的雄牡丹了，大家一时都不适应。这天下午李文军着一身黑西装、打一根紫色领带、脸刮得干干净净地领着两个老人，笑容满面地出现在院子门前，随他来的两个老人都有七八十岁，一个姓贺，一个姓姜。姓贺的是当年湖南新编第一军副军长贺新武；姓姜的是李文军的师参谋长姜小工。李文军一进门便对我爹说："何老，您还认识这两位吗？"爹就盯着他俩，爹勉强认出了贺新武副军长，没认出姜小工。李文军说："姜小工师参谋长。"前参谋长姜小工紧握着我爹的手，脸上就很多感慨，千言万语汇成一句听起来很普通的话，说："军座，没想到我们还有见面的一天。"

姜小工师参谋长一九五七年也打成了"右派"，被遣送回原籍湘阴。也是早两年才得以平反，平反也就是退休。贺副军长八十出头了，曾在南宁一家工厂任副职，六十年代初他退休了，但"文化大革命"的狂风还是把这个老人卷进了浪潮。在造反派夺权的斗争中，他被厂里的造反派打得休克，醒来后又被另一造反派组织打得休克，再醒来，又被第三个造反派组织再次打得休克。他之所以没被打死，实在是他身体太硬朗了，这得益于他一直坚持练武。他熬过来了，一九七三年，当全国各地开批斗会一类的活动相应减少后，他这个国民党起义将领打了个恳请回湖南老家的报告，就逃回了湖南。这几年，贺老头喜欢骑着自行车，拿根钓竿到乡下的野塘边钓鱼，戴顶烂草帽，带点零食，一坐就是一天。早一向，李文军也拿根钓竿上塘边钓野鱼，俩人相望一眼，觉得哪里见过又相望一眼，贺老头谨慎的样子走拢来问李文军："你是不是姓李？"李文军说："你是贺副军长吧？"贺老头说："我是。"贺新武拿着烂草帽摇，告诉李文军："你的师参谋长姜小工就住在我现在住的那条街上。"他们见面了，为彼此失去的岁月和友谊落泪，并且都把自己喝醉了。

他们相邀来了，提着酒和卤菜，来看我爹和会我大哥。他们喝着酒，回忆当年打日本兵的事情。这些年里，他们天各一方，由于都是前国民党军人，在那种"阶级斗争必须年年讲、月月讲、天天讲"的要命的年代，都怕相互联系而引起不必要的误会和猜忌，就各过各的生活。这两年，"文革"中那种令人窒息的政治空气，被改革开放的潮浪冲淡了，这些曾经被各机关、单位或街道办事处的干部视为牛鬼蛇神而不许他们乱说乱动的人，就想出来走动走动，吐几口憋在心里的晦气。贺副军长回忆当年说："想当年打日本人，一天走七八十里路还背着枪支弹药，那时候可真年轻。"爹也回忆道："当年打日军，我们可没给中国人丢脸。"姜参谋长说："就是，日本兵第三次进攻长沙时我们营守在金盆岭，日本兵冲上来就被我们打下去了，又冲上来又被我们打下去了。日本兵很恼火，没想遇上我们这些偏头偏脑的湖南骡子，前进的步伐就停滞了，哈哈哈哈。"他们一边喝酒一边打开记忆的仓库大门，翻寻多年里都不曾回想的一件件事情，天在他们回忆中暗了，天老爷见他们都还活着，也笑了个。那是一个闪电，使整个昏暗的客厅忽然一亮。

过了两个星期，他们又来了，又带来两个从前我爹的麾下。一个是少校营长，姓李；一个是中校团长陈万山。爹看见陈万山十分激动。爹紧握着他的手说："你还活着？"陈万山咧开大嘴笑，"老军长，我命贱，没那么容易死。"陈万山打量我爹，"我一直想来找您，但这些年，不敢来找您，您以前是省政协副主席，我怕给您添麻烦。"爹感叹："大家都怕啊，

'左'的思想像一座大山,把我们隔绝了。"几个人哈哈大笑。陈万山在"文革"中被整得很惨,脚被打瘸,走路一拐一拐的。陈万山说:"我们这些原国民党军人在'文革'中,天天挨斗,身前挂一块'历史反革命'的牌子,除了挨斗,就是扫地、拖垃圾和挖防空洞。现在回忆,'文化大革命'中,我们都跟老鼠样,天天就是握把锄头挖洞。"李营长接过话道:"我的单位是中专学校,'文革'中,那些造反派'左'得没名堂,天天揪着我游街,那时候想死的感觉都有。"姜小工参谋长说:"我们单位批斗我时,给我剃个阴阳头,胸前挂块'国民党军统特务'的牌子。台下黑压压的群众,有的人还对我身上扔东西,我魂都被吓得飞上了天。"李文军感叹道:"我们这些人真要搭帮邓小平,没有邓小平,我们今天都不敢见面,都跟老鼠样躲着不敢相互联系。"爹看着他们,他们当年在他手下打日军时,个个都是勇敢的战士,都不怕死。爹开导他们说:"我们这些事都不算什么,我们尽管都挨了整,可都活下来了。我二弟,一个参加过长征的老革命,省委常委、副省长,在'文化大革命'中也被整死了。还有彭德怀、贺龙,比起他们来,我们这些国民党'历史反革命',还算幸运的。"

我爹他们这样的人在当年那种高压政治控制的社会里,活得很扭曲,也活得很顽强,他们就像角落里的蒺藜,尽管不被阳光照耀,仍然孤独、凄凉地不声不响地活着。到了八十年代,青山街三号便常有老军人来访。这些老军人年纪都大了,撑着拐杖或乘着人力车来寻他们的老军长。有天,一个老人站在青山街三号前,半天不动,既不进来也不走地张望,一脸的迟疑和探询。那是个星期天,我看见了,转身进爹的房间说:"外面站个老头,怕又是您的老部下。"那是中午,爹已躺下,又重新穿上衣服,迈出房间,望着那老人。那老人看起来有八十岁,着一身干净的蓝衣服,一张脸爬满衰老的皱纹,两只眼睛像两颗烂话梅,眼袋很明显地装满疲惫。爹想不起他是谁,"您是——?"老人说:"我是杨福全,您老是何军长?"爹真的很高兴,因为就在早几天爹曾梦见这个人。爹道:"进来、进来。"杨福全撑着拐杖迈进我家，身体颤颤的，那是老朋友相会激动得发抖。"您老现在在哪里啊？"爹问。杨福全答："我退役后，回了常德。"爹说："记起来了，您是常德人。"前国民党军参谋长杨福全站在葡萄架下，咧开乌色的嘴唇一笑，"您记性好啊，还记得我是常德人。"

　　杨福全在我家住了五天，他是特意来长沙找我爹等前国民党老兵的，他感觉自己的日子不多了，还感觉社会对他们这些人平和了，就忍不住出来访友。五天里，他有说不完的话和倒不完的苦水，说他女儿在"文化大革命"中被一伙人强奸至死，他儿子因去找那几个人报仇被判十年徒刑，直到去年才释放出来。又说，"文革"中县里镇压一批现行反革命时，差点把他也镇压了，已经被五花大绑地押到刑场上只待枪决了，临了被当时的军代表救了。军代表问县里的造反派："这个老头犯了什么反革命罪？"县里的造反派说："他姓杨，是国民党少将军参谋长，一个历史反革命。"军代表问："他怎么没在镇压反革命时枪毙？"县里的造反派答："他参加过湖南的和平起义。"军代表大惊道："怎么可以枪毙起义将领？胡闹！"他就这样捡回了一条老命。五天里，贺新武和姜小工天天来看杨福全，李文军又把陈万山叫了来。老奶奶高兴得要命，这些人老奶奶全认识。老奶奶与他们一起回忆战争年代，这些老军人都佩服老奶奶的记忆力。老奶奶说："一九一九年，你俩和赵振武团长第一次来我家时，都还是二十岁的小伙子。"杨福全和贺新武听毕，眼睛都潮了，此刻他们都是八十多岁的老人了，一九一九年，仿佛是上辈子的事。杨福全说："何奶奶，您记性真好。"老奶奶说："我看见你们，就什么都想起来了。"

　　杨福全要走了，爹还想留他住，杨福全说他得回去，他带的治糖尿病和心脏病的药吃完了，这样的药不吃不行的。爹送杨福全到公共汽车站，这是五月里一个非常晴朗的日子，空气清新，阳光和煦。杨福全握着我爹的手，一张深受摧残因而五官都变萎缩了的脸上，表情相当凝重地说："今生今世能和你见上一面，我已足矣。"爹听他这么说，眼泪迅速盈满眼眶，说："有机会我还想上你那里看看。"杨福全老人握着我爹的手不松道："你一定要来，一定要来呵。"爹答："我一定去。"公共汽车来了又去了，又来又去了，两人站在公共汽车的站牌下足有一个半小时，依依话别却又迟迟不肯分手。妈见爹老不回来，便叫我去找，我走到两位老人面前时，杨福全老人抱歉地一笑，这才上车，并站在公共汽车上向我爹挥手，爹站在马路上也向他挥手。爹默默地注视着汽车驶去的方向，目光是空洞和忧郁的。爹清楚也许这辈子两人是最后一次见面，都是八十多岁的老人，这一别，未免不是永别。我陪爹转回家时，爹想起战争时代的杨福全说："他年轻时很勇敢，多次负伤，打日本人时他那个师总是抢着打最艰苦的仗，老天爷是有眼的，他没死是上天眷恋他、留他。"

就是那段时间，我这个百事不探的一般知识分子，提副院长了。我自己都没想到"官帽"会飞到我头上。学校里，原分管教学工作的副院长是靠造反上来的，虽然也是知识分子，但他是造反造上去的，在"文革"中整过另一些知识分子，老师中意见很大，便下了他，让我顶。我在"文革"中没参与派性争斗，因身为"反动军阀"的儿子，被造反的大学生揪上台批斗过几次，没想这成了我升迁的资本。学校领导找我谈话，让我分管教学工作。院办公室安排一辆黑色的上海牌轿车接送我上下班，从此我就不用骑自行车或挤公共汽车了。

六十八

前湖南新编第一军少将副军长贺新武老人有午睡醒来泡杯茶，边喝茶边看报的习惯。贺新武老人再没钱也订了份《湖南日报》，每天看，以便了解社会动向。七月下旬的一天，他喝口茶，坐到椅子上，读到一篇《中国政府严重抗议日本篡改侵华历史》的报道，报道说中国外交部官员约见日本驻华大使，指出日本文部省企图通过修改教科书，使日本人民忘记日本军国主义的侵略行径给中国人民造成的灾难，这是愚弄日本人民，是对中国人民和亚太地区各国人民的挑衅和威胁等等。贺新武老人看完这篇报道，气得把手中的茶杯掷到地上，茶杯摔碎，滚热的茶水流到了老伴的脚前。老伴很少看见贺老发这么大的气，惊诧道："怎么啦你发这么大的火？"贺老挥着拳骂道："日本人竟然要篡改侵华历史，我要操他祖宗十八代！"贺老生气地走出来，走到前国军上校师参谋长姜小工家，姜小工正用铁丝绑一把快散架的椅子。贺老把报纸扔给他看。姜小工放下活，笑眯眯地戴上老花眼镜看报，看得脸色变青了，气愤地骂道："真不要脸！"姜小工换上一件出客时才舍得穿的灰色中山装，出门时不忘拿块抹布抹下黑皮鞋，两位老人就气愤地走到街上。姜小工走到一处公用电话前，拨了李文军办公室的电话，说："我和贺老去看老军长，你有时间去吗？"李文军是个无牵无挂的热心人，在电话那头答："我有时间。"

　　我爹也有看报的习惯，正坐在竹躺椅上看报，思想却飞到了长沙的四次会战上。他的大儿子何胜武先他一步看了报，这会儿正一声不吭地坐在窗前凝望着苍穹冥思，脑海里战火纷纭、炮声隆隆。天热，院落外的两株槐树，枝繁叶茂的，蝉在那两株槐树上死叫，不知是欢快还是烦躁。天色阴沉，有乌云在上苍游荡。贺老和姜小工来时，大哥正在回忆的陷阱里打滚，他看见被日本兵打伤的国军官兵，在一九三九年到一九四四年的战壕里哀号。他听到来自一九四四年的口琴声，那是战死在他身边的传令兵生前吹的。那口琴声穿越时间隧道，凄婉地飘来，让他的耳膜阵阵刺痛。贺老嘴都气乌了，一进门就说："何老，看今天的《湖南日报》没有？"爹手上拿着的就是当天的《湖南日报》。贺老很激动，脸上的皱纹都有点波澜壮阔了，说："这些狗娘养的，竟要篡改历史，真是太无耻了。"姜小工说："老军长，贺老沿途骂着小日本，骂得公共汽车上的人不知道我们是怎么回事。"大哥冷哼道:"骂有什么用?"大哥很严肃地坐在椅子上,抽着烟,他的双腿就是被日本人的迫击炮弹炸没的。姜小工恨道:"日本人怎么可以这么不要脸?"爹摇头,贺老说:"在中国作威作福最多的就是日本人。"李文军来了,也看了报,自然很气愤。他一进来就说:"我担心真要把历史篡改了,再过几十年,后人就忘记了。而我们当年是不是打过日本人,日本人是不是侵略过中国,也会被我们的后代怀疑。"李文军没有后代,但他却不愿意中国的下几代人忘记这段惨痛的历史,"长沙四次会战,常德会战、衡阳保卫战、雪峰山会战,难道是在日本打的?不都是在我们湖南境内打吗?日本人真他妈的太无耻!"

那天晚上,他们在我家吃晚饭,吃过晚饭他们仍谈论这个话题,边回忆着一个个于抗日战争中阵亡或后来失去了联系的人。说出一个,几个人就共同回忆,又说出一个,几个人又围绕着这个名字回忆这个人的一些生活细节。到后来,几个老人唱起岳飞的词《满江红》。这词最先是贺老开始低声哼唱的。贺老其实嗓音不错,乐感也好,他为自己的不得志而哼唱这首歌,用哼歌来安抚内心的不平。姜小工马上把音量扩大,昂头唱着。爹不会唱歌,但不妨碍爹跟着哼唱。他们年轻时都是背诵着岳飞的《满江红》,拿起枪,去打日军的。大哥和李文军也加入进来,于是沙哑、低沉、破旧的歌喉于这天晚上一遍又一遍地唱着悲壮的《满江红》,歌声从青山街三号的院子里飞出去,在静寂的街上飘飞。月亮很圆,悬在青山街的上空,月光泻进院子,泻在他们身上。他们的心里淤积着许多痛苦,在这个平常的夜晚,他们抒发着心中的苦闷!若干年里,他们奋力打日本侵略军的功绩被人忽略了,这让他们悲愤,这便是他们于那个晚上唱着南宋抗金名将岳飞的词《满江红》的原因。

当歌声戛然而止时,仿佛整个世界都安静了,只有月光沐浴着几位老人。还有他们的心跳声,怦怦怦,似乎在叩问这个世界,为什么可以这样?突然一只蛐蛐叫起来,院落的旮旮旯旯里,一些蛐蛐又此起彼伏地唱起它们的歌来了。贺新武老人在蛐蛐的叫声中说："有了今晚的相聚，我贺新武死也值矣。"姜小工说："不对，贺老，把我们这些前国民党人视为牛鬼蛇神的'文化大革命'，我们都挺过来了，现在，我们更要好好地活着。"李文军赞成道："我们是要好好地活着，倒看这个社会会变成什么样子。"

何国庆大学毕业，分到外贸的一家单位搞包装设计。这个工作是他高中女同学的父亲让外贸的人事干部去学校争取的。他的高中女同学高小霞于同年湖南师范学院外语系毕业，分在某中专教书。高小霞的父亲在外经委，是名知识分子干部，毕业前夕，何国庆找高小霞的父亲，希望能到外贸部门工作。于是他被外贸局点名分到外贸某单位。何国庆一副不修边幅的打扮，穿着喇叭裤、留着长发、蓄着胡子。我要他把胡子剃掉，把头发剪短，他不干。他买了辆凤凰牌自行车，清早出门，傍晚回家，时常带一两个人，害得他妈又得奔入厨房加菜。吃过饭，他和他的朋友就霸占着客厅，架着二郎腿，海阔天空地神聊，或听收录机里放出的舞曲，在水磨石地上学跳交谊舞，直闹到深夜。他们是新一代人。

何五一又长高三公分，身材更修长，也更英俊了，小提琴往下巴下一夹，优美、欢快的琴声便从他的下巴下飞扬出来。暑假里，青山街三号的每天傍晚都会有琴声飘扬，就见一个穿一条浅灰色喇叭裤和着一件海魂衫或黑背心的帅小伙，沉迷在自己拉出的琴声中。他一回来，姑娘们就又像蝴蝶样纷纷飞来。他不理她们，站在窗前拉琴，一双睫毛很长因而漂亮极了的黑眸透亮的眼睛，不是闭着便是盯着未来。那些姑娘只好掉过头来，拼命讨好李佳和玉珍，与李佳和玉珍谈人生和理想，只要何五一不把她们赶走就行。结果那个不到最后一刻绝不死心的徐丽又跟别的姑娘发生了争吵，与其中一姑娘打起架来，害得秀梅也负了伤。因为打斗中吃了点亏的那姑娘情急中抓起茶杯，但掷向徐丽的杯子没砸中徐丽的脸，却砸在劝架的秀梅肩上，青了一块。

一个星期后那一块还是青的，可见那姑娘下手很重。一个星期三，有五个花枝招展的姑娘不约而同地来找五一，五一刚午休起床，没理她们。她们在院子里相互嘲讽，尽其能事地大说风凉话，结果又吵起来。李佳、玉珍和秀梅见几个姑娘连脏话都说出口了，忙一齐出面调解，五一却谁也不理地逃之夭夭了。李佳叹口气说："你啊，真是麻烦，惹得这么多姑娘为你争风吃醋？"五一说："妈，这能怪我吗？我一个也没理，是她们自己跑来的。"直到学校开学，五一走了几天了，还有姑娘羞涩着脸来问"何五一在家吗"。秀梅抚着伤痛的肩，评价五一说："我这个侄儿太帅了，害得这些追他的姑娘连脸面都不要了。"

我买了台飞利浦彩电。之所以买它是为了看亚运会。那是第九届亚运会，在印度新德里举行，中国运动员获得金牌六十一块，首次跃居亚运会金牌总数第一。日本获五十七块金牌，居亚运会第二。有两天，当中国的金牌只比日本的多一块时，赛场内外的气氛竟空前紧张。爹比家里任何一名成员都紧张得要命，天天和妈守着电视机，盯着一个个中国运动员，盼望他们为国争光。十二月四日，亚运会结束，爹总算松了口气，满脸兴奋地对我们说："我年轻的时候，日本人骂我们中国人东亚病夫，看不起中国人。这一次，中国运动员很争气，拿了金牌第一。全家都要喝酒庆祝。"何国庆那天在家，也在荧光屏上看亚运会，他看一眼爷爷，见爷爷满脸红光，就说："爷爷您这么高兴，那我去买酒。"

那天晚上，爹喝醉了。爹不胜酒力，但这天，爹一上桌就端杯，建议全家人为中国的亚运健儿干杯。爹说："为我们中国运动员取得的胜利干杯。"一家人就都举杯，爹说："爷爷想起了你二伯伯，在抗日战争中，你二伯伯战死在常德。你要记住你二伯伯的名字，他叫何正韬。"爹说到这里，望眼国庆，"这杯酒，爷爷敬你二伯伯，爷爷要告诉他，中国健儿打败了日本人。"爹把杯中的半杯酒泼到地上。这时李文军大步走来道："贺老中风了。"爹醉眼迷糊地望着李文军，李文军说："中国人背了几十年东亚病夫的黑锅，这一次亚运会，中国运动员的金牌比日本人多四块，贺老一高兴就中风了，现在我们医院救治。"爹道："那我要去看看他。"爹瞧着李文军，"文军，来了，就喝杯酒。"李文军端起酒杯，与我爹碰杯，并将杯中的液体一饮而尽。爹一杯又一杯的酒入肚，自然就酩酊大醉，哇的一声，吐了，把刚才吃进肚子的食物和酒，尽数呕了出来。

爹睡了一天，第二天还很乏力就又睡一天，第三天，爹感觉精神些了，去医院前上街买盒燕窝和一瓶麦乳精，还买串香蕉拎在手上。爹赶到医院时贺老已出院，不是自己走的，是贺老的熟人借用医院的担架抬走的。贺老没钱住院，嚷着要走，医生不再坚持，放他出院了。爹去了贺老家。爹没想到贺老住的地方那么差，一条陋巷，一个断垣残壁的四合院，四合院里住着几户人家，一看就是那种没文化的下苦力的市民，满口脏话。贺老在抗日战争胜利后也建了公馆，五十年代，扩建马路，贺老的公馆挡了道，拆了。贺老现在住的房子是前后两间，他和老伴住前面这间，儿子和媳妇住后面那间，再后面挨着厨房和水沟搭个棚，仅仅只能摆张小床，睡着贺老的孙子。

贺老躺在床上，脸肿了，嘴歪着，身上盖着厚厚的被子。贺老看见进来的是我爹，十分感动，哆嗦着说不出话。爹望着这位抗日战争中率部把日军打得屁滚尿流的英雄，如今这么一副可怜巴巴的惨状，心里很不是滋味。爹说："贺老，您别动。"贺老的儿媳妇五十多岁，比他儿子还大几岁，身体也很差，她爬起床，披着棉袄为我爹泡茶。爹小心地接过茶杯。贺老的床上挂着旧蚊帐；一旁的墙上有只镜框，框着很多相片，贺老年轻时候的照片也有一张，是他骑在一匹战马上昂着头的相片。相片早已发黄，但相片上的贺老英姿勃勃的。另一边墙上有一幅字，写着文天祥的名句："人生自古谁无死，留取丹心照汗青。"落款贺新武，是贺老自己的墨宝。贺老书没读多少，但天生能写一手好字，书写得遒劲有力，这表明贺老是个性格刚烈、勇猛且有韧性的人。爹说："亚运会确实让我们这些老家伙高兴。"

贺老伸出颤巍巍的手，做个六和一的手势。爹懂。贺老的老伴买菜回来了，她衣着朴素、却整洁，她就是贺新武当年当团长时，把琵琶弹到贺新武心里的杨红。爹看着她，她当然不是爹记忆里那个漂亮、妖艳的小红了，笑时露出一口腐朽的老牙，脸上的皱纹比丝瓜筋还多。

　　贺老的儿子一直坐在门外晒太阳，他是贺老的小儿子。贺老的大儿子于"文革"初期的武斗中被打死了。小儿子也受了刺激，成了个精神病患者，什么人他都害怕，所以什么人瞅着他他都恐惧，要靠西药才能压住他脑海里的妖魔，否则他就躲在角落里什么人都怕见。爹被贺老强留下来吃中饭，吃饭前，贺老的孙子回来了，他个子不高，脸上倒充满朝气，放下书包说："哎呀，有肉吃。"爹从贺老孙子这句话里探出，贺老家一定生活拮据。说话中，爹从贺老的老伴嘴里得知，贺家只有贺老一个人有退休工资，老伴一直是家庭妇女，儿子患了精神病，一直没工作，还要用贺老的工资买药吃。儿媳妇是南宁市郊的菜农，跟着贺老一家人来到长沙，也没工作。贺老是一家人的顶梁柱，贺老一倒，这一家人就完蛋了。爹离开贺老家时，将口袋里的一百几十元钱全部留在贺老手中，贺老不肯接，嘴哆嗦着却说不出话。爹坚决道："我们是几十年的老朋友，留着。"贺老就抓着我爹的手，贺老的手热乎乎的，这个抗日战争中如钢铁一般坚硬的男人，落泪了……

　　何秀梅与肖楚公离婚了。两人拖了很长时间，最终还是离了。婚后，秀梅觉得肖楚公很猥琐，还很抠，两人上街，买菜总是她掏钱，两人进商店给他的儿子和女儿买衣服，也是她掏钱。一个月的工资，不到半个月就掏完了，秀梅又拿着存折去银行取一百元备在身上，可是没到一个月又花光了。这样的日子秀梅尽量不去思考得失地过了一年半，她存折上的两千元钱只剩下八百，有一千二百元就这么花掉了，花在这个男人的家里。有天秀梅忽然想，怎么处处都是她掏钱？儿子是她生的？女儿是她生的？这样一想，她心里就有了疙瘩，加上肖楚公的儿子又不听话，她说他时他还对她横眼睛，说"我不要你管"。秀梅那颗火热的心就凉了，那种过家庭生活的热情也渐渐消退。她又开始存钱，不再在丈夫面前显大方，也不再给对她横眼睛的男孩和对她噘嘴的女孩买东西了。"凭什么要对他的两个孩子好？"她冷漠地想，"这两个孩子都大了，带不亲的。"这样又过了两年，直到毛主席逝世的那个夜晚，肖楚公爬到她身上，她不同意他就扯她的胸衣，企图蛮干。这让她强烈地回忆起十七岁时被那伙军流氓强暴的情景，就愤怒地给他一耳光，将他用力推开，"肖楚公，你太无耻了。"肖楚公被她激怒了，也不含糊地回她一耳光，吼道："你有什么了不起？又不是一朵鲜花！"

何秀梅很后悔自己把那事告诉他，致使他觉得她所付出的一切都是应该的，是她为了讨好他，求得他理解和引发他爱她。一辈子从不说脏话的何秀梅气得骂了声"我操"！就愤怒和委屈地捂着脸哭了。肖楚公再挨近她时，她厌恶地吼叫："走开。"第二天，她拿着几件换洗衣服住回了青山街。后来，她还住过去两次，一次坚持住了三个月，也想与肖楚公过一辈子算了。另一次，她只住了一个月，这两次她都没让肖楚公碰她的身体，尽管肖楚公想碰得要命，甚至还在她床边苦苦哀求地跪了大半个晚上，她硬是没满足他。这次回来，她叫辆三轮车，把她的箱子和衣服都运回青山街三号了，不几天，她又把镜子、衣架子、她使用的脸盆和红塑料桶及她喝茶的杯子都统统拎了回来。她把这些东西放下时，直起腰，不急不慢地揩下额头上的汗，宣布说："我准备跟肖楚公离婚。"这是五年前五月里的事，从这一天开始，她就再也没离开过青山街三号，直到她死。

何秀梅坚决要离婚，但她并不是因另有相好而急于离婚，她不急，吃得香、睡得好。她又回学校当校长了，每天就是学校和家两处地方，偶尔会有同学或同事聚会，那她会回得晚点，这样的时候不多。家里人都不敢说她，因为她一旦把决定作出来，就会朝着那个目的地而去，哪怕中间隔了一条河两座山。你说她，她会掉头咬你，就跟一只刚生崽的母狗，你敢挪动它的孩子，它会咬人。她知道肖楚公会找她离婚，她对我们说："我还不清楚肖楚公是什么人？一只老公狗。"她说这话时，一脸的鄙夷。她等了整整五年，五年后的初夏，肖楚公在她的意料中缓步来了，戴顶白太阳帽，穿着蓝T恤衫和白西式短裤，手里拿着离婚协议书，进门就对何秀梅说："你看看吧，同意就在协议上签字。"

这一年何秀梅五十一岁，无子无女，又成了单身女人。脸形于这几年里悄悄有些改变，变短了，牙齿的颗粒变大了，有一颗还故意气她地凸出来，眼睛却凹下去，眼角有了鱼尾纹，头上也有了让她心酸的白发。这让我们想起她母亲，那个葬在何家山村的女人，只是她比她母亲火气大，所以没人敢惹她，就连家里最不怕事的猛将、早些年在"文革"中呼风唤雨、如今把干部身份丢了而有些玩世不恭的何白玉，也成熟了，学会绕开她走了。"姑妈，我怕你。"假如他说的话惹恼她，就赶快这么说。秀梅纯粹是碍于何娟的面子，才放过了侄儿的不敬。秀梅把整个心都放在她侄孙女身上，一肚子劲地教育何娟如何做人，什么人可以理什么人不要理，还给何娟以未来说："你要做一个对社会有用的女人。"老奶奶扬起一张老脸说："我看出来了，秀梅只对我玄孙女好。"何娟笑道："老奶奶，这你也看出来了？"

何家桃的女儿，好像一心要以她姨为榜样，也跟她姨一样离了婚。事实上她当年嫁给何公安，有一半是为自己和母亲在资兴县找个靠山，因为"狗崽子"要想不被人欺负就得找有权欺负别人的人，何公安就是这样的人。正当她打算就这样过一辈子时，全国恢复高考，她考了，通过她外公找人，步入了大学的殿堂。进入大学后，郭香桃原打算好好求学，然后再回资兴工作，但不久，她被一个与她遭遇相仿的同学吸引了。那同学叫陈刚，是个瘦削、清高的大龄青年，脾性与香桃有点对味，头两年，两人一句话也没说过，第三年郭香桃被推选为系里的学生干部，而陈刚同学却被选为班长，于是有了接触。有天，两人商量工作之余，谈起各自的家庭，感觉经历真是惊人的相似。陈刚也有个"右派"父亲，他外公也是湖南和平解放的起义将领之一，是陈明仁将军的麾下。他母亲在外公家也是老三，他爷爷也是个资本家，不同的是没像郭香桃的爷爷被打成"右派"。他也有个弟弟，与郭承嗣一样大，也是厨师。"我们有很多共同之处。"两人异口同声地说，都不觉一笑。

后来，两人热烈地讨论着爱情和婚姻，陈刚说："爱情是可以冲破婚姻锁链的。"郭香桃若有所想地歪着头问："你真的这样认为？"陈刚点头，"《青春之歌》里的林道静不就冲破了婚姻的束缚吗？假如你的婚姻不幸，难道你要守着一辈子的不幸？"郭香桃问他："你找到自己相爱的人了吗？"陈刚认真地看着她说："我在等一个人。"身为学生干部、几年来一颗心只是摆在学习上、从来都心无旁骛的郭香桃，突然心跳加快了，"等谁？"陈刚把目光放在她红润润的脸上，看着她俊俏的鼻子和轮廓鲜明、线条性感的嘴唇，这样看了一分钟，最后把火热的目光凝聚在她的眼眸上，"我在等你，你是我的林道静。"尽管郭香桃已是一个五岁男孩的母亲，尽管有无数根无形却有力的道德麻绳拉着和绑着美丽、迷人的她，不让她有半点情感外泄，但当她听到陈刚这么说，心海上还是刮起了台风，并掀起了甜蜜的巨浪，"等我？别开玩笑了。"陈刚继续用火热的目光盯着她，"你看我像开玩笑的人吗？"

郭香桃大学一毕业就与丈夫离了婚，不久，她把陈刚带进青山街三号，这是个话不多的青年，脸上的笑容带一点苦味，像铁观音的茶味，但这不妨碍郭香桃深爱着他，也不妨碍他深爱着郭香桃。两人都分在长沙的一家医院工作，陈刚是外科医生，郭香桃是内科医生。这年六月，两人结了婚，婚礼上有个七岁的男孩，说一口资兴话，他是郭香桃的儿子，户口已迁到长沙，与他外婆生活在一起。我大姐何家桃又一次当起了母亲，不过她这一次是为养育外孙而费心费力，给外孙洗衣做饭，早晨送外孙去学校读书，中午和下午又去学校门前接外孙。长沙不像资兴，县城里车辆少，小孩子在马路上画房子跳房子也不会有多大危险，但长沙街上，一分钟不知要经过多少辆汽车和摩托车，她生怕外孙一不小心就出交通事故。大姐来我们家少了，这是她外孙夺走了她的许多光阴。

十月份，我大儿子何国庆与高小霞结婚了。国庆的单位条件较好，建了新楼，分到一套两室一厅，就把他和高小霞的新房安排在新楼里，去过没有老人唠叨的两人世界。家里没有国庆和高小霞来来去去，一下子冷清不少。一天，何陕北突然出现在院子里，好像是从天上降下来的，脸上有很多忧郁，那些忧郁像雾一样在他的胖脸上飘着。他感到自己这个官要做到头了，因为外省一些于"文化大革命"中爬到副省级的干部纷纷倒了。这些不好的消息从各个渠道，不管他愿不愿意听地传到他耳朵里，让他如坐针毡，甚至通晚失眠。就是在那个月，中共十二届二中全会通过《中共中央关于整党的决定》，《决定》指出清理"三种人"，即清理"造反起家的人"和"打砸抢"分子等。

何陕北既可以说成"造反起家的人"，也可以算"打砸抢"分子，因为他曾率领红旗军干过一系列"打砸抢"之事。何陕北倒霉得其实算晚的，很多靠造反上去的干部于早几年都纷纷落马了。何陕北是少数几个中官职最高的，正因为官职高，出门有脸面，说话顶用，他就贪恋这官职，不愿舍去。何陕北如果没有一个老革命父亲，恐怕还在一九七三年中央整顿"打砸抢"分子时就被"整顿"了，就算当时保住了，在后来陆续清理"文革"中靠整人上来的干部时，也会被清理掉。他之所以没被清理是省里的某老干部保他，那老干部与他父亲是好友，还在江西赣南时就在一起工作。他对何金林很有感情，所以他说："对何陕北同志，我们要采取治病救人的方针。"但那老干部离休后，从外省调来的新领导一翻何陕北的材料，吓一跳，"这不正是中央要求我们清理的'三种人'吗？"

终于，工作组的同志走进他家，绷着脸说："何陕北，跟我们走吧。"何陕北早就料到会有这一天。这一天在他做梦都想应该快来了的恐惧中，到底还是来了。这一天也就是他单独到我家来看老奶奶和我爹的一个月零三天后，那天下雨，他原打算出门的就没出门，与儿子坐在客厅里看香港电视连续剧《霍元甲》，儿子看得很起劲，他却心不在焉。忽然有人敲门，他起身开门，来的是工作组的几个人，都阴着脸。他打算客气地接待这几个人，但这几个人不需要他讲客气，其中一人说明来意后，他明白这一去没有一年半载是回不来的，便温和地对儿子说："昌盛，照顾好你妈。"

这是何陕北对儿子说的最后一句话，大半年后的一天晚上，何陕北闻讯将判他十年有期徒刑，他的脸挂不住了。撤去副省长一职本就让他惶惑，还要判十年刑，他将来如何面对亲戚、朋友和过去的同仁？在他身上，除了我们家给予他的勇敢和坚韧，还有常德女人遗传给他的脸面。他母亲邓皎月是个死要面子的人，他的面子观念比他母亲更强烈、更严重！当了十多年受人尊敬、说话有人听的副省级领导，不是把他当强大了而是把他当脆弱了。他红着脸，却轻蔑地对代表组织向他宣布决定的人说："嘿，你们真做得出。"那人说："你不要记恨我。"他发出一阵狂笑，觉得自己的笑声没有给自己丢脸，便道："你滚吧。"当整个世界进入睡眠后，他用牙齿当剪刀，咬开被单，撕成布条，结成绳。房间的天花板上安着台电风扇，他把布绳绕到钩着电风扇座子的钢筋上，把头伸进绳套，吊死在囚禁他长达半年的房间里。他的死相很难看，眼珠愤怒地凸出来，舌头整个都伸到了嘴外。

六十九

还在七十年代末，我大哥画画和湘绣的名气就日益壮大了，来要他画的人或求他绣老虎和马的人越来越多，并没报纸或电视台宣传，却成了民间知名度最大的画师和湘绣艺人。早几年来我们家的人，除国庆和五一的同学，来得最多的是找大哥买画或买绣品的人。这些人，我们大多都不认识，都是慕名来的，很尊重我大哥，指名要绣的东西，放下订金，打个很客气的拱手，就江湖人样地走了。一进入八十年代，来求我大哥画画或湘绣的人更多了，一拨一拨的，有时候一天要接待三四拨。六七十年代，人们都关心政治去了，觉得湘绣啊画啊都是资产阶级的东西，不值得人珍爱。但进入八十年代后，政治不再在生活中占主导地位，毛主席像也不是每家必挂的画像，小情小调的画或湘绣就进入平常百姓家了。大哥这几十年，画了无数的画，也绣了无数的绣品，散布在亲戚、熟人、朋友和他们的亲戚、熟人、朋友的家里，一抬头就能看见，一看见就觉得好，于是就有人慕名来讨画或绣品，大家都以能弄到何胜武的画或绣品为荣。他们走来，用不好意思的眼神盯着我们说：“请问何胜武老师是不是住在这里？”大哥连一天老师都没当过，但来的人都尊称他老师，大哥知道来者是来求画或讨湘绣的，便不动声色地道：“我是何胜武。”

最开始有人向大哥索画，大哥都不收钱，也画得很认真，渐渐地求画的人越来越多，不收钱还要贴纸笔费，玉珍有意见，大哥就收纸笔钱，让要画的人随便给。要画的人，有的给十块，有的给五块，大方的人给二十块。还有的人，一开口就要几幅，既要大哥画老虎，又要大哥画梅花，还要大哥画牡丹花。大哥就有点迷茫，那人马上威武着自己的脸说：“我给钱。”大哥人残了几十年，可是“高傲”没残，骨子里那股蔑视一切的劲儿就是针对贪婪者的。他不喜欢这样的人，蔑视地问：“五十块钱一幅你也要？”那人说：“要。”五十块钱在八十年代初，等于一个大学生一个月的工资。何五一那年大学毕业，分到一所重点中学教音乐，工资只有四十五元一月。大哥就没什么话说了，奇怪地剜那人一眼。

大哥深居简出，并不知道他的名气已大到那种程度，有人索取他的画送省、市领导，边介绍说：“著名画家何胜武的作品，他目前是湖南省画国画画得最好的，尤其他画的老虎和狮子，香港人和台湾人都出很高的价买呢。"或者是这样介绍我大哥："这是何胜武大师画的老虎,他现在在全国都有名,人家一说起何胜武,就跟当年人家评论齐白石一样,连中央美院的教授看了都赞不绝口,我好不容易才找关系要了一幅。"我们都不知道大哥在民间已有这么大的名气,都视大哥的成就而不见。

至于大哥的湘绣品,早两年就被一个香港商人包了。那香港商人半年来一次长沙,目的就是来收我大哥的湘绣品,五百元一幅,小一点的,比如说只是绣一朵荷花和几片荷叶的绣品,也是三百元一幅,至于香港商人把我大哥绣的湘绣拿到香港是以多少钱一幅出售的,他从来也没说过。他是个矮胖的香港人,皮肤黑黑的,嘴皮薄薄的,脸上却笑眯眯的。他把大哥绣成的绣品数了数,便从包里掏出五十元一叠的人民币,一一数给我大哥大嫂看。临走时,他对我大哥说:"下次我来,希望您能多绣几幅老虎,您绣的老虎在香港特别走俏。"大哥望着香港商人,表情并不热烈。香港商人以为我大哥嫌钱少,加码道:"以后,您绣的老虎和狮子,我出八百元一幅。"香港商人走后,大嫂说:"没想胜武还这么能赚钱。"大哥不看重钱,钱对于他就是一张废纸,他淡淡道:"我这样子,要钱干什么?"

大哥每天一针一线地绣着老虎,原来只是白天干这个活,现在晚上也忙碌起来。房里,过去是一只四十瓦的灯泡,为使眼睛能看见一针一线,换成了一百瓦。大哥坐在轮椅上绣着,神色十分专注。有时候李文军西装革履地来访,大哥也只是跟李文军打声招呼,棋也不下,又埋头绣老虎。李文军就在一旁看大哥绣。大哥说:"文军,桌上有烟。"李文军就点上支烟,走出来跟我们说话。我告诉李文军:"一个香港商人包了大哥的绣品。"李文军大笑道:"好啊,这证明胜武奋斗出名堂来了。"大哥在房里不冷不热地答:"人都累死。"大哥的脑海里简直找不到"拒绝"一词,他是残疾人,人家来找他,想要他的画或湘绣,他认为这是大家看得起他何胜武。老奶奶成了家里的独行侠,一个人与时间和死亡搏斗,早上吃什么、中午吃什么她都有要求,来了什么人,她不出来打招呼,因为她明白都不是冲她来的。

有天，半夜里她起床，见孙儿还在绣老虎，天有些凉，大哥为不影响大嫂睡觉，坐在客厅里绣，穿得那么少，老奶奶说："胜武，进房里去加件衣服吧。"大哥答："我不冷。"老奶奶就走进房间，拿了件自己穿的父母装披到大哥身上，说："别感冒了。"

何五一原本是分到剧团的，那也是他渴望的。但大学毕业后，为躲避一个找上门来的武汉姑娘的追求，向他妈要了一千块钱，和两个同学去山西和山东玩，玩了将近一个月，回来时，那个名额被另一个大学生占了，剧团不需要小提琴手了，分配办便把何五一改分到一所重点中学教音乐——当时大学毕业生还是包分配的，这让五一十分没劲，他生平第一次对那个武汉姑娘吼道："就是你，滚。"就是这句看上去很平常的话，让那个爱得他要死的武汉姑娘跳湘江自杀了。

还在他进大三年那年暑假，有一个非常漂亮的女孩子尾随着他走进青山街三号，她是学舞蹈的，不高不矮，有一副绝好的像大提琴样的身材，就连当时还对五一不死心的徐丽看见了都嫉妒得眼冒绿光。她姓郑，干部子女，母亲是中学老师，还是个独生女，受了极良好的启蒙教育，脸上是那种让人感觉很舒适的、文静、甜美的笑容。不要说李佳和玉珍了，就连一向高看五一的秀梅也觉得这个郑姑娘很配五一。秀梅把五一叫到她房里说："五一，这个姑娘，我看可以，身材、长相都不错，看上去家教也好。"五一说："我对她没感觉。"何秀梅的脸严肃了，"那你怎么把她带回家？"五一大声叫冤："姑妈，是她自己买了火车票，说到长沙找亲戚，一路跟来的。"五一说这话时，玉珍也在，玉珍忙走过去关门，因为郑姑娘就坐在客厅里。玉珍生怕郑姑娘听见姑侄俩对话，放低声音问："那你打算怎么办？"五一表现出事不关己的样子回答："伯妈，这和我没一点关系。"

但是，一家人不得不接待这个郑姑娘，总不能让五一的女同学去睡招待所，说出去也不好听，于是让郑姑娘与何娟睡。郑姑娘就只好屈尊找辈分上比她小一辈、年龄上比她小四岁的何娟说体己话，想通过她向何五一传递爱情信息，从而打动天生一副铁石心肠的何五一。何娟深受感动并决定帮这个"姐姐"，早晨醒来，吃面时，她对五一说："叔叔，我真的觉得她要得。"五一当然不会听侄女的，一个人出去了，三天没回来。郑姑娘知趣地走了，可是寒假她又来了，过年边上来的，拎了很多礼物，红帽子是送何娟的，棉毛裤是送李佳的，还分别送秀梅和玉珍一人一双尼龙袜，还有一条灰色羊毛围巾是送老奶奶的，并叫老奶奶。全家人都觉得她既懂事又有教养，都以为她和五一好上了。她来时五一不在家，直到天黑五一才回来，他一见她坐在客厅里，与一家人打得火热，愣住了。我们从五一那一愣的表情便知晓他俩的关系并没决定下来。五一只是与她打声招呼，便冷着一张帅气的面孔进了房间。这个时候，玉珍对郑姑娘表现出极度的同情，拉着她的手，婉转道："你是个好妹子，将来一定会找到幸福的，别在何五一身上浪费时间了。"

可是郑姑娘不这样认为，她相信那句古训：功夫不负有心人。她在我们家住了几天，照样与何娟睡一张床，她不跟来找五一的别的姑娘拌嘴，相反，她心机很深，很热情地接待那些姑娘，像这个家的女主人。我们也不好戳穿，任她与来找五一的姑娘周旋。其中一个便是徐丽，她一看见郑姑娘都住我们家了，与何娟手牵手一起出门，一路笑着，眼睛里立即盈满泪水，从此她再也没出现在我们家了。还有一个姑娘，脸皮比徐丽厚、胆子也比徐丽大，硬要何五一亲口告诉她，这个姓郑的是不是他女朋友。何五一深知这姑娘不但刁蛮而且霸道，如果他说不是，她会对郑姑娘大打出手。五一说："是的。"那姑娘比徐丽有自制力，没当着我们的面流泪，说："那我祝贺你。"可是傍晚，李佳去街上买小菜时却看见她还蹲在马路边上，哭得泪人儿似的。李佳好劝歹劝，说了一大堆好话，那姑娘才揉着哭肿的眼睛离开。过年的时候，五一瞪一眼郑姑娘，"你还不回去？"郑姑娘脸都白了，一时说不出话来。李佳当面批评五一，五一却做出她不走那就他走的架势。郑姑娘强忍着不哭，忙去收拾东西，走了。那个年过得很不愉快，五一甚至都没在家里，因为他不希望成为众矢之的。

五一进大四的暑假，郑姑娘没来，寒假也没来，一家人总算放了心，虽然都记得郑姑娘却也在忘记郑姑娘。可是大家还没把她忘干净，她又出现在青山街三号，再一次表现出对何五一穷追不舍的决心是多么强大。他们没有乘坐同一列火车。何五一真的怕她了，感到自己被她缠身了，面对她都不知道说什么好了。她一早就爬起床打扫卫生，为被七月里的太阳晒得蔫着脑袋的牡丹和月季花浇水，还为老奶奶梳头，帮何娟洗鞋子，帮李佳择菜，酽然把自己视为这个家庭的成员了。有天，何五一见她竟从他妈手中夺过他换下来的脏衣服，一脸积极地去洗，他把妈拉进房间，向他妈索要一千块钱，消失了。他回来已是八月中旬，郑姑娘竟还住在他家。那天他没发火，也没用正眼望郑姑娘。第二天，他去省歌舞团报到，人家告诉他，一个中央音乐学院毕业的小提琴手，先他半个月来报到了。他骑着自行车去省分配办，希望能把他分配到另一个剧团，可是别的剧团都不需要拉小提琴的，省分配办的干部便把他改分到一所重点中学教音乐。何五一拿着改派单，阴着脸回到家，郑姑娘忙不识时务地对他笑，他却把一肚子火发到她的笑脸上，吼道："就是你，滚。"

那段时间，似乎总有一个着白衣的女人在家里走动，不但晚上是这样，仿佛白天也有一个白衣女人飘逸地穿堂而过。有天半夜，秀梅起床上厕所，看见一个白衣女人站在后院里九月的夜空下，身姿像一把大提琴，秀梅认出来了，她是跳湘江自杀的郑姑娘。第二天，秀梅一脸严肃地对五一说："你应该为小郑做点什么，不然她的阴魂会缠你一辈子。"何五一那段时间也深深自责，情绪低落，不愿多语地说："好吧。"大哥凭记忆用一支3B的铅笔画了张郑姑娘的肖像，何五一买来黑相框，还买来一大把香和纸钱，就在客厅里面对着郑姑娘的肖像默默地祭奠这个为他而死的姑娘。

由于这不是一件光荣的事，不想引起街坊们注意，李佳就把大门关了。何五一祭悼了九天，九天后，简朴的祭坛拆了，何五一也瘦些了，但精神了，缠着他让他萎靡不振的那股阴柔之气消逝了。过了一段时间，我们从别的渠道得知，那个徐丽为他削发为尼了，而另一个爱何五一爱得要命的姑娘，却赌气地把自己嫁给台湾的一个老兵，用背井离乡没有爱情的婚姻惩罚自己。

李佳和秀梅都看到五一身上具有极强的毁灭性，同时找五一谈话，要他找一个女友，决定下来，以免更多的姑娘为他发生悲剧。何五一深感内疚地答应了。不久，他带了个长相平平的姑娘走进青山街三号，"我们学校的英语老师，"他对他妈和秀梅介绍说。当第二个星期天，他再次带着英语老师回来时，我们才估摸这英语老师八成是他选定下来的女友。寒假来了，英语老师却没跟着来，我问他，他懒得回答地坐在客厅里吹黑管。老奶奶不认识黑管，以为曾孙儿把老爷爷使用过的吹火筒拿出来吹，惊奇地问："这也能吹？"五一回答："这是黑管，老奶奶。"老奶奶从五一的身上回忆起当年孙儿正韬吹的竹笛声，说："黑管的声音比竹笛的声音沙哑些。"我们都笑，觉得老奶奶的判断力还行。大哥觉得黑管的声音过于沙哑了，问五一："你这黑管是哪里的？"五一说："学校里的一支破黑管，黑管好贵的，我买得起？"大哥微微一笑，"大伯送一支好黑管给你。"五一就望着大伯，"好的黑管要五六千块钱一支呢。"大哥望五一一眼，"大伯送你一支五六千元的黑管。"

黑管当然就买来了，五一亲自去挑的，一个很漂亮的盒子装着支锃亮的黑管。五一执着黑管，站在三月里迷人的阳光下，腮帮子鼓鼓地吹了气，对他大伯赞美这支黑管说："这支黑管的音质真好。"五一吹着他从新华书店买来的黑管练习曲，跟着就吹一支支歌曲。五一在音乐上极有天赋，仿佛生来就是搞音乐的，只几个月，他吹出的曲子就十分动听了。有时候，月光下，五一吹着抒情的老歌，吹得爹妈都迷惑地彼此相望，仿佛又回到了抗战年代。爹眯着眼睛问妈："这是哪一年啊？"妈脸上竟也生出些怅然，"月亮多美呵，金山。"爹的心咚地一响，抠抠头皮说："五一的黑管吹得人伤感。"

　　秋天于伤感中来了，白露一过，老奶奶一吃完饭，妈就要老奶奶加衣，不然老奶奶就会感冒。"老奶奶，"妈拿着秋衫给老奶奶说，"穿上。"老奶奶加好衣，就搬把椅子坐到院子里，驼背靠着椅背，仰望天空。天空蓝蓝的，月亮挂在天上，自然是一天的星星。她的玄孙女何娟却在房里发奋读书，为明年考上好大学而废寝忘食。玉珍总是在半夜时分，泡上一杯热咖啡，给努力中的孙女提神。如今的何娟，心里没再装着武则天或穆桂英，装的是考取名牌大学的梦。一天晚上，老奶奶坐在院子里看星星，一辆轿车驶到门前，何昌盛一身灰色西装地下车，一根黑领带系在脖子上，笑着。他带来一个女孩，女孩穿得很时髦，头发卷成波浪，一张脸尖尖的白白的。昌盛前年高中毕业，没考上大学，父亲自杀了，省委大院里的人见他可怜，就把他招进省政府机关学开车。昌盛走到老奶奶身前，"老奶奶、伯爷爷、伯奶奶，这是小叶，我女朋友。"小叶便对望着她的一个个老人笑。昌盛说："今天没事，就带小叶来玩。"昌盛对小叶说："我老奶奶一百零几岁了。"小叶就露出惊讶的表情，"咦呀，我是第一次遇见您这么大岁数的老人。"老奶奶不好意思道："吓着你了。"

　　何昌盛不只是来看老奶奶的，他是来向他大伯要画的，一个小时前，他替一个厅长把一箱苹果拎进家，见厅长的客厅里挂着他大伯画的一幅牡丹，就笑道："这是我大伯画的。"厅长觑一眼昌盛，动了动脑筋，问："你能找你大伯讨一幅老虎吗？要下山虎。"昌盛觉得这不是问题，马上开着车来了。大哥房里通明透亮的，大哥正在绣老虎，弓着由于长期缺乏运动而变得虚胖的身体，昌盛带着女朋友走进去，亲热地叫声："大伯伯。"大哥放下活儿，看着这个堂侄儿。堂侄儿笑得很亲热，边打量他大伯房里的四壁，从前墙上到处都挂着他大伯的画和绣品，如今四壁空空，只有一张毛主席像了。昌盛说："大伯伯，您墙上的画呢？"大伯伯淡淡一笑，"都被人要走了。"昌盛就提出要求说："大伯，您给我画一幅老虎吧，我们厅长想要。"我大哥不会拒绝这个堂侄儿提出的要求，"我给你画。"

只是过了几天，昌盛又来要画。他大伯一笑，"没问题。"昌盛高兴地在我们家吃过晚饭，带着小叶走了。大哥又为昌盛画了幅老虎。昌盛取走的第三天，又来了，车在门前刹得一叫。那天五一在家，正在院子里吹黑管，曲子是很抒情的《我爱五指山我爱万泉河》。"五一哥，你什么时候吹起黑管来了？"五一把黑管从嘴边移开，"怎么啦？"昌盛竖起大拇指道："你的黑管吹得真好听。"那是个星期天，老奶奶和爹妈都坐在院子一隅晒太阳，昌盛走拢去与老奶奶和他伯爷爷伯奶奶打招呼，随后他走到葡萄藤下，大哥正在葡萄藤下绣老虎，因为香港商人早两天来信，要我大哥绣十幅形态各异的老虎，他十二月份来取。"大伯伯，咦呀，这老虎绣得好活的。"昌盛赞美说，看着他大伯绣得差不多了的老虎。昌盛不是来玩的，对他大伯说："大伯，您还得给我画一幅老虎，我们车队队长要，他开了口，我不好拒绝。"他大伯笑了下，"我给你画。"

下个月，昌盛又来了，仍然是那身浅灰色西装，一坐下来就直奔主题说："大伯，我们机关事务局副局长，今天突然对我笑，他问起您，他说他特别喜欢您画的老虎。"他大伯正在客厅里抓紧绣香港商人需要的老虎，忙得连抬头说话的时间都没有，头也不抬地答："好的，绣完这幅老虎，就给你画。"昌盛嘻嘻笑道："大伯，还有的人向我索要您的画，我都没答应。大伯，您不晓得您现在好大的名气呢。"大哥只是笑笑，继续绣老虎。那天下着雨，天变冷了，昌盛走后，大嫂看着大哥绣老虎的后爪问："还没绣完？"大哥头也没时间抬，"快了。"吃过晚饭，大哥又一头砸到绷子上，绣着老虎的脚趾。过了两天，昌盛来要画，大哥已为昌盛画好老虎，昌盛看着，又对大伯说："大伯，您给我画一幅牡丹吧，我们车队里一个与我玩得最好的朋友，下个星期结婚，找我，想要您画的画。"大哥看着昌盛嘿嘿一笑，"好的。"昌盛去后院上厕所时，大嫂嘟着嘴说："这昌盛，拿了你的画去搞外交啊。"大哥严厉地剜一眼大嫂，"不要说这种话，他现在是孤儿寡母，我们不帮他，谁帮？"大哥说完，就铺开笔墨，略微构思了下，便画起了牡丹花。大嫂在一旁招呼着，画了两个多小时，一幅桌面大的很热闹很富贵的牡丹图便跃然纸上，有两只蝴蝶分别画在两朵盛开的牡丹花上。昌盛说："一只雄蝴蝶，一只雌蝴蝶，正好是结婚的主题。"

昌盛拿着老虎图和牡丹画，匆匆而去。大哥却感到很累地躺下，有一会儿，大哥感觉眼睛发黑，还感觉头晕。大哥躺下后，大嫂就拿热毛巾给大哥热敷，只是躺了十几分钟，大嫂医院里的一名医生背着手，一步一笑地走来，还带着两个与他一样笑眯眯的男人。大嫂热情地接待他们，大哥也支起身体接待。医生带来的两个男人竟不经大哥同意地私自走进大哥的房间，看大哥绣的一幅幅形态各异的老虎，边小声议论。医生介绍这两个男人说："李总、王总，王总是台湾商人，他是特意来拜访您的。王总一来长沙，就到处打听您，王总对您仰慕已久。"台湾商人王总忙对我大哥笑，大哥只是淡淡地回个笑。台湾商人是个中年男人，一身黑西装，一条花领带，脚上一双尖翘的皮鞋。台湾商人用普通话说："何先生，您的绣品，我几年前就在台湾的一个朋友家看见过。"又一脸佩服地道："您绣的老虎，每一幅都生动活泼，好像能从布上跳下来。我要买您绣的老虎，我全买下。"大嫂说："这是香港商人预订的。"台湾商人就一脸遗憾，隔了会，他用试探的口气说："能不能匀几幅卖给我？"大哥不好拒绝第一次来向他索绣品的台湾商人，"那你挑两幅老虎吧。"

台湾商人忙和李总步入大哥的房间选老虎，墙上挂着八幅老虎图，都是大哥一笔笔地画在硬缎上，然后一针一线绣下的。两人在八幅老虎图前犹豫了很久，因为在两人眼里幅幅都好。挑了两幅后，台湾商人又一脸恳切道："何先生，能不能再卖一幅给我？我实在太喜欢了。"大哥说："那你再挑一幅吧。"台湾商人和李总又在另外六幅老虎图前左看右看，最后挑了幅下山虎。台湾商人扔下九千块钱，说："我半年后再来，我要十幅老虎绣品，还要十幅牡丹湘绣，都三千块钱一幅，您看可以吗？"大哥和大嫂都瞪大了眼睛。

何家桃带着郭香桃与郭承嗣两姐弟及两姐弟的夫与妻，还有香桃的儿子和郭承嗣的儿子，于大年初一来拜年。白玉也来了，国庆、高小霞、何五一也在，还有那个英语老师，家里就空前的热闹。老奶奶说："我真高兴，家里好久没这么热闹了。"老奶奶是个好热闹的人，见家里这么多人，连午觉也不睡了，坐在客厅里强打起精神听晚辈们一个个说自己单位上的事。老奶奶一旁坐着郭香桃，郭香桃怀孕了，脸上生出些红斑，看来她又要当母亲了。郭承嗣的孩子才三个月大，在小范的怀里，尽管小范当了母亲，在家休产假，可身上仍飘着饼干香。那年月，从糖果饼干厂走出来的女工，都是她身上这种香味儿。爹很高兴，看着何家桃一家人，感觉女儿这一家从阴霾、潮湿的苦难里走了出来，正接受阳光的照耀。老奶奶更高兴，抓着家桃的手说："我家桃越来越好了，蒸蒸日上啊。"老奶奶竟用了一个形容词。家桃就讨老奶奶欢喜道："是呢，老奶奶，托您的福呢。"

这种热闹忙坏了玉珍、家桃和李佳，三个女人如今也是老女人了，却要为一大家人做饭菜。从前在锅灶前站两个小时也不腰痛，如今站二十分钟腰就往下坠，要找椅子坐。吃过中饭，从不睡午觉的玉珍趴在床上了，李佳也告退地回到房里，家桃坚持着抵挡了一阵，到底还是没经受住疲劳这支大军的攻击，也躺到秀梅的床上睡了。秀梅却坐在客厅的一隅与英语老师私聊，觉得有必要提醒英语老师："我这个侄儿是朵雄玫瑰，逗女孩子喜欢，你啊，一定要看紧他。"英语老师自信地一笑，"我不怕。"秀梅意识到英语老师还不晓得五一身上的爱情杀伤力有多么强大，又说："你如果不把他管好，会后悔的。"英语老师天真地说："我们互不干涉。"秀梅似乎从英语老师那张扁平的脸上看见了她未来悲惨的命运，就不愿再说什么地起身走开了。四点多钟，李佳、玉珍和家桃相继起床，又开始做一家人的饭菜。吃饭时，爹说："看到你们生活得都好，我心也安了。"

　　饭桌的另一端，何白玉却对自己的生活极不满意，这种在单位上不死不活的生活，让他产生了另一些想法。前一向他和一个同事喝酒，说他想经商。那同事马上说："我舅舅有几间贴着马路的房子准备出租。"如今做生意的人十分红火，白玉是个弄潮儿，不甘心这么平淡地活着，就起了这份心。他去看了，觉得把那几间房子打通，开家饮食店会有生意。他瞧着郭承嗣说："承嗣，你和我都学过厨师，干脆我们留职停薪，出来开个饮食店？"郭承嗣也不喜欢油漆厂的一切，他甚至很讨厌闻油漆气味。他对白玉提的建议表示出极大的兴趣，他曾经钻研过湘菜，说："只要你留职停薪，我保证跟着你留职停薪。"

　　郭承嗣早就想改变自己可悲的命运了。他三十岁了，简直还一无所有，郭宅距油漆厂几条街，他要穿过黄兴路和蔡锷路，这两条街每天都在变化。早几年，简直是一夜之间，两条街都变成了商店，这让他心里有一股暗流涌动，那股奔涌的暗流是他父亲那方遗传的。只因他的工作来之不易，他才按兵不动，并非是他性格好，实实在在是他不知道这改革开放是不是个圈套，就像当年打"右派"，先鼓励民众"大鸣大放"，然后再收网。他天天看报，买来《人民日报》和《光明日报》——这可是中国大地上两张最权威的报纸。他读着每一篇文章，不认识的字就翻字典，以免理解偏差，时常读到子夜。有天，小范醒来，一看钟，都凌晨四点了，"你还没睡？"郭承嗣昂起颈椎已低疼的头，看着妻子说："我在想，中央真的允许老百姓致富？"小范觉得丈夫问得奇怪道："你怎么啦？"郭承嗣想起死去的爷爷和父亲，又问妻子："上面不是骗我们吧？"小范的父亲不是"右派"，不是在惊恐中长大的，生长的环境充满欢乐、就没丈夫那么多顾虑，说："骗你个头呢，你以为还是'文化大革命'！"郭承嗣瞪着身体飘着饼干香的妻子道："我想出来干个体户。"这是去年二月里一个星期天凌晨四点钟说的话。郭承嗣又耐心观察、眺望和等待了将近一年，而这一年他被街上欣欣向荣的景象刺激得真有点眼花缭乱。这天晚上——这是距大年初一第十五天的元宵节的晚上，郭承嗣终于动心地对他妈说："妈，我决定和白玉哥一起开家饮食店。"他妈看着他，他又说："我一走进油漆厂就想起爸爸受的委屈，就寒心。我研读过很多报纸，我发现中央是真的搞'改革开放'。白玉哥也说，这是个机会，抓住了就能赚钱。"

对于何家桃来说，儿子是她的心肝肉。前些年，就是她压着儿子，不让他出来干个体户，每当儿子有这方面的思想，她就像救火队员样，对着儿子这颗发热的头颅浇上一瓢冷水，灭掉他发家致富的念头。但另一方面，她又很不甘心她们一家人被人欺压多年的多舛的命运！她也看到改革开放让很多贫贱的小市民成了个体户，富了，买了电视机、收录机、洗衣机，现在又换成了彩电，冰箱也搬进了客厅。这让何家桃既羡慕又辛酸，因为郭家可是当年长沙市最富的几家人之一呀，难道郭家就这样沉寂下去？像一根死藤上的几只小南瓜、再不可能长大地慢慢枯死吗？她惆怅、茫然，整整一个星期都食不知味，想她压着儿子不让儿子干个体户是不是个错误？她尽管五十多岁，头发大多白了，看上去比同龄女人都显老，可是她的思想却比同龄女人更坚强、更活跃、更上进，而且比谁都希望能打一场翻身仗！在那些早已逝去的悲惨的日子里，郭铁城天天都是一副乞求别人宽宥的可怜相，害得她不得不与郭铁城兑换位置，把自己变成男人，去呵护被命运之神击溃的丈夫，且如母狼样保护她的女儿和儿子。这些可怕的往事，不但没消亡，反而于这些年里变得更清晰了，让她一闭上眼睛就能看见，使她夜不能寐。她了解儿子，儿子像她，肯学、有韧性有耐力有闯劲，不是他父亲那种怕事的德行。她想了三天，终于下决心地对儿子说："妈支持你留职停薪。"

七十

我当爷爷了，看着镜子里的自己，确实老了，很多事情干起来都力不从心，疲劳也容易上身了。过去，骑着自行车去学校，上完课，又骑着自行车回家，没一点疲劳感。现在，开几个小时会回家，就要睡一觉。有时候，坐在沙发上看电视，看着看着就和爹一起打瞌睡。李佳也老了，那个从前让许多男人动心的李佳，已是个黄脸婆。有时候，我和李佳会你望着我我望着你，半天不说话，因为要说的话都在脸上。我们不是没话说，而是没激情交谈，没有激情，就是老了。老奶奶得知她又添了个玄孙女，高兴道："好啊，又是一个北大生。"

先一年，何娟考上北京大学，扛着行李走了。从不动感情的心如磐石的秀梅竟哭了，这让玉珍和我妈都十分意外，都没想到秀梅竟对她这个侄孙女如此感情深厚。其实大家都错了，在这个家里，带何娟最多的是姑奶奶何秀梅，何秀梅用心良苦地给何娟讲了那么多巾帼英雄的故事，并非信口雌黄，实际上是为培养何娟能有远大的理想。她几乎是把何娟当女儿看，虽然辈分上她是何娟的姑奶奶。她带何娟睡，牺牲午休给这个侄孙女讲武则天、穆桂英、花木兰和王昭君等等女中豪杰的故事，不厌其烦地讲，直到侄孙女读高中，才把自己摆回到姑奶奶的位置，等着看她打造的结果。结果比她意料的还要好，她既高兴又伤心地哭了。"我是哭自己，"她对大嫂说，"何娟读大学了，我都到快退休的年龄了。"

有天，国庆一个人回来，脸上颇有些疲倦。这一天的阳光很好，老奶奶、爹妈和大哥分别坐在坪上晒太阳。大家都看见了他满脸疲倦，连视力已下降的老奶奶也看出来了，并表示惊讶道："哎呀，国庆你这是累的呀。"其实并非是因照顾孕妇和刚出生的女儿而把国庆累成这样，实际情况是他打麻将连续打三天三晚,再也没精神应付其他事了就跑回家睡觉。大哥笑道:"伯伯恭喜你做爸爸了。"爹问国庆:"你给你女儿取了什么名字?"国庆答:"我给女儿取名何懿。"爹不认识这个字,国庆就写了个"懿"字。老奶奶听懂了,问:"我的何懿玄孙女呢?"国庆回答:"在小霞家,要等您玄孙女满月,才能带出门。"

满了月,国庆和高小霞就抱着女儿来了。那天天气比先几天暖和,但国庆和小霞怕女儿感冒,就毛衣、风衣地裹着。妈接过孩子,将遮风的帽子揭开,就见一张红喷喷的小脸蛋儿安祥地睡着。妈把脸凑到曾孙女脸上,深吻着曾孙女。曾孙女被她老奶奶吻醒,见面前一张这么陌生和苍老的面孔,惊悸地哭起来,哭声很稚嫩,但很亮。妈说:"这孩子声音尖,将来怕是个歌唱家。"小霞接过女儿,哄着。老奶奶犹如一只大虾样走来说:"啊呀,我玄孙女来了。"小霞就把女儿递给老奶奶看。老奶奶居然能接住玄孙女,搂着玄孙女笑。玄孙女见一张老古董似的面孔冲她笑,又愤然哭了。老奶奶称赞道:"这哭声多响亮啊,太好了。"小霞怕女儿从老奶奶手中掉下来,忙接过女儿,解开衣扣,将发胀的奶头塞进女儿的嘴。老奶奶又走近小霞看她玄孙女吸奶,玄孙女竟斜着眼睛瞟老奶奶。老奶奶从棉袄口袋里掏出个红包,红包里备了一千块钱,递给小霞说:"这是老奶奶的一点心意。"说毕,老奶奶笑得脸上的皱纹跟蛛网一样颤抖。

大姐那天也不请自来,碰上李佳和我给孙女做满月饭,大姐就去对门曾家店里买个小红包,塞两百块钱进去,打给何懿。小霞不肯接,大姐说:"我现在有钱,承嗣和白玉开的饭店生意好得很,上个月,一人赚了两万块钱呢。"我们既惊讶又高兴,白玉和承嗣自从停薪留职开饭店后,都很久没来了。爹、大哥、玉珍最开始还担心他们,没想他们还争气,今年一人买辆摩托车,骑着满街跑。那个年代骑摩托车,就标志着你有钱。家桃身上的衣服也有变化,都是好料子,款式也新颖。又过一个月,大姐又来了,有点炫耀的意思,脖子上戴着金项链,手腕上戴着亮闪闪的金手镯。她把金项链和金手镯展示给老奶奶看，"都是承嗣买的，"大姐说，"我要他不要给妈买，把钱留着，他不听呢。"听上去像批评，可是大姐的脸上却流淌着幸福的光彩。老奶奶拍着家桃的手背道："好事情，你儿子孝顺。"

那天下午，郭香桃两口子带着他们两岁的女儿来辞行。两人办了调动手续，调深圳的一家医院。郭香桃由于被爱情的蜜汁浸泡着，看上去就年轻，脸上连一丝皱纹都没有，光溜溜的，好像还不到三十岁的样儿。她的女儿——真是一对智慧男女的爱情结晶——是个聪明可爱的小精灵，她一从她父亲的胳膊上下来，就笑着走进老奶奶的卧室，东翻西找，竟从大柜的底层找出了当年老奶奶请一个只有一条腿的画师对着何正韬初中毕业相画的遗像，"老奶奶，这是我舅外公吧？"谁都没有跟这个小姑娘说起过她的舅外公，她舅外公早在一九四三年于常德会战时战死了，家里，不要说我们，就连老奶奶自己都把她这个孙儿忘光了。老奶奶疑惑道："他是你舅外公？让老奶奶看看。"遗像上的何正韬只有十五岁，一双稚嫩的眼睛、两片稚嫩的嘴，鼻子怎么看也有点歪——是那个行伍出身的蹩脚画师的手艺还没到堂，画歪的，甚至连我爹都记不起这个十五岁、人中上画着两撇生硬的八字胡的男孩是谁了，问："这人是谁？"小女孩告诉她老外公说："老外公，他是我舅外公。"

郭香桃有一种幸福感，这种幸福感不光是丈夫带给她的——陈刚还真是个很爱她并把爱付诸在行动上的男人，还有女儿也带给了她。谁都说她女儿是绝顶聪明的小精灵，小小年龄就懂得心疼母亲、分辨是非、关心她爷爷、奶奶和外婆。每次去外婆家看外婆和她同母异父的哥哥，她都要问母亲："妈咪，今天我们带什么礼物给外婆和哥哥？"她甚至会提醒母亲："妈咪，外婆牙齿不好，吃不动苹果，外婆只吃得动香蕉。"对于郭香桃来说，女儿是上天赐给她最好的礼物。"我决定将来让陈琳玉当演员，"吃饭的时候郭香桃看着她女儿说，"做别的事情都太累了，教书累、当医生也累，一到深圳，我就打算买台钢琴给她弹，让她学钢琴。"郭香桃是那种人，认准什么事就一干到底的。这一点十分像家桃，当年家桃认准她父亲，就一个人与全家人抗争，把自己关在房里大半年不出门，用自我禁锢的自虐方式表达对爱情的坚贞不屈，足见其人是多么坚韧又多么顽固不化。正是家桃的韧性和顽固不化，培养了郭香桃姐弟俩，使其姐弟俩也充满韧性，能在逆境中生长，犹如马齿苋，在严重缺乏养分的岩石上也能见缝插针地逮住一点点灰尘生根、长大。他们一家人走后，爹对我说："这世上苦的都是那些懦弱的人，懦弱的人总是抱怨社会不公，在苦难的圈子里打转，无法自拔，顽强的人是能摆脱困境的。"

何懿是我和李佳的第一个孙女，李佳看得重，何懿满周岁后，李佳硬是要国庆和高小霞住回青山街，并特意请了个小保姆。妈早退休了，闲在家里，时间就变成大量的空。国庆和小霞就两头住，青山街住几天，自己的家住几天。何懿在我们家就由我妈带。家里有个走路跟跟跄跄的何懿，又热闹了几分。这年寒假，何娟回来时好像一股春风刮进来，她长得十分高挑、漂亮，简直是一个大美女，衣着也十分洋气。何娟读书很争气，成绩是年级前三名，随便坐在什么地方都好像有一束光照耀着她，让她光彩夺目。她妈来看她——小刘又结婚了，给她生了个同母异父的弟弟。何娟对她母亲既不热情也不冷淡，她的眼里最重要的是奶奶、老奶奶和姑奶奶，她妈的比重在她心里反倒轻一些。这从她拿着奶奶给的钱上街，回来时除给自己买衣服，便是给姑奶奶买衣服就能看出来。有天，何娟买条羊毛围巾给姑奶奶，往姑奶奶的脖子上戴时，姑奶奶简直是幸福地笑道："何娟晓得疼姑奶奶呢。"

何秀梅已退休，退休后的何秀梅爱上了舞剑，整天握着一柄木剑，在葡萄藤下慢舞。木剑漆着银色漆，剑柄上系着红绸子。她不甘寂寞，与几个退休的女老师每天一早上湘江边舞剑，舞完剑，又跟一个老男人练智能气功，把峨眉剑法和智能气功练完，回到家一般都是上午十点钟。回家后，自己泡一杯菊花茶，加一勺白砂糖，不急于坐下，而是站在客厅里慢慢喝着。喝完菊花茶，她又在葡萄藤下温习一遍剑法。练完这遍剑，她还有事情要干，忙走进卧室练毛笔字。桌上永远铺着宣纸和笔墨，还有国画颜色，这都是大哥房里现成的东西。她受大哥影响，喜欢上画画了，每天午睡起床，洗一把脸，就站在桌前画梅花，因为她觉得梅花是这个世界上最傲气的花，同她一样傲视一切。落款会写上：何秀梅作于某年某月某日。不到半年，这样的字画已在她房里挂满四壁。她请大哥指点，大哥就告诉她怎样画梅花，怎么画梅枝。大哥随便画两笔，秀梅都佩服得不得了，"你画得真好，大哥，难怪昌盛三天两头跑来找你要画。"大嫂说："别提昌盛了，他在你大哥手上少说要了二十幅画，拿去搞外交，一张纸钱都没付。"大哥笑道："要是我的画能给昌盛带来好运，也是好事啊。"大哥说完这话，就摇着轮椅去自己房间绣观音菩萨。

半年前，台湾商人向我大哥订了二十幅观音菩萨在莲花上打坐的绣像，大哥自然就没日没夜地在硬缎上画和绣，因为香港商人也要观音菩萨绣像，说香港那边很多有钱的太太都信佛，肯花大价钱买。大哥是在这种没日没夜地绣观音菩萨像中走完了他生命的最后一秒。

大哥死的先天晚上，梦见了爷爷，爷爷在他梦里告诉他，要他把一只公鸡的头剁掉，把血洒在房里。他问为什么，爷爷在梦里说："你照着做就是。"醒来后，这个梦仍十分清晰，大哥感到奇怪地跟大嫂说了这个梦。大嫂说："这你也信？"大嫂不是个迷信的女人，她是唯物主义者，认为世界上既没有救世主，也没有鬼神。再说，大嫂几年前也曾梦见过爷爷和棺材，还陆续梦见过她死去多年的父亲和母亲，梦过后，并没有任何不祥的事情发生。她起床，没把大哥的话放在心上，忙着为一家人煮稀饭。厨房里有液化气灶，也有煤灶，煮稀饭就用煤灶。平常煤灶里留的火都是燃的，只需拔掉煤灶盖，煤就燃上来了。

那天大嫂拔掉煤灶盖，淘米时，没听见炊壶有动静。平常大嫂淘米时，在煤灶上搁了一夜的炊壶会叫，大嫂就用炊壶里快开的水煮稀饭。大嫂淘好米，伸手摸下炊壶，炊壶冰凉的，就知道昨晚留的煤火灭了。大嫂夹团藕煤到液化气灶上烧，隔几分钟，藕煤烧红了，她把烧红的藕煤夹进煤灶，再添上一坨藕煤，搁上锅子，就去买包子。大嫂买包子回来，见丈夫起床了，说："你还睡一下。"大哥说："昌盛今天要来拿牡丹图，我还没跟他画。"天完全亮了，有一抹朝霞涂抹在门窗上，色彩强烈，是个令人高兴的好天气。

一家人吃过早饭，大哥就在自己房里铺开纸笔，埋着头在案板上画着牡丹花。何懿走过去看伯爷爷画画，大哥在侄孙女头上摸摸，又埋头画着。一个上午被他画完，吃完中饭，他又画了个多小时，倦了，就坐在椅子上打盹，忽然人就从轮椅上栽到地上，嘭的一声。当时一家人都在午觉，屋里屋外充满催人入眠的氤氲空气。惟独我孙女没睡，听见响声，走拢去看。大哥挣扎着坐起，并没感觉有什么异常。大嫂那天中午去湘绣大楼买硬缎，因为大哥还有两幅观音菩萨像没绣，家里没硬缎了。大嫂回来，见大哥额头上有个肿块，乌色。大嫂说："怎么了你？"大哥淡淡道："中午在椅子上打盹，栽了下来。"大嫂忽然想起大哥早上说的那个梦，脸色紧张了，"那我去买只公鸡，把它的头剁了。"大哥咧嘴说："我没事。"大哥看着大嫂买来的硬缎，忙着与大嫂把硬缎上到绷子上。大哥在绷子上画了几笔，突然说："我头有点痛。"大嫂相信大哥的梦是预兆了，家里只有几只生蛋的母鸡，就决定去南门口菜市场买只公鸡。她走到菜市场上专门买鸡的地方，都没公鸡卖，天近黄昏了，她折回来说："菜市场上连一只公鸡都没有。"

大哥是那种在战场上出生入死的人，想这点痛就叫苦那算什么男人？他一想起台湾商人下个月月初就要来，便爬起床，坐到绷子前，开始画观音菩萨在莲花上打坐的绣像。晚上，昌盛来拿牡丹图，大哥只是对昌盛一笑，又继续画观音菩萨像。其时，他头痛得汗都出来了，可他强忍着。突然，他感觉自己看不见了，视线一下子模糊起来，就叫大嫂："玉珍，我看不见了，你在哪里？"他手上的画笔掉到地上，拼命揉眼睛，一边恐惧地叫道：

"我看不见了，痛痛痛，我看不见了。"一家人都紧张不堪，都拥上来望他。昌盛是来拿画的，开着小车，忙说："大伯，我送你去医院。"大哥害怕地点头，眼睛看不见让他十分恐惧。昌盛把他大伯背到背上，我和大嫂都挤进汽车，昌盛开着车向医院飙去。大哥一进医院就没再出来，一照片子，头部血管破裂，血管里涌出的血压坏了视网神经。一开颅，涌出来一股淤血和鲜血，止也止不住，就那么流血而亡。

大哥是累死的，假如他不那么发狠地画画和湘绣，他再活十年是没问题的。但他太有责任心又太霸蛮了，讲究信誉是他做人的准则，接下什么活就一定要完成。这种一点也不怜惜自己的人，当然会累死。大嫂很伤心，呜呜呜哭着。昌盛也哭了，觉得自己很对不起大伯。老奶奶和爹都没哭，估计是人老了，泪腺已干了，但两位老人都很悲痛。哭得最伤心最动情的是李文军。李文军是大哥生前挚友，也是大哥一生里唯一的好友。两人一起长大，一起上学，后来一起投军，一起打日军。这么多年里也只有两人走得最密，如今一个死了，另一个自然就无比悲伤。他趴在尸体上，捧着尸体冰凉的脸，一双眼睛老泪横流。

大哥死后，台湾商人和香港商人都相继来了。台湾商人是大哥死后的第十天来的，他在我大哥的遗像下狠狠地磕了三个头，没多说话，把我大哥绣的二十幅观音菩萨在莲花上打坐的绣像带走了，付了六万块钱。香港商人是十二月中旬来的，他不但收了我大哥所有的绣品，还把我大哥于五六十年代画的水彩写生画和随手勾的白描花卉都统统收走了。那些画都躺在我大哥的床下和柜顶上，已沉睡很多年，有的纸张都黄了或边都糜烂了，他不嫌，都要，留下了八万块钱。大嫂整天发呆，目光涣散，吃饭也不香。过了两个月，大嫂缓过气来了。妈很同情大嫂，背着大嫂说："玉珍嫁到何家，吃了一辈子苦。"爹说："那是。"妈看着凄冷的天空说："文军一直单身，你懂我的意思吗？"妈把左右两手的大拇指竖起来动了动。爹懂了，"你跟玉珍说吧。"春节时，大哥已死去四个月了，家里因大哥去世而悲伤的气氛也被过春节冲淡了，妈觉得可以提这事了。一天下午，妈说："玉珍，姨跟你商量个事。"大嫂就望着妈，妈开口道："姨觉得你应该找一个老伴。"大嫂摇头，"退回去三十年，我会考虑。现在我根本不会朝这方面想。"妈说："我知道你不会朝这方面想，但姨要替你朝这方面想。文军看上去身体还硬朗，我觉得你们俩合适。"大嫂惊异地看着我妈说："姨，我不会再嫁人了。"妈亮出底牌说："大年初一，文军来拜年，我和你爹背着你跟文军说了这事，文军没提出反对意见。"大嫂生气道："姨，你跟爹怎么可以这样？！"

这事就没有再提。大哥死后，李文军仍常来我家。他喜欢钓鱼，一来，手里总拎着一条鱼，把鱼拎进厨房，开膛破肚，烧成鱼汤，一家人就喝着他烧的鱼汤。李文军知道王玉珍不同意后，对我妈说："真的没关系。"他跟没事人样，看见王玉珍还是笑，还是说话。但细心人还是能看出他有一点小变化，他原来马虎得不行，现在每次来都穿得很讲究：西装、领带、笔挺的毛料裤，皮鞋擦得锃亮亮的。最主要的是，脸刮得干干净净。从前，李文军的脸上，胡子很少刮干净过。李文军把胡子一刮，人就年轻十岁，脸上光鲜鲜红润润的。李文军前几年退休了，一个人住着医院的一套两室一厅，自己洗衣自己做饭吃，打成"右派"后他在社会上闯荡，什么都愿意低下头学，就烧得一手好饭菜。李文军烧的鱼汤受到全家人的赞美，尤其老奶奶，可以整整喝下一大碗，喝得囔啰囔啰响，这让一家人都高兴。

通常情况下，吃过饭，李文军会找我爹下象棋，他让一车，时常还把我爹打得"大败"。李文军与我爹下棋的目的是帮助我爹用脑，以免我爹患爷爷那种脑痴呆。爹的听力，于这两年下降了，如果你不对着爹的耳朵大喊大叫，爹就不晓得你要说什么。爹脸上皱纹纵横交错，头白得没有一根黑发了，却没秃顶。这天，爹剪了发，修了脸，与李文军下象棋。棋下到吃晚饭时，李文军与我爹才罢手。爹要喝酒，李文军就陪我爹喝，一桌饭就慢慢地吃到了八点钟。月亮升上来，就挂在远处的屋顶上，圆圆的一个，玉盘似的。这是五月的天气，不热，院子外的几株槐树长满了绿叶，空气中飘着树木的芬芳。有蛐蛐的叫声从墙缝里传来。爹把目光从天上收回，说："你和玉珍的事……"爹说话的声音很大，李文军望一眼王玉珍的房门，那门可是敞着的，忙打断我爹说："我尊重玉珍的意见。"次日一早，爹起床，见王玉珍在厨房忙，想起来道："玉珍，你跟文军把婚事办了吧？"王玉珍的脸竟红了下。

七十一

何五一于那年六月初的一天，左胳膊上戴着黑纱走进教室，站在讲台上一脸冷峻地默哀了三分钟。何五一教这所重点中学的高中音乐欣赏，他的这个举动一下子在学校传开，而且他还戴着黑纱在教学楼和办公楼之间穿行，一副我行我素的样子，这让学校领导看着刺眼，觉得他太为所欲为、太不把领导的话放在眼里了。何五一其实不热爱教书工作，时常上课迟到，开会缺席，总是有女孩子围着他，甚至连他教的女学生也跟他眉来眼去，这早就让校长很不高兴，且很想找个由头整整他的傲脾气。何五一家又没死人，戴着黑纱在学校里走来走去，当然是同情那些"动乱分子"，全校的老师和干部只有他戴黑纱，也只有他站在讲台上默哀三分钟。校长便在大会上批评他，何五一却很不给校长面子，起身而去。这就把自己公然搁在校长的对立面了。那天，五一骑着自行车回家，胳膊上戴着黑纱，吃饭时大说怪话，把今天的社会说得一抹黑。爹那天的听力出奇的好，把孙儿说的怪话全听了进去，这让爹皱起雪白的眉头。吃过饭，五一准备走时，爹把他留住，"你等一下，"爹说，"爷爷跟你说些事。"五一在沙发上坐下，爹坐在他对面，看着这个英俊得让很多女孩子异想天开、让很多男青年嫉妒得要命的孙子。"爷爷经历的事情比你多，"爹这样开口道，脸色威严得不容置疑，"爷爷告诉你，中国只要一乱，老百姓就要遭殃。"五一有些惊讶地望着爷爷，在他童年的记忆里，爷爷是挨过不少整的"反动军阀"，是应该支持他的。

爷爷咳声嗽，昂着一张头脑清晰的脸，接着道："爷爷早年在统战部工作，研读过一些中国近、当代战争史，从一八四〇年鸦片战争开始，到一九四九年解放战争结束，这一百零九年里，战争在中国就从没断过，鸦片战争、太平天国战争——太平天国战争打了几十年，最后被曾国藩率湘军镇压了。接下来是与日本帝国主义的甲午战争，跟着是八国联军入侵中国，什么列强都可以跑到中国来打一场牙祭，逼迫清朝政府割地、赔款，直到孙中山领导的国民革命军推翻清朝政府，这些战争累计起来先后打了七十年。那七十年的外侵内扰爷爷没经历过，但清朝政府被推翻后，国内军阀混战，这爷爷就经历了，也打了。军阀混战期间，谁管过老百姓的死活？军阀们都想扩大地盘，对老百姓强征税，征了税就拿去买军火、扩充军队。二三十年代至四十年代，湖南年年发大水，洪水来了淹死人、冲毁房屋、老百姓只能自认倒霉，因为没人管。那时的政府，都是把老百姓当猪狗。谁为了老百姓的生活，拿钱去治理河道和修筑过防洪堤？解放后，长沙也发过几回大水，但都有政府出面治理和管，受灾的老百姓也有政府管饭、管睡，不至于露宿街头，老百姓就不感到害怕。"爹说到这里，看着何五一，"你大叔爷爷和二叔爷爷为什么放着书不读而要革命？就是饥民饿死或冻死都没人管。"爹接过妈递给他的茶杯，喝口茶，又举着一双眼睛看着何五一道："当年的湘军军警和后来国民党的警察胆子都大得没边，随意抢夺老百姓的东西，想怎么干就怎么干，因为他们手里有枪，有枪就有一切，打死人跟打死一条狗样。那样的社会，土匪猖獗，军警像强盗一样横行街巷。后来蒋介石倡导北伐战争，大家都拥护他，可是北伐战争才进行一年，蒋介石就在国民党里大肆清党，屠杀又开始了，你老外公、老外婆就是长沙'马日事变'的牺牲品。"妈对何五一点头,爹继续道:"结果引发了国共两党的战争和军阀再次混战,又打了好几年。国共两党的战争还没打完,日本帝国主义又侵略东三省,几年后抗日战争全面爆发,跟着又是解放战争。有的战争,一打就是十几年或几十年,都是打个没完没了。任何社会任何时代,只要一乱,吃亏受苦的总是老百姓。"爹把目光更加凝重地放在何五一脸上,"'文化大革命'乱了十年,老百姓就遭殃十年,爷爷、你大姑妈一家、你小姑妈、你爹不都在'文革'中挨整了?你亲外公、你二叔爷爷不都是在'文革'中被整死的?这就是乱的结果。现在这十几年,生活好些了,一些人却又闹起来,又要把中国搞乱,你跟着这些别有用心的人起什么哄?他们懂什么?他们经历过军阀们胡作非为的混乱年代?经历过惨烈的抗日战争?你生在六十年代,不了解旧中国,不要被人利用了。有些人嘴里说一套,心里想的是另一套,不要跟那些人和事搅在一起,不然爷爷就不认你这个孙子。把黑纱摘了。"

何五一没有与爷爷讨论这些事,在他眼里,爷爷老了,固执了,思想观念陈旧了。什么年代了?还鸦片战争、甲午战争、八国联军和抗日战争?这些陈谷子烂芝麻的事都翻出来了,他听得头晕,把黑纱摘下,起身往学校赶去,因为他下午有课。然而,他走到教室前,数学老师站在走道上对他说,教务处的主任要他来上这节课。校长停了何五一的课,摆在何五一面前的是两条路,在全校教职工大会上作检讨;要不,去守传达。何五一很失望,他的失望不是因为自己,而是他觉得这个社会有些变态,什么都被校长这类鸡肠小肚的人把持着,什么都是校长这类人说了算,其他人想发言、想伸张正义都没有机会,他觉得很没劲。另外,他这两天说的一些话,明明只是跟几个关系好的老师私下讲的,竟传到校长的耳朵里,以致校长在大会上厉声说:"有个别老师,希望天下大乱,说只有大乱,才有大治。"

何五一迷惑了,他是说过这样的话,但他想不通怎么他的好友都是些告密者？他忽然觉得在这个学校混不下去了，因为没有一个人值得他信任。平常称兄道弟的，一旦校长要整他，这些人就马上疏远他，看见他也不敢打招呼了，好像他是一坨毒似的。他对英语老师说："我们分手吧？"英语老师问："为什么？"何五一把这个社会想得很坏，说："我不喜欢这个社会，人都被扭曲了，找不到忠诚、找不到朋友，都是为了一点蝇头小利就损人利己的货色。你跟着我不会有好日子过。"英语老师说："你可以改啊。"何五一摇下头，"我不知道是谁把我说的话出卖给校长，我很反感周边的人，每一个人都使我厌恶。"英语老师急了，流着泪说："五一，为了我，你就低下头吧。"何五一不肯为她低头，他那敏感和高傲的性格不允许他站在全校教职工面前作检讨，更不允许他坐在传达室守门。他没跟任何人商量，于六月中旬的某天下午英语老师去上课时，在晾台上拉了首舒伯特的《小夜曲》后，把小提琴放进琴盒，拿起黑管，还翻出几件换洗衣服塞入挎包，走了。

那天晚上，英语老师走进青山街三号，来找五一，顺便想要我们做五一的工作。我和李佳、玉珍和秀梅都十分惊讶。那几天英语老师急得猴子样四处奔走和寻找，最后怀疑我们把五一藏了起来，一天凌晨两点钟突然敲门，那急躁的捶门声，吓得我以为"文化大革命"又来了，忙去开门。她走进来，一脸有气的模样，也不跟我打招呼，径直奔向五一的房间。五一的房间里，床上盖着挡灰的旧布毯子，毯子上还落了点灰尘，一看就没人动过。英语老师轰然倒下，坐在地上恸哭，吓得我和李佳不知所措，只好答应一定帮她找五一。但真正得知五一的消息是一年半后，那时英语老师已失踪。她的父母已向派出所报案，同时掏钱印了几万张她的肖像，乘火车去全国各地的城镇张贴，可是毫无结果。

何白玉天生就不是那种墨守成规的人，有创见、敢干，他要是多读点书，天知道他会成为个什么人！八十年代初期，他就毅然留职停薪，与郭承嗣开了家饮食店，开在蔡锷路。这几年，白玉忙得根本没时间回家走动，整天骑着一辆三轮车去菜市场采购，随后又忙着招呼客人或朋友来酒店吃饭。白玉是这样忙碌，就赚了钱。还在前两年，他就不是骑着三轮车采购了，而是骑一辆摩托车，一身黑西装，一双黑皮靴，戴一顶红头盔，这在上个世纪的八十年代，人就威风，一摘下头盔，脸上自然是一派瞧人不来的傲慢色彩。父亲死后，他来过家里几次，坐一下，就不见了，仿佛他也学会了他叔爷爷那种能隐身的本事，其实他是骑着摩托车走了。那时候，长沙涌现了很多舞厅和歌厅，白玉每天晚上都跑到歌厅或舞厅里消磨时光，觉得这个社会变得好玩起来了。有天，爹把他叫来，对他说："我有个想法，你妈还不算很老，你李文军伯伯一直独身，爷爷想把他们俩撮合到一起，你的意见呢？"白玉没想到爷爷叫他来是为这事，大声道："好事啊，爷爷。"爹和妈听白玉这么说，一颗心总算落了下来。白玉没时间在家久坐，店子里有一大堆事和一大堆人等他。那几个曾经跟着他在农业机械厂造反的弟兄——杨敬国、王刚强和李大志，这几年陆续从监狱里放出来，又回过头来找他，这些人对何白玉一点用都没有了，但白玉重情重义，赚了几个钱，就关照他们。另外，还有在歌厅里结识的美女对他翘首企盼，他拎起头盔对他妈大大咧咧地说："妈，我祝贺你啊。"不等他妈开口，人就走了。老奶奶问："我大曾孙呢？"爹答："他忙去了。"

何娟考取了美国的一所很著名的大学，要去读研究生，这在家里引起不小的振奋，八十年代末，能去美国留学，好像是祖上积德的大喜事，十分了不起似的。加上她考取的是那种有奖学金提供的大学，更是一件让她奶奶、姑奶奶和她爹挂在嘴里宣传的喜事。玉珍和秀梅亲自将孙女送到北京机场，看着青春靓丽的何娟拖着行李箱缓缓走进安检门，停下脚步，转身向她们飞吻，两个老女人都哭成了泪人儿。有两三个星期，玉珍和秀梅都跟丢了魂似的，炒菜忘了放盐，要不就放两次盐，咸得苦，一问，玉珍说她那一下在想孙女。有天李文军钓了条很肥的鲤鱼，一家人吃着他亲手做的鲤鱼时，妈对李文军说："你和玉珍的事不要再拖了，你们俩商量一下，把这事办了吧。"

两人当然商量了，商量的结果是元旦那天结婚。十二月份下了一个月冻雨，但请柬已寄出，李文军有点担心落雨会不会有人来参加他和王玉珍的婚礼。十二月三十一日这天，天转阴了，次日一早，李文军爬起床，一束金灿灿的朝霞涂抹在窗户上，一个久违的红日羞涩地悬在远处的屋顶上，跟这个经受了多年磨难、仍然对生活充满热情和信心的老人打招呼。李文军高兴地叫了声："老天爷成全我啊。"婚礼是在何白玉和郭承嗣开的蔡锷路酒店举行的，办了五桌，李文军把能叫来的同事都叫来喝他的喜酒，国庆和昌盛也来了。昌盛带着小叶，小叶着红皮夹克，下身着黑丝袜，一双很高的黑皮靴，大冷天里还戴墨镜，看上去十分时髦，大家盯着她，她就娇滴滴的，说话嗲声嗲气。王玉珍和李文军给国庆和昌盛这一桌年轻人敬酒时，小叶矫情地冲王玉珍娇滴滴地说："新娘子今天好漂亮呀。"王玉珍着一身红绸子衣服，衣服上绣着一朵朵芙蓉花。但王玉珍真的不漂亮了，她很高兴倒不假，先两天她把一头白发染黑了，人就年轻几岁，脸上抹了胭脂，还铺了些粉，皱纹是少些了。她回答小叶道："唉，想漂亮也漂亮不起来了。"她给其他客人敬酒道："惊动你们了。"李文军这辈子第一次穿新郎服，就大胆地做了一身枣红色新郎服，还特意买双棕红色皮鞋，这一身服饰看上去还真喜庆。先一天，他来征求我的意见，我说："好看。"他就很快乐，赞美王玉珍说："玉珍的心灵是这个世界上最美的，你懂我的意思吗？"我愕然地瞪大眼睛，似乎明白李文军为何迟迟不娶女人的原因，因为在他眼里，所有的女人都不及王玉珍好。

吃过喜酒，一家人向洞房走去，一步入洞房，我们都惊呆了。我估计李文军把他的全部积蓄都花在洞房里了，洞房布置得很红火，跟年轻人结婚的洞房相差无几，甚至在某些方面还更浪漫。李文军买来了很多花，房子四周都摆着一簇簇红艳艳的玫瑰，这玫瑰这个季节可不是湖南本地产的，很大很红一朵，是广州那边空运来的，很贵。李文军如此舍得，足见他对王玉珍的爱是多么真挚和沸腾！不但墙上和门上贴着大红喜字，柜子、茶几和桌子上都贴着红亮亮的喜字。我妈高兴地看着李文军说："文军，这房子布置得比年轻人的洞房还好看。"李文军就笑，笑得一张老脸山花烂漫的。王玉珍的脸上也出现了彩虹，妈望一眼国庆和高小霞说："谁说老年人不浪漫？你们看到了吧？"

回到青山街，李佳和秀梅就开始整理王玉珍住了将近半个世纪的房间。王玉珍摒弃了很多东西，旧衣旧袜，穿烂了的鞋子、用过的杯子，还有多年前留下来的报纸，都是当年的《大公报》和《湖南民报》，还有几张当年的《中央日报》，全是刊登何胜武击毙日寇多少，此役又打死日本兵多少的英雄事迹，报纸都发黄或糜烂了。家里人甚至都不知道王玉珍还一直保留着这些报纸。有张《中央日报》上还刊登着大哥的头像，那是《中央日报》的摄影记者为他拍的，照片上的何胜武十八岁，一张脸嫩嫩的，目光冷峻、机灵，一脸孩子般的欢笑。秀梅拿着这张报纸看了很久，对李佳说："那时候大哥多年轻啊，你看。"李佳就接过那张发黄的报纸看。爹走进去看她们收拾，又走出来，坐到椅子上，人像丢了魂。太阳照在爹脸上，爹真的很老了，两鬓上又增加了很多老年斑。大哥去世，王玉珍嫁出去，还有孙儿何五一的失踪，在爹眼里，家里似乎是一下子减掉了三个人，脸上就空落，旷野一般荒芜。我问爹："您没事吧？"爹答："我没事。"

太阳一落山，就预示着这一天翻过去了。翌日又一个太阳悬在上空，我下班回家，这一天又结束了。一连出了十几个太阳，天天都是太阳高照，气温竟攀爬到摄氏二十度了，腊梅花开得比任何一年都起劲，竟满树的花。一家人就站在腊梅树前赏花。何国庆买了台相机，给一家人照相，秀梅站在腊梅花前，做了个舞剑的动作。何国庆把相片洗出来后，那相片看上去居然有几分妖娆。她非常喜欢这张相，让国庆拿去放大，镶在镜框里，挂到她房间的墙上。那几天，桃树争先恐后地开花，桃花一开，让人感觉春天到了，身上的毛裤就脱掉了。一个星期三，何家桃从深圳回来，来看爹和老奶奶，拎着一大堆东西，这是给爹的，这一份是给老奶奶的，这条裙子是给秀梅的，这件衣服是郭香桃特意为李佳买的等等。她穿着半长的绿呢子大衣，脖子上系条深蓝色丝围巾，感觉上比早几年富态了。她两边住，深圳和长沙，她在深圳住半年，回来再与儿子住半年。她如今生活得不错，谈吐和举止，又让人回想起年轻时的她了。"我啊，女儿和儿子都孝顺，不要我操心。"她说。老奶奶就抓着她的手，表扬道："家桃，你有两个孝顺的儿女，不像老奶奶，生了四个，只有一个孝顺。"

　　四月份，老奶奶洗澡时滑了一跤，人好像只有出气，没有进气了。送到医院，医生见老奶奶这么大岁数了，就要我们为老奶奶准备后事，不想老奶奶又活转过来，虽然跌伤骨头，下不了床，却能吃了，要李佳端碗绿豆汁给她。吃完绿豆汁，脸色就没那么死白了。过了一段时间，老奶奶能吃芒果了，吃一个还嫌不够，还要吃一个。从那天起，我们就不再担心老奶奶，把为老奶奶准备的寿衣寿鞋打成包，藏到楼上的大柜里。有天下午，白玉骑着摩托车，很精神地出现在我们眼里，身后跟着个年轻女子，那女子只有二十二三岁，脸形很宽，五官却小，感觉上脸庞就大。白玉把她介绍给一家人说："小宋，我店里的。"我们就望着他店里的小宋。在李文军与王玉珍的婚宴上，这个小宋曾与白玉站在一起叽叽哝哝，还对我们一家人展开大脸庞子笑。白玉四十多岁了，为使自己年轻一点，他每隔一天就很坚决地刮一次脸，还对着镜子拔白头发。这是他自己说的。他带一个比自己小二十岁的年轻女子来，一家人都不热情。秀梅哼一声，起身离开了。爹也一言不发地转身进了卧室。妈待小宋上厕所时说："白玉，你搞什么名堂？"他嘻嘻一笑，"我准备和小宋结婚。"白玉早两年与向萍离了婚，他们没有孩子，只有怨恨。妈看着他问："结什么婚？"白玉一笑，扬起脸看着从厕所里走来的小宋。小宋不漂亮，个子也不高，目光似有些不纯净的感觉。

七十二

　　八月里的一天，我陪爹参加了贺新武老人的葬礼。贺新武老人能活到这年八月，真是天大的奇迹。八年前，他第一次中风，在床上躺了一年，又奇迹般地恢复了，可以扶着墙壁或椅子走动，也可以说话了。两年后，他恢复得几乎不要扶墙或椅子都可以走路，甚至都可以自己上街去买烟了。那时我爹去他家，他都高兴地起身，为我爹泡茶，说话又声音朗朗的，还背古诗给我爹听，人生自古谁无死什么的。四年前，他再次中风，这次中风并非摔倒，而是转身稍快了点便中了风。他孙子旋风一般跑进屋，拿着被湖南师范大学录取的通知书，对他说："爷爷，我考取了湖南师范大学。"贺新武老人当时背对门，听孙子这么说，反应很快地一转身，突然就天旋地转，身体软到了地上。

　　这一次中风，他就再没从床上爬起来。爹听李文军说贺老又中风了，便去看他。贺老握着我爹的手，哆哆嗦嗦地说："我不能死，我一死，这个家就完蛋了。"贺新武老人有着沉重的家庭负担，一家人只有他一个人有退休工资，他死了，老婆吃什么？儿子、儿媳妇和孙子吃什么？真的吃西北风吗？贺新武老人一想到这些就不寒而栗，就对自己说："你不能死，不是怕死，是你死不得，你必须等到孙子大学毕业，有了工作，才可以死。"

　　贺新武老人做到了。到后来他纯粹凭意志活着，每天都在等星期天，等孙子回家，他好看着孙子跟孙子说上几句体己话。孙子一回来，他就握着孙子的手说："你要争气。"孙子点头说："我知道了爷爷。"第二个星期天，贺老见到孙子就又要他到身边来，又一次握着孙子的手说："你要争气。"过了两个星期，他又要说一遍。孙子提醒道："爷爷，你已经说过一百遍了。"

贺老说："爷爷知道，但爷爷还是要说，你不是混蛋，你是有着坚强意志的我贺新武的孙子。"贺新武老人始终无法忘记"文化大革命"中流传的那副"老子英雄儿好汉／老子反动儿混蛋"的对联，他的大儿子自杀和他的二儿子变成精神病人似乎都印证了这副对联，现在他要让他的孙子改变这副对联。这便是贺老不断告诫孙子"你要争气"的真实原因。贺老凭着"我不能死，我死不得"的信念，挣扎着活了整整四年，活到九十多岁。在他弥留之际，孙子大学毕业了，去一所中学报了到，贺老因没看到孙子拿工资回家，又坚持着多活了一个月。八月底，孙子去学校开会，拿回一个月的工资，对贺老说："爷爷，我发工资了。"贺新武老人高兴地笑了，笑得脸上的皱纹拧到一起，笑容慢慢凝固，握着孙子的那双皮褶褶筋暴暴的手，却松懈了。

李文军亲自主持贺新武老人的追悼会。为省钱，贺老的追悼会就在家门外开，临时搭个灵堂，灵堂里挂着贺老的遗像——这张遗像是他八年前第一次中风时准备的，因而比死去的贺老显年轻一点，贺老躺在火葬厂提供的玻璃棺材里，入殓时，火葬厂的化妆师为老人浓墨重彩地化了妆，因而贺老的面部红灿灿的，仿佛是洗了脸刚刚入睡。贺老太太哭得很伤心，贺老的孙子也很悲痛，贺老的儿子和儿媳妇好像没什么悲伤。儿媳妇怕精神病丈夫在追悼会上出洋相，加重了药，因而这个男人便很安分地坐在椅子上，一脸麻木。来了一些人，前姜师参谋长、陈万山团长、李营长、王连长都来了。前王连长也是个七十多的老头，第一次看见我爹，很尊敬地啪的一个立正道："老军长好。"爹不认识他，姜参谋长介绍说："我们师的。"爹耳背，没听清，只说"哦哦哦"。李文军一身黑衬衣，下身一条白西裤，脚上穿着跟子很高的白皮鞋，腰杆挺得笔直，脸上的表情很严肃。可能是由于王玉珍的爱情滋润，李文军变年轻了，快七十了看上去像刚退休的老头，就神采奕奕的。爹夸耀他："你变年轻了。"李文军就一本正经地答："何老，是您栽培得好。"

追悼会上除了这几个原国民党老兵，民政局还来了一个小领导，小领导在追悼会上代表民政局的领导讲了话。他的悼词上有一句这样的话："贺新武先生是国民党起义将领，对革命是有功的。"这话一说，几个原国民党军官的眼窝立即湿了，前师参谋长姜小工悲伤地流着泪说："贺老，您可以安息了，政府说您对革命有功。"小领导致完悼词，李文军紧握着小领导的手不松，小领导就特意强调说："这份悼词是局领导看了后同意的。"李文军连连点头，"谢谢谢谢。"小领导走后，爹和曾经是他麾下的几个老兵聊天，爹说："我们都还活着，是上天的恩赐。"他的那些老兵也说："是呢老军长。"十点钟，爹觉得自己累了，起身走进贺老家，掏出一千块钱给贺老太太，贺老太太不肯接，爹说："收下。我能做的也就是这点。"贺老太太很感激地作个揖，爹走到门外又回头看眼遗像，伤感地对我说："又一个人走了。"先一年，爹从李文军嘴里得知，杨福全老人去世了。

何国庆有个大学同学在广州一家酒店搞装修，叫国庆过去和他一起设计。两人忙了一段时日，有天很累，就上一家高档的夜总会放松。舞台上，有个身材颀长、着一身黑西装、吹着黑管的年轻人很像何五一，何国庆瞪大了眼睛。夜总会一结束，国庆就去台后找五一。何五一正把黑管往盒子里装，国庆说："五一。"五一抬头看眼国庆，"怎么是你？"五一更帅气了，由于瘦，棱角也有了，就显得更加坚定和成熟，一张脸即使在昏暗的灯光下也熠熠生辉，目光也很亮，还很尖，刀子一样闪着冷光。五一问："爸妈还好吧？"国庆说："他们都好，只是都不知道你去了哪里，原来你躲在这里。"国庆的同学走过来，国庆把同学介绍给五一认识，五一怠慢的样子点下头，又把目光放到国庆脸上道："去我那里吧。"

五一在离夜总会不远的街巷租了套两室一厅，与另一个乐手合租，一人一间。客厅里乱丢着东西，五一掏钥匙开门，国庆走进五一的房间，只见房间里到处乱丢着可乐瓶、啤酒瓶和方便面盒，桌上的一只茶杯里，泡过的茶叶都长霉了。五一拿过一瓶可乐，递给国庆，国庆说："你平时就吃方便面？"五一说："我上午不起床，下午起床，晚上在外面吃，回来，肚子饿了，就吃碗方便面。"国庆说："难怪你瘦了，这样下去不行的。"五一说："还好。"国庆感到奇怪地问："你没找新女朋友？"五一回答："找女朋友好麻烦的，青蛙不咬人，叫起来嘈人。"国庆笑，觉得五一说得很形象。门旁有一只网袋，网袋里有几只苹果，五一弯下腰选了两个，去龙头下洗了，把一只苹果递给国庆，苹果干得皮都皱了，国庆没吃，把它放到桌上，在一张折叠椅上坐下说："你该回家一趟。"五一一屁股坐到床上，小提琴盒也在床上，看上去他好像是抱着小提琴睡觉。

五一咬口苹果说："夜总会又没休息的，天天晚上都要演出。"国庆觉得五一身上变化十分大，从前那个像孩子样快乐的五一不见了，面前的五一，是个对生活和对未来都提不起情绪的五一。国庆说："你女朋友失踪了，她父母到我们家好几次，询问你的下落。"五一说："你是说英语老师失踪了？"国庆点下头，五一望眼天花板，若有所思地说："我之所以来广州就是不想跟她在一起。她从小就是班干部，读大学时是团支书，做房事时还跟你谈工作、谈理想，我想起都好笑。"国庆见五一说话如此冷漠，批评道："你太刻薄了，我看音乐这东西让你想得太远了。"五一点上支烟，"音乐给了人很多空间，能让人的思想自由飞翔，穿越时空的束缚。我讨厌过那种按部就班的生活。"国庆说："你刚出走时，她天天来找你，还疑心我们把你藏了起来，有天晚上……"五一打断国庆的话道："我就是受不了她疑神疑鬼的毛病，她多疑，我跟学校里的女老师说话，有的都三十多岁了，儿子都读小学了，她也吃醋，谁受得了？再有，我真的不喜欢那个校长，他只对漂亮的女老师客气，每次看见我都斜着眼睛。"五一望着国庆，"像我这种头上长着反骨的人，还怕他？"

国庆觉得五一有点把自己朝坏的方面想，笑笑，问："你头上长反骨了？长在哪里？"五一知道哥哥在调侃他，不高兴了，"何家的人头上都长了反骨。"国庆说："我没长。"五一分析说："哥，你想想我们家的那些叔爷爷们，还有比叔爷爷们更老的老爷爷们，不都是一些头上长反骨的人吗？老奶奶说，我们的爷爷十六岁就反社会了，结果投奔了军阀吴佩孚。几个叔爷爷，都是十七八岁就冲出父母的束缚去革命，想想那时候革命，不是拎着脑袋吗？没长反骨的人，敢去革命？"国庆哈哈一笑，觑着弟弟，很诧异五一会这么想问题，"我不是你这样想，你也不要这样想。"又劝道："五一，现在这个社会讲安定团结，人要活得顺畅就要学会随波逐流。"五一说："哥，我更渴望不受束缚地活着，像一只雄鹰样自由飞翔。"国庆问："雄鹰？"五一答："雄鹰。"国庆觉得五一的思想太超现实了，学音乐的人太爱和着旋律乱想了，说："雄鹰就别做了，做只猫头鹰吧。"

国庆从广州回来后，把他和五一见面的事跟一家人说。秀梅听后大笑道："我就晓得五一迟早会走这条路，他从小就不是个安分的人。你们没注意，我注意了。"我看着秀梅，秀梅说："当年你们不要他拉琴，要他搞学习，他偏要拉琴，喜欢对着干，那时候他小，没体现得这么突出。"我妈望着秀梅，秀梅又说："他才是何家的种，桀骜不驯。放在旧社会，那不像他的几个叔爷爷样革命去了？！"我们都无语，秀梅越说越起劲道："搭帮他'文化大革命'中年龄还小，要是当时他有十七八岁，那不知会闹出什么事来。"

爹没吭声，耳背，没听清秀梅说的话。我妈却批评秀梅说："你不要把五一说得那么吓人，他又没长三头六臂，能闹出什么事来？"秀梅见我妈反对她，就激动地叫起来："我敢断言，五一和昌盛，都是那种羽毛上长刺的公鸟，表面上温文尔雅，凶起来是能杀人的。"我和李佳彼此望一眼，觉得秀梅这话说得十分刺耳。妈说："你怎么把昌盛也扯进来了？"秀梅说她的感觉道："你没看五一和昌盛的目光，都跟刀子样锋利，他们的眼睛里射出的不是目光，是刀光。"李佳听秀梅这么形容五一和昌盛，不高兴道："没你说的那么可怕。"秀梅继续着她的话道："承嗣的眼睛里没有刀光，生气时目光不亮、没有煞气，他身上有太多郭家的遗传。五一和昌盛却有叛逆意识。"

何秀梅真是一张乌鸦嘴，这个自私自利惯了、只站在自己的角度想问题、把人都得罪光了的老女人，简直就是个巫婆，还真被她言中了。春天里，一个星期天的上午，昌盛的母亲一脸惶惧地出现在院子里，脸上冒着一粒粒油汗，汗是她着急急出来的。当时老奶奶坐在院子一角晒太阳，一只蝴蝶绕着她和月季花飞。爹坐在沙发上喝茶，妈在厨房里，何秀梅——这个只为自己生活的巫婆，倒是拎着木剑去湘江边上舞剑去了。我岳母也在，李佳陪她妈浇花，因为有几天没下雨了，院子的门大开着。昌盛妈走进来时，一家人见她脸上的表情那么凄惨，不用她开口就知道出大事了。昌盛妈说："奶奶、李佳、伯伯，昌盛出事了。"昌盛妈急得脸都变了形，"昌盛把小叶和他同学打死了。"一家人听说打死了人，呆了。昌盛妈急道："我晓得小叶不是个好东西，我早就跟昌盛说了，昌盛硬是不听。"

昌盛妈说的是这回事。小叶与昌盛谈了几年，本来谈得很好的，可是去年昌盛的高中同学插了进来。那个同学姓张，张同学在黄兴路开了家店子，做照相器材生意，赚了钱，买了辆小车，经常和昌盛、小叶一起玩，一起喝酒，一起开着车去哪里钓鱼或打鸟。昌盛只是名司机，张同学却是老板，这在小叶的心里就起了波澜。这波澜让小叶瞅张同学的眼神难免不产生变化。张同学肯定是喜欢小叶的，小叶时髦、漂亮，那笑容、那说话娇滴滴的声音对他都充满魔力。两人就有了奸情。昌盛一直蒙在鼓里，不知道小叶脚踩两只船，今天躺在昌盛怀里，明天却睡在张同学的床上。张同学后来居上，想独占小叶，要小叶与昌盛摊牌。小叶想了几天，就毅然倒向张同学，与昌盛玩失踪。一个星期里，昌盛打小叶的叩机，小叶始终不回话，打了几十次叩机，小叶仍不回话。昌盛急晕了，打张同学的电话，向张同学提及此事，张同学很淡漠。昌盛还没想到他身上去，只是问他说:"你看我该不该报案?"张同学在电话那头讪笑道:"报什么案?她不会有事的。"次日一早,昌盛步入车队办公室,第一件事就是给小叶打叫机,但直到下午,他再打小叶的叫机时,小叶才回话,对他说"我很好"。昌盛问小叶在哪里,小叶说:"在一个朋友家里。"昌盛问:"什么朋友?"小叶说:"你认识的朋友。"昌盛问:"谁?"小叶和张同学决定跟昌盛摊牌,小叶说:"这两天我住在张明军家。"昌盛懵了,一屁股坐到椅子上。

那天晚上,昌盛到了张明军家。张明军住在街上,楼下就是他的照相器材商店,一旁便是餐馆。张明军打电话,向餐馆要了好几个菜,还要了几瓶青岛啤酒。昌盛坐在桌旁,一句话也没说,张明军也没多说话,两人埋头吃着,昌盛举着啤酒瓶喝啤酒,阴着乌云密布的脸。小叶在一旁坐着,对昌盛说:"我觉得我们应该好好谈谈。"昌盛就望着她说:"谈什么?"张明军说:"我也很爱小叶,希望你把小叶让给我。"昌盛瞪着张明军说:"你闭嘴。"张明军不看昌盛,把目光放在一桌子的菜上,说:"其实我和小叶也不是一天两天,我和小叶好了大半年了。"昌盛把目光放到小叶脸上,十分愤怒,"你敢背着老子与他幽会,你这婊子。"小叶听昌盛这么说,脸白了。张明军却做出大男人的姿势道:"昌盛,如果我们不是同学,我面都不会跟你见。"昌盛怒道:"跟你这样的人做同学真玷污了同学一词。"

张明军可不想在娇艳、玲珑的小叶面前示弱,他指着昌盛的脸说:"你以为你还是何公子?给我滚出去!"昌盛狠盯着张明军。墙上挂着一把日本军刀,就挂在张明军身后的墙上,是张明军从文物市场上淘来挂在墙上辟邪的。张明军叫他"滚出去"之前,自己还回头看了眼军刀。张明军又指着门说:"你给我滚出去!"他不知道这是他生前说的最后一句话,因为他在小叶这妖艳的女人面前自大得昏了头,不知道这句话说出口后激发的能量会给自己带来灭顶之灾。昌盛霍地起身,不是往门口走,而是绕到张明军身后，拔出日本军刀——那把军刀从刀鞘里一拔出来，寒光一闪，同时发出锐利的鸣叫声。昌盛大骂一声"去你妈的"，手起刀落，只听见"咔嚓"一声，张明军的身体还是坐着，头却滚到地上，血在砍断的脖子处汹涌地喷着。昌盛傻了眼，小叶也恐惧地看着眼前的一切，身体却害怕得发抖。昌盛看着那没头的身体，没倒，手臂还在桌上搁着，脖子还在往外冒血。昌盛感到自己很蠢，为了眼前这个不贞的女人，居然犯下大罪，便恨道："都是你这婊子。"小叶哆嗦着起身，想离开这间流满鲜血的房间，人走到了门前。昌盛说："是你害死他的。"小叶伸手拉门，昌盛吼道："你别走。"小叶把门拉开一半，想溜出去，昌盛抓起军刀朝小叶掷去，只听见噗的一声，小叶一声惨叫，军刀穿透小叶的水蛇腰，扎在门上。

小叶是在医院死的。

这个故事充满血腥味，好像杨雄杀妻，很古代，这样的案子，如果发生在九百年前的北宋，那可能是一件惬意的事，而且发生了，还有水泊梁山可去。《水浒传》里，不但有武松杀嫂、杨雄杀妻的故事，及时雨宋江也杀了自己的老婆。但是，昌盛杀女友和勾引他女友的同学这事，偏偏发生在今天，而且是拿日本军刀杀的，一刀一个，痛是痛快，却罪不可恕。昌盛妈急晕了，晕在沙发上，我妈和李佳给她扯痧，把她"扯"醒了，她目光黯淡地看着我说："我怎么对得起陕北？文兵，昌盛交错了朋友，谈的爱也是个贪图享乐的女人。你一定要设法救昌盛啊。"我知道自己没办法，但想到了昌盛的姑妈和姑父。昌盛的姑父李文华如今是某大军区副司令员，这样的人说句话，也许能救下昌盛的小命。我忙打电话给军花。军花在电话那头听完我的叙述后，难过道："哥，打死人是大事，而且是拿军刀把人家的脑袋砍下来，两条人命，这事怕办不成。"我说："昌盛是你亲哥哥的儿子，你一定要设法救他。"军花在电话那头沉默几秒钟，我把话筒递给昌盛的母亲，昌盛妈一拿起话筒就哇的一声哭了，一脸软弱地说："军花，你你一定要救救昌盛呀……"

何昌盛像《水浒传》里的杨雄，逞一时之快，欠下了两条人命。别人也是父母所生，死者的家属天天坐在法院里哭，守着法院要结果，结果就出来了。法院判处何昌盛死刑，缓期一年执行。这个结果对于我们家来说是最好的结果了，没有立即执行，法院确实是看了李文华副司令员的面子，还看了昌盛爷爷的面子。李文华副司令员开始不想打电话咨询这事，他十分生气，怎么可以有这样的事发生？！但事后一想，这两条人命也有错误，便打了电话，打到省军区，让军区的领导过问一下。李文华副司令员很有原则，在电话里说："犯了哪一条就办哪一条，不能因为他有一个军区副司令员姑父就可以逃避法律制裁。"他又说："我好像听说，那个被我侄儿打死的人是我侄儿的同学，那就不道义，怎么可以打朋友未婚妻的主意？要是在军队，这叫破坏军婚，是绝不允许的。再说，死者怎么可以在家里挂日本军刀？那样的凶器挂在家里，也不对么，这是死者自己给罪犯提供行凶的刀具啊。我侄儿年轻，火气大……当然，责任还是在我侄儿身上。我岳父，也是我这个侄儿的爷爷，'文化大革命'初期被造反派迫害致死。一九七九年我岳父平反后，很多中央和国家领导人都送了花圈。我听他妈说，他是自己走进公安局投案自首的。话又说回来，原则是要讲的。"

李文华的这个电话把该说的都说了，没有一句话不在台面上，所以案子就拖了一年零十个月，直拖到死者的家属没那么愤慨了，死者的朋友也疲了，大家都去关心别的了，几乎到了人人都忘记的程度，这个案子才判下来：判处何昌盛死刑，缓期一年执行。这样判，也有一定的理由，死者先对不起何昌盛，其次，刀是死者家的，不是何昌盛带去的，不是蓄谋杀人，于是可以解释为死者有不道义的行为在先，犯罪人行凶一事就情有可原。再则，就杀人的过程而论，也不是一刀又一刀，性质就没那么凶残和恶劣。还有，罪犯杀人后，并未畏罪潜逃而是主动投案自首，这与公安机关侦破的性质又不一样。案子判下来后，死者的家属没有上诉，因为人已经死了二十二个月，悲痛和愤怒被时间这无形的化学剂稀释了。

七十三

　　进入二十一世纪后，当李文军成为孤老的鳏夫，被李佳接来和我们一起住——那时我爹、老奶奶和秀梅都相继去世了——妈和我们坐在一起回忆青山街时，都说青山街的拆迁工作，其实在九十年代初就开始了，只不过一开始是拆除青山街的东南角，挨近劳动广场的那片房子。追溯起来，那片破旧房屋恐怕是抗战初年，长沙"文夕大火"后，烧了房子的住家临时搭建的，后来修修补补，这处墙打撑，那处墙换砖，苟延残喘地拖到了九十年代，所以它也是青山街最先被拆除的破房屋。一年后，那里竖起五栋六屋楼的钢筋混凝土砖房，住进了很多人。那不是开发商搞的，而是一家单位通过区政府官员和街道办事处干部，多次与住户协调，征收了那块地建的单位宿舍，原先的青山街住户却被迁走了。拆建那边的时候，大批的汽车都是从连接着劳动广场的街口出进，对我们这边没影响。

　　两年后，青山街的东北角，突然就开始有人家往外搬，搬家的人对没搬家的人打拱手说"再见了"。不久拆旧房子的推土车和挖土车就轰隆轰隆地开进狭窄的青山街，房屋在这种大型机械车的推动下，纷纷倒塌，就尘土飞扬。跟着，运渣土的大卡车在青山街上马力很大地来来往往。渣土车把一堆堆瓦砾运走后，运砖、运沙、运水泥、运钢筋的大货车又跟着闹腾起来。青山街上再也没有安宁日子了，整天机械轰鸣，两天不落雨，屋檐、窗台、室内的桌子、柜子和椅子上，甚至瓶子、杯子上都会落满灰尘。秀梅和李佳只好把窗户关起来，但不顶用，那些灰尘仿佛长了能穿越门窗的翅膀，照样飞进来，落在桌子、椅子和柜子上。秀梅的桌子上搁块玻璃，只要半天不用抹布抹，尽管关着门窗，手一摸还是一层灰。秀梅有意见了，一个人跑到工地上吵，"你们建房子是你们的权利，可影响我们的生活，那就是你们不对。"工地负责人说:"抱歉抱歉。"秀梅说:"半夜一点钟了,汽车还跑来跑去,我们还要睡觉不?"工地负责人说:"那是那是,我们是抓紧施工,好早日结束影响你们生活的局面。"秀梅提议说:"能不能在街上洒洒水,不至于满街的灰尘?"工地负责人说:"请你多多包涵。"秀梅再说什么,工地负责人索性不听地走开。

过了几天,有天,都凌晨三点了,还有货车从青山街驶过,抛下一连串很响的声音,那是轮胎压在碎石上,松懈的空车斗与车体碰撞的响声,这响声把睡觉容易惊醒的何秀梅从梦中无数次地唤出来,让她愤恨。她扯亮灯,索性坐在桌前练写毛笔字,直到天亮。上午,她又去工地,这一次秀梅把老奶奶也拉了去,找到负责人说:"我奶奶一百一十岁了,这些天,没一个晚上睡过好觉。你们也太不顾及别人了。"负责人望着秀梅和老奶奶,"实在抱歉,白天,大货车不准进市区,要晚上九点钟以后,大货车才能出入市区。"秀梅尖声说:"可是我们老百姓要睡觉啊。"老奶奶今年十月将满一百一十岁,可老奶奶头脑还非常清晰,听力也好。当然,老奶奶的模样还是老得挺厉害,头上整个没头发了,只有老人斑,眼睛也没以前尖,人要走近才能辨清是谁。最主要的是脊椎萎缩得弯了,跟什么人说话都好像是在不自觉地鞠躬。老奶奶就一副鞠躬相对工地负责人说:"我杨桂花活了一百一十岁,从没看见深更半夜还施工。"工地负责人看着满脸老人斑和皱纹的老奶奶道:"我们也不想这样,因为市政府不准白天进大货车,就只好利用晚上的时间加班加点。"老奶奶鞠着躬道:"同志,你们如果再这样,我就告到法院里去。"负责人笑了,觉得这个老太婆模样很滑稽,说:"好啊,您如果有精神,去告吧。"到了晚上,货车照样来来去去,一路抛撒着泥土,空车驶过去又不减速,就弄出一片嘈杂的响声,不闹到凌晨四点钟,整个青山街就不可能安静。

那时候市政府还没设立管这些事的部门,而长沙市已成了个大工地,到处都在搞基础建设和基建,不是政府或新成立的大集团公司在建高楼大厦，就是新诞生的房地产商骗取银行的钱猛建商品楼，所以长沙市整日尘土飞扬，没有一天能见蓝天。老奶奶和秀梅去了法院，法院的人见来者这么大年纪，就很诚恳地接待老奶奶。老奶奶鞠着躬说："同志，你们得管管啊。"法院的人叫上区里的干部一起来了，区里的干部指着老奶奶说："这位老人家是革命烈士的母亲，是青山街的老住户，你们建房，怎么可以影响她老人家休息呢？"工地负责人见区里干部脸色严肃得像块干硬的水泥，对我老奶奶的态度就转了一百八十度的大弯，忙说："老人家，从今天起，我们保证不超过十二点钟。"

那天晚上，十二点钟后，果然就没有汽车驶过的声音。可是仅仅只好了几天，接着汽车声又闹腾到深夜一点，再过几天，凌晨三点钟还有汽车凶猛地奔来驶去。有天，韩家的女人一脸意见地对秀梅说："我连续三天没睡好觉，汽车从门前过，叮叮哐哐一片响，真要命。"曾家的男人骂句脏话道："这是些什么人？政府就不管的？"刘家的女人走出来凑热闹说："何姐，你们家面子大，烈士、将军好几个，你去提提意见啊。"何秀梅说："我都去三次了，这些人不听。"曾家女人说："你怎么不带我们一起去？"秀梅也觉得自己孤军奋战无法达到目的，就说："好啊，那我们现在就去找他们。"

一行人就激动地走到工地上，工地负责人老远看见他们叫叫嚷嚷地来了，慌忙躲起来。大家找不到负责人就站在工地上谩骂，有的人大声骂道："要怪就怪我们青山街上没住市里省里的大领导，只要住那么一个，这些人也不敢这样放肆！"韩家女人尖声骂道："旧社会也没有半夜里施工扰民的，你们太不顾别人，只想自己发财了！"曾家男人尖声吼道："你们想怎么干就怎么干，太没有公德心、太不讲道义了。"聚集的人越来越多，骂声越来越激烈，几个青山街上长大的年轻人也跟着参与进来，他们可不是那种只动嘴不动手的人，捡起砖头就掷向窗户，只听见清脆的一声响，玻璃碎了。众人深感快慰，猛笑。

秀梅也愤怒地拾起一块砖头，砸向另一块玻璃，只听见清脆的一声响，玻璃散满一地。秀梅又把指挥部墙上的图纸撕下来，还把桌上的一台电话狠狠地摔到地上。一些人见秀梅这么干，仿佛受到这个老女人的怂恿，拿起什么东西就摔，没摔烂就用脚踩，还没踩烂又捡起来再往地上砸。最后没东西砸了就提起椅子砸桌子。椅子砸烂、桌子也砸烂了，临了就用脚踹门。曾家男人猛地一脚把门踢烂了，大家很兴奋，几个年轻人见状，就去踢旁边房子的门，门被踢开，原来两个工地负责人躲在这间房子里。曾家男人揪着其中一个姓杨的就打，姓杨的男人说："有话好说，不要动手。"曾家男人猛地一拳打在姓杨的脸上，打得姓杨的惨叫一声。几个年轻人把两个工地负责人拖出房间，就你一拳我一脚，两个工地负责人忙抱着头叫道："请你们冷静，什么事都可以商量，不要打人。"没人打算跟他们商量，愤怒驱使青山街上的住户继续挥拳展腿，把两人打到地上，还不解气地你一脚我一脚。

派出所的民警赶来。青山街上的人便围着民警，七嘴八舌地诉说苦衷。从上午直说到中午，把三个民警的头都吵晕。何秀梅微笑不止，因为她惊奇地发现，原来她骨子里也是个"暴民"，在这种吵吵嚷嚷、混乱不堪的场合下，她不是害怕而是亢奋，竟像年轻小伙子样砸玻璃、撕图纸、摔电话机，并且站在那里十分起劲地叫骂、看险，这哪里是一个退休老教师干的事啊?! 那天晚上，秀梅像哥伦布发现新大陆样，第一次目光兴奋地看着李佳说："我发现我其实也很反叛。""你是江姐呢，可以领导革命的。"李佳说。从此，秀梅就把自己做江姐打扮，穿旗袍、外罩一件红毛衣，脖子上搭一条长长的白围巾，因为电影里的江姐就是这身打扮。仲夏了，天那么热，实在不应该穿把自己裹得紧紧的旗袍了，她仍穿着旗袍、脖子上搭着白围巾，直到她的同事笑她，她才把围巾取下来，打算到秋天里再系它。

这年十月，老奶奶做一百一十岁生日。本来不打算做，是李文华副司令员来电话，说他和军花十月三日来，十月五日走。爹说："你公务繁忙，不要来。"十月三日，李文华副司令员和军花还是双双来了，当然是挂军牌的轿车送他俩到青山街的。李文华来有两个目的，一是来过老奶奶的一百一十岁生日，二是给他母亲烧香。李文华副司令员也是老头一个，头发大多白了，脸上的皮肉也松弛了。何军花也年纪一大把了，不过，可能是因为保养得好，看上去也就四十多岁的模样。何军花的脸上光鲜鲜的，不像秀梅，抬头纹都有三四条。多少年里，何秀梅只要一看见李文华，十之八九的反应是走开，把自己消失得很彻底。这一次——她第一次可以微笑地看着李文华，她不但敢看她曾经深爱着的李文华的脸，还敢面对李文华的目光了。她称赞李副司令员穿的质地很好的将军服道："人穿上将军服，就是显得尊贵。"李副司令员看一眼何秀梅说："秀梅，这么些年你过得怎么样？"秀梅很坦然地看着他，"当然没你司令员过得好。"李副司令员说："听文兵说你退休后习起武来了？"秀梅哈哈一笑，"那是锻炼身体，我现在还画画和写字呢。"

上午十点钟，何大金穿着深灰色西装，笑容满面地走在前面，他大女儿二女儿、大女婿二女婿，还有两个穿得很漂亮的外孙女簇拥着他。大女婿很高大，湖北人；二女婿是大学老师，戴副眼镜，文质彬彬。珊珊的女儿反而大两岁，快八岁了，丽丽的女儿刚六岁。两个小女孩说话声音尖尖的，像两只迷人的大鹦鹉，走路一蹦一跳。两个小女孩还是第一次来长沙，对青山街的一切都感到新鲜，丽丽的女儿昂起头看着老奶奶房里老爷爷的遗像，好奇地问母亲："妈，这个人是谁？"丽丽捧着女儿的脸蛋亲了下，这么解释道："这个人呀，是你老外公，是你亲外公的亲爷爷。"老爷爷死去多年，遗像尽管仍挂在老奶奶的房里，但早没人管了，镜框的油漆也有些剥落。丽丽那天很热心地拿块抹布，站到椅子上抹去了镜框上的灰。于是老爷爷的遗像似乎又恢复元气，很欣慰地瞧着他的子孙后代。

何大金副局长离休了，在家里带外孙女。老奶奶看见他们一家人很高兴，

673

把大金的两个外孙女搂到怀里，"大金，你兴师动众的做什么啊。"丽丽嘴快，"老奶奶，祝您寿比南山。"说完，她掏出一个红包放到老奶奶手上。珊珊也说："老奶奶，我祝您福如东海。"也掏出一个红包递给老奶奶。老奶奶接下两个曾孙女的红包，一张皱巴巴的老脸在十月和煦的阳光下就笑得十分灿烂。李佳称赞大金的两个女儿道："大金的两个女儿都懂事。丽丽，你现在搞什么事？"丽丽穿得很时髦，身上紫色的衣服一看就高档，丽丽答："和珊珊在贵阳开了家房地产公司。"李佳问："做房地产要很多钱吧？"珊珊说："我们是玩银行的钱。"

李文华副司令员与何大金坐在院子里说话，阳光就照在这一对曾在一起长大的老人身上，李副司令员说："想当年，我们在一起长大的日子，真快啊。"何大金说："是啊，我外孙女都八岁了。"李副司令员瞟一眼大金的两个外孙女，"我们工作一辈子，也该享享福了。"何大金很尊重的样子看着李副司令员说："是该享享清福了。"就在这时，李文军和王玉珍笑着出现在大家眼里，李文军穿着黑西装，打着蓝领带，人就爽朗。王玉珍穿着水红色秋衫，头发一丝不乱地盘在头上，脸色红润，看不出她快七十岁了。李文军与李文华这对堂兄弟握着手，李文军拍下李文华的肩膀道："将军，你看上去身体还是这么硬朗。"李文华副司令员一笑，"你也不错。"秀梅尖声说："没想到哥哥们都变虚伪了，一见面就相互吹捧。"大家听秀梅这么说，都笑。

何家桃、郭香桃，还有小范，带着小精灵和儿子一起走进院子。何家桃穿着蓝西服，内里一件白衬衣，剪着短发，染黑了，人就精神。尽管这几年吃得好、睡得好、穿得也好，可是早些年冷漠无情的岁月，还是把她年轻时那张俊俏的脸蛋损毁得像块烂抹布，想改变也改变不了。郭香桃四十多岁，但看上去只有三十多岁，开始需要化妆品为她美化脸蛋了。她纹了两条细长的柳叶眉，眼影大胆地画成蓝色，脸上一定用了什么出奇制胜的美容膏，竟光滑得不像她这个年龄的皮肤，一丝皱纹都没有。郭香桃一到深圳，另一部分血液就在她身上激荡，那是她父亲那方遗传在她血管里的，四年前，她辞掉医院工作，自己开家诊所，两年前她拉两个老板入股，把诊所变成私立医院，自己当院长。她一身名牌，甚至内衣内裤也是极讲究的品牌，所用的化妆品全是法国高档货，但无论她怎么化妆，怎么穿戴，身上总有一股消毒药水味，那是医生身上特有的气味。就跟小范身上飘着饼干香一样，尽管小范已离开糖果饼干厂多年，可是那种好闻的饼干香却还滞留在她肌肤上，只要你站在距她三米内，你就能闻到她身上的饼干香，并能猜到她曾经是糖果饼干厂的女职工。

小范是代表郭承嗣来参加老奶奶一百一十岁生日宴的。还在前年，郭承嗣看不惯白玉的那几个当年的铁杆在酒店里白吃白喝还白拿，曾多次对白玉说，白玉不予理睬，有天，他再次提及时，白玉没好脸色地回答："男人活在世上，不可以不讲义气。"郭承嗣很感无奈，觉得自己没法改变表哥那陈旧、腐朽的观念，还觉得对那几个人讲义气纯粹是浪费感情。他很反感那几个人在酒店里白吃白喝还白拿钱，便一下狠心，把自己的家做六十万元卖掉，和小范带着儿子去了深圳，用那笔钱在深圳开了家餐馆。这一年，生意渐渐火起来，很多回头客，一到吃饭的时间，他和餐馆里的伙计忙得一个个跟打仗似的。小范抓着老奶奶的手说："承嗣忙得实在走不开，要我做代表，代表他来祝贺您寿比南山。"何家桃帮她儿媳妇说话道："承嗣忙得回家跟我们吃餐饭的时间都没有。"她说这话时脸上飘浮着喜悦。

李副司令员看着这个他少年时十分倾慕的女人，在何家桃身上，他无论如何都找不到她少女时候的半点倩影了，心里就一派茫然。李副司令员有很多年没看见她了，心里默算了下，说："家桃，我最后一次看见你是一九四九年秋的一天，当时你提着一篮水果从车上下来，要我们吃芒果，那芒果黄澄澄的，你还记得吗？"何家桃回忆了气，想不起来地摇摇头。李副司令员就推了把大金说："你记得吗？"大金忙一头推倒时间的藩篱，去记忆的丛林里寻找吃芒果的往事，他嘶了声，也想不起来了。李副司令员说："什么记性啊你？"大金惭愧地一笑，秀梅却尖声说："是有这事，我记得，当时大姐正怀着郭香桃。"李副司令员满意地一笑，"还是秀梅记性好。"李副司令员面对这两个他曾经相继热爱过的姊妹，尽量让自己脸上的表情变得平淡，他一副感叹岁月无情的模样说："四十多年前，我们都只有二十几岁，多年轻呵。"秀梅的眼圈红了，答："一九四九年时我只有十七岁。"李副司令员点下头，看着家桃和秀梅。家桃坐到国庆让给她坐的椅子上，脸色似有些怅然。大金对他老婆说："家桃曾是李文华将军的初恋。"李副司令员听大金这么说，脸上的表情就油珠子样的飘浮不定，还迷茫。家桃却大方地笑笑，"那已经是六百年前的事了。"李副司令员有同感道："是啊。"其实，面对他多年不见的初恋，李副司令员的心潮还是有些澎湃和感慨，只是碍于军花和秀梅在，不得不装出一脸茫然相。"世界不是我们的了。"他大声说。

　　大人们说着大人们的事，院子里，小精灵、我孙女何懿和大金的两个外孙女很快就玩到一起，那么热烈、坦诚又那么亲密无间，好像她们从小就生活在一起似的。四个女孩围绕着葡萄藤、桃树、腊梅树、牡丹花、美人蕉、月季花打转转，旋风一般。她们蓦地从客厅穿过，跑进后院，又忽然跑过客厅，跑到前院，笑声掷满一地，跟着又呼啦一声跑进后院，笑声又从后院浪潮一般打过来。只有郭承嗣的儿子没有参与女孩子们疯跑的游戏，他捧着一本小人书看，倒不是他懂事了特别爱学习，而是他生性就是个孤僻的男孩，长得不像郭承嗣，也不像小范，而像他奶奶何家桃，性格也像他奶奶一样温顺、沉静。何家桃问孙子："你怎么不跟姐姐们玩？"孙子头也不抬地答："我不想玩。"

　　白玉骑着他那辆嘉陵70嘟嘟嘟地驶到，后椅上坐着他饭店的厨师，厨师一只手提着一个大网袋，大网袋里分别又是一个个食品袋，装着做熟了的荤菜，只要热一下就可以吃。摩托车的尾箱里还有两大袋熟食，白玉将两大袋熟食拎出来说："今天到底是老奶奶的生日，天气真好，上天都为老奶奶做寿呢。"这天的天空十分明净，暖风习习。大厨师由李佳引到厨房里热菜时，白玉便走进从前是他父母的卧室、如今被改为内客厅的房间，见郭香桃、小范和丽丽、珊珊还有她们的丈夫及国庆、高小霞都坐在这间客厅说话，就说："你们都坐在这里躲懒，还不去帮忙？"高小霞和丽丽忙起身去了厨房。白玉坐下，递支芙蓉王烟给丽丽的丈夫和国庆，珊珊的丈夫不抽烟。白玉问郭香桃："承嗣怎么没来？"郭香桃就一脸高兴地为弟弟叫苦道："他餐馆的生意太好了，那人啊，每天都把他的餐馆挤得满满当当的，他搞脚手不赢。"白玉心里有一丝嫉妒，说："那是好事啊。"小范说："好事是好事，就是太累了。"白玉闻到小范身上的饼干香，一笑，"有钱赚还怕累？"丽丽重新走进来，"你又抽烟。"丽丽把丈夫手上的烟夺走，把烟揿灭，边说："要戒烟就要彻底戒。"白玉说："怎么，你抽烟的自由也被剥夺了？"丽丽的丈夫笑笑，"我自己也想戒。"

外面客厅是他们的父母辈们说话，小客厅成了他们的天地，更小一辈的女孩子们在小精灵的带动下，在前院后院里来回穿梭。老奶奶两边坐，一会儿坐在大客厅听儿子、孙子辈们说话，一会儿又弓着身体走进小客厅听曾孙辈们聊天。丽丽把老奶奶拉到身旁坐下，老奶奶就拉着丽丽的手摇着说："看见你们一个个都好，老奶奶高兴。"丽丽说："我们晚辈看见您身体还这么好，心里高兴呢。"老奶奶就称赞丽丽道："丽丽是个能干的人。"

寿宴就在客厅和葡萄藤下分别摆开，三桌，老奶奶和我爹妈、岳母、李副司令员、何军花、李文军、王玉珍及何大金夫妇坐一桌，秀梅、家桃、我和李佳与何白玉、何国庆、郭香桃、丽丽夫妇和珊珊的丈夫以及厨师坐一桌，还一桌由高小霞、珊珊和小范掌控，四个叽叽喳喳的女孩子加上小郭承嗣围了一桌。大家边吃饭边说话，三张桌子说着不同的内容。青山街三号好久没这么热闹了，热闹得同开水沸腾样啵啵啵地叫。老奶奶满脸红光地接受着一个个晚辈敬酒，一边吃着菜。但厨师一心只为获得年轻一辈人的赞美，忽略了寿星是一百一十岁的老人，菜就没煮烂，老奶奶牙齿不好，所以菜她大多吃不动，只好喝墨鱼汤、鸡汤和吃几片菜叶。爹和妈的牙齿也不行了，也吃不动大厨师做的色香味俱全的菜，但爹高兴，喝了不少酒。吃过寿宴，大家又坐在一起聊，女孩子们照样在前院后院疯跑，带来一阵阵清新和快乐的微风，小郭承嗣仍坐在椅子上看小人书。

下午四点钟，接李副司令员的车驶到门旁，李副司令员和军花就起身跟老奶奶告辞。老奶奶喝得有些醉了，坐在沙发上打盹，涎水从老奶奶的嘴角流出来，还带点酒气。老奶奶听文华说要走，就拉着李文华和军花的手道："文华，你和军花走好。"跟着，家桃、郭香桃和小范也要走了，郭香桃的姑妈——也就是家桃的初中同学猴子，当年嫁了个外籍商人，如今回来了，要请他们一家吃晚饭。再接着李文军和王玉珍这对幸福的老人告辞了，客人就剩大金一家，丽丽、珊珊和她们的丈夫，还有她们的女儿，都坐在院子里。太阳偏西了，涂在墙上，呈橘黄色。爹坐在另一隅，看着一家人，没怎么说话，因为他的耳朵听不见人家说什么。白玉陪丽丽和珊珊说话，向他的两个堂妹打探贵阳的房地产好不好做。

吃过晚饭，大金一家人坐到八点多钟，去了街上的酒店，国庆和高小霞也带着女儿回自己的家了。家里安静了，满天的星星，一轮椭圆的月亮升上来，月光涂在墙上，空气里飘着一股甜菜味儿。秀梅在她房间里练写毛笔字，岳母在她房里烧香，有檀香的气味飘扬在客厅里。岳母受我大叔净空僧人的影响，早在七十年代初期就把心交给佛了，她房里搁着个黄铜的观音菩萨像，是去开福寺求的，让高僧开了光。老奶奶先去睡了，爹妈也睡了，刚才还热闹的家顷刻就剩我和李佳面对面相望。我们把话题扯到五一身上，我说："妈要我督促五一早点结婚，好让她看见一个何姓的曾孙。"

一提到五一，李佳就有很多话，说："五一眼睛里是没有父母的，他不像国庆，国庆性格像我，有时候还会考虑父母的感受。五一像你们何家的人，心冷、狠。"我觉得她八成是受秀梅那古怪思想的影响，说："从来没一个母亲是这样说儿子的。"李佳伤心道："五一心不狠？管过我们？他出走时想过我们会为他担忧吗？电话都没一个，这孩子身上流的不是你们何家的血？早几天我给他打电话，说老奶奶生日，他们都会来，他都不回来。你爹说，五一的几个叔爷爷当年去革命时，都是这样，一走音讯全无。"李佳说这些话时，起了风，风越刮越大，把葡萄藤吹得相互扭打起来，把月亮吹没了，把乌云吹来了，还把不远工地上搅拌机搅拌水泥的声音也吹了来。院子的大门虽然关着，但丝毫阻挡不了运砖运钢筋和水泥的卡车驶过的声音撞击我们的耳膜。李佳说："好吵的。"我说："我们学校正在建校长楼，我要了一套，到时候我们可以躲到那里去住，青山街变成建筑工地了。"

七十四

过年的时候，被我妈称为"外星人"的何五一，突然就坐在客厅里，抽着烟，感觉好像是从天上掉下来的，因为谁也没看见他进门。他可真是个外星人，是我们家族星系里抛出去的，轨迹紊乱、难寻。他有几年没回家了，一个人在广州折腾，穿着黑西装，一条笔挺的黑西裤，脚上一双头子翘翘的黑尖皮鞋，似乎是走了一夜长路，鞋面上沾满灰尘。一头乌青的长发潇洒地垂在肩上，脸色冷淡、疲惫，仿佛我们不是他的亲人而只是他的邻舍似的。他瘦了，一张脸骨头杵杵的，却给人一副成熟、练达和相当结实的男人相。老奶奶尽管目光昏聩，但费点劲，还是认出了曾孙儿。老奶奶抓着五一的手说："你瘦了。"五一一笑，把目光抛到门外，那目光有些锐利，不比刀光柔和多少。这年的长沙很冷，没下雪，但下着雨，空气里湿度很大，也就湿冷无比。广州的冬天不冷，所以他说："好冷。"葡萄枝上结了冰锥，吊下来有几寸长。地上也有薄冰。国庆和高小霞进门时，带来一股冷风，五一在这阵冷风中打个寒噤，看着哥嫂。李佳说："你这几年待在广州，我看你回来算了。"五一答："我喜欢广州，广州人不跟你谈政治，只谈生意，不像湖南人，坐在一起谈的是国家主席、总理和副总理。"国庆说："也不是全部，我们公司就没人谈这些。"五一不屑道："那几年我在学校教书，我的同事坐在一起，就等于在开中央政治局的人事安排会议。"高小霞不同意道："我们学校的老师就不谈政治。现在湖南人也跟广东人一样，谈钱谈生意了。"五一觑一眼高小霞，冷声说："如果老师都对生意感兴趣，这个国家就完了。"

　　五一在家住了一个星期，从大年三十住到大年初六，他哪里都没去，他的高中和大学同学以为他还在广州，没跟他联系。他很能耐住寂寞，除了吃饭和看电视，就是睡觉。他是个洁身自好的孤独者，可以把一个上午睡干净，下午又可以接着睡，晚上他却睡不着了，守着电视机，这个台那个台地看，要不就坐在一隅打电话，声音懒懒的，有时也会爆发热烈的笑声。李佳对我说："听五一说话的语气，好像对方是女的。"初四那天下午，好像知道五一回来了似的，一个姑娘着一身红呢子衣，脚上一双黑皮靴，笑盈盈地走来。她是曾经追求五一的众多姑娘中的一个，就是当年那个与徐丽在葡萄棚下互啐唾沫，然后动起手来、情急中一杯子掷向徐丽、却把秀梅的肩膀砸肿了的小董。她没结婚，对何五一还不死心，为装嫩，还留着小姑娘那种刘海剪得齐整的包菜头，说话还故作天真无邪相。五一去广州的这几年，她来过两次，这是她第三次来。五一看见她，有些意外，她说的第一句话就是"我终于找到你了"，听上去像老电影里地下党员联系上了一样，脸上透着喜悦的红光。五一不解道："你怎么晓得我回来了？"小董嗲声一笑说："心灵感应呀。"五一没让她在家里多坐，借口想出门走走把自称与他有心灵感应的小董带了出去。

　　一个小时后五一折回来，坐到沙发上。我问五一："你打算什么时候结婚？"五一说："现在还不想结婚。"我说："这个小董好像对你还有那种意思。"五一说："我刚才告诉她我孩子都两岁了，老婆在广州，就是要她死心。"

秀梅在她房里听见了,手上拿着毛笔,毛笔上还有墨汁。她提着那支蘸着墨汁的毛笔走来,脸色很正地说:"要谈就要谈思想品德好的,昌盛谈了个妖精,结果一辈子只能在监狱里度过。"五一看着他姑妈一笑,秀梅却一脸认真道:"五一,姑妈觉得你也不小了,如果遇上好的,还是早点结婚好。可别学姑妈,一辈子一个人。"五一就笑,"姑妈,您一个人,没人烦你,过得还自在些。"秀梅坦言相告道:"没依没靠,自在什么呀。"第二天,五一走时,身为姑妈的秀梅当着大家的面送了两千块钱给五一,五一不肯接,秀梅却不容五一不接,"姑妈给你的,拿着。"五一就拿了。

五一一走,国庆和高小霞也不回来了,在他们眼里,家里暮气太重了。秀梅成了独行侠,每天舞剑、画画,忙自己的事,穿的衣服不是运动员那种飒爽英姿的,就是银幕上江姐那身打扮。老奶奶经常坐在月季花前晒太阳,这两年没人给月季花施肥和剪枝,月季花就有点乱长,有的枝伸到了墙壁上,开的花也小了,不像从前那么艳丽;牡丹花也小了,从前一到四月份开花时很大很红一朵,极其好看,此刻四月了,花开了,却没那么红,花朵也小了。美人蕉也瘦了,以前绿叶很长很宽大一片,今年的绿叶和花瓣都窄了瘦了。只要出太阳,老奶奶便会从她的卧室里扶着墙或撑着拐杖走出来,坐到太阳下晒太阳。她如今没有任何心可操了,常勾着头在阳光下打盹,涎水会从她那张老朽的嘴角淌下来。爹如今也老得不爱动,陪着老奶奶晒太阳,基本上不出门。妈也终于服老地加入这个行列,只是进入五月后,阳光炽热了,妈才坐到太阳晒不到的地方。

六月里,桃子熟了,可是只要何懿没来就没人摘了吃。桃子就在树上烂,一天晚上,有十几只桃子落在地上,蚂蚁们不知从哪里来的,怕是来了一个军的蚂蚁,成群结队地围食着桃子。李佳去工地上拎来半袋生石灰,撒在蚂蚁们路经的地方。桃子的问题还在处理中,葡萄又熟了,一串串地垂吊在葡萄藤上,也没人吃,秀梅嫌葡萄里的糖分多,怕吃多了得糖尿病。葡萄比桃子更生事,不但逗蚂蚁还逗蚊子。我和李佳就找出人字梯,剪下几大篮葡萄，分别送给韩家、曾家和刘家，留在枝上的等国庆和小霞带着何懿来消灭。秋天，我和李佳与蚂蚁展开了争夺桃树之战，那年的桃树枝上长出很多桃树油，蚂蚁们就呼啸着上树，排着长龙啃食和搬运着桃枝上凸出的一坨坨桃油，我和李佳在桃树上撒生石灰，打灭害灵，可是蚂蚁们有前赴后继的超凡能力，杀死一批又涌现一批，又杀死一批第二天又冒出一批，我和李佳又再撒生石灰和打灭害灵清剿，满以为战争结束了，过不几天又满树的蚂蚁，好像青山街上的蚂蚁得到消息，都朝这里赶似的。直到冬天,桃树上的蚂蚁才绝迹。但次年,桃树该开花时却一个花骨朵也没长，它被我和李佳整死了，轻轻一推，从树兜处断了。

就在我和李佳把桃树枝清除出院落的这天，上午九点多钟，躲藏了半个月的太阳，不好意思的模样出来了，带点羞涩的粉红。李文军和王玉珍于这片阳光里走进来。李文军戴顶太阳帽，还戴副太阳镜，穿着黑长袖衬衣，一张脸看上去很清爽。王玉珍穿一身白西服，打把小红伞，两人挺浪漫的样子。我说："你们蛮时尚呵。"王玉珍收了伞。李佳赞美道："玉珍姐，你真变年轻了。"王玉珍很开心，"是文军照顾得好，我都长胖了。"

王玉珍确实胖了，脸比几年前圆了一圈，不知是抹了胭脂还是涂了油脂，脸色于五月的天空下就光泽红润。李文军跟王玉珍时常玩浪漫，经常出去旅游，北京、上海、杭州，上个月两人去了海南岛。李文军无后，白玉，还有孙女何娟都有钱，何娟博士毕业了，是家里学问最高的，与一个美国男人结了婚。去年十月，就在我和李佳奋力与蚂蚁们争夺桃树时，何娟带着那个美国男人回来了，那男人身高一米九几，金头发、白皮肤、高鼻子、蓝眼睛，是纯种日耳曼人，祖籍在德国的莱茵河畔。美国人和何娟在一所大学共事，是个非常活跃的青年，既能讲英语，又会说德语，还能说几句中国话。何娟告诉我们，他家很有钱，父亲做汽车生意，在美国别墅都有几处。他们的假期，基本上是去世界各地旅游。

也许是知识养着她，她十分漂亮，又有知识，光润的脸蛋就透射出涵养和文化，因而变得更加美丽迷人。"你真的可以去演电影，"高小霞赞美她说。何娟淡淡一笑，带着丈夫去张家界玩，接着便去九寨沟和峨眉山旅游，还去了嵩山和武当山，又飞到云南，再折回来就是十一月了。回来也没在家闲着，领着身材高大的丈夫与初、高中同学见面、吃饭、聊天，星期一，夫妻俩走了。临行前，她用丈夫家的方式与一家人告别，拥抱这个、亲吻那个。老奶奶说她："姑娘家可不能抱男孩子呀。"何娟笑道："老奶奶，这是外国礼节。"她走后，一家人坐在客厅里热议着这个带个美国男人东奔西跑的何娟，秀梅柔情地摸着侄孙女亲吻过的额头——那额头上隐约留了点侄孙女的唇膏，有点凉，说了句语惊四座的话——这个当过女校长的何秀梅很喜欢作总结，她一脸肯定道："你们看何娟身体多好？没看见她有累的感觉。她是一个不知疲倦、也永远不会再回来的何家子孙，将在美国繁衍何家后代。"既然这样，王玉珍和李文军就用不着存钱给孙女了。不出长沙，两人就去钓鱼，或打出租车去公园散步，或一出租车坐到郊区踏青。这一切，我大哥在世时没法给她。现在，她爱上了旅游，大哥留给她的十几万元，被她一点也不吝啬地花在火车票、飞机票、汽车票和住酒店及买公园门票上了。"人要晓得想，"她陶醉在自己的生活中，对李佳和我说，"我的世界变大了。"她觉得世界很美好，于是就努力想夺回一些失去的青春。化妆品也上脸了，化得不浓，但还是能感觉到，衣服一套又一套，以致医院一旁的裁缝师傅一看见她就笑。这几年，王玉珍做的春夏秋冬衫不下三十套，她没一次来青山街是穿同样的衣服，总是花色素雅、款式新颖的新衣服，让李佳看着高兴，笑她"老来俏"了。

李文军在我身旁坐下说："今年是抗日战争胜利五十周年，一些原湖南新编第一军的老兵在自发地联络，想搞一个抗战胜利五十周年的纪念活动。姜小工建议我用你父亲的名义登报。"我不知道说什么好，李文军又说："用你父亲的名字召集，来的人会多些。"爹听不见，我把李文军说的话写在纸上给爹看，爹说："你们登吧。"

李佳做饭时，王玉珍系上围兜与李佳一起做。李文军陪我和我爹妈坐在客厅里，岳母在房里烧香，就有一股淡淡的香味儿从岳母房里飘来。李文军瞥着在葡萄藤上跳荡的阳光，忽然说："我这辈子浪费的光阴太多了。要是改革开放提前二十年，我可以很好地干一番。"李文军已经有蛮老了，竟还有"要是改革开放提前二十年"的想法，只能说明李文军的心还没老。我很欣赏他，他不但是大哥生前唯一的朋友，也是我心里认同的好友，他有很多别人身上没有的好品质，最好的品质是豁达、乐观，从不在背后说别人的怪话。我说："一代人是一代人的事。你和我大哥都大我十三四岁，等于大我半辈，你们和我爹那辈人就是打仗，把中国打到统一为止；我们这代人是在废墟上建新中国。新中国建到这个份上，也该轮到国庆、五一和承嗣这代人在改革开放中谋发展了。"我们说着这些，老奶奶起床了，她这段时间又犯困，时不时要爬到床上睡觉，醒来后也不知自己身在何处，因为她总是做何家山村的梦，说的也是她当姑娘时候的事，有天，老奶奶突然道："哎呀，不得了，你外婆来了。"我们都不知道老奶奶说的外婆是谁，她说完这话，张着嘴，自己都糊涂了。

李文军在《长沙晚报》上登了一则启事：为纪念抗日战争胜利五十周年，原国民党湖南新编第一军将于八月十五日上午在黄土岭交通学院大门前聚会，请湖南新编第一军的老兵们见报后相互转告。原军长何金山。这则启事登在报缝中，原有三百多字，被报社编辑压缩成七十个字和四个标点符号。李文军看到这则启事后很气愤，三百多字被压缩成一句话，而且还是登在一点也不引人注目的报缝中，却花了他一千块钱，他恨不得把那一千块钱要回来。他把报纸甩在地上，还不解恨地跺两脚，"我绞尽脑汁写的三百五十个字的启事，被这帮编辑剪成一句话，还要我一千块钱，真不是人。"

李文军写的稿子我看了，还替他改了三个字，没想所费的脑细胞都是多余的。我说："要知道能让你登出来就已经是进步了，以前，这样的启事，谁敢登。"李文军说："血战台儿庄都拍成电影公演了，这不是证明我们国民党军队抗日么？"李文军阴着脸，嘴唇都气乌了。这一天是八月七日，是个阴天。李文军望着阴沉沉的天空，那张脸上的皱纹一下子变深刻变愤恨了。我知道他心里不舒服，他的眼睛里有两团火，仿佛他的心在燃烧。"为什么对我们国民党军队抗日的事就那么忌讳呢？"李文军生气道，"长沙的四次会战和常德会战、衡阳保卫战难道不是我们打的？"我说："你经历了这么多，应该能想通一切。"李文军苦皱着脸道："死了那么多人就白死了？他们的亡灵能安息？"他的思想在往事里飘，那是战火纷飞的往事，当时他才二十岁，正是那种甘洒热血的神勇的年龄。

八月十五日上午，很多原国民党湖南新编第一军的老兵都冲着我爹来了。他们都是七八十岁的老人，身体硬朗的是自己搭公共汽车来的，身体差点的就坐的士，还有的是儿子或孙子辈骑摩托车或开车送来的。爹在等李文军，李文军还没到，有人却先来了，站在青山街三号门前张望和打听，有的老人还穿着原国军黄呢军服，只是军服很旧了，估计是从箱子里翻出来，见还没被虫蛀烂，就果断地穿上了。他们看见我爹着一身青衣，就激动，握着我爹的手，望着我爹那双苍老的皱纹打褶的眼睛，尊称我爹"老军长"。爹听不见，只是咧嘴笑，同他的老部下一一握手。他们当年握枪的手，都很有力，久久地握着。我对他们解释："我爹听不见，耳朵聋了。"他们就握着我爹的手大声叫嚷"我叫某某某"，爹因听不见就一脸茫然和抱歉。李文军和姜小工一进来，他们就相互报姓名和师团番号、军职，热闹一番后，三十几个老兵拥着我爹出门，走到大街上，上了一辆辆的士。

我爹他们赶到时，黄土岭上，交通学院的大门前已站了一百多个七八十岁的老人，有的很精神，穿着衬衣或体恤衫，昂首挺胸；有的萎靡不振，穿得也很随便，斜着目光浑浊的眼睛，瞪着从车上下来的我爹、李文军和姜小工。他们曾经在一起打日军，在一个连里训练、吃饭、睡觉，探讨杀敌心得，亲得不能再亲了，但如今老得相互都认不出了。李文军穿一件长袖黑衬衫，下身一条白裤子，染成黑色的头发打了发胶，一根根的，脸刮得很干净，看上去就精神矍铄。他向走来的老人介绍我爹道："弟兄们，何军长来了。"那些老兵一听"何军长"来了，立即振奋地拥上来，围着我爹。有个年轻点的老人向我爹敬军礼道："报告军长，我是湖南新编第一军第二师三团三营一连一排排长，马笑天。"另一老兵见状，也不示弱地向我爹敬军礼道："报告军长，我是第一师第一团第二营营长刘元。"那老头见我爹只是愕然和微笑，就奇怪，李文军忙解释："何军长耳朵听不见。"那老头就哦一声。又有人向我爹报告，说他是团长某某某。李文军摇手说："算了算了，老军长听不见，你们说什么他都不知道。"跟着又走来一些老人，他们都是看了报纸或听别人说到这事，相邀着来的。到十一点钟，已来了两百多名原湖南新编第一军的老兵。

前师参谋长姜小工的大儿子在黄土岭上开了家粉店，取名利民粉店，就在黄土岭与金盆岭交界的路旁，五十多年前，这里曾经是阻击日本侵略军进犯长沙的重要阵地。那时候日军从南边包抄杀来，想攻占长沙就必须攻克黄土岭、金盆岭和雨花亭，当年这些老兵就奉命坚守在这一带，一次又一次地把日军打得哇哇大叫和绝望撤离。他们故地重游，感触颇深。今天的黄土岭、金盆岭和雨花亭当然不是五十多年前的样子，到处是工厂和学校，那时候这里是山坡和树木，还有军营、工事和被飞机大炮炸松的土堆。他们在这里练兵，出操、跑步。那些生龙活虎的喊杀声、为加强体能锻炼的跑步声和怒吼的歌声，似乎从五十多年前涌来了，潮水一般打着他们，使他们无处逃遁而感慨万千。那时他们真年轻，与日本侵略军寸土必争地拼杀，勇猛如豹，端着枪冲下山坡跟箭一样快，刺刀直插入日军的心脏。如今他们都是七八十岁的老人，连多走几步都喘不赢气了。一老兵对我爹和李文军说："我们这代人该入土了。"多笑，李文军却说："我们要好好活着。"另一老兵说："师长，我这个原国民党营长的身份，害得我一直抬不起头，刚刚觉得日子好过一点，老伴又死了。"又一老兵说："我倒无所谓，我这国民党'历史反革命'的身份，把我女儿害惨了。"李文军一旁的瘦老头说："'文化大革命'中，我们的身份确实把我们的子女害得抬不起头。"姜小工说："是啊，我儿子那时候连街办工厂都进不了。"另一名当过营长的老兵点头道："别的都无所谓，我们最对不起的是我们的儿女，他们因我们吃了很多苦。"

李文军没有儿女，感受不到这种深层次的痛，见大家一谈到儿女，那种热烈的气氛顿时冷却下来，个个一脸负罪感，忙大声说："我们都要这样想，那些不愉快的事总算过去了。"一个瘦老头情绪低落地说："永远也不会过去，我们的儿女们背着呢，他们因为我们，如今还在社会的最底层挣扎。"姜小工说："是啊，我们是对不起我们的子女。但是老天爷让我们活到今天，是对我们的怜悯和欣赏——"他说到这里，激动了，"因为当年我们是最勇敢、最顽强的战士，打日本人时，我们没给中国人丢脸。"李文军对姜小工竖起大拇指，"姜小工说得好，抗日战争中，我们湖南人没丢中国人的脸。"

利民粉店容不下两百多老人，大部分老人都坐在粉店外的树荫处或路边，边等粉吃边相互诉说衷肠。利民粉店事先已准备了很多粉，下粉的师傅很勤奋地一碗碗下着。前师参谋长姜小工很兴奋地走来走去，边说："别的我招待不起，一碗粉还是有的。"大家说："够了，谢了。"有人要付钱给姜小工，姜小工拒绝道："你这是打我的脸啊。抗战胜利五十周年，弟兄们难得一聚，这碗粉我请了。"大家就笑，粉就吃得特香。一个老头曾经是姜参谋长当营长时的传令兵，他说："当年我们姜营长可真是条好汉，有次他跟日本兵拚刺刀，一连捅死两个日本兵。"另一老兵说："我最记得我们营长，我亲眼看见我们营长一枪一个，接连击毙七八个日军。"另一老兵猜到了，问："你说的是何胜武营长吧?"那老兵回答:"就是何胜武营长。"姜小工说:"何胜武营长死了好几年了。"那老兵问:"他死死了?"姜小工看一眼坐在远处的我爹说:"死了。"那老兵道:"前一向我还梦见过何营长。"另一老兵回忆道:"我记得我第一次瞄准日本兵时,总是打不中,日本兵冲到面前来了,我才一枪把那家伙打倒。从那天开始,我就不怕日本人了。"有个老兵把碗里最后一点汤也喝了,放下碗,手指着前面的山丘,"日本人第一次进攻长沙时,我就守在那里,那时候这里都是山坡和树林。"又一老兵接过话道:"我是一九四一年的兵,家住燕子岭,我记得我们师长叫贺新武,我当过他的警卫,他对全师的官兵训话时说:'日本鬼子是豺狼,绝不能让狗日的豺狼踏入长沙半步。'那是一九四一年,日军第二次进攻长沙,硬是没有从我们师守的阵地上过。"李文军告诉贺新武的前警卫:"贺师长五年前死了。"那老兵脸色变灰了,"我这一辈子最尊敬的人是贺师长,前一向我还跟孙子说起他。"这老人八十多岁,一九四九年湖南新编第一军接受解放军整编时,他是中校副团长。

　　大家边吃粉边述旧,谈得很热烈。吃过粉,已是两点多钟,然而这些老兵仍依依不舍,相互倾述,说自己的事说家里的事说过去与日军打仗的事,以致一些路人见一大群老人坐在利民粉店前叽叽咕咕,都十分吃惊,不懂他们在干什么。三点多钟,一些老人才相互话别,有的老人邀请别的多年不见的老人上家里去吃晚饭和继续聊,有的要回家了,因为儿子骑着摩托车来接了。一些老人就走过来向我爹告别,握着我爹的手不放,我爹就坚持着站起身,望着他们。那些老兵对我爹大声道:"老军长,多保重。"爹听不见,只是点头,目送着一个个老部下离去。四点来钟,两百多老人走得差不多了,还剩几个特别敬重我爹的要等我爹先走才肯离开,他们这几个人的脸色都很坚定,表情也十分庄严,一看就是经历过大风大浪的老人。爹倦了,一张槐树皮样皱巴巴的脸上就有很多疲惫,犹如屋上爬满枯藤。爹问李文军说:"我们走吧?"李文军就去拦的士,一辆夏利的士驶到爹面前,姜小工老人忙扶我爹上车,爹探出头,伸手对他的老部下说:"你们都回家吧。"那几个老人忙与老军长挥手告别。汽车很快驶到青山街三号，爹下车，从门外进来，稀薄的头发就凌乱，脸色也困倦，我上去搀扶。爹在躺椅上坐下，喝口碧螺春茶，闭上眼睛就睡着了，头歪着，嘴张开，一溜涎水从他那张皱纹重叠的嘴角淌出来。

七十五

这年十月，我岳母捧着观音菩萨像去了赣南老家。岳母这几年在我们家，工作的重点是烧香，附带给花木剪剪枝。她也有一种不让他人注意她的本领，一天二十四小时，她有二十个小时待在房里，倒不是孤僻，而是全心向佛。她如果出门，便是自己一个人搭车去开福寺找尼姑探讨佛法，获得了解答，又一个人搭车回来。她有一个弟弟在赣南老家建了栋两层楼的新屋，她这个弟弟我们叫舅舅，舅舅及舅舅的后代一直与我们家有联系，舅舅建这栋房，岳母出了两万元。当时建一栋农舍也就两万左右。舅舅就特意辟了间朝南的房间，接姐姐去住。岳母回到赣南老家，就产生叶落归根的思想，不打算回来了，想死后还是跟姊妹团聚好，整天在弟弟家与她的童年伙伴玩纸牌，和村里的同辈老人拉家常，安静下来就走进卧房，在观音菩萨像前烧香念佛。一天过得很饱满。李佳打电话到村委，舅舅跑来接了，要我们放心，说他们几兄妹相处很好，我岳母都学会打纸牌了。

老奶奶每天一早起床，坐到院子里晒晒太阳。还只十月份，老奶奶就穿棉袄了，身体明显不如从前，单手端着杯子就抖，端不起了，只能双手捧着杯子喝水。李佳就去塑料市场给老奶奶买只很轻的塑料杯和一只塑料碗，老奶奶瞧着塑料杯子说："这个杯子好看，绿色。"这两年，老奶奶吃饭，嘴有些哆嗦，饭粒时常撒一地。老奶奶的记忆力也减退不少，去年何娟带着她的美国丈夫回来，老奶奶硬是想不起这个一脸浪漫的年轻女子姓甚名谁，非要我们提醒，说何娟是她的玄孙女，她才恍然大悟的模样说："哦，知道了，她是我曾孙儿的女。"爹也很糟。几年前，他只是耳朵听不见，还能管好自己的大小便，如今，他常常大小便失禁，关键是他把尿拉在裤子上，自己还不知道。爹的神经也有些混乱了，半夜，爹会突然爬起床穿衣服，妈问爹干什么。爹一脸郑重地回答："我忘记军部要个开会。"妈惊讶道："军部开什么会？"爹答："开作战会。"妈说："现在是什么时候你看看钟？半夜十二点呢。"爹就一脸茫然地重新躺下，衣服也不脱。妈要给爹脱衣服道："把衣服脱了再睡。"爹不肯脱道："你干什么？胡闹，马上要起床了，脱不得。"爹把被子扯到身上，和衣躺着，眼睛瞅着天花板，天花板上呈现着战壕、堡垒和一条条山道，很快又进入战火纷飞的梦乡。

有天，爹把他多年前为不让老奶奶伤心，藏在大柜里的他三弟何金石的遗物——几件旧军服，翻出一件穿在身上，坐在院子里晒太阳。妈从街上买水果回来，吓了一跳，看了半天才看出穿着这身中国人民志愿军军服的老人是她老伴，而军服已被虫蛀烂了，尽管妈在大柜的各层放了不少防虫的樟脑丸，但这件军服还是没经受住时间的考验，被虫蛀了一个个洞。妈说："快脱下来，这衣服已被虫蛀烂了。"爹低头看，袖子和衣襟确实呈现出一个个洞，这才脱下衣服，老脸上有点惭愧。妈说："你老糊涂了。"爹反驳："你才糊涂，我比你付琳清醒。"妈说："好好，你清醒那我考考你，今天是星期几？"爹答："星期六。"妈说："今天是星期二。"妈感觉爹老年痴呆的迹象越来越明显，便觉得用语言激活爹日渐萎缩的大脑也是一种治疗方式。第二天上午，妈考爹："姓何的，今天是星期几？"爹想也不想地答："星期六。"妈说："今天是星期三。"隔了一天，妈再次问："姓何的，今天是星期几？"爹答："星期六。"妈说："你只知道星期六，今天是星期五。"爹不高兴了，"我知道，明天是星期六。"次日一家人吃中饭时，妈问爹："姓何的，今天是星期几？"爹答："星期六。"妈高兴道："你今天说对了，要表扬。"爹不屑表扬地"唔"一声。

星期天，妈一早起床，见爹站在葡萄棚下打量着葡萄藤，妈又考爹："姓何的，今天是星期几？"爹答："星期六。"时间在爹的眼里停止了，永远是星期六，星期天到星期五都是星期六。有个星期三，妈问爹是星期几，爹说是星期六，妈说："姓何的，你糊涂了，今天是星期三，哪里来的那么多星期六。"爹恼了，吼道："是星期六。"大家见爹发怒，都噤了声。吃饭时，爹突然要我们留个位子，说："等等，你二叔还没到。"这话把我吓一跳，我说："爹，二叔死去二三十年了。"爹好像听清了我说的话，就埋下头吃饭。爹吃得很少，吃完饭，望着大家有一会儿，突然脸色凝重地问："我们是不是要开会了？"妈烦爹道："开什么屁会？尽说些没名堂的话。"

爹诚惶诚恐，不像个爹而像个犯了错误的大孩子。有天吃饭时，白玉坐在爹对面，爹看着他这个长孙，一脸热情地问："同志，你叫什么名字？"白玉就与我相视一眼，妈在纸上写道"你孙子何白玉"，把纸片递给爹看，爹笑了，点头，就端起碗吃饭。老奶奶不上桌吃了，她的吃相很难看，会严重影响全家人的食欲，李佳就把饭菜装进塑料碗里，端到老奶奶的房间，放在小方桌上，任老奶奶慢慢吃。吃过饭，白玉看着我和秀梅说："爷爷连我都记不起来了，真的老了。"秀梅说："所以你要经常回来看爷爷。"

何白玉的生活有些凌乱。他和小向离婚后，与小宋也分手了。本来他跟小宋打算结婚的，新房都布置好了，家具也重新购置了，还买了台二十九英寸的大彩电。但小宋的母亲一看何白玉这么大年纪，就坚决反对，要上吊。何白玉可不想弄出人命来，婚就没结了。这以后，何白玉还谈过两个女友。这个过去拿女人不当一回事的何白玉，现在轮到女人拿他不当一回事了。去年，他打算跟一个姓杨的女人结婚，可是临到要结婚时，杨女人反悔了，说她的朋友都反对，说他年纪太大了。何白玉很沮丧，最让他痛苦的原因是他在杨女人身上花了不少钱。带着杨女人上黄山、泰山、华山和恒山旅游，带着杨女人去北京、上海玩，在上海他花了很多钱为她买首饰，还带着她去了趟香港，在香港又花了几万元，可是临了杨女人又不同意结婚。我说："你找个年龄悬殊不大、离过婚的女人结婚算了。"这是去年九月份的事。何白玉没听我的，最近又喜欢上在他酒店里打工的乡下妹，那妹子还只十八九岁，比他的女儿还小十来岁，所以他不敢带回家。何白玉这些年开酒店确实赚了不少钱，在离他酒店不远的热闹地带买了套三室两厅房，花了十几万元装修，原是打算跟杨女人结婚的，现在他跟那个小女孩住在一起。我们都不管他的事，因为管也是白管。

每天下午，一家人午睡，家里就很宁静，但街上却很吵，很吵的声音来自不远处的建筑工地。偶尔有一只鸟，飞落到葡萄枝上，叽叽喳喳地叫。日子一天天过，时针加快了步伐，仿佛有一只无形的手在拨弄指针样，还只是上午九点钟，午睡醒来就是下午五点钟了。第二天，吃过早饭，仿佛还没吃中饭天就黑了，爹问："几点钟了？"一看钟，确实是下午五点钟了。又一天也是如此，上午，妈扶着爹在院子里走了三圈，一坐下来就是傍晚了，似乎中午的那段时间被上帝取缔了。妈说："多快啊，一天什么都没干就过去了。"妈说这话的时候已是四月份，由于我及时施了春肥，四月里一个牡丹花开得很艳丽的星期三的上午，一大群蝴蝶相邀着飞来，怕有几百只，它们使青山街三号的天空变得五彩缤纷，它们时而围着牡丹花飞，时而绕着我爹飞。四月的长沙，总是阴雨绵绵，那天出了太阳，爹就把椅子搬到能晒到太阳的牡丹花前坐下，穿着厚厚的毛衣，垂着脑袋。老奶奶撑着拐杖也颤巍巍地走出来晒太阳，也穿着厚厚的毛衣，坐在另一张椅子上，一抹阳光照在她衰老的脸庞上。

那天也没有其它迹象表明我爹会悄无声息地死去，与往日唯一的不同就是飞来了很多蝴蝶，仿佛它们是来与我爹告别，或是上天让它们来接我爹走。妈坐在葡萄藤下，戴副老花眼镜看报，眼睛看疲劳了，就坐在椅子上打盹。有一支竹笛声从街上飘来，不着调，断断续续的。吃中饭时，李佳走上去叫爹，一只白蝴蝶从我爹的脑门顶上飞起，摇摇晃晃犹如喝醉了样飞上天空。爹耳朵聋,李佳伸手拍爹的肩,爹的身体却朝旁边一歪,倒了。李佳大惊,忙对我大叫:"文兵,快来,爹的手冰凉的。"妈把手指放到爹的鼻孔前探索,既没进气,也没出气,鼻孔在四月的阳光下冷冰冰的,牡丹花却在一旁盛开着。我九十五岁的爹,坐在四月里红灿灿的牡丹花前——那是他多年前亲手栽的,无疾而终。

李文华这次来,有军车送,但没有那么多军人陪了,不在职了,也用不着那么多人陪。他和军花比大金先到。我妈看见李文华,就悲伤和感动地握着李文华的手,李文华拍着我妈的手背说:"伯母,节哀顺变。"这一天是四月里的一个阴天,太阳只是在早上现了下就不见了。两点多钟,一辆挂着深圳牌照的车停在门外,何家桃、郭香桃和郭承嗣及郭香桃的大儿子郭霆下了车,郭霆二十岁了,在郭承嗣开的酒店做事,他个头不高,矮矮壮壮,和郭承嗣轮换开车来的。郭承嗣去年在深圳的另一街区开了家大酒店,同时买了辆二手沃尔沃,他们一家人天不亮从深圳出发,开着银色的沃尔沃轿车飞奔而来。何家桃一下车就跪在棺材前哭,哭得很伤心。郭香桃和郭承嗣没哭,姐弟俩与外公几乎没在一起生活过。白玉见郭承嗣一身笔挺的西装,一辆锃亮的沃尔沃停在院门外,走拢去拍了拍郭承嗣的肩,"发了啊你。"郭承嗣掏出软中华烟,递一支给何白玉,咧嘴笑道:"大哥抽烟。"郭承嗣胖了些,一脸生意人的精明相,再不是七十年代初那个剪个锅铲头,尖嘴猴腮说一口资兴土话、一双贼眼滴溜溜转的穷困青年了。在他脸上再找不到一点自卑和猥琐,见到的是大方、自信和能干汇集到一起的神采。他成了爹这支血脉里冒出来的第一个百万富翁。

何白玉简直有点嫉妒他,说:"没想你几年工夫,就成大老板了。"郭承嗣说:"还不是大哥抬爱。"郭香桃在一旁说:"早几天我还跟承嗣说,当年不是白玉大哥留下他,写张纸条介绍他去农业机械厂学厨,他也不会干这一行。我弟有今天,真的要感谢大哥。"何白玉这人没心没肺,洒脱、豁达,很好哄，随便两句话就能把身材高大的何白玉哄倒，他竟在爷爷的灵柩前大笑，这让他妈指责地横他一眼，"白玉，你发神经吧？"玉珍喝道。三点钟，何大金从一辆出租车上下来，他只身来的。这是他一生中最后一次来，几年后他死在贵阳，死于心脏病——那是他母亲家的遗传，我们家族没有心脏病史。这位我爹当年的警卫营长秃了顶，背有些驼，脸上满脸的悲伤，就阴霾霾的，仿佛要下大雨了。大金见我爹的尸体已搁在火葬场送来的玻璃钢棺材里，便大叫一声"伯伯"，人就跪在棺材前。着一身摘去帽徽和肩章军服的前某大军区副司令员李文华对大金说："大金，只等你看你伯父最后一眼就盖棺了。"爹穿着干净的缎子寿衣，笔直地躺在棺材里，脸被火葬场的化妆师美化了，就不显得那么老，面色就安祥、红润，犹如在午睡。大金看着棺材里的伯父，眼窝里的泪水扑沙沙地往外涌，哭道："伯伯呜呜呜呜侄儿是您养大的，您供侄儿读书，从小就教育侄儿，侄儿不孝，一天都没侍候过您呜呜呜呜。"

　　五一是一早赶来的，没有人看见他进门，等我发现他时，他已站在我身旁。国庆和五一把大金拉开，棺材就轰然一声，盖上了。大家坐在院子里，空气十分凝重，一家人就在这种凝重的空气中呼吸和喘气。飞来了几只白头翁，落在葡萄藤上叽叽喳喳，好像是赶来给老人送葬的。大家就望着低一声高一声哀鸣的白头翁。郭香桃说："我要搭帮外公，当年不是妈来找外公，外公又去找省领导，我现在可能还是在资兴的小县城里工作。"她说这话时满脸深情，看眼坐在一隅望着大家的她与前夫生的郭霆——这青年长一张扁平的脸，身材相貌都似乎与何家人无关——"我们一家人的命运是外公一手改变的。"李文华看着脸色很好强的郭香桃，"你们一家当年是吃了不少苦，"他又望眼郭承嗣，"但事物是辩证的，有时候坏事会变好事，不经历磨难，是做不成大事的。我常跟我的两个孩子说，不要只想着享受，拈轻怕重的人到头来都一事无成。"郭香桃点头道："那倒是。"

　　四月的气温还有点低。老奶奶仍穿着厚厚的衣裤，始终坐在棺材一旁。

爹的死，恐怕对奶奶打击最大，这对母子，相处将近一个世纪，没想先死的却是儿子。老奶奶没哭，人缩成一团坐在藤椅上，脸上的表情十分僵硬、凄婉。吃晚饭时，老奶奶和妈都不吃，我就舀两碗墨鱼汤，妈只喝几口就放下了，老奶奶一口也喝不进。李文华对老奶奶说："您不能倒啊，老奶奶。"老奶奶说："还什么倒不倒，早就是该死的人了。"李文华说："老奶奶，您可不能这么说，您是我见到的最长的寿星呢。"

　　追悼会是在殡仪馆开的，规格很高，来了很多省、市领导，省长也大驾光临。省人大、省政协不但送了花圈，领导也全来了，都表情严肃地与我们握手，要我们节哀。另外，全国政协、中央民革也发来了唁电。省长的那篇悼词，听上去真有些让人不敢相信，好像我爹不但是起义将领，还是个名留青史、光明磊落的大功臣。这让我们傻了眼，仿佛是在追悼一个我们都不认识的老人，因为那篇颇为夸张的悼词里，我爹似乎不是国民党、而是多年前我党派他打进国民党的一名地下工作者。这当然不是事实。追悼会上，另外还有一拨人，是李文军通知来的一些我爹的前部下，都是些八十岁上下的老人，来悼念他们的老军长，前后来了一百多人。他们听到扩音器里播出来的正面歌颂我爹的悼词时，脸上几乎都挂着肃穆的冷笑，甚至不满地小声议论起来。但是，当全体到会的人排着长龙向遗体告别时，他们却表现得相当恭敬，走到灵柩前脱帽，面对遗体深深地鞠躬。青山街上也来了很多心里一直就敬重我爹的人，他们是自己来的，年纪大多七八十岁，少年时他们便觉得我爹是个了不起的人，我爹死了，他们就相邀着来送我爹一程，在遗体前双手并拢地鞠躬。这些自愿来吊唁的老人走时对我说："当年打日本人时，你爸爸是这个！"他们手中的大拇指都翘到天上了，指着天。我为爹欣慰，忙替我爹回答："谢谢，您太过奖了。"

　　老奶奶是在八月里一个最热的日子里去世的，爹的死虽然不是直接导致她死的原因，却也是主要的。爹死后，老奶奶的精气神也随着儿子的去世泄了，开始说胡话，说我爹没死，是去打仗了。"他是团长，"老奶奶一脸神秘的样子说，望着我和我妈，仿佛是要向我和妈透露机密，"赵恒惕派他去打吴军。"老奶奶的思想跌落在二三十年代。一只画眉鸟落在葡萄藤上叫，老奶奶却坐在客厅里唠叨过去。她对现在不感兴趣了，今天吃什么，下一餐吃什么，她都不问，端给她，她就吃，不端给她，她也不要。有时候没人理她，她就伸出一只手摸索着走，腰勾得很厉害，像只受伤的老虾移动。老奶奶已不知冷暖了，六月份，我们都穿衬衫了，她还穿着棉袄。妈就帮老奶奶把棉袄和毛衣都脱掉，这才发现老奶奶的身体很干瘪，看上去像只老螳螂，仿佛伸手就能把老奶奶抓起来放到桌子上一样。何懿看见了，皱着眉头说："老奶奶，您这么瘦啊？"老奶奶就对她的玄孙女说："你老奶奶是快死的人，吃什么都不长肉。"何懿十岁，身高长到一米五了，长相既像国庆又像高小霞，圆圆的额头，长长的下巴，一双像高小霞的双眼皮眼睛，很大。老奶奶说："何懿是个福相。"

　　街上声音嘈杂，汽车驶过的声音和人的叫骂声，青山街变成了长沙这片大工地上的一处小工地，整日是搭脚手架的声音和搅拌机搅拌水泥的声音。有人居然走来，问我们房子卖不卖。我说："不卖。"那人大热天还打领带、穿长裤，实在有点装腔作势。那人掏出名片说："我是宏达房地产公司的，如果你们卖，请您优先考虑我们宏达房地产公司。"出于礼貌，我接了名片。家里的葡萄藤上，落满灰尘，院子里也尽是灰尘，就连盛开的美人蕉和月季花瓣上也落了些灰尘。长沙成了一个尘土弥漫的世界，看不见蓝天了，天空永远是灰色的。一天，李文军和王玉珍来看老奶奶，在院子里站了五分钟，头上和肩上就落了灰尘。李佳拿条毛巾给王玉珍，王玉珍就拿毛巾打灰。老奶奶抓着王玉珍的手说："你吃什么东西啊把你吃年轻了？"王玉珍说："就是吃普通的饭菜啊。"老奶奶把王玉珍的手抓在手中，坐到客厅里，看着李文军，又开始回忆："一九一一年，我和文兵他爷爷为逃避何家山的土匪，第一次来长沙时……"老脸上一片朦胧的热忱，就虚无缥缈的。

老奶奶等于是活着的死人，满嘴唠叨的都是一九四九年前的事，越说越远，连做姑娘时候的事也被她一件件回忆起来了。有天，老奶奶突然对我说起爹在世时从没人提及过的事："解放那阵子，白崇禧想拉拢你爹，晓得你爹能打仗，有天他把你爹叫去，要送你爹一箱黄金，你爹没敢要。你爹这人憨厚、耿直、不贪财，知道报恩，不会背叛器重他的人。昨天夜里，你爹在奶奶房里坐了很久，说他在阴间里与金林和金石团聚了，还有你爷爷。你爹告诉老奶奶说金石的头发都白了。我问，阴间里人也会老？你爹说金石在阴间造阎王爷的反。"老奶奶的话天上一句地下一句，阴一句阳一句，听得我起鸡皮疙瘩。

八月份，长沙热得真像一只火炉，一家人都躲在空调房里。老奶奶不吹空调，她不觉得热，她仍然穿着绊扣的妇母装，坐在客厅里或坐在她自己房里，从老奶奶的窗户望出去，有一棵槐枝。那是生长在墙外的槐树，这两年这棵槐树又长高大了，枝叶从我们家的院墙外伸了进来。老奶奶说："槐花可以吃，清火的。"这话当然是在阳历三四月份说的，那时槐树枝上开满一串串细小的白花。老奶奶死的那天中午，我走进她的房间，那张皱纹像蛛网一样密布的脸笑了下，笑完后老奶奶说："文兵，给你爷爷搬张椅子，你爷爷在阴间住的地方很潮湿，患了风湿病，腿痛得厉害，要坐呢。"我知道老奶奶又在说鬼话，她又道："文兵，你让一下，你挡了爷爷的路。"我困惑地移开一步，我身后除了墙壁，再没别的东西。李佳端着玉米粥送来，老奶奶只喝了两口就不喝了，说粥是苦的。

就是这天下午，老奶奶去世了。我死去整整三十年的爷爷克服了腿痛的毛病，从阴间赶来"接"她走了。我想老奶奶是自己要死，因为她这辈人早死光了，儿子这辈人也死光了，她觉得活着毫无意义了。那天上午，我爷爷来接她时，她没有拒绝，把自己的灵魂交给了亡夫。没有人为老奶奶的死流泪，老奶奶活了一百一十多岁，阳世上能活到她这个岁数的人确实不多。我打电话给国庆，还打电话给五一，他们只是"哦"了声。我问妈，是不是该打电话给李文华和何大金，妈摇头，"不要麻烦他们，前不久才来参加你爹的葬礼，告诉他们，他们不来又不好。以后再告诉他们吧。"

七十六

青山街一带已被拆毁得很糟糕了，街上运砖和水泥的车来来去去，不光是晚上吵闹到深夜，白天也闹腾得让住户们不堪忍受。这两年那家率先开发青山街的房地产公司建的房，卖得很好，这就让另外两家房地产公司也通过各种途径"杀"进青山街，将一栋栋旧房买下，拆毁，建一栋栋商品楼房。对门韩家，于几个月前搬走了，曾家也骂骂咧咧地搬了，刘家搬得更远，搬的地方差不多是郊区。这一切都是房地产公司闹的。如今，青山街上不但东南角、东北角、南北角有建筑工地，正街上那片房子也在拆迁，铲土车把一间间旧房屋推垮，要是不下雨，青山街上就灰尘满天。有时妈刚入睡，又被汽车喇叭声猛地惊醒。那些司机都年轻气盛，会车时互不相让，就跳下车吵架。

学校靠着山林建的四室两厅的校长楼，还在两年前就建好了，我分了一套，国庆曾带着人对那套四室两厅做了简单的装修，只是爹和老奶奶不愿离开青山街，房子就空在那里。秋天，阳光由黄变白了，一天，我说："妈，住到我们学校的房子里去吧？"妈感到无法在尘土飞扬的青山街再住下去，同意了。我把妈的意见告诉秀梅，说："这里实在没法住了，住到我学校去吧？"秀梅说："你们去吧。"从前十分热闹的青山街三号，由于一个又一个的人死去，如今有些阴森了，也不知是心理作用还是真有鬼，大白天里，突然会有一个影子飘过，仿佛是个人影，让我们不由得一怔。到了晚上，这种感觉就更明显，半夜里还似乎有说话的声音，不知是对门工地上的人说话，还是房里有鬼说话。这种幻觉多了，自己也怕起来。李佳对秀梅说：

"四室两厅,你一个人可以住一间。"秀梅说:"我就在这里守屋。"搬家那天,我和李佳再次邀秀梅去我的新家住,李佳说:"秀梅,去我们那里住吧,这里实在太吵了。"秀梅脸上有些呆,那呆是伤感所致,但她那坚强的性格是不把自己害死就不罢休的,她拒绝道:"谢谢,我不去,这里方便,住了一辈子住习惯了。"

何秀梅之所以不愿离开青山街三号,是她把童年、少女时代和她最美的青春岁月都丢在这条街上了,她舍不得抛弃这条街。这条街上,处处都有她的影子,她想什么时候回忆就什么时候回忆,想跟哪个时段的自己相遇就能跟哪个时段的自己相遇,甚至还可以面对面地站一会儿,与昔日里自己的倩影交谈几句。另外,她每天要上湘江边上与几名退休的女老师一起舞剑,舞完剑,还要练气功,把这些养身的功夫练完后,她才回家。随我们搬到河西,她就没法和她的几个老年朋友一起耍了。秀梅的一生很孤独,她曾经想冲破这种孤独的命运,但最终还是退回到这种命运给予的自由中。她唯一的婚姻让她很失望,她无子无女,亦无牵无挂。以前和我们住在一起,她不孤独,有我们,她的雌性荷尔蒙作祟了,发虚火时我们中任何人都可以充当她的出气筒。现在,她一个人面对夜晚,才真正有了孤寂的感觉。以前,家里有的是人手,吃饭,她只需端碗;洗衣,家里还在八十年代就有了洗衣机。现在,什么事情都要她亲自动手,不进厨房就得饿肚子,不洗衣就得穿脏衣服,不抹灰,桌上、沙发上就一层灰。所以,她练完剑和气功回家,就得把画画和练字的时间减少,干家务活。

有天,李佳实在不放心地去看她,秀梅胸前挂着围兜,手湿淋淋的,正在给自己做饭。李佳觉得她有点可怜,便关心她说:"你还是住到我们那里去吧。"秀梅听李佳这么说,眼圈都红了,但她是个不愿在逆境中屈服的人,说:"我一个人住清静些。"李佳见桌子上就只有一个西红柿炒蛋,锅子里煮着苋菜,再没别的菜了,问:"你就吃这点菜?营养不够呀。"秀梅答:"够了,年纪大了,吃多了难以消化。"她这样过了大半年日子,这期间,偶尔会有也退了休的老师来拜访,她就快乐,与老同事坐在房里聊天,聊逝去的事说过去的人,把同事送出门时还不忘说一声:"没事来玩啊。"

六月里的一天早晨,何秀梅起床,觉得今天天气真好。她脱下睡衣,穿上一身白绸子衣服,再穿上白袜子和白旅游鞋,拿着银色的木柄剑,临出门时往镜子里看了眼自己——那是她当年代上体育课时买的那面镜子,对自己一笑,拿了提包和钥匙,出门了。朝霞涂在青山街新建的楼房上,黄灿灿的,涂抹在秀梅身上,让她远远看去也还有点飒爽英姿。她走出青山街,穿越书院路,来到了沿江风光带。她的老同事大多先她一步到了,见她一身白装,就表扬她:"你看上去真年轻。"何秀梅说:"都六十五岁的人了,还年轻!"另一个男退休老师嘻笑道:"何校长,你现在这样子看上去最多五十岁。"何秀梅就笑,"谢谢,这里的空气真好。"接下来,他们就舞剑,慢慢舞着,步伐也是迟缓的。有人经过,看他们一眼,又走开。他们舞完剑,杨老师就拎开收录机,智能气功大师就在收录机里教这些退休老教师练智能气功,声音十分缓慢,练功者的动作自然就慢,都闭着眼睛,跟着智能气功大师的口令转动双手,边大口呼吸着河风,河风里有一点腥气,还有六月里树木和泥土的气息。练完智能气功,已是九点钟,杨老师把收录机放进背包,一行人往学校走去。

今天是学校发工资的日子,秀梅自然也走在其中。秀梅在他们中工资是最高的,有一千三百多元一月。领了工资,秀梅与杨老师同行,杨老师住在青山街前面的沙河街,两人走到沙河街,这才分手。秀梅走进饮食店,买了两个菜包子和一碗稀饭,肚子有些饿,她坐下,慢慢把稀饭喝了。随后,她去菜市场买把蕹菜、两个西红柿和几个青辣椒,还称了三两瘦肉,接着就满脸笑容地走进青山街,她碰见一个很青春靓丽的女子,那女子因剃着光头,更加靓丽撩人。她情不自禁地叫道:"咦呀,你真漂亮。"漂亮女子缥缈地一笑,那笑容哪里见过样,她想起来了,当年她为躲避李文华追求而特意剃着光头,原来她遇见的是年轻时候的自己。她与年轻时候的自己分手，向家里走去时还哼着歌，并不知道会有什么不测，上天那天忙着处理别的事和关心别人去了，忘记通知她这个小人物了。

何秀梅走到门前时，又看见收废品的男人把三轮车堵着她的门。那段时间，青山街上搬家的人很多，收废品的人有好几个，这男人只是其中一个，不过他是最有耐心和在青山街上待得最久的。秀梅走到门前，这男人把车移了下，他是个五十多岁的老男人，矮瘦，满脸猥琐。秀梅一个人住时，请人把一边门用闩子固定，另边门上就安了碰锁。她从提包里掏出钥匙，开门，走进去时迟疑了下，问："你收旧报纸吗？"老男人答："收。"秀梅道："那进来吧。"老男人跟着她走进院子。

爹的房间里有很多旧报纸，旧报纸都堆得挨着天花板了。还有好几大堆有关老年人与健康的杂志，这些东西已经没人要了。秀梅自己做饭吃后都是吃多少买多少，没有留给老鼠任何一点食物，老鼠们饿慌了，就气愤地啃着旧报纸和旧杂志充饥。早几天练毛笔字的纸用完了，她走进爹的房间拿旧报纸练毛笔字，看见老鼠把旧报纸和旧杂志都啃烂了，便决定将这些旧东西扫地出门。她打开爹的房间，指着旧报纸和旧杂志说："就这些。"旧报纸和旧杂志都是一捆捆的，收废品的男人见状，拿来秤，将一捆捆报纸和一摞摞旧杂志称给秀梅看。秀梅又是个认真的人，就记数，一边算钱。这事忙了个多小时，总算完事了。收废品的男人问她："多少钱？"秀梅答："一共是一百七十一元七角钱。"

收废品的男人手里有一只小计算器，他接过秀梅记录下的数字，重新累计，一双贼眼却左瞅右瞧。他说："结了好多葡萄啊。"葡萄枝上确实结满了葡萄。秀梅说："去年葡萄不好，今年葡萄肯定会好。"收废品的男人问："还有别的废品吗？"秀梅答："没有。"收废品的男人觑着摆在客厅一角，楼梯旁的双缸洗衣机问："这双缸洗衣机还要吗？"秀梅答："这不是我的，是我老弟媳妇的。"收废品的男人嘻嘻一笑，问："女士，家里就住着你一个人？"何秀梅何等清高？怎么会跟这样的男人搭讪，冷着脸说："把钱，将这些东西拉走。"收废品的男人从口袋里掏出一大把票子，十块的五块的，一概脏兮兮的。秀梅嫌这些票子上细菌太多，不愿意接，皱着眉头问："你有一百的整票子没有？我找零钱给你。"收废品的男人就从另只口袋里掏出两张一百的。秀梅从提包里拿出她的钱包，钱包里有五张一百的和一张十元及一张两元的，不够找零。她又从提包里拿出信封，信封上写着"何校长"三个字，里面装着她这个月的工资，一千三百几十元。秀梅把钱都抽出来，拿出三十元递给收废品的男人，收废品的男人要找她一元七角钱。她嫌他手上的钱脏，"不要找了。"等收废品的男人把旧报纸和旧杂志搬到三轮车上后，她嘭的一声关了门。

何秀梅一看钟，差不多十二点了，忙进厨房，把两个菜包子蒸热，拧开辣椒酱瓶，掰开菜包子，夹点辣椒酱放入包子，一个人把包子吃了。接着，她午睡。三点钟，她起床，在桌上铺开宣纸，磨好墨，开始画牡丹花。早一向她画的一幅荷花，杨老师竟喜欢地要走了，说要裱好挂在墙上。何秀梅一笔一笔地画完牡丹花，休息了下，便开始择洗萝菜、辣椒和西红柿。随后洗肉、切肉和炒肉。她把饭菜端进房间，打开电视机，边吃边看电视。她喜欢看娱乐节目，见年轻男女在荧光屏上蹦蹦跳跳，她也开心。吃完自己做的饭菜，她把碗筷洗净放好，见电视里的节目还有些意思就又坐着看。十点来钟，那台节目完了，她关电视机时才想起今天还没练书法。她是个对自己要求严格的人，今天的事绝不会拖到明天做，便坐到桌前，开始她今天的另一堂课，练字。在写毛笔字时，听见有什么东西重重地落到院子里，她心里一紧，汗毛都竖直了，把嗓音变粗地问道："谁？"没人回答她。她有些害怕，不敢出去查声音的来源，紧盯着字帖，边听动静，见再没什么响动，就又埋头写字。秀梅把最后一个字写完，已是十一点多钟。她伸下懒腰，对自己满意地说"我要睡觉了"，见手上沾着墨迹，就拉开门步入厨房洗手。她洗手和解手回来，见一男人正在翻她放在木箱上的提包，忙气愤的大声道："你干什么？"那男人回过身来，她认出来了，就是上午在她手上收废品的男人。她本能的大声道："是你，抓贼啊——"这是何秀梅在这尘土飞扬的青山街上说的最后一句话，这句话在那个六月的夜晚像猫叫声一样散开，消失在潮湿的雾气中。

　　杨老师有三天没看见何校长来舞剑和练气功，以她对何校长的了解，如果不是病了，何校长是不会缺席的。这天上午，她练完剑和气功，回到家放下收录机，就决定去青山街看看何校长。杨老师于十点三十五分走到青山街三号的大门前，她拍门时加了点力，门竟开了。杨老师走进去说："何校长，在家吗？"杨老师没听见回答，却闻到一股什么味儿。杨老师缩下鼻子，感觉这股味儿好像死老鼠的气味。她犹豫了下，还是向何秀梅的卧室走去，门是关的，但气味更浓了。她推门，门没开，她就绕到窗前，手搭凉棚朝里看，就见一具赤裸的尸体躺在床上，两腿叉开。杨老师叫声"哎呀"，脸吓白了。

　　杨老师径直跑进青山街派出所。民警赶来，立即封锁现场，一边通知死者的亲人，一边对死者的死因展开调查。我和李佳接到电话，匆匆来了。六月天气温高，肉放一个上午就会臭，何况有几天了。民警揭开床单，一股极难闻的尸臭迎面扑来，让人屏气、捂鼻。尸体已发绿，脸上像长了霉斑，嘴张着，很丑陋也很让人恶心。李佳发出一声惊悸的尖叫。我把李佳拉开，民警将床单盖上，跟着我们走到院子里。这一天没一丝风，以致民警吐出的烟，长久地驻留在上空。民警说："我们也感到意外，六十多岁的老妇人，居然被人奸杀。"我十分吃惊，好像有一只苍蝇卡在喉咙上，半天才问："奸杀？"民警说："凶手与死者发生了性行为。"我真的很愤怒，"这怎么可能？"民警答："你们来之前，法医检查了，鉴定有精液从死者的阴道里流出来。"民警分析道："罪犯是个变态的男人。"我为秀梅的一生是这样的结束感到悲哀，说："请你们一定要抓到凶手。"民警吸口烟，把烟吐出来，烟在我和民警之间很缓慢地散开。民警说:"我们正在查。"

这个案子很快查出来了。街对面工地上的一个工人说:"早几天,我看见收废品的老头在死者家搬运一捆捆旧报纸和旧杂志。"民警问:"什么时间?"那工人就说了时间,又道:"这三天这个收废品的老头没来。"青山街派出所的民警当然知道这个收废品的老头,他在这里收了大半年废品,没人不知道他。民警很快找到那老头,老头一看见民警向他走来,人就发抖。民警瞅眼他就觉察他有问题,把老头一带进派出所,老头不用审就哆嗦着交代了自己干的恶事。老头说他早就留意青山街三号只住着一个女人,那天他进去收旧报纸和旧杂志时,又看见那女人的钱包里有一大叠钱,于是他起了贼心。那天晚上,他见街上没人,就攀着槐树爬了进去。他说:"我本来只是想趁她睡熟后偷她的钱,但她老是不睡,后来她去解手,我想偷了她的钱就跑,不想她回来得那么快。我被她认出来了,只好杀人灭口。"民警说:"她那么大年纪了,你还在她身上做那事,你这畜牲!"收废品的老头嘀咕道:"我有七年没碰过女人,那天我昏了头,就在她身上瞎干。"……

七十七

何秀梅并没想到她会突然死,因为上天很绝情,事先没通知她,所以她什么都没来得及处理。她的那口樟木箱子里,装着好几百封李文华当年写给她的情书,那些书信当然都是李文华在三十多年前写的。这些信,我相信被何秀梅生前读过无数遍,有的信上还有泪痕,泪痕当然干了,但她曾经落下的一颗颗泪珠将信上的钢笔字化开了,还使另一些字的手脚长了毛。李文华将军在生活中是个严谨的人,在书信上却是个令人肉麻的男人,如果让军花读这些信,那不是给军花的脑袋里插一把钢刀吗?所以,我和李佳当即决定将那一樟木箱子信搬到院子里,一一烧毁。在清理何秀梅的其它遗物时，她的抽屉里还有六个日记本。日记本是那种塑料壳面上印着天安门或牛皮纸壳面印着"为人民服务"的老式日记本。我顺手拿起一本日记，翻开看，第一篇日记写道：他们都走了，留下我一个人守着这么大的房子。我不怕，我就要住在这里，这里有我很多回忆，我一生的绝大部分光阴都是在这里度过的，除开跟肖楚公结婚的那几年，那几年我把自己嫁给了一个十分龌龊的男人。那个男人很脏，说下流话，做下流事，我真不愿意回忆他，回忆他会污染我的大脑。日记是我们搬走后的某天写的，通篇都是抱怨的话。另一篇日记是写天气，接下来的一篇是写她今天炒的辣椒炒肉特别可口，可以与拿了特级厨师证的郭承嗣一决高下。

我丢下这个日记本，拾起另一个日记本看。这个日记本很旧，我翻开，见日记本上写着：一九五五年九月。就读下去：今天晴好，一早太阳出来了。昨天收到文华的信，他问我考虑得怎么样了。可是我怎么能嫁给他？我是被军流氓糟蹋过的女人，我嫁给他，就要向他坦白，我可以不坦白吗？我们在信中讨论过处女一事，我曾问他看不看重处女，他说非常看重。"爱情是自私的"，这是他在信中说的话，纸写笔载。我嫁给他，他会知道我不是处女，就要问我的处女之血流在哪里了，我能瞒他吗？他是唯一一个走进我心窝窝的男人，我要是连他都隐瞒，我何秀梅还算人吗？文华说他三十岁了，他妈很急，要他快点结婚。我晓得我耽误了他，但我越是爱他越是没法向他讲述我曾经受到的凌辱。那是我心里的痛，没有人可以让我开口。我把这篇日记翻给李佳看，李佳说："秀梅从没对我说过这件事。"我又拿起另一个日记本读，有的日记记的是工作，有的日记记的是学习和感受，还有的日记是记某某学生，我忽然看到一篇日记写道：文华回来了。他真帅，一身军装，那么高大，没什么人可以把他比下去。他看着我时，我感觉他的目光里有爱，也有怨。我只能把爱藏在心里，爱一旦泻出来，我会崩溃。老天爷啊，我何尝不想结婚，跟着李文华去部队过另一种生活！可是我真的没法面对那件事——要知道是六个军流氓把我按在床上啊……这样可怕的事，我能对他说吗？为什么这样的事会发生在我何秀梅身上？李文华是那么正直的人，我配他不上啊。老天爷啊，原谅我不能接受他的爱情，原谅我吧。

我又拿起一本日记翻看，我看到何秀梅在一篇日记里写道：明天李文华和何军花要结婚了，我心如刀绞，比刀绞还要厉害。我的心彻底死了，成了一坨煤灰，再也燃烧不起来了。我爱李文华爱了整整二十四年啊。十岁那年，当我觉得女孩子应该爱一个人时，我就爱上他了。当时他爱的是家桃，那时我多么嫉妒家桃啊，每当看见他和家桃坐在一起，我心里就蹿起火苗，就要冲过去，打乱他们说话。当时我只十岁，十岁的我就晓得嫉妒了，谁相信世上会有这样的女孩子？！一个十岁的女孩子竟要跟姐姐争抢男人，说出去都会让人笑掉大牙！现在这个男人不爱我了。当我听到他要与何军花结婚的消息时，那一刻我真的想死。二十四年啊，二十四年的感情被他无情地扔掉了！"只要你不嫁人，我就绝不结婚。"这不是骗人的话吗？这个世界上还有什么东西值得我相信？我不会参加他们的婚礼，我无法面对，我要躲起来，我宁愿去死也不会参加他们的婚礼！！！！！五个惊叹号结束了这篇日记。

接下来的一篇日记写道：不，我永远无法面对李文华和何军花的这场婚姻，家里人可以为他们高兴，我不能，虽然我的心死了，可我人还活着。我不要结婚。我要让全世界的人知道，没有男人，女人照样活得好好的。这篇日记是她给自己定方向。我又拿起另一个日记本，这个日记本的壳面也很旧，都是她七十年代写的日记。她在一篇日记里写道：肖主任说他一生只爱我，因为爱我而且能天天看见我，他感到很幸福。这话有点肉麻，但我愿意相信！我四十岁了，难道幸福真的要来了吗？昨天晚上，当他把我抱在怀里时，我的身体在他抚摸下竟不停地颤抖。这是从来没有过的感受。我其实也有性欲、也有那些不健康的东西，但每当体内那些可耻的性欲来临时，我就压抑自己，祈求上天将我身上的肮脏部分祛除掉。我知道那是动物的本能，我是人，人怎么能被动物的本能驱使？昨天晚上，我的身体在肖楚公怀里第一次软了，软成了一条泥鳅。我想拒绝他抚摸，但我的身体做不到，我的卑贱的身体在拼命迎合他！原来人身上都有动物的一面，那一面让我那一刻身不由己，像动物一样与他交媾！接着是几篇简单的日记，天气、工作、秋游。

她也不是天天写，看日期，有的日记相隔几天，有的日记与上一篇日记相隔一个多月。我跳过了一大撮日记，又看到一篇日记写道：我不喜欢肖楚公说脏话，他爱说脏话，开口就骂人。他骂儿子'我操你妈，你这狗东西'。他怎么可以在儿子面前口吐脏话？他儿子是捣蛋，是不听话，可是也不能在儿子面前大张其口地骂啊。我说他，他说他从小是在一种肮脏的环境中长大，人一急，脏话就飙出口了。他在跟我做那事时，讲的还是脏话，用街上那些缺乏教养的人骂人时说的脏字，让我恶心。我本来有激情的，顿时烟消云散，体内的血液也冷了。他形容我是天空，时而晴朗，时而多云，时而灰蒙蒙的。我说我的变化取决于他。这篇日记写到这里戛然而止，下一篇日记与上一篇日期相隔两个多月，她写道：我真的很悲伤，我发现自己嫁给这个人是个错误，他脑袋里只装着自己，他想要我就对我十分无礼，我睡着了他也把我弄醒，不管我的感受，要我尽老婆的义务。我的义务就是让他像公狗一样爬在我身上干我？他说我性冷淡，我能热起来吗？我还在睡眠中，他就作践我，我有点厌恶他……

我又把这篇日记给李佳看，说："难怪秀梅要跟丈夫离婚，你看。"李佳接过这个日记本读着这篇日记，边说："秀梅是什么人你还不知道？做她的老公本也不好做。"我又拿起一本日记看，这本日记里有很多是她的学习心得，学毛主席著作的，读毛主席诗词的。中间也夹着一点对未来生活的憧憬。读这些日记，我觉得我二姐其实是个心理很天真的女人，幼稚得让我觉得她写日记的年龄不应该是四十几岁，而应该是十几岁的正上中学的少女。有篇日记写她对母亲的思念，在这篇日记里她自责自己是个自私自利的人。还有一篇日记是写她对父亲的认识,她在日记里说:我父亲老了,慈祥了,脸上没有凶光了。多年前,我父亲是个不苟言笑的人,脸上很少有笑。那时候,我和姐都怕父亲,不但我们怕,大哥、二哥也怕他。现在父亲老了,人就温和了。今天我看见父亲坐在沙发上,一头白发,一脸慈祥。原来人老了就慈祥了……这篇日记三言两语地结束了,之后的二十几篇日记都是记些琐事,买的衣服和花的钱等等。我翻到她最后几页里写的一篇日记,读着:

今天下了一场雨,气温降了,较冷。肖楚公竟在我房里打人,我家里啊,这不是太欺负我了吗?他要我跟他回去,我不愿意,他就动手拖,我挣脱开他,他对着我胸口就是一拳,打得我那一刻天旋地转。他竟敢在我房里打我,我大叫了声"你滚"。玉珍走过来问我怎么回事?他才住手。我哭了,泪水在我脸上流淌。我听见我用尖厉的声音说:'肖楚公,你听着,我一定要跟你离婚!'玉珍说:'夫妻之间,吵什么啊?'我说:'他配做我的丈夫吗?一条公狗!你滚吧。'他走了,走的时候对我说:'你以为你是仙女?你不过是一个自以为是、当年被人轮奸过的女人。'这样的话他都说出口了,我彻底死了心。我是命苦,可是我命再苦,也不会把自己交给他踩蹋!我永远不想再看见他!!!三个惊叹号结束了这篇充满愤怒情绪的日记,其中一个惊叹号把纸戳烂了。

我呆了,想她的秘密都在日记里藏着。李佳问我想什么,我说:"我都记不起秀梅与肖楚公在她房里吵过架。"李佳说:"吵过,秀梅不肯跟肖楚公回去,两人就在房里吵。"我脑袋空空的,想现在我们和秀梅阴阳相隔了,没想她竟以这样的不幸结束了她好强的一生!我的眼帘,突然出现了她那张斑斑点点的灰绿色的脸,那张脸对死亡是没有准备的,不像爹和老奶奶像下雨天等天晴样等待死亡,因而一点也不平静,就愤怒和悲惨……

何秀梅死后,青山街三号的大门便锁上了,妈也不想回青山街住,她不愿意去回忆那些曾经活着如今死了的一个个亲人。换了环境,妈伤心的记忆会淡薄些。秀梅死后,妈随我和李佳一起去了趟青山街。那天阴云密布,仿佛上天也得悉心灵圣洁无瑕的何秀梅到老了居然被丧心病狂的歹徒奸杀的噩耗,就把天色布置得犹如灵堂般阴沉。一走进青山街三号,妈就打个趔趄,好像有人推了她老人家一把。妈看见老奶奶和张桂花的亡灵起身迎接她,妈叫了声"啊呀",脸都白了,说:"你奶奶和张婶婶对我笑呢。"青山街三号除了我、李佳和妈,没有第四个人。我说:"妈,你这是心理作用。"妈喃喃道:"你爹也在这里。"我为妈担心起来,妈被一个个死去的亲人缠着,满脸惶惧。回到我现在的家,妈说:"这里好,他们活着时没来过,死了就都不晓得来。"妈说这话时脸上的表情十分认真。

秀梅的惨死让妈自责很多天,这种自责是她觉得对不起死去的爹和老奶奶,她应该把秀梅接来住,让秀梅一个人住在青山街三号,她这个姨做得不对。我们安慰她都没用,直到李文军和王玉珍来我家玩,与我妈说话时见我妈仍一脸内疚,王玉珍开口道:"您管得了秀梅?秀梅是自己不愿来住,又不是你们不接,您有什么好自责的!"李文军也说:"秀梅听过谁的?她不愿意的事,谁劝都没用。这是命,秀梅命里逃不过这一劫。"经李文军和王玉珍这么一说,妈心里的疙瘩似乎才解开。

我们就这样过,妈、李佳和我,国庆和高小霞带着女儿每个星期天来打个转身,吃完晚饭,国庆的手机就会响,有人叫他去打麻将。国庆就骑上摩托车,走人。外贸公司不像以前景气,国家放宽了出口政策,有的大工厂和大公司自己拥有进出口权,无需通过外贸公司,外贸公司的生意就"每况愈下",国庆于是更有时间打牌了。有个星期天,国庆一回来就爬到床上睡觉,睡到中午,高小霞叫他起床吃饭他也不吃,下午五点钟,他才起床。高小霞对李佳说:"妈,国庆昨天打了一通晚麻将。"李佳就说儿子:"麻将这东西在旧社会是社会渣子玩的,你要少打。"国庆性格温和、坦诚,生性好朋友和爱玩,少年时候就喜欢招同学来青山街三号画画,但缺乏上进心。他见高小霞向父母告状，不高兴道："你嘴巴真多。"高小霞说："还不是为你好！"又一个星期天，国庆一来就满脸困顿地爬到铺上，人也瘦了，睡到吃晚饭才起床，妈看着她这个长孙，也说起国庆来了："你不要只想着玩。"但是没用，在跟上一辈人对抗上，他丝毫不逊色于何家的哪一个长辈或同辈。我们再说他，他星期天就不来了，派老婆和女儿来，一问，何懿回答："爸爸在家里睡觉。"

七十八

有天傍晚，五一出乎我们意料地敲门，李佳开的门，五一摘下墨镜，叫声"妈"，李佳兴奋道："文兵，快出来，你看谁来了。"听李佳说话的口气，好像来的不是儿子，而是个客人。他还是那么瘦那么结实，还是那么英俊、潇洒、懒散和慵倦，一回来，还是嗜睡，早餐还是不吃，要睡到中午才起床。他不把一个上午睡干净，就不甘心似的。他起床，漱口洗脸完毕，一吃完中饭，电视机就变成他的了，李佳想看什么都不行。他这个台那个台地找节目看，最爱的是枪战片，其次是文艺节目，而对他妈看上瘾的台湾电视连续剧根本不屑一顾。他喜欢把电视机的声音开得很大，于是客厅里就一片打打杀杀声，妈只好躲到卧室里去，因为这会让她想起硝烟弥漫的战争年代。五一把自己看累了就又爬到床上睡觉，家里一下子又安静了，风从门外过的声音都能听见。五一还是帅得充满魔力，一双带电的黑眸子对女孩子还是极具杀伤力。在广州，为了不让太多的女孩子对生活绝望而自我毁灭，他出门得戴墨镜，好让墨镜遮住他那绝对迷人的目光，因为他在广州的女朋友温柔地提醒他"你的目光太勾人了"。五一早该结婚了却不结婚，妈一看见他就唠叨这事，李佳在饭桌上也唠叨这事，五一完全听不进去，"我喜欢过无拘无束的生活，打定主意一辈子不结婚。"李佳道："等

710

你老了，你保证会后悔。"五一把他清瘦、英俊的脸歪向一边，轻慢地一笑，"什么都没有自由好。"李佳再说什么，他把门一关，将一米八二的身体往床上一倒，用鼾声回答他妈。五一在家住了五天，没跟任何人联系，连门也没迈出一步。那些曾经疯狂追他的女孩子，不是死了、失踪了、当尼姑和住进精神病院了，就是远嫁台湾、新加坡和马来西亚的男人了，次一点的也嫁给本市某男人，结婚生子、聊以自慰了。第六天，他接到一个电话，走了。

转眼就六月了，可能是年龄大了，就感觉时间第二次提速了。以前是老奶奶和爹、妈念叨时间过得快，现在我也感觉时间的步子变快了，似乎才过的年，眨眼就是年中。这年，我的头发脱得厉害，一抓，就是一把头发掉下来，老年斑也上脸了，从前只是在两鬓，现在从两鬓爬到额头上来了。望着镜子里自己这张变老的脸，想人生如梦，过起来慢，回想起来仿佛只是眨眼之间。一天上午，电话响了，一个陌生口音的男人问我："请问您是何校长吗？"我说："哪位？"陌生口音的男人说："我是宏达房地产开发公司的，想跟您谈谈。"我问他怎么知道我的电话，陌生男人说："您大儿子何国庆告诉我的。"

那天晚上，何白玉忿忿地来了。白玉忙着跟一家拆迁公司打官司。他创办并且经营十多年的酒店，被那家拆迁公司于过年后无情地捣毁了，原因是那里要扩建马路。这几年，长沙市政府在市区内扩建了好几条街，芙蓉路建成了，五一路、黄兴路也拓宽不少，现在要扩建蔡锷路。白玉的酒店不拆，蔡锷路到他酒店门前就得拐弯。旁边的店铺都拆了，只剩白玉的酒店仍孤独地突兀在街中。白玉不肯搬走，因为拆迁公司给他找的另一个门面距繁华的闹市区较远，白玉想要拆迁公司为他找一处好点的门面，不然就不搬。这样僵持了三个月，过完年，拆迁公司就叫来一车防暴队员，进行强拆。防暴队员都是些年轻的战士，只知道执行队长的命令，队长一声令下，防暴队员便把酒店的服务员和厨师一个个赶出来，跟着把酒店的桌椅掀到门外，把用身体护着酒店、打算死在酒店里且破口大骂的何白玉粗暴地拖出酒店。铲土车就向新装修不到两年的酒店开进，只听见轰隆一声响，不锈钢玻璃门和着一面墙一起倒了，腾起一股浓烈的灰尘。何白玉气愤得声嘶力竭地骂道："土匪啊，比土匪还土匪啊，你们欺负我们平头老百姓啊。我跟你们拼了。"

防暴队员不给何白玉拼命的机会，狠劲逮着他，边吼他道："老东西，我警告你，你敢蛊惑民众、敢闹事，招呼我们把你关起来！"何白玉没想到自己当年威风八面，如今却被在他眼皮子底下诞生的拆迁公司的几个小青年联合防暴队来整治。他大叫："我刚装修的酒店啊，就这么被强盗毁了，什么世道啊，这是强盗社会啊。"防暴队长听他这么嚷叫，板着脸说："住嘴，不要在这里瞎说，小心你的脑袋搬家！"何白玉不管这些，继续叫道："这是欺负老百姓啊，把我们老百姓不当人啊，我不活了。"他不活也得活，因为两个年轻的防暴队员揪着他的胳膊，致使他想一头撞死都不行。防暴队长在他肩上重重地拍了下，"不能因为你，这条路就不修了。政府要搞的工程，你挡得住？"何白玉瞪着防暴队的军官说："政府要搞的工程却肥了所谓的拆迁公司，什么拆迁公司？就是一群地痞和流氓！"拆迁公司的人见何白玉这么说，就很凶地瞪着他，"你再说一遍！"何白玉说："国民党时代也修路，修路都要跟店户们协商，协商不好再协商，你们呢，强拆。这就是强盗！"防暴队长说："就你一个钉子户，就你一个人不肯拆，就你一个人挡了社会主义的路，那我们只好强拆。"白玉愤怒道："我花五十万刚装修，我要你们补偿三十万都不肯，我这五十万装修费找谁去要？！政府拨给你们的拆迁款，你们只拿出一半来支付拆迁户，你们以为我不知道？我要上北京告你们！"防暴队长猛盯着他，"你告政府？老家伙，给你胆子去告你也找不到门。"

杨敬国和王刚强来了，这两个于"文革"中跟着何白玉闹的老猛男，见他们守护的酒店转眼成了废墟，也傻了。"强盗，这是要我们的命啊。"

杨敬国叫道，"这是抢我们老百姓的饭碗啊——你们。"王刚强冲上去，逮着拆迁公司的一个中年男人，一拳揍到那男人脸上，骂道："小杂种，我要你赔！"拆迁公司的人和防暴队的见这几个老头这么凶，又见围观的路人也帮何白玉说话，怕引起民愤，就拥上来，把三个老头揪上了车。

　　何白玉和杨敬国、王刚强被带到防暴队所在地，关在一间房子里。三个老男人感到世界不是他们的了，觉得不但政治欺骗了他们，如今生活又抛弃他们，就彼此觑着，恨不得再来一场轰轰烈烈的"文化大革命"，好让他们有抛头露面的机会，号召工人弟兄们去把这批新权贵打倒。晚上十点多钟，几个防暴队员把门打开，对他们说："不是看你们年纪大了，就要关你们一个星期。"何白玉心里悲怆，但他没再跟这些人争辩。从他们把他揪上车使他的胳膊被扭得很痛的那一刻起，他气愤地感到这个社会已经不是他能吆喝的了。那一刻，他突然承认自己老了，在那一刻以前，他从不承认自己老。当他和杨敬国、王刚强被关在这间房子里，他们跟他一起回忆"文革"中带领"工人革命军"的弟兄们叱咤风云的往事，谈论李大志如今被病魔缠身、能不能活过今年还是个未知数时，他更加感到他们真的老了，再也掀不起波浪了，甚至连一丝涟漪也拨不动了，只能靠回忆来支撑自己和聊度余生了。当杨敬国一脸气愤地指责防暴队"你们是代表人民政府执法，怎么可以只为少数几个人服务"，王刚强也大声说"你们是给人民政府抹黑"时，何白玉觉得说这些废话是多么滑稽可笑呵，便改变了与防暴队斗争到底的决心，拉他们走说："说这些废话没用。"

　　何白玉一走出防暴队就与杨敬国和王刚强分手了，他要一个人想想问题。他实在受不了两只老麻雀在他耳畔叽叽喳喳，又饿又累地走入一家粉店，吃了碗牛肉粉，这才赶到他酒店所在的街。酒店已被夷为平地，酒店的人，酒店的空调、桌椅、碗筷和锅盆等等都不见了。他悲伤和愤恨地蹲在那里，生平第一次悲叹一个人没有权又没有钱，在这个世界上是多么渺小，人家想怎么治你就怎么治你，把你关起来，连申辩和反抗的余地都被人剥夺了。他悲哀地感到，自己不认识这个社会了！前一向，有个人在他酒店里吃饭——就坐在他此刻蹲着的地方，说改革开放给中国社会既带来了轰轰烈烈的发展——人们不再饿肚子，也不再为突如其来的政治运动而担惊受怕，但也带来了垃圾，垃圾就是这个社会没有道德准则了。精神枷锁是解除了，却也释放了人们思想里见不得阳光的贪欲——贪欲让一些人成了丧心病狂的强盗。尽管有不少人在电视、报纸上大声呼吁社会需要道德的力量来维系，但金钱这张贪婪的大嘴正蚕食着这个社会的良知，犹如捣碎机样把道德、伦理、信仰统统捣成粉末了。他想，这个世界变成有钱人和有权人的世界了，所有的人开口就是钱钱钱，想的也是钱钱钱了，有钱，就有人为你做事，没钱，你就成了个可怜的孤寡老人。

何白玉现在又身无分文了。他对我和妈说他花五十万装修的酒店，拆迁公司只同意赔他五万元。白玉说："他们是一群豺狼，一定给法官塞了钱，不然法官也不会一边倒。"我、李佳和妈都望着他，感觉他用个人的力量对抗社会是那么单薄，薄得犹如蜻蜓的翅膀，一捏就碎。他痛苦地垂下头，头顶已谢，露出灰白的头皮。我这个侄儿这些年过得风花雪月的，人就老得快，眼袋比我的还大，仿佛填充着许多怨愤和疲惫。我把接到的宏达房地产公司的电话告诉他，他说："我就是来拿钥匙的，我要住到青山街三号去，免得房地产公司的人趁我们家没人，把房子推垮。"妈说："谁有这么大的胆子？"白玉愤怒地叫嚷："奶奶，钱把一个个人都变成恶魔了。我的酒店不就被他们用铲土车活活摧毁了？有什么不敢？！只要有人出钱就有人敢推。"我听白玉这么说，忙把钥匙给他。白玉走时说："奶奶、叔叔，何娟又生了个儿子。"还在几年前的七月，那时老奶奶和爹还活在世上，何娟在美国就生了个女儿。两年前，她生了个儿子。现在，她又生了个儿子，这真应了她姑奶奶生前说的话，她将在美国为何家繁衍子孙。

何白玉只在青山街三号住了一晚，这个不怕鬼的人也怕起鬼来了。因

714

为他打开大门时，看见他爹坐在轮椅上看星星，看见老奶奶坐在客厅里望着他，还看见他姑妈何秀梅穿身白衬衣，身体一闪，不见了。他对自己说："这都是幻影。"他上床睡下后，总感觉家里有人影晃动，这让身材高大且自以为打得鬼死的何白玉不由得毛骨悚然。第二天，他一早起床，只是一年没住人的青山街三号，已经破败得不行了，到处挂着蛛网，到处是灰尘，到处都有老鼠撕咬的痕迹，而且最让他心寒的是，他曾经十分喜欢的那一大簇牡丹花居然死了，腊梅树也死了，葡萄藤上挂满蛛网。上午八点钟，他打电话给我说："这房子真住不得人了，阴森森的，有鬼，干脆把房子卖了吧？"我也觉得那房子已走向衰败了，陈腐气和阴气都太重了，便说："你代表我和奶奶跟他们谈，别卖得太低。"何白玉说："那当然。"

青山街三号占地有五百五十平米，何白玉和何国庆成了我们与宏达房地产公司的谈判代表，谈了四个月，青山街三号最终以一百五十万元人民币卖给了宏达房地产公司。青山街三号的产权证上，写着"何金山"的名字，妈、我、白玉和家桃都属于这房子的直接继承人，于是宏达房地产公司聘请的律师把我们四个人都同时叫到一起，让我们在合同书上一一签名。何家桃来了，我打电话给承嗣，承嗣把他妈送上飞机，国庆到机场把他姑妈接了来。妈说："你还是现样子，家桃。"何家桃听了这话很高兴，说："老了老了。"家桃七十岁了，但这几年上天比较怜惜她，没让她进一步衰老，当然也没让她变年轻，还是那样子。家桃在我们家住了三天，她告诉我们，承嗣在深圳又开了两家酒店，姐弟俩都很努力。"他们姐弟啊，忙得同机器似的。"她说。

我孙女何懿长成个苗条的半大姑娘了，读初一，性格活泼、胆子大，小自行车骑到街上去了，吓得高小霞疯了似的到处找。她还爱溜冰，一双溜冰鞋往脚上一套，人就不见踪影，不到傍晚，休想看见人。星期天，她一来我家就打开电视，还是爱看动画片，边快乐地咯咯笑着。她老奶奶问她：

"何懿，你长大了准备干什么？"何懿想也不想地答："当大老板。"妈是老思想，不认为当大老板有什么可取之处，便说："大老板有什么好当的？你要把学习搞好。"何懿读的是一所普通中学，成绩在班上是前三名，老奶奶对她的曾孙女寄予厚望，说："老奶奶想看见你将来像你何娟姐姐样考上北京大学。"何懿尖声道："我要考清华大学。"妈说："何懿有志气。"我们都笑，她说这话的认真表情把我们逗笑了。

国庆仍在睡觉，他昨晚又打了一夜麻将，这会儿睡得正香。吃晚饭时，何懿把她父亲叫醒，国庆就一身无力的模样坐到桌前吃饭，我瞧着这个爱打麻将的儿子，这个儿子心里好像没装什么志向，装的都是"坨索万"。我问："国庆，你还年轻，就没打算的？"国庆吃着饭，看一眼我和他妈，淡淡地说："有倒是有，我想开一家艺术工作室，就是没钱开。"李佳插话道："那要好多钱？"国庆想下说："注册资金少说也要三十万。"妈也不愿意她的孙子整天窝在麻将桌上打发时光，望着我说："房子卖了，我们不是分了六十多万吗？把三十万给国庆，让他去办公司。"国庆叫道："真的？那我从今天起再不打麻将了。"我不相信地看着他问："你能保证？"国庆答："我以保证。"

我希望国庆去大胆创业，既然中国社会已热热闹闹地走到了这一步，人人都可以大着胆子为自己谋划，那就真的只能与时俱进了，不然就会被强大的社会洪流吞没。现在的社会，留守和观望，显然是浪费生命。上个世纪九十年代前，知识分子、大学生都待在单位上，犹如兔子样探出头来观望，有点不敢相信，怎么转眼之间这个社会变成了一个波涛汹涌且令人兴奋的商海！一进入九十年代，许多知识分子、大学生都纷纷下海，在商海里拼搏。我们大学里辞职出去创业的老师，这几年里赚了好几百万的就有好几个。我对国庆说："你要真心想创业，我和你妈，还有你奶奶都支持你。"

钱放在银行里不但不会升值，反而会一天天缩水。我把三十万给了国庆，国庆拿了钱就去工商局注册了一家公司，取名"蓝天广告艺术公司"，就是说既可以经营广告生意，又可以涉及艺术行业的业务。他还聘请三个这几年毕业的学广告和装潢设计的大学生。国庆开始为自己打工了。国庆的脑袋其实很好使，这十多年里一直在单位上混饭吃，外贸单位不景气后，人也跟着变懒了，有活就干，没活就下棋、打牌。现在，沉睡在他体内的那头狮子，被唤醒了，他血液里那股何家男儿的猛劲，仿佛湘江一夜之间暴涨几米——遗传基因让他不甘沉默，让他不知疲倦、充满锐气。过去，一件休闲衣服可以穿半年，高小霞要他脱下来洗，他也不理睬。衬衣脏了，高小霞要他换一件他也嫌麻烦。一双皮鞋沾满灰尘，高小霞实在看不下去，帮他擦拭，他还抱怨说："有什么好擦的，又不是去谈恋爱。"

现在，他办了公司，要给人一种清新、朝气的感觉，人就换了个相，整天西装革履，打着漂亮的领带，每天自己擦皮鞋。还买了男士香水，出门前总要朝衣服上喷点香水，因怕忘记，香水就摆在门旁的鞋柜上，穿皮鞋时就能看见。每五天，他必走进公司斜对面的美容美发店，让那个漂亮的女理发师修整一下发型。只是过了大半年，国庆就忙得家都不顾了，同他的叔爷爷当年搞革命样，人都看不见了。高小霞觉得丈夫形迹可疑，以为他又恋爱了，嫉妒心驱使她编个谎言，找校长请了假，把自己打扮成假小子或老女人，进行不体面的地下工作——盯梢，他前脚出门，她后脚紧跟，或先他一脚出门，躲在街对面的一株法国梧桐树后，特工样尾随着丈夫。这样紧锣密鼓地盯了一个月，她什么都没发现，这才放心地对我们说："爸、妈，国庆是真的很忙。上海、广州那边的公司和企业都找上门来了，都相信他，请他们公司设计产品和搞宣传策划。"

七十九

七月里的一天，何五一陪他一个在美国生活的大学同学回长沙玩。他还是那么英俊、洒脱、结实，还是戴着墨镜。在他那略含嘲弄的目光里，这年头，女人比男人更疯狂更把握不住自己。他在广州的这些年里，就跟那时住在青山街一样，很多女人为他在夜总会里大打出手。那些敢爱又敢恨的女人来夜总会玩，可不是为了一些她们根本不感兴趣的所谓歌星，她们送大把大把的玫瑰花给他，为表示自己绝不需要他养活，让服务生拿一千或两千元的点歌费给他，要他站在舞台中央吹一支支含情脉脉的歌曲给她们听，她们在他吹黑管时摇着热情奔放的脸，一副享受的模样，真让他受不了。他不得不在最后一支歌曲吹完前悄悄离开，或者索性睡在化妆室的桌子上，免得那些要送他回家或想跟他回家的女人为他争吵，那些女人发起疯来竟敢为他自残。曾经有一个年轻姑娘，因他不同意带她回家，就要用砖头砸自己的头，吓得他慌忙逃跑。还有一个姑娘，来夜总会捧场捧了他三年，可是五一却连一句慰问她的话都没说过，那天她终于发作了，当众给自己手腕一刀，说是要为他割腕自杀，幸亏那姑娘的朋友发现得早，把这昏了头的姑娘及时送进医院。

五一一坐下来就脱掉体恤衫，胸部和胳膊上都露出一股股肌肉，他这一年在一家健身俱乐部练健美，把自己练得孔武有力，一张绷紧的脸给人的感觉就更刚毅更冷漠，仿佛与我们有着一大段无法亲近的距离。李佳打电话给国庆，国庆来了，比起他这个精瘦的目光锐利的弟弟，哥哥显得虚胖且温和一些。两人一坐下来便讨论前一向以美国为首的北约组织炸我南联盟使馆一事。五一说话冷淡，国庆却相当激动，在国庆的脸上，我似乎看到了我二叔的影子——那是个激情满怀的男人，而在五一的面孔上我却隐隐不安地联想到我岳父，岳父死后很多年，有次我和爹说起岳父，爹说"你岳父是个无情无义的人"。国庆和五一虽然相差只几岁，长相也有些像，但性格大相径庭，一个热情，一个冷漠；一个眼睛里有国家，一个眼睛里除了自己什么人都没有；一个忧国忧民，一个却一副事不关己的神气。吃饭时，国庆冲动地说："这个世界就是以强欺弱，以美国为首的北约军事组织炸我南联盟使馆，说白了，是因为中国好欺负。"五一不喜欢空谈，打个哈欠，把目光移到窗外。国庆又说："所以我们要拼命赚钱拼命消费。"国庆不等我的思维反应过来，又强调："只有赚了钱，消费，国家的税收增加了，才有钱买好武器、造先进武器，国家强大了，我们中国人才有面子、才能睡好觉。"五一斜着一颗脑袋瞅一眼他哥，"哥现在是生意人，生意人考虑的是赚钱，所以哥首先想的是多赚钱。"国庆说："邓小平说，发展是硬道理。不发展那不只有挨打的份？国与国之间与人一样，吵到顶就比拳头。"

我细想着国庆说的话，觉得他是对的。我们这代人脑袋里装的问题比他们多，干的事情却比他们少。我儿子这代人想的是用钱来改变自己和社会，这未免不是一条捷径。我问五一："你现在在广州做什么？"五一懒懒的样子回答："在一家名叫维多丽亚的中西餐厅里拉琴和吹黑管。"国庆问："那有好多钱一个月？"五一说："老板给我三万块钱一月。"国庆就为五一高兴道："那可以呵。"五一淡淡地答："还好啰。"

五一只在家睡了一晚，就陪他的大学同学去张家界玩，三天后的下午他回来，只在家吃餐晚饭，便坐当晚的火车去了广州。他的英俊和冷漠无情，让我和他妈都为他担忧。"五一怎么变成这样了？走时连妈和奶奶都不叫一声，拉开门就走了。"李佳问我。我也感到无奈，"他一个人在广州生活了十年，可能养成了出门进门不跟人打招呼的习惯。"李佳说："他不结婚，老了，谁会关心一个孤寡老人？"我们一谈五一，室内的空气就变得沉闷，因为妈的脑子里总是挂着五一结婚生子一事，她好活着时瞧一眼曾孙儿，好到了阴曹地府向老奶奶和爹有个交代，可是五一不肯配合。独生子女的国策又限制国庆和高小霞再生孩子，我只好把门窗大敞，让空气对流，好把我妈的老思想吹散。可从南边刮进来的风，丝毫改变不了室内凝重的空气，空气仿佛猪油一样凝固了，要加热才能化开。只有何懿来了，妈和李佳才会露出一丝笑。一个星期天，母女俩穿着皮大衣，一进门，高小霞便搓着手说："嚯，好冷啊。"何懿也说："爷爷，好冷的。"我忙去关窗户,窗户一关,何懿就打开电视机看动画片,智力好像还停留在小学时代,没有她堂姐何娟当年读书一半发奋。李佳就有些担心,说:"何懿,你要向你堂姐学习,她在你这个年龄学习很认真。"何懿就叫道:"奶奶,今天是星期天。"李佳点头道:"奶奶知道,不过你堂姐那时候学习起来,可没有星期天。"何懿不屑于那样做,"星期天是上帝安排人休息的。"她把上帝都搬出来了,李佳就不便再说了。

有天一家人午睡,电话响了,是李文军打来的,说他和王玉珍刚从深圳旅游回来,今天来我家吃晚饭,一起过新千年。我和李佳面面相觑,都没弄清楚时间怎么过得这么快,上个月还在和国庆谈新千年,新千年眨眼就来了。自从我、李佳和妈搬到河西我所在的大学后,李文军和王玉珍来我们家就少了,一是距离远了,其次他俩经常出去旅游。今天两人要来,我和李佳忙去菜市场买菜。妈知道李文军和王玉珍要来,换了一身干净衣服,还把满头白发梳抻,坐在客厅里,打算大家一起迎接新千年。

李文军和王玉珍是下午四点钟来的,李文军着一身黑皮大衣,一手拎着一只塑料盒,一只蓝塑料盒里盛着红枣炖乌鸡,一只白塑料盒里盛着莲子、藕炖排骨。李文军说:"这都是玉珍炖的。玉珍说,和你们一起过新千年,姨又吃不动硬东西,怕你们来不及炖,上午就炖好了。"我妈笑,"我的牙齿早报废了,这副假牙只能吃软烂的。"厨房里,李佳在炖黑米、粟米、花生和黑豆粥,另只锅子却炖鸭子,且放了十根虫草。八月份,国庆和高小霞带着女儿去西藏玩,带回几两冬虫夏草。"几千块钱才一点点,比黄金还贵。"吃饭时,李佳先给王玉珍夹两根冬虫夏草,给她哥也夹两根,又给妈和我一人碗里夹两根,她自己也夹了两根。王玉珍把一根冬虫夏草放入嘴里,却嚼不烂。李佳说:"还嚼什么? 吞进肚子就是了。"妈有自己的办法,找来水果刀将虫草切成几截,这才和着黑米、粟米、花生、黑豆粥一并吞入咽喉。玉珍也学我妈的,把虫草切成几截,和着稀饭咽进喉咙。

720

饭吃到八点钟，收拾完碗筷，就坐到沙发上看电视和聊天，边等着新千年的到来。荧光屏上，全国各地都在举办迎新千年的庆祝活动。

李文军欢喜地看着我妈、王玉珍和李佳，见个个气色都不错，高兴道："我们都还健康，真是幸运。"他把头发染黑了，就满头伪造的青丝，看上去只像个六十岁的老头。李文军这几年活得很快乐，同样，他也让王玉珍活得很快乐。他是从大风大浪中过来的人，很懂得珍惜眼下的快乐时光，就成了传播快乐的天使，哪怕只是一点点好，他也能发现，并告诉王玉珍，"你看这草，多绿呀。"他说。玉珍笑着点头。他又指着一棵树说："你看这树，叶子真好看。"玉珍就看那树。他又说："玉珍，你看这水，多清呵。"玉珍又把快乐的目光落到水上。这都是他俩外出散步或踏青时说的事。在家里，李文军也会在细节上做文章，他把桌子、椅子和窗玻璃抹得一尘不染，甚至还要玉珍去检查门缝抹干净没有。假如玉珍不去，他会殷勤地拥着玉珍去，硬要她伸出手指摸门缝并表扬他。他会笑着答："我就是希望你能生活在干净的环境中。"妈听玉珍这么说后，点头道："文军懂生活，比何家的男人懂得在余生中寻找幸福。"李文军觉得自己做这一切都很值道："如果不懂得珍惜生活，不懂得珍惜每时每刻，那活着是浪费生命。"妈表扬李文军，"文军说得好。"

文军这话听起来很轻松，想起来却凝重，因为我们哪里做到了去珍惜每时每刻啊，差不多是在浪费生命。我看一眼王玉珍，她比早两年消瘦了，脸上没有了过去的红润。她也跟李文军样把头发染黑了，但尽管如此，她脸上却没了早两年的光润，皮肤正在衰老中变干和变硬。她七十多岁了，岁月在她脸上自然就纠缠不清，而且死神已向她悄悄走近了，只是我们这些凡人不知道而已。

这时，电视上，北京、上海、广州、武汉和长沙的民众都沸腾起来，等待着新旧交替的最后时刻到来，北京的中华世纪坛上，倒计时牌走到1999 年 12 月 31 日 23 时 59 分 50 秒时，首都的数万名群众随着倒计时牌上的数字高声齐呼：10、9、8……4、3、2、1！那一刻，窗外鞭炮声大作，我才想起我们过日子过麻木了，竟忘了买鞭炮迎接新千年。我扭头对李佳说："我们忘了买鞭炮。"我突然看见李文军紧紧攥住王玉珍的手，王玉珍见我的目光无意中落到她和李文军的手上，想把手抽出来，但李文军没让。电视机里欢呼声一片。妈歪着头看荧光屏，脸上充满由衷的喜悦和惆怅。这两种表情并存于她脸上是可以理解的，也许那一刻妈想到了爹，因而惆怅涌到了脸上。妈不无骄傲和伤感地说："二十一世纪了。"妈骄傲是她没想到她活了这么长时间，妈伤感是她那辈人，很多都死了。李文军脸上挂着笑，笑得竟有些陶醉的模样说："感谢上帝，我们平安地活到了二十一世纪。"那天晚上，李文军和王玉珍就睡在客房里。

　　白玉来看我们，八成是路过，平常他是电话都不打一个的，这些年他在外面打拼，并没打拼出什么结果，脸上就多少有些郁闷。他是长沙市最早一批骑摩托车的，但是他没有混出来，他不是那种一心要把自己发扬光大又野心勃勃的人，他平和、懒散、好玩和仗义，但他不愿意为什么事情狠下心来艰苦奋斗。在我们这个家族里，他是典型的我行我素者，没人能改变他，劝也劝不醒。还在多年前，当郭承嗣对我嘀咕他的事时，我曾劝他别管那几个当年跟着他闹的朋友，但他不听，把自己当政府，接济着那几个人。那几个人也乐于他施舍，天天坐在他酒店里等饭吃等酒喝，还要他提供一条条烟，到后来，被老婆抛弃的杨敬国索性睡到酒店里，把他的酒店当成自己的家。何白玉没有嫌弃杨敬国，心里总为自己没坐牢而他们分别坐了几年或十几年牢而感觉对不起他们，当杨敬国一脸郑重地提醒他"李大志的病可能好不了了，他死了，我们应该照顾好他女儿的生活"时，何白玉一脸义气地答"那当然"，转身便拿出一万块钱给杨敬国，让他去给李大志的老婆。早几年，王刚强猥琐着脸，吞吞吐吐地向他借钱给儿子买房子，他那天走不开，便从保险柜里拿出存折，把密码告诉王刚强，让王刚强去取三万块钱。王刚强却取了五万，他知道后，也只是打了王刚强一拳，没有过多计较，仍然同王刚强做朋友。但从那以后，他再没想过存钱，就还骑着那辆破摩托车，不像国庆，下海才几年就买了一处五室三厅两卫的大房子，又在上个月买了辆轿车。归结起来，白玉这些年的精力和钱财，大部分花在朋友和女人身上了，除了接济朋友，他见一个爱一个，只要有机会，就对身边的女人大献殷勤，如果对方接受他的殷勤，他会有更多举动，送花、送衣服，送名牌鞋。这些年里，他送给女人的手机不下十个，其目的是希望那些女人爱上他，可是没一个女人愿意跟着他一起慢慢变老，都看不得他把那几个已经"报废"的朋友视为知己，断然跟他拜拜了。

何白玉的那家酒店因修路被拆除后，他又在四方坪开了家土鸡店，这家饭店就没那家酒店气派，也没用那么多钱装修，将就着干。生意还勉强过得去。当杨敬国和王刚强又找来，围着他吃时，他索性把酒店交给这两人经营，好腾出时间、一心一意地找对象。去年，他跟一个结婚半年就离了婚的年轻女子同居，那女子比他小三十岁，他带来让我们见过，长着一双斜眼睛，嘴巴有点大，牙齿不是白的而是灰的，说话爱拿眼睛斜视别人。何白玉还真有跟她结婚相守到死的打算，还找国庆，让国庆去他家看如何重新装修房子，正在他作装修计划的节骨眼上，也就是上两个月，他发现她跟他请的厨师私通。厨师是个帅小伙子，身高也有一米七六，关键是人年轻。有天傍晚，何白玉去朋友家打麻将，本来是打算玩到凌晨，可还不到十点钟，其中一牌友的母亲突发心脏病，那牌友就急着往医院赶去，何白玉自然也骑着摩托车回家。他用钥匙开门，门反锁了，拧不开。

他马上联想到曾经背叛他的小向，就大声喊门，女人隔了几分钟才来开门，一脸懒洋洋的，并不惊慌。他冲进房间，房间里倒是没人，他奔到晾台上，厨师弓腰躲在晾台上。他操起一张折叠椅砸向厨师，厨师用手臂挡了下，叫声"哎哟"，就猛地推开他，朝门外奔去。他愤怒地追到楼下，折回来时，女人正收拾衣物。他揪住女人的脖子，把女人顶到墙上。女人不怕地踹他下身一脚，还真踹在他下身上了，他痛得叫了声，蹲到地上。女人说："老子学过散打的，怕你吧?!"女人拿着自己的东西，扬长而去。

何白玉的心灵上没设门，你随便就可以进去，取点自己想要的东西，甚至都不用打招呼就走人。当年何陕北就是这样的，郭承嗣也这么干了，他的一个个朋友和后来的一个个女人大多如此，步入他的心扉，弄点自己想要的东西，然后一走了之。他把这事讲完后，恨道："当时我真想把她掐死。"他很忧伤，还十分可怜，人就有点憔悴、老态。说起来，上天还算对他客气，没让他受大难、吃大苦，即使当年把他抓进去，也没对他怎么样。但岁月也没怜惜他，在他脸上留下了很多道时光流逝的印渍，这印渍就是在他额头和两边鬓角上悄悄留了不少老年斑。我说："看开点，再找就找个年龄跟自己悬殊不大的，一起过日子。"白玉晃晃他那颗悲伤的头，从他干燥的嘴唇里蹦出两个长沙底层人士常说的脏字："找卵。"

命运好像在捉弄他，当然也在捉弄每一个人。"文化大革命"中，何白玉何等威风？别人不敢搞女人，他敢。他也是长沙市里第一批骑摩托车的，甚至是第一个一拍胸脯就叫人抬一台彩电走进李大志家、搬一只冰箱到王刚强家、送一台洗衣机给杨敬国的大方豪爽的男人。可是这后面的十年，不知他在哪件事上冒犯了天神，上天不再给他好运。他跟小向没有孩子，与后面的女人也没有生子。他唯一的女儿何娟，如今在美国，边做学问边养育儿女，根本无暇顾及他。在社会上打拼和折腾这么多年的何白玉，如今年龄大了，也有了落寞感。曾经在他眉宇间聚集着的火焰，熄灭了。那个何白玉是可以把厂长拎到台上揪斗，可以一铁棍把工会赵主席打成傻子，还可以把李书记和保卫股刘股长从床上提起来，勒令他们站在房中央瑟瑟发抖的。那个何白玉可以踢一支扫把给老厅长，让老厅长去打扫厕所；可以把一卷白纸扔给办公室主任，让他拿毛笔抄写他写的大字报。那个何白玉瞪你一眼，会让你寝食不安，叫你连续三个月睡不踏实，晚上听见猫叫都怕得要命。如今的何白玉，像雾中的月亮，孤零零地落在水里，扔颗小石子进去也会泛起一片涟漪。"叔叔，何娟叫我去美国，"他说，"要我去美国教我外孙外孙女说中国话。"我笑。他说："我女儿，她小时候我可从没管过。"李佳大声道："幸亏你没管。"

日子一天天过，春天又来了，几只雏鸟在枝桠上尖叫，扇动着翅膀。山坡上的映山红开了。星期天，何懿一来就埋头学习。她这一年长了个头，有一米六五了，但苗条得像根豆芽，脸色有些紧张，这是她想考重点中学的高中，人突然发起狠来，我们说话的声音只能放到最小，稍大一点何懿就会尖叫："爷爷奶奶、老奶奶，声音小点。"临近中考的那个多月，何懿不来了，她不来，高小霞就得在家里做饭给她吃。何懿发狠发晚了，就没考上重点高中。国庆说，如果没考上重点高中，放在普通高中读书，何懿会把自己的前途玩掉。何懿有点男孩子性格，大大咧咧的，这么大了，有时候脸都不洗就往学校跑，属于那种晚熟型的姑娘。国庆觉得这样的姑娘容易被别人影响，加上她玩的那几个伴都把读书视为一件烦躁的事，就决定把何懿送到英国去读书，与那几个姑娘彻底隔绝开。国庆其实是受他表姐郭香桃和表哥郭承嗣的影响，郭香桃于几年前把女儿送到美国去接受高中教育，而郭承嗣却把儿子送到了德国。国庆不甘落后，把这两年赚的钱换成英镑，毅然将女儿送上飞往英国的飞机。

有天，李文军来借钱，脸色非常疲惫。自从他与王玉珍结婚后，他第一次一个人来。他直接从肿瘤医院来的，不幸的事情发生在王玉珍身上，她患了直肠瘤，查出来已是晚期。难怪王玉珍这两年人越来越消瘦，原来吃进肠胃的营养全部被癌细胞取走了。李文军一个人在医院里招呼王玉珍，我们要他请一个陪护，他不要。他住在医院，睡在医院，一间大病房里有四名肿瘤病患者，还有陪护和病人的亲属来来往往，当然就休息不好。妈看着满脸疲倦的李文军说："你别把自己累垮了。"

我大哥留给王玉珍的钱都被王玉珍和李文军这十多年游山玩水地"游"

掉了。李文军昨天已跟我们打了电话,李佳去银行取了三万块钱,把三万块钱拿给他,他接了钱,说:"我们的全部积蓄都用光了。"李佳问:"会有救吗?"李文军说:"只要有一线希望,我也不会放弃。"李佳留他吃饭,他没吃多少,说睡眠少了,上火、牙疼。他用鸡汤泡饭,好不容易吃了半碗,放下碗筷,坐在沙发上没一分钟就打鼾了。我们看李文军,他本来就老了,陡然觉得他更老了似的。他可能有半年没染发,头上已长出寸多长的白发,稀疏的白发颓废地垂落在脑门上,眼睛周围爬满皱纹,嘴角已下垂,歪着,嘴角的皱纹都与耳根接轨了。衣服皱巴巴的,还一脸疲惫和忧伤。李佳起身,拿床薄毯轻轻盖到他身上。我小声说:"他这一向在医院里招呼玉珍,太累了。"我把电视机关了,然而不到半小时,他醒了,蓦地瞪大眼睛道:"我得去医院。"他掀掉薄毯,与我妈打声招呼,匆匆走了。

一个月后,王玉珍死了,死在省肿瘤医院。李文军悲痛不已,哭得一口气没喘过来,休克了。医生把他抢救醒,他又捶胸顿足地哭泣,抱着尸体,要跟王玉珍一起死。医生和护士都感动得流了泪,觉得这个老头太痴情了,就给他一针镇静剂,让他昏睡,才把尸体从病房搬到停尸间。过了两天,何娟出现在医院里,身边站着个漂亮的小姑娘,还站着个很英俊的小男童。她一听说奶奶死了,就带着女儿和儿子飞来了。她女儿六岁,黑头发、白皮肤、蓝眼睛,却长着何家后代那种标签似的翘下巴。儿子四岁,比我们眼里任何一个小男孩都帅气,身上流着日耳曼人的血液,额头平整、宽阔,表情高贵、沉静,同他姐姐一样也是黑头发、白皮肤、蓝宝石一样的眼睛,也长着何家那种傲慢的翘下巴。他瞪着曾外祖母那张冰冻着的苍老的脸,问母亲:"妈咪,这个人是您奶奶?"何娟泪流满面,没听见儿子说话。六岁的女儿很懂事的样子拉弟弟衣袖一把,示意弟弟不要打搅悲伤中的母亲。何白玉反倒没有女儿悲伤,因为他经历过太多的分离死别,面对母亲辞世,他表现得比较平静。

青山街三号已经拆毁了，何娟就带着女儿和儿子住在我家。妈整天盯着这一对姐弟，说这对姐弟虽是混血儿，可是有很多地方还是像我们何家的人，脸形像，下巴更像，说话和站在一隅思考问题的样子也是何娟、何懿小时候的神态。妈常把这对姐弟搂在怀里。妈说，这个说话尖声尖气的小姑娘，有点像死去的老奶奶，额头、嘴唇、下巴都像，要不是眼睛是蓝色的，鼻子又高点的话，不就是她高祖母再世吗？姐弟俩时而讲英语，时而讲半通不通的中文，满屋子地跑，桌子、沙发成了姐弟俩的跳台，有天弟弟站到椅子上，爬到衣柜上去了，准备往下跳，吓得李佳大叫着跑过去阻止。那天，国庆打量着这个胆子大得没边的小捣蛋，对白玉说："哥，你这外孙有点像爷爷。"白玉答："我也觉得。"何娟带着女儿和儿子住了一星期，几乎天天带着小姐弟俩出门，去见她想见的同学。随后她走了，她丈夫打电话来，说家里的老三，整天吵着要妈妈和哥哥姐姐。她来的时候已怀了第四个孩子，回美国半年后生了。她打电话来，李佳很高兴，放下电话对我说："何娟真行，又生了个儿子。"

　　自从王玉珍死后，李文军就住在我家了，因为李佳怕她哥一个人住在与王玉珍生活过的家会受不了丧失亲人的痛苦。事实上，李文军确实深陷在痛苦的泥塘里不能自拔，像根木头样，要他吃饭他就吃饭，要他睡觉他才睡觉。这样过了半年，李文军似乎才喘过一口气来。一天，他深深地叹口气，脸色就转好了，不再是那种让人担心的土灰色，说："要是我死在玉珍的前面就好了。"妈批评他："你这是自私呢，你想死在玉珍的前面，你是要把痛苦留给玉珍。"李文军认识到自己不对就不再说这话了。

　　李文军住在这里，妈和李佳都高兴，因为我们可以一起怀旧。妈回想到什么会突然问："文军，还记得一九三七年的时候吗？"或者问："火烧长沙的那天晚上，多么吓人还记得吗？"或者说："日本兵第二次攻打长沙时，你们把日军打退后，长沙的老百姓跑到街上敲锣打鼓地欢迎你们，你还记得吗？"李文军回答："记得记得，那时抗日，军民一致对外。"妈又继续回忆道:"一九四五年抗战胜利,次年春节,老奶奶让我和张桂花包饺子给你和胜武等几个军人吃,有这事吧?"李文军说:"有这事,那饺子好吃,包了好多肉在饺子里。现在我还能回忆起那种味道。"妈和李文军、我,还有李佳,整天都是说过去的事,对眼前的事情根本就不关心。我们回忆一个个人,回忆得很伤感,但正因为伤感就进一步回忆,好试试我们的心理承受能力到底有多大。我爹、老奶奶、爷爷、张桂花婶婶、梨花伯妈、我岳父、李雁军将军、二叔何金林、大哥何胜武、二姐何秀梅、堂弟何陕北和王玉珍,这一个个曾活着的亲人都是一本本书,一打开,都写着尖锐、复杂和隐晦的内容,又都藏着不少有趣的故事,只是三叔何金石烈士被我们回忆得较少,因为只有李文军小时候见过他。我们每天都是同样的话题,不断重复地聊着,一点点地回忆,一点点地品尝。

八十

出乎我们的意料,何五一带着个穿戴得十分讲究、成熟得有些过了的女人出现在我们眼里。我们并没老眼昏花,这女人确实不像二十多岁的姑娘。我们正愕然,不知怎么称呼她,五一却告诉我们,这是他未婚妻,他和她准备去澳大利亚。何五一的心是冷漠的——这个在十多年前的那场动乱中戴过黑纱、说过怪话、被校长严厉批评过的何家后代,心里是没有父母的,他被另一个心很野的澳籍华人杨娜勾走了。那是个祖籍广东中山的女人,可是她心里并没装中国,而是装着跟她毫无关系的澳大利亚。多年前何五一在夜总会吹黑管的同时,也在一家演艺厅拉小提琴,打两份工。演艺厅离那家夜总会不远,何五一每天晚上八点半准时出现在演艺厅的舞台上,穿着笔挺的黑西装,戴着墨镜,站在聚光灯下拉三支小提琴曲,拉完,很礼貌地谢幕,马上赶到夜总会吹黑管。每天夜里,十二点钟以后到晚上八点半钟以前，时间都是他自己的。他可以玩到凌晨四五点钟再回家呼呼大睡，一觉醒来，往往是下午四五点钟，所以他的白天是晚上，晚上是白天。还在五年前，有天——那是七月里的一天，一个年轻女子请税务局的人吃饭，吃饭时税务局的一干部说："我很喜欢去演艺厅听一个戴墨镜的年轻人拉小提琴，他可能是个瞎子，那瞎子的小提琴拉得真好。"那女子被税务干部带进那家演艺厅，于是她被五一的琴声深深迷住了。

那女子小时候也学过小提琴，只因天赋不够充足，中途放弃了。过了几天，她耳朵痒，又去听五一拉小提琴，听完后，她走出来，叫住五一，"音乐家，我叫杨娜，我希望你能上我的维多丽亚中西餐厅拉小提琴。"何五一随口答声"我考虑一下"。何五一并没把这事放在心上，隔了段时日，杨娜打他的手机，问他考虑得怎样。何五一于那天下四点钟，一身黑西装地走进维多丽亚中西餐厅，把小提琴盒打开，站在搁着钢琴的台子上，拉着大家都熟悉的舒伯特的《小夜曲》。当时一些人坐在餐厅里喝咖啡，突然有一支舒缓的小提琴曲在餐厅里飘扬，就都把注意力投放到拉着小提琴的何五一身上。他穿着五公分厚的皮鞋，身高蹿到了一米八七，一身黑西装使他的身材显得颀长、挺拔和傲慢，下巴上夹把小提琴，还戴墨镜，人就更加气质。他拉完《小夜曲》，又拉另一支大家耳熟能详的《梁祝》，这支优美的曲子从他的小提琴上泻下来，真是凄凄婉婉、如诉如泣，把很多来餐厅吃饭和喝咖啡的人都震撼了。当最后一个音符从他的琴弦上飘下来时，餐厅里破天荒地爆发一大片掌声。一个身段很漂亮的女人拿着一枝玫瑰，笑盈盈走上去，送给他。他说："谢谢。"那漂亮女人没说话，转身回到座位前坐下，那里还有一男一女，都望着他。他拉支欢快的小提琴曲，以示谢意。又一个着一身白衣服的女人拿着桌上的玫瑰花，不好意思地笑着走来，他回个笑，接过玫瑰，放到钢琴上。那天，他前后接了三十八朵这样的玫瑰，直到六点钟，他收好琴，杨娜才从一隅款款走来道："你的琴拉得真好，我都陶醉了。"

何五一提起琴盒要走，杨娜说："何先生，你第一次来，我请你吃饭。"何五一是从不让女人掏钱吃饭的，这么多年里，他第一次接受一个女人请他吃饭。吃饭时，何五一感觉戴着墨镜吃饭不礼貌，便摘下墨镜，放在桌边上。杨娜吃惊道："咦呀，你不是瞎子。"何五一坦率和懊恼地说："他们说我这双眼睛太勾人了，我只好找副墨镜遮着。"杨娜笑道："没那么厉害吧？"何五一瞟她一眼，杨娜立即发自内心地尖叫一声："我的天，确实太勾人了。"何五一一看杨娜的表情，就预感又遇上麻烦了。"你别这样看我，我可是很花心的。"他用警告的语气说。杨娜一笑，"我也花心呀，"她说，继续盯着他。

就跟半个世纪前，他的姑妈何秀梅为自己的美丽而苦恼样，何五一一直为自己英俊洒脱的模样郁闷了整整二十年，看来还得郁闷下去，因为他禁不住杨娜女士的恳求，答应她每天下午四点钟去维多丽亚中西餐厅拉琴，但为了不让杨娜女士动心，那天他破天荒地起个早床，在去健身俱乐部的路上，特意拐弯去一处专门给老年男人剃头修面的摊子，把乌黑茂盛的头发全剃掉，刨了个光头。他不知道，半个世纪前他姑妈何秀梅为使李文华等追她的男人痛心地离去，也是把自己剃成光头。何五一并不知道上天一定在他身上赋予了魔力，他随便做什么都是出奇的好，拉琴、吹黑管就不用说了，即使在健身房练健身，他的力量也表现出超群的好，让那里的朋友称奇。没想到的是，他刨了光头后，更帅了，那颗光头透着超出常态的冷峻和美，闪着让女士们心颤的冷光。

一个月后，也不知是何五一的琴拉得好，还是他那颗完美无比的光头太迷人了，顾客越来越多，竟发展到要打电话预订餐位，不然就没座位了。杨娜很高兴，每天都坐在餐厅里欣赏他。有天——那是他在维多丽亚中西餐厅拉琴一年半后的一个晚上，那天晚上月明星稀，空气中花香四溢，何五一吃过晚餐，坐在花坛旁抽烟，她缓缓走来，在他一旁的花台上坐下说："何先生，我要你晚上也来拉琴，有个钢琴弹得很好的女孩子是中央音乐学院毕业的，我让她给你伴奏。"何五一说："晚上九点到十二点是我在夜总会吹黑管的时间。"杨娜女士尽管比何五一大三岁，有丈夫和一个儿子，但这并不妨碍她想独霸何五一的决心。当她得知夜总会给他只有六千元一月时，她笑笑说："你只准在我餐厅里拉琴和吹黑管，我给你三万元一月。"何五一真的没办法拒绝她，这个世界上，有些女人你是无法拒绝的，杨娜女士便是那种她提出什么要求，你都无法拒绝的女人，因为她不光人大方，还十分漂亮——时间这架机器在她身上出了故障，有点停滞不前，虽然事实上她比何五一大三岁，可是竟让何五一觉得她比他小五岁。一个星期后的晚上，何五一一身白西服地站在维多丽亚中西餐厅拉小提琴和吹黑管了。他的黑管也吹得十分好，在夜总会，他的黑管往往被喧闹的电子琴，和同样喧闹的电吉他及强有力的架子鼓奏出的声音所吞没，在维多丽亚中西餐厅，从他黑管里吹出的声音不受那些乐器干扰，就低沉、舒缓、优美，加上他那颗闪着冷光的光头和那副宽大的墨镜形成的鲜明的标志，让女士们莫名地兴奋，让先生们莫名地忧伤。

"我已经爱上你了。"杨女士高兴得忘形道，"我要为你离婚。"何五一没说话，他是来挣钱的，不是来找女人结婚的。他把黑管放好，又对餐厅的男士和女士们拉起贝多芬的G大调《小步舞曲》，有人竟跟着小提琴拉出的曲子哼唱，边陶醉的模样摇头。就有漂亮女士走过来送花，对他笑。晚上，那个弹钢琴的女孩为他伴奏，他就很投入地拉《梁祝》。有时候他累了，弹钢琴的女孩就会弹一支欢快的钢琴曲调节气氛。这样过了十个月，维多丽亚中西餐厅的晚上，人多得成灾，边喝咖啡或茶，边听他拉琴或吹黑管的人致使维多丽亚中西餐厅人满为患。杨娜高兴极了，禁不住叫道："今天晚上你是我的。"何五一一点也不惊讶，但他没打算把自己给这个女人，他那神圣不可侵犯的自尊心可不同意他做女人的情夫，他淡淡地说："你要是能离婚，我可以考虑，我可不想偷偷摸摸。"说完，他把杨娜晾在马路上，骑上他早两年买的一辆铃木太子摩托车，狂奔而去。

　　杨娜的丈夫是广州市人，有几个在社会上玩的朋友，当他得知老婆是为那个拉小提琴和吹黑管的年轻人而要跟他离婚后，他把一个社会上的朋友约到餐厅吃饭，指着何五一对那人说："不管你用什么方法，我要他在广州消失。"那人拍胸脯道："包在我身上。"杨娜的丈夫给了那人一万元，那人叫来两个混混，他们身上没有音乐细胞，听不出何五一的小提琴拉得有多好，也听不出他的黑管吹得有多棒。他们打着哈欠，等着，终于很不耐烦地等到十一点钟。他们先走出来，守在门外，看见何五一走向铃木太子，其中一个抓住摩托车的龙头。何五一借着路灯的光打量他，见他一脸蛮相，问："你什么事？"蛮汉说："我们要你在广州消失。"何五一感到莫名其妙，"凭什么要我消失？"蛮汉说："凭拳头，你明天就滚出广州。"何五一冷笑着发动摩托车，蛮汉就是一拳打过来，何五一感到眼冒金花，胯下的摩托车倒在地上，他怕汽油渗漏而弯下身扶摩托车时，矮壮汉在他腰上踹了一脚。何五一愤怒了，他自己都不知道他这双拉琴的手哪里来的那么大的神力，竟抓住矮壮汉的两只胳膊把矮壮汉举过头顶，掷在蛮汉身上，扶起摩托车，骑着走了。

　　他回到自己租的房间，刚坐下便接到杨娜的手机，杨娜说："我刚听保安说有人打架，是不是你打架？"他答："没错，他们要我从广州消失。"杨娜说："谁要你从广州消失？"何五一瞧着镜子里自己的脸，左眼睛上有一块青色，肿了，手指一触上去就痛，说："不知道。"杨娜问："我能来看你吗？"何五一不想亲近她，"没必要。"他洗把脸，这才躺到床上睡觉。一觉醒来，已是中午，他到楼下的饭店吃了个盒饭，随后去健身俱乐部。他脱下衣服，拎起那一对最重的哑铃，轻轻松松地做了一百下扩胸运动，然后又举起一百二十公斤重的杠铃，一上一下地练胳膊、腿和腰部的力量。他练完健美，冲个澡，来到维多丽亚中西餐厅时，杨娜见他脸肿了，很关心地问："痛吗？"他说没事，杨娜说："你今天别拉琴了。"何五一照样拉琴，照样吹黑管，把黑管的曲子吹得十分低沉、忧伤，让一些吃饭或喝咖啡的先生和女士们不断地扭头看他。他吹完黑管，又拉起凄婉的《梁祝》，以致很多顾客都停下吃喝，长久地注视他，沉迷在他拉的琴声中。等他把《梁祝》拉完，一个苗条的姑娘手捧一大把玫瑰走上来，他弯下身接玫瑰时，那姑娘趁机在他脸上亲了口。这情景让杨娜瞧在眼里，嫉妒得浑身发颤。十一点钟，他拉完圣桑的《天鹅》，把小提琴放入琴盒，准备走时，杨娜走近他，一脸妒忌道："刚才有女孩子亲你吧？"何五一见她目光闪亮地望着他，就扭开头，"这有什么奇怪的？"他提着琴盒走出玻璃大门。

　　门外是十二月的天空，这个时候如果在长沙，棉袄已上身，可在亚热带的广州，穿件衬衣就行了。何五一拎着琴盒，走向他的摩托车，将车钥匙插进锁孔一拧，铃木太子发动了。他骑上摩托车朝前驶去，可是摩托车歪歪扭扭的。他下车看，摩托车的轮胎都瘪了。昨晚那三个威胁他的人又出现在眼前，迅速围住他。高个子蛮汉握根铁棍，人比昨晚更凶，说："你还敢在维多丽亚拉琴，你真的不怕死？"何五一镇静地看着蛮汉问："我的摩托车胎是不是你们扎烂的？"高个子蛮汉旨在要赶走他，嘭得一铁棍砸在摩托车的尾箱上，电胶木的尾箱顿时开裂。何五一大怒，感觉自己的身体突然集聚着无穷的力量，便将摩托车拎起，摔向拔刀砍他的矮壮汉子，矮壮汉子被摩托车撞倒了。他又抡起摩托车砸向高个子蛮汉，高个子蛮汉被摩托车砸着，手中的粗铁棍掉在地上。何五一弯腰捡铁棍时，另一中等个子的壮汉对着何五一的腰一匕首捅来，匕首扎进了何五一的腰，何五一却一把揪住他的颈根，咔嚓一响，拧断了对方的脖子——这是他曾祖父遗传给他的神力，接着，他拣起粗铁棍，一铁棍砸在举着砍刀朝他砍来的高个子蛮汉的脑瓜上，高个子蛮汉连哼一声也没来得及就栽在地上，血和脑浆一并迸流。何五一看见餐厅的几个保安冲来，这才松口气，于是他感觉腰部很痛且鲜血直流，身体一软，倒在街上。

小提琴手何五一醒来的时候躺在医院里。他睁开眼睛看见的第一个人是一直守在他身旁的杨娜女士。"你醒了？"杨娜说，一双哭红的眼睛闪现出惊喜之光。何五一问她："我这是在哪里？"杨娜说："医院。"何五一这才想起昨晚发生的事。公安来了，让杨娜女士离开，他们告诉何五一，他打死了两个人。何五一有点难过，说："是他们先袭击我，他们不准我在维多丽亚中西餐厅拉琴。"何五一说了很多，把整个过程详细地告诉了公安人员。公安人员一一做了记录，然后对何五一说："你好好养伤。"

　　何五一在医院里住了一个月，一个月后他出院，去了深圳，在一家夜总会吹着黑管，仍然过着白天睡觉、晚上玩通宵的夜猫子生活。这样过了一年，一天夜晚，演出完毕，几个人走出夜总会，正打算去吃宵夜，蓦地觑见一个女人站在一隅冲他笑，原来是他差不多忘光的杨娜。她老些了，脸上没了在维多丽亚中西餐厅里当老板时那种光彩夺目感，有点憔悴，但衣着还是那么时尚、身材还是那么苗条好看。"是你？"他说。她没有埋怨他不辞而别，告诉他自己就住在这家酒店，他可以去她的房间坐坐。他犹豫片刻，还是去了，为自己被她找到既懊恼又高兴，"你怎么知道我在这里？"他在房间里坐下时，这么问她。她温柔地一笑，"我呀，是一家一家又一家夜总会地找，才看见你这个忘恩负义的人。"他感到惭愧，在病床上养伤时，她确实做到了关怀备至。"我离婚了。"她说，把手放到他胳膊上，"当公安局的告诉我，是我丈夫雇那几个人要杀你，我就坚决跟他离婚了。"他们像老朋友样说着话，时针指到寅时，她起身，就像老夫老妻样，一点也不难为情地脱着一件件衣裤，脱得只剩一只精美的乳罩后，对他一笑道："你坐一下，我去冲个澡。"

　　他没有走开，有一片刻他想起身走掉，但他留下了，听着从浴室里传来的哗哗哗的流水声，想她可是为他离的婚，她为找到他花了很多时间和精力，他走，她会伤心的。她洗完澡走出来，身上只裹着洁白的浴巾。他走进浴室，冲个澡，再走出来时她已躺在宽大的床上，对他温存地笑。两人做爱，他从来没有遇到过如此疯狂的女人，他被她狂热的爱情感动和征服了。那几天，两人一放下手中的事情就做爱，有天，两人做完爱，她问他："你爱我吗？"何五一从来没对任何一个女人说过"我爱你"，他的小姑妈曾告诫他不要轻易地对姑娘说"我爱你"，以免落下口实，被他以后又不爱的姑娘说成是爱情骗子。多年里，小姑妈生前唠唠叨叨说的其他话他都忘了，惟独这句话，他不但听了进去，而且固执地遵循着。当年他与英语老师同居时，英语老师曾三番五次地逼问他，他始终没让英语老师得逞。后来他还跟几个女人有过一年或半年的同居生活，也始终不肯说"我爱你"。这一天，他看着为他付出很多的杨娜，深切感到在他犹犹豫豫地接受她的爱情后，他也爱上了她，他感谢她为他做的一切，终于将这三个字从嘴里第一次吐出来："我爱你。"

何五一把杨娜带回了家，这真是个面部十分温情、贤淑的女人。她不到一分钟就讨得了李佳的欢心，用一分半钟便赢得了我妈青睐。她说她一定要为何家生一个儿子，这就是妈喜欢她的地方，妈抓着她的手不放，像当年老奶奶抓着李佳的手样，"奶奶等着抱重孙子。"何五一和杨娜在长沙举行了一个简单的婚礼，他不喜欢形式上的奢华，只是叫了几个高中同学和几个在长沙工作的大学同学，就两桌人，看起来不像结婚而像家庭聚会。第二天晚上，国庆受他妈之托出现在弟弟面前，他妈忙拉着杨娜上街，借口想买件衣服让杨娜替她参谋。婆媳俩一出门，国庆就力劝五一不要去澳大利亚，说中国现在是全世界最大的工地，拥有十三亿爱玩和好面子的消费者，干什么都可以发财，机会比澳大利亚更多。国庆说："这几年，我搞广告和策划，还做装修，认识很多从国外回来的朋友，他们都说国内发展得很快，尤其北京、上海和深圳，比国外发达国家的一些城市建设得更具现代气息。你和杨娜如果不喜欢广州和深圳，可以去北京或上海继续做餐饮生意。"五一完全听不进去，伸个懒腰给他哥，他一个人在外面生活惯了，不习惯听从家里人劝阻或给他出主意。

五一走了，随他妻子去北京的澳大利亚使馆签证，几天后他便在澳大利亚的天空下边散步边打手机给国庆说："哥，这里的天空真蓝，很蓝很蓝。你应该来看看。"国庆没时间去澳大利亚看蓝天，回答："我告诉你，海南岛的天空也很蓝。"

<h1 style="text-align:center">八十一</h1>

何五一是个脑袋里没装长沙也没装父母的四海为家的人，他好像是从青山街三号的墙缝里钻出来的蛐蛐，被我们不经意中养育成人。这一点酷似他那个变成一块"烈士军属"牌钉在门上的三叔爷爷，脑袋里根本就没有亲情这根弦。他去澳大利亚后，仅仅就是给国庆打了个"天空很蓝"的电话，从此再没有一丝半点音讯，直到五年后，我们差不多已不去想这个无情无义的儿子，而且已下定决心打算把他忘记的那天下午四点钟，李佳午睡起床，突然接到五一的电话，说他准备和老婆带着儿子陪几个澳大利亚的朋友去西藏旅游，下个月回来。李佳听得头一阵晕旋，手中的话筒掉到地上，忙又抓起话筒，惊讶道："你有儿子了？"五一在电话里告诉妈，他儿子三岁三个月了，一身虎劲，前世怕是只老虎。李佳放下话筒时，气都喘不过来，心闷得厉害，只好拍打着胸部，借用外力帮助心脏排忧解难，边赌气地对我道："你们何家都是这样的种。"李佳是说五一太不像话了，连儿子出生都不告诉我们。还一层意思，就是谴责何家的人生性冷漠无情。我没有计较李佳的气话，笑笑说："他能带着儿子回来看我们，已经很不错了，一个月很快的。"

真的是这样，我们都觉得时间仿佛第三次提速了，一个月不过是眨眼之间的事。还在几年前，李文军就宣布："现在，一年就像年轻时候过一个月样快。"妈那天接过李文军的话说："是啊，过年就像上个星期一的事，这个星期二就又要过年了。"妈这么说我也认同，因为去年过年时，国庆说的话还在耳际回荡，马上又面临过年了。国庆说他在北京某大老板家，无意中看见他大伯画的牡丹花，就是那幅有两只小蝴蝶栖息在花瓣上、八十年代给昌盛画的国画。他感到十分惊讶和亲切，他大伯的画居然挂在这个即使在北京那样的超大城市，也算是很有钱的大老板家里，他呆住了。国庆告诉我们，那北京老板确实有钱，住别墅，坐宾利那种八九百万一辆的高级轿车。国庆说："那老板说，牡丹花是他花三十万从北京一家画廊收购的。"我和妈、李文军、李佳都瞪大了惊奇得不能再惊奇的眼睛，不敢相信似的望着国庆，妈以为自己听错了，"没那么贵吧？"国庆说："奶奶，那个老板说，在香港的艺术市场上，大伯的画都是几十万港币一幅，大伯绣的老虎，都卖到一百万一幅了。"我们为自己没留几幅大哥的画懊悔不迭，同时又都为大哥高兴。妈那天沉默良久，然后道："你大哥人死了，但你大哥创造的艺术品还生机勃勃地活在世人眼里，这是上天对他的恩赐。"去年初一的那个晚上，妈确实用了"生机勃勃"一词来赞美大哥的成就，这话似乎还在我耳畔萦绕，新的一年又来了，让我们为时间飞逝而怅然。

　　时间在妈身上打下了很多烙印，例如过去对爹很有吸引力的目光清澈的眼睛，已没光了，像两颗发黑的毛豆。妈年轻时，嘴里那一口平整好看的牙齿，早掉光了，只残留着一颗业已腐朽的门牙，说话时嘴是一个黑洞，那颗门牙像一颗进入黑洞的钥匙。脸上、额头上和手上都长了老人斑，就像枯树上长满菌类植物样。头发还剩几绺，全白，很稀，无法再遮挡妈的脑门。妈的身体也萎缩了。夏天里，妈洗澡也不避人了，过去那饱满的让很多负伤的军人向往的乳房，如今皮吊吊的，皱褶打褶，十分难看。屁股、腿和胳膊上，也满是枯树皮样的皱折。妈九十一岁生日似乎是上个星期三做的，九十二岁的生日于这个星期四又匆匆来了。妈的生日一过，夏天就过去了，太阳由黄转白了，枫叶在山上红起来。妈的视力还行，有天天气好，妈坐在阳台上，看到山坡上的映山红开了，妈不能确定，问李文军："那是什么啊？"李文军折回客厅，找出老花眼镜戴上，伸出头仔细瞧，判断说："那应该是映山红。"妈惊讶道："冬天还没过啊，就春天了？"地球升温了，不想让南方人再过寒冷的冬天，索性把南方人的冬天掐掉了。一天，李佳看日历，叫道："啊呀，明天是妈的生日。"

中国改革开放的实惠，如果说我们这些老人只是喝了点汤，我孙女何懿、我侄外孙女小精灵和侄外孙小郭承嗣，在他们父母们的努力下，是吃了肉的。国庆早几年就把他的蓝天广告艺术公司移到了北京，因为北京的业务比长沙好。他长沙、北京两地飞，高小霞辞了职，专心替国庆管理长沙这边的公司，桌上两台电脑、三台电话，来了人她就接待，很忙。国庆确实赚了不少钱，钱多得没地方用，就在北京和上海分别买几处门面出租。何懿去年考上了英国最著名的剑桥大学。当年国庆之所以把女儿送往英国，是想让她去英国生猛地繁殖何家后代，因为在中国实行的是独生子女政策。何懿是个大胆且顽皮的晚熟型姑娘，在国内时，她只知道玩，哪里好玩她就出现在哪里，在学校里还跟男孩子打架——据她后来回忆，她打架从没吃过亏。但在英国，她长大、长高长漂亮了，比她妈高小霞漂亮，比她奶奶年轻时候也漂亮，一双眼睛像她曾祖母年轻时候的眼睛，双眼皮双得很美，眼角略上翘，目光就带点俏皮和嘲讽。我们把何懿发来的相片洗出来，无意中与国庆几年前拿去翻拍和冲洗的、他奶奶年轻时戴船形帽、着国民党军服的相片放在一起时，一家人才有这种惊喜的发现。何懿显示出了东方女性的内涵和特质，居然学会了淡然而亲切的莞尔一笑，在网上，她会对我们莞尔一笑，笑得十分青春、自信和迷人。这只有在英国女王脸上才有的笑，竟悄悄移植到这个聪明伶俐的中国姑娘脸上了。遥想起来，这个一八四〇年对中国发动鸦片战争，多年后又发动八国联军入侵中国，并把清政府军队打得落花流水的英国，现在却用他们历史悠久的学府培养和教育我孙女等一大批中国青年，这不能不让人感慨。

世界就是这样健忘和奇怪，上几辈人痛恨得要命的国家，下几辈人却十分向往！整整一百年前我义愤填膺的曾祖父为抗击八国联军，曾在何家山乡四处奔走和大声疾呼，并率领众弟兄奔赴河北，奋力与英军拼杀，结果战死在那里。他的在天之灵，若得知他的第六代玄孙女竟在英国求学，不知会作何感想！不过何懿还算冷静，并未一味地崇洋媚外，她在网上对她父母说"英国人没什么了不起"。国庆把何懿的话学给我们听，我们都笑了。"是要这样看，"李佳说，"不要把外国人看得那么神。"

早几天，我和李佳到国庆家，李佳要看何懿从英国发来的相片。高小霞打开电脑，正好收到何懿新发来的相片，相片上何懿穿件露肚脐的短吊衫，身材高挑匀称，一张很阳光的脸蛋上戴着副古怪的太阳镜，骄傲地昂着头；一条红短裤，露出两条修长、优美的大腿。一个身材高大的英国小伙子搂着她的腰，笑着。高小霞叫道："妈，你看何懿，跟一个英国男人搂在一起。"李佳戴上老花眼镜看，这相片把李佳着实吓得不轻，"我的妈呀，我何懿怎么跟洋鬼子搞到一起了？"高小霞见婆婆满脸愕然，又安慰说："妈，可能没那么严重。"

国庆回家，一身美军衣服，还戴顶美军帽，看上去像个美国大兵。李佳批评说："你这打扮，整个就是个美国鬼子，要是你那个烈士叔爷爷还活着，不把你当美国鬼子打了？"国庆笑，李佳又一脸郑重地对他说："你要管管女儿，她跟洋人搂在一起照相，很危险呢。"国庆当即打何懿的电话，何懿说："照片上的人是我玩得好的大学同学，我们一起游泳时照的相。"国庆没多说话，放下电话对他妈说："他们是大学同学，玩得好。"李佳说："那样子不是一般的玩得好，我猜何懿是想走何娟那条路。"国庆大笑，是那种见多识广的笑，声音就洪亮、开阔，"妈，混血儿聪明。"

何白玉终于抛下身边的一切，把店子交给杨敬国和王刚强、把摩托车给了另一个人，把三室两厅的房门一锁，去了美国，在美国很起劲地教他外孙和外孙女讲长沙话。他的外孙和外孙女都相当聪明，接受能力极强，仿佛血液里有长沙方言的遗传，只需点拨几下就行，不到半年，四姐弟在家里就不讲英语，都跟着他讲长沙话，弄得他们的美国爷爷和父亲一句也听不懂。何白玉非常高兴，他就是希望他外孙和外孙女的美国爷爷和父亲听不懂。又教了几个月，这几个何家的后代就都用长沙话跟他这个外公交流，问这问那。

何白玉在美国住了差不多一年，一年里，他除了教外孙外孙女讲长沙话，就是在别墅的游泳池里每天游三十个来回，然后趴在沙滩椅上沐浴着美国的阳光。全家人里，只有他吃西餐时要把辣椒浇到面包上，餐后，也只有他不喝咖啡而喝绿茶。他不看电视，因为电视里讲的都是英文，他一句也听不懂。他让女儿买来中文报纸和中文小说，在他外孙外孙女上学时，他就坐在后院的草坪上读小说。家里佣人三个，一个黑女人做饭菜，一个越南女人打扫卫生和充当厨师的下手，还一个年龄较大的阿根廷人，他负责整饬前后花园和清除垃圾。他是个做事有条不紊的人，每天重复着当天该做的事。何娟三十八岁了，可是仍有着旺盛的精力，她在大学工作，是名女科学家，工作起来不知疲倦，笑起来声音脆脆的亮亮的。有天，何白玉感到很无聊，看着女儿道："娟娟，爸住在这里没什么味。"何娟说："没事的，爸，下个月，孩子们一放假，我们全家出去玩。"

旅途上，何白玉觉得美国真美，美国的天空很蓝，云很白，不像长沙的天空，灰蒙蒙的。他喜欢这种颜色的天空，对女儿说："要是长沙也有这样的天空，就好了。"何娟就告诉父亲说："爸，美国人对环保意识的培养，从小就开始了。我们中国，那些当官的，大多是农民出身，环保意识太差了，当然看不到这样的天空。"何白玉不但觉得美国的天空好，还觉得美国的水好，拧开水龙头就直接喝水，不像国内的自来水，要烧开了才能喝。何娟说："中国还要发展几十年，才能成为真正的强国，现在，很多方面离发达国家的水平还有距离。可是有些中国人和中国官员就开始自我陶醉了，以为中国可以跻身发达国家了。爸，到芝加哥了。"何娟说这话时，汽车已驶进漂亮、气派的芝加哥市。

就是那天，何白玉在芝加哥的一家外表很漂亮的中国餐馆里，遇到了一个早已从他脑海里删除的女人。汽车一驶进芝加哥市，何白玉就想吃中国菜，因为在家里和在旅途上吃西餐吃得他都想呕了。他看见一家中国餐馆，就对女儿说："今天吃中国餐，西餐吃得我想呕了。"何娟把车开到这家中国餐馆前，他跳下车，抱着最小的外孙步入餐厅。已是吃中饭的时间，餐厅里有好几桌人，中国人外国人都有。他找个靠窗的餐桌坐下，何娟和女婿带着另外三个孩子走进来，服务员走拢来，何娟翻看菜谱，点着菜，何白玉忽然问："请问餐厅里有辣椒没有？"服务员是个中国女孩，能听懂中国话，她拿来一瓶浏阳豆豉辣椒。何白玉大笑，"哎呀，在美国还有我们长沙的浏阳豆豉辣椒。"何娟责备地瞟眼父亲，"老爸，您别大声说话，影响了别人就餐。"

但已经晚了，何白玉用长沙话叫嚷，已引起一个长相富态的女人注意，这女人与一家人坐在邻桌，那是一家五口，都是纯种中国人。那女人见他说长沙话就笑眯眯地看着他。何白玉起先没注意，后用眼角的余光瞥见有人盯着他笑，就折头看了眼，那一家人都对他笑，何白玉是个懂礼貌的长沙绅士，就扬手向那家人打招呼。那家人已经吃完，富态女人走拢来问他："你们也是长沙人吧？"何白玉在美国住了大半年，第一次听到一个陌生女人说长沙话，就感到格外亲切，"是啊。"富态女人问何白玉："你们住长沙哪里？"何白玉说："你坐吧。"富态女人矜持地坐下，他这才答："天心区，你呢？"富态女人说："我也住在天心区。贵姓啊，先生？"何白玉说："免贵姓何。"富态女人说："何先生好。"

菜还没上，何白玉就跟这女人聊，富态女人说她来美国是给她儿子带孙子孙女，她指着望着他们的她儿子儿媳说："那是我的儿子和儿媳。"何白玉对富态女人的儿子和儿媳一笑。他骨子里是个爱热闹和喜欢跟人交往的人，现在遇见一家说长沙话的人，就特别开心，说："方便的话，留个电话吧，有时候没人说话，我可以打电话找你聊聊天。"富态女人面含笑容地说了她住宅的电话号码，接着用她那种年龄的声音说："我姓孙，叫孙燕。"何白玉瞪大了眼睛，"孙孙燕？"他看着富态女人，"你是孙燕？"孙燕看着他，他说："我是何白玉，我们应该是同学啊。"孙燕的眼睛也瞪大了，"我是觉得你有点面熟，但又想不起来，原来你是何白玉，我们可真有好多好多年没见面了，在美国相遇，真巧。"

八十二

四月里的一天，何白玉把孙燕带来了，这是他到美国的最大收获。如果不是在美国，他们即使相遇，也不会相互认出来，因为无情的岁月把他们两人的面貌都磨损成老人了。两人留在各自记忆里的形象都是少年时代的形象，少年的何白玉单瘦，一个尖脑袋，一头茂密的头发和一张尖削的脸。而少女时候的孙燕十分苗条，也是一张尖脸儿。在芝加哥的中国餐馆里吃饭的孙燕却是个富态的女人，自然也老了，两人被学校和父母及公安机关强行分开时是十五六岁，再相遇时却是六十岁的人了。彼此分开四十五年，视力再好眼睛再尖，也很难认出对方是谁。但是报出姓名，又都能忆起对方的模样来，因为两人有过极懵懂极荒唐的恋爱经历，这段经历在彼此的心灵上打下了用刀都刮不掉的烙印。何白玉少年时曾经非常爱她，后又十分仇恨她及她父母，恨不得一出劳教所就把他们全家杀光。但时间是消除仇恨的最有力的武器，随着时间的推移，仇恨也在一点点退化，好像清洁剂在清洗洗手池上的一点点污垢似的，等到他遇到她时，一点仇恨都没有了，因为时间已帮他穿越了仇恨的丛林，带着他步入了对青春岁月十分留恋和追忆的开阔的大草原上，有的只是无限美好的回忆。

那天，他们没有多说话，这对旧情人也没产生依依不舍的感觉。回到纽约，何白玉休息一天后，又面对大量空虚、无聊的时间了，因为外孙女和外孙又迈进了学校，女儿、女婿也开着车上班去了。他就拿起电话打给孙燕家，两人就开始漫长的聊天，纯粹只是聊天，先聊儿女什么时候来的美国，接着聊孙儿孙女，接下来就聊各自的婚姻和家庭，何白玉很坦率地说了自己混乱的婚姻生活，说他其实对女人并不坏，一度很想再找个女人结婚，可是那几个比他年轻一大截的女人，最终都欺骗了他。"我这一世，注定是孑然一身。"他说。

孙燕告诉他，自从他俩那年出了那事后，她转了学，读完高中，参了军，在军队里认识了她后来的丈夫。"文化大革命"期间，她随丈夫"支左"回了长沙，后来一起转业到一所中专学校工作。丈夫任管总务的副校长，她成了一般干部。丈夫八十年代末患鼻癌去世了。她有一女和一儿，女儿在广州的一所大学教书。儿子早几年来了美国。她父亲——那个跟随毛主席长征的老红军，九十年代中期去世了，她母亲——也是老红军，于五年前抛下她走了。她的生活很简单，长沙是她的家，广州是女儿家，美国是儿子家，她就在这三个家穿梭，一个人，很自由。这些资料也不是一天收集的，是多次交谈中，何白玉慢慢理出来的。有天，何白玉在电话里对她说："孙燕，你其实也不幸福。"孙燕在电话那头沉默几分钟，他喂了声，正准备挂电话，孙燕却说："要是我们是在一个城市就好了，就可以出来吃吃饭。"何白玉说："那是，可惜我们都被儿女所困。"

后来，他们的谈话就深入了，谈到了老师和同学，又谈各自的父母，和当年两人偷吃禁果时那种不顾后果的懵懂无知等等。谈话每天进行，有几天何白玉没打电话，他又随女儿女婿带着外孙外孙女去旅游了。回来后，他跟孙燕打电话，孙燕在电话那头埋怨他，说他出去旅游也不告知她一声，害得她哪里也不敢去，每天在家等他的电话，让她儿子和儿媳都笑她一听到电话响就睁大眼睛望着电话机。何白玉觉得这很严重，知道自己无意中激活了她脑袋里的某根神经，让她少女时代的情感死灰复燃了，忙说了一大堆对不起的话。又这么聊了一段时间，他告诉孙燕，他准备回国了。孙燕问他几时走，他说："下个月。"隔一天，孙燕打电话来道："我也想回国。"他有些愕然，问："你儿子同意你回国？"孙燕说："做妈的也要有自己的生活呀。"

何白玉把她的话和语气想了下，吓了一跳，心头也跟着一颤，想她不是想跟他修复多年前那段破损的初恋吧？那天晚上，他把他的生活和她联系起来过滤了遍，也没想清楚，只是觉得这个姓孙的女人如果要做他的伴侣，他也不会嫌弃，但要他去追这个自己几乎遗忘的女人，说什么也不会的。四月里的第一个星期三，他打电话告诉孙燕，他星期六走，他女儿已替他订了飞机票。星期五，他打电话过去，想跟孙燕道个别，可是那边没人接电话。他想她是不想接他的告别电话。星期六，何娟把他送到机场，他进入安检门，步入宽大漂亮的候机室，一个富态女人坐在一隅对他笑，他大吃一惊，竟是孙燕。

何白玉向我们介绍孙燕时，这样说："她就是孙燕，我的小学、初中和高中同学。"我们都哑了，因为从我们记忆的土壤里挖出来的孙燕，是一个让全家人惊恐的刺猬。不是她，何白玉会把高中读完，不是她，何白玉会参军，追随李文华去部队锻炼——但在那个年代，劳教过的人部队是不要的。她是让何白玉在人生道路上走错第一步的人。何白玉十分无所谓，他告诉我们，这是命，在长沙生活这么多年，他们从没相遇过，跑到美国，他们倒相遇了，这就是命里注定的事情。命里注定他们要一起走完他们生命里后面的时光，从此，他们可以一起去美国，可以先到芝加哥，再去纽约。何白玉笑着告诉我们，他的外孙外孙女一点也不喜欢讲德语，除了英语，他们更喜欢讲长沙话，他们把长沙话带进学校，教他们的同学讲，结果老师很高兴地打电话来，说很多学生都在跟他外孙学讲中国话。何白玉大笑道：

"那是我教的长沙话。"孙燕很文静，听他说，笑，不太爱说话。他们走后，李佳和我倒没说什么，妈说："要是你大哥大嫂还活着，一定会反对他们在一起。"李佳答："大哥大嫂都去了另一个世界，也就只能由他了。"

谁也没想到天生乐观、豁达、遇事都朝好的方面想的何白玉竟会以"烈士"的称谓终其一生。假如他自己想到了，按他那玩世不恭的性格他八成会绕开，但他没想到，就没绕开。这是命，既是命运的嘲弄，又是命运的给予。他一生都拿他三叔爷爷何金石烈士做文章，没想到临了把自己也做进了烈士的行列。他这样的人也能成烈士，简直是对烈士称号的亵渎。但话说回来，烈士并非神，都是一个个普通人，比如雷锋、黄继光、董存瑞等。细想起来，何白玉这人坦率、大方、豪爽、勇敢和刚烈，有做烈士的潜质，老实说，不是什么人都能当烈士的，有的人生下来就是个自私鬼、贪婪的人，有的人生下来就是个懦夫、叛徒，要他用身体堵敌人的机枪口或要他手举炸药包去炸敌人的碉堡，那是断断不可能的，而有的人生下来就是为了有一天当烈士的。假如是在战争年代，何白玉早就当烈士了，无须等到六十岁才获取这份殊荣，而和平年代，要当烈士还真不是一件容易的事。

事情是这样的，孙燕本来就是个爱漂亮的女人，与何白玉重新生活到一起后，爱漂亮的天性又如跑出去玩的狗一样自动回来了。她见自己体态略胖，腰宽，肚子上有赘肉，就想减肥。两人每天早晨起床，吃过早饭，去一家舞厅跳舞瘦身。这样跳了大半年，每天上午出一身汗，回家洗个澡，孙燕的体重竟降了十斤，过去爬楼有些喘气，如今爬楼却没那么气喘了。她很高兴。何白玉也高兴，通过跳舞，他结识了一些新朋友，也瘦了几斤，走路也有劲了。前一向，两人去当年的一个初中同学家做客，回来居然既没乘公车，也没打的，就那么边聊天边走回家，足有十公里。两人事后都惊讶，十公里路竟被两条腿简单的解决了。"这要归功于跳舞，"孙燕说，"跳舞把你跳健康了。"何白玉笑笑道："主要是你进入我的生活后，使我的生活变健康了。"

　　舞厅距何白玉的家不远，是一栋旧厂房改造的。一楼是几家专卖家具的商家，二楼是舞厅，三楼是健身俱乐部。后来证实，火是一楼商家的女人用电炉烤孩子的衣服引发的。女人把衣服放在电烤炉上，自己就坐到街上，与另几家店铺的老板打麻将，等他们发现店里起火了，火势已经蔓延开来。家具可是最易燃的材料，一烧起来，噼噼啪啪很热闹。舞厅里的人都醉心于舞曲和舞步中，热闹的舞曲声像海浪一样在舞厅内喧嚣，没有人听到楼下的人大声嚷叫"起火了、起火了"。火冲了上来，火舌吞噬着门窗，毒烟一涌入舞厅，一批人就晕倒了。舞厅里有两百多人，大多是来健身的中、老年男女，也有年轻人，年轻人率先向舞厅大门冲去，撞倒不少惊慌的中、老年人。大家都往门口拥，门变小了，门外又有毒烟往门里灌，一些呼吸了毒烟的人就晕了过去。情急中，总算跑出来一百多人。

　　何白玉也跑出来了，他在跑出来的惊魂未定的人群中寻找孙燕，没看见孙燕。这时，舞厅的那张门已燃烧起来。何白玉看着燃烧的舞厅，他犹豫了下，脱下衣服，撕下一边，放到水龙头下打湿，顾不得那么多地捂着鼻子，冲进了舞厅。舞厅里浓烟滚滚，已看不清人的模样，他猫腰拖出一个女人，一看不是孙燕，又弓着身体冲进舞厅，又弯腰拖出一个被毒烟熏晕的人，是个中年男人。他再次冲入舞厅，又拖出来一人，一看，还不是孙燕。他又冲进火海，舞厅里充斥着火焰与黑烟，他摸到一个人，也不管男女，抓着那人的脚就往外拖，拖出来，是个老头。这时，他看见舞厅的天花板已燃烧起来，浓烟向两边翻滚。但孙燕还在里面没出来，他捂紧鼻子，果断地钻进舞厅，再去救人。他拖出第七个人时，潜意识地想他已经救出七个人了，但他还是焦急和勇敢地冲进火海，又拖出来一个晕倒在地上的女人，还不是孙燕。他一个人勇敢地救出了九个人，都不是孙燕，因为孙燕第一时间就被毒烟熏倒，葬身火海了。他狂怒地再次冲进燃烧得很旺的舞厅，且弓着身体在地上摸人时，天花板上掉下来一根梁，砸在他的头和腰上，他感觉头轰地一响，就不晓得事了。他是被赶来的消防队员从火海里拉出来的，他的衣服烧光了，屁股、背和手臂及半边脸，都被砸在他身上的带火的梁烧煳了。

何白玉从火海里拖出来的被毒烟窒息的九个人，有八个人活了过来，只有那个老头因倒地后被拥挤的人踩断了脊梁骨，没再醒来。市里的领导得知这个六十岁的死者，生前先后十次奋不顾身地冲入火海救人，当即认为这样的人应该追认为烈士。何白玉的追悼会是在殡仪馆开的，市里好几个领导都送了花圈，一领导还向何娟颁发了精美的烈士证书。何娟来了，穿一身黑长裙，带着她那个上幼儿园的小儿子——这是个性情孤僻的混血儿，表情冷淡，追悼会上，他站在母亲一旁，目光虚无缥缈，谁也不知道这个黑头发、蓝眼睛、高鼻子、白皮肤却长着张中国人脸的男孩脑袋里在想什么。何娟脸上没有大悲大哀，对来悼念她父亲的市领导和父亲救下来的八个人及八个人的家属只是轻声说"谢谢"，并伸出一只冰凉的手与他们相握。事后，她对父亲被追认为烈士一事，并没表现出欣慰，她甚至都不理解她父亲怎么可以不顾个人安危，一次又一次地冲进火海救人！她想不明白，像父亲这样只顾自己快活的人，既然已逃出火海，是一种什么力量驱使他竟然战胜了恐惧！她对我们说："我爸这样的人，想不到最后成了烈士。"这让我突然想起很多年前何秀梅对何白玉说的那句话："你这样的人也配成为英雄？除非青山街的房屋都垮了。"青山街的旧房屋确实都拆了，连半间都没剩下。我很惊讶，觉得这太不可思议了，怎么何秀梅的话都那么灵验！

何娟带着儿子走了，高小霞开车送她母子去了机场，我们感觉她好像再不会回国了。她生母虽然还活着，但她好像不喜欢生母，更不喜欢生母一家人。她在我们家长大，对生母的感情就淡薄。她的另一面，也就是冷漠的一面，在她四十岁后，忽然抬头了。那天她生母打电话叫她去吃饭，她从生母家回来，脸色很冷淡地说："我妈也是，要我把她儿子搞到美国去，

747

搞去干什么？"她说的人是她同母异父的弟弟！她说这话的神态，让我们隐约想起当年何秀梅面对肖楚公那种冷若冰霜的表情。

八十三

就是在那些让我们惆怅的日子里，何五一打电话说要回来了。那一天是六月八日，从那天起，日子便放慢了，平常过一个星期的时间，现在好像只过了一天。好不容易到第二天，一早起床，坐了很久却还只是八点钟。九点钟老是不来，十点钟仿佛在隔壁，中间隔了堵墙过不来。好不容易十一点了，十二点钟却赖在户外不肯进门，像一只不愿回家的大狗样拖也拖不动。下午也是这样，一觉起床，坐在客厅里打牌，打了很长时间还只三点钟，又打了好几圈牌还只四点钟，再接着玩了很一会，以为六点钟了，却还只四点半。晚上就过得更慢，平常晚上，到十点钟，只是眨眼工夫，但自从五一打电话来后，时间变呆滞了，像条老牛，半天不挪动一步。吃过晚饭看了很长时间电视才刚刚新闻联播，又看了很长时间，才勉强八点钟。李佳恨不得走上去把长针拨到十二，把短针拨到十。终于挨到十点该上床睡觉了，又都没睡意，因为上床也睡不着，就坐在客厅说话，边猜五一的儿子是像母亲多一点还是像何家的人多一点，议论个没完，一看钟还只十点一刻。在妈的催促下，各自回房后，李佳和我又睁着眼睛看天，边想时间怎么了？哪里出了差错？怎么把时速放得这么慢？

好不容易挨到七月十五日这天，为体现重视程度，李佳硬逼着我刮干净胡子。大家穿戴整洁地坐在客厅里等五一，等到十一点钟等来了电话，五一说他们一行人先去西藏，再去云南，要过十五天才能回来。李佳简直是叫道："还要过十五天？妈早把房子给你们收拾好了，就等你带着儿子回家。"五一说："会回家的，妈，不急。"电话挂了，丢下我们抱怨，只好再烦闷十五天。

何五一步入家门时已是八月初，妈还以为来了个外国人。他长发披肩，蓄一脸络腮胡子，穿件黑背心，下身一条前后左右都是口袋的牛仔裤，脚上一双锐步旅游鞋，左手拎着小提琴盒，右手拎着个巨大的包，背上还背个大旅行袋。他还是那么精神，一副旅行家兼艺术家派头。西藏高原的太阳把他晒黑了，却让他显得更结实更孔武有力。杨娜比起五年前来我们家与何五一结婚时，有点变化，略丰腴了，她那白皙、红润、光洁的皮肤被站在纳木措湖前痴迷地瞪着丈夫拉小提琴的高原的太阳，和长时间站在丽江街头更加痴迷地盯着丈夫吹黑管的日头晒黑了，但是，反倒显得更加健康和年轻了。她穿着宽松的灰色无袖衫，和一条不易显脏的深灰色的同样有着许多口袋的牛仔短裤，脚上也是一双旅游鞋，看上去像个还不到四十岁的妇人。两人的儿子，因长期在户外活动，皮肤早被澳大利亚的太阳晒蜕一层又一层，再晒就只能出油了，于是闪烁着不像黄种人倒像棕色人种的迷人的光泽，穿着短裤和背心，剃个光头，像只小黑熊蹿进来，一进屋招呼都不跟人打，什么人都不放在他眼里就这间房子那间房子查看，小大人样地摇头，大步走到饮水机前，拿起杯子接水喝，一连喝了三大杯，把个小肚子胀得像面圆鼓。

五一和杨娜带着他们的儿子来，最高兴的莫过于李佳和妈，虽然李佳抱着孙子亲时，孙子用双手拚力抵抗这个陌生的奶奶，但李佳还是很快乐。妈手无缚鸡之力，可是吃饭时，她还是把她的曾孙儿搂到腿上坐着，"小牛犊，你叫什么名字，告诉老奶奶。"五一的儿子望眼父亲和母亲，这才告诉老奶奶："何振兴。"他不望老奶奶而是望着他妈，边撕咬着鸡腿，接着说："老奶奶，您就是那个将军夫人吧？"我们都笑，这让我们想起多年前郭香桃的女儿从老奶奶房里翻出她舅外公的遗像一事，仿佛何家的后代不用人教就能认出上几辈人的身份，似乎血液里就有这种认亲、辨识亲人关系的特殊遗传。"五一，他是个聪明的孩子，你要好好培养。"李文军说。

何振兴是个调皮鬼，精力旺盛得让全家人目瞪口呆，因为他可以一个人玩到半夜，小小年龄就盯着虚情假意的韩剧看得津津有味，看到子夜都过了，五一走上去关掉电视，小家伙才嘟着嘴去睡觉。

我们以为他第二天一定会把一个上午睡光，可是他比谁都起得早，一爬起床，用不着别人动手就自己开电视机看动画片，又看家庭妇女们喜欢看的电视连续剧。杨娜告诉我们，这孩子是个精怪，她的朋友给他取了个小名——"人参娃"，因为他一天只需睡三四个小时，精力充沛得这世上没有第二个孩子能与他匹敌。他三个月时就晓得叫妈，五个月就下床走路了，一岁还不到就跟着他外公背唐诗，来之前，他和邻居家一个比他大一岁半的英国男孩在草坪上玩，把那男孩打得哇哇哭。这让李佳惊讶道："那怎么行呀？"

杨娜在悉尼开了家仍取名维多丽亚的中西餐厅，装修得十分雅致，五一每天下午五点至晚上八点钟的这段用餐时间在餐厅里拉琴或吹黑管，以此招揽顾客。当他黑管吹累了，他就拉琴，当琴拉累了，他就吹黑管。有一个澳大利亚的小姑娘给他伴奏，那姑娘的钢琴弹得也很好。仍像在广州一样，五一一拉琴，餐厅就热闹，外国女士比中国姑娘更热情，每晚都有女人送花给他，并走上来吻这个注定一辈子都被女人们喜爱的音乐家。他身上仿佛有什么特殊气味，也就有一个特殊磁场，一般人见不到，也感受不出，但喜欢他这种气味的女人却为之痴迷。有个西班牙女郎，是来澳大利亚旅游的，自从她走进餐厅，听毕五一拉琴后，就不走了，已经在悉尼住了大半年，每天都来，只要五一拉琴，她就如醉如痴的样子。这次他们出来旅游，也是为躲避那个热情得过火的西班牙女郎。"我得看紧点。"杨娜笑着说。

何五一和杨娜只在家里住了三天，他们出来的时间太长了，要回去照看生意。一家人买了第四天下午四点钟飞北京的机票，再从北京飞往澳大利亚。国庆和小霞来了，准备吃完中饭送五一一家人去机场。吃饭时，李佳开瓶葡萄酒，大家举起高脚玻璃杯碰了下，一家人都沉默在离别的伤感中，伤感的气氛就拉长了，也绷紧了，好像再拉一下就会断裂似的。"五一，"李文军用他嘶哑的喉咙率先打破沉默，"你要经常回来，你爸爸妈妈和你奶奶经常念叨你。"五一就抱歉地一笑，"好的。"李文军又说："五一，李伯伯说你一句，你应该经常打电话回来，别一走，又电话都不打一个。"五一又抱歉地一笑道："好的。"

话题扯到何白玉身上，五一就觉得好笑道："真没想到白玉哥成了烈士。"李文军说："白玉是你们家最有反抗精神的，只是他生错了年代，如果早生一百年，那他是个能改变历史的人物。"我们都盯着李文军，这话有点语出惊人。我想，自从何白玉被定为烈士后，就在众人眼里升华了，身上的缺点被大家过滤了，没过滤掉的也变成了优点，所以李文军才如此肯定。他又继续美化白玉道："白玉天生胆量大，敢闯，在'文革'那样的年代，你们的爷爷是'反动军阀'，他都敢闯，假如是战争年代……"国庆同意李文军的观点说："那是，'文化大革命'中，像我们这种家庭背景的人，都是夹着尾巴做人，白玉哥做人却做得理直气壮，敢带领大家闹，敢夺权，这是要有胆量。"五一接过他哥的话说："白玉哥这一世，最后混个烈士，一点也不冤屈。"五一这句话像是一句总结，大家又沉默了，空气又凝固了，于是都把目光投到何振兴身上，这男孩虎头虎脑，一边吃饭一边盯着电视，边笑，清脆悦耳的笑声打破了涌现在大家眼里的忧伤。李文军称赞道："这孩子一副聪明相，精力又旺盛，将来怕是个要超过他老爷爷的下不得地的人物。"

离我住的地方不到五公里有一口鱼塘，鱼塘在岳麓山后山，是一杨姓农民家承包的，鱼塘里养着不少鱼，供喜欢垂钓的人钓鱼。李文军住到我家后，每逢秋天，天气晴朗时，他会独自拿着钓竿，搭车来这里钓鱼，边呼吸山林的清爽空气。鱼塘的四周是大片茂密的树林，那一大片树林在阳光下没完没了地吐氧，李文军大口吸着氧气，感觉心肺都打扫干净了。我也去过，但不像李文军那么勤快，李文军爱垂钓，我是偶尔为之。不过，自从李文军满了八十五岁后，李佳就不准她哥独自出门，怕她哥路上不小心绊倒。但那天——那是何五一一家人走后的第六天，李文军说他好久没吃鱼了，他说这话时老脸上既有追忆又有向往。李佳看哥一眼道："那我去买条鱼来吃。"李文军摆手，说："买的鱼的不好吃，我想去钓那口塘的鱼，那口塘的水是雨水和山泉水，鱼的味道吃起来鲜美些。"次日一早，他把鱼竿从晾台上拿下来，坐在沙发上绕线。李佳看一眼外面说："哥，天太热了，不要去钓鱼。"李文军把鱼竿、鱼线整理好，对妹妹说："我中午不回来吃饭。"李佳问："你中午吃什么？"李文军已走到门口换鞋了，答："等下路过夏门面包店，我买个面包当中饭。"妈坐在她房里说："文军，晚上等你钓的鱼吃。"李文军答："好。"

　　这一天的骄阳烤炽着长沙大地，蝉一早就在树枝上鸣唱。李文军心里高兴，很想到杨家鱼塘钓几条鱼，路经夏门面包店时买了个面包，上了一辆开往汽车西站的公共汽车。他坐了三站，下车，向岳麓山下的那家农家乐走去。太阳很大，但走在通往半山腰路上的李文军，因呼吸着山林里吐出来的新鲜空气，一点也不觉得晒人，反倒觉得周围的山林都对他招手对他笑，像迎接贵宾样迎接他。十点钟，李文军来到了杨农民家的鱼塘前。这口塘有两个足球场大，杨农民把这口塘承包下来，在塘边撑起一把把遮阳伞，摆上折叠椅，接待来钓鱼的城里人。李文军向杨农民买些鱼食，坐到塘边，给钩子上鱼食，接着，钓竿一甩，钩着鱼食的钓钩就落进远远的水中。那天天气实在太热，又非周末，来钓鱼的人便不多。

　　李文军坐在这里，呼吸着山林很好的空气，有些自我陶醉。有一会，他迷惑了，似乎看见王玉珍坐在他对面的塘边，手捧一本杂志读着。他走过去，那边又没人，一回头，王玉珍又坐在这边的树荫下，穿着他熟悉的绿旗袍，脚上一双白凉鞋。很古怪的是，那天鱼不咬他的鱼食。下午，他换了鱼食，挪动地方，再钓。三点多钟，泡筒动了，他缓缓收线，钓上来一只乌龟。乌龟挣扎着，鼓着两只可怜的黑豆大小的眼睛看着他。他兴奋地把乌龟从鱼钩上取下，放进鱼篓，随后又给钩上食，又将鱼钩甩入水中。

傍晚，几个钓鱼的人陆续走了。他仍坐在塘边，钓竿插在土里，眼睛盯着塘。四周空荡荡的，只有一派安静、浓绿的暮色。树上已没了残阳，但还有一抹天光在树林间徘徊。他忽然看见泡筒猛地一动，沉下去了，鱼杆被拖得直响。他刚才似乎睡着了，迷糊中看见一个小伙子坐在塘边哭，他费了点劲，还是认出了他，这小伙子是他当团长时打死的那个逃兵。前一向的某个月明星稀之夜，这小伙子抹着泪钻到他梦里，不是来找他索命，而是乞求他打张证明，证明他不是逃兵，因为一些前国军抗日官兵到了阴间后，还是看不起他，不理他，使他在阴间遭鬼唾弃。"在阴间的这六十二年一个月零九天里，我做鬼都受欺负，"小伙子满脸悲伤，可怜极了，"您大人大量，帮帮我吧。"李文军很同情他，在梦里给他开了证明，希望他在阴间过得好一点。第二天，李文军一脸感叹地把这个梦告诉我，边摇头，"这些湖南骡子，生前倔得要命，到了阴间，仍是一副犟脾气，真拿他们没办法。"

不曾想逃兵又从阴间跑来了，他有点生气，问："不是给你开了证明吗？怎么又来了？"逃兵却不回答地哭泣。就在这时鱼竿响了，李文军觉得他很讨厌，懒得理他，赶紧把住鱼竿，收线。他感觉鱼的拉力很大，他怕鱼把线挣断，只好放线，接着又收线，这样收线放线地持续了二十多分钟，天完全黑了，满天的星星，一弯新月悄悄爬上碧蓝的苍穹，让他兴奋。他手中的渔线已放到头了，那鱼还在拉扯。他没办法，只好绕着塘走，与那条大鱼抗争。他太注意水面了，没留神脚底下，踩个空，摔倒了，手中的鱼竿也脱手而去。他忙爬起身抓鱼竿，鱼竿被大鱼拖进水里——这根鱼竿是国庆早几年送他的，玻璃钢的，很贵。他顾不得那么多地伸手去抓鱼竿，人就进入水中。李文军很会游泳，从小就在湘江里游泳，但他太老了，又多年没下水，一下水，脚突然抽筋，人就蜷缩成一团，往下沉。这个时候那个被他当年枪毙的逃兵，畏畏缩缩地走过来牵他，帮他放弃挣扎、解除痛苦，于是李文军看见了抗战中勇猛如虎的雷连长、杜国民连长、弃笔从戎的彭营长、刘二郎营长和陈万山团长、姜小工师参谋长及杨福全军参谋长和贺新武副军长，当然还看见了我爹和我大哥。一个着国军服的士兵腼腆地让座，李文军没在意，以为是自己当预备团团长时我爹要他训练的学生兵中的一名，但当我大哥让他认这士兵是谁时，他盯着小伙子——小伙子十六七岁，嘴上的两撇八字胡十分稚嫩，实在太年轻了。他推翻众多记忆的篱笆，到很多年前的角落里搜寻了会，没把握地问："你是何正韬吧？"我大哥笑了，"你还没老眼昏花呵，文军。"李文军非常惊讶，他看见站起身的我大哥，双腿十分修长，修长得像人民大会堂的立柱。

　　杨农民是次日一早才注意到塘边有一只鱼篓子，这才想起昨天有个姓李的老头在他手上买了鱼食钓鱼，却没看见他走。杨农民紧张了，叫了两声："李老、李老。"没人回答他。他看见地上扔着李老头背的那只黑皮包，却没看见李老头的钓竿。他拾起鱼篓，鱼篓里有响动，是只乌龟。他把丢在椅子旁的旧黑皮包捡起来，走回他的土菜馆，对老婆说："昨天那个李老头子来钓鱼，人没走，东西丢在地上，人和鱼竿都不见了。"他老婆道："那老头不会出事吧？"杨农民说："我就是担心这个。"杨农民打开李文军的黑皮包，里面有一个烟盒子大的小本子，上面记着些电话和手机号码。他看见其中一个手机号码前写着：侄儿何国庆。杨农民便打何国庆的手机，说了情况。国庆忙打我的电话说："爸，李伯伯出大事了。"

　　李文军的尸体是下午四点钟自己浮上来的。当天上午及中午，几个农民坐在小舟上于塘里来来回回地打捞十几趟，什么也没捞到。那条大鱼倒是被渔网捞了上来，嘴上还挂着鱼钩，鱼钩连着钓竿。大鱼足有三十多斤，力很大，很健壮。大家分析，就是这条大鱼夺去了李老头的命。我和李佳坐在塘边，看着农民撒网，撒下去的网，捞上来的是鱼，撒网的人把鱼放掉，再捞，还是鱼。下午四点多钟，塘的西角突然浮上来一团蓝，大家一看就明白那是一件裹着尸体的衣服。杨农民拿着渔网奔过去，一网撒向那团蓝色，几个农民跟着他收网，尸体被拖上岸，腿蜷缩着，身体成很难看的虾状。脸上没有痛苦，泡肿了，皮肤很绅，似乎还挂着让人想不通的微笑。在我眼里，最后一名长沙抗战时期的原国民党老兵就这样走了，死得出人意料，事先我和李佳都没接到死神给我们的任何暗示。

李文军的死，最伤心的莫过于李佳。李佳哭得眼睛都肿了，因为她真的没一点这方面的心理准备。这几年，两同父异母的兄妹住出了感情，年轻时这种感情并不浓，各忙各的。这几年天天吃住在一起，朝夕相处，哥哥反倒成了弟弟。李佳很照顾她这个无子无女的哥哥。李文军穿什么衣服、穿几件衣服，盖什么被子、被子薄了还是厚了，她都要管。李文军什么时候睡觉什么时候起床，也是她管。李文军吃多少饭吃多少肉，也被她管着。李佳总是对李文军说："哥，肉要少吃，吃多了，对你只有坏处。"李文军会哈哈一笑。

李文军前半辈子吃的都是苦，出生时中国正军阀割据，一片混乱，那是炎黄子孙最孱弱、受欺的年代，跟着又是国内战争、历时八年的抗日战争和紧接着的解放战争，因是前国民党少将师长，全国解放后过了几年遭人冷落的日子，接着被打成"右派"，整整二十年他都生活在社会的最底层，像头任人差遣、咒骂和踢打的骡子。直到一九七八年，邓小平上台，推翻"文革"中大力奉行的"左"的路线，他才得以重生，找回尊严。但是，他们这辈人（包括我爹那辈人），都是从腥风血雨的战争中活过来的，曾经都拥有过荣誉——那是抗日战争时期，每次长沙会战以胜利告终时，他们都受到长沙民众的热烈欢迎，所以荣誉这东西他们见过、享受过，就看得淡。一九四九年后他们也想有作为，可是在那个左得让人瞠目结舌的年代，他们的前国军身份让他们遭遇了很多不公平的待遇和苦难，虽然有怨言，也说怪话，但他们那宽宏大量的心理却能消化一切。

上个世纪的七十年代，当长沙新火车站建成和长沙第一座湘江大桥落成时，我爹、我大哥和李文军都跑去看，大哥还画了新火车站的速写，画了湘江大桥的水彩画写生——那幅湘江大桥全貌的水彩画曾在大哥的墙上贴了很多年。八十年代初，第一栋十几层的高楼在长沙五一路旁竣工后，他们欣喜地奔走相告，并相邀着去看，像做客一样穿着新衣服，皮鞋擦得锃亮，站在那栋漂亮的高楼前笑着，久久不肯离去。这就是我爹、我大哥和李文军、贺新武、姜小工、陈万山他们，一群曾经在抗日战争中冲锋陷阵的老兵。他们热忱、豪放，民族观念极强，不忍看见中国被外国列强欺负，敢于拿起武器与日本侵略军浴血奋战。他们活着和死去都只有一个心愿，那就是希望中国富强。

何顿 2011 年 3 月竣稿

2016 年 11 月修订稿